TOUTES les matières

Tle

SPÉCIALITÉS SCIENCES ÉCO

Objectif BAC

Grand oral
Isabelle de LISLE
Sylvie BEAUTHIER

Maths
Philippe ROUSSEAU
(Grand oral : Éric BARBAZO et Nadine BILLA)

SES
Alexandre BLIN

Histoire-Géographie, géopolitique et sciences politiques
Vincent ADOUMIÉ

Philosophie
Yohann DURAND
Nathalie NIEUVIARTS

Histoire-Géographie
Arnaud LÉONARD

Anglais
Caroline GARNIER

Espagnol
Michaël SALAÜN

Allemand
Véronique VEYRIER-MILAN

Enseignement scientifique
Pierre BINZ
Sébastien ZARDET

Maths complémentaires
Pascal CHAMAND

hachette
ÉDUCATION

Découvre les conseils des SHERPAS pour réussir ton année !

Envie de mettre toutes les chances de ton côté pour réussir ton Bac ? Comme les guides des expéditions dans l'Himalaya, les Sherpas t'accompagnent pour gravir la montagne du lycée et son sommet, le Bac !
Sur ta route, 20 étapes pour progresser, être bien dans ta peau, avoir les bons outils et même penser à ton avenir. C'est parti !

Nos techniques magiques

1. Comment apprendre 3 fois plus vite ?
2. Les 10 commandements pour bien t'organiser
3. Comment (très) bien prendre des notes ?
4. Comment faire des fiches de révision efficaces ?
5. Maîtrise ton temps avec la méthode Pomodoro
6. Comment te motiver quand tu as la flemme de travailler ?
7. Comment devenir 1er de ta classe à coup sûr ?
8. La méthode pour faire une dissertation exceptionnelle
9. 10 conseils pour bien organiser tes révisions du bac
10. Comment ne faire qu'une bouchée du Grand Oral ?

Bien dans tes baskets

11. 8 choses que j'aurais aimé savoir à 17 ans
12. Comment prendre confiance en toi ?
13. Comment gérer ton stress le jour J ?
14. 11 habitudes qui vont changer ta vie

À mettre dans ton sac

15. Ton planning de travail [+ conseils pour t'organiser au lycée]
16. Ton planning de révision [+ conseils pour réviser le bac]
17. Calcule ta moyenne avec notre simulateur

Et après ? Ton orientation

18. Parcoursup : comment ça marche étape par étape ?
19. Nos conseils pour avoir un dossier scolaire béton
20. Pour quelles études es-tu fait ? Nos quiz d'orientation

Tu ne peux pas scanner les QRcodes ?
Tape dans ton navigateur : pxlme.me/K212DHoU

Sommaire

Crédits photographiques

SES
Pour toutes les photos pp. 123 à 203 : © www.shutterstock.com

Histoire-Géographie, Géopolitique, Sciences politiques
p. 227 : © P. Bessard/Réa ; p. 228 : © Mirrorpix/Leemage ; p. 233 : © Nasa/Novapix/Leemage ; p. 235 : © Ifremer/Nautile, Nodinaut ; p. 257 : © Mary Evans/Bridgeman images ; p. 267 : © Artedia/Leemage ; p. 271 : © Bridgeman Images/Leemage ; p. 274 : www.shutterstock.com ; p. 277 : © DeAgostini/Leemage ; p. 278 : © Electa/Leemage ; p. 279 : © Granger collection /Bridgeman images ; p. 280 : © dorling kindersley ; p. 283 : © Philippe Desmazes/AFP/Getty Images ; p. 285 : © Archivio Arici/Leemage ; p. 287 : © Rene Saint Paul/Bridgeman images ; p. 289 : © Artedia/Leemage ; p. 291 : © Agip/Bridgeman Images ; p. 294 : © www.shutterstock.com ; p. 299 : © Photo Josse/Leemage ; p. 301 : © Heritage Images/Leemage ; p. 307 : © Corbis/Getty Images ; p. 309 : © www.shutterstock.com ; p. 312 : © MP/Leemage ; p. 315 : © Costa/Leemage ; p. 324 : © Artedia/Leemage.

Philosophie
Sauf mention contraire, ci-après, tous les portraits de la partie « Philosophie » sont crédités : © Photothèque Hachette.
p. 397 : Hannah Arendt, © *Suddeutsche Zeitung*/Rue des Archives. **p. 381** : Émile Durkheim, © The Bridgeman Art Library. **pp. 344, 358, 381** : Sigmund Freud, © Keystone, Eyedea. **pp. 374, 391** : Martin Heidegger, © BNF. **p. 374** : Hans Jonas, Photo Bridgeman Images. **p. 374** : Claude Lévi-Strauss, © INAPhotothèque. **p. 381** : John Locke, cliché Hachette, © BNF. **p. 387** : Karl Popper : © Leemage/Effigie. **pp. 344, 358, 370** : Jean-Paul Sartre : © D.R.

Histoire-Géographie
p. 413 : © Costa/Leemage ; **p. 415** : © Tallandier/Bridgeman images ; **p. 419** : © Collection Michael Lellouche/Leemage ; **p. 421** : © Agip/Bridgeman Images ; **p. 422** : © Imagesbroker/Leemage ; **p. 424** : © Agip/Bridgeman Images ; **p. 426** : © Michel Faizant/Caricadoc/Leemage ; **p. 429** : © Eduscol ; **p. 448** : © Génération Hauts de France.

Enseignement Scientifique
p. 526 : Photo Tom Yates, Wikimedia Commons.

Conception graphique
Couverture : Stéphanie Benoit
Intérieur : Françoise Bouvard – Médiamax – Graph'in Folio

Réalisation
Composition et mise en pages : Médiamax – Grafatom
Cartographie : Domino
Schémas Maths et Maths complémentaires : Grafatom
Schémas SES : Médiamax
Schémas Enseignement scientifique : Grafatom et Domino.

ISBN 978-2-01-718591-8

58 rue Jean Bleuzen, CS 70007, 92178 Vanves Cedex.

www.parascolaire.hachette-education.com

PAPIER À BASE DE FIBRES CERTIFIÉES
hachette s'engage pour l'environnement en réduisant l'empreinte carbone de ses livres. Celle de cet exemplaire est de : 2,1 kg éq. CO_2 Rendez-vous sur www.hachette-durable.fr

Achevé d'imprimer en juin 2022 en Espagne par Grafo
Dépôt légal : juillet 2022 - Édition 01 - 15/7320/4

LE GRAND ORAL

Le Grand Oral : définition de l'épreuve

Le Grand Oral est rattaché, par le choix des sujets, **au programme de Terminale** mais aussi **aux réflexions concernant l'orientation menées** durant les heures dédiées.

Durée de l'épreuve	20 minutes
Temps de préparation	20 minutes
Notation	Sur 20 points
Coefficient	10

Attention !
Le Grand Oral se passe au mois de juin.

Le programme et le jury

Le programme sur lequel porte l'épreuve

- Durant votre année de Terminale, vous **formulez** et **préparez deux questions** qui portent sur vos **enseignements de spécialité**.
- Chaque question peut ne se rapporter qu'à un seul enseignement de spécialité ou associer les deux.

Le jury

- Vous êtes évalué par un jury constitué de **deux professeurs de disciplines différentes**.
- **L'un d'eux au moins enseigne un des enseignements de spécialité de Terminale** que vous avez suivis pendant l'année.

Les étapes de l'épreuve

Choix de la question par le jury

Le jury vous **interroge sur une seule question** qu'il choisit parmi les deux que vous lui avez proposées.

Préparation : 20 minutes

- Vous disposez de vingt minutes pour **rassembler vos idées** et vous **remémorer le contenu de votre exposé**. On vous fournit des feuilles de brouillon **sur lesquelles vous pouvez prendre des notes.**
- Vous pouvez, si vous le souhaitez, préparer sur une feuille qui vous est fournie un support que vous remettrez au jury au début de votre exposé. **Ce support ne fera pas l'objet d'une évaluation.**

Attention !
Au cours de la première partie de l'épreuve, vous pouvez consulter les notes que vous aurez prises pendant les 20 minutes de préparation. En revanche, vous n'y avez pas accès durant la suite de l'épreuve.

Première partie de l'épreuve : un exposé de 5 minutes

- Vous expliquez pourquoi vous avez choisi cette question et vous poursuivez en présentant une réponse argumentée et illustrée à cette question.
- Pendant cette première partie de l'épreuve, **vous vous tenez debout**, sauf aménagement spécifique pour raisons médicales.

À savoir
Pour le Grand Oral en LLCE, chacun des deux premiers temps de l'épreuve peut se dérouler, en partie, dans la langue vivante concernée par l'enseignement de spécialité, selon le choix du candidat.

Deuxième partie de l'épreuve : un échange de 10 minutes avec le jury

• Le jury revient sur votre exposé, vous questionne pour obtenir des **précisions**, des **justifications** et vous demande d'**approfondir votre pensée.**
• Pendant cette deuxième partie de l'épreuve, **vous vous tenez debout ou assis**, selon votre choix.

Troisième partie de l'épreuve : un échange de 5 minutes sur votre projet d'orientation

• Vous expliquez le **choix de votre question** en lien avec **votre projet d'études**, voire votre **projet professionnel**. Vous présentez les **différentes étapes de votre réflexion**.
• Pendant cette troisième partie de l'épreuve, **vous vous tenez debout ou assis**, selon votre choix.

Les compétences évaluées

Vos connaissances

• **Pendant l'exposé** vous serez amené à mobiliser les connaissances et les compétences spécifiques acquises dans une ou plusieurs disciplines.
• **La première partie de l'échange** prolonge l'exposé. Par ses questions, le jury vérifie la **solidité de vos connaissances sur les parties du programme des enseignements de spécialité en lien avec votre question**, votre capacité à **argumenter** et votre **aisance à l'oral.**

> **Attention !**
> Vous avez passé en mars les écrits de spécialités mais vous devez continuer à réviser ces disciplines pour être à l'aise durant le Grand Oral.

Votre capacité à argumenter

• **La qualité et l'intérêt des questions.** Le jury attend de vous que vous ayez choisi des questions qui méritent une réflexion approfondie et peuvent parfois faire débat.
• **Un travail construit.** Vous devez montrer que vous dominez les **enjeux de la question** et que vous avez su dégager les **grandes perspectives** qui y répondent. Le jury attend des **arguments fondés sur des connaissances** et étayés par des **exemples pertinents**.
• **Un travail personnel.** Le jury appréciera particulièrement votre **implication personnelle** dans la réflexion. Lors de la deuxième partie de l'échange qui porte sur vos choix d'orientation, le jury n'évaluera pas votre choix lui-même mais **votre capacité à l'analyser**.

> **Remarque**
> Cette épreuve vous donne l'occasion de vous exprimer sur des sujets que vous avez choisis et de montrer le sérieux de votre travail.

Votre maîtrise de l'oral

• **Vos qualités d'orateur**
– Élocution claire, voix posée, rythme et niveau sonore adaptés.
– Correction de la langue et pertinence du lexique employé, maîtrise de la rhétorique (procédés de style) au service de la persuasion.
– Maîtrise de la gestuelle, du regard, des codes de l'examen oral.
• **Vos capacités d'interaction avec le jury**
– Une qualité d'écoute et une attitude respectueuse.
– Une implication personnelle et une spontanéité contrôlée.
– De la réactivité aux questions.
– Une facilité à développer les réponses en argumentant.
– La capacité à rebondir sur les questions pour maintenir une position ou la nuancer.

> **Conseil**
> Votre stress est inévitable, voyez-le comme un stimulant.

LE GRAND ORAL

Le Grand Oral : le choix et la formulation des questions

Le Grand Oral de Terminale ne se déroule qu'après les épreuves écrites du printemps, mais vous avez intérêt à rechercher vos thèmes dès le début de l'année et à arrêter assez tôt (mais avec discernement !) vos questions.

Les critères de choix

Des critères liés au programme et à vos projets d'orientation

- **Chacune de vos questions se rattache à l'une de vos deux spécialités de Terminale ou bien aux deux**, de manière transversale. Dans ce dernier cas, votre ou vos questions doivent croiser les deux spécialités de façon à ce qu'aucune d'elles ne soit négligée.
- Chacune de vos questions éclaire un des enjeux des programmes de Terminale en s'inscrivant **dans une réflexion liée à votre projet d'orientation** puisque, durant la seconde partie de l'entretien, vous serez amené à justifier le choix de votre question dans le cadre de ce projet.

> **Conseil**
> Pour éveiller la curiosité de votre jury, votre sujet doit commencer par vous intéresser vous-même.

Une approche croisée entre vos centres d'intérêt et les programmes

– Quel aspect de chaque spécialité vous intéresse le plus ?
– Quelles études envisagez-vous de poursuivre ? Quel métier pensez-vous exercer ?
– Quels sont vos centres d'intérêt ? Quels sont vos loisirs ? Dans quelle mesure croisent-ils les spécialités que vous avez choisies ?
– À quelles causes, à quels engagements êtes-vous sensible ?

La question, support de l'épreuve

Deux questions qui vous concernent

- **Vos questions doivent vous concerner personnellement :** une curiosité intellectuelle, une vocation professionnelle, un engagement citoyen…
- **Formulez vos questions en les inscrivant dans une réflexion en lien avec le monde d'aujourd'hui** et la place que vous pensez y occuper.

> **Attention !**
> Assurez-vous de la correction de votre formulation : ordre des mots, accord sujet-verbe, etc.

Une question en accord avec le plan choisi

Comme votre plan proposera une réponse à la question que vous aurez posée, réfléchissez à la **progression de votre exposé** pour formuler de façon pertinente votre question. Évitez les questions qui, appelant une démarche trop descriptive, ne vous permettront pas de bâtir une **progression dynamique.**

Une question qui facilite l'entretien

- **Privilégiez les questions larges** qui offrent des perspectives que l'entretien pourra approfondir.
- **Écartez les formulations trop ambitieuses** qui risqueraient de vous mettre en danger lors de l'échange avec le jury.

> **Attention !**
> Attendez d'avoir effectué vos recherches et bâti les grandes lignes de votre plan pour fixer définitivement la formulation de votre question.

LE GRAND ORAL

Le Grand Oral : le jour de l'épreuve

En vous entraînant tout au long de l'année à la maîtrise du langage verbal et non verbal, vous prendrez confiance en vous. Au lieu de vous encombrer, le corps doit être un allié.

Maîtrisez votre stress

- **Pour apprivoiser votre stress** avant l'épreuve, respirez profondément, avec une **respiration abdominale**. L'apport d'oxygène favorise la détente et, en fixant votre attention sur le va-et-vient de l'air, vous ne serez pas la proie de pensées anxiogènes.
- **Vous pouvez aussi imaginer des situations amusantes ou des moments heureux :** vous prendrez ainsi du recul et relativiserez l'enjeu de l'examen.
- **Une heure avant votre oral**, prenez un en-cas, une barre protéinée par exemple et buvez de l'eau durant votre temps de préparation.
- **Quand vous prenez la parole** au début de l'exposé, efforcez-vous de **parler lentement pour garder ensuite un rythme tranquille**.

Maîtrisez votre gestuelle et adoptez la bonne posture

- **Évitez les gestes parasites** qui perturbent votre discours et entravent l'attention de ceux qui vous écoutent. Vous pouvez souligner l'importance de telle ou telle assertion par quelques gestes des mains, mais attention à ne pas en abuser.
- **Maîtrisez vos mouvements** (balancements, trépignements, etc.) pour ne pas indisposer votre jury avec des gestes exagérés.
- **Debout,** ne vous présentez pas les mains dans les poches ; veillez à vous tenir droit, la tête haute, les jambes ancrées au sol, gage de stabilité.
- **Assis,** ne cachez pas vos mains et posez-les plutôt sur la table, écartées ou l'une sur l'autre. Asseyez-vous sur la première moitié de la chaise, les jambes non croisées, bien posées au sol. Maintenez la posture bien droite, sans vous recroqueviller au fil de l'entretien !

> **Attention !**
> Le langage corporel doit être cohérent avec la parole. Les gestes renforcent la puissance des mots.

Utilisez votre voix pour retenir l'attention du jury

- **Vous ne devez parler ni trop fort ni trop bas.** Le volume sonore n'est pas constant. Sans exagérer, **faites-le varier** pour ne pas lasser votre auditoire.
- **Adoptez un rythme posé,** ni trop rapide ni trop lent : vos arguments seront plus audibles et compréhensibles. Pour être compris, travaillez l'**articulation** et n'oubliez pas les **liaisons**.
- **Marquez un temps d'arrêt** pour indiquer les articulations de votre propos : à la fin de l'introduction, avant la conclusion et entre chaque partie. Détachez les formules percutantes pour leur donner du relief.

> **À savoir**
> Si vous avez des troubles de l'élocution, il est possible, à condition de ne pas attendre la dernière minute, de demander, pour raison médicale, une épreuve adaptée à votre handicap.

Maths

L'ÉPREUVE

Définition de l'épreuve

L'épreuve de mathématiques se compose d'une **épreuve écrite** et d'une **épreuve orale**.

L'épreuve écrite

Durée	4 heures
Coefficient	16

Description de l'épreuve

- L'épreuve écrite de mathématiques est constituée de **trois à cinq exercices** indépendants les uns des autres.
- Cette épreuve est notée sur 20 points.
- Chaque exercice est noté sur 4 et 8 points.
- Les paragraphes signalés dans le cours par un astérisque ne pourront pas faire l'objet d'une question à l'épreuve écrite du Bac.

Usage de la calculatrice

Il est clairement indiqué dans le sujet si vous avez le droit, ou non, de l'utiliser.
Il peut être avantageux d'utiliser une calculatrice mais il faut **s'être entraîné tout au long de l'année** pour bien savoir s'en servir.
Dans tous les cas, cela ne se substitue pas à la rédaction détaillée de vos calculs, mais peut en revanche vous permettre de vérifier vos résultats.

Le Grand oral

Vous trouverez le descriptif général de l'épreuve et des conseils, pages 5 à 8, et des sujets types en Maths p. 111-112.

L'épreuve oral de rattrapage

Durée	20 minutes
Temps de préparation	20 minutes

Description de l'épreuve

- L'épreuve consiste en **un entretien** entre le candidat et un examinateur.
- Pour préparer l'entretien, l'examinateur propose au moins **deux questions** au candidat, portant sur des parties différentes du programme.
- Les conditions matérielles (en particulier la présence d'un tableau), les énoncés des questions posées seront adaptés aux modalités orales de cette épreuve.

Remarque

L'examinateur veillera à faciliter l'expression du candidat et à lui permettre de mettre en avant ses connaissances.

Usage de la calculatrice

L'usage des calculatrices est autorisé, dans les conditions précisées par les textes en vigueur. L'examinateur pourra fournir avec les questions certaines formules jugées nécessaires.

Conseils généraux pour l'épreuve

Pour réussir l'écrit et l'oral de mathématiques, il est essentiel de bien savoir s'organiser, le jour J mais aussi au fil de l'année.

Travailler tout au long de l'année

Préparer l'écrit

• **Pour chacun des exercices du bac,** constituez, au fil de l'année, un **dossier** comprenant :

– les **conseils méthodologiques** : les indications de votre professeur, les devoirs-modèles que vous avez examinés de près, les suggestions relevées dans des ouvrages comme celui-ci ;

– les **comptes rendus de vos devoirs** : comparez le corrigé proposé et ce que vous avez fait afin de voir dans quelle direction vous pouvez progresser ;

– vos **copies corrigées** : relisez attentivement les annotations de votre professeur et, lorsque vous abordez un nouveau devoir, notez, sur une feuille que vous garderez dans votre dossier, les qualités et les défauts de votre précédente copie afin de ne pas tomber dans les mêmes travers mais de bien présenter les mêmes points positifs.

Être prêt(e) le jour J

• **Qu'il s'agisse de l'écrit ou de l'oral, prévoyez bien votre organisation matérielle :**
– votre trousse,
– votre convocation
– votre pièce d'identité en cours de validité,
– votre transport jusqu'au centre d'examen.
Prévoyez aussi de quoi boire et grignoter durant les 4 heures de l'écrit.

Préparer l'écrit

• Citez les théorèmes de cours que vous utilisez ;

• Avant d'écrire une expression de type $f(x) = \ldots$, toujours indiquer pour quels x l'égalité concernée est vraie (« pour tout x appartenant à …, $f(x) = \ldots$ » ;

• Si le sujet comporte un QCM ou un Vrai/Faux, lisez attentivement s'il faut justifier vos résultats, ou non. Si cela n'est pas indiqué, donnez seulement la réponse choisie ;

• Vous pouvez traiter les exercices dans le désordre et commencer par les notions que vous maîtrisez le mieux.

1 Vecteurs, droites et plans de l'espace

1 Vecteurs de l'espace

A Définitions

• Soit A et B deux points donnés de l'espace. On appelle image d'un point M par **la translation qui transforme A en B** le point M' tel que $[AM']$ et $[BM]$ ont le même milieu, c'est-à-dire tel que $ABM'M$ est un parallélogramme.

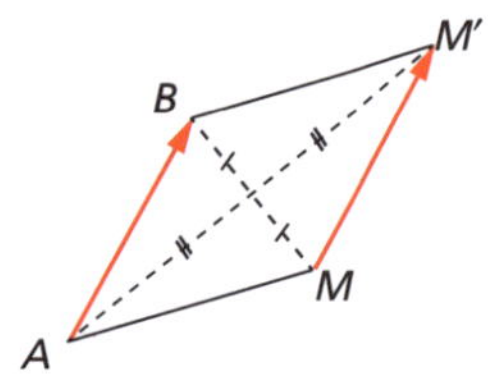

• À la translation qui transforme A en B, on associe **le vecteur $\overrightarrow{AB}$** qui symbolise le déplacement de A vers B ou de M vers M'.

B Égalité de vecteurs

• Soit A, B, C et D quatre points distincts. On a :

$\overrightarrow{AB} = \overrightarrow{CD} \Leftrightarrow D$ est l'image de C par la translation associée au vecteur $\overrightarrow{AB}$

$\Leftrightarrow [AD]$ et $[BC]$ ont le même milieu

$\Leftrightarrow ABDC$ est un parallélogramme

C Somme de vecteurs

Soit A, B et C trois points de l'espace.

• Appliquer la translation associée au vecteur $\overrightarrow{AB}$, puis la translation associée au vecteur $\overrightarrow{BC}$, revient à appliquer la translation associée au vecteur $\overrightarrow{AC}$.

Le vecteur $\overrightarrow{AC}$ est appelé **vecteur somme** des vecteurs $\overrightarrow{AB}$ et $\overrightarrow{BC}$.

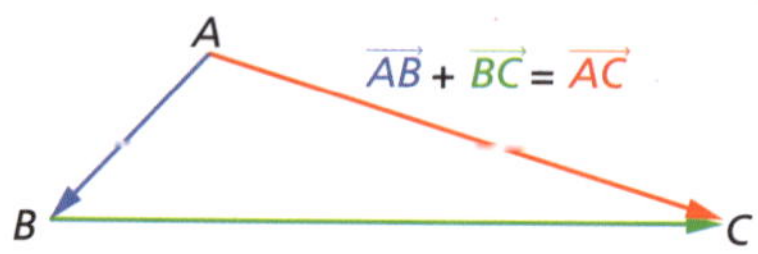

• On a : $\overrightarrow{AB} + \overrightarrow{BC} = \overrightarrow{AC}$.

C'est la **relation de Chasles**.

D Produit d'un vecteur par un réel

• Soit A, B, C et D quatre points tels que (AB) soit parallèle à (CD).

Les vecteurs $\overrightarrow{AB}$ et $\overrightarrow{CD}$ sont dits **colinéaires.** On note $\overrightarrow{CD} = k\,\overrightarrow{AB}$ avec k réel.

On a k positif si $\overrightarrow{AB}$ et $\overrightarrow{CD}$ ont le même sens, négatif sinon.

• Soit $\vec{u}$ et $\vec{v}$ deux vecteurs non nuls.

Ces vecteurs sont **colinéaires** si et seulement s'il existe un réel k tel que $\vec{v} = k\vec{u}$.

2 Droites de l'espace

A Définition

Soit A et B deux points distincts de l'espace.
On appelle **droite** (AB), l'ensemble des points M tels qu'il existe un réel k avec $\overrightarrow{AM} = k\,\overrightarrow{AB}$.
$\overrightarrow{AB}$ est un **vecteur directeur** de la droite (AB).

B Positions relatives de deux droites

Deux droites de l'espace peuvent être :

• **coplanaires** si elles sont situées dans un même plan. Elles sont : parallèles (éventuellement confondues) ou sécantes.		• **non coplanaires** s'il n'existe aucun plan les contenant.
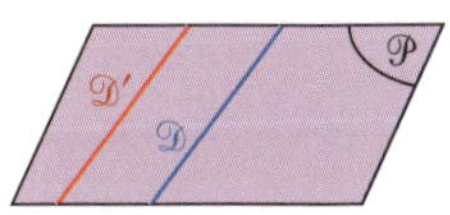	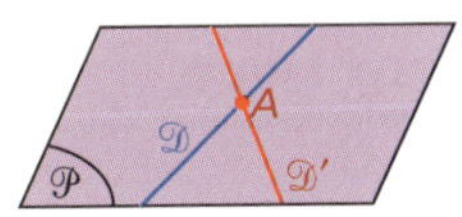	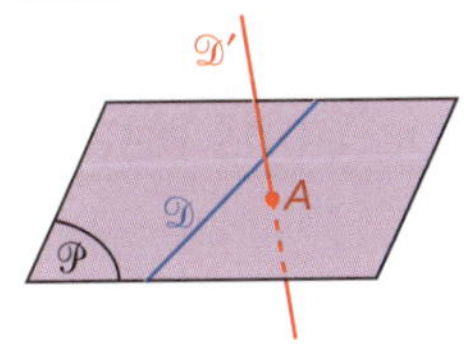

3 Plans de l'espace

A Définition

• Soit A, B et C trois points non alignés ($\overrightarrow{AB}$ et $\overrightarrow{AC}$ ne sont pas colinéaires).
On appelle **plan** (ABC), l'ensemble des points M tels qu'il existe deux réels k et ℓ avec $\overrightarrow{AM} = k\,\overrightarrow{AB} + \ell\,\overrightarrow{AC}$.

• ($\overrightarrow{AB}$ et $\overrightarrow{AC}$) est un **couple de vecteurs directeurs** du plan (ABC).

B Propriétés

• Si deux points distincts A et B appartiennent à un plan $\mathcal{P}$, alors la droite (AB) est incluse dans le plan $\mathcal{P}$.

• Dans un plan donné, toutes les règles de la géométrie plane s'appliquent.

C Positions relatives de droites et de plans de l'espace

Une droite $\mathcal{D}$ et un plan $\mathcal{P}$ peuvent être :

• **parallèles** Il suffit que $\mathcal{D}$ soit parallèle à une droite incluse dans $\mathcal{D}$.		• **sécants** La droite $\mathcal{D}$ et le plan $\mathcal{P}$ ont un seul point A en commun.
$\mathcal{D}$ incluse dans $\mathcal{P}$ 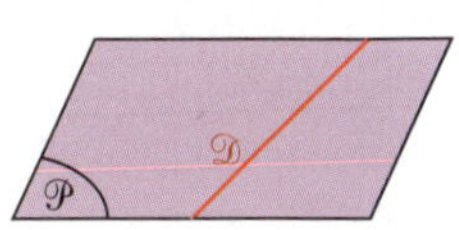	$\mathcal{D}$ strictement parallèle à $\mathcal{P}$ 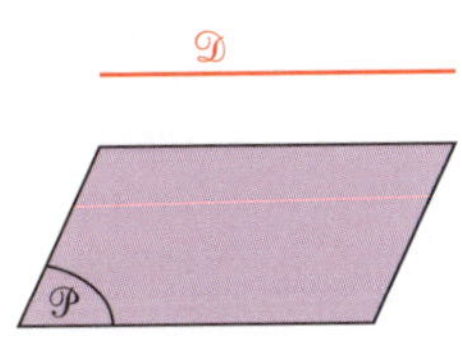	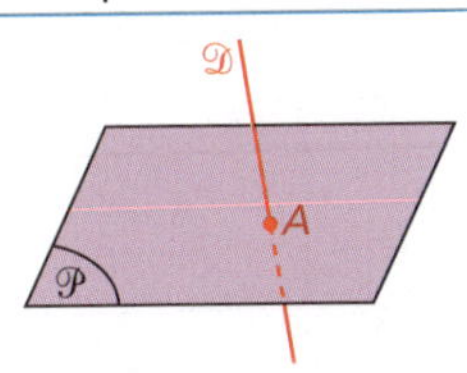

Appliquer le cours

ABCD est une pyramide avec *I* le milieu de [*BC*] et *J* le milieu de [*CD*].

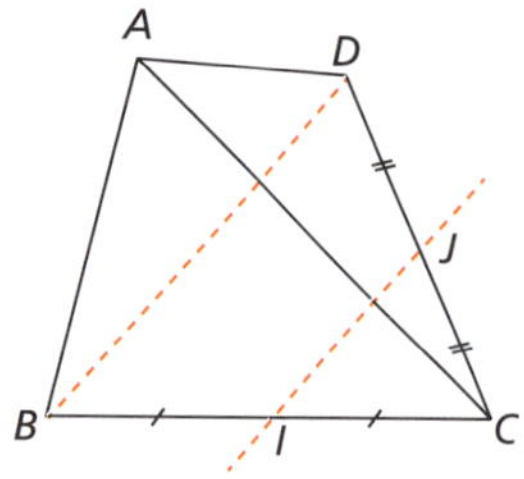

Préciser les positions relatives de :

- (*IJ*) et (*BC*) • (*AC*) et (*IJ*) • (*IJ*) et (*BD*)
- (*IJ*) et (*ABD*) • (*AC*) et (*ABD*)

Solution

- Les droites **(*IJ*) et (*BC*) sont sécantes en *I***, donc elles sont coplanaires.
- Dans le triangle *BCD*, on a *I* le milieu de [*BC*] et *J* le milieu de [*DC*]. D'après le théorème de la droite des milieux dans le triangle *BCD*, les droites **(*IJ*) et (*BD*) sont parallèles,** elles sont donc coplanaires.
- Les droites (*AC*) et (*IJ*) n'ont aucun point en commun et ne sont pas parallèles, donc **elles ne sont pas coplanaires.**
- La droite (*IJ*) étant parallèle à la droite (*BD*) du plan (*ABD*), **la droite (*IJ*) est parallèle au plan (*ABD*).**
- La droite (*AC*) et le plan (*ABD*) sont sécants en *A*.

D Positions relatives de deux plans

Deux plans 𝒫 et 𝒫' de l'espace peuvent être :

• parallèles		• sécants
Strictement parallèles	Confondus	Ils se coupent selon une droite 𝒟.
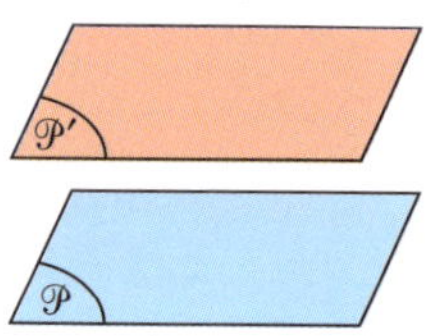		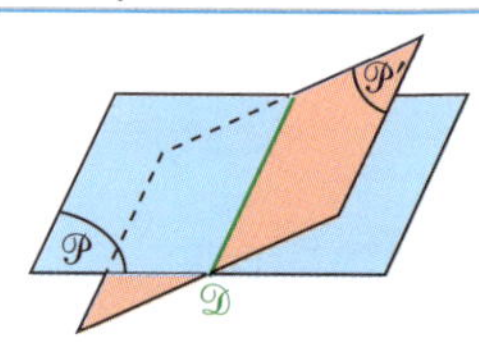

E Critère de parallélisme

Deux plans sont parallèles si et seulement si deux droites sécantes de l'un sont parallèles à deux droites sécantes de l'autre.

F Théorème de section

Un plan coupe deux plans parallèles selon des droites parallèles.

Appliquer le cours

Dans le parallélépipède rectangle (ou pavé droit) *ABCDEFGH*, on a :

- *M* un point de [*EH*], *N* un point de [*HG*] et *O* un point de [*GC*] ;
- le plan (*MNO*) coupe [*BC*] en *P*, [*AB*] en *Q* et [*EA*] en *R*.

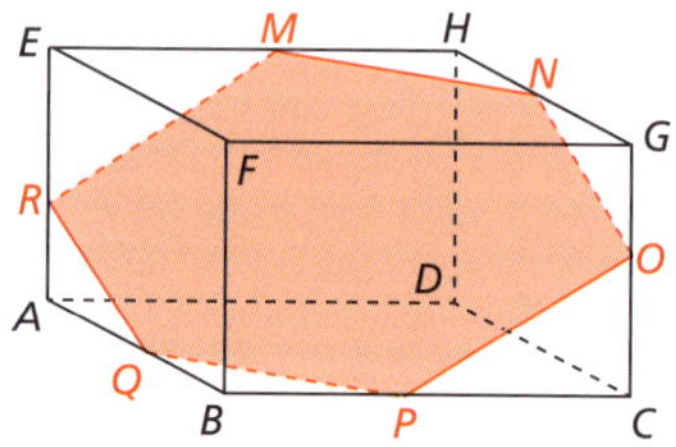

1. Prouver que les plans (*ABC*) et (*EFG*) sont parallèles.
2. Quelle est l'intersection des plans (*ABF*) et (*HGE*) ?
3. Étudier la position relative des droites (*MN*) et (*QP*).

Solution

1. les droites (*AB*) et (*BC*) du plan (*ABC*) sont sécantes en *A* et respectivement parallèles aux droites (*EF*) et (*FG*) du plan (*EFG*) sécantes en F, donc **les plans (*ABC*) et (*EFG*) sont parallèles.**
2. Les plans (*ABF*) et (*HGE*) sont sécants et **leur intersection est la droite (*EF*).**
3. Le plan (*MOQ*) coupe les plans parallèles (*ABC*) et (*EFG*) selon deux droites **(*MN*) et (*QP*) parallèles.**

Exercices d'entraînement

Exercice 1 ★ 5 min

Corrigé p. 71

Soit A, B, C et D quatre points. Simplifier les expressions suivantes :

a) $\overrightarrow{BC}+\overrightarrow{AB}$;

b) $\overrightarrow{AD}+\overrightarrow{BC}+\overrightarrow{DB}$;

c) $\overrightarrow{CA}-\overrightarrow{BA}$;

d) $\overrightarrow{AD}-\overrightarrow{AB}-\overrightarrow{CD}$.

Exercice 2 ★★ 8 min

Corrigé p. 71

Soit $MNOP$ un quadrilatère.

1. Simplifier les sommes :

a) $\overrightarrow{MN}+\overrightarrow{NO}$;

b) $\overrightarrow{MO}+\overrightarrow{PM}$;

c) $\overrightarrow{MN}+\overrightarrow{OP}-\overrightarrow{ON}$.

2. Montrer que l'on a : $\overrightarrow{MN}+\overrightarrow{PO}-\overrightarrow{PN}-\overrightarrow{MO}=\vec{0}$.

Exercice 3 ★ 8 min

Corrigé p. 71

$ABCDEFGH$ est le parallélépipède rectangle ci-contre.

1. Quelle est la nature de la face $ADHE$?
2. Que peut-on en déduire pour les droites (EA) et (AD) ?
3. On sait que (AB) et (CD) sont parallèles, ainsi que (DC) et (HG). Prouver que (AB) et (HG) sont parallèles.

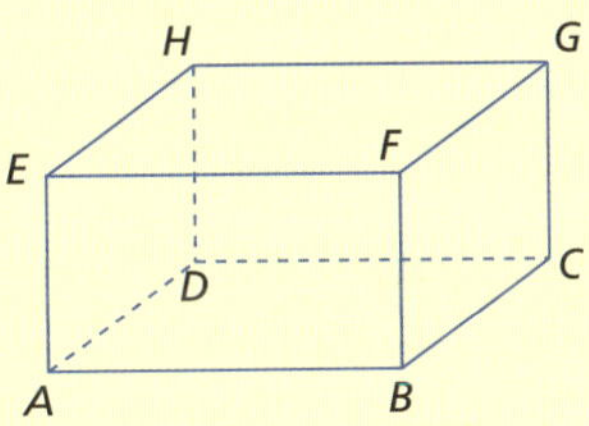

Exercice 4 ★ 10 min

Corrigé p. 71

$ABCD$ est un tétraèdre, I un point sur $[AB]$, J un point sur $[AC]$ et K un point sur $[AD]$ tels qu'indiqués sur la figure.

1.a) Déterminer l'intersection de la droite (IJ) et du plan (BCD).

b) Déterminer l'intersection de la droite (JK) et du plan (BCD).

2. En déduire l'intersection des plans (BCD) et (IJK).

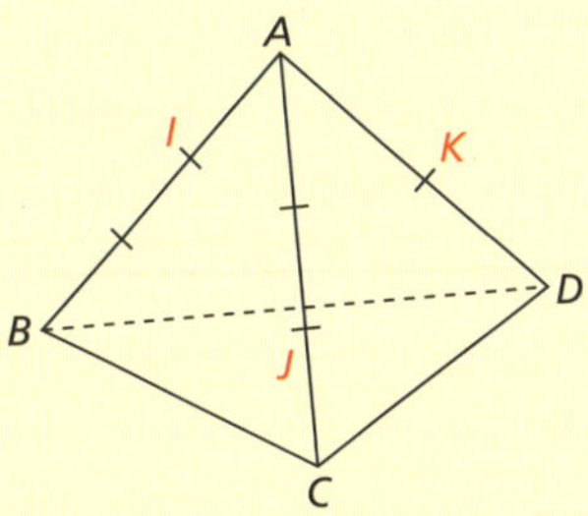

Exercice 5 ★ 10 min

Corrigé p. 71

$ABCDEFGH$ est un cube de 6 cm de côté dans lequel on découpe une pyramide $DEHF$.

1. Calculer les longueurs des arêtes $[HF]$ et $[DF]$.
2. Calculer le volume de la pyramide $DEFH$.

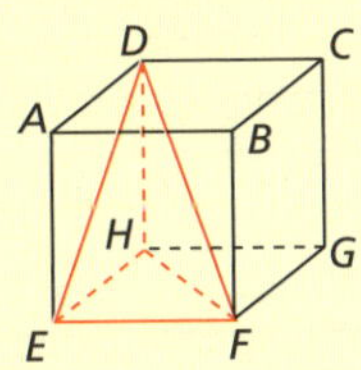

Exercice 6 ★ 8 min

Corrigé p. 72

ABCDEFGH est un pavé droit.
Pour chacune des affirmations suivantes, dire si elle est vraie ou fausse en justifiant la réponse.

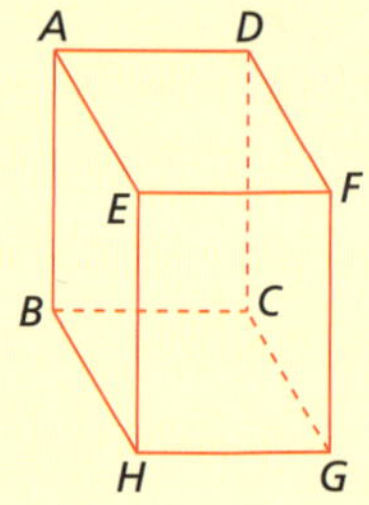

a) Il y a cinq faces.

b) [*AF*] est une arête.

c) *C* est un sommet.

d) *BCFE* est une face.

Exercice 7 ★ 12 min

Corrigé p. 72

On considère la pyramide régulière *ABCDE* ci-contre à base carrée.
Soit *I* l'intersection des diagonales [*BD*] et [*CE*].

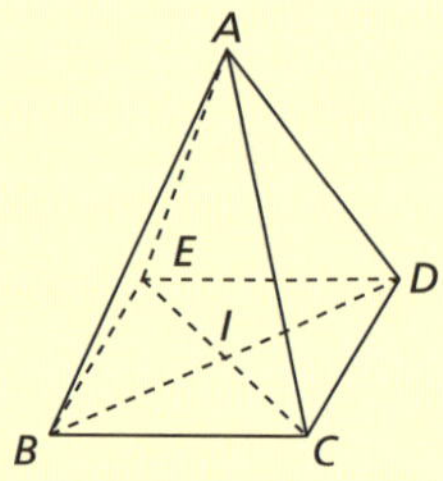

1. Quelle est l'intersection des plans (*ABC*) et (*ACD*) ?
2. Quelle est l'intersection des plans (*ABD*) et (*ACE*) ?
3. Quelle est l'intersection des plans (*ABE*) et (*ACD*) ?

Exercice 8 ★ 10 min

Corrigé p. 72

ABCDEFGH est un pavé droit.

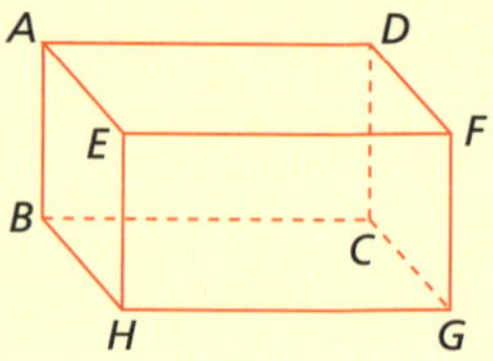

1. Que peut-on dire des droites (*AC*) et (*BD*) ?
2. Prouver que le point *G* appartient au plan (*AEC*).
3. Construire la droite d'intersection des plans (*AEC*) et (*BDG*).

Exercice 9 ★ 10 min

Corrigé p. 72

Soit un tétraèdre *ABCD*, *I* le milieu de [*AD*], *J* le milieu de [*BC*] et *G* le centre de gravité du triangle *ABC*.

1. Où se situe *G* sur le segment [*AJ*] ?
2. Faire une figure et construire l'intersection de la droite (*IG*) et du plan (*BCD*).

Exercice 10 ★★ 10 min

Corrigé p. 73

ABCDEFGH est un cube et *I* est le milieu de l'arête [*AE*].

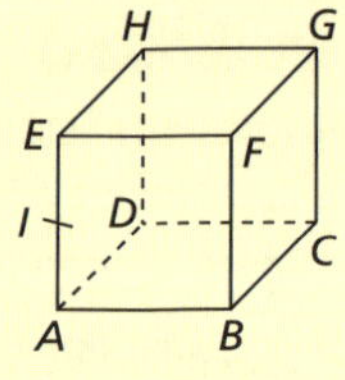

1.a) Justifier que les droites (*AB*) et (*FI*) sont sécantes.

b) Reproduire la figure et construire le point *P* intersection des droites (*AB*) et (*FI*).

2. Construire l'intersection des plans (*IFG*) et (*BCD*) en justifiant la construction.

Exercice 11 ★★ 15 min

Corrigé p. 73

ABCDEFGH est un pavé droit.
Soit *M* un point sur [*AB*], *N* un point sur [*BC*], *Q* un point sur [*DH*].
On cherche à construire l'intersection du plan (*MNQ*) avec les différentes faces du pavé droit.

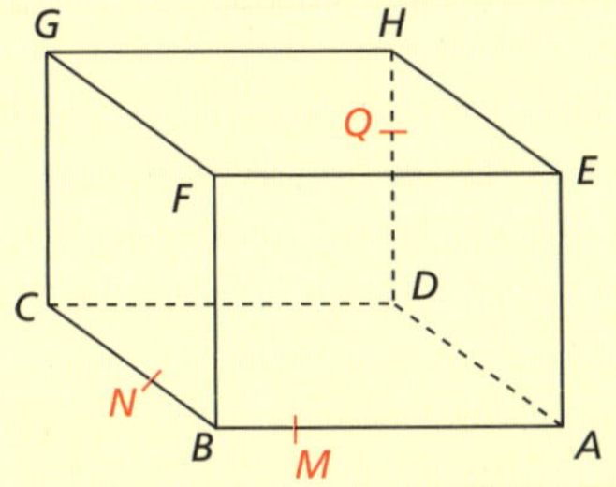

1.a) Reproduire la figure et construire l'intersection des droites (*MN*) et (*AD*).

b) En déduire l'intersection du plan (*MNQ*) avec la face *ADHE*.

2. Construire toutes les intersections recherchées.

2 Orthogonalité et distance dans l'espace

1 Produit scalaire dans l'espace

• Définition

Soit $\vec{u}$ et $\vec{v}$ deux vecteurs de l'espace. Soit A, B et C trois points tels que $\vec{u} = \overrightarrow{AB}$ et $\vec{v} = \overrightarrow{AC}$.

Dans l'espace, le produit scalaire $\vec{u} \,.\, \vec{v}$ revient à calculer $\overrightarrow{AB} \,.\, \overrightarrow{AC}$ dans un plan contenant les points A, B et C. On a donc :

$$\overrightarrow{AB} \,.\, \overrightarrow{AC} = AB \times AC \times \cos(\hat{A}).$$

• Définition (avec projeté orthogonal)

Soit A, B et C trois points de l'espace et H le projeté orthogonal de C sur (AB).

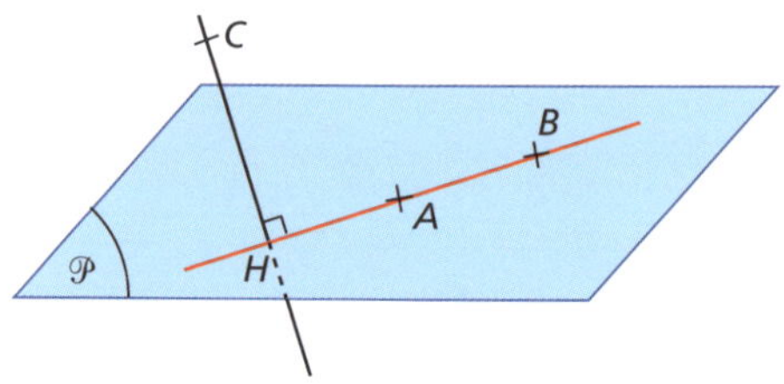

Alors on a :

$\overrightarrow{AB}.\overrightarrow{AC} = AB \times AH$ si H est sur $[AB)$ (soit quand $\overrightarrow{AB}$ et $\overrightarrow{AC}$ sont de même sens) ;	$\overrightarrow{AB}\,.\,\overrightarrow{AC} = -AB \times AH$ si H n'est pas sur $[AB)$ (soit quand $\overrightarrow{AB}$ et $\overrightarrow{AC}$ sont de sens contraires).

• Propriétés

Pour tous vecteurs $\vec{u}$, $\vec{v}$ et $\vec{w}$, pour tout réel k.

– Le produit scalaire est **symétrique** : $\vec{u}.\vec{v} = \vec{v}.\vec{u}$

– Le produit scalaire est **bilinéaire** :

$$(k\vec{u}).\vec{v} = k \times \vec{u}.\vec{v} = \vec{u}.(k\vec{v}) \quad \text{et} \quad \vec{u}.(\vec{v}+\vec{w}) = \vec{u}.\vec{v} + \vec{u}.\vec{w}.$$

• $(\vec{u}+\vec{v})^2 = \vec{u}^2 + 2\vec{u}.\vec{v} + \vec{v}^2$ $\quad(\vec{u}+\vec{v})^2 = \vec{u}^2 + 2\vec{u}.\vec{v} + \vec{v}^2$ $\quad(\vec{u}+\vec{v})(\vec{u}-\vec{v}) = \vec{u}^2 - \vec{v}^2$

• Définition

Soit $\vec{u}$ un vecteur. Soit A et B deux points tels que $\vec{u} = \overrightarrow{AB}$.

On appelle **norme** de $\vec{u}$ la longueur AB. On note $\|\vec{u}\| = AB = \|\overrightarrow{AB}\|$

On a $\|\vec{u}\|^2 = \vec{u} \,.\, \vec{u}$.

• Formules de polarisation

Soit $\vec{u}$ et $\vec{v}$ deux vecteurs.

$$\vec{u}.\vec{v} = \frac{1}{2}\left[\|\vec{u}+\vec{v}\|^2 - \|\vec{u}\|^2 - \|\vec{v}\|^2\right],\ \vec{u}.\vec{v} = \frac{1}{2}\left[\|\vec{u}\|^2 + \|\vec{v}\|^2 - \|\vec{u}-\vec{v}\|^2\right] \text{et } \vec{u}.\vec{v} = \frac{1}{4}\left[\|\vec{u}+\vec{v}\|^2 - \|\vec{u}-\vec{v}\|^2\right]$$

• Orthogonalité de deux vecteurs

Deux vecteurs de l'espace sont orthogonaux si, et seulement si, leur produit scalaire est nul.

2 Orthogonalité dans l'espace

A Propriétés

• **Deux droites de l'espace sont orthogonales** si, et seulement si, leurs vecteurs directeurs $\vec{u}$ et $\vec{v}$ sont orthogonaux.

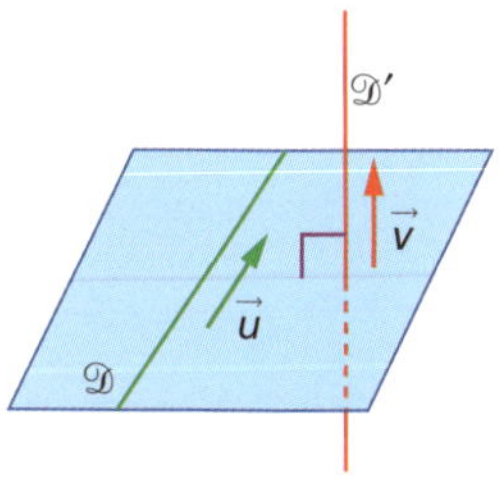

• **Une droite $\mathcal{D}$ est orthogonale à un plan $\mathcal{P}$** si, et seulement si, un vecteur directeur $\vec{n}$ de $\mathcal{D}$ est orthogonal à deux vecteurs $\overrightarrow{u_1}$ et $\overrightarrow{u_2}$ de $\mathcal{P}$ non colinéaires.

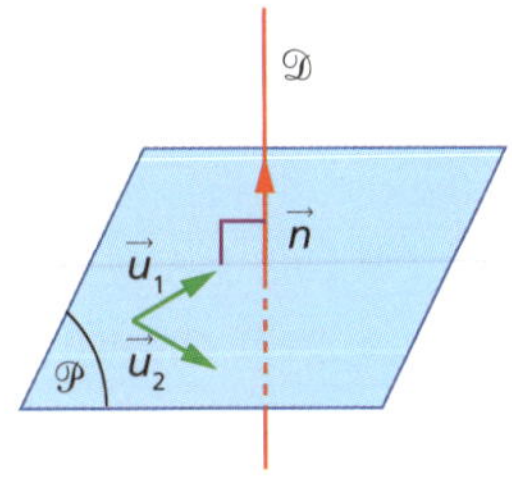

• **Un vecteur normal à un plan $\mathcal{P}$** est un vecteur $\vec{n}$ directeur d'une droite orthogonale à $\mathcal{P}$.

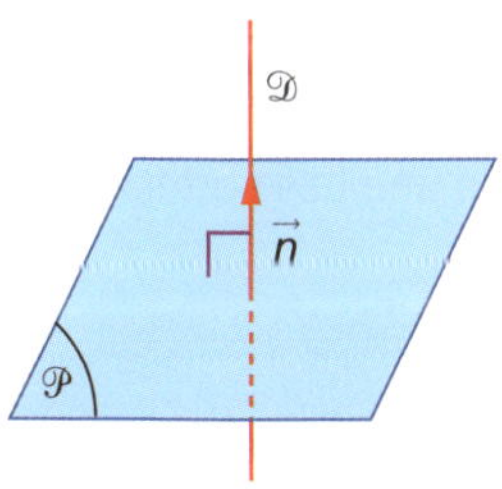

• **Deux plans $\mathcal{P}$ et $\mathcal{P}'$ de vecteurs normaux $\vec{n}$ et $\vec{n}'$** sont orthogonaux si, et seulement si, $\vec{n}$ et $\vec{n}'$ sont orthogonaux.

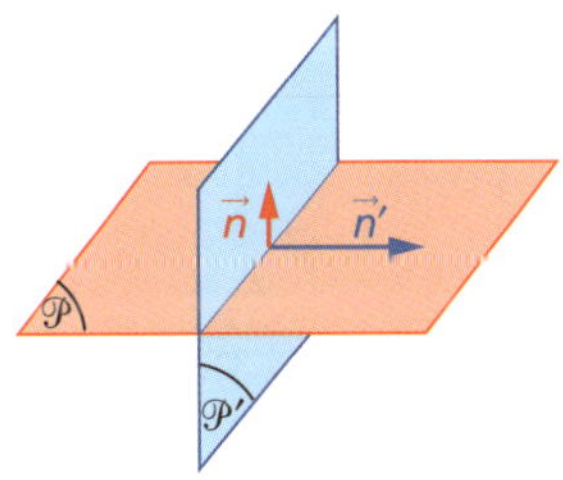

B Définitions

• Soit $\mathcal{D}$ une droite et M un point.
On appelle **projeté orthogonal** de M sur $\mathcal{D}$:
– le point M si M appartient à $\mathcal{D}$;
– le point H situé sur $\mathcal{D}$ tel que (HM) soit perpendiculaire à $\mathcal{D}$ si M n'appartient pas à $\mathcal{D}$.

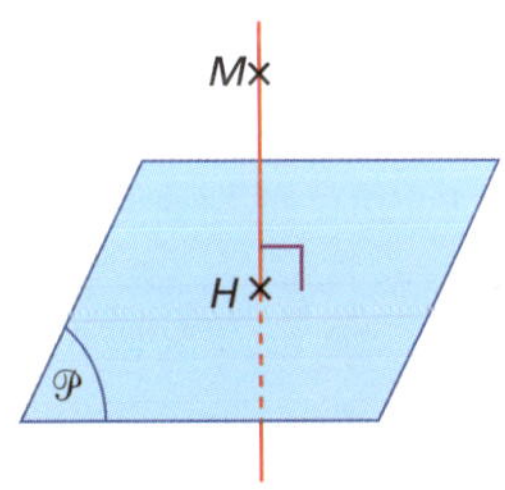

• Soit $\mathcal{P}$ un plan et M un point.
On appelle **projeté orthogonal** de M sur $\mathcal{P}$:
– le point M si M appartient à $\mathcal{P}$;
– le point H situé dans $\mathcal{P}$ tel que (HM) soit orthogonale à $\mathcal{P}$ si M n'appartient pas à $\mathcal{P}$.

Appliquer le cours

Soit $ABCDEFGH$ un cube.

Quels sont les projetés orthogonaux de A sur :
a) la droite (EH) ?
b) le plan (DGH) ?
c) le plan (DBH) ?

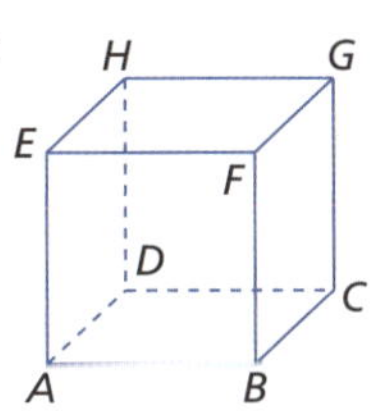

Solution

a) Les faces d'un cube étant des carrés, les droites (AE) et (EH) sont perpendiculaires. **E est le projeté orthogonal de A sur (EH).**
b) (AD) est orthogonale au plan (DGH) : **D est le projeté orthogonal de A sur (DGH).**
c) Les diagonales du carré $ABCD$ étant perpendiculaires, le projeté orthogonal de A sur (DBH) est l'intersection de (AC) et de (BD), soit le milieu de $[AC]$.

3 Coordonnées

A Définition

- $(\vec{u}, \vec{v}, \vec{w})$ constitue une **base orthonormée de l'espace** si, et seulement si :

– les vecteurs $\vec{u}$, $\vec{v}$ et $\vec{w}$ sont deux à deux orthogonaux ;

– les vecteurs $\vec{u}$, $\vec{v}$ et $\vec{w}$ ont la même norme.

- Soit $(\vec{u}, \vec{v}, \vec{w})$ une base de l'espace.

Pour tout vecteur $\vec{a}$ de l'espace, il existe trois réels x, y, z tels que $\vec{a} = x\vec{u} + y\vec{v} + z\vec{w}$.

$\begin{pmatrix} x \\ y \\ z \end{pmatrix}$ s'appellent **coordonnées de $\vec{a}$** dans la base $(\vec{u}, \vec{v}, \vec{w})$.

- Soit O un point et $(\vec{u}, \vec{v}, \vec{w})$ une base orthonormée.

$(O ; \vec{u}, \vec{v}, \vec{w})$ s'appelle **repère orthonormé de l'espace**.

- Soit $(O ; \vec{u}, \vec{v}, \vec{w})$ un **repère orthonormé de l'espace**. Pour tout point M de l'espace, il existe trois réels x, y, z tels que $\overrightarrow{OM} = x\vec{u} + y\vec{v} + z\vec{w}$.

$(x ; y ; z)$ sont les **coordonnées de M** dans le repère orthonormé $(O ; \vec{u}, \vec{v}, \vec{w})$.

B Propriété dans un repère orthonormé

- Soit $\vec{u}\begin{pmatrix} x \\ y \\ z \end{pmatrix}$ et $\vec{v}\begin{pmatrix} x' \\ y' \\ z' \end{pmatrix}$ deux vecteurs de l'espace muni d'une base orthonormée.

Le **produit scalaire** de $\vec{u}$ par $\vec{v}$ est : $\vec{u}.\vec{v} = xx' + yy' + zz'$.

La **norme** de $\vec{u}$ est $\vec{u} = \sqrt{x^2 + y^2 + z^2}$.

- Soit $A(x_A ; y_A ; z_A)$ et $B(x_B ; y_B ; z_B)$ deux points de l'espace muni d'un repère orthonormé.

Les coordonnées du vecteur $\overrightarrow{AB}$ sont :

$$\overrightarrow{AB}\begin{pmatrix} x_B - x_A \\ y_B - y_A \\ z_B - z_A \end{pmatrix}$$

La distance entre A et B est :

$$AB = \sqrt{(x_B - x_A)^2 + (y_B - y_A)^2 + (z_B - z_A)^2}.$$

Appliquer le cours

Dans l'espace muni d'un repère orthonormé, on a $A\,(1 ; 2 ; -3)$, $B\,(0 ; 3 ; 1)$ et $C\,(4 ; 5 ; -3)$.

1. Calculer $\overrightarrow{AB}.\overrightarrow{AC}$ puis AB et AC.

2. En déduire la nature du triangle ABC.

Solution

On a $\overrightarrow{AB}\begin{pmatrix} x_B - x_A \\ y_B - y_A \\ z_B - z_A \end{pmatrix} = \overrightarrow{AB}\begin{pmatrix} -1 \\ 1 \\ 4 \end{pmatrix}$ et $\overrightarrow{AC}\begin{pmatrix} 3 \\ 3 \\ 0 \end{pmatrix}$.

1. On utilise $u.v = xx' + yy' + zz'$.

$\overrightarrow{AB}.\overrightarrow{AC} = 1 \times 3 + 1 \times 3 + 4 \times 0 = \mathbf{0}$.

$AB = \|\overrightarrow{AB}\| = \sqrt{(-1)^2 + 1^2 + 4^2} = \sqrt{18}$

$AC = \|\overrightarrow{AC}\| = \sqrt{3^2 + 3^2 + 0^2} = \sqrt{18}$.

2. Comme on a $\overrightarrow{AB}.\overrightarrow{AC} = 0$, ABC est rectangle en A.

Comme on a $AB = AC$, ABC est isocèle en A

Le triangle ABC est isocèle rectangle en A.

Exercices d'entraînement

Dans les exercices 1 à 2, on utilise le cube *ABCDEFGH* ci-contre :

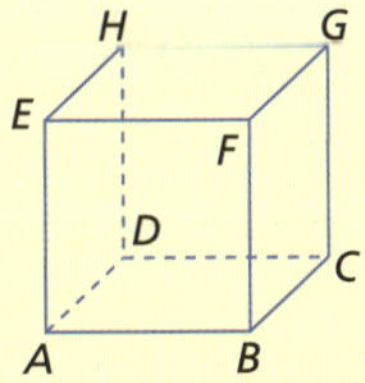

Exercice 1 ★ 10 min

Corrigé p. 73

1. Dans le repère $(A\ ;\ \overrightarrow{AB},\ \overrightarrow{AD},\ \overrightarrow{AE})$, donner les coordonnées de tous les points du cube *ABCDEFGH*.
2. Dans le repère $(C\ ;\ \overrightarrow{CD},\ \overrightarrow{CG},\ \overrightarrow{DA})$, donner les coordonnées de tous les points du cube *ABCDEFGH*.

Exercice 2 ★ 5 min

Corrigé p. 73

Les droites (*EC*) et (*BG*) sont-elles orthogonales ?

Exercice 3 ★ 10 min

Corrigé p. 73

Dans un repère orthonormé de l'espace, on a $A\ (-2\ ;1\ ;3)$, $B\ (1\ ;2\ ;-1)$ et $C\ (-1\ ;-1\ ;1)$.
Déterminer la nature du triangle *ABC*.

Exercice 4 ★ 10 min

Corrigé p. 73

Soit *A*, *B* et *C* trois points distincts de l'espace.
Trouver l'ensemble des points *M* de l'espace tels que $\overrightarrow{AB}\,.\,\overrightarrow{AM} = \overrightarrow{AC}\,.\,\overrightarrow{AM}$.

Dans les exercices 5 à 12, l'espace est muni d'un repère orthonormé.

Exercice 5 ★ 5 min

Corrigé p. 74

Calculer le produit scalaire $\vec{u}.\vec{v}$ dans chacun des cas suivants :

a) $\vec{u}\begin{pmatrix}-1\\2\\-3\end{pmatrix}$ et $\vec{v}\begin{pmatrix}-2\\2\\2\end{pmatrix}$ b) $\vec{u}\begin{pmatrix}5\\1\\-5\end{pmatrix}$ et $\vec{v}\begin{pmatrix}1\\-3\\3\end{pmatrix}$ c) $\vec{u}\begin{pmatrix}\sqrt{2}\\\sqrt{3}\\-1\end{pmatrix}$ et $\vec{v}\begin{pmatrix}-\sqrt{3}\\\sqrt{2}\\1\end{pmatrix}$

Exercice 6 ★ 10 min

Corrigé p. 74

Dans chacun des cas, déterminer toutes les valeurs de *x* et de *y* pour que $\vec{u}$ et $\vec{v}$ soient orthogonaux.

a) $\vec{u}\begin{pmatrix}x\\1\\-5\end{pmatrix}$ et $\vec{v}\begin{pmatrix}2\\0\\2\end{pmatrix}$ b) $\vec{u}\begin{pmatrix}x\\1\\-5\end{pmatrix}$ et $\vec{v}\begin{pmatrix}2\\x\\7\end{pmatrix}$ c) $\vec{u}\begin{pmatrix}2\\x\\-3\end{pmatrix}$ et $\vec{v}\begin{pmatrix}y\\-2\\4\end{pmatrix}$ d) $\vec{u}\begin{pmatrix}-3\\1\\x\end{pmatrix}$ et $\vec{v}\begin{pmatrix}2\\-5\\y\end{pmatrix}$

Exercice 7 ★★ 15 min

Corrigé p. 74

Soit les points $A\ (1\ ;1\ ;1)$, $B\ (2\ ;0\ ;-2)$ et $C\ (1\ ;-2\ ;2)$.

1. Montrer que le triangle *ABC* est rectangle.
2. Donner une mesure en radian à 10^{-2} près des angles aigus de ce triangle.

Exercice 8 ★ 15 min

Corrigé p. 74

Soit les points $A\ (2\ ;-1\ ;0)$, $B\ (3\ ;2\ ;-1)$ et $C\ (6\ ;3\ ;0)$.

1. Montrer que le triangle ABC est isocèle.

2. Donner une mesure en radian à 10^{-2} près des angles de ce triangle.

Exercice 9 ★★ 15 min

Corrigé p. 74

Soit les points $A\ (0\ ;3\ ;4)$, $B\ (1\ ;-1\ ;-1)$ et $C\ (3\ ;0\ ;1)$.

1. Calculer le produit scalaire $\overrightarrow{BA}\,.\,\overrightarrow{BC}$ et en déduire $\cos(\widehat{ABC})$.

2. Soit H le pied de la hauteur issue de A dans le triangle ABC. Calculer BH.
En déduire AH et l'aire du triangle ABC en unités d'aire.

Exercice 10 ★★ 10 min

Corrigé p. 75

Soit les points $A\ (5\ ;-5\ ;3)$, $B\ (-1\ ;-2\ ;-1)$, $C\ (8\ ;5\ ;6)$ et $D\ (2\ ;8\ ;2)$.

1. Montrer que ces quatre points sont coplanaires.

2. Calculer le produit scalaire $\overrightarrow{AB}\,.\,\overrightarrow{AC}$. En déduire la nature du quadrilatère $ABDC$

Exercice 11 ★★ 20 min

Corrigé p. 75

1. Soit les vecteurs $\vec{u}\begin{pmatrix}1\\2\\5\end{pmatrix}$ et $\vec{v}\begin{pmatrix}4\\-2\\0\end{pmatrix}$.

a) Vérifier que les vecteurs $\vec{u}$ et $\vec{v}$ sont orthogonaux.
b) Déterminer $\overrightarrow{e_1}$ de norme 1 colinéaire à $\vec{u}$.
c) Déterminer $\overrightarrow{e_2}$ de norme 1 colinéaire à $\vec{v}$.

2. Soit le vecteur $\vec{w}\begin{pmatrix}x\\y\\z\end{pmatrix}$.

a) Donner un système de deux équations à trois inconnues x, y et z qui traduit que $\vec{w}$ est orthogonal à $\vec{u}$ et à $\vec{v}$. Exprimer y et z en fonction de x.
b) Déterminer un vecteur $\overrightarrow{e_3}$ tel que $(\overrightarrow{e_1}\ ;\ \overrightarrow{e_2}\ ;\ \overrightarrow{e_3})$ soit une base orthonormée de l'espace (deux solutions).

Exercice 12 ★★ 15 min

Corrigé p. 75

Soit les points $O\ (0\ ;0\ ;0)$ $A\ (2\ ;0\ ;0)$ et $B\ (1\ ;\sqrt{3}\ ;0)$.

1. Montrer que OAB est équilatéral.

2.a) Déterminer les coordonnées de G centre de gravité de OAB.
b) En déduire les coordonnées d'un point C tels $OABC$ soit un tétraèdre régulier (toutes les arrêtes de même longueur).

3 Droites, plans et équations

1 Représentation paramétrique d'une droite

Définition

L'espace est muni d'un repère.

Soit $\mathcal{D}$ une droite passant par $A(x_A\,;y_A\,;z_A)$ et dirigée par un vecteur $\vec{u}\begin{pmatrix}a\\b\\c\end{pmatrix}$.

$$M(x\,;y\,;z) \in \mathcal{D} \Leftrightarrow \text{il existe un réel } k \text{ tel que } \overrightarrow{AM} = k\vec{u} \Leftrightarrow \begin{cases} x = x_A + ka \\ y = y_A + kb \\ z = z_A + kc \end{cases}, k \in \mathbb{R}.$$

Ce système est **une représentation paramétrique** de $\mathcal{D}$.

Remarque

Il existe plusieurs représentations paramétriques d'une droite car on peut changer le point de la droite et le vecteur directeur.

Appliquer le cours

Dans l'espace muni d'un repère, on considère la droite $\mathcal{D}$ passant par $A(2\,;3\,;-1)$ et dirigée par $\vec{u}\begin{pmatrix}1\\0\\-1\end{pmatrix}$.

1. Déterminer une représentation paramétrique de $\mathcal{D}$.

2. $B(12\,;3\,;-11)$ et $C(20\,;3\,;-15)$ appartiennent-ils à $\mathcal{D}$?

Solution

1. $M(x\,;y\,;z) \in \mathcal{D} \Leftrightarrow \exists\, k \in \mathbb{R} \mid \overrightarrow{AM} \begin{pmatrix}x-2\\y-3\\z+1\end{pmatrix} = k\vec{u}\begin{pmatrix}1\\0\\-1\end{pmatrix} \Leftrightarrow \begin{cases} x = 2+k \\ y-3 \\ z = -1-k \end{cases}, k \in \mathbb{R}.$

C'est une représentation paramétrique de $\mathcal{D}$.

2. $B \in \mathcal{D} \Leftrightarrow \exists\, k \in \mathbb{R} \mid \begin{cases} x_B = 2+k \\ y_B = 3 \\ z_B = -1-k \end{cases} \Leftrightarrow \exists\, k \in \mathbb{R} \mid \begin{cases} 12 = 2+k \\ 3 = 3 \\ -11 = -1-k \end{cases} \Leftrightarrow \exists\, k \in \mathbb{R} \mid \begin{cases} 10 = k \\ \\ 10 = k \end{cases}$

k existe, donc ***B* appartient à** $\mathcal{D}$.

$C \in \mathcal{D} \Leftrightarrow \exists\, k \in \mathbb{R} \mid \begin{cases} x_c = 2+k \\ y_c = 3 \\ z_c = -1-k \end{cases} \Leftrightarrow \exists\, k \in \mathbb{R} \mid \begin{cases} 20 = 2+k \\ 3 = 3 \\ -15 = -1-k \end{cases} \Leftrightarrow \exists\, k \in \mathbb{R} \mid \begin{cases} 18 = k \\ \\ 18 = k \end{cases}$

k n'existe pas, donc ***C* n'appartient pas** à $\mathcal{D}$.

2 Représentation paramétrique d'un plan

Définition

L'espace est muni d'un repère.

Soit $\mathscr{P}$ un plan passant par $A(x_A\,;y_A\,;z_A)$ et dirigé par deux vecteurs $\vec{u}\begin{pmatrix} a \\ b \\ c \end{pmatrix}$ et $\overrightarrow{u'}\begin{pmatrix} a' \\ b' \\ c' \end{pmatrix}$.

$M(x\,;y\,;z) \in \mathscr{P} \Leftrightarrow$ il existe $(k\,;k') \in \mathbb{R}^2$ tel que $\overrightarrow{AM} = k\vec{u} + k'\overrightarrow{u'}$.

$$\Leftrightarrow \begin{cases} x = x_A + ka + k'a' \\ y = y_A + kb + k'b' \\ z = z_A + kc + k'c' \end{cases},\ (k\,;k') \in \mathbb{R}^2.$$

Ce système est **une représentation paramétrique** de $\mathscr{P}$.

Appliquer le cours

L'espace est muni d'un repère. Soit le point $A(1\,;-2\,;-3)$ et les vecteurs $\vec{u}\begin{pmatrix} 1 \\ 0 \\ -1 \end{pmatrix}$ et $\overrightarrow{u'}\begin{pmatrix} 2 \\ 1 \\ -3 \end{pmatrix}$.

1. Montrer que les vecteurs $\vec{u}$ et $\vec{u}'$ ne sont pas colinéaires.
2. Donner une représentation paramétrique du plan $\mathscr{P}$ passant par A et dirigé par $(\vec{u}\ ;\ \vec{u}')$.
3. Prouver que $B(4\,;0\,;-8)$ appartient à $\mathscr{P}$.

Solution

1. $\vec{u}$ et $\overrightarrow{u'}$ sont colinéaires $\Leftrightarrow \exists\, k \in \mathbb{R} \mid \vec{u}\begin{pmatrix} 1 \\ 0 \\ -1 \end{pmatrix} = k\overrightarrow{u'}\begin{pmatrix} 2 \\ 1 \\ -3 \end{pmatrix} \Leftrightarrow \exists\, k \in \mathbb{R} \mid \begin{cases} 1 = 2k \\ 0 = k \\ -1 = -3k \end{cases}$.

k n'existe pas, donc **les vecteurs $\vec{u}$ et $\overrightarrow{u'}$ ne sont pas colinéaires.**

2. $M(x\,;y\,;z) \in \mathscr{P} \Leftrightarrow \exists\,(k\,;k') \in \mathbb{R}^2 \mid \overrightarrow{AM}\begin{pmatrix} x-1 \\ y+2 \\ z+3 \end{pmatrix} = k\vec{u}\begin{pmatrix} 1 \\ 0 \\ -1 \end{pmatrix} + k\overrightarrow{u'}\begin{pmatrix} 2 \\ 1 \\ -3 \end{pmatrix}$

$$\Leftrightarrow \begin{cases} \boldsymbol{x = 1 + k + 2\,k'} \\ \boldsymbol{y = -2 + k'} \\ \boldsymbol{z = -3 - k - 3k'} \end{cases},\ \boldsymbol{(k\,;k') \in \mathbb{R}^2}.$$

C'est une représentation paramétrique de $\mathscr{P}$.

3. $B \in \mathscr{P} \Leftrightarrow \exists\,(k\,;k') \in \mathbb{R}^2 \mid \begin{cases} x_B = 1 + k + 2\,k' \\ y_B = -2 + k' \\ z_B = -3 - k - 3k' \end{cases} \Leftrightarrow \exists\,(k\,;k') \in \mathbb{R}^2 \mid \begin{cases} 3 = k + 2\,k' \\ 2 = k' \\ -5 = -k - 3k' \end{cases}$

$$\Leftrightarrow \exists\,(k\,;k') \in \mathbb{R}^2 \mid \begin{cases} -1 = k \\ 2 = k' \\ 1 = -k \end{cases}.$$

k et k' existent, donc ***B* appartient à $\mathscr{P}$.**

3 Équation cartésienne d'un plan

• Définition

L'espace est muni d'un repère **orthonormé**.

Soit $\mathcal{P}$ un plan passant par $A(x_A\,;y_A\,;z_A)$ et de vecteur normal $\vec{n}\begin{pmatrix}a\\b\\c\end{pmatrix}$.

$$M(x\,;y\,;z)\in\mathcal{P}\Leftrightarrow \overrightarrow{AM}\begin{pmatrix}x-x_A\\y-y_A\\z-z_A\end{pmatrix}\text{ et }\vec{n}\begin{pmatrix}a\\b\\c\end{pmatrix}\text{ orthogonaux}$$

$$\Leftrightarrow \mathbf{a(x-x_A)+b(y-y_A)+c(z-z_A)=0}.$$

Cette équation est une **équation cartésienne** du plan $\mathcal{P}$.

• Propriété

Toute équation de type $ax+by+cz+d=0$ est une équation cartésienne d'un plan de vecteur normal $\vec{n}\begin{pmatrix}a\\b\\c\end{pmatrix}$.

Appliquer le cours

L'espace est muni d'un repère orthonormé.

Donner une **équation cartésienne** du plan $\mathcal{P}$ passant par $A(2\,;-1\,;0)$ et dont un vecteur normal est $\vec{n}\begin{pmatrix}2\\3\\-1\end{pmatrix}$.

Solution

$$M(x\,;y\,;z)\in\mathcal{P}\Leftrightarrow \overrightarrow{AM}\begin{pmatrix}x-2\\y+1\\z\end{pmatrix}\text{ et }\vec{n}\begin{pmatrix}2\\3\\-1\end{pmatrix}\text{ orthogonaux}$$

$$\Leftrightarrow \overrightarrow{AM}\begin{pmatrix}x-2\\y+1\\z\end{pmatrix}.\vec{n}\begin{pmatrix}2\\3\\-1\end{pmatrix}=0$$

$$\Leftrightarrow 2(x-2)+3(y+1)+(-1)z=0\Leftrightarrow 2x+3y-z-4+3=0.$$

Une équation cartésienne de $\mathcal{P}$ est $\mathbf{2x+3y-z-1=0}$.

4 Système d'équations cartésiennes d'une droite

• Définition

Soit $\mathcal{P} : ax+by+cz+d=0$ et $\mathcal{P}' : a'x+b'y+c'z+d'=0$ deux plans non parallèles ($(a\,;b\,;c)$ et $(a'\,;b'\,;c')$ non proportionnels) d'intersection $\mathcal{D}$.

$\begin{cases}ax+by+cz+d=0\\a'x+b'y+c'z+d'=0\end{cases}$ est un **système d'équations cartésiennes** de $\mathcal{D}$.

Exercices d'entraînement

Dans tous les exercices, l'espace est muni d'un repère orthonormé.

Exercice 1 ★ 15 min

Corrigé p. 76

Soit la droite $\mathscr{D}$ de représentation paramétrique $\begin{cases} x=2+k \\ y=1-k \\ z=-1+k \end{cases}, k \in \mathbb{R}$.

1. $A(2\,;1\,;-1)$ et $B(6\,;-3\,;-11)$ appartiennent-ils à $\mathscr{D}$?
2. Déterminer un système d'équations cartésiennes de $\mathscr{D}$.

3.a) Donner un vecteur directeur de $\mathscr{D}$.
b) Déterminer les coordonnées du projeté orthogonal de $C(3\,;4\,;1)$ sur $\mathscr{D}$.

Exercice 2 ★ 8 min

Corrigé p. 76

Soit une droite $\mathscr{D}$ dont un système d'équations cartésiennes est $\begin{cases} x-2y+z+1=0 \\ x+y+3z-1=0 \end{cases}$.

Déterminer une représentation paramétrique de $\mathscr{D}$.

Exercice 3 ★ 10 min

Corrigé p. 76

Soit $\mathscr{P}$ le plan d'équation : $x + y + 3z + 4 = 0$.
Déterminer une représentation paramétrique de $\mathscr{D}$, la droite perpendiculaire au plan $\mathscr{P}$ et qui passe par $A(1\,;-2\,;-2)$.

Exercice 4 ★★ 20 min

Corrigé p. 77

Soit $\mathscr{P}$ le plan d'équation : $2x + y - 3z - 1 = 0$.

1. Les points $A(4\,;-1\,;2)$ et $B(0\,;5\,;1)$ appartiennent-ils à $\mathscr{P}$?
2. Donner un vecteur normal à $\mathscr{P}$.
3. Donner une représentation paramétrique de $\mathscr{P}$.
4. Déterminer le projeté orthogonal de B sur $\mathscr{P}$.

Exercice 5 ★★ 15 min

Corrigé p. 77

Soit les droites $\mathscr{D} : \begin{cases} x=4+t \\ y=6+2t \\ z=1-t \end{cases}, t \in \mathbb{R}$, et $\mathscr{D}' : \begin{cases} x=2+k \\ y=1-k \\ z=1-3k \end{cases}, k \in \mathbb{R}$.

1. Prouver que $\mathscr{D}$ et $\mathscr{D}'$ ne sont pas parallèles.
2. $\mathscr{D}$ et $\mathscr{D}'$ sont-elles coplanaires ?

Exercice 6 ★★ 10 min

Corrigé p. 77

On donne $\mathscr{D} : \begin{cases} x=2t-1 \\ y=t+2 \\ z=-t+1 \end{cases}, t \in \mathbb{R}$, et $\mathscr{P} : x + y - 2z - 1 = 0$.

Déterminer les coordonnées du point d'intersection de $\mathscr{D}$ et de $\mathscr{P}$.

Exercice 7 ★★ 15 min

Corrigé p. 78

Soit les droites $\mathcal{D}$: $\begin{cases} x = 2t - 2 \\ y = t + 9 \\ z = -t - 4 \end{cases}$, $t \in \mathbb{R}$, et (AB) avec $A(2\ ;1\ ;4)$ et $B(1\ ;3\ ;2)$.

Étudier la position relative de $\mathcal{D}$ et de (AB).

Exercice 8 ★★ 15 min

Corrigé p. 78

Soit le plan $\mathcal{P}_1$ passant par $A(4\ ;-3\ ;1)$ et de vecteur normal $\vec{n}\begin{pmatrix} 2 \\ 3 \\ -1 \end{pmatrix}$.

1. Déterminer une équation cartésienne de $\mathcal{P}_1$.
2. Déterminer la position de $\mathcal{P}_1$ par rapport à $\mathcal{P}_2$ d'équation cartésienne : $x + y - 2z = 0$.
3. $\mathcal{P}_1$ est-il sécant au plan $\mathcal{P}_3$ d'équation cartésienne : $-4x - 6y + 2z + 1 = 0$?
4. Déterminer une équation du plan $\mathcal{P}_4$ parallèle à $\mathcal{P}_2$ passant par A.

Exercice 9 ★★ 20 min

Corrigé p. 78

ABCDEFGH désigne un cube de côté 1.
I, J et K sont les milieux respectifs de $[AE]$, de $[CB]$ et de $[HF]$.
La droite (EC) coupe le plan (AFH) en L.
L'espace est muni du repère orthonormé $(A\ ;\ \overrightarrow{AB},\ \overrightarrow{AD},\ \overrightarrow{AE})$.

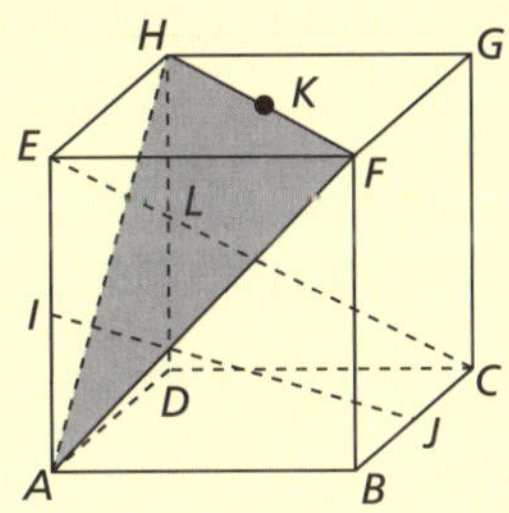

1. Quelle est la position relative des droites (IJ) et (EF) ?
2. Calculer le produit scalaire $\overrightarrow{AF}.\overrightarrow{BG}$.
3. Déterminer une équation cartésienne du plan (AFH).
4. Parmi les vecteurs $\overrightarrow{EG}$, $\overrightarrow{EL}$, $\overrightarrow{IJ}$ et $\overrightarrow{DI}$, lequel est un vecteur normal au plan (AFH) ?

Exercice 10 ★★ 30 min

Corrigé p. 79

On considère le cube *ABCDEFGH* représenté ci-contre et on munit l'espace du repère orthonormé $(A\ ;\ \overrightarrow{AB},\ \overrightarrow{AD},\ \overrightarrow{AE})$.

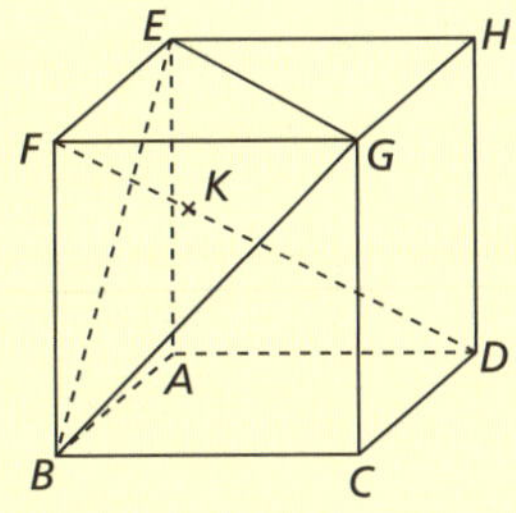

1. Déterminer une représentation paramétrique de la droite (FD).
2. Démontrer que le vecteur $\vec{n}\begin{pmatrix} 1 \\ -1 \\ 1 \end{pmatrix}$ est un vecteur normal au plan (BGE) et déterminer une équation cartésienne de ce plan.
3. Montrer que la droite (FD) est perpendiculaire au plan (BGE) et déterminer les coordonnées du projeté orthogonal de F sur le plan (BGE).
4. Quelle est la nature du triangle BGE ? Déterminer son aire.
5. En déduire le volume du tétraèdre $BEGF$.

Exercice 11 ★★★ **60 min** *Corrigé p. 79*

Dans un repère orthonormé $(O\ ;\ \vec{i},\ \vec{j},\ \vec{k})$, de l'espace, on considère pour tout réel m, le plan $\mathcal{P}_m$ d'équation

$$\frac{1}{4}m^2x + (m-1)y + \frac{1}{2}mz - 3 = 0.$$

1. Pour quelle(s) valeur(s) de m le point A(1 ; 1 ; 1) appartient-il au plan $\mathcal{P}_m$?

2. Montrer que les plans $\mathcal{P}_1$ et $\mathcal{P}_{-4}$ sont sécants selon la droite $\mathcal{D}$ de représentation paramétrique :

$$\mathcal{D}\begin{cases} x = 12 - 2t \\ y = 9 - 2t \\ z = t \end{cases}, \text{ avec } t \in \mathbb{R}.$$

3. a) Montrer que l'intersection entre le plan $\mathcal{P}_0$ et la droite $\mathcal{D}$ est un point noté B dont on déterminera les coordonnées.

b) Justifier que, pour tout réel m, le point B appartient au plan $\mathcal{P}_m$.

c) Montrer que le point B est l'unique point appartenant à $\mathcal{P}_m$ pour tout réel m.

4. Dans cette question, on considère deux entiers relatifs m et m' tels que :

$$-10 \leqslant m \leqslant 10 \quad \text{et} \quad -10 \leqslant m' \leqslant 10.$$

On souhaite déterminer les valeurs de m et de m' pour lesquelles $\mathcal{P}_m$ et $\mathcal{P}_{m'}$ sont perpendiculaires.

a) Vérifier que $\mathcal{P}_1$ et $\mathcal{P}_{-4}$ sont perpendiculaires.

b) Montrer que les plans $\mathcal{P}_m$ et $\mathcal{P}_{m'}$ sont perpendiculaires si, et seulement si :

$$\left(\frac{mm'}{4}\right)^2 + (m-1)(m'-1) + \frac{mm'}{4} = 0.$$

c) On donne le programme Python suivant :

```
for m in range(-10,11) :
    for m' in range(-10,11) :
        if (m*m'/4)**2+(m-1)(m'-1)+m*m'/4==0 :
            print("("m ";" m'")")
```

Quel est le rôle de cet algorithme ?

d) Cet algorithme affiche six couples d'entiers dont (–4 ; 1), (0 ; 1) et (5 ; –4).
Écrire les six couples dans l'ordre d'affichage de l'algorithme.

4 Suites – Récurrence

1 Principe de démonstration par récurrence

Soit P_n une propriété à démontrer pour tout entier n supérieur à un entier n_0.

Initialisation : on démontre que la propriété est vraie pour l'entier n_0.

Hérédité : on suppose la propriété vraie pour un entier k supérieur ou égal à n_0 et on montre que la propriété est alors vraie pour l'entier $k + 1$.

Conclusion : d'après le principe de récurrence, la propriété est donc vraie pour tous les entiers supérieurs ou égaux à n_0.

Appliquer le cours

Soit (u_n) la suite définie par $u_0 = 0$ et pour tout entier naturel n, $u_{n+1} = \sqrt{u_n + 6}$.

Montrer par récurrence que pour tout entier naturel n, $0 \leqslant u_n \leqslant 3$.

Solution

Soit $P_n : 0 \leqslant u_n \leqslant 3$.

• On a $u_0 = 0$, donc P_0 est vraie.

• Supposons qu'il existe un entier naturel k tel que P_k soit vraie.

On aurait alors :

$$\begin{aligned} & 0 \leqslant u_k \leqslant 3 \\ \Rightarrow\quad & 6 \leqslant u_k + 6 \leqslant 9 \\ \Rightarrow\quad & \sqrt{6} \leqslant \sqrt{u_k + 6} \leqslant \sqrt{9} \end{aligned}$$

car $x \mapsto \sqrt{x}$ croît sur $[6 ; 9]$;

donc $0 \leqslant u_{k+1} \leqslant 3$.

P_{k+1} serait donc vraie : c'est héréditaire.

• D'après le principe de récurrence, pour tout entier naturel n, P_n est vraie, c'est-à-dire que $\mathbf{0 \leqslant u_n \leqslant 3}$.

2 Limites des suites

A Définitions

• **La suite (u_n) tend vers $+\infty$** si tout intervalle de la forme $[A ; +\infty[$ contient toutes les valeurs u_n à partir d'un certain rang. On note $\lim\limits_{n \to +\infty} u_n = +\infty$.

On dit que la suite (u_n) **diverge** vers $+\infty$

• **La suite (u_n) tend vers $-\infty$** si tout intervalle de la forme $]-\infty ; A]$ contient toutes les valeurs u_n à partir d'un certain rang. On note $\lim\limits_{n \to +\infty} u_n = -\infty$.

On dit que la suite (u_n) **diverge** vers $-\infty$

• **La suite (u_n) tend vers le nombre réel ℓ** si tout intervalle ouvert contenant ℓ contient toutes les valeurs u_n à partir d'un certain rang. On note $\lim\limits_{n \to +\infty} u_n = \ell$.

La suite (u_n) est dite **convergente**.

B Limites de référence

• Limites infinies : $\lim\limits_{n \to +\infty} n = +\infty$ $\qquad \lim\limits_{n \to +\infty} n^2 = +\infty$ $\qquad \lim\limits_{n \to +\infty} \sqrt{n} = +\infty$.

• Limites nulles : $\lim\limits_{n \to +\infty} \frac{1}{n} = 0$ $\qquad \lim\limits_{n \to +\infty} \frac{1}{n^2} = 0$ $\qquad \lim\limits_{n \to +\infty} \frac{1}{\sqrt{n}} = 0$.

C Opérations sur les limites

- Les opérations sur les limites obéissent au bon sens avec :

– un quotient par un nombre infiniment grand donne en général une limite nulle ;

– un quotient par un nombre infiniment petit donne en général une limite infinie.

- Il existe quatre **formes indéterminées** : « $+\infty - \infty$ » ; « $0 \times \infty$ » ; « $\frac{\infty}{\infty}$ » ; « $\frac{0}{0}$ ».

Appliquer le cours

Déterminer les limites des deux suites.

1. (u_n) définie par, $\forall n \in \mathbb{N}$, $u_n = -n^2 + 6n$.

2. (v_n) définie par, $\forall n \in \mathbb{N}^*$, $v_n = \frac{n+3}{2n}$.

Solution

1. On a $\lim\limits_{n\to+\infty} -n^2 = -\infty$ et $\lim\limits_{n\to+\infty} 6n = +\infty$ donc la limite de la somme est une forme indéterminée.

On transforme par factorisation.

$\forall n \in \mathbb{N}$, on a $u_n = -n(n-6)$.

On a $\lim\limits_{n\to+\infty} -n = -\infty$ et $\lim\limits_{n\to+\infty} n-6 = +\infty$.

Par produit, on a $\mathbf{\lim\limits_{n\to+\infty} u_n = -\infty}$.

2. On a $\lim\limits_{n\to+\infty} n+3 = +\infty$ et $\lim\limits_{n\to+\infty} 2n = +\infty$ donc la limite du quotient est une forme indéterminée.

On transforme par factorisation.

$\forall n \in \mathbb{N}^*$, on a $v_n = \dfrac{n\left(1+\frac{3}{n}\right)}{2n} = \dfrac{1+\frac{3}{n}}{2}$.

On a $\lim\limits_{n\to+\infty} \frac{3}{n} = 0$, donc $\mathbf{\lim\limits_{n\to+\infty} v_n = 0{,}5}$.

À retenir

Quand on a une forme indéterminée de la forme « $\infty - \infty$ » ou « $\frac{\infty}{\infty}$ », on transforme souvent l'expression par factorisation.

D Propriétés

- Toute suite **croissante non majorée** diverge vers $+\infty$ (sa limite vaut $+\infty$).
- Toute suite **décroissante non minorée** diverge vers $-\infty$ (sa limite vaut $-\infty$).
- Toute suite **croissante majorée (ou décroissante minorée)** converge.

- Soit (u_n), (v_n) et (w_n) trois suites.

– Théorème de minoration :

Si $u_n \leqslant v_n$ à partir d'un certain rang et si $\lim\limits_{n\to+\infty} u_n = +\infty$, alors $\lim\limits_{n\to+\infty} v_n = +\infty$.

– Théorème de majoration :

Si $u_n \leqslant v_n$ à partir d'un certain rang et si $\lim\limits_{n\to+\infty} v_n = -\infty$, alors $\lim\limits_{n\to+\infty} u_n = -\infty$.

– Théorème d'encadrement :

Si $u_n \leqslant v_n \leqslant w_n$ à partir d'un certain rang et si $\lim\limits_{n\to+\infty} u_n = \ell = \lim\limits_{n\to+\infty} w_n$, alors $\lim\limits_{n\to+\infty} v_n = \ell$.

- **Comportement d'une suite géométrique (q^n)**

Soit q un réel. Pour la suite (q^n), on a :

$q < 1$	$q = -1$	$-1 < q < 1$	$q = 1$	$1 < q$
(q^n) n'a pas de limite	(q^n) prend deux valeurs opposées	(q^n) converge vers 0	(q^n) est constante	(q^n) diverge vers $+\infty$

Exercices d'entraînement

Exercice 1 ★ 10 min

Corrigé p. 81

Soit (u_n) la suite définie par son premier terme u_0 et la relation $u_{n+1} = \sqrt{2+u_n}$, $\forall\, n \in \mathbb{N}$.

1. On prend $u_0 = 3{,}5$.
Montrer par récurrence que (u_n) est minorée par 2.

2. On prend $u_0 = 1$.
Montrer par récurrence que pour tout entier n, on a $0 \leqslant u_n \leqslant 2$.

Exercice 2 ★ 10 min

Corrigé p. 81

1. Soit x un réel, $x > -1$.
Démontrer par récurrence l'inégalité de Bernoulli, c'est-à-dire pour tout entier naturel n,

$$(1+x)^n \geqslant 1 + nx.$$

2. En déduire que, pour tout réel $q > 1$, $\lim\limits_{n \to +\infty} q^n = +\infty$.

Exercice 3 ★ 8 min

Corrigé p. 81

Dans chaque cas, calculer la limite de la suite (u_n) :

a) $u_n = 12\,n^2 - 7\,n - 5$;

b) $u_n = \dfrac{-3n^3+3}{4n+2}$.

Exercice 4 ★★ 12 min

Corrigé p. 81

Soit (u_n) la suite définie pour tout entier n par $u_n = \sqrt{n^2+3} - n$.

1. Montrer que $\lim\limits_{n \to +\infty} u_n = 0$.

2. On admet que (u_n) est décroissante.
On veut estimer la vitesse de convergence de la suite (u_n) vers 0 à l'aide d'un algorithme.

a) Compléter l'algorithme suivant pour qu'il indique le plus petit entier N tel que l'écart entre u_N et 0 est inférieur à 10^{-2}.

```
N = ...
Tant que ...
        N = N + 1
Fin Tantque
Afficher N.
```

b) Quel est l'entier N affiché en sortie de l'algorithme ?

c) On considère que la vitesse de convergence est lente si cet entier N est supérieur à 100.
Que peut-on conclure sur la vitesse de convergence de la suite (u_n) ?

Exercice 5 ★★ 10 min

Corrigé p. 82

Soit (u_n) une suite croissante admettant une limite finie ℓ.
Démontrer, en raisonnant par l'absurde, que pour tout entier naturel n, on a $u_n \leqslant \ell$.

Exercice 6 ★★ 45 min

Corrigé p. 82

Partie A

Sur $]0\,;+\infty[$, on considère la fonction f définie par $f(x) = \dfrac{2x-1}{x}$.

On note $\mathscr{C}$ sa courbe représentative dans un repère orthonormé avec 2 centimètres comme unité. On note $\mathscr{D}$ la droite d'équation $y = x$.

1. Étudier les variations de f sur $]0\,;+\infty[$.
2. Montrer que $\mathscr{D}$ est la tangente à $\mathscr{C}$ au point d'abscisse 1.
3. Représenter $\mathscr{D}$ et $\mathscr{C}$.

Partie B

Soit (u_n) la suite définie par $u_0 = 5$ et $u_{n+1} = f(u_n)$ pour tout entier naturel n.

1. Montrer par récurrence que $u_n > 1$ pour tout entier naturel n.
2. À l'aide du graphique de la **Partie A**, construire u_1, u_2, u_3.
3. Calculer les valeurs exactes de u_1, u_2 et u_3 sous forme fractionnaire.
4. Conjecturer la limite de (u_n) quand n tend vers $+\infty$.

Partie C

Pour tout entier naturel n, on pose : $v_n = \dfrac{1}{u_n - 1}$.

1. Montrer que la suite (v_n) est une suite arithmétique dont on précisera la raison et le premier terme.
2. Exprimer v_n en fonction de n. En déduire l'expression de u_n en fonction de n.
3. Calculer la limite de (u_n) quand n tend vers $+\infty$.

Exercice 7 ★★ 30 min

Corrigé p. 83

Soit (u_n) la suite définie par son premier terme u_0 et, pour tout entier naturel n, par la relation $u_{n+1} = au_n + b$ (a et b réels non nuls tels que $a \neq 1$).
On pose, pour tout entier naturel n, $v_n = u_n - \dfrac{b}{1-a}$.

1. Démontrer que, la suite (v_n) est géométrique de raison a.
2. En déduire que si a appartient à l'intervalle $]-1\,;1[$, alors la suite (u_n) a pour limite $\dfrac{b}{1-a}$.

En mars 2015, Max achète une plante verte mesurant 80 cm. On lui conseille de la tailler tous les ans, au mois de mars, en coupant un quart de sa hauteur. La plante poussera alors de 30 cm au cours des douze mois suivants.
Dès qu'il rentre chez lui, Max taille sa plante.

3. Quelle sera la hauteur de la plante en mars 2016 avant que Max ne la taille ?
4. Pour tout entier naturel n, on note h_n la hauteur de la plante, avant sa taille, en mars de l'année $(2015 + n)$.

a) Justifier que, pour tout entier naturel n, $h_{n+1} = 0{,}75h_n + 30$.

b) Conjecturer à l'aide de la calculatrice le sens de variations de la suite (h_n).
Démontrer cette conjecture (on pourra utiliser un raisonnement par récurrence).

c) La suite (h_n) est-elle convergente ? Justifier la réponse.

5 Limites – Continuité – Dérivées

1 Limites d'une fonction

A Limite finie à l'infini

• **Une fonction f admet un réel ℓ comme limite en $+\infty$** si tout intervalle ouvert contenant ℓ, contient toutes les valeurs de $f(x)$ pour tout réel x supérieur à un réel x_0.

On note $\lim\limits_{x \to +\infty} f(x) = \ell$.

La fonction f est dite **convergente** en $+\infty$.

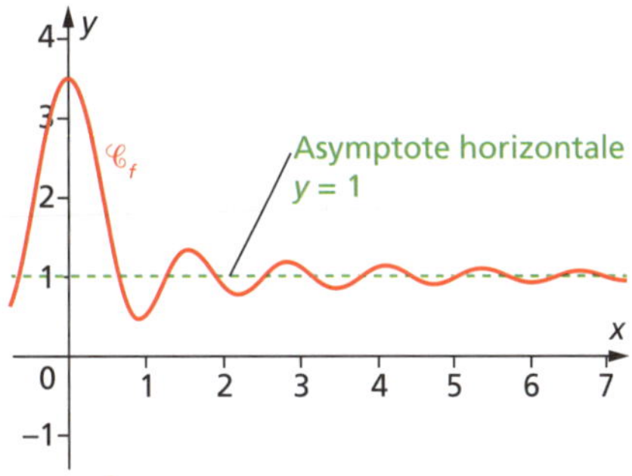

• Si f converge en $+\infty$ vers un réel ℓ, alors la droite d'équation $y = \ell$ est une **asymptote horizontale** à la courbe représentative de f au voisinage de $+\infty$.

• **Une fonction f admet un réel ℓ comme limite en $-\infty$** si tout intervalle ouvert contenant ℓ contient toutes les valeurs de $f(x)$ pour tout réel x inférieur à un réel x_0.

On note $\lim\limits_{x \to -\infty} f(x) = \ell$.

La fonction f est dite **convergente** en $-\infty$

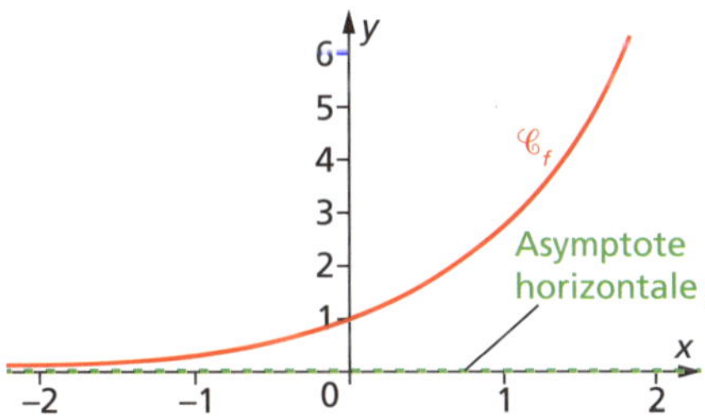

• Si f converge en $-\infty$ vers un réel ℓ, alors la droite d'**équation** $y = \ell$ est une **asymptote horizontale** à la courbe représentative de f au voisinage de $-\infty$.

• **Limites finies de référence en l'infini**

$\lim\limits_{x \to +\infty} \frac{1}{x} = 0$ $\lim\limits_{x \to +\infty} \frac{1}{x^2} = 0$ $\lim\limits_{x \to +\infty} \frac{1}{\sqrt{x}} = 0$

$\lim\limits_{x \to -\infty} \frac{1}{x} = 0$ $\lim\limits_{x \to -\infty} \frac{1}{x^2} = 0$ $\lim\limits_{x \to -\infty} e^x = 0$ $\lim\limits_{x \to -\infty} xe^x = 0$

B Limite infinie à l'infini

• **Une fonction f admet $+\infty$ comme limite en $+\infty$** si tout intervalle de la forme $[A\,;+\infty[$ contient toutes les valeurs de $f(x)$ pour tout réel x supérieur à un réel x_0.

On note $\lim\limits_{x \to +\infty} f(x) = +\infty$. La fonction f est dite **divergente** en $+\infty$.

• **Une fonction f admet $-\infty$ comme limite en $+\infty$** si tout intervalle de la forme $]-\infty\,;A]$ contient toutes les valeurs de $f(x)$ pour tout réel x supérieur à un réel x_0.

On note $\lim\limits_{x \to +\infty} f(x) = -\infty$. La fonction f est dite **divergente** en $+\infty$.

On définit de même des limites $+\infty$ ou $-\infty$ en $-\infty$.

• **Limites infinies de référence en l'infini**

$\lim\limits_{x\to+\infty} x = +\infty$ $\lim\limits_{x\to+\infty} x^2 = +\infty$ $\lim\limits_{x\to+\infty} \sqrt{x} = +\infty$ $\lim\limits_{x\to+\infty} e^x = +\infty$ $\lim\limits_{x\to+\infty} \dfrac{e^x}{x} = +\infty$

$\lim\limits_{x\to-\infty} x = +\infty$ $\lim\limits_{x\to-\infty} x^2 = +\infty$

C Limite infinie en un réel fini

Soit a un nombre réel.

• On dit que **f admet $+\infty$ comme limite en a par valeurs supérieures à a**, si tout intervalle de la forme $[A ; +\infty[$ contient toutes les valeurs de $f(x)$ pour tout réel x de $]a ; a+h[$ avec h un réel strictement positif. On note $\lim\limits_{x\to a^+} f(x) = +\infty$.

• On dit que **f admet $-\infty$ comme limite en a par valeurs supérieures à a**, si tout intervalle de la forme $]-\infty ; A]$ contient toutes les valeurs de $f(x)$ pour tout réel x de $]a ; a+h[$ avec h un réel strictement positif. On note $\lim\limits_{x\to a^+} f(x) = -\infty$.

• On dit que **f admet $+\infty$ comme limite en a par valeurs inférieures à a**, si tout intervalle de la forme $[A ; +\infty[$ contient toutes les valeurs de $f(x)$ pour tout réel x de $]a-h ; a[$ avec h un réel strictement positif. On note $\lim\limits_{x\to a^-} f(x) = +\infty$.

• On dit que **f admet $-\infty$ comme limite en a par valeurs inférieures à a**, si tout intervalle de la forme $]-\infty ; A]$ contient toutes les valeurs de $f(x)$ pour tout réel x de $]a-h ; a[$ avec h un réel strictement positif. On note $\lim\limits_{x\to a^-} f(x) = -\infty$.

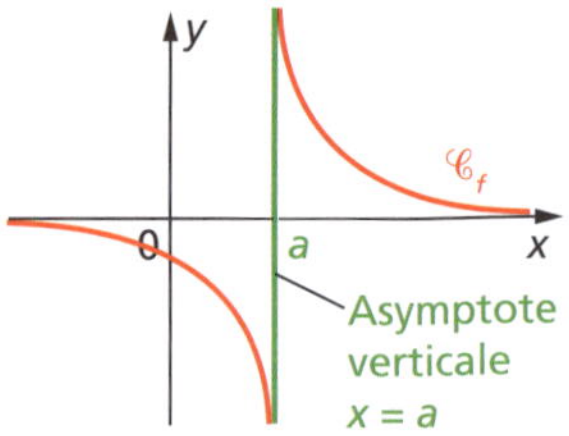

• Si f admet en a^+ ou en a^- une limite infinie, alors la droite d'**équation** $x = a$ est une **asymptote verticale** à la courbe représentative de f.

• **Limites infinies de référence en un nombre fini**

$\lim\limits_{x\to0^+} \dfrac{1}{x} = +\infty$ $\lim\limits_{x\to0^-} \dfrac{1}{x} = -\infty$ $\lim\limits_{x\to0} \dfrac{1}{x^2} = +\infty$ $\lim\limits_{x\to0^+} \dfrac{1}{\sqrt{x}} = +\infty$

D Calculs sur les limites

• **Opérations sur les limites**

Les opérations sur les limites obéissent au bon sens avec :
- un quotient par un nombre infiniment grand donne en général une limite nulle ;
- un quotient par un nombre infiniment petit donne en général une limite infinie.

Il existe **quatre formes indéterminées** : « $+\infty-\infty$ » ; « $0\times\infty$ » ; « $\dfrac{\infty}{\infty}$ » ; « $\dfrac{0}{0}$ ».

• **Limite d'une fonction composée**

Soit a, b et c trois réels ou $+\infty$ ou $-\infty$. Soit f et g deux fonctions.

Si $\lim\limits_{x\to a} f(x) = b$ et $\lim\limits_{X\to b} g(X) = c$, alors $\lim\limits_{x\to a} g(f(x)) = c$.

Appliquer le cours

Calculer $\lim_{x \to 3^+} \frac{1}{3-x}$.

Solution

On a $\lim_{x \to 3^+} 3-x = 0^-$.

On a aussi $\lim_{X \to 0} \frac{1}{X} = -\infty$.

Par composition, on en déduit que :

$$\lim_{x \to 3^+} \frac{1}{3-x} = -\infty.$$

• **Propriétés**

– Toute fonction **croissante non majorée** diverge vers $+\infty$ (sa limite vaut $+\infty$).
– Toute fonction **décroissante non minorée** diverge vers $-\infty$ (sa limite vaut $-\infty$).
– Toute fonction **croissante majorée (ou décroissante minorée)** converge.

Soit f, g et h trois fonctions.

– Théorème de minoration :

Si $f(x) \leqslant g(x)$ pour x suffisamment grand et si $\lim_{x \to +\infty} f(x) = +\infty$, alors $\lim_{x \to +\infty} g(x) = +\infty$.

– Théorème de majoration :

Si $f(x) \leqslant g(x)$ pour x suffisamment grand et si $\lim_{x \to +\infty} g(x) = -\infty$, alors $\lim_{x \to +\infty} f(x) = -\infty$.

– Théorème d'encadrement :

Si $f(x) \leqslant g(x) \leqslant h(x)$ pour x suffisamment grand et si $\lim_{x \to +\infty} f(x) = \ell = \lim_{x \to +\infty} h(x)$,
alors $\lim_{x \to +\infty} g(x) = \ell$.

Appliquer le cours

Justifier que pour tout réel x strictement positif, on a $\frac{-1}{x} \leqslant \frac{\sin(x)}{x} \leqslant \frac{1}{x}$.

En déduire $\lim_{x \to +\infty} \frac{\sin(x)}{x}$.

Solution

$\forall x \in]0 ; +\infty[$, on $-1 \leqslant \sin(x) \leqslant 1$.

En divisant par x, strictement positif, on a :

$\frac{-1}{x} \leqslant \frac{\sin(x)}{x} \leqslant \frac{1}{x}$.

Or on a $\lim_{x \to +\infty} \frac{-1}{x} = 0 = \lim_{x \to +\infty} \frac{1}{x}$.

Par encadrement, on en déduit :

$$\lim_{x \to +\infty} \frac{\sin(x)}{x} = 0.$$

2 Continuité

• **Définitions**

Soit a un réel et f une fonction définie sur I un intervalle contenant a.
– On dit que **f est continue en a** si, et seulement si, $\lim_{x \to a} f(x) = f(a)$.
– On dit que **f est continue sur I** si, et seulement si, f est continue en tout réel de I.

• **Propriétés**

– Toute fonction dérivable sur un intervalle I est continue sur I.
– Les fonctions usuelles (polynôme, rationnelle, racine carrée, ln, exp, …) sont continues sur chacun des intervalles où elles sont définies.
– Toute somme, produit, quotient, composée de fonctions continues est dérivable sur chacun des intervalles où elle est définie.

– Soit f une fonction continue sur un intervalle I et (u_n) une suite à valeurs dans I et convergente vers un réel a de I. La suite (v_n) définie pour tout entier naturel n par $v_n = f(u_n)$ est convergente avec sa limite qui est $f(a)$.

• Théorème des valeurs intermédiaires

Soit f une fonction continue sur un intervalle $[a ; b]$. Pour tout réel k compris entre $f(a)$ et $f(b)$, l'équation $f(x) = k$ admet au moins une solution dans $[a ; b]$.

• Théorème de la bijection (corollaire du théorème des valeurs intermédiaires)

Soit f une fonction continue strictement monotone sur un intervalle $[a ; b]$. Pour tout réel k compris entre $f(a)$ et $f(b)$, l'équation $f(x) = k$ admet une unique solution dans $[a ; b]$.

Remarque

On peut prendre a ou b infini en remplaçant $f(a)$ ou $f(b)$ par la limite de f en a ou en b.

Appliquer le cours

Soit f la fonction définie sur $\mathbb{R}$ par :

$$f(x) = -x^3 - 5x + 1.$$

1. Justifier que f est strictement décroissante sur $\mathbb{R}$.

2. Montrer que l'équation $f(x) = 0$ admet une unique solution sur $[0 ; 1]$.

Solution

1. f est une fonction dérivable sur $\mathbb{R}$ comme fonction polynôme, avec $\forall x \in \mathbb{R}$, $f'(x) = -3x^2 - 5$.

$\forall x \in \mathbb{R}$, on a $f'(x) < 0$, donc f décroît strictement sur $\mathbb{R}$.

2. f est une fonction continue sur $[0 ; 1]$, strictement décroissante, avec $f(0) = 1$ et $f(1) = -5$.
Comme 0 est compris entre $f(0)$ et $f(1)$, d'après le théorème de la bijection,
l'équation $f(x) = 0$ admet une unique solution sur $[0 ; 1]$.

3 Complément sur la dérivation

A Fonction composée

• Définition

Soit u une fonction définie sur un intervalle I à valeurs dans J et v une fonction définie sur J.
On appelle **composée de u suivie de v** la fonction notée $v \circ u$ et définie pour tout x de I par :

$$(v \circ u)(x) = v(u(x)).$$

• Propriété

Soit u une fonction dérivable sur un intervalle I à valeur dans J et v une fonction dérivable sur J.
$v \circ u$ est dérivable sur I avec $(v \circ u)' = u' \times (v' \circ u)$.

Fonction f	Dérivée f'	Conditions
u^n	$n\,u'\,u^{n+1}$	$n \in \mathbb{N}$
$\dfrac{1}{u^n}$	$\dfrac{-u'}{u^{n+1}}$	$n \in \mathbb{N}^*$ u non nul
$\sqrt{u}$	$\dfrac{u'}{2\sqrt{u}}$	$u > 0$
e^u	$u'\,e^u$	

Appliquer le cours

Soit f la fonction définie sur $\mathbb{R}$ par :

$$f(x) = e^{-x^2}.$$

Déterminer sa fonction dérivée.

Solution

f est dérivable sur $\mathbb{R}$ comme composée de fonctions dérivables sur $\mathbb{R}$.
$\forall x \in \mathbb{R}$, $f'(x) = (-x^2)'\ e^{-x^2} = \mathbf{-2x\,e^{-x^2}}$.

B Convexité

• Définitions

– Soit f une fonction dont la dérivée f' est dérivable sur un intervalle I.
On appelle **dérivée seconde de f** sur I, la fonction dérivée de f'. On la note f''.

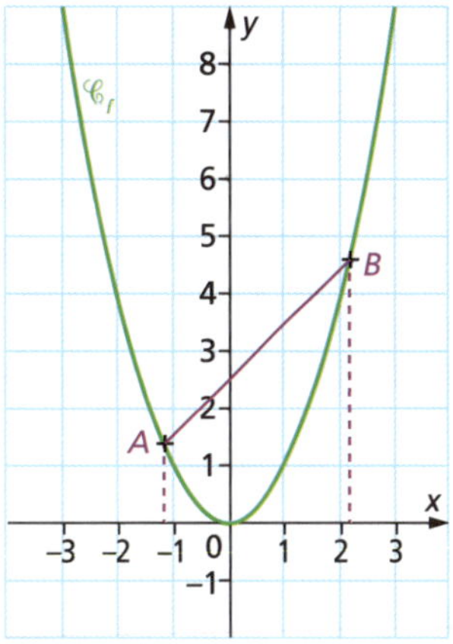

– Soit f une fonction définie sur un intervalle I.
f est dite **convexe** sur I si, et seulement si, pour tous points A et B de $\mathscr{C}_f$, la partie de $\mathscr{C}_f$ comprise entre A et B est située au-dessous de $[AB]$.

– Soit f une fonction définie sur un intervalle I.
f est dite **concave** sur I si, et seulement si, pour tous points A et B de $\mathscr{C}_f$, la partie de $\mathscr{C}_f$ comprise entre A et B est située au-dessus de $[AB]$.

• Propriétés

– Une fonction f deux fois dérivable sur un intervalle I est **convexe**
$\Leftrightarrow$ f' est croissante sur I
$\Leftrightarrow$ f'' est positive sur I
$\Leftrightarrow$ $\mathscr{C}_f$ est situé au-dessus de ces tangentes

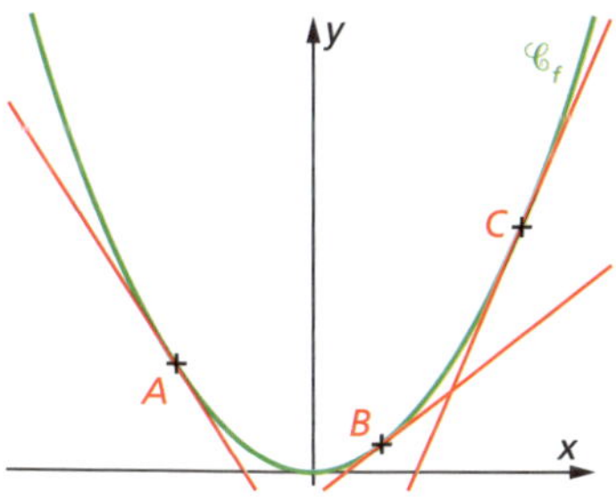

– Une fonction f deux fois dérivable sur un intervalle I est **concave**
$\Leftrightarrow$ f' est décroissante sur I
$\Leftrightarrow$ f'' est négative sur I
$\Leftrightarrow$ $\mathscr{C}_f$ est situé au-dessous de ces tangentes

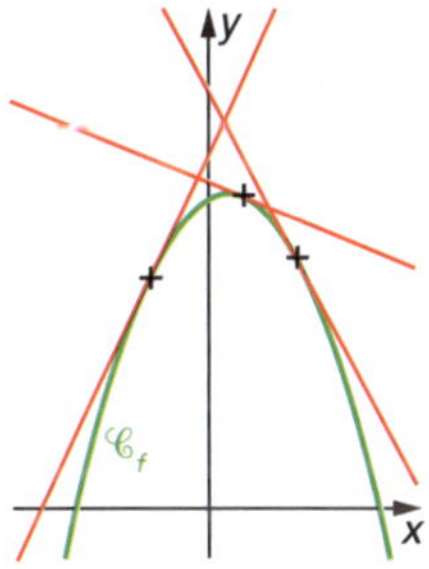

• Point d'inflexion

– $\mathscr{C}_f$ admet au point d'abscisse a un **point d'inflexion** si, et seulement si, f change de convexité, c'est-à-dire si, et seulement si, f est convexe d'un côté de a et concave de l'autre côté.
– $\mathscr{C}_f$ admet un point d'inflexion au point d'abscisse a
$\Leftrightarrow$ $f''(x)$ s'annule en a en changeant de signe
$\Leftrightarrow$ la tangente à $\mathscr{C}_f$ au point d'abscisse a traverse $\mathscr{C}_f$

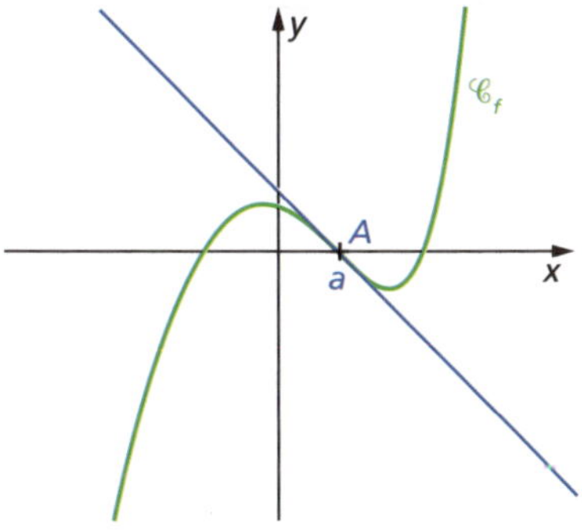

Exercices d'entraînement

Exercice 1 ★ 12 min

Corrigé p. 83

Calculer les limites suivantes :

a) $\lim\limits_{x \to +\infty} \dfrac{3x-1}{2x+5}$ b) $\lim\limits_{x \to +\infty} 4x^2 - 5x + 1$ c) $\lim\limits_{x \to -\infty} x^3 - 5x + 1$ d) $\lim\limits_{x \to -\infty} \sqrt{\dfrac{2x+1}{x+2}}$

Exercice 2 ★ 12 min

Corrigé p. 84

Calculer les limites suivantes :

a) $\lim\limits_{x \to 2^+} \dfrac{1-5x}{x-2}$ b) $\lim\limits_{x \to -1^+} \dfrac{x}{x^2-1}$ c) $\lim\limits_{x \to 0} \dfrac{\cos(x)-1}{x}$ d) $\lim\limits_{x \to 3} \dfrac{x^2-2x-3}{x-3}$

Exercice 3 ★★ 30 min

Corrigé p. 84

Soit f la fonction numérique définie sur $\mathbb{R}\setminus\{1\,;-3\}$ par :

$$f(x) = \frac{2x+2}{x^2+2x-3}.$$

On note $\mathscr{C}$ la courbe représentative de f dans un repère orthonormé d'unité le centimètre.

1. Déterminer les six limites de f aux bornes de son domaine de définition ; préciser les asymptotes à $\mathscr{C}$.
2. Étudier les variations de f.
3. a) Déterminer les coordonnées de I, le point d'intersection de $\mathscr{C}$ avec l'axe des abscisses.
b) Donner une équation de la tangente $\mathscr{T}$ à $\mathscr{C}$ en I.
c) Étudier le signe de $f(x) - (-0{,}5x - 0{,}5)$. En déduire la position relative de $\mathscr{C}$ par rapport à $\mathscr{T}$.
4. Tracer $\mathscr{T}$, puis $\mathscr{C}$.

Exercice 4 ★★ 12 min

Corrigé p. 85

Soit f la fonction définie sur $\mathbb{R}$ par $f(x) = (x^2 - 2x)^8$.
Dresser le tableau de variations de la fonction f avec les limites en $+\infty$ et en $-\infty$, en justifiant les réponses.

Exercice 5 ★ 9 min

Corrigé p. 85

Calculer les dérivées des fonctions suivantes en rappelant à chaque fois la règle employée.

a) $g(x) = 2(2x+3)^{2015}$ sur $\mathbb{R}$.

b) $h(x) = \sqrt{x^2+4x+3}$ sur $]-\infty\,;-3] \cup [-1\,;+\infty[$.

c) $u(x) = f(-5x+7)$ avec $f'(x) = 5x^2+1$ sur $\mathbb{R}$.

Exercice 6 ★★ 10 min

Corrigé p. 86

1. Soit la fonction définie sur $]0\,;+\infty[$ par $f(x) = \dfrac{5x + 2\sin(x)}{x}$.
a) Montrer que, pour tout x de $]0\,;+\infty[$, on a : $5 - \dfrac{2}{x} \leqslant f(x) \leqslant 5 + \dfrac{2}{x}$.
b) En déduire la limite en $+\infty$ de $f(x)$.
2. Étudier par composition la limite en $-\infty$ de $g(x) = \sqrt{\dfrac{x^3+1}{x}}$ sur $]-\infty\,;-1]$.

Exercice 7 ★★ 9 min

Corrigé p. 86

On a représenté ci-contre, dans un repère orthonormé, d'unités graphiques 2 cm, la courbe représentative $\mathscr{C}$ d'une fonction f définie sur $\mathbb{R}$.

La courbe $\mathscr{C}$ passe par les points A (0 ; 2), E(–2 ; 0) et D (–1 ; e).

Le point B a pour coordonnées (2 ; 0).

La droite (AB) est la tangente en A à $\mathscr{C}$.

La tangente à $\mathscr{C}$ au point D est parallèle à l'axe des abscisses.

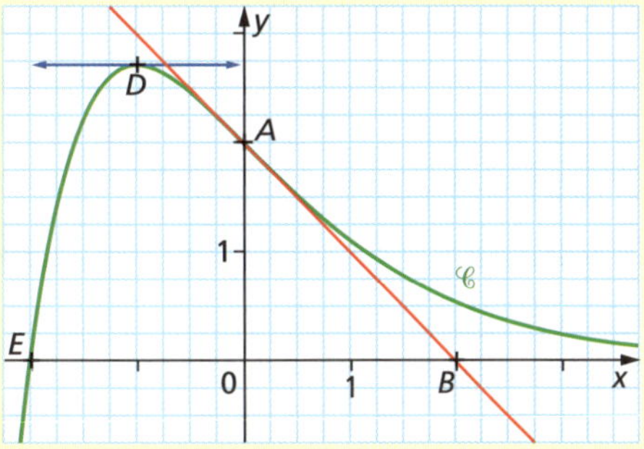

1.a) Déterminer graphiquement $f(-1)$ et $f'(-1)$.

b) Déterminer graphiquement $f(0)$ et $f'(0)$.

2.a) Déterminer graphiquement $f''(0)$. Justifier avec soin.

b) Étudier la convexité de la fonction f. Justifier avec soin.

Exercice 8 ★★ 15 min

Corrigé p. 86

Soit f la fonction définie sur $\mathbb{R}\backslash\{2\}$ par $f(x) = \dfrac{1}{x-2}$.

On note $\mathscr{C}_f$ sa courbe représentative dans un repère orthonormé $(O~;~\vec{u}, \vec{v})$.

1. Déterminer les limites de f aux quatre bornes de son domaine de définition.
Quelle conséquence peut-on en déduire pour $\mathscr{C}_f$?

2. Montrer que f décroît strictement sur $]-\infty~;~2[$ et sur $]2~;~+\infty[$.

Exercice 9 ★★ 18 min

Corrigé p. 86

Soit g la fonction définie par $g(x) = \sqrt{x(x-4)}$.

On note $\mathscr{C}_g$ sa courbe représentative dans le repère $(O~;~\vec{u}, \vec{v})$.

1. Déterminer l'ensemble de définition de g.

2. Par composition, déterminer les limites en $-\infty$ et en $+\infty$ de g.

3. Montrer que g n'est pas dérivable en 4.

4. Étudier les variations de g sur son domaine de définition.

Exercice 10 ★★ 20 min

Corrigé p. 86

Soit f et g deux fonctions définies sur $\mathbb{R}$.

1.a) Donner une définition de $\lim\limits_{x \to +\infty} f(x) = +\infty$.

b) À l'aide de la définition, démontrer que :

si, pour tout x de $\mathbb{R}$, $g(x) \geqslant f(x)$, et si $\lim\limits_{x \to +\infty} f(x) = +\infty$ alors $\lim\limits_{x \to +\infty} g(x) = +\infty$.

2. Soit f et g les fonctions définies sur $\mathbb{R}$ par $f(x) = x^2 - 3$ et $g(x) = x^2 - 3\sin(x)$.

a) Calculer $\lim\limits_{x \to +\infty} f(x)$.

b) Prouver que, pour tout réel x, $g(x) \geqslant f(x)$.

c) Conclure.

Exercice 11 ★★ 40 min Corrigé p. 87

Dans tout l'exercice, n désigne un entier naturel et f_n la fonction définie sur $]-\infty\,;1]$ par :

$$f_n(x) = x^n\sqrt{1-x}\,.$$

On admet que f_n est dérivable sur $]-\infty\,;1[$.

1. Dans cette question n, = 0.

a) Montrer que f_0 est strictement décroissante sur $]-\infty\,;1]$.

b) Étudier la convexité de f_0.

2. Dans cette question, n = 1.

$\mathscr{C}_{f_1}$, la représentation graphique de f_1 est tracée ci-dessous, ainsi que la tangente $\mathscr{T}$ à $\mathscr{C}_{f_1}$ au point d'abscisse 0,75. On admet que $\mathscr{C}_{f_1}$ possède une tangente horizontale au point de coordonnées $\left(\frac{2}{3}\,;\frac{2\sqrt{3}}{9}\right)$.

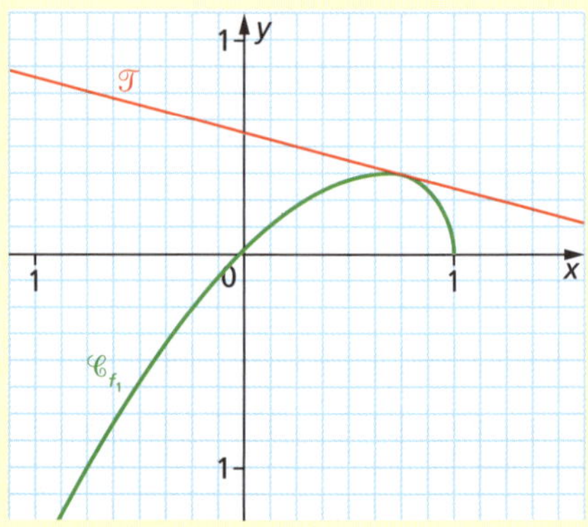

a) Lire graphiquement la limite en $-\infty$ de $f_1(x)$, puis $f_1'(0{,}75)$.

b) À l'aide du graphique, dresser le tableau de variations de f_1.

c) Prouver que l'équation $f_1(x) = -1$ possède une unique solution dont on donnera une valeur approchée à 10^{-7} près.

3. Dans cette question, n = 2.

a) Déterminer la limite en $-\infty$ de $f_2(x)$.

b) Établir les variations de f_2.

c) Dresser un tableau de variations de f_2.

4. **Pour $n \geqslant 1$,** on considère la suite (a_n) où a_n est l'unique élément de $]0\,;1[$ tel que $f_n'(a_n) = 0$.

a) Exprimer a_n en fonction de n.

b) La suite (a_n) est-elle convergente ? Justifier la réponse.

6 Fonctions logarithme népérien et trigonométriques

1 Fonction logarithme népérien

A Définition et conséquences

La fonction logarithme népérien est la fonction, qui à tout réel x strictement positif, associe l'unique solution réelle y de l'équation $e^y = x$.

- $\ln : \begin{cases}]0\,;+\infty[\to \mathbb{R} \\ x \mapsto \ln(x) \end{cases}$
- $\forall x \in]0\,;+\infty[,\ e^{\ln(x)} = x$
- $\forall x \in \mathbb{R},\ \ln(e^x) = x$

Appliquer le cours
Résoudre l'équation suivante :
$\ln(x+1) = 1$.

Solution
Il faut $x + 1 > 0 \Leftrightarrow x > -1$.
$\ln(x+1) = 1 \Leftrightarrow x + 1 = e \Leftrightarrow x = e - 1$.
Comme $e - 1 > -1$, on a donc $\boldsymbol{S = \{e - 1\}}$.

B Propriétés algébriques

Pour tous réels x et y strictement positifs, on a :

$\ln(xy) = \ln(x) + \ln(y)$ $\quad$ $\ln(x^n) = n\ln(x)$ avec n entier relatif

$\ln\left(\dfrac{1}{x}\right) = -\ln(x)$ $\quad$ $\ln\left(\dfrac{x}{y}\right) = \ln(x) - \ln(y)$ $\quad$ $\ln(\sqrt{x}) = \dfrac{1}{x}\ln(x)$

Appliquer le cours
Démontrer que pour tout réel x, on a :
$\ln(1 + e^x) = x + \ln(1 + e^{-x})$.

Solution
Pour tout réel x, on a :
$\ln(1 + e^x) = \ln(e^x(1 + e^{-x})) = \ln(e^x) + \ln(1 + e^{-x})$
$= \boldsymbol{x + \ln(1 + e^{-x})}$.

C Étude de la fonction ln

- La fonction ln est continue et dérivable sur $\mathbb{R}$ avec $\forall x \in]0\,;+\infty[,\ [\ln(x)]' = \dfrac{1}{x}$.
- La fonction ln est strictement croissante sur $]0\,;+\infty[$.
- $\ln(1) = 0$
- $\ln(e) = 1$
- $\lim\limits_{x \to 0^+} \ln(x) = -\infty$
- $\lim\limits_{x \to +\infty} \ln(x) = +\infty$

Remarque
La représentation graphique de la fonction ln est symétrique de celle de la fonction exp par rapport à la droite d'équation $y = x$

D Limites de formes indéterminées

Pour tout entier naturel n non nul, on a :

- $\lim\limits_{x \to 0+} x^n \ln(x) = 0$
- $\lim\limits_{x \to +\infty} \dfrac{\ln(x)}{x^n} = 0$

On a aussi $\lim\limits_{x \to 0} \dfrac{\ln(1+x)}{x^n} = 1$.

Appliquer le cours

Calculer la limite suivante : $\lim\limits_{x \to +\infty} x - \ln(x)$.

Solution

On a $\lim\limits_{x \to +\infty} x = +\infty$ et $\lim\limits_{x \to +\infty} \ln(x) = +\infty$, donc on a une forme indéterminée.

Pour tout réel $x > 0$, on a :

$x - \ln(x) = x\left(1 - \dfrac{\ln(x)}{x}\right)$ avec $\lim\limits_{x \to +\infty} \dfrac{\ln(x)}{x} = 0$.

On a donc $\lim\limits_{x \to +\infty} \left(1 - \dfrac{\ln(x)}{x}\right) = 1$ et $\lim\limits_{x \to +\infty} x = +\infty$.

Par produit, on a donc $\lim\limits_{x \to +\infty} x - \ln(x) = +\infty$.

Remarque

Pour calculer des limites, on se ramène aux limites du cours en transformant l'expression si nécessaire.

E Équations et inéquations

Pour tous réels x et y strictement positifs, on a :

- $\ln(x) = \ln(y) \Leftrightarrow x = y$
- $\ln(x) = 0 \Leftrightarrow x = 1$
- $\ln(x) > \ln(y) \Leftrightarrow x > y$
- $\ln(x) > 0 \Leftrightarrow x > 1$ et $\ln(x) < 0 \Leftrightarrow 0 < x < 1$

F Dérivée de ln(*u*)

Soit u une fonction strictement positive et dérivable sur un intervalle I.
La fonction $\ln(u)$ est dérivable sur I avec :

$$[\ln(u)]' = \frac{u'}{u}.$$

Appliquer le cours

Étudier les variations de la fonction définie sur $\mathbb{R}$ par :

$$f(x) = \ln(1 + x^2).$$

Solution

Sur $\mathbb{R}$, $x \mapsto 1 + x^2$ est strictement positive et dérivable, donc f est dérivable sur $\mathbb{R}$.

Pour tout réel x, on a $f'(x) = \dfrac{2x}{1+x^2}$.

Comme on a $1 + x^2 > 0$, $f'(x)$ a le même signe que $2x$.

Sur $]0 ; +\infty[$, on a $f'(x) > 0$:

f croît strictement sur $[0 ; +\infty[$.

Sur $]-\infty ; 0[$, on a $f'(x) < 0$:

f décroît strictement sur $]-\infty ; 0]$.

2 Fonctions trigonométriques *

A Définitions

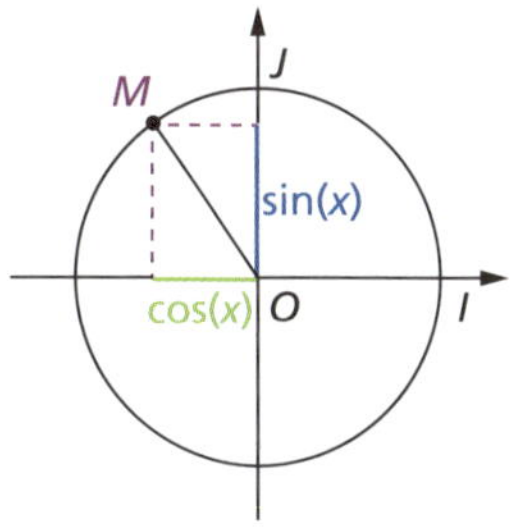

- Soit $(O\ , I\ , J)$ un repère orthonormé.

On appelle **cercle trigonométrique** le cercle de centre O et de rayon 1 orienté dans le sens direct.

Soit x un réel et M le point associé du cercle trigonométrique.

- On appelle **cosinus du réel x**, l'abscisse du point M.
- On appelle **sinus du réel x**, l'ordonnée du point M.
- On a donc $M(\cos(x)\ ;\ \sin(x))$.

B Valeurs remarquables de trigonométrie

Mesure x (en radians)	0	$\frac{\pi}{6}$	$\frac{\pi}{4}$	$\frac{\pi}{3}$	$\frac{\pi}{2}$
$\sin(x)$	0	$\frac{1}{2}$	$\frac{\sqrt{2}}{2}$	$\frac{\sqrt{3}}{2}$	1
$\cos(x)$	1	$\frac{\sqrt{3}}{2}$	$\frac{\sqrt{2}}{2}$	$\frac{1}{2}$	0

C Propriétés

Pour tout réel x, on a :

- $\cos^2(x) + \sin^2(x) = 1$ (relation fondamentale)
- $-1 \leqslant \cos(x) \leqslant 1$
- $-1 \leqslant \sin(x) \leqslant 1$

Appliquer le cours

À l'aide du cercle trigonométrique, déterminer le signe de $\sin\left(\frac{2\pi}{3}\right)$ et celui de $\cos\left(\frac{2\pi}{3}\right)$.

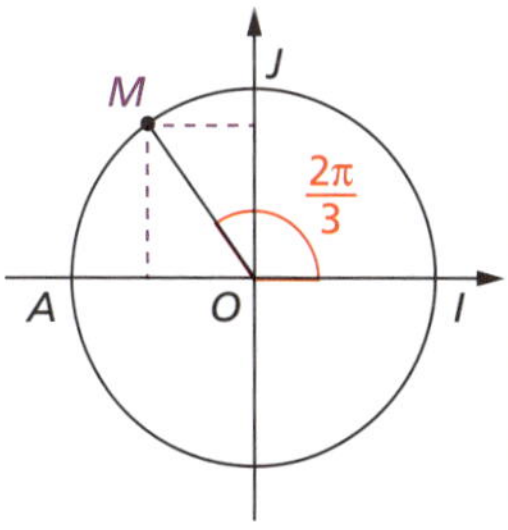

Solution

On a $\frac{\pi}{2} < \frac{2\pi}{3} < \pi$, donc le point M du cercle trigonométrique associé au réel $\frac{2\pi}{3}$ est sur le quart de cercle joignant le point J associé au réel $\frac{\pi}{2}$ et le point A associé au réel π.

L'ordonnée du point M est positive, donc **le sinus de $\frac{2\pi}{3}$ est positif.**

L'abscisse du point M est négative, donc **le cosinus de $\frac{2\pi}{3}$ est négatif.**

* Ce paragraphe ne pourra pas faire l'objet d'une question à l'épreuve écrite du Bac.

D Fonction cosinus

- La fonction cosinus est **paire**.
Sa courbe représentative est symétrique par rapport à l'axe des ordonnées.

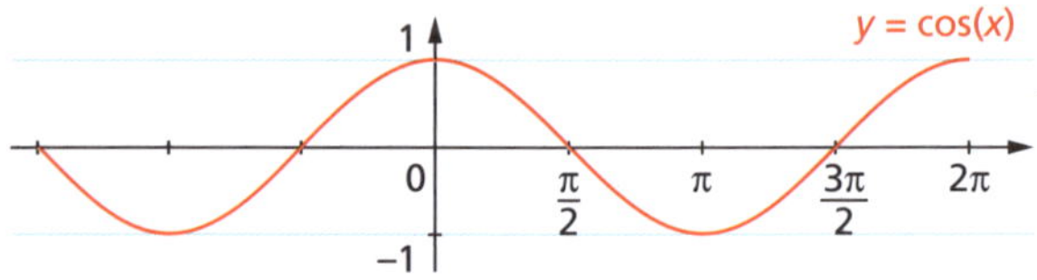

- La fonction cosinus est **2π-périodique**.

$$\forall x \in \mathbb{R}, \cos(x + 2\pi) = \cos(x).$$

- Elle est dérivable sur $\mathbb{R}$ avec $\forall x \in \mathbb{R}, (\cos(x))' = -\sin(x)$.
- La fonction cos est décroissante sur $[0 ; \pi]$ et croissante sur $[\pi ; 2\pi]$.

E Fonction sinus

- La fonction sinus est **impaire**.
Sa courbe représentative est symétrique par rapport à l'origine du repère.

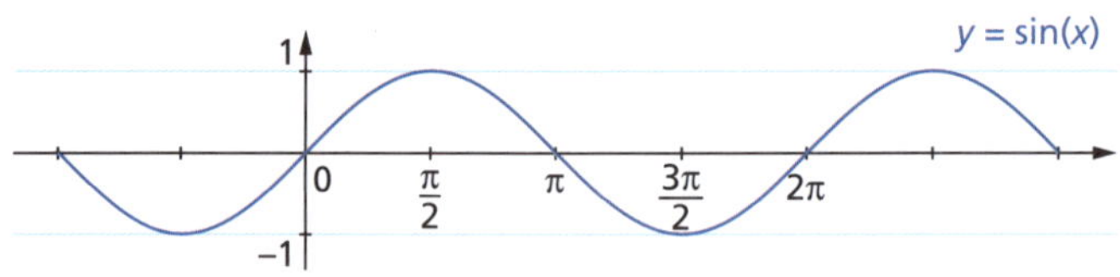

- La fonction sinus est **2π-périodique**.

$$\forall x \in \mathbb{R}, \sin(x + 2\pi) = \sin(x).$$

- Elle est dérivable sur $\mathbb{R}$ avec $\forall x \in \mathbb{R}, (\sin(x))' = \cos(x)$.
- La fonction sin est croissante sur $\left[0 ; \frac{\pi}{2}\right]$ et sur $\left[\frac{3\pi}{2} ; \pi\right]$, décroissante sur $\left[\frac{\pi}{2} ; \frac{3\pi}{2}\right]$.

F Angles associés

Pour tout réel α, on a :

$\cos(-\alpha) = \cos(\alpha)$ $\sin(-\alpha) = -\sin(\alpha)$

$\cos(\pi - \alpha) = -\cos(\alpha)$ $\sin(\pi - \alpha) = \sin(\alpha)$

$\cos(\pi + \alpha) = -\cos(\alpha)$ $\sin(\pi + \alpha) = -\sin(\alpha)$

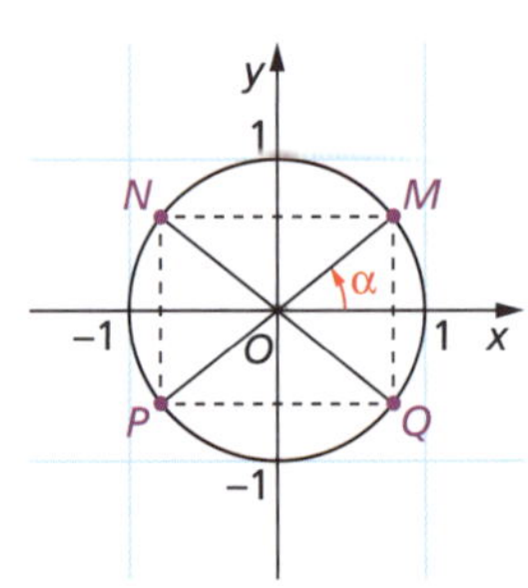

Ex. :

$$\sin\left(\frac{-\pi}{3}\right) = -\sin\left(\frac{\pi}{3}\right) = \frac{-\sqrt{3}}{2}$$

$$\sin\left(\frac{3\pi}{4}\right) = \sin\left(\pi - \frac{\pi}{4}\right) = \sin\left(\frac{\pi}{4}\right) = \frac{\sqrt{2}}{2}$$

Exercices d'entraînement

Exercice 1 ★ 8 min

Corrigé p. 88

Dans chaque cas, déterminer les valeurs de x pour lesquels f est définie :

a) $f(x) = \ln(x + 1)$ b) $f(x) = \ln(2x + 3)$ c) $f(x) = \ln(4 - x)$ d) $f(x) = \ln(x^2 - 5x + 6)$

Exercice 2 ★ 12 min

Corrigé p. 88

Après avoir déterminé les valeurs permises, résoudre les équations suivantes :

a) $\ln(x + 1) = \ln 5$ b) $\ln(x) = 3$ c) $\ln(2x + 1) = \ln(3 - x)$

d) $\ln(2x + 5) = 0$ e) $\ln(x - 6) = \ln(2 - x)$ f) $\ln(x^2 - x + 1) = 0$

Exercice 3 ★★ 10 min

Corrigé p. 88

1. Résoudre l'équation $x^2 - 3x - 4 = 0$.
2. En déduire les solutions de $\ln^2(x) - 3\ln(x) - 4 = 0$.
3. Après avoir déterminé les valeurs permises, résoudre $\ln(x - 3) + \ln(x) = \ln(4)$.

Exercice 4 ★ 12 min

Corrigé p. 88

Après avoir déterminé les valeurs permises, résoudre les inéquations suivantes :

a) $\ln(x) > 3$ b) $\ln(x) \leqslant -2$ c) $\ln(x + 3) \geqslant \ln(2x - 2)$ d) $\ln(1 - x) \leqslant 0$

Exercice 5 ★ 12 min

Dans chaque cas, après avoir déterminé les valeurs permises, discuter le signe de $f(x)$ suivant les valeurs de x :

a) $f(x) = \ln(x - 3)$ b) $f(x) = x\ln(x)$ c) $f(x) = (x - 5)\ln(x)$ d) $f(x) = 1 - \ln(x)$

Exercice 6 ★ 8 min

Corrigé p. 88

Ecrire plus simplement :

a) $\ln(e) + \ln(e^2) + \ln^2(e)$

b) $\ln(4e) - \ln(2e) - \ln 2$

c) $\ln(24) - 3\ln 2$

d) a, b et c étant trois réels de même signe : $\ln\left(\frac{a}{b}\right) + \ln\left(\frac{b}{c}\right)$.

Exercice 7 ★ 8 min

Corrigé p. 89

Déterminer les dérivées des fonctions f :

a) $f(x) = \ln(3x + 1)$ sur $I = \left]-\frac{1}{3} ; +\infty\right[$ b) $f(x) = \ln(x^2)$ sur $I =]-\infty ; 0[$

c) $f(x) = x\ln(x)$ sur $I =]0 ; +\infty[$ d) $f(x) = (x + 2)\ln(1 - x)$ sur $]-\infty ; 1[$

Exercice 8 ★★ 12 min

Corrigé p. 89

Déterminer les dérivées des fonctions f et étudier leurs variations sur I :

a) $f(x) = \ln(2x^2 - 3x + 1)$ sur $I =]1 ; +\infty[$

b) $f(x) = \ln(-2x + 3)$ sur $I =]-\infty ; 1,5[$

c) $f(x) = (x - 2)\ln(x - 2)$ sur $I =]2 ; +\infty[$

d) $f(x) = \ln\left(\dfrac{x+3}{x-1}\right)$ sur $I =]1 ; +\infty[$

Exercice 9 ★ 7 min

Corrigé p. 89

Déterminer les limites des fonctions f aux bornes du domaine de définition I.

a) $f(x) = \ln(5 - x)$; $I =]-\infty ; 5[$

b) $f(x) = \dfrac{\ln(x)}{x} - 5x + 3$; $I =]0 ; +\infty[$

Exercice 10 ★ 12 min

Corrigé p. 89

Déterminer les limites des fonctions f aux bornes du domaine I de définition et interpréter graphiquement.

a) $f(x) = \dfrac{1}{\ln(x)}$; $I =]1 ; +\infty[$

b) $f(x) = \dfrac{\ln(x)}{x}$; $I =]0 ; +\infty[$

Exercice 11 ★★ 45 min

Corrigé p. 90

Soit f la fonction définie sur $]0 ; +\infty[$ par $f(x) = (2 - \ln(x))\ln(x)$.
On désigne par $\mathscr{C}$ sa courbe représentative dans un repère orthogonal $(O ; \vec{i}, \vec{j})$ (unités graphiques : 2 cm en abscisses et 4 cm en ordonnées).

1. Déterminer la limite de f en 0. Que peut-on en conclure ? Déterminer la limite de f en $+\infty$.

2. Déterminer la fonction dérivée f' de f sur $]0 ; +\infty[$ et étudier son signe.

3. Dresser le tableau des variations de f.

4.a) Résoudre dans $]0 ; +\infty[$ l'équation $f(x) = 0$.

b) En déduire les abscisses des points d'intersection de $\mathscr{C}$ avec l'axe des abscisses.

5. Construire $\mathscr{C}$.

Exercice 12 ★★ 30 min

Corrigé p. 90

Soit f la fonction définie sur $]0 ; +\infty[$ par $f(x) = x^2 - 3\ln(x)$.
$\mathscr{C}_f$ est la courbe représentative de f dans un repère orthonormé d'unité graphique 2 cm.

1.a) Étudier la limite de f en 0.

b) Par factorisation de x dans $f(x)$, déterminer la limite de f en $+\infty$.

2. a) Déterminer $f'(x)$.

b) Étudier les variations de f.

3. L'équation $f(x) = 0$ a-t-elle des solutions ? Justifier la réponse.

Exercice 13 ★★ 5 min

Corrigé p. 90

Déterminer la valeur exacte de cos(x) sachant que sin(x) = $\frac{1}{3}$ et x appartient à $\left[\frac{\pi}{2} ; \pi\right]$.

Exercice 14 ★★ 5 min

Corrigé p. 90

Déterminer la valeur exacte de sin(x), sachant que cos(x) = – 0,6 et x appartient à $\left[\pi ; \frac{3\pi}{2}\right]$.

Exercice 15 ★★ 5 min

Corrigé p. 90

Démontrer que pour tout réel x, on a : $[\sin(x) + \cos(x)]^2 + [\sin(x) - \cos(x)]^2 = 2$.

Exercice 16 ★★ 5 min

Corrigé p. 91

Existe-t-il un réel x vérifiant sin(x) = 0,3 et cos(x) = 0,7 ? Justifier la réponse.

Exercice 17 ★★ 10 min

Corrigé p. 91

Déterminer les valeurs exactes de :

- $\cos\left(\frac{9\pi}{4}\right)$
- $\sin\left(\frac{9\pi}{4}\right)$
- $\sin\left(\frac{13\pi}{4}\right)$
- $\cos\left(\frac{13\pi}{4}\right)$

Exercice 18 ★★ 10 min

Corrigé p. 91

1. Déterminer les valeurs exactes des nombres suivants :

- $\cos\left(\frac{-\pi}{4}\right)$
- $\sin\left(\frac{-\pi}{2}\right)$
- $\sin\left(\frac{-\pi}{3}\right)$
- $\cos\left(\frac{-\pi}{6}\right)$

2. Calculer sans calculatrice les expressions ci-dessous :

$A = \sin\left(\frac{-\pi}{6}\right) + \cos\left(\frac{-\pi}{6}\right) + \sin\left(\frac{\pi}{6}\right) + \cos\left(\frac{\pi}{6}\right)$

$B = \sin\left(\frac{-\pi}{4}\right) - \cos\left(\frac{-\pi}{4}\right) + \sin\left(\frac{\pi}{4}\right) + \cos\left(\frac{-\pi}{4}\right)$

Exercice 19 ★★ 10 min

Corrigé p. 91

1. Résoudre dans $[0 ; 2\pi]$ l'équation $\cos(x) = \frac{\sqrt{2}}{2}$.

2. Résoudre dans $[0 ; 2\pi]$ l'inéquation $\cos(x) < -0,5$.

Exercice 20 ★★ 15 min

Corrigé p. 91

Soit la fonction f définie sur $\mathbb{R}$ par $f(x) = \ln(2 + \sin^2(x))$.

1. Montrer que f est 2π-périodique et paire.

2. Étudier les variations de f sur $[0 ; \pi]$. En déduire le maximum et le minimum de f sur $\mathbb{R}$.

Exercice 21 ★★ 45 min

Corrigé p. 92

Le plan est rapporté à un repère orthogonal.
La courbe $\mathscr{C}$ est la représentation graphique d'une fonction f définie sur $]0\,;+\infty[$ par :

$$f(x) = x^2\,(a + b\ln(x)),$$

où a et b sont deux constantes.

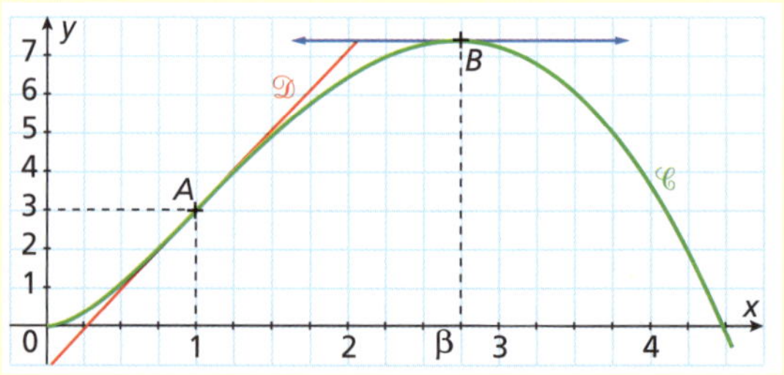

1. Calculer $f'(x)$ où f' désigne la fonction dérivée de f.
2. La courbe $\mathscr{C}$ passe par le point $A(1\,;3)$.
Elle admet en A une tangente $\mathscr{D}$ de coefficient directeur 4.
Montrer que $f(x) = x^2\,(3 - 2\ln(x))$.
3. Déterminer une équation de la droite $\mathscr{D}$.
4. Déterminer la valeur exacte de l'abscisse β du point B de la courbe où la tangente à $\mathscr{C}$ est parallèle à l'axe des abscisses.
5. Étudier les variations de f sur l'intervalle $]0\,;+\infty[$. Calculer la limite de f en $+\infty$.
Montrer que l'équation $f(x) = 3$ admet une solution sur l'intervalle $[4\,;5]$ et donner une valeur approchée à 0,01 près de cette solution.
6. Soit la fonction g définie sur $]0\,;+\infty[$ par $g(x) = \dfrac{x^3\left(11 - 6\ln(x)\right)}{9}$.
Montrer que g est une primitive de f sur $]0\,;+\infty[$, c'est-à-dire que $g' = f$.

Exercice 22 ★★★ 15 min

Corrigé p. 92

Soit f la fonction définie sur $]0\,;+\infty[$ par $f(x) = \left(1 + \dfrac{1}{x}\right)^x$.

1. Conjecturer la limite de f en $+\infty$.
2. On pose $g(x) = \ln(f(x))$. Déterminer la limite de g en $+\infty$.
3. En déduire la limite de f en $+\infty$.

Exercice 23 ★★★ 10 min

Corrigé p. 92

Soit f la fonction définie sur $\mathrm{I} = \left]\dfrac{-\pi}{2}\,;\dfrac{\pi}{2}\right[$ par $f(x) = \tan(x) = \dfrac{\sin(x)}{\cos(x)}$.

Montrer que pour tout réel x de I, on a $f'(x) = 1 + f^2(x)$.

7 Primitives - Intégration

1 Équations différentielles - Primitives d'une fonction

A Définition

Soit f une fonction continue sur un intervalle I.
L'équation $y' = f$ où y' désigne la dérivée d'une fonction y dérivable sur I est une **équation différentielle**.

B Propriétés

- Soit f une fonction continue sur un intervalle I.
L'équation différentielle $y' = f$ admet une infinité de solutions appelées **primitives de f sur I.**
On note F une primitive de f.

- F est une primitive de f sur un intervalle I
$\Leftrightarrow$ $F' = f$ sur I.

- Si F et G sont deux primitives d'une même fonction f sur un intervalle I, alors il existe un réel k tel que $G = F + k$ sur I.

u* désigne une fonction de dérivée *u'		
Fonction *f*	**Primitive *F***	**Conditions**
x^n	$\dfrac{x^{n+1}}{n+1}$	$n \in \mathbb{Z}\backslash\{-1\}$ $x \neq 0$ si $n \leqslant 0$
$u'u^n$	$\dfrac{u^{n+1}}{n+1}$	$n \in \mathbb{Z}\backslash\{-1\}$ $u \neq 0$ si $n \leqslant 0$
$\dfrac{u'}{\sqrt{u}}$	$2\sqrt{u}$	$u > 0$
$u'e^u$	e^u	
$\dfrac{u'}{u}$	$\ln(u)$	$u > 0$
$u'\sin(u)$	$-\cos(u)$	
$u'\cos(u)$	$\sin(u)$	

Appliquer le cours
Déterminer la primitive de la fonction $f : \mapsto xe^{x^2}$ qui s'annule en 1.

Solution
f est continue sur $\mathbb{R}$: elle y admet des primitives.
On veut utiliser $u'e^u$ de primitive e^u avec $u(x) = x^2$.
Il faudrait avoir $u'(x) = 2x$.
Pour tout réel x, on a $f(x) = 0{,}5 \times 2x\,e^{x^2}$.
On a donc $F(x) = 0{,}5\,e^{x^2} + k$, avec k constante.
On veut $F(1) = 0 \Leftrightarrow 0{,}5e + k = 0$
$\Leftrightarrow k = -0{,}5e$.
La primitive recherchée est :
$$F : x \mapsto 0{,}5e^{x^2} - 0{,}5e.$$

- **Équations différentielles du premier degré***

Soit a un réel. L'équation différentielle $y' = ay$ est une **équation différentielle homogène du premier degré**, dont les solutions sont les fonctions f définies sur $\mathbb{R}$ par :

$$f(x) = k\,e^{ax} \text{ avec } k \text{ une constante réelle.}$$

Méthode de résolution d'une équation différentielle $y' = ay + b$*

1- Déterminer une solution h particulière constante.
2- Écrire les solutions g_k de l'équation différentielle homogène $y' = ay$.
3- **Les fonctions f solutions de $y' = ay + b$ sont les fonctions $g_k + h$.**

Appliquer le cours
Résoudre l'équation différentielle. $y' = 2y + 3$.

Solution
Soit h une solution constante. On a $h' = 0$.
On veut $0 = 2h + 3 \Leftrightarrow h = -1{,}5$.
Les solutions de l'équation homogène $y' = 2y$ sont les fonctions g définie sur $\mathbb{R}$ par :
$$g(x) = ke^{2x}, \text{ avec } k \text{ constante.}$$
Les solutions de l'équation $y' = 2y + 3$ sont les fonctions f définie sur $\mathbb{R}$ par :
$$f(x) = ke^{2x} - 1{,}5, \quad \text{avec } k \text{ constante.}$$

* Ce paragraphe ne pourra pas faire l'objet d'une question à l'épreuve écrite du Bac.

2 Calcul intégral *

A Définition

L'intégrale d'une fonction continue positive définie sur un segment $[a\ ;b]$, est l'aire comprise entre la courbe représentative de f, l'axe des abscisses et les droites d'équations $x = a$ et $x = b$.

On la note $\int_a^b f(x)\mathrm{d}x$.

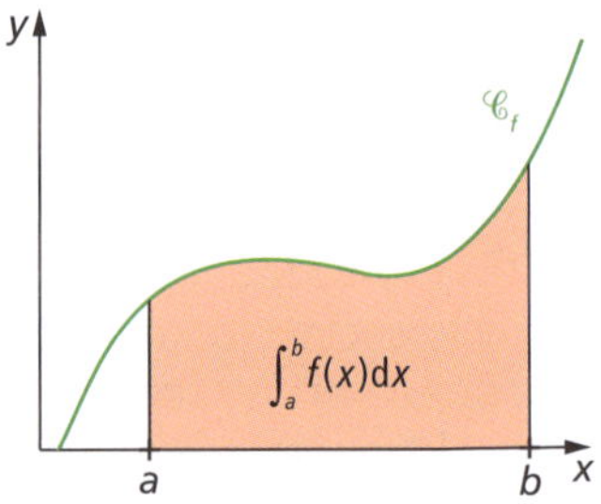

B Propriétés

• Lien entre primitives et intégrale

– Si f est une fonction continue positive sur $[a\ ;b]$, alors la fonction F_a définie sur $[a\ ;b]$, par $F_a(x) = \int_a^x f(t)\mathrm{d}t$ est **la primitive de f qui s'annule en a**.

– Si f est une fonction continue sur $[a\ ;b]$ et F une primitive de f sur $[a\ ;b]$, on appelle **intégrale de f sur $[a\ ;b]$** le nombre $\int_a^b f(x)\mathrm{d}x = [F(x)]_a^b = F(b) - F(a)$.

– Toute fonction continue sur un intervalle y admet des primitives.

• Linéarité de l'intégrale

Soit f et g deux fonctions continues sur un intervalle $\mathrm{I} = [a\ ;b]$. Soit k un réel.

$\int_a^b (kf(x)+g(x))\mathrm{d}x = k\int_a^b f(x)\mathrm{d}x + \int_a^b g(x)\mathrm{d}x$.

• Signe de l'intégrale

Si f est positive sur $[a\ ;b]$, alors $\int_a^b f(x)\mathrm{d}x \geqslant 0$.

• Intégration d'une inégalité

Si $g(x) < f(x)$ sur $[a\ ;b]$, alors $\int_a^b g(x)\mathrm{d}x < \int_a^b f(x)\mathrm{d}x$.

N.B. : l'aire entre $\mathscr{C}_f$ et $\mathscr{C}_g$ est alors donnée par :

$\int_a^b (f(x) - g(x))\mathrm{d}x$.

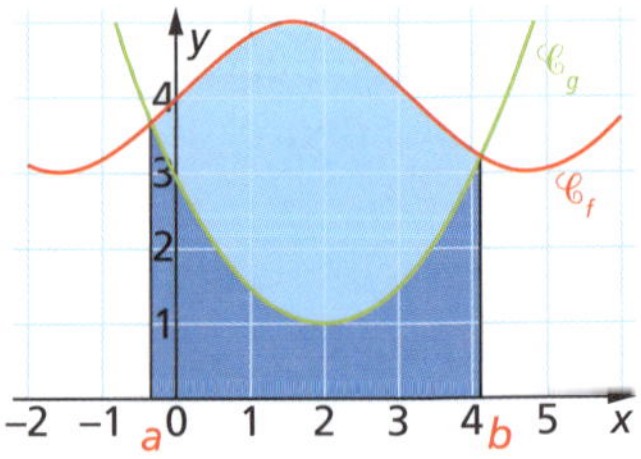

• Relation de Chasles

Soit c un élément de I. On a : $\int_a^c f(x)\mathrm{d}x + \int_c^b f(x)\mathrm{d}x = \int_a^b f(x)\mathrm{d}x$.

• Valeur moyenne d'une fonction

La valeur moyenne de f sur $[a\ ;b]$ est $\dfrac{1}{b-a}\int_a^b f(x)\mathrm{d}x$.

• Intégration par parties

Si f et g sont dérivables sur $[a\ ;b]$, on a : $\int_a^b f'(x)g(x)\mathrm{d}x = [f(x)g(x)]_a^b - \int_a^b f(x)g'(x)\mathrm{d}x$.

* Ce paragraphe ne pourra pas faire l'objet d'une question à l'épreuve écrite du Bac.

Exercices d'entraînement

Exercice 1 ★ 12 min

Corrigé p. 92

Pour chaque fonction f, déterminer une primitive sur l'intervalle I.

a) $f(x) = x^3 - 2x + 7$; $I = \mathbb{R}$ b) $f(x) = \dfrac{2x^2 - 3x}{4}$; $I = \mathbb{R}$ c) $f(x) = \dfrac{-3}{x^2}$; $I =]0\,;+\infty[$

d) $f(x) = \dfrac{10}{3x}$; $I =]0\,;+\infty[$ e) $f(x) = \dfrac{x-1}{x^2-2x+5}$; $I = \mathbb{R}$ f) $f(x) = e^{5x}$; $I = \mathbb{R}$

Exercice 2 ★ 10 min

Corrigé p. 93

Pour chaque fonction f, déterminer l'ensemble de ses primitives sur l'intervalle I et préciser la primitive F qui vérifie la condition donnée.

a) $f(x) = 3x - 2$; $I = \mathbb{R}$ et $F(0) = 4$

b) $f(x) = \dfrac{4}{x^2}$; $I =]-\infty\,;0\,[$ et $F(-2) = 3$

Exercice 3 ★★ 10 min

Corrigé p. 93

Soit f la fonction définie sur $]-3\,;+\infty[$ par $f(x) = \ln(x+3)$.

1. Soit g définie sur $]-3\,;+\infty[$ par $g(x) = (x+3)\ln(x+3)$. Déterminer $g'(x)$ sur $]-3\,;+\infty[$.
2. En déduire la primitive F de f sur $]-3\,;+\infty[$ qui prend la valeur 1 pour $x = -2$.

Exercice 4 ★★ 8 min

Corrigé p. 93

Soit f la fonction définie sur $\mathbb{R}$ par $f(x) = (x+2)e^x$.

1. Vérifier que g définie sur $\mathbb{R}$ par $g(x) = (x+1)e^x$ est une primitive de f sur $\mathbb{R}$.
2. En déduire une primitive de g sur $\mathbb{R}$.

Exercice 5 ★★ 12 min

Corrigé p. 93

Calculer les intégrales suivantes :

a) $\displaystyle\int_0^2 (2x-1)\,dx$ b) $\displaystyle\int_{-1}^{e-2} \frac{3}{x+2}\,dx$ c) $\displaystyle\int_{-4}^{4} (x^3+5x)\,dx$ d) $\displaystyle\int_0^{0,2} e^{5x}\,dx$

Exercice 6 ★★★ 15 min

Corrigé p. 93

Calculer les intégrales suivantes :

a) $\displaystyle\int_1^2 \frac{x^2+2x+1}{x^4}\,dx$ b) $\displaystyle\int_1^e \left(x+\frac{1}{x}\right)dx$ c) $\displaystyle\int_0^2 (x+2)(x^2+4x)\,dx$ d) $\displaystyle\int_{\ln(2)}^{\ln(4)} \frac{e^x}{(e^x+1)^2}\,dx$

Exercice 7 ★★ 10 min

Corrigé p. 94

On considère l'équation différentielle $(E) : y' = 2y + x^2 - 4x + 6$.

1. Déterminer une solution particulière h avec $h(x) = ax^2 + bx + c$.
2. Quelles sont les solutions de l'équation différentielle $y' = 2y$?
3. Résoudre l'équation (E).

Exercice 8 ★★ 10 min

Corrigé p. 94

Soit I et J les intégrales suivantes :

$$I=\int_0^{\ln(2)}\frac{e^x}{e^x+1}\mathrm{d}x \quad ; \quad J=\int_0^{\ln(2)}\frac{1}{e^x+1}\mathrm{d}x.$$

1. Calculer I, puis $I + J$, sans chercher la valeur de J.
2. En déduire J.

Exercice 9 ★★ 10 min

Corrigé p. 94

Pour chaque fonction, calculer sa valeur moyenne sur l'intervalle I :

a) $f(x) = x^2$; $I = [0 ; 1]$ b) $f(x) = \frac{3}{x}$; $I = [1 ; 4]$ c) $f(x) = e^{2x}$; $I = [-2 ; 2]$

Exercice 10 ★★ 15 min

Corrigé p. 94

À l'aide d'une intégration par parties, calculer chacune des intégrales suivantes :

a) $\int_1^e x\ln x \,\mathrm{d}x$ b) $\int_0^1 xe^x \,\mathrm{d}x$ c) $\int_1^2 \ln x \,\mathrm{d}x$

Exercice 11 ★★ 30 min

Corrigé p. 94

Soit h la fonction définie sur $\mathbb{R}$ par $h(x) = 3 - \frac{3}{1+e^{-2x}}$.

1. Justifier que la fonction h est positive sur $\mathbb{R}$.
2. On désigne par H la fonction définie sur $\mathbb{R}$ par $H(x) = \frac{-3}{2}\ln(1+e^{-2x})$.

Démontrer que H est une primitive de h sur $\mathbb{R}$.

3. Soit a un réel strictement positif.

a) Donner une interprétation graphique de l'intégrale $\int_0^a h(x)\mathrm{d}x$.

b) Démontrer que $\int_0^a h(x)\mathrm{d}x = \frac{3}{2}\ln\left(\frac{2}{1+e^{-2a}}\right)$.

c) Donner la valeur moyenne de h sur $[0 ; 3]$.

8 Dénombrement – Loi binomiale

1 Combinatoire et dénombrement *

• Définition

Soit E ensemble fini.

On appelle **cardinal de E** le nombre d'éléments de E et on le note **Card(E)**.

• Notation factorielle

Pour n entier naturel, $n \geqslant 2$, le nombre $\mathbf{n(n-1)\ldots 2\times 1}$ est noté $\mathbf{n!}$ (il se lit **factorielle n**).

Par convention, $1! = 1$ et $0! = 1$.

• Principe additif

Soit $E_1, E_2, \ldots, E_n$, n ensembles finis deux à deux disjoints.

$$\text{Card}\left(\bigcup_{k=1}^{n} E_k\right) = \sum_{k=1}^{n} \text{Card}(E_k).$$

• Soit $E_1, E_2, \ldots E_n$ n ensembles finis.
$E_1 \times E_2 \times \ldots \times E_n$ est le **produit cartésien** des ensembles E_i.

• Principe multiplicatif

$$\text{Card}(E_1 \times E_2 \times \ldots \times E_n) = \text{Card}(E_1) \times \text{Card}(E_2) \times \ldots \times \text{Card}(E_n).$$

Appliquer le cours

Soit $E = \{a ; b ; c ; d\}$ et $F = \{1 ; 2 ; 3\}$.

1. Quel est le cardinal de $E \times F$?

2. À l'aide d'un tableau, donner tous les éléments de $E \times F$.

Solution

1. On a Card(E) = 4 et Card(F) = 3.
Le cardinal de $E \times F$ est $4 \times 3 = \mathbf{12}$.

2. On a :

F \ E	1	2	3
a	(a ; 1)	(a ; 2)	(a ; 3)
b	(b ; 1)	(b ; 2)	(b ; 3)
c	(c ; 1)	(c ; 2)	(c ; 3)
d	(d ; 1)	(d ; 2)	(d ; 3)

• Soit E un ensemble fini à n éléments. Soit k un entier naturel non nul.
(e_1 ; e_2 ; … ; e_k), avec pour tout entier i entre 1 et k, et e_i un élément de E, est un **k-uplet** (ou **k-liste**) d'éléments de E. Il y en a n^k.

• Le **nombre des parties** d'un ensemble à n éléments est 2^n. C'est le nombre de n-uplets de $\{0, 1\}$, c'est-à-dire le nombre des mots de longueur n sur un alphabet à deux éléments.

• Un k-uplet d'éléments distincts d'un ensemble à n éléments est un **arrangement**. Il y en a :

$$A_n^k = \frac{n!}{(n-k)!}.$$

• Un n-uplet d'éléments distincts d'un ensemble à n éléments est une **permutation**.
Il y en a $n!$.

* Ce paragraphe ne pourra pas faire l'objet d'une question à l'épreuve écrite du Bac.

Appliquer le cours

Soit $E = \{a\,;b\,;c\,;d\}$.

a) Combien y a-t-il de 2-uplets d'éléments de E ?

b) Combien y a-t-il de 2-uplets d'**éléments distincts** de E ? En donner la liste.

c) Combien y a-t-il de permutations d'éléments de E ?

Solution

a) On a Card(E) = 4. Le nombre de 2-uplets d'éléments de E est $4^2 = \mathbf{16}$.

b) Un 2-uplet d'éléments distincts de E est un arrangement. Il y en a :

$$\frac{4!}{(4-2)!} = \frac{4!}{2!} = \frac{4\times3\times2\times1}{2\times1} = \mathbf{12}.$$

Ce sont **(a ; b), (a ; c), (a ; d), (b ; a), (b ; c), (b ; d), (c ; a), (c ; b), (c ; d), (d ; a), (d ; b)** et **(d ; c)**.

c) Le nombre de permutations d'éléments de E est $\mathbf{4\,!} = 4\times3\times2\times1 = \mathbf{24}$.

• Une partie à k éléments d'un ensemble à n éléments est une **combinaison** de k éléments parmi n. Il y en a :

$$\binom{n}{k} = \frac{n!}{k!(n-k)!}.$$

• En particulier, on a pour tout entier naturel n :

$$\binom{n}{0} = 1 \quad ; \quad \binom{n}{1} = n \quad ; \quad \binom{n}{2} = \frac{n(n-1)}{2}$$

• Pour tous entiers naturels n et k tels que $0 \leqslant k \leqslant n$, $\binom{n}{k} = \binom{n}{n-k}$.

• **Relation de Pascal**

Soit n un entier naturel et p un entier tel que $0 < p < n$. On a :

$$\binom{n}{p} = \binom{n-1}{p-1} + \binom{n-1}{p}.$$

2 Succession d'épreuves indépendantes, schéma de Bernoulli

• **Succession d'épreuves indépendantes**

La probabilité lors d'une succession d'épreuves indépendantes dont l'issue est $(x_1, \ldots, x_n)$ est égale au produit des probabilités des composantes x_i.

• On appelle **épreuve de Bernoulli** une expérience aléatoire qui possède deux issues (le succès et l'échec). Soit p la probabilité du succès dans une épreuve de Bernoulli.

Une variable aléatoire qui prend la valeur 1 en cas de succès et 0 en cas d'échec suit la **loi de Bernoulli** de paramètre p.

• Un **schéma de Bernoulli** est une répétition de n épreuves de Bernoulli identiques et indépendantes. Une variable aléatoire X qui dénombre le nombre de succès de probabilité p dans un schéma de Bernoulli suit une **loi binomiale notée $\mathcal{B}(n\,;p)$**.

Lorsque X suit une loi binomiale $\mathcal{B}(n\,;p)$ la probabilité d'obtenir exactement k succès avec $0 \leqslant k \leqslant n$ est :

$$P(X = k) = \binom{n}{k} p^k (1-p)^{n-k}.$$

Appliquer le cours

On lance un dé à six faces parfaitement équilibré 5 fois de suite.

Soit X la variable aléatoire représentant le nombre de fois où la face 6 est apparue lors des 5 lancers.

1. Quelle loi suit la variable aléatoire X ?

2. Calculer $P(X = 2)$ et $P(X > 1)$. On arrondira les résultats à 10^{-3} près.

Solution

1. On a une répétition de 5 épreuves de Bernoulli identiques et indépendantes où le succès « obtenir la face 6 » a une probabilité $p = \frac{1}{6}$ **car le dé est équilibré.**

La variable aléatoire X qui compte le nombre de faces 6 obtenues suit une **loi binomiale** $\mathscr{B}\left(5\,;\frac{1}{6}\right)$.

2. $P(X = 2) = \binom{5}{2} \times \left(\frac{1}{6}\right)^2 \times \left(\frac{5}{6}\right)^{5-2} \approx$ **0,161**.

$P(X > 1) = 1 - p(X < 1) = 1 - p(X = 0)$

$= 1 - \binom{5}{0} \times \left(\frac{1}{6}\right)^0 \times \left(\frac{5}{6}\right)^5 \approx$ **0,598**.

À retenir

Pour calculer $P(X > 1)$, on calcule souvent la probabilité de l'événement contraire.

Exercices d'entraînement

Exercice 1 ★ 5 min

Corrigé p. 95

Dans le système décimal, combien y a-t-il d'entiers naturels de 3 chiffres, le chiffre des unités étant strictement inférieur à 7, celui des dizaines étant premier et celui des centaines étant impair ?

Rappel

Un entier naturel est premier si, et seulement si, il admet exactement deux diviseurs entiers naturels.

Exercice 2 ★ 5 min

Corrigé p. 95

Un magazine propose pour un jeu-sondage, une liste de 7 chanteurs. On demande au lecteur d'entourer les noms des chanteur.se.s qu'il aime bien. Il peut donc entourer de 0 nom, s'il n'en aime aucun, à 7 noms, s'il les aime tous. Combien y a-t-il de réponses possibles ?

Exercice 3 ★★ 10 min

Corrigé p. 95

Dans un jeu de 32 cartes combien y a-t-il de façons de choisir 3 cartes qui soient :

a) des as ?

b) de la même valeur ?

c) toutes les trois des piques ?

d) de valeurs différentes ?

Exercice 4 ★★ 5 min

Corrigé p. 95

a) Calculer $\frac{25!}{23!}$, puis $\frac{(n+1)!}{n!}$ et enfin $\frac{(n+2)!}{n!}$.

b) Écrire à l'aide de deux factorielles, le produit $4 \times 5 \times 6 \times 7 \times 8 \times 9 \times 10$.

Exercice 5 ★★ 10 min

Corrigé p. 95

Pour aller du chalet jusqu'au sommet le plus proche, un randonneur peut emprunter cinq sentiers différents. Combien y a-t-il d'itinéraires possibles :

a) si les cinq choix sont permis à l'aller comme au retour ?

b) si le randonneur ne veut pas revenir par le même sentier qu'à l'aller ?

Exercice 6 ★★ 10 min

Corrigé p. 95

On tire au hasard 8 cartes simultanément dans un jeu de 32 cartes.

1. Quel est le nombre total de cas possibles (c'est-à-dire le cardinal de l'univers) ?

2. Combien existe-t-il de mains contenant le roi de cœur ? Quelle est la probabilité que parmi les 8 cartes tirées, il y ait le roi de cœur ?

3. Déterminer la probabilité que parmi les 8 cartes tirées, il y ait :

a) zéro cœur ;

b) exactement un cœur ;

c) trois rois exactement.

Exercice 7 ★★ 15 min

Corrigé p. 96

On note E l'évènement : « une pièce prélevée au hasard dans un stock important de pièces est triangulaire ». On suppose que la probabilité de E est 0,40. On prélève au hasard 60 pièces dans le stock.
Le stock est suffisamment important pour que l'on puisse assimiler ce prélèvement à un tirage avec remise de 60 pièces. On considère la variable aléatoire X qui, à tout prélèvement de 60 pièces, associe le nombre de pièces triangulaires de ce prélèvement.

1. Expliquer pourquoi la variable aléatoire X suit une loi binomiale dont on précisera les paramètres.

2. a) Calculer la probabilité que, parmi les 60 pièces prélevées, il y en ait 20 qui soient triangulaires (arrondir à 10^{-4}).

b) Calculer la probabilité que, parmi les pièces prélevées, il y en ait au moins 20 qui soient triangulaires (arrondir à 10^{-4}).

Exercice 8 ★★ 30 min

Corrigé p. 96

Une enquête a été réalisée auprès des élèves d'un lycée afin de connaître leur point de vue sur la durée de la pause du midi ainsi que sur les rythmes scolaires.
L'enquête révèle que 55 % des élèves sont favorables à une pause plus longue le midi et parmi ceux qui souhaitent une pause plus longue, 95 % sont pour une répartition des cours plus étalée sur l'année scolaire. Parmi ceux qui ne veulent pas de pause plus longue le midi, seulement 10 % sont pour une répartition des cours plus **étalée sur l'année scolaire.**
On choisit un élève au hasard dans le lycée. On considère les évènements suivants :

- évènement L : l'élève choisi est favorable à une pause plus longue le midi ;
- évènement C : l'élève choisi souhaite une répartition des cours plus étalée sur l'année scolaire.

1. Construire un arbre pondéré décrivant la situation.

2. Calculer $P(L \cap C)$ la probabilité de l'évènement $L \cap C$.

3. Montrer que $P(C) = 0{,}567\,5$.

4. Calculer $P_C(L)$, la probabilité de l'évènement L sachant l'évènement C réalisé. En donner une valeur arrondie à 10^{-4}.

5. On interroge successivement et de façon indépendante quatre élèves pris au hasard parmi les élèves de l'établissement.

Soit X la variable aléatoire qui donne le nombre d'élèves favorables à une répartition des cours plus étalée sur l'année scolaire. Le nombre d'élèves étant suffisamment grand, on considère que X suit une loi binomiale.

a) Préciser les paramètres de cette loi binomiale.

b) Calculer la probabilité qu'aucun des quatre élèves interrogés ne soit favorable à une répartition des cours plus étalée sur l'année scolaire. En donner une valeur arrondie à 10^{-4}.

c) Calculer la probabilité qu'exactement deux élèves soient favorables à une répartition des cours plus étalée sur l'année scolaire.

Exercice 9 ★★ 20 min

Corrigé p. 96

Dans une livraison un jour donné, on prélève au hasard 20 produits pour effectuer un contrôle. La livraison est assez importante pour assimiler ce prélèvement à un tirage avec remise de 20 produits.
On note E l'évènement : « un produit prélevé au hasard dans cette livraison n'est pas commercialisable ». On admet que $P(E) = 0,09$.
On considère la variable aléatoire X qui, à tout prélèvement de 20 produits, associe le nombre de produits non commercialisables parmi ces 20 produits.

1. Justifier que la variable aléatoire X suit une loi binomiale.

2. Calculer la probabilité que, dans un tel prélèvement, il y ait exactement deux produits non commercialisables.

3. Calculer $P(X \geqslant 1)$. Interpréter le résultat.

Exercice 10 ★★ 40 min

Corrigé p. 96

Dans cet exercice, les probabilités seront arrondies au centième.

Partie A

Un grossiste achète des boîtes de thé vert chez deux fournisseurs.
Il achète 80 % de ses boîtes chez le fournisseur A et 20 % chez le fournisseur B.
10 % des boîtes provenant du fournisseur A présentent des traces de pesticides et 20 % de celles provenant du fournisseur B présentent aussi des traces de pesticides.
On prélève au hasard une boîte du stock du grossiste et on considère les évènements suivants :

- évènement A : « la boîte provient du fournisseur A » ;
- évènement B : « la boîte provient du fournisseur B » ;
- évènement S : « la boîte présente des traces de pesticides ».

1. Traduire l'énoncé sous forme d'un arbre pondéré.

2.a) Quelle est la probabilité de l'événement $B \cap S$?

b) Justifier que la probabilité que la boîte prélevée ne présente aucune trace de pesticides est égale à 0,88.

3. On constate que la boîte prélevée présente des traces de pesticides.
Quelle est la probabilité que cette boîte provienne du fournisseur B ?

Partie B

Le gérant d'un salon de thé achète 10 boîtes chez le grossiste précédent. On suppose que le stock de ce dernier est suffisamment important pour modéliser cette situation par un tirage aléatoire de 10 boîtes avec remise.
On considère la variable aléatoire X qui associe à ce prélèvement de 10 boîtes, le nombre de boîtes sans trace de pesticides.

1. Justifier que la variable aléatoire X suit une loi binomiale dont on précisera les paramètres.
2. Calculer la probabilité que les 10 boîtes soient sans trace de pesticides.
3. Calculer la probabilité qu'au moins 8 boîtes ne présentent aucune trace de pesticides.

9 Variables aléatoires

1 Variables aléatoires réelles

• Définitions

– Soit une expérience aléatoire d'univers fini Ω.

On appelle **variable aléatoire** toute fonction X de Ω vers $\mathbb{R}$. **À chaque éventualité** a de Ω, on associe le réel $X(a)$.

– L'ensemble des valeurs que peut prendre la variable aléatoire X se note $X(\Omega)$.

Les éléments de $X(\Omega)$ peuvent être numérotés $x_1, x_2, \ldots, x_n$.

– Soit X une variable aléatoire sur un univers Ω muni d'une probabilité P.

On appelle **loi de probabilité de la variable aléatoire X** la fonction qui à chaque élément x_i de $X(\Omega)$ associe le nombre $P(X = x_i)$.

$P(X = x_i)$ se note aussi p_i.

• Propriété

Si les valeurs $x_1, x_2, \ldots, x_n$ d'une variable aléatoire discrète finie ont pour probabilités respectives $p_1, p_2, \ldots p_n$, on a, pour tout i entier tel que $1 \leqslant i \leqslant n$, $0 \leqslant p_i \leqslant 1$ et $\sum_{i=1}^{n} p_i = 1$.

Appliquer le cours

Une expérience aléatoire consiste à lancer trois fois de suite une pièce de monnaie correctement équilibrée et on note le résultat obtenu sous forme d'une 3-liste.

Soit X la variable aléatoire comptant le nombre de côtés Pile obtenu.

1. Donner l'univers Ω sous forme d'un ensemble.

2. Établir la loi de probabilité de la variable aléatoire X.

Solution

1. Ω = {FFF, FFP, FPF, FPP, PFF, PFP, PPF, PPP}

2. Si la pièce est équilibrée, chacune des huit issues de Ω sont équiprobables.

On en déduit que :

$P(X = 0) = \dfrac{\text{Card}(X = 0)}{\text{Card}(\Omega)} = \mathbf{0{,}125}$.

De même, $P(X = 1) = \dfrac{3}{8} = \mathbf{0{,}375}$,

$P(X = 2) = \dfrac{3}{8} = \mathbf{0{,}375}$

et $P(X = 3) = \dfrac{1}{8} = \mathbf{0{,}125}$.

À retenir

On donne parfois la loi de probabilité d'une variable aléatoire sous forme d'un tableau.

x_i	0	1	2	3
$P(X = x_i)$	0,125	0,375	0,375	0,125

2 Espérance et variance

• Définitions

Soit X une variable aléatoire prenant des valeurs $x_1, x_2, \ldots x_n$.

– On appelle **espérance de X**, le nombre noté $E(X)$ et défini par :

$$E(X) = x_1p_1 + x_2p_2 + \ldots + x_np_n = \sum_{i=1}^{n} x_ip_i.$$

Interprétation : L'espérance $E(X)$ d'une variable aléatoire est la valeur moyenne de X qu'on peut espérer avoir en répétant un grand nombre de fois l'expérience aléatoire.

– On appelle **variance de X**, le nombre noté $V(X)$ et défini par :

$$V(X) = (x_1 - E(X))^2 p_1 + (x_2 - E(X))^2 p_2 + \ldots + (x_n - E(X))^2 p_n = \sum_{i=1}^{n} (x_i - E(X))^2 p_i$$

• **Formule de Kœnig-Huygens**

$$V(X) = \sum_{i=1}^{n} x_i^2 p_i - E^2(X)$$

N.B. : On retient l'espérance du carré moins le carré de l'espérance.
Elle permet de calculer la variance avec moins de calculs.

Appliquer le cours

On reprend l'expérience précédente de lancer trois fois une pièce de monnaie correctement équilibrée et de compter avec la variable X, le nombre de côtés Pile obtenus.

1. Déterminer l'espérance de X.

2. Déterminer la variance de X.

Solution

1. $E(x) = \sum_{i=0}^{3} ip_i$
$= 0 + 0{,}375 + 0{,}75 + 0{,}375 = 1{,}5.$

L'espérance de X vaut **1,5**.

2. D'après le théorème de Kœnig-Huyens,

$V(X) = \sum_{i=0}^{3} i^2 p_i - E^2(X)$
$= 0 \times 0{,}125 + 1 \times 0{,}375 + 4 \times 0{,}375 + 9 \times 0{,}125$
$= - 1{,}5^2 = \mathbf{0{,}75}$.

• **Définition**

Soit X une variable aléatoire de variance $V(X)$.
On appelle **écart type** de X le nombre noté $\sigma(X)$ et défini par $\sigma(X) = \sqrt{V(X)}$.

• **Somme de deux variables aléatoires***

Soit X et Y deux variables aléatoires définies sur un univers Ω.
On appelle somme de X et de Y, la variable S définie de Ω dans $\mathbb{R}$ par :

$$\forall a \in \Omega, \mathbf{S(a) = X(a) + Y(a)}.$$

La loi de probabilité de S est déterminée par l'**ensemble des couples (z ; $P(S = z)$)**

où $z \in S(\Omega)$ et $P(S = z) = \sum_{i+j=z} p((X = i) \cap (Y = j))$.

• **Linéarité de l'espérance***

$E(X + Y) = E(X) + E(Y)$ et pour tout réel a, $E(aX) = aE(X)$.

• **Variance d'une somme de variables indépendantes***

Soit X et Y deux variables indépendantes sur un même univers. $V(X + Y) = V(X) + V(Y)$.

• **Loi binomiale***

Soit X une variable aléatoire qui suit une loi binomiale $\mathcal{B}(n\ ;p)$.
L'espérance de X est $E(X) = np$ et la variance de X est $V(X) = np(1 - p)$.

Appliquer le cours

On lance 3 fois une pièce de monnaie équilibrée.
On nomme X le nombre de côtés Pile obtenus.

1. Quelle est la loi suivie par X ?

2. Calculer l'espérance de X et l'interpréter.

Solution

1. On a une répétition d'**épreuves de Bernoulli identiques et indépendantes où le succès** « obtenir Pile » a pour probabilité 0,5.
X la variable aléatoire qui dénombre les succès suit **la loi binomiale $\mathcal{B}(3\ ;0{,}5)$**.

2. $E(X) = np = 3 \times 0{,}5 = \mathbf{1{,}5}$.
En répétant un grand nombre de fois l'expérience, on aura un nombre moyen de Pile par expérience proche de 1,5.

* Ce paragraphe ne pourra pas faire l'objet d'une question à l'épreuve écrite du Bac.

• **Échantillonnage***

Soit X une variable aléatoire qui suit une loi de probabilité d'espérance $E(X)$ et de variance $V(x)$. Soit $(X_1, \ldots, X_n)$ un échantillon de taille n de variables indépendantes identiques suivant cette loi.

• Soit la **variable aléatoire somme** $S_n = X_1 + \ldots + X_n$.

On a $E(S_n) = nE(X), \quad V(S_n) = nV(x)$.

• Soit la **variable aléatoire moyenne** $M_n = \dfrac{X_1 + X_2 + \ldots + X_n}{n}$.

On a $E(M_n) = E(X)$ et $V(M_n) = \dfrac{V(X)}{n}$.

3 Concentration, loi des grands nombres *

• **Inégalité de Bienaymé-Tchebychev**

Soit X une variable aléatoire réelle possédant une espérance $E(X)$ et une variance $V(X)$.

Pour tout réel $d > 0$, $P(|X - E(X)| \geqslant d) \leqslant \dfrac{V(X)}{d^2}$.

Appliquer le cours

On lance une pièce de monnaie correctement équilibrée 10 fois de suite. On note X le nombre d'apparition du côté pile.

1. Majorer $P(|X - E(X)| \geqslant 2)$ à l'aide de l'inégalité de Bienaymé-Tchebychev.

2. Comparer avec la valeur à 0,01 près de $P(|X - E(X)| \geqslant 2)$.

Solution

1. On a une répétition de 10 épreuves de Bernoulli identiques et indépendantes, de succès « obtenir le côté pile » de probabilité 0,5. La variable aléatoire X qui donne le nombre de côtés pile obtenus suit la loi binomiale $\mathcal{B}(10\,;0{,}5)$.

On a $E(X) = np = 5$ et $V(X) = np(1 - p) = 2{,}5$.

D'après l'inégalité de Bienaymé-Tchebychev, on a $P(|X - E(X)| \geqslant 2) \leqslant \dfrac{V(X)}{2^2}$.

Soit $\boldsymbol{P(|X - E(X)| \geqslant 2) \leqslant 0{,}625}$.

2. On a aussi :

$P(|X - E(X)| \geqslant 2) = 1 - P(|X - E(X)| < 2)$

$= 1 - P(X = 4) - P(X = 5) - P(X = 6)$

$= 1 - \binom{10}{4} \times 0{,}5^4 \times 0{,}5^6 - \binom{10}{5} \times 0{,}5^5 \times 0{,}5^5$

$\binom{10}{6} \times 0{,}5^6 \times 0{,}5^4$.

$P(|X - E(X)| \geqslant 2) \approx 0{,}344$.

L'inégalité de Bienaymé-Tchebychev est bien grossière.

• **Inégalité de concentration**

Si M_n est la variable aléatoire moyenne d'un échantillon de taille n d'une variable aléatoire d'espérance m et de variance V, alors pour tout $d > 0$, $P(|M_n - m| \geqslant d) \leqslant \dfrac{V(X)}{nd^2}$.

• **Loi faible des grands nombres**

Soit (X_n) une suite de variables aléatoires réelles 2 à 2 indépendantes de même espérance m et de même variance V. On pose $M_n = \dfrac{1}{n}\sum_{i=1}^{n} X_i$, la variable aléatoire moyenne de $(X_1\,; X_2\,; \ldots\,; X_n)$.

La suite (M_n) tend en probabilité vers la variable aléatoire certaine $X = m$ et on a pour tout e strictement positif, $P(|M_n - m| \geqslant e) \leqslant \dfrac{V}{ne^2}$.

Autre formulation : En répétant un grand nombre de fois une même expérience aléatoire, la fréquence observée d'un événement tend vers la probabilité théorique de cet événement.

* Ce paragraphe ne pourra pas faire l'objet d'une question à l'épreuve écrite du Bac.

Exercices d'entraînement

Exercice 1 ★ 10 min

Corrigé p. 97

Vous lancez un dé. Si vous obtenez 6, vous gagnez 10 €, si vous obtenez 3 ou 5, vous perdez 3 €, si vous obtenez 1, 2 ou 4, vous perdez 2 €.
Le dé n'est pas pipé. On note X la variable aléatoire qui indique le gain d'une partie.

1. Déterminer $X(\Omega)$, puis la loi de probabilité de X, recopier et compléter le tableau ci-dessous.

x_i			
$p_i = P(X = x_i)$			

2. Calculer la moyenne des gains espérés. Interpréter.
3. Calculer la variance de X.

Exercice 2 ★★ 20 min

Corrigé p. 97

Dans une urne, il y a 4 boules blanches et 6 noires. Les boules sont indiscernables au toucher.
On tire au hasard 2 boules parmi les 10.
On note X la variable aléatoire qui, à chaque tirage, associe le nombre de boules blanches obtenues.

1. **Premier cas** : les tirages sont successifs avec remise.
a) Représenter la situation par un arbre pondéré.
b) Déterminer la loi de X.
c) Déterminer l'espérance de X et l'interpréter.
2. **Second cas** : les tirages sont successifs sans remise.
Reprendre les trois questions précédentes.

Exercice 3 ★★ 15 min

Corrigé p. 98

On lance deux fois de suite un dé non pipé et on note X la variable aléatoire qui indique la somme des deux nombres obtenus. Déterminer la loi de probabilité de X et son espérance.

Exercice 4 ★★ 15 min

Corrigé p. 98

Une urne contient six boules dont deux portent le numéro 0, trois le numéro 1 et une le numéro 2.
On tire deux boules simultanément. X est la variable aléatoire qui, à chaque tirage de deux boules, associe la somme des numéros marqués sur ces boules.
Déterminer la loi de X, son espérance et son écart-type.

Exercice 5 ★★ 20 min

Corrigé p. 99

Soient X et Y deux variables aléatoires définies sur un même univers Ω :
X peut prendre les valeurs : – 1, 0, 1 et Y les valeurs 0, 1, 2, 3.
La loi de probabilité du couple $(X ; Y)$ est donnée par :

X \ Y	**0**	**1**	**2**	**3**
– 1	0	0	0,1	0,1
0	0,3	0,2	0	0,1
1	0,1	0,1	0	0

Par exemple : la probabilité que l'on ait à la fois $X = -1$ et $Y = 2$ est égale à 0,1.

1. Déterminer :
a) $P(X = 1 \text{ et } Y = 0)$;
b) $P(X \geqslant 0 \text{ et } Y = 1)$;
c) $P(X = 0)$;
d) $P_{(X=0)}(Y = 1)$;
e) $P(X = 0 \text{ ou } Y = 1)$.

2. Déterminer les lois marginales, c'est-à-dire la loi de X et celle de Y leur espérance et leur variance.

3. Calculer :
a) $P(X + Y = 1)$;
b) $P(XY = 0)$.

4. Déterminer la loi de $X + Y$, puis calculer $E(X + Y)$ et $V(X + Y)$. Que remarque-t-on ?

Exercice 6 ★★★ 10 min

Corrigé p. 99

Une urne contient des boules blanches dans la proportion p.
On effectue n tirages d'une boule avec remise.
On note X_n le nombre de boules blanches obtenues.

1.a) Quelle est la loi suivie par X_n ? Donner son espérance et sa variance.

b) Quelle est l'espérance de la variable $\frac{X_n}{n}$? sa variance ? On utilisera $V(kX) = k^2V(X)$.

2. En utilisant l'inégalité de Bienaymé-Tchebychev, déterminer n tel que la probabilité p appartienne à $\left]\frac{X_n}{n} - 0{,}01 ; \frac{X_n}{n} + 0{,}01\right[$ soit supérieure à 0,95.

Exercice 7 ★★★ 10 min

Corrigé p. 100

Une urne contient des boules blanches et des boules rouges.
On effectue 1 000 tirages avec remise et on obtient 450 fois une boule rouge.
À l'aide de la loi faible des grands nombres, montrer que l'on peut affirmer à 90 % que la proportion des boules rouges est dans l'intervalle]0,4 ; 0,5[.

10 Algorithmique et programmation

1 Généralités

A Algorithme

• Un **algorithme** est un ensemble d'instructions qui s'enchaînent dans un ordre déterminé pour obtenir un résultat.

• Un algorithme peut s'écrire en **langage naturel** ou en **langage spécifique** à une machine.

• Un algorithme peut être composé :
– d'instructions d'entrée de données ;
– d'instructions de traitement ;
– d'instructions de sortie.

B Variable informatique

• Une **variable informatique** est un emplacement mémoire qui contient une information.

• Le contenu d'une variable informatique peut être :
– un nombre : c'est alors une **variable numérique** ;
– un texte : c'est une variable **chaîne de caractères** ;
– une **liste** ordonnée de valeurs, etc.

• **Une variable simple contient une information et une seule.** Tant que cette information n'est pas modifiée manuellement ou par un programme, elle est conservée. Dès qu'on la modifie, l'ancienne information est perdue et remplacée par la nouvelle. En langage naturel, pour qu'une instruction modifie le contenu d'une variable Y, on écrira par exemple :
$Y \leftarrow 13$ pour mettre dans Y la valeur 13 ;
$Y \leftarrow 2Y + 3$ pour remplacer l'ancienne valeur de Y par son double augmenté de 3.
En Python, on écrira Y=13 et Y=2*Y+3.

C Instructions d'entrée-sortie

• Les **entrées** sont les valeurs que doit saisir l'utilisateur. En Python, on écrira :
A=float(input("message")) si A réel ou A=int(input("message")) si A entier.

• Les **sorties** sont les affichages fournis lors de l'exécution de l'algorithme.
Afficher A indique à l'utilisateur la valeur contenue dans la variable A.
En Python, on écrira print(A).

2 Structures usuelles

A Instruction conditionnelle

• Dans un algorithme, il est parfois nécessaire de différentier les calculs à effectuer selon les conditions rencontrées. On utilise une **instruction conditionnelle** :
si condition alors instructions_1 sinon instructions_2.

• Si la condition est vraie alors les instrutions_1 sont exécutées sinon ce sont les instructions_2 qui sont exécutées.

En Python

```
if conditions :
    Bloc Instructions_1
else :
    Bloc Instructions_2
```

La partie «sinon instructions_2» est facultative : si elle est omise et que la condition est fausse alors aucune instruction n'est exécutée.

Appliquer le cours

Dans un parking, le tarif est fonction de la durée d'occupation.

Si la durée est inférieure à 3 heures, on paie 5 euros par heure.

Si la durée est supérieure ou égale à 3 heures, on paie 15 euros plus 2 euros par heure supplémentaire.

1. Exprimer en fonction de x le prix à payer selon que $0 \leqslant x < 3$ ou que $x \geqslant 3$.

2. Écrire en Python, un programme qui demande la durée d'occupation et renvoie le prix à payer.

Solution

1. Si $0 \leqslant x < 3$, alors le prix à payer est $\mathbf{5x}$.

Si $x \geqslant 3$, le prix à payer est $15 + 2(x - 3) = \mathbf{2x + 9}$.

2. Un programme peut être :

```
x=float(input("durée ="))
if 0<=x and x<3 :
    p = 5*x
else :
    p = 2*x + 9
print("le prix à payer est",p)
```

B Note sur les blocs

En Python, il n'y a pas de fin de bloc. C'est l'indentation (décalage vers la droite du texte) qui indique le début et la fin du bloc.

C Boucle itérative

• Dans un algorithme, il est possible de répéter une instruction un nombre donné de fois. On utilise pour cela une **boucle itérative** :

pour *I* variant de *k* jusqu'à *n* faire instructions.

• I prend toutes valeurs entières comprises entre k (inclus) et n (inclus) et pour chacune de ces valeurs les instructions sont exécutées.

En Python

For i in range(k,n+1) :
    Bloc Instructions

Attention au n+1.

Appliquer le cours

On considère l'algorithme ci-dessous.

$U \leftarrow 0$
Pour I variant de 1 à 6
    $U \leftarrow U + I$
    Afficher U
Fin_Pour

En utilisant un tableau d'avancement, donner les différentes valeurs affichées par l'algorithme.

Solution

U	0	1	3	6	10	15	21
I		1	2	3	4	5	6

I n'a pas de valeur définie au début avant le traitement.

On calcule $0 + 1$ et on met la somme 1 dans U au-dessus du 1 de I ; $1 + 2$ et on met la somme 3 dans U ; …

Cet algorithme affiche les nombres **1 – 3 – 6 – 10 – 15 – 21**.

D Boucle conditionnelle

• Dans un algorithme, on peut répéter des instructions tant qu'une condition est vraie. On utilise pour cela une **boucle conditionnelle** :

tant que la condition est vraie faire instructions.

• Si la condition est vraie, alors les instructions sont exécutées et répétées jusqu'à ce que la condition devienne fausse.

En Python

While condition :
    Bloc Instructions

• **Attention :** pour que l'algorithme s'arrête, il est nécessaire que les instructions modifient une (ou plusieurs) variable(s) qui intervienne(nt) dans la condition.

E Fonction

• Une **fonction** est un bloc de code qui exécute un traitement, puis rend la main : on peut la considérer comme un « sous-algorithme ».

• Elle reçoit, la plupart du temps, des données à traiter : les **paramètres**, effectue des actions avec et enfin, éventuellement, renvoie un résultat appelé sortie ou valeur retournée.

En Python

```
def nom_fonction(paramètres) :
    Bloc Instructions
    return(résultat)
```

Appliquer le cours

Soit n un entier non nul. On appelle factorielle n, le nombre noté $n!$ et défini par :
$0! = 1$ et si $n > 0$, $n! = (n-1)!n$.
Écrire une fonction Python qui reçoit n en paramètre et retourne $n!$.

Solution

```
def fact(n) :
    if n==0 :
        return(1)
else
    return(fact(n–1)*n)
```

• **Remarque :** une telle fonction qui est définie en fonction d'elle-même est une **fonction récurrente** (en mathématique) ou **récursive** (en informatique).

3 Notion de liste

Une **liste** en Python est une variable dans laquelle on peut mettre plusieurs variables.

Commandes	Exemple évolutif d'une liste

Créer une liste en Python
liste = [] pour créer une liste vide.
Création d'une liste contenant les éléments 1, "a" et 14.
Remarque : les variables peuvent être de types différents.
	>>> liste = [1,"a",14]
	>>> liste
	[1,"a",14]

Ajouter un élément à une liste
Ou les ajouter après la création de la liste avec la méthode append.
liste.append(valeur)
	>>> liste.append(13)
	>>> liste
	[1,"a",14,13]

Lire un élément dans une liste
liste[indice]
Remarque : le premier item commence toujours avec l'indice 0. Pour lire le premier item, on utilise la valeur 0, le deuxième, on utilise la valeur 1, etc. Dans une liste de longueur n, le dernier élément est liste[n-1].
	>>> liste[1]
	"a"
	>>> liste[2]
	14

Modifier une valeur avec son indice
liste[indice] = valeur
	>>> liste[1]="z"
	>>> liste
	[1,"z",14,13]

Supprimer une entrée avec un indice
del liste[indice]
pour supprimer la valeur correspondante à l'indice.
	>>> del liste[0]
	>>> liste
	["z",14,13]

Supprimer une entrée avec sa valeur
liste.remove(valeur)
	>>> liste.remove(13)
	>>> liste
	["z",14]

Compter le nombre d'items d'une liste len(liste)	>>> len(liste) 2

Exercices d'entraînement

Exercice 1 ★ 10 min

Corrigé p. 100

On considère l'algorithme ci-contre :

```
Lire x
a ← x + 1
b ← a²
y ← – b + 16
Afficher y
```

1. Déterminer l'affichage correspondant à la saisie $x = 0$, puis celui correspondant à la saisie $x = 1$.

2. a) Déterminer en fonction de x l'expression de y obtenue.

b) Quelles valeurs de x peut-on saisir pour obtenir 0 en sortie ?

Exercice 2 ★★ 15 min

Corrigé p. 100

Mat possède un livret bancaire où l'argent est rémunéré au taux de 2 % par an, c'est-à-dire que la somme augmente de 2 % le 1er janvier de chaque année.
Mat a placé 1 000 € le 1er janvier 2016.

1. De quelle somme dispose-t-il le 1er janvier 2017, le 1er janvier 2018 ?

2. Il souhaite connaître la somme disponible le 1er janvier de l'année $2016 + n$.

a) Écrire un algorithme qui demande n et renvoie la somme disponible le 1er janvier $2016 + n$.

b) Le programmer en Python et déterminer la somme disponible le 1er janvier 2030.

Exercice 3 ★★ 15 min

Corrigé p. 100

On considère pour tout entier naturel n non nul la somme $S_n = 1 + 2^2 + 3^2 + \ldots + n^2$.

1. Écrire un algorithme qui demande un nombre T et qui affiche le plus petit entier n tel que S_n soit égal ou supérieur à T.

2. a) Le programmer en Python.

b) Quel résultat obtient-on si $T = 100$? $T = 2\,020$? $T = 10\,000$?

Exercice 4 ★★ 10 min

Corrigé p. 101

On considère l'algorithme ci-dessous :

```
x ← 0
Tant que x est inférieur ou égal à 1
    y ← –x² + 5x – 6
    Afficher y
    x ← x + 0,2
Fin_Tant que
```

1. Reproduire et compléter le tableau d'avancement ci-dessous.

	x	y
Étape 1	0	–6
Étape 2		
Étape 3		
…	…	…

2. Que calcule cet algorithme ?

Exercice 5 ★★ 15 min

Corrigé p. 101

L'organisateur d'un jeu offre une montre en cadeau si le nombre affiché par l'algorithme ci-contre est égal au plus petit des deux nombres de départ.

```
A ← 12
B ← 30
Entrer la valeur  B
Tant Que A ≠ B
  Si A > B
    Alors A ← A – B
    Sinon B ← B – A
  Fin_Si
Fin_Tant Que
Afficher A
```

1. En complétant le tableau de suivi ci-dessous, donner la valeur affichée par l'algorithme.

Étape	Valeur prise par A	Valeur prise par B	Condition $A \neq B$
Initialisation	12	30	vraie
1er tour			
2e tour			
3e tour			
Affichage			

2. a) Comment peut-on faire pour être sûr de gagner ?

b) Donner deux nombres entiers distincts supérieurs à 10 à entrer pour A et B, qui permettent de gagner une montre.

Exercice 6 ★★ 5 min

Corrigé p. 101

L'organisateur du jeu précédent dispose de deux modèles de montre M_1 et M_2.
Il utilise l'algorithme suivant :

```
M ← PartieEntière(NombreAlétoire × 2 + 1)
Afficher M
```

N.B. NombreAléatoire donne un nombre réel de [0 ; 1[.

1. Quelles valeurs peut prendre la variable M ?
2. À quoi sert-elle pour le jeu ?

Exercice 7 ★★★ 15 min

Corrigé p. 101

On considère l'algorithme ci-dessous :

```
k ← 0
Lire n
Pour i variant de 1 à n
    x ← valeur aléatoire entre 0 et 1
    y ← valeur aléatoire entre 0 et 1
    Si x² + y² ⩽ 1
        alors k ← k+1
    Fin_Si
Fin_Pour
Afficher 4k÷n
```

1. Pour chaque valeur de i, x et y calculés sont les coordonnées d'un point M.

a) Dans quelle figure se situe le point M ? Quelle est son aire ?

b) Caractériser les points M qui sont comptés par la variable k ?

c) Calculer l'aire du domaine des points M qui sont comptés par k.

2. On a fait tourner un logiciel avec cet algorithme pour diverses valeurs de n.
On a obtenu les résultats suivants.

Valeur de n	100	200	400	700	1 000
Affichage	3,2	3,08	3,17	3,11	3,15

À quoi peut servir cet algorithme ? Argumenter la réponse.

Exercice 8 ★★ 10 min

Corrigé p. 102

On considère la suite fibo définie par fibo(0) = 0, fibo(1) = 1 et, pour tout entier naturel, n par fibo(n +2) = fibo(n + 1) + fibo(n).
Écrire un programme en Python qui demande une valeur de n et qui calcule fibo(n).
On pourra utiliser une fonction récursive.

Exercice 9 ★★ 20 min

Corrigé p. 102

On souhaite étudier une série statistique.

1. Écrire un programme en Python qui demande le nombre de valeurs de la série, puis les valeurs de la série et qui les met dans une liste.

2. Compléter le programme pour avoir :

a) le minimum de la série et le maximum de la série ;

b) l'étendue de la série ;

c) sa moyenne ;

d) sa variance.

Exercice 10 ★★ 10 min

Corrigé p. 102

On dispose d'une liste L = [2, 4 , 7 , 3, 11 , 23, 41, 10, 25].

1. Écrire un algorithme qui détermine le nombre de valeurs paires dans la liste.

2. Traduire cet algorithme par un programme en Python.
(On utilisera v % 2 qui donne le reste de la division entière d'un entier v par 2.)

Exercice 11 ★★ 10 min

Corrigé p. 102

1. On dispose d'une liste L = [2, 4 , 7 , 3, 11 , 23, 41, 10, 25].
Transformer en Python cette liste en la liste de ses carrés.

2. On dispose d'une liste L = [2, 4 , 7 , 3, 11 , 23, 41, 10, 25].
Transformer en Python cette liste en la liste de ses valeurs paires.

Exercice 12 ★★ 10 min

Corrigé p. 102

1. Écrire une fonction listecarrés en Python qui renvoie la liste des carrés d'une liste L donnée en paramètre par extension à partir d'une liste LC vide.

2. Écrire une fonction listepairs en Python qui renvoie la liste des nombres pairs d'une liste L donnée en paramètre par extension à partir d'une liste LP vide.

3. On dispose d'une liste L = [2, 4 , 7 , 3, 11 , 23, 41, 10, 25].

a) Écrire un programme en Python qui affiche listecarrés(listepairs(L)) et listepairs(listecarrés(L)).

b) Exécuter le programme. Que constate-t-on ? Justifier la réponse.

Exercice 13 ★★ 10 min

Corrigé p. 103

On souhaite simuler 10 000 fois l'expérience suivante : on lance deux dés tétraédriques et on note la somme S des deux dés.

En utilisant une liste pour stocker les résultats, écrire un programme Python qui réalise cette simulation et affiche le résultat. On utilisera la fonction randrange(n) de la bibliothèque **random** qui renvoie un entier compris entre 0 (inclus) et n(exclu).

Exercice 14 ★★ 15 min

Corrigé p. 103

Les Égyptiens écrivaient les fractions représentant des nombres compris entre 0 et 1 autres que $\frac{2}{3}$ sous la forme de somme d'inverses d'entiers distincts, c'est-à-dire comme somme de fractions de numérateur 1.

Ainsi, pour $\frac{11}{28}$, ils écrivaient $\frac{1}{4}+\frac{1}{7}$ et pour $\frac{3}{5}$, ils écrivaient $\frac{1}{3}+\frac{1}{5}+\frac{1}{15}$.

Pour obtenir les différents inverses dont la somme vaut une fraction A comprise entre 0 et 1, on peut appliquer l'algorithme ci-dessous.

```
Saisir A
Tant que A n'est pas de la forme 1/N,
    Calculer M le plus petit entier supérieur à 1/A
    Afficher 1/M
    Remplacer A par A − 1/M
Fin de Tant que
```

1. Appliquer l'algorithme au nombre $\frac{3}{4}$ et écrire $\frac{3}{4}$ comme la somme des inverses de deux entiers.

2. En appliquant l'algorithme, écrire le nombre $\frac{17}{18}$ comme la somme des inverses de trois entiers.

3. Soit A une fraction comprise entre 0 et 1. On souhaite savoir si la décomposition de A en somme d'inverses d'entiers distincts est unique.

Appliquer l'algorithme au nombre $\frac{3}{5}$ et conclure.

Exercice 15 ★★★ 15 min

Corrigé p. 103

On souhaite déterminer un encadrement d'amplitude inférieure à p de la solution d'une équation du type $f(x) = 0$ qui est comprise entre deux valeurs A et B.
On utilise le programme ci-dessous.

```
def f(x) :
    return(x**2-x-1)

#Main
a=float(input("a="))
b=float(input("b="))
p=float(input("p="))
fa=f(a)
while b-a⩾p
    m=(b+a)/2
    if f(m)*fa>0 :
        a=m
    else :
        b=m
print(a,b)
```

1. a. Implanter ce programme sur une machine.
b. Déterminer un encadrement d'amplitude inférieure à 0,001 de la solution de l'équation $x^2 - x - 1 = 0$ comprise entre 1 et 2.

2. Modifier le programme pour déterminer un encadrement d'amplitude inférieure à 10^{-5} de la solution de l'équation $x^3 - 2\,020 = 0$ comprise entre 10 et 22.

CHAPITRE 1 *(Énoncés p.15)*

1 a) On ordonne les termes avant d'appliquer la relation de Chasles pour que l'origine du second vecteur soit égale à l'extrémité du premier vecteur.

$\overrightarrow{BC}+\overrightarrow{AB} = \overrightarrow{AB}+\overrightarrow{BC} = \overrightarrow{AC}$ d'après la relation de Chasles.

Dans un vecteur $\overrightarrow{AB}$, A est l'origine et B l'extrémité.

b) $\overrightarrow{AD}+\overrightarrow{BC} + \overrightarrow{DB} = \overrightarrow{AD}+\overrightarrow{DB} + \overrightarrow{BC} = \overrightarrow{AB}+\overrightarrow{BC}$ d'après la relation de Chasles

$= \overrightarrow{AC}$ d'après la relation de Chasles.

c) On transforme la différence en somme pour pouvoir appliquer la relation de Chasles.

L'opposé d'un vecteur $\overrightarrow{AB}$ est $\overrightarrow{BA}$.

$\overrightarrow{CA}-\overrightarrow{BA} = \overrightarrow{CA}+\overrightarrow{AB} = \overrightarrow{CB}$
d'après la relation de Chasles.

d) On transforme les différences en sommes, puis on ordonne les termes pour pouvoir appliquer la relation de Chasles.

$\overrightarrow{AD}-\overrightarrow{AB}-\overrightarrow{CD} = \overrightarrow{AD}+\overrightarrow{BA}+\overrightarrow{DC}$

$= \overrightarrow{BA}+\overrightarrow{AD}+\overrightarrow{DC} = \overrightarrow{BC}$

en appliquant deux fois la relation de Chasles.

2 1. En appliquant la relation de Chasles, on a :

a) $\overrightarrow{MN}+\overrightarrow{NO} = \overrightarrow{MO}$;

b) $\overrightarrow{MO}+\overrightarrow{PM} = \overrightarrow{PM}+\overrightarrow{MO} = \overrightarrow{PO}$;

Soustraire un vecteur, c'est ajouter son opposé.

c) $\overrightarrow{MN}+\overrightarrow{OP} - \overrightarrow{ON} = \overrightarrow{MN}+\overrightarrow{OP}+ \overrightarrow{NO}$

$= \overrightarrow{MN}+\overrightarrow{NO}+ \overrightarrow{OP} = \overrightarrow{MP}$.

2. On a :

$\overrightarrow{MN}+\overrightarrow{PO} - \overrightarrow{PN}- \overrightarrow{MO} = \overrightarrow{MN}+\overrightarrow{PO}+ \overrightarrow{NP}+ \overrightarrow{OM}$

$= \overrightarrow{MN}+\overrightarrow{NP}+ \overrightarrow{PO}+ \overrightarrow{OM}$

$= \overrightarrow{MM} = \vec{0}$.

3 1. *ABCDEFGH* est un parallélépipède rectangle, donc la face *ADHE* est **un rectangle**.

2. On en déduit que les droites **(*EA*) et (*AD*) sont perpendiculaires en *A***.

Attention Les théorèmes de géométrie plane avec les perpendiculaires ne sont pas valables en géométrie dans l'espace.

3. On sait que (*AB*) et (*HG*) sont parallèles à (*CD*). Si deux droites sont parallèles à une même troisième droite, alors elles sont parallèles.
(*AB*) et (*HG*) sont parallèles.

4 1.a) Les droites (*IJ*) et (*BC*) sont coplanaires dans le plan (*ABC*). Leur intersection *V* est donc l'intersection de la droite (*IJ*) et du plan (*BCD*) car (*BC*) est incluse dans le plan (*BCD*).

Pour trouver l'intersection d'une droite et d'un plan, on cherche l'intersection de cette droite avec une droite du plan.

b) Les droites coplanaires (*JK*) et (*CD*) sont sécantes en un point *W* qui appartient donc au plan (*BCD*).

2. Les points *V* et *W* sont par construction dans le plan (*IJK*) et dans le plan (*BCD*), donc la droite (*VW*) appartient à chacun de ces deux plans et représente leur intersection.

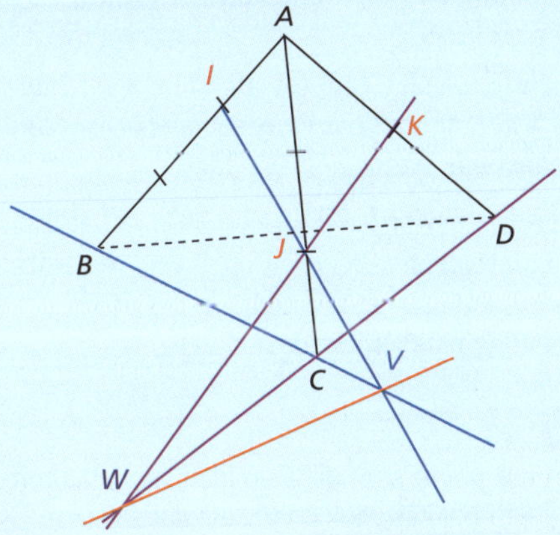

5

Dans un cube, les faces sont en réalité des carrés, même si la réalité est déformée sur la perspective cavalière.

1. On cherche des triangles rectangles dans lesquels on applique le théorème de Pythagore.

La face *EFGH* du cube est un carré, donc le triangle *EFH* est rectangle en *E*.
D'après le théorème de Pythagore, on a :
$FH^2 = FE^2 + EH^2 \Leftrightarrow FH^2 = 6^2 + 6^2 \Leftrightarrow FH = \sqrt{72}$
car *FH* est une longueur.
On a donc : $\mathbf{FH = 6\sqrt{2}}$ **cm.**
La droite (*DH*) est perpendiculaire au plan (*EHF*), donc le triangle *DHF* est rectangle en *H*.
D'après le théorème de Pythagore, on a :
$FD^2 = FH^2 + HD^2 \Leftrightarrow FD^2 = 72 + 6^2$
$\Leftrightarrow FD = \sqrt{108}$ car *FD* est une longueur.
On a donc : $\mathbf{FD = 6\sqrt{3}}$ **cm.**

L'aire d'un triangle de base b et de hauteur h est $\dfrac{bh}{2}$.

2. Dans la pyramide *DEFH*, on peut prendre comme base le triangle *EFH* et comme hauteur [*DH*].

L'aire de *EFH* est :

$$\frac{\text{base } EF \times \text{hauteur } EH}{2} = \frac{6 \times 6}{2} = 18.$$

On a :

$$V = \frac{\text{aire de la base } EFH \times \text{hauteur } DH}{3}$$

$$= \frac{18 \times 6}{3} = 36.$$

Le volume de la pyramide *EFHD* est de 36 cm^3.

6

Un pavé droit ou parallélépipède rectangle possède 6 faces rectangulaires dont au moins 4 sont déformées dans une perspective cavalière.

a) L'affirmation « Il y a cinq faces » est **fausse** car il y a six faces.

b) L'affirmation « [*AF*] est une arête » est **fausse** car *A* et *F* ne sont pas deux sommets consécutifs. [*AF*] est une diagonale d'une face.

c) L'affirmation « *C* est un sommet » est **vraie**.

d) L'affirmation « *BCFE* est une face » est **fausse** car le quadrilatère *BCFE* contient des points à l'intérieur du parallélépipède rectangle.

7

Si deux points sont dans un plan, alors la droite passant par ces deux points est dans le plan.

1. Les points *A* et *C* appartiennent à la fois au plan (*ABC*) et au plan (*ACD*), donc la droite (*AC*) est incluse dans les plans (*ABC*) et (*ACD*).

L'intersection des plans (*ABC*) et (*ACD*) est la droite (*AC*).

2. *I* est l'intersection des diagonales [*BD*] et [*CE*], donc *A* et *I* sont deux points communs des plans (*ABD*) et (*AEC*). **L'intersection des plans (*ABD*) et (*ACE*) est la droite (*AI*).**

3. *A* est un point commun aux plans (*ABD*) et (*ACD*).

Soit $\mathcal{D}$ la droite parallèle à (*BE*) passant par *A*. Les droites $\mathcal{D}$ et (*BE*) sont coplanaires, donc $\mathcal{D}$ est incluse dans le plan (*ABE*).

Comme $\mathcal{D}$ et (*CD*) sont toutes deux parallèles à (*BE*), alors $\mathcal{D}$ et (*BE*) sont parallèles, donc coplanaires. $\mathcal{D}$ est aussi incluse dans le plan (*ACD*).

L'intersection des plans (*ABE*) et (*ACD*) est la droite $\mathcal{D}$.

Ce résultat est connu sous le nom de théorème du toit.

8 1. Les droites (*AC*) et (*BD*) sont contenues dans le plan de la face *ABCD*, donc elles sont coplanaires. N'étant pas parallèles, **les droites (*AC*) et (*BD*) sont sécantes en un point *I*.**

2. Les droites (*CG*) et (*AE*) étant toutes deux parallèles à (*DF*), elles sont sont parallèles entre elles ; donc elles sont coplanaires et ***G* appartient donc au plan (*AEC*).**

3. Le point *I* intersection des droites (*AC*) et (*BD*) appartient à l'intersection du plan (*AEC*) qui contient (*AC*) et du plan (*BDG*) qui contient (*BD*).

Le point *G* appartient au plan (*BDG*) de manière triviale ainsi qu'au plan (*AEC*), donc *G* appartient à leur intersection. L'intersection des plans (*AEC*) et (*BDG*) est la droite (*IG*).

L'intersection de deux plans non parallèles est une droite définie par deux points.

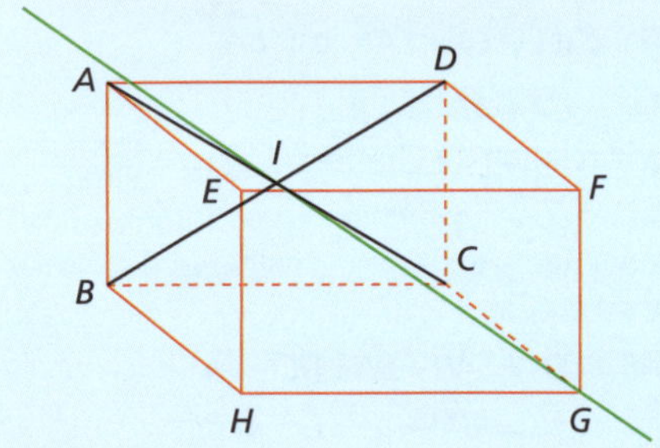

9

Le centre de gravité d'une médiane se situe aux deux tiers de cette médiane à partir du sommet.

1. *G* est le centre de gravité de *ABC* et, *J* étant le milieu de [*BC*], [*AJ*] est la médiane de *ABC* issue de *A*.

***G* est aux deux tiers de [*AJ*] en partant de *A*.**

2. Les points *I* et *G* appartiennent respectivement aux droites (*AD*) et (*AJ*) du plan (*ADJ*). Les droites (*IG*) et (*DJ*) sont donc coplanaires et sécantes en un point *W*.

Comme *W* appartient à (*JD*), droite du plan (*BCD*), *W* est l'intersection de la droite (*IG*) et du plan (*BCD*).

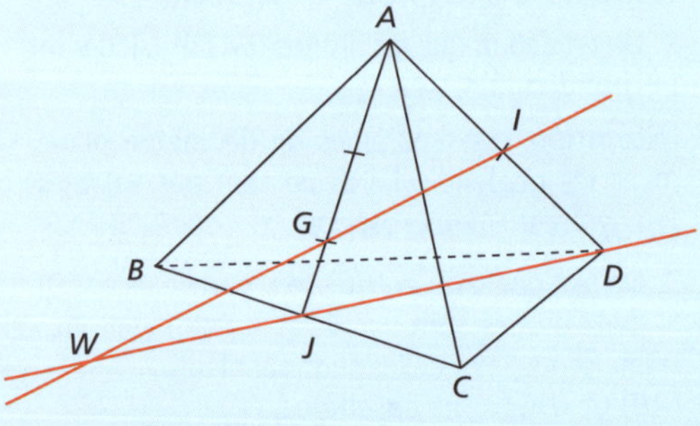

10 Deux droites coplanaires sont soit parallèles soit sécantes.

1.a) Les points A, B, F et I sont quatre points de la face $ABFE$, donc les droites (AB) et (FI) sont coplanaires dans le plan (ABE). Il n'existe qu'une droite du plan (ABE) passant par F et parallèle à (AB), c'est (FE). Comme I n'est pas sur (FE), (FI) n'est pas parallèle à (AB). **Les droites (AB) et (FI) sont sécantes.**

b)

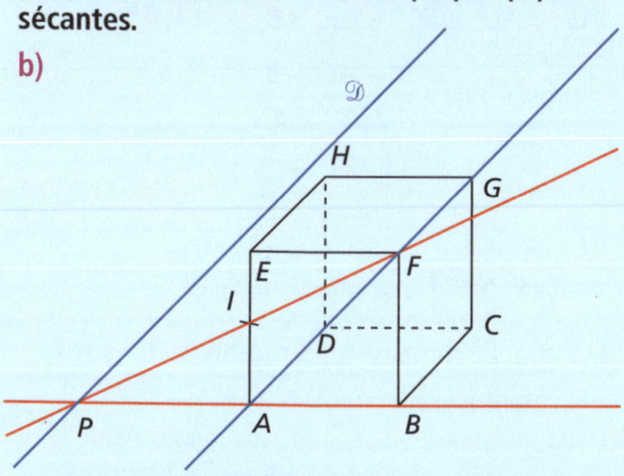

2. Soit $\mathscr{D}$ la droite parallèle à (FG) passant par P
- P appartient à la droite (IF) donc au plan (IFG)

$\mathscr{D}$ est parallèle à (FG) et passe par le point P du plan (IFG), donc $\mathscr{D}$ est incluse dans le plan (IFG).
- P appartient aussi à la droite (AB) incluse dans le plan (BCD) donc P appartient au plan (BCD).

(FG) est parallèle aux droites (BC) et $\mathscr{D}$, donc $\mathscr{D}$ et (BC) sont parallèles.

$\mathscr{D}$ est parallèle à (BC) et passe par le point P du plan (BCD), donc $\mathscr{D}$ est incluse dans le plan (BCD).

$\mathscr{D}$ est l'intersection des plans (IFG) et du plan (BCD).

11 1. a) Soit W l'intersection des droites coplanaires (MN) et (AD).

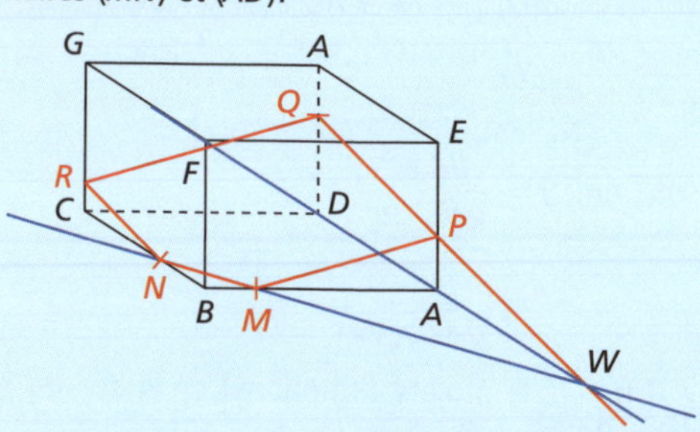

b) Les points Q et W appartiennent aux plans (MNQ) et (ADE) donc la droite (QW) est l'intersection des plans (MNQ) et (ADE). Cette droite coupe (EA) en un point P. **L'intersection du plan (MNQ) avec la face $ADHE$ est le segment $[QP]$.**

Un plan coupe deux plans parallèles selon des droites parallèles.

2. On trace le segment $[PM]$. Les faces avant et arrière étant parallèles, le plan (MNQ) coupe la face $CDHG$ selon un segment de support parallèle à (MP). On obtient le point R et on trace $[NR]$.

CHAPITRE 2 *(Énoncés p.21)*

1 1. On a :
$A(0\,;0\,;0)$, $B(1\,;0\,;0)$, $D(0\,;1\,;0)$ et $E(0\,;0\,;1)$.
Pour avoir les coordonnées d'un point M, on cherche les nombres x, y et z tels que :
$\overrightarrow{AM} = x\overrightarrow{AB} + y\overrightarrow{AD} + z\overrightarrow{AE}$.
Par exemple, on a :
$\overrightarrow{AC} = \overrightarrow{AB} + \overrightarrow{BC}$ (relation de Chasles) $= \overrightarrow{AC}$
$= 1\,\overrightarrow{AB} + 1\,\overrightarrow{AD} + 0\,\overrightarrow{AE}$ donc $C(1\,;1\,;0)$.
On a $F(1\,;0\,;1)$, $G(1\,;1\,;1)$ et $H(0\,;1\,;1)$.

2. Dans le repère $(C\,;\overrightarrow{CD}, \overrightarrow{CG}, \overrightarrow{DA})$, on a :
$C(0\,;0\,;0)$, $D(1\,;0\,;0)$, $G(0\,;1\,;0)$, $B(0\,;0\,;1)$
$A(1\,;0\,;1)$, $E(1\,;1\,;1)$ $F(0\,;1\,;1)$, $H(1\,;1\,;0)$.

2 $(A\,;\overrightarrow{AB}, \overrightarrow{AD}, \overrightarrow{AE})$ est un repère orthonormé car $ABCDEFGH$ est un cube.

On a $\overrightarrow{EC}\begin{pmatrix}1\\1\\-1\end{pmatrix}$ et $\overrightarrow{BG}\begin{pmatrix}0\\1\\1\end{pmatrix}$ donc :

$\overrightarrow{EC}.\overrightarrow{BG} = 1\times 0 + 1\times 1 + (-1)\times 1 = 0$.
Le produit scalaire étant nul, les vecteurs sont orthogonaux.
Les droites (EC) et (BG) sont orthogonales.

Deux vecteurs sont orthogonaux si, et seulement si, leur produit scalaire est nul.

3 Le repère étant orthonormé, on a :

$$AB = \sqrt{(x_B - x_A)^2 + (y_B - y_A)^2 + (z_B - z_A)^2}$$

$$= \sqrt{3^2 + 1^2 + (-4)^2} = \sqrt{26}$$

$$AC = \sqrt{1^2 + 2^2 + 2^2} = \sqrt{9} = 3 \text{ et}$$

$$BC = \sqrt{2^2 + (-3)^2 + 2^2} = \sqrt{17}.$$

On constate que $AC^2 + BC^2 = 9 + 17 = 26 = AB^2$.
D'après la réciproque du théorème de Pythagore, **ABC est rectangle en C.**

4 $\overrightarrow{AB}.\overrightarrow{AM} = \overrightarrow{AC}.\overrightarrow{AM}$

$\Leftrightarrow \left(\overrightarrow{AC} + \overrightarrow{CB}\right).\overrightarrow{AM} = \overrightarrow{AC}.\overrightarrow{AM}$ (relation de Chasles)

$\Leftrightarrow \overrightarrow{AC}.\overrightarrow{AM} + \overrightarrow{CB}.\overrightarrow{AM} = \overrightarrow{AC}.\overrightarrow{AM}$

$\Leftrightarrow \overrightarrow{CB}.\overrightarrow{AM} = 0$

$\Leftrightarrow \overrightarrow{CB}$ et $\overrightarrow{AM}$ sont orthogonaux

$\Leftrightarrow M$ appartient au plan de vecteur normal $\overrightarrow{CB}$ passant par A.

L'ensemble des points M de l'espace tels que $\overrightarrow{AB}.\overrightarrow{AM} = \overrightarrow{AC}.\overrightarrow{AM}$ est **le plan de vecteur normal $\overrightarrow{CB}$ passant par A.**

5 On utilise $\vec{u} \,.\, \vec{v} = xx' + yy' + zz'$

a) $\vec{u}.\vec{v} = -1 \times (-2) + 2 \times 2 + (-3) \times 2 = \mathbf{0}$

b) $\vec{u}.\vec{v} = 5 \times 1 + 1 \times (-3) + (-5) \times 3 = \mathbf{-13}$

c) $\vec{u}.\vec{v} = \sqrt{2} \times \left(-\sqrt{3}\right) + \sqrt{3} \times \sqrt{2} + (-1) \times 1 = \mathbf{0}$

6 Deux vecteurs sont orthogonaux si, et seulement si, leur produit scalaire est nul.

a) $\vec{u}.\vec{v} = 0 \Leftrightarrow 2x - 10 = 0 \Leftrightarrow x = 5$

Pour $x = 5$, $\vec{u}$ et $\vec{v}$ sont orthogonaux.

b) $\vec{u}.\vec{v} = 0 \Leftrightarrow 2x + x - 35 = 0 \Leftrightarrow 3x = 35$

Pour $x = \dfrac{35}{3}$, $\vec{u}$ et $\vec{v}$ sont orthogonaux.

c) $\vec{u}.\vec{v} = 0 \Leftrightarrow 2y - 2x - 12 = 0 \Leftrightarrow y = x + 6.$

Si $y = x + 6$, $\vec{u}$ et $\vec{v}$ sont orthogonaux.

d) $\vec{u}.\vec{v} = 0 \Leftrightarrow -3 \times (2) + 1 \times (-5) + xy = 0$

$\Leftrightarrow xy = -1$

Si y est l'opposé de l'inverse de x, alors $\vec{u}$ **et** $\vec{v}$ **sont orthogonaux.**

7 1. Le repère étant orthonormé on a :

$$AB = \sqrt{(x_B - x_A)^2 + (y_B - y_A)^2 + (z_B - z_A)^2}$$

$$= \sqrt{1^2 + (-1)^2 + (-3)^2} = \sqrt{11}$$

$AC = \sqrt{0^2 + (-3)^2 + 1^2} = \sqrt{10}$ et

$BC = \sqrt{(-1)^2 + (-2)^2 + 4^2} = \sqrt{21}$.

On constate que $AB^2 + AC^2 = 11 + 10 = 21 = BC^2$.

D'après la réciproque du théorème de Pythagore, ***ABC* est rectangle en *A*.**

2. On a d'après le théorème d'Al-Kashi,

$$AB^2 = AC^2 + BC^2 - 2AC \times BC \times \cos(\hat{C})$$

$$\Leftrightarrow \cos(\hat{C}) = \frac{AB^2 - AC^2 - BC^2}{-2\,AC \times BC}$$

$$\Leftrightarrow \cos(\hat{C}) = \frac{11 - 10 - 21}{-2\sqrt{10} \times \sqrt{21}}$$

$$\Leftrightarrow \hat{C} = \cos^{-1}\left(\frac{10}{\sqrt{210}}\right).$$

L'angle $\hat{C}$ mesure 0,81 radian à 10^{-2} près.

Les angles aigus d'un triangle rectangle étant complémentaires, on a

$\hat{B} = \dfrac{\pi}{2} - \hat{C}$, soit **0,76 radian à 10^{-2} près.**

8 1. Le repère étant orthonormé on a :

$$AB = \sqrt{(x_B - x_A)^2 + (y_B - y_A)^2 + (z_B - z_A)^2}$$

$AB = \sqrt{1^2 + 3^2 + (-1)^2} = \sqrt{11}$

$AC = \sqrt{4^2 + 4^2 + 0^2} = \sqrt{32}$ et

$BC = \sqrt{3^2 + 1^2 + 1^2} = \sqrt{11}$.

On constate que $AB = BC$.

***ABC* est isocèle en *B*.**

2. On a d'après le théorème d'Al-Kashi,

$$AB^2 = AC^2 + BC^2 - 2AC \times BC \times \cos(\hat{C})$$

$$\Leftrightarrow \cos(\hat{C}) = \frac{AB^2 - AC^2 - BC^2}{-2\,AC \times BC}$$

$$\Leftrightarrow \cos(\hat{C}) = \frac{11 - 32 - 11}{-2\sqrt{32} \times \sqrt{11}}$$

$$\Leftrightarrow \hat{C} = \cos^{-1}\left(\frac{16}{\sqrt{352}}\right).$$

L'angle $\hat{C}$ mesure 0,55 radian à 10^{-2} près.

ABC étant isocèle en B, **on a $\hat{A} = \hat{C}$.**

Dans un triangle, la somme des angles vaut π.

$\hat{B} = \pi - 2\hat{C}$, soit **2,04 radians à 10^{-2} près.**

9 Soit les points $A(0\,;3\,;4)$, $B(1\,;-1\,;-1)$ et $C(3\,;0\,;1)$.

1. On a $\overrightarrow{BA}\begin{pmatrix} x_A - x_B \\ y_A - y_B \\ z_A - z_B \end{pmatrix}$, soit $\overrightarrow{BA}\begin{pmatrix} -1 \\ 4 \\ 5 \end{pmatrix}$ et

$\overrightarrow{BC}\begin{pmatrix} 2 \\ 1 \\ 2 \end{pmatrix}$.

$\overrightarrow{BA}.\overrightarrow{BC} = -1 \times 2 + 4 \times 1 + 5 \times 2 = 12.$

On aussi $\overrightarrow{BA}.\overrightarrow{BC} = BA \times BC \times \cos(\widehat{ABC})$

avec $BA = \sqrt{(-1)^2 + 4^2 + 5^2} = \sqrt{42}$ et

$BC = \sqrt{2^2 + 1^2 + 2^2} = 3$.

$$\cos(\widehat{ABC}) = \frac{\overrightarrow{BA}.\overrightarrow{BC}}{BA \times BC}$$

$$= \frac{12}{\sqrt{42} \times 3} = \frac{2\sqrt{42}}{21}.$$

2. On a H le projeté orthogonal de A sur (BC), donc $\overrightarrow{BA}.\overrightarrow{BC} = BH \times BC$

$\Leftrightarrow 12 = BH \times 3 \Leftrightarrow \mathbf{BH = 4}.$

ABH est rectangle en H. D'après le théorème de Pythagore, on a :

$AH = \sqrt{BA^2 - BH^2} = \sqrt{42 - 16} = \sqrt{26}$.

L'aire du triangle ABC est :

$$\frac{base\ BC \times hauteur\ AH}{2} = \frac{3\sqrt{26}}{2}.$$

10 1. On a $\overrightarrow{AB}\begin{pmatrix}-1-5\\-2+5\\-1-3\end{pmatrix} = \overrightarrow{AB}\begin{pmatrix}-6\\3\\-4\end{pmatrix}$ et

$\overrightarrow{CD}\begin{pmatrix}2-8\\8-5\\2-6\end{pmatrix} = \overrightarrow{CD}\begin{pmatrix}6\\3\\-4\end{pmatrix}$.

Comme on a $\overrightarrow{AB} = \overrightarrow{CD}$, $ABDC$ est un parallélogramme et **les quatre points *A*, *B*, *C* et *D* sont coplanaires.**

2. On a $\overrightarrow{AB}\begin{pmatrix}-6\\3\\-4\end{pmatrix}$ et $\overrightarrow{AC}\begin{pmatrix}3\\10\\3\end{pmatrix}$,

donc $\overrightarrow{AB}.\overrightarrow{AC} = -6\times3+3\times10+(-4)\times3=0$.
Les vecteurs $\overrightarrow{AB}$ et $\overrightarrow{AC}$ sont orthogonaux, donc **le parallélogramme *ABDC* est un rectangle.**

11 1.a) On a :
$\vec{u}\,.\,\vec{v} = 1\times4+2\times(-2)+5\times0=0$.
Les vecteurs $\vec{u}$ et $\vec{v}$ sont orthogonaux.

b) On a $\|\vec{u}\| = \sqrt{1^2+2^2+5^2} = \sqrt{30}$

On pose $\vec{e_1} = \dfrac{1}{\|\vec{u}\|}\vec{u}$, d'où $\vec{e_1}\begin{pmatrix}\frac{1}{\sqrt{30}}\\\frac{2}{\sqrt{30}}\\\frac{5}{\sqrt{30}}\end{pmatrix}$

est de norme 1 colinéaire à $\vec{u}$.

c) On a $\|\vec{v}\| = \sqrt{4^2+(-2)^2+0^2} = \sqrt{20}$.

On pose $\vec{e_2} = \dfrac{1}{\|\vec{v}\|}\vec{v}$, d'où $\vec{e_2}\begin{pmatrix}\frac{2}{\sqrt{5}}\\\frac{-1}{\sqrt{5}}\\0\end{pmatrix}$

est de norme 1 colinéaire à $\vec{v}$.

2.a) On veut $\vec{u}\,.\,\vec{w}=0$ et $\vec{v}\,.\,\vec{w}=0$

$\Leftrightarrow \begin{cases}x+2y+5z=0 \ (1)\\4x-2y=0 \ (2)\end{cases}$

(2) $\Leftrightarrow 4x=2y \Leftrightarrow \boldsymbol{y=2x}$.
(1) $\Leftrightarrow x+4x+5z=0 \Leftrightarrow 5x+5z=0 \Leftrightarrow \boldsymbol{z=-x}$.

On a $\vec{w}\begin{pmatrix}x\\2x\\-x\end{pmatrix}$.

b) Il suffit d'avoir un vecteur $\vec{e_3}$ colinéaire à $\vec{w}$ et de norme 1.

On a $\|\vec{w}\| = \sqrt{x^2+(2x)^2+(-x)^2} = \sqrt{6x^2} = \sqrt{6}\,|x|$

Pour tout réel x, $\sqrt{x^2}=|x|$.

On pose $\vec{e_3} = \dfrac{1}{\|\vec{w}\|}\vec{w}$, d'où :

$\vec{e_3}\begin{pmatrix}\frac{\sqrt6}{6}\\\frac{\sqrt6}{3}\\\frac{-\sqrt6}{6}\end{pmatrix}$ ou $\vec{e_3}\begin{pmatrix}\frac{-\sqrt6}{6}\\\frac{-\sqrt6}{3}\\\frac{\sqrt6}{6}\end{pmatrix}$ **est de norme 1 colinéaire à $\vec{w}$**, et $(\vec{e_1}\,;\,\vec{e_2}\,;\,\vec{e_3})$ est une base orthonormée de l'espace.

12 1. On a : $OA = \sqrt{2^2+0^2+0^2} = 2$.

$OB = \sqrt{1^2+\sqrt{3}^2+0^2} = \sqrt{4} = 2$

et $AB = \sqrt{(1-2)^2+\sqrt{3}^2+0^2} = \sqrt{4} = 2$.

***OAB* est équilatéral.**

2.a) G est le centre de gravité de OAB donc :

$$\begin{cases}x_G = \dfrac{x_O+x_A+x_B}{3} = 1\\ y_G = \dfrac{y_O+y_A+y_B}{3} = \dfrac{\sqrt3}{3}\\ z_G = \dfrac{z_O+z_A+z_B}{3} = 0\end{cases}.$$

On a $\boldsymbol{G\left(1\,;\,\frac{\sqrt3}{3}\,;\,0\right)}$.

b) Comme OAB est équilatéral et G son centre de gravité, on a $OG = AG = BG$.
Tout point M situé sur la droite passant par G et orthogonale au plan (OAB) est équidistant de O, de A et de B.

On cherche donc $C\left(1\,;\,\frac{\sqrt3}{3}\,;\,z\right)$ tel que $OC = 2$.

$OC = 2 \Leftrightarrow OC^2 = 4 \Leftrightarrow 1 + \frac{1}{3} + z^2 = 4 \Leftrightarrow z^2 = \frac{2}{3}$

On a donc $C\left(1\,;\,\frac{\sqrt3}{3};\,\frac{\sqrt6}{3}\right)$ ou $C\left(1\,;\,\frac{\sqrt3}{3};\,\frac{-\sqrt6}{3}\right)$

pour que $OABC$ soit un tétraèdre régulier.

CHAPITRE 3 *(Énoncés p.26)*

Note sur les résultats de ce chapitre : pour de nombreuses questions (équation, représentation paramétrique, vecteur normal), il existe une infinité de réponses exactes. Le corrigé ne donne qu'une de ses réponses exactes. En revanche, pour les réponses avec coordonnées ou distance, il n'y a qu'une réponse exacte.

1 **1.** $A(2\,;1\,;-1) \in \mathscr{D} \Leftrightarrow \exists k \in \mathbb{R} | \begin{cases} x_A = 2+k \\ y_A = 1-k \\ z_A = -1+k \end{cases}$

$\Leftrightarrow \exists\, k \in \mathbb{R} | \begin{cases} 2 = 2+k \\ 1 = 1-k \\ -1 = -1+k \end{cases} \Leftrightarrow k = 0$

k existe donc **A appartient à $\mathscr{D}$.**

$B(6\,;-3\,;-11) \in \mathscr{D} \Leftrightarrow \exists k \in \mathbb{R} | \begin{cases} x_B = 2+k \\ y_B = 1-k \\ z_B = -1+k \end{cases}$

$\Leftrightarrow \exists\, k \in \mathbb{R} | \begin{cases} 6 = 2+k \\ -3 = 1-k \\ -11 = -1+k \end{cases} \Leftrightarrow \begin{cases} 4 = k \\ -4 = -k \\ -10 = k \end{cases}$

k n'existe pas donc **B n'appartient pas à $\mathscr{D}$.**

2. On exprime deux inconnues en fonction de la troisième.

On a : $\begin{cases} x = 2+k \\ y = 1-k \\ z = -1+k \end{cases} \Leftrightarrow \begin{cases} x-2 = k \\ y = 1-(x-2) \\ z = -1+(x-2) \end{cases}$

$\Leftrightarrow \begin{cases} x-2 = k \\ y = -x+3 \\ z = x-3 \end{cases}$

$\Leftrightarrow \begin{cases} y = -x+3 \\ z = x-3 \end{cases}$ est un système d'équations cartésiennes de $\mathscr{D}$.

3.a) Un vecteur directeur de $\mathscr{D}$ est $\vec{u}\begin{pmatrix} 1 \\ -1 \\ 1 \end{pmatrix}$.

> Si $\begin{cases} x = x_0 + ka \\ y = y_0 + kb \\ z = z_0 + kc \end{cases}$, $k \in \mathbb{R}$, est un représentation paramétrique d'une droite $\mathscr{D}$, alors $\vec{u}\begin{pmatrix} a \\ b \\ c \end{pmatrix}$ est un vecteur directeur de $\mathscr{D}$.

b) $M(x\,;y\,;z)$ est le projeté orthogonal du point $C(3\,;4\,;1)$ sur $\mathscr{D}$

$\Leftrightarrow \begin{cases} M \in \mathscr{D} \\ \overrightarrow{CM} \text{ orthogonal à } \vec{u} \end{cases} \Leftrightarrow \begin{cases} x = 2+k \\ y = 1-k \\ z = -1+k \\ \overrightarrow{CM}.\vec{u} = 0 \end{cases}$

$\Leftrightarrow \begin{cases} x = 2+k \\ y = 1-k \\ z = -1+k \\ (x-3)-1(y-4)+1(z-1) = 0 \end{cases}$

$\Leftrightarrow \begin{cases} x = 2+k \\ y = 1-k \\ z = -1+k \\ k-1+3+k+k-2 = 0 \end{cases} \Leftrightarrow \begin{cases} x = 2 \\ y = 1 \\ z = -1 \\ k = 0 \end{cases}$

Le projeté orthogonal de $C(3\,;4\,;1)$ sur $\mathscr{D}$ est **$A(2\,;1\,;-1)$.**

2 On exprime deux inconnues en fonction de la troisième.

On a : $\begin{cases} x-2y+z+1 = 0 \quad (1) \\ x+y+3z-1 = 0 \quad (2) \end{cases}$.

(1) $\Leftrightarrow z = -x + 2y - 1$ (1')

Par substitution :

(2) $\Leftrightarrow x + y + 3(-x + 2y - 1) - 1 = 0$

$\Leftrightarrow -2x + 7y - 4 = 0$

$\Leftrightarrow -2x = -7y + 4$

$\Leftrightarrow x = 3{,}5y - 2$

Par substitution :

(1') $\Leftrightarrow z = -3{,}5y + 2 + 2y - 1$

$\Leftrightarrow z = -1{,}5y + 1.$

En posant $y = t$, **une représentation paramétrique de $\mathscr{D}$ est :**

$\begin{cases} x = 3{,}5t - 2 \\ y = t \\ z = 1{,}5t + 1 \end{cases}, t \in \mathbb{R}.$

3

> Un vecteur normal à un plan d'équation :
> $ax + by + cz + d = 0$ est $\vec{n}\begin{pmatrix} a \\ b \\ c \end{pmatrix}$.

Soit $\mathscr{P}$ le plan d'équation : $x + y + 3z + 4 = 0$.

Un vecteur normal à $\mathscr{P}$ est $\vec{n}\begin{pmatrix} 1 \\ 1 \\ 3 \end{pmatrix}$ qui est un vecteur directeur de $\mathscr{D}$ perpendiculaire à $\mathscr{P}$ en A.

$M(x\,;y\,;z) \in \mathcal{D} \Leftrightarrow \exists\, k \in \mathbb{R} \mid \overrightarrow{AM} = k\vec{n}$

$$\Leftrightarrow \exists\, k \in \mathbb{R} \mid \begin{cases} x-1=k \\ y+2=k \\ z+2=3k \end{cases}$$

Une représentation paramétrique de $\mathcal{D}$ est :

$$\begin{cases} x=k+1 \\ y=k-2 \\ z=3k-2 \end{cases},\ k \in \mathbb{R}.$$

4 Soit $\mathcal{P}$ le plan d'équation : $2x + y - 3z - 1 = 0$.

1. On a :
$2x_A + y_A - 3z_A - 1 = 2 \times 4 - 1 - 3 \times 2 - 1 = 0$,
donc ***A* appartient à $\mathcal{P}$.**
On a $2x_B + y_B - 3z_B - 1 = 2 \times 0 + 5 - 3 \times 1 - 1 = 1$,
c'est non nul, donc ***B* n'appartient pas à $\mathcal{P}$.**

2. **Un vecteur normal à $\mathcal{P}$ est $\vec{n}\begin{pmatrix} 2 \\ 1 \\ -3 \end{pmatrix}$.**

3. On exprime une inconnue en fonction des deux autres.
$2x + y - 3z - 1 = 0 \Leftrightarrow y = -2x + 3z + 1$ en prenant x et z comme paramètres.
Une représentation paramétrique de $\mathcal{P}$ est :

$$\begin{cases} x=t \\ y=-2t+3k+1 \\ z=k \end{cases},\ (t\,;k) \in \mathbb{R}^2.$$

4. $M(x\,;y\,;z)$ projeté orthogonal de B sur $\mathcal{P}$

$$\Leftrightarrow \begin{cases} M \in \mathcal{P} \\ \overrightarrow{BM} \text{ et } \vec{n} \text{ colinéaires} \end{cases}$$

$$\Leftrightarrow \begin{cases} 2x+y-3z-1=0 & (1) \\ \dfrac{x-0}{2}=\dfrac{y-5}{1} & (2) \\ \dfrac{x-0}{2}=\dfrac{z-1}{-3} & (3) \end{cases}$$

Des vecteurs sont colinéaires lorsque leurs coordonnées sont proportionnelles.

(2) $\Leftrightarrow 0{,}5x = y - 5 \Leftrightarrow y = 0{,}5x + 5$ (2')
(3) $\Leftrightarrow -3x = 2z - 2 \Leftrightarrow z = -1{,}5x + 1$ (3')
Par substitution :
(1) $\Leftrightarrow 2x + 0{,}5x + 5 - 3(-1{,}5x + 1) - 1 = 0$

$\Leftrightarrow 7x + 1 = 0 \Leftrightarrow x = -\dfrac{1}{7}$

(2') $\Leftrightarrow y = 0{,}5 \times \left(-\dfrac{1}{7}\right) + 5 = \dfrac{69}{14}$

(3') $\Leftrightarrow z = -1{,}5 \times \left(-\dfrac{1}{7}\right) + 1 = \dfrac{17}{14}$

$M\left(\dfrac{-1}{7}; \dfrac{69}{14}; \dfrac{17}{14}\right)$ est le projeté orthogonal de B sur $\mathcal{P}$.

5 1. $\mathcal{D} : \begin{cases} x=4+t \\ y=6+2t,\ t \in \mathbb{R} \\ z=4-t \end{cases}$, est dirigée par

$\vec{u}\begin{pmatrix} 1 \\ 2 \\ -1 \end{pmatrix}$ et $\mathcal{D}' : \begin{cases} x=2+k \\ y=1-k \\ z=-1-3k \end{cases},\ k \in \mathbb{R}$, est

dirigée par $\vec{u'}\begin{pmatrix} 1 \\ -1 \\ -3 \end{pmatrix}$.

On a $\dfrac{x_{\vec{u}}}{x_{\vec{u'}}} = 1$ et $\dfrac{y_{\vec{u}}}{y_{\vec{u'}}} = -2$, donc $\vec{u}$ et $\vec{u'}$ ayant des coordonnées non proportionnelles sont non colinéaires et **$\mathcal{D}$ et $\mathcal{D}'$ ne sont pas parallèles.**

2. Cherchons si $\mathcal{D}$ et $\mathcal{D}'$ sont sécantes c'est-à-dire si le système :

$$\begin{cases} x=4+t & (1) \\ y=6+2t & (2) \\ z=4-t & (3) \\ x=2+k & (4) \\ y=1-k & (5) \\ z=-1-3k & (6) \end{cases}$$ possède une solution.

(1) et (4) $\Rightarrow 4 + t = 2 + k \Rightarrow t = k - 2$ (7)
(2) $\Rightarrow y = 6 + 2(k - 2) \Rightarrow y = 2k + 2$
(5) $\Rightarrow 2k + 2 = 1 - k \Rightarrow 3k = -1 \Rightarrow k = -\dfrac{1}{3}$

(7) $\Rightarrow t = -\dfrac{1}{3} - 2 \Rightarrow t = -\dfrac{7}{3}$

(3) $\Rightarrow z = 4 + \dfrac{7}{3} \Rightarrow z = \dfrac{19}{3}$

(6) $\Rightarrow z = -1 + \dfrac{3}{3} \Rightarrow z = 0$

C'est contradictoire.
Le système n'a pas de solution, donc
$\mathcal{D}$ et $\mathcal{D}'$ ne sont pas coplanaires.

6 Soit $M(x\,;y\,;z)$ le point d'intersection de $\mathcal{D}$ et de $\mathcal{P}$.

On résout $\begin{cases} x=2t-1 & (1) \\ y=t+2 & (2) \\ z=-t+1 & (3) \\ x+y-2z-1=0 & (4) \end{cases}$

En injectant (1), (2) et (3) dans (4), on a :
$2t - 1 + t + 2 - 2(-t + 1) - 1 = 0$
$\Leftrightarrow 5t - 2 = 0 \Leftrightarrow t = 0{,}4$
(1), (2) et (3) donnent alors :
$x = 2 \times 0{,}4 - 1 = -0{,}2$
$y = 0{,}4 + 2 = 2{,}4$
$z = -0{,}4 + 1 = 0{,}6$
$M(-0{,}2 ; 2{,}4 ; 0{,}6)$ est le point d'intersection de $\mathscr{D}$ et de $\mathscr{P}$.

7 $\mathscr{D}$ a pour vecteur directeur $\vec{u}\begin{pmatrix} 2 \\ 1 \\ -1 \end{pmatrix}$.

La droite (AB) a pour vecteur directeur $\overrightarrow{AB}\begin{pmatrix} -1 \\ 2 \\ -2 \end{pmatrix}$

et pour représentation paramétrique
$$\begin{cases} x = 2 - k \\ y = 1 + 2k \quad , k \in \mathbb{R}. \\ z = 4 - 2k \end{cases}$$

Les vecteurs $\vec{u}$ et $\overrightarrow{AB}$ ayant des coordonnées non proportionnelles sont non colinéaires et **$\mathscr{D}$ et (AB) ne sont pas parallèles.**
Cherchons si le système :
$$\begin{cases} x = 2t - 2 & (1) \\ y = t + 9 & (2) \\ z = -t - 4 & (3) \\ x = 2 - k & (4) \\ y = 1 + 2k & (5) \\ z = 4 - 2k & (6) \end{cases}$$
possède une solution.

(1) et (4) $\Rightarrow 2t - 2 = 2 - k$
$\Rightarrow k = 4 - 2t$ (7)
(5) $\Rightarrow y = 1 + 2(4 - 2t)$
$\Rightarrow y = 9 - 4t$
(2) $\Rightarrow 9 - 4t = t + 9$
$\Rightarrow 0 = 5t \Rightarrow t = 0$
(7) $\Rightarrow k = 4$
(3) $\Rightarrow z = -4$ et (6) $\Rightarrow z = -4$
(1) $\Rightarrow x = -2$ et (4) $\Rightarrow x = -2$
(2) $\Rightarrow y = 9$ et (5) $\Rightarrow y = 9$
$\mathscr{D}$ et (AB) sont sécantes en $M(-2 ; 9 - 4)$.

8 1. $\mathscr{P}_1$ a pour vecteur normal $\vec{n}\begin{pmatrix} 2 \\ 3 \\ -1 \end{pmatrix}$.

Une équation cartésienne de $\mathscr{P}_1$ est :
$2x + 3y - z + d = 0$.
$A(4 ; -3 ; 1)$ appartient à $\mathscr{P}_1$, donc :
$2 \times 4 + 3 \times (-3) - 1 + d = 0$
$\Leftrightarrow -2 + d = 0 \Leftrightarrow d = 2$
Une équation cartésienne de $\mathscr{P}_1$ est :
$2x + 3y - z + 2 = 0$.

2. $\mathscr{P}_2$ a pour vecteur normal $\overrightarrow{n'}\begin{pmatrix} 1 \\ 1 \\ -2 \end{pmatrix}$.

Les vecteurs normaux $\vec{n}$ et $\overrightarrow{n'}$ ayant des coordonnées non proportionnelles sont non colinéaires et **$\mathscr{P}_1$ et $\mathscr{P}_2$ ne sont pas parallèles : ils sont sécants selon une droite.**

Deux plans sont parallèles si, et seulement si, leurs vecteurs normaux sont colinéaires.

3. $\mathscr{P}_3$ a pour vecteur normal $\overrightarrow{n''}\begin{pmatrix} -4 \\ -6 \\ 2 \end{pmatrix}$.

On a $\overrightarrow{n''} = -2\vec{n}$; ces vecteurs normaux étant colinéaires, **$\mathscr{P}_1$ et $\mathscr{P}_3$ sont parallèles, ils ne sont pas sécants.**

4. $\mathscr{P}_2$ et $\mathscr{P}_4$ étant parallèles, ils ont tous deux $\overrightarrow{n'}\begin{pmatrix} 1 \\ 1 \\ -2 \end{pmatrix}$, comme vecteur normal.

Une équation de $\mathscr{P}_4$ est donc $x + y - 2z + d = 0$.
$A(4 ; -3 ; 1)$ appartient à $\mathscr{P}_4$, donc :
$4 - 3 - 2 \times 1 + d = 0 \Leftrightarrow -1 + d = 0 \Leftrightarrow d = 1$
Une équation cartésienne de $\mathscr{P}_4$ est :
$x + y - 2z + 1 = 0$.

9 1. E, F et I le milieu de $[AE]$ appartiennent à la face $ABFE$ donc au plan (AEF) et I n'est pas aligné avec E et F.
J le milieu de $[BC]$ n'appartient pas à ce plan (AEF).
Les points E, F, I et J ne sont pas coplanaires.
Les droites (IJ) et (EF) sont non coplanaires.

2. Dans le repère orthonormé $(A ; \overrightarrow{AB}, \overrightarrow{AD}, \overrightarrow{AE})$, on a $A(0 ; 0 ; 0)$, $F(1 ; 0 ; 1)$, $B(1 ; 0 ; 0)$ et $G(1 ; 1 ; 1)$.

On a : $\overrightarrow{AF}\begin{pmatrix} 1 \\ 0 \\ 1 \end{pmatrix} . \overrightarrow{BG}\begin{pmatrix} 0 \\ 1 \\ 1 \end{pmatrix} = 1 \times 0 + 0 \times 1 + 1 \times 1$
$= \mathbf{1}$.

3. Une équation cartésienne du plan (AFH) est du type $ax + by + cz + d = 0$.
Comme $A(0 ; 0 ; 0)$ appartient à (AFH), on a :
$d = 0$.
Comme $F(1 ; 0 ; 1)$ appartient à (AFH), on a :
$a + c = 0 \Leftrightarrow \boldsymbol{c = -a}$.
Comme $H(0 ; 1 ; 1)$ appartient à (AFH), on a :
$b + c = 0 \Leftrightarrow \boldsymbol{b = -c = a}$.
On peut choisir pour a une valeur non nulle, 1 par exemple.
Une équation cartésienne du plan (AFH) est $x + y - z = 0$.

4. Un vecteur non nul est normal au plan (AFH) si, et seulement si, ses coordonnées sont proportionnelles à celles de $\vec{n}\begin{pmatrix}1\\1\\-1\end{pmatrix}$ vecteur normal au plan (AFH).

On a $\overrightarrow{EG}\begin{pmatrix}1\\1\\0\end{pmatrix}$, $\overrightarrow{IJ}\begin{pmatrix}1\\0,5\\-0,5\end{pmatrix}$ et $\overrightarrow{DI}\begin{pmatrix}0\\-1\\0,5\end{pmatrix}$ qui ne sont pas des vecteurs normaux à (AFH) car leurs coordonnées ne sont pas proportionnelles avec celles de $\vec{n}\begin{pmatrix}1\\1\\-1\end{pmatrix}$. On a $\overrightarrow{EC}\begin{pmatrix}1\\1\\-1\end{pmatrix}$ qui est un vecteur normal à (AFH) et L qui est sur (EC), donc $\overrightarrow{EL}$ est colinéaire à $\overrightarrow{EC}$.

$\overrightarrow{EL}$ est un vecteur normal au plan (AFH).

10 1. Dans le repère orthonormé $(A\,;\overrightarrow{AB},\overrightarrow{AD},\overrightarrow{AE})$ du cube $ABCDEFGH$, on a $D(0\,;1\,;0)$ et $F(1\,;0\,;1)$.

$M(x\,;y\,;z)\in(FD)$

$\Leftrightarrow \exists k\in\mathbb{R} \mid \overrightarrow{FM}\begin{pmatrix}x-1\\y\\z-1\end{pmatrix}=k\overrightarrow{FD}\begin{pmatrix}-1\\1\\-1\end{pmatrix}$

$\Leftrightarrow \exists k\in\mathbb{R} \mid \begin{cases}x-1=-k\\y=k\\z-1=-k\end{cases}$

Une représentation paramétrique de la droite (FD) est $\begin{cases}x=-k+1\\y=k\\z=-k+1\end{cases}$, $k\in\mathbb{R}$.

2. On a :

$\vec{n}\begin{pmatrix}1\\-1\\1\end{pmatrix}.\overrightarrow{BG}\begin{pmatrix}0\\1\\1\end{pmatrix}=1\times0+(-1)\times1+1\times1=0$

et $\vec{n}\begin{pmatrix}1\\-1\\1\end{pmatrix}.\overrightarrow{BE}\begin{pmatrix}-1\\0\\1\end{pmatrix}=1\times(-1)+(-1)\times0+1\times1=0.$

$\vec{n}$ est orthogonal à $\overrightarrow{BG}$ et à $\overrightarrow{BE}$, deux vecteurs non colinéaires et directeurs de (BGE).

$\vec{n}$ est un vecteur normal au plan (BGE).

Une équation cartésienne du plan (BGE) est $x-y+z+d=0$ avec $B(1\,;0\,;0)$ dans ce plan, donc $1+d=0\Leftrightarrow d=-1$.

On a donc **(BGE) : $x-y+z-1=0$.**

3. On a $\overrightarrow{DF}\begin{pmatrix}1\\-1\\1\end{pmatrix}=\vec{n}$ qui est un vecteur normal au plan (BGE), donc **la droite (FD) est perpendiculaire au plan (BGE).**

(FD) coupe le plan (BGE) en $K(x\,;y\,;z)$ projeté orthogonal de F sur le plan (BGE).

On a $\begin{cases}x=-k+1 & (1)\\y=k & (2)\\z=-k+1 & (3)\\x-y+z-1=0 & (4)\end{cases}$.

Par substitution :

(4) $\Leftrightarrow -k+1-k-k+1-1=0$

$\Leftrightarrow -3k+1=0\Leftrightarrow \frac{1}{3}=k.$

En remplaçant k par $\frac{1}{3}$ dans (1), (2) et (3), on a $K\left(\frac{2}{3};\frac{1}{3};\frac{2}{3}\right)$.

4. $[BG]$, $[GE]$ et $[EB]$ sont des diagonales de carrés de côté 1, donc $BG=GE=EB=\sqrt{2}$.

Le triangle BGE est équilatéral.

Son aire est $\frac{\sqrt{2}^2\sqrt{3}}{4}=\frac{\sqrt{3}}{2}$.

L'aire d'un triangle équilatéral de côté a est $\frac{a^2\sqrt{3}}{4}$.

5. On a $FK=\sqrt{\left(\frac{2}{3}-1\right)^2+\left(\frac{1}{3}-0\right)^2+\left(\frac{2}{3}-1\right)^2}$

$=\sqrt{\frac{3}{9}}=\frac{1}{\sqrt{3}}$.

Le volume du tétraèdre $BEGD$ est :

$\frac{\text{aire } BGE\times\text{hauteur } FK}{3}=\frac{\frac{\sqrt{3}}{2}\times\frac{1}{\sqrt{3}}}{3}$

Le volume du tétraèdre $BEGD$ est $\frac{1}{6}$.

11 1. $A(1\,;1\,;1)$ appartient à $\mathcal{P}_m$

$\Leftrightarrow \frac{1}{4}m^2x_A+(m-1)y_A+\frac{1}{2}mz_A-3=0$

$\Leftrightarrow \frac{1}{4}m^2+(m-1)+\frac{1}{2}m-3=0$

$\Leftrightarrow 0,25m^2+1,5m-4=0.$

$\Delta=b^2-4ac=1,5^2-4\times0,25\times(-4)=6,25.$

Il y a deux solutions $m_1=\frac{-b+\sqrt{\Delta}}{2a}=$ **2** et

$m_2 = \dfrac{-b-\sqrt{\Delta}}{2a} = -8.$

Pour $m = 2$ ou $m = -8$, $A(1 ; 1 ; 1)$ appartient à $\mathcal{P}_m$.

2. $\mathcal{P}_1$ a pour équation cartésienne :
$0{,}25\ x + 0{,}5\ z - 3 = 0$ et pour vecteur normal

$\vec{n}_1\begin{pmatrix} 0{,}25 \\ 0 \\ 0{,}5 \end{pmatrix}.$

$\mathcal{P}_{-4}$ a pour équation cartésienne :

$4\ x - 5\ y - 2\ z - 3 = 0$ et pour vecteur normal

$\vec{n}_{-4}\begin{pmatrix} 4 \\ -5 \\ -2 \end{pmatrix}.$

$y_{\vec{n}_1} = 0$ et $y_{\vec{n}_{-4}}$, donc $\vec{n}_1$ et $\vec{n}_{-4}$ ne sont pas colinéaires.

$\mathcal{P}_1$ et $\mathcal{P}_{-4}$ sont sécants suivant une droite $\mathcal{D}$.

$M(x ; y ; z) \in \mathcal{D} \Leftrightarrow \begin{cases} 0{,}25x + 0{,}5z - 3 = 0 \\ 4x - 5y - 2z - 3 = 0 \end{cases}$

$\Leftrightarrow \begin{cases} 0{,}25x = -\ 0{,}5z + 3 \\ -5y = -4x + 2z + 3 \end{cases}$

$\Leftrightarrow \begin{cases} x = -\ 2z + 12 \\ -5y = -4(-2z + 12) + 2z + 3 \end{cases}$

$\Leftrightarrow \begin{cases} x = -\ 2z + 12 \\ -5y = 10z - 45 \end{cases} \quad \Leftrightarrow \begin{cases} x = -\ 2z + 12 \\ y = -2z + 9 \end{cases}$

En posant $z = t$, **une représentation paramétrique de $\mathcal{D}$ est :** $\begin{cases} x = -\ 2t + 12 \\ y = 9 - 2t \\ z = t \end{cases}$, $t \in \mathbb{R}$.

3. a) $\mathcal{P}_0$ a pour équation cartésienne :
$-y - 3 = 0 \Leftrightarrow y = -3$.

Soit $B(x ; y ; z)$ un point commun à $\mathcal{P}_0$ et à $\mathcal{D}$.

On a alors $\begin{cases} x = -\ 2t + 12 \\ y = 9 - 2t \\ z = t \\ y = -3 \end{cases}$

$\Leftrightarrow \begin{cases} x = -\ 2t + 12 \\ -12 = -2t \\ z = t \\ y = -3 \end{cases} \quad \Leftrightarrow \begin{cases} x = 0 \\ 6 = t \\ z = 6 \\ y = -3 \end{cases}$

B existe et est unique, donc **$\mathcal{P}_0$ et $\mathcal{D}$ sont sécants en un point $B(0 ; -3 ; 6)$.**

b) Pour tout réel m, $\mathcal{P}_m$ a pour équation cartésienne :
$\frac{1}{4}m^2x + (m-1)y + \frac{1}{2}mz - 3 = 0$ et on a $B\ (0 ; -3 ; 6)$.

Or $\frac{1}{4}m^2x_B + (m-1)y_B + \frac{1}{2}mz_B - 3$
$= (m-1) \times (-3) + 0{,}5\ m \times 6 - 3$
$= -3\ m + 3 + 3\ m - 3 = 0$

Pour tout réel m, le point B appartient au plan $\mathcal{P}_m$.

c) Supposons qu'il existe un autre point B' appartenant à tous les plans $\mathcal{P}_m$. Il appartiendrait en particulier à $\mathcal{P}_0$, $\mathcal{P}_1$ et $\mathcal{P}_{-4}$ et donc à $\mathcal{P}_0$ et à $\mathcal{D}$ qui est l'intersection de $\mathcal{P}_1$ et $\mathcal{P}_{-4}$. Or $\mathcal{P}_0$ et $\mathcal{D}$ n'ont qu'un point d'intersection qui est le point B.
Donc on a $B' = B$.

Le point B est donc l'unique point appartenant à $\mathcal{P}_m$ pour tout réel m.

4. a) On a :
$\vec{n}_1 . \vec{n}_{-4} = 0{,}25 \times 4 + 0 \times (-5) + 0{,}5 \times (-2) = 0.$

$\vec{n}_1$ et $\vec{n}_{-4}$ sont orthogonaux.

Ayant leurs vecteurs normaux orthogonaux, **$\mathcal{P}_1$ et $\mathcal{P}_{-4}$ sont perpendiculaires.**

b) $\mathcal{P}_m$ a vecteur normal $\vec{n}_m\begin{pmatrix} \frac{1}{4}m^2 \\ m-1 \\ \frac{1}{2}m \end{pmatrix}$ et

$\mathcal{P}_{m'}$ a pour vecteur normal $\vec{n}_{m'}\begin{pmatrix} \frac{1}{4}m'^2 \\ m'-1 \\ \frac{1}{2}m' \end{pmatrix}$

$\mathcal{P}_m$ et $\mathcal{P}_{m'}$ sont perpendiculaires

$\Leftrightarrow \vec{n}_m$ et $\vec{n}_{m'}$ sont orthogonaux

$\Leftrightarrow \frac{m^2}{4} \times \frac{m'^2}{4} + (m-1) \times (m'-1) + \frac{m}{2} \times \frac{m'}{2} = 0$

$\Leftrightarrow \left(\frac{mm'}{4}\right)^2 + (m-1)(m'-1) + \frac{mm'}{4} = 0.$

c) Cet algorithme affiche **tous les couples d'entiers $(m ; m')$ où m et m' appartiennent à $[-10 ; 10]$ tels que $\mathcal{P}_m$ et $\mathcal{P}_{m'}$ soient perpendiculaires.**

d) On sait que si l'algorithme affiche $(m ; m')$, il affiche aussi $(m' ; m)$ donc l'algorithme affiche, dans cet ordre, les 6 couples de nombres :
$(-4 ; 1)$, $(-4 ; 5)$, $(0 ; 1)$, $(1 ; -4)$, $(1 ; 0)$ et $(5 ; -4)$.

CHAPITRE 4 *(Énoncés p. 31)*

1 1. Soit $P_n : 2 \leqslant u_n$.

• On a $u_0 = 3{,}5$, donc P_0 est vraie.

• Supposons qu'il existe un entier naturel k tel que P_k soit vraie. On aurait alors :

$2 \leqslant u_k$

$\Rightarrow 4 \leqslant u_k + 2$

$\Rightarrow \sqrt{4} \leqslant \sqrt{u_k + 2}$

car $x \mapsto \sqrt{x}$ croît sur $[4 ; +\infty[$

$\Rightarrow 2 \leqslant u_{k+1}$

P_{k+1} serait vraie : c'est héréditaire.

• D'après le principe de récurrence, pour tout entier naturel n, P_n est vraie, c'est-à-dire que

$2 \leqslant u_n$: (u_n) est minorée par 2.

On dit qu'une suite est minorée par un réel a si, et seulement si, chaque terme de la suite est supérieur ou égal à a.

2. Soit $R_n : 0 \leqslant u_n \leqslant 2$.

• On a $u_0 = 1$, donc R_0 est vraie.

• Supposons qu'il existe un entier naturel k tel que R_k soit vraie. On aurait alors :

$0 \leqslant u_k \leqslant 2$

$\Rightarrow 2 \leqslant u_k + 2 \leqslant 4$

$\Rightarrow \sqrt{2} \leqslant \sqrt{u_k + 2} \leqslant \sqrt{4}$

car $x \mapsto \sqrt{x}$ croît sur $[2 ; 4]$

$\Rightarrow 0 \leqslant u_{k+1} \leqslant 2$

R_{k+1} serait vraie : c'est héréditaire.

• D'après le principe de récurrence, pour tout entier naturel n, R_n est vraie, c'est-à-dire que

$0 \leqslant u_n \leqslant 2$.

2 1. Soit x un réel, $x > -1$.

Soit $P_n : (1 + x)^n \geqslant 1 + nx$.

• On a $(1 + x)^0 = 1$ et $1 + 0x = 1$, donc $(1 + x)^0 \geqslant 1 + 0x$: P_0 est vraie.

• Supposons qu'il existe un entier naturel k tel que P_k soit vraie. On aurait alors :

$(1 + x)^k \geqslant 1 + kx$

$\Rightarrow (1 + x)^k (1 + x) \geqslant (1 + kx)(1 + x)$ car $x > -1$

$\Rightarrow 1 + x > 0$

$\Rightarrow (1 + x)^{k+1} > 1 + (k + 1)x + kx^2$

$\Rightarrow (1 + x)^{k+1} > 1 + (k + 1)x$

P_{k+1} serait vraie : c'est héréditaire.

• D'après le principe de récurrence, pour tout entier naturel n, P_n est vraie, c'est-à-dire que

$(1 + x)^n \geqslant 1 + nx$.

Cette inégalité s'appelle inégalité de Bernoulli.

2. Soit q un réel, $q > 1$.

On pose $q = 1 + x$ avec $x > 0$.

Pour tout entier naturel n, on a :

$q^n = (1 + x)^n$ et $(1 + x)^n \geqslant 1 + nx$

$\Rightarrow q^n \geqslant 1 + nx$ avec $x > 0$

Comme $\lim\limits_{n \to +\infty} 1 + nx = +\infty$, par comparaison,

on a : $\boldsymbol{\lim\limits_{n \to +\infty} q^n = +\infty}$.

3 a) On a $\lim\limits_{n \to +\infty} 12n^2 = +\infty$ et $\lim\limits_{n \to +\infty} 7n = +\infty$,

donc la limite de la différence est une forme indéterminée du type « $+\infty - \infty$ ».

On transforme l'expression de u_n afin de déterminer la limite.

$\forall n \in \mathbb{N}$, $u_n = 12\,n^2 - 7\,n - 5 = n(12n - 7) - 5$.

Comme $\lim\limits_{n \to +\infty} n = +\infty$, on a $\lim\limits_{n \to +\infty} 12n - 7 = +\infty$

et, par produit et différence, $\boldsymbol{\lim\limits_{n \to +\infty} u_n = +\infty}$.

b) On a :

$\lim\limits_{n \to +\infty} -3n^3 + 3 = -\infty$ et $\lim\limits_{n \to +\infty} 4n + 2 = +\infty$, donc la limite du quotient est une forme indéterminée du type « $\dfrac{\infty}{\infty}$ ».

On transforme l'expression de u_n afin de déterminer la limite. Pour n non nul, on a :

$$u_n = \frac{n\left(-3n^2 + \dfrac{3}{n}\right)}{n\left(4 + \dfrac{2}{n}\right)} = \frac{-3n^2 + \dfrac{3}{n}}{4 + \dfrac{2}{n}}.$$

On a $\lim\limits_{n \to +\infty} -3n^2 = -\infty$, $\lim\limits_{n \to +\infty} \dfrac{3}{n} = 0$ donc

$\lim\limits_{n \to +\infty} -3n^2 + \dfrac{3}{n} = -\infty$ et $\lim\limits_{n \to +\infty} 4 + \dfrac{2}{n} = 4$,

donc on a, par quotient, $\boldsymbol{\lim\limits_{n \to +\infty} u_n = -\infty}$.

4 Soit (u_n), la suite définie pour tout entier n par $u_n = \sqrt{n^2 + 3} - n$.

1. Pour entier naturel n, on a :

$$u_n = \frac{\left(\sqrt{n^2+3} - n\right)\left(\sqrt{n^2+3} + n\right)}{\sqrt{n^2+3} + n} = \frac{3}{\sqrt{n^2+3} + n}.$$

On a $\lim\limits_{n \to +\infty} \sqrt{n^2+3} = +\infty$ et $\lim\limits_{n \to +\infty} n = +\infty$

donc $\lim\limits_{n \to +\infty} \sqrt{n^2+3} + n = +\infty$

On en déduit, par quotient, que $\boldsymbol{\lim\limits_{n \to +\infty} u_n = 0}$.

Deux expressions $a + b$ et $a - b$ sont dites conjuguées et on a $(a + b)(a - b) = a^2 - b^2$.

2. a) On part de l'indice 0 et on augmente cet indice tant qu'on a le contraire de ce qu'on veut obtenir, c'est-à-dire tant qu'on a la distance entre u_n et 0 supérieure ou égale à 10^{-2}.

```
n = 0
Tant que |√(n²+3) − n| ≥ 10⁻²
    n = n + 1
Fin_Tant que
Afficher n.
```

b) En sortie de l'algorithme, on obtient **150** pour n.

c) Comme on obtient 150, **la vitesse de convergence de la suite (u_n) est lente.**

5 Soit (u_n) une suite croissante admettant une limite finie ℓ.

Il faut montrer que, pour tout entier naturel n, on a $u_n \leqslant \ell$.

• On raisonne par l'absurde, en supposant qu'**il existe un entier k tel que $u_k > \ell$.**

• Comme la suite est croissante, pour tout entier $n \geqslant k$, on a $u_n \geqslant u_k$ et donc u_n n'appartient pas à $]\ell - 1\ ;\ u_k[$, intervalle ouvert qui contient ℓ.

Or comme (u_n) admet une limite ℓ, tout intervalle ouvert contenant ℓ doit contenir tous les termes de la suite à partir d'un certain rang et en particulier l'intervalle $]\ell - 1\ ;\ u_k[$.

Comme cet intervalle $]\ell - 1\ ;\ u_k[$ ne contient aucun terme de rang supérieur à k, il y a une absurdité, donc la supposition « **il existe un entier k tel que $u_k > \ell$** » est fausse et son contraire est vrai.

• On a donc pour tout entier naturel n, $u_n \leqslant \ell$.

6 Partie A

1. Sur $]0\ ;+\infty[$, on a la fonction f définie par :

$$f(x) = \frac{2x-1}{x}.$$

Comme f est une fonction rationnelle, f est dérivable sur son domaine de définition avec pour tout x de $]0\ ;+\infty[$:

$$f'(x) = \frac{2\times x-(2x-1)\times 1}{x^2} = \frac{1}{x^2}.$$

On a donc $f'(x) > 0$ pour tout x de $]0\ ;+\infty[$:

f croît strictement sur $]0\ ;+\infty[$.

2. Comme f est dérivable en 1, $\mathscr{C}_f$ admet une tangente au point d'abscisse 1, d'équation

$y = f'(1)(x-1) + f(1)$ avec $f'(1) = 1$ et $f(1) = 1$.

Une équation de cette tangente est donc

$y = 1\ (x-1) + 1$, soit $y = x$, équation de $\mathscr{D}$.

$\mathscr{D}$ est la tangente à $\mathscr{C}_f$ au point d'abscisse 1.

3. $\mathscr{D}$ passe par l'origine du repère et le point de coordonnées (2 ; 2).

x	0,5	1	2	3	4	5
$f(x)$	0	1	1,5	1,67	1,75	1,8

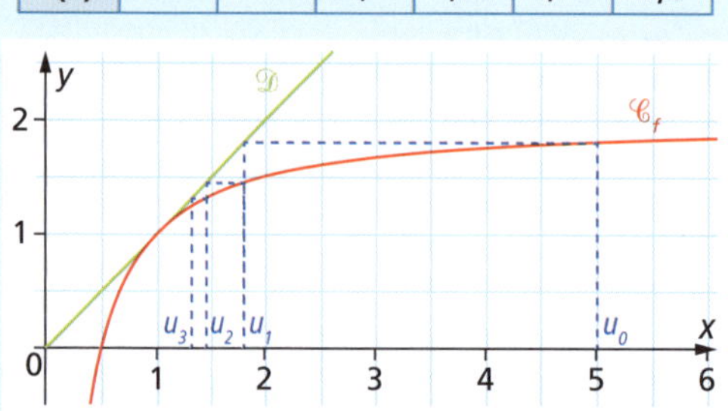

Partie B

Soit (u_n) la suite définie par $u_0 = 5$ et $u_{n+1} = f(u_n)$ pour tout entier naturel n.

1. Soit $P_n : u_n > 1$.

• On a : $u_0 = 5$ donc **P_0 est vraie.**

• On suppose qu'il existe un entier k tel que P_k soit vraie, c'est-à-dire que $u_k > 1$.

Comme f est strictement croissante sur $]0\ ;+\infty[$, on a alors $f(u_k) > f(1)$, soit $u_{k+1} > 1$ car $f(1) = 1$.

La propriété est donc vraie au rang $k + 1$:

P_k est héréditaire.

• D'après l'axiome de récurrence, on a :

$u_n > 1$ pour tout entier naturel n.

2. Voir ci-dessus la construction de u_1, u_2, u_3.

3. On a $u_0 = 5$ et $u_1 = f(u_0) = f(5) = \dfrac{2\times 5-1}{5} = \mathbf{\dfrac{9}{5}}$.

$$u_2 = f(u_1) = f\left(\frac{9}{5}\right) = \frac{2\times\frac{9}{5}-1}{\frac{9}{5}} = \frac{\frac{13}{5}}{\frac{9}{5}} = \mathbf{\frac{13}{9}}.$$

$$u_3 = f(u_2) = f\left(\frac{13}{9}\right) = \frac{2\times\frac{13}{9}-1}{\frac{13}{9}} = \frac{\frac{17}{9}}{\frac{13}{9}} = \mathbf{\frac{17}{13}}.$$

4. On conjecture que la limite de (u_n) quand n tend vers $+\infty$ est 1.

Partie C

1. Pour tout entier naturel n, on a : $v_n = \dfrac{1}{u_n - 1}$, donc on a :

$$v_{n+1} = \frac{1}{u_{n+1}-1}$$

$$= \frac{1}{\frac{2u_n-1}{u_n}-1} = \frac{1}{\frac{u_n-1}{u_n}}$$

$$= \frac{u_n-1+1}{u_n-1} = 1 + \frac{1}{u_n-1}$$

$$= 1 + v_n.$$

La suite (v_n) est une suite arithmétique de raison 1 avec $v_0 = \dfrac{1}{u_0-1} = \dfrac{1}{4}$.

2. Comme (v_n) est arithmétique, pour tout entier naturel n, on a :

$v_n = v_0 + nr$, soit $\mathbf{v_n = \dfrac{1}{4} + n}$.

Comme $v_n = \dfrac{1}{u_n - 1}$, on en déduit que :

$u_n = \dfrac{1}{v_n} + 1$, soit $\mathbf{u_n = \dfrac{1}{\frac{1}{4}+n} + 1}$.

3. Comme on a $\lim\limits_{n\to+\infty}\frac{1}{n}=0$, on en déduit que $\lim\limits_{n\to+\infty}\frac{1}{\frac{1}{4}+n}=0$ et que $\lim\limits_{n\to+\infty} u_n = 1$.

7 **1.** Pour tout entier naturel n, on a :

$v_n = u_n - \frac{b}{1-a}$ et

$$v_{n+1} = u_{n+1} - \frac{b}{1-a} = au_n + b - \frac{b}{1-a}$$
$$= au_n + \frac{b(1-a)-b}{1-a} = au_n + \frac{-ab}{1-a}$$
$$= a\left(u_n - \frac{b}{1-a}\right) = av_n$$

La suite (v_n) est géométrique de raison a.

2. Pour tout entier n, on a donc $v_n = v_0 \times a^n$ et $u_n = v_n + \frac{b}{1-a} = v_0 \times a^n + \frac{b}{1-a}$.

Si a appartient à l'intervalle $]-1\ ;\ 1[$,
alors $\lim\limits_{n\to+\infty} a^n = 0$, $\lim\limits_{n\to+\infty} v_0 \times a^n = 0$
et **la suite (u_n) a pour limite $\frac{b}{1-a}$.**

3. En mars 2015, Max achète une plante verte mesurant 80 cm.
Comme il la coupe immédiatement d'un quart de sa hauteur, la plante mesure alors :
$80 \text{ cm} \times \left(1 - \frac{25}{100}\right)$, soit 60 cm.

Diminuer une valeur de a % revient à multiplier cette valeur par $\left(1 - \frac{a}{100}\right)$.

La plante grandit alors de 30 cm dans l'année pour atteindre **90 cm en mars 2016.**

4.a) Soit h_n la hauteur de la plante, avant sa taille, en mars de l'année $(2015 + n)$.
En coupant un quart de sa hauteur en mars, la plante mesure alors $h_n \times \left(1 - \frac{25}{100}\right)$, soit $0{,}75h_n$.
Elle grandit alors de 30 cm et mesure, en mars $(2015 + n + 1)$, $0{,}75h_n + 30$.
Pour tout entier naturel n, $h_{n+1} = 0{,}75h_n + 30$.

b) On a :

n	0	1	2	3	4	5	6
h_n	80	90	97,5	103,1	107,3	110,5	112,9

On conjecture que la suite (h_n) est strictement croissante.
Montrons par récurrence que, pour tout entier naturel n, $h_{n+1} > h_n$.

• On a $h_1 = 90$ et $h_0 = 80$, donc $h_1 > h_0$: la propriété est vraie pour $n = 0$.

• Supposons qu'il existe un rang k pour lequel la propriété est vraie soit $h_{k+1} > h_k$.
On aurait alors $0{,}75h_{k+1} > 0{,}75h_k$
$\Rightarrow 0{,}75h_{k+1} + 30 > 0{,}75h_k + 30$
$\Rightarrow h_{k+2} > h_{k+1}$.
La propriété serait alors vraie au rang $k + 1$: elle est héréditaire.

• D'après l'axiome de récurrence, la propriété est vraie pour tous les entiers naturels n à savoir que pour tout entier naturel n, $h_{n+1} > h_n$.
La suite (h_n) est croissante.

c) Pour tout n entier naturel, on a :
$h_{n+1} = 0{,}75h_n + 30$, donc de la forme :
$h_{n+1} = ah_n + b$ avec $a = 0{,}75$ compris entre -1 et 1.
D'après la question **2.**, la suite (h_n) **converge et a pour limite $\frac{b}{1-a}$, soit ici 120.**

CHAPITRE 5 *(Énoncés p. 38)*

1 **a)** Le numérateur et le dénominateur ayant une limite infinie, c'est une forme indéterminée.

Pour $x > 0$, $\frac{3x-1}{2x+5} = \frac{x\left(3-\frac{1}{x}\right)}{x\left(2+\frac{5}{x}\right)} = \frac{3-\frac{1}{x}}{2+\frac{5}{x}}$.

La limite du numérateur est 3 et celle du dénominateur est 2, donc $\lim\limits_{x\to+\infty}\frac{3x-1}{2x+5} = 1{,}5$.

b) $4x^2$ a pour limite $+\infty$ et $-5x + 1$ a pour limite $-\infty$, donc c'est une forme indéterminée.
$\forall x \in \mathbb{R}$, $4x^2 - 5x + 1 = x(4x - 5) + 1$ avec $\lim\limits_{x\to+\infty} x = +\infty$ et $\lim\limits_{x\to+\infty} (4x - 5) = +\infty$.
Par produit, on a $\lim\limits_{x\to+\infty} 4x^2 - 5x + 1 = +\infty$.

c) On a $\lim\limits_{x\to-\infty} x^3 = -\infty$ et $\lim\limits_{x\to-\infty} -5x + 1 = +\infty$ donc c'est une forme indéterminée.
$\forall x \in \mathbb{R}$, $x^3 - 5x + 1 = x(x^2 - 5) + 1$ avec $\lim\limits_{x\to-\infty} x = -\infty$ et $\lim\limits_{x\to-\infty} x^2 - 5 = +\infty$, donc
$\lim\limits_{x\to-\infty} x^3 - 5x + 1 = -\infty$.

d) Le numérateur et le dénominateur ayant une limite infinie, c'est une forme indéterminée.

Pour $x > 0$, $\frac{2x+1}{x+2} = \frac{x\left(2+\frac{1}{x}\right)}{x\left(1+\frac{2}{x}\right)} = \frac{2+\frac{1}{x}}{1+\frac{2}{x}}$ avec

$\lim\limits_{x \to -\infty} \left(2 + \frac{1}{x}\right) = 2$ et $\lim\limits_{x \to -\infty} \left(1 + \frac{2}{x}\right) = 1$.

On en déduit que $\lim\limits_{x \to -\infty} \frac{2x+1}{x+2} = 2$.

Par composition avec la fonction racine carrée,

on a $\lim\limits_{x \to -\infty} \sqrt{\frac{2x+1}{x+2}} = \sqrt{2}$.

Les formes indéterminées sont de type

« $+\infty - \infty$ » ; « $0 \times \infty$ », « $\frac{\infty}{\infty}$ » et « $\frac{0}{0}$ ».

2 a) On a $\lim\limits_{x \to 2^+} 1 - 5x = -9$ et $\lim\limits_{x \to 2^+} x - 2 = 0^+$,

donc par quotient, on a $\lim\limits_{x \to 2^+} \frac{1-5x}{x-2} = -\infty$.

b) On a $\lim\limits_{x \to -1^+} x = -1$. Le trinôme $x^2 - 1$ est positif sauf entre ses racines -1 et 1,

donc $\lim\limits_{x \to -1^+} x^2 - 1 = 0^-$.

Par quotient, on a $\lim\limits_{x \to -1^+} \frac{x}{x^2-1} = +\infty$.

c) $\lim\limits_{x \to 0} \frac{\cos(x)-1}{x}$ est une forme indéterminée du

type « $\frac{0}{0}$ ».

Soit f la fonction $x \mapsto \cos(x)$.
f est dérivable sur $\mathbb{R}$ avec $\forall x \in \mathbb{R}$:
$f'(x) = -\sin(x)$.
En particulier, $f'(0) = -\sin(0) = 0$.
Le taux de d'accroissement de f entre 0 et $0 + h$ est :

$t_h(0) = \frac{\cos(h)-\cos(0)}{h} = \frac{\cos(h)-1}{h}$.

Comme f est dérivable en 0, **la limite de $t_h(0)$ en 0 est $f'(0) = 0$.**

Le nombre dérivé d'une fonction en a est la limite du taux d'accroissement de cette fonction entre a et $a + h$.

d) $x^2 - 2x - 3$ et $x - 3$ ont tout deux 0 comme limite en 3.
3 est donc une racine du trinôme $x^2 - 2x - 3$, qui peut donc être factorisée par $(x - 3)$.
$\forall x \in \mathbb{R}$, $x^2 - 2x - 3 = (x - 3)(x + 1)$ et

$\forall x \neq 3$, $\frac{x^2-2x-3}{x-3} = x + 1$.

La limite quand x tend vers 3 est 4.

3 Soit f la fonction numérique définie sur

$\mathbb{R}\backslash\{1\ ;-3\}$ par : $f(x) = \frac{2x+2}{x^2+2x-3}$.

1. Les racines de $x^2 + 2x - 3$ sont 1 et -3. On a :

x	$-\infty$		-3		1		$+\infty$
$x^2 + 2x - 3$		$+$	0	$-$	0	$+$	

On a :

$\left.\begin{array}{l}\lim\limits_{x \to 1^+} 2x+2=4 \\ \lim\limits_{x \to 1^+} x^2+2x-3=0^+\end{array}\right\}$ par quotient $\lim\limits_{x \to 1^+} f(x) = +\infty$.

$\left.\begin{array}{l}\lim\limits_{x \to 1^-} 2x+2=4 \\ \lim\limits_{x \to 1^-} x^2+2x-3=0^-\end{array}\right\}$ par quotient $\lim\limits_{x \to 1^-} f(x) = -\infty$.

$\left.\begin{array}{l}\lim\limits_{x \to -3^+} 2x+2=-4 \\ \lim\limits_{x \to -3^+} x^2+2x-3=0^-\end{array}\right\}$ par quotient $\lim\limits_{x \to -3^+} f(x) = -\infty$

$\left.\begin{array}{l}\lim\limits_{x \to -3^-} 2x+2=-4 \\ \lim\limits_{x \to -3^-} x^2+2x-3=0^+\end{array}\right\}$ par quotient $\lim\limits_{x \to -3^-} f(x) = -\infty$.

Pour x non nul de $\mathbb{R}\backslash\{1\ ;-3\}$,

on a $f(x) = \frac{x\left(2+\frac{2}{x}\right)}{x\left(x+2+\frac{3}{x}\right)} = \frac{2+\frac{2}{x}}{x+2+\frac{3}{x}}$.

On a

$\left.\begin{array}{l}\lim\limits_{x \to +\infty} 2+\frac{2}{x}=2 \\ \lim\limits_{x \to +\infty} x+2+\frac{3}{x}=+\infty\end{array}\right\}$ par quotient $\lim\limits_{x \to +\infty} f(x) = 0$

et $\left.\begin{array}{l}\lim\limits_{x \to -\infty} 2+\frac{2}{x}=2 \\ \lim\limits_{x \to -\infty} x+2+\frac{3}{x}=+\infty\end{array}\right\}$ par quotient $\lim\limits_{x \to -\infty} f(x) = 0$.

On a une asymptote horizontale à $\mathscr{C}$ d'équation $y = 0$ aux voisinages de $+\infty$ et de $-\infty$ et deux asymptotes verticales d'équations $x = 1$ et $x = -3$.

2. f est définie et dérivable sur $\mathbb{R}\backslash\{1\ ;-3\}$ comme fonction rationnelle.

On utilise $\left(\frac{u}{v}\right)' = \frac{u'v-uv'}{v^2}$ avec :

$u(x) = 2x + 2$,
$u'(x) = 2$,
$v(x) = x^2 + 2x - 3$
et $v'(x) = 2x + 2$.

Pour tout x de $\mathbb{R}\backslash\{1\ ;-3\}$, on a :

$$f'(x)=\frac{2(x^2+2x-3)-(2x+2)(2x+2)}{(x^2+2x-3)^2}$$
$$=\frac{2x^2+4x-6-4x^2+8x-4}{(x^2+2x-3)^2}$$
$$=\frac{-2x^2-4x-10}{(x^2+2x-3)^2}.$$

$f'(x)$ est du même signe que $-2x^2-4x-10$, dont le discriminant est $\Delta=-64$.
$-2x^2-4x-14$ est donc strictement négatif, ainsi que $f'(x)$.
f décroît strictement sur $]-\infty\ ;-3[$, ainsi que sur $]-3\ ;-1[$ et que sur $]-1\ ;+\infty[$.

3. a) Comme I est sur l'axe des abscisses, son ordonnée $f(x_I)$ est nulle.
$f(x)=0 \Leftrightarrow 2x+2=0 \Leftrightarrow x=-1$.
On a donc **$I(-1\ ;0)$.**

b) Comme f est dérivable en -1, une équation de $\mathcal{T}$ est :
$y=f'(-1)(x-(-1))+f(-1)$, soit $y=-0{,}5(x+1)+0$
Une équation de la tangente $\mathcal{T}$ à $\mathcal{C}$ en I est $y=-0{,}5x+0{,}5$.

c) $f(x)-(-0{,}5x-0{,}5)=f(x)+0{,}5\,(x+1)$

$$=\frac{0{,}5(x+1)\times 4}{x^2+2x-3}+\frac{0{,}5(x+1)(x^2+2x-3)}{x^2+2x-3}$$
$$=\frac{0{,}5(x+1)(4+x^2+2x-3)}{x^2+2x-3}$$
$$=\frac{0{,}5(x+1)(x^2+2x+1)}{x^2+2x-3}$$
$$=\frac{0{,}5(x+1)^3}{x^2+2x-3}$$

$x+1$ est négatif sur $]-\infty\ ;-1]$ et positif sur $[-1\ ;+\infty[$ et le signe de x^2+2x-3 est donnée en 1.a.

- **Sur $]-\infty\ ;-3[$**, on a donc $f(x)-(-0{,}5x-0{,}5)$ négatif, soit $f(x)\geqslant -0{,}5x-0{,}5$ et $\mathcal{C}$ **est au-dessous de $\mathcal{T}$.**
- **Sur $]-3\ ;-1[$**, on a donc $f(x)-(-0{,}5x-0{,}5)$ positif, soit $f(x)\leqslant -0{,}5x-0{,}5$ et $\mathcal{C}$ **est au-dessus de $\mathcal{T}$.**
- **Sur $]-1\ ;1[$**, on a donc $f(x)-(-0{,}5x-0{,}5)$ négatif, soit $f(x)\leqslant -0{,}5x-0{,}5$ et $\mathcal{C}$ **est au-dessous de $\mathcal{T}$.**
- **Sur $]1\ ;+\infty[$**, on a donc $f(x)-(-0{,}5x-0{,}5)$ positif, soit $f(x)\geqslant -0{,}5x-0{,}5$ et $\mathcal{C}$ **est au-dessus de $\mathcal{T}$.**

4.

x	–5	–4	–3,5	–2,5	–2	–1	0	0,5	1,5	2	3
$f(x)$	–0,7	–1,2	–2,2	1,7	0,7	0	–0,7	–1,7	2,2	1,2	0,7

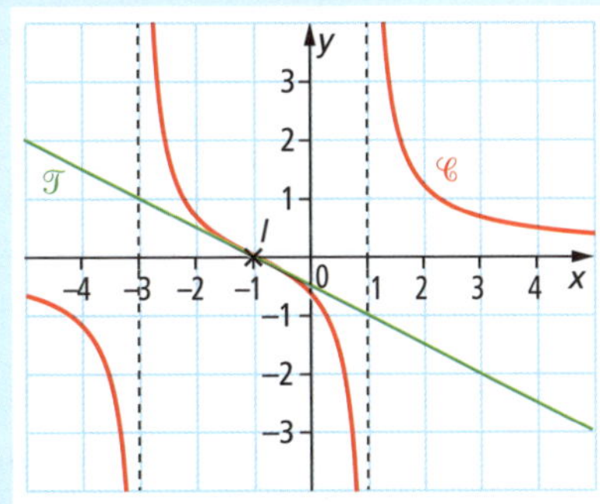

4 La fonction polynôme f définie sur $\mathbb{R}$ par $f(x)=(x^2-2x)^8$ est dérivable sur $\mathbb{R}$ avec, pour tout réel x, $f'(x)=8\times(2x-2)\,(x^2-2x)^7$.
Le binôme $2x-2$ a pour racine 1 et $(x^2-2x)^7$ a le même signe que le trinôme x^2-2x dont les racines sont 0 et 2.

On a le tableau de signes suivant :

x	$-\infty$		0		1		2		$+\infty$
$2x-2$		–	|	–	0	+	|	+	
x^2-2x		+	0	–	|	–	0	+	
$f'(x)$		–	0	+	0	–	0	+	

De plus, on a $\lim\limits_{x\to+\infty} x^2-2x=\lim\limits_{x\to+\infty} x(x-2)=+\infty$
donc $\lim\limits_{x\to+\infty} f(x)=+\infty$ et
$\lim\limits_{x\to-\infty} x^2-2x=\lim\limits_{x\to-\infty} x(x-2)=+\infty$,
donc $\lim\limits_{x\to-\infty} f(x)=+\infty$

On en déduit le tableau de variations suivant :

x	$-\infty$		0		1		2		$+\infty$
$f(x)$	$+\infty$	↘	0	↗	1	↘	0	↗	$+\infty$

5 a) Soit $g(x)=2(2x+3)^{2015}$: g est dérivable sur $\mathbb{R}$ comme puissance d'une fonction dérivable sur $\mathbb{R}$.
On utilise $(u^n)'=nu'u^{n-1}$ avec $n=2015$, $u(x)=2x+3$ et $u'(x)=2$.
Pour tout x de $\mathbb{R}$, on a :
$g'(x)=2\times 2015\times 2\times(2x+3)^{2015-1}$
$=\mathbf{8\ 060\ (2x+3)^{2014}}$.

b) Soit $h(x)=\sqrt{x^2+4x+3}$ sur $]-\infty\ ;-3]\cup[-1\ ;+\infty[$:
comme x^2+4x+3 s'annule en -3 et en -1, h est dérivable sur $]-\infty\ ;-3[\ \cup\ ]-1\ ;+\infty[$.

On utilise $\sqrt{u}'=\dfrac{u'}{2\sqrt{u}}$ avec $u(x)=x^2+4x+3$ et $u'(x)=2x+4$.

Pour tout x de $]-\infty\ ;-3[\ \cup\ ]-1\ ;+\infty[$, on a :

$$h'(x)=\frac{2x+4}{2\sqrt{x^2+4x+3}}=\frac{\boldsymbol{x+2}}{\boldsymbol{\sqrt{x^2+4x+3}}}.$$

c. $u(x) = f(-5x + 7)$ avec $f'(x) = 5x^2 + 1$ sur $\mathbb{R}$.
u est dérivable sur $\mathbb{R}$ comme composée d'une fonction affine par f dérivable sur $\mathbb{R}$.
On utilise $[f(ax + b)]' = a\,f'(ax + b)$.
Pour tout x de $\mathbb{R}$, $\boldsymbol{u'(x) = -5\,[5(-5x+7)^2 + 1]}$.

6 1. Soit la fonction définie sur $]0\ ;+\infty[$ par :

$$f(x)=\frac{5x+2\sin(x)}{x}.$$

a) Pour tout x de $]0\ ;+\infty[$, on a :
$-1 \leqslant \sin(x) \leqslant 1 \Leftrightarrow -2 \leqslant \sin(x) \leqslant 2$
$\Leftrightarrow 5x - 2 \leqslant 5x + \sin(x) \leqslant 5x + 2$

$$\Leftrightarrow \frac{5x-2}{x}\leqslant\frac{5x+2\sin(x)}{x}\leqslant\frac{5x+2}{x}$$ car x est positif.

Pour tout x de $]0\ ;+\infty[$, on a :

$$\boldsymbol{5-\frac{2}{x}\leqslant f(x)\leqslant 5+\frac{2}{x}}.$$

b) On a $\lim\limits_{x\to+\infty} 5-\dfrac{2}{x} = 5$ et $\lim\limits_{x\to+\infty} 5+\dfrac{2}{x} = 5$.

D'après le théorème d'encadrement, **la limite en $+\infty$ de $f(x)$ vaut 5.**

2) On a : $\lim\limits_{x\to-\infty} \dfrac{x^3+1}{x} = \lim\limits_{x\to-\infty} x^2+\dfrac{1}{x} = +\infty$ et

$\lim\limits_{X\to+\infty} \sqrt{X} = +\infty$.

Par composition la limite en $-\infty$ de

$$\boldsymbol{g(x)=\sqrt{\frac{x^3+1}{x}}}$$ **vaut $+\infty$.**

7 1.a) $f(-1)$ est l'ordonnée du point de la courbe d'abscisse -1.
$\boldsymbol{f(-1) = e}$
$f'(-1)$ est le coefficient directeur de la tangente à $\mathscr{C}_f$ au point d'abscisse -1. Cette tangente étant horizontale, on a $\boldsymbol{f'(-1) = 0}$

b) $f(0)$ est l'ordonnée du point de la courbe d'abscisse 0. $\boldsymbol{f(0) = 2}$
$f'(0)$ est le coefficient directeur de (AB) la tangente à la courbe en A d'abscisse 0.
$\boldsymbol{f'(0) = -1}$.

2.a) La tangente à la courbe $\mathscr{C}$ en A coupe $\mathscr{C}$ en A donc A est un point d'inflexion de $\mathscr{C}$, donc
$\boldsymbol{f''(0) = 0}$.

b) Sur $]-\infty\ ;0]$, la courbe $\mathscr{C}$ est au-dessous de toutes ses tangentes, donc la fonction **f est concave sur $]-\infty\ ;0]$.**
Sur $[0\ ;+\infty[$, la courbe $\mathscr{C}$ est au-dessus de toutes ses tangentes, donc la fonction **f est convexe sur $[0\ ;+\infty[$.**

8 Soit f la fonction définie sur $\mathbb{R}\setminus\{2\}$ par :

$$f(x)=\frac{1}{x-2}.$$

1. On a $\lim\limits_{x\to+\infty} x-2 = +\infty$ d'où $\lim\limits_{x\to+\infty} f(x) = 0$.

On a $\lim\limits_{x\to-\infty} x-2 = -\infty$ d'où $\lim\limits_{x\to-\infty} f(x) = 0$.

On a $\lim\limits_{x\to2^+} x-2 = 0^+$ d'où $\lim\limits_{x\to2^+} f(x) = +\infty$.

On a $\lim\limits_{x\to2^-} x-2 = 0^-$ d'où $\lim\limits_{x\to2^-} f(x) = -\infty$.

$\mathscr{C}_f$ admet une asymptote horizontale d'équation $y = 0$ aux voisinages de $+\infty$ et de $-\infty$ et une asymptote verticale d'équation $x = 2$.

2. f est dérivable sur $\mathbb{R}\setminus\{2\}$ comme fonction rationnelle avec pour tout x de son domaine de définition, $f'(x)=\dfrac{-1}{(x-2)^2}$.
$f'(x)$ est donc strictement négatif sur $\mathbb{R}\setminus\{2\}$ et **f décroît strictement sur $]-\infty\ ;2[$ et sur $]2\ ;+\infty[$.**

9 Soit g la fonction définie par $g(x)=\sqrt{x(x-4)}$.
1. $g(x)$ existe $\Leftrightarrow x(x-4) \geqslant 0 \Leftrightarrow x^2 - 4x \geqslant 0$ avec 0 et 4 comme racine de $x^2 - 4x$.
On a $D_g =]-\infty\ ;$ **0] $\cup$ [4 ; $+\infty$[.**
2. On a $\lim\limits_{x\to-\infty} x(x-4) = +\infty$ et $\lim\limits_{X\to+\infty} \sqrt{X} = +\infty$,

donc par composition $\boldsymbol{\lim\limits_{x\to-\infty} g(x) = +\infty}$.

On a $\lim\limits_{x\to+\infty} x(x-4) = +\infty$ et $\lim\limits_{X\to+\infty} \sqrt{X} = +\infty$, donc

par composition $\boldsymbol{\lim\limits_{x\to+\infty} g(x) = +\infty}$.

3. Avec h positif, le taux de variation de g entre 4 et $4 + h$ est :

$$\frac{g(4+h)-g(4)}{h}=\frac{\sqrt{(4+h)h}-0}{h}=\frac{\sqrt{4+h}}{\sqrt{h}}.$$

On a $\lim\limits_{h\to0^+} \dfrac{\sqrt{4+h}}{\sqrt{h}} = +\infty$: comme ce n'est pas une limite finie, **g n'est pas dérivable en 4.**

4. g est dérivable sur $]-\infty\ ;0[\ \cup\ ]4\ ;+\infty[$ avec

$$g'(x)=\frac{2x-4}{2\sqrt{x(x-4)}}=\frac{x-2}{\sqrt{x(x-4)}}.$$

$g'(x)$ est du même signe que $x-2$.
Sur $]4\ ;+\infty[$, on a $g'(x) > 0$ donc **g croît strictement sur $[4\ ;+\infty[$.**
Sur $]-\infty\ ;0[$, on a $g'(x) < 0$ donc **g décroît strictement sur $]-\infty\ ;0]$.**

10 1.a) Soit f une fonction telle que pour tout réel M, il existe un réel x_0 tel que $x > x_0 \Rightarrow f(x) > M$.
Alors f admet en $+\infty$, une limite qui vaut $+\infty$ et on note $\lim\limits_{x\to+\infty} f(x) = +\infty$.

b) Si $\lim\limits_{x\to+\infty} f(x) = +\infty$, alors pour tout réel M, il existe un réel x_0 tel que $x > x_0 \Rightarrow f(x) > M$.

Si de plus, pour tout x de $\mathbb{R}$, $g(x) \geqslant f(x)$, alors $x > x_0 \Rightarrow g(x) \geqslant f(x) > M$.
Alors g admet en $+\infty$, une limite qui vaut $+\infty$, c'est-à-dire que $\lim\limits_{x \to +\infty} g(x) = +\infty$.

2. Soit f et g les fonctions définies sur $\mathbb{R}$ par : $f(x) = x^2 - 3$ et $g(x) = x^2 - 3\sin(x)$.

a) Sur $\mathbb{R}$, $f(x) = x^2 - 3$ donc on a $\lim\limits_{x \to +\infty} f(x) = +\infty$.

b) Pour tout réel x, on a :
$-1 \leqslant \sin(x) \leqslant 1 \Leftrightarrow 3 \geqslant -3\sin(x) \geqslant -3$
$\Leftrightarrow x^2 + 3 \geqslant x^2 - 3\sin(x) \geqslant x^2 - 3$.
On a bien, **pour tout réel x, $g(x) \geqslant f(x)$.**

c. On conclut que $\lim\limits_{x \to +\infty} g(x) = +\infty$.

11 **1.a) Dans cette question, $n = 0$.**
$f_0(x) = \sqrt{1-x}$.
f_0 est dérivable sur $]-\infty\,;1[$ avec pour tout x de $]-\infty\,;1[$, $f_0'(x) = \dfrac{-1}{2\sqrt{1-x}}$.
$f_0'(x)$ est strictement négatif sur $]-\infty\,;1[$, donc f_0 est strictement décroissante sur $]-\infty\,;1]$.

b) Pour tout x de $]-\infty\,;1[$, $f_0'(x) = -0{,}5\,(1-x)^{-\frac{1}{2}}$,
donc $f_0''(x) = -0{,}5 \times (-0{,}5) \times (-1)\,(1-x)^{-\frac{3}{2}}$
$= \dfrac{-0{,}25}{\sqrt{1-x}^{\,3}}$.
Sur $]-\infty\,;1[$, on a $f_0''(x) < 0$,
donc **f_0 est concave sur $]-\infty\,;1]$.**

2. Dans cette question $n = 1$. $f_1(x) = x\sqrt{1-x}$.

a) Graphiquement, on a $\lim\limits_{x \to -\infty} f_1(x) = -\infty$.
$f'(0{,}75)$ est le coefficient directeur de la tangente T qui vaut **$-0{,}25$**.

b) On a le tableau de variations de f :

x	$-\infty$		$\frac{2}{3}$		1
$f_1(x)$	$-\infty$	↗	$\frac{2\sqrt{3}}{9}$	↘	0

c) Sur $\left]-\infty\,;\frac{2}{3}\right]$, f_1 est continue, strictement croissante avec $\lim\limits_{x \to -\infty} f_1(x) < -1 < f_1\left(\frac{2}{3}\right)$ donc, d'après le théorème de la bijection, l'équation $f_1(x) = -1$ possède une unique solution dans $\left]-\infty\,;\frac{2}{3}\right]$.

Sur $\left[\frac{2}{3}\,;1\right]$, f_1 est positive donc l'équation $f_1(x) = -1$ ne possède pas de solution dans $\left[\frac{2}{3}\,;1\right]$.

L'équation $f_1(x) = -1$ possède une unique solution dans $]-\infty\,;1]$.
Quand une fonction g a des variations multiples, il faut pour une équation du type $g(x) = k$ faire une étude sur chaque intervalle où g est monotone.
On fait des essais :

x	-1	$-0{,}8$	$-0{,}77$	$-0{,}76$	...	$-0{,}75$	$-0{,}7$	0
$f(x)$	$-1{,}4$	$-1{,}07$	$-1{,}02$	$-1{,}01$	...	$-0{,}99$	$-0{,}91$	0

La solution de $f_1(x) = -1$ vaut $-0{,}76$ à 10^{-2} près.

3. Dans cette question, $n = 2$.
$f_2(x) = x^2\sqrt{1-x}$.

a) Comme $\lim\limits_{x \to -\infty} x^2 = +\infty$ et $\lim\limits_{x \to -\infty} \sqrt{1-x} = +\infty$, par produit on a **$\lim\limits_{x \to -\infty} f_2(x) = +\infty$.**

b) f_2 est dérivable sur $]-\infty\,;1[$. On utilise $(uv)' = u'v + uv'$ et on a, pour tout x de $]-\infty\,;1[$,

$$f_2'(x) = 2x \times \sqrt{1-x} + x^2 \times \frac{-1}{2\sqrt{1-x}}$$
$$= \frac{2x\sqrt{1-x} \times 2\sqrt{1-x} - x^2}{2\sqrt{1-x}} = \frac{4x - 5x^2}{2\sqrt{1-x}}.$$

$f_2'(x)$ est du même signe que $x(4 - 5x)$, qui s'annule en 0 et en 0,8.
$f_2'(x)$ est négatif sauf entre les racines 0 et 0,8 de $x(4 - 5x)$.
f_2 décroît strictement sur $]-\infty\,;0]$, croît strictement sur $[0\,;0{,}8]$ et décroît strictement sur $[0{,}8\,;1]$.

c)

x	$-\infty$		0		$0{,}8$		1
$f_2(x)$	$+\infty$	↘	0	↗	$0{,}64\sqrt{0{,}2}$	↘	0

4.a) Pour $n \geqslant 1$, on a f_n dérivable sur $]-\infty\,;1[$ avec :

$$f_n'(x) = nx^{n-1} \times \sqrt{1-x} + x^n \times \frac{-1}{2\sqrt{1-x}}$$
$$= \frac{nx^{n-1}\sqrt{1-x} \times 2\sqrt{1-x} - x^n}{2\sqrt{1-x}}$$
$$= \frac{x^{n-1}(2n - (2n+1)x)}{2\sqrt{1-x}}$$

$f_n'(x)$ s'annule en 0 et en $a_n = \dfrac{\mathbf{2n}}{\mathbf{2n+1}}$.

b) Pour tout entier $n \geqslant 1$, on a $a_n = \dfrac{2}{2 + \frac{1}{n}}$.
Comme $\lim\limits_{x \to +\infty} \dfrac{1}{n} = 0$, on en déduit que $\lim\limits_{x \to +\infty} a_n = 1$
La suite (a_n) est convergente vers 1.

CHAPITRE 6 *(Énoncés p. 45)*

1 a) $f(x) = \ln(x+1)$ existe $\Leftrightarrow x + 1 > 0$
$\Leftrightarrow x > -1$: $\boldsymbol{D_f =]-1\,;+\infty[}$

b) $f(x) = \ln(2x+3)$ existe $\Leftrightarrow 2x + 3 > 0$
$\Leftrightarrow x > -1{,}5$: $\boldsymbol{D_f =]-1{,}5\,;+\infty[}$

c) $f(x) = \ln(4-x)$ existe $\Leftrightarrow 4 - x > 0$
$\Leftrightarrow 4 > x$: $\boldsymbol{D_f =]-\infty\,;4[}$

d) $f(x) = \ln(x^2 - 5x + 6) \Leftrightarrow x^2 - 5x + 6 > 0$

$\boldsymbol{\Delta = b^2 - 4ac}$ = 1. Il y a deux racines :

$x_1 = \dfrac{-b+\sqrt{\Delta}}{2a} = 3$ et $x_2 = \dfrac{-b-\sqrt{\Delta}}{2a} = 2$

$x^2 - 5x + 6$ est positif sauf entre ses racines.
$\boldsymbol{D_f =]-\infty\,;2[\,\cup\,]3\,;+\infty[}$.

2 a) $\ln(x+1) = \ln 5$: il faut $x + 1 > 0$
$\Leftrightarrow x > -1$.

$\ln(a) = \ln(b) \Leftrightarrow a = b$

$\ln(x+1) = \ln 5 \Leftrightarrow x + 1 = 5 \Leftrightarrow x = 4$
$\boldsymbol{S = \{4\}}$.

b) $\ln(x) = 3$: il faut $x > 0$.
$\ln(x) = 3 \Leftrightarrow x = e^3$. $\boldsymbol{S = \{e^3\}}$.

c) $\ln(2x+1) = \ln(3-x)$:
il faut $2x + 1 > 0$ et $3 - x > 0$
$\Leftrightarrow x > -0{,}5$ et $3 > x \Leftrightarrow -0{,}5 < x < 3$
$\ln(2x+1) = \ln(3-x) \Leftrightarrow 2x + 1 = 3 - x$
$\Leftrightarrow 3x = 2$.
$\boldsymbol{S = \left\{\frac{2}{3}\right\}}$.

d) $\ln(2x+5) = 0$: il faut $2x + 5 > 0 \Leftrightarrow x > -2{,}5$
$\ln(2x+5) = 0 \Leftrightarrow \ln(2x+5) = \ln(1)$ $0 = \ln(1)$
$\Leftrightarrow 2x + 5 = 1 \Leftrightarrow x = -2$.
$\boldsymbol{S = \{-2\}}$.

e) $\ln(x-6) = \ln(2-x)$: il faut $x - 6 > 0$ et $2 - x > 0$, soit $x > 6$ et $2 > x$, ce qui est impossible. $\boldsymbol{S = \varnothing}$.

f) $\ln(x^2 - x + 1) = 0$: il faut $x^2 - x + 1 > 0$.
Comme $\Delta = -3$, on a toujours $x^2 - x + 1 > 0$.
$\ln(x^2 - x + 1) = 0 \Leftrightarrow \ln(x^2 - x + 1) = \ln(1)$
$\Leftrightarrow x^2 - x + 1 = 1 \Leftrightarrow x(x-1) = 0$
$\Leftrightarrow x = 0$ ou $x = 1$.
$\boldsymbol{S = \{0\,;-1\}}$.

3 1. Pour $x^2 - 3x - 4$, $\Delta = 25$, $x_1 = 4$ et $x_2 = -1$.
Les solutions de $x^2 - 3x - 4 = 0$ sont 4 et − 1.

2. Avec $X = \ln(x)$, $\ln^2(x) - 3\ln(x) - 4 = 0$
$\Leftrightarrow X^2 - 3X - 4 = 0$. On a $X = 4$ ou $X = -1$
$\Leftrightarrow \ln(x) = 4$ ou $\ln(x) = -1 \Leftrightarrow x = e^4$ ou $x = e^{-1}$.
$\boldsymbol{S = \{e^4\,;e^{-1}\}}$.

3. $\ln(x-3) + \ln(x) = \ln(4)$ existe
$\Leftrightarrow x - 3 > 0$ et $x > 0 \Leftrightarrow x > 3$.
Pour $x > 3$, on a : $\ln(x-3) + \ln(x) = \ln(4)$
$\Leftrightarrow \ln[(x-3)x] = \ln(4)$ $\ln(a) + \ln(b) = \ln(ab)$
$\Leftrightarrow (x-3)x = 4 \Leftrightarrow x^2 - 3x - 4 = 0$
Comme il faut $x > 3$, **la seule solution est 4.**

4 a) $\ln(x) > 3$: il faut $x > 0$.
$\ln(x) > 3 \Leftrightarrow x > e^3$.
$\boldsymbol{S =]e^3\,;+\infty[}$.

b) $\ln(x) \leqslant -2$: il faut $x > 0$.
$\ln(x) \leqslant -2 \Rightarrow x < e^{-2}$.
$\boldsymbol{S =]0\,;e^{-2}[}$.

c) $\ln(x+3) \geqslant \ln(2x-2)$:
il faut $x + 3 > 0$ et $2x - 2 > 0$, soit $x > 1$.
$\ln(x+3) \geqslant \ln(2x-2) \Rightarrow x + 3 \geqslant 2x - 2 \Rightarrow 5 \geqslant x$.
$\boldsymbol{S =]1\,;5]}$.

d) $\ln(1-x) \leqslant 0$: il faut $1 - x > 0 \Leftrightarrow 1 > x$.
$\ln(1-x) \leqslant 0 \Rightarrow \ln(1-x) \leqslant \ln(1) \Rightarrow 1 - x \leqslant 1$
$\Rightarrow 0 \leqslant x$.
$\boldsymbol{S = [0\,;1[}$.

5 a) $f(x) = \ln(x-3)$: $D_f =]3\,;+\infty[$.
$f(x) = 0 \Leftrightarrow \ln(x-3) = \ln(1) \Leftrightarrow x - 3 = 1 \Leftrightarrow x = 4$.

La fonction ln croît strictement sur $]0\,;+\infty[$.

$f(x) < 0$ sur $]3\,;4[$, $f(x) = 0$ pour $x = 4$ et $f(x) > 0$ sur $]4\,;+\infty[$.

b) $f(x) = x\ln(x)$: $D_f =]0\,;+\infty[$,
donc f a le même signe que $\ln(x)$.

Sur $]0\,;1[$, $\ln(x) < 0$, donc $\boldsymbol{f(x) < 0}$.

$\ln(1) = 0$, donc $\boldsymbol{f(1) = 0}$.

Sur $]1\,;+\infty[$, $\ln(x) > 0$, donc $\boldsymbol{f(x) > 0}$.

c) $f(x) = (x-5)\ln(x)$: $D_f =]0\,;+\infty[$.

x	0		1		5		$+\infty$
$x - 5$		−		−	0	+	
$\ln(x)$	‖	−	0	+		+	
$f(x)$	‖	+	0	−	0	+	

d) $f(x) = 1 - \ln(x)$: $D_f =]0\,;+\infty[$.
$f(x) = 0 \Leftrightarrow 1 = \ln(x) \Leftrightarrow x = e$
$f(x) > 0 \Leftrightarrow 1 > \ln(x) \Leftrightarrow e > x$
Sur $]0\,;e[$, on a $f(x) > 0$, $f(e) = 0$ et sur $]e\,;+\infty[$, $f(x) < 0$.

6 a) $\ln(e) + \ln(e^2) + \ln^2(e) = 1 + 2 + 1^2 = 4$

$\ln(e) = 1\,;\ \ln(e^n) = n$

b) $\ln(4e) - \ln(2e) - \ln 2 = \ln\left(\dfrac{4e}{2e}\right) - \ln(2)$
$= \ln(2) - \ln(2) = \boldsymbol{0}$.

c) $\ln(24) - 3\ln 2 = \ln(24) - \ln(8)$ $n\ln(a) = \ln(a^n)$

$= \ln\left(\frac{24}{8}\right) = \mathbf{\ln(3)}$.

d) $\ln\left(\frac{a}{b}\right) + \ln\left(\frac{b}{c}\right) = \ln\left(\frac{a}{b}\times\frac{b}{c}\right) = \mathbf{\ln\left(\frac{a}{c}\right)}$.

Remarque : on ne pas écrire $\ln(a) - \ln(c)$ car a et c peuvent être négatifs.

7 $[\ln(u)]' = \frac{u'}{u}$

a) $x \mapsto 3x+1$ est positive et dérivable sur $\left]-\frac{1}{3};+\infty\right[$,

donc par composition, f est dérivable sur $\left]-\frac{1}{3};+\infty\right[$

avec, $\forall x > -\frac{1}{3}$, $\mathbf{f'(x)} = \frac{3}{3x+1}$.

b) f est dérivable comme fonction composée sur $]-\infty\,;0[$ avec, $\forall x < 0$, $\mathbf{f'(x)} = \frac{2x}{x^2} = \frac{2}{x}$.

c) f est dérivable sur $]0\,;+\infty[$ comme produit de fonctions dérivables.

$(uv)' = u'v + uv'$ avec $u(x) = x$, $u'(x) = 1$, $v(x) = \ln(x)$ et $v'(x) = \frac{1}{x}$.

$\forall x > 0$, $f'(x) = 1 \times \ln(x) + x \times \frac{1}{x} = \mathbf{\ln(x) + 1}$.

d) f est dérivable sur $]-\infty\,;1[$ comme produit de fonctions dérivables.

$\forall x < 1$, $f'(x) = 1 \times \ln(1-x) + (x+2) \times \frac{-1}{1-x}$

$= \frac{(1-x)\ln(1-x) - x - 2}{1-x}$.

8 a) f est dérivable comme fonction composée sur $]1\,;+\infty[$ avec pour tout $x > 1$,

$f'(x) = \frac{4x-3}{2x^2-3x+1}$.

Sur $]1\,;+\infty[$, on a $4x-3 > 0$ et $2x^2-3x+1 > 0$, donc $f'(x) > 0$: **f croît strictement sur $]1\,;+\infty[$.**

b) f est dérivable comme fonction composée sur $]-\infty\,;1{,}5[$ avec pour tout $x < 1{,}5$:

$f'(x) = \frac{-2}{-2x+3}$.

Sur $]-\infty\,;1{,}5[$, on a $-2x+3 > 0$, donc $f'(x) < 0$.

f décroît strictement sur $]-\infty\,;1{,}5[$.

c) f est dérivable sur $]2\,;+\infty[$ comme produits de fonctions dérivables.

$(uv)' = u'v + uv'$ avec $u(x) = x-2$, $u'(x) = 1$, $v(x) = \ln(x-2)$ et $v'(x) = \frac{1}{x-2}$.

Pour tout $x > 2$,

$f'(x) = 1 \times \ln(x-2) + (x-2) \times \frac{1}{x-2}$

$= \ln(x-2) + 1$.

$f'(x) > 0 \Leftrightarrow \ln(x-2) > -1 \Leftrightarrow x-2 > e^{-1}$

$\Leftrightarrow x > e^{-1} + 2$

Sur $]e^{-1}+2\,;+\infty[$, $f'(x) > 0$:

f croît strictement sur $[e^{-1}+2\,;+\infty[$.

Sur $]2\,;e^{-1}+2[$, $f'(x) < 0$:

f décroît strictement sur $]2\,;e^{-1}+2]$.

d) $u : x \mapsto \frac{x+3}{x-1}$ est positive et dérivable sur $]1\,;+\infty[$ avec pour dérivée, $\forall x > 1$,

$u' : x \mapsto \frac{1\times(x-1)-(x+3)\times 1}{(x-1)^2} = \frac{-4}{(x-1)^2}$.

Sur $]1\,;+\infty[$, on a $u(x) > 0$ et $u'(x) < 0$, $f'(x) < 0$.

f décroît strictement sur $]1\,;+\infty[$.

9 a) On a $\lim\limits_{x\to-\infty} 5-x = +\infty$ et

$\lim\limits_{X\to+\infty} \ln(X) = +\infty$ donc $\lim\limits_{x\to-\infty} f(x) = +\infty$.

On a $\lim\limits_{x\to5^-} 5-x = 0^+$ et $\lim\limits_{X\to0^+} \ln(X) = -\infty$

donc $\lim\limits_{x\to5^-} f(x) = -\infty$.

b) On a $\lim\limits_{x\to0^+} \frac{\ln(x)}{x} = -\infty$ et $\lim\limits_{x\to0^+} 5x = 0$

donc $\lim\limits_{x\to0^+} f(x) = -\infty$.

On a $\lim\limits_{x\to+\infty} \frac{\ln(x)}{x} = 0$ et $\lim\limits_{x\to+\infty} 5x = +\infty$

Donc $\lim\limits_{x\to+\infty} f(x) = -\infty$.

10 a) On a $\lim\limits_{x\to1^+} \ln(x) = 0^+$ et $\lim\limits_{X\to0^+} \frac{1}{X} = +\infty$

donc $\lim\limits_{x\to1^+} f(x) = +\infty$. $\mathscr{C}_f$ admet en **une asymptote verticale d'équation $x = 1$.**

On a $\lim\limits_{x\to+\infty} \ln(x) = +\infty$ et $\lim\limits_{X\to+\infty} \frac{1}{X} = 0$

donc $\lim\limits_{x\to+\infty} f(x) = 0$. $\mathscr{C}_f$ admet en $+\infty$ **une asymptote horizontale d'équation $y = 0$.**

b) On a $\lim\limits_{x\to0^+} \frac{\ln(x)}{x} = -\infty$ donc $\mathscr{C}_f$ admet **une asymptote verticale d'équation $x = 0$.**

On a $\lim\limits_{x\to+\infty} \frac{\ln(x)}{x} = 0$ donc $\mathscr{C}_f$ admet en $+\infty$ **une asymptote horizontale d'équation $y = 0$.**

11 1. Comme on a $\lim\limits_{x\to 0^+} \ln(x) = -\infty$, on a aussi $\lim\limits_{x\to 0^+} (2 - \ln(x)) = -\infty$.

Par produit, **la limite de f en 0 vaut $-\infty$. $\mathscr{C}$ admet une asymptote verticale d'équation $x = 0$.**
Comme on a $\lim\limits_{x\to +\infty} \ln(x) = +\infty$, on a aussi $\lim\limits_{x\to +\infty} (2 - \ln(x)) = +\infty$.

Par produit **la limite de f en $+\infty$ vaut $-\infty$.**

2. f est dérivable sur $]0\,;+\infty[$ comme produit de fonctions dérivables avec, $\forall\, x > 0$,

$$f'(x) = \frac{-1}{x}\ln(x) + (2 - \ln(x)) \times \frac{1}{x} = \mathbf{\frac{2-2\ln(x)}{x}}.$$

Comme $x > 0$, $f'(x)$ a le même signe que $2 - 2\ln(x)$.
$f'(x) > 0 \Leftrightarrow 2 - 2\ln(x) > 0 \Leftrightarrow 2 > 2\ln(x)$
$\Leftrightarrow 1 > \ln(x) \Leftrightarrow e > x$ $\quad 1 = \ln(e)$

On a $f'(x) > 0$ sur $]0\,;e[$ et $f'(x) < 0$ sur $]e\,;+\infty[$.

3. $f(e) = (2 - \ln(e))\ln(e) = (2 - 1) \times 1 = 1$.

x	0		e		$+\infty$
$f(x)$	$-\infty$	↗	1	↘	$-\infty$

4.a) $f(x) = 0 \Leftrightarrow (2 - \ln(x))\ln(x) = 0$
$\Leftrightarrow 2 - \ln(x) = 0$ ou $\ln(x) = 0$
$\Leftrightarrow 2 = \ln(x)$ ou $\ln(x) = \ln(1)$
$\Leftrightarrow e^2 = x$ ou $x = 1$.
$S = \{1\,;e^2\}$.

b) On en déduit que $\mathscr{C}$ coupe l'axe des abscisses **aux points d'abscisses 1 et e^2.**

5.

x	0,5	1	2	e	5	e^2	8
$f(x)$	−1,8	0	0,9	1	0,6	0	−0,2

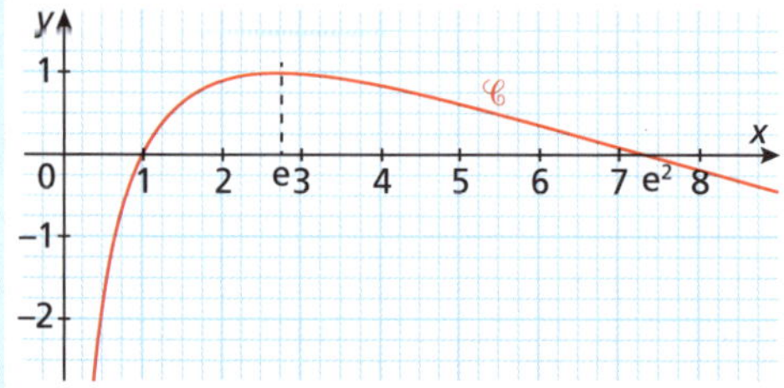

12 1.a) Comme on a $\lim\limits_{x\to 0^+} \ln(x) = -\infty$, on en déduit que **la limite de f en 0 vaut $+\infty$.**

b) Pour tout réel x strictement positif, on a :

$$f(x) = x\left(x - 3\frac{\ln(x)}{x}\right) \text{ avec } \lim_{x\to+\infty} \frac{\ln(x)}{x} = 0$$

donc on a $\lim\limits_{x\to+\infty} x - 3\dfrac{\ln(x)}{x} = +\infty$.

Par produit, **la limite de f en $+\infty$ est $+\infty$.**

2. a) f est dérivable sur $]0\,;+\infty[$ comme différence de fonctions dérivables avec pour tout $x > 0$,

$f'(x) = 2x - \dfrac{3}{x}$, soit $\mathbf{f'(x) = \dfrac{2x^2 - 3}{x}}$.

b) Comme $x > 0$, $f'(x)$ a le même signe que $2x^2 - 3$.

$2x^2 - 3$ est un trinôme de racines $\sqrt{\dfrac{3}{2}}$ et $-\sqrt{\dfrac{3}{2}}$ et qui est positif sauf entre ses racines.

Sur $\left]0\,;\sqrt{\dfrac{3}{2}}\right[$, on a $f'(x) < 0$ et

f décroît strictement sur $\left]0\,;\sqrt{\dfrac{3}{2}}\right]$.

Sur $\left]\sqrt{\dfrac{3}{2}}\,;+\infty\right[$, on a $f'(x) > 0$ et

f croît strictement sur $\left[\sqrt{\dfrac{3}{2}}\,;+\infty\right[$.

3. f est continue sur $]0\,;+\infty[$, **décroissante sur $\left]0\,;\sqrt{\dfrac{3}{2}}\right[$ et croissante sur $\left[\sqrt{\dfrac{3}{2}}\,;+\infty\right[$.**

f admet en $\sqrt{\dfrac{3}{2}}$ un minimum $f\left(\sqrt{\dfrac{3}{2}}\right)$ qui est strictement positif.

$f(x) = 0$ n'admet aucune solution.

13 Pour tout réel x, on a $\sin^2(x) + \cos^2(x) = 1$.

Ici, on a $\left(\dfrac{1}{3}\right)^2 + \cos^2(x) = 1 \Leftrightarrow \cos^2(x) = 1 - \dfrac{1}{9}$.

x appartient à $\left[\dfrac{\pi}{2}\,;\pi\right]$ donc $\cos(x) \leqslant 0$.

On a $\cos(x) = -\sqrt{\dfrac{8}{9}}$, donc $\mathbf{\cos(x) = \dfrac{-2\sqrt{2}}{3}}$.

14 Pour tout réel x, on a $\sin^2(x) + \cos^2(x) = 1$.
Ici, on a :
$\sin^2(x) + (-0{,}6)^2 = 1 \Leftrightarrow \sin^2(x) = 1 - 0{,}36 = 0{,}64$.

x appartient à $\left[\pi\,;\dfrac{3\pi}{2}\right]$ donc $\sin(x) \leqslant 0$.

On a $\sin(x) = -\sqrt{0{,}64}$, donc $\mathbf{\sin(x) = -0{,}8}$.

15 Pour tout réel x, on a :
$[\sin(x) + \cos(x)]^2 + [\sin(x) - \cos(x)]^2$
$= \sin^2(x) + 2\sin(x)\cos(x) + \cos^2(x)$
$\quad + \sin^2(x) - 2\sin(x)\cos(x) + \cos^2(x)$
$= 2(\sin^2(x) + \cos^2(x))$
$= \mathbf{2}$.

16 Pour tout réel x, on a : $\sin^2(x) + \cos^2(x) = 1$
Supposons qu'il existe un réel x tel que $\sin(x) = 0{,}3$ et $\cos(x) = 0{,}7$.
On aurait alors $0{,}3^2 + 0{,}7^2 = 1$, soit $0{,}58 = 1$: c'est absurde.
Il n'existe pas de réel x vérifiant $\sin(x) = 0{,}3$ et $\cos(x) = 0{,}7$.

17 $\frac{9\pi}{4}=\frac{8\pi}{4}+\frac{\pi}{4}=2\pi+\frac{\pi}{4}$

$\cos\left(\frac{9\pi}{4}\right)=\cos\left(\frac{\pi}{4}\right)=\frac{\sqrt{2}}{2}$ $\cos(x + 2\pi) = \cos(x)$

$\sin\left(\frac{9\pi}{4}\right)=\sin\left(\frac{\pi}{4}\right)=\frac{\sqrt{2}}{2}$ $\sin(x + 2\pi) = \sin(x)$

$\frac{13\pi}{4}=\frac{(8+4+1)\pi}{4}=\frac{\pi}{4}+2\pi+\pi$

$\sin\left(\frac{13\pi}{4}\right)=-\sin\left(\frac{\pi}{4}\right)=\frac{-\sqrt{2}}{2}$

$\sin(x + \pi) = -\sin(x)$

$\cos\left(\frac{13\pi}{4}\right)=-\cos\left(\frac{\pi}{4}\right)=\frac{-\sqrt{2}}{2}$

$\cos(x + \pi) = -\cos(x)$

18 1. $\cos\left(\frac{-\pi}{4}\right)=\cos\left(\frac{\pi}{4}\right)=\frac{\sqrt{2}}{2}$

$\cos(-x) = \cos(x)$

$\sin\left(\frac{-\pi}{2}\right)=-\sin\left(\frac{\pi}{2}\right)=-1$ $\sin(-x) = -\sin(x)$

$\sin\left(\frac{-\pi}{3}\right)=-\sin\left(\frac{\pi}{3}\right)=\frac{-\sqrt{3}}{2}$

$\cos\left(\frac{-\pi}{6}\right)=\cos\left(\frac{\pi}{6}\right)=\frac{\sqrt{3}}{2}$

2.
$A=\sin\left(\frac{-\pi}{6}\right)+\cos\left(\frac{-\pi}{6}\right)+\sin\left(\frac{\pi}{6}\right)+\cos\left(\frac{\pi}{6}\right)$

$=2\cos\left(\frac{\pi}{6}\right)=\sqrt{3}$

$B=\sin\left(\frac{-\pi}{4}\right)-\cos\left(\frac{-\pi}{4}\right)+\sin\left(\frac{\pi}{4}\right)+\cos\left(\frac{\pi}{4}\right).$

$=-\sin\left(\frac{\pi}{4}\right)-\cos\left(\frac{\pi}{4}\right)+\sin\left(\frac{\pi}{4}\right)+\cos\left(\frac{\pi}{4}\right)$

$=0$

19 1. On sait que $\cos\left(\frac{\pi}{4}\right)=\frac{\sqrt{2}}{2}$ et que $\cos(2\pi - x) = \cos(-x) = \cos(x)$.

On a $2\pi-\frac{\pi}{4}=\frac{7\pi}{4}$.

L'équation $\cos(x)=\frac{\sqrt{2}}{2}$ a pour solutions dans $[0 ; 2\pi]$: $\frac{\pi}{4}$ et $\frac{7\pi}{4}$.

2. On utilise le cercle trigonométrique pour résoudre les inéquations trigonométriques.

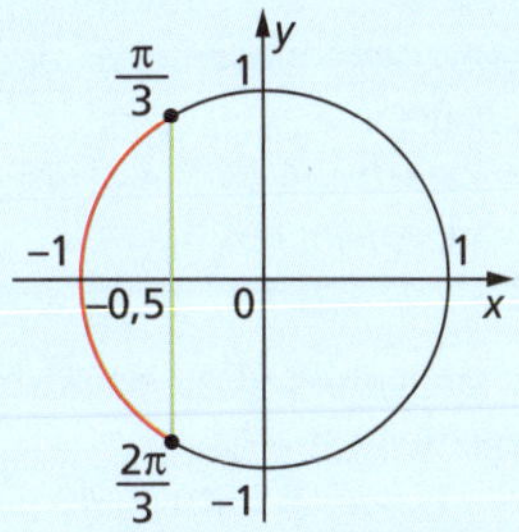

Pour $\cos(x) < -0{,}5$, $S=\left]\frac{\pi}{3};\frac{2\pi}{3}\right[$.

20 1. Pour tout réel x, on a :
$f(x + 2\pi) = \ln(2 + \sin^2(x + 2\pi))$
$= \ln(2 + \sin^2(x)) = f(x)$
car $\sin(x + 2\pi) = \sin(x)$.
f est 2π–périodique.
Pour tout réel x, on a :
$f(-x) = \ln(2 + \sin^2(-x)) = \ln(2 + \sin^2(x)) = f(x)$
car $\sin^2(-x) = [-\sin(x)]^2 = \sin^2(x)$
f est paire.
Il suffit donc d'étudier f sur $[0 ; \pi]$.
Une fonction est 2π–périodique si, et seulement si, pour tout x de D_f, $f(x + 2\pi) = f(x)$.
Une fonction est paire si, et seulement si, pour tout x de D_f, $f(-x) = f(x)$.

2. f est dérivable sur $[0 ; \pi]$ comme composée de fonctions dérivables.
On utilise $[\ln(u)]' = \frac{u'}{u}$ avec :
$u(x) = 2 + \sin^2(x)$ et $u'(x) = 2\cos(x)\sin(x)$.
Pour tout x de $[0 ; \pi]$, on a :
$f'(x)=\frac{2\cos(x)\sin(x)}{2+\sin^2(x)}$.
Sur $[0 ; \pi]$, on a $\sin(x) \geqslant 0$,
donc $f'(x)$ est du même signe que $\cos(x)$.
Sur $\left[0;\frac{\pi}{2}\right]$, on a $\cos(x) \geqslant 0$, donc $f'(x) \geqslant 0$:
f est croissante sur $\left[0;\frac{\pi}{2}\right]$.
Sur $\left[\frac{\pi}{2};\pi\right]$, on a $\cos(x) \leqslant 0$, donc $f'(x) \leqslant 0$:
f est décroissante sur $\left[\frac{\pi}{2};\pi\right]$.
f atteint en $\frac{\pi}{2}$ son maximum qui vaut $\ln(3)$.
f atteint en 0 son minimum qui vaut $\ln(2)$.

21 1. f est dérivable sur $]0\,;+\infty[$ comme produit de fonctions dérivables sur $]0\,;+\infty[$.
Pour tout $x > 0$, on a :
$f'(x) = 2x\,(a + b\ln(x)) + x^2 \times b \times \frac{1}{x}$
$= \mathbf{x\,(2a + 2b\ln(x) + b)}$.

2. La courbe $\mathscr{C}$ passe par le point $A(1\,;3)$, donc on a $f(1) = 3 \Leftrightarrow a = 3$.
$\mathscr{C}$ admet en A une tangente $\mathscr{D}$ de coefficient directeur 4, donc on a :
$f'(1) = 4 \Leftrightarrow 2a + b = 4 \Leftrightarrow 6 + b = 4 \Leftrightarrow b = -2$.
Pour tout x strictement positif, on a :
$\mathbf{f(x) = x^2\,(3 - 2\ln(x))}$.

3. $\mathscr{D}$ est la tangente à $\mathscr{C}$ au point d'abscisse 1, donc une équation est :
$y = f'(1)\,(x - 1) + f(1)$, soit $y = 4(x - 1) + 3$ ou encore $\mathbf{y = 4x - 1}$.

4. Une tangente à $\mathscr{C}$ est parallèle à l'axe des abscisses si son coefficient directeur est nul, c'est-à-dire si la dérivée s'annule.
On veut sur $]0\,;+\infty[$:
$f'(x) = 0 \Leftrightarrow x(6 - 4\ln(x) - 2) = 0$
$\Leftrightarrow 4 - 4\ln(x) = 0$ (car $x \neq 0$) $\Leftrightarrow 1 = \ln(x) \Leftrightarrow \mathrm{e} = x$.
La valeur exacte de l'abscisse du point B de la courbe où la tangente à $\mathscr{C}$ est parallèle à l'axe des abscisses est $\boldsymbol{\beta = \mathrm{e}}$.

5. f est dérivable sur $]0\,;+\infty[$ avec pour tout x de $]0\,;+\infty[$ $f'(x) = x(4 - 4\ln(x))$.
Comme on a $x > 0$, $f'(x)$ est du même signe que $4 - 4\ln(x)$.
$4 - 4\ln(x) > 0 \Leftrightarrow 4 > 4\ln(x) \Leftrightarrow 1 > \ln(x)$
$\Leftrightarrow \mathrm{e} > x$.
Sur $]0\,;\mathrm{e}[$, on a $f'(x) > 0$:
***f* croît strictement sur $]0\,;\mathrm{e}]$.**
Sur $]\mathrm{e}\,;+\infty[$, on a $f'(x) < 0$:
***f* décroît strictement sur $[\mathrm{e}\,;+\infty[$.**
La limite en $+\infty$ de x^2 est $+\infty$ et celle de $\ln(x)$ est aussi $+\infty$. La limite de $3 - 2\ln(x)$ en $+\infty$ vaut $-\infty$.
Par produit, **la limite de *f* en $+\infty$ est $-\infty$.**
Sur $[4\,;5]$, f est continue et strictement décroissante avec $f(4) = 16(3 - 2\ln(4))$ soit $f(4) \approx 3{,}63$ et $f(5) = 25(3 - 2\ln(5))$ soit $f(5) \approx -5{,}47$.
Comme 3 est compris entre $f(4)$ et $f(5)$, d'après le théorème de la bijection, **l'équation $f(x) = 3$ admet une solution sur l'intervalle $[4\,;5]$.**
On a par essais :

x	4	4,05	4,08	4,09	4,095	4,1	4,5	5
$g(x)$	3,63	3,32	3,13	3,06	3,03	2,99	–0,17	–5,47

La solution est comprise entre 4,095 et 4,100. Une valeur approchée à 0,01 près de cette solution est **4,10**.

6. Soit la fonction g définie sur $]0\,;+\infty[$ par $g(x) = x^3\,(11 - 6\ln(x)) \div 9$.
g est dérivable sur $]0\,;+\infty[$ comme produit de fonctions dérivables sur $]0\,;+\infty[$.
Pour tout $x > 0$, on a :
$$g'(x) = \left[3x^2\,(11 - 6\ln(x)) + x^3 \times (-6) \times \frac{1}{x}\right] \div 9$$
$= x^2\,(33 - 18\ln(x) - 6) \div 9$
$= x^2(3 - 2\ln(x)) = f(x)$.
***g* est une primitive de *f* sur $]0\,;+\infty[$.**

22 1. Par essais, on a, pour $f(x) = \left(1 + \frac{1}{x}\right)^x$:

x	10	100	500	1 000	5 000
$f(x)$	2,5937	2,7048	2,7156	2,7269	2,7180

On conjecture que la limite de *f* en $+\infty$ vaut e.
$\mathrm{e} \approx 2{,}7182818284\ldots$

2. On a $g(x) = \ln(f(x)) = x\ln\left(1 + \frac{1}{x}\right) = \dfrac{\ln\left(1 + \frac{1}{x}\right)}{\frac{1}{x}}$.
On a $\lim\limits_{x\to+\infty} \frac{1}{x} = 0$ et $\lim\limits_{x\to0} \frac{\ln(1+u)}{u} = \mathbf{e}$.
Par composition, on a $\lim\limits_{x\to+\infty} g(x) = 1$.

3. On a : $g(x) = \ln(f(x)) \Leftrightarrow f(x) = \mathrm{e}^{g(x)}$.
Comme on a $\lim\limits_{x\to+\infty} g(x) = 1$ et $\lim\limits_{X\to1} \mathrm{e}^X = 1$,
on en déduit que **la limite de *f* en $+\infty$ vaut e.**

23 La fonction cos ne s'annulant pas sur $\mathrm{I} = \left]\frac{-\pi}{2}\,;\frac{\pi}{2}\right[$, la fonction f est dérivable sur cet intervalle comme quotient de fonctions dérivables.
On utilise $\left(\frac{u}{v}\right)' = \frac{u'v - uv'}{v^2}$ avec $u(x) = \sin(x)$,
$u'(x) = \cos(x)$, $v(x) = \cos(x)$ et $v'(x) = -\sin(x)$.
Pour x de I, $f'(x) = \dfrac{\cos(x)\cos(x) - \sin(x)(-\sin(x))}{\cos^2(x)}$
$= \dfrac{\cos^2(x) + \sin^2(x)}{\cos^2(x)} = 1 + \left(\dfrac{\sin(x)}{\cos(x)}\right)^2$
Pour tout réel x de I, on a $\mathbf{f'(x) = 1 + f^2(x)}$.

CHAPITRE 7 *(Énoncés p.51)*

1 a) Sur $\mathbb{R}$, $f(x) = x^3 - 2x + 7$
$\Rightarrow \mathbf{F(x) = \frac{x^4}{4} - x^2 + 7x}$.

b) Sur $\mathbb{R}$, $f(x) = \dfrac{2x^2 - 3x}{4} = \dfrac{x^2}{2} - \dfrac{3}{4}x$
$\Rightarrow \mathbf{F(x) = \frac{x^3}{6} - \frac{3x^2}{8}}$.

Une primitive de ku est kU, k constante.

c) Sur $]0\,;+\infty[$, $f(x)=\dfrac{-3}{x^2}=-3\times x^{-2}$

$\Rightarrow \mathbf{F(x)}=-3\times\dfrac{x^1}{-1}=\mathbf{\dfrac{3}{x}}$.

Une primitive de x^n est $\dfrac{x^{n+1}}{n+1}$.

d) Sur $]0\,;+\infty[$, $f(x)=\dfrac{10}{3x}=\dfrac{10}{3}\times\dfrac{1}{x}$

$\Rightarrow \mathbf{F(x)=\dfrac{10}{3}\ln(x)}$.

e) Sur $\mathbb{R}$, $f(x)=\dfrac{x-1}{x^2-2x+5}$.

Pour $u(x)=x^2-2x+5$, on a $u'(x)=2x-2$.

On a $f(x)=0{,}5\dfrac{2x-2}{x^2-2x+5}$ avec $x^2-2x+5>0$

$\Rightarrow \mathbf{F(x)=0{,}5\ln(x^2-2x+5)}$.

Une primitive de $\dfrac{u'}{u}$ avec $u>0$ est $\ln(u)$.

f) Sur $\mathbb{R}$, $f(x)=e^{5x}=0{,}2\times 5\,e^{5x}$

$\Rightarrow \mathbf{F(x)=0{,}2\,e^{5x}}$.

Une primitive de $u'e^u$ est e^u.

2 **a)** Sur $\mathbb{R}$, pour $f(x)=3x-2$, on a :

$F_k: x\mapsto 1{,}5x^2-2x+k$, $k\in\mathbb{R}$.

$F(0)=4\Leftrightarrow k=4$.

La primitive est $\mathbf{F: x\mapsto 1{,}5x^2-2x+4}$.

b) Sur $]-\infty\,;0[$, pour $f(x)=\dfrac{4}{x^2}=4x^{-2}$, on a :

$F_k: x\mapsto 4\times\dfrac{x^{-1}}{-1}+k=\dfrac{-4}{x}+k$, $k\in\mathbb{R}$.

$F(-2)=3\Leftrightarrow\dfrac{-4}{-2}+k=3\Leftrightarrow 2+k=3\Leftrightarrow k=1$.

La primitive est $\mathbf{F: x\mapsto\dfrac{-4}{x}+1}$.

3 **1.** g est dérivable sur $]-3\,;+\infty[$ comme produit de fonctions dérivables avec $\forall x>-3$,

$g'(x)=1\times\ln(x+3)+(x+3)\times\dfrac{1}{x+3}$
$=\ln(x+3)+1$.

2. $\forall x>-3$, on a $g'(x)=f(x)+1\Leftrightarrow f(x)=g'(x)-1$.

On a donc comme primitives de f sur $]-3\,;+\infty[$, $F_k: x\mapsto g(x)-x+k$, k constante.

On veut $F(-2)=1$

$\Leftrightarrow(-2+3)\ln(-2+3)-(-2)+k=1$

$\Leftrightarrow 2+k=1\Leftrightarrow k=-1$.

La primitive F de f sur $]-3\,;+\infty[$ qui prend la valeur 1 pour $x=-2$ est :

$\mathbf{F: x\mapsto(x+3)\ln(x+3)-x-1}$.

4 **1.** g est dérivable sur $\mathbb{R}$ comme produit de fonctions dérivables avec $\forall x\in\mathbb{R}$,

$g'(x)=1e^x+(x+1)e^x=(x+2)e^x=f(x)$.

g est une primitive de f sur $\mathbb{R}$.

$g'=f\Leftrightarrow g$ est une primitive de f.

2. $\forall x\in\mathbb{R}$, $g(x)=(x+1)e^x=(x+2)e^x-e^x$, donc on a $g(x)=f(x)-e^x$.

Par linéarité des primitives, on a comme primitive de g sur $\mathbb{R}$, $G: x\mapsto g(x)-e^x=\mathbf{xe^x}$.

5 **a)** $f: x\mapsto 2x-1$ est continue sur $[0\,;2]$ et y admet comme primitive $F: x\mapsto x^2-x$.

$\int_0^2(2x-1)\,dx=[F(x)]_0^2=F(2)-F(0)$
$=4-2-0=\mathbf{2}$.

Déterminer une primitive de la fonction à intégrer avant de calculer une intégrale.

b) $f: x\mapsto\dfrac{3}{x+2}=3\dfrac{1}{x+2}$ continue sur $[-1\,;e-2]$ avec $x+2>0$ et elle y admet comme primitive $F: x\mapsto 3\ln(x+2)$.

$\int_{-1}^{e-2}\dfrac{3}{x+2}\,dx=[F(x)]_{-1}^{e-2}=F(e-2)-F(-1)$

$=3\ln(e)-3\ln(1)=\mathbf{3}$ $\quad$ $\ln(e)=1$ et $\ln(1)=0$.

c) $f: x\mapsto x^3+5x$ est continue sur $[-4\,;4]$ et y admet comme primitive $F: x\mapsto\dfrac{x^4}{4}+5\dfrac{x^2}{2}$.

$\int_{-4}^{4}(x^3+5x)\,dx=[F(x)]_{-4}^{4}=F(4)-F(-4)=\mathbf{0}$ car F est une fonction paire.

d) $f: x\mapsto e^{5x}=0{,}2\times 5\,e^{5x}$ est continue sur $[0\,;0{,}2]$ et y admet comme primitive $F: x\mapsto 0{,}2\,e^{5x}$.

$\int_0^{0{,}2}e^{5x}\,dx=[F(x)]_0^{0{,}2}=F(0{,}2)-F(0)$
$=0{,}2\,e^1-0{,}2\,e^0=\mathbf{0{,}2e-0{,}2}$.

6 **a)** $f: x\mapsto\dfrac{x^2+2x+1}{x^4}=x^{-2}+2x^{-3}+x^{-4}$ est continue sur $[1\,;2]$ et y admet comme primitive

$F: x\mapsto\dfrac{x^{-1}}{-1}+2\dfrac{x^{-2}}{-2}+\dfrac{x^{-3}}{-3}=\dfrac{-1}{x}-\dfrac{1}{x^2}-\dfrac{1}{3x^3}$
$=\dfrac{-3x^2-3x-1}{3x^3}$.

$\int_1^2\dfrac{x^2+2x+1}{x^4}\,dx=[F(x)]_1^2=F(2)-F(1)$
$=\dfrac{-19}{24}+\dfrac{7}{3}=\mathbf{\dfrac{37}{24}}$.

b) $f: x\mapsto x+\dfrac{1}{x}$ est continue sur $[1\,;e]$ et y admet comme primitive $F: x\mapsto 0{,}5x^2+\ln(x)$.

$$\int_1^e \left(x+\frac{1}{x}\right)dx = F(e) - F(1)$$
$$= 0{,}5e^2 + \ln(e) - (0{,}5 + \ln(1))$$
$$= \mathbf{0{,}5e^2 + 0{,}5}.$$

c) $f : x \mapsto (x + 2)(x^2 + 4x)$ est continue sur $[0 ; 2]$.

On utilise $u'\,u$ de primitive $\frac{u^2}{2}$ avec $u(x) = x^2 + 4x$, $u'(x) = 2x + 4$. On a $f(x) = 0{,}5u'(x)u(x)$ donc une primitive est $F : x \mapsto 0{,}25\,(x^2 + 4x)^2$.

$$\int_0^2 (x+2)(x^2+4x)dx = F(2) - F(0)$$
$$= 0{,}25 \times 12^2 - 0{,}25 \times 0^2$$
$$= \mathbf{36}.$$

d) $f : x \mapsto e^x(e^x + 1)^{-2}$ est continue sur $[\ln(2) ; \ln(4)]$ et y admet comme primitive $F : x \mapsto -(e^x + 1)^{-1}$.

$$\int_{\ln(2)}^{\ln(4)} \frac{e^x}{(e^x+1)^2}dx = F(\ln(4)) - F(\ln(2))$$
$$= -(e^{\ln(4)} + 1)^{-1} + (e^{\ln(2)} + 1)^{-1}$$
$$= \frac{-1}{5} + \frac{1}{3} = \mathbf{\frac{2}{15}}.$$

7 1. Pour $h(x) = ax^2 + bx + c$, on a :

$h'(x) = 2ax + b$.

h solution de (E) si, $\forall x \in \mathbb{R}$,

$2ax + b = 2(ax^2 + bx + c) + x^2 - 4x + 6$

$\Leftrightarrow 0 = (2a + 1)x^2 + (-2a + 2b - 4)x + 2c - b + 6$

$$\Leftrightarrow \begin{cases} 2a+1=0 \\ -2a+2b-4=0 \\ 2c-b+6=0 \end{cases} \Leftrightarrow \begin{cases} a=-0{,}5 \\ b=a+2 \\ c=0{,}5(b-6) \end{cases} \Leftrightarrow \begin{cases} a=-0{,}5 \\ b=1{,}5 \\ c=-2{,}25 \end{cases}$$

$h : x \mapsto -0{,}5x^2 + 1{,}5x - 2{,}25$ est solution de (E).

Un polynôme est nul pour tout réel si, et seulement si, tous ses coefficients sont nuls.

2. Les solutions de l'équation différentielle $y' = 2y$ sont les fonctions **$g_k : \mapsto k\,e^{2x}$, k constante.**

3. Les solutions de l'équation (E) sont les fonctions **$f_k : \mapsto ke^{2x} - 0{,}5x^2 + 1{,}5x - 2{,}25$, k constante.**

8 1. $f : x \mapsto \frac{e^x}{e^x+1}$ est continue sur $[0 ; \ln(2)]$ du type $\frac{u'}{u}$ avec u positive dont une primitive est $\ln(u)$.

$$I = \int_0^{\ln(2)} \frac{e^x}{e^x+1}dx = [\ln(e^x+1)]_0^{\ln(2)}$$
$$= \ln(e^{\ln(2)} + 1) - \ln(e^0 + 1) = \ln(3) - \ln(2)$$
$$= \mathbf{\ln(1{,}5)}.$$

$$I + J = \int_0^{\ln(2)} \left(\frac{e^x}{e^x+1} + \frac{1}{e^x+1}\right)dx \text{ par linéarité}$$
$$= \int_0^{\ln(2)} 1\,dx = [x]_0^{\ln(2)} = \mathbf{\ln(2)}.$$

2. $J = (I + J) - I = \ln(2) - \ln(1{,}5) = \ln\left(\frac{2}{\frac{3}{2}}\right) = \ln\left(\frac{4}{3}\right)$.

9

La valeur moyenne d'une fonction f sur un intervalle $[a ; b]$ est $\frac{1}{b-a}\int_a^b f(x)dx$.

a) La valeur moyenne de $f(x) = x^2$ sur $I = [0 ; 1]$ est : $m = \frac{1}{2-0}\int_0^1 x^2\,dx = \frac{1}{2}\left[\frac{x^3}{3}\right]_0^1 = \mathbf{\frac{1}{6}}$.

b) La valeur moyenne de $f(x) = \frac{3}{x}$ sur $I = [1 ; 4]$ est : $m = \frac{1}{4-1}\int_1^4 \frac{3}{x}dx = \frac{1}{3}[3\ln(x)]_1^4 = \mathbf{\ln(4)}$.

c) La valeur moyenne de $f(x) = e^{2x}$ sur $I = [-2 ; 2]$ est : $m = \frac{1}{2-(-2)}\int_{-2}^2 e^{2x}\,dx = \frac{1}{4}\left[\frac{1}{2}e^{2x}\right]_{-2}^2 = \mathbf{\frac{e^4 - e^{-4}}{8}}$.

10

$$\int_a^b f'(x)g(x)dx = [f(x)g(x)]_a^b - \int_a^b f(x)g'(x)dx.$$

a) On pose $f'(x) = x$, donc $f(x) = 0{,}5x^2$ et $g(x) = \ln(x)$ donc $g'(x) = \frac{1}{x}$.

$$\int_1^e x\ln(x)dx = [0{,}5x^2\ln(x)]_1^e - \int_1^e 0{,}5x\,dx$$
$$= [0{,}5x^2\ln(x)]_1^e - [0{,}25x^2]_1^e$$
$$= [0{,}5x^2\ln(x) - 0{,}25x^2]_1^e$$
$$= \mathbf{0{,}25e^2 + 0{,}25}.$$

On peut en déduire qu'une primitive de $x \mapsto x\ln(x)$ est $x \mapsto 0{,}5x^2\ln(x) - 0{,}25x^2$.

b) On pose $f'(x) = e^x$, donc $f(x) = e^x$ et $g(x) = x$ donc $g'(x) = 1$.

$$\int_0^1 xe^x\,dx = [xe^x]_0^1 - \int_0^1 e^x\,dx = [xe^x]_0^1 - [e^x]_0^1$$
$$= [(x-1)e^x]_0^1 = \mathbf{1}.$$

c) On pose $f'(x) = 1$, donc $f(x) = x$ et $g(x) = \ln(x)$ donc $g'(x) = \frac{1}{x}$.

$$\int_1^2 \ln(x)dx = [x\ln(x)]_1^2 - \int_1^2 dx = [x\ln(x) - x]_1^2$$
$$= \mathbf{2\ln(2) - 1}.$$

11 1. $\forall x \in \mathbb{R}$, $h(x) = 3 - \frac{3}{1+e^{-2x}}$.

$$= \frac{3(1+e^{-2x})-3}{1+e^{-2x}} = \frac{3e^{-2x}}{1+e^{-2x}}$$

Une exponentielle étant strictement positive, **la fonction h est positive sur $\mathbb{R}$.**

2. H est dérivable sur $\mathbb{R}$ avec $\forall x \in \mathbb{R}$, $H'(x) = \frac{-3}{2} \times \frac{-2e^{-2x}}{1+e^{-2x}} = \frac{3e^{-2x}}{1+e^{-2x}} = h(x)$.

H est une primitive de h sur $\mathbb{R}$.

3. a) Comme h est positive sur $\mathbb{R}$, $\int_0^a h(x)\mathrm{d}x$ est **l'aire comprise entre $\mathscr{C}_h$, l'axe des abscisses et les droites d'équation $x = 0$ et $x = a$.**

b) $\int_0^a h(x)\mathrm{d}x = [H(x)]_0^a = H(a) - H(0)$

$$= \frac{-3}{2}\ln(1+\mathrm{e}^{-2a}) - \frac{-3}{2}\ln(1+\mathrm{e}^{0})$$

$$= \frac{3}{2}[\ln(2) - \ln(1+\mathrm{e}^{-2a})]$$

$$= \frac{3}{2}\ln\left(\frac{2}{1+\mathrm{e}^{-2a}}\right).$$

c) La valeur moyenne de h sur $[0\ ;\ 3]$ est : $\frac{1}{3}\int_0^3 h(x)\mathrm{d}x = \frac{1}{2}\ln\left(\frac{2}{1+\mathrm{e}^{-6}}\right)$.

CHAPITRE 8 *(Énoncés p. 55)*

1 Pour le chiffre des unités, il y a 7 choix (entiers de 0 à 6), pour le chiffre des dizaines, il y a 4 choix (2, 3, 5, 7) et pour le chiffre des centaines, 5 choix (1, 3, 5, 7, 9).
D'après le principe multiplicatif, il y a $7 \times 4 \times 5$ entiers naturels de 3 chiffres, le chiffre des unités étant strictement inférieur à 7, celui des dizaines premier et celui des centaines impair, soit **140**.

2 Répondre au jeu-sondage, c'est choisir une partie des 7 chanteurs.
Le nombre de réponses possibles est 2^7, soit **128**.

3 **a)** Avoir 3 as, c'est prendre une combinaison de 3 as parmi 4.
Il y a $\binom{4}{3} = \frac{4!}{3! \times 1!} = \frac{4 \times 3!}{3!} = \mathbf{4}$ **choix**.

b) Il faut choisir la valeur parmi les 8 valeurs possibles (8 choix), puis 3 cartes parmi les 4 de cette valeur (4 choix). D'après le principe multiplicatif, il y a 8×4 façons de choisir 3 cartes de la même valeur, soit **32**.

c) Avoir 3 piques, c'est prendre une combinaison de 3 piques parmi 8.
Il y a $\binom{8}{3} = \frac{8!}{3! \times 5!} = \frac{8 \times 7 \times 6}{3!} = \mathbf{56}$ **choix**.

d) Il faut choisir les 3 valeurs différentes parmi les 8 valeurs, donc faire une combinaison de 3 éléments parmi 8. Pour chacune des ces combinaisons de valeurs, il faut choisir une carte parmi les 4 possibles.
Il y a donc $\frac{8!}{3! \times 5!} \times 4^3$ choix possibles, soit :
56×64 ou encore **3 584**.

4 **a)** $\frac{25!}{23!} = \frac{25 \times 24 \times 23!}{23!} = 25 \times 24 = \mathbf{600}$

$\frac{(n+1)!}{n!} = \frac{(n+1) \times n!}{n!} = \mathbf{(n+1)}$

$\frac{(n+2)!}{n!} = \frac{(n+2)(n+1) \times n!}{n!} = \mathbf{(n+2)(n+1)}.$

b) $4 \times 5 \times 6 \times 7 \times 8 \times 9 \times 10 = \frac{10!}{3!}$

5 **a)** Si on peut prendre le même sentier à l'aller et au retour, alors un itinéraire est un 2-uplet de 5 éléments. Il y en a alors $5^2 = \mathbf{25}$.

b) Si le sentier retour est différent de celui de l'aller, alors on fait un arrangement de 2 éléments parmi 5.
Il y en a $A_5^2 = \frac{5!}{(5-2)!} = \frac{5!}{3!} = 5 \times 4 = \mathbf{20}$.

6 **1.** Tirer au hasard 8 cartes simultanément dans un jeu de 32 cartes, c'est faire une combinaison de 8 éléments parmi 32.
Le nombre total de cas possibles est :
$\mathrm{Card}(\Omega) = \frac{32!}{8! \times 24!}$, soit **10 518 300**.

2. Avoir une main contenant le roi de cœur, c'est faire une combinaison de 7 cartes autre que le roi de cœur parmi 31 cartes.
On a $\mathrm{Card}(A) = \frac{31!}{7! \times 24!}$, soit **2 629 575**.
En tirant au hasard, on a un univers équiprobable.
La probabilité est :
$p(A) = \frac{\mathrm{Card}(A)}{\mathrm{Card}(\Omega)} = \frac{2\ 629\ 575}{10\ 518\ 300} = \mathbf{0{,}25}$.

3. a) Le nombre de combinaisons avec zéro cœur est
$\binom{24}{8} = \frac{24!}{8! \times 16!} = 735\ 471.$
La probabilité est $\frac{735\ 471}{10\ 518\ 300}$, soit environ **0,07**.

b) Le nombre de combinaisons avec exactement un cœur est :
$\binom{8}{1}\binom{24}{7} = 8 \times \frac{24!}{7! \times 17!} = 2\ 768\ 832.$
La probabilité est $\frac{2\ 768\ 832}{10\ 518\ 300}$, soit environ **0,26**.

c) Le nombre de combinaisons avec exactement trois rois est :
$\binom{4}{3}\binom{28}{5} = 4 \times \frac{28!}{5! \times 23!} = 393\ 120.$
La probabilité est $\frac{393\ 120}{10\ 518\ 300}$, soit environ **0,04**.

7 1. On répète 60 fois l'expérience de Bernoulli dont le succès « avoir une pièce triangulaire » a pour probabilité 0,4. Comme le stock est suffisamment important, chaque expérience est indépendante de la précédente.
La variable aléatoire X qui associe le nombre de pièces triangulaires suit la loi binomiale de paramètres $n = 60$ et $p = 0,4$.

2.a) $P(X = 20) = \binom{60}{20} \times 0,4^{20} \times 0,6^{40} \approx 0,061\,61.$

La probabilité que, parmi les 60 pièces prélevées, il y en ait 20 qui soient triangulaires est **0,061 6 à 10^{-4}** près.

b) On veut $P(X \geqslant 20) = 1 - P(X \leqslant 19)$. À la calculatrice, on obtient 0,883 0.
La probabilité que, parmi les 60 pièces prélevées, il y en ait au moins 20 qui soient triangulaires est **0,883 0 à 10^{-4}** près.

8 1.

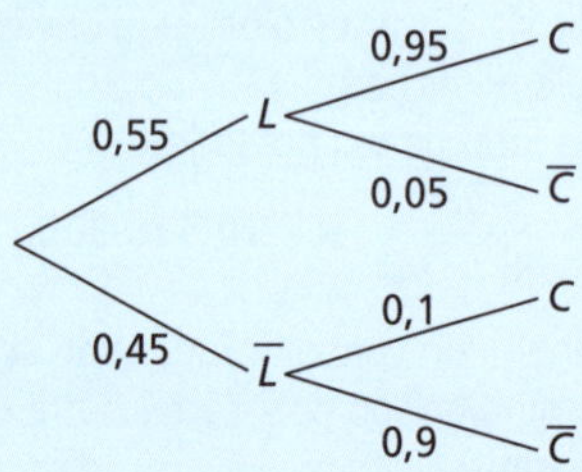

2. $P(L \cap C) = P(L) \times P_L(C) = 0,55 \times 0,95 = \mathbf{0,522\,5}.$

3. L et $\overline{L}$ forment une partition de l'univers. D'après la formule des probabilités totales, on a

$P(C) = P(L \cap C) + P(\overline{L} \cap C)$
$= 0,55 \times 0,95 + 0,45 \times 0,1$

On a bien $\mathbf{P(C) = 0,567\,5}$.

4. Calculer $P_C(L) = \dfrac{P(C \cap L)}{P(C)} = \dfrac{0,5225}{0,5675}$,

donc $P_C(L) = \mathbf{0,920\,7}$, valeur arrondie à 10^{-4}.

5.a) Comme on a une répétition de 4 épreuves de Bernoulli avec une probabilité de succès qui est $P(C)$, les paramètres de la loi binomiale sont $\mathbf{n = 4}$ **et $\mathbf{p = 0,567\,5}$.**

b) On veut $P(X = 0) = \binom{4}{0} \times p^0 \times (1 - p)^{4-0}$

$= 1 \times 0,567\,5^0 \times 0,432\,5^4.$

La probabilité qu'aucun des quatre élèves interrogés ne soit favorable à une répartition des cours plus étalée sur l'année scolaire **est de 0,035 0**, valeur arrondie à 10^{-4}.

c) On veut $P(X = 2) = \binom{4}{2} \times p^2 \times (1 - p)^{4-2}$

$= 6 \times 0,567\,5^2 \times 0,432\,5^2.$

La probabilité qu'exactement deux élèves soient favorables à une répartition des cours plus étalée sur l'année scolaire **est de 0,361 5**, valeur arrondie à 10^{-4}.

9 1. Le stock étant suffisamment grand, on a une répétition de 20 épreuves de Bernoulli identiques et indépendantes où le succès « un produit est non commercialisable » a pour probabilité $p = 0,09$.
La variable aléatoire X qui associe le nombre de succès suit une loi binomiale $\mathscr{B}(20\,;\,0,09)$.

2. On a $P(X = 2) = \binom{20}{2} \times 0,09^2 \times (1 - 0,09)^{20-2}$

$= \dfrac{20 \times 19}{2} \times 0,09^2 \times 0,91^{18} \approx 0,28.$

La probabilité qu'il y ait exactement deux produits non commercialisables est **0,28** à 10^{-2} près.

3. $P(X \geqslant 1) = 1 - P(X = 0)$

$= 1 - \binom{20}{0} \times 0,09^0 \times 0,91^{20}$

$\approx$ **0,85** à 10^{-2} près.

La probabilité qu'au moins une boîte parmi 20 ne soit pas commercialisable est environ **0,85**.

10 Partie A

1. Arbre pondéré.

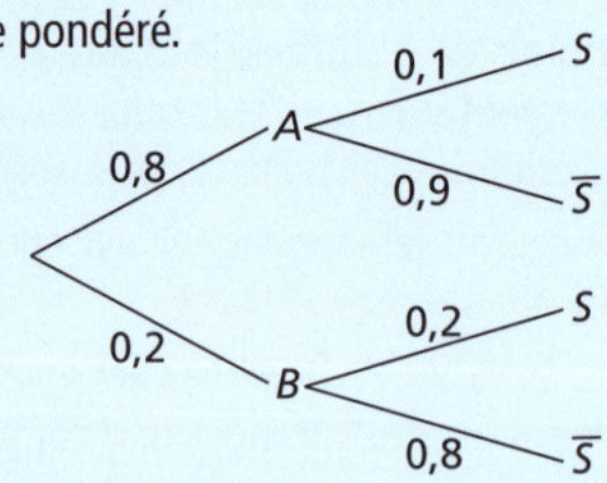

2.a) On a $P(B \cap S) = P(B) \times P_B(S)$
$= 0,2 \times 0,2 = 0,04.$

La probabilité de l'évènement $B \cap S$ est 0,04.

b) On a de même $P(A \cap S) = P(A) \times P_A(S)$
$= 0,8 \times 0,1 = 0,08.$

Les événements A et B formant une partition de l'univers, d'après le théorème des probabilités totales, on a :
$P(S) = P(S \cap A) + P(S \cap B) = 0,08 + 0,04 = 0,12.$
On en déduit que $P(\overline{S}) = 1 - P(S)$
$= 1 - 0,12 = 0,88.$

La probabilité que la boîte prélevée ne présente aucune trace de pesticides est égale à **0,88.**

3. On a $P_S(B) = \dfrac{P(B \cap S)}{P(S)} = \dfrac{0,04}{0,12}$

$= \dfrac{1}{3}$, soit environ 0,33.

Si une boîte prélevée présente des traces de pesticides alors la probabilité que **cette boîte provienne du fournisseur B est 0,33** (au centième près).

Partie B

1. On a une répétition de 10 épreuves de Bernoulli « Prendre une boîte chez le grossiste » identiques et indépendantes où le succès de chaque épreuve « La boîte est sans trace de pesticides » a pour probabilité 0,88.
La variable aléatoire X associée au nombre de succès, c'est-à-dire au nombre de boîtes sans trace de pesticides, suit une **loi binomiale de paramètres $n = 10$ et $p = 0,88$.**

2. On a $P(X = k) = \binom{n}{k} p^k (1-p)^{n-k}$.

Ici, on a $P(X = 10) = \binom{10}{10} \times 0,88^{10} \times 0,12^0$
$\approx 0,2785$.
La probabilité que les 10 boîtes soient sans trace de pesticides est **0,28** au centième près.

3. On veut $X \geqslant 8$.
$P(X \geqslant 8) = P(X = 8) + P(X = 9) + P(X = 10)$ car il n'y a que trois cas.

$$P(X \geqslant 8) = \binom{10}{8} \times 0,88^8 \times (0,12)^2 + \binom{10}{9} \times 0,88^9 \times 0,12^1 + \binom{10}{10} \times 0,88^{10} \times 0,12^0$$
$$\approx 0,2330 + 0,3798 + 0,2785$$
$$\approx 0,8913.$$

La probabilité qu'au moins 8 boîtes ne présentent aucune trace de pesticides est **0,8913.**

CHAPITRE 9 *(Énoncé p.61)*

1 1. Le dé étant non pipé, l'univers constitué des 6 issues possibles du dé est équiprobable. Comme on peut gagner 10 €, en perdre 2 ou 3, on a $\mathbf{X(\Omega) = \{-3\ ;\ -2\ ;\ 10\}}$.

On a $P(X = 10) = P(\{6\}) = \frac{1}{6}$,

$P(X = -3) = P(\{3\ ;\ 5\}) = \frac{2}{6} = \frac{1}{3}$ et

$P(X = -2) = P(\{1\ ;\ 2\ ;\ 4\}) = \frac{3}{6} = \frac{1}{2}$.

x_i	-3	-2	10
$p_i = P(X = x_i)$	$\frac{1}{3}$	$\frac{1}{2}$	$\frac{1}{6}$

2. La moyenne des gains espérés est l'espérance de la variable aléatoire.

$$E(X) = \sum_{i=1}^{3} x_i p_i$$

$E(X) = -3 \times P(X = -3) + (-2) \times P(X = -2) + 10 \times P(X = 10)$
$= -3 \times \frac{1}{3} - 2 \times \frac{1}{2} + 10 \times \frac{1}{6} = -\frac{1}{3}$.

La moyenne des gains espérés est $-\frac{1}{3}$.

En jouant un grand nombre de parties, **le joueur perd en moyenne un tiers d'euro par partie.**

3. On utilise le théorème de Kœning-Huygens :

$$V(X) = \sum_{i=1}^{3} x_i^2 p_i - (E(X))^2$$

$= (-3)^2 \times \frac{1}{3} + (-2)^2 \times \frac{1}{2} + 10^2 \times \frac{1}{6} - \left(-\frac{1}{3}\right)^2$.

La variance de X vaut $\frac{194}{9}$.

2 Soit B_1 : « obtenir une boule blanche au premier tirage », N_1 « obtenir une boule au premier tirage », B_2 : » « obtenir une boule blanche au second tirage », N_2 « obtenir une boule au second tirage ».

1. **Premier cas**
Avec un tirage avec remise, les résultats des premier et second tirages sont indépendants.

a)

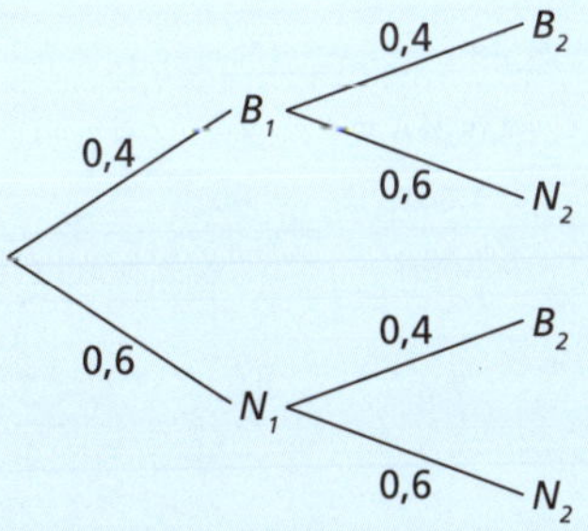

b) On a $X(\Omega) = \{0\ ;\ 1\ ;\ 2\}$.
On a une répétition de 2 épreuves de Bernoulli identiques et indépendantes où le succès « obtenir une boule blanche » a pour probabilité $4 \div 10$, soit 0,4. La variable aléatoire X qui dénombre les boules blanches suit une **loi binomiale $\mathscr{B}(2\ ;\ 0,4)$.**

c) $E(X) = np = 2 \times 0,4$.
L'espérance de X est 0,8.
En répétant un grand nombre de fois l'expérience, on obtient en moyenne 0,8 boule blanche par expérience.

2. Second cas

Avec un tirage sans remise, le résultat du second tirage dépend de celui du premier tirage.

a)

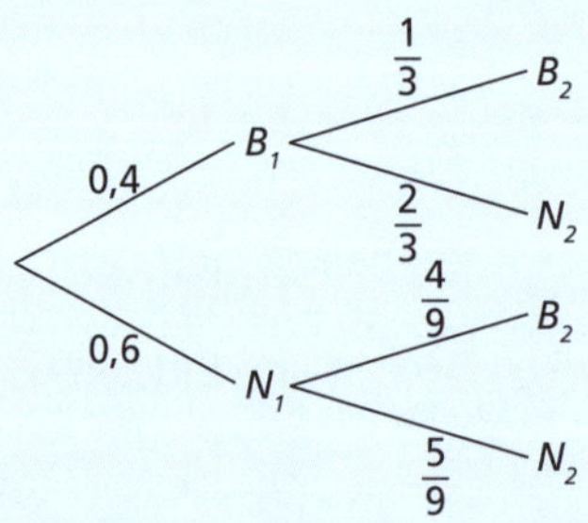

b) On a $X(\Omega) = \{0\,;1\,;2\}$.

On prend une partie de 2 éléments parmi 10.

$$\text{Card}(\Omega) = \binom{10}{2} = \frac{10!}{2! \times 8!} = \frac{10 \times 9}{2 \times 1} = 45.$$

$X = 0$ correspond à prendre 2 boules noires parmi 6.

$$\text{Card}(X = 0) = \binom{6}{2} = \frac{6!}{2! \times 4!} = \frac{6 \times 5}{2 \times 1} = 15.$$

L'univers étant équiprobable, on a :

$$P(X = 0) = \frac{\text{Card}(X = 0)}{\text{Card}(\Omega)} = \frac{15}{45} = \mathbf{\frac{1}{3}}.$$

$X = 1$ correspond à prendre 1 boule blanche parmi 4 et 1 boule noire parmi 6.

$$\text{Card}(X = 1) = \binom{4}{1} \times \binom{6}{1} = 4 \times 6 = 24.$$

L'univers étant équiprobable, on a :

$$P(X = 1) = \frac{\text{Card}(X = 1)}{\text{Card}(\Omega)} = \frac{24}{45} = \mathbf{\frac{8}{9}}.$$

$X = 2$ correspond à prendre 2 boules blanches parmi 4.

$$\text{Card}(X = 2) = \binom{4}{2} = \frac{4!}{2! \times 2!} = \frac{4 \times 3}{2 \times 1} = 6.$$

L'univers étant équiprobable, on a :

$$P(X = 2) = \frac{\text{Card}(X = 2)}{\text{Card}(\Omega)} = \frac{6}{45} = \mathbf{\frac{2}{15}}.$$

On vérifie que $\frac{1}{3} + \frac{8}{15} + \frac{2}{15} = 1$.

c) $E(X) = 0 \times P(X = 0) + 1 \times P(X = 1) + 2 \times P(X = 2)$

$$= 0 + 1 \times \frac{8}{15} + 2 \times \frac{2}{15} = 0{,}8.$$

L'espérance de X est 0,8.

3 $X(\Omega) = \{2\,;3\,;4\,;5\,;6\,;7\,;8\,;9\,;10\,;11\,;12\}$.

Les sommes possibles sont :

dé 2 \ dé 1	1	2	3	4	5	6
1	2	3	4	5	6	7
2	3	4	5	6	7	8
3	4	5	6	7	8	9
4	5	6	7	8	9	10
5	6	7	8	9	10	11
6	7	8	9	10	11	12

Les 36 cases du tableau sont équiprobables.

On a $P(X = i) = \frac{\text{Card}(X = i)}{\text{Card}(\Omega)}$.

On obtient :

i	2	3	4	5	6	7
$P(X = i)$	$\frac{1}{36}$	$\frac{1}{18}$	$\frac{1}{12}$	$\frac{1}{9}$	$\frac{5}{36}$	$\frac{1}{6}$

i	8	9	10	11	12
$P(X = i)$	$\frac{5}{36}$	$\frac{1}{9}$	$\frac{1}{12}$	$\frac{1}{18}$	$\frac{1}{36}$

On a $E(X) = \sum_{i=2}^{12} iP(X = i) = 7$.

L'espérance de X est 7.

4 $X(\Omega) = \{0\,;1\,;2\,;3\}$.

Un tirage est un combinaison de 2 boules parmi 6.

$$\text{Card}(\Omega) = \binom{6}{2} = \frac{6!}{2! \times 4!} = \frac{6 \times 5}{2 \times 1} = 15.$$

• $X = 0$ si on obtient 2 boules numéro 0 parmi 2. Il n'y a qu'un seul cas possible.

$$P(X = 0) = \frac{\text{Card}(X = 0)}{\text{Card}(\Omega)} = \mathbf{\frac{1}{15}}.$$

• $X = 1$ si on obtient 1 boule numéro 0 parmi 2 et 1 boule numéro 1 parmi 3

$$\text{Card}(X = 1) = \binom{2}{1} \times \binom{3}{1} = 2 \times 3 = 6$$

$$P(X = 1) = \frac{\text{Card}(X = 1)}{\text{Card}(\Omega)} = \frac{6}{15} = \mathbf{\frac{2}{5}}.$$

• $X = 3$ si on obtient 1 boule numéro 1 parmi 3 et 1 boule numéro 2 parmi 1

$$\text{Card}(X = 3) = \binom{3}{1} \times \binom{1}{1} = 3 \times 1 = 3$$

$$P(X = 3) = \frac{\text{Card}(X = 3)}{\text{Card}(\Omega)} = \frac{3}{15} = \mathbf{\frac{1}{5}}.$$

Dans une loi de probabilité, la somme des probabilités vaut 1.

$P(X=2)=1-P(X=0)-P(X=1)-P(X=3)=\frac{1}{5}$.

$E(X)=\sum_{i=0}^{3} iP(X=i)=0+\frac{6}{15}+\frac{10}{15}+\frac{9}{15}=\frac{25}{15}=\frac{5}{3}$.

L'espérance de X vaut $\frac{5}{3}$.

On utilise le théorème de Kœning-Huygens :

$V(X)=\sum_{i=0}^{3} i^2P(X=i)-(E(X))2$

$=0+\frac{6}{15}+\frac{20}{15}+\frac{27}{15}-\left(\frac{5}{3}\right)^2=\frac{34}{45}$

On a $\sigma(X)=V(X)$

Son écart-type vaut $\sqrt{\frac{34}{45}}$.

5 1. a) D'après le tableau, on a :
$P(X=1 \text{ et } Y=0)=0{,}1$.

b) $P(X \geqslant 0 \text{ et } Y=1)$
$=P(X=0 \text{ et } Y=1)+P(X=1 \text{ et } Y=1)$
$=0{,}2+0{,}1=0{,}3$.

c) $P(X=0)=P(X=0 \text{ et } Y=0)+P(X=0 \text{ et } Y=1)$
$+P(X=0 \text{ et } Y=2)+P(X=0 \text{ et } Y=3)$
$=0{,}3+0{,}2+0+0{,}1=0{,}6$.

d) $P_{(X=0)}(Y=1)$.

e) $P(X=0 \text{ ou } Y=1)$.

2.

X \ Y	0	1	2	3	Loi de X
−1	0	0	0,1	0,1	0,2
0	0,3	0,2	0	0,1	0,6
1	0,1	0,1	0	0	0,2
Loi de Y	0,4	0,3	0,1	0,2	1

$E(X)=-1\times P(X=-1)+0\times P(X=0)$
$+1\times P(X=1)$
$=-0{,}2+0+0{,}2=\mathbf{0}$.

$V(X)=(-1)^2\times P(X=-1)+0^2\times P(X=0)$
$+1^2\times P(X=1)-(E(X))^2=\mathbf{0{,}4}$.

$E(Y)=0\times P(Y=0)+1\times P(Y=1)+2\times P(Y=1)$
$+3\times P(Y=3)$
$=0+0{,}3+0{,}2+0{,}6=\mathbf{1{,}1}$.

$V(Y)=0^2\times P(Y=0)+1^2\times P(Y=1)+2^2\times P(Y=1)$
$+3^2\times P(Y=3)-(E(Y))^2$
$=0+0{,}3+0{,}4+1{,}8-1{,}1^2=\mathbf{1{,}29}$.

3.a) $P(X+Y=1)$
$=P(X=-1\cap Y=2)+P(X=0\cap Y=1)$
$+P(X=1\cap Y=0)$
$=0{,}1+0{,}2+0{,}1=\mathbf{0{,}4}$.

b) $P(XY=0)$
$=P(X=0)+P(Y=0)-P(X=0\cap Y=0)$
$=0{,}6+0{,}4-0{,}3=\mathbf{0{,}7}$.

4. $X+Y$ peut prendre les valeurs 0, 1, 2, et 3.

- $P(X+Y=0)$
$=P(X=-1\cap Y=1)+P(X=0\cap Y=0)$
$=0+0{,}3=0{,}3$.
- $P(X+Y=1)=0{,}4$.
- $P(X+Y=2)$
$=P(X=-1\cap Y=3)+P(X=0\cap Y=2)$
$+P(X=1\cap Y=1)=0{,}1+0+0{,}1=0{,}2$.
- $P(X+Y=3)$
$=P(X=0\cap Y=3)+P(X=1\cap Y=2)$
$=0{,}1+0=0{,}1$.

i	0	1	2	3
$P(X+Y=i)$	0,3	0,4	0,2	0,1

$E(X+Y)=0\times P(X+Y=0)+1\times P(X+Y=0)$
$+2\times P(X+Y=2)+3\times P(X+Y=3)$
$=0+0{,}4+0{,}4+0{,}3=\mathbf{1{,}1}$.

On constate que $\mathbf{E(X+Y)=E(X)+E(Y)}$.

D'après le théorème de Kœnig-Huygens, on a :
$V(X+Y)=0^2\times P(X+Y=0)+1^2\times P(X+Y=0)$
$+2^2\times P(X+Y=2)+3^2\times P(X+Y=3)-(E(X))^2$
$=0+0{,}4+0{,}8+0{,}9-1{,}1^2=\mathbf{0{,}89}$.

On a $\mathbf{V(X+Y)\neq V(X)+V(Y)}$.

6 1. a) En effectuant un tirage avec remise, on a une répétition de n épreuves de Bernoulli identiques et indépendantes dont le succès « avoir une boule blanche » a pour probabilité p. La variable aléatoire X_n suit une loi binomiale $\mathcal{B}(n\,;p)$ d'espérance $E=np$ et de variance $V=np(1-p)$.

b) La variable $\frac{X_n}{n}$ vérifie $E\left(\frac{X_n}{n}\right)=\frac{E(X_n)}{n}=p$

et $V\left(\frac{X_n}{n}\right)=\frac{V(X_n)}{n^2}=\frac{p(1-p)}{n}$.

2. On cherche n tel que $P\left(\left|\frac{X_n}{n}-p\right|<0{,}01\right)\geqslant 0{,}95$

$\Leftrightarrow P\left(\left|\frac{X_n}{n}-p\right|\geqslant 0{,}01\right)<0{,}05$.

D'après l'inégalité de Bienaymé-Tchebychev, on a :

$\left(\left|\frac{X_n}{n}-p\right|-p\geqslant 0{,}01\right)\leqslant\frac{V\left(\frac{X_n}{n}\right)}{0{,}01^2}$

$\Leftrightarrow\left(\left|\frac{X_n}{n}-p\right|-p\geqslant 0{,}01\right)\leqslant\frac{10\,000p(1-p)}{n}$.

Il suffit d'avoir $\frac{10\,000p(1-p)}{n}\leqslant 0{,}05$

$\Leftrightarrow\frac{10\,000p(1-p)}{0{,}05}\leqslant n$.

Or pour tout p de [0 ; 1], on a :
$p(1-p) = 0{,}25 - (0{,}5-p)^2$,
donc $p(1-p) \leqslant 0{,}25$. Donc :

si $n \geqslant \dfrac{10\,000 \times 0{,}25}{0{,}05}$, soit $n \geqslant$ **50 000,** la probabilité p appartienne à $\left]\dfrac{X_n}{n}-0{,}01 ; \dfrac{X_n}{n}+0{,}01\right[$ est supérieure à 0,95.

7 On a une répétition de 1 000 épreuves de Bernoulli identiques et indépendantes où le succès « obtenir une boule rouge » a pour probabilité p.
Soit X_i la variable aléatoire qui vaut 1 si la boule obtenue au i-ème tirage est rouge et 0 sinon. Ces variables aléatoires sont indépendantes, de même espérance $m = p$ et de même variance $V = p(1-p)$.

La variable aléatoire $Y = \dfrac{\sum_{i=1}^{1000} X_i}{1000}$ a pour espérance p.

D'après la loi faible des grands nombres, on a pour tout e strictement positif,

$P(|Y-m| \geqslant e) \leqslant \dfrac{V}{1000\,e^2}$.

soit $P(|Y-p| \geqslant e) \leqslant \dfrac{p(1-p)}{1000\,e^2}$ (1).

Or, ici $Y = 450 \div 1000 = 0{,}45$ et on a pour tout p de [0 ; 1], on a :
$p(1-p) = 0{,}25 - (0{,}5-p)^2$,
donc $p(1-p) \leqslant 0{,}25$.
Pour $e = 0{,}05$,
(1) $\Leftrightarrow P(|0{,}45-p| \geqslant 0{,}05) \leqslant \dfrac{0{,}25}{1000 \times 0{,}05^2}$
$\Leftrightarrow P(|0{,}45-p| \geqslant 0{,}05) \leqslant 0{,}1$
$\Leftrightarrow P(|0{,}45-p| < 0{,}05) \geqslant 1 - 0{,}1$
$\Leftrightarrow P(0{,}4 < p < 0{,}5) \geqslant 0{,}9$.
On peut affirmer à 90 % que la proportion p des boules rouges est dans l'intervalle]0,4 ; 0,5[.

CHAPITRE 10 *(Énoncés p. 66)*

1 1. Pour une saisie $x = 0$, on a a qui vaut 0 + 1, soit 1, b qui vaut 1^2, soit 1 et y qui vaut $-1 + 16$, soit 15. On obtient **15 en sortie.**
Pour une saisie $x = 1$, on a a qui vaut 1 + 1, soit 2, b qui vaut 2^2, soit 4 et y qui vaut $-4 + 16$, soit 12. On obtient **12 en sortie.**

2. a) Dans l'algorithme, a prend la valeur $x + 1$, b prend la valeur a^2, soit $(x+1)^2$ et y prend la valeur $-b + 16$, soit $-(x+1)^2 + 16$.
En sortie, on a $y = -(x+1)^2 + 16$.

b) On veut $y = 0 \Leftrightarrow -(x+1)^2 + 16 = 0$
$\Leftrightarrow 16 = (x+1)^2 \Leftrightarrow 4 = x + 1$ ou $-4 = x + 1$
$\Leftrightarrow 3 = x$ ou $-5 = x$.

Il faut saisir **3 ou –5** en entrée pour obtenir 0 en sortie.

2 1. Chaque année, la somme augmente de 2 % : elle est donc multipliée par $\left(1+\dfrac{2}{100}\right)$, soit par 1,02.
$1\,000 \times 1{,}02 = 1\,020$.
Le 1er janvier 2017, Mat dispose de **1 020 €.**
$1\,020 \times 1{,}02 = 1\,040{,}4$.
Le 1er janvier 2018, Mat dispose de **1 040,40 €.**

2. a) Un algorithme peut-être :

```
Lire n
S ← 1 000
Pour I variant de 1 à n
    S ← S × 1,02
Fin_Pour
Afficher S
```

b) En Python, on a :

```
N=int(input("Nombre d'années ="))
S=1000
for i in range(1,N+1) :
    S=S*1,02
print(S)
```

On a 2030 = 2016 +14.
En entrant 14, on obtient 1 319,478…
La somme disponible le 1er janvier 2030 sera de **1 319,48 euros.**

3 1. On a :

```
S ← 0
n prend la valeur 0
Lire T
Tant que S < T
    n ← n + 1
    S ← S + n²
Fin _Tant que
Afficher n
```

Dans un algorithme de calcul de somme, il faut initialiser la somme à 0.

2.a) En Python, on a :

```
S=0
N=0
T=float(input("seuil ="))
while S<T :
    N=N+1
    S=S+N*N
print(N)
```

b) Pour $T = 100$, on obtient n **= 7.**
Pour $T = 2\,020$, on obtient n **= 18.**
Pour $T = 10\,000$, on obtient n **= 31.**

4 1.

	x	y
Étape 1	0	–6
Étape 2	0,2	–5,04
Étape 3	0,4	–4,16
Étape 4	0,6	–3,36
Étape 5	0,8	–2,64
Étape 6	1	–2

2. Cet algorithme calcule **les images par $f : x \mapsto -x^2 + 5x - 6$ des nombres compris entre 0 et 1 avec un pas de 0,2.**

5 1.

Étape	Valeur prise par A	Valeur prise par B	Condition $A > B$
Initialisation	12	30	vraie
1er tour	12	18	vraie
2e tour	12	6	vraie
3e tour	6	6	fausse
Affichage	6		

La valeur affichée par l'algorithme est 6.

2. a) **Si on entre 2 nombres A et B égaux,** alors la condition $A \neq B$ est fausse et il n'y a aucune modification des variables A et B. La valeur affichée est la valeur de A initiale, **donc le joueur gagne.**

b) En entrant 11 pour A et 22 pour B, on aura :

Étape	Valeur prise par A	Valeur prise par B	Condition $A \neq B$
Initialisation	11	22	vraie
1er tour	11	11	fausse
Affichage	11		

Le nombre affiché sera la valeur initiale de A, donc le joueur gagnera une montre.

L'algorithme est celui du PGCD par la méthode des soustractions. Pour gagner, il faut et il suffit que l'un des nombres A ou B soit le PGCD de A et de B.

6 1. On a $0 \leqslant$ NombreAléatoire < 1

$\Leftrightarrow 0 \leqslant$ NombreAlétoire $\times 2 < 2$

$\Leftrightarrow 1 \leqslant$ NombreAlétoire $\times 2 + 1 < 3$

Comme M prend la partie entière de NombreAlétoire $\times$ 2 +1, ***M* peut prendre les valeurs 1 ou 2.**

2. ***M* peut désigner le type M_1 ou M_2 de montre** offerte par l'organisateur.

7 1. a) Pour chaque point M, on a $0 \leqslant x \leqslant 1$ et $0 \leqslant y \leqslant 1$, donc M se situe dans **un carré de côté 1** dont deux sommets opposés sont $O(0 ; 0)$ et $A(1 ; 1)$. Son aire est 1×1, soit **1**.

b) Pour chaque point compté par la variable k, M est dans le carré précédent et on a $x^2 + y^2 \leqslant 1$, soit $OM^2 \leqslant 1$ donc $OM \leqslant 1$. M appartient au quart de disque de centre O et de rayon 1 inclus dans le carré.

c) L'aire de ce quart de disque est $\frac{1}{4} \times r^2 \times \pi = \frac{\pi}{4}$.

2. Cet algorithme permet pour des n très grands de **calculer une valeur approchée de π.**
k étant le nombre de points dans le quart de disque d'aire $\frac{\pi}{4}$ et n le nombre de points dans le carré d'aire 1, le quotient $\frac{k}{n}$ est proche du quotient des aires, soit proche de $\frac{\pi}{4}$. En multipliant par 4, le résultat est proche de π.

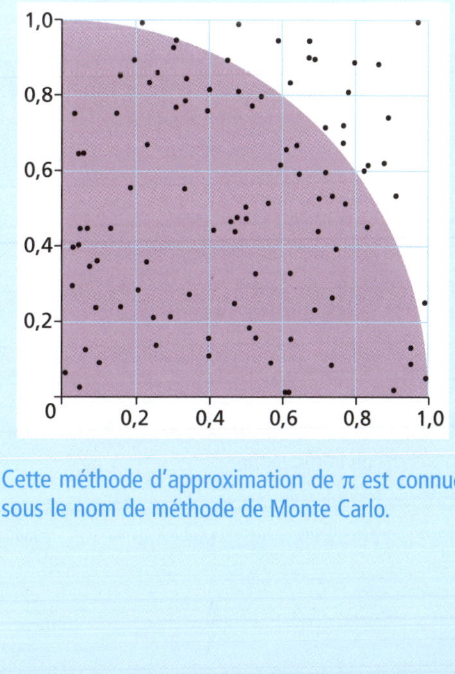

Cette méthode d'approximation de π est connue sous le nom de méthode de Monte Carlo.

8 On peut écrire :

```
def fibo(n):
    if n == 0 :
        return(0)
    elseif n == 1:
        return(1)
    else:
        return(fibo(n–1)+fibo(n–2))
#Main
n=int(input("n="))
print("fibo(",n,")=",fibo(n))
```

9 **1.** Pour saisir *n* valeur dans une liste, on peut écrire :

```
L=[]      #crée un liste vide
n=int(input("n="))
for i in range(n):  #i prend les valeurs de 0 à n–1
    L=L.append(float(input("valeur =")))
```

2. a) On peut compléter par :

```
max=L[0]
min=L[0]
for i in range(1,n):
    if L[i] > max:
        max=L[i]
    if L[i] < min:
        min=L[i]
print("Le minimum est ",min)
print("Le maximum est ",max)
```

b) L'étendue de la série est la différence entre le maximum et le minimum.

```
print("L'étendue est ",max-min)
```

c) La moyenne est le quotient de la somme des valeurs par le nombre de valeurs.

```
Sx=0
for i in range(n):
    Sx=Sx+L[i]
# calcul de la somme des valeurs
moy=Sx/n
print("La moyenne est ",moy)
```

d) D'après le théorème de Kœnig-Huygens,

la variance est la moyenne des carrés diminuée du carré de la moyenne.

```
Sxx=0
for i in range(n):
    Sxx=Sxx+L[i]**2
# calcul de la somme des carrés
var =Sxx/n–moy**2
print("La variance est ",var)
```

10 **1.** Un algorithme est :

```
Nbr=0
Pour i allant de 0 à n – 1
    si L[i] est pair
        ajouter 1 à Nbr
Afficher Nbr
```

2. En Python, on a :

```
L=[2, 4 , 7 , 3, 11 , 23, 41, 10, 25]
Nbr=0
for i in range(len(L))
    if L[i] % 2 == 0 :
        Nbr=Nbr+1
print("Le nombre de valeurs paires est", Nbr)
```

11 **1.** Pour avoir les carrés, on peut écrire :

```
L=[2, 4 , 7 , 3, 11 , 23, 41, 10, 25]
for i in range(len(L)):
    L[i] = L[i]**2
```

2. Pour ôter les nombres impairs, on peut écrire :

```
L=[2, 4 , 7 , 3, 11 , 23, 41, 10, 25]
i=0
while i < len(L):
    if L[i] % 2 == 1:
        del L[i]
    else:
        i=i+1
```

On ne peut pas utiliser une boucle «for i in range(len(L)) comme dans la question 1, car la longueur de la liste change en supprimant des valeurs, ce que la boucle avec compteur ne sait pas gérer.

12 **1.**

```
def listecarrés(liste):
    LC=[]
    for i in range(len(liste)):
        LC.append(liste[i]**2)
    return(LC)
```

2.

```
def listepairs(liste):
    LP=[]
    for i in range(len(liste)):
        if liste[i] % 2 == 0:
            LP.append(liste[i])
    return(LP)
```

3.a) On utilise les deux fonctions ci-dessus complétées par :

```
L=[2, 4 , 7 , 3, 11 , 23, 41, 10, 25]
print(listecarrés(listepairs(L)))
print(listepairs(listecarrés(L)))
```

b) En exécutant le programme, on obtient le même résultat **[4, 16, 100]**.

Les carrés des nombres pairs sont pairs et les carrés des nombres impairs sont impairs.

Dans le premier cas, on élimine les nombres impairs, ce qui donne [2, 4, 10], puis on prend les carrés de ces 3 nombres.
Dans le second cas, on calcule les carrés, ce qui donne [4, 16, 49, 9, 121, 529, 1681, 100, 625], puis on supprime les nombres impairs.

13 Un programme possible est :

```
from random import randrange
liste = [0,0,0,0,0,0,0,0,0]
for i in range(10000):
    r = (randrange(4)+1) + (randrange(4)+1)
    liste[r] = liste[r] + 1
for i in range(2, 9):
    print(i, "->" ,liste([i])
```

randrange(4) donnant un entier entre 0 et 3, randrange + 1 donne un entier entre 1 et 4 comme un dé tétraédrique.

14 **1.**

A	$\frac{1}{A}$	M	$A-\frac{1}{M}$
$\frac{3}{4}$	$\frac{4}{3} \approx 1{,}66...$	2	$\frac{1}{4}$

On obtient : $\frac{3}{4}=\frac{1}{2}+\frac{1}{4}$.

2.

A	$\frac{1}{A}$	M	$A-\frac{1}{M}$
$\frac{17}{18}$	$\frac{18}{17} \approx 1{,}05...$	2	$\frac{4}{9}$
$\frac{4}{9}$	$\frac{9}{4} = 2{,}25$	3	$\frac{1}{9}$

On a : $\frac{17}{18}=\frac{1}{2}+\frac{4}{9}$, puis $\frac{17}{18}=\mathbf{\frac{1}{2}+\frac{1}{3}+\frac{1}{9}}$.

3.

A	$\frac{1}{A}$	M	$A-\frac{1}{M}$
$\frac{3}{5}$	$\frac{5}{3} \approx 1{,}66...$	2	$\frac{1}{10}$

On obtient : $\frac{3}{5} = \mathbf{\frac{1}{2}+\frac{1}{10}}$.

La décomposition en somme d'inverses d'entiers distincts **n'est pas unique**, car on a aussi $\frac{3}{5} = \frac{1}{3}+\frac{1}{5}+\frac{1}{15}$.

15 **1. a)** Programmation en Python.

b) Le programme donne 1,6171…. et 1,6181…. comme résultats.
La solution a de $x^2-x-1=0$ comprise entre 1 et 2 vérifie $\mathbf{1{,}6171 < a < 1{,}6182}$.

2. On utilise le même programme avec $x^3 - 2020$ comme fonction dans f.
Le programme donne 12,636890…. et 12,63896…. comme résultats.
La solution b de $x^3 - 2\,020 = 0$ vérifie :
$\mathbf{12{,}6368 < b < 12{,}63690}$.

Cet algorithme s'appelle algorithme de dichotomie. Il permet d'avoir un encadrement d'une solution d'une équation de la forme $f(x) = 0$ si on connaît deux valeurs A et B telles que $f(A)$ et $f(B)$ soient de signes contraires.

Annales du Bac

Épreuve écrite

SUJET DU BAC

Corrigés p. 108

Exercice 1 4 points 48 min

Une entreprise fabrique des puces électroniques qui sont utilisées pour des matériels aussi différents que des téléphones portables, des lave-linges ou des automobiles.
À la sortie de fabrication, 5 % d'entre elles présentent un défaut et sont donc éliminées. Les puces restantes sont livrées aux clients.
On dit qu'une puce a une durée de vie courte si cette durée de vie est inférieure ou égale à 1 000 heures. On observe que 2 % des puces livrées ont une durée de vie courte.
On note L l'évènement « La puce est livrée ».
On note C l'évènement « La puce a une durée de vie courte c'est-à-dire inférieure ou égale à 1 000 heures ».
Étant donné deux évènements A et B, on note $P_A(B)$ la probabilité conditionnelle de l'évènement B sachant que l'évènement A est réalisé.
Les questions 1 et 2 sont indépendantes.

1. On tire au hasard une puce fabriquée par l'entreprise.

a) Donner la valeur $P_L(C)$.

b) Quelle est la probabilité que la puce soit livrée et ait une durée de vie strictement supérieure à 1 000 heures ?

c) Quelle est la probabilité que la puce soit éliminée ou ait une durée de vie courte à la sortie de la chaîne de fabrication ?

Dans la suite de l'exercice, on s'intéresse seulement aux puces livrées aux clients.

2. Les ingénieurs de l'entreprise ont mis au point un nouveau procédé de fabrication. On suppose qu'avec ce nouveau procédé la probabilité qu'une puce livrée donnée ait une durée de vie courte est égale à 0,003.

On prélève au hasard 15 000 puces prêtes à être livrées. On admettra que ce prélèvement de 15 000 puces revient à effectuer un tirage avec remise de 15 000 puces parmi l'ensemble de toutes les puces électroniques produites par l'entreprise et prêtes à être livrées.
On appelle Y la variable aléatoire égale au nombre de puces ayant une vie courte dans cet échantillon.

a) Justifier que Y suit une loi binomiale dont on précisera les paramètres.

b) Calculer l'espérance de la variable aléatoire Y. L'interpréter dans le contexte de l'exercice.

c) Calculer, à 10^{-3} près, la probabilité $P(40 \leqslant Y \leqslant 50)$.

Exercice 2 6 points 1 h 12

Partie A : Étude d'une fonction auxiliaire
Soit g la fonction définie sur $\mathbb{R}$ par $g(x) = (x + 2)e^{x-4} - 2$.

1. Déterminer la limite de g en $+\infty$.

2. Démontrer que la limite de g en $-\infty$ vaut -2.

3. On admet que la fonction g est dérivable sur $\mathbb{R}$ et on note g' sa dérivée.
Calculer $g'(x)$ pour tout réel x, puis déterminer les variations de g.

4. Démontrer que l'équation $g(x) = 0$ admet une unique solution α sur $\mathbb{R}$.
5. En déduire le signe de la fonction g sur $\mathbb{R}$.
6. À l'aide de la calculatrice, donner un encadrement d'amplitude 10^{-2} de α.

Partie B : Étude de la fonction *f*

Soit f la fonction définie sur $\mathbb{R}$ par $f(x) = x^2 - x^2e^{x-4}$.

1. Résoudre l'équation $f(x) = 0$ sur $\mathbb{R}$.
2. On admet que la fonction f est dérivable sur $\mathbb{R}$ et on note f' sa fonction dérivée.
On admet par ailleurs que, pour tout réel x, $f'(x) = -xg(x)$ où la fonction g est celle définie à la **partie A**.
Étudier les variations de la fonction f sur $\mathbb{R}$.
3. Démontrer que le maximum de la fonction f sur $[0 ; +\infty[$ est égal à $\dfrac{\alpha^3}{\alpha+2}$.

Partie C : Aire d'un domaine

Dans un repère orthonormé $(O ; \vec{i}, \vec{j})$ on note D le domaine compris entre la courbe représentative C_f de la fonction f, la parabole P d'équation $y = x^2$ et les droites d'équations $x = 0$ et $x = 4$.

1. Déterminer la position relative des courbes C_f et P.
2. On admet qu'une primitive de la fonction f sur $\mathbb{R}$ est définie par :
$$F(x) = \frac{x^3}{3} - (x^2 - 2x + 2)e^{x-4}.$$
Calculer l'aire du domaine D en unité d'aire. On donnera la valeur exacte.

Exercice 3 **5 points** **1 heure**

On considère la suite (u_n) à valeurs réelles définie par $u_0 = 1$ et, pour tout entier naturel n,
$$u_{n+1} = \frac{u_n}{u_n + 8}.$$

Partie A : Conjectures

Les premières valeurs de la suite (u_n) ont été calculées à l'aide d'un tableur dont voici une capture d'écran :

	A	B
1	n	u_n
2	0	1
3	1	0,111 111 11
4	2	0,013 698 63
5	3	0,001 709 4
6	4	0,000 213 63
7	5	2,670 3 E^{-05}
8	6	3,337 9 E^{-06}
9	7	4,172 3 E^{-07}
10	8	5,215 4 E^{-08}
11	9	6,519 3 E^{-09}
12	10	8,149 1 E^{-10}

1. Quelle formule peut-on entrer dans la cellule B3 et copier vers le bas pour obtenir les valeurs des premiers termes de la suite (u_n) ?
2. Quelle conjecture peut-on faire sur les variations de la suite (u_n) ?

3. Quelle conjecture peut-on faire sur la limite de la suite (u_n) ?
4. Écrire un algorithme calculant u_{30} et l'afficher.

Partie B : Étude générale

1. Démontrer par récurrence que, pour tout entier naturel n, $u_n > 0$.
2. Étudier les variations de la suite (u_n).
3. La suite (u_n) est-elle convergente ? Justifier.

Partie C : Recherche d'une expression du terme général

On définit la suite (v_n) en posant, pour tout entier naturel n, $v_n = 1 + \dfrac{7}{u_n}$.

1. Démontrer que la suite (v_n) est une suite géométrique de raison 8 dont on déterminera le premier terme.
2. Justifier que, pour tout entier naturel n, $u_n = \dfrac{7}{8^{n+1} - 1}$.
3. Déterminer la limite de la suite (u_n)
4. On cherche dans cette question le plus petit entier naturel n_0 tel que, pour tout entier naturel n supérieur ou égal à n_0, $u_n < 10^{-18}$.

Justifier l'existence d'un tel entier n_0 et déterminer sa valeur.

Exercice 4 5 points 1 heure

On relie les centres de chaque face d'un cube *ABCDEFGH* pour former un solide *IJKLMN* comme sur la figure ci-dessous.

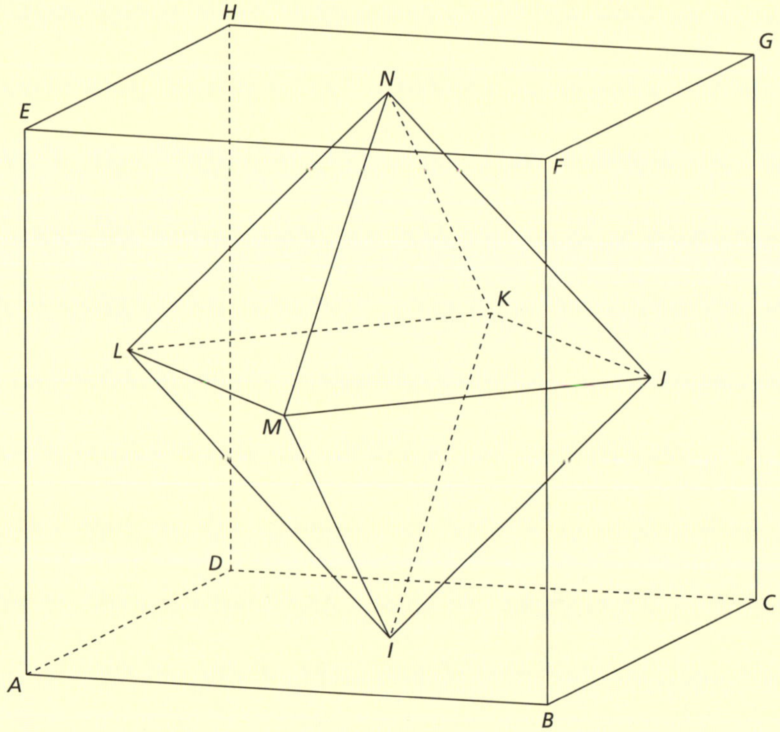

Plus précisément, les points *I*, *J*, *K*, *L*, *M* et *N* sont les centres respectifs des faces carrées *ABCD*, *BCGF*, *CDHG*, *ADHE*, *ABFE* et *EFGH* (donc les milieux des diagonales de ces carrés).

1. Sans utiliser de repère (et donc de coordonnées) dans le raisonnement mené, justifier que les droites (IN) et (ML) sont orthogonales.

Dans la suite, on considère le repère orthonormé $(A\,;\,\overrightarrow{AB}\,,\,\overrightarrow{AD}\,,\,\overrightarrow{AE})$ dans lequel, par exemple, le point N a pour coordonnées $(0{,}5\,;\,0{,}5\,;\,1)$.

2. a) Donner les coordonnées des vecteurs $\overrightarrow{NC}$ et $\overrightarrow{ML}$.

b) En déduire que les droites (NC) et (ML) sont orthogonales.

c) Déduire des questions précédentes une équation cartésienne du plan (NCI).

3. a) Montrer qu'une équation cartésienne du plan (NJM) est : $x - y + z = 1$.

b) La droite (DF) est-elle perpendiculaire au plan (NJM) ? Justifier.

c) Montrer que l'intersection des plans (NJM) et (NCI) est une droite dont on donnera un point et un vecteur directeur. Nommer la droite ainsi obtenue en utilisant deux points de la figure.

CORRIGÉ

SUJET DU BAC (Énoncés P.104)

(Énoncés P.104)

Exercice 1

1. L'énoncé donne $P(\overline{L}) = 5\ \% = 0{,}05$, donc on a : $P(L) = 1 - P(\overline{L}) = 0{,}95$.

a) On a aussi $P_L(C) = 2\ \% =$ **0,02**.

b) On veut $P(L \cap \overline{C}) = P(L) \times P_L(\overline{C})$
$= P(L) \times (1 - P_L(C)) = 0{,}95 \times 0{,}98 = 0{,}931$.
La probabilité que la puce soit livrée et ait une durée de vie strictement supérieure à 1 000 heures est **0,931**.

c) « La puce est éliminée ou a une durée de vie courte à la sortie de la chaîne de fabrication » est l'événement contraire de « la puce est livrée et a une durée de vie strictement supérieure à 1 000 heures ». Sa probabilité est $1 - P(L \cap \overline{C}) =$ **0,069**.

2. a) On a une répétition de 15 000 épreuves de Bernoulli identiques et indépendantes où le succès « la puce a une durée de vie courte » a pour probabilité 0,003.
La variable aléatoire Y égale au nombre de puces ayant une durée de vie courte dans cet échantillon suit une loi binomiale de paramètres $n = 15\,000$ et $p = 0{,}003$.

b) Pour une loi binomiale de paramètres n et p,

l'espérance est np.

L'espérance de la variable aléatoire Y est $15\,000 \times 0{,}003$ soit **45**.
Dans un échantillon de 15 000 puces livrées, on peut espérer trouver en moyenne 45 puces de durée de vie courte.

c) On a $P(40 \leqslant Y \leqslant 50) = P(Y \leqslant 50) - P(Y \leqslant 39)$
$\approx 0{,}7966 - 0{,}2080$
À la calculatrice, on obtient que **la probabilité $P(40 \leqslant Y \leqslant 50)$ vaut 0,589** à 10^{-3} près.

Exercice 2

Partie A

Soit g la fonction définie sur $\mathbb{R}$ par :
$g(x) = (x + 2)e^{x-4} - 2$.

1. On a $\lim\limits_{x \to +\infty} x - 4 = +\infty$ et $\lim\limits_{X \to +\infty} e^X = +\infty$, donc par composition $\lim\limits_{x \to +\infty} e^{x-4} = +\infty$.

On a aussi $\lim\limits_{x \to +\infty} x + 2 = +\infty$.

Par produit, on a $\lim\limits_{x \to +\infty} (x + 2)e^{x-4} = +\infty$.

On en déduit que **la limite de g en $+\infty$ vaut $+\infty$.**

2. On a pour tout réel x,

$$g(x) = \frac{x+2}{x-4}(x - 4)e^{x-4} - 2.$$

On a $\lim\limits_{x \to -\infty} \dfrac{x+2}{x-4} = \lim\limits_{x \to -\infty} \dfrac{1+\frac{2}{x}}{1-\frac{4}{x}} = 1$

$\lim\limits_{x \to -\infty} x - 4 = -\infty$

et par croissance comparée $\lim\limits_{X \to -\infty} Xe^X = 0$,

donc par composition $\lim\limits_{x \to -\infty} (x - 4)e^{x-4} = 0$.

Par produit, on a $\lim\limits_{x \to -\infty} (x + 2)e^{x-4} = 0$.

On en déduit que **la limite de g en $-\infty$ vaut -2.**

3. g est dérivable sur $\mathbb{R}$.
On utilise $(uv)' = u'v + uv'$ avec $u(x) = x + 2$, $u'(x) = 1$, $v(x) = e^{x-4}$ et $v'(x) = e^{x-4}$.
Pour tout réel x, on a :
$g'(x) = 1 \times e^{x-4} + (x + 2)\, e^{x-4} =$ **$(x + 3)\, e^{x-4}$**.
Une exponentielle étant toujours positive, $g'(x)$ est du signe de $x + 3$, qui s'annule en -3 et qui est positif pour les réels supérieurs à -3.
Sur $]-3\ ;+\infty[$, on a $g'(x) > 0$ et **g croît strictement sur $[-3\ ;+\infty[$.**
Sur $]-\infty\ ;-3[$, on a $g'(x) < 0$ et **g décroît** strictement sur **$]-\infty\ ;-3]$**.

4. • Sur $]-\infty\ ;-3]$, g est décroissante avec la limite en $-\infty$ qui vaut -2, donc pour tout réel x de $]-\infty\ ;-3]$, on a $g(x) < -2$. L'équation $g(x) = 0$ n'admet pas de solution sur $]-\infty\ ;-3]$.
• Sur $[-3\ ;+\infty[$, g est continue car dérivable, strictement croissante avec $g(-3) < 0$ et la limite en $+\infty$ qui vaut $+\infty$.
Comme 0 appartient à $[g(-3)\ ;+\infty[$, d'après le théorème de la bijection, l'équation $g(x) = 0$ admet une unique solution α sur $[-3\ ;+\infty[$.
• **L'équation $g(x) = 0$ admet une unique solution α sur $\mathbb{R}$.**

5. Pour tout x de $]-\infty\ ;-3]$, on a $g(x) < -2 < 0$.
Sur $[-3\ ;+\infty[$, g est strictement croissante avec $g(\alpha) = 0$.
Donc si $-3 \leqslant x < \alpha$, alors $g(x) < g(\alpha)$, soit $g(x) < 0$ et si $\alpha < x$, alors $g(\alpha) < g(x)$, soit $0 < g(x)$.
g est strictement négative sur $]-\infty\ ;\alpha[$, nulle en α et strictement positive sur $]\alpha\ ;+\infty[$.

6. $g(3{,}06) < 0 < g(3{,}07)$, donc **$3{,}06 < \alpha < 3{,}07$**.

Partie B

Soit f la fonction définie sur $\mathbb{R}$ par $f(x) = x^2 - x^2e^{x-4}$.

1. $f(x) = 0 \Leftrightarrow x^2(1 - e^{x-4}) = 0$
$\Leftrightarrow x^2 = 0$ ou $1 - e^{x-4} = 0$
$\Leftrightarrow x = 0$ ou $1 = e^{x-4}$
$\Leftrightarrow x = 0$ ou $0 = x - 4$.

$e^a = 1 \Leftrightarrow a = 0$

Les solutions sont 0 et 4.

2. On a :

x	$-\infty$	0	α	$+\infty$
$-x$	+	0 −	−	
$g(x)$	−	−	0 +	
$f'(x)$	−	0 +	0 −	

Sur $]-\infty\,;0[$, on a $f'(x) < 0$ et **f décroît strictement sur $]-\infty\,;0]$.**

Sur $]0\,;\alpha[$, on a $f'(x) > 0$ et **f croît strictement sur $[0\,;\alpha]$.**

Sur $]\alpha\,;+\infty[$, on a $f'(x) < 0$ et f décroît strictement sur $]\alpha\,;+\infty[$.

3. Sur $[0\,;\alpha]$ f croît et sur $[\alpha\,;+\infty[$, f décroît. f admet donc son maximum sur $[0\,;+\infty[$ en α.

Ce maximum vaut $f(\alpha) = \alpha^2\,(1 - e^{\alpha-4})$.

Or on a $g(\alpha) = 0 \Leftrightarrow (\alpha+2)\,e^{\alpha-4} - 2 = 0$

$\Leftrightarrow e^{\alpha-4} = \dfrac{2}{\alpha+2} \Leftrightarrow 1 - e^{\alpha-4} = 1 - \dfrac{2}{\alpha+2}$

$\Leftrightarrow 1 - e^{\alpha-4} = \dfrac{\alpha}{\alpha+2}$.

Le maximum de la fonction f sur $[0\,;+\infty[$ est égal à $\dfrac{\alpha^3}{\alpha+2}$.

Partie C

1. Avec P d'équation $y = x^2$, pour tout x de $[0\,;4]$, on a $f(x) - y = -x^2e^{x-4}$.

Sur $[0\,;4]$, on a donc $f(x) - y \leqslant 0$, soit $f(x) \leqslant y$

Sur $[0\,;4]$, C_f est au-dessous de P.

2. Comme C_f est au-dessous de P sur $[0\,;4]$, l'aire du domaine D est :

$\int_0^4 (y - f(x))dx = \left[\dfrac{x^3}{3} - F(x)\right]_0^4$

$= \left[(x^2 - 2x + 2)e^{x-4}\right]_0^4$

$=$ **$10 - 2e^{-4}$** (en unité d'aire).

Exercice 3

Partie A

1. Comme pour tout entier naturel n, on a :

$u_{n+1} = \dfrac{u_n}{u_n+8}$, on peut entrer la formule **=B2/(B2+8)** dans la cellule B3 et copier vers le bas pour obtenir les valeurs des premiers termes de la suite (u_n).

2. On peut conjecturer que **la suite (u_n) est décroissante**.

3. On peut conjecturer que **la limite de la suite (u_n) est 0.**

4. Un algorithme calculant u_{30} peut être :

```
U ← 1
Pour I allant de 1 à 30
   U ← U ÷ (U + 8)
Fin pour
Afficher U
```

Partie B : Étude générale

1. Soit P_n : « $u_n > 0$ ».

- On $u_0 = 1$, donc $u_0 > 0$. **P_0 est vraie.**
- Supposons qu'il existe un entier k tel que P_k soit vraie.

On aurait $u_k > 0 \Rightarrow u_k + 8 > 8 > 0 \Rightarrow \dfrac{u_k}{u_k+8} > 0$

comme quotient de deux nombres positifs

$\Rightarrow u_{k+1} > 0 : P_{k+1}$ serait vraie.

La propriété est héréditaire.

D'après l'axiome de récurrence, la propriété P_n est vraie pour tout entier naturel n, c'est-à-dire que **pour tout entier naturel n, $u_n > 0$.**

2. Pour tout entier naturel n, on a :

$u_{n+1} - u_n = \dfrac{u_n}{u_n+8} - u_n$

$= \dfrac{u_n - u_n(u_n+8)}{u_n+8} = \dfrac{-u_n(u_n+7)}{u_n+8}$.

Comme on a $u_n > 0$, on a aussi $u_n + 7$ et $u_n + 8$ strictement positifs.

On en déduit que $u_{n+1} - u_n$ est strictement négatif.

La suite (u_n) est décroissante.

3. La suite (u_n) étant décroissante et minorée par 0, **elle est convergente**.

Partie C

1. Pour tout entier naturel n, on a :

$v_n = 1 + \dfrac{7}{u_n} = \dfrac{u_n+7}{u_n}$.

On a donc :

$$v_{n+1} = \frac{u_{n+1}+7}{u_{n+1}} = \frac{\dfrac{u_n}{u_n+8}+7}{\dfrac{u_n}{u_n+8}} = \frac{\dfrac{8u_n+56}{u_n+8}}{\dfrac{u_n}{u_n+8}} = \frac{8(u_n+7)}{u_n}$$

soit $v_{n+1} = 8v_n$.

La suite (v_n) est une suite géométrique de raison 8 de premier terme $v_0 = 1 + \dfrac{7}{1} = 8$.

2. La suite étant géométrique, pour tout entier naturel n, $v_n = v_0 \times q^n$, soit $v_n = 8^{n+1}$.

Pour tout entier naturel n, $v_n = 1 + \dfrac{7}{u_n}$

$\Leftrightarrow v_n - 1 = \dfrac{7}{u_n} \Leftrightarrow u_n(v_n - 1) = 7$

$\Leftrightarrow u_n = \dfrac{7}{v_n - 1}$.

Pour tout entier naturel n, $u_n = \dfrac{7}{8^{n+1}-1}$.

3. Comme $8 > 1$, on a $\lim\limits_{n \to +\infty} 8^n = +\infty$. On en déduit que **la limite de la suite (u_n) est 0.**

4. Comme $u_0 = 1$, que la suite (u_n) est décroissante et de limite 0, il existe un plus petit entier naturel n_0 tel que, pour tout entier naturel n supérieur ou égal à n_0, $u_n < 10^{-18}$.
$u_n < 10^{-18} \Leftrightarrow 7 < (8^{n+1} - 1) \times 10^{-18}$
$\Leftrightarrow 7 \times 10^{18} < 8^{n+1} - 1$
$\Leftrightarrow 7 \times 10^{18} - 1 < 8^{n+1}$
$\Leftrightarrow \ln(7 \times 10^{18} - 1) < \ln(8^{n+1})$ car la fonction ln est strictement croissante
$\Leftrightarrow \ln(7 \times 10^{18} - 1) < (n+1)\ln(8)$
$\Leftrightarrow \ln(7 \times 10^{18} - 1) \div \ln(8) < n + 1$
$\Leftrightarrow \ln(7 \times 10^{18} - 1) \div \ln(8) - 1 < n$
On a $19{,}87 \approx n$
On prend $n_0 = 20$.

Exercice 4

1. Dans le triangle AFH, L et M sont les milieux respectifs de $[AH]$ et $[AF]$. D'après le théorème de la droite des milieux, on a (LM) parallèle à (FH).
(IN) et (BF) sont parallèles car $BFNI$ est un rectangle. Or (BF) est perpendiculaire au plan (EFG) donc à la droite (FH). On a (IN) perpendiculaire à (FH) et comme (LM) est parallèle à (FH), on en déduit que **(IN) et (ML) sont orthogonales.**

2. a) On a N milieu de $[FH]$ avec $F(1\,;0\,;1)$ et $H(0\,;1\,;1)$, donc on a $N(0{,}5\,;0{,}5\,;1)$.
On a $C(1\,;1\,;0)$.

On en déduit que :

$$\overrightarrow{NC}\begin{pmatrix} x_C - x_N \\ y_C - y_N \\ z_C - z_N \end{pmatrix} = \overrightarrow{NC}\begin{pmatrix} 0{,}5 \\ 0{,}5 \\ -1 \end{pmatrix}.$$

On a M milieu de $[AF]$ avec $F(1\,;0\,;1)$ et $A(0\,;0\,;0)$, donc on a $N(0{,}5\,;0\,;0{,}5)$.
On a L milieu de $[AH]$ avec $A(0\,;0\,;0)$ et $H(0\,;1\,;1)$, donc on a $N(0\,;0{,}5\,;0{,}5)$.

On en déduit que :

$$\overrightarrow{ML}\begin{pmatrix} x_L - x_M \\ y_L - y_M \\ z_L - z_M \end{pmatrix} = \overrightarrow{ML}\begin{pmatrix} -0{,}5 \\ 0{,}5 \\ 0 \end{pmatrix}.$$

b) Le repère étant orthonormé, on a :
$\overrightarrow{NC}.\overrightarrow{ML} = 0{,}5 \times (-0{,}5) + 0{,}5 \times 0{,}5 + (-1) \times 0 = 0.$
Le produit scalaire étant nul, **les droites (NC) et (ML) sont orthogonales.**

c) (ML) est orthogonale à (NC) et à (IN) qui sont deux droites sécantes du plan (NCI) donc (ML) est perpendiculaire au plan (NCI).

Son vecteur directeur $\overrightarrow{ML}\begin{pmatrix} -0{,}5 \\ 0{,}5 \\ 0 \end{pmatrix}$ est donc un vecteur normal au plan (NCI) qui admet comme équation $-0{,}5x + 0{,}5y + d = 0$.

$C(1\,;1\,;0)$ appartenant à ce plan,
on a $-0{,}5x_C + 0{,}5y_C + d = 0$
$\Leftrightarrow -0{,}5 + 0{,}5 + d = 0 \Leftrightarrow d = 0$
Une équation cartésienne du plan (NCI) est $-0{,}5x + 0{,}5y = 0$ ou encore $x = y$.

3. a) On a $N(0{,}5\,;0{,}5\,;1)$ avec $x_N - y_N + z_N = 1$.
On a $J(1\,;0{,}5\,;0{,}5)$ avec $x_J - y_J + z_J = 1$.
On a $M(0{,}5\,;0\,;0{,}5)$ avec $x_M - y_M + z_M = 1$.
N, J et M appartiennent donc au plan d'équation $x - y + z = 1$.
(NJM) a donc pour équation cartésienne $x - y + z = 1$.

b) Un plan d'équation $ax + by + cz + d = 0$ admet comme vecteur normal $\vec{n}\begin{pmatrix} a \\ b \\ c \end{pmatrix}$.

(NJM) qui a pour équation cartésienne $x - y + z = 1$ admet comme vecteur normal $\vec{n}\begin{pmatrix} 1 \\ -1 \\ 1 \end{pmatrix}$.

Or le vecteur $\overrightarrow{DF}$ a pour coordonnées $\begin{pmatrix} 1 \\ -1 \\ 1 \end{pmatrix}$; c'est donc un vecteur normal à (NJM).

La droite (DF) est perpendiculaire au plan (NJM).

c) N appartenant aux deux plans (NJM) et (NCI), la droite cherchée passe par N.
Dans le triangle BCG, M et J sont les milieux des côtés $[BE]$ et $[BG]$.
La droite (MJ) est parallèle à (EG) qui passe par N, donc (GE) est incluse dans le plan (NJM).
De plus, les droites (NI) et (GC) sont parallèles à (BF), donc parallèles entre elles.
(CG) est donc incluse dans le plan (NCI).
G est un point de la droite recherchée.
(NG) qui a pour vecteur directeur $\overrightarrow{NG}$, l'intersection des plans (NJM) et (NCI) est la droite.

Annales du Bac

Le Grand oral

Vous trouverez pages 5 à 8 de cet ouvrage le descriptif précis de l'épreuve du Grand oral et des conseils pour vous y préparer au mieux. Nous vous proposons ici 3 questions modèles et des exemples de traitement correspondant aux deux premières parties de l'épreuve : votre exposé de 5 minutes et l'échange avec le jury de 10 minutes. La troisième partie de l'épreuve qui consiste en un échange de 5 minutes avec le jury autour de votre projet d'orientation relève d'une préparation personnelle propre à chaque candidat.

QUESTION 1 Quelles modélisations mathématiques proposer pour étudier des évolutions de populations dans des environnements différents ?

PREMIÈRE PARTIE Votre exposé (5 min)

Les raisons de mon choix (1 min)

- L'étude de l'évolution du nombre d'individus dans une population peut avoir des conséquences majeures sur la survie même de la population.
- J'ai souhaité étudier quelques modèles mathématiques d'évolution de populations dans des domaines différents (biologiques, humains), en envisageant des hypothèses de développement propres aux populations considérées.

Mon développement (3 min)

- Présentation des différences entre modèles discrets et continus.
- Modèle de Malthus.
- Modèle de Verhulst.
- Modèle de Feigenbaum.
- Étude des modèles avec un ordinateur.

Ma réponse à la question (1 min)

Les évolutions du nombre d'individus dans une population donnée permettent de connaître, à plus ou moins long terme, le devenir de la population. Lorsque la population est constituée de bactéries ou de virus, l'évolution de la taille de la population peut permettre de combattre des épidémies. Lorsqu'il s'agit d'individus humains, les modèles d'évolution peuvent permettre de prévoir les effets de la surpopulation, de prévenir les famines ou les risques de pauvreté.

DEUXIÈME PARTIE Échange avec le jury (10 min)

Questions possibles du jury

- De quoi dépendent les hypothèses données ou envisagées au préalable dans les différents modèles mathématiques utilisés ?
- Y a-t-il des modèles dont on sait maintenant qu'ils ne sont pas pertinents ?
- Comment savoir si un modèle donné peut être réaliste ?

QUESTION 2 Comment étudier des courbes dans le plan ?

PREMIÈRE PARTIE Votre exposé (5 min)

Les raisons de mon choix (1 min)

- Beaucoup de problèmes mathématiques s'étudient par l'étude de courbes planes. Certaines sont des courbes fonctionnelles mais d'autres ne représentent pas des fonctions d'une variable.
- J'ai souhaité étudier différents moyens d'études de courbes planes et d'en présenter des applications concrètes.

Mon développement 3 min

- Étude d'une courbe lorsque c'est la courbe représentative d'une fonction.
- Étude d'une courbe plane par une représentation paramétrique.
- Présentations de certaines courbes particulières : courbes de Bézier.

Ma réponse à la question 1 min

L'étude de phénomènes physiques, mécaniques ou chimiques peuvent se faire grâce à l'étude de courbes planes. Certaines de ces courbes représentent des fonctions et donc s'étudient avec des outils mathématiques comme la différentiation.

D'autres courbes planes ne peuvent pas être des courbes représentatives de fonctions : par exemple, le déplacement d'un mobile dans le plan, le schéma du profil d'une aile d'avion ou la forme d'un logo peuvent être étudiés par des courbes paramétriques.

DEUXIÈME PARTIE Échange avec le jury 10 min

Questions possibles du jury

- Peut-on paramétrer toutes les courbes du plan ?
- À partir d'une courbe, peut-on avoir d'autres informations ? Par exemple, à partir de la courbe du déplacement d'un mobile dans le plan, peut-on avoir sa vitesse ? Son accélération ? La distance totale parcourue ?
- Existe-t-il des courbes paramétrées dans l'espace ?
- Existe-t-il des surfaces paramétrées dans l'espace ?

QUESTION 3 Peut-on déterminer des parties du plan de périmètre infini et d'aire finie ?

PREMIÈRE PARTIE Votre exposé 5 min

Les raisons de mon choix 1 min

- L'étude de certaines figures géométriques peut avoir des applications importantes dans certains domaines comme la médecine, la géographie ou l'économie.
- J'ai souhaité étudier et présenter certaines figures géométriques aux dimensions et aux caractéristiques particulières.

Mon développement 3 min

- Approche de la notion d'aire d'une figure géométrique du plan.
- Existe-t-il des figures géométriques de périmètre infini et d'aire finie ?
- Présentation de certaines fractales.
- Générer des fractales avec un ordinateur à l'aide de suites numériques.
- Présenter certaines applications des fractales.

Ma réponse à la question 1 min

L'étude de certaines formes géométriques qui présentent des caractéristiques particulières est justifiée par des applications possibles dans la vie quotidienne. Une fractale est une figure géométrique qui présente des similitudes de forme dans des agrandissements ou des réductions. Certaines figures fractales ont pour caractéristique d'avoir une aire finie et mesurable comprise dans un périmètre infini.

DEUXIÈME PARTIE Échange avec le jury 10 min

Questions possibles du jury

- Y a-t-il différents moyens de calculer une aire pour une figure du plan donnée ?
- Donnez-nous quelques exemples d'applications en médecine ou en économie.
- Existe-t-il des fractales dans l'espace ?

SES

SPÉCIALITÉ SES

L'ÉPREUVE Définition de l'épreuve

L'épreuve porte sur une partie du programme de l'enseignement de spécialité de SES de la classe de Terminale (voir ci-après). Les notions de la classe de Première doivent être connues et mobilisables. L'épreuve se compose de **deux sujets** à traiter **au choix** : une **dissertation** s'appuyant sur un dossier, ou une **épreuve composée** de trois parties.

À noter

Durée : 4 heures
Sur 20 points.
Coefficient : 16

La dissertation

- Le sujet de dissertation est accompagné de 3 ou 4 documents de nature factuelle (graphiques, tableaux, monographies, extraits d'entretien, compte-rendu d'enquêtes, etc.)
- Vous devez construire une problématique et un plan pour répondre à la question posée par le sujet.
- Votre argumentation doit être détaillée et soutenue. Il n'y a pas de longueur imposée.
- **Les compétences évaluées.** Pour la dissertation, vous devez trouver une problématique en rapport avec le sujet, construire un plan qui ménage l'équilibre des parties, mobiliser vos connaissances acquises en cours, extraire des informations des documents fournis, et utiliser correctement le vocabulaire économique et social.

L'épreuve composée

L'épreuve composée se déroule en 3 parties. Ces trois parties sont indépendantes : elles portent sur trois questions différentes et au moins deux champs du programme (économie ; sociologie et science politique ; regards croisés).

- **Partie 1** : Il s'agit de mobiliser vos connaissances. Vous devez répondre à la question seulement à l'aide de vos connaissances. Cette partie est notée sur 4 points.
- **Partie 2** : Il s'agit de l'étude d'un document. Vous devez répondre à deux questions à l'aide de vos connaissances, en collectant et en traitant l'information du document. Cette partie est notée sur 6 points.
- **Partie 3** : Votre raisonnement doit s'appuyer sur deux ou trois documents de nature différente (factuels ou non). Cette partie est notée sur 10 points. Votre raisonnement doit s'articuler autour d'une introduction, d'un développement et d'une conclusion.

Attention

Pour les deux épreuves, la clarté de l'expression et le soin apporté à la présentation sont évalués. De même que la paraphrase ou le simple commentaire des documents est sanctionné.

Les questions évaluables selon les années

Année impaire

Science économique

- Quels sont les sources et les défis de la croissance économique ?
- Quels sont les fondements du commerce international et de l'internationalisation de la production ?
- Comment lutter contre le chômage ?

Sociologie et science politique
- Comment est structurée la société française actuelle ?
- Quelle est l'action de l'École sur les destins individuels et sur l'évolution de la société ?
- Quels sont les caractéristiques contemporaines et les facteurs de la mobilité sociale ?
- Comment expliquer l'engagement politique dans les sociétés démocratiques ?

Regards croisés Quelle action publique pour l'environnement ?

Année paire

Science économique
- Quels sont les sources et les défis de la croissance économique ?
- Quels sont les fondements du commerce international et de l'internationalisation de la production ?
- Quelles politiques économiques dans le cadre européen ?

Sociologie et science politique
- Comment est structurée la société française actuelle ?
- Quelles sont les mutations du travail et de l'emploi ?
- Comment expliquer l'engagement politique dans les sociétés démocratiques ?

Regards croisés Quelles inégalités sont compatibles avec les différentes conceptions de la justice sociale ?

Attention

La question du programme « Comment expliquer les crises financières et réguler le système financier ? » ne fait pas partie des questions à l'épreuve écrite du Bac.

Avantages et inconvénients par type d'épreuve

Dissertation	
Avantages	**Inconvénients**
– Liberté d'approche de la problématique et du plan. – Le sujet porte sur une seule question du programme (pas de sujets transversaux sur plusieurs questions). – Dossier de documents qui englobe une grande partie du sujet. – Les documents sont présents à titre indicatif : ils sont plus une ressource qu'une contrainte, et peuvent donc être exploités chacun d'une manière différente.	– La problématique et le plan sont à construire. – La précision du sujet ne permet pas d'« impasses » dans les révisions. – Les documents ne sont pas exhaustifs, il faut les compléter par des connaissances personnelles. – Les documents sont factuels : il faut sélectionner et traiter les informations contenues. – L'argumentation est soutenue et détaillée : introduction complète, plan avec parties et sous-parties, conclusion complète.

Épreuve composée	
Avantages	**Inconvénients**
– Les deux premières parties renvoient à des notions et à des mécanismes essentiels de cours. – La troisième partie n'est pas une « mini-dissertation » : introduction et conclusion allégées, pas de recherche de problématique, plan moins formel que pour la dissertation. – Les trois parties sont indépendantes (possibilité de se « rattraper »).	– Les trois parties sont indépendantes : elles couvrent une large partie du programme (attention aux « impasses » !). – La première partie ne porte sur aucun document et ne se limite pas à des définitions de cours. – La deuxième partie demande de sélectionner les informations du document et de les hiérarchiser pour répondre. – La troisième partie doit être structurée en mobilisant des connaissances personnelles (ce n'est pas une synthèse des documents !).

Le Grand Oral de spécialité SES

Vous trouverez le descriptif de l'épreuve et des conseils pages 5 à 8, et deux questions types aux pages 221 et 222.

1 Les sources de la croissance économique

Les facteurs de production permettent la croissance économique. Les innovations jouent un rôle majeur car elles sont source de progrès technique : elles contribuent ainsi à accroître l'efficacité de la production.

1 La production au cœur de la croissance économique

A Les facteurs de production

• **Le travail et le capital fixe.** Ce sont les deux facteurs de production traditionnels qui concourent à la production. Le **travail** correspond au **nombre d'heures** (main-d'œuvre × durée moyenne du travail). Le **capital fixe** regroupe les **biens d'équipement professionnels** (machines, outils...) ainsi que les **locaux utilisés** sur plusieurs cycles de production.

• **Le progrès technique.** Autre facteur de production, le progrès technique correspond aux **innovations** entraînant une modification des procédés de production et de la nature des biens réalisés.

• **À quoi sert le progrès technique ?** Il permet soit de produire plus avec la même quantité de facteurs de production, soit de produire autant avec moins de facteurs, soit de produire des biens nouveaux, soit d'améliorer la qualité des produits anciens.

Mots-clés

• **Innovations de produits :** améliorations qualitatives de produits anciens, mise sur le marché de produits nouveaux.
• **Innovations de procédés :** nouvelles techniques de production et de commercialisation.
• **Innovations organisationnelles :** nouvelles organisations du travail (*ex. :* le télé-travail).

B La fonction de production

• **La fonction de production à deux facteurs.** La fonction de production (notée *f*) est la relation entre la quantité produite (notée Q) et les quantités des facteurs de production utilisées. Appliquée au facteur travail (noté L) et au facteur capital (noté K), la fonction de production s'écrit :

$$\mathbf{Q} = f(L, K)$$

Donc d'après la fonction de production, quand les quantités de capital et de travail augmentent, la production augmente, ce qui correspond à la croissance.

• **Les limites.** Dans les années 1950, des économistes américains et français ont expliqué partiellement la croissance économique par les facteurs travail et capital : seule la moitié de la croissance était expliquée par l'augmentation des quantités des facteurs travail et capital ; il restait donc un « facteur résiduel » (noté R).
Ainsi, la fonction de production peut s'écrire :

$$\mathbf{Q} = f(L, K, R)$$

• **Le progrès technique « autonome ».** Les mêmes économistes ont alors incorporé le progrès technique dans les facteurs travail et capital (meilleure qualification des travailleurs et nouvelles machines plus performantes). Mais une partie de la croissance économique restait encore inexpliquée (« résidu du résidu ») : c'est le progrès technique « autonome » ou « non incorporé ».

C Progrès technique et productivité

• **Productivité du travail et du capital.** La productivité, c'est le rapport de la production (elle-même mesurée par la valeur ajoutée) sur la quantité de facteurs de production (travail et capital) nécessaire à son obtention. On peut distinguer la productivité du travail et la productivité du capital :

$$\textbf{Productivité du travail} = \frac{\text{valeur ajoutée}}{\text{quantité de travail (en heures ou en emplois)}}$$

$$\textbf{Productivité du capital} = \frac{\text{valeur ajoutée}}{\text{quantité de capital (en nombre de machines)}}$$

• **Productivité globale des facteurs de production.** Tout ce qui améliore la productivité est, en réalité, attribué au progrès technique. Celui-ci fait augmenter la productivité globale, celle du capital et du travail utilisés ensemble pour produire.

• **Comment le progrès technique permet-il l'accroissement de la productivité globale des facteurs ?** Le progrès technique est incorporé au facteur travail et au facteur capital : il démultiplie leur efficacité en augmentant leur productivité (*ex. :* le travail d'un ouvrier formé utilisant une machine à commande numérique sera très efficace).

2 Les deux types de croissances économiques

A Croissance extensive et croissance intensive

• **Croissance économique extensive.** L'augmentation du PIB trouve principalement son origine dans l'augmentation de la quantité des facteurs de production travail et capital utilisés.

• **Croissance économique intensive.** L'augmentation du PIB résulte surtout de l'amélioration de l'efficacité de la combinaison productive (hausse de la productivité globale des facteurs de production) sans qu'il y ait besoin d'une augmentation des quantités de facteurs de production utilisés.

> **Zoom**
>
> **Croissance économique en volume :** hausse du PIB réel, c'est-à-dire en euros constants (euros corrigés de l'inflation). *Ex. :* + 7 % en France en 2021 par rapport à 2020.

B Exemple

• **Les contributions annuelles à la croissance économique.** Pour la période 2009-2013, la ligne PIB est égale à la somme des trois lignes suivantes, aux arrondis près. Les unités sont en points de pourcentage, sauf pour la ligne PIB : taux de croissance annuels moyens.

Période 2009-2013	France	Corée du Sud	États-Unis
PIB	1,2	3,8	2
Travail	0,0	– 0,2	0,8
Capital	0,5	1,3	0,5
Productivité globale des facteurs (PGF)	0,7	2,6	0,6

Source : OCDE, 2015.

• **Croissance extensive aux États-Unis.** Les facteurs travail et capital expliquent 1,3 point des 2 % d'augmentation du PIB en moyenne par an. C'est donc l'augmentation des facteurs de production qui contribue le plus à la croissance américaine.

• **Croissance intensive en Corée du Sud.** La PGF explique 2,6 points de pourcentage des 3,8 % d'augmentation du PIB en moyenne par an. Elle contribue donc pour plus des deux tiers à la croissance coréenne : (2,6 / 3,8) × 100 = 68,4 %.

• **Croissance plutôt intensive en France.** Sa croissance économique est plutôt intensive sur la période : c'est l'augmentation de la PGF (+ 0,7 point de pourcentage de hausse annuelle moyenne) qui contribue davantage à l'augmentation du PIB que la hausse des facteurs travail et capital.

3 Rôle du progrès technique dans la croissance économique

A Le progrès technique exogène

• **Le progrès technique non expliqué.** Pour certains économistes néoclassiques, comme Robert Solow, le progrès technique semble « tomber du ciel comme une manne » en ce sens qu'ils n'expliquent pas son origine (**progrès technique « autonome »**).

> Personnage-clé
>
> **Robert Solow (né en 1924) :** économiste américain pour qui la croissance économique aurait pour origine, à long terme, un phénomène non expliqué par la science économique.

• **L'exogénéité du progrès technique.** Ces économistes désignaient alors le progrès technique comme l'élément exogène explicatif de la croissance, c'est-à-dire dont **l'origine se situe en dehors du champ économique**.

B Le progrès technique endogène

• **L'endogénéité du progrès technique.** Dans les années 1980, des économistes tentent, néanmoins, de résoudre les insuffisances du traitement du progrès technique. Le progrès technique ne tombe plus du ciel : il est **réintégré au cœur de la croissance économique** par différents mécanismes.

• **Les facteurs d'endogénéité.** La production crée du progrès technique dans différents cas :

– **présence de rendements croissants permis par des économies d'échelle :** les coûts unitaires de production baissent lorsque la production augmente ;

– **existence d'externalités positives** : l'éducation, les inventions et les innovations sont mises gratuitement à la disposition de tous ;

– **effets d'apprentissage** (« apprendre en faisant ») qui rendent plus expérimentés et plus productifs les travailleurs ;

– **renouvellement du capital fixe** (investissement dans des machines plus performantes) ;

– **intervention de l'État** qui investit dans des domaines (éducation, recherche fondamentale, infrastructures...) délaissés par les entreprises privées qui jugent leurs rendements privés insuffisants.

4 Deux théories économiques du progrès technique endogène

A L'augmentation de la demande multiplie les revenus

• **Progrès technique et pression de la demande.** Les économistes keynésiens expliquent l'apparition du progrès technique par le rôle central joué par la demande globale (demande de consommation et demande d'investissement).

• **Schéma explicatif.** L'augmentation de la demande est, notamment, déterminée par l'**investissement** dont l'effet positif sur les revenus rend l'innovation rentable : en investissant, l'État réalise des flux de dépenses qui donnent lieu à une **distribution de revenus dans l'économie**.

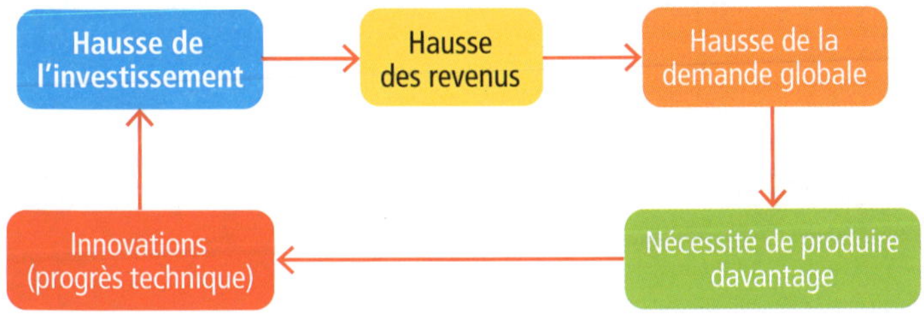

B Les entrepreneurs à l'origine des « grappes d'innovations »

• **Les cinq types d'innovations selon l'économiste Joseph Schumpeter (1883-1950) :**

– les nouveaux produits ;

– les nouvelles méthodes de production ;

– les nouveaux types d'organisations (selon lui, le monopole permet de mieux diffuser le progrès technique) ;

– les nouveaux marchés ;

– les nouvelles sources de matières premières.

• **Progrès technique et croissance.** Pour Schumpeter, le progrès technique est le **moteur de la croissance économique à long terme**. Les cycles économiques correspondent à l'apparition de vagues successives d'innovations majeures (**« grappes d'innovations »**).

• **La phase montante du cycle.** À la montée du cycle (phase « A » de prospérité) arrivent des entrepreneurs exploitant des innovations récentes : ces dernières entraînent des profits et attirent de nouveaux entrepreneurs (d'où la croissance de la production).

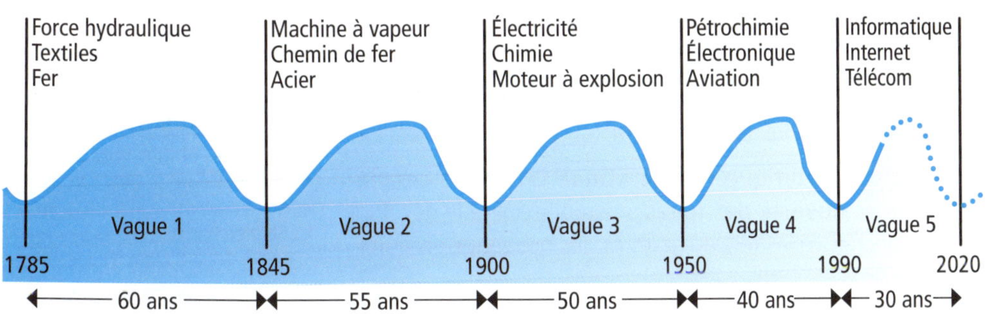

▲ Le cycle de l'innovation

• **Progrès technique et crise.** Vient le moment où la diffusion des techniques et la standardisation des produits mènent à la **saturation de la demande**.

• **La phase descendante du cycle.** Il s'ensuit une phase de **déstabilisation de l'économie** (phase « B » de **« destruction créatrice »**) : les entrepreneurs vont tenter de baisser les prix, de différencier les produits, de comprimer les coûts de production. Certains ne peuvent pas suivre la concurrence et font faillite.

> **Mot-clé**
>
> **Destruction créatrice :** processus de mutation économique où, dans un secteur donné, les entreprises les moins innovantes ferment tandis que les entreprises les plus innovantes naissent ou croissent.

• **La dynamique de l'économie capitaliste.** Pour l'économie, le salut viendra de l'arrivée de nouvelles « grappes d'innovations » : certains entrepreneurs vont alors se **reconvertir**, et d'autres apparaîtront.

5 Le rôle des institutions dans la croissance économique

A Institutions et droits de propriété

• **Un environnement légal et politique.** L'État doit créer les conditions légales et politiques (règles et organismes permettant le développement des échanges marchands) qui encouragent les individus à **adopter un comportement productif** : travailler, épargner, produire, investir, etc.

• **Fixation de droits de propriété.** Ces droits sont bien définis lorsque la loi prévoit des règles claires pour déterminer ***qui* possède *quelles* ressources**, et comment ces ressources peuvent être employées.

> **Mot-clé**
>
> **Droits de propriété :** droits d'utiliser un bien ou un service, d'en retirer un revenu et d'en disposer dans les conditions fixées par la loi.

• **Un avantage pour les entrepreneurs.** Les droits de propriété stimulent l'investissement et l'**esprit d'entreprise** : ils offrent un avantage aux inventeurs (via le brevet), assurent aux entrepreneurs qu'ils conserveront leur profit et les incitent à innover.

> **Zoom**
>
> **L'innovation coûte cher :** l'entreprise qui achète un brevet (investissement immatériel) bénéficie d'une rente de monopole temporaire : elle peut fixer les prix sans concurrence directe et, ainsi, rentabiliser son investissement.

B D'autres incitations institutionnelles

• **Un système bancaire.** Le développement du crédit bancaire crée les conditions favorables pour consommer (ménages) et investir (entreprises) davantage.

• **Un système scolaire et un système hospitalier** améliorent le **capital humain** en augmentant le niveau de qualification et l'état de santé des travailleurs : il en résulte une meilleure productivité, facteur de croissance économique.

• **Un système politique démocratique** favorise la **circulation libre et ouverte des idées** : ce qui accélère le développement des nouvelles technologies et des nouveaux produits.

> **Mot-clé**
>
> **Brevets :** titres de propriété industrielle portant sur des inventions ou des innovations, et qui donnent un droit exclusif de production ou de commercialisation sur une période, généralement de 20 ans.

2 Les défis de la croissance économique

L'innovation permet de produire toujours plus ; mais peut-elle résoudre la question de la répartition des revenus et celle de la limitation des ressources sur la planète ?

SPÉCIALITÉ SES

1 Progrès technique et inégalités de revenus

A Progrès technique et inégalités salariales

- **Le progrès technique est biaisé en faveur des plus qualifiés.** Les machines et l'informatique augmentent la productivité des travailleurs les plus qualifiés et donc leur rémunération (le facteur travail est d'autant plus rémunéré qu'il est demandé).

- **Le progrès technique est substituable au travail peu qualifié.** Les innovations (nouvelles machines ou nouvelles organisations du travail) peuvent supprimer des postes de travailleurs peu ou non qualifiés : par exemple, les machines qui trient le courrier ou l'informatique qui accélère les tâches de saisie ont supprimé des emplois d'agents de tri et de secrétaires.

> **Zoom**
> Le **travail à la chaîne** a réduit le recrutement d'ouvriers qualifiés, remplacés par des ouvriers spécialisés (les « OS »), c'est-à-dire non qualifiés.

- **Un mouvement amplifié par une forte demande de biens utilisant beaucoup de travail qualifié.** C'est le cas des services financiers, de l'éducation, de la santé ou de l'informatique. À l'opposé, les secteurs de l'habillement, de la métallurgie ou du bâtiment utilisent une main-d'œuvre moins qualifiée.

- **Le marché du travail se polarise.** La main-d'œuvre se répartit alors de plus en plus, entre des emplois très qualifiés (donc très rémunérés) et des emplois peu qualifiés (donc peu rémunérés).

B Progrès technique et rentes d'innovation

- **Les innovateurs dans une situation de monopole perçoivent des rentes (voir leçon 1).** C'est parce qu'ils espèrent obtenir des revenus élevés que les entrepreneurs cherchent à innover. Le processus de **« destruction créatrice »** décrit par l'économiste **Schumpeter** génère ainsi une déformation du partage du revenu en faveur des innovateurs.

- **Des inégalités pas forcément nocives pour la croissance économique.** La « destruction créatrice » creuse les inégalités de revenus en augmentant la part du revenu rémunérant les plus aisés, mais elle stimule la croissance à long terme.

> **Zoom**
> Parmi les plus fortunés au monde, beaucoup sont des innovateurs ou des dirigeants d'entreprises qui déposent des brevets.

2 Progrès technique et croissance soutenable

A Les limites écologiques de la croissance économique

- **Le PIB est une mesure du présent.** Le PIB ne prend pas en compte la qualité de l'environnement : il n'est pas une mesure de la **soutenabilité**, c'est-à-dire de la pérennité des évolutions en cours. Une situation est soutenable si la génération actuelle peut léguer aux générations futures un **capital au moins aussi élevé** que celui dont elle a disposé.

• **La remise en cause d'un modèle de développement.** Le modèle de développement des sociétés industrielles n'est pas assuré à long terme, parce qu'il ne se soucie ni de ce qu'il prélève dans les ressources non renouvelables (charbon, pétrole...) ni de ce qu'il rejette comme déchets polluants (gaz à effet de serre, déchets nucléaires...).

B Les défenseurs de la soutenabilité (ou durabilité) faible

• **La substitution des capitaux.** La conception libérale du développement durable admet le principe d'une substitution parfaite entre les stocks de capitaux productifs (les outils de production comme les machines), humains (main-d'œuvre) et naturels (ressources naturelles), du moment que la somme du total des stocks reste inchangée.

• **Les vertus du progrès technique.** C'est le progrès technique qui permettra de substituer aux ressources naturelles épuisées (capital naturel) des ressources artificielles manufacturées (capital physique). Il y a, ainsi, une grande confiance dans les scientifiques qui sauront toujours trouver des solutions face aux nuisances qui accompagnent le développement des pays (*ex. :* l'extraction du gaz de schiste par fracturation hydraulique).

• **Comment financer le capital de substitution ?** Pour financer les investissements nécessaires à la production du capital de substitution (énergie éolienne, systèmes de récupérateurs d'eau de pluie...), le prix des ressources épuisées ou menacées doit être supérieur ou égal à leur coût marginal et comporter une rente (rente de rareté).

> **Exemple**
> Le prix de vente d'1 kWh d'électricité doit être au moins égal au prix qu'il coûte pour produire.

• **Une rente réinvestie.** Cette rente doit être réinvestie pour maintenir le stock de capital total (productif, humain et naturel) intact et, ainsi, garantir l'équité entre toutes les générations.

C Les défenseurs de la soutenabilité (ou durabilité) forte

• **La primauté de l'environnement.** S'applique ici une conception du développement durable selon laquelle aucun des trois capitaux (productif, humain et naturel) ne doit diminuer. C'est l'environnement qui prime : **l'être humain n'est qu'une espèce parmi d'autres** sur la Terre. Il faut donc limiter ses activités, l'empêcher de nuire.

> **Exemple**
> La conservation des espaces naturels, voire leur sanctuarisation (*ex. :* interdiction de certains lieux de pêche pour préserver la ressource halieutique) doivent être privilégiées.

• **Le schéma de la « durabilité forte » :**

Refus de considérer le progrès technique suffisant pour remplacer éternellement les ressources naturelles épuisées

↓

Maintien du stock de ressources naturelles avec des prélèvements sur la nature inférieurs ou égaux aux capacités naturelles de renouvellement

↓

Insertion de l'économie dans la biosphère : une économie respectueuse des impératifs de reproduction de l'ensemble des êtres vivants et de leur milieu sur la Terre

↓

L'humanité contrainte par la rareté des ressources naturelles

3 Les fondements du commerce international

La participation au commerce international procure certains bénéfices car elle permet à un pays de tirer parti de ses avantages comparatifs et d'exploiter des économies d'échelle. Mais la répartition de ces bénéfices explique l'opposition au libre-échange.

SPÉCIALITÉ SES

1 Les grandes évolutions du commerce international

A La croissance du commerce international

• Un commerce international justifié :

– Il fait obtenir aux pays ce qu'ils n'ont pas, ou peu, en biens et services (*ex. :* les hydrocarbures).

– Il permet de réaliser des économies d'échelle : l'élargissement des débouchés réduit les coûts unitaires de production.

– Les exportations se traduisent par des rentrées de devises (monnaies étrangères) qui financent les importations.

> **Mot-clé**
> **Commerce international :** désigne les échanges internationaux de biens et de services.

• Croissance du commerce international depuis 1945. Jusqu'en 1945, le commerce international était limité. La faible croissance économique **permettait juste de satisfaire les besoins intérieurs des pays** (pas de surplus à échanger). En revanche, depuis 1950, les échanges internationaux augmentent plus vite que le PIB mondial.

B Le cadre économique et institutionnel

• Les firmes multinationales (voir leçon 4). Ce sont des actrices principales du commerce international, car elles **modifient le rapport entre pays industrialisés et pays en développement** ainsi que la structure des échanges internationaux.

• Le rôle des institutions. Le GATT (remplacé par l'**Organisation mondiale du commerce** en 1995) comme le **marché unique en Europe** ont développé le **multilatéralisme** (libéralisation universelle des échanges).

C De l'ancienne « division internationale du travail » (DIT)...

• Qu'est-ce que la DIT ? C'est la répartition de la production mondiale par pays ou par zones de pays qui se spécialisent et deviennent complémentaires.

• Les caractéristiques de l'ancienne DIT jusqu'en 1950 :

– Les échanges de **produits primaires** (matières premières, produits agricoles) représentaient les 2/3 du commerce international de marchandises.

– Le commerce était essentiellement **interbranche** : des produits manufacturés des pays du Nord s'échangeaient contre des matières premières des pays du Sud.

> **Mot-clé**
> **Commerce interbranche :** porte sur des produits issus de branches différentes.

D ... à la nouvelle division internationale du travail depuis 1950

• La nature et le poids des échanges se modifient :

– La nature des échanges se modifie (progression des produits manufacturés et des services) et la « **Triade** » (États-Unis, Europe, Japon) réalise l'essentiel des échanges.

– Les pays du Sud (surtout en Asie du Sud-Est) fournissent davantage de **produits manufacturés**, et les pays industrialisés se spécialisent dans les **produits de haute technologie**.

• Un commerce de plus en plus transnational (voir leçon 4). Le commerce mondial devient, en grande partie, un **commerce intra-branche** ainsi qu'un **commerce intra-firme**. Le commerce intra-branche est un commerce de biens et de services similaires entre pays à spécialisation proche.

Exemple

La France importe des voitures Opel d'Allemagne et exporte des voitures Renault en Allemagne : c'est un commerce intra-branche.

2 Comment justifier la spécialisation internationale ?

A Des avantages absolus aux avantages relatifs

• Les avantages absolus. Selon l'économiste écossais **Adam Smith** (1723-1790), un pays doit **se spécialiser** (exporter) dans les produits pour lesquels il a un **avantage absolu** (il les fabrique moins cher qu'un autre pays). Mais s'il est systématiquement moins performant dans tous les produits, il devra alors tout importer.

Zoom

Ce sont les avantages relatifs et non les avantages absolus qui constituent la clé du commerce international.

• Les avantages relatifs. L'économiste anglais **David Ricardo** (1772-1823) montre que **le commerce international est favorable à tous les pays**. En effet, un pays a intérêt à se spécialiser dans la production de biens et de services où il est relativement le meilleur même s'il produit tout plus cher que les autres pays.

• Exemples d'avantages relatifs :

	Portugal	Angleterre
Coût d'un tonneau de vin (en heures de travail)	40 h	200 h
Coût d'un drap de tissu (en heures de travail)	80 h	100 h

– Le Portugal est 5 fois plus productif dans le vin que l'Angleterre (200/40), mais aussi 1,25 fois plus productif dans le drap que l'Angleterre (100/80).

– Le pays désavantagé est l'Angleterre, mais les deux pays vont avoir intérêt à se spécialiser dans la production où ils ont un avantage comparatif le plus grand (le vin pour le Portugal) ou un désavantage comparatif le plus faible (le drap pour l'Angleterre).

– Le Portugal abandonne la production de drap pour se consacrer uniquement au vin : il récupère 80 heures de travail qu'il affecte au vin (gain à l'échange de 2 tonneaux de vin).

– L'Angleterre abandonne la production de vin pour se consacrer uniquement au drap : elle récupère 200 heures de travail qu'elle affecte au drap (gain à l'échange de 2 draps).

Zoom

Chaque pays peut échanger ses excédents à gagner à l'échange.

B Les dotations factorielles et technologiques à la source des avantages relatifs

• **Les dotations factorielles (théorème d'H.O.S.).** Les économistes **Heckscher**, **Ohlin** et **Samuelson** ont énoncé un théorème selon lequel un pays doit exporter les biens ou services utilisant intensément les **facteurs de production** (travail et capital) qu'il a en abondance pour être produits et importer les biens ou services utilisant intensément les **facteurs rares** du pays.

• **Exemples :**

Chine ⟶ Main-d'œuvre abondante ⟶ Production textile exportée

France ⟶ Capital humain (qualifications) élevé ⟶ Production aéronautique exportée

• **Mais ces dotations de facteurs « ne tombent pas du ciel ».** Les **avantages relatifs** ne sont pas donnés une fois pour toutes pour un pays car ils peuvent être **naturels** (un sol fertile pourra le spécialiser dans l'agriculture) mais aussi **construits** (une forte épargne financera les usines pour se spécialiser par exemple dans l'acier).

• **Le rôle de l'éducation mis en avant.** Le **capital humain** est le résultat de l'investissement en éducation de la main-d'œuvre qui transforme les travailleurs non qualifiés en travailleurs qualifiés très productifs (capables d'utiliser des machines sophistiquées).

> **Zoom**
> Un pays relativement abondant en capital exportera des biens intensifs en travail qualifié.

• **Les dotations technologiques confèrent aussi un avantage relatif :**

– L'**avance technologique** explique la spécialisation internationale : dans les pays où les entreprises innovent, celles-ci profitent d'un **monopole à l'exportation** jusqu'à ce que des entreprises étrangères arrivent sur le marché avec des produits comparables.

– Ainsi, les pays en avance technologique exportent des **biens intensifs en nouvelles technologies** ; les autres pays exportent des **produits banalisés.**

> **Zoom**
> L'avance technologique d'un pays peut se mesurer par l'importance de la recherche et développement ou le nombre de dépôts de brevets dans ce pays.

3 Les gagnants et les perdants du commerce international

A Augmentation des inégalités de revenus au sein de chaque pays

• **Un commerce extérieur non équitable.**

– Les travailleurs, les entrepreneurs, les investisseurs impliqués dans des activités d'exportation (*ex. :* l'aéronautique) ont toutes les chances de profiter d'un développement du commerce extérieur.

– À l'inverse, ceux qui sont impliqués dans des activités en concurrence directe avec des produits importés de l'étranger (*ex. :* le textile) risquent d'être lésés par le développement du commerce extérieur.

• **Creusement des inégalités de salaires dans les pays développés.**

– D'un côté, les travailleurs qualifiés sont davantage demandés (faible risque de se retrouver au chômage) et leurs salaires tendent à augmenter.

– De l'autre, les activités susceptibles de faire faillite ou d'être délocalisées sont celles qui utilisent du travail faiblement qualifié : les travailleurs peu qualifiés sont donc moins demandés (risque élevé de perdre leur emploi) et leurs salaires stagnent, voire déclinent.

B Réduction des inégalités entre pays partenaires

• **Le commerce international n'est pas un jeu à somme nulle.** Selon la théorie des avantages comparatifs de David Ricardo, il n'y a **pas de perdant à l'échange international**.

• **Le progrès technologique profite à tous.** Un produit à forte composante technologique est fabriqué et vendu dans les pays développés, exporté ensuite dans les autres pays moins innovants qui finissent par le fabriquer et l'exporter vers le pays d'origine.

> **Exemple**
> Apple et Samsung se livrent à une course à l'innovation sur le marché des tablettes numériques et des smartphones.

• **Les inégalités économiques s'estompent à long terme.** Le progrès technique se diffuse entre les économies par un **transfert de savoir-faire et de capital humain** en direction de certains pays qui rattrapent très rapidement leur retard économique.

C Commerce extérieur et économies d'échelle

• **Des économies d'échelle internes lorsqu'elles concernent un secteur donné.** Fabriquer en grande série permet de **diminuer le coût pour produire un exemplaire d'un produit** car les coûts fixes occasionnés par l'utilisation des machines sont les mêmes, quel que soit le volume de production. Mais plus ce volume augmente par la taille du marché, plus la part des coûts fixes entrant dans le coût total d'un exemplaire diminue, autrement dit plus le coût total unitaire diminue.

> **Exemple**
> Les industries pharmaceutiques et aéronautiques sont des secteurs économiques à coûts fixes élevés où les économies d'échelle jouent le plus.

• **Des économies d'échelle externes lorsqu'elles concernent le commerce intra-branche :**

– Des pays dont les coûts de production sont similaires dans une même branche d'activité (*ex. :* l'automobile) vont avoir intérêt à **se spécialiser dans des productions différentes** et à commercer entre eux (*ex. :* importations et exportations de différents types de voitures).

– Des **facteurs externes** expliquent les réductions de coûts obtenues dans la branche pour chaque pays : le renforcement des qualifications de la main-d'œuvre, le partage du savoir-faire technique, des rabais auprès des fournisseurs du fait de l'augmentation des volumes, etc.

> **Zoom**
> Les pays deviennent compétitifs en répercutant la baisse des coûts de production sur les prix de vente aux consommateurs.

4 Protectionnisme contre libre-échange

A Les arguments libre-échangistes

• **Les nuisances du protectionnisme.** La protection diminue l'**esprit de concurrence** et l'**innovation**. Elle est également nuisible pour les consommateurs (besoins insatisfaits) et pour la paix mondiale.

> **Mot-clé**
> **Libre-échange :** politique commerciale visant à assurer la libre circulation des marchandises (et des capitaux).

• **Les avantages du libre-échange :**

– une **augmentation de biens et de services disponibles** pour la population d'un pays grâce aux gains à l'échange ;

– une **diversité de biens et de services** auxquels la population peut accéder (voir leçon 4) ;

– une **plus grande concurrence entre les entreprises** avec une baisse des prix des biens et des services ;

– des conséquences positives sur l'emploi en raison de l'agrandissement du marché et de l'**effet multiplicateur du commerce extérieur sur les revenus** (la croissance des exportations entraîne dans l'économie une variation amplifiée des revenus).

B Les arguments protectionnistes

• **Le protectionnisme peut être :**

– défensif : application de barrières douanières tarifaires (droits de douane) et/ou non tarifaires (quotas, normes de qualité) ;

– offensif : préparation à une future libéralisation internationale des échanges ;

– de rétorsion : « guerre économique » entre les pays qui s'appliquent mutuellement des barrières douanières.

> **Mot-clé**
> **Protectionnisme :** mesures des pouvoirs publics visant à diminuer les importations et à augmenter les exportations.

• **Exemples.** Pour l'économiste allemand **Friedrich List** (1789-1846), le **protectionnisme offensif** consiste à abriter temporairement les industries jeunes de la concurrence (protectionnisme « éducateur »). Pour l'économiste britannique **Nicholas Kaldor** (1908-1986) le **protectionnisme défensif** doit s'appliquer aux industries vieillissantes (textile, sidérurgie...) pour protéger l'emploi national.

• **Les nuisances du libre-échange :**

– Il pousse à la productivité dont les **gains** peuvent être **affectés davantage à la baisse des prix** qu'à l'augmentation des salaires ou à la création d'emplois.

– Il peut **rendre les pays dépendants de l'évolution de la conjoncture** de leurs fournisseurs et de leurs clients.

– Il peut, en l'absence de réglementation internationale, nuire aux **ressources naturelles** par leur exploitation intensive (*ex. :* déforestation pour la production d'huile de palme).

– Il peut **mettre en danger la sécurité alimentaire** (*ex. :* les OGM dans l'agriculture).

SPÉCIALITÉ SES

4 La stratégie des firmes multinationales (FMN)

Leur stratégie s'inscrit dans le cadre de la mondialisation des échanges. La fragmentation du processus de production entre différents pays s'est traduite par des restructurations au niveau des firmes, notamment par l'externalisation et la délocalisation de certaines fonctions.

1 Les caractéristiques des FMN

A Définition des FMN

• **Des entreprises de grande taille.** Les FMN sont des entreprises de grande taille, installées dans plusieurs pays, qui **possèdent ou contrôlent au moins une filiale** (sociétés dont plus de 50 % du capital est détenu par une société mère) dans un autre pays.

• **Des filiales-ateliers et des filiales-relais.** Les **filiales-ateliers** sont spécialisées dans la production d'un élément de la gamme ou dans un type de pièces détachées. Les **filiales-relais** produisent les mêmes biens que la société mère.

• **Les FMN dans le monde.** Elles sont **80 000** avec leurs 820 000 filiales. Elles emploient 70 millions de personnes, et leur production représente **25 % du PIB mondial**.

B Comment les entreprises font-elles pour devenir internationales ?

• **Par « l'investissement direct à l'étranger » (IDE).** L'entreprise devient propriétaire en créant ou en achetant à l'étranger un nouvel établissement (ateliers, usines, bureaux...). On parle alors de **délocalisation**.

• **Par l'externalisation.** L'entreprise réalise des contrats d'alliance, de sous-traitance ou de cession de licences : elle fait donc **produire par une entreprise extérieure** une partie de sa production.

Mot-clé

Délocalisation : transfert de facteurs de production d'une économie nationale vers l'étranger. C'est aussi la cessation d'une production nationale pour la remplacer par des importations (externalisation).

C Les avantages de la multinationalisation

• **La hausse de la compétitivité-prix.**

– En augmentant les quantités produites, les FMN réalisent des **économies d'échelle** (voir leçon 3).

– S'implanter à l'étranger permet de **réduire certains coûts** : la main-d'œuvre bon marché des pays du Sud, le progrès technique dans les communications électroniques, la proximité des sources de matières premières et des lieux de vente, mais aussi les avantages fiscaux accordés par certains États (politique d'attraction des FMN) diminuent les coûts de production.

Zoom

Beaucoup de FMN délocalisent dans les pays à faibles coûts de main-d'œuvre. Mais la qualification de la main-d'œuvre ou les infrastructures des pays développés attirent également les FMN.

• **La hausse de la compétitivité hors prix.** L'échange international permet de répondre à une **« demande de différence »** des consommateurs. Pour cela, les FMN doivent gagner en compétitivité hors prix (ou structurelle) sur des produits à peu près comparables : par exemple, en innovant ou en différenciant leurs produits.

• **Exemples de différenciations.** Les voitures françaises ne sont pas les mêmes que les voitures italiennes, ou un même produit est conditionné dans des emballages différents en fonction des firmes qui le fabriquent.

• **Des risques contournés.** Implantées à l'étranger, les FMN évitent les barrières protectionnistes et **diversifient les risques économiques** (une crise dans un pays touchera une filiale mais pas toute la firme) et **géopolitiques** (coup d'État ou révolution).

D La productivité des FMN

• **Compétitivité et productivité du travail.** La compétitivité d'une FMN doit tenir compte du **coût unitaire de production, à savoir le coût du travail corrigé de la productivité du travail** :

> **Mot-clé**
>
> **Productivité du travail :** quantités produites par salarié.

$$\textbf{Coût unitaire} = \frac{\text{coût du travail}}{\text{quantités produites par salarié}}$$

• **Conséquence.** Un coût du travail élevé n'est pas un obstacle à la compétitivité d'une FMN si la productivité du travail est élevée : il en résultera alors un coût unitaire faible. Ceci explique que les choix stratégiques de localisation des FMN ne se font pas forcément en direction des pays où le coût du travail est faible (*ex. :* la France).

2 Un commerce transnational

A Le commerce intra-firmes

• **La transnationalisation des échanges.** Le tiers des échanges mondiaux se réalise entre les filiales et les sociétés mères : c'est le **commerce captif** ou **intra-firme**. Cela signifie qu'une grande partie des échanges se fait moins entre pays et plus à travers les pays.

• **Stratégie mondiale des FMN.** Ce commerce captif est lié à l'approvisionnement en matières premières, à la fabrication d'une partie des produits ou à la commercialisation du produit final. Les stratégies des FMN se définissent donc à l'échelle de la planète. Cela peut mettre les pays en **situation de dépendance** et contraindre les politiques nationales.

• **Ancrage national des FMN.** Beaucoup de FMN conservent des **caractéristiques nationales fortes**. Par exemple, les activités de recherche, de financement ou de fourniture de produits intermédiaires restent, ainsi, très liées au territoire d'origine des entreprises.

> **Exemple**
>
> Chez Nike, seul le design de la chaussure reste implanté aux États-Unis.

B La fragmentation internationale de la production

• **La « décomposition internationale des processus de production » (DIPP).** La production des FMN est basée sur le mode de la **fragmentation** ou de l'**intégration verticale** (DIPP) qui consiste à établir, dans différents pays, en fonction des avantages spécifiques de chacun, les différentes étapes du processus de production.

> **Zoom**
> La DIPP associe les échanges intra-firmes et les échanges intra-branches (voir leçon 3).

• **Une chaîne de valeur internationale.** Une part de plus en plus faible de la production de chaque pays est réalisée à l'intérieur de ses frontières : les produits finis (automobiles, téléphones portables, etc.) sont produits dans un pays à partir de biens intermédiaires fabriqués dans un grand nombre d'autres pays.

• **Exemple de chaîne de valeur :**

– Le Boeing 787 Dreamliner est un produit américain vendu dans le monde entier : il est assemblé dans l'État de Washington, mais la partie centrale du fuselage est fabriquée en Italie, les sièges du poste de pilotage au Royaume-Uni, les pneus au Japon, le train d'atterrissage en France et les portes de la soute en Suède.

– Ce « commerce d'approvisionnement » montre un important flux d'exportations des États-Unis vers les autres pays et divers flux d'importations des États-Unis en provenance de ses fournisseurs.

• **Le choix du maillon de la chaîne.**

– Un pays tente de se positionner sur des maillons stratégiques des chaînes de valeur mondiales, là où il peut capter beaucoup de valeur parce qu'il **dispose d'une compétence spécifique**.

– L'exemple de l'iPhone : la Chine l'exporte massivement aux États-Unis mais ne participe qu'à la phase finale d'assemblage (les composants et services sont importés d'autres pays). Mais l'essentiel de la valeur revient aux États-Unis du fait des **revenus de propriété** (licences et brevets) et des **revenus des filiales** américaines que génère la fabrication de l'iPhone.

> **Zoom**
> Les entreprises locales insérées dans les chaînes de valeur mondiales bénéficient indirectement des nouvelles technologies employées par les entreprises étrangères (effets d'apprentissage).

▲ Quartier de La Défense à l'Ouest de Paris, siège de grandes entreprises françaises.

5 La lutte contre le chômage

Il n'y a pas de « vrai » chiffre du chômage, mais seulement des indicateurs construits qui fournissent des ordres de grandeur exprimant la complexité du chômage avec ses deux composantes : l'une conjoncturelle et l'autre structurelle.

1 Chômage et sous-emploi

A La mesure du chômage

• **Les chômeurs pour l'INSEE.** L'INSEE se réfère à la définition du **Bureau international du travail (BIT)** qui considère comme chômeur toute personne en âge de travailler (donc de 15 ans ou plus) répondant aux critères suivants :

– ne pas avoir travaillé au cours de la semaine de référence de l'enquête ;

– être disponible pour travailler dans les deux semaines ;

– entreprendre des démarches actives de recherche d'emploi dans le mois précédent ou trouver un emploi qui commence dans les 3 mois.

> **Zoom**
> La plupart des pays utilisent la définition du BIT, permettant ainsi de faire des comparaisons pertinentes.

• **Les chômeurs pour Pôle emploi.** Est demandeur d'emploi toute personne sans emploi effectuant activement des recherches pour en trouver un, pouvant disposer d'une activité réduite et étant inscrite en tant que demandeur d'emploi à Pôle emploi.

• **Les demandeurs d'emploi inscrits à Pôle emploi** sont, cependant, regroupés en **cinq catégories** différentes :

– **catégorie A :** demandeurs d'emploi tenus de faire des actes positifs de recherche d'emploi, sans emploi ;

– **catégorie B :** demandeurs d'emploi tenus de faire des actes positifs de recherche d'emploi, ayant exercé une activité réduite courte (de moins de 78 heures) au cours du mois ;

– **catégorie C :** demandeurs d'emploi tenus de faire des actes positifs de recherche ayant exercé une activité réduite de plus de 78 heures au cours du mois ;

– **catégorie D :** demandeurs d'emploi non tenus de faire des actes positifs de recherche d'emploi (en raison d'un stage, d'une formation, d'une maladie…), sans emploi ;

– **catégorie E :** demandeurs d'emploi non tenus de faire des actes positifs de recherche d'emploi, en emploi (*ex. :* bénéficiaires de contrats aidés).

> **Zoom**
> Seuls les demandeurs d'emploi inscrits dans la catégorie A peuvent être considérés comme chômeurs.

• **Deux mesures du chômage qui ne se recouvrent pas entièrement.**

– L'inscription à Pôle emploi est une démarche administrative (il faut être inscrit comme demandeur d'emploi) et, contrairement à la définition de l'INSEE, il n'y a **pas de notion de disponibilité** pour travailler dans les deux semaines.

– L'INSEE a recours à une **enquête** trimestrielle **auprès de 65 000 ménages** environ, alors que Pôle emploi **comptabilise tous les trois mois** les demandeurs d'emploi qu'il recense.

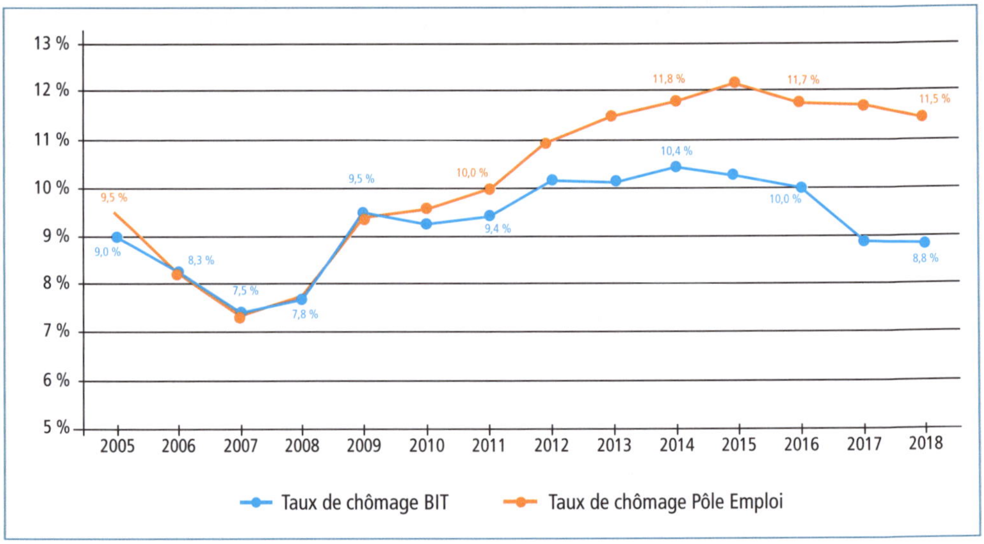

▲ Taux de chômage au sens du BIT et de Pôle emploi (en %)

B Le sous-emploi

• **Le « halo » autour du chômage.** Il existe un grand nombre de **situations qui**, sans être du chômage au sens strict, **ne relèvent pas** davantage **de l'emploi classique** : les personnes avec un emploi à temps partiel subi (« faute de mieux »), les chômeurs en formation, les stagiaires, ou les chômeurs découragés qui ne recherchent plus d'emploi.

• **Le sous-emploi.** Pour l'INSEE, il comprend, principalement, les personnes actives occupées, au sens du BIT, qui travaillent à temps partiel mais qui **souhaitent travailler davantage**.

Chiffre-clé

En 2021, 1 million de personnes en France souhaitaient un emploi sans être considérées au chômage.

• **Écarts sur les statistiques du chômage en France.**

– En cumulant chômage et halo autour du chômage (soit **4,2 millions de personnes** en 2021), le nombre de chômeurs dépasse de loin les chiffres de l'Insee ou ceux de Pôle emploi.

– La bonne mesure du chômage n'existe pas : **il vaut mieux comparer les tendances que les niveaux** pour observer l'évolution du chômage.

C Taux de chômage et taux d'emploi

• **Actifs occupés et actifs inoccupés.** La population active regroupe les actifs occupés (personnes exerçant une **activité professionnelle rémunérée**) et les actifs inoccupés (les **chômeurs**) ; ces derniers n'exercent pas d'emploi mais en recherchent.

• **Calcul du taux de chômage.**

– Le taux de chômage se définit comme le **rapport** exprimé en pourcentage **entre le nombre de chômeurs et la population active**.

$$\textbf{Taux de chômage} = \frac{\text{nombre de chômeurs}}{\text{population active}} \times 100$$

– Il s'établit, au sens du BIT, à **8 % de la population active en 2021**, mais il est plus élevé chez les jeunes ainsi que chez les moins diplômés.

• **Le taux d'emploi complète le taux de chômage.**

– Il est révélateur de la **capacité d'une économie à créer des emplois** (croissance économique « plus ou moins riche en emplois ») :

$$\text{Taux d'emploi} = \frac{\text{nombre d'actifs occupés}}{\text{population en âge de travailler (15-64 ans)}} \times 100 = 67\ \%\ \text{en France en 2021}$$

– Le taux d'emploi peut **varier fortement d'une catégorie de population à l'autre** selon le sexe, l'âge ou la qualification. Par exemple, en France, le taux d'emploi global (femmes et hommes) atteignait 82 % pour les 25-49 ans en 2021, seulement 67 % pour l'ensemble des 15-64 ans et 32 % pour les 15-24 ans.

> **Zoom**
> L'Allemagne a un taux d'emploi plus élevé qu'en France, principalement dû à la plus grande fréquence des emplois à temps partiel et/ou de très courte durée.

2 Le chômage conjoncturel

A L'effet des fluctuations de l'activité économique

• **Définition du chômage conjoncturel.** C'est le chômage dû à un **ralentissement temporaire de l'activité économique**. Il s'explique donc par les fluctuations cycliques de court terme de l'économie.

• **Phases d'expansion et phases de ralentissement de l'économie.**

– Sur une phase de récession ou de dépression, **la production diminue pour s'adapter à la baisse de la consommation**. Cet ajustement du niveau de la production provoque une diminution de la demande de main-d'œuvre, une augmentation des licenciements et, par voie de conséquence, une hausse du chômage.

– Sur une phase d'expansion, l'effet est exactement inverse, conduisant à une **baisse du chômage**.

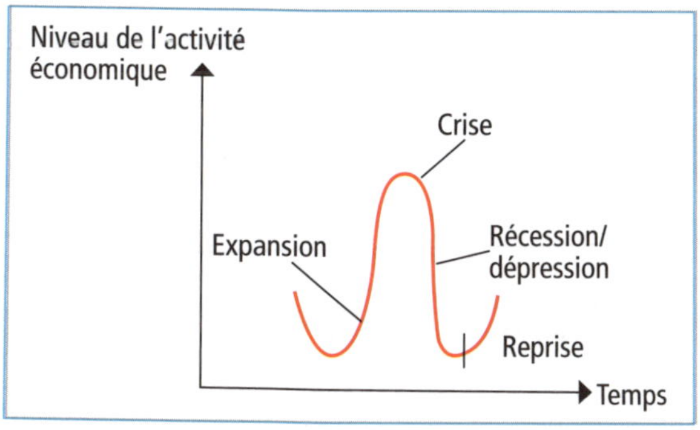

> **Zoom**
> Ne pas confondre **chômage conjoncturel** et **chômage saisonnier**, qui, lui, varie en fonction des activités par saison. (*ex. :* tourisme, récoltes, etc.).

• **Un chômage de masse en France malgré la croissance du PIB.** Avec le ralentissement de la croissance du PIB dans les années 1970, le **premier million de chômeurs** est **atteint en France en 1977**, le deuxième en 1981 et le troisième en 1993 (avant de redescendre à 2 millions en 2000). La **crise financière de 2008-2009** a aggravé le chômage à un niveau inquiétant (**seuil des 3 millions de chômeurs dépassé**) même si, **depuis 2016**, une **tendance à la baisse** s'est amorcée.

B Chômage keynésien et rôle de la demande

• **La faiblesse de la demande anticipée.** Le ralentissement de la croissance, depuis les années 1970, a produit un chômage keynésien par la faiblesse du niveau de la demande. En effet, pour les keynésiens, le chômage est conjoncturel, **le niveau de l'emploi résulte de la demande effective (ou anticipée)** : les entreprises fixent leurs plans de production, et donc l'emploi, en fonction de la demande globale (consommation et investissement) qu'elles prévoient.

• **Un équilibre de sous-emploi.** J. M. Keynes évoque le concept d'équilibre de sous-emploi (par opposition au concept d'équilibre de plein-emploi des économistes libéraux) pour désigner la **situation où l'offre de travail excède la demande de travail** (situation de chômage), alors que l'offre et la demande de biens et de services peuvent être équilibrées.

> **Personnage-clé**
>
> Économiste anglais, **John Maynard Keynes** (1883-1946) s'est opposé à l'économie classique en faisant de l'État un acteur indispensable pour soutenir l'activité économique à court terme.

> **Zoom**
>
> Pour l'économiste keynésien Arthur Okun, conseiller des présidents américains Kennedy et Johnson, plus la croissance économique est forte, plus le taux de chômage aura tendance à diminuer (et inversement). Mais, depuis la fin des années 1970, cette relation est moins vraie.

3 Le chômage structurel

A Agir sur le chômage de masse

• **Définition du chômage structurel.** Il traduit un **déséquilibre profond et durable sur le marché du travail** : il est lié aux changements de longue période sur les structures démographiques, économiques, sociales et institutionnelles.

> **Zoom**
>
> La composante structurelle du chômage est la part du chômage qui persiste au-delà des fluctuations conjoncturelles.

• **Part du chômage structurel supérieure à la part du chômage conjoncturel.** Au cours des reprises de l'activité économique, on observe souvent une faible baisse du chômage dit conjoncturel : la persistance d'un chômage de masse s'explique alors par une forte part de chômage structurel.

• **Créer des emplois ne suffit pas pour réduire le chômage.** Par exemple :

– Une trop faible **progression des emplois** peut être **insuffisante pour absorber les actifs se présentant sur le marché du travail** : l'offre de travail (émanant de la main-d'œuvre) est alors supérieure à la demande de travail (émanant des entreprises).

– Il y a créations nettes d'emplois uniquement si les **créations d'emplois** sont **supérieures aux destructions d'emplois** (licenciements).

B Un cadre institutionnel efficace ?

• **Le SMIC (salaire minimum interprofessionnel de croissance) est un revenu qui soutient la consommation.**

– La loi portant sur la création d'un salaire minimum en France (le SMIG en 1950, devenu le **SMIC** en **1970**) garantit la progression du pouvoir d'achat à près de **2 millions de bénéficiaires**.

– Un niveau de salaire minimum constitue des **débouchés pour les entreprises** : leur décision d'embaucher dépend de la production qu'elles ont à réaliser, qui dépend elle-même de la demande qui leur est adressée par les consommateurs.

• **Les effets contrastés des institutions.** Les règles assurant le fonctionnement du marché du travail jouent un rôle dans la hausse ou la baisse du chômage structurel :

– Un **système de formation défaillant** entraîne l'inadaptation des qualifications offertes et demandées.

– Un **système généreux d'indemnisation du chômage** peut allonger la durée du chômage et diminuer les taux d'emploi.

– Le **mauvais fonctionnement du marché des biens et des services :** les réglementations limitant la concurrence dans certains secteurs peuvent nuire à l'emploi, et les **défaillances des marchés du logement et des transports** peuvent pénaliser l'accès à l'emploi en contribuant au processus de ségrégation territoriale.

> **Mot-clé**
> **Trappe à chômage :** situation où les chômeurs préfèrent rester bénéficiaires des aides sociales que de rechercher un emploi.

– La **qualité des relations sociales dans l'entreprise** : ce sont les pays où le chômage a le plus augmenté qui sont aussi ceux où les relations de travail sont les plus mauvaises.

– Une **réduction du coût du travail au niveau du SMIC** (système d'allègements de charges sociales sur les bas salaires) peut être créatrice d'emplois dans les secteurs concurrencés par la main-d'œuvre étrangère.

– Les **mesures d'accompagnement des chômeurs à Pôle emploi** favorisent le retour à l'emploi des demandeurs d'emploi.

C Des problèmes d'appariement

• **L'appariement des emplois vacants.** Il existe, en France, environ 300 000 propositions d'emplois qui ne trouvent pas preneur. C'est une situation paradoxale qui montre le **décalage entre les offres d'emplois et les chômeurs**, mais la réalité est plus complexe.

• **Le chômage frictionnel ou de mobilité.** Il est lié au temps de passage d'un emploi à un autre. Certains secteurs d'activité perdent des emplois (secteurs agricole et secondaire) alors que le tertiaire en crée. Ce **manque de mobilité sectorielle** se double d'un **manque de mobilité géographique** car certaines régions sont plus concernées en matière de créations d'emplois.

• **Le chômage d'inadéquation.** Il est la conséquence du fait que **les caractéristiques des offres de travail ne correspondent pas aux attentes des employeurs** (manque de formation ou d'expérience). En France, les secteurs qui peinent le plus à recruter concernent les métiers de service (aides-soignants, aides à domicile…), l'industrie ou l'informatique ; de même, l'apprentissage attire peu de jeunes candidats.

> **Personnage-clé**
> **William Henry Beveridge** fut le premier, en 1944, à mettre en relation le taux de chômage et les emplois vacants, en montrant ainsi leur non-ajustement.

> **Zoom**
> Le plein-emploi n'est pas synonyme d'un taux de chômage nul mais autour de 5 %. Ce chiffre est en lien avec le chômage frictionnel, qui est incompressible.

• **L'insuffisante attractivité des niveaux de rémunération proposés.** Selon la théorie néoclassique, le chômage est lié à la **recherche d'un emploi mieux rémunéré** (théorie du « *job search* ») : ce chômage de recherche traduit l'imperfection de l'information sur le marché du travail.

D L'asymétrie d'information sur le marché du travail

• **Définition.** C'est la situation où les employeurs et les travailleurs ne disposent pas des mêmes informations : les premiers connaissent mieux les caractéristiques des postes offerts, et les seconds connaissent mieux leurs caractéristiques personnelles (motivation, fidélité…), ce qui rend le **marché du travail peu transparent**.

> **Exemple**
> Des comportements opportunistes peuvent alors apparaître (*ex. :* une fois embauché, un travailleur peut cumuler les retards ou flâner devant son poste de travail).

• **Le salaire d'efficience comme solution.** C'est le **salaire supérieur au salaire d'équilibre** qui permet d'attirer les travailleurs les plus productifs (au moment de l'embauche) et de **maintenir leur motivation et leur fidélité** (après leur embauche). Le salaire d'efficience réduit ainsi l'asymétrie d'information.

4 Les politiques de lutte contre le chômage

A Réduire le coût du travail

• **Un coût trop élevé.** Le coût du travail (salaires et charges sociales) trop élevé est une des causes du chômage. Les économistes libéraux pensent que la **flexibilité des salaires** (flexibilité à la baisse surtout) est le moyen d'assurer le plein-emploi.

• **Des salaires rigides.** Les rigidités au niveau des salaires concernent plusieurs situations : un niveau trop haut du SMIC, des contrats implicites (les employeurs s'engagent à maintenir un niveau de salaire quelle que soit la conjoncture et, en contrepartie, le salaire n'augmente pas aussi vite que les gains de productivité) ou le choix de salaires d'efficience de la part des employeurs.

• **Les risques sur l'activité économique.** Une trop forte réduction des salaires peut altérer la consommation : car **le salaire n'est pas qu'un coût, c'est aussi un revenu.**

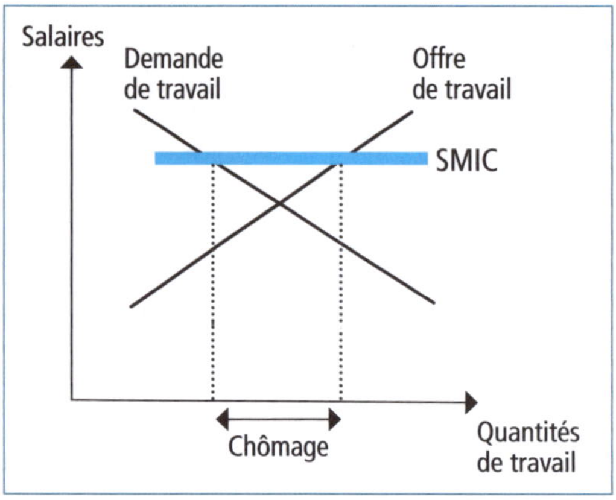

Zoom

Les lois sociales comme le SMIC et la pression trop revendicative des syndicats empêchent l'ajustement par les quantités sur le marché du travail.

B Relancer la demande

• **Le chômage keynésien (voir partie 2B).** Le chômage ne provient pas du marché du travail mais du marché des biens et services pour lequel **la demande est insuffisante.**

• **Les solutions.** Il s'agit d'augmenter la demande globale (consommation, investissements et exportations) par des **politiques de relance budgétaires** (programmes d'investissements publics) et **monétaires** (baisse des taux d'intérêt pour stimuler l'investissement privé).

• **Les risques d'une forte relance.** Le **déficit public** peut se creuser (recettes de l'État insuffisantes par rapport à ses dépenses) ainsi que le **déficit du commerce extérieur** (risque de hausse des importations).

Citation

« Les salaires dépendent des institutions, et le niveau de l'emploi résulte de la demande effective »
(J. M. Keynes, *Théorie générale de l'emploi, de l'intérêt et de la monnaie*, 1936).

C Flexibiliser les marchés du travail

• **Des marchés du travail entravés.** Le besoin de flexibilité est apparu avec la concurrence internationale qui a poussé les entreprises à chercher à **réduire les obstacles sur les marchés du travail** pour être plus compétitives.

• **Le besoin de flexibilité quantitative.**

– Cette flexibilité est **externe** lorsqu'on limite les freins aux licenciements et lorsqu'on facilite le recours aux contrats à durée déterminée pour adapter le nombre de travailleurs aux variations de la demande.

– Elle est **interne** lorsqu'elle consiste à définir autrement le temps de travail (*ex. :* annualisation du temps de travail).

> **Zoom**
>
> Il existe des contrats de travail « zéro heure » en Angleterre, très flexibles, où l'employeur ne fait travailler le salarié que lorsqu'il en a besoin, et le salarié n'est pas tenu de faire les heures demandées s'il n'est pas disponible.

• **Le besoin de flexibilité qualitative.** Il s'agit de la flexibilité **fonctionnelle** (la main-d'œuvre doit être polyvalente pour pouvoir accomplir des tâches variables selon la demande) et de l'**externalisation** (le recours à la sous-traitance, au télétravail et à l'intérim).

• **Le besoin de flexibilité des salaires.** Elle concerne l'**ajustement des salaires à l'offre et à la demande** de travail.

• **Les risques d'une trop forte flexibilité.** Le recours abusif à des contrats courts (CDD, intérim) entraîne une **précarisation du travail**, ce qui conduit à un **marché de l'emploi à deux vitesses**. Le salarié peut se sentir moins impliqué lorsqu'il n'est là que pour une période déterminée.

D Des politiques actives ciblées sur la formation

• **Le principe des dépenses actives.** Les politiques actives visent à exercer un effet positif sur le niveau de l'emploi.

• **Améliorer la formation.** Agir sur la formation de la main-d'œuvre, notamment des chômeurs et des moins qualifiés, augmente l'**employabilité** et aide à la **réinsertion professionnelle** (baisse du chômage d'inadéquation).

• **Introduire de la flexisécurité.** Il s'agit, pour les salariés, d'assumer **davantage de flexibilité** (des horaires, des salaires, des facilités de licenciement) **en échange de plus de sécurité** *via* un régime généreux d'indemnisation du chômage et un système de formation continue de qualité.

6 Les crises financières*

Le fonctionnement même des marchés financiers peut engendrer des crises de surendettement. Leurs conséquences affectent non seulement la sphère financière mais aussi la sphère de l'économie réelle.

1 Deux exemples de crises financières

A Crise de 1929 et crise de 2008 : une origine financière

	1929	2008
Contexte d'avant-crise	Les années 1920 (« Années folles ») sont marquées par une **hausse du pouvoir d'achat** des ménages américains (émergence d'une classe moyenne forte et début de la société de consommation).	**Politique du crédit facile** au début des années 2000 : les banques américaines accordent beaucoup de crédits dans le secteur de l'immobilier à des ménages peu fiables (crédits *subprimes* accordés à 6 millions de ménages en 2006).
Formation d'une bulle spéculative	Engouement des Américains pour la Bourse : beaucoup préfèrent retarder l'achat de biens durables (*ex. :* des automobiles) et emprunter pour acheter des actions : l'**afflux de capitaux placés en Bourse** crée une poche à haut rendement déconnectée de la valeur réelle des entreprises (« bulle » financière).	La forte demande dans l'immobilier fait augmenter les prix, ce qui attire les spéculateurs en recherche d'un placement rentable (achat de biens immobiliers pour les revendre plus cher ensuite) : c'est la naissance de la **« bulle » immobilière** qui gonfle jusqu'en 2007.
Point de départ de la crise (éclatement de la « bulle »)	**Krach boursier à Wall Street le 24 octobre 1929** (le « Jeudi noir ») : 6 millions de titres sont vendus, mais, faute d'acheteurs, les cours s'effondrent. La panique pousse tout le monde à vendre, ce qui nourrit la baisse boursière.	Retournement du marché immobilier dès 2006 : les taux d'intérêt remontent, et les prix plafonnent avant de s'effondrer. Les biens immobiliers des ménages insolvables sont saisis, ce qui entretient la chute des prix immobiliers. Le 15 septembre 2008, la **faillite de la grande banque d'affaires américaine Lehman Brothers** provoque la plus grande panique financière depuis 1929 (crise des *subprimes*).
Effet de contagion (crises systémiques)	Les États-Unis rapatrient une partie de leurs capitaux et limitent leurs crédits à l'Europe, qui, à son tour, se retrouve dans une **situation de pénurie monétaire**.	Les banques américaines sont méfiantes les unes vis-à-vis des autres et ne se prêtent plus de liquidités entre elles. Les banques européennes voient aussi la **valeur de leurs actifs s'effondrer** car elles avaient acheté des titres contenant des *subprimes* (titrisation des crédits).

* Ce chapitre ne pourra pas faire l'objet d'une question à l'épreuve écrite du Bac.

	1929	2008
Production, prix, chômage, logement	La **« Grande Dépression »** : baisse généralisée des prix, nombreuses faillites, chute de la production (niveau inférieur à celui de 1913) et des salaires, des millions d'Américains au chômage et beaucoup sont expulsés de leurs logements (bidonvilles à New York).	La **« Grande Récession »** : l'inflation d'avant-crise laisse place à la désinflation (ralentissement des prix). Une crise sociale éclate (des millions d'Américains perdent leur logement), et le chômage augmente. En 2009, le PIB mondial baisse du fait de l'imbrication des économies.
Attitude des États et des Banques centrales	Le président Hoover « laisse faire » au début de la crise (croyance que la reprise est « au coin de la rue »). Mais, dès 1933, le ***New Deal*** est mis en œuvre par Roosevelt : politiques de relance et instauration d'un État-providence (Sécurité sociale).	– Plan immédiat de **sauvetage du système bancaire américain** (plan Paulson de 700 milliards de dollars). Bien des États font de même pour sauver leurs banques et ranimer leur économie (« la fin du capitalisme » est évitée) : le taux d'endettement des États explose alors. – Action coordonnée des Banques centrales qui **baissent leurs taux d'intérêt directeurs**.

B L'importance des inégalités sociales dans les deux crises

• **Les racines sociales des crises.** Les racines de chaque crise ne peuvent être recherchées uniquement dans les sphères financière et productive, mais se trouvent aussi dans la distribution des revenus, qui s'est caractérisée par une **montée des inégalités** et une **modification du partage de la valeur ajoutée** au détriment des revenus du travail.

• **Des inégalités de revenus.**

– Au cours des « Années folles », la consommation des ménages américains des classes moyennes s'était fortement développée, notamment grâce au **crédit**. C'est ce qui a rendu ces derniers vulnérables au moment de la crise à partir de 1929.

– De même, à partir des années 1980, aux États-Unis, les plus pauvres et ceux de la classe moyenne ont emprunté pour conserver un meilleur niveau de vie : la **politique du crédit facile** du début des années 2000 a permis de soutenir la demande et la création d'emplois malgré la stagnation des revenus.

2 Les bulles spéculatives

A L'euphorie des bulles spéculatives

• **Qu'est-ce qu'une bulle financière ?** C'est le résultat d'une **hausse anormale du prix d'un bien** (hausse du prix de l'actif au-dessus de sa valeur réelle fixée par le marché) faisant l'objet de spéculation : actions, logements, or, blé, etc. Les spéculateurs ne s'intéressent pas à la valeur d'usage des biens liée à leur utilité, mais à réaliser une **plus-value**.

> **Exemple**
> La bulle des tulipes hollandaises au XVIIe siècle : un seul bulbe de tulipe pouvait atteindre le prix d'une maison.

• **Spéculer, c'est prévoir l'activité du marché.** Les spéculateurs achètent s'ils pensent que le marché va monter, espérant ainsi réaliser un gain en revendant une fois que le prix aura suffisamment augmenté. **Les anticipations de hausse alimentent la hausse du prix,** attirant de nouveaux acheteurs qui, par mimétisme, vont faire augmenter encore le prix : cette chaîne pyramidale fait alors gonfler la bulle financière.

Zoom

Les bulles spéculatives sont qualifiées de « prophéties autoréalisatrices » : par certains comportements sur les marchés financiers, une croyance collective finit par devenir bien réelle.

• **Le contexte d'incertitude des investisseurs.** Ils prévoient les prix futurs dont l'évolution dépend de tous les autres investisseurs : leur **comportement moutonnier** (ou mimétique) consiste à s'aligner sur l'opinion collective du marché et non sur leurs propres convictions ou estimations. Chacun a plutôt intérêt à participer à la « bulle » tant qu'il n'en prévoit pas la fin !

• **Qui sont les spéculateurs ?** Il y a certains particuliers (les « boursicoteurs »), mais ce sont surtout les banques, les sociétés d'assurance, les fonds de pension (sociétés qui gèrent les retraites par capitalisation), les *hedge funds* (sociétés d'investissement privées qui gèrent le capital de gros épargnants) et les fonds souverains (fonds d'investissement qui gèrent l'épargne des États auxquels ils appartiennent).

B Une prise de risque récompensée

• **L'effet de levier utilisé au cœur de la crise de 1929.** Il reposait sur le principe d'une **chaîne pyramidale.** *Exemple :* Si un Américain possédait 1 000 $, il lui était possible d'emprunter 10 000 $ pour les placer à la Bourse. Si le prix d'une action à 10 $ grimpait jusqu'à 12 $, notre investisseur aurait fait 200 $ avec sa mise initiale. Mais, avec 10 000 $, il faisait 2 000 $ de profit moins des frais d'intérêt. Il pouvait, ensuite, vendre pour 2 000 $ d'actions, emprunter 20 000 $ de plus et recommencer... Ce qui attirait d'autres spéculateurs dans le circuit, et donc assurait le prix des actions de grimper.

• **La titrisation au cœur de la crise de 2008.** Elle consiste pour les banques à transformer les crédits *subprimes* à haut risque en actifs financiers plus sûrs (actions ou obligations) pour les revendre à des investisseurs sur les marchés financiers mondiaux qui les ont titrisés à leur tour : chaque maillon prenait alors ses bénéfices en **reportant le risque sur les investisseurs en bout de chaîne.**

Zoom

La titrisation est source d'instabilité : tel un « Mistigri », elle fait circuler les risques de main en main ; plus personne ne sait qui détient vraiment les crédits risqués et en quelle quantité.

C Mais « les arbres ne montent pas jusqu'au ciel »

• **Une bulle finit toujours par éclater.** Les crises se préparent dans un contexte de prospérité avec des promesses de croissance économique éternelle :

– Les agents économiques profitent de cette croissance et des taux d'intérêt bas pour emprunter, parfois, au-delà du raisonnable. Mais, lorsque les taux remontent, l'endettement paraît insupportable.

– Les spéculateurs savent que, à un moment ou à un autre, ils devront vendre leurs titres avant que les cours ne chutent pour empocher leur plus-value.

Personnage-clé

L'économiste américain **Hyman Minsky** montre que, durant les périodes calmes, les investisseurs prennent de plus en plus de risques car ils sont confiants. Mais la tranquillité prend fin lorsqu'ils vendent pour se désendetter : ce qui plonge le système dans une crise profonde.

• **Du krach financier à la crise de liquidité.** L'effondrement des titres en Bourse (krach financier) met en difficulté les banques face aux **défauts de paiement** de leurs clients (impossibilité de rembourser les crédits). Les pertes bancaires poussent certaines banques à la **faillite** (crise bancaire), tandis que les survivantes hésitent à se prêter entre elles ou aux ménages ainsi qu'aux entreprises (**crise de liquidité**).

• **La crise de liquidité resserre les conditions d'accès au crédit.** Sur le marché interbancaire, les banques ne peuvent plus se refinancer pour pouvoir accorder des crédits aux clients, ou bien à des taux d'intérêt élevés pour couvrir les risques : en répercutant cette hausse sur leurs clients, elles n'accordent plus aussi facilement les crédits qu'auparavant (**panne bancaire**).

Mot-clé

***Credit crunch* :** panne du crédit bancaire qui paralyse le financement de l'économie. La crise financière devient alors une crise économique.

3 La crise financière se propage à l'économie réelle

A L'effet de richesse sur les ménages

• **L'effet de richesse positif.** C'est le cas lorsque **le prix des actifs** (immobiliers ou boursiers) **monte**. La valeur du patrimoine des ménages augmente : plus riches, ils consomment davantage, soutenant ainsi la croissance économique.

• **L'effet de richesse devient négatif à l'occasion d'une crise financière.** Les ménages appauvris par la baisse du prix des actifs anticipent un moindre revenu permanent : désireux de reconstituer leur richesse, ils sont alors **conduits à moins consommer et à épargner davantage**.

Mots-clés

Économie réelle : par opposition à l'économie financière, elle désigne la production, l'échange et la consommation de biens et de services.

Revenu permanent : revenu que les ménages espèrent obtenir durant leur vie.

B La baisse de la valeur du collatéral limite l'accès au crédit

• **Un collatéral est une garantie.** Il s'agit d'un **actif** (un logement, une action, une obligation, etc.) **déposé en garantie par l'emprunteur au prêteur** lors d'un emprunt. En cas de défaillance de l'emprunteur, le prêteur a le droit de conserver les actifs remis en collatéral afin de se dédommager de la perte financière subie.

• **Davantage de crédits accordés lorsque la valeur du collatéral augmente.**

– Les ménages se voient accorder des prêts toujours plus importants et avantageux à mesure que la valeur de leur logement augmente (cas de la bulle immobilière à partir de 2000 aux États-Unis).

– Les entreprises peuvent s'endetter davantage lorsque leur capitalisation boursière s'accroît à mesure que l'optimisme gagne les marchés boursiers.

Zoom

Les crédits *subprimes* (crédits hypothécaires) ont été source de profit pour les prêteurs : avec la hausse du prix de l'immobilier, la valeur de l'hypothèque leur assurait le remboursement des fonds avancés.

• **Moins de crédits accordés lorsque la valeur du collatéral s'effondre.**

– La **baisse du prix des logements ou du cours des actions** ne permet pas aux ménages et aux entreprises de disposer d'un collatéral à valeur suffisamment élevée pour permettre aux prêteurs de récupérer la totalité des fonds avancés.

– Par **manque de confiance**, les banques rationnent alors le crédit (voir partie 2C) : les projets potentiellement créateurs de valeur ne trouvent plus de financement.

C Crise financière et crise économique se renforcent mutuellement

• **Ménages et entreprises cherchent à se désendetter.** La baisse des prix des actifs, donc de la richesse de ceux qui les détiennent, rend l'endettement excessif. Chacun cherche à se désendetter car le ratio dettes/actifs devient trop élevé : les ménages et les entreprises **vendent leurs actifs pour rembourser leurs dettes** (ventes forcées).

> **Zoom**
>
> En 2008, les prix immobiliers continuent de baisser car les banques américaines saisissent les logements pour les vendre et limiter leurs pertes (crise de solvabilité et dégradation de leur bilan).

• **Les entreprises ne peuvent plus investir.** Elles produisent moins et certaines font faillite, d'autant plus que les banques ne leur prêtent plus. Les licenciements augmentent, créant un ralentissement économique et une hausse du chômage.

• **Les ménages baissent leur consommation.** Ils n'accèdent plus au crédit bancaire et préfèrent épargner soit par crainte du chômage (**épargne de précaution**), soit pour reconstituer la valeur de leur patrimoine (**effet de richesse négatif**).

• **Une dynamique récessive sur l'activité économique.** La baisse de la consommation accroît la **récession** car **la demande anticipée par les entreprises est très faible** : les entreprises n'investissent pas et n'embauchent pas, ce qui diminue encore la consommation (perte de revenu et anticipation pessimiste).

7 La régulation du système financier*

Les crises financières ont mis en évidence le rôle des banques systémiques dont les difficultés peuvent déstabiliser tout le système financier mondial. Un cadre réglementaire appliqué aux banques permet de limiter les risques.

SPÉCIALITÉ SES

1 Le risque systémique dans le domaine financier et monétaire

A Un risque inhérent au fonctionnement même du système

• **Qu'est-ce qu'un risque systémique ?** C'est un risque d'effondrement brutal du système financier lié à un **choc économique qui affecte directement une partie du système** mais qui se propage à l'ensemble par **effet de contagion**, avec des répercussions sur l'économie réelle (voir leçon 6).

• **Pour certains, la spéculation a un rôle stabilisateur.** Les spéculateurs essaient d'obtenir un profit à partir d'une différence existant entre un prix actuel connu et un prix futur inconnu. Ils réalisent donc durablement des profits uniquement s'ils prévoient bien l'avenir, à savoir s'ils ont bien anticipé les « **valeurs fondamentales** » (cours des titres reflétant la valeur réelle des entreprises).

Zoom

Une mauvaise nouvelle ou une anticipation pessimiste fait vendre à certains spéculateurs : comme ils se copient entre eux (mimétisme), tous les autres vendent !

• **Pour d'autres, les marchés financiers sont inefficients.** Le jugement de chaque spéculateur n'engendre pas toujours un optimum collectif puisqu'il provoque des **bulles** qui finissent par éclater (crise financière).

Personnage-clé

Pour J. M. Keynes (1883-1946), la spéculation est déséquilibrante car elle crée des bulles spéculatives.

B Les banques systémiques

• **Les banques peuvent être à l'origine d'une crise nationale ou mondiale.** Si une banque de grande dimension fait faillite, il y a un **risque de faillites en chaîne**, d'une part parce qu'il existe un marché interbancaire (marché où les banques sont créancières les unes des autres) et, d'autre part parce qu'une telle faillite peut provoquer des **paniques bancaires**.

Zoom

Aux XVIIIe et XIXe siècles, les banques étaient de petite taille et dirigées par un ou quelques propriétaires qui ne prenaient pas trop de risques sous peine de faire faillite. Mais, aujourd'hui, les dirigeants des grandes banques cherchent à maximiser leurs revenus à court terme en prenant davantage de risques.

• **Exemple.** En 2007, la banque britannique Northern Rock se retrouve en difficulté car elle ne parvient pas à refinancer son activité de prêt particulièrement risquée dans l'immobilier : entre-temps, les banques ont cessé de se faire confiance entre elles sur le marché interbancaire (**crise de liquidité**) car la crise des *subprimes* a débordé des frontières américaines pour devenir mondiale. La banque est alors victime d'une panique bancaire (***Bank run***) : les clients se ruent aux guichets pour retirer en masse leur épargne.

* Ce chapitre ne pourra pas faire l'objet d'une question à l'épreuve écrite du Bac.

C L'effet domino

• **Définition de l'*effet domino*.** La crise de liquidité des banques peut se muer en **crise de solvabilité généralisée** touchant le système financier mondial, avec des risques en cascade.

• **Le cas de la crise de 2008 :**

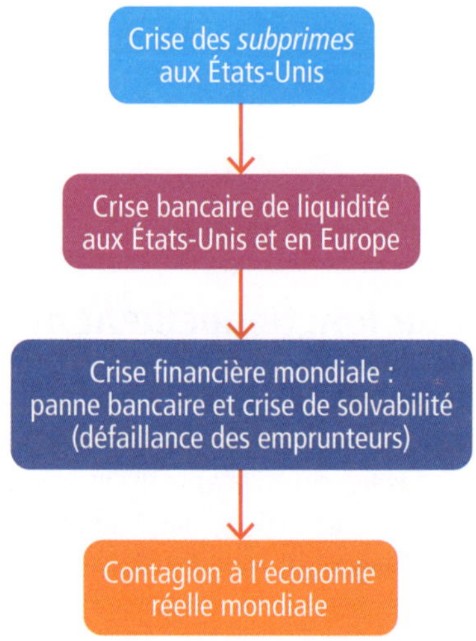

2 Gérer le risque systémique pour réduire l'aléa moral des banques

A L'aléa moral des banques

• **L'incitation à prendre des risques.** Étant au cœur d'un risque systémique, les banques savent que les pouvoirs publics les sauveront si elles risquent la faillite, ce qui les incite à prendre davantage de risques. Il s'agit d'un problème d'**aléa moral**, puisque ces banques modifient leur comportement car elles **se savent « assurées » par les autorités publiques**.

• **L'avantage à être grand pour une banque.** Plus une banque est grosse, plus sa faillite menace celle des autres et peut donc entraîner l'effondrement de tout le système financier. Mais, en sachant que les États ou les banques centrales interviendront pour la secourir (**principe du « *too big to fail* »** : trop grande pour faire faillite), son incitation à prendre des risques ne rencontre presque plus de limites.

Mots-clés

Rôle de « prêteur en dernier ressort » : la Banque centrale fournit à une banque en difficulté les liquidités nécessaires pour lui éviter la faillite.
Aléa moral : difficulté pour un agent économique d'anticiper le comportement d'un autre agent après avoir échangé avec lui.

Zoom

En septembre 2007, la Banque centrale américaine sacrifie la banque Lehman Brothers qui fait faillite en ne volant pas à son secours.

B La supervision des banques par la Banque centrale

• **La régulation financière.** Elle désigne les règles qui s'imposent aux acteurs du système financier **(réglementation prudentielle)** et les mesures de supervision qui vérifient l'application de ces règles.

• **Son objectif.** Pour prévenir les crises, l'élaboration de ces règles cherche à **réduire l'aléa moral** en incitant les grandes banques à prendre moins de risques inconsidérés.

• **Le rôle de la Banque centrale européenne (BCE).** Elle est au cœur du processus européen de surveillance des banques européennes les plus systémiques (environ 130), mis en place en 2014 sous le nom d'**Union bancaire**.

• **Exemple.** La BCE surveille les gros établissements financiers et prévoit un mécanisme de soutien financier en cas de défaillance de leur part : l'objectif est d'éviter, comme lors de la crise de 2008, les paniques et la contagion des difficultés d'une banque à l'ensemble du système bancaire.

▲ La banque centrale européenne à Francfort (Allemagne).

C Des ratios de solvabilité et de liquidité minimums

• **Rendre plus solides les fonds propres des banques :**

– La solvabilité d'une banque détermine sa capacité à faire face aux **risques éventuels liés au non-remboursement de crédits distribués** ou aux autres **pertes de valeur de ses actifs** (crise financière).

– L'objectif est d'augmenter le montant des pertes qu'une banque peut assumer avant de faire faillite en lui imposant des **ratios de solvabilité plus stricts** :

$$\textbf{Ratio de solvabilité} = \frac{\text{fonds propres de la banque (ses ressources durables)}}{\text{montant des actifs possédés par la banque (actifs pondérés par les risques)}} \times 100$$

• **L'introduction de ratios de liquidité.**

– Les banques doivent **veiller à leur liquidité** lorsqu'elles transforment les dépôts de leurs clients (qu'ils peuvent retirer à tout moment) en prêts qui seront, pour la plupart, remboursés à plus long terme.

– D'où l'ajout de ratios de liquidité pour **s'assurer que les banques disposent de ressources mobilisables** pour faire face à leurs engagements.

8 Intégration européenne et croissance économique

L'Union européenne est l'exemple d'intégration régionale la plus poussée. L'Union économique et monétaire (UEM) a pour finalité de créer un pôle de croissance au sein de l'Union européenne.

1 Les étapes de l'intégration européenne

A Les différents stades d'intégration économique

• **Une intégration par le commerce et la production en Europe :**

– 1958 : le **traité de Rome** crée une **zone de libre-échange** avec des droits de douane uniformisés à la baisse pour les pays signataires. Vient s'y ajouter une **union douanière** (droits de douane identiques vis-à-vis des pays extérieurs de la zone de libre-échange) ;

– 1986 : l'Acte unique européen crée le **Marché commun** qui ajoute, pour les pays de l'union douanière, la libre-circulation des biens et des capitaux ;

> **Personnage-clé**
>
> L'économiste hongrois **Bela Balassa** (1928-1991) a établi différents degrés d'intégration pour une zone géographique : du moins fort (zone de libre-échange) au plus élevé (union politique).

– 1992 : le **traité de Maastricht** ajoute au Marché commun une harmonisation des politiques économiques conjoncturelles et structurelles en vue de la **création de la monnaie unique** ;

– 1999 : l'union économique devient aussi monétaire **(Union économique et monétaire)** avec la création de l'euro et d'une autorité monétaire centrale **(la Banque centrale européenne)**.

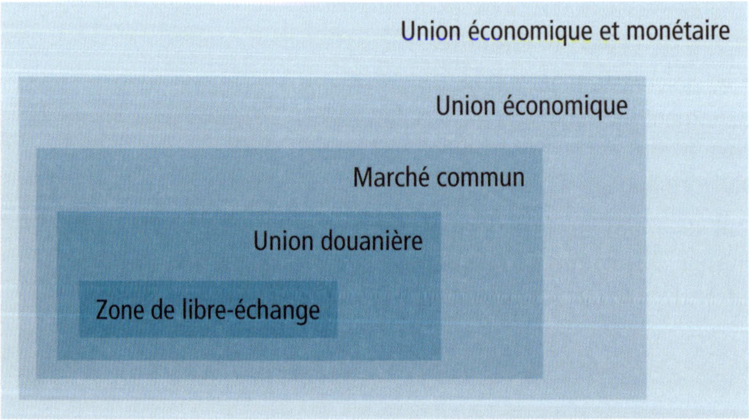

• **L'intégration commerciale européenne a précédé son intégration monétaire.** L'Europe s'est, d'abord, construite sur la constitution d'un espace économique unique à partir de différentes économies nationales. Ces économies ont dû, ensuite, **converger pour être capables d'adopter la même monnaie**.

B L'Union économique et monétaire (UEM)

• **Les 19 pays de la zone euro au 1er janvier 2020.** France, Allemagne, Italie, Belgique, Luxembourg, Pays-Bas, Espagne, Portugal, Autriche, Finlande, Irlande, Grèce, Slovénie, Chypre, Malte, Slovaquie, Estonie, Lettonie et Lituanie.

• **Le respect des « critères de Maastricht ».** La signature du traité de Maastricht, en **1992**, a défini des **critères économiques de convergence** pour les pays voulant entrer dans l'UEM : un déficit budgétaire et une dette publique respectivement inférieurs à 3 et 60 % du PIB, et une faible inflation.

• **Le Pacte de stabilité et de croissance.** Il a été défini en 1997 (**sanctions financières** pour les pays non respectueux des critères de Maastricht), assoupli en 2005 (**dépassement possible des critères en cas de grave crise**), puis renforcé en 2011 (les pays doivent tendre vers l'**équilibre des comptes publics** : « zéro déficit »).

> **Mots-clés**
>
> • **Déficit budgétaire :** dépenses de l'État qui dépassent les recettes.
> • **Déficit public :** déficit budgétaire élargi aux comptes des collectivités locales et de la Sécurité sociale.
> • **Dette publique :** accumulation des déficits publics ainsi que le service de la dette (paiement des intérêts).

• **Les limites de l'intégration.** La **crise de la dette souveraine en 2011** (explosion des dettes des États grec, portugais, italien, espagnol et irlandais) a révélé les limites de l'intégration européenne en matière monétaire.

2 Les effets du marché unique sur la croissance

A Les arguments économiques qui justifient le grand marché européen

• **La compétitivité-prix stimule l'offre et la demande.** La suppression des droits de douane et l'accès à de nouveaux marchés intérieurs favorisent la **baisse des coûts de production en Europe** (économies d'échelle, voir page 126), et donc des prix des biens et services destinés aux consommateurs.

• **La compétitivité hors prix agit sur la demande.** La concurrence entre pays européens porte également sur la **qualité des biens et services vendus** (fiabilité, réputation, distinction).

> **Zoom**
>
> La compétitivité-prix et la compétitivité hors prix favorisent la croissance économique intra-zone.

B Les arguments économiques de l'euro

• **Le développement des échanges.** L'euro élimine les **coûts de transaction sur les devises** (frais de conversion des monnaies entre elles) et fait disparaître le risque de change. Conjugué à la libre circulation des marchandises, des personnes et des capitaux, l'euro favorise l'**unification du marché des biens et des services** (exprimés dans la même monnaie), et la **mobilité du travail et du capital**.

> **Exemple**
>
> La valeur des exportations françaises vers l'Allemagne ne varie plus selon le taux de change entre les deux pays puisqu'ils ont la même monnaie.

• **L'euro clarifie les conditions de la concurrence.** Les agents économiques ont une égalité d'accès à des emprunts bancaires dans une même monnaie, ce qui contribue à la **réduction des taux d'intérêt**, au bénéfice des entreprises et des consommateurs, et donc de la croissance. De plus, l'euro protège les entreprises contre les effets des dévaluations opérées dans d'autres États **(dévaluations compétitives)**.

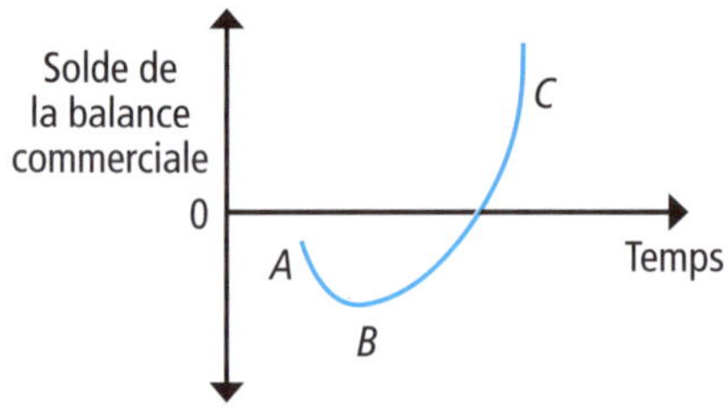

Premier temps (*A* à *B*) : la baisse du taux de change augmente le prix des importations et, par suite, aggrave le déficit commercial.

Second temps (*B* à *C*) : les produits nationaux étant moins chers aux yeux des pays étrangers, les exportations vont progressivement augmenter jusqu'à dépasser le volume des importations (excédent commercial).

Toutefois, ce schéma peut ne pas se vérifier si le volume des importations ne diminue pas : il s'agit alors d'éviter le risque d'« inflation importée », en accompagnant la baisse du taux de change par une politique de lutte contre l'inflation qui limite la demande intérieure.

▲ Comprendre la courbe : les effets d'une baisse du taux de change (dévaluation compétitive) sont illustrés par la « courbe en J ».

• **L'euro est un facteur de croissance.** En coordonnant leurs politiques économiques, les États qui partagent la monnaie unique **assainissent leurs finances publiques** (déficits publics et dettes publiques limitées par le Pacte de stabilité et de croissance), ce qui favorise la baisse des taux d'intérêt, **condition nécessaire d'une relance de l'investissement et d'une croissance durable**, seule véritable garante d'une lutte efficace contre le chômage.

• **L'euro est un facteur de rayonnement et de puissance sur la scène internationale.** L'euro devient l'**une des principales monnaies d'échange et de réserve**. Il concurrence le dollar, le yen (Japon) et le yuan (Chine) en devenant un instrument de paiement international. L'Union européenne affirme, ainsi, la position de l'Europe en tant que pôle économique au sein de l'économie mondiale et lui donne un rayonnement politique accru.

9 Les politiques économiques européennes

La construction européenne a nécessité une harmonisation des règles de la concurrence entre les différents marchés nationaux, ainsi qu'une convergence des politiques économiques nationales. Mais leur application n'est pas sans poser des difficultés.

1 La politique européenne de la concurrence

A Une compétence européenne

• **Définition de la politique de concurrence.** C'est l'ensemble des mesures visant à promouvoir un **fonctionnement concurrentiel des marchés le plus proche de la concurrence pure et parfaite** : aucune entreprise ne doit exercer un pouvoir de marché qui priverait les consommateurs des bénéfices de la concurrence.

• **Le cadre du traité de Rome (1957).** Depuis ce traité, les politiques publiques nationales sont soumises, dans l'espace européen, à la **politique de concurrence développée par la Commission européenne**.

> **Exemple**
> En France, l'Autorité de la concurrence applique les principes du droit de la concurrence définis par la Commission européenne.

B La fonction d'arbitre des autorités publiques

• **Réprimer les comportements anticoncurrentiels des entreprises :**

– Les autorités sanctionnent (amendes) les **cartels de producteurs** : ce sont des ententes entre entreprises qui fixent leurs prix et leurs quantités de manière coordonnée pour maximiser leurs profits communs.

– Elles sanctionnent également les **abus de position dominante** : c'est le cas d'entreprises qui dominent un marché et qui en profitent pour imposer des conditions de vente déloyales pour nuire aux consommateurs ou pour évincer leurs concurrents.

• **Surveiller la structure des marchés.** Les autorités de la concurrence contrôlent de manière préventive les opérations de concentration d'entreprises : les **projets de fusion-acquisition** (accords entre des entreprises perdant leur indépendance pour ne former plus qu'une seule entité juridique) doivent être, ainsi, **validés par les autorités** pour éviter que se constituent des positions dominantes.

• **Empêcher les distorsions de concurrence.** L'intervention publique est, elle aussi, contrôlée :

– Les **aides financières de l'État** accordées à certaines entreprises sont, **en principe, interdites** dans l'Union européenne car elles pourraient améliorer leur position concurrentielle au détriment de celles qui n'en reçoivent pas.

– Les **services publics** de réseaux (les transports aériens et ferroviaires, l'énergie, la poste, etc.) ont été **libéralisés** depuis les années 1980 : ce sont d'anciens monopoles publics qui pouvaient s'apparenter à une aide publique car la production était financée par l'impôt.

> **Exemple**
> Une entreprise française qui reçoit des subventions de la France pourrait diminuer d'autant le prix de vente de ses produits et, ainsi, évincer du marché les concurrents étrangers.

> **Zoom**
> La **libéralisation** des services publics dans certains secteurs se traduit par l'arrivée de nouveaux entrants sur leur marché.

C La politique de la concurrence en débat

• Des cartels et des fusions parfois bénéfiques pour l'économie :

– Les ententes de **recherche-développement** (mettre en commun des moyens de recherche) peuvent être dictées par la **nécessité d'innover**. De même, une entente de distribution entre un producteur et un revendeur peut bénéficier au consommateur (*ex. :* par un service après-vente).

– Pour les opérations de concentration, la **réduction de la concurrence peut être justifiée** si elle renforce le progrès technique ou la diffusion d'un produit.

> **Zoom**
> La politique de la concurrence peut nuire à la politique industrielle (développement de l'industrie et des grandes entreprises nationales), qui nécessite la coopération entre acteurs autour de grands projets d'investissement innovants.

• La concurrence contre le bien-être des consommateurs. À partir des années 2000, l'**approche trop juridique** (et pas assez économique) de la concurrence européenne est **critiquée** : elle vise la **protection des entreprises concurrentes au détriment du bien-être du consommateur**.

• Exemple. C'est au bénéfice des agriculteurs et des consommateurs européens que la Commission européenne a autorisé en 2017 la fusion entre Dow et Dupont (deux sociétés américaines du secteur de la chimie).

• La remise en cause de l'intérêt général des services publics. Beaucoup de ces services doivent pouvoir être accessibles à tous au même prix, quel que soient les revenus des individus et leur situation géographique. Mais **leur ouverture à la concurrence peut remettre en cause les conditions d'accès** : par exemple, pour les consommateurs les plus pauvres ou les plus isolés sur le territoire.

> **Exemples**
> Par faible rentabilité, des lignes de chemin de fer peu fréquentées pourraient être fermées, et l'accès à la téléphonie mobile dans les zones reculées limité.

2 La politique budgétaire et la politique monétaire agissent sur la conjoncture

A La définition de la politique économique

• Elle agit sur le court terme. La politique économique consiste à agir sur le niveau de l'activité économique à court terme **(la conjoncture)** dans le but de réguler ses variations : car l'activité économique n'est pas linéaire mais fluctuante.

> **Zoom**
> Réguler l'activité économique, c'est réduire les phases récessives (chômage) mais aussi les phases d'emballement (inflation, bulles spéculatives).

• Ses objectifs. Ce sont ceux du **« carré magique »**, représentation graphique de l'économie d'un pays pour lequel **quatre objectifs** de la politique économique sont parfaitement atteints : absence de chômage, forte croissance économique, pas d'inflation, et excédent du commerce extérieur (exportations supérieures aux importations).

• Les instruments conjoncturels pour atteindre les objectifs. Les pouvoirs publics disposent d'instruments de nature financière qui sont budgétaires et monétaires.

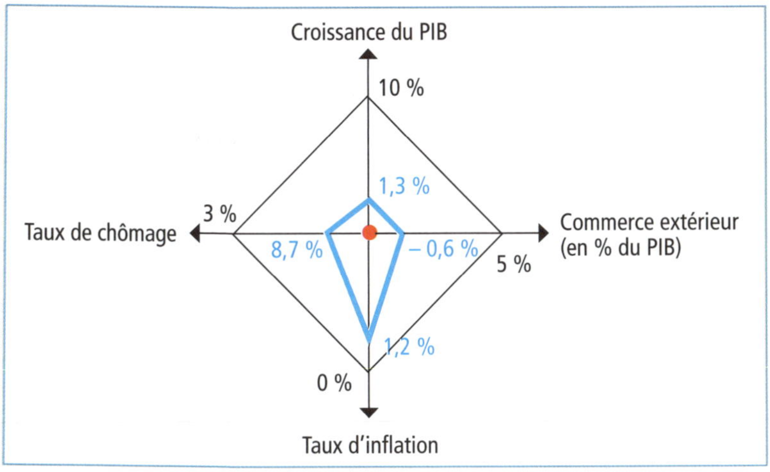

Exemple
Le « carré magique » français en 2019 ressemble plutôt à une toupie inversée !

B La politique budgétaire

• **Un instrument direct de l'État.** L'État peut utiliser son budget en prenant en charge les **services collectifs** (école, justice, hôpitaux...) et en recrutant des **fonctionnaires**. Il agit ainsi directement sur la production et l'emploi.

• **Un instrument indirect de l'État.** Par sa fonction de **redistribution**, l'État influence indirectement la demande de consommation (prestations sociales, emplois subventionnés) et la demande d'investissement (subventions versées aux entreprises).

• **La politique budgétaire de relance.** Des mesures particulières sont prises pour compenser l'insuffisance de la demande globale en période de crise économique (optique keynésienne). L'État **augmente les dépenses publiques** (investissements publics, création d'emplois publics, revenus sociaux) et **baisse les recettes publiques** (impôts et cotisations sociales qui forment les prélèvements obligatoires).

• **La politique budgétaire de rigueur.** D'inspiration libérale, elle consiste à **rétablir l'équilibre du budget** de l'État (baisse des dépenses publiques, hausse des prélèvements obligatoires) afin de **contenir l'inflation et le niveau de la dette publique** ainsi que de permettre une réduction du déficit extérieur (voir leçon 8).

C La politique monétaire

• **Le principe.** Elle consiste à **réguler le crédit et la masse monétaire** en circulation dans l'économie. En Europe, dans la zone euro, c'est la Banque centrale européenne (BCE) qui pilote la politique monétaire en toute indépendance des États.

• **La politique monétaire de relance.** Si l'on veut stimuler la production et l'emploi (optique keynésienne), **une baisse des taux d'intérêt va stimuler la demande globale** : le crédit à la consommation et à l'investissement étant moins cher, la demande de biens et de services augmente, suivie par la production et l'emploi.

• **La politique monétaire de rigueur.** Si l'on veut lutter contre l'inflation (optique libérale), il faut **limiter la création monétaire en augmentant les taux d'intérêt** (car la création monétaire se fait principalement par les crédits bancaires) : le crédit, plus cher, freine la demande de monnaie, et la demande de biens et services devient inférieure à l'offre (d'où une baisse de l'inflation).

Zoom
La BCE a des objectifs plutôt libéraux inscrits dans ses statuts : elle doit veiller à la **stabilité des prix** et lutter contre l'inflation.

D Des politiques économiques contradictoires

• **Des objectifs et des conséquences opposés :**

	Politique de rigueur	Politique de relance
... monétaire	Objectif : ralentir l'inflation (désinflation). Moyen : augmenter le taux d'intérêt directeur. Effets négatifs : ralentissement de la croissance et hausse du chômage.	Objectifs : stimuler la croissance et l'emploi. Moyen : baisser le taux d'intérêt directeur. Effet négatif : accélération de l'inflation.
... budgétaire	Objectif : réduction du déficit budgétaire. Moyen : hausse des prélèvements obligatoires. Effets négatifs : ralentissement de la croissance et hausse du chômage.	Objectifs : stimuler la croissance et l'emploi. Moyens : hausse des dépenses publiques et baisse des prélèvements obligatoires. Effets négatifs : risques d'augmentation des importations et de la dette publique.

3 Difficultés à coordonner les politiques économiques

A Le partage des compétences entre l'Union européenne et les États

• **Le principe de subsidiarité.** Les politiques conjoncturelles et structurelles sont partagées soit entre les institutions européennes (Commission européenne, Parlement européen), soit au niveau des États membres de l'Union européenne. Cette répartition se fait selon le principe de subsidiarité : **l'action politique doit être située au niveau le plus proche possible des citoyens,** sauf si l'action y est moins efficace.

• **Exemples d'actions politiques :**

Compétences entièrement ou plutôt nationales	Compétences entièrement ou plutôt européennes
– Réglementation du taux de TVA – Fixation d'un salaire minimum – Réglementation des crèches pour enfants	– Fixation des taux d'intérêt directeurs – Politique agricole commune (PAC) – Réglementation de la chasse pour les oiseaux migrateurs – Règles du niveau de déficit budgétaire* * Même si la politique budgétaire est définie au niveau de chaque pays membre, le Pacte de stabilité et de croissance (voir leçon 8) contraint les pays à limiter les déficits.

B L'inefficacité de la BCE face à des chocs asymétriques

• **Une politique monétaire dictée.** La politique monétaire échappe aux États du fait de l'**indépendance de la BCE** (perte de souveraineté nationale), dont l'objectif principal est le maintien de la stabilité des prix et la lutte contre l'inflation (c'est elle qui fixe les taux d'intérêt directeurs sur le marché monétaire).

• **Une politique budgétaire bridée.** Le **Pacte de stabilité et de croissance** (voir leçon 8) contraint les États dont les dépenses doivent être freinées. Mais la politique budgétaire est du ressort de chaque pays membre. Un choc asymétrique est alors possible s'il y a accroissement important du

Exemple

La BCE ne veut pas d'une politique de baisse du taux de change (voir leçon 8) pour améliorer la compétitivité en Europe, car le risque d'importer l'inflation est jugé trop grand.

Mot-clé

Choc asymétrique : modification du niveau de l'activité économique telle qu'elle affecte un pays ou un groupe de pays sans concerner les autres.

déficit budgétaire (source d'inflation) pour l'un des pays: cela entraînerait une hausse des taux d'intérêt par la BCE qui pénaliserait les États les plus rigoureux. La discipline budgétaire du Pacte de stabilité risque donc d'être coûteuse en croissance et en emplois.

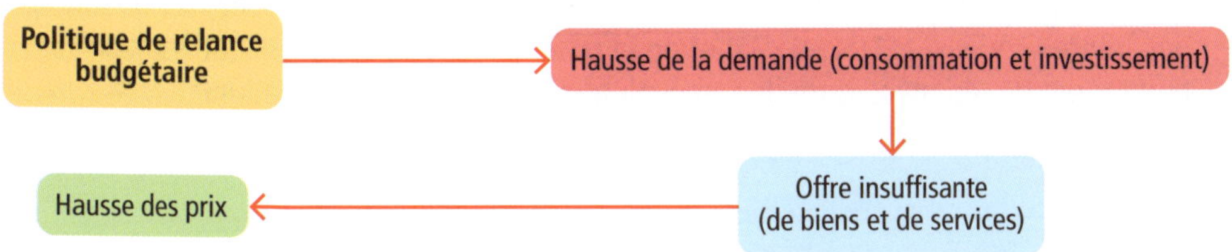

• **L'exemple de l'Espagne dans les années 2000.** Le pays a pratiqué une politique budgétaire de relance plus forte qu'en France, entraînant un taux d'inflation plus élevé. Cette situation asymétrique a conduit la BCE à pratiquer une **politique monétaire de rigueur** pour lutter contre une accélération de l'inflation dans la zone euro, et donc pour préserver la valeur de l'euro. Ainsi, l'Espagne s'est mal comportée sur le dos des autres pays, rendant moins efficace la politique monétaire unique de la BCE.

• **Risque de ralentissement de la demande.** Avec une politique monétaire commune et un usage limité de la politique budgétaire, certains États peuvent être tentés par des **politiques de désinflation compétitive** pour renforcer leur compétitivité : avec, toutefois, un risque de ralentissement de la demande qui aurait un effet inverse (baisse de la consommation, de la production et donc des emplois).

Mot-clé

Désinflation compétitive : consiste à comprimer les coûts salariaux pour gagner des parts de marché à l'exportation (d'où un surplus de croissance et une amélioration de l'emploi).

C Des règles numériques européennes devenues caduques

• **Le Pacte de stabilité et de croissance non respecté.** Comme en 2008 (crise financière des « subprimes »), la crise sanitaire du Covid-19 en 2020 a conduit les États européens à ne plus appliquer les règles de déficit et de dette imposées par le Pacte de stabilité et de croissance : face à l'ampleur du choc, ils ont soutenu leurs économies par de nombreuses dépenses qui ont eu pour effet d'aggraver leur déficit budgétaire.

• **Un plan d'endettement commun.** L'Union européenne a financé un plan de relance destiné à surmonter les conséquences économiques de la crise sanitaire par un recours à l'emprunt des 27 pays membres d'un montant de 750 milliards d'euros. Cette dette commune inédite témoigne de la solidarité européenne face à la crise du Covid-19.

10 La structure de la société française

La France a connu un véritable bouleversement de la société à la suite de la croissance des Trente Glorieuses (1945-1975) et de la crise qui a suivi. Plusieurs outils d'analyse permettent de rendre compte de son évolution et de sa complexification.

1 Les facteurs de structuration et de hiérarchisation de la société

A Les catégories socioprofessionnelles

• **Un outil d'analyse des différences.** Élaborée en 1954 par l'INSEE, la nomenclature des catégories socioprofessionnelles est devenue **nomenclature des « professions et catégories socioprofessionnelles » (PCS)** en 1982 (voir graphique).

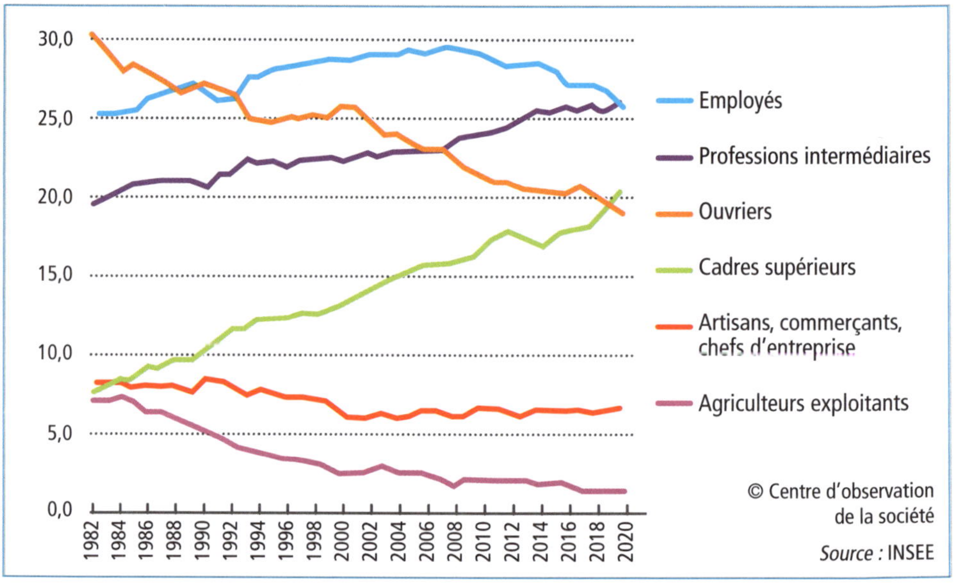

▲ Évolution de la part des catégories socioprofessionnelles dans l'emploi total (en %)

• **Les principaux critères permettant de classer les individus dans une PCS sont :**

– la profession, le statut professionnel (salarié ou indépendant), la qualification (diplôme) ;

– pour les indépendants, deux critères s'ajoutent :

• le secteur d'activité : on distingue les agriculteurs exploitants (travailleurs indépendants du secteur primaire) des artisans, commerçants et chefs d'entreprise (travailleurs indépendants des secteurs secondaire et tertiaire) ;

• la taille de l'entreprise : sont classés comme « chefs d'entreprise » les employeurs, quelle que soit leur activité, qui emploient dix salariés ou plus. Les autres sont artisans, commerçants ou agriculteurs exploitants ;

– pour les salariés, trois critères supplémentaires :

- **la position hiérarchique** (combien de salariés a-t-on sous ses ordres ?) ;
- **la différence entre fonction publique** d'une part et **entreprises** (publiques et privées) d'autre part ;
- **la nature de l'activité pour distinguer les ouvriers des employés :** manuelle (ouvriers) et non manuelle (employés).

Zoom

Les actifs regroupés dans une même PCS sont, *a priori*, « socialement homogènes » (comportements communs, opinions similaires, modes de vie identiques).

B Des critères complémentaires pour analyser la société

- **La position dans le cycle de vie.** Une **fracture générationnelle** s'est ouverte entre les plus jeunes et les plus âgés : même plus diplômés que leurs aînés, les jeunes ont une **ascension sociale plus difficile** et accèdent à des emplois moins stables et moins bien rémunérés.
- **Le sexe.** Le fait d'être un homme ou une femme a des conséquences sur l'accès à certains métiers, sur les évolutions de carrière ainsi qu'au niveau des rémunérations.
- **Le lieu de résidence. Il ne permet pas à tous l'accès aux mêmes services :** par exemple, les habitants des grandes métropoles monopolisent l'essentiel des offres culturelles et des services administratifs alors que ceux de la « province » ne bénéficient que de certains.

Zoom

On peut ajouter d'autres formes de critères qui clivent la société française en plusieurs groupes : l'origine ethnique ou la religion, la composition du ménage, le revenu, etc.

2 Les évolutions de la structure socioprofessionnelle

A La salarisation

- **La plupart des actifs sont des salariés (90 % aujourd'hui contre 62 % en 1950).** Ils sont liés à un employeur par un **contrat de travail**, rendant marginal le travail indépendant (métiers agricoles, commerçants, artisans, professions libérales). Les salariés se concentrent dans trois catégories socioprofessionnelles : **les ouvriers, les employés et les professions intermédiaires**.

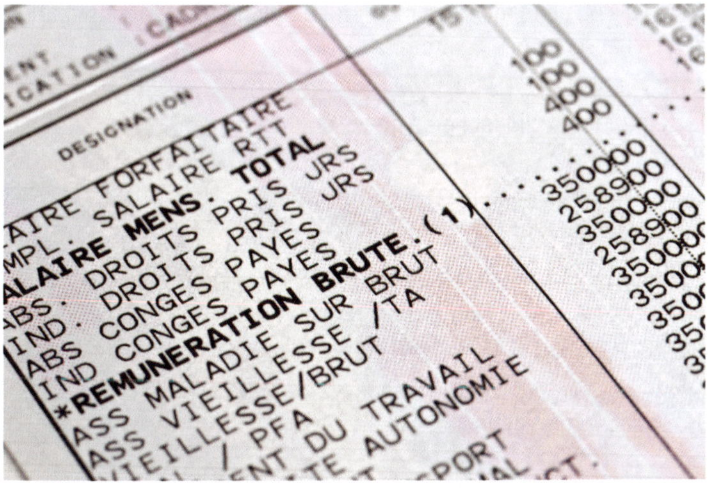

- **Un mouvement de salarisation expliqué par d'autres changements :**

– La salarisation va de pair avec la **montée du travail féminin** depuis la fin des années 1960 : aujourd'hui, le taux de salarisation des femmes est égal à celui des hommes.

– Les **besoins de qualification** nés des exigences du progrès technique ont vu augmenter le nombre de cadres et de professions intermédiaires, pour la plupart salariés.

B La tertiarisation

- **Le développement des services.** Depuis 1945, les économies se sont **tertiarisées** : la part croissante des services dans le PIB va de pair avec la part croissante des actifs tertiaires dans la population active totale. Le secteur tertiaire est, ainsi, devenu le plus grand « réservoir d'emplois ».

Chiffres-clés

Les services occupaient 32 % des actifs en 1946, ils en occupent 77 % en 2019.

- **Une plus faible productivité dans les services.** Elle y est plus faible que dans les secteurs agricole et industriel, car la production de services est **rarement une production de masse** : les gains de productivité sont plus faibles que dans l'industrie ; les besoins de main d'œuvre sont donc plus importants.

Taux de croissance de la production =
taux de croissance de la productivité + taux de croissance de l'emploi

Il y a donc création d'emplois si le taux de croissance de la productivité est plus faible que le taux de croissance de la production.

- **Des emplois de services générés par une consommation de services.** Depuis 1945, **le pouvoir d'achat des ménages a fortement augmenté**, ce qui a transformé les structures de la consommation : une part croissante de celle-ci se tourne vers les services (la **« faim » du tertiaire** selon l'économiste Jean Fourastié).

C La féminisation des emplois

- **Forte augmentation du taux d'activité féminin.** En 1968, les femmes étaient 45 % à être actives entre 25 et 54 ans (au chômage ou en emploi) ; elles atteignent, de nos jours, un taux proche de celui des hommes (environ 90 %).

- **Le travail féminin n'est pas nouveau.** Au début du XXe siècle, les femmes participaient à l'entreprise familiale et, pendant la Première Guerre mondiale, elles ont fait tourner la « machine économique » en l'absence des hommes.

- **Le grand tournant de la fin des années 1960.** De nombreux facteurs vont expliquer l'émergence du travail féminin :

– l'affirmation de l'identité féminine au travers des mouvements féministes, qui veut mettre fin à la « dictature masculine », en particulier en matière de travail ;

– l'allongement de la durée des études des femmes, qui sacrifient difficilement plusieurs années d'études pour rester au foyer ;

– les lois sur l'égalité professionnelle ;

Zoom

Quelques dates dans l'histoire des femmes
1944 : droit de vote et d'éligibilité
1975 : loi autorisant l'interruption volontaire de grossesse et loi sur le divorce par consentement mutuel
1983 : loi sur l'égalité professionnelle entre les homme et les femmes
2006 : loi sur l'égalité salariale entre les hommes et les femmes

– l'instabilité de la famille (hausse des divorces et des familles monoparentales) pousse les femmes à pourvoir à leurs ressources financières en travaillant.

• **Des emplois surtout dans le tertiaire :**

– L'emploi reste très majoritairement féminin dans certains métiers : les assistantes maternelles, les employés de maison, aides à domicile et aides ménagères, les secrétaires et secrétaires de direction demeurent, à plus de 95 %, des femmes.

– La féminisation a augmenté dans les métiers de cadres et professions intermédiaires : les services administratifs, les professions des banques et des assurances, ou les professions du droit ;

– Des emplois se sont féminisés (métiers d'ingénieurs, de cadres de l'industrie ou du bâtiment, métiers de la police ou de l'armée) : d'autres voient la place des femmes reculer (dans l'industrie du textile, dans les métiers de « dactylo » et d'opératrices de saisie).

• **Des emplois de services peu qualifiés.** Ils sont majoritairement féminins, qu'il s'agisse des services domestiques (femme de ménage), des métiers du secteur de la distribution (vendeuse et caissière) ou de la santé (aide-soignante). Des postes **mal rémunérés et souvent très précaires** : les femmes sont plus nombreuses à travailler **à temps partiel (emploi souvent subi)** que les hommes.

Chiffres-clés

La crise de 2008 a vu une inversion des taux de chômage (10,7 % pour les hommes contre 9,6 % pour les femmes). Mais, depuis 2015, le chômage des hommes a baissé pour revenir à égalité de celui des femmes.

D La hausse du niveau de qualification

• **Une hausse des qualifications liée à l'élévation du niveau de formation.** Au cours des années 1980, l'État avait fixé l'objectif de **80 % d'une classe d'âge au baccalauréat** (objectif atteint depuis). La loi de 2005 sur l'école a fixé la nécessité de **conduire un jeune sur deux vers un diplôme de l'enseignement supérieur** (45 % des 25-34 ans actuellement).

• **Une génération de jeunes actifs plus diplômés.** Depuis les années 1960, des générations d'actifs âgés et peu formés ont été remplacées par des plus jeunes, beaucoup plus diplômés. En revanche, le système de formation continue n'a pas joué pleinement son rôle, notamment en direction des travailleurs âgés ou peu qualifiés.

• **Mais pas de recul généralisé de l'emploi peu qualifié. Les qualifications se polarisent** avec, d'un côté, des métiers très qualifiés (chez les cadres et professions intermédiaires) et, de l'autre, des métiers peu qualifiés de « service » (*ex. :* aides à domicile, aides ménagères...), difficilement remplaçables par des machines.

11 Classes sociales et stratification sociale

La lecture de la société en termes de classes sociales n'est qu'une lecture de la stratification parmi d'autres. Si elle est utile pour comprendre certains phénomènes sociaux, et notamment les rapports de domination, elle n'épuise pas toutes les dimensions de la vie sociale.

1 Les classes sociales chez Marx : une hiérarchie unidimensionnelle

A La réalité des classes sociales

• **Le caractère conflictuel des classes.** Pour **Karl Marx** (1818-1883), les classes sociales sont conflictuelles dans la société capitaliste dont les rapports de production mettent en scène une **bipolarisation des classes** : le monde des ouvriers **(les prolétaires)**, détenteurs de leur seule force de travail, est exploité par la **bourgeoisie capitaliste**, détentrice des moyens privés de production.

▲ Karl Marx (1818-1883)

• **La conscience de classe.** Marx montre que cette réalité des classes s'appuie également sur la conscience de classe, forte chez les ouvriers qui prennent **conscience de leurs intérêts communs à défendre** pour constituer une force capable de combattre la classe sociale opposée.

> **Mot-clé**
> **Rapports de production :** place que chacun occupe dans l'ordre économique : elle détermine la classe à laquelle un individu appartient.

• **Le passage de la classe virtuelle à la classe réelle :**

– La classe **virtuelle** réunit des individus occupant la même place dans le processus de production, avec un **mode de vie semblable** : les paysans forment ainsi une **« classe en soi »**, selon Marx ;

– La classe virtuelle devient **réelle si elle se mobilise politiquement** (conscience de classe) et si elle lutte pour la conquête du pouvoir : les ouvriers forment alors une **« classe pour soi »**.

B La lutte des classes sociales

• **Le matérialisme historique.** La lutte des classes constitue, pour Marx, le **moteur du changement social.** L'histoire de l'humanité traduit, selon lui, l'histoire de la lutte des classes : l'Antiquité opposait maîtres et esclaves, la société féodale opposait seigneurs et serfs, la société capitaliste oppose bourgeois et prolétaires.

• **La fin annoncée du capitalisme.** Selon Marx, l'augmentation de la plus-value (source du profit des capitalistes qui rémunèrent les ouvriers avec un salaire minimum) débouchera, à terme, sur une crise de sous-consommation qui enterrera le mode de production capitaliste : **la société socialiste (sans classes) succédera inéluctablement, à son tour, à la société capitaliste.**

2 Les classes sociales chez Weber : une hiérarchie multidimensionnelle

A Classes, statuts et partis politiques

• **Des classes sociales.** Pour le sociologue allemand **Max Weber** (1864-1920), une classe sociale regroupe des individus ayant la chance d'accéder au même niveau de revenu ou de patrimoine (absence de notion de lutte de classes et de conscience collective comme chez Marx).

▲ Max Weber (1864-1920)

• **Des groupes statutaires.** Un groupe statutaire rassemble les **individus ayant le même prestige social** (considération sociale liée à la profession, au niveau d'études...) et un **mode de vie proche**. Cela contribue à leur faire prendre conscience de leur appartenance à un même ensemble.

Zoom

Pour Max Weber, la société est hiérarchisée selon une dimension économique, sociale et politique.

• **Des partis politiques.** Un parti politique réunit des **individus qui partagent un même pouvoir politique**.

B Trois dimensions distinctes mais profondément liées

• **La domination économique n'entraîne pas nécessairement une domination politique et sociale.** Contrairement à Marx, Weber pense qu'**un individu peut occuper des positions différentes** au sein de ces trois systèmes de stratification. Par exemple, un ouvrier syndicaliste militant peut se trouver à un rang économique subalterne au sein de l'entreprise, alors qu'il y exerce un pouvoir politique non négligeable.

• **Les trois dimensions demeurent néanmoins connectées.** L'ordre politique est, ainsi, fréquemment lié aux deux autres ordres : les membres de l'élite économique sont, souvent, au sommet de l'échelle politique et statutaire.

Mot-clé

Strates : « couches » de population classées selon plusieurs critères (revenus, diplômes, prestige...) et caractérisées par l'absence de conflit majeur.

3 La dilution des classes sociales depuis 1945

A La moyennisation de la société

• **La classe moyenne : des strates hiérarchisées.** La classe moyenne renvoie à une **vision plus mobile de la société** qui englobe une partie des ouvriers et des employés, les cadres et les professions intermédiaires : ils constituent le **« centre » de la structure sociale** qui a gonflé numériquement (les 2/3 des actifs) depuis le milieu du XXe siècle.

Zoom

Pour Henri Mendras (1927-2003), la société est représentée sous forme de toupie : le passage de la « constellation populaire » (ouvriers et employés) à la « constellation centrale » (cadres et professions intermédiaires) est facilité, faisant disparaître les frontières de classe.

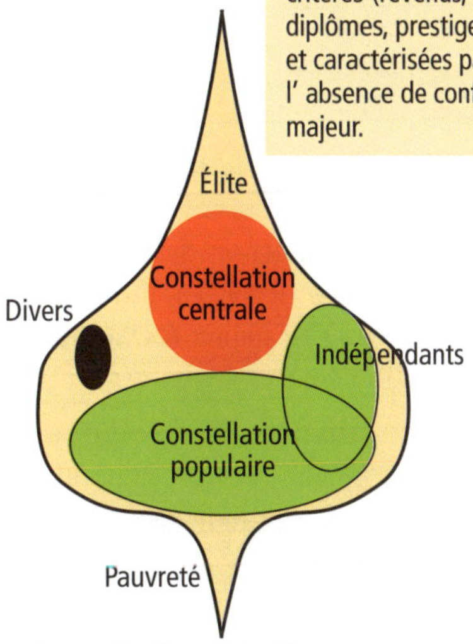

▲ La toupie d'Henri Mendras

• **Un critère économique pour la définir.** La classe moyenne est définie comme l'ensemble des individus disposant d'un **revenu proche du revenu médian** (environ **1 750 € en France** pour une personne seule) :

– L'OCDE considère une fourchette autour de ce revenu comprise entre 75 et 200 % du revenu médian.

– L'INSEE définit une borne située entre les 30 % des ménages les plus pauvres et les 20 % les plus riches, soit un ensemble représentant 50 % de la population.

• **Un critère sociologique.** Les **statuts sociaux** se sont **uniformisés** : les ouvriers et les employés les plus qualifiés accèdent à la propriété (logement), à la consommation de masse ou aux études supérieures.

• **Un critère subjectif.** Les sondages d'opinion montrent que **le sentiment d'appartenance à des classes sociales s'atténue**. En même temps, la part de ceux qui se déclarent appartenir aux classes moyennes augmente.

> **Zoom**
> Si tout le monde s'identifie aux classes moyennes, alors personne n'est moyen !

B L'éclatement du monde ouvrier

• **Recul de la « conscience fière ouvrière ».** Depuis la crise des années 1980, les ouvriers ont perdu l'unité et le prestige qui les rendaient fiers jadis : une distance s'est créée entre eux selon qu'ils sont au chômage ou en emploi, en emploi qualifié ou en emploi non qualifié, en emploi stable ou en emploi précaire, en emploi dans le tertiaire ou dans l'industrie, syndiqués ou pas, propriétaires de leur logement ou locataires, etc.

• **L'amélioration du niveau de vie ouvrier.** L'augmentation du pouvoir d'achat des ouvriers depuis les années 1950 a entraîné, chez beaucoup d'entre eux, le **sentiment d'appartenance aux classes moyennes** (image plus valorisante que celle qui est rattachée aux classes populaires).

C La montée de l'individualisme : le lien avec le groupe socioprofessionnel ou la classe sociale s'estompe

• **Les individus liés à plusieurs identités.** L'appartenance de classe définit beaucoup moins l'identité sociale d'un individu : l'âge, le sexe, les pratiques culturelles, les origines ethniques seraient, désormais, plus déterminants dans le sentiment d'appartenance des individus.

> **Zoom**
> Selon ses aspirations, sa volonté, ses mérites, l'individu peut se construire une identité en adhérant à un ou plusieurs groupes de référence par opposition à son milieu d'origine.

• **L'individu devient « pluriel ».** Il multiplie les expériences en fonction de la situation sociale qu'il vit : il cumule des **activités jugées comme légitimes** par rapport à son milieu social d'origine avec d'autres qui le sont moins.

> **Exemple**
> L'individu échappe aux comportements prévisibles dictés par son appartenance de classe (*ex. :* un cadre peut lire de la philosophie et écouter du rap).

• **Les inégalités deviennent intra-catégorielles.** Les inégalités apparaissent de plus en plus au sein d'une même catégorie sociale : ce clivage interne est aggravé par le chômage et la diversité du statut de l'emploi observés depuis les années 1980 (voir *supra*, l'exemple du monde ouvrier éclaté).

4 La question de la réactualisation des classes sociales

A Des inégalités toujours présentes

• **Des riches de plus en plus riches.** Les écarts se creusent, désormais, par le haut de la hiérarchie des revenus : les inégalités au sein de la fraction la plus favorisée ont augmenté depuis les années 1990, ce qui peut fausser la mesure de l'évolution des inégalités (voir leçon 18).

• **Une société qui se polarise.** Ce regain très net des inégalités va **à l'encontre de la thèse de la moyennisation**, et, compte tenu du caractère cumulatif des inégalités, on assiste à un processus de regroupement des groupes sociaux autour de pôles opposés.

• **Des rapports sociaux de genres et de classes qui s'entretiennent.** La **division sexuée du travail** vient se coupler avec celle des classes sociales. L'activité des femmes est reliée à leurs qualités jugées comme « naturelles » (la douceur, le relationnel, la patience, la dextérité, etc.) qui ne bénéficient pas de reconnaissance sociale : elles sont considérées comme subalternes et rémunérées à un niveau inférieur à celui des hommes.

Exemple

Les emplois d'aides à domicile, très féminisés et faiblement rémunérés, renvoient aux tâches effectuées gratuitement par les femmes en tant qu'épouses, filles et mères.

B De nouvelles sources de domination

• **Des enjeux économiques et symboliques.** Le sociologue **Pierre Bourdieu** (1930-2002) porte l'analyse sur les **enjeux symboliques de la lutte des classes** : elle repose sur les enjeux économiques mais surtout symboliques (la pratique des arts, l'école fréquentée, le sport pratiqué, etc.).

• **Le volume et la structure du capital.** Dans les « champs » de l'économie, le sport, la culture, la politique, les loisirs, se nouent des relations d'opposition entre les classes dominées et les classes dominantes : la dotation des individus en **capital économique** (niveau de revenu), en **capital culturel** (niveaux de diplôme, de langage, pratiques culturelles) et en **capital social** (relations sociales) crée des distinctions entre eux.

Exemple

On retrouve chez les catégories culturellement les plus favorisées une certaine « omnivorité » (appétit culturel) : maîtrise des langues étrangères, fréquentation des musées, du cinéma et des spectacles, etc.

Citation-clé

Pour Pierre Bourdieu, les jugements de goût sont des jugements de classe. Par exemple : les sports pratiqués, les musiques écoutées, les plats cuisinés...

C La bourgeoisie résiste

• **Les logiques de classe n'ont pas totalement disparu.** La grande bourgeoisie est une **classe possédante** qui cumule la richesse économique et culturelle avec de fortes relations sociales et de prestige. Pour certains sociologues, elle est à peu près la seule au début du XXIe siècle à exister encore réellement en tant que **classe mobilisée (unité et conscience de soi)**.

• **Une stratégie de distinction pour défendre ses positions.** Elle cultive un **« entre-soi »** qui se manifeste par des ségrégations socio-spatiales (*ex. :* lieu de résidence), une différenciation culturelle (*ex. :* fréquentation des lieux culturels), des stratégies matrimoniales pour conserver le patrimoine familial ou par des parcours scolaires prestigieux.

SPÉCIALITÉ SES

12 L'action de l'école sur les individus et la société

L'école, censée garantir l'égalité des chances, parvient difficilement à répondre à l'objectif d'atténuation des inégalités.

1 L'école transmet des savoirs et vise à favoriser l'égalité des chances

A Le principe méritocratique de l'école

• **L'égalité des chances.** L'école assure les mêmes droits pour tous les élèves et leur permet, selon leurs seuls mérites personnels (travail scolaire), d'accéder à toute position sociale.

• **L'idéal démocratique républicain.** L'école publique française est censée permettre aux plus méritants, sans distinction de sexe ou d'origine sociale, d'obtenir des **diplômes** facilitant l'accès aux positions sociales élevées. En permettant à un plus grand nombre d'élèves d'avoir un diplôme, l'école favorise la **mobilité sociale** (voir leçon 13).

• **Exemples de mesures prises pour atteindre cet objectif :**

– Les **bourses** pallient l'insuffisance de revenus de certaines familles pour financer les études de leurs enfants.

– Les **systèmes d'orientation** et de **réorientation** permettent à chacun de trouver sa voie et de quitter le système scolaire le plus tard possible.

– La mise en place de **baccalauréats différents** (généraux, techniques, professionnels).

B Massification et démocratisation scolaires depuis 1950

• **Massification : un phénomène quantitatif.** La massification désigne l'**augmentation du nombre d'enfants** scolarisés à l'école primaire, dans le secondaire et l'enseignement supérieur.

• **Démocratisation : une dimension qualitative en plus.** La démocratisation de l'enseignement, c'est une école de plus en plus **ouverte à toutes les catégories sociales** : un meilleur accès aux différentes filières et aux savoirs scolaires.

• **Démocratisation du primaire et du secondaire amorcée durant les Trente Glorieuses :**

– Jusqu'en 1945, l'enseignement français est **séparé en deux ordres** : l'école primaire, ouverte à tous, et l'enseignement secondaire, réservé à une élite.

– À partir de 1945, **l'enseignement secondaire se démocratise** à son tour : le nombre d'élèves scolarisés dans les classes des collèges de la sixième à la troisième passe d'**un million environ en 1960 à trois millions en 1975**. Dans le second cycle général et technologique, on passe de 400 000 élèves à un million.

> **Zoom**
> La démocratisation scolaire est assimilée à la lutte contre l'échec scolaire et contre les inégalités sociales.

> **Zoom**
> La croissance démographique du baby-boom explique également l'augmentation des effectifs du secondaire.

> **Chiffres-clés**
> Hausse du niveau de qualification des jeunes : en 1950, 5 % seulement des élèves d'une classe d'âge accèdent à un baccalauréat général ; c'est près de 80 % aujourd'hui.

• **Démocratisation de l'enseignement supérieur dans les années 1970.** La généralisation de l'accès à la classe de Terminale puis de la poursuite des études dans le supérieur explique la **forte croissance des étudiants** : d'un million au début des années 1970 à 2,7 millions de nos jours.

C Une croissance quantitative qui a profité aux élèves des classes populaires

• **Un meilleur accès au baccalauréat :**

– Parmi les générations nées au début des années 1990, **58 % des jeunes de père ouvrier ou employé sont bacheliers** alors que cette proportion n'est que de 41 % pour ceux nés au début des années 1970.

– Proportion qui reste, toutefois, nettement inférieure à celle des **enfants de cadres et de professions intermédiaires** qui est de **81 %** pour la génération 1990-1994 contre 68 % pour les jeunes de la génération 1970-1974.

• **Un meilleur accès à l'enseignement supérieur.** Depuis 10 ans, la proportion d'enfants d'ouvriers et d'employés qui obtiennent un diplôme de l'enseignement supérieur a augmenté (ils sont un tiers), alors que celle des enfants de cadres et de professions intermédiaires a légèrement baissé (ils sont moins de 60 %).

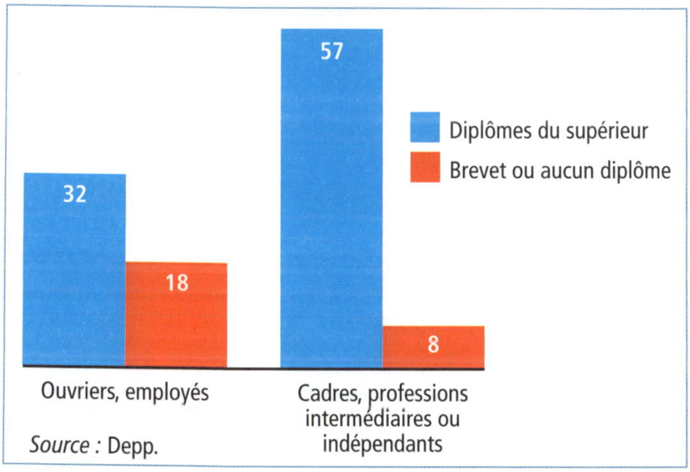

▲ Niveaux de diplômes atteint par les jeunes sortis du système de formation entre 2013 et 2015, en fonction du milieu social, en %

Chiffre-clé

La proportion d'enfants d'ouvriers et d'employés sans diplôme a diminué en France : elle est, désormais, l'une des plus faibles d'Europe (9,3 % pour une moyenne de 11 % dans l'UE).

2 Les échecs de la démocratisation scolaire

A Davantage de massification que de démocratisation

• **Une massification incontestable :**

– Le **taux de passage de troisième en seconde** générale et technologique est passé de 54 à 61 % entre le milieu des années 2000 et la période actuelle.

Zoom

1882 : instruction obligatoire pour tous les enfants de 6 à 13 ans
1936 : obligation scolaire jusqu'à 14 ans
1959 : obligation scolaire jusqu'à 16 ans
2019 : instruction obligatoire dès 3 ans et obligation de formation jusqu'à 18 ans

– Alors que près de trois quarts des jeunes de 17 ans n'étaient pas scolarisés par l'Éducation nationale en 1958, ce n'est plus le cas que pour **moins d'un quart** d'entre eux aujourd'hui.

• Un impact faible sur les inégalités scolaires :

– La **massification** n'a pas mis fin aux inégalités face à la formation : depuis 50 ans, les enfants des milieux populaires bénéficient d'études plus longues et d'un niveau de diplôme toujours plus élevé, mais les écarts avec les classes favorisées ne sont pas résorbés.

– Les enfants de cadres et de chefs d'entreprise ne sont que 13 % à n'obtenir aucun diplôme ; c'est le cas pour **60 % des enfants d'ouvriers non qualifiés**.

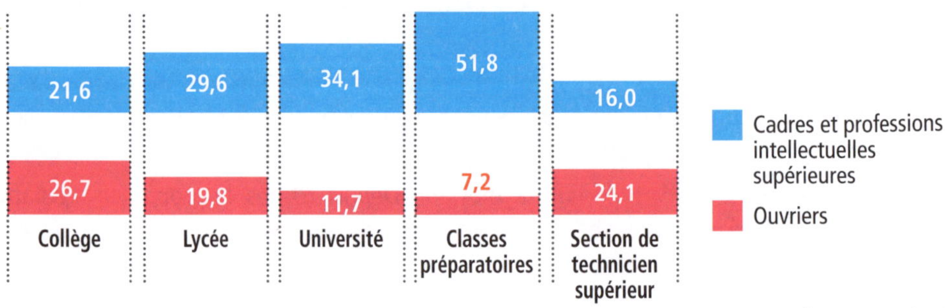

Source : ministère de l'Éducation nationale. Repères et références statistiques 2018.

▲ Origine sociale par niveau et catégorie d'études en 2017-2018, en %

Lecture : en 2017-2018, 51,8 % des élèves en classes préparatoires étaient des enfants de cadres et professions intellectuelles supérieures.

B Des inégalités plus fortes dans le supérieur

• Les inégalités se sont déplacées. Les enfants d'ouvriers sont sous-représentés dans les filières prestigieuses. Ils ne passent pas toujours le même bac que les enfants des catégories supérieures ; ils obtiennent aussi moins souvent des mentions et accèdent aux **filières les moins rentables de l'enseignement supérieur** (filières courtes) sur le marché du travail.

• Une stagnation relative des inégalités sociales. Lorsque l'école se massifie, les catégories sociales les moins favorisées accèdent au lycée et à l'Université, mais pas aux mêmes filières et aux mêmes formations que les enfants des classes aisées. Autrement dit, lorsque les performances de toutes les catégories sociales progressent, **les écarts relatifs entre les catégories stagnent**.

Zoom

L'évolution des inégalités scolaires peut être comparée à la situation de personnes sur un Escalator : lorsqu'il démarre, les personnes situées initialement au milieu des marches parviennent au sommet, alors que celles situées en bas de l'Escalator n'arrivent qu'au milieu de la montée.

3 Les facteurs d'inégalités de réussite scolaire

A Des objectifs différents assignés à l'école

• Des finalités complémentaires. L'école se donne comme objectifs à la fois de **fabriquer des citoyens** (finalité originelle de Jules Ferry),

Personnage-clé

Pour le sociologue **Émile Durkheim** (1858-1917), l'école doit unifier la société autour de valeurs communes (respect de la patrie, de la raison et de la discipline) et préparer les individus aux différents emplois.

de **transmettre une culture générale** (« SMIC culturel ») et de donner une **formation adaptée aux besoins** de l'économie (former à des emplois précis, préparer à la polyvalence).

• **Des finalités contradictoires.** L'école **éduque** et **socialise** l'ensemble des élèves ; elle privilégie l'épanouissement, l'affirmation d'une personnalité. Mais, en même temps, elle **sélectionne**, elle **trie** en dégageant une **élite** (la France est une « société des diplômes »).

B L'école, productrice d'inégalités

• **L'école comme instrument de domination.** Le sociologue **Pierre Bourdieu** (1930-2002) montre les **échecs de la démocratisation** de l'école qu'il perçoit comme l'instance de domination dont la fonction serait de **reproduire** et de **justifier les inégalités** : elle immobilise un ***habitus* proche des classes dominantes**, ce qui pénalise les élèves venant des classes sociales défavorisées (héritiers d'un faible contexte de savoirs fournis par leur milieu d'origine).

> **Mot-clé**
>
> **L'*habitus* selon Bourdieu :** *« ce que l'on a acquis, mais qui s'est incarné de façon durable dans le corps sous forme de dispositions permanentes »* (goûts et aptitudes acquis au cours du processus de socialisation).

• **Des compétences non enseignées pour réussir.** La sélection à l'école et à l'Université ne repose pas uniquement sur l'évaluation des compétences acquises en cours, mais sur un **capital culturel** (voir leçon 11) **adapté aux attentes du système éducatif** : la façon de s'exprimer, la richesse du vocabulaire, la pratique des arts, sa propre « culture générale », etc. sont des facteurs de réussite scolaire.

> **Zoom**
>
> Les parents de milieux favorisés peuvent transmettre à leurs enfants le modèle culturel valorisé par l'école car eux-mêmes le possèdent, contrairement aux parents occupant le bas de l'échelle sociale.

• **Du jeu scolaire à l'enjeu de réussite scolaire :**

– Les enfants de familles favorisées ont plus facilement accès que les autres à des diplômes élevés car ils **maîtrisent les règles du jeu scolaire** : ce faisant, ils accèdent à de meilleurs emplois.

– Pour les enfants de familles défavorisées, l'école est davantage un **enjeu de mobilité sociale** pour s'élever dans la hiérarchie sociale.

• **L'école au service du capitalisme.** Les sociologues français Christian Baudelot et Roger Establet affirment, plus radicalement, l'existence d'un **réseau scolaire primaire-professionnel** (réservé aux enfants de prolétaires) et d'un **réseau secondaire-supérieur** (destiné aux enfants de bourgeois).

> **Zoom**
>
> L'école entretient l'opposition entre travail manuel et travail intellectuel, mais aussi l'opposition entre milieu ouvrier et bourgeoisie.

C Des stratégies familiales différentes

• **Des intérêts individuels bien compris.** Le sociologue **Raymond Boudon** (1934-2013) montre que les investissements familiaux en matière scolaire sont différents selon les milieux sociaux : les milieux défavorisés choisissent des **études courtes et professionnalisantes** (études peu onéreuses qui permettront d'atteindre ou de dépasser le niveau des parents), alors que les plus aisés choisissent des **études longues**, les parents acceptant de **payer cher** pour les études de leurs enfants.

• **Le calcul coût/risque/bénéfice.** S'engager dans un parcours scolaire plus ou moins long dépend de la **position sociale de la famille** de l'élève (le niveau de diplôme des parents). Le coût de longues études est comparativement

> **Zoom**
>
> Obtenir le bac est perçu comme un bénéfice pour un élève dont les parents n'ont pas de diplôme ; cela ne représente qu'un passage obligé pour un enfant de parents diplômés de l'enseignement supérieur.

SPÉCIALITÉ SES

moins lourd à supporter pour une famille aisée que pour une famille modeste : le risque d'échec est d'autant plus faible que les parents de l'élève sont en mesure de l'aider (ils ont fait eux-mêmes des études et connaissent mieux le fonctionnement du système éducatif). Le **bénéfice** débouche sur des diplômes élevés permettant à l'élève de **rejoindre**, voire de **dépasser le niveau social de ses parents**.

• **Des réussites scolaires paradoxales qui ne le sont pas.** Des enfants d'origine sociale défavorisée réussissent à l'école : l'explication vient, souvent, des **incitations parentales favorables** à la réussite scolaire (suivi de la scolarité, tenue langagière, lectures diverses, rythmes de vie familiaux réguliers, etc.).

D La socialisation différentielle selon le genre

• **Une « sous-culture » de sexe.** L'**étiquetage lié au sexe** au moment de la naissance conduit à une socialisation différentielle : les filles appliquées et ordonnées devraient leur réussite scolaire à leur travail et leur échec à leurs aptitudes insuffisantes, tandis que les garçons échoueraient par leur paresse mais réussiraient par leur talent.

> **Exemples**
> Les jouets, les livres, les sports, les vêtements, les publicités, etc., sont encore très sexués : ils ont de multiples implications sur le développement de l'enfant.

• **Une hiérarchisation des rôles intériorisée.** Les **pratiques sexuées** sont progressivement **intégrées** : elles expliquent le manque de confiance des adolescentes et le maintien de **représentations stéréotypées** (*ex.* : les filles sont moins bonnes en sciences) qui peuvent affecter leurs performances scolaires.

• **La différence entre les sexes produit des inégalités.** Alors que les filles réussissent mieux scolairement que les garçons, elles ne parviennent pas à maintenir cet avantage sur le marché du travail (voir leçon 11).

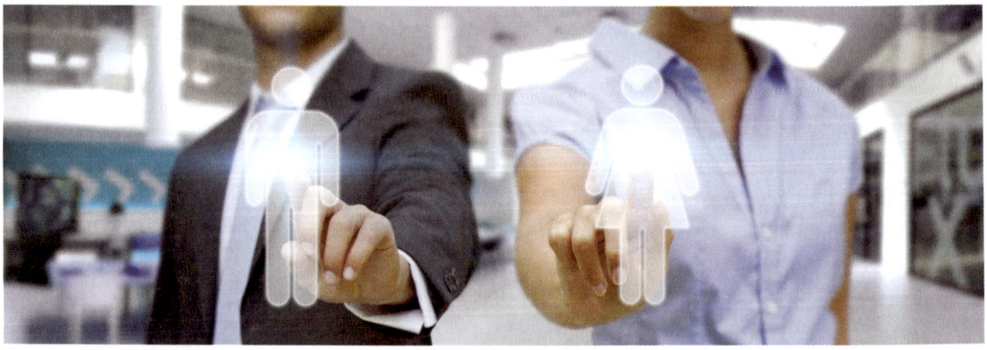

13 La mesure de la mobilité sociale

La mobilité sociale rend compte du mouvement de la société en étudiant les phénomènes de déplacement des individus dans l'espace social.

SPÉCIALITÉ SES

1 Les formes de mobilités sociales

A La mobilité dans l'espace social

• **Le déplacement de l'individu dans l'espace social.** La mobilité sociale renvoie à l'**étude de la trajectoire sociale** de l'individu.

• **La dimension verticale de l'espace social.** La mobilité se traduit par un déplacement des individus d'une **position sociale à une autre** : c'est l'idée d'une **échelle sociale** que l'on peut monter ou descendre (étude des positions hiérarchisées).

• **La dimension horizontale de l'espace social.** La mobilité se traduit, ici, par le passage des individus **d'un poste à un autre** sans qu'il y ait nécessairement changement d'une position sociale à une autre (*ex. :* une mutation professionnelle).

Zoom

Les sociologues se sont penchés sur la dimension verticale bien que celle-ci puisse conditionner la dimension horizontale (cas d'une promotion sociale qui amène à changer de région).

B Mobilités intra et intergénérationnelle

• **Mobilité intragénérationnelle.** La trajectoire sociale renvoie à la mobilité **au cours de la vie d'un individu** (mobilité biographique).

• **Mobilité intergénérationnelle.** La trajectoire sociale renvoie à la mobilité **entre deux générations successives**.

Exemples

• Un ouvrier licencié amené à devenir maçon à son compte : mobilité intragénérationnelle.
• Un fils d'employé devient professeur : mobilité intergénérationnelle.

C Mobilités professionnelle et géographique

• **Quelle différence ?** La mobilité géographique concerne le **changement de lieu de résidence**, et la mobilité professionnelle le **changement de secteur** professionnel ou d'entreprise.

• **Les formes de mobilités se combinent :**

	Mobilité géographique	Mobilité professionnelle	Mobilité intergénérationnelle	Mobilité horizontale	Mobilité verticale	Mobilité ascendante	Mobilité descendante
Une fille d'ouvrière devient agent d'entretien			✘	✘			
Un informaticien connaît une promotion mais doit déménager à Paris	✘	✘			✘	✘	
Un cadre obligé d'accepter un emploi de serveur suite à un licenciement		✘			✘		✘
Une fille de médecin devient vétérinaire			✘	✘			

2 Construction des tables de mobilité intergénérationnelle

A Les tables de destinée et les tables de recrutement

• **L'intérêt recherché.** Il est de **croiser la catégorie socioprofessionnelle** des fils ou des filles avec celle de leur père ou de leur mère, ou encore de celle des fils ou des filles avec le **niveau d'études** atteint par leur mère ou leur père.

• **Les tables répondent chacune à une question :**

– Une première question s'intéresse à la **destinée** : « que font professionnellement les fils (filles) d'aujourd'hui par rapport à leur père (mère) au même âge ? »

– Une deuxième question s'intéresse au **recrutement** : « que faisaient professionnellement les pères (mères) des actifs d'aujourd'hui au même âge ? ».

> **Zoom**
> Les tables de mobilité sont réalisées par l'INSEE à peu près tous les 10 ans à partir de l'enquête FQP (Formation et qualification professionnelle).

• **Elles portent sur les actifs à un âge tardif.** Les tables de mobilité **comparent les enfants à leurs parents** aux mêmes âges et à un âge tardif (*ex. :* entre 40 et 59 ans) pour éviter que l'analyse de la mobilité intergénérationnelle ne soit faussée par des phénomènes de mobilité intragénérationnelle (en début de carrière, la position sociale est encore souvent provisoire !).

GSP du fils	GSP du père						
	Agriculteur	ACCE*	Cadre et PIS**	Professions intermédiaires	Employé	Ouvrier	Ensemble
Agriculteur	26,6	0,9	0,4	0,6	0,6	0,5	3,2
ACCE*	9,0	22,5	9,8	8,8	8,0	8,3	10,6
Cadre et PIS**	10,7	24,9	48,2	29,8	19,9	10,9	21,4
PI***	14,0	20,8	22,6	29,8	25,3	22,5	22,7
Employé	7,2	8,2	8,6	11,3	15,5	11,8	10,7
Ouvrier	32,5	22,8	10,4	19,8	30,7	45,9	31,4
Ensemble	100,0	100,0	100,0	100,0	100,0	100,0	100,0

▲ Destinée sociale en %

Lecture : 45,9 % des fils d'ouvriers âgés de 40 à 59 ans sont eux-mêmes ouvriers. Sur 100 fils d'agriculteurs des mêmes générations, 9 sont devenus artisans, commerçants ou chefs d'entreprise.

Source : INSEE, Enquête emploi, 2015.

GSP du fils	GSP du père						
	Agriculteur	ACCE*	Cadre et PIS**	Professions intermédiaires	Employé	Ouvrier	Ensemble
Agriculteur	84,1	3,6	1,5	2,5	1,8	6,4	100,0
ACCE*	8,7	29,0	12,5	12,0	7,2	30,6	100,0
Cadre et PIS**	5,1	15,8	30,3	20,1	8,8	19,9	100,0
PI***	6,2	12,5	13,4	18,9	10,6	38,5	100,0
Employé	6,8	10,5	10,8	15,2	13,7	42,9	100,0
Ouvrier	10,5	9,9	4,5	9,1	9,3	56,8	100,0
Ensemble	10,1	13,6	13,5	14,4	9,5	38,8	100,0

▲ Recrutement social en %

*ACCE : artisans, commerçants, chefs d'entreprise. **PIS : professions intellectuelles supérieures.
***PI : professions intermédiaires.

Source : INSEE, Enquête emploi, 2015.

Lecture : 84,1 % des agriculteurs avaient un père lui-même agriculteur. Sur 100 cadres et professions intellectuelles supérieures des mêmes générations, 19,9 avaient un père ouvrier.

B Limites des tables de mobilité

• **Des études longtemps centrées sur les hommes.** La mobilité sociale des femmes est peu prise en compte car la **génération des mères** était **moins active** qu'aujourd'hui. Ainsi, les tables de mobilité mères/filles **accentuent la mobilité ascendante des filles** compte tenu de la féminisation des emplois (voir leçon 10).

• **Une mesure difficile des trajectoires sociales.** Les tables de mobilité sont construites à partir des **PCS** (voir leçon 10). Mais au sein d'une même catégorie socioprofessionnelle, **les**

Exemples

• Un fils de médecin qui devient chirurgien apparaît comme immobile (appartenance à la même PCS) alors qu'il a une trajectoire ascendante.
• Un fils d'agriculteur qui devient ouvrier apparaît comme mobile car il change de PCS, alors qu'il est immobile quant au statut.

SPÉCIALITÉ SES

statuts sociaux peuvent être différents (prestige, revenu, capital culturel), ce qui complique la mesure et la distinction des trajectoires ascendantes et descendantes.

• **Les tables repèrent mal le déclassement social (voir leçon 14).** La **précarisation des contrats de travail** et la **dévalorisation de certaines professions** ne sont pas prises en compte. Ainsi, une fille de cadre en CDI qui est elle-même cadre intérimaire connaît un déclassement que les tables assimilent à de l'**immobilité sociale**. Et un fils d'ouvrier qui est lui-même ouvrier est comptabilisé comme immobile, alors qu'être ouvrier aujourd'hui est moins prestigieux ou enviable que dans les années 1970.

3 Mobilité structurelle et fluidité sociale

A La mobilité observée

• **Définition.** La mobilité observée (dite **mobilité brute** ou **mobilité totale**) est celle que l'on mesure lorsqu'on déduit de l'ensemble des actifs ceux qui occupent la même PCS que leurs parents (voir la diagonale de la table de destinée).

Exemple : 73,4 % des fils d'agriculteurs (soit 100 – 26,6 dans la table de destinée) sont mobiles car ils ne sont pas devenus eux-mêmes agriculteurs.

• **Décomposition de la mobilité observée :**

Mobilité observée (ou totale) = mobilité nette + mobilité structurelle

• **La mobilité pure.** Elle concerne la mobilité intergénérationnelle des individus dans la structure : c'est la mobilité au sens de l'**accomplissement personnel** (*ex. :* par l'école notamment, un enfant d'ouvrier pourra devenir cadre). On parle alors de mobilité pure (ou de **mobilité nette** ou encore de **mobilité de circulation**).

• **La mobilité structurelle.** Elle renvoie à la mobilité intergénérationnelle des individus liée aux **changements de structure de la société** comme la tertiarisation, la salarisation, etc. (voir leçon 10). On parle alors de mobilité structurelle ou **forcée** (*ex. :* la forte productivité dans l'agriculture et l'allongement de la scolarité ont conduit beaucoup d'enfants d'agriculteurs à se diriger vers un autre secteur).

B La fluidité sociale

• **Définition.** La fluidité sociale mesure le **degré d'ouverture de la société**, à savoir le degré de **circulation** entre PCS d'une société indépendamment des changements structurels de l'emploi.

• **Deux manières de la mesurer :**

– Une première façon est de **calculer la mobilité nette**, c'est-à-dire le reliquat de mobilité observée qui reste une fois que l'on a soustrait la mobilité structurelle.

Mobilité nette = mobilité observée – mobilité structurelle

– Une seconde façon consiste à **calculer des *odds ratio*** (voir leçon 14), c'est-à-dire le rapport des chances relatives (*ex. :* entre les fils d'ouvriers et les fils de cadres) d'occuper les meilleures ou les moins bonnes situations sociales.

• **Illustration de la fluidité sociale.** Bien que les effectifs de la PCS « cadres » augmentent, il est possible que la **probabilité** pour un fils d'ouvrier de devenir cadre soit **inférieure** à celle d'un fils de cadre de le devenir aussi.

> **Mot-clé**
>
> **Mobilité relative :** c'est la mesure de la mobilité par *odds ratio* (terme anglais signifiant « cotes » dans le pari sportif).

14 L'évolution de la mobilité sociale en France

La mobilité sociale est stable depuis le milieu des années 1980. L'ascenseur social n'est pourtant pas bloqué : on « monte » toujours, mais on « descend » aussi plus souvent. D'où l'impression de panne.

1 Les résultats de la mobilité sociale

A Reproduction sociale et proximité sociale

• **Une reproduction sociale ciblée.** La reproduction sociale **se lit dans la diagonale de la table de destinée** sociale (voir leçon 13) : elle est très marquée aux **extrémités** de la hiérarchie.

• **Une reproduction constante depuis 40 ans.** En 1977, **un fils de cadre sur deux** est devenu cadre, et cette proportion n'a pas bougé depuis. Sur la même période, la **reproduction sociale** est également **très visible chez les employés et ouvriers qualifiés** (aujourd'hui, 43 % de leurs fils ont suivi la même trajectoire que leur père).

• **Une mobilité sociale de proximité.** Si la mobilité sociale en France reste supérieure à l'immobilité, le principe de proximité est la règle : les **trajectoires sociales courtes** (mobilité ascendante ou descendante) permettent de **changer de catégorie sociale mais pas souvent de classe sociale** (voir leçon 11). *Exemples :* beaucoup de fils d'agriculteurs ou d'ouvriers sont des ouvriers, beaucoup de fils d'employés ou d'ouvriers sont des employés. De même, beaucoup de fils de cadres ou de professions intermédiaires sont des cadres.

> **Zoom**
> Gravir les marches est plus facile en atteignant la marche juste au-dessus (trajectoire sociale courte) qu'en atteignant une marche éloignée (trajectoire sociale longue).

B Quel est le sens de la mobilité sociale?

• **Mobilité intergénérationnelle plus forte chez les femmes.** Aujourd'hui, les **deux tiers des hommes** appartiennent à une autre catégorie socioprofessionnelle que celle de leur père, contre **70 % pour les femmes** par rapport à leur mère.

> **Zoom**
> Le niveau socioprofessionnel des mères est nettement inférieur à celui des pères : ce qui accentue la mobilité ascendante des femmes par rapport à celle des hommes.

• **Progression de la mobilité descendante pour les hommes.** Pour les hommes, la mobilité ascendante (en baisse depuis 2003) reste supérieure à la mobilité descendante, mais cette dernière a progressé de plus en plus (**déclassement** ou **démotion sociale**).

• **Progression de la mobilité ascendante pour les femmes.** Par rapport à leur mère, les femmes ont (comme les hommes par rapport à leur père) une **mobilité ascendante supérieure** à la mobilité descendante. Mais les parts des trajectoires ascendantes sont plus importantes pour elles que pour les hommes.

> **Exemple**
> Entre 1977 et 2003, les hommes qui ont connu une ascension sociale par rapport à leur père étaient 3 fois plus nombreux que ceux dont la trajectoire sociale a été descendante ; actuellement, ils sont seulement 1,8 fois plus nombreux que ceux à la mobilité descendante.

• **Destinées sociales différentes selon le genre.**

– De nombreuses destinées sociales de femmes par rapport à leur mère sont proches de celles des hommes comparés à leur père : c'est notamment vrai pour les filles d'ouvrières ou d'employées qui sont devenues cadres ou qui exercent une profession intermédiaire.

– Mais, pour d'autres destinées, des **écarts** existent : par exemple, la mobilité descendante des filles de mères cadres est plus forte que pour les fils de pères cadres.

• **Destinées descendantes des femmes par rapport à leur père.** Si les femmes occupent souvent une position sociale plus élevée que leur mère (vrai dans 70 % des cas), cela est moins vrai par rapport à leur père : par exemple, actuellement, 20 % des femmes dont le père exerçait une profession intermédiaire sont cadres, contre 29 % lorsque leur mère avait une profession intermédiaire.

C Le manque de fluidité sociale

• **Des inégalités d'accès aux statuts supérieurs.** En France, la mobilité sociale observée augmente mais sans qu'il y ait une égalité des chances dans l'accès des professions (**mobilité sociale relative**) : la société n'est donc pas fluide.

• **Calcul du *odd ratio* (voir leçon 13) entre les cadres et les ouvriers.** En 2015, la chance qu'un fils de cadre devienne cadre plutôt qu'ouvrier est **19,3 fois supérieure** à celle qu'un fils d'ouvrier devienne cadre plutôt qu'ouvrier. La distance sociale entre les cadres et les ouvriers est donc élevée, même si elle s'est atténuée depuis 40 ans (ce rapport des chances relatives était de 91 en 1977 !).

	Destinée des fils de 40 à 59 ans en 2015, en %, selon l'INSEE	
	Cadres	Ouvriers
Fils de cadres	48,2	10,4
Fils d'ouvriers	10,9	45,9

↓

Chances qu'un fils de cadre devienne cadre plutôt qu'ouvrier (a)	Chances qu'un fils d'ouvrier devienne cadre plutôt qu'ouvrier (b)	Rapport des chances relatives (a/b)
48,2/10,4 = 4,64	10,9/45,9 = 0,24	4,64 / 0,24 = **19,3**

Zoom

En cas de fluidité parfaite, l'*odd ratio* est égal à 1 : plus il s'en éloigne, moins la société est fluide.

2 Les moteurs et les freins à la mobilité sociale

A L'influence de la structure socioprofessionnelle

• **Le poids de la mobilité structurelle (voir leçon 13).** Elle reflète les profonds **changements de la société française** depuis la fin des Trente Glorieuses : poursuite du déclin de l'emploi agricole, baisse de l'emploi industriel, salarisation et tertiarisation croissantes de l'économie se sont traduites par une baisse du nombre de travailleurs indépendants et d'ouvriers, au profit des emplois de cadres et de professions intermédiaires.

	Effectifs en milliers	En % de l'ensemble	En % des mobiles
Immobiles	2 477 267	35,8	
Mobilité brute	4 434 804	64,2	
Mobilité structurelle	1 205 645	17,4	27,2
Mobilité nette	3 229 158	46,7	72,8

Champ : hommes âgés de 40 à 59 ans ayant déjà exercé une activité professionnelle.

Source : INSEE, enquête Emploi 2015.

• **Un poids qui diminue.** Depuis la fin des années 1970, la structure des emplois des hommes est de plus en plus proche de celle de leur père : la part de la mobilité structurelle s'est donc nettement réduite. Cette baisse est plus faible pour les femmes par rapport à leur mère : cela montre que **la structure des emplois féminins s'est davantage modifiée** ces quarante dernières années que celle des emplois masculins.

Chiffre-clé

En 2015, environ un quart de la mobilité sociale masculine observée correspond à de la mobilité structurelle.

B Le rôle de la famille

• **Elle contribue à la reproduction des inégalités.** La famille transmet un **capital économique**, un capital **culturel** et un capital **social** à ses enfants, et contribue ainsi à la reproduction des inégalités (voir leçons 11 et 12). Les individus disposent donc d'une **quantité inégale de chacun de ces capitaux**, ce qui explique le maintien des statuts existants.

• **« Tel père, tel fils ».** L'adage se vérifie souvent dans les milieux favorisés, mais c'est aussi vrai pour les ouvriers. À diplôme égal, **les enfants d'ouvriers valorisent moins bien, sur le marché du travail,** que les enfants de cadres un diplôme de l'enseignement supérieur : la façon de se présenter, de parler, le réseau de connaissances, etc. peuvent les désavantager pour être recrutés.

• **Le rôle joué par la famille dans l'ascension sociale des enfants.**

– Selon le sociologue **Raymond Boudon** (1934-2013), **l'ambition scolaire** des parents pour leurs enfants **s'accroît avec le statut social des parents** (voir leçon 12). En effet, l'appréciation des risques, des coûts et des avantages dans la poursuite des études est différente selon l'origine sociale des familles : il en résulte des inégalités scolaires.

– Parmi les enfants de familles modestes, certains ont une réussite scolaire nettement supérieure car leurs parents portent une **grande attention aux résultats scolaires** (désir d'intégration pour les familles d'origine étrangère, volonté que les enfants ne connaissent pas des conditions aussi difficiles que leurs parents, etc.).

Zoom

La famille est reproductrice par le fait qu'elle transmet ce qu'elle est et ce qu'elle a. Mais elle peut aussi rendre possible la mobilité sociale.

C Le rôle de l'école

• **Massification scolaire et mobilités sociales.** La massification scolaire joue un rôle essentiel sur les mobilités sociales en permettant au plus grand nombre d'accéder à un diplôme (voir leçon 12). Pendant les Trente Glorieuses, **l'école a rendu possible l'ascension sociale des enfants d'ouvriers ou d'employés** pour exercer les emplois de professions intermédiaires et de cadres.

• **Les limites de l'école et le spectre du déclassement (mobilité descendante).** Le diplôme n'est plus synonyme de réussite sociale car le **lien entre diplôme et emploi** est **de moins en moins direct**. On parle ainsi de déclassement scolaire lorsqu'un individu a un emploi inférieur à ce que son diplôme lui aurait permis d'obtenir quelques années plus tôt.

• **Le paradoxe d'Anderson.** Le sociologue américain **Charles Anderson** a conduit, dans les années 1960, une étude sur les différences de diplômes entre enfants et parents : il en a tiré un paradoxe selon lequel **les enfants plus diplômés que leurs parents n'obtiennent pas toujours une position sociale supérieure**.

• **Un paradoxe expliqué par l'inflation des diplômes.** La valeur relative des diplômes baisse sur le marché du travail par suite d'un **effet d'agrégation des volontés individuelles** (« avoir son bac pour poursuivre des études supérieures »), qui produit finalement un résultat négatif : cela est, notamment, vrai pour le baccalauréat.

Mot-clé

Déclassement : il concerne aussi les individus qui perdent leur emploi et qui en retrouvent un dans une catégorie sociale plus basse, ou ceux qui occupent une position sociale inférieure à celle de leurs parents.

Mot-clé

Effet d'agrégation (ou effet émergent) : en sociologie, lorsque les individus adoptent les mêmes comportements sans concertation, le résultat collectif obtenu est différent (parfois même contraire aux intentions individuelles initiales).

15 Travail, emploi et inactivité

Il existe un grand nombre de situations qui, sans être du chômage au sens strict, ne relèvent pas davantage de l'emploi classique. De plus, la question de la qualité de l'emploi se pose en termes de bien-être au travail aux niveaux de l'individu, de l'entreprise et d'un pays.

SPÉCIALITÉ SES

1 Les frontières floues entre emploi, chômage et inactivité

A Emploi et travail

• **L'emploi est une relation sociale.** L'emploi unit une personne à une organisation dans un **cadre construit**, celui du salariat avec son **droit du travail** : lorsque le salarié signe un contrat de travail, il signe, en fait, un contrat d'emploi qui lui donne accès au statut de salarié.

• **Distinction entre travail et emploi.** Le fait d'exercer une activité ou un travail ne suffit pas à qualifier cette activité ou ce travail d'emploi. Pour qu'il y ait emploi, il faut que l'activité soit reconnue **socialement utile**, individualisable pour s'échanger contre un **salaire**, et qu'elle soit assortie de **garanties** et de **protection sociale**.

• **L'emploi a été défini sur la norme du salariat à temps plein.** Depuis le monde industriel du XIXe siècle (celui de la grande industrie) jusqu'aux années 1970, la norme était le travail salarié à **temps complet** et l'emploi était **garanti dans la durée**.

• **Le modèle du salariat étendu au statut de non-salarié.** On parle aussi d'emploi pour l'artisanat, le commerce indépendant ou le travail à son compte. Mais le **travailleur indépendant** ne se déclare pas spontanément chômeur : quand l'activité baisse, la diminution des revenus qui en découle est supportée par lui seul.

> **Exemples**
>
> • On peut avoir un emploi et ne pas travailler : cas de l'ouvrier en chômage partiel (il ne travaille pas temporairement).
> • On peut travailler et ne pas avoir d'emploi : cas de la mère de famille qui n'est pas rémunérée pour les services qu'elle rend.

> **Zoom**
>
> La libération du travail subordonné a été progressive : le salariat est venu remplacer l'esclavage et le servage.

> **Zoom**
>
> Depuis 2019, la loi permet à un travailleur indépendant de bénéficier de l'assurance-chômage.

• **Des frontières brouillées entre salariés et indépendants.** Le développement des **formes d'emploi hybrides** et de **la pluriactivité** (plusieurs emplois, sous divers contrats et statuts) crée des situations à mi-chemin entre le travail indépendant et le salariat. C'est le cas des **travailleurs des plateformes numériques** (Uber, Deliveroo, etc.) : sont-ils des **autoentrepreneurs** ou des salariés de ces plateformes soumis à un **lien de subordination** ?

B L'invention du chômage

• **Le chômage apparaît en même temps que le salariat.** L'histoire du chômage est celle de l'extension du salariat, autrement dit celle de l'**extension du mode de production capitaliste**.

• **La notion de chômage est reliée à deux conditions :**

– Le travailleur vend sa **force de travail** à un employeur : le fait de ne pas trouver un acheteur pour sa force de travail définit le statut de chômeur.

– Des institutions de protection sociale reconnaissent le **non-travail** : il y a maintien d'un revenu en cas de non-travail.

C Le halo autour du chômage

• **Les chevauchements entre l'emploi, l'inactivité et le chômage.** La mesure du chômage se heurte aux **cas particuliers** qui se trouvent dans des **positions intermédiaires** entre emploi, inactivité et chômage :

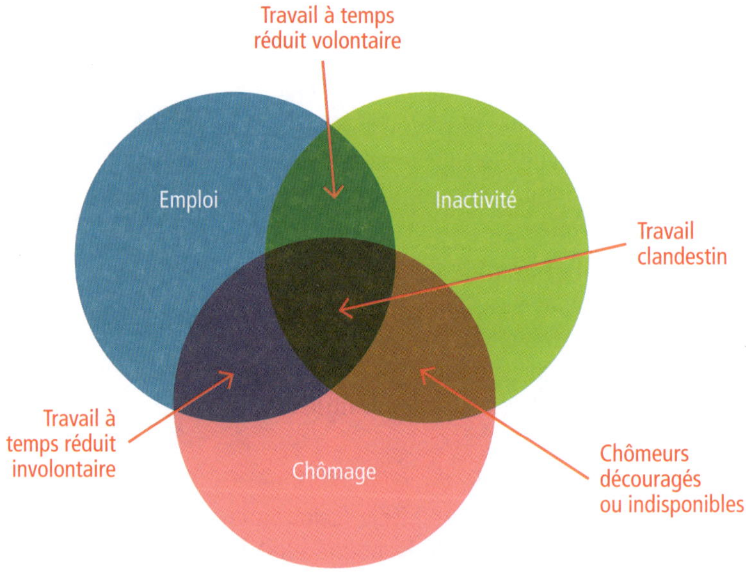

▲ Des cercles aux frontière poreuses

• **Qui forme le halo autour du chômage ?** Certaines personnes ne sont pas comptabilisées dans les chiffres du chômage de l'INSEE (voir leçon 5) alors qu'elles déclarent toujours vouloir travailler. Elles **ne répondent pas aux critères du chômage** et sont alors considérées comme **inactives** : elles constituent le halo du chômage.

> **Mot-clé**
>
> **Actifs :** sont ceux qui ont un emploi ou qui en recherchent un (chômeurs).

• **Le halo rend invisibles les personnes concernées :**

– **les personnes qui n'ont plus le courage de faire des démarches de recherche** d'emploi devant les mauvaises conditions de travail (bas salaires, emplois précaires), le nombre d'échecs subis suite à des candidatures, ou parce que c'est matériellement difficile (faire garder ses enfants) ;

– **les personnes qui sont indisponibles immédiatement** : en formation, avec des enfants à charge, ou avec des problèmes de santé.

> **Chiffre-clé du halo**
>
> En 2019, sur 10 chômeurs officiels, l'INSEE dénombre 6 personnes dans le halo.

2 Les descripteurs de la qualité des emplois

A La qualité de l'emploi : une notion multidimensionnelle

• **Des critères monétaires.** Les **salaires** (et certains **droits associés** : congés payés, arrêt maladie, etc.) sont un élément important de la qualité de l'emploi mais pas le seul : par exemple, la **conciliation entre vie familiale et vie professionnelle** est une dimension qui compte aussi beaucoup pour la satisfaction au travail.

• **Des critères non monétaires :**

– **la santé, la sécurité au travail et les conditions de travail :** cela renvoie aux discriminations à l'emploi (par rapport au sexe, à l'âge, etc.), aux problèmes de pénibilité et de harcèlement au travail, aux accidents de travail et aux maladies professionnelles ;

– **le temps de travail et la conciliation entre vie familiale et vie professionnelle :** cela correspond aux durées travaillées (trop faibles ou trop fortes), à l'organisation du temps de travail (horaires irréguliers ou décalés) et aux possibilités de conciliation avec les autres temps de vie (temps parental et temps sociaux avec les amis, les loisirs, etc.) ;

– **la sécurité de l'emploi et la protection sociale :** il est question de stabilité et de sécurité de l'emploi (type de contrat de travail, passage par le chômage ou l'emploi précaire), mais aussi de garanties en matière de protection sociale (indemnisation chômage, droits à la retraite, remboursements en cas de maladie, etc.) ;

– **le dialogue social et les relations professionnelles :** cela recouvre le droit de grève ou le fait de bénéficier de droits négociés par les syndicats ;

– **la formation tout au long de la vie :** cela comprend le niveau de formation ou de qualification du salarié, son adéquation avec le niveau requis par le poste qu'il occupe, et les formations reçues qui peuvent lui offrir un développement de carrière.

> **Zoom**
> Il existe des statistiques européennes (Commission européenne) et internationales (Bureau international du travail, OCDE) pour mesurer la qualité de l'emploi.

B Une forte hétérogénéité en Europe

• **Les pays du Nord ont une très bonne qualité de l'emploi.** C'est le cas des pays comme la **Suède** où le **Danemark**, qui obtiennent de très bons résultats sur toutes les dimensions de la qualité.

• **Le cas intermédiaire de la France.** Elle est bien située pour la conciliation entre vie familiale et vie professionnelle, moins bien pour l'**intensité du travail** qui est **vécue difficilement** par les salariés. De plus, beaucoup de salariés sont très bien protégés mais d'autres sont en emploi temporaire ou en CDD avec un **sentiment d'insécurité fort**. Enfin, l'**accès à la formation** est **inégal** : selon son niveau de diplôme initial ou le type de contrat qu'on occupe, on a plus ou moins de chances d'accéder à la formation.

• **Les pays du Sud et de l'Est ont plutôt de mauvais résultats :**

– Des pays comme l'Espagne comptent **beaucoup d'emplois temporaires** qui ne permettent pas d'avoir accès facilement à un logement ou aux jeunes d'être indépendants financièrement. On y rencontre aussi des problèmes de conciliation entre vie familiale et vie professionnelle.

– À l'est de l'Europe, un grand nombre de salariés sont touchés par des **conditions de travail assez dégradées.**

16 Les mutations du travail et de l'emploi

Le travail et ses conditions de réalisation ont changé depuis le XIXe siècle et mutent encore aujourd'hui à l'ère du numérique. Mais, au-delà de ses métamorphoses, le travail assure-t-il aux individus leur intégration dans la société ?

1 Les modèles d'organisation du travail

A Le taylorisme et l'OST

• **La division verticale du travail.** L'ingénieur américain **Frederick Winslow Taylor** (1856-1915) met au point l'**organisation scientifique du travail (OST)** qui va généraliser la division verticale. On opère une **séparation entre dirigeants** (les cadres) **et exécutants** (les ouvriers), qui ne maîtrisent pas le processus de production : les dirigeants de l'entreprise décident et les ouvriers exécutent les ordres.

• **La division horizontale du travail.** Il généralise aussi la division horizontale du travail : c'est la **parcellisation des tâches ou travail « en miettes »** (chaque ouvrier effectue une seule tâche). En évitant les temps morts ou la flânerie (**chronométrage des tâches**) et en payant les ouvriers au rendement (**salaire aux pièces**), la productivité augmente.

B Le fordisme

• **Le travail à la chaîne.** Au début du XXe siècle, l'industriel **Henry Ford** (1863-1947) va prolonger l'OST en mettant en place le **travail à la chaîne** : l'ouvrier est fixé à son poste de travail, et **la chaîne de production défile devant lui** (convoyeur mécanique qui impose une cadence).

• **Production et consommation de masse.** À une production de masse qui permettra une **baisse des coûts** (le même produit est fabriqué en grande série : **standardisation**) va correspondre une consommation de masse : Ford décide d'**augmenter le salaire** des ouvriers pour mieux faire accepter la pénibilité des conditions de travail, mais surtout afin d'**écouler la production**.

> **Zoom**
>
> Henry Ford innove avec le système du « *five dollars a day* » qui l'a conduit à doubler le salaire journalier des ouvriers à 5 dollars.

C L'organisation post-taylorienne du travail

• **Le rejet de l'OST.** Ce rejet par les ouvriers, en particulier en France à la seconde moitié du XXe siècle (grèves, absentéisme, sabotages), a nécessité de s'intéresser aux conditions de travail. L'**école des relations humaines**, née dans les années 1930, dont le porte-parole est le psychologue et sociologue australien **Elton Mayo** (1880-1949), a démontré que **la productivité dépendait de l'intérêt porté aux conditions de travail** des ouvriers ainsi que des **rapports sociaux dans l'entreprise**.

> **Exemple**
>
> Elton Mayo a montré, auprès des salariés de la Western Electric Company, que leur productivité augmentait aussi bien en améliorant leurs conditions de travail (pauses, intensité de la lumière, etc.) qu'en les dégradant !
> Cette observation paradoxale s'expliquait par une motivation supplémentaire des travailleurs dès lors que les dirigeants portaient de l'intérêt à leur travail.

• **Le toyotisme : une alternative au taylorisme.** Dès la fin des années 1960, les principes japonais d'organisation du travail vont être utilisés sous le nom de « **toyotisme** » (ou « **ohnisme** »). Ils reposent sur l'**élargissement des tâches** (les travailleurs réalisent un ensemble complet de tâches), la **rotation des postes** (polyvalence des travailleurs), l'**enrichissement des tâches** (des tâches d'entretien et de contrôle sont confiées aux travailleurs) et la mise en place de **groupes semi-autonomes** (suppression des contremaîtres).

• **La recherche d'une plus grande flexibilité.** Des changements vont consister à organiser le travail de manière plus flexible : la crise économique des années 1970 va imposer aux entreprises d'**adapter la production à la demande** en ce qui concerne la qualité des produits (**différenciation**) et les quantités produites (**production à flux tendu ou « juste-à-temps »** qui consiste à fabriquer à la commande en évitant donc les stocks).

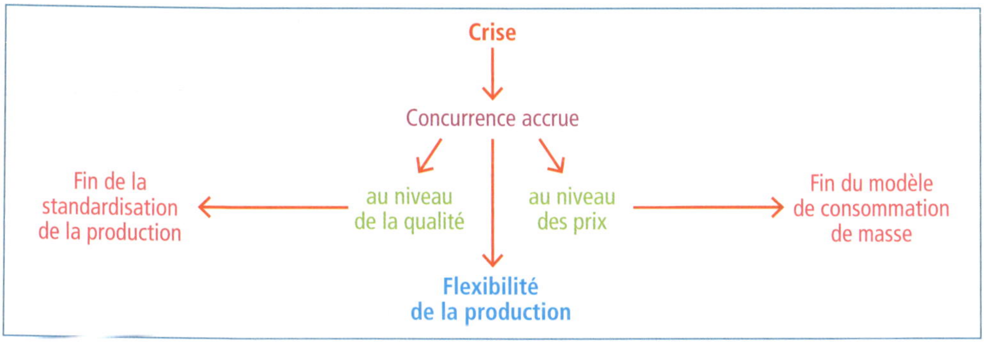

• **Le taylorisme n'est pas mort (néotaylorisme).** Si les conditions de travail ne sont plus celles du XIXe siècle, le travail continue à « **casser le corps** » : troubles musculo-squelettiques, stress, contrainte des rythmes de travail, dépendance à l'égard des machines, charge de travail supplémentaire, travail à la chaîne, etc. Ces conditions de travail touchent de plus en plus les services, notamment en matière de travail répétitif : la **demande du client** reste le **principal facteur de l'intensification du travail**.

D Vers un management participatif

• **Une remise en cause de la structure pyramidale.** Prise de décisions par **consentement**, fort **engagement des salariés**, suppression des hiérarchies intermédiaires, confiance, **autonomie**, responsabilité, etc. : autant de caractéristiques des nouvelles formes d'organisation du travail depuis les années 1970 qui s'opposent au management directif.

> **Zoom**
> Manager, c'est décider. Mais le **management** renvoie à l'organisation d'une entreprise, à la façon de gérer les ressources humaines pour atteindre certains objectifs.

• **Une meilleure qualité de vie au travail.** En favorisant le climat social, le management participatif permet clairement d'améliorer la qualité de vie au travail. En s'impliquant davantage, les salariés (devenus des **collaborateurs**) voient leur confiance en eux-mêmes se développer. Ils se sentent écoutés, leur **avis** étant **attendu**.

• **Un objectif de résultats pour l'entreprise.** En suscitant l'**engagement du personnel**, le but est d'améliorer les performances et le chiffre d'affaires de l'entreprise. De plus, les salariés doivent **accepter davantage de responsabilités**, apprendre vite et être performants : ce qui peut ne pas correspondre aux attentes de tous les salariés et conduire à en exclure certains. Enfin, la **polyvalence** associée à un haut niveau d'engagement pose également la **question de l'équilibre** entre vie professionnelle et vie personnelle.

> **Exemple**
> Decathlon, Kiabi, Airbus ou Auchan ont mené des expérimentations d'« entreprise libérée » : confiance dans l'humain et suppression progressive des contrôles.

2 Les mutations du travail à l'ère du numérique

A Le numérique brouille les frontières du travail

• **Les moyens technologiques développent le travail à distance.** Le téléphone et les ordinateurs portables, le courrier électronique, les visioconférences, etc. permettent aux salariés d'**exercer leurs fonctions hors de l'entreprise** : à leur domicile, en télécentre, ou dans des **tiers-lieux** comme les espaces partagés de travail (**coworking**).

• **Brouillage des frontières spatiales du travail.** Le **télétravail** (en dehors des locaux de l'entreprise) met en cause l'unité de lieu du travail traditionnel. Le **risque d'isolement personnel** par rapport aux collègues « normaux » existe, et leur intégration dans les collectifs de travail s'avère plus difficile.

• **L'interpénétration entre vie privée et vie professionnelle.** Les outils numériques effacent la séparation entre la sphère domestique et la sphère professionnelle : ils maintiennent une **connexion quasi permanente** avec le monde professionnel, et, inversement, l'univers privé a fait irruption dans le quotidien professionnel *via* les mêmes outils.

> **Chiffre-clé**
>
> On compte 25 % de « nomades numériques » en Europe : des personnes qui passent au moins un quart de leur temps de travail dans un autre espace que leur lieu traditionnel de travail ou leur bureau.

• **Brouillage des frontières entre activité de loisir et activité de travail.** Le numérique développe le **travail « ouvert »**, à l'extérieur du monde du salariat : ce travail « ouvert » **associe activités professionnelles et passions** (loisirs, autoproduction), faisant appel à des compétences acquises par soi-même.

> **Exemple**
>
> Certaines plateformes à l'image du Bon Coin assurent un rôle d'intermédiaire entre l'offre et la demande de travail pour des microtravaux (bricolage, heures de ménage, traduction de textes…).

• **Des activités menées dans des cadres différents.** Par exemple, prendre sa voiture pour accompagner un voisin au travail est une **activité domestique**. C'est un **travail amateur** lorsqu'un individu va chercher un inconnu qu'il a contacté à travers une plateforme pour faire un trajet avec lui en partageant les frais. C'est une **activité marchande** lorsqu'un chauffeur de VTC (voiture de transport avec chauffeur) utilise la plateforme Uber et perçoit un revenu pour chaque course accomplie : ce faisant, il **concurrence les professionnels qualifiés** que sont les chauffeurs de taxi.

B Le numérique transforme les relations d'emploi

• **L'augmentation des activités indépendantes.** Le numérique ravive le travail indépendant. Des travailleurs indépendants non salariés et solitaires (*ex. :* les **autoentrepreneurs**), mais aussi des **travailleurs hybrides** (*ex. :* les entrepreneurs salariés) proposent leur production *via* des plateformes d'emploi : ils répondent à des offres de projets ou travaillent à la demande. C'est une nouvelle division du travail qui s'organise, autour d'une **parcellisation des tâches**.

• **Intensification du travail.** Le numérique accentue le phénomène d'intensification du travail du fait de l'automatisation en général et de l'automatisation logicielle en particulier. À l'usure physique s'ajoute une usure psychologique : la rapidité et la facilité des échanges *via* le numérique, la nécessité de connexion permanente développent une **culture de l'urgence et de l'immédiateté** dans l'activité de travail.

> **Zoom**
>
> Avec le numérique, le travailleur a échangé un mode de subordination avec un autre : au lieu de simplement obéir à un ordre donné et de l'appliquer, il est amené à réagir en continu à un ensemble de signaux et d'informations qui lui sont transmis afin d'atteindre des objectifs changeants.

• **Un nouvel outil de contrôle des travailleurs.** L'« **infobésité** » (surcharge d'informations) peut être utilisée comme outil de contrôle des salariés. Par exemple, les notifications immédiates sur les boîtes mail peuvent installer un **climat d'injonction** à répondre sans délai à un ordre donné. Les **métadonnées** et les « **traces numériques** » peuvent également être utilisées pour reconstituer et surveiller les comportements des salariés.

C Le numérique amplifie la polarisation des emplois

• **Le phénomène de polarisation des emplois.** Il renvoie à l'accroissement simultané de la part des métiers les plus qualifiés et de celle des moins qualifiés, induisant une **baisse des emplois intermédiaires** (numériquement les plus nombreux).

• **L'impact du numérique dans cette polarisation.** Il accentue l'**augmentation de la demande pour certaines professions très qualifiées** (*ex. :* analystes de données massives, gestionnaires et animateurs de communautés Web, programmeurs, intégrateurs, créatifs, etc.). D'un autre côté, des métiers moins exigeants en qualification se multiplient : ce sont les **métiers de service** et de **logistique** liés aux activités en ligne, difficilement substituables par des robots.

> **Zoom**
>
> Le marché du travail oppose les *insiders* aux *outsiders* : les premiers ont un CDI et sont qualifiés alors que les seconds sont les nouveaux venus (jeunes, jeunes qualifiés, personnes moins qualifiées, chômeurs), davantage exposés à la précarité et à l'instabilité du marché du travail.

• **La précarité au cœur du modèle des plateformes.** Par exemple, les chauffeurs VTC détiennent leur voiture mais le prix de la course est fixé (à la baisse) par les plateformes. Grâce au niveau élevé du chômage, les plateformes profitent de ceux qui ont le besoin urgent de trouver un revenu : elles renforcent, dans le même temps, cette précarité à travers des **accords de travail flexibles**, de courte durée et **sans garanties** (congés payés, protection en cas de maladie, etc.).

3 Travail et intégration sociale

A Le travail, facteur d'intégration ?

• **Le travail intègre...** Dans nos sociétés actuelles, le travail est le vecteur essentiel de l'organisation sociale et de la construction de l'identité des individus. Les revenus tirés du travail permettent de satisfaire nos besoins et d'accéder à un mode de vie considéré comme « normal ». Le travail permet de nouer des liens de sociabilité avec les collègues ou les clients. De plus, il a été un facteur d'émancipation chez les femmes.

• **... contrairement à l'absence de travail.** En dehors du travail, les chômeurs modestes perdent leur identité : ils sont marqués par l'**humiliation** (le travail étant perçu comme la norme), l'**ennui** (le temps au quotidien est désorganisé) et la **désocialisation** (les amitiés étaient centrées autour du travail).

• **Le travail perd sa fonction d'intégration.** Face au nombre important de chômeurs, le **lien social** doit être assuré par d'autres moyens (activités culturelles, familiales...) et le travail partagé (*ex. :* réduction du temps de travail en contrepartie de la création d'emplois). Ainsi, le travail n'est pas le seul « **Grand Intégrateur** » (Yves Barel).

> **Zoom**
>
> Pour la sociologue Dominique Méda, « il n'y a pas que le travail dans la vie ». Plus radicalement, l'économiste américain Jeremy Rifkin annonçait, à la fin des années 1990, la « fin du travail » avec l'introduction de l'informatique et de la robotique.

B La question salariale remise en cause

• **La montée des emplois atypiques.** En France, depuis le milieu des années 1980, la **« société salariale »** (prospérité économique, emplois typiques) a peu à peu laissé place au **« précariat »** (montée des emplois atypiques) : la plupart des nouveaux contrats de travail sont conclus **à durée déterminée**, même si la grande majorité des salariés travaillent à durée indéterminée.

Emplois typiques
- CDI
- emplois à temps plein
- emplois qualifiés

Emplois atypiques
- CDD, missions d'intérim, stages
- travail à temps partiel
- emplois peu qualifiés

} formes particulières d'emplois

• **La montée des incertitudes.** Cette situation est révélatrice du **« mal-emploi »** ou **sous-emploi** (emplois précaires et mal qualifiés) et entraîne une **insécurité économique et sociale** des travailleurs : ainsi, le contrat de travail à durée déterminée est un contrat limité dans le temps qui expose donc davantage au chômage que le contrat à durée indéterminée.

• **La polarisation de la qualité des emplois.** Depuis la fin des années 1980, on assiste à la déformation de la structure de l'emploi où, à la fois, la part des emplois peu qualifiés (*ex. :* emplois de services à la personne) et très qualifiés (*ex. :* cadres, ingénieurs) augmente et celle des emplois intermédiaires baisse (*ex. :* ouvriers qualifiés, secrétaires). Cette **polarisation de l'emploi** s'est accompagnée d'un accroissement des inégalités de salaires et du risque de chômage et de précarité pour les moins qualifiés.

Zoom

L'essor de l'informatique (suppression des tâches répétitives) et la **mondialisation** (spécialisation des pays développés dans les tâches sophistiquées) augmentent la demande de travail très qualifié au détriment des emplois intermédiaires.

L'explosion des plateformes Internet a multiplié les emplois peu qualifiés. ▶

C Le risque d'exclusion sociale

• **La désaffiliation sociale.** Étudiée par le sociologue Robert Castel, elle **allie absence de travail et isolement social** : les individus dont l'intégration par le travail et l'insertion par le réseau social et familial ne sont plus assurées deviennent des **« désaffiliés »**, c'est-à-dire des exclus.

Personnage-clé

Selon le sociologue français **Robert Castel** (1933-2013), le chômage et la précarisation de l'emploi menacent la relation salariale.

• **L'exclusion est le résultat de ruptures en chaîne.** La perte de l'emploi fragilise souvent le couple et conduit parfois au **divorce** : la perte de revenus, les ruptures avec les amis et le manque de solidarité familiale peuvent conduire ,ensuite, à une **expulsion du logement**. En outre, des **problèmes de santé** liés à l'absence de couverture sociale peuvent s'ensuivre : dès lors, l'exclusion devient totale.

17 L'engagement politique dans les sociétés démocratiques

L'engagement politique des individus a évolué : qui s'engage aujourd'hui et pourquoi ? qu'est-ce qui déclenche la mobilisation chez les individus ? comment s'organisent-ils ? et quelle forme de mobilisation adoptent-ils ?

1 Les modalités de l'engagement politique

A La participation politique

• **Les activités politiques ne sont pas réservées aux seuls gouvernants.** Les gouvernants sont, certes, habilités à parler au nom du groupe qu'ils représentent, mais **les citoyens peuvent aussi s'exprimer**, et ce même en dehors des échéances électorales (dans la rue, par exemple).

• **Prendre part aux activités politiques à divers degrés.** Participer en politique, c'est **exprimer** une opinion, **défendre** des intérêts communs, **protester** contre un état de fait, **valider** ou **infléchir** l'action des gouvernants.

• **La participation politique est nécessaire à la vitalité de la démocratie.** Elle alimente le **vivier de candidats** au métier de représentant (*ex. :* députés) ou de gouvernant et elle fait émerger des **contre-pouvoirs**, rendant la démocratie plus vivante.

> **Mot-clé**
>
> **Participation politique :** ensemble des activités individuelles ou collectives susceptibles de donner aux gouvernés une influence sur le fonctionnement du système politique.

B Le vote

• **Une pratique institutionnalisée.** En France, le **suffrage universel de 1848** met fin au suffrage censitaire (vote réservé à ceux qui payaient un impôt d'un certain montant : le cens). Dévolu d'abord aux hommes, il sera **étendu aux femmes en 1944**. Des règles et des conventions encadrent le vote : l'isoloir garantit le secret du vote, qui devient un **acte individuel** et sans pression.

• **La portée symbolique du vote.** C'est un acte par lequel on affirme son **appartenance à la collectivité** et qui symbolise l'**égalité politique des citoyens** (un homme = une voix). Il permet également d'**exprimer pacifiquement** ses convictions et de **légitimer** les gouvernants.

C Le militantisme

• **Le militantisme professionnel ou partisan.** Dans un syndicat ou un parti politique, le militant est appelé à prendre de plus en plus de responsabilités. Cette adhésion à une organisation s'inscrit dans le cadre d'une **socialisation** déjà forte. Par exemple, des militants syndicaux proposent aux autres salariés de s'associer à la lutte et finalement d'adhérer au syndicat local : c'est le début, pour certains, d'une carrière de militants.

• **Le militantisme libéral.** Il s'explique surtout dans le domaine associatif par la **primauté des choix individuels**, dans une perspective consumériste (l'association offre des services) ou par le désir de développer ses potentialités (physiques, intellectuelles ou spirituelles). C'est l'individu qui fait son choix face à une offre multiple (sportive, culturelle, éducative, environnementale, etc.).

> **Exemple**
>
> De jeunes parents mettent leurs enfants dans une crèche associative et, peu à peu, se trouvent amenés à participer aussi à sa gestion.

• **Le militantisme pragmatique.** Ce pragmatisme place l'**action** en premier. Le point de départ du militant pragmatique, c'est son enracinement sur un terrain : il part toujours d'une expérience qui le touche affectivement et le pousse à s'impliquer (rencontre de familles de sans-papiers dans l'école où il met ses enfants, engagement dans la vie locale, etc.).

D La consommation engagée

• **Des objectifs plus collectifs qu'individuels.** La consommation engagée est guidée par des **principes éthiques, sociaux** ou **politiques**. Les consommateurs engagés poursuivent un **engagement politique** pour soutenir, par leurs **achats** ou leur **mode de vie**, des causes plurielles : la lutte contre le réchauffement climatique, la préservation de la biodiversité, le bien-être animal, le développement économique des producteurs agricoles, ou la protection des travailleurs.

> **Mot-clé**
>
> **Consommation engagée :** elle incarne une autre représentation de ce que doit être la consommation : reposer sur d'autres impératifs moraux que ceux des sociétés consuméristes.

• **L'action des associations et des pouvoirs publics.** La question de la consommation engagée se joue aussi en dehors des actes de consommation et des consommateurs. Les pouvoirs publics et certaines associations canalisent les consommateurs : ils visent à les **rendre conscients de certains dangers** qui menacent la collectivité mais aussi de leur propre responsabilité dans l'évolution du fonctionnement économique qui en est à l'origine.

• **Les moyens déployés :**

– **Consommer en respectant l'environnement :** des organisations appellent au boycott d'un produit ou d'une marque, ou développent des campagnes de dénonciation sur les coûts cachés liés aux activités de certaines entreprises (pollution, conditions de travail difficiles, etc.).

– **Des guides d'achats, des labels** aident les consommateurs à se repérer dans l'offre des produits « mieux disants » sur les causes défendues.

– **Encourager l'économie circulaire :** des associations partagent et diffusent les modalités d'une consommation alternative à celle qui est véhiculée par le monde marchand.

> **Exemples**
>
> Les initiatives alternatives sont variées : monnaies locales, systèmes d'échanges locaux, coopératives de consommation, chantiers participatifs, écovillages, etc.

2 Les raisons de l'engagement politique

A Des raisons individuelles à l'action collective

• **Qu'est-ce qu'une action collective ?** On parle d'**action collective** quand les individus se regroupent et se mobilisent autour de la **défense d'intérêts communs**. Elle est la plupart du temps **protestataire** : les actions sont directes (grève, manifestation, pétition, etc.) mettant face à face, sans intermédiaire, les individus mobilisés et les détenteurs du pouvoir (entreprises, État).

> **Mot-clé**
>
> **Mouvement social :** ensemble d'actions collectives qui visent à remettre en cause l'ordre social.

• **L'individu agit rationnellement.** En 1965, l'économiste américain **Mancur Olson** montre que les individus rationnels cherchent à **maximiser leur satisfaction** (obtenir une augmentation de salaire) tout en **minimisant les coûts** (éviter la perte d'une journée de salaire suite à une grève) : ainsi, ils espèrent profiter des gains d'une grève en se comportant en véritables **« passagers clandestins »**, c'est-à-dire en ne participant pas à l'action collective.

• **Le paradoxe d'Olson.** Du point de vue d'un individu parfaitement rationnel, **la participation à l'action collective n'est pas le meilleur choix** : si chacun adopte un tel raisonnement, toute mobilisation collective devient impossible. Pourtant, les faits démontrent qu'il existe des mobilisations, d'où un paradoxe que la sociologie qualifie de « paradoxe d'Olson ».

B Incitations et rétributions individuelles

• **Les incitations sélectives positives.** Leur valeur peut compenser le coût de l'engagement. Ce sont des rétributions individuelles, des **bénéfices** matériels que l'on promet ou que l'on offre au militant potentiel **en échange de son engagement** : emploi conditionné à l'adhésion syndicale, mutuelle offerte par les syndicats à leurs adhérents, influence sur leur avancement de carrière, etc.

• **Les incitations sélectives négatives.** Elles peuvent dissuader un individu d'adopter la stratégie du passager clandestin et le conduire à se mobiliser : ce sont des **contraintes**, pouvant prendre la forme de sanctions, de pressions psychologiques, voire de brutalités à l'égard des individus qui renâcleraient à s'engager.

• **Les rétributions symboliques.** Ce sont des **gratifications** d'ordre moral et identitaire : le plaisir de se retrouver entre camarades unis pour la même cause (liens de sociabilité), bénéficier du statut de porte-parole d'un collectif (statut honorifique) ou d'accéder à un emploi de permanent dans l'organisation (puissance).

> **Zoom**
> Lorsque les contraintes sont fortes, le coût économique de l'engagement est moindre que celui du non-engagement.

> **Zoom**
> L'engagement politique a aussi une dimension émotionnelle : la colère, la honte, l'indignation, la joie, la fierté, l'espoir... peuvent générer des manifestations aussi massives que spontanées.

C Des raisons structurelles de l'action collective

• **L'influence du contexte politique.** L'activité contestataire dépend, ici, de l'état du contexte politique : ce contexte fournit, au gré de ses évolutions, **plus ou moins d'opportunités** aux mouvements sociaux de se développer.

• **La notion de structure des opportunités politiques.** Selon le système politique, il y a un **degré différent d'ouverture et de fermeture face aux mobilisations** : à mobilisation égale, des contextes politiques augmentent ou réduisent les chances de succès des actions contestataires. Ainsi, faute d'un contexte favorable, d'une structure des opportunités « ouverte », la contestation peut ne pas émerger.

• **Systèmes politiques « ouverts » ou « fermés » :**

– Dans les systèmes politiques « ouverts » (*ex. :* les États-Unis), **les mouvements contestataires utilisent les institutions en place** pour faire valoir leurs positions car le système politique offre des « opportunités » (pétitions, participation au jeu électoral ou à des procédures référendaires, etc.).

– Dans les systèmes politiques « fermés » (*ex. :* la France), les mouvements adoptent des **stratégies de confrontation** avec l'État (occupations de sites, désobéissance civile, manifestations, etc.) et s'exposent davantage à la répression.

> **Zoom**
> La proximité d'échéances électorales joue également : après l'élection de François Mitterrand, les manifestations de gauche ont connu une chute relativement continue entre 1981 et 1983.

3 Le rôle des variables socio-démographiques

A Les variables biologiques

• **L'âge.** L'engagement politique est plutôt **faible chez les jeunes**, mais augmente jusqu'à l'âge de 50 ans. Il s'accentue nettement après 35 ans – ce qui traduit une insertion dans le monde adulte et des rôles sociaux construits – mais diminue au-delà de 65 ans.

• **Le sexe.** Les hommes participent davantage que les femmes, l'écart se réduisant lorsque les femmes sont intégrées dans le monde du travail. Mais à niveau de diplôme et d'activité égal, **les femmes s'investissent moins en politique** et participent moins à des activités contestataires.

B Les variables socio-économiques

• **Le niveau social (diplômes, revenus, professions).** Plus ce niveau est élevé et plus la participation politique est importante, l'**instruction** étant la **variable la plus déterminante**. C'est surtout vrai aux extrêmes de l'espace social, et cela peut varier selon la géographie.

• **Le degré de compétence politique.** L'engagement politique est lié au degré de compétence politique ou, du moins, à l'idée que le citoyen s'en fait. Ainsi, la connaissance des acteurs et des enjeux favorise la participation : une **insertion professionnelle** et un **niveau culturel** élevés sont deux facteurs qui prédisposent à l'acquisition d'un tel savoir.

> **Exemple**
> Les agriculteurs peu diplômés sont plus investis dans la vie locale que les cadres car dans les zones rurales, les liens sont plus étroits et favorisent l'intégration.

> **Zoom**
> Les consommateurs engagés sont fortement mobilisés à travers le vote et les syndicats, et disposent d'un certain pouvoir d'achat.

C Les variables culturelles et identitaires

• **L'intégration à une communauté favorise la participation.** L'existence de **relations structurées et régulières** au sein d'un groupe favorise l'engagement : c'est le cas, notamment, de l'appartenance à une communauté ethnique, religieuse ou à une catégorie sociale.

• **Les variables identitaires.** L'existence d'un **entourage familial favorable à l'engagement**, ainsi que l'importance du militantisme dans la construction d'une identité personnelle jouent un rôle déterminant dans la participation politique.

> **Exemple**
> En France, l'identification au Parti communiste a longtemps permis aux ouvriers qui s'en déclaraient proches d'être plus actifs politiquement que ceux qui ne s'identifiaient à aucun parti.

◄ Le rôle de la famille dans la socialisation politique.

4 Objets, acteurs et répertoires de l'action collective

A Les conflits du travail en mutation

• **Changement de nature des conflits.** Depuis la fin des Trente glorieuses, le nombre de grèves diminue et **les conflits généralisés sont en baisse** au profit des conflits localisés (*ex. :* les coordinations des cheminots ou des infirmières). Les motifs ont également changé puisque c'est **la défense de l'emploi et des salaires qui prédomine**.

• **La désyndicalisation.** Les faibles taux de syndicalisation touchent les pays développés (moins de 10 % en France). Cette désyndicalisation prend la forme d'une croissance des **listes non syndiquées** ou d'une **forte abstention aux élections professionnelles** (*ex. :* conseil des prud'hommes). Cependant, les syndicats continuent à mobiliser et à négocier de nombreux accords.

• **Des raisons économiques :** la tertiarisation de l'économie et sa féminisation (moindre tradition syndicale), la montée du chômage et de la précarité (catégories pas ou peu syndiquées), ainsi que la baisse des emplois dans les grandes entreprises (anciens bastions des syndicats) et leur augmentation dans les petites (où les moyens d'expression des syndicats sont réduits).

• **Des raisons sociologiques :** la baisse de l'idéologie communiste et le désintérêt pour la politique, une classe ouvrière diluée dans une vaste classe moyenne, la montée de l'individualisme et la crise de la solidarité, mais aussi le développement des **grèves « par procuration »**.

> **Mot-clé**
>
> **Grève « par procuration » :** les participants s'expriment également au nom de ceux qui ne peuvent pas faire grève, notamment parce qu'ils ne sont pas protégés par la sécurité de l'emploi (*ex. :* les travailleurs précaires).

B Les nouveaux mouvements sociaux (NMS)

• **La société est devenue « postindustrielle ».** Dans les années 1970, de nouvelles revendications sont apparues concernant l'**écologie**, le **régionalisme** ou le **féminisme**. Pour le sociologue **Alain Touraine**, notre société est « postindustrielle » : caractérisée par le **développement des services**, elle ne concentre plus le débat seulement sur le partage des richesses (cas des mouvements ouvriers des années 1950 menés par les syndicats).

• **Des mouvements sociétaux.** Ils portent sur la **qualité de vie** (écologie, par exemple), la liberté individuelle, la **défense d'identités particulières** (femmes, minorités ethniques, sexuelles...). Pour Alain Touraine, ces mouvements sociétaux remettent en cause la domination établie (les orientations générales de la société).

> **Exemple**
>
> Avec la loi de 2013, les homosexuels ont obtenu une reconnaissance de l'égale dignité des sexualités minoritaires en matière de mariage.

• **Vers un essoufflement ?** Les NMS ne semblent pas prendre le relais du mouvement ouvrier : ils portent aussi sur des questions matérielles (les enjeux de salaire sont défendus par les féministes) et **les conflits autour du travail demeurent** (*ex. :* conflits en 2016 sur la réforme du Code du travail, chez Castorama en 2019 contre des licenciements).

C La diversité des organisations politiques

• **Les partis politiques.** Ce sont des **organisations durables** (dont l'espérance de vie dépasse celle de ses dirigeants) dont l'objectif est de **conquérir le pouvoir** en recherchant un soutien populaire.

• **Les organisations de la société civile.** Ce sont les **associations**, les **syndicats** et les **mouvements religieux** (*ex. :* les Églises) qui se réunissent sur une base volontaire et qui assurent une fonction de représentation de leurs membres. Elles se distinguent de l'État, de ses institutions et des partis politiques : leur objectif n'est pas la conquête ni l'exercice du pouvoir.

Zoom

Certaines organisations de la société civile (féministes, altermondialistes...) concurrencent les syndicats et les partis politiques qui les représentent mal.

• **Les organisations de la société civile sont qualifiées de groupes d'intérêt.** Elles permettent aux citoyens de se regrouper, de s'exprimer et de mener des actions collectives pour défendre leurs intérêts. Souvent, elles mettent au grand jour des problèmes qui seraient restés méconnus de l'opinion publique, et cherchent à **exercer une pression sur le pouvoir politique** car celui-ci reste le dernier décisionnaire.

Zoom

Les intérêts défendus sont « construits » par la société civile qui s'efforce de les rendre légitimes auprès de l'opinion et/ou des pouvoirs publics.

D Les répertoires de l'action politique

• **Une panoplie préexistante de moyens d'action.** Le sociologue américain **Charles Tilly** (1929-2008) parle du **« répertoire d'action collective »** comme étant l'ensemble des moyens d'action prédéfinis dans une société à un moment donné de son histoire, qu'un groupe d'individus adaptent au but poursuivi.

Exemple

Une action contestataire ne puisera pas dans le même répertoire d'action en Corée du Nord et en France.

• **La diversité des répertoires.** Les frontières sont parfois floues pour distinguer les moyens conventionnels (*ex. :* le droit de grève exercé pour dénoncer des licenciements dans une entreprise) des non conventionnels (*ex. :* une grève générale et illimitée dans le pays pour dénoncer la politique du pouvoir en place).

	Moyens conventionnels (légaux et traditionnels)	Moyens non conventionnels (protestataires, contre la légitimité du système)
Action individuelle	– Voter – Adhérer à un parti ou à un syndicat	– Grève de la faim – Rédaction d'un blog politique
Action collective	– Coller des affiches – Participer à un meeting	– *Sit-in* – Manifestation

• **Un nouveau répertoire d'action collective depuis les années 1980...** Les mobilisations deviennent **transnationales** (*ex. :* contre-sommets altermondialistes), peu centralisées et peu hiérarchisées (les coordinations remplacent les syndicats), elles reposent sur des savoirs scientifiques (*ex. :* Greenpeace fait appel à des rapports d'experts) et multiplient les **opérations « coup de poing »** à forte résonance médiatique (moyens non conventionnels de l'action collective).

• **... à relier au processus d'individualisation.** Étant plus libres et autonomes dans les sociétés démocratiques, les individus ont un **engagement politique plus pragmatique** : sur des périodes plus courtes et des actions concrètes aux objectifs plus précis.

Exemple

Le mouvement des Gilets jaunes (novembre 2018) a court-circuité les partis politiques et les syndicats et a catalysé les oppositions (contre le prix du carburant, les inégalités, l'injustice fiscale, l'abandon de pans entiers du territoire, etc.).

18 Les inégalités économiques et sociales

Les inégalités ne se résument pas aux revenus des individus. Depuis les années 1980, les inégalités économiques ont augmenté presque partout. Des méthodes différentes permettent de les mesurer.

1 L'évolution des inégalités économiques et sociales au XXe siècle

A Inégalités et hiérarchie sociale

• **Sociétés et inégalité des richesses.** Il n'existe **pas de société sans hiérarchie** (fussent-elles primitives), donc sans inégalités. Toutes les sociétés répartissent inégalement leurs richesses ou plutôt les positions permettant d'accéder à ces richesses.

> **Mot-clé**
>
> **Inégalités :** différences entre les individus qui se traduisent en termes d'avantages ou de désavantages et qui fondent une hiérarchie entre eux.

• **Les inégalités définissent la notion de stratification sociale.** Cette notion prend tout son sens dans différentes formes d'inégalités : la stratification sociale est donc un **système hiérarchisé de statuts** représentant des inégalités de richesse, de prestige, de pouvoir et de symboles entre les membres d'une société.

Les types d'inégalités

- **Inégalités de nature économique :** les inégalités de revenus, de patrimoine, etc.
- **Inégalités liées au prestige social :** la valorisation inégale des professions (*ex. :* un médecin aura plus de prestige qu'un ouvrier).
- **Inégalités liées au mode de vie :** les types de consommations, le niveau culturel, etc.
- **Inégalités liées à la détention du pouvoir :** répartition du pouvoir politique, du pouvoir dans les entreprises ou du pouvoir entre les sexes, par exemple.

B Portrait des inégalités

• **Des inégalités intracatégorielles.** Les inégalités structurelles, c'est-à-dire entre groupes sociaux, font de plus en plus place aux inégalités intracatégorielles, à savoir **au sein d'une même catégorie sociale** (voir leçon 11).

> **Citation-clé**
>
> *« Les hommes n'étant pas dotés des mêmes capacités, s'ils sont libres, ils ne seront pas égaux, et s'ils sont égaux, c'est qu'ils ne sont pas libres »* (Alexandre Soljenitsyne, écrivain russe).

• **Des inégalités multiformes :**

– Les **inégalités économiques** touchent les revenus et les patrimoines face au chômage de masse et à la précarisation des emplois (voir schéma page suivante).

– Les **inégalités sociales et culturelles** concernent tous les domaines : la santé, la consommation, l'école et la mobilité sociale (voir leçon 14), l'espérance de vie, l'emploi, les pratiques culturelles, l'accès aux nouvelles technologies, et même la géographie (les villes sont plus inégalitaires que les campagnes).

C Le « système des inégalités »

• **Un système complexe d'inégalités.** Au quotidien, les inégalités **se combinent** (un ménage à faible niveau de revenus aura une faible capacité d'épargne), **se cumulent** (un revenu faible limite l'accès aux soins, aux loisirs, aux études longues, etc.) et **s'entretiennent** (la reproduction sociale étudiée par Pierre Bourdieu, voir leçon 12).

• **Des inégalités de patrimoine supérieures aux inégalités de revenus.** Le **patrimoine** (stock de richesses possédées à un moment donné) génère des **revenus supplémentaires** : ce qui augmente les inégalités entre les 10 % des Français les plus riches et les 10 % des Français les plus pauvres.

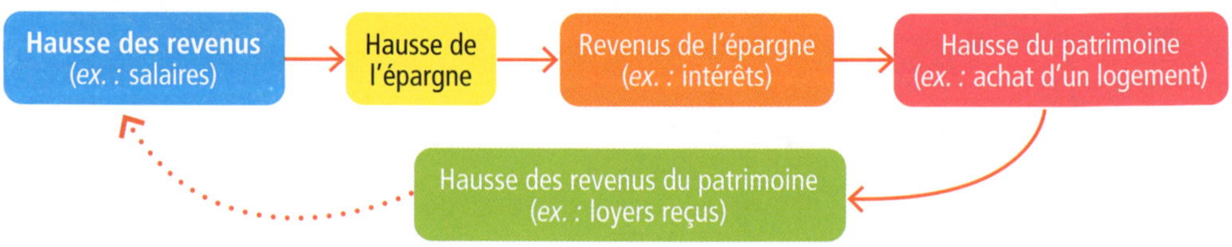

D Un monde d'inégalités

• **Les inégalités entre pays se sont réduites.** Depuis les années 1980, les pays émergents (dont la Chine et l'Inde) ont connu une forte dynamique de développement (hausse des niveaux de revenus) : ce qui rapproche leur situation de celle des pays industrialisés.

• **Mais les écarts de richesse s'accroissent à l'intérieur des pays.** Au sein des pays émergents, tout le monde n'a pas profité du développement au même rythme. C'est aussi le cas dans les pays développés, où les inégalités ont augmenté aussi bien en Europe qu'aux États-Unis : **plus de riches Américains s'enrichissent** et **plus de pauvres Américains s'appauvrissent** depuis les années 1990.

• **Les inégalités se sont accrues en France.** Jusqu'au début des années 1980, la **redistribution de la richesse créée** a limité la progression des écarts de revenus. Mais, depuis, la croissance des revenus et du patrimoine a été plus forte chez les plus riches que dans le reste de la population.

Chiffres-clés

Les 50 % des personnes les plus pauvres de la planète ont vu leurs revenus progresser depuis les années 1980. Mais deux fois moins vite que les 1 % les plus riches !

Zoom

Comparativement à d'autres pays développés, la France a davantage permis d'assurer une progression des revenus des classes moyennes et populaires.

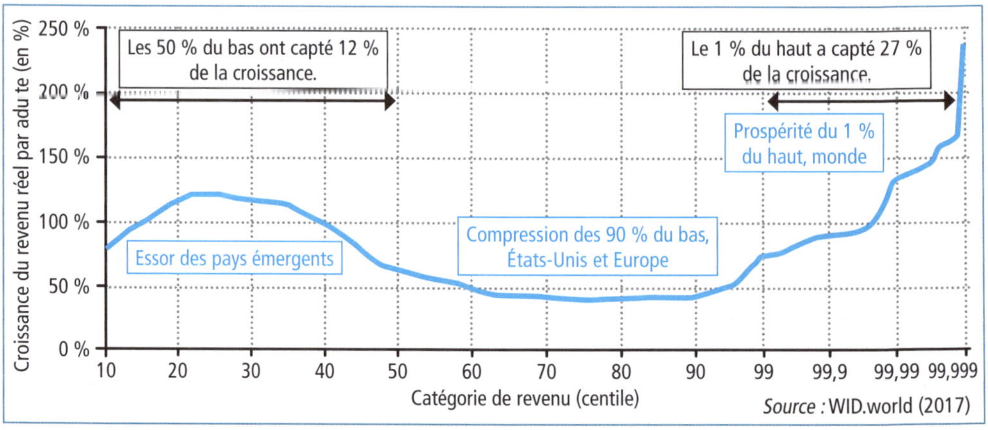

▲ Inégalités mondiales et croissance : la courbe de l'éléphant, 1980-2016

2 Les outils de mesure des inégalités

A Les écarts interquantiles

• **Les quartiles et les déciles.** Les **quartiles** (Q) rangent les effectifs par **quarts** : il y a Q1, Q2 (qui correspond à la médiane) et Q3. Les **déciles** (D) rangent les effectifs par **dixièmes** : il y en a 9, et D5 correspond à la médiane.

• **La richesse du haut de l'échelle : le « top 1 % ».** Selon l'INSEE, 1 % des Français les plus riches percevaient environ 7 % du revenu national. Au niveau mondial, **le 1 % des plus riches capte, aujourd'hui, 20 % du revenu mondial** (contre 16 % en 1980).

• **Le calcul de l'intervalle interquartile (Q3 – Q1).** Si l'on prend une série statistique sur les revenus, par exemple, le quartile Q1 est le revenu pour lequel 25 % des effectifs les moins riches perçoivent moins, et le quartile Q3 est le revenu pour lequel 25 % des effectifs les plus riches perçoivent plus. L'écart **Q3 – Q1** correspond alors à l'intervalle de revenu dans lequel on trouve **50 % des effectifs**, en excluant les 25 % les plus riches et les 25 % les moins riches.

• **Le calcul de l'intervalle interdécile (D9 – D1).** Si l'on reprend l'exemple des revenus, l'écart **D9 – D1** est l'intervalle de revenu dans lequel on trouve **80 % des effectifs**, en excluant les 10 % les plus riches (D9) et les 10 % les moins riches (D1).

Mot-clé

Quantiles : valeurs qui partagent la population en *n* parts égales (*ex. :* si la population est séparée en 10, ce sont les déciles).

Zoom

Le décile (ou le quartile) pointé est le plus utilisé : il correspond à la frontière entre deux groupes composés chacun de 10 % (ou de 25 %) de la population étudiée.

Chiffre-clé

Le 0,1 % des plus riches en France (le « top 0,1 % ») représente 65 000 personnes.

Chiffre-clé

Les 10 % des Français les plus riches ont un revenu au moins 3,4 fois plus important que les 10 % des Français les moins riches.

SPÉCIALITÉ SES

B Les rapports interquantiles

• **Le calcul du rapport interdécile (D9 / D1).** Ce rapport s'obtient en calculant un écart relatif entre les deux déciles extrêmes. Plus ce rapport est élevé, plus les inégalités sont fortes (et inversement).

• **Le calcul du rapport interquartile (Q3 / Q1).** Ce rapport calcule l'écart relatif entre les deux quartiles extrêmes. De la même façon, plus ce rapport est élevé, plus les inégalités sont fortes (et inversement).

Chiffre-clé

En France en 2019, les 25 % des cadres les mieux payés ont eu une augmentation de salaire au moins deux fois plus forte que les 25 % des cadres les moins bien payés.

C L'indice de Gini et la courbe de Lorenz

• **Étudier la concentration.** Un indice d'inégalité, appelé coefficient de concentration de Gini, permet de mesurer le **degré d'inégalité d'une distribution** (série statistique sur les revenus ou le patrimoine, par exemple).

• **Lire la courbe de Lorenz.** Pour déterminer le coefficient de concentration de Gini, il faut, au préalable, construire la courbe de Lorenz :

– **Lorsque la courbe se confond avec la diagonale,** cela traduit une **équirépartition** entre les effectifs et la masse globale du phénomène étudié : 10 % d'une population perçoivent 10 % des revenus, 20 % perçoivent 20 % des revenus, etc.

– **Lorsque la courbe s'éloigne de la diagonale,** cela traduit un phénomène inégalitaire, jusqu'à une **concentration très forte** (*ex. :* 90 % d'une population perçoivent 20 % des revenus).

• **Le coefficient (ou indice) de Gini varie entre 0 et 1. Proche de 0,** la **distribution** est **parfaitement égalitaire** (tout le monde a le même niveau de revenu ou de patrimoine), et **proche de 1**, la **concentration** est **maximale**. Ce coefficient s'obtient en calculant l'écart entre la répartition des revenus (ou du patrimoine) que l'on observe et une répartition qui serait parfaitement égalitaire.

Chiffres-clés

Les 20 % des Français les plus riches perçoivent 38 % de l'ensemble des revenus ; les 20 % les moins riches en perçoivent 9 %.

Chiffres-clés

L'indice de Gini est de 0,28 actuellement en France contre 0,5 en 1960.

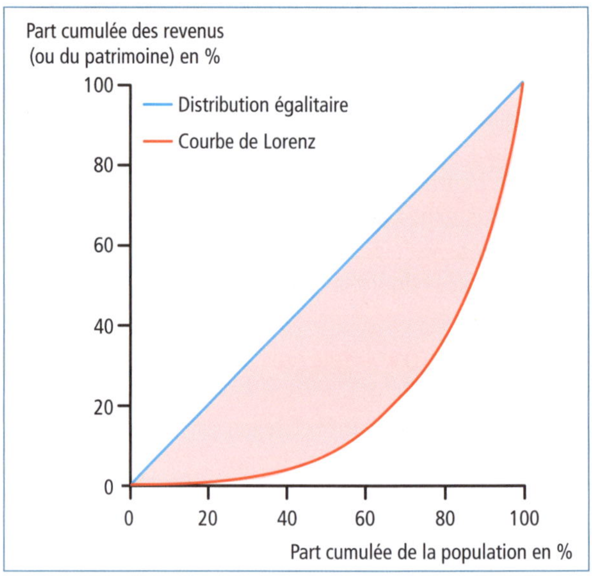

◄ Courbe de Gini.

C La corrélation de revenus parents/enfants

• **L'influence des parents sur le niveau de vie des enfants.** Cette influence est calculée à partir d'un **coefficient d'inégalité** qui mesure la corrélation entre les revenus des parents et ceux de leurs enfants.

• **Le calcul du coefficient d'inégalité prend en compte deux facteurs :**

– **l'inégalité des revenus sur une génération entière d'un pays,** mesurée par l'indice de Gini ;

– **la mobilité économique intergénérationnelle,** c'est-à-dire la différence de revenus entre des générations différentes.

Zoom

C'est pris ensemble que tous les indicateurs (écarts interquantiles, indice de Gini, courbe de Gatsby) dressent une image complète du niveau des inégalités.

• **La courbe de Gatsby.** Elle **relie les inégalités de revenus et la mobilité économique intergénérationnelle,** et montre une corrélation positive assez nette entre les deux : c'est le cas de certains pays développés (États-Unis, Grande-Bretagne, France, Italie), comme si les inégalités devenaient héréditaires.

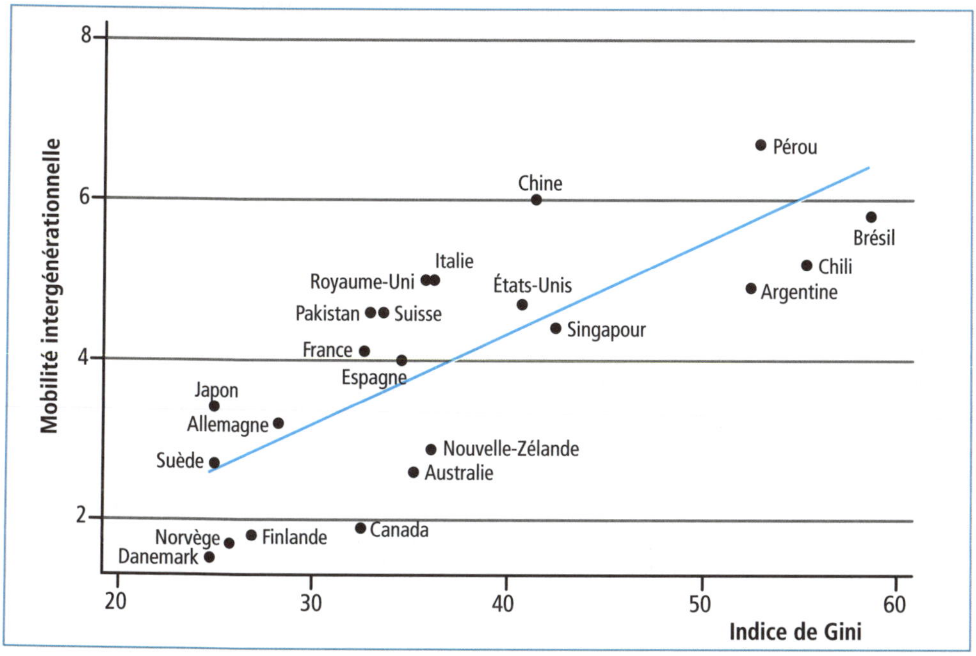

▲ Courbe de Gatsby.

Source : Corak (2012)

Lecture : les pays proches de la droite sont ceux où les inégalités de revenus révèlent une faible mobilité sociale.

19 Pouvoirs publics et justice sociale

La notion de « justice sociale » désigne un idéal moral d'organisation de la société. Elle est l'objet d'interprétations différentes et de débats sur son efficacité et sa légitimité à lutter contre les inégalités.

1 Les différentes conceptions de la justice sociale

A Des interprétations variées

• **L'utilitarisme.** Il a pour principe le meilleur usage possible des ressources (« un euro dépensé ici ne serait-il pas plus utile là ? »). Puisqu'une loi ou une taxe, par ses effets redistributifs, affecte le système productif, la consommation, les prix et les revenus, il peut être **« utile »**, pour le bien-être de la population de **réglementer une activité** ou de **taxer** un groupe d'individus.

• **Le libertarisme.** Il prône l'**égalité des droits**, à savoir l'égalité de tous les citoyens devant la loi (mêmes droits pour tous) dans le respect égal des libertés de chacun.

> **Zoom**
> Le libéralisme (absence d'intervention de l'État dans les projets de vie individuels) est une version radicale du libertarisme.

• **L'égalitarisme strict.** Il renvoie à l'**égalité des situations** (égalitarisme) : une égalité réelle des individus pour qui les conditions de vie économiques et sociales sont semblables (suppression de toutes formes d'inégalités). Lorsque l'égalitarisme est libéral, l'égalité des situations est respectueuse des libertés individuelles.

• **L'égalitarisme libéral.** Il repose sur l'**égalité des chances** (équité, méritocratie), qui donne la possibilité pour tous d'accéder à n'importe quelle position sociale, ou la même probabilité pour tous d'accéder à n'importe quelle position sociale. Cette notion de la justice sociale suppose le **traitement différencié des individus** (principe d'équité qui consiste à donner plus à ceux qui en ont davantage besoin).

B Exemples et limites

	Exemples	Limites
L'utilitarisme	– L'État subventionne la recherche et l'innovation. – L'État augmente la CSG (contribution sociale généralisée) des retraités.	– L'égalité n'est pas une finalité. – Certains individus pourraient être « sacrifiés » pour le bien-être collectif. – L'utilitarisme ne se soucie pas de ce qui procure du bonheur aux personnes ou du contenu de leurs préférences.
Le libertarisme	– Droit de vote pour tous les citoyens. – À travail égal, salaire égal. – Droits de propriété respectés (*ex. :* droit de vendre sa maison).	– Les inégalités de départ sont parfois négligées ; tout le monde est traité de la même façon (sans pouvoir toujours traiter inégalitairement les individus pour compenser leurs « handicaps » de départ). – L'égalité des droits ne suffit pas toujours à l'égalité des chances.

.../...

	Exemples	Limites
L'égalitarisme strict	– Même salaire pour tous. – Égalité devant l'impôt (pas de privilèges). – Confiscation de l'héritage.	– Moindre incitation à l'effort (effet désincitatif chez les individus). – Il s'oppose au principe méritocratique et peut être liberticide. – Il suppose les mêmes chances de départ pour tous (situation jamais atteinte dans les faits).
L'égalitarisme libéral	– Mobilité sociale possible. – Un fils d'ouvrier a les mêmes chances de devenir cadre qu'un fils de cadre. – Recrutement à Sciences Po Paris de lycéens issus de zones sensibles.	– L'égalité des chances s'oppose à l'égalité des droits. – Risque de stigmatisation des populations ciblées. – Cela n'implique pas l'égalité des résultats, mais seulement l'égalité des moyens : donc les inégalités qui résultent du mérite sont considérées comme justes, comme légitimes. – Il s'oppose au libéralisme économique (confiance dans les lois du marché, inégalités justes et nécessaires).

2 La triple action des pouvoirs publics

A La redistribution

• **La protection sociale s'accompagne d'une redistribution.** Les pouvoirs publics prélèvent, par le biais des **prélèvements obligatoires** (impôts et cotisations sociales), une partie des revenus primaires (salaires, revenus des indépendants, intérêts du capital, loyers reçus, etc.), pour **financer les revenus de transfert** (aides sociales) ainsi que les **services publics** (écoles, hôpitaux, logements sociaux, routes, musées publics, etc.).

> **Zoom**
> La protection sociale correspond aux dépenses collectives liées à la couverture des risques sociaux (chômage, maladie, retraite...).

• **La redistribution peut être horizontale.** Elle répond à des besoins sociaux pour des **catégories de population** dont les revenus sont identiques mais qui connaissent des **risques différents** (les bien-portants vers les malades, les actifs vers les inactifs, les ménages sans enfants vers les ménages avec enfants, etc.).

• **La redistribution peut être verticale.** Elle assure une certaine **équité sociale des plus riches vers les plus pauvres** (*ex. :* les actifs occupés financent les chômeurs).

B La fiscalité

• **Les impôts proportionnels.** L'essentiel de la fiscalité française repose sur eux : le **prélèvement** est **proportionnel aux revenus** (*ex. :* les cotisations sociales, la CSG : contribution sociale généralisée) ou à la **consommation** (*ex. :* la taxe sur la valeur ajoutée).

• **Les impôts progressifs.** Leurs proportions (taux de prélèvement) **augmentent avec la valeur de l'assiette taxée** : par exemple, dans le cas de l'impôt sur le revenu, plus le revenu augmente, plus le taux de prélèvement est élevé.

> **Mot-clé**
> **Fiscalité :** ensemble des impôts et des taxes (TVA, taxes environnementales...) perçus par les administrations publiques.

• **Les impôts forfaitaires.** Ils consistent à **prélever un même montant à chaque contribuable** (*ex. :* la redevance télévisuelle).

• **L'efficacité du système fiscal français.** Il est d'abord progressif, puis régressif à partir des 5 % des français les plus riches. En effet, les taux d'imposition (tout prélèvements confondus) augmentent légèrement avec le revenu jusqu'aux 95 % des personnes les moins riches, puis diminue pour les 5 % des personnes les plus riches (et très nettement à l'intérieur des 1 % des personnes les plus riches).

Zoom

Le système fiscal réduit les inégalités mais faiblement : les plus riches bénéficient de règles dérogatoires pour payer moins d'impôts en toute légalité.

C La lutte contre les discriminations

• **Qu'est-ce qu'une discrimination ?** Certaines personnes sont victimes de discriminations dites négatives (pour trouver un emploi, un logement, etc.) : ces personnes sont traitées de manière moins favorable que d'autres dans une situation comparable en raison de critères prohibés par la loi (sexe, âge, apparence physique, état de santé, origine sociale, opinion politique, religion, orientation sexuelle, etc.).

• **L'égalité des chances n'est pas assurée.** Nos sociétés démocratiques assurent une égalité des droits (les lois sont les mêmes pour tous) mais pas une égalité des chances car certaines populations subissent des **discriminations négatives** malgré leur interdiction.

• **Les mesures de discrimination positive.** Leur objectif est de **réduire le sentiment d'injustice** en mettant en place des moyens qui compensent les discriminations négatives. Elles remettent donc en cause l'égalité des droits, en ne donnant des droits qu'à une partie de la population afin de promouvoir l'égalité des chances (ou de réduire l'inégalité des positions).

Exemples

Les quotas d'élèves défavorisés dans certaines grandes écoles, ou le revenu de solidarité active (RSA), sont des moyens de donner « plus » à ceux qui ont « moins ».

3 Contraintes et résultats de l'action publique

A Les contraintes de financement de l'action publique

• **La contrainte technique de l'État.** L'État a multiplié ses interventions dans les domaines économiques et sociaux (traiter le problème du chômage et ses conséquences sociales comme la pauvreté). En contrepartie, **le coût de ces politiques publiques a pénalisé la richesse nationale** par des prélèvements obligatoires (impôts et cotisations sociales) en augmentation constante.

Zoom

À partir des années 1970, la récession économique a remis en cause l'État-providence (État qui assure le progrès économique et social).

• **La contrainte financière de l'État.** Il se trouve dans une **impasse financière** (le rythme des dépenses publiques est plus rapide que le rythme de la production nationale) et psychologique : la **demande d'État** est **toujours plus grande** pour traiter les problèmes sociaux actuels (chômage, pauvreté...) et à venir (la dépendance pour les plus âgés).

• **Les contraintes européennes des pays de la zone euro.** Le Pacte de stabilité et de croissance (voir leçon 8) impose aux pays membres de l'Union économique et monétaire des règles strictes en matière de déficit budgétaire et de dette publique.

> **Zoom**
> Face à l'explosion de l'endettement des États pour répondre à la pandémie du Covid-19 en 2020, l'Europe a suspendu les contraintes financières européennes.

B La lutte contre les inégalités est-elle efficace ?

• **Les transferts sociofiscaux réduisent les inégalités.** Avant la redistribution monétaire, les 10 % des Français les plus riches percevaient un quart de l'ensemble des revenus. Mais, après redistribution, l'**écart de revenu** entre les plus riches et les plus pauvres est **réduit de moitié**.

> **Zoom**
> Si l'on prend l'indicateur du 1 % représentant les plus riches, les inégalités ont augmenté après redistribution (ils contribuent moins proportionnellement aux impôts que la classe moyenne).

• **Les filets de protection sociale coûteux.** La France consacre **un tiers de son PIB aux dépenses sociales** : elles ont amorti le choc de la crise économique de 2008 (hausse de la prime d'activité et du RSA, etc.). Mais ce modèle social généreux est parmi les plus coûteux avec un **taux de prélèvements obligatoires de 44 % du PIB** et un creusement des déficits des systèmes de protection sociale.

> **Zoom**
> Le ressenti des Français sur les inégalités est fort : les trois quarts pensent que la société française est plutôt injuste (ils surestiment le nombre de riches et de pauvres).

• **Une crise d'efficacité de l'État.** L'État est qualifié de **« contrarié »** car, depuis les années 1980, on assiste à une rupture du parallélisme entre croissance économique et progrès social et à l'échec des politiques anticrise (chômage de masse, précarité de l'emploi, situations d'exclusion sociale, faible mobilité sociale...). Selon une vision libérale, il faut réduire les interventions de l'État jusqu'à parvenir à un **État « minimum »** ou **« gendarme »** et faire confiance aux lois du marché.

C Réduire les inégalités, est-ce légitime et sans risque ?

• **Un consentement à l'impôt moins fort.** Le concept d'égalité face à l'impôt est remis en cause : le **coût de l'égalité sociale** est **perçu comme injuste** par certains qui supportent difficilement le sacrifice financier destiné aux plus démunis (les prélèvements obligatoires bénéficiant davantage à certains qu'à d'autres).

• **Le manque de légitimité économique.** Alors qu'une réduction des inégalités en direction des plus pauvres stimule la croissance économique (ils consomment plus car la part de leur revenu destinée à la consommation augmente), certaines voix pensent que cela **empêcherait un bon fonctionnement de l'économie** en rendant le pays moins compétitif dans la mondialisation (**hausse du coût du travail** par les cotisations sociales et la revalorisation du SMIC).

> **Mot-clé**
> **L'aléa moral :** consiste, pour certaines personnes, à modifier leur comportement car elles se savent couvertes socialement (*ex. :* surconsommation médicale).

• **Le manque de légitimité sociale.** L'action de l'État inciterait à l'**assistanat** : certaines personnes ne seraient plus (ou moins) incitées à travailler à cause des aides sociales trop généreuses. Elles tomberaient alors dans la **« trappe à inactivité » ou « à chômage »** (voir leçon 5).

20 L'action publique pour l'environnement

L'élaboration, le contenu et les instruments des politiques environnementales invitent à repenser l'action publique : les enjeux débordent le cadre national, et l'État est confronté à l'engagement des acteurs de la société civile qui a pris une place essentielle.

1 La construction des questions environnementales

A La mise à l'agenda des questions environnementales

• **Définition de la « mise sur agenda ».** Les pouvoirs publics traitent de certains problèmes qui font l'objet de politiques publiques, et pas d'autres. Cette **inscription à l'agenda** dépend de nombreux facteurs : le contexte politique, la nouveauté ou l'intensité dramatique du problème, le système de valeurs, etc.

• **La « naissance » de la question environnementale.** À la fin des années 1960, la **croissance économique** est **critiquée pour ses effets négatifs** sur l'environnement, tout comme le nucléaire pour ses conséquences sur la survie de l'espèce humaine elle-même. Dans le même temps, émerge dans les sociétés un **mouvement social anticapitaliste**, **antiguerre** et **anticonsumériste** qui a transformé le cadre intellectuel, permettant à la question environnementale d'apparaître, à son tour, comme **question globale**.

> **Zoom**
> En 1972, le rapport « Meadows », intitulé *Halte à la croissance ?*, cristallise le débat sur les limites de la croissance économique à la fin des Trente Glorieuses.

• **La politique publique de l'environnement a bénéficié d'une « fenêtre d'opportunité ».** Le traitement politique de la question environnementale a nécessité la convergence de trois courants :

– **le courant des problèmes :** les catastrophes naturelles, les indicateurs de mesure de la pollution, les rapports d'experts, etc., ont révélé des situations préoccupantes ;

– **le courant des solutions :** des propositions alternatives ont été faites pour répondre aux problèmes environnementaux ;

– **le courant politique :** l'opinion publique, certains gouvernements ou la politique électorale ont intégré la dimension environnementale.

> **Zoom**
> Certains pays ont décidé de mettre en tête de leur agenda politique d'autres problèmes : la lutte contre le terrorisme, le protectionnisme économique, la lutte contre l'immigration, etc.

• **L'inscription de la question environnementale dans les relations internationales.** Cette question est devenue un nouvel objet des relations internationales seulement depuis les années 1970. C'est, ensuite, au tour de la notion de **développement durable** d'être mise à l'agenda **au Sommet de la Terre de Rio (1992)** et institutionnalisée au **Sommet de Johannesburg (2002)** : elle se présente comme un compromis entre la poursuite de la croissance économique, la protection de l'environnement et la recherche de la justice sociale.

> **Mot-clé**
> **Développement durable :** défini dans le rapport « Brundtland » en 1987 comme *« un mode de développement qui répond aux besoins des générations du présent sans compromettre la capacité des générations futures à répondre aux leurs »*.

B Une action publique multi-acteurs

• **L'action de la société civile sur les pouvoirs publics** (voir leçon 17). Des associations, des ONG (organisations non gouvernementales), des entreprises, des experts, des mouvements de citoyens **prennent conscience des problèmes environnementaux**, les nomment, et y trouvent des explications et des solutions éventuelles.

• **Un travail de mise en revendication.** En se mobilisant, tous ces acteurs élaborent des revendications qu'ils promeuvent dans l'espace public, auprès de l'opinion publique et des dirigeants politiques. L'objectif est d'**influencer le pouvoir politique** car celui-ci reste l'ultime décisionnaire.

C Une intervention publique multiniveau

• **Du local au global.** L'échelon national ne suffit pas pour agir efficacement sur le changement climatique, la biodiversité, ou la préservation des forêts et des ressources halieutiques. Face à la **responsabilité « vis-à-vis de la planète »**, la souveraineté des États doit se soumettre à une exigence d'un ordre supérieur.

• **L'échelon européen et ses limites.** L'Union européenne (UE) ratifie des **accords multilatéraux environnementaux**. Mais elle peine dans les négociations environnementales internationales car chaque État membre conserve un degré d'autonomie, laissant apparaître des divisions internes au sein de l'UE.

• **Une gouvernance internationale de l'environnement.** En l'absence de gouvernement mondial qui traite des questions d'environnement, il existe une gouvernance internationale qui renvoie aux normes collectives et aux actions communes entre les États. *Exemples :* le **PNUE** (Programme des Nations Unies pour l'environnement) est à l'origine de **conventions internationales** (sur les déchets, la protection de la couche d'ozone, etc.), et plus de 200 **accords multilatéraux environnementaux (AME)** ont été signés dans de nombreux domaines (le droit de la mer, la protection des espèces sauvages menacées, la limitation des émissions de CO_2, etc.).

Zoom

La plupart des accords multilatéraux ne prévoient pas de mécanisme de sanctions pour les États qui ne les appliquent pas, ni de véritable système de surveillance.

▲ Ban Ki-moon, secrétaire général de l'ONU, et Barack Obama, alors president des États-Unis, à la COP21 de Paris (30 novembre 2015).

D Entre coopération et contestation

• Une coconstruction des politiques environnementales. Afin de peser sur le pouvoir politique, les acteurs de la société civile peuvent **dialoguer directement avec les décideurs politiques**, négocier et établir des partenariats : il s'agit de devenir l'interlocuteur des pouvoirs publics sur les questions environnementales.

> **Exemple**
> Lors du Grenelle de l'environnement organisé en France en 2007, des ONG environnementales, des associations et des syndicats ont collaboré avec le gouvernement pour construire un plan d'action en faveur de l'écologie.

• Des stratégies de contestation. Des stratégies conflictuelles sont, parfois, nécessaires pour influencer les pouvoirs publics par une **pression externe** (manifestations, pétitions, destruction de champs de plantations OGM, etc.), en signalant l'importance des questions environnementales.

2 Les instruments de la politique climatique

A Les instruments réglementaires utilisés

• Une logique contraignante. Par la réglementation, l'État veut contraindre le comportement des pollueurs sous peine de **sanctions administratives** ou **judiciaires**.

• L'État édicte des normes. L'action publique est visible en imposant des **obligations de faire** (recyclage des déchets, par exemple) **ou de ne pas faire** (ne pas dépasser un seuil quantitatif d'émissions de substances polluantes, par exemple).

> **Mot-clé**
> **Politique environnementale :** regroupe les mesures prises par les pouvoirs publics dans le but de susciter, chez les pollueurs, un comportement plus soucieux de l'environnement.

• La diversité des normes :

– Les **normes d'émission** définissent certains objets techniques utilisés dans les industries (*ex. :* chaudières) ou pour certains polluants (comme le chlore), des intensités maximales d'émission dans le milieu.

– Les **normes techniques** obligent les sites industriels à utiliser une technologie particulière de réduction de la pollution (comme un filtre dans les cheminées d'usine).

– Les **normes de produits** : ce peut être, par exemple, une quantité maximale de phosphates dans les lessives, ou l'obligation de pourvoir les véhicules neufs d'un pot catalytique.

– Les **procédures d'autorisation administrative** concernent la mise sur le marché de certains produits (*ex. :* homologation des pesticides).

B Les effets contrastés de la réglementation

• Les avantages. La réglementation est **indispensable pour des pollutions jugées dangereuses** pour la santé (cas de l'amiante, par exemple). De plus, accompagnée de contrôles, elle a des **effets relativement prévisibles** sur la qualité de l'environnement.

• Des inconvénients :

– Les normes s'appliquent uniformément à tous les agents **sans tenir compte des différences de coût de dépollution** entre entreprises.

> **Exemple**
> Une réduction des émissions polluantes de 10 % ne distingue pas les entreprises pour qui il est facile de dépolluer et celles pour qui cela l'est beaucoup moins.

– Les normes **n'éliminent pas les externalités négatives** (les dommages qui résultent de l'action d'un agent) : cela revient à introduire un droit gratuit de polluer jusqu'à la norme !

C Les instruments économiques utilisés

• **Des mesures qui s'appuient sur des mécanismes de marché.** L'analyse économique « **coûts/avantages** » met l'accent sur les coûts et la rentabilité de la dépollution, et les bénéfices retirés d'une amélioration de l'environnement.

• **Des mesures qui favorisent les comportements les plus vertueux.** Les entreprises pouvant mettre en œuvre une dépollution dont le coût marginal (comme le coût d'un filtre de cheminée supplémentaire) est inférieur au taux de la taxe, ou au prix des **permis de polluer** (voir ci-dessous), réduiront leur pollution.

• **Un premier instrument économique : la taxation (ou tarification).** Elle se doit, avant tout, de modifier les comportements des agents *via* le système des prix. L'idée est de **rendre la pollution coûteuse** pour le pollueur en lui faisant payer une taxe dont le montant a une relation avec la pollution qu'il émet : c'est le **principe du « pollueur-payeur »**.

> **Zoom**
> Les entreprises pour lesquelles les coûts de dépollution sont trop élevés préféreront payer la taxe ou acheter des permis : ce qui ne réduit pas la pollution.

> **Exemple**
> En France, une écotaxe (ou taxe carbone) sur les activités polluantes a pour effets de diminuer la pollution et de financer des mesures de réparation de l'environnement (on parle alors d'un « double dividende »).

• **Un second instrument économique : les marchés de droits à polluer (ou permis d'émission négociables).** Les États peuvent réguler les quantités de CO_2 émises par les entreprises fortement consommatrices d'énergie en leur accordant des **permis** ou **quotas**.

• **Le fonctionnement du marché européen.** Les permis sont achetés aux enchères : chaque entreprise peut, ensuite, revendre ses quotas non utilisés ou en acheter d'autres au cas où elle aurait épuisé sa dotation. Ainsi, **les pouvoirs publics fixent les quantités globales d'émission de CO_2 permises**, et ce sont les prix de ces quotas qui varient en fonction de l'offre et de la demande.

D Intérêts et limites des instruments économiques

• **Internaliser les coûts sur l'environnement.** L'activité des entreprises produit des coûts néfastes sur l'environnement (des externalités négatives) qu'il s'agit de **compenser** pour la société en les internalisant, c'est-à-dire en les prenant en compte. L'internalisation de ces coûts est faite soit par les prix (cas de la **taxation**), soit par les quantités (cas de l'**échange des droits à polluer**).

Un cargo émet autant de pollution que 50 millions de voitures. ▶

• Une logique économique incitative et à coût réduit. Contrairement à la réglementation, ces instruments incitent les entreprises à aller au-delà du simple respect des normes, puisque réduire davantage la pollution leur permet d'**économiser un montant équivalant à la taxe ou au prix des permis**. Cela stimule en conséquence aussi l'**effort d'innovation et de recherche** et permet d'abaisser, à long terme, les coûts de réduction des émissions.

• Un développement soutenable. L'utilisation d'instruments économiques assure que les politiques d'environnement entreprises le soient à un coût le plus réduit possible, et favorisent donc un développement soutenable qui permet de **concilier croissance et environnement**.

• L'environnement au second plan. La politique de taxation ou de droits à polluer est celle qui **impose le moins de contraintes aux entreprises**. De plus, elle vient à l'encontre de l'idée que l'objectif est le « zéro pollution ».

3 Les contraintes internationales de préservation de l'environnement

A L'application de la notion de « bien commun » à l'échelle internationale

• L'environnement est un bien commun. Il est caractérisé par la **non-exclusion** (impossibilité d'en empêcher la consommation par quiconque), mais, à la différence d'un bien collectif, il est rival : **la consommation des uns altère celle des autres**. C'est donc un bien qui n'appartient à personne mais dont **l'usage entraîne sa raréfaction** (les nappes phréatiques, les forêts, les pâturages des montagnes, les ressources halieutiques, etc.).

> **Mot-clé**
>
> **Tragédie des biens communs :** le libre accès à une ressource limitée pour laquelle la demande est forte entraîne sa surexploitation et, à terme, sa disparition (*ex. :* la pêche du thon rouge).

• L'environnement présente un intérêt collectif difficile à atteindre. La rationalité des agents économiques peut conduire à des **situations où l'intérêt général n'est pas atteint**. Ainsi, chaque État peut se comporter en **« passager clandestin »** en jouissant des bénéfices de la stabilité climatique et de la biodiversité **sans en partager les coûts** : par exemple, la réduction des gaz à effet de serre d'un pays peut profiter aux pays voisins sans qu'ils y contribuent eux-mêmes.

• L'action internationale devient indispensable. N'appartenant à personne, **l'environnement n'a pas de prix de marché** et peut être utilisé pour un coût très faible ou nul (*ex. :* la déforestation au Brésil ne prélève qu'une partie du stock mondial d'arbres), alors que le gain de son exploitation est privé (des gains financiers pour le pays). Une action coordonnée entre les États est donc indispensable pour agir efficacement sur l'environnement.

B Les inégalités de développement entre pays

• Des inégalités d'émissions de CO_2 entre pays du Nord et pays du Sud. Les pays du Nord sont responsables de la plupart des émissions carbone.

> **Exemple**
>
> La Chine est devenue le pays responsable de la part la plus importante des émissions de CO_2 au niveau mondial.

• Des inégalités d'émissions de CO_2 entre les populations les plus riches et les autres à l'échelle mondiale. Les populations les plus riches dans les pays développés émettent davantage de CO_2 que leurs équivalents dans certains pays émergents et en développement. Parallèlement, les émissions de CO_2 des populations les plus pauvres dans les pays moins développés sont nettement inférieures à celles des populations les plus pauvres dans les pays développés.

▲ Vue aérienne d'une usine en Chine (2018).

• Des inégalités face aux impacts climatiques. Elles existent non seulement entre pays développés et pays en développement, mais également au sein de chacun des pays : les **populations défavorisées** sont les plus **exposées aux aléas** (sécheresse, pollution de l'air, inondations...) et ont une plus faible capacité d'adaptation et de récupération après des catastrophes naturelles.

• Des enjeux et des préférences collectives différents entre nations. Mener une action internationale coordonnée suppose de s'accorder sur les finalités à poursuivre et de **hiérarchiser les priorités**. L'Union européenne est désireuse d'introduire des éléments de régulation de la mondialisation dans le domaine environnemental, tandis que les pays en développement voient, dans ces prétentions, une **possible menace sur leur croissance économique**.

Zoom

Les États-Unis se sont plaints de ce que le Protocole de Kyoto (1997) et l'Accord de Paris sur le climat (2015) leur imposaient des efforts disproportionnés pour réduire la pollution par rapport à l'Europe ou aux pays émergents.

Annales du Bac Dissertation

SUJET Dissertation *Corrigé p. 205*

Dans quelle mesure les classes sociales existent-elles, aujourd'hui, en France ?

Document 1

Répartition de l'emploi par catégories socioprofessionnelles entre 1968 et 2018

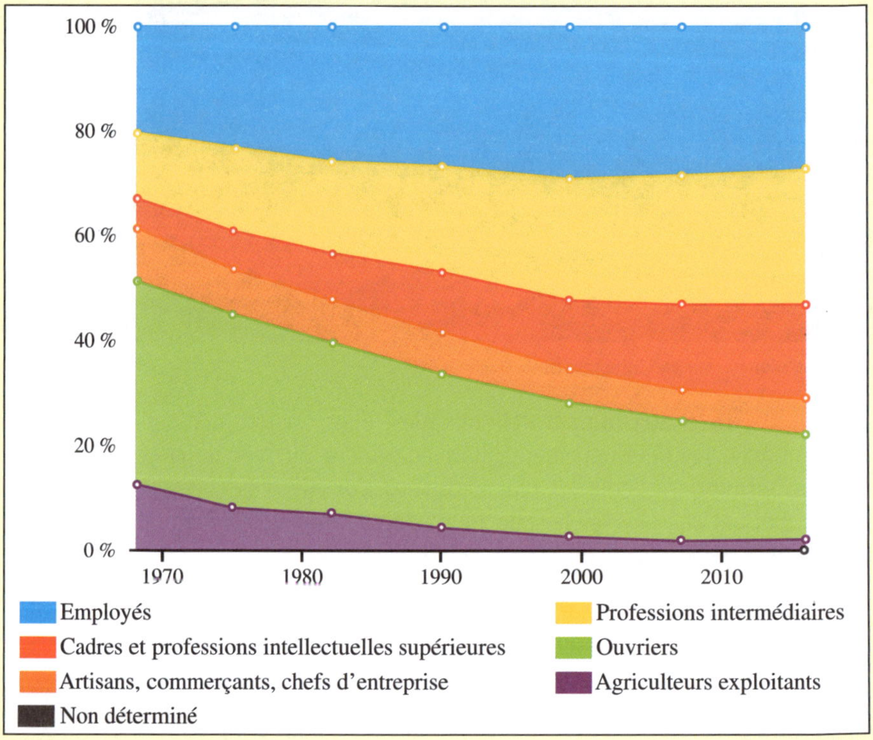

Source : INSEE

Document 2

Sondage de l'IFOP répondant à la question « À quelle classe sociale avez-vous plutôt le sentiment d'appartenir ? » (réponses en %)

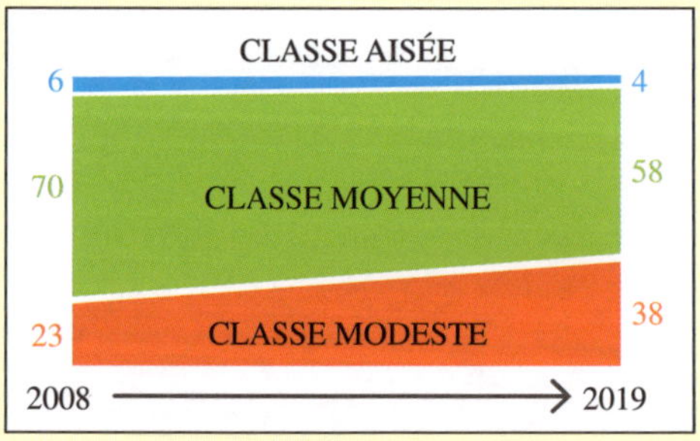

Document 3
Évolution de la part des enfants d'ouvriers selon les filières de l'enseignement supérieur

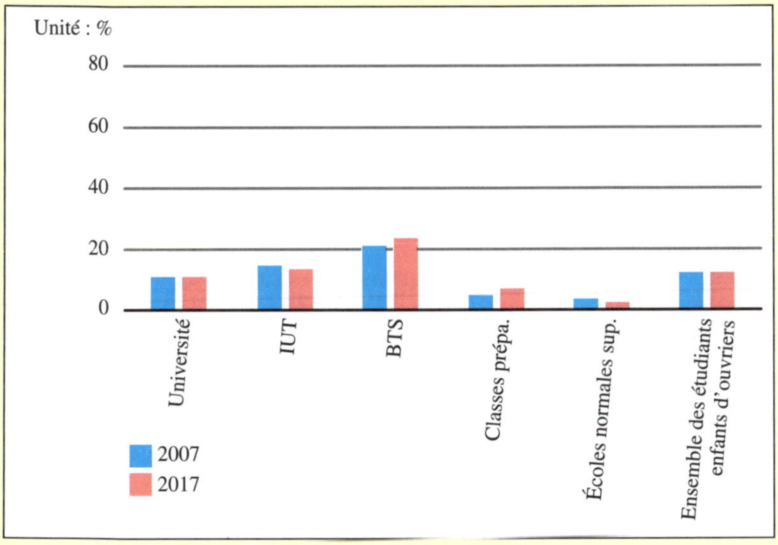

Source : ministère de l'Éducation nationale

Corrigé rédigé

Les textes en couleur apparaissant dans ce corrigé, titres en violet et bleu, ne doivent pas figurer dans votre devoir. Nous les avons insérés pour vous guider et vous aider à repérer la progression de le dissertation.

Introduction

Accroche

Dans les enquêtes d'opinion, les Français ont un sentiment très partagé sur le fait d'appartenir à une classe sociale. Au XIXe siècle, Karl Marx posait déjà la question majeure des classes sociales. Selon lui, *« l'histoire de toute société jusqu'à nos jours est l'histoire de la lutte des classes »*.

Définition des termes du sujet

Cette notion de « classe sociale » est marquée par des approches différentes d'auteurs. Pour Marx, une classe sociale regroupe des individus qui partagent la même position dans les rapports de production (classe en soi) et qui en ont conscience (classe pour soi) : ce qui débouche sur la lutte des classes. Mais d'autres sociologues, comme Max Weber par exemple, ont une approche nominaliste des classes sociales (avec des inégalités de revenus mais en l'absence de lutte des classes), contrairement à l'approche réaliste de Marx.

Problématique

Sans dire que les classes sociales ont disparu, la question est de savoir quelle définition reste valide pour rendre compte de la structure sociale actuelle en France : les classes sociales en soi semblent toujours encore exister ; mais est-ce le cas des classes pour soi ?

Annonce du plan

Ainsi nous verrons que la moyennisation de la société n'a pas fait disparaître les classes en soi, mais que l'on assiste depuis quelques années à un brouillage des classes sociales.

Développement

I Montrer que la moyennisation opérée pendant les Trente Glorieuses n'a pas éradiqué les inégalités entre catégories socioprofessionnelles.

1 L'explication de l'effacement des classes pour soi avec la moyennisation de la société

L'émergence d'une vaste classe moyenne pendant la période des Trente Glorieuses a été associée à la fin des classes sociales. C'est le sociologue H. Mendras qui parle ainsi d'une moyennisation de la société et de la fin de la lutte des classes. La vision de la société scindée en groupes sociaux opposés est mise à mal pour plusieurs raisons. D'abord, la part des ouvriers dans l'emploi a baissé au profit de la part des cadres supérieurs et des professions intermédiaires **(document 1)** : les actifs occupent donc des postes davantage qualifiés et mieux rémunérés. Ensuite, la crise du syndicalisme, la montée du chômage et le recul de l'idéologie communiste ont participé au déclin du mouvement ouvrier. Parallèlement, on assiste à une homogénéisation des conditions de vie faisant naître une vaste classe moyenne qui englobe, progressivement, l'ensemble de la société. Les pratiques culturelles et les loisirs se démocratisent (*ex. :* les départs en vacances), la consommation de masse apparaît (*ex. :* produits d'équipement ménager), et la démocratisation de l'enseignement a conduit à une élévation des qualifications.

2 L'explication de la persistance d'inégalités économiques et culturelles

Le consensus qui s'était construit durant les Trente Glorieuses en faveur de la réduction quantitative des inégalités se fissure. Les inégalités ont tendance à se maintenir, qu'elles soient économiques ou sociales, et les crises économiques aggravent ce phénomène au détriment de la justice sociale. Depuis les années 1980, les écarts de revenus ne se réduisent plus, alors que les inégalités de patrimoine se sont fortement accrues du fait de la montée de la valeur des actifs patrimoniaux (logements, actions). Quant aux inégalités de réussite scolaire, même si les enfants d'ouvriers sont plus nombreux à obtenir le bac, il s'avère que le genre des études, leur durée, le niveau de diplôme atteint sont directement reliés avec l'origine sociale des étudiants **(document 3)**. Enfin, le chômage de masse ralentit la dynamique de la mobilité sociale ascendante : l'augmentation de la part des cadres et des professions intermédiaires dans l'emploi devient moins forte (**document 1**).

Transition

La moyennisation de la société a aplani les inégalités entre les catégories socioprofessionnelles mais sans les faire disparaître : il est donc faux de parler de la « fin des classes sociales ». Néanmoins, dans une société de plus en plus individualisée, on observe de nouveaux clivages qui brouillent les appartenances de classe.

II Montrez le brouillage des classes sociales

1 L'explication de la multiplication des critères d'appartenance des individus

Il est plus difficile, aujourd'hui, d'établir une nomenclature stricte de divers groupes d'individus, car il existe une multiplicité des critères de différenciation sociale. Pour le sociologue M. Weber, la classe sociale regroupe des individus se trouvant dans une situation économique semblable. Cependant, les classes ne sont pas un véritable groupe social, car elles ne sont que des regroupements d'individus pouvant facilement passer d'une classe à l'autre : pour M. Weber, la société n'est donc pas uniquement structurée par des classes sociales mais également par des groupes de statut. De plus, avec le mouvement d'individualisation de la société, les personnes cherchent à s'émanciper des divers groupes auxquels elles appartiennent. Les liens sociaux deviennent plus électifs (en fonction des goûts et des aspirations de chacun) mais aussi plus fragiles. Pour les ouvriers, le clivage est aggravé par la diversité du statut de l'emploi qui s'est détérioré depuis la crise de 2008 : les plus précaires et les moins qualifiés d'entre eux se sentent appartenir davantage à la classe modeste qu'à la classe moyenne (document 2).

2 L'explication du poids relatif de la position économique

L'analyse multidimensionnelle de la structure sociale développée par M. Weber permet de relativiser le poids de la position économique ; ce que fait également le sociologue Pierre Bourdieu qui distingue trois formes de capital (économique, social et culturel). Il semble donc que les critères économiques et professionnels sur lesquels repose traditionnellement le concept de « classe » ne soient plus aussi pertinents. L'homme multiplie les identités et devient « pluriel » (il vit des expériences diverses), ce qui vient rompre l'homogénéité interne des classes. Les différenciations deviennent générationnelles, ethniques, sexuelles, régionalistes, etc. et qui sont à mettre en parallèle avec le développement de nouveaux mouvements sociaux dont les enjeux ne sont plus le monde du travail. Seule la grande bourgeoisie (la classe aisée : document 2) reste encore une classe pour soi au sens de Marx, alors que la conscience de classe chez les ouvriers a pratiquement disparu. Elle occupe la même place dans la production (dirigeants, grands patrons), adopte un mode de vie commun, et affiche une volonté de défendre ses intérêts (stratégies d'entre-soi social).

Conclusion

Bilan de l'argumentation

Le processus de réduction des inégalités qu'a connu la France au cours des Trente Glorieuses a conduit certains sociologues à redéfinir la notion de « classes sociales ». Celles-ci ont perdu de leur pertinence pour analyser une société moyennisée dans laquelle les différenciations entre les groupes ne se font plus seulement sur des critères économiques. Cependant, même si les contours des classes sociales (classe en soi et classe pour soi) sont plus ou moins clairs selon les groupes, elles continuent de structurer notre société car de nombreuses inégalités se sont maintenues, voire ont été amplifiées.

Ouverture du sujet

Les ouvriers n'ont pas disparu mais ils sont moins visibles : se pose, pour eux, le problème de la conscience de classe qui est sous-jacente à l'existence d'une classe sociale. Peut-être alors que le retour des conflits liés au travail permettra une telle prise de conscience.

Annales du Bac

Épreuve composée

SUJET Épreuve composée

Corrigé p. 210

Partie 1 : Mobilisation de connaissances (4 points)

Présentez deux arguments montrant que l'approche en termes de classes sociales est pertinente pour décrire la société française aujourd'hui.

Partie 2 : Étude d'un document (6 points)

Distribution du revenu salarial (1) annuel par sexes ou catégories socio-professionnelle sur l'ensemble des salariés en 2015 (en euros courants)

	Sexe		Catégorie socioprofessionnelle				Ensemble
	Femmes	Hommes	Cadres (2)	Professions intermédiaires	Employés	Ouvriers	
D1 (1er décile)	2 110	2 930	11 200	5 610	1 570	1 950	2 470
D9 (9e décile)	32 270	41 980	68 490	35 400	24 680	25 620	37160
D9/D1 (rapport interdécile)	15,3	14,3	6,1	6,3	15,7	13,1	15

Source : INSEE, 2019.

(1) Le revenu salarial correspond à la somme des salaires perçus par un individu au cours d'une année donnée, nets de toutes cotisations sociales. **(2)** Cadres, y compris chefs d'entreprise salariés.

1. À quoi correspond le premier décile D1 ? Donnez un exemple à partir du document.

2. Analysez les inégalités que le document met en évidence.

Partie 3 : Raisonnement s'appuyant sur un dossier documentaire (sur 10 points)

À l'aide de vos connaissances et du dossier documentaire, vous montrerez quelles sont les sources de la croissance économique.

Document 1

Contribution moyenne en points de pourcentage à la croissance du PIB : 1995-2014

	Facteur travail	Facteur capital	PGF*	PIB (%)
France	0,2	0,7	0,6	1,4
Allemagne	0,0	0,4	0,8	1,2
Japon	– 0,4	0,6	0,6	0,8
États-Unis	0,5	0,8	1,0	2,3

*PGF : productivité globale des facteurs

Source : OCDE 2016.

Document 2

Croissance de la productivité globale des facteurs en France : 1985-2017

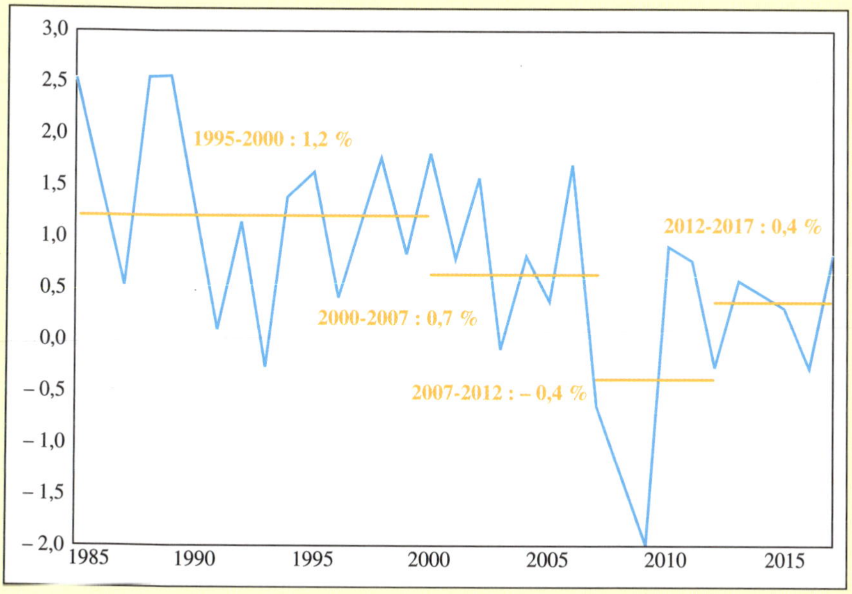

Source : OCDE, calculs CNP.

En orange sont indiqués les taux de croissance annuels moyens sur les périodes 1985-2000, 2000-2007, 2007 2012 et 2012-2017.

Document 3

Pourcentage du PIB dépensé dans la Recherche et Développement en 2018

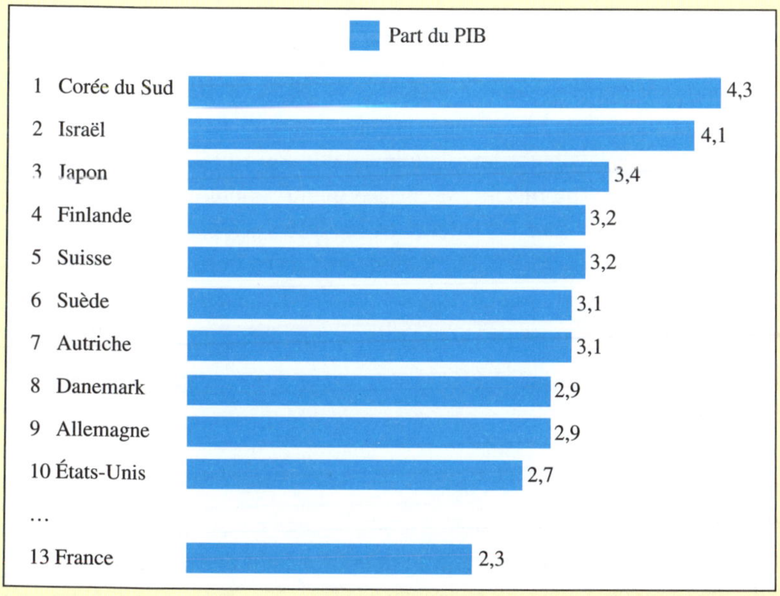

Source : UNESCO, Institute of statistics.

Corrigé

Les textes en couleur apparaissant dans ce corrigé, titres en violet et bleu, ne doivent pas figurer dans votre devoir. Nous les avons insérés pour vous guider et vous aider à repérer la progression de l'épreuve composée.

Partie 1

Plusieurs éléments sont en faveur de l'existence de classes sociales actuellement en France, c'est-à-dire de groupes sociaux de grande taille ayant des caractéristiques socio-économiques communes et partageant un sentiment d'appartenance.

D'une part, les inégalités économiques et sociales entre les professions sont toujours présentes, qu'elles soient liées au niveau de revenu, au patrimoine ou au mode de vie : ces distances interclasses peuvent ainsi s'observer dans les pratiques culturelles, la consommation ou le départ en vacances.

D'autre part, même si le sentiment subjectif d'appartenance à une classe sociale est moins important aujourd'hui que du temps de Karl Marx, l'actuelle bourgeoisie correspond bien à la définition de la classe en soi (mêmes conditions matérielles objectives d'existence) et de la classe pour soi (conscience d'appartenir à une même classe) : par exemple, la bourgeoisie entretient son entre-soi en se regroupant dans certains quartiers comme le XVIe arrondissement de Paris, et en cultivant son réseau de relations.

Partie 2

1 Le premier décile est la valeur du caractère tel que 10 % de l'effectif de la série étudiée lui sont inférieurs (et que, donc, 90 % lui sont supérieurs). Par exemple, les 10 % des femmes les moins bien payées en France avaient, en 2015, un revenu salarial inférieur à 2110 euros courants par an (90 % des femmes les mieux payées avaient donc un revenu supérieur à cette somme).

2 Ce tableau de l'Insee permet de montrer les inégalités économiques de salaire selon le genre et la catégorie socioprofessionnelle, en France en 2015. On peut constater d'abord que les inégalités sont supérieures chez les femmes : le salaire annuel des 10 % des femmes les mieux payées est au moins 15,3 fois plus élevé que le salaire des 10 % des femmes les moins bien payées, alors que ce rapport interdécile est de 14,3 pour les hommes. D'autre part, les inégalités salariales sont plus fortes chez les catégories modestes (employés et ouvriers) : le rapport interdécile est 2,5 fois plus élevé (15,7/6,3) chez les cadres que chez les employés. On peut penser qu'en croisant le sexe et la catégorie socioprofessionnelle, les inégalités salariales sont encore plus fortes entre les femmes de la catégorie « employés » et les hommes de la catégorie « cadres ».

Partie 3

Introduction

Depuis 2008, l'économie mondiale connaît un ralentissement de la croissance économique. La période des Trente Glorieuses où le PIB en France avait crû de 5 % chaque année en moyenne est révolue **(document 2)**. La croissance, qui est l'augmentation durable et soutenue des richesses créées au cours d'une année, provient de la hausse des facteurs de production travail et capital utilisés pour produire. Mais la contribution de ces facteurs à la croissance est insuffisante pour expliquer la totalité de celle-ci : d'autres facteurs sont au cœur de ce processus.

Développement

1 Le facteur travail contribue à la croissance

L'activité de l'économie d'un pays peut être représentée par une fonction de production : celle-ci établit une relation entre le niveau de richesses produites et les quantités utilisées de facteurs de production. Ainsi, lorsque la quantité de travail augmente, la croissance économique s'accélère. Cette quantité de travail dépend du nombre de travailleurs disponibles et de la durée du travail. Cependant, le facteur travail semble jouer un faible rôle dans la croissance **(document 1)** : par exemple, en France, il explique l'augmentation annuelle moyenne de 0,2 point de pourcentage du PIB entre 1995 et 2014.

2 Le facteur capital participe à la croissance

L'augmentation de la production provient également de l'augmentation des quantités de facteur capital utilisées, c'est-à-dire de l'investissement en capital fixe. On observe que les pays ayant une croissance économique plus dynamique consacrent une part élevée de leur PIB à l'investissement **(document 1)** : ainsi, sur la période 1995-2014, le facteur capital explique environ le tiers de la croissance américaine.

3 Le progrès technique est une autre source de la croissance

Il y a une part de la croissance que les facteurs travail et capital n'expliquent pas. Cette part est attribuée à la productivité globale des facteurs, ou PGF **(documents 1 et 2)**, qui améliore l'efficacité des facteurs de production en augmentant leur productivité. La hausse de la PGF est liée au progrès technique qui inclut les innovations (nouvelles machines, nouveaux produits, nouvelles organisations du travail). Ces innovations sont directement liées aux dépenses de recherche-développement : les pays qui consacrent une part élevée de leur PIB à ces dépenses sont ceux dont la part de la PGF dans la croissance est la plus forte **(documents 1 et 3)**.

4 L'accumulation du capital et les institutions sont des sources de croissance endogène

La théorie de la croissance endogène explique la croissance comme un processus auto-entretenu de par l'accumulation du capital (physique, humain, public et technologique). Cette accumulation produit des effets externes positifs grâce aux investissements de l'État (dans la santé, l'éducation, les infrastructures et la recherche-développement) : la croissance génère, ainsi, par elle-même, le progrès technique. Mais, lorsque l'État investit moins, la croissance de la PGF ralentit **(document 2)**. De plus, en garantissant les institutions du marché qui assurent le bon fonctionnement de l'économie, l'État fournit un cadre légal favorable à la croissance (*ex. :* droits de propriété protégés par les brevets).

Conclusion

Les facteurs travail et capital agissent sur la croissance économique. Mais le progrès technique joue un rôle majeur, car il permet des gains de productivité à l'origine d'une augmentation auto-générée de l'activité économique. Il reste à savoir si, actuellement, les innovations peuvent relancer un sentier de croissance qui se trouve presque à l'arrêt depuis quelques années.

Annales du Bac

Dissertation

SUJET **Dissertation** *Corrigé p. 214*

Le travail est-il source d'intégration sociale ?

Document 1

Taux de chômage selon le niveau de diplôme et la durée depuis la sortie de formation initiale en 2019

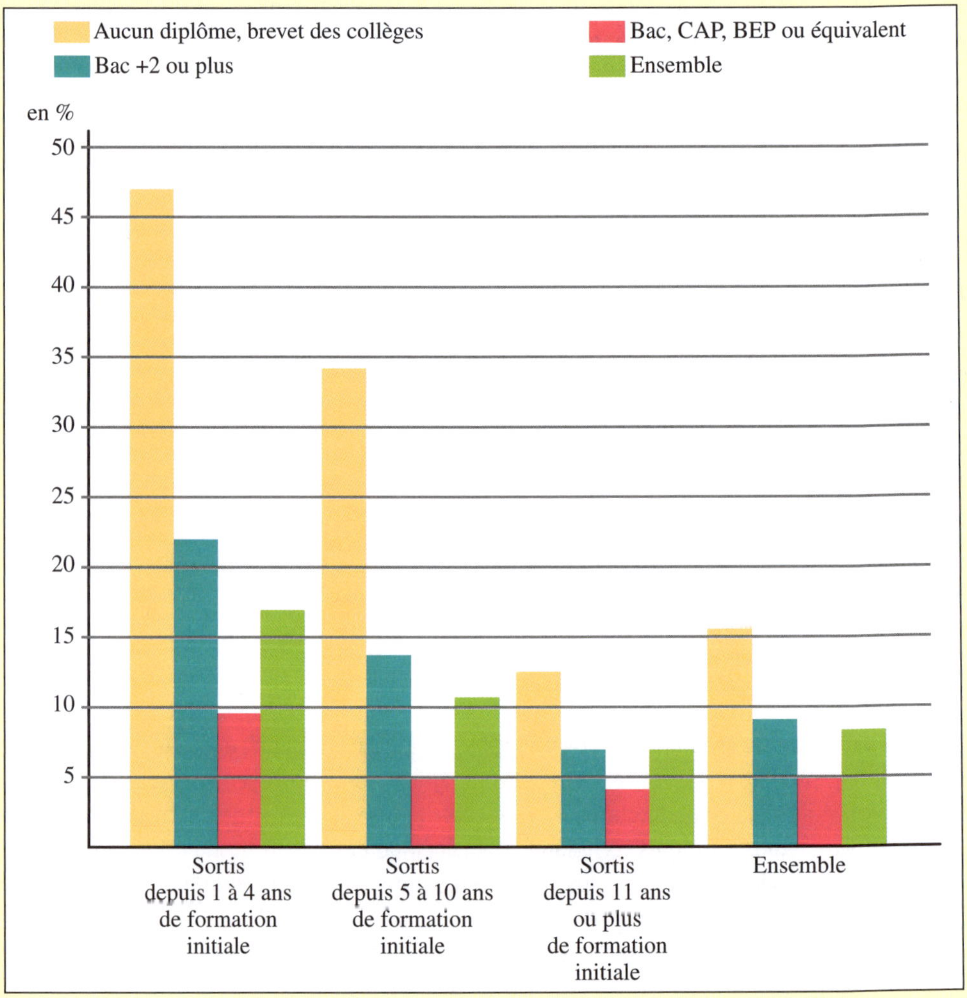

Lecture : en 2019, 9,6 % des personnes actives ayant un diplôme de niveau bac + 2 ou plus et ayant achevé leur formation initiale depuis 1 à 4 ans sont au chômage.
Champ : France hors Mayotte, population des ménages, personnes actives.

Source : INSEE, enquête Emploi.

Document 2

Point de vue sur le travail en général (en %)

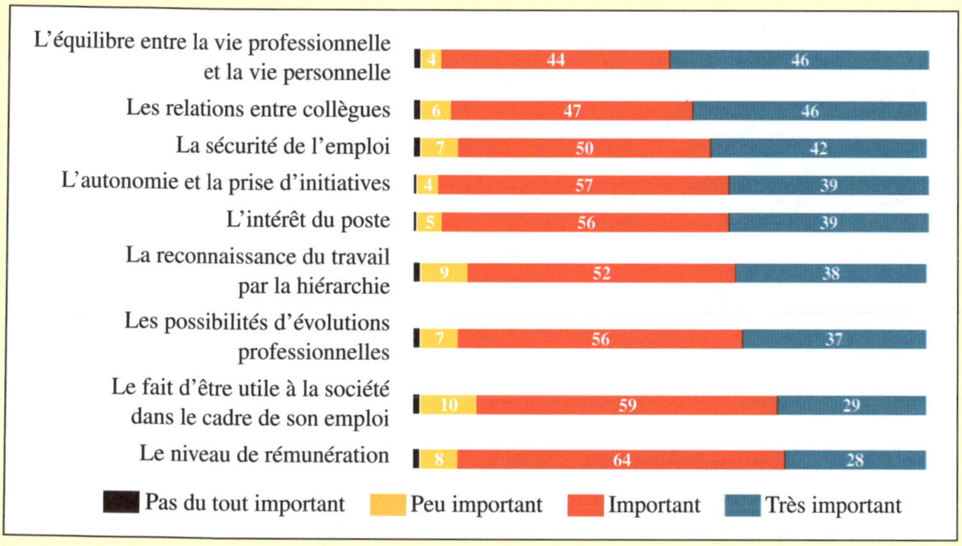

Lecture : 95 % des jeunes sortant du système éducatif en 2012-2013 déclarent, en 2016, que l'équilibre entre la vie professionnelle et la vie personnelle est important ou très important. Plus précisément, 51 % estiment qu'il est très important, et 44 % le jugent important.

Source : CÉREQ « Génération 2013, interrogation 2016.

Document 3

Emploi à durée limitée, temps partiel et sous-emploi de 1990 à 2018

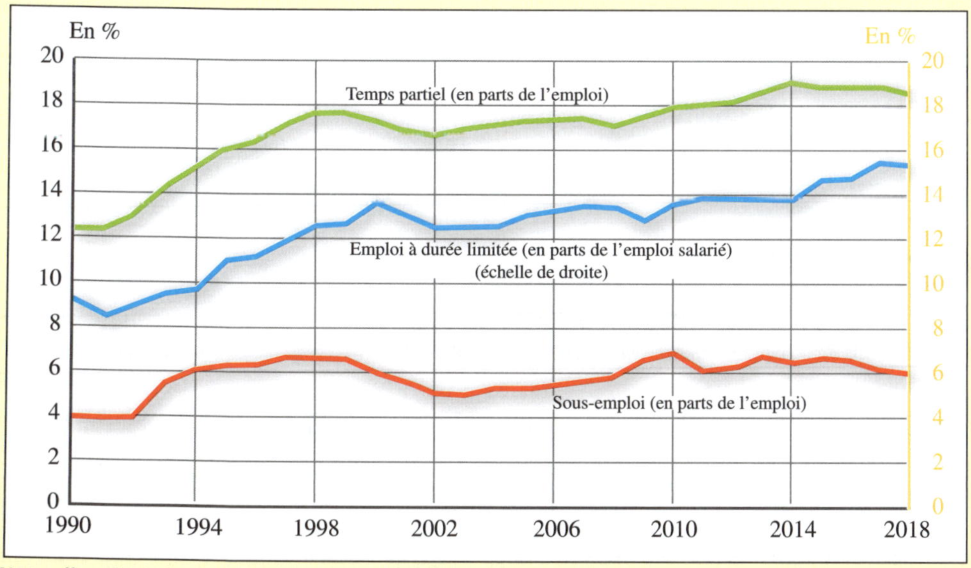

Note : l'emploi à durée limitée est donné en part de l'emploi salarié ; le temps partiel et le sous-emploi sont donnés en part de l'emploi.

Champ : France hors Mayotte ; population des ménages, personnes en emploi de 15 ans ou plus.

Source : INSEE, enquêtes Emploi.

Corrigé rédigé

Les textes en couleur apparaissant dans ce corrigé, titres en violet et bleu, ne doivent pas figurer dans votre devoir. Nous les avons insérés pour vous guider et vous aider à repérer la progression de la dissertation.

Introduction

Accroche

« Il n'y a pas que le travail dans la vie », telle est la formulation de la sociologue D. Méda pour dire que le travail ne doit pas être le seul moyen pour assurer notre insertion dans la société. Malgré tout, l'intégration sociale et son contraire, l'exclusion, sont entrés dans le débat social en raison de l'absence de travail pour un grand nombre de chômeurs.

Définition des termes du sujet

Le travail est une notion récente inventée au XVIIIe siècle : c'est l'activité professionnelle rémunérée devenue le principal moyen d'acquisition des revenus permettant aux individus de vivre. C'est aussi un rapport social fondamental qui donne aux individus une capacité à créer du lien social : avec le travail, chacun peut se sentir appartenir à la société en adhérant aux normes et aux valeurs collectives.

Problématique

Mais le « plein-emploi à plein temps pour tous » est, depuis quelques années, remis en cause : la diminution ou la raréfaction du travail bouleverse ce que nous tenions pour évidence. C'est donc la crise du travail qui vient perturber son mécanisme intégrateur.

Annonce du plan

Si donc la place du travail dans notre organisation sociale garantit encore l'intégration sociale des individus, la dégradation du marché du travail remet en question sa fonction intégratrice.

Développement

I Montrer que le travail est une instance d'intégration toujours essentielle

1 L'explication de l'accès aux revenus par le travail

Le travail est le préalable à la distribution de revenus que sont les salaires, les revenus mixtes pour les indépendants et les prestations sociales conditionnées à l'exercice d'une activité professionnelle. Dans une société marquée par une forte division du travail et une forte spécialisation des tâches et des travailleurs, les revenus perçus permettent de satisfaire nos besoins et d'accéder à un mode de vie considéré comme normal. Ils facilitent donc l'intégration dans une société où la consommation est aussi un acte social (imitation et distinction) : c'est, notamment, le cas pour les jeunes actifs puisque 92 % d'entre eux pensent que le niveau de rémunération est un critère important ou très important dans leur emploi **(document 2)**.

2 L'explication de la construction d'une identité sociale par le travail

Au-delà du revenu, le travail participe à la construction de l'identité sociale des individus en étant un élément central du statut occupé par chacun. Il donne aux individus un sens à leur existence (le sentiment d'utilité, **document 2**) et la profession permet de les situer dans la société en termes de rémunération, de qualification et de prestige : chacun se reconnaît une certaine place et est reconnu par les autres comme tel (notamment par sa hiérarchie : **document 2**). Historiquement, le travail a été un facteur important d'émancipation pour les femmes, qui, aujourd'hui encore, luttent pour défendre leur place dans la société. De plus, l'accès à l'emploi est une barrière à l'isolement social en donnant l'occasion de créer et d'entretenir des liens de sociabilité, par exemple avec des collègues ou des clients **(document 2)**.

Transition

Dans les sociétés modernes qui ont été construites autour de l'activité professionnelle, l'intégration passe très largement par le travail : l'emploi est devenu le moyen de la réalisation de soi et du lien social. Mais les évolutions récentes de l'emploi viennent menacer l'insertion professionnelle des individus et sa fonction d'intégration sociale.

II Montrer que la crise du travail rend l'intégration sociale plus difficile

1 L'explication de la crise de la « société salariale »

La « société salariale » (prospérité économique, emplois typiques) a, peu à peu, laissé place au « précariat » (chômage et montée des emplois atypiques, **document 3**) : les personnes concernées connaissent une baisse de leur revenu et perdent une partie de leur identité : certains sont marqués par l'humiliation (le travail étant perçu comme la norme), l'ennui (le temps au quotidien est désorganisé) et la désocialisation (lorsque les amitiés étaient centrées autour du travail). Pour les chômeurs de longue durée, à faible employabilité, le chômage peut même exclure. Cette crise du travail entraîne également une polarisation des emplois au niveau des qualifications : le risque d'être au chômage s'accroît pour les travailleurs les moins qualifiés **(document 1)**. Enfin, la montée de l'individualisme a augmenté l'importance de la place de l'épanouissement personnel dans la hiérarchie des valeurs : l'individu donne plus d'importance à l'épanouissement personnel qu'il trouve dans son travail qu'à l'utilité sociale de son emploi **(document 2)**.

2 L'explication du risque de marginalisation de certains individus

Les individus privés des protections liées à l'emploi, parmi lesquels on trouve les moins diplômés **(document 1)**, peuvent se replier sur eux-mêmes et affaiblir leurs réseaux sociaux : les liens familiaux, amicaux et de voisinage risquent de se rompre. Ce processus de fragilisation du lien social, qui allie absence de travail et isolement social, correspond à ce que le sociologue R. Castel appelle « la désaffiliation sociale ». Les problèmes de santé liés à l'absence de couverture sociale peuvent s'ensuivre : dès lors, l'exclusion devient totale. De plus, beaucoup de chômeurs et de travailleurs pauvres qui bénéficient d'une aide sociale vivent mal cette situation et se sentent, parfois, stigmatisés : une trop grande distance les sépare de la grande majorité de la population avec un sentiment que leur échec est visible par tout le monde.

Conclusion

Bilan de l'argumentation

Devenu plus rare, le travail typique de la société salariale (emploi qualifié en contrat à durée indéterminée à temps plein) n'assure plus autant que par le passé l'intégration sociale des individus. Alors que le travail demeure au centre de notre organisation sociale, il est de plus en plus remis en question en tant que principal moyen d'acquisition des revenus permettant aux individus de vivre et comme rapport social fondamental : c'est ainsi qu'un nombre croissant de personnes vulnérables vivent l'incertitude des lendemains.

Ouverture du sujet

L'effritement de la société salariale appelle une nouvelle question sociale : comment contribuer à faire une société avec des individus qui perdent les protections qui étaient fondées sur le travail ? La réflexion sur ce qui doit fonder la valeur de la société déborde largement la question du travail : elle interroge, notamment, sur notre capacité à fonder une société selon d'autres critères d'évaluation que le PIB.

Annales du Bac

Épreuve composée

SUJET Épreuve composée

Corrigé p. 219

Partie 1 : Mobilisation de connaissances (4 points)

Expliquez la notion de répertoire de l'action collective.

Partie 2 : Étude d'un document (6 points)

Table de destinée sociale (en %) entre le groupe socioprofessionnel (GSP) du père et celui du fils

GSP du fils	GSP du père						
	Agriculteur	ACCE*	Cadre et PIS	Profession inter-médiaire	Employé	Ouvrier	Ensemble
Agriculteur	26,6	0,9	0,4	0,6	0,6	0,5	3,2
ACCE*	9,0	22,5	9,8	8,8	8,0	8,3	10,6
Cadre et PIS	10,7	24,9	48,2	29,8	19,9	10,9	21,4
Profession intermédiaire	14,0	20,8	22,6	29,8	25,3	22,5	22,7
Employé	7,2	8,2	8,6	11,3	15,5	11,8	10,7
Ouvrier	32,5	22,8	10,4	19,8	30,7	45,9	31,4
Ensemble	100	100	100	100	100	100	100

* Artisan, commerçant, chef d'entreprise

Champ : Hommes âgés de 40 à 59 ans ayant déjà exercé une activité professionnelle

Source : INSEE, enquête emploi 2015.

1. Quelles données chiffrées permettent de repérer la reproduction sociale ?

2. Montrez les limites de la table de destinée pour mesurer la mobilité sociale.

Partie 3 : Raisonnement s'appuyant sur un dossier documentaire (10 points)

À l'aide de vos connaissances et du dossier documentaire, vous présenterez les avantages et les limites des différents instruments climatiques dont disposent les pouvoirs publics.

Document 1

Nombre annuel d'immatriculations de voitures électriques en France (selon Fiches-Auto.fr)

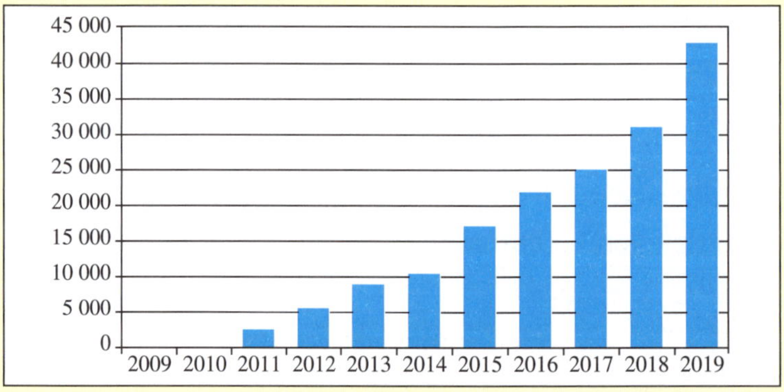

Champ : Hommes âgés de 40 à 59 ans ayant déjà exercé une activité professionnelle

Source : INSEE, enquête emploi 2015.

Document 2

Le prix du quota de CO_2 en Europe

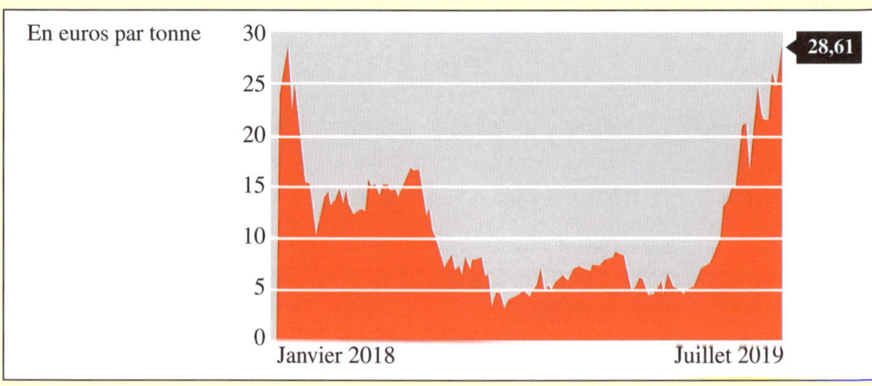

Source : Bloomberg.

Document 3

L'interdiction de certains articles jetables en plastique entrera en vigueur au printemps 2021. Le Parlement européen a, en effet, approuvé le projet de directive validé par les États membres en janvier dernier. Ce texte interdit une série de produits en plastique : couverts et assiettes à usage unique, pailles, cotons-tiges, tiges de ballons, plastiques oxo-dégradables, récipients pour les aliments et gobelets en polystyrène expansé. Les produits concernés par cette interdiction représentent 70 % de l'ensemble des déchets marins selon la Commission européenne. *« On trouve des résidus de plastique dans l'organisme de nombreuses espèces marines – tortues de mer, phoques, baleines, oiseaux, mais aussi poissons et coquillages – et, partant, dans la chaîne alimentaire humaine »*, explique l'exécutif européen. La directive fixe aux États membres un objectif de collecte de 90 % des bouteilles en plastique d'ici à 2029. Les bouteilles commercialisées dans l'UE devront, par ailleurs, contenir au moins 25 % de plastique recyclé en 2025 et au moins 30 % en 2030.

Source : Actu-Environnement, 2019.

Corrigé rédigé

Les textes en couleur apparaissant dans ce corrigé, titres en violet et bleu, ne doivent pas figurer dans votre devoir. Nous les avons insérés pour vous guider et vous aider à repérer la progression de l'épreuve composée.

Partie 1

La notion de « répertoire de l'action collective » a été développée par Charles Tilly pour montrer qu'un groupe d'individus voulant agir en commun sur la base d'intérêts partagés n'utilise pas les mêmes modes d'action selon les lieux et les périodes. D'après lui, il existe une gamme de moyens d'action théoriquement mobilisables à un moment donné dans un pays précis (*ex. :* le charivari au Moyen Âge) qui dépendent de l'évolution des structures sociales et politiques : ainsi, on ne puise pas dans le même répertoire en France et en Corée du Nord. Plus largement, cette notion permet de rendre compte à la fois de l'action protestataire et de l'action conventionnelle, comme le vote par exemple.

Partie 2

1 La reproduction sociale entre la génération des pères et celle des fils se lit dans la diagonale de la table de destinée. Elle est très forte pour les fils de cadres (42,8 % d'entre eux sont devenus cadres) comme pour les fils d'ouvriers (45,9 % d'entre eux sont devenus ouvriers).

2 Seule la situation des hommes de 40 à 59 ans par rapport à leur père au même âge est prise en compte : ce qui ne permet pas de connaître la mobilité sociale des plus jeunes actifs. De plus, la table ne tient pas compte de la dévalorisation de certaines professions : ainsi, un fils d'ouvrier qui devient lui-même ouvrier est considéré comme immobile alors qu'on pourrait dire qu'il est en déclassement (mobilité descendante) du fait du déclin symbolique relatif du métier d'ouvrier. De même, le déclassement dû à la précarisation des contrats de travail n'est pas bien repéré : par exemple, un fils de cadre en contrat à durée indéterminée qui est lui-même cadre intérimaire connaît un déclassement alors que la lecture de la table le considère comme immobile.

Partie 3

Introduction

L'accord de Paris sur le climat, en 2015, est une réponse mondiale à la menace du changement climatique. La politique climatique menée par les autorités politiques d'un bon nombre de pays vise à susciter, chez les pollueurs, un comportement plus soucieux de l'environnement. Plusieurs outils sont à leur disposition, mais chacun avec des inconvénients : ce qui explique les difficultés de mise en œuvre d'une telle politique en faveur du climat.

Développement

1 Les atouts et les faiblesses de la réglementation

La réglementation permet d'instaurer des normes techniques, administratives, d'émission de CO_2 ou de produits comme certains objets jetables en plastique (document 3) : celles-ci exposent les agents économiques à des sanctions financières en cas de non-respect. Cet outil, au coût modéré pour les pouvoirs publics et rapide à mettre en œuvre, plafonne ou supprime les pollutions les plus dangereuses. La réglementation peut, toutefois, entraîner des inégalités entre les agents pollueurs puisque ceux-ci ne doivent pas tous fournir les mêmes efforts pour se soumettre à la norme. Par ailleurs, elle n'engage ni n'oblige les agents économiques à modifier leurs comportements (surconsommation, gaspillage, etc.).

2 Les atouts et les faiblesses de la taxation

La taxation (ou écotaxe) est une mesure fiscale qui renchérit le coût des activités polluantes pour les agents économiques qui en sont responsables, à l'instar du système de bonus/malus pour les véhicules automobiles : baisse du prix à l'achat pour les véhicules les moins polluants, mais majoration du prix en cas d'achat de véhicules fortement polluants. La forte progression d'achats de véhicules électriques en France montre que la taxation incite même à faire mieux que la norme (document 1). Cependant, en restant une mesure uniquement nationale, la taxation peut pénaliser les entreprises du pays concerné en affectant leur compétitivité. D'un autre côté, une taxation internationale pose le problème de l'absence d'une véritable institution supranationale légitime en capacité de pouvoir prélever la taxe.

3 Les atouts et les faiblesses des marchés des quotas

Ces marchés octroient le droit d'émettre des quantités de CO_2 aux entreprises fortement consommatrices d'énergie en leur accordant des permis ou quotas. Sur le marché européen, les permis sont achetés aux enchères : chaque entreprise peut revendre ses quotas non utilisés ou en acheter d'autres au cas où elle épuise sa dotation ; ainsi, les pouvoirs publics fixent les quantités globales d'émission de CO_2 permises, et ce sont les prix de ces quotas qui varient en fonction de l'offre et de la demande (document 2). Mais ce mécanisme présente des inconvénients : en raison de quotas attribués trop élevés ou d'une croissance économique faible, le prix de la tonne de CO_2 peut baisser et perdre son aspect incitatif (document 2). De plus, le risque de spéculation existe : achats de quotas pour les revendre en misant sur la différence de prix.

4 La combinaison des outils pour une politique efficace

Les pouvoirs publics doivent combiner les trois types d'instruments en s'appuyant sur leurs avantages afin de gagner en efficacité. À eux deux, la taxation et les marchés des quotas permettent d'internaliser les effets négatifs de l'activité humaine sur l'environnement car ils leur attribuent un prix qui n'était, jusque-là, pas pris en compte par le marché (document 2). De même, l'Union européenne, qui combine taxation et marché des quotas, obtient de meilleurs résultats que les États-Unis ou la Chine en matière de protection de l'environnement.

Conclusion

Les instruments de la politique climatique sont, souvent, décidés dans un cadre purement national, mais, pour plus d'efficacité, ils doivent tenir compte du contexte international. Face aux limites que chacun présente, il convient également de les combiner pour un résultat optimal. Aujourd'hui, un enjeu plus global se pose : celui de pouvoir concilier la création de richesses et d'emplois avec la préservation de l'environnement.

Annales du Bac

Le Grand Oral

Vous trouverez, pages 5 à 8 de cet ouvrage, le descriptif précis de l'épreuve du Grand Oral et des conseils pour vous y préparer au mieux. Nous vous proposons ici 2 questions modèles et des exemples de traitements correspondant aux deux premières parties de l'épreuve : votre exposé de 5 minutes et l'échange avec le jury de 10 minutes. La troisième partie de l'épreuve, qui consiste en un échange de 5 minutes avec le jury autour de votre projet d'orientation relève d'une préparation personnelle propre à chaque candidat(e).

QUESTION 1 Pourquoi l'école ne réduit-elle pas assez les inégalités en France ?

PREMIÈRE PARTIE Votre exposé 5 min

Les raisons de mon choix 1 min

- En parcourant les statistiques, on constate que ceux qui détiennent les diplômes élevés sont, majoritairement, issus de milieux sociaux favorisés, comme les cadres et les professions intermédiaires.
- Cette inégalité, particulièrement forte en France, a motivé mon choix de vouloir comprendre les mécanismes sociaux de l'impact de l'école sur la mobilité sociale et sur la reproduction sociale.

Mon développement 3 min

- La démocratisation de l'école ne s'est pas accompagnée d'une augmentation de même ampleur de l'égalité des chances. Mise en avant de données chiffrées pour étayer ce constat (*ex. :* diplômes des jeunes sortis du système scolaire en fonction du milieu social, tables de mobilité sociale).
- 1er mécanisme : l'héritage culturel. Les enfants de catégorie supérieure ont, en moyenne, de meilleurs résultats scolaires que ceux des catégories populaires. Le sociologue Pierre Bourdieu explique cela par la proximité entre le capital culturel valorisé par les familles des catégories supérieures et les attentes de l'école.
- 2e mécanisme en jeu : les décisions d'orientation. Les enfants de catégories supérieures s'orientent plus souvent vers des études longues que les enfants des catégories populaires. Le sociologue Raymond Boudon explique cela par les choix rationnels faits par les familles : la famille se fixe comme niveau de référence le niveau de diplôme des parents. En dessous de ce niveau, l'arrêt des études est considéré comme un échec.
- Un autre mécanisme joue une fois sur le marché du travail : le capital social. Pour un même diplôme, l'origine sociale continue à jouer sur les chances d'accéder aux différents types d'emplois : le réseau social de la famille bénéficie aux enfants sous forme d'informations ou d'aide pour un emploi.

> **Qualité des connaissances**
> Conduisez et exprimer une argumentation personnelle, bien construite et raisonnée.

Ma réponse à la question 1 min

La réussite scolaire dépend fortement de l'origine sociale. Le diplôme des parents, plus que leur niveau de revenu, détermine largement le diplôme de leurs enfants. Bien travailler à l'école n'apparaît donc pas suffisant pour réussir.

DEUXIÈME PARTIE Échange avec le jury 10 min

Questions possibles du jury

- Pourquoi parle-t-on d'une « certaine démocratisation de l'école » en France ?
- Quels exemples de discriminations positives l'école met-elle en place pour lutter contre les inégalités scolaires ?
- Quel paradoxe peut entraîner la volonté de toutes les familles de prolonger les études des enfants ?
- La reproduction sociale en France est-elle supérieure à la mobilité sociale ?
- Sur quelle(s) source(s) documentaire(s) principale(s) vous êtes-vous appuyé(e) pour votre travail ?

> **Qualité de l'interaction**
> Vos réponses aux questions du jury doivent témoigner de votre capacité à mobiliser des connaissances appropriées et à les exposer clairement.

QUESTION 2 Le protectionnisme est-il efficace ?

PREMIÈRE PARTIE Votre exposé 5 min

Les raisons de mon choix 1 min

- La guerre commerciale à laquelle on assiste entre les États-Unis et la Chine est une façon, pour ces deux superpuissances de remporter un duel économique et politique. C'est, notamment, en période de crise économique que les tentations sont grandes pour les États de mettre en œuvre des mesures protectionnistes.
- J'ai souhaité montrer qu'il peut être légitime de se protéger face au libre-échange, mais qu'en même temps, le protectionnisme génère des risques pour l'économie.

Mon développement 3 min

- Le protectionnisme revêt plusieurs formes : il peut être tarifaire lorsqu'il augmente le prix des produits échangés, et non tarifaire lorsqu'il réduit les quantités échangées.
- Le protectionnisme permet de protéger les jeunes industries : c'est l'idée du protectionnisme éducateur défendue par l'économiste allemand F. List. Il peut aussi protéger les industries vieillissantes ou peu compétitives : on parle alors de « protectionnisme défensif ».

Qualité de la prise de parole en continu

Votre voix doit soutenir efficacement votre discours : débit pas trop rapide, fluidité, variations et nuances pertinentes.

- Un autre avantage du protectionnisme, pour les pays développés, est de lutter contre la pression à la baisse sur les salaires exercée par le libre-échange. Quant aux pays en développement, le protectionnisme met fin à l'exploitation abusive des travailleurs et du capital naturel.
- Cependant, le protectionnisme expose les pays qui le pratiquent à des mesures de représailles nuisant à leurs exportations et réduit leur incitation à innover. De plus, les coûts du protectionnisme sont élevés pour les consommateurs et les entreprises (pouvoir d'achat et coûts de production amputés par la hausse des prix des produits importés).
- Plus globalement, le protectionnisme peut avoir un effet négatif sur les débouchés des entreprises exportant vers les pays qui le mettent en œuvre.

Ma réponse à la question 1 min

Le protectionnisme peut être une réponse aux limites du libre-échange, mais le cumul des risques qu'il entraîne peut nuire à la croissance économique. Le protectionnisme doit donc être soigneusement dosé, car des pays commercialement « adversaires » sont aussi des « partenaires » obligés.

DEUXIÈME PARTIE Échange avec le jury 10 min

Questions possibles du jury

- Quels exemples précis de mesures protectionnistes non tarifaires pouvez-vous donner ?
- Quelles conséquences le protectionnisme peut-il avoir sur les chaînes de valeur mondiales ?
- Que pensez-vous du choix de se délocaliser pour une entreprise ?

Qualité de l'interaction

Réagissez de manière pertinente aux questions et n'hésitez pas à prendre l'initiative dans l'échange.

- Comment la monnaie d'un pays peut-elle être utilisée pour protéger son économie ?
- Sur quelle(s) source(s) documentaire(s) principales(s) vous êtes-vous appuyé(e) pour votre travail ?

HGGSP

SPÉCIALITÉ HGGSP

L'ÉPREUVE

Définition de l'épreuve

L'épreuve de spécialité histoire-géographie, géopolitique et sciences politiques se compose d'une **épreuve écrite** notée sur 20 points. Le **coefficient** de cette épreuve est **16.**

Le programme à étudier

L'épreuve ne porte que sur **une partie du programme** de l'enseignement de spécialité histoire-géographie, géopolitique et sciences :
– les **thèmes 1, 2, 3 et 5** (voir p. 223) les **années paires** ;
– les **thèmes 2, 4, 5 et 6** (voir p. 223) les **années impaires**.

À savoir
Durée : 4 heures

Description de l'épreuve

L'épreuve est composée de deux exercices notés chacun sur 10 points :
– une **dissertation** ;
– une **étude critique d'un (ou deux) document(s)**.
Les deux exercices ne peuvent pas porter sur le même thème.

La dissertation

La dissertation est une réponse construite à un sujet donné, avec une **introduction**, un **développement** et une **conclusion**.
La réalisation d'un **croquis** ou d'un **schéma** amènera une valorisation de la note ; un fond de carte pourra être fourni si cela est adapté au sujet. La réalisation de cette production graphique n'a **aucun caractère obligatoire** et son absence ne peut aucunement pénaliser le candidat.

L'étude critique de document(s)

Il s'agit d'une étude critique d'**un** ou de **deux documents** (dans ce cas, les deux documents sont de **nature différente**).
Le sujet se compose d'un titre et d'un ou deux documents accompagnés d'une **consigne**, qui vise à orienter le travail du candidat.
Un nombre limité de notes explicatives peut également figurer.

Les attentes des correcteurs

Les attentes globales

Les correcteurs évaluent votre aptitude à :
– mobiliser vos connaissances acquises ;
– construire une problématique ;
– rédiger des réponses construites et argumentées ;

– exploiter, organiser et confronter des informations ;
– analyser des documents de sources et de natures diverses et à en faire une étude critique ;
– faire preuve de capacités de réflexion en les étayant par vos connaissances.

Les attentes spécifiques pour la dissertation

Vous devez montrer que :
– vous maîtrisez vos connaissances et savez les sélectionner ;
– vous êtes capable d'organiser ces connaissances de manière à traiter le sujet ;
– vous avez acquis des capacités d'analyse et de réflexion.

Pour traiter le sujet, vous devez :
– analyser le sujet et élaborer une problématique ;
– rédiger un texte pertinent comportant une introduction (dégageant les enjeux du sujet et un fil conducteur en énonçant une problématique), plusieurs parties structurées et une conclusion (qui répond à la problématique).

Les attentes spécifiques pour l'étude critique de document(s)

Vous devez montrer que :
– vous êtes capable de construire une problématique à partir du sujet indiqué par le titre et abordé par le (ou les) document(s) ;
– vous comprenez le sens général du (ou des deux) document(s) ;
– vous êtes capable de sélectionner les informations, de les hiérarchiser, de les expliciter ;
– vous savez prendre un recul critique en réponse à sa problématique, en s'appuyant d'une part sur le contenu du (ou des deux) document(s) et, d'autre part, sur vos connaissances personnelles.

Pour traiter le sujet, vous devez :
– analyser de manière critique les documents en prenant appui sur la consigne et élaborer une problématique ;
– rédiger une introduction comportant une problématique ;
– organiser votre propos en plusieurs paragraphes ;
– rédiger une conclusion qui comporte une réponse à la problématique.

Le Grand Oral de spécialité histoire-géographie, géopolitique et sciences politiques

Vous trouverez le descriptif de l'épreuve et des conseils pages 5 à 8, et deux questions types pages 327 et 328.

1 Océan et espace : les nouveaux enjeux

Au-delà des frontières classiques, les **nouveaux relais de la puissance** des États passent de plus en plus par l'**appropriation des espaces maritimes et exo-atmosphériques**. La prise de conscience des enjeux économiques et stratégiques de **« la planète mer » est ancienne**. L'explorateur et aventurier Sir Walter Raleigh affirmait déjà à la fin du XVIe siècle : **« Qui tient la mer tient le commerce du monde. »** La perception de **l'espace** et, plus particulièrement, de l'exo-atmosphère **comme une richesse appropriable est plus récente**.

1 Géopolitique de la « planète mer »

A De nouvelles frontières

• **La mer, sixième continent.** En prenant les espaces maritimes comme nouvelles frontières, **le monde s'organise en six îles principales** (Amérique du Nord, Amérique du Sud, Afrique, Eurasie, Australie, Antarctique) au milieu de **quatre océans** (Atlantique, Pacifique, Indien, Arctique). Dans ce contexte, l'océan Indien est appelé à devenir le nouveau pivot géopolitique de la planète au XXIe siècle.

• **Des nouvelles ressources.** La plupart des experts estiment que l'avenir du monde se joue en partie en mer, particulièrement en ce qui concerne d'abord l'exploitation des hydrocarbures offshore et, dans un avenir proche, celle des **nodules polymétalliques** dans les grands fonds.

• **Droit international des mers et patrimoine commun.** Malgré les **accords de Montego Bay** (définition des **zones économiques exclusives** à 200 milles nautiques) signés par la plupart des États développés, à l'exception des États-Unis, il n'est pas certain qu'un nouveau droit international puisse aboutir prochainement. L'idée d'un patrimoine commun de l'humanité pour les espaces maritimes au-delà des 200 milles nautiques des ZEE (rôle de la Convention des Nations unies sur le droit de la mer) et le projet d'une Haute Autorité mondiale des fonds marins risquent de se heurter au renforcement de **tensions internationales contradictoires** : d'une part les « faveurs » accordées aux pays en développement, d'autre part les limitations imposées aux pays industrialisés, seuls capables de conduire l'exploitation des ressources océaniques.

B Une chance pour l'Europe et la France ?

• **L'Europe et la mer.** En sa qualité de **première puissance maritime mondiale** (plus de 25 millions de km^2 de ZEE), l'Union européenne est potentiellement en position de force dans l'enjeu stratégique majeur de la gestion des mers et des océans.

• **Le rôle de la France.** Avec 11 millions de km^2 de ZEE (**2e rang mondial** derrière les États-Unis), elle est seule présente à la fois dans les océans Atlantique, Pacifique et Indien. Cette **« France des trois océans »** offre au pays l'opportunité d'une vision planétaire refondée et lui permet d'espérer un maintien de sa puissance au niveau mondial pour les prochaines décennies. L'immensité ultramarine française acquiert ainsi une **nouvelle valeur géopolitique et économique**.

2 Les horizons de l'espace exo-atmosphérique

A La course à l'espace

• **Une conséquence des rivalités Est-Ouest.** La course à l'espace est **indissociable de la guerre froide** qui a obligé les deux blocs à investir de nouveaux horizons porteurs de puissance puisque le plus traditionnel, la guerre, n'était plus envisageable à cause de « l'équilibre de la terreur ». Elle doit plus aux **rivalités géopolitiques des années 1950-1980** qu'à un véritable projet scientifique mûrement réfléchi.

• **Une chasse gardée des grands pays.** Aujourd'hui seuls **les États-Unis, la Russie, l'Union européenne, le Japon, la Chine et l'Inde** ont la capacité de produire et de lancer des fusées. Mais déjà **une cinquantaine de pays possèdent au moins un satellite placé en orbite**. Dans les prochaines décennies, les espaces exo-atmosphériques (entre 20 et 150 km d'altitude) vont toujours davantage s'imposer comme des territoires prolongés de la puissance et des développements scientifiques et économiques des États.

B Les politiques spatiales

• **Les politiques en cours.** Elles sont en train de monter en gamme, quantitativement et qualitativement, induisant une géopolitique mondiale et des géostratégies régionales selon des déclinaisons civiles et militaires distinctes ou associées, toujours plus complexes et performantes. Elles s'incarnent, pour le grand public, dans les **systèmes de navigation** par satellites : GPS américain, Galileo européen, Glonass russe, Beidou chinois.

• **L'horizon 2050.** L'homme retournera sur la Lune sans doute avant 2035, à partir des États-Unis, de la Russie, de l'Europe ou de la Chine, avec des développements de bases lunaires vers 2050. Les initiatives spatiales des uns vont stimuler celles des autres, tellement la **conquête maîtrisée de la Lune et de Mars** s'inscrit désormais dans des logiques de concurrences et de rivalités internationales, **recontextualisant**, de fait, **le monde entier et sa perception**. Les applications militaires en termes de missiles balistiques intercontinentaux vont également se multiplier malgré les accords internationaux pouvant exister entre certains pays.

▲ Le réseau des 30 satellites européens Galileo totalement déployés fin 2021.

Mots-clés

• **Exo-atmosphère :** espace cosmique au-delà de l'espace atmosphérique entourant la Terre.
• **GPS (Global Positioning System) :** « système de positionnement mondial » mis au point par l'armée des États-Unis. Il permet de connaître sa position avec une très grande précision (entre 5 et 15 mètres) sur la surface du globe.
• **Galileo :** système de positionnement exclusivement civil créé par l'Union européenne pour éviter de recourir à celui des Américains. Il est mis progressivement en service entre 2016 et 2020. Sa précision est de 4 mètres pour le service universel gratuit délivré aux particuliers et de l'ordre du mètre pour les services payants destinés aux professionnels.

2 La course à l'espace depuis les années 1950

La **Seconde Guerre mondiale** ayant montré l'importance des technologies de pointe, la plupart des pays développés créent, dès son lendemain, des institutions de recherche aérospatiale. La **guerre froide** entraîne alors une **concurrence acharnée** entre les États-Unis et l'URSS qui favorise les progrès techniques. La **fin de cette rivalité** au début des **années 1980** modifie profondément les réalités géopolitiques de la « course à l'espace ». Elle se transforme en **enjeu économique** lié au ***soft power*** : vitrine technologique et maîtrise des communications satellitaires.

1 Des enjeux longtemps liés à la guerre froide

A Le choc « Spoutnik » et ses conséquences

- **Le premier satellite artificiel.** Dès 1955, Américains et Soviétiques préparent le lancement d'un satellite artificiel prévu pour 1957. Tandis que **le programme américain accumule les échecs, l'URSS de Khrouchtchev** parvient à placer sur orbite leur satellite (**Spoutnik 1**) le 4 octobre 1957, créant stupéfaction et inquiétude aux États-Unis.
- **La création de la NASA.** Dès 1958, le président américain **Eisenhower** décide de créer la *National Aeronautics and Space Administration* (**NASA**) chargée de coordonner la recherche spatiale au niveau fédéral dans le but de **rattraper leur retard supposé sur l'URSS**. Immédiatement est lancé le programme « Mercury », qui a pour but d'envoyer le premier homme (un Américain) dans l'espace.

B Le choc « Youri Gagarine » et ses conséquences

- **Un Soviétique dans l'espace.** Le 12 avril 1961, les Soviétiques réussissent un premier vol habité de 108 minutes. L'exploit du cosmonaute **Youri Gagarine** a un retentissement mondial et semble positionner durablement l'URSS comme la première puissance technologique du moment.
- **« On a marché sur la Lune ».** Dès le 25 mai 1961, le **président Kennedy** relève le défi et annonce qu'avant la fin de la décennie son pays « enverra un homme sur la Lune ». C'est le début du **programme Apollo** qui devient dès lors une priorité américaine. Le 21 juillet 1969, Apollo 11 alunit et **Neil Armstrong** devient le premier homme à fouler le sol lunaire.
- **Un tournant majeur.** Cet événement planétaire qui, dans la réalité, ne distance guère les Soviétiques engagés dans un programme similaire (Luna) est cependant un tournant psychologique majeur. Désormais les **États-Unis** ont acquis un **ascendant psychologique** sur les Soviétiques. Ils sont perçus par la communauté internationale comme les **vainqueurs de la course à l'espace**.

▲ « Salut Ike (Eisenhower), tu essaies toujours de t'imposer ? ». Dessin de Franklin d'octobre 1957 après le lancement réussi du satellite Spoutnik 1 par l'URSS.

2 Les enjeux contemporains

A Une nouvelle course à l'espace

• **Les conséquences d'Apollo.** Les **coûts financiers exorbitants** et le peu de résultats scientifiques et de retombées économiques concrètes modifièrent la donne dès les années 1970. Les programmes Apollo 18 à 20 sont annulés, tandis que l'URSS s'engage dans l'expérimentation de vols habités (Soyouz). Désormais, il faut privilégier des programmes moins chers (coopération internationale) et les **vols de longue durée** dans l'exo-atmosphère.

• **Stations et navettes spatiales.** Les deux grandes puissances expérimentent, chacune de leur côté, un programme de station spatiale (**Skylab** pour les États-Unis et **Saliout**, puis **Mir** pour l'URSS) et parviennent à y maintenir un équipage pendant plusieurs mois. Parallèlement, elles développent des navettes spatiales dans le but de réduire les coûts de lancement des satellites mais seuls les États-Unis mènent leur programme jusqu'au bout. **La navette spatiale américaine effectue plus de 130 vols entre 1981 et 2011.** Elle est ensuite abandonnée à cause de ses aléas techniques et de son coût de revient prohibitif.

B La « commercialisation » de l'espace

• **De nouveaux acteurs.** **L'Union européenne** s'affirme, depuis 1979, comme l'un des acteurs majeurs de l'économie spatiale. Depuis le pas de tir de **Kourou** (en Guyane), la **fusée Ariane**, à la technologie principalement française, envoie dans l'espace avec succès 5 à 7 satellites tous les ans. La **Chine** a envoyé son premier satellite (Dong Fang Hong) dans l'espace en 1970 puis un vaisseau habité spatial (Shenzhou) en 2003 ainsi qu'une station spatiale (Tiangong) en 2011. Elle a déjà programmé le lancement d'une nouvelle station spatiale opérationnelle en 2022 (la Grande station). Placée sur orbite basse (à environ 400 km de la Terre), elle a pour but de mener des expériences sur la microgravité et de former des astronomes chinois aux futur vols extra-atmosphériques de très longue durée.

• **Arianespace.** Fondée en 1980, cette société de droit privé dépendant cependant à près de 80 % de capitaux publics et privés français et allemands se définit comme un « opérateur de systèmes de lancement ». Elle envoie près de **la moitié des satellites géostationnaires mondiaux** aussi bien pour des États (17 à ce jour) que pour des organisations privées (Intelsat). Elle est aujourd'hui principalement concurrencée par International Launch Services (États-Unis), China Great Wall Industry Corporation (Chine) et Antrix (Inde).

• **Le tourisme spatial : un fantasme plus qu'une réalité.** Longtemps annoncé comme en développement rapide, il n'est pour le moment qu'anecdotique. Un prototype d'habitat spatial (Genesis I) a été mis sur orbite en 2006 et n'a pas encore de successeur. L'agence *Space Adventures* propose aux particuliers quelques vols en orbite dans la station spatiale internationale pour plus de **20 millions de dollars la place**.

Texte-clé

Le traité de l'espace

Élaboré par le Comité des utilisations pacifiques de l'espace extra-atmosphérique (CUPEEA) et adopté par l'ONU en 1967, il fixe les bases du droit de l'espace :
– la libre exploration et utilisation de l'espace mais toujours à des fins pacifiques ;
– la non-appropriation et la non-souveraineté de l'espace extra-atmosphérique ;
– le principe de responsabilité des États, aussi bien politique que juridique (statut des objets spatiaux et des astronautes, etc.) ;
– les modalités de coopération internationale et d'assistance mutuelle.

3 Dissuasion nucléaire et forces de projection maritime

Si **l'arme nucléaire a dominé les relations internationales** pendant toute la **deuxième moitié du XXe siècle**, elle n'a pas pour autant disparu du paysage stratégique contemporain. Entrées dans un « deuxième âge nucléaire », les grandes puissances actuelles ne l'envisagent plus comme le seul moyen de s'imposer mais comme un atout militaire parmi d'autres. Elle s'ajoute à la **capacité stratégique d'intervention** aux quatre coins du globe que ne peuvent posséder que les États disposant de **forces de projection maritime**.

1 La logique de la dissuasion nucléaire durant la guerre froide

A Une nouvelle pensée stratégique

• **Une double surenchère.** Deux modalités s'imposent dans l'un et l'autre camp : la quête permanente d'**innovations technologiques** les plus sophistiquées pour dominer qualitativement l'adversaire et le prendre de cours quant à la performance et l'efficacité de nouvelles armes ; la **surenchère quantitative** pour impressionner davantage l'ennemi désigné ou potentiel.

• **L'originalité française.** Acteur nucléaire à part entière, au début des années 1960, seule la France fait un choix stratégique différent. Celui de la dissuasion atomique « du faible au fort », lui **évitant la course aux armements** tout en préservant une réelle crédibilité opérationnelle en la matière.

B La course aux armements

• **Une course dans tous les domaines.** Elle se développe **sur terre** (missiles balistiques intercontinentaux sol-sol à partir des silos enterrés), **sur mer** (missiles balistiques intercontinentaux mer-sol à partir des sous-marins nucléaires lanceurs d'engins) et **dans les airs** (bombes aéroportées).

• **Une course longtemps sans vainqueur.** Jusqu'en 1984, aucun pays n'a pris réellement l'avantage l'un sur l'autre, comme le souligne le tableau-ci-dessous :

Innovations technologiques majeures	États-Unis	Union soviétique
Explosif atomique (bombe A)	1945	1949
Bombardier nucléaire stratégique opérationnel	1945	1955
Explosif thermonucléaire (bombe H)	1952	1953
Sous-marin à propulsion nucléaire	1954	1958
Missile balistique intercontinental opérationnel	1960	1959
Missile mer-sol balistique stratégique opérationnel	1960	1957
Missile balistique intercontinental à combustible solide	1962	1968
Missile opérationnel à charges multiples	1970	1974
Essai de missile de croisière stratégique	1976	1979
Missile balistique intercontinental de très haute précision	1980	1984

• **L'IDS.** L'équilibre bipolaire est rompu lorsque l'URSS ne voulut pas soutenir une nouvelle course aux armements et à la technologie, lancée par le président **Reagan** en 1983 avec **l'Initiative de défense stratégique** (IDS), dite « **guerre des étoiles** ». Ce projet de bouclier antimissile revalorisait les éléments de puissance traditionnels favorables aux États-Unis comme le dynamisme de leur recherche scientifique, militaire et civile au détriment de la seule force nucléaire. Cette **relativisation de la puissance atomique** explique pourquoi le monde a connu une **dénucléarisation depuis la fin de la guerre froide**, à la fois par le désarmement conjoint des deux anciens rivaux de la guerre froide (traités START I et II en 1991 et 1993) et par la signature de traités régionaux interdisant à leurs parties la mise au point de l'arme nucléaire (traité de Tlatelolco pour l'Amérique latine en 1967, rejoint par le Brésil et l'Argentine en 1994).

2 La puissance par les mers

A La logique insulaire américaine

• **Nicholas Spykman (1893-1943).** Disciple de Mahan et de Mackinder, il affirme dans deux ouvrages majeurs (*America's Strategy in World Politics*, 1942 ; *The Geography of the Peace*, 1944) que **la sécurité américaine dépend de sa puissance maritime** lui permettant de contrôler le ***Rimland***, anneau périphérique du ***Heartland***.

• **Une île-continent thalassocratique.** Les théories de Spykman arrivent au moment où l'expérience de la **Seconde Guerre mondiale** fait sortir les États-Unis de leur isolement précédent par la **prise de conscience de leur rôle mondial**. L'Amérique se perçoit alors comme une île-continent, face à un territoire soviétique inscrit dans l'immensité continentale eurasiatique du *Heartland*. Le seul moyen de l'emporter passe logiquement par l'**accentuation du *Sea Power***.

Mots-clés

• ***Heartland* :** zone pivot dont le contrôle donne le contrôle du monde dans la théorie de Mackinder.
• ***Rimland* :** zone tampon autour du *Heartland*. Celui qui la contrôle, grâce à sa puissance maritime, contrôle le monde dans la théorie de Spykman.
• **Thalassocratique :** relatif à la mer et à la puissance qu'elle peut représenter.

B Les États-Unis, seul pays à projection maritime mondiale

• **Le renforcement de la logique insulaire américaine.** Depuis plus d'une décennie, le contexte international renforce la logique insulaire du territoire des États-Unis. **Ouvert sur les deux plus grands océans du monde**, le pays s'inscrit de plus en plus dans une géostratégie maritime à l'échelle planétaire.

• **Le déploiement mondial de la puissance militaire américaine.** Ses quatre armées *(Army, Navy, Air Force, Marines)* utilisent un réseau de **112 bases principales extérieures** pour leur déploiement rapide en cas d'intervention militaire. Ces bases et leurs personnels permanents fondent la division du monde en **cinq grands commandements géographiques** couvrant l'ensemble du globe : l'EUCOM *(European Command)*, le PACOM *(Pacific Command)*, le CENTCOM *(Central Command)* pour le Moyen-Orient et l'Asie centrale, l'AFRICOM *(African Command)* et le SOUTHCOM *(Southern Command)* pour l'Amérique du Sud. Ils comptent plus de **250 000 soldats** déployés.

• **Une avance incontestable sur la Chine.** Les États-Unis possèdent des **outils de projection de puissance** dont leurs rivaux restent dépourvus. Ils disposent de **onze porte-avions à propulsion nucléaire** qui servent de **bases mobiles** pour déployer des forces sur l'ensemble du globe. En 2022, la Chine n'a que deux porte-avions à propulsion diesel classique et ne dispose encore d'aucune base militaire extérieure réellement opérationnelle dans le monde.

SPÉCIALITÉ HGGSP

4 La Station spatiale internationale

Occupée en permanence par un équipage depuis 2011, la ***Station spatiale internationale*** (SSI) est le principal **symbole de la coopération spatiale internationale** mise en place après la guerre froide. **Décidé au départ par les États-Unis**, ce projet de station se déplaçant en orbite basse dans l'exo-atmosphère dans un but d'observation et de recherche scientifique a été progressivement **rejoint par la Russie, onze États européens, le Japon, le Canada et le Brésil**.

1 Un projet américain hérité de la guerre froide

A Une conséquence du programme Apollo

• **Le besoin d'une présence permanente dans l'espace.** Dès le début des années 1960, la NASA envisage une station permanente dans l'espace qui serait un laboratoire scientifique et une sorte d'entrepôt. Suite naturelle du programme Apollo, **elle symboliserait l'avance technologique** prise par les États-Unis. Mais, aux prises avec la **très coûteuse guerre du Vietnam**, le budget fédéral s'avère incapable de la financer.

• **L'avance soviétique.** Dès 1971, l'URSS concrétise un projet de station spatiale avec le lancement de **Saliout**. Après des débuts difficiles, les Soviétiques parviennent à **faire séjourner de plus en plus longtemps des hommes dans l'espace** (140 jours en continu dès 1978 avec Saliout 6).

• **La guerre « fraîche ».** Une reprise des tensions avec l'URSS se produit lors des deux mandats du président américain Reagan (1981-1989) qui n'hésite pas à qualifier cette dernière d'**« empire du mal »**. Dès 1983, les États-Unis décident de **relancer le projet de station spatiale** bientôt baptisé Freedom.

B L'internationalisation du projet

• **Un gouffre financier.** L'échec de la navette spatiale Challenger qui explose en plein vol (1986) conjugué au **gonflement incessant du budget initialement prévu** enlise le projet qui n'obtient pas l'accord du Congrès. En 1993, il a plus que triplé par rapport aux estimations de départ.

• **L'appel à la Russie.** L'éclatement de l'URSS au début des années 1990 change la donne. Les États-Unis qui craignent une **dispersion du savoir spatial** de leur rival déchu et qui souhaitent aussi afficher leur volonté de tendre la main à leur ancien ennemi proposent à la Russie de devenir leur partenaire privilégié. Ils comptent aussi bénéficier de l'**expérience soviétique** acquise avec la station spatiale Mir, mise en orbite en 1986.

> **Texte-clé**
>
> **L'accord intergouvernemental de Washington (29 janvier 1998) signé par 15 États.**
>
> Article 1er. Le présent accord a pour objet d'établir, sur la base d'une véritable association, un cadre de coopération internationale à long terme entre les partenaires, en vue de la conception détaillée, du développement, de l'exploitation et de l'utilisation d'une Station spatiale internationale civile habitée en permanence, à des fins pacifiques, conformément au droit international.

• **L'accord de Washington.** Signé en 1998, il élargit encore le nombre de participants au projet en y intégrant, outre le Canada et le Japon, **les principaux pays européens**. Désormais clairement désignée comme un projet scientifique à fin pacifique, la station spatiale internationale devient une réalité.

2 Un symbole d'une coopération internationale fragile

A Une réussite technique et scientifique

• **Une construction complexe.** Il faut plus de **40 vols de la navette spatiale américaine Columbia** pour assembler les 400 tonnes de la station composée de 13 modules hétéroclites provenant des programmes spatiaux des différents concepteurs (États-Unis, Russie, Europe puis des sociétés privées comme Bigelow Aerospace, Boeing, etc.). La configuration globale de la station se ressent de cette **construction disparate** qui mesure 110 mètres de long sur 74 de large. Environ **400 m^3 sont habitables** sur les 900 qui sont pressurisés. Dès 2000, il est possible d'y faire vivre un **équipage de 3 cosmonautes, puis de 6 en 2009**.

• **Des cosmonautes de tous les pays signataires.** Tous les six mois, six cosmonautes se relaient dans la station. **Ils sont choisis parmi les pays signataires des accords de Washington** après une sélection rigoureuse et un entraînement intensif. Ils doivent, en priorité, **contribuer à la maintenance** de la station et aux inévitables travaux de réparation tout en se consacrant aux tâches scientifiques pour lesquelles ils ont été formés. Pour le moment, deux Français ont vécu à bord de la station : Philippe Perrin en 2002 et **Thomas Pesquet** en 2016-2017.

• **Un laboratoire exceptionnel.** Outre l'acquisition d'un savoir-faire dans la maintenance des systèmes extra-atmosphériques, la navette permet de rôder **les techniques indispensables aux futurs vaisseaux interplanétaires** indépendants de toute aide terrestre. Elle est aussi le lieu privilégié d'étude des **conséquences de l'apesanteur** sur toutes les formes de vie. Elle permet une **observation privilégiée de la Terre**. Enfin, elle est une vitrine incomparable de la coopération internationale et des centaines d'étudiants sont invités, depuis la Terre, à participer à ses travaux.

SPÉCIALITÉ HGGSP

B Une expérience en partie critiquée

• **Un coût exorbitant.** Le projet initial a été plusieurs fois revu à la baisse tant il entraînait des **surcoûts considérables**. Le véhicule d'urgence est abandonné dès 2002, tout comme le laboratoire spatial russe en 2007. Le module d'habitation et surtout le rehausseur de trajectoire, indispensable pour mieux contrôler le déplacement du vaisseau, ne voient pas le jour. Il faut dire que la construction a coûté plus de **115 milliards de dollars** et que la maintenance annuelle dépasse 3,2 milliards de dollars.

• **Des retombées scientifiques modestes.** De nombreux observateurs soulignent que les apports de la station à la recherche scientifique sont inexistants, en grande partie parce que **les cosmonautes** résidents passent la **quasi-totalité de leur temps** à effectuer des tâches de **maintenance**. Les États-Unis ont envisagé, dès 2013, de se retirer du projet. En 2014, ils acceptent de prolonger leur participation jusqu'en 2024.

Première sortie de Thomas Pesquet hors de la Station spatiale internationale, le 13 janvier 2017. ▶

5 Rivalités et partage des ressources océaniques

Les mers et les océans, représentant **70,8 % de la surface du globe terrestre**, font depuis la deuxième moitié du XXe siècle l'objet d'une **législation internationale importante**, principalement sous l'impulsion des Nations unies qui sont à l'avant-garde de la définition de leurs usages (distinction des droits nationaux et des droits internationaux). La **convention de Montego Bay**, signée en 1982, en est l'architecture juridique principale. Elle est en train d'être **complétée** par la BBNJ qui essaie d'élaborer une **gestion commune de la biodiversité**.

1 L'*eldorado* maritime, un objet de convoitise

A La « course aux abysses »

• **La richesse des mers et océans.** Les espaces maritimes contiennent aujourd'hui **quatre cinquièmes des espèces vivantes** et **deux fois plus de plantes comestibles** que les espaces terrestres. Les richesses des fonds océaniques, repérées ou supposées mais encore inexplorées, sont, grâce aux progrès techniques, de plus en plus accessibles.

• **Prédation ou gestion concertée ?** La course vers cet **« *eldorado* maritime »** concerne de nombreux pays : la Chine et l'Inde, mais aussi la Russie, le Canada, les États-Unis, le Brésil, l'Argentine, l'Australie, le Japon et la France. Cyrille P. Coutansais, directeur de recherche au Centre d'études stratégiques de la Marine, soulève une question cruciale : « La course à la conquête des abysses est lancée et les tensions autour de l'extension des plateaux continentaux témoignent d'**une volonté d'accaparer** ces fondements de l'avenir. »

B Les logiques contraires des États

• ***Sea Power* et *Sea Control*.** Malgré une prise de conscience mondiale, **la préservation des océans se heurte à des logiques de puissance** contraires. Dominer les océans et exploiter leurs ressources sont redevenus des enjeux qui empêchent un vrai « droit des mers ». Ainsi **les États-Unis n'ont-ils toujours pas ratifié la convention de Montego Bay**.

• **Les nodules polymétalliques.** Depuis les années 1970, l'intérêt pour ces gisements de fer, cuivre, cobalt, manganèse, nickel, dans toutes les plaines abyssales de grandes profondeurs, s'est renforcé avec l'envolée des prix des minerais. Désormais, **l'exploitation de ces nodules représente un enjeu stratégique** certain pour de nombreux pays (France, Allemagne, Japon, Corée du Sud, Russie, Grande Bretagne, États-Unis, Chine, Inde, Belgique). Mais ne s'agit-il pas ici d'une ultime frontière à ne pas dépasser, avec des **risques écologiques considérables** ? Les fonds abyssaux sont des écosystèmes très stables, peu résilients, et donc très fragiles.

• **La pêche.** Alors que les capacités de pêche ont considérablement augmenté depuis un demi-siècle, **cinq pays se partagent les deux tiers des prises en haute mer** (Chine, Japon, Taïwan, Corée du Sud, Espagne), avec des **effets très dévastateurs sur les ressources halieutiques**.

Mots-clés

• **Abysse :** fosse océanique très profonde.
• **Ressource halieutique :** espèce animale ou végétale aquatique qui peut être pêchée.

2 La mise en place progressive d'un droit international maritime

A Les réalisations du XXe siècle

• **Les Quatorze points de Wilson.** En 1918, dans une déclaration destinée à fonder un monde meilleur après le drame de la Première Guerre mondiale, le président américain Woodrow Wilson affirme « **l'absolue liberté de navigation sur les mers**, en dehors des eaux territoriales, en temps de paix aussi bien qu'en temps de guerre ».

▲ Des nodules polymétalliques dans les abysses.

• **La convention de Montego Bay (1982).** Adoptée à l'initiative des Nations unies, elle est l'instrument juridique le plus important du XXe siècle pour une **utilisation pacifique des mers et océans**, fondée sur une coopération internationale de 174 États et un cadre juridique commun. **Son champ d'application est très large et concerne l'ensemble de l'espace marin et ses marges**. Il réglemente la navigation, le survol, l'exploration et l'exploitation des ressources marines, la conservation des ressources biologiques, la protection et la préservation du milieu marin et la recherche scientifique marine. S'y ajoutent un **Tribunal international du droit de la mer** et une **Autorité internationale des fonds marins**.

B La volonté d'une gestion commune de la biodiversité

• **Une suite logique de la convention de Montego Bay.** Dès 1982, elle énonçait implicitement une « **solidarité écologique des océans** » conduisant à articuler un système juridique cohérent entre les espaces marins nationaux et internationaux. L'**Agenda « horizon 2030 »** du développement durable adopté par l'ONU en 2015, souligne la nécessité de **réviser le statut juridique des espaces marins hors souveraineté nationale**.

• **BBJN, des négociations difficiles.** Depuis 2018, une conférence intergouvernementale se réunit sous l'égide de l'ONU pour tenter de concrétiser cette « solidarité écologique » des océans. L'idée même d'un **patrimoine marin à protéger** par un arsenal juridique approprié est vivement **combattue** par les pays arc-boutés sur le **principe de la liberté d'action en haute mer**. Ces fractures se retrouvent au sein même des représentants de l'Union européenne, pourtant très en pointe dans le combat pour la biodiversité, notamment en ce qui concerne l'Arctique.

• **Quelles avancées prévisibles ?** La conférence est parvenue à organiser trois champs de négociations : une nouvelle gestion des **aires marines protégées (AMP)** ; la **caractérisation « juridique »** des activités humaines portant atteinte à la biodiversité marine ; **l'aide technique** à apporter aux pays en développement riverains. La mise en place d'institutions structurées (secrétariat général, organisations scientifiques et administratives, etc.) afin de pérenniser le futur accord est envisagée, sans que l'on puisse, pour le moment, préjuger de son futur statut.

Mots-clés

• **BBNJ** *(Biological diversity beyond national juridiction)* : biodiversité océanique en haute-mer. Depuis 2018, une conférence intergouvernementale sous l'égide des Nations unies tente d'en organiser la gestion.

• **Eaux territoriales** : espace maritime côtier d'une largeur maximale de 12 milles (22 km) où l'État riverain possède une souveraineté complète (surface, sous-sol, espace aérien) équivalente à celle qu'il exerce sur ses eaux intérieures.

6 La Chine à la conquête des nouveaux espaces

La Chine bouleverse les données géopolitiques du monde, notamment en ce qui concerne les mers et les océans. En reprise d'une **vision historique** (Mackinder, Mahan et Spykman, défenseur du *Rimland*, voir la leçon 3), les développements de la mondialisation et la logique multipolaire revalorisent l'idée « d'**un seul océan mondial**, de l'Atlantique au Pacifique ». Mais le **centre de gravité** de l'espace maritime planétaire se situe désormais dans le périmètre chinois des deux océans contigus **Indien et Pacifique**. De même, l'effort sans précédent que la Chine fournit pour s'assurer une **place prépondérante dans la maîtrise de l'espace exo-atmosphérique** illustre son nouvel appétit de puissance dans un domaine jusque-là chasse gardée des Occidentaux.

1 Par les mers, la Chine consciente d'être au « centre du monde »

A Le retour d'une vision confucéenne

• **Une nouvelle vision géopolitique chinoise.** Première bénéficiaire de la mondialisation actuelle, la Chine articule son avantage économique à un positionnement géopolitique en pleine mutation. **Elle s'adapte aux temps présents** mais sans rupture avec la nécessaire **continuité historique**. Après le maoïsme, elle a renoué avec le **néoconfucianisme** selon lequel **« l'art de la guerre, c'est de soumettre l'ennemi sans combat »** (Sun Tzu).

• **L'ordre à l'intérieur.** Dans la perception historique qu'il a de lui-même, l'État chinois est toujours soumis à l'invariant séculaire de **maintenir l'intégrité d'un immense territoire pluriethnique**, par le biais d'une politique de centralisation autoritaire (intransigeance envers les problématiques du Tibet, du Xinjiang, de Taïwan, des îles Paracels) souvent critiquée sur la scène internationale.

> **Mots-clés**
>
> • **Confucianisme :** pensée élaborée par Kongfuzi (latinisé en Confucius), qui vécut vers 551-479 av. J.-C. Son enseignement repose sur la raison combinée au respect des usages. Le régime impérial le transforme en une doctrine figée exaltant l'obéissance aux autorités établies souvent appelée « néoconfucianisme ». Assimilé à l'immobilisme de la Chine ancienne, il est rejeté au XXe siècle par les courants réformateurs avant de connaître un renouveau aujourd'hui.
>
> • **Néoconfucianisme contemporain :** courant de pensée encouragé par le pouvoir chinois actuel qui, sous couvert « d'harmonie », promeut la stabilité politique et sociale du pays par une obéissance volontaire à l'autorité incarnée par l'État.
>
> • **Réticulaire (réticulé) :** qui forme un réseau.
>
> • **Stratégie du « collier de perles » :** stratégie chinoise visant à établir une série de bases maritimes permanentes dans l'océan Indien afin de sécuriser son approvisionnement énergétique.

• **L'extension en « tache d'huile » à l'extérieur.** L'historien et juriste Serge Sur rappelle que la Chine est « un pays étrange et impénétrable aux yeux des Européens, mettant en question la prétention à l'universalité du message occidental ». Elle a l'ambition d'**élargir le périmètre de la civilisation chinoise** par son poids démographique, la stratégie d'extension de sa **diaspora**, l'achat de terres agricoles en Afrique (la **« Chinafrique »**), ainsi que par une **politique d'investissements économiques et financiers** en Europe et dans le bassin de la Méditerranée.

B Une mondialisation réticulaire

• **La consolidation des intérêts vitaux chinois.** Selon l'historien Alexandre Adler, **la Chine est en fait très peu mondialiste** même si elle profite du système des échanges commerciaux et technologiques. Inscrite dans le long terme, sa vision géopolitique relève toujours de la **consolidation de ses intérêts vitaux et de leur sécurisation**, particulièrement par les **mers**. La **stratégie du « collier de perles »** sur ses itinéraires maritimes dans l'océan Indien en est la meilleure illustration.

• **L'univers chinois en expansion.** Paradoxalement, la Chine n'a aucune intention d'extension impérialiste au sens occidental habituel du terme. En revanche, c'est l'idée d'un univers chinois en expansion selon une **logique réticulaire**, fondée sur une culture unique, qui doit s'imposer par une présence planétaire et une avance technologique. C'est une **équation géopolitique complexe**, lourde de **tensions à venir**, qui est donc en train de se mettre en place en relation avec les États-Unis : le monde maritime de demain sera peut-être la « sino-Amérique ».

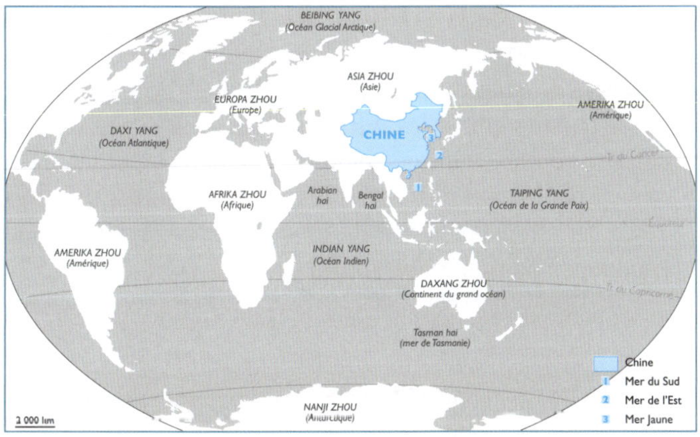

La perception chinoise des mers et océans. ▶

2 Dans l'espace, une Chine désormais conquérante

A Une ambition au départ limitée

• **Dans l'ombre de l'URSS.** Les premiers essais de développement de missiles balistiques se font en coopération avec l'URSS dans le cadre de la **Cinquième académie**, fondée à Pékin en **1956**. Ils débouchent sur la construction de la **base de lancement spatial de Jiuquan** dans le désert de Gobi **dès 1958**.

• **Le premier satellite artificiel.** La détérioration des relations diplomatiques avec l'URSS et les errements de la politique intérieure chinoise (Grand Bond en avant puis Révolution culturelle) retardent de plusieurs années le programme spatial chinois. Le **premier satellite artificiel** (Dong Fang Hong) est mis en orbite le **24 avril 1970**. Après l'URSS, les États-Unis, la France et le Japon, la Chine devient alors la cinquième puissance spatiale au monde.

B Le tournant des années 2000

• **Le livre blanc spatial.** Publié en 2000, il détaille les grands axes de l'activité spatiale chinoise projetée. En dépit de la surveillance américaine qui cherche à freiner les transferts de technologie vers la Chine, cette dernière parvient à mettre en place **son propre système de localisation** (Beidou) et envoie **son premier homme dans l'espace en 2003** (Yang Liwei). La Chine est aujourd'hui la **première puissance spatiale en termes de lancement de satellites** (34 en 2019 contre 27 pour les États-Unis).

• **Objectif Lune et plus.** Depuis 2007, la Chine travaille sur un **programme lunaire ambitieux** et, en 2019, la mission Chang'e 4 réussit à se poser sur la face cachée du satellite naturel de la Terre. À l'horizon 2030, la Chine envisage d'envoyer sur la Lune des robots explorant ses pôles avant d'y **bâtir une base habitable vers 2036**. En parallèle, elle prépare des **missions sur Mars** afin de pouvoir y poser un vaisseau d'ici 2030, si possible avant les Américains.

7 Guerres et paix dans le monde actuel

Traditionnellement, la guerre est définie comme « **une situation d'hostilité déclarée entre deux États**, qui recourent à la **force armée** afin de régler un conflit politique ou territorial survenu entre eux ». C'est ainsi que l'analyse **Clausewitz**, général prussien auteur d'une réflexion sur la guerre, qui ajoute que tout conflit armé n'est que « **la continuation de la politique par d'autres moyens** ». Depuis l'Antiquité, l'histoire donne l'exemple de multitudes de guerres ayant déchiré les continents, mais aussi de violences internes à un même pays (guerres civiles), si bien que certains ont pu écrire que la guerre serait **« l'état habituel du genre humain »**. Ce n'est qu'au XXe siècle que naît une véritable réflexion globale tentant d'empêcher le recours à la guerre particulièrement par le biais d'**organismes internationaux de régulation de la paix**. Depuis 1945, cette régulation a évité un autre embrasement mondial mais n'a pas empêché l'apparition de **nouvelles conflictualités**.

1 L'évolution des conflictualités au XXe siècle

A Les deux guerres mondiales

• **Des guerres totales.** Les deux guerres mondiales (1914-1918 et 1939-1945) ont mobilisé des millions de combattants de nombreux pays, livrant des batailles sur tous les continents pendant des années. Il s'agit de guerres totales : les **esprits sont enrôlés par la propagande**, les **technologies modernes** (chars, aviation, gaz, bombe nucléaire) sont utilisées, tandis que **les civils sont mobilisés** pour l'effort de guerre et victimes d'exactions (génocides, rafles, bombardements). Enfin, **la guerre devient idéologique**, surtout en 1939-1945, mettant aux prises des systèmes de pensée irréconciliables (démocraties, totalitarismes) pour remporter l'hégémonie planétaire.

• **Deux hécatombes démographiques.** Chacune à sa manière, les deux guerres mondiales constituent une régression sans précédent de la civilisation et de l'humanisme. Ce sont, avant tout, deux périodes aux pertes humaines effrayantes : **plus de 10 millions de morts en 1914-1918** dans les tranchées et **plus de 60 millions de morts en 1939-1945** (camps d'extermination, génocide des Juifs et des Tziganes, bombes atomiques d'Hiroshima et de Nagasaki…).

• **Le basculement du monde.** Les deux guerres mondiales sont à l'origine du **décrochage de la suprématie européenne**. La guerre de 1914-1918 a mis fin aux empires d'Ancien Régime et **bouleversé les frontières en Europe** (récupération de l'Alsace-Lorraine par la France, corridor de Dantzig, démantèlement de l'empire des Habsbourg : constitution d'une Grande Roumanie, atrophie de la Hongrie, création de la Tchécoslovaquie). Dans l'espace européen, la guerre de 1939-1945 a débouché sur une configuration géostratégique inédite (partition de l'Allemagne en deux États, plus de 30 millions de personnes déplacées, « rideau de fer » entre l'Ouest et l'Est). Dans le monde, elle a ouvert la voie à la **disparition des empires coloniaux européens** et à l'émancipation des peuples colonisés. **En 1945, le monde n'est plus européen** (marginalisation de la France, affaiblissement de l'Angleterre, anéantissement de l'Allemagne). Dès lors les réalités géopolitiques planétaires s'en trouvent profondément modifiées.

B La guerre froide

• Une lecture idéologique simplificatrice du monde. Deux logiques géopolitiques planétaires opposées se mettent en place tout au long de la deuxième moitié du XXe siècle. Dès 1945 et l'immédiat après-guerre, **les États-Unis et l'Union soviétique**, alliés contre le IIIe Reich hitlérien et vainqueurs ensemble de la barbarie nazie, **s'opposent sur un double plan idéologique et stratégique** (début de la guerre froide en 1947). L'opposition idéologique est présente à plusieurs niveaux et constitue une arme de propagande contre l'autre camp permettant de cimenter les alliances et les sociétés à l'intérieur des blocs.

• Un conflit de puissance. Pour les Américains, il s'agit d'**endiguer l'expansion communiste** alors que pour les Soviétiques qui se sentent encerclés, leurs alliés forment un « glacis protecteur » contre « l'impérialisme » occidental. Les crises opposant les deux blocs fixent les règles : **pas d'affrontement direct** entre les deux grands mais une militarisation sur un terrain tiers. La **course aux armements** qui conduit à la mise en place de complexes militaro-industriels **entraîne un équilibre de la terreur dissuasif** qui rend la guerre improbable.

• La fin de la guerre froide. Elle s'explique d'abord par l'affaiblissement de l'opposition idéologique. La forte influence du *soft power* américain conduit à une occidentalisation des sociétés du bloc soviétique et à un **épuisement de l'idéologie communiste**. Elle découle aussi de la remise en cause de la gestion des relations internationales uniquement par les deux superpuissances. L'engagement planétaire et le **coût financier** de cet affrontement rendent intenable la poursuite de la guerre froide, notamment pour l'URSS, d'autant plus que l'**émergence de nouveaux pôles de puissance** affaiblit la légitimité de la division bipolaire du monde.

Mots-clés

• Bloc : ensemble d'États constitué autour d'une grande puissance à laquelle ils sont liés par des pactes militaro-défensifs, ainsi que par des relations économiques et culturelles.

• Clausewitzien(ne) : se dit d'une vision qui se rapporte à la théorie de la guerre selon le stratège et militaire prussien Carl von Clausewitz (1780-1831). Celui-ci affirmait, en substance, que la guerre n'est qu'un prolongement de la politique par d'autres moyens.

• Équilibre de la terreur : doctrine de la guerre froide selon laquelle le niveau de développement des arsenaux nucléaires des deux grands (États-Unis/URSS) est tel que toute utilisation par l'un ou l'autre entraînerait la destruction des deux camps.

SPÉCIALITÉ HGGSP

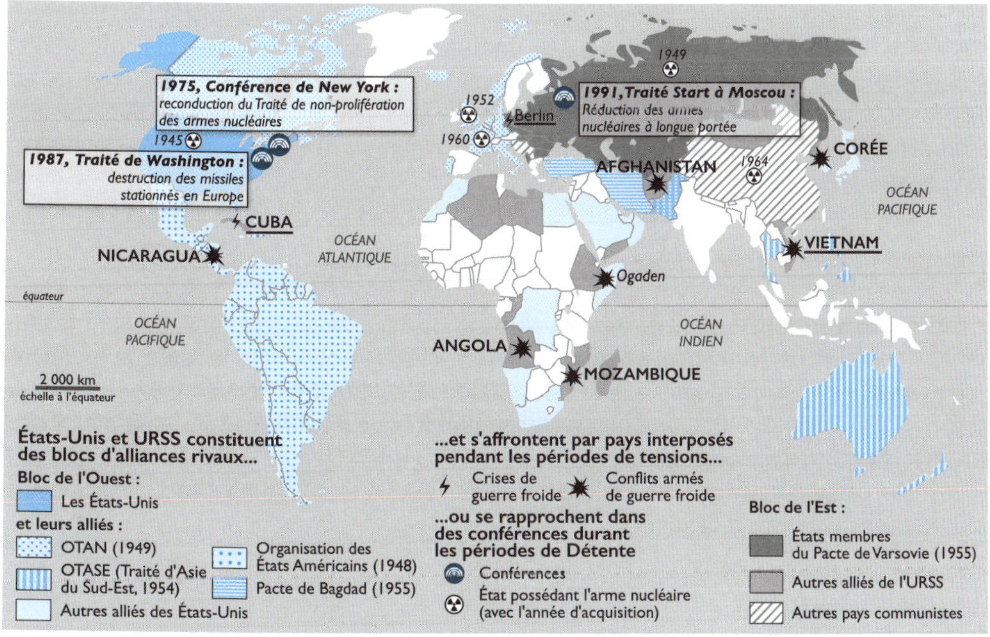

▲ La guerre froide, matrice des conflictualités du deuxième XXe siècle.

2 Les conflictualités et leurs modes de résolution au XXIe siècle

A Vers de nouvelles formes de guerre

Mots-clés

Guerre déterritorialisée : guerre qui n'est plus menée uniquement dans une région précise mais à partir de bases dispersées dans le monde entier.

• **La diminution des conflits interétatiques.** Depuis la fin de la guerre froide, les conflits armés directs entre États sont en recul. Ils ont aussi des motivations plus diverses : **affirmation de sa puissance** dans une région (première guerre du Golfe, 1990-1991), **lutte contre le terrorisme** (Afghanistan en 2001), **guerre « préventive »** (seconde guerre du Golfe de 2003 en Irak). Les États les plus riches conduisent des **guerres « technologiques »** pour épargner leurs soldats et atteindre l'objectif chimérique de « zéro mort ».

• **L'augmentation des conflits intra-étatiques.** Depuis les années 1990, les conflits intra-étatiques (conflits ethniques, guerres civiles, violences criminelles) sont les plus nombreux notamment dans les **pays du Sud** où sont localisés **le plus grand nombre d'États défaillants.** Des populations, incapables de partager un territoire, s'affrontent au nom de **revendications identitaires ou politiques** qui masquent souvent d'autres motifs comme **la lutte pour les richesses du sous-sol** (pétrole au Soudan du Sud, diamants en République démocratique du Congo, eau au Moyen-Orient, etc.). Les **populations civiles** sont les **principales victimes** de ces conflits, objets de massacres, d'épurations ethniques (guerre de Bosnie-Herzégovine, 1992-1995), voire de génocides (Tutsis au Rwanda en 1994).

• **Terrorisme et guerre déterritorialisée.** On assiste également à une **mondialisation** et à une **radicalisation** du terrorisme depuis les années 1990. Les attentats, à l'image de ceux du 11 septembre 2001 à New York, du 13 novembre 2015 à Paris ou du 14 juillet 2016 à Nice, visent à tuer le plus grand nombre de personnes et à créer un **climat d'insécurité** à travers la **médiatisation** dont ils sont l'objet. Ils sont l'œuvre de **réseaux structurés** (comme Al-Qaïda), engagés dans des **conflits irréguliers** face aux États constitués. Dans les années 2000, ils mènent une **guerre déterritorialisée**, souvent avec **peu de moyens réels** (4 000 membres d'Al-Qaïda en Afghanistan en 2001) **à partir de bases dispersées sur plusieurs continents**. À partir de 2014, l'**État islamique (Daech)** reterritorialise en partie la guerre terroriste en parvenant à s'implanter en Syrie et en Irak. Ces réseaux sont à l'origine d'un affrontement **asymétrique** en contraignant les gouvernements à mobiliser contre eux des forces militaires sans cesse croissantes.

B Des modes de résolution liés au multilatéralisme

• **Peu d'interventions unilatérales.** Actuellement, la majorité des conflits intra ou interétatiques sont réglés par le multilatéralisme ou par des actions menées dans le cadre de coalitions internationales. C'est, par exemple, le **cas des actions de l'OTAN** en Bosnie (1992-1995) et au Kosovo (1998-1999). En effet, **une intervention unilatérale s'avère très risquée** pour l'État qui la décide. L'exemple de la **guerre en Irak en 2003** a fait prendre conscience aux grandes puissances, comme les États-Unis, de la difficulté à mener seules le combat face à des acteurs nouveaux et souvent mal identifiés.

• **Le rôle majeur de l'ONU.** Depuis la fin de la guerre froide, l'ONU joue un rôle capital dans la résolution des conflits, à travers trois types d'actions : le **rétablissement de la paix** par des moyens diplomatiques ; le **maintien de la paix** avec une force d'interposition (Sud-Liban, ex-Yougoslavie) ; l'**imposition de la paix** en cas d'échec du maintien de la paix. Dans ce dernier cas, les **casques bleus** ont le droit de faire usage de leurs armes pour leur propre défense et celle des populations civiles (République démocratique du Congo). Des **organisations régionales** (Union africaine) peuvent également prendre en charge les règlements de conflit.

Mots-clés

- **États défaillants (ou faillis) :** traduction de l'expression anglo-saxonne *failed states* qui désigne tout territoire où l'État n'est plus capable d'assurer seul le monopole de la violence légitime et de garantir la sécurité des habitants, étant concurrencé par des seigneurs de guerre ou des gangs criminels.
- **Guerre asymétrique :** affrontement marqué par le déséquilibre des moyens engagés (matériels, financiers et humains) entre les deux belligérants.
- **Guerre irrégulière :** tout affrontement qui n'est pas régi par les règles de la guerre régulière.
- **Guerre régulière :** situation d'hostilité déclarée entre deux États qui recourent à la force armée afin de régler un conflit politique ou territorial survenu entre eux.
- **Multilatéralisme :** mode de fonctionnement de la politique extérieure d'un État conformément aux principes démocratiques en tenant compte des positions de tous les acteurs concernés dans le cadre (ou non) d'une organisation internationale.

- **Le développement d'une justice internationale.** Elle complète cette volonté de règlement multilatéral, en affirmant la **lutte en faveur des droits de l'homme**. Lors des conflits en ex-Yougoslavie et au Rwanda, les crimes commis contre des populations civiles ont conduit le Conseil de sécurité de l'ONU à créer **deux tribunaux pénaux internationaux** (voir le thème 3). Depuis 2002, une **Cour pénale internationale** a été instituée. Elle est reconnue par 123 États en 2022.

SPÉCIALITÉ HGGSP

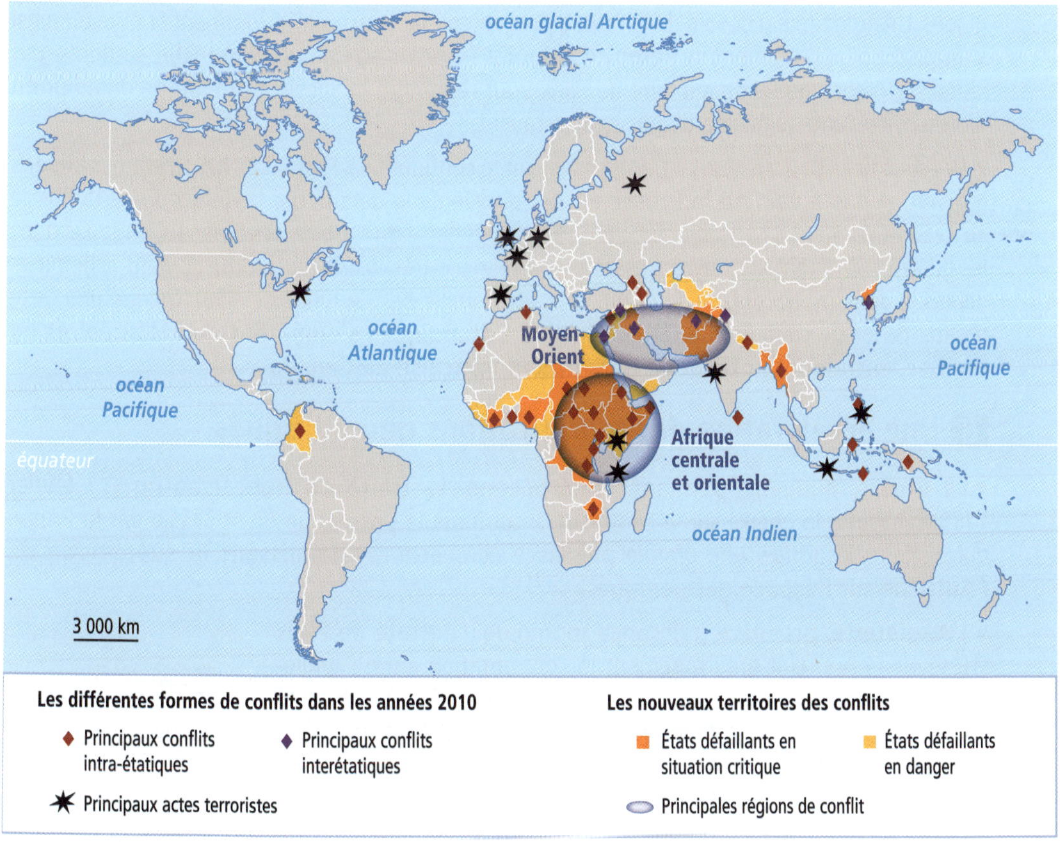

▲ Les principaux conflits dans le monde aujourd'hui.

8 De la guerre de Sept Ans aux guerres napoléoniennes

Dans l'Europe de la fin des Temps modernes, la puissance se définit comme la **capacité d'un État d'imposer sa volonté aux autres**. Elle peut s'exprimer **par la diplomatie** ou **par la guerre**, qui, selon la formule consacrée de Clausewitz, n'est que « la continuation de la politique par d'autres moyens ». L'**Angleterre** affirme sa **puissance maritime** par la **guerre de Sept Ans** tandis que, **par les guerres napoléoniennes, la France** se conforte dans l'idée qu'elle **représente un modèle qu'il faut exporter dans l'Europe** tout entière.

1 La Guerre de Sept Ans

A Une guerre terrestre et navale

• **Le renversement des alliances.** L'**accord surprise en 1756 de la Prusse avec son ancien ennemi l'Angleterre** entraîne un spectaculaire retournement d'alliances en Europe. Pour éviter d'être isolée, **la France, ancienne alliée de la Prusse, se rapproche de son ennemi d'hier l'Autriche**. Ces **volte-face diplomatiques** s'expliquent par des considérations stratégiques. L'**Angleterre** a besoin de la Prusse pour retenir la France sur le continent et pouvoir ainsi **s'emparer** plus facilement de l'**empire colonial français** au Canada. L'Autriche, soutenue par la Russie, recherche l'aide militaire de Paris pour reprendre la Silésie, territoire perdu au profit des Prussiens une quinzaine d'années auparavant.

• **Les victoires prussiennes et anglaises.** Sur le continent, **la France et l'Autriche coalisées n'arrivent pas à vaincre la Prusse** qui est sauvée de la défaite par la défection de la Russie en 1762 et parvient à conserver la Silésie. Pour la défense du Canada, les Français, engagés dans les guerres continentales, ne disposent que d'effectifs très insuffisants, difficilement acheminés depuis le désastre naval face à l'Angleterre à la bataille des Cardinaux (1759). Malgré une forte résistance locale conduite par Montcalm, **les Britanniques s'emparent de Montréal et de Québec, entraînant la fin de la domination française au Canada**.

B Une accélération des modifications géopolitiques

• **La Prusse, nouvelle puissance européenne.** Le **traité de Hubertsbourg** (15 février 1763) met fin à la guerre sur le continent. Il confirme la possession de la Silésie par la Prusse qui devient désormais une grande puissance européenne, **affaiblissant la suprématie de l'Autriche sur l'espace germanique**.

• **L'Angleterre, première puissance mondiale.** Le **traité de Paris** (10 février 1763) clôt provisoirement la confrontation entre l'Angleterre et la France au détriment de la seconde qui perd la quasi-totalité de son empire colonial d'Amérique et d'Inde. Cet **affaiblissement français n'est guère perçu par les contemporains**, Voltaire allant même jusqu'à affirmer que la France n'avait perdu que « **quelques arpents de neige** ». Pourtant **les Britanniques**, désormais première puissance coloniale mondiale, renforcent leur suprématie maritime et s'affirment déjà comme une **thalassocratie bientôt hégémonique**.

Mots-clés

• ***Hégémon :*** désigne, en grec ancien, le commandant en chef ou le gouverneur.

• **Thalassocratie :** puissance politique basée sur la domination des espaces maritimes. Au Ve siècle av. J.-C., Athènes peut être considérée comme la première thalassocratie de l'histoire.

2 Les guerres révolutionnaires et napoléoniennes

A Une continuation de la Révolution française ?

• **L'enthousiasme initial des peuples européens.** Les événements de 1789 ont été favorablement accueillis en Europe. Dès 1790, l'Assemblée constituante proclame par décret sa volonté de paix : **« La nation française renonce à entreprendre aucune guerre dans le but de faire des conquêtes. »** Lorsque la « levée en masse » des armées révolutionnaires françaises arrête l'avancée des armées autrichiennes et prussiennes en septembre 1792 à la bataille de Valmy, elle démontre que **l'identification démocratique du citoyen à l'État** est devenue un facteur essentiel de la puissance.

• **Des guerres de conquête.** À partir de 1793, les armées de libération se transforment en armées d'occupation. Les **contributions forcées** en hommes et en ressources provoquent l'hostilité des populations. Elles déclenchent, en 1799, une seconde entente des grandes puissances européennes contre la France. **Jusqu'en 1807, les victoires françaises sont** pourtant **sans appel**. Le 2 décembre 1805, Napoléon remporte la victoire d'Austerlitz contre les troupes austro-russes. En 1807, battu à Eylau, le tsar de Russie doit conclure une alliance avec la France (**paix de Tilsit**).

• **Une nouvelle Europe.** En 1811, la France compte 130 départements. Elle est le cœur du **Grand Empire** qui atteint son extension maximale en 1811. L'empereur attribue les trônes des pays conquis aux membres de sa famille. Il crée aussi de **nouveaux États dépendant de la France** comme la Confédération du Rhin ou le grand-duché de Varsovie. En 1812, Napoléon lance une **offensive contre la Russie** qui se termine par un désastre (passage de la **Bérézina**). Les puissances étrangères forment une nouvelle coalition et envahissent la France en janvier 1814. Napoléon est contraint de s'exiler.

B La guerre « clausewitzienne », régulatrice géopolitique

• **Une supériorité passagère.** Les guerres napoléoniennes montrent qu'**un État, par une supériorité ponctuelle** (hommes, ressources, génie militaire) **peut mener une politique de conquête qui déstabilise la donne géopolitique**. Ainsi la **Grande Armée** napoléonienne de 300 000 hommes émane d'une France de 30 millions d'habitants qui cherche à imposer ses valeurs et ses normes, inspirées par la Révolution française, sur tous les territoires conquis.

• **Le jeu des alliances.** Face à l'insécurité induite par un tel État, les autres puissances tendent à s'allier contre lui. Comme la Grande Alliance européenne avait détruit les conquêtes de Louis XIV par le traité d'Utrecht en 1713, **Napoléon est dépouillé de ses victoires par une coalition des monarchies et des empires** lors du **congrès de Vienne** de 1815. Désormais, toute modification du territoire européen devra être acceptée par ce concert des puissances et faire l'objet d'une contrepartie.

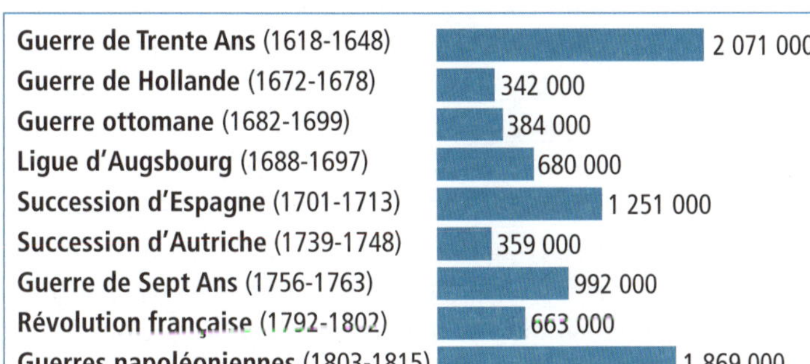

D'après Charles Tilly, *Coercion, Capital and European States*, Cambridge, 1990.

Les soldats morts lors des guerres européennes de 1618 à 1815. ▶

9 Du modèle de Clausewitz aux « guerres irrégulières »

Avec la fin de la guerre froide, **les « guerres clausewitziennes »** (entre États, avec armistice et traité de paix) **diminuent** fortement. Au contraire, **les conflits intra-étatiques** sont de plus en plus nombreux, notamment dans les pays du Sud, tandis que **le terrorisme se mondialise** et apparaît désormais comme une **nouvelle forme de guerre** en partie **déterritorialisée** : **Al-Qaïda** dans les années 2000 **puis l'État islamique (Daech)** dans les années 2010.

1 Les évolutions du modèle de Clausewitz

A Une nouvelle ère des relations internationales

• **Le refus de la guerre.** Les **opinions publiques occidentales** expriment massivement depuis les années 1960 leur refus de la guerre. Leurs gouvernements, de même, rechignent de plus en plus à s'engager dans des conflits coûteux, impopulaires, aux résultats incertains. Ainsi **l'Union européenne** a fait de la **promotion de la paix** l'un des piliers de son identité internationale.

• **États « voyous » et États défaillants.** Avec la fin de la guerre froide et de la bipolarisation, les relations internationales se modifient. Le monde devient multipolaire, divisé entre des **États capables de gérer leur territoire** et d'autres, faibles, corrompus voire inexistants **incapables de s'affirmer autrement que par la violence**. Ces derniers déclenchent des conflits pour asseoir leur légitimité (États **« voyous »**) ou sont impuissants à résoudre les luttes internes qui les traversent (États **défaillants**).

B Les mutations des conflits armés directs « réguliers »

• **Des conflits « classiques » moins nombreux.** Ils restent cependant **une réalité dans certaines régions du monde** : guerres Iran-Irak (de 1980 à 1988) et Irak-Koweït en 1990 ; affrontements sporadiques entre la Corée du Nord et la Corée du Sud depuis les années 1950 ; risque permanent de guerre entre l'**Inde et le Pakistan,** etc.

• **Des motivations nouvelles.** Si les finalités classiques sont toujours présentes (appropriation de ressources, affirmation régionale), d'autres apparaissent. Dans les années 1980, apparaît l'idée du **droit d'ingérence**, c'est-à-dire de justifier une intervention militaire dans un but humanitaire. En 2003, les États-Unis accusent l'Irak de posséder des armes de destruction massive et décident de mener une **guerre préventive**, concrétisant sa volonté de lutter contre un « État voyou ».

> **Mots-clés**
>
> • **Droit (ou devoir) d'ingérence :** notion selon laquelle l'obligation pour la communauté internationale de secourir une population en danger de mort l'emporte sur la souveraineté de l'État dont dépend cette population. Elle est définie pour la première fois en 1987 par le juriste Mario Bettati et l'homme politique Bernard Kouchner.
>
> • **État voyou** (*rogue state* en anglais) : expression forgée dans les années 1980 par l'administration américaine désignant les pays considérés comme hostiles au droit international, à la démocratie et perturbateurs de l'ordre mondial.

• **Des conflits de plus en plus technologiques.** Dans tous les cas, l'objectif du « zéro mort » est mis en avant, surtout à destination des opinions publiques occidentales. Il est rendu envisageable par l'utilisation de **nouvelles stratégies** : **frappes aériennes** privilégiées et réduction de l'engagement des troupes au sol, **réseaux fiables de renseignements**. Les États-Unis ont affiché cet objectif lors de la guerre du Golfe en 1991 puis de la guerre en Irak en 2003.

2 Le développement des guerres irrégulières

A La multiplication des guerres civiles

• **Des conflits internes aux enjeux multiples.** Ils se déroulent principalement en Afrique subsaharienne, au Proche et Moyen-Orient et en Asie du Sud (voir carte de la leçon 7 page 241). Si la **guerre civile** est le type de conflit le plus répandu, ses formes sont très diverses et souvent emboîtées : **conflits ethniques** (Rwanda) ; **séparatisme régional** fondé sur des nationalités (ex-Yougoslavie, Tchétchénie) ; **rébellions** contre le pouvoir en place (Libye, Syrie, Égypte, etc.).

• **Des violences criminelles de plus en répandues.** Ce ne sont plus des armées régulières qui s'affrontent, mais des bandes armées menées par des **« seigneurs de guerre »**. Elles créent des situations de non-droit et un climat de terreur. Ce type de conflit, guidé par une volonté criminelle, **touche durement les populations civiles** prises en otage, privées de nourriture (destructions, détournement de l'aide alimentaire), victimes de pillages ou d'exactions terribles (massacres, épurations ethniques voire génocides).

B Le terrorisme international

• **Une dimension mondiale à partir de la fin des années 1990.** Les mobiles du terrorisme international sont variés : politiques (représailles, moyen de pression contre une puissance) mais aussi criminels voire religieux (mouvance islamiste radicale). Les actes terroristes visent, à présent, à faire un maximum de victimes, notamment civiles, et à créer un climat d'insécurité. Les **attentats du 11 septembre 2001** constituent ainsi un **tournant** par le grand nombre de morts, l'importance des dégâts matériels, leur exceptionnelle médiatisation et leur impact sur l'opinion publique. Ils illustrent un **affrontement asymétrique** en contraignant les gouvernements à mobiliser contre eux des forces militaires.

> **Mots-clés**
>
> • **Al-Qaïda (« la base » en arabe) :** réseau islamiste terroriste, dirigé lors des attentats du 11 septembre 2001 par Oussama Ben Laden.
>
> • **Islamisme :** mouvement radical qui voit dans l'islam une idéologie politique ayant pour but l'islamisation de l'État et de la société.

• **Le terrorisme déterritorialisé d'Al-Qaïda.** Ce mouvement compte peu de membres, utilise peu de moyens matériels mais a une **importante maîtrise** de la **logistique** et de la **communication**. Il pratique une guerre déterritorialisée en opérant à partir de **bases dispersées sur plusieurs continents**, ce qui lui a permis de survivre à la perte de son territoire afghan et à la mort de son chef, Ben Laden.

• **Le terrorisme temporairement reterritorialisé de Daech.** Principal **rival d'Al-Qaïda**, Daech (« organisation État islamique »), auteur des attentats commis en France en 2015 et 2016, a essayé de reterritorialiser son action en fondant en **2014** un **« califat » réel en Irak et en Syrie**, alors plongés dans le chaos des guerres civiles. Ce « califat » est **démantelé en 2019** à la suite de l'offensive d'une coalition militaire internationale emmenée par les États-Unis.

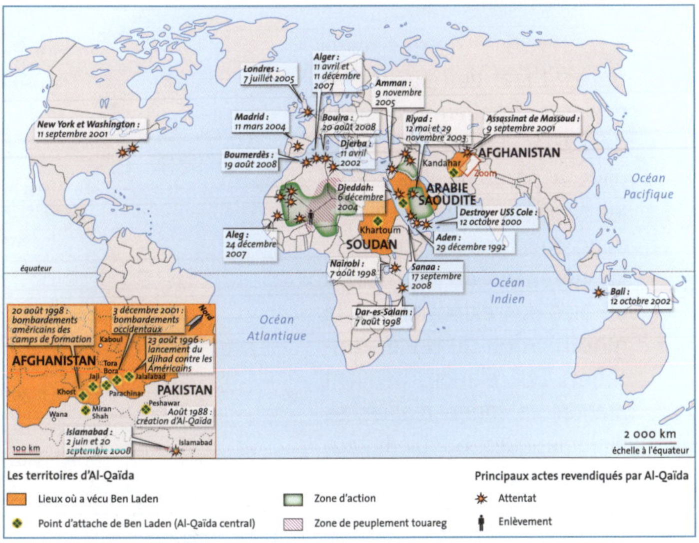

▲ La déterritorialisation de la guerre dans les années 2000 : l'exemple d'Al-Qaïda.

10 L'échec de la paix : les traités de Westphalie (1648)

Les **deux traités de paix de Münster et Osnabrück dits de « Westphalie »** mettent fin à la guerre de Trente Ans qui a opposé la plupart des puissances européennes de l'époque. Ils **souhaitent interrompre durablement le cycle des conflits religieux** qui déchirent le Vieux Continent depuis près de deux siècles.

1 La notion d'« État souverain »

A Des frontières précises et inviolables

• **Sortir des guerres de religion.** Entamé depuis les années 1530, le cycle des guerres de religion européennes se termine par les traités de Westphalie qui **associent l'identité religieuse de chaque État à celle de son prince**. Tout en reconnaissant la diversité religieuse de l'Europe, ces traités **sapent l'autorité de l'empereur germanique** et sa prétention à dominer un territoire plurireligieux tout comme celle du **pape** qui aspirait à une domination universelle sur la chrétienté.

• **État et frontières.** Désormais, le souverain d'un État est lié à un territoire et une population dont il assure la sécurité et garantit les droits. En effet, les États signataires des traités de Westphalie se reconnaissent mutuellement des **frontières précises et inviolables qui délimitent le champ de la souveraineté**. Cette reconnaissance est d'ailleurs « sacralisée » par le privilège d'extraterritorialité accordé à chaque ambassade d'un autre État accueillie sur son territoire.

B Garantir la sécurité

• **« Le monopole de la violence légitime ».** Cette expression du sociologue allemand **Max Weber** souligne que **l'État**, tel qu'il est défini dans le système westphalien, **exerce sa souveraineté sur la population à l'intérieur des frontières** à qui il garantit la sécurité par tous les moyens à sa disposition.

• **La sécurisation des frontières.** L'État doit aussi affirmer ses frontières vis-à-vis de l'extérieur et des autres pays. À partir du XVIIe siècle, les relations entre États ont donc pour finalité principale la **défense du territoire** ou bien son extension par la **modification du tracé frontalier**. Ces relations peuvent prendre la forme d'alliances diplomatiques ou bien peuvent, en cas de différend, se transformer en guerre.

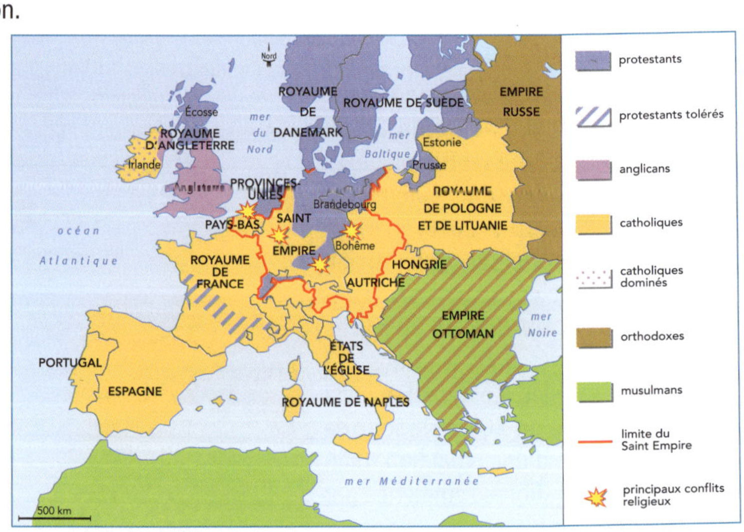

▲ Les divisions religieuses de l'Europe au moment des traités de Westphalie.

• **L'État, acteur géopolitique majeur.** Il le devient par sa **faculté à mobiliser les ressources** à l'intérieur de ses frontières (lever les impôts, organiser les productions, préparer une armée) et à les utiliser en dehors (déploiement d'un réseau d'ambassades, conduite éventuelle de la guerre, etc.).

2 La guerre comme « état habituel de l'Europe »

A Une pacification illusoire

• **Le « Grand Dessein ».** Conçu pour apaiser une Europe ensanglantée par l'intolérance religieuse et comme une stratégie d'alliance protestante contre la dynastie des Habsbourg, le « Grand Dessein » du duc de **Sully** (principal ministre d'Henri IV de 1598 à 1610) propose **un nouveau découpage de l'Europe**. Son but principal est d'**établir la paix** en empêchant le maintien de vastes empires comme celui du Saint Empire et en créant, selon l'expression du géographe Michel Foucher, « une confédération d'États [qui] serait placée sous la garde d'un Conseil de l'Europe ».

• **L'équilibre des puissances.** Si les traités de Westphalie ne reprennent pas du « Grand Dessein » l'idée d'une confédération européenne, ils en conservent celle d'un **rééquilibrage entre les États pour éviter la guerre** : aucun pays ne doit être assez puissant pour s'imposer aux autres.

B « L'ombre de la guerre »

• **L'appétit de puissance.** Malgré les espoirs des promoteurs des traités de Westphalie, la stabilisation des frontières étatiques en Europe **n'a pas du tout pacifié les relations internationales** européennes. **Les États westphaliens, transformés** progressivement **en États-nations** par l'identification d'un peuple à un territoire et un souverain, **sont guidés par un appétit de puissance territoriale** ainsi que le définit **Hobbes** dans le *Léviathan* en 1651 : « Les personnes qui possèdent l'autorité souveraine, à cause de leur indépendance, se jalousent de façon permanente, […] ce qui est une attitude de guerre. »

• **Des guerres pour des frontières.** Ces dernières deviennent l'**enjeu majeur des conflits** et les nouveaux tracés sont déterminés par les traités de paix, l'élargissement du territoire devenant le symbole de l'affirmation de sa puissance. Dès 1661, **Louis XIV** entreprend de faire du territoire français le plus grand d'Europe dans une **succession ininterrompue de guerres et de traités** (guerres de Dévolution et traité d'Aix-la-Chapelle de 1668, puis guerre de Hollande et traité de Nimègue de 1678, qui offrent successivement à la France le Nord et la Wallonie actuelle).

Texte-clé

« Le **traité de Westphalie** de 1648 établit un nouvel ordre par une opération politique, qu'on appela *équilibre des puissances*. L'Europe fut partagée en deux confédérations qu'on s'efforçait de maintenir égales : c'était créer la guerre et l'entretenir constitutionnellement, car deux lignes d'égale force sont nécessairement rivales et il n'y a pas de rivalités sans guerres. Dès lors, chaque puissance n'eut d'autre occupation que d'accroître ses forces militaires. […] On vit partout des armées formidables, […] presque toujours actives, car depuis le traité de Westphalie, la guerre a été l'état habituel de l'Europe. »

Claude Henri de Rouvroy, comte de Saint-Simon, *De la réorganisation de la société européenne*, 1814.

Mots-clés

• **État-nation :** État correspondant à une nation souveraine et homogène.
• **Nation :** population de même langue, de même histoire et de même culture ayant le désir et la volonté de vivre ensemble dans le même pays.
• **Système westphalien :** organisation géopolitique de l'Europe à la fin de l'époque moderne. Fondée sur la notion « d'équilibre des puissances », elle vise, sans succès, à éviter la guerre en empêchant la formation d'États plus puissants que les autres.

11 La sécurité collective : l'ONU de 1997 à 2006

L'ONU a été impuissante à surmonter la volonté des États durant la guerre froide et a vu son **fonctionnement largement entravé par l'antagonisme Est-Ouest**. À partir du milieu des années 1990, **l'organisation voit son rôle renforcé** à travers sa diplomatie, le déploiement de ses casques bleus et la mise en place d'une justice internationale. **Elle reste cependant dépendante**, pour les actions de maintien de la paix, **des États détenteurs de la force armée**, États souvent réticents à s'engager dans certaines zones de conflits ou tentés, comme les États-Unis, par l'unilatéralisme.

1 L'ONU à la fin du XXe siècle

A Une institution longtemps entravée par la guerre froide

• **La Charte des Nations unies.** Elle fonde les principales institutions de l'ONU : l'Assemblée générale, le Conseil de sécurité, la Cour internationale de justice et le Secrétariat général. Ce dernier, en incarnant l'institution, y joue un rôle fondamental. La Charte précise les objectifs fixés : le **maintien de la paix** et de la **sécurité internationale**, le **développement entre les nations de relations amicales** fondées sur le respect de l'**égalité des peuples** et de leur **droit à disposer d'eux-mêmes**.

• **De l'espoir à l'impuissance.** Si la fondation de l'ONU a suscité de grands espoirs, l'opinion publique mondiale a été rapidement déçue. **L'ONU n'a pu empêcher le déclenchement de la guerre froide**. Grâce à leur droit de veto, l'URSS et les États-Unis, en mettant en avant leurs intérêts idéologiques et stratégiques, paralysent le Conseil de sécurité. Même lorsque les deux grands semblent en accord, **l'ONU est incapable de faire appliquer ses décisions** et de faire respecter ses principes à l'intérieur d'États souverains (conflit israélo-palestinien).

B Le réveil ambigu des années 1990

• **L'effervescence de la fin de la guerre froide.** Boutros-Ghali, secrétaire général de 1992 à 1996, veut donner un nouveau souffle aux actions de l'ONU ainsi qu'il l'explique dans son ***Agenda pour la paix*** de juin 1992 : **accélération de la diplomatie préventive** et mise en place de **forces internationales mobilisables à tout instant**.

• **Les ambitions déçues.** Les **opérations lancées au début des années 1990** s'avèrent être des **fiascos**. Les opérations en **Somalie** (1992-1995) conduisent à un enlisement du conflit et finalement à l'échec du rétablissement de la paix. La Minuar (mission pour le Rwanda) ne parvient pas à enrayer le **génocide des Tutsis**. Les **accords de Dayton (1995)** actent le **retrait onusien en ex-Yougoslavie, en faveur de l'OTAN**. Et les États-Unis, premier contributeur financier de l'institution, se montrent de plus en plus méfiants envers une institution qui leur paraît prendre une autonomie politique qu'elle ne devrait pas avoir à leurs yeux.

Texte-clé

L'ONU, sauvée par la fin de la guerre froide ?

« La guerre [froide] avait pris la sécurité collective en otage. Aucune des grandes questions qui mettaient en jeu la guerre et la paix ne pouvait plus être abordée dans sa perspective propre. Les différends couvaient, les guerres étaient menées par belligérants interposés, les tensions devenaient chroniques. [...] Les conséquences pour l'ONU des politiques issues de ce type de relations ont été plus d'une fois évoquées. Le moins qu'on puisse dire est que l'Organisation en a été réduite à l'expectative : il ne lui restait plus qu'à attendre que le bon sens et la dynamique de la situation mondiale ramènent les affaires internationales dans la voie tracée par la Charte. »

Javier Perez de Cuellar (secrétaire général), *Rapport annuel sur l'année 1989*.

2 L'ONU du début des années 2000

A Les nouvelles orientations

• **La restauration financière.** Plusieurs fois menacée de faillite à cause de la mauvaise volonté américaine d'acquitter sa contribution et du retard de paiement d'un grand nombre d'États du Sud, l'ONU engage un **vaste plan de restructuration** permettant d'économiser plus de 500 millions de dollars de frais de fonctionnement. L'organisation apparaît dès lors **moins bureaucratique** et plus soucieuse d'économiser l'argent de ses contributeurs (en 2019 : États-Unis 22 % ; Chine 12 % ; Japon 8,5 %, Allemagne 6 % ; Royaume-Uni 4, 5 % ; France 4,4 %).

• **L'engagement pour un ordre international plus juste.** Kofi Annan, secrétaire général de 1997 à 2006, essaie en même temps de faire **sortir l'ONU de son image d'instrument au service de l'ordre mondial occidental** en insistant sur son rôle dans la « préservation de la dignité de l'homme » par-delà la souveraineté des États.

B Des actions au service de la paix

• **Une concrétisation ambitieuse des efforts de paix.** En 1999, c'est l'ONU qui est chargée de l'**administration provisoire du Kosovo** au lendemain de la guerre menée en ex-Yougoslavie par l'OTAN. En 1999-2001, les **casques bleus** de la Minusil parviennent à **mettre fin à dix années de guerre civile en Sierra Leone** et un tribunal spécial international est créé en 2002 pour y juger les crimes de guerre.

Mots-clés

• **Casques bleus :** force armée de maintien de la paix de l'ONU.
• **Droit de veto :** droit de bloquer une décision commune.
• **Sécurité collective :** système international dans lequel les États s'engagent mutuellement à garantir la sécurité mondiale.

• **La lutte contre le terrorisme.** Après les attentats du 11 septembre 2001 à New York, l'ONU fait de l'**éradication du terrorisme international une priorité**, qui se heurte à la politique unilatéraliste des États-Unis. En 2003, **Kofi Annan critique** ouvertement la décision des **Américains** de déclarer la **guerre à l'Irak** sans l'aval du Conseil de sécurité. Après les attentats de Madrid de 2004, Kofi Annan propose un **plan global de lutte contre le terrorisme dit des « 5 D »** dont certains objectifs sont inclus dans le grand projet de réforme de l'ONU présenté en 2005.

Date de début	Nom de la mission	Pays d'intervention	Continent
1998	Minurca	République centrafricaine	Afrique
1999	Minusil Minuk	Sierra Leone Kosovo	Afrique Europe
2000	Minuee	Éthiopie et Érythrée	Afrique
2003	Minul	Liberia	Afrique
2004	Minustah	Haïti	Amérique
2005	Minus	Soudan	Afrique
2006	Minut	Timor oriental	Asie
2007	Minurcat Minuad	République centrafricaine et Tchad Darfour (Soudan)	Afrique Afrique

▲ Principales interventions des casques bleus pendant les mandats de Kofi Annan.

Texte-clé

La lutte contre le terrorisme international : les 5 « D » de Kofi Annan (2005)

– Décourager les groupes de mécontents tentés de choisir le terrorisme comme tactique pour atteindre leurs objectifs ;
– Dénier aux terroristes les moyens de mener à bien leurs attaques ;
– Dissuader les États de soutenir les terroristes ;
– Développer les capacités des États à prévenir le terrorisme ;
– Défendre les droits de l'Homme dans la lutte contre le terrorisme.

12 Du conflit israélo-arabe au conflit israélo-palestinien

La création d'un État juif, à l'issue d'un plan de partage mis en place par l'ONU, est officialisée par la **proclamation unilatérale de l'indépendance d'Israël** par David Ben Gourion, le 14 mai 1948. **C'est le résultat d'un long processus** débuté dans la seconde partie du XIXe siècle. Il a été **accéléré par le contexte de l'après Seconde Guerre mondiale** (génocide des juifs) qui fait apparaître la création d'un État hébreu comme une nécessité impérieuse. L'**hostilité à Israël** devient un élément de cohésion du monde arabe et débouche sur un **état conflictuel permanent** suscitant de nombreuses **tentatives de règlement pacifique**.

1 De 1947 à 1973, un conflit israélo-arabe sans résolution

A Guerre classique et guerre « préventive » (1948-1967)

• **La première guerre (1948-1949).** Au lendemain de la proclamation de l'indépendance d'Israël, la guerre est déclenchée le 15 mai 1948 contre le nouvel État par les Syriens, les Égyptiens, les Libanais et les Irakiens tandis que les Jordaniens occupent la **Cisjordanie**, région à l'ouest du Jourdain qui doit donner naissance à un État arabe, la Palestine. **Israël, vainqueur, annexe de nouveaux territoires** agrandissant d'un tiers sa superficie, entraînant, de fait, le **premier exode des Palestiniens**, désormais sans État. Pour ces derniers c'est la ***« nakba »*** (la « catastrophe ») qui les prive de ce qu'ils considèrent comme leur terre. La Cisjordanie est annexée par la Jordanie en 1950, la **bande de Gaza** passe sous le contrôle de l'Égypte.

• **La Guerre des Six Jours, du 5 au 10 juin 1967.** Israël mène une **attaque « préventive » victorieuse contre ses voisins arabes** qui empêchent la circulation des bâtiments israéliens en bloquant le détroit de Tiran. L'État hébreu conquiert la bande de Gaza, le Sinaï et le Golan. Jérusalem Est est occupée ainsi que la Cisjordanie. **L'ONU demande le retrait des territoires conquis (résolution 242)** mais Israël refuse.

B La guerre du Kippour (octobre 1973) et la crise du pétrole

• **La victoire israélienne. L'Égypte et la Syrie** attaquent Israël par surprise, le jour de la fête du Kippour, le 6 octobre 1973, dans le but de **récupérer les territoires perdus**. Après les premiers succès, la contre-attaque israélienne aidée par les États-Unis permet de repousser les assaillants et de stabiliser le front, le 22 octobre.

• **La réponse géopolitique des pays arabes.** Les pays arabes mécontents du rôle des Occidentaux qui soutiennent Israël protestent et l'**OPEP** (Organisation des pays exportateurs de pétrole) met en place un embargo sur les exportations de pétrole dont les prix s'envolent, entraînant le **début du premier « choc » pétrolier**.

> **Texte-clé**
>
> **La résolution 242 de l'ONU (1967)**
>
> Le Conseil de sécurité [...]
>
> 1. Affirme que l'accomplissement des principes de la Charte exige l'instauration d'une paix juste et durable au Proche-Orient qui devrait comprendre l'application des deux principes suivants :
>
> a. Retrait des forces armées israéliennes des territoires occupés au cours du récent conflit ;
>
> b. Fin de toute revendication ou de tout état de belligérance, respect et reconnaissance de la souveraineté, de l'intégrité territoriale et de l'indépendance politique de chaque État de la région et de son droit de vivre en paix à l'intérieur de frontières sûres et reconnues, à l'abri de menaces ou d'actes de violence.

2 Depuis 1973, un conflit israélo-palestinien sans solution définitive

A Les tentatives de paix

• **Les accords de Camp David.** L'Égypte fait pression sur les États-Unis pour pousser les Israéliens à négocier à propos du Sinaï qu'ils occupent depuis la guerre des Six Jours. Les accords de Camp David entre les deux pays (**septembre 1978**) aboutissent à un **traité de paix** qui se concrétise en 1982 : **le Sinaï est rendu à l'Égypte en échange de la reconnaissance d'Israël par les Égyptiens** qui sont immédiatement exclus de la **Ligue arabe**, soulignant ainsi ses divisions que l'opposition globale à Israël avait pu masquer jusque-là.

• **Les accords d'Oslo.** En **1987**, les Palestiniens déclenchent la **première Intifada** en Israël. Au cours de cette **« guerre des pierres »** est fondé le **Hamas** qui souhaite la disparition d'Israël alors que l'année suivante l'OLP reconnaît l'existence de l'État hébreu. En 1993, des négociations, initiées par les États-Unis, aboutissent à la **reconnaissance par Israël de territoires palestiniens autonomes (accords de Washington)**. Ce processus de paix se poursuit avec les **accords d'Oslo** qui prévoient la mise en place progressive d'un **État palestinien**.

> **Mots-clés**
>
> • **Intifada :** révolte palestinienne des territoires occupés qui se caractérise par des jets de pierre contre les soldats israéliens et des actes de désobéissance civile.
>
> • **OLP :** Organisation de libération de la Palestine, créée en 1964.
>
> • **Hamas :** organisation palestinienne islamiste, née en 1987 et recourant à la lutte armée.

• **L'enrayement du processus.** Mais **les nombreux extrémistes des deux bords** – Israéliens et Palestiniens – parviennent quasiment enrayer ce processus : le Hamas multiplie les attentats pour gêner l'OLP et le Premier ministre israélien **Yitzhak Rabin, signataire des accords d'Oslo, est assassiné** par un extrémiste juif (4 novembre 1995). Une nouvelle Intifada éclate en 2000, affaiblissant encore plus un processus de paix presque moribond. Le retour de la droite israélienne au pouvoir, moins favorable au dialogue avec les Palestiniens, conjugué à la multiplication des attentats suicides perpétrés par des groupes radicaux palestiniens, achèvent de l'enterrer.

B La situation contemporaine

• **Les Palestiniens divisés.** À l'heure actuelle, la situation est **très loin d'un règlement pacifique**. Les Palestiniens sont divisés : la **bande de Gaza** est dirigée par le Hamas, la **Cisjordanie** par le successeur de Yasser Arafat à la tête de l'OLP, **Mahmoud Abbas**. Ce dernier multiplie les initiatives pour **accéder à une reconnaissance internationale** désormais en bonne voie (statut d'État observateur non-membre à l'ONU en 2012, adoption fin 2014 par l'Assemblée nationale française d'une résolution de reconnaissance). **Israël** met en place, depuis 2002, une **barrière de séparation** qualifiée de **« mur de sécurité »** autour de la Cisjordanie notamment et poursuit, même s'il s'en défend, l'**installation de colons juifs** dans certains territoires palestiniens. De nouveaux affrontements meurtriers ont eu lieu à Gaza en 2014, 2016 et 2018.

• **Un conflit hybride.** Désormais, la guerre israélo-palestinienne est devenue à la fois **conflit asymétrique** et conflit étouffé. Il ressurgit de manière irrégulière dans l'actualité. Il pourrait peut-être s'acheminer vers **la création d'un État unique « pragmatique »**, un État israélien qui devra **gérer une minorité arabe croissante démographiquement** – c'est la « revanche des berceaux » –, prête à beaucoup de sacrifices pour ne pas se laisser déposséder par le plus fort.

13 Les guerres du Golfe et leurs prolongements

Outre le conflit israélo-palestinien, le Moyen-Orient a été marqué ces dernières années par les guerres du Golfe. Les premières sont de **classiques conflits interétatiques**. **La dernière**, débutée en 2003, se transforme peu à peu en un **conflit asymétrique** (guerres intra-étatiques et terroristes), qui **déstabilise** encore un peu plus le Proche et Moyen-Orient.

1 Les deux guerres du Golfe interétatiques

A La guerre Iran-Irak, 1980-1988

• **La première guerre du Golfe.** Qualifiée ainsi par de nombreux historiens, elle débute en 1980 lorsque l'Irak attaque l'Iran. Ce **conflit « classique »** entre deux États belligérants dure huit années et fait environ 800 000 morts.

• **L'émergence de Saddam Hussein.** Ce conflit a pour cause première la volonté du dictateur irakien **Saddam Hussein, soutenu** alors **par plusieurs puissances occidentales**, de s'opposer aux chiites de son propre pays, aidés par l'Iran. Il craint en effet une **contagion de la révolution islamique** qui a débuté l'année précédente en Iran. Malgré un bilan humain et économique désastreux, Saddam Hussein apparaît, à l'issue de la guerre, comme le **défenseur des sunnites** et d'une nouvelle forme de **panarabisme**.

B La guerre du Golfe de 1991

• **L'annexion du Koweït par l'Irak.** Le 2 août 1990, l'Irak décide d'envahir le Koweït en poursuivant **deux objectifs** principaux. D'abord **financier** : Saddam Hussein veut provoquer une remontée des cours du pétrole afin de combler un fort déficit budgétaire lié à la guerre Iran-Irak. Puis **stratégique** : il entend s'emparer d'un territoire riche en hydrocarbures, revendiqué comme irakien. L'annexion du Koweït est réalisée en à peine deux jours, entre le 2 et le 4 août 1990.

• **L'opération militaire américaine « Tempête du désert ».** Elle se déroule du **17 janvier au 28 février 1991** et met facilement en déroute l'armée irakienne. Le Koweït est « libéré ». Elle ne va cependant pas jusqu'à renverser le dictateur, tant les **craintes américaines d'un éclatement de l'Irak** sont fortes à ce moment-là. De plus, **le maintien de Saddam Hussein** au pouvoir **satisfait** aussi **les monarques arabes** du Golfe, qui préfèrent un autocrate désarmé à la tête d'un pays ruiné plutôt qu'un Irak démocratique et laïque, susceptible de représenter un modèle à suivre pour leurs propres sujets.

Texte-clé

Résolution 678 du Conseil de sécurité de l'ONU (29 novembre 1990)

Le Conseil de sécurité […] notant qu'en dépit de tous les efforts déployés par les Nations unies, l'Irak refuse de s'acquitter de son obligation d'appliquer la résolution 660 (*imposant à l'armée irakienne d'évacuer le Koweït*) :

1. Exige que l'Irak se conforme pleinement à la résolution 660 et décide de lui accorder une période de grâce pour lui laisser une dernière chance de le faire ;
2. Autorise les États membres qui coopèrent avec le gouvernement koweïtien, si, au 15 janvier 1991, l'Irak n'a pas pleinement appliqué les résolutions susmentionnées au paragraphe 1 ci-dessus, à user de tous les moyens nécessaires pour faire respecter et appliquer la résolution 660 du Conseil de sécurité […] et pour rétablir la paix et la sécurité internationales dans la région.

• **Une consécration de l'hyperpuissance américaine.** Cette guerre est aussi une guerre d'envergure internationale qui implique pas moins de 28 pays dont la France. Bien que mené **sous l'égide de l'ONU (résolution 678)** dans le **respect du droit international**, ce conflit est voulu par les États-Unis et les consacre comme hyperpuissance : ni l'URSS alors moribonde, ni l'Europe, ni la Chine ne se sont opposées à cette opération. Elle souligne aussi la suprématie militaire des États-Unis qui a recours à des **armes « intelligentes »**, appuyées sur des technologies informatiques de pointe.

2 La guerre du Golfe de 2003 et ses conséquences

A Une guerre unilatérale américaine contre un État « voyou »

• **Les attentats du 11 septembre 2001.** Cette guerre trouve son origine à New York. **Saddam Hussein est soupçonné d'avoir établi des liens étroits avec Ben Laden et Al-Qaïda** que les États-Unis ont identifiés comme principaux responsables des attentats du 11 septembre 2001. L'administration américaine du moment accuse par ailleurs le dictateur irakien de disposer d'**armes de destruction massive**, ce que la France conteste à la tribune de l'ONU (discours de Dominique de Villepin), s'opposant par là même à une hyperpuissance américaine à son sommet.

• **L'effondrement du régime de Saddam Hussein.** L'Irak est envahi le 20 mars 2003 par une **coalition** composée d'une quarantaine d'États **menée par les États-Unis sans l'aval explicite de l'ONU**. Face à la supériorité technologique américaine, l'armée irakienne ne peut résister et le régime s'effondre en quelques semaines. **Saddam Hussein**, capturé en décembre 2003 après plusieurs mois de fuite, **est jugé et exécuté par le nouveau pouvoir irakien en 2006.**

B Le chaos irakien

• **« L'occupation » américaine.** S'appuyant sur les 200 000 soldats, pour la plupart américains, déployés sur place, la coalition internationale gère le pays par le biais d'une **Autorité provisoire** de la coalition, dirigée par le diplomate états-unien **Paul Bremer**. Elle ne peut empêcher une **guerre civile entre sunnites et chiites** (majoritaires en Irak, ces derniers s'emparent logiquement du pouvoir) qui plonge le pays dans un véritable chaos, prédit par de nombreux observateurs dès 2003.

• **Le retrait américain de 2011 et ses conséquences.** Il accélère la **décomposition de l'Irak**, dont un tiers du territoire est, en mai 2015, contrôlé par l'État islamique. Le pays devient, de fait, l'une des **bases territoriales du terrorisme islamique** (implantation du **« califat »** de l'organisation **État islamique**) suscitant la formation d'une **coalition militaire hétéroclite** destinée à le combattre (armée irakienne, Occidentaux, Russie, Kurdes de Syrie, Turquie, groupes rebelles syriens, etc.). Cette coalition **met fin au « califat »** de l'organisation État islamique en **mars 2019** sans pouvoir toutefois éradiquer la menace terroriste qu'il représente toujours.

Mots-clés

• **Hyperpuissance :** pays qui rassemble la totalité des leviers d'influence et se trouve à cet égard en position de monopole mondial.
• **Sunnites / Chiites :** les sunnites et les chiites appartiennent à deux branches de l'islam qui ne reconnaissent pas la même succession du prophète Mahomet. Les sunnites sont majoritaires dans le monde musulman et considèrent les chiites comme des hérétiques, notamment car ils vénèrent les chefs de leur communauté, qui seraient inspirés par Dieu. Le courant chiite est très sensible au martyr et à l'injustice sociale.
• **Unilatéralisme :** organisation de la politique extérieure d'un État sans tenir compte des positions des acteurs concernés (autres États, organisations internationales, etc.).

14 Histoire et mémoire, histoire et justice

Par « mémoires », il faut entendre **l'ensemble des souvenirs** (collectifs et individuels), sous forme de différentes traces, liés aux événements majeurs du XXe siècle (Première et Seconde Guerre mondiale, guerre d'Algérie, etc.). Ces souvenirs font l'objet de **commémorations** mais sont aussi, parfois, à l'origine des revendications de ceux qui en sont porteurs, souvent liées à des enjeux idéologiques, politiques ou culturels du temps présent. Le travail de l'historien consiste à **évacuer au maximum les dimensions affective et idéologique** qui s'attachent immanquablement aux mémoires, pour chercher à établir avec le plus d'objectivité et de rationalité possible la vérité et la réalité des faits du passé. Le **travail sur les mémoires** est rendu d'autant plus **complexe pour l'historien** qu'elles contiennent des amnésies et de la **sélectivité** (volontaires ou non), voire des mythes et des légendes.

1 Les relations complexes entre histoire et mémoire

A Deux perceptions différentes du passé

• **L'histoire et les historiens.** Ils cherchent à **expliquer le passé, scientifiquement et rationnellement**, en le reconstruisant sur la base de témoignages recueillis auprès des **témoins**, acteurs des événements du passé. Ils travaillent aussi avec des **archives**, disponibles et ouvertes, de sources variées. **Distance critique** et **objectivité** sont nécessaires. Les travaux qui en émanent ne coïncident donc pas totalement avec la vision de l'histoire qu'ont les différents groupes porteurs de mémoire.

• **La mémoire.** Elle renvoie aux **souvenirs des individus ou de groupes « porteurs de mémoire »**. Elle se réfère aussi aux différentes pratiques commémoratives qui en découlent en fonction d'enjeux divers, souvent revendicatifs. Cela va de la volonté de ne pas oublier des faits du passé à la **recherche de compensations morales, symboliques ou financières**, notamment quand il s'agit de groupes et d'associations de victimes (anciens combattants invalides de la Première Guerre mondiale dans les années 1930 ou déportés survivants de la Seconde Guerre mondiale).

B Les mémoires des grands conflits du XXe siècle

• **Première et Seconde Guerre mondiale et guerre d'Algérie.** Au cœur des études de ce thème, ce sont les **événements fondamentaux et tragiques de l'histoire de France** au XXe siècle, sources de blessures, de fractures et de conflits. Ils ont généré divers groupes « porteurs de mémoire » plus ou moins actifs et visibles selon les époques dans l'espace public. Ils ont créé différentes mémoires de ces événements, dont des **mémoires officielles**.

• **Les mémoires d'État.** Elles ont pour point commun d'être souvent **partiales, mythifiées et sélectives** sinon **amnésiques** sur certains faits. En outre, elles s'incarnent en de multiples **lieux de mémoire** par différentes pratiques commémoratives, privées ou officielles. Elles se déploient enfin au cours de cérémonies, au sein d'associations à vocation mémorielle, *via* des écrits et des parutions.

C Des relations ambivalentes

• **La difficulté d'être historien.** La tâche des historiens n'a pas été et n'est pas encore toujours aisée. Ils se trouvent en effet confrontés depuis quelques décennies à une **« demande sociale d'histoire »**. Elle émane du grand public et surtout des victimes et de leurs descendants, sur certains faits longtemps occultés ou oubliés, volontairement ou non, par exemple le **rôle du régime de Vichy dans la déportation des Juifs** vivant en France ou l'**usage de la torture par l'armée française au cours de la guerre d'Algérie.** Ils sont même sollicités à titre de **témoins « experts »** dans certains procès comme celui de Maurice Papon en 1998. Ils sont aussi impliqués, à leur corps défendant, lors de **polémiques** fortement médiatisées à propos des revendications de certains groupes de mémoire concernant la guerre d'Algérie (anciens combattants, pieds-noirs, etc.).

• **Les lois mémorielles.** Que ce soit pour des faits relatifs à l'une ou à l'autre guerre, une grande partie de **la communauté historienne est hostile aux lois mémorielles** imposées par les pouvoirs publics (la loi dite **Gayssot** de 1990 contre les négationnistes du génocide des Juifs et des Tsiganes a ouvert le champ des lois mémorielles). Elle juge qu'il est anormal dans un État démocratique d'imposer aux historiens et par voie de conséquence aux jeunes générations, *via* l'école, une vision et une écriture officielles de l'histoire.

D Des acteurs en constante évolution

• **Les groupes porteurs de mémoire.** Ce sont des **regroupements de personnes** plus ou moins formels et visibles (anciens combattants, anciens résistants, anciens déportés ou anciens colonisés) qui, par le biais de manifestations publiques, **présentent leur version de l'histoire** en fonction d'un certain nombre de revendications. Elles sont souvent motivées par la recherche de compensations matérielles, morales ou symboliques, et sous-tendues par les **enjeux politiques et idéologiques du temps présent**. Ces revendications peuvent aller parfois jusqu'à **réclamer une présentation officielle des faits**, comme ce fut le cas au moment de la **loi très décriée de 2005** sur les rapatriés d'Algérie, dont l'article 4, demandant aux enseignants d'évoquer le **« rôle positif » de la colonisation**, a été finalement abrogé.

• **Le franchissement de seuil mémoriel.** Il s'agit du moment où **certaines mémoires s'affirment dans le champ public**. Par exemple, la mémoire juive de la Déportation s'est structurée plus tardivement que les mémoires résistantes mais, à partir des années 1980-1990, elle accède à un rang quasi officiel avec la première commémoration de la rafle du Vél' d'Hiv en 1994. Elle entre aussi dans les **programmes scolaires** et y occupe désormais une part importante, alors qu'elle avait été largement occultée au lendemain de la guerre. Pour le cas de l'Algérie, le franchissement de seuil mémoriel intervient avec la **dénomination officielle de « guerre d'Algérie » à partir de 1999**, sous la pression des organisations d'anciens combattants. Elle permet l'**édification de lieux commémoratifs visibles**, comme le mémorial du quai Branly à Paris. Le premier colloque consacré à la guerre d'Algérie n'a eu lieu qu'en 1988.

• **Les relais de transmission mémorielle.** Cette notion est indissociable de celle de franchissement de seuil mémoriel, elle désigne principalement les **médias** (cinéma, télévision), les manifestations (défilés) des groupes porteurs de mémoire et bien sûr les **travaux universitaires** qui infléchissent les discours officiels longtemps porteurs de mythes et de contre-vérités historiques. Ainsi le discours du président de la République **Jacques Chirac en 1995** reconnaissant la responsabilité de la France dans la Solution finale, lors de la **commémoration de la rafle du Vél' d'Hiv**, constitue un tournant fondamental, au terme de deux décennies de retour du « refoulé » par l'intermédiaire du cinéma (*Le Chagrin et la Pitié* de Marcel Ophüls, 1971) ou de la télévision (*Shoah* de Claude Lanzmann, 1985).

	PASSÉ	TRACES DU PASSÉ	UTILISATION DES TRACES DU PASSÉ	
DÉFINITION	Ensemble de faits et d'événements historiques marquants qui concernent un individu, un groupe, un État, etc.	Ensemble des traces matérielles ou immatérielles laissées par ces faits et événements : souvenirs, documents, lieux, etc.	**Mémoires :** elles sont produites et transmises par différents groupes en fonction d'enjeux politiques, idéologiques et culturels	**Histoire :** elle est écrite par des historiens qui analysent les traces du passé pour mieux l'expliquer
EXEMPLES	• Faits de résistance • Déportation et expérience des camps de la mort • Participation à la guerre d'Algérie à divers titres, côté algérien ou côté français	• Lettres du Vel' d'Hiv • Maquis et zones de résistance • Casbah d'Alger pendant la bataille d'Alger	• Commémorations • Transmission via l'école • Mémoires diverses : résistantes, de la Déportation, du génocide juif, des pieds-noirs, mémoires officielles, etc.	• Des historiens sont sollicités pour éclairer la connaissance du passé lors de grands procès (procès Papon par exemple) • Des historiens protestent contre des lois mémorielles qui leur feraient perdre leur indépendance

▲ Les différences entre histoire et mémoire.

2 La dénazification, un moment fondateur de la justice internationale

A La fin du totalitarisme allemand

• **Les 3 D.** Le système totalitaire nazi s'effondre avec la **capitulation allemande le 8 mai 1945**. Deux conférences interalliées fixent le sort de l'Allemagne, qui ne dispose plus d'État et perd toute souveraineté. À **Yalta**, en février 1945, Staline, Churchill et Roosevelt ont décidé sa division en **4 zones d'occupation**, l'organisation d'élections libres et la reconstruction d'un État démocratique. La conférence de **Potsdam** (juillet-août 1945) confie au Conseil de contrôle interallié à Berlin la mise en œuvre des **« 3 D » (dénazifier, démilitariser, décartelliser)** de la démocratisation.

• **Allemagne « année zéro ».** La victoire des Alliés s'inscrit dans un contexte de défaite et d'occupation pour les Allemands. **12 millions de réfugiés et de déplacés** des territoires de l'Est se mêlent à la population libérée des camps. La famine touche la majorité de la population, et en 1946, 14 millions d'Allemands sont encore sans-logis. Ce sont les **forces d'occupation** qui assurent **la sécurité, l'aide médicale et le ravitaillement**, notamment à Cologne, détruite à 90 %.

B Le procès de Nuremberg

• **Un tribunal international.** Ce sont les Alliés qui **jugent les principaux responsables nazis** dans le cadre du Tribunal militaire international de Nuremberg. Composé de juges et d'équipes juridiques des quatre alliés, il dure un an. Les accusés sont des **hauts responsables du Reich**, mais également des organisations criminelles, dont les membres seront jugés ultérieurement et individuellement.

• **Rendre une justice exemplaire.** Les chefs d'accusation correspondent au droit international déjà existant (crime contre la paix, crime de guerre), auquel s'ajoute le **crime contre l'humanité, imprescriptible**. Le procès se fonde donc sur le droit, des **principes juridiques clairs**, le respect du droit des accusés, et une multitude de preuves matérielles et de témoignages qui rendent les condamnations incontestables. Cette démarche correspond bien à l'esprit dans lequel les Alliés veulent juger et condamner le nazisme : il ne s'agit pas de se venger (il y a d'ailleurs des acquittements), mais de **rendre justice**. En effet, l'un des premiers soucis est de s'appuyer sur des principes universels rappelés dans le statut du tribunal.

• **Être un point de départ.** Les preuves et les témoignages rassemblés servent à **faire prendre conscience à l'humanité de la réalité des exactions commises** par les nazis et de la politique d'extermination planifiée. Ce procès a une valeur pédagogique, au-delà du témoignage : l'objectif est que les crimes révélés et jugés à Nuremberg ne se reproduisent plus, que le nouveau droit international l'empêche, et que les **criminels nazis** soient **poursuivis** après la clôture du procès, grâce à l'imprescriptibilité du crime contre l'humanité. Ainsi, le procès de Nuremberg a-t-il joué un **rôle essentiel, à la fois juridique et historique** : il ne condamne pas seulement des nazis, mais le nazisme dans son ensemble et à travers lui tous les systèmes ultérieurs qui pourraient commettre le même type de crimes.

Texte-clé

Article 6 : Le Tribunal [...] sera compétent pour juger [...] l'un quelconque des crimes suivants [...] :
b. Les crimes de guerre : c'est-à-dire les violations des lois et coutumes de la guerre. Ces violations comprennent, sans y être limitées, l'assassinat, les mauvais traitements et la déportation pour des travaux forcés, ou pour tout autre but, des populations civiles dans les territoires occupés, l'assassinat ou les mauvais traitements des prisonniers de guerre ou des personnes en mer, l'exécution des otages, le pillage des biens publics ou privés, la destruction sans motif des villes et des villages ou la dévastation que ne justifient pas les exigences militaires ;
c. Les crimes contre l'humanité : c'est-à-dire l'assassinat, l'extermination, la réduction en esclavage, la déportation, et tout autre acte inhumain commis contre toutes populations civiles, avant ou pendant la guerre, ou bien les persécutions pour des motifs politiques, raciaux ou religieux [...].
Article 8 : Le fait que l'accusé a agi conformément aux Instructions de son gouvernement ou d'un supérieur hiérarchique ne le dégagera pas de sa responsabilité [...].

Extraits du statut du Tribunal militaire international de Nuremberg, 8 août 1945.

SPÉCIALITÉ HGGSP

Mots-clés

• **Crime contre l'humanité :** fait inhumain portant atteinte à la personne physique ; violation grave et caractérisée des droits de l'homme. Ce crime est imprescriptible.
• **Dénazification :** occupation de l'Allemagne nazie vaincue dans le but de punir les responsables des crimes contre l'humanité et génocides et d'extirper le nazisme de la société allemande.
• **Génocide :** extermination organisée et systématique d'une population.
• **Mémoire collective :** mémoire partagée, transmise et construite par la société, dominante dans l'espace public.
• **Shoah :** mot hébreu qui signifie « catastrophe » et qui désigne l'extermination de 6 millions de Juifs par les nazis.

Au premier rang : Hermann Goering, Rudolph Hess, Joachim Von Ribbentrop, Wilhelm Keitel, Ernst Kalternbrunner, Alfred Rosenberg, Hans Frank, Wilhelm Frick, Julius Streicher, Walter Funk, Hjalmar Schacht.
Au second rang : Erich Raeder, Baldur von Schirach, Fritz Sauckel, Alfred Jodl, Franz von Papen, Artur Seyss-Inquart, Albert Speer, Konstantin von Neurath, Hans Fritzsche.

Le procès de Nuremberg (1945-1946) : le box des accusés. ▶

15 Les causes de la Première Guerre mondiale

La **question des origines du conflit** s'est posée **dès 1914**. Les historiens ont tout d'abord tenté de répondre à la question des **responsabilités**. Peu à peu, ils se sont émancipés des points de vue nationaux et partisans et de ce qui s'était imposé comme un « devoir de mémoire ». La **vision mécaniste de l'enclenchement inévitable du conflit** découlant de l'imbrication des alliances internationales structurées autour de la Triplice et de la Triple-Entente **a cédé le pas à une vision plus nuancée** qui n'occulte la responsabilité d'aucun État. On peut affirmer aujourd'hui que si personne n'a souhaité transformer l'incident local de l'assassinat de l'héritier de la couronne d'Autriche-Hongrie en lutte généralisée, **tout le monde était prêt à prendre le risque d'un conflit** et s'y était préparé, tout en pensant que la guerre serait courte.

1 Un débat historiographique né avec la guerre

A Les enjeux de la responsabilité durant le conflit

• **Au début de la guerre.** Immédiatement, les principaux belligérants dénoncent l'**agression de l'ennemi**. L'Allemagne, à l'origine de la déclaration de guerre contre la France, envisage, dès l'été 1914, la publication des dépêches diplomatiques et des documents officiels qui ont conduit à l'engrenage fatal, dans le but de **souligner la responsabilité de l'adversaire**.

• **Pendant la guerre.** Chaque camp pointe la responsabilité de l'autre : Paris met en avant le fait que c'est l'Allemagne qui lui a déclaré la guerre. Berlin rappelle que la mobilisation russe a débuté une semaine avant sa déclaration de guerre et qu'elle est à l'origine de l'embrasement général. **Tous les pays affirment ne mener qu'une guerre défensive** pour protéger leur territoire et leurs intérêts.

• **À la fin de la guerre.** Les enjeux de la responsabilité de la guerre deviennent essentiels, à la fois aux yeux des opinions publiques nationales et pour les négociateurs des traités de paix. **Les vainqueurs parviennent à faire admettre la responsabilité unilatérale de l'Allemagne** par l'article 231 du traité de Versailles. Désormais la responsabilité de la guerre devient un enjeu de politique intérieure : pour les Français, **« l'Allemagne paiera »**, tandis qu'outre-Rhin, une frange importante de la population considère le **traité de Versailles** comme un ***diktat***.

B L'évolution des analyses dans l'entre-deux guerres

• **Les analyses de Jules Isaac.** En 1933, l'historien coauteur du célèbre manuel scolaire Mallet et Isaac publie une étude (*Un débat historique. 1914 : le problème des origines de la guerre*) qui met en lumière le **partage des responsabilités** quant au déclenchement de la guerre (rôle de la Russie, poussée nationaliste qui n'épargne pas la France).

• **Le travail de Pierre Renouvin.** Le grand historien des relations internationales s'interroge dès 1925 (*Les origines immédiates de la guerre*) sur ce qu'il appelle les **« forces profondes »** ayant conduit à la guerre, particulièrement le **complexe militaro-industriel** très puissant en Allemagne mais aussi influent en France et en Grande-Bretagne. S'esquisse alors l'idée d'une **responsabilité collective** dans le déclenchement du conflit.

2 Les évolutions contemporaines

A Les causes économiques du conflit

• **Une vision marxiste séduisante.** Reprenant des analyses déjà anciennes comme celles de Karl Kautsky ou de Nikolaï Boukharine, plusieurs historiens des années 1950-1970 (Paul Alexander Baran, Paul Sweezy ou Harry Magdoff) voient dans le déclenchement de la guerre d'abord **une confrontation égoïste entre les impérialismes économiques des grandes puissances** (conquérir des marchés, des ressources, des zones d'investissement). Les vieilles puissances industrielles (Grande-Bretagne, France) se retrouvent opposées aux nouvelles (Allemagne, puis Japon) recherchant des débouchés à leur croissance soutenue.

• **Une analyse partielle et discutable.** Malgré une certaine cohérence, cette thèse a été largement critiquée à cause de son **systématisme occultant des faits la remettant en cause**. Elle ne peut guère expliquer l'entrée en guerre de l'Autriche, de l'Italie et de la Russie. Elle ne tient pas compte du contexte de forte croissance économique au début des années 1910.

B Le choc des nationalismes

• **La matrice germano-française.** L'opposition entre le **nationalisme d'existence français** et le **nationalisme de puissance allemand** s'est amplifiée depuis la défaite française de 1870 (perte de l'Alsace-Lorraine) et culmine au début des années 1910 (rivalités au Maroc).

• **La matrice austro-russe.** La **volonté séculaire de l'Empire russe de s'étendre** à la fois au détriment des **Turcs** (accès aux mers chaudes) et des **Autrichiens** (protection des Slaves méridionaux) se renforce au début du XXe siècle particulièrement lors de la **guerre des Balkans** en 1912, prélude à la guerre mondiale.

• **L'impérialisme économique anglais.** Les motifs de la Grande-Bretagne sont surtout économiques. Son **inquiétude face à la très forte croissance industrielle allemande** grandit au fur et à mesure que cette dernière **accroît son potentiel maritime**, menaçant toujours plus son impérialisme thalassocratique.

Mots-clés

• **Nationalisme d'existence :** sentiment d'une population qui se reconnaît dans une même langue, une même histoire, une même culture et qui manifeste le désir et la volonté de vivre ensemble dans un même pays.

• **Nationalisme de puissance :** idéologie qui, en prônant la primauté de son pays par rapport aux autres nations, permet de se définir une identité nationale par défaut.

• **Triple-Entente :** accord diplomatique d'aide militaire mutuelle entre la France, la Grande-Bretagne et la Russie.

• **Triplice :** accord diplomatique d'aide militaire mutuelle entre l'Allemagne, l'Empire austro-hongrois et, jusqu'en 1915, l'Italie.

C Des passions apaisées ?

• **La controverse relancée.** En 1951, une **commission historique franco-allemande** reconnaissait que rien ne permettait d'attribuer une volonté de guerre préméditée **« à aucun gouvernement ou à aucun peuple »**. Mais, en 1961, l'ouvrage de Fritz Fischer (*Les Buts de guerre de l'Allemagne impériale*) relance partiellement le débat en insistant sur le **rôle majeur des milieux militaires et industriels allemands** dans le déclenchement de la guerre.

• **La vision contemporaine.** Les travaux de **Jean-Jacques Becker** (*L'année 14*, 2004) sont grandement à l'origine de la position nuancée qui prévaut largement aujourd'hui : l'Allemagne est bien à l'origine immédiate de la guerre mais **la responsabilité globale du conflit est collective**.

SPÉCIALITÉ HGGSP

16 Mémoires et histoire de la guerre d'Algérie

La guerre d'Algérie est **une des crises majeures de l'histoire de France au XXe siècle**. Elle a donné lieu depuis 1962 à des affrontements, des polémiques, des controverses parfois violentes. Le **cheminement de la mémoire à l'histoire** a été **difficile** jusqu'à nos jours. L'État, mais aussi les « acteurs témoins » réunis sous différentes formes, ont été jusqu'à **entraver le travail des historiens** en voulant imposer une lecture univoque, déformée, voire mensongère des faits suscitant des protestations récurrentes de la communauté historienne, notamment contre les lois mémorielles. La **mémoire algérienne du conflit,** éloignée de la perception officielle française, est très dépendante des aléas des relations diplomatiques franco-algériennes.

1 En France, des mémoires partiellement retrouvées

A La guerre « sans nom »

• **Les « événements » d'Algérie.** Face à l'insurrection algérienne de 1954, les gouvernements français successifs **refusent de reconnaître qu'ils ont affaire à ce qui est une véritable guerre**. Pour désigner la situation on parle alors d'**« événements »** ou de **« pacification »**. En 1962, la fin de cette guerre jamais nommée trahit le **recul de la puissance française**. Son image internationale de grand pays porteur de valeurs démocratiques et universelles est écornée.

• **L'impossible mémoire officielle.** La mémoire de cette guerre est alors **refoulée**. Dans le contexte de l'expansion économique des Trente Glorieuses et des mutations que connaît la société, elle est assez vite oubliée par la majorité de la population, d'autant plus qu'elle ne suscite **aucune reconnaissance ni commémoration officielle**.

B Des mémoires cloisonnées et conflictuelles

• **Un événement générateur de mémoires plurielles.** La guerre d'Algérie a laissé des **traces profondes dans les mémoires de ses acteurs** dont les principaux groupes sont les rapatriés d'Algérie, les anciens combattants de l'armée française, les harkis et les immigrés algériens vivant sur le territoire français. Souvent organisés en **associations**, ces groupes sont tous en quête de **reconnaissance**, même s'ils défendent une vision partielle du conflit. Les principaux groupes mémoriels issus de la guerre d'Algérie donnent ainsi des **interprétations cloisonnées et contradictoires** des expériences vécues : harkis contre l'armée française, pieds-noirs contre le général de Gaulle ou les Français de métropole, généraux et officiers supérieurs contre le pouvoir civil. Tous développent un **discours émotionnel** les rendant souvent sourds les uns aux autres.

Mots-clés

• **Harki :** soldat algérien musulman engagé dans l'armée française pendant la guerre d'Algérie.
• **Pieds-noirs :** nom donné aux habitants de l'Algérie d'origine européenne pendant la période de la colonisation française.

• **Le rôle essentiel de l'historien.** Il faut attendre les **années 1980** pour que l'on puisse réellement commencer à voir s'édifier un **travail scientifique cohérent sur la guerre d'Algérie**. En 1988, est organisé le premier colloque universitaire sur la guerre d'Algérie. Parallèlement, Pierre Nora et Henry Rousso travaillent sur la question des mémoires et permettent d'en mieux comprendre la **transmission**. La guerre n'est donc plus occultée mais, comme l'écrit Benjamin Stora, elle est encore **« ensevelie »**. Au début des années 2000, des témoignages chocs paraissent dans la presse. Parallèlement, dans sa thèse *La torture et l'armée pendant la guerre d'Algérie*, l'historienne Raphaëlle Branche éclaire les **mécanismes de la torture** grâce à son travail sur les archives et les témoignages des soldats et officiers. Après avoir été longtemps passée sous silence, la guerre d'Algérie **s'inscrit** ainsi **durablement dans le paysage quotidien français**. Des monuments, des plaques, des noms de rue, **rendent visible** la mémoire du conflit.

2 En Algérie, une mémoire largement instrumentalisée

A Une mémoire fondatrice de la nation

• **La « guerre de libération ».** Le **FLN** (Front de libération nationale) prend la tête de l'Algérie indépendante en 1962 et institue un régime de parti unique. Certains faits sont tus pour présenter la guerre, nommée « guerre de libération », comme **une révolution fondée sur l'opposition entre deux communautés antagonistes** : les Algériens et les Français. Le pays se couvre de monuments à la **gloire des martyrs morts**. À partir de 1965, les commémorations se multiplient. Le monument national des martyrs à Alger est inauguré en 1982. L'État organise ce que l'historien Guy Pervillé appelle une « hyper-commémoration obsessionnelle ».

• **Une mémoire au service du pouvoir.** En occultant le Mouvement national algérien (MNA) de Messali Hadj, **le FLN veut apparaître comme l'acteur unique** ayant mené le peuple à la victoire. Le FLN fonde ainsi sa légitimité en imposant une version officielle de l'histoire.

B Une mémoire sous surveillance

• **Un passé revisité.** La « révolution » est présentée comme ayant été **menée par le peuple uni** derrière le parti. Les historiens estiment les pertes algériennes à 300 000 victimes environ alors que le FLN impose le mythe du « million et demi de martyrs ». Les **manuels scolaires** se font l'écho de cette **histoire en partie fabriquée par le pouvoir**. Depuis 1972, les autorités ont cependant lancé une campagne de rassemblement d'archives écrites.

• **L'histoire toujours sous contrôle.** Les années 1980 et les émeutes en Kabylie marquent un tournant dans le rapport des Algériens à leur histoire. Les Berbères contestent la politique d'arabisation menée par le FLN et le discours tenu par le parti sur l'histoire du pays. **Les jeunes adhèrent de moins en moins au récit du parti unique glorifiant un passé héroïque** comme socle de la nation. Mais les historiens rencontrent toujours de nombreux obstacles dans leur travail : les archives, bien qu'appartenant au domaine public, sont difficilement consultables. **Certains sujets restent toujours interdits** ou, au mieux, peu étudiés, comme la violence du FLN, les luttes fratricides pour la prise du pouvoir ou le massacre des harkis. Ces derniers sont toujours présentés comme des traîtres.

• **Une impossible histoire commune avec la France ?** La période coloniale et la guerre d'Algérie sont des sujets au cœur des relations entre les deux pays. **L'histoire commune reste cependant souvent un enjeu diplomatique**, utilisée alternativement, par l'un ou l'autre des deux États, pour servir des discours politiques. Il n'y a, encore aujourd'hui, **aucun lieu de commémoration franco-algérien**, comme il en existe entre la France et l'Allemagne. Cette situation est cependant susceptible d'évoluer. En 2021, l'historien Benjamin Stora a remis au président de la République un rapport sur les mémoires de la guerre d'Algérie. S'il prend acte de l'impossibilité pour le moment d'écrire « une histoire commune » franco-algérienne, il souligne que le temps est peut-être venu de **« chercher à expliquer ensemble l'événement colonial »**.

SPÉCIALITÉ HGGSP

17 Les tribunaux *gacaca* face au génocide des Tutsis

En 1994, en à peine trois mois, près d'un million de Tutsis du Rwanda ont été assassinés uniquement parce qu'ils étaient tutsis. *Itsembabwoko* est le mot de la langue bantoue qui désigne ce **génocide officiellement reconnu** comme tel par la communauté internationale. Dès novembre 1994, un **Tribunal pénal international pour le Rwanda (TPIR)** siégeant à Arusha (Tanzanie) est institué. Mais, devant **ses lenteurs et ses dysfonctionnements**, les rescapés décident de prendre les choses en main et réactivent les **anciens tribunaux traditionnels *gacaca***. Ils ont fonctionné jusqu'en 2012 et ont permis de juger la quasi-totalité des auteurs du génocide.

1 Les difficultés de la justice internationale

A Des violences endémiques au génocide

• **Les violences au Rwanda.** L'ancienne colonie belge connaît, depuis son indépendance en 1962, des violences récurrentes liées aux **persécutions que les Hutus**, ethnie majoritaire, **font subir à la minorité tutsie** dont une partie fuit en Ouganda et fonde le **FPR (Front patriotique rwandais)**. Elles culminent au début des années 1990, au moment où éclate une véritable guerre civile, qui ne cesse pas malgré la médiation française d'août 1993.

• **Le génocide.** La mort dans un accident d'avion du président rwandais, le 6 avril 1994, est l'occasion, pour les **Hutus radicaux**, de s'emparer du pouvoir. En quelques semaines, ils parviennent à **massacrer la plus grande partie de la population tutsie**, et des **Hutus modérés**, profitant de l'**inaction internationale**. La France ne commence à intervenir que le 22 juin (**opération « Turquoise » sous mandat de l'ONU**) alors que près d'un million de Tutsis ont déjà été exécutés et que l'offensive du FPR pour renverser le gouvernement hutu est en train de réussir.

B L'embarras de la communauté internationale

• **La mise en place du Tribunal pénal international pour le Rwanda (TPIR).** Elle intervient dès novembre 1994. Mais très vite, **le tribunal**, qui siège à Arusha en Tanzanie, **s'enlise dans des batailles de procédure**. Son fonctionnement pâtit aussi des **réticences de certains pays** comme la France où les États-Unis qui craignent d'être eux-mêmes accusés d'avoir indirectement participé au génocide soit par inaction (États-Unis) soit par l'action pas toujours très claire de leurs forces d'intervention (France).

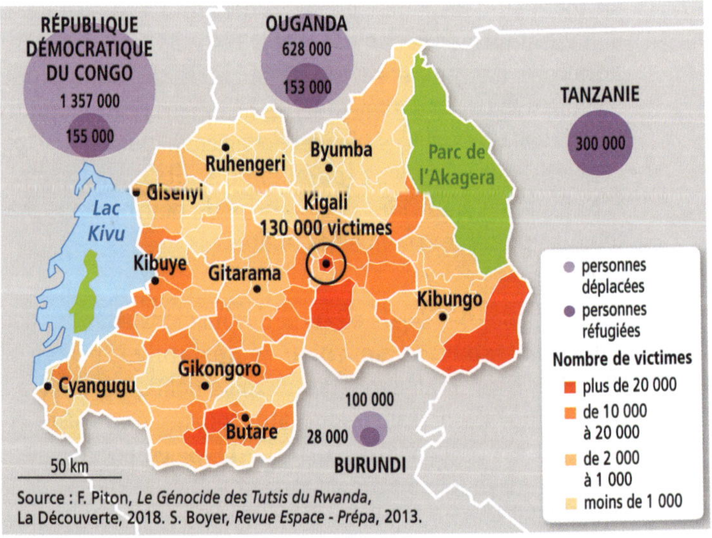

Source : F. Piton, *Le Génocide des Tutsis du Rwanda*, La Découverte, 2018. S. Boyer, *Revue Espace - Prépa*, 2013.

▲ Géographie du génocide des Tutsis (avril-juillet 1994).

• **Une justice lente et peu efficace.** De 1994 à 2015, le TPIR n'a jugé que **93 accusés « majeurs »** du génocide et en a condamné une soixantaine. À cette **extrême lenteur** au coût très élevé (2 milliards de dollars au total) se sont ajoutés de nombreux problèmes de fonctionnement et le **refus de juger les forces du FPR**, elles-mêmes coupables de nombreuses violences lors de leur contre-offensive victorieuse.

2 Le « miracle » judiciaire des tribunaux *gacaca*

A Une justice résiliente

• **Deux millions d'accusés.** En 1998, outre les organisateurs du génocide déférés devant le TPIR, plus de 2 millions de « petits » exécutants ont été arrêtés. **Pour les juger** selon les procédures habituelles, il aurait fallu **des centaines d'années**.

• **Le recours à la justice traditionnelle.** Entre 2005 et 2012, plus de 12 000 tribunaux *gacaca* sont créés. Composés de **citoyens volontaires** encadrés de **magistrats temporaires** formés en quelques jours, ils parviennent, en moins de 7 ans, à **juger près de 2 millions de personnes** et à en condamner environ les deux tiers à des peines allant de l'emprisonnement à vie au simple dédommagement des dégâts occasionnés.

B Une justice apaisante

• **Réconcilier la population.** Au-delà de l'efficacité judiciaire immédiate, le but recherché par les tribunaux *gacaca* a été, selon un ancien juge, de **permettre aux victimes de se confronter aux tueurs** pour « réconcilier les gens et être le plus juste possible afin qu'ils réapprennent à vivre ensemble ».

• **Un bilan miraculeux ?** Si de nombreux problèmes subsistent, particulièrement celui de l'indemnisation des victimes, l'action des tribunaux *gacaca* a permis d'**enrayer la spirale de la haine et de la vengeance**. Depuis plusieurs années, s'instaure lentement « une **cohabitation pacifique à l'échelle du pays** », ce qui était impensable au lendemain du génocide.

Mots-clés

• **Résilience :** capacité de s'adapter à un environnement nouveau ou en mutation.
• **Tribunal *gacaca* :** tribunal de « gazon ». Le nom de cette justice de proximité traditionnelle rwandaise fait référence à la pelouse sur laquelle étaient assis les sages lorsqu'ils écoutaient les plaignants lors des litiges de voisinage qu'ils avaient à juger.

Texte-clé

« À la fin du génocide […] le pays n'avait plus d'infrastructure étatique : ni écoles, ni hôpitaux, ni tribunaux. De son côté, le Tribunal pénal international pour le Rwanda (TPIR) sera créé par le Conseil de sécurité de l'ONU le 8 novembre 1994 et officiellement fermé le 31 décembre 2015. Son objectif : poursuivre en justice les idéologues du génocide, les ministres du gouvernement génocidaire et ceux qui ont encouragé les massacres, notamment à travers des médias. […] En 1998, on a estimé qu'au rythme de la justice de l'époque, il faudrait deux cents ans pour juger les accusés qui s'entassaient par centaines de milliers dans les prisons rwandaises. Les autorités proposèrent alors de relancer les *gacaca* (« gazon », en kinyarwanda), s'inspirant des anciennes assemblées dans lesquelles les sages des villages réglaient les conflits et les contentieux assis sur les pelouses. Ce qui sera effectif sur l'ensemble du territoire rwandais en 2005. […]
L'esprit des *gacaca* était de se réconcilier », affirme Vénuste Karasira, qui a témoigné en tant que rescapé du massacre de l'École technique officielle (ETO) de Kigali, au cours duquel il a perdu une fille : « Le fait de parler aux tueurs et de les écouter m'a aidé dans mon processus d'apaisement. […] » Mais la restitution des biens (maisons, parcelles, liquidités…) pillés ou détruits est rarement appliquée et reste un obstacle à la réconciliation. « Je ne suis pas satisfaite des *gacaca*, car ceux qui ont tué mon père et ma mère ont été libérés, déplore Yvonne Mukanubaha, également rescapée de l'ETO. Quand on se croise à l'église ou dans la rue, on se dit bonjour mais c'est tout. Vaches, chèvres ou poules, ils n'ont rien payé de ce qu'ils ont volé à ma famille en 1994. »

Pierre Lepidi, *Le Monde*, 13 avril 2019.

SPÉCIALITÉ HGGSP

18 Le Tribunal pénal international pour l'ex-Yougoslavie

Ce tribunal a été créé le 25 mai 1993, en pleine guerre de Bosnie, par la résolution 827 de l'ONU, avec pour mission la **traduction en justice des personnes présumées responsables de crimes graves** (violation de la convention de Genève, violation des lois de la guerre, crime contre l'humanité, génocide), commis depuis le début de la guerre en ex-Yougoslavie en 1991. Il est le **premier tribunal pénal international depuis celui de Nuremberg** en 1945.

1 Une guerre civile meurtrière au cœur de l'Europe

A L'éclatement de l'ex-Yougoslavie

• **La Yougoslavie.** Cet État multinational, créé en 1918, est une **mosaïque ethnique, culturelle et religieuse**. La Bosnie, une des six républiques de la Fédération yougoslave, est, en 1991, à l'image de cette complexité nationale : Musulmans majoritaires, Serbes et Croates cohabitent sur le territoire.

• **Le tournant de 1991.** Les revendications d'indépendance deviennent de plus en plus fortes et le **parlement de Bosnie à majorité musulmane et croate fait sécession** à la fin de l'année 1991. Le refus des Serbes de Bosnie, menés par Radovan Karadžić, est appuyé par la Serbie, dont certains dirigeants souhaitent constituer une **« Grande Serbie »**.

B L'impuissance européenne et onusienne face à la guerre

• **La « purification » ethnique.** En avril 1992, la guerre est déclenchée et la ville de **Sarajevo est encerclée** par les forces serbes. La population civile va connaître, pendant trois années, des **conditions de vie terribles** (difficultés de ravitaillement en eau, vivres, énergie, médicaments) auxquelles s'ajoutent les arrestations, internements, meurtres **au nom de la purification ethnique menée par les miliciens serbes**. La ville de Sarajevo est, durant la guerre, pilonnée par les armées serbes. Elle subit aussi une **guérilla urbaine** terrorisant les habitants, notamment le long de la *Sniper Alley*.

• **L'inutile indignation occidentale.** La communauté internationale s'indigne devant ce retour de la barbarie au cœur de l'Europe, mais la guerre de Bosnie révèle l'**impuissance de l'UE** (le voyage médiatisé mais sans lendemain du président français François Mitterrand à Sarajevo le 28 juin 1992), **puis de l'ONU** à rétablir la paix.

• **L'intervention américaine.** C'est finalement dans le cadre de l'OTAN que le conflit se règle militairement. **Les États-Unis** sont légitimés pour intervenir en Europe : ils **bombardent les positions serbes** et apportent un soutien à une coalition croato-musulmane. En décembre 1995, **sur la base américaine de Dayton**, des **accords de paix** sont signés par les représentants des trois nationalités. La Bosnie-Herzégovine est maintenue dans ses frontières de 1992, mais découpée en deux entités, l'une serbe et l'autre croato-musulmane.

Mot-clé

Tribunal pénal international (TPI) : tribunal international temporaire constitué sous l'autorité des Nations unies en vue de juger des crimes contre l'humanité dans un pays ou une région du monde. Trois seulement ont été créés depuis 1945.

2 L'action de la justice internationale

A Le rôle du TPIY

• **Une institution temporaire.** Créé pour juger les criminels responsables de crimes de guerre, de crime contre l'humanité, de génocide pendant la guerre en ex-Yougoslavie (en Croatie, en Bosnie-Herzégovine et au Kosovo), **le TPIY a fermé ses portes le 31 décembre 2017**. Il n'y a plus désormais de tribunal pénal international en activité. Seule la **Cour pénale internationale (CPI) de La Haye**, opérationnelle depuis 2002, peut désormais le faire, mais **ses compétences sont limitées**, ne serait-ce que parce que la Russie et les États-Unis ont refusé de ratifier le traité international qui lui a donné naissance.

• **Une action mesurée mais conforme au droit.** Entre 1993 et 2017, le TPIY a engagé **161 procédures** pour des crimes commis pendant la guerre civile en ex-Yougoslavie. Le tribunal a condamné 90 personnes et en a acquitté une vingtaine. 17 sont décédées avant la fin de leur jugement (dont le président de la Serbie **Slobodan Milosevic**), les poursuites ont été abandonnées pour 25 autres. Les peines prononcées vont de quelques années à plusieurs dizaines d'années d'emprisonnement, et jusqu'à la **prison à vie**.

B Radovan Karadžić au cœur des procès du TPIY

• **L'organisateur de la « purification » ethnique. Radovan Karadžić** est le fondateur du parti « démocratique » serbe de Bosnie-Herzégovine. Il est président de la République serbe de Bosnie de 1992 à 1996. **Ultranationaliste**, il organise des opérations de « purification ethnique » durant la guerre en Bosnie, entraînant la **mort de 10 000 civils à Sarajevo** entre 1992 et 1996 et le **massacre de 8 000 musulmans bosniaques à Srebrenica** en 1995.

• **L'action du TPIY à son encontre.** Le TPIY lance un mandat d'arrêt contre lui dès 1996. Il est arrêté à Belgrade le 21 juillet 2008. Radovan Karadžić comparaît devant la Cour du TPIY pour la première fois le 31 juillet 2008. Son procès commence le 26 octobre 2009. **Après dix ans de procédures complexes** ralenties par les jugements en appel, il est **définitivement condamné en 2019 à la prison à perpétuité**.

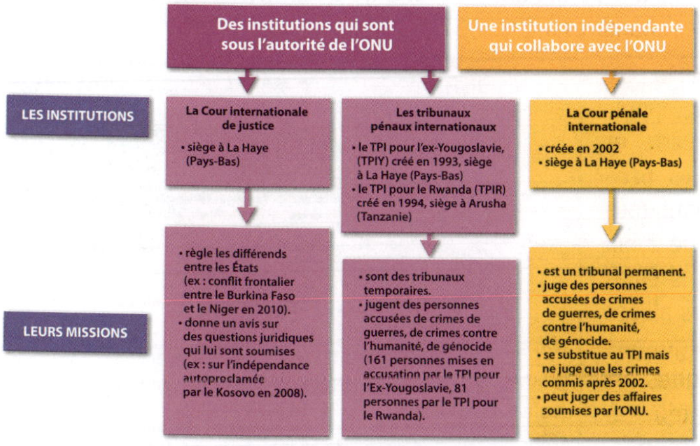

▲ Les institutions de la justice internationale et leurs missions.

Texte-clé

R. Karadžić, président de la République serbe de Bosnie de 1992 à 1996, a participé à une entreprise criminelle visant à chasser les Musulmans et les Croates des territoires de Bosnie-Herzégovine revendiqués par les Serbes de Bosnie. Le 6 juillet 1995 ou vers cette date, les Forces serbes de Bosnie ont attaqué Srebrenica, puis R. Karadžić et d'autres personnes ont élaboré l'objectif d'éliminer les Musulmans en tuant les hommes et les garçons, roués de coups avant d'être exécutés, et en chassant par la force les femmes, les enfants et quelques hommes âgés. R. Karadžić est pénalement responsable du crime ci-après : génocide.
À compter de mars 1992 et jusqu'au 30 novembre 1995, les Forces serbes se sont livrées à des persécutions qui ont notamment pris la forme d'arrestations et de détentions, de tortures, de viols, de meurtres et de destruction d'habitations, de monuments culturels et de lieux de culte. R. Karadžić est pénalement responsable du crime ci-après : crime contre l'humanité.

Extraits de l'acte d'accusation du TPIY à l'encontre de R. Karadžić (2009).

SPÉCIALITÉ HGGSP

19 Les lieux de mémoire du génocide des Juifs et des Tsiganes

Depuis 2005, la **Journée internationale de commémoration en mémoire des victimes de la Shoah** est célébrée par les États membres du Conseil de l'Europe et reconnue par l'Organisation des Nations unies. Elle a lieu le **27 janvier**, date anniversaire de la **libération du camp d'Auschwitz-Birkenau en 1945**. Cette commémoration alliant une date, un lieu et un événement illustre la **formation progressive d'une géographie du souvenir**.

1 Les lieux de la Solution finale

A La déportation et l'extermination des Juifs et des Tsiganes

• **Le processus de regroupement des populations juives et tsiganes en Europe.** En Europe de l'Ouest, les Juifs sont raflés et regroupés dans des **camps de transit**. En Europe de l'Est, ils sont d'abord concentrés dans des **ghettos** avant d'être déportés. Plus de **six millions de personnes** sont ainsi arrêtées et acheminées vers leur « destination finale ».

• **Le rôle essentiel joué par le réseau ferroviaire.** Il est le **vecteur structurant** commandant la **géographie concentrationnaire**, les principaux camps étant installés dans des lieux bien reliés au chemin de fer (gares de triage, embranchements facilement accessibles, etc.). Deux types de camps étaient raccordés au réseau ferroviaire : des **camps de concentration** où les populations juives et tsiganes, placées dans les conditions de travail les plus dures, mouraient d'épuisement et de maladie, et les **centres d'extermination** où les populations étaient gazées dès leur arrivée.

B Une volonté d'effacer les traces du génocide

• **Des traces sans commune mesure avec la réalité des faits. Les nazis ont voulu détruire le plus de traces possible** de leurs crimes. Ainsi il n'existe **quasiment aucune archive directe** du génocide du plus grand centre d'extermination européen (Auschwitz-Birkenau), à l'exception des 193 photographies dites de l'**album d'Auschwitz** et des quelques **clichés des chambres à gaz** pris par des membres du *Sonderkommando* juif chargé de brûler les corps des victimes gazées venant d'être sorties des chambres à gaz.

• **Les preuves de la réalité du génocide.** Celles qui sont apportées au lendemain de la guerre et montrées notamment lors des **procès de Nuremberg** sont avant tout **indirectes** : photographies de lieux dévastés, images de survivants émaciés, récits des forces militaires alliées libérant les camps. Les **témoignages** des survivants, souvent **fragiles et incomplets** ont, de plus, contribué à **fragmenter la mémoire** du génocide.

▲ Le système des camps et les lieux de la Solution finale.

• **Le développement du négationnisme.** Des individus aux motivations diverses (néonazis, complotistes, antisémites forcenés, universitaires dévoyés) se sont appuyés sur ce soi-disant manque de preuves directes pour développer l'**idée que le génocide avait été exagéré** (négation de l'existence des chambres à gaz) **ou pire qu'il n'avait jamais eu lieu**. Ce négationnisme ne peut être combattu efficacement que par la création de lieux de mémoire.

Mot-clé

Négationnisme : déni dans un but raciste ou politique de faits historiques avérés. Ce déni, lorsqu'il concerne les crimes contre l'humanité, est puni par la loi en France depuis 1990 (loi Gayssot).

2 La constitution de lieux de mémoire

A Quels lieux de mémoire ?

• **Qu'est-ce qu'un lieu de mémoire ?** L'expression a été popularisée par l'historien **Pierre Nora** pour qui c'est d'abord « **des restes, la forme extrême où subsiste une conscience commémorative** ». Il va « de l'objet le plus matériel et concret, éventuellement géographiquement situé, à l'objet le plus abstrait et intellectuellement construit. » Il s'incarne d'abord dans les monuments et les vestiges puis dans les archives, les musées et les cimetières et enfin dans les fêtes, les anniversaires, les commémorations, etc.

• **Les lieux de mémoire « naturels » du génocide.** Ce sont les **camps d'internement et de transit**, étapes de la déportation et **ceux des destinations finales** (camps de concentration et d'extermination). Dans ces lieux de mémoire, **des monuments, des mémoriaux, des musées** ont été édifiés, cadres de commémorations, de pèlerinages pour les **acteurs-témoins** et de visites pour un public varié, particulièrement scolaire.

B L'exemple du Mémorial de la Shoah à Paris

• **L'aboutissement d'un projet ambitieux.** Le Mémorial de la Shoah a ouvert en 2005 à Paris, sur le site du **Mémorial du martyr juif inconnu** (1956). Il s'inscrit dans la continuité du Centre de documentation juive contemporaine (CDJC), **créé en 1943** dans la clandestinité à Grenoble par Isaac Schneersohn, dans le but de **rassembler le plus de documents possible sur la persécution en cours des Juifs** d'Europe.

• **Un lieu pour faire revivre les mémoires.** Le Mémorial est à la fois un **espace de recherche, de rencontres et un musée**. Son exposition permanente se termine par un espace dédié aux enfants juifs déportés de France. L'installation photographique de Natacha Nisic présente 3 000 photographies d'enfants, rassemblées surtout par l'**association des Fils et Filles des déportés juifs de France**. En 2005, lors d'une cérémonie en mémoire des victimes du génocide, le cinéaste Claude Lanzmann (réalisateur du film *Shoah*) déclarait : « **L'individuation** de ces milliers de noms **fait éprouver physiquement** tout à la fois **l'immensité de l'assassinat** et **la tragédie vécue** par chacune des victimes. »

▲ Un lieu de mémoire de la Shoah : la salle des enfants français déportés, représentés par leur photographie, au Mémorial de la Shoah à Paris.

20 Juger les crimes nazis après Nuremberg

Le procès des principaux chefs nazis se tient à Nuremberg de novembre 1945 à octobre 1946 devant un tribunal militaire international rassemblant les **quatre grands alliés**. Il est fondé sur des témoignages et des **preuves matérielles incontestables du génocide** et de la destruction des populations civiles européennes. Il est suivi par **douze « procès successeurs »** qui se tiennent jusqu'en 1948 puis par des procès dans certains pays ayant déclaré les **crimes contre l'humanité imprescriptibles**. Ils sont parvenus à identifier et à arrêter des responsables nazis qui avaient échappé jusque-là aux poursuites judiciaires. Ainsi, à partir de 1897, la France est le théâtre de plusieurs procès très médiatisés concernant d'anciens nazis et collaborateurs poursuivis pour crimes contre l'humanité.

1 Le procès de Nuremberg, à l'origine d'une nouvelle justice internationale

A Un tribunal international

• **Le statut du tribunal.** Défini par la conférence alliée de Londres du 8 août 1945, il a pour mission de juger les crimes contre la paix, les crimes de guerre et les crimes contre l'humanité (voir la leçon 14). **L'idée de mettre en place une justice internationale** pour juger des faits de guerre extrêmement graves était **déjà présente dans les articles 227 et 228 du traité de Versailles** mais n'avait jamais été concrétisée.

• **Un procès « classique ».** Sans exemples antérieurs auxquels se référer, le procès porte beaucoup plus sur la **définition**, traditionnelle en droit, **des crimes** que sur celle des victimes ou sur la recherche des motivations criminelles. En ce sens, c'est un **procès classique qui repose sur des preuves matérielles**, notamment des archives écrites ou photographiques, qu'elles soient produites par les nazis eux-mêmes ou récoltées sur place par les Alliés à la découverte des camps.

B Des notions juridiques à inventer

• **Le génocide.** Le terme n'apparaît pas dans les statuts du tribunal et n'est évoqué qu'au moment du procès des *Einsatzgruppen*. Ainsi **la définition de l'atroce spécificité du génocide juif et tsigane n'est pas exprimée** dans sa totalité, malgré le choc de la découverte des camps d'extermination. Celle-ci ne se fera véritablement qu'au **procès d'Eichmann à Jérusalem** en 1961.

> **Mot-clé**
> ***Einsatzgruppen* :** groupes d'intervention mobile chargés d'exterminer les opposants et les Juifs à l'arrière des armées sur les fronts d'Europe de l'Est.

• **Génocide et crime contre l'humanité.** Juridiquement, la notion de génocide est définie le 9 décembre 1948 par l'Assemblée générale des Nations unies. **La notion de crime contre l'humanité a été distinguée de celle de génocide** afin de ne pas l'enfermer dans le contexte très exceptionnel de la folie nazie. Tout génocide est un crime contre l'humanité mais tout crime contre l'humanité n'a pas forcément l'ampleur d'un génocide.

2 La postérité du procès de Nuremberg

A Les douze « procès successeurs »

• **Des procès en grand nombre.** À la suite du procès militaire international de Nuremberg se sont tenus **plus d'un millier de procès militaires** dans chaque zone d'occupation, instruits par des équipes juridiques de chacune des forces alliées qui se fondent sur le **droit de Nuremberg** : près de 500 procès rien que pour le tribunal militaire américain de Dachau.

• **Juger la responsabilité collective.** Les douze « procès successeurs » ont pour ambition de juger ceux qui auraient pu paraître comme des **exécutants secondaires** des crimes contre l'humanité mais qui entrent dans le champ d'application de l'article 8 du statut du tribunal militaire international (**obéir** à un supérieur hiérarchique ou au gouvernement **ne dégage pas de la responsabilité personnelle**).

• **L'exemple du procès des médecins.** Premier des douze procès, il se tient aussi à Nuremberg. Les 23 accusés se défendent en invoquant la **justification de la pratique d'une « médecine de guerre »**. Ce procès condamne à mort notamment Karl Brandt, responsable de l'extermination des malades mentaux et handicapés du IIIe Reich, et Karl Gebhardt, président de la Croix-Rouge allemande, responsable de l'expérimentation médicale sur les prisonniers des camps dont celui, féminin, de Ravensbrück. C'est à la suite de ce procès qu'ont été établis les **principes éthiques du protocole de l'expérimentation clinique**.

B Les procès ultérieurs pour crime contre l'humanité

• **Le contexte de la guerre froide.** À partir de 1948, il n'est plus possible de concevoir, dans un **monde coupé idéologiquement en deux**, une justice internationale sereine et impartiale. Aussi ce sont **les justices nationales**, qui ont traduit dans leur droit la notion d'imprescriptibilité des crimes contre l'humanité, qui **prennent le relais**. Elles essaient de retrouver les milliers de responsables nazis qui ont échappé aux poursuites à la fin de la guerre.

• **Le procès Eichmann et les autres. Eichmann, coordinateur de la Solution finale**, est enlevé en Argentine par les services secrets israéliens et conduit à Jérusalem où, en 1961, à l'issue d'un **procès controversé** (« **le Nuremberg du peuple juif** » selon Ben Gourion), il est condamné à mort. En France, plusieurs responsables nazis ou collaborateurs sont inculpés (Klaus Barbie en 1987, René Bousquet en 1991, Paul Touvier en 1994 et Maurice Papon en 1997).

• **Les conséquences de la fin de la guerre froide.** À partir des années 1990, la tenue d'une **justice internationale sereine** est **désormais envisageable**. L'ONU crée deux **tribunaux pénaux internationaux** (TPI) pour juger les crimes en ex-Yougoslavie et au Rwanda, tandis que la **Cour pénale internationale (CPI)** de La Haye voit le jour en 1998.

	Nom des procès et condamnation des responsables : (m : mort ; p : prison ; a : acquittement)
1	Procès des médecins qui ont mené les expérimentations médicales dans les camps de concentration : m, p, a
2	Procès Milch, maréchal de la Luftwaffe, responsable des bombardements massifs des villes alliées : p
3	Procès des juges et des juristes, responsables des politiques et lois raciales : p, a
4	Procès Pohl (officier SS) dit aussi procès du WVHA (direction et administration des camps) : m, p
5	Procès Flick (industriels, accusés d'emploi de main-d'œuvre forcée) : p

▲ Les condamnations aux cinq premiers procès des douze « procès successeurs » (1945-1948)

SPÉCIALITÉ HGGSP

21 Le génocide dans la littérature et le cinéma

L'anéantissement des Juifs et des Tsiganes par les nazis a profondément marqué la littérature et, dans une moindre mesure, le cinéma. Ces deux moyens d'expression complémentaires ont d'abord permis de **nommer l'indicible**. Le mot **Holocauste** employé par l'écrivain **Elie Wiesel** dans *La Nuit* est le premier qui est retenu, particulièrement dans les pays anglo-saxons. Puis le **terme hébreu Shoah** (catastrophe), à la connotation moins religieuse et plus universelle, le concurrence et finit par le supplanter, particulièrement en France, en grande partie grâce au **film** éponyme de **Claude Lanzmann** qui s'impose progressivement comme l'une des œuvres cinématographiques majeures évoquant le génocide.

1 Le génocide dans la littérature

A Des témoignages pour faire exister « l'événement sans témoin »

• **Servir à l'établissement de la vérité.** Témoigner, c'est dire ce que l'on a vu pour aider à établir la vérité. Or **tout a été fait par les nazis pour effacer les témoignages** de la Solution finale : destruction presque totale des archives, des bâtiments, des chambres à gaz, des internés (voir la leçon 19). La **valeur mémorielle** de ceux qui ont pu témoigner est donc **inestimable**.

• **Les témoignages des disparus.** Les lettres, les journaux intimes, les cahiers d'adolescents sont les traces écrites au plus proche du drame. Souvent fragmentaires, maladroits, ces **« instantanés des morts en sursis »** s'incarnent tous plus ou moins dans le ***Journal* d'Anne Frank**, jeune fille juive allemande, morte au camp de Bergen-Belsen en 1945.

• **Les témoignages des survivants.** Peu abondants juste après-guerre à cause du sentiment terrible de **« la honte d'avoir survécu »**, ils se multiplient à partir des années 1970. Publiés ou non, la plupart sont déposés dans le musée d'histoire juive de Varsovie ou au mémorial de **Yad Vashem** en Israël. Certains ont connu une diffusion importante comme ***La Nuit* d'Elie Wiesel** (1958) ou le *Journal* de Victor Klemperer, paru en Allemagne en 1995.

B Écrire pour essayer de comprendre

• **Penser l'impensable.** Au-delà du témoignage, plusieurs rescapés ont essayé de « mettre des mots », d'analyser les mécanismes humains de l'univers concentrationnaire, comme **Robert Antelme** (***L'Espèce humaine***, 1947) ou **Primo Levi** (***Si c'est un homme***, 1947) sans y parvenir totalement (« Il y a Auschwitz, il ne peut donc pas y avoir Dieu », écrit Primo Levi).

• **Écrire pour exorciser.** Pour certains survivants et leurs proches, le roman devient **un moyen de survivre** et peut-être de se reconstruire comme pour **André Schwartz-Bart** (***Le Dernier des Justes***, 1959), **Jorge Semprun** (***Le Grand Voyage***, 1963) ou Imre Kertész (*Être sans destin*, 1975). Ceux des générations suivantes continuent à se poser la question de « l'inhumanité » de l'humain et deviennent **des spéléolo-**

Texte-clé

Parfois l'on me demande si je connais « la réponse à Auschwitz » ; je réponds que je ne la connais pas ; je ne sais même pas si une tragédie de cette ampleur possède une réponse. Mais je sais qu'il y a « réponse » dans responsabilité. Lorsqu'on parle de cette époque de malédiction et de ténèbres, si proche et si lointaine, « responsabilité » est le mot-clé. Si le témoin s'est fait violence et a choisi de témoigner, c'est pour les jeunes d'aujourd'hui, pour les enfants qui naîtront demain : il ne veut pas que son passé devienne leur avenir.

Elie Wiesel, Préface à la réédition de 2007 de *La Nuit*, éditions de Minuit.

gues de la « mémoire sidérée », suivant l'expression de Georges Perec. Parmi eux, **Patrick Modiano**, prix Nobel de littérature en 2014, construit son œuvre (*La Place de l'Étoile, Rue des boutiques obscures, Dora Bruder*) sur un retour perpétuel vers cette culpabilité « d'être né juif en 1945 » d'un père qui n'a échappé, que par miracle, à une rafle en 1942.

2 Le génocide au cinéma

A Du documentaire à la fiction, une représentation difficile

• **Le cinéma pour montrer.** Les services cinématographiques des **armées alliées ont filmé la libération des camps** et les découvertes macabres qu'ils y ont faites. Toutes les images sont éprouvantes mais aucune ne rend compte réellement de l'horreur concentrationnaire. Grâce à des documents d'archives, Alain Resnais parvient à l'évoquer dans ***Nuit et Brouillard*** (1955) sans toutefois traiter spécifiquement du génocide.

• **Le cinéma pour évoquer et recréer.** Le **cinéma** européen et particulièrement **français n'évoque la Shoah qu'indirectement,** la plupart du temps comme arrière-plan à des fictions se déroulant sous l'Occupation : *Le vieil homme et l'enfant* de Claude Berri (1967) ou *Lacombe Lucien* de Louis Malle (1974). Moins précautionneux, le **cinéma américain** n'hésite pas à **traiter directement le génocide**. En 1978, ***Holocauste***, un téléfilm de près de 9 heures retraçant la vie d'une famille juive allemande exterminée dans les camps, est diffusé sur NBC puis dans le monde entier. Malgré son succès d'audience, cette **fiction** fait l'objet de **nombreuses critiques**, Elie Wiesel évoquant même **« l'indécence »** de la banalisation fictionnelle de la Shoah. Les mêmes polémiques ressurgissent en 1993 avec la ***LIste de Schindler*** de Steven Spielberg, que Claude Lanzmann accuse de rendre trivial l'Holocauste « en **abolissant son caractère unique** ».

B *Shoah*, le film de l'ère des témoins

• **Une œuvre singulière de Claude Lanzmann.** À partir de 350 heures de prises de vues, le cinéaste a réalisé un film de près de 10 heures où s'entrelacent les **témoignages**, où les **récits des différents « acteurs »** se répondent, créant ainsi un phénomène d'écho qui permet de comprendre comment s'est déroulée la Shoah. Réponse implacable aux négationnistes, le film conduit le spectateur pas à pas dans le **« mode de production » de la mort**.

• **Une « non-fiction ».** Si la forme du film se rapproche du documentaire, Claude Lanzmann préfère parler de « non-fiction » pour évoquer ce **combat contre l'oubli** qui semble gommer la distance entre passé et présent par le retour sur les lieux du génocide, par la **priorité donnée à la parole des témoins**, par les gros plans sur les visages et le temps donné aux **silences**, par les images de convois, de voies ferrées qui mènent à la mort.

• **L'entrée dans « l'ère du témoin » (Annette Wieworka).** C'est le début d'une nouvelle période mémorielle, celle de l'ère des témoins, dont le film est un acteur majeur. Sorti en 1985, il a été vu depuis par près de **120 millions de spectateurs** dans le monde et **a imposé le terme spécifique de Shoah** pour signifier le génocide des Juifs.

▲ L'affiche originale de *Shoah* de Claude Lanzmann (1985).

SPÉCIALITÉ HGGSP

22 L'évolution de la notion de patrimoine

La notion de patrimoine est une **notion relative**. Les sociétés désignent comme patrimoine des objets, de différentes natures, porteurs de sens à leurs yeux. Ce qui nous est parvenu n'est jamais dû au hasard mais au **choix fait à chaque époque**. Le patrimoine révèle ainsi la relation au passé d'une société. Il prend tout son sens avec l'émergence de la **nécessité de sauvegarder, d'entretenir, puis de transmettre un héritage** transformé et enrichi. Le concept de patrimoine recouvre **un champ de plus en plus large** (matériel, immatériel), **dans le temps** (du plus ancien au plus récent) et **dans l'espace** (le monde). Chaque génération tend à en préciser les limites.

1 La construction de la notion de patrimoine

A Le patrimoine vu comme un héritage

• **Le *patrimonium*.** Ce terme romain désigne l'**ensemble des biens, des droits hérités du père** (quelquefois par opposition en ancien français, à *matremoigne*, matrimoine). Il souligne que, dans la Rome antique, c'est d'abord la **légitimité familiale** qu'entretient le patrimoine.

• **« Donner une existence au passé ».** En France, la notion de patrimoine s'élabore **au moment de la Révolution française**. L'État doit prendre en charge le patrimoine de la noblesse et de l'Église, les deux ordres les plus riches, dans le souci d'inventorier, d'identifier, de reconnaître et d'inscrire au crédit de la nation « ce qui donne une sorte d'existence au passé » (le député Mathieu en 1793). S'élabore alors la notion d'un **patrimoine supérieur aux vicissitudes de l'histoire** et digne d'échapper à la destruction, soit du fait de la valeur des œuvres menacées, soit du fait de l'intérêt pour l'éducation et pour l'histoire.

B Le patrimoine d'abord symbolisé par les villes anciennes

• **Le fruit de contributions millénaires.** Les villes anciennes peuvent être vues comme **formées d'une partie visible et d'une autre enfouie**. L'opposition entre ville passée et ville actuelle émerge à chaque période historique. La **superposition des époques** conduit à **détruire** et à **construire** mais l'**usage fréquent du remploi**, qui consiste à réutiliser dans une construction un élément architectural qui a appartenu à un édifice antérieur, peut être considéré comme un **fil liant les époques et les hommes**.

• **Détruire ou conserver ?** Le **vandalisme** qui se développe pendant la Révolution française (destruction des églises, des châteaux, etc.) oblige à s'interroger sur la **conservation ou non des vestiges d'un passé avec lequel on se considère en rupture**. Comment se défaire des emblèmes de la monarchie tout en conservant les bâtiments ?

C Du monument historique au patrimoine urbain

• **Une notion récente.** La notion de monument historique se construit progressivement entre le XVe siècle où elle **émerge en Italie**, et la première moitié du XIXe siècle, presque exclusivement dans les pays européens. C'est à cette époque que l'évolution du patrimoine des villes est marquée par de **vastes**

Mot-clé

Haussmannisation : ensemble de grands travaux constituant une modernisation globale sans précédent de Paris (assainissement, circulation, parure monumentale) décidée par Napoléon III et menée à bien par le préfet de la Seine, le baron Haussmann.

entreprises de modernisation, d'interventions autoritaires, la sélection de modèles, l'élimination d'éléments jugés négligeables pour valoriser ceux qui s'accordent avec les impératifs nouveaux, comme l'**haussmannisation de Paris** entre 1853 et 1870.

Mot-clé

Patrimoine : à l'origine un bien, un héritage transmis suivant les lois, des parents aux enfants. Requalifié aujourd'hui de naturel, culturel, historique, industriel ou immatériel, le patrimoine est devenu une notion globale.

• **Le patrimoine urbain.** Cette notion est plus tardive et date de la deuxième partie du XXe siècle. Les **secteurs sauvegardés**, créés par André **Malraux** en 1962, ont pour but d'amener le visiteur à découvrir le bâti dans son environnement. Car ce n'est pas seulement la qualité du bâtiment qui fait son intérêt mais aussi le **tissu urbain** auquel il est lié **qui le rattache à une histoire, à des pratiques collectives**. Les quartiers anciens sont alors pris en compte dans leur globalité, constituant des tissus dont la trame doit être traitée dans son ensemble.

• **Mémoire et identité.** Cet intérêt pour le patrimoine s'inscrit dans une volonté de se prémunir contre la **perte de mémoire** et la **dilution de l'identité**. C'est ainsi que ce fort désir de mémoire émerge pour faire face aux mutations économiques et sociales contemporaines. **La réflexion porte sur ce qui doit être préservé**, comme témoignage exceptionnel ou signifiant d'une époque, d'une société. **Le culte du patrimoine amène parfois à des versions d'un passé qui se teinte de nostalgie**. La dévotion au patrimoine ne fait pas histoire.

	Jusqu'au XIXe siècle	XXe et XXIe siècles
Type de patrimoine	National (reliques)	Mondial
Domaine	Objets identitaires	Patrimoine culturel, immatériel, naturel, etc.
Lieux concernés	• Musées • Collections • Monuments	• Centres historiques • Éco-musées, nature • Friches industrielles, etc.
Acteurs	• Mécènes • Pouvoir politique, religieux • État	• Les mêmes • Entreprises privés • UNESCO
Buts, usages	• Affirmation du pouvoir • Construction de la nation • Éducation, pédagogie	• Les mêmes • Ressources économiques • Divertissement
Enjeux	Conservation, transformation ou destruction des héritages en fonction des préoccupations de chaque époque	• Multiplication des enjeux • Enjeux politiques et religieux ravivés dans les zones de tensions

▲ La construction et l'élargissement de la notion de patrimoine.

Texte-clé

Au regard de l'Histoire, la notion même de conservation n'est pas très ancienne. Comme l'explique fort bien Pierre Nora [...], la grande fracture date de la Révolution française [...] mais le tournant contemporain date des années 1970. C'est à partir de ce moment-là qu'on assiste, explique Pierre Nora, à « une inflation brutale et désordonnée de tous les objets du patrimoine ». Malraux y fait entrer l'architecture du début du XIXe siècle, puis viennent les patrimoines ethnologique, paysan et enfin industriel. Dès lors, la machine à estampiller fonctionne à tour de bras.

Raphaëlle Rérolle, *Le Monde*, 13 septembre 2012.

2 Les enjeux contemporains : naissance et affirmation d'un patrimoine mondial

A La « patrimonialisation » du monde

• **D'un concept occidental à un concept universel.** Même si le patrimoine relève d'une **lecture commune** dans la **majorité des pays d'Europe**, il est devenu une **notion planétaire** et confronte tous les pays du monde aux mêmes questions. Bien que d'un pays à l'autre les politiques spécifiques témoignent de différences culturelles dans la conception de l'héritage et donc du temps, on assiste en quelque sorte à la **patrimonialisation du monde**.

• **La Convention sur le patrimoine mondial de l'humanité de 1972.** Élaborée sous l'égide de l'**Unesco** (193 États signataires en 2020), elle cherche à faire du patrimoine un **élément de rapprochement** entre les peuples. Son action vise, au départ, à la **préservation du patrimoine monumental classique** (« les vestiges remarquables du passé national »).

• **Le Convention de 2003 sur le patrimoine immatériel.** L'organisation internationale a progressivement intégré dans le champ patrimonial l'ensemble des savoirs et des pratiques culturelles d'un patrimoine qui couvre des **domaines de plus en plus larges**. Elle y inclut désormais les rituels, les jeux, les savoir-faire artisanaux, les espaces de sociabilité, l'ensemble des pratiques alimentaires ainsi que les arts du spectacle.

B Une diversification patrimoniale limitée

• **Une prise en compte de la diversité mondiale.** Depuis 1978, le nombre de pays possédant au moins un bien inscrit au patrimoine mondial a considérablement augmenté. Ils sont aujourd'hui **167 États**, sur les 193 signataires de la Convention.

• **Une concentration occidentale.** Les pays européens concentrent encore la majorité du patrimoine mondial : l'Italie et la Chine sont les États qui en possèdent le plus grand nombre (55), suivis par l'Espagne (48), l'Allemagne (46) et la France (45). La **domination européenne** est écrasante en ce qui concerne les **biens culturels** mais doit céder la première place à l'**Asie** pour les **sites naturels**.

▲ La Tour de Pise, premier monument italien (avec la lagune de Venise) à être inscrit au patrimoine mondial dès 1987.

C Le patrimoine générateur de divisions

• **La manifestation des questions posées par les sociétés actuelles.** Le patrimoine peut devenir un enjeu de propriété, de classement, de choix économique, politique ou civique, touristique ou financier. Lorsque les situations locales sont particulièrement conflictuelles, **le patrimoine peut être convoqué pour affirmer nationalisme et identité**. Il est alors **objet de conflits, parfois de guerres**, comme l'ont montré les **destructions opérées par les talibans**. L'anéantissement des monuments de l'adversaire devient un but en lui-même, un instrument du combat.

Mots-clés

• **Patrimoine immatériel :** notion récente qui recouvre ce qui se transmet dans le domaine des traditions et expressions orales, pratiques sociales, rituels, fêtes, connaissances et techniques. L'Unesco est à l'origine d'une Convention pour la sauvegarde du patrimoine culturel immatériel.
• **Patrimoine mondial de l'humanité :** la Convention pour la protection du patrimoine mondial, culturel et naturel, adoptée en 1972 et révisée en 2003, a conduit à la création de la liste du patrimoine mondial actualisée chaque année.
• **Taliban :** membre d'un mouvement islamiste radical, au pouvoir en Afghanistan de 1996 à 2001.

• Une affirmation conflictuelle de son identité. La mise en valeur de son propre patrimoine, la revendication de sa supériorité, de son antériorité, deviennent des éléments essentiels de l'**affirmation de sa propre identité**, de son passé et donc de son présent. Le patrimoine peut donc être un élément d'union mais aussi de division.

Mot-clé

UNESCO (Organisation des Nations unies pour l'éducation, la science et la culture) : créée en 1945, sa mission est de contribuer à la construction d'une culture de la paix, à l'éradication de la pauvreté, au développement durable et au dialogue interculturel à travers l'éducation, les sciences, la communication et l'information.

Texte-clé

Les 10 critères d'inscription sur la liste du patrimoine mondial de l'humanité

1. représenter un chef-d'œuvre du génie créateur humain ;
2. témoigner d'un échange d'influences considérable pendant une période donnée ou dans une aire culturelle déterminée, sur le développement de l'architecture ou de la technologie, des arts monumentaux, de la planification des villes ou de la création de paysages ;
3. apporter un témoignage unique ou du moins exceptionnel sur une tradition culturelle ou une civilisation vivante ou disparue ;
4. offrir un exemple éminent d'un type de construction ou d'ensemble architectural ou technologique ou de paysage illustrant une période significative de l'histoire humaine ;
5. être un exemple éminent d'établissement humain traditionnel, de l'utilisation traditionnelle du territoire ou de la mer, […] ou de l'interaction humaine avec l'environnement, spécialement quand celui-ci est devenu vulnérable sous l'impact d'une mutation irréversible ;
6. être directement ou matériellement associé à des événements ou des traditions vivantes, des idées, des croyances ou des œuvres artistiques et littéraires ayant une signification universelle exceptionnelle ;
7. représenter des phénomènes naturels ou des aires d'une beauté naturelle et d'une importance esthétique exceptionnelles ;
8. être des exemples éminemment représentatifs des grands stades de l'histoire de la Terre, y compris le témoignage de la vie, de processus géologiques en cours dans le développement des formes terrestres […] ;
9. être des exemples éminemment représentatifs de processus écologiques et biologiques en cours dans l'évolution et le développement des écosystèmes et communautés de plantes et d'animaux terrestres, aquatiques, côtiers et marins ;
10. contenir les habitats naturels les plus représentatifs et les plus importants pour la conservation *in situ* de la diversité biologique, y compris ceux où survivent des espèces menacées ayant une valeur universelle exceptionnelle du point de vue de la science ou de la conservation.

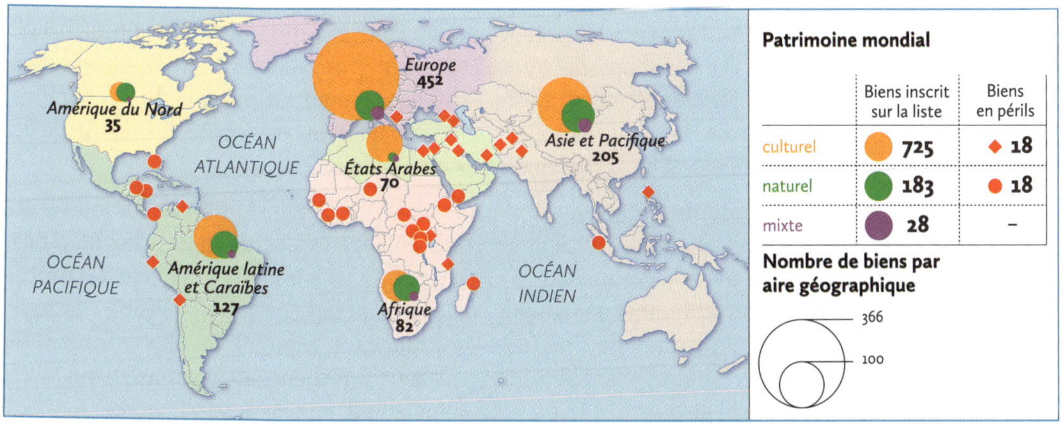

▲ La répartition du patrimoine mondial de l'humanité selon l'UNESCO au milieu des années 2010.

23 Les usages du château de Versailles depuis l'Empire

Considéré comme le **symbole de l'absolutisme monarchique** de l'Ancien Régime, le château de Versailles est **peu à peu délaissé au début du XIXe siècle**. Impossible à vendre (qui pourrait s'en porter acquéreur ?) ou à détruire (peut-on raser le plus célèbre symbole du Grand Siècle de Louis XIV quand la France dominait le monde ?), **il se délabre inexorablement** jusqu'au règne de **Louis-Philippe**. En 1833, ce dernier décide de le **transformer en musée**. Parallèlement, **le château retrouve** progressivement **un sens politique**. Siège du gouvernement de 1871 à 1879, il devient par la suite le lieu emblématique des grands événements de prestige de la vie politique française.

1 Du palais royal au musée

A Un symbole déchu de l'Ancien Régime

• **Un sort incertain en 1789.** Le château de Versailles **aurait pu connaître le sort de la Bastille**. Il est la cible des Parisiennes qui l'envahissent le 6 octobre 1789 pour réclamer du pain, obligeant Louis XVI à s'enfuir. Plutôt que de le détruire, **les révolutionnaires le désacralisent**. Le Petit Trianon devient une auberge et les jardins un potager.

• **L'éparpillement du mobilier.** Devenu lieu sans objet au moment de la chute de la royauté (10 août 1792), **le château est pillé et son mobilier est mis aux enchères**. Plus de 17 000 lots sont dispersés entre 1793 et 1794, rendant les lieux désormais inhabitables.

• **Le rêve inabouti de Napoléon.** Après son sacre en 1804, l'Empereur envisage de redonner au château son lustre d'antan et d'en faire la demeure de son fils, le prince impérial. Mais le coût trop élevé des travaux lui fait choisir une autre option : **la remise en état du seul Grand Trianon** où séjourne, à partir de 1810, Marie-Louise d'Autriche, sa seconde épouse.

B Louis-Philippe et le musée imaginaire de la monarchie

• **Réconcilier « les deux France ».** Proclamé roi des Français après la révolution de 1830, chassant définitivement les Bourbons du trône, **Louis-Philippe**, monarque mal assuré dans sa légitimité mais fin politique, décide d'utiliser Versailles comme **un moyen de réconcilier la mémoire des Français**. Le château, quasiment à l'abandon, deviendra le musée de la monarchie et de la France éternelle, de Vercingétorix à lui-même.

• **Des tableaux par centaines.** Supervisant personnellement la transformation en musée en y effectuant des centaines de visites de chantier, Louis-Philippe décide de la destruction d'une partie du château (l'aile des Princes et l'aile du Nord) pour y construire des galeries servant à abriter des **centaines de tableaux** commandés aux grands peintres académiques de l'époque et **retraçant les grands épisodes de l'histoire de France** : le baptême de Clovis, le couronnement de Charlemagne, les jugements de Saint Louis sous son chêne, etc. Le musée, inauguré le 10 juin **1837**, est enrichi jusqu'en 1848 puis par Napoléon III lors du Second Empire.

• **La résidence royale réhabilitée.** À la fin du XIXe siècle, l'historien **Pierre de Nolhac**, devenu conservateur du musée, décide de lui **redonner son caractère de résidence royale**. Il réorganise les collections de tableaux et se lance dans une intense politique d'acquisition de mobilier pour recréer les anciens appartements royaux.

2 Un lieu emblématique des grands moments républicains

A 1871-1879 : Versailles, capitale de la France

• **Un château allemand.** Lors de la guerre de 1870, le château voit s'installer l'état-major prussien. C'est dans la **galerie des Glaces** que le Kaiser **Guillaume Ier se fait proclamer empereur d'Allemagne**. Les Allemands ne quittent Versailles que le 6 mars 1871, après la signature d'un armistice avec la France.

• **Les Versaillais.** Le soulèvement de la **Commune de Paris** en mars 1871 oblige le gouvernement provisoire dirigé par Thiers à se réfugier à Versailles. Le chef de l'exécutif loge à la préfecture tandis que les députés de l'Assemblée constituante se réunissent au château où ils font construire la **salle du Congrès** pouvant réunir plus de 1 000 parlementaires. C'est de Versailles qu'est décidée la **« Semaine sanglante » (21 au 28 mai 1871)** où l'armée régulière dite « versaillaise » vient à bout de la révolution parisienne de la Commune dans des conditions particulièrement atroces.

• **La fondation de la IIIe République.** Entre février et juillet 1875, c'est au château de Versailles que s'élaborent, dans la douleur, **les lois qui serviront de Constitution à la IIIe République** jusqu'en 1940. Les parlementaires ne quittent définitivement le château qu'en **1879** pour rejoindre Paris.

Biographie

Louis-Philippe (1773-1850) : fils de Philippe Égalité qui vota la mort de son cousin Louis XVI en 1793, il règne, comme « roi des Français », de 1830 à 1848. C'est un partisan convaincu du libéralisme politique et économique qui doit permettre à la bourgeoisie de détenir tous les leviers du pouvoir. Malgré son avarice légendaire, il prend dans son immense fortune personnelle les financements nécessaires à la réhabilitation du château de Versailles et à sa transformation en musée. Chassé du trône par la révolution de février 1848 pour avoir refusé l'instauration du suffrage universel, il meurt exilé en Angleterre.

B L'appropriation progressive par la République

• **La salle du Congrès.** Elle accueille, à partir de 1879, tous les **événements politiques** nécessitant la **réunion des deux chambres parlementaires** (le Congrès), à savoir sous la IIIe et IVe République l'élection du président de la République et aujourd'hui les modifications constitutionnelles qui ne passent pas par le référendum.

• **Le traité de Versailles.** Après la victoire française de 1918, le château accueille les représentants du monde entier pour y négocier les **traités de paix mettant fin à la Première Guerre mondiale**. Le choix du lieu n'est pas anodin. Clémenceau veut effacer l'humiliation prussienne de 1871.

• **Un palais républicain.** La Ve République, sous l'impulsion du général de Gaulle, décide de faire de Versailles **l'un des lieux les plus prestigieux de la République**. Depuis, les présidents y organisent des sommets internationaux (G7 en 1982) ou y reçoivent des **hôtes exceptionnels** (la reine d'Angleterre, des présidents américains comme Ronald Reagan, ou des dirigeants soviétiques comme Leonid Brejnev).

▲ Inauguration de la galerie des Batailles par le roi Louis-Philippe le 10 juin 1837 (peinture de Jean Auguste Bard).

24 Les frises du Parthénon depuis le XIXe siècle

Emblème de la puissance d'Athènes au Ve siècle av. J.-C., le Parthénon, temple dédié à la déesse Athéna protectrice de la ville, entame une **longue décadence** dès l'effondrement de la puissance athénienne au IVe siècle av. J.-C. **En 1802, Lord Elgin**, ambassadeur britannique à Constantinople, parvient à faire **expédier à Londres** une grande partie des frises et des sculptures encore exploitables. Elles sont transférées au **British Museum** à partir de 1816. Depuis qu'elle a recouvré son indépendance en 1832 face à l'Empire ottoman, **la Grèce n'a cessé de réclamer le retour des frises du Parthénon**, considérées comme un **patrimoine national inaliénable**.

1 Le Parthénon, emblème malmené de la puissance athénienne

A Un symbole du siècle de Périclès

- **L'impérialisme athénien.** En 449 av. J.-C., Périclès fait adopter le décret organisant le financement public pour reconstruire les monuments de l'Acropole qui avaient été détruits pendant les guerres médiques. Ce financement provenant du **tribut payé par les cités membres de la ligue de Délos**, soit près de la moitié des cités grecques, donne à la ville **des moyens considérables**.

- **Un temple emblématique.** Le Parthénon, temple dorique construit en marbre blanc du Pentélique et rehaussé de couleurs, devient alors **le monument le plus célèbre de l'Acropole**. Ce n'est pourtant pas un temple au sens traditionnel du terme. Il a pour fonction de protéger et de mettre en valeur **la grande statue d'*Athéna Parthénos***, sculptée par Phidias. C'est une Athéna guerrière et victorieuse qui symbolise la puissance d'Athènes, cité à la fois impérialiste et démocratique.

- **La frise des Panathénées.** Sculptée par Phidias et son atelier, elle a moins pour objectif une représentation en tout point fidèle à la réalité qu'une **incarnation de valeurs et d'institutions militaires, politiques et culturelles** et qu'une **exaltation patriotique du régime politique athénien**. Elle est **l'illustration idéologique d'une cité en pleine puissance**. On comprend mieux ainsi les enjeux patrimoniaux qu'elle va susciter au moment de la renaissance de la Grèce moderne à partir du XIXe siècle.

B Une décadence liée aux aléas de l'histoire

- **Les vicissitudes du Moyen Âge.** Devenu temple païen après la généralisation du christianisme à tout l'Empire romain (édit de Théodose de 392), le Parthénon **change de fonction à chaque nouvelle invasion** (église chrétienne puis orthodoxe et enfin mosquée à partir de la prise d'Athènes par les Turcs en 1456).

▲ Le Parthénon au début du XIXe siècle (tableau d'Alberto Pasini).

• **La destruction de 1687 et ses conséquences.** Transformé en citadelle, **le Parthénon est très gravement endommagé**, en septembre 1687, par les canons vénitiens qui font exploser le temple qui servait de lieu de stockage de réserves de poudre. **Il devient alors un site européen très couru**, la mode aristocratique étant à la glorification des ruines antiques suscitant poésie et mélancolie. Des milliers de lettrés fortunés, surtout anglais et français, font, au XVIIIe siècle, le voyage jusqu'à Athènes pour contempler les vestiges du temple antique.

2 De la sauvegarde en musée au conflit patrimonial

A Le « sauvetage » controversé de Lord Elgin

• **Les actions de Lord Elgin.** Vainqueurs des Ottomans en Égypte, les Anglais obtiennent en 1801, l'autorisation de pénétrer dans la citadelle du Parthénon pour y effectuer des moulages et emporter les statues et vestiges « se trouvant hors de l'enceinte ». Interprétant très librement l'autorisation donnée, **l'ambassadeur anglais Lord Elgin parvient** en quelques mois **à faire transporter à Londres la grande majorité des sculptures et la moitié des frises** avec l'idée d'en tirer profit en les vendant ultérieurement.

• **Les frises au musée.** Dès 1816, la plupart des acquisitions de Lord Elgin sont transférées au British Museum qui les met progressivement en valeur. Une **salle spéciale** permettant d'admirer les frises est inaugurée en 1860 et **devient l'un des lieux les plus fréquentés** du musée.

B De la nostalgie romantique au conflit patrimonial

• **L'indépendance grecque.** Au cœur de la vague romantique des années 1820, le combat de la Grèce pour s'émanciper du joug ottoman suscite **une vague de philhellénisme** liée à l'enthousiasme de nombreux artistes européens pour « l'âme grecque », perçue comme le berceau de la civilisation occidentale. Le poète **Lord Byron** notamment, **s'insurge contre le « vol » des frises du Parthénon** et s'engage aux côtés des insurgés grecs. Il meurt de la malaria lors du siège de Missolonghi en 1824.

• **Les frises au cœur d'un conflit patrimonial.** Après le choix d'Athènes en 1833 comme capitale de la nouvelle nation grecque, **le Parthénon devient le symbole de son passé antique prestigieux et inaliénable.** Sa restauration, débutée au tournant du XXe siècle, fait ressurgir la question des frises et des statues exposées au British Museum. Ce **conflit patrimonial** éclate au grand jour dans les **années 1980** quand la célèbre actrice **Melina Mercouri**, devenue ministre grecque de la Culture, **réclame** avec insistance **le retour des frises à Athènes**. Jusqu'à ce jour, le British Museum a opposé une fin de non-recevoir à cette demande, arguant du fait que ces objets ont été acquis régulièrement et que, faisant partie du **patrimoine mondial**, c'est à Londres qu'ils sont « le plus largement accessibles au public ».

Mot-clé

Philhellénisme : mouvement d'aide morale, matérielle et militaire aux Grecs pendant leur guerre d'indépendance (1821-1830) contre les Ottomans.

▲ La salle « Elgin » en 1860 au British Museum de Londres, contenant les frises du Parthénon.

SPÉCIALITÉ HGGSP

25 La question patrimoniale à Paris

Le centre historique de Paris est un **témoin des choix patrimoniaux du pouvoir politique** faits au cours des âges. Conserver ou non l'urbanisme ancien du centre historique est **le résultat d'arbitrages** qui, pour chaque époque, relèvent d'un sens profond. Il s'agit souvent de célébrer les grands moments de l'histoire politique nationale (monarchie, révolutions, républiques) et de **transformer la destination des bâtiments** en leur conférant **un sens conforme aux exigences du moment**. Aujourd'hui, le patrimoine parisien est **confronté à la réalité des mutations urbaines** : protégé, il doit aussi s'adapter aux enjeux contemporains (rénovation de l'habitat, prégnance écologique vers un tourisme durable, etc.).

1 Paris, un patrimoine unique lié au pouvoir politique

A Une ville progressivement modelée

• **La Seine.** Du pont de Sully au pont d'Iéna, **les « rives de la Seine » sont classées au Patrimoine mondial de l'UNESCO depuis 1991**. Le long du fleuve, les strates successives de l'histoire de Paris se sont superposées. La présence humaine est attestée depuis le Paléolithique dans les méandres de la Seine. L'urbanisation se développe ensuite sur les îles puis sur les berges du fleuve.

• **Une capitale royale.** Dès le **VIe siècle, la ville devient capitale royale** mais ne connaît un essor important qu'à partir du milieu du Moyen Âge. **Philippe Auguste**, roi de 1180 à 1223, **fait bâtir le premier palais du Louvre** ainsi qu'une enceinte fortifiée. À partir du XVIIe siècle, les rois de France embellissent la ville : l'île Saint-Louis est bâtie, le Marais se couvre d'hôtels aristocratiques, Louis XIV fait détruire les anciens remparts, la place royale qui deviendra place de la Concorde est construite sous Louis XV. Malgré l'**abandon de Paris** par la monarchie **au bénéfice de Versailles**, la ville **poursuit son développement** et ses transformations.

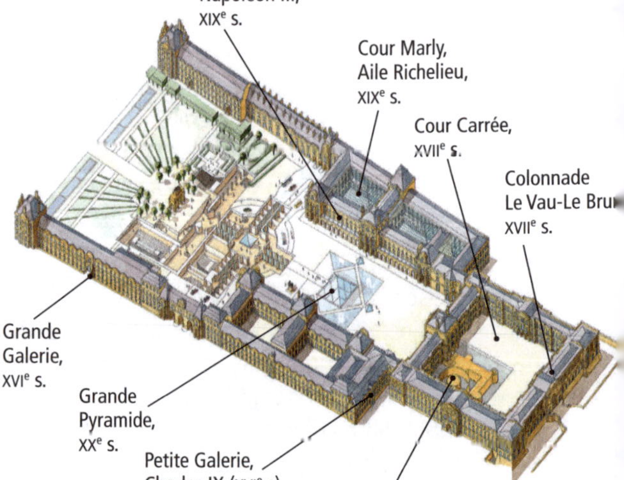

▲ Le Louvre, un patrimoine majeur évoluant au fil des siècles.

B L'accélération de la période contemporaine

• **Quand Paris se met en colère.** Entre 1789 et 1871, la ville est au cœur des mouvements révolutionnaires. Ces événements marquent de leur empreinte le visage de la capitale. Le **souvenir de la Révolution française** est régulièrement réactivé dans la mémoire nationale (place de la Bastille pour 1789, destruction de l'Hôtel de Ville et du palais des Tuileries lors de la Commune en 1871).

• **La modernisation de Paris s'accélère au XIXe siècle. Elle est l'œuvre du pouvoir politique, symbolisée par le baron Haussmann** sous Napoléon III. Il rase des quartiers entiers et perce avenues et boulevards. Les **expositions universelles** participent au rayonnement international du Paris de la Belle Époque qui atteint alors un immense prestige.

• **Le Paris actuel porte l'empreinte des choix faits à chaque époque. Les secteurs sauvegardés, protégés par la loi du 4 août 1962** (loi Malraux), ne peuvent être transformés sans autorisation des pouvoirs publics. La ville témoigne ainsi des usages successifs que chaque époque attribue au patrimoine des périodes précédentes. Par exemple, en 1971, sont détruites les **Halles Baltard**, symbole de l'architecture de fer du XIXe siècle. Les protestations sont si vives que des bâtiments destinés eux aussi à être détruits sont sauvés, comme la **gare d'Orsay**, transformée en musée.

2 Les enjeux contemporains du patrimoine parisien

A Un patrimoine unique hérité de la centralisation

• **Une capitale « musée » ?** Capitale de la France, Paris est le siège des institutions politiques nationales et le **cœur politique d'un État héritier d'une longue histoire centralisée**. Le Louvre, résidence royale puis musée, en est une parfaite incarnation. Peuplée de 2,2 millions d'habitants, la ville ne peut pas devenir un musée et doit développer les infrastructures nécessaires à la vie quotidienne de ses habitants.

• **Un atout économique.** La richesse du patrimoine est cependant un atout majeur, valorisé pour répondre aux besoins des **30 millions de touristes** (dont deux tiers d'étrangers) qui viennent visiter la capitale chaque année.

B Des enjeux financiers et mémoriels

• **Entretien et restauration.** Outre l'obligation d'un entretien constant pour éviter une dégradation progressive et irréversible, le patrimoine monumental est **l'objet de restaurations régulières qui impliquent des dépenses importantes**. L'État cherche à transférer certains monuments historiques aux collectivités territoriales et recherche de nouvelles voies pour valoriser le patrimoine et rentabiliser sa gestion. Mais cette politique est contestée par ceux qui pensent que **la propriété des lieux chargés d'histoire et de mémoire doit rester inaliénable** pour assurer la transmission des vestiges du passé aux générations futures.

• **La défense du patrimoine « familier ».** Introduite dans le **plan local d'urbanisme** en 2006, la notion de patrimoine familier semble un moyen efficace de protéger la physionomie actuelle de Paris sans empêcher la ville de se renouveler et d'évoluer. Il s'agit de **protéger des éléments patrimoniaux courants** (maison de faubourg, escalier ancien, cour intérieure, etc.) qui ne sont pas considérés par l'État comme des monuments historiques à conserver. Cette PVP (« protection Ville de Paris ») permet aujourd'hui la sauvegarde d'environ 10 % du territoire parisien. Paris est sans cesse confronté au **choix à faire entre ville patrimoine et ville vivante**.

Texte-clé

Un immeuble de Guimard défiguré, une maison de faubourg rasée pour édifier une supérette, un escalier monumental détruit pour transformer un immeuble haussmannien en bureaux... Autant d'éléments du patrimoine parisien qui disparaissent irrémédiablement sans que la Ville ait, aujourd'hui, les moyens de s'y opposer. [...] Pour corriger cette lacune, la municipalité a décidé d'inscrire dans le plan local d'urbanisme (PLU) un arsenal gradué de protections patrimoniales. [...] La « protection Ville de Paris » (PVP) empêchera la démolition ou la défiguration de bâtiments entiers ou d'éléments particuliers. Cette PVP est proposée pour plus de 4 600 parcelles.

Grégoire Allix, *Le Monde*, 28 janvier 2005.

SPÉCIALITÉ HGGSP

26 La question patrimoniale au Mali

De son **passé prestigieux d'empire puissant** dominant le cœur de l'Afrique, l'actuel Mali a conservé des **monuments et des sites exceptionnels** inscrits au patrimoine mondial de l'humanité. Délaissé par l'un des États les plus pauvres du monde qui **peine à l'entretenir**, ce patrimoine subit, de plus, les conséquences des **violences intercommunautaires** et l'**insécurité permanente** provenant des troubles djihadiste.

1 Un patrimoine majeur en partie méconnu

A Le Mali, un pays au riche passé

• **Des empires successifs.** En Afrique de l'Ouest, **l'empire du Ghana se développe au VIIIe siècle**. Au XIe siècle, il éclate en petits royaumes rivaux que **Soundiata Keita** (1230-1255) parvient à réunifier et à agrandir. Il bâtit le puissant **empire du Mali**. Le Mali domine le Soudan pendant le règne fastueux du roi Kankan Moussa avant de décliner lentement. Ancien vassal du Mali, le **Songhaï** rayonne alors sur la région. En 1591, il est conquis par les armées du Maroc.

• **Soundiata Keita « héros national ».** Figure mythique et **« héros national »** du Mali moderne, Soundiata Keita fait l'objet d'une épopée, ***La Grande Geste du Mali***, dans laquelle les griots mêlent histoire et légende. Il fonde une nouvelle capitale à Niani, sa ville de naissance. Devenu **« roi des rois »**, il organise son armée et développe le commerce de l'or.

> **Mot-clé**
> **Griot :** conteur qui transmet de génération en génération l'histoire et les traditions de son peuple.

• **Aux marges du monde musulman.** Les relations avec le monde arabo-musulman s'accompagnent de l'**essor des villes sahéliennes comme Tombouctou**. Gagné progressivement par l'islam, le Mali prospère grâce au commerce qui le met en relation avec les Berbères au Soudan et les Arabes installés sur les côtes d'Afrique de l'Ouest.

B Un patrimoine unique et théoriquement protégé

• **Quatre inscriptions au patrimoine mondial de l'humanité.** Signataire de la Convention pour la protection du patrimoine mondial (voir la leçon 22) dès 1977, **le Mali voit son premier site classé en 1988**. Aujourd'hui il en compte quatre : les villes anciennes de Djenné, le tombeau des Askia, la ville de Tombouctou et la falaise de Bandiagara.

• **La mosquée de Djenné.** Il s'agit d'un des principaux vestiges de l'empire du Mali. C'est l'une des plus imposantes constructions en brique de terre du monde, **nécessitant un entretien constant**. L'actuelle mosquée date de 1907 ; c'est la troisième reconstruction de l'édifice rigoureusement conforme aux plans originaux.

• **Le tombeau des Askia à Gao. Régulièrement entretenu depuis le XVIe siècle**, ce mausolée commémore la prise du pouvoir en 1492 par Mamadou Touré, fondateur de la dynastie des Askia sous laquelle le Songhaï atteint son apogée. Il fait partie des **rares monuments subsistant de cette période**.

• **La cité de Tombouctou.** Située sur une boucle du Niger, la ville devient au XVIe siècle la capitale culturelle et la **ville sainte** (« la ville aux 333 saints ») de l'Afrique de l'Ouest. Les rois du Songhaï font ériger de **nombreuses mosquées** parmi lesquelles Djinguereber, Sidi Yahia, Sankoré, et des **mausolées** commémorant les 333 saints.

2 Un patrimoine menacé de toute part

A Un patrimoine en partie à l'abandon

• **Un État très pauvre.** Depuis les années 2010, le Mali ne consacre annuellement qu'une dizaine de millions d'euros à la culture, dont moins de la moitié est destinée au patrimoine. À cause de la guerre civile, **l'entretien des monuments n'est plus correctement assuré** et, dans les zones de conflit, **leur accès n'est même plus possible**.

• **Une « certaine » indifférence populaire.** Prisonnier de luttes ethniques complexes, le Mali peine à développer une identité culturelle commune. Bon nombre de Maliens semblent **indifférents aux enjeux patrimoniaux de leur pays.** « Les pesanteurs du quotidien ne facilitent pas les choses, les gens sont pris dans des questions de survie. Mais il y a une question qui se pose sur l'appropriation du patrimoine [...]. Il faut que les jeunes retrouvent leur place dans le récit national. Quand l'histoire paraît lointaine, quand ça ne prend pas pied dans leur quotidien, ça devient difficile », analyse Doulaye Konaté, professeur d'histoire à l'Université de Bamako.

B Un patrimoine enjeu géopolitique

• **Un « nettoyage culturel ».** En 2012, **sur ordre de l'Aqmi** (Al-Qaïda au Maghreb islamique), plusieurs mausolées de Tombouctou, **classés au patrimoine mondial, sont détruits** par Abou Tourab sous le prétexte qu'ils seraient impies. Arrêté par des militaires français lors de l'opération Barkhane, il comparaît en 2016 devant la **Cour pénale internationale** qui le condamne à 9 ans d'emprisonnement pour « un acte de guerre très grave, qui visait à abattre la population dans son âme ». Après le verdict, la directrice générale de l'UNESCO a estimé que « **les attaques envers la culture sont devenues des armes de guerre**, dans une stratégie de nettoyage culturel ».

• **Les actions internationales.** Placée sur la liste du patrimoine mondial en péril, la ville de Tombouctou reçoit, depuis 2013, une **aide de l'UNESCO** permettant la reconstruction des monuments détruits par les djihadistes. En parallèle, les **forces de maintien de la paix** ont intégré dans leur mission la **protection des sites culturels.** Mais elle passe encore bien après toutes les autres missions qui leur incombent.

▲ Des soldats français protégeant la mosquée Djinguereber, à Tombouctou, en 2015.

Texte-clé

Après la destruction des mausolées de Tombouctou par le groupe islamiste Ansar Dine, en 2012, l'UNESCO a fait réaliser par le Centre international de la construction en terre (Craterre-Ensag, à Grenoble) un passeport du patrimoine du nord du Mali, répertoriant et cartographiant les sites culturels majeurs dans les villes de Tombouctou, Gao et Kidal. Ce document avait été distribué aux forces maliennes et à l'armée française avant qu'elles reprennent la cité célèbre depuis le Moyen Âge.

La Mission des Nations unies pour la stabilisation au Mali (Minusma), déployée à partir de 2013, a été la première mission de paix à intégrer dans son mandat la protection du patrimoine, actant l'évolution vers des conflits où les dégâts sur les biens culturels résultent de plus en plus d'actions délibérées pour détruire le passé et l'identité de l'adversaire.

Laurence Caramel, *Le Monde*, 28 octobre 2019.

27 Venise, entre valorisation et protection

Considérée comme l'une des plus belles cités du monde, Venise, autrefois puissante cité État dotée d'un immense empire commercial, s'est progressivement transformée, à partir du XVIIe siècle, en un **important foyer culturel**, puis en un **lieu touristique majeur**. Depuis les années 1970, la **dégradation accélérée de son patrimoine**, menacé par les ravages du tourisme de masse et l'inexorable montée des eaux, fait craindre le pire malgré les **gigantesques travaux de sauvetage** entrepris et l'abondance de l'aide internationale, plus particulièrement de l'UNESCO.

1 Venise, un patrimoine unique au monde

A Une ville puissante sur l'eau

• **Une ville ancienne.** La création de la ville date du VIIIe siècle quand des populations italiennes, fuyant devant les Lombards, se sont installées sur des **bancs de sable peu hospitaliers** dont elles espéraient qu'ils joueraient un rôle de protection défensive.

• **L'eau omniprésente.** Les fleuves et les torrents dévalant des Alpes ont créé un **delta complexe troué de lagunes** dont la ville a su tirer parti, ainsi que de sa situation au fond de l'Adriatique. Elle est **construite sur plus de cent îles** autour d'un ancien méandre, le **Grand Canal**. Il est bordé de palais et d'une multitude de canaux le rejoignant.

• **Le développement médiéval.** À partir du XIIIe siècle, un véritable système colonial se met en place en Méditerranée, comme en Crète où les Vénitiens fondent d'abord des colonies militaires puis s'emparent des terres et imposent aux habitants des impôts élevés. Les **marchands vénitiens** ne se limitent pas aux rivages de la Méditerranée : ils empruntent les routes terrestres vers l'Asie et **relient les routes européennes** à celles de **l'Inde** et de la **Chine** (avec **Marco Polo**). La puissance commerciale de la ville explique sa grande richesse et son **architecture** a su **s'adapter** aux **spécificités du site** et intégrer les **apports artistiques des cultures rencontrées**.

B Une ville « musée »

• **Le déclin économique et politique.** La **découverte des Amériques**, en détournant le commerce européen de la Méditerranée vers l'Atlantique **porte un coup fatal à son développement économique**. Occupée par l'Autriche à partir de 1797 puis par la France de 1806 à 1814 avant de repasser sous **domination autrichienne**, la ville État est finalement rattachée à l'Italie naissante en 1866.

• **Un engouement « romantique ».** Au XIXe siècle, Venise devient **le rendez-vous des artistes** et des « pèlerins du beau ». Goethe, Chateaubriand, Byron, Musset y font de longs séjours. Après y avoir séjourné en 1858, **Wagner** revient pour y mourir en 1883. Au début du XXe siècle, Maurice Barrès, Thomas Mann (auteur de *La Mort à Venise*, 1912) ou **Marcel Proust** dans *Albertine disparue*, font l'éloge de la **cité des Doges**, au patrimoine unique fascinant par sa fragilité et sa décadence. Se vidant peu à peu de ses habitants (175 000 en 1950, 55 000 aujourd'hui), Venise devient progressivement une ville « musée ».

2 Venise, un patrimoine menacé

A Un patrimoine de plus en plus dégradé

• **Le danger de l'effondrement des bâtiments.** Depuis les années 1950, l'affaissement progressif de la lagune s'est accéléré et **la ville**, construite sur pilotis, **descend « naturellement » d'environ deux millimètres par an**, obligeant à d'incessants travaux de consolidation des fondations pour éviter un effondrement général.

• **La pollution et le tourisme de masse.** Le développement industriel de la ville voisine de Mestre, conjugué aux **30 millions de visiteurs annuels**, dégrade continuellement la qualité des eaux de la lagune. **Les grands paquebots**, autorisés à naviguer au plus près de la place Saint-Marc, **accélèrent la fragilisation des fondations** des bâtiments.

• **L'*acqua alta*.** La ville est par ailleurs **victime d'inondations régulières** (une vingtaine depuis 1918) qui contribuent au délabrement des bâtiments, la corrosion saline s'infiltrant jusqu'aux charpentes de certains monuments.

Mot-clé

Acqua alta : « haute eau ». Inondations maritimes récurrentes de l'automne au printemps faisant monter les eaux parfois jusqu'à près de 2 mètres comme en 1966 et 2019.

La place Saint-Marc de Venise en 1966 lors de la plus grande inondation d'*acqua alta* de son histoire.

B Une sauvegarde aux résultats incertains

• **La loi spéciale de 1973.** Votée par le parlement italien pour essayer de sauver Venise, elle garantit un emprunt international pour engager les travaux de première urgence. Dans sa foulée, l'UNESCO débloque des fonds considérables et décide de faire du sauvetage de Venise un **enjeu planétaire**.

• **Les retards du projet Mose.** Conçu dès **1984** et mis en chantier en **2003**, un immense **barrage mobile** permettant de réguler la montée des eaux dans la lagune **n'est en partie opérationnel que depuis octobre 2020**, victime de complications techniques et de **gigantesques détournements de fonds**.

• **Un « patrimoine mondial en péril ».** Entre une **dégradation irréversible** de son patrimoine et sa protection en urgence conduisant à la **mise à mal du tourisme**, sa ressource principale, Venise ne semble toujours pas en mesure de résoudre cette équation difficile. À tel point que l'UNESCO a menacé d'inscrire la ville sur la liste du patrimoine mondial en péril.

28 La gestion du patrimoine français

À partir de la Révolution française s'imposent peu à peu les notions de **monument historique** et d'**œuvre d'art**, traduites dans le droit par les lois de 1887 et de 1913 qui organisent leur recensement et leur protection. Jusque dans les années 1950, cette notion **correspond globalement à celle de patrimoine**. À partir des années 1960, cette dernière s'élargit considérablement, particulièrement sous l'impulsion d'**André Malraux** qui défend l'idée que **le patrimoine** ne se cantonne pas à « une sélection orientée par les valeurs connues », mais **doit englober toutes les œuvres « qui aident les hommes à vivre »**.

1 La naissance d'une politique du patrimoine

A Une prise de conscience patrimoniale

• **La naissance d'une administration.** Dans les années 1830, les créations successives du poste d'**inspecteur général des monuments historiques** (confié à **Prosper Mérimée** de 1834 à 1860) et de la commission du même nom, témoignent de l'importance que prend progressivement la redécouverte du passé architectural français.

• **Les débuts de la protection.** Il s'agit alors de **recenser les monuments anciens** (la plupart du temps religieux) **emblématiques de l'histoire de France** qu'il convient de protéger voire de restaurer. Dès 1840, plus de mille bâtiments sont identifiés et répertoriés. Presque tous datent de l'Antiquité ou du Moyen Âge.

B La traduction dans la loi

• **La loi de 1913.** Dès 1897, une loi fixe les compétences des **architectes en chef des monuments historiques** chargés de veiller à l'entretien et à la restauration des édifices classés. La loi de 1913 clarifie le rôle de l'État dans la préservation du patrimoine. **Désormais, tout bâtiment ou objet « d'intérêt public » peut être protégé**, même s'il appartient à un particulier qui ne peut plus opérer de travaux sans une autorisation préalable et la surveillance des architectes des monuments historiques.

• **La protection du patrimoine « secondaire ».** En 1927, la création de « l'**inventaire supplémentaire** des monuments historiques » permet d'étendre la protection au niveau local et de **sauver un patrimoine moins prestigieux, souvent méconnu et délaissé**. Près de 20 000 édifices et objets sont classés à la fin des années 1920.

Biographie

Prosper Mérimée (1803-1870)

Homme de lettres français auteur de plusieurs pièces de théâtre et de nouvelles (dont *Carmen* qui inspirera le célèbre opéra de Bizet), il est nommé au poste nouvellement créé d'inspecteur général des monuments historiques en 1834. Pendant plus de trente ans, il parcourt la France afin de dresser un inventaire des richesses architecturales du pays qu'il découvre, pour la plupart, dans un état pitoyable. Même s'il affirme partout qu'il est *« Vox clamantis in deserto »*, il parvient à obtenir un budget permanent et charge, entre autres, l'architecte Viollet-le-Duc de la restauration, aujourd'hui controversée, de certains monuments emblématiques comme les basiliques de Vézelay, de Saint-Denis et de Toulouse, les cathédrales de Paris, d'Amiens, de Reims, le château de Pierrefonds et les remparts de la cité de Carcassonne.

2 Du patrimoine aux patrimoines

A André Malraux et « l'invention contemporaine du patrimoine »

• **Un géant à la culture.** En nommant en 1959 le grand résistant **André Malraux**, à la fois écrivain et intellectuel mondialement reconnu, au **ministère des Affaires culturelles** et en le maintenant à son poste jusqu'en 1969, **de Gaulle modifie profondément la politique culturelle de la France.** Ayant les coudées presque franches et un budget en augmentation sensible, Malraux s'attache à renouveler profondément l'approche patrimoniale de l'État.

• **L'Inventaire général des monuments et des richesses artistiques.** Outre l'activité législative (loi de 1962 sur les secteurs sauvegardés, voir la fiche 22), c'est cet inventaire qui symbolise le mieux la nouveauté de la démarche entreprise. Il s'agissait, selon son directeur André Chastel, d'« **identifier tout ce qui est repérable sur le terrain**, de manière à provoquer une prise de conscience des populations intéressées et de classer [...] les édifices et objets **de manière à les introduire dans la mémoire nationale** ». C'était une sorte de relevé de tous les objets considérés « sous leur angle à acquérir une valeur symbolique quelconque ».

• **Le modernisme d'État.** Pour Malraux, **la création contemporaine** fait partie intégrante du patrimoine, y compris **celle qui peut paraître comme « sacrilège »** par rapport au passé. Ainsi il n'hésite pas à faire appel au peintre **Marc Chagall** lors de la réfection du **plafond de l'Opéra Garnier** de Paris datant du Second Empire.

▲ Marc Chagall et André Malraux gravissant l'escalier de l'Opéra de Paris lors de l'inauguration de son nouveau plafond en 1964.

B Les évolutions contemporaines

• **Les années « Lang ».** Ministre de la Culture de 1981 à 1986 et de 1988 à 1993, **Jack Lang élargit encore plus la notion de patrimoine**. Désormais, elle s'ouvre à l'architecture contemporaine, aux vestiges industriels, aux jardins et aux paysages, à la photographie, au cinéma, au livre, à la bande dessinée et à l'audiovisuel. Ainsi le **Code du patrimoine** intègre-t-il les lois de 1993 sur les « **Zones de protection du patrimoine architectural, urbain et paysager** » permettant d'élargir les zones protégées au-delà du monument et de ses abords. De même, le corps des conservateurs du patrimoine est instauré en 1990.

• **« L'inflation patrimoniale ».** « La métamorphose de la notion de patrimoine a fait de lui [...] le contraire de ce qu'il était : du plus élevé et du plus rare de la création, il est passé au quotidien le plus traditionnel », analyse l'historien Dominique Poulot. La prise en compte du **patrimoine immatériel** (traditions orales, mode de vie, voir la leçon 30) accélère le glissement de la notion vers « le pluriel, le mémoriel, le communautaire » et devient **un « fardeau financier »** engloutissant près d'un **tiers du budget du ministère de la Culture**, même si la loi de 2004 a transféré aux régions la gestion de l'Inventaire général du patrimoine culturel.

29 Le Nord-Pas-de-Calais, de l'industrie au patrimoine industriel

Le Nord-Pas-de-Calais, qui fait désormais partie de la région des Hauts-de-France, a été l'un des **foyers majeurs de la révolution industrielle en France**. À partir des années 1980, il subit le démantèlement progressif de ses industries traditionnelles qui ferment les unes après les autres, laissant derrière elles des **friches** et un **habitat ouvrier à l'abandon**. Vestiges d'une époque révolue, ils deviennent un **patrimoine à préserver** sous peine d'effacer à jamais une grande partie de la **mémoire régionale**.

1 Les empreintes industrielles du Nord-Pas-de-Calais

A La révolution industrielle, un facteur structurant

• **« La première usine de France ».** L'industrialisation du XIXe siècle entraîne un bouleversement des cadres de vie, des mentalités et des infrastructures. **Des nouveaux paysages apparaissent :** alignements de bâtiments de briques rouges aux structures métalliques, carreaux de fosse, chevalements, terrils, cités minières en corons et courées. Les densités de population s'accroissent et de nombreux **pôles urbains** se dessinent : bassin **textile** de Lille-Roubaix-Tourcoing ; bassins **miniers** de Béthune, Lens, Douai et Bruay ; bassin **sidérurgique** de Valenciennes et Denain.

• **La naissance d'une mémoire ouvrière.** Elle se forge peu à peu à partir d'**événements souvent violents ou tragiques** : la grande grève de 1884 que décrit Zola dans *Germinal*, ou le millier de morts de la tragédie de Courrières en 1906, consécutive à un **coup de grisou**. Elle s'incarne pendant près de 150 ans dans ces paysages urbains spécifiques.

> **Mots-clés**
>
> **Les mots de la mémoire industrielle du Nord**
>
> • **Carreau de fosse :** site de surface où se trouve l'accès au puits de la mine ainsi que tous les bâtiments et installations de récupération et de traitement du charbon.
>
> • **Chevalement :** charpente élevée permettant la descente et la remontée des mineurs, ainsi que la récupération du charbon extrait dans la mine.
>
> • **Coron :** alignement d'habitations ouvrières toutes semblables dans les régions minières.
>
> • **Coup de grisou :** explosion soudaine d'un gaz contenu dans les couches de charbon, entraînant l'effondrement des galeries de mines.
>
> • **Courée :** urbanisation caractéristique des cités industrielles textiles du Nord-Pas-de-Calais.
>
> • **Terril :** monticule formé par l'entassement des déblais d'une mine.

B Le déclin industriel, une perte d'identité

• **Le déclin charbonnier.** Dans le dernier quart du XXe siècle, les crises industrielles se succèdent. Le déclin charbonnier, amorcé dès 1960, s'accélère dans les années 1980. Le 21 décembre 1990, la **fermeture du dernier puits** à Oignies met un terme à **trois siècles d'histoire minière**.

• **Le déclin du textile.** Le textile connaît une destinée parallèle. Les premières alertes ont lieu dans les années 1980 (outil de travail vieillissant, concurrence des fibres synthétiques et des pays asiatiques). « La Lainière de Roubaix » employait encore 10 000 ouvriers en 1970. Trente ans plus tard, elle ferme ses portes. **Roubaix, la ville « aux mille cheminées »**, s'enfonce alors dans un **marasme économique profond** et connaît un **chômage massif**.

• **Le démantèlement des paysages.** L'effon-drement industriel modifie profondément les dynamiques économiques et les paysages. Ainsi l'ancien **bassin houiller** de Béthune, Bruay et **Lens** (capitale régionale du charbon déchue) se couvre-t-il de **friches industrielles**, tandis que les usines et les entrepôts de Roubaix sont laissés à l'abandon.

2 La patrimonialisation, une tentative de sauvetage de la mémoire régionale

A Une nouvelle approche du patrimoine

• **Les sens multiples du patrimoine industriel.** Pendant longtemps, il a signifié la préservation de bâtiments souvent anciens et surtout particulièrement remarquables comme la saline d'Arc-et-Senans dans le Doubs. Depuis les années 1970, il s'est élargi à **tout ce qui a permis l'édification de la société industrielle** caractéristique du monde occidental des XIXe et XXe siècles. Il concerne à la fois le bâti et ses aménagements (usines, sites, paysages), l'outillage (machines, processus industriels) et les produits issus de l'industrie.

• **Un enjeu culturel majeur.** Ce type de patrimoine, au-delà de son intérêt la plupart du temps architectural, témoigne des **réalités sociales et locales ayant marqué profondément les territoires**. Sa sauvegarde se pose **en termes inédits** : doit-on les figer comme simples témoignages ou faut-il les réhabiliter ? Dans ce dernier cas, il s'agit de leur trouver une nouvelle affectation qui conserve si possible leur identité primitive.

B Des patrimonialisations multiples

• **La muséification.** La conversion en musée de bâtiments emblématiques a été la première piste explorée pour la sauvegarde du patrimoine industriel. Ainsi l'ancienne mine Delloye à Lewarde est-elle transformée, dès 1984, en **centre historique minier** qui allie la mémoire (exposition d'objets du quotidien) au ludique (le train de mine). Mais **ce type de création reste limité** et doit parfois sa survie plus au soutien institutionnel (centre de ressources pédagogiques, scolaires) qu'à l'engouement des visiteurs.

• **La réhabilitation.** La transformation **en logements, en bureaux ou en bâtiments publics** est une solution souvent heureuse. Elle permet de sauver les édifices tout en concevant une nouvelle œuvre architecturale enracinée dans le présent. L'ancienne filature Roussel de Roubaix est réhabilitée en 1999 en bureaux et en studio de danse pour le Ballet du Nord par l'architecte Jean-Charles Huet. Toujours à Roubaix, l'usine de la Motte-Bossut est devenue le centre des archives du monde du travail. Dans les deux cas, suivant l'expression de Jean Nouvel, **ces édifices « gagnent leur vie par eux-mêmes »**.

• **La dépatrimonialisation.** Lorsqu'une réhabilitation patrimoniale semble improbable et qu'aucune reconversion industrielle n'est possible, il faut, pour éviter le maintien en friches désolantes, recourir à **des solutions innovantes**. Ainsi **le carreau de Nœux-les-Mines**, près de Lens, a-t-il été reconverti depuis 1996 en **base de loisir** (Loisinord) avec comme principale attraction une piste de ski synthétique aménagée sur le sommet d'un ancien terril dont elle perpétue indirectement la mémoire.

Le Centre historique minier de Lewarde dans le département du Nord (59), plus grand musée de la mine d'Europe. ▶

30 Rayonnement français et patrimoine immatériel

Dès le XVIe siècle, la France s'affirme sur la scène mondiale autant par sa capacité de séduction culturelle (littérature, philosophie, peinture) que par sa force militaire et économique. Ce que l'on qualifiera par la suite de **patrimoine immatériel** lui assure un **rayonnement** qui va **au-delà de son poids strictement arithmétique** (superficie, démographie, etc.). Son importance est telle qu'il est, aujourd'hui, **l'objet d'actions diplomatiques d'ampleur**. Ainsi, en 2010, la France obtient-elle l'inscription du « repas gastronomique des Français » au patrimoine mondial de l'UNESCO.

1 La notoriété internationale du patrimoine immatériel français

A Des facettes multiples

• **Un patrimoine élargi.** La connaissance du patrimoine français dans le monde ne se limite pas à des **édifices prestigieux** (le mont Saint-Michel, les châteaux de Versailles et de la Loire, la tour Eiffel, l'Arc de triomphe et autres monuments parisiens). Elle s'élargit à **tous les aspects de l'histoire du pays** (faits militaires, actes politiques, découvertes scientifiques, événements sociétaux, littérature, traditions gastronomiques, grands vins et multiples fromages). Ainsi, l'affaire Dreyfus est le fait historique français le plus cité spontanément par les étrangers, après la Révolution de 1789.

• **Art et littérature.** Dans le domaine artistique, la musique (Lully, Rameau, Berlioz, Debussy et Ravel), la sculpture (Rodin), la peinture et plus particulièrement l'impressionnisme (Cézanne, Monet ou Renoir) sont mondialement connus. **Même Picasso** (artiste espagnol qui a vécu en France de 1904 à sa mort, en 1973) **est considéré comme appartenant au patrimoine français**. En littérature, la France occupe une place majeure, aussi bien pour ses grands classiques (Corneille, Racine, Molière) que pour ses philosophes des Lumières (Voltaire, Montesquieu, Diderot) et ses auteurs plus contemporains (Hugo, Baudelaire ou Proust).

> **Texte-clé**
>
> **Le patrimoine immatériel défini par l'UNESCO**
>
> • **Traditionnel, contemporain et vivant à la fois** : le patrimoine culturel immatériel ne comprend pas seulement les traditions héritées du passé, mais aussi les pratiques rurales et urbaines contemporaines, propres à divers groupes culturels.
>
> • **Inclusif** : […] il contribue à la cohésion sociale, stimulant un sentiment d'identité et de responsabilité qui aide les individus à se sentir partie d'une ou plusieurs communautés et de la société au sens large.
>
> • **Représentatif** : le patrimoine culturel immatériel n'est pas seulement apprécié en tant que bien culturel, à titre comparatif, pour son caractère exclusif ou sa valeur exceptionnelle. Il […] dépend de ceux dont la connaissance des traditions, des savoir-faire et des coutumes est transmise au reste de la communauté, de génération en génération.
>
> • **Fondé sur les communautés** : le patrimoine culturel immatériel ne peut être patrimoine que lorsqu'il est reconnu comme tel par les communautés, groupes et individus qui le créent, l'entretiennent et le transmettent.

B Les relais du rayonnement immatériel français

• **Le rôle des institutions.** Les 160 ambassades françaises participent au rayonnement français en particulier grâce à leurs services culturels. Ils sont la plupart du temps épaulés par les **800 centres de l'Alliance française** répartis dans 132 pays et le Bureau international de l'édition française.

• **Luxe et prestige.** L'exportation du « mode de vie à la française » joue un rôle majeur dans les secteurs de la restauration et de la **gastronomie** (Bocuse, Robuchon, Ducasse) à Londres, New York, Tokyo et Pékin, de la **mode** (Chanel, Dior, LVMH), de la pâtisserie, de la viennoiserie et de la **boulangerie** (Poilâne et la réputation mondiale du pain français), de la **viticulture** (développement de la vigne aux États-Unis, en Afrique du Sud, en Australie). Autant de domaines où la présence française est identifiée et reconnue comme porteuse d'une tradition d'excellence dans l'**art de vivre** et les arts de la table.

2 Une spécificité patrimoniale française : le repas gastronomique

A La gastronomie, une invention récente

• **« L'art de faire bonne chère ».** Au XVIe siècle, Rabelais dans son *Quart Livre* met en scène un certain messire Gaster (« estomac »), respecté de tous les Gloutons et qui est qualifié de gastronome. Le mot entre dans le dictionnaire de l'Académie française en 1835 comme « art de faire bonne chère ». À la fin du XIXe siècle, cette définition est complétée par le journaliste Charles Monselet qui voit la gastronomie comme **« la joie de toutes les situations et de tous les âges »**.

• **Un moment de partage.** La gastronomie est indissociable du repas, c'est-à-dire du moment, à heure fixe, où de la nourriture est consommée. Le repas gastronomique signifie aussi **une forme particulière de convivialité** : un accueil agréable, un environnement soigné, la qualité des produits cuisinés avec soin dans le cadre d'une tradition culinaire respectée ou réinventée. Tous ces critères sont d'ailleurs ceux qui servent à l'attribution des **prestigieuses étoiles décernées par le *Guide Michelin*** aux grands chefs comme Paul Bocuse ou Michel Guérard.

▲ Le chef Paul Bocuse promu officier de la Légion d'honneur par Jacques Chirac en 1987.

B Une inscription au patrimoine mondial de l'UNESCO

• **Une « obstination » française.** En 2007, est créée la **Mission française du patrimoine et des cultures alimentaires** (MFPCA) dans le but de valoriser la gastronomie française en la faisant inscrire au patrimoine mondial de l'UNESCO. L'annonce en est faite officiellement par le président de la République en 2008. Le dossier de candidature, soigneusement monté, insiste sur la **dimension culturelle du repas gastronomique** présenté comme une **pratique sociale coutumière** célébrant des moments privilégiés sous la forme d'un « repas festif au cours duquel les convives pratiquent l'art du bien manger et du bien boire ».

• **Une pratique sociale « menacée » ?** En 2010, les experts du Comité intergouvernemental de l'UNESCO réunis à Nairobi (Kenya) statuent favorablement sur la demande de la France. Le repas gastronomique des Français est désormais inscrit au **patrimoine immatériel mondial**. Au-delà d'une reconnaissance historique et culturelle de première importance, la décision de l'organisation internationale doit beaucoup à l'**argumentation française soulignant les menaces qui pèsent sur cette pratique culturelle** coutumière à cause de l'évolution des habitudes alimentaires (disparition des repas à heure fixe, *fast-food*, plats préparés, etc.).

SPÉCIALITÉ HGGSP

31 Qu'est-ce que l'environnement ?

Dans son sens contemporain de **« milieu de vie »**, le terme « environnement » n'entre dans le langage courant qu'à la fin du XXe siècle. Mais il y prend très vite une place majeure tant ses significations s'élargissent rapidement. Elles concernent en premier lieu les **dynamiques écologiques des sociétés humaines**. En ce sens, **le mot se substitue rapidement à celui de milieu** qui ne subsiste plus que dans le vocabulaire d'une géographie classique un peu périmée. Puis il se charge progressivement de connotations anthropiques et, plus qu'un concept, il devient **un des enjeux majeurs** des interrogations que les **sociétés actuelles** portent sur leur **identité** et sur leur **avenir**.

1 Un mot au parcours étonnant

A Un terme d'abord rare et peu usité

• **« Ceindre ».** Au milieu du Moyen Âge, environner, issu de l'ancien français ***viron* (cercle)**, signifie « faire le tour », « mettre autour de », « ceindre ». Vers 1300, apparaît environnement qui exprime l'action d'**entourer**. Le mot disparaît de la langue française à la Renaissance.

• ***« To environ »*.** Le mot se maintient dans la langue anglaise. Au début du XVIIe siècle, l'*Oxford Standard Dictionary* mentionne ***« environment »*** comme un dérivé du verbe *« to environ »* et lui donne le sens de **« ce qui nous entoure »**. Il faut attendre le **XIXe siècle** pour que son usage se répande dans le monde anglo-saxon et prenne la double acception de **« milieu dans lequel nous vivons »** et de « conditions extérieures capables d'agir sur le fonctionnement d'un système ». C'est à ce moment qu'il s'invite dans le discours scientifique et, plus particulièrement, géographique et biologique.

• **Paul Vidal de La Blache et l'environnement.** Le **fondateur de l'école française de géographie**, très au fait des travaux anglo-saxons, commence à utiliser ce terme dès les années 1910. Pour lui, l'environnement est **« moins ce qui entoure que ce qui inclut »**. Dans ce sens, il se rapproche de ce que pressent l'écologie scientifique naissante, particulièrement dans les travaux du biologiste allemand Haeckel. Dans son ouvrage posthume *Principes de géographie humaine*, Vidal de La Blache reprend plusieurs fois le terme d'environnement qu'il semble préférer à celui de **milieu**, mais c'est ce dernier mot qui **a les faveurs des géographes au moins jusqu'aux années 1970**.

> **Texte-clé**
>
> **La première définition moderne de l'environnement en France**
>
> Sous le nom de *milieu*, cher à l'école de Taine, sous celui d'*environnement*, d'emploi fréquent en Angleterre, ou même sous celui d'*écologie*, que Haeckel a introduit dans la langue des naturalistes – termes qui au fond reviennent à la même idée –, c'est toujours la même préoccupation qui s'impose à l'esprit, à mesure que se découvre davantage l'intime solidarité qui unit les choses et les êtres. L'homme fait partie de cette chaîne ; et dans ses relations avec ce qui l'environne, il est à la fois actif et passif, sans qu'il soit facile de déterminer en la plupart des cas jusqu'à quel point il est soit l'un, soit l'autre. […] Ainsi cette notion de milieu, qui se résumait jadis en une formule trop simple, ne cesse de se compliquer par les progrès de notre connaissance du monde vivant ; mais cette complication même permet de la serrer de plus près.
>
> Paul Vidal de La Blache, *Principes de géographie humaine*, 1922.

B Subitement, tout devient « environnement »

• **Sommet de la Terre et environnement.** C'est la première conférence des Nations unies sur l'environnement, qui se tient à Stockholm en 1972, qui popularise le terme en l'infléchissant nettement vers l'**écologie**. L'environnement est certes toujours « l'ensemble des conditions naturelles et culturelles susceptibles d'agir sur les organismes vivants et les activités humaines », mais pour le grand public il devient synonyme des **nouveaux problèmes** qui touchent les sociétés des Trente Glorieuses (pollution, destruction de la nature et des paysages traditionnels, augmentation du risque industriel, etc.).

• **Un concept « fourre-tout ».** En se réduisant progressivement à l'impact négatif des activités humaines sur les réalités biophysiques, le sens du mot « environnement » **se détache rapidement de celui de milieu**. Il acquiert ainsi **une autonomie lexicale qui facilite son adoption par le grand public**. Devenu un terme aux dimensions variables, il peut être compris et approprié par tout un chacun.

• **Un mot à la mode.** Passé dans le langage courant, l'environnement échappe à la communauté scientifique et devient **l'expression d'une prise de conscience des limites des sociétés industrielles** et des problèmes qu'engendre, au final, une société qui se voyait moderne et « idéale ». Plus le mot fait les gros titres des journaux et les délices des magazines scientifiques grand public (*Science & Vie* sort un épais numéro « Spécial environnement » dès 1974), plus il est délaissé par les spécialistes qui lui reprochent son imprécision grandissante et sa **politisation progressive** (« agir pour l'environnement », « sauver l'environnement »).

> **Texte-clé**
>
> **L'environnement pour le grand public**
>
> *La France défigurée* est lancée en 1971 par deux producteurs élevés dans le sérail de la presse écrite puis de l'ORTF, Michel Péricard et Louis Bériot. [...] Elle est diffusée une fois par mois jusqu'en 1977. Louis Bériot et Michel Péricard orientent leur émission vers la défense de l'environnement et du cadre de vie, deux concepts qui se précisent au début des années 1970. Le ministère de l'Environnement est créé avec Robert Poujade à sa tête en 1971. [...] Fille de son temps, *La France défigurée* dénonce en priorité l'avachissement de la qualité architecturale, dans les grands ensembles comme dans les lotissements de maisons individuelles. Elle s'attarde sur les nouveaux programmes issus de la civilisation des loisirs et s'inquiète du saccage des côtes françaises ou de la montagne. Elle parle de pollution des cours d'eau et de l'air par les industriels. Elle milite pour des infrastructures, routes ou châteaux d'eau, davantage intégrés dans le paysage et elle s'attaque aux ingénieurs et élus qui urbanisent, aménagent et équipent le territoire sans se soucier du bien-être des habitants.
>
> Xavier Laurent, « Des catalyseurs d'émotions : *Chefs-d'œuvre en péril* et *La France défigurée* », *Livraisons d'histoire de l'architecture*, n° 17, 2009.

2 Les enjeux environnementaux d'hier et d'aujourd'hui

A Historique des ruptures environnementales

• **Une interaction homme/environnement longtemps équilibrée.** Les **relations nourricières et conflictuelles entre les hommes et leur environnement** remontent à la préhistoire. Pendant des millénaires, les hommes ont agi sur la nature (chasse, élevage, agriculture), qui elle-même agissait sur eux (climats, sols, aléas, etc.) **sans que les grands équilibres ne soient rompus** (voir la leçon 33).

• **L'inflexion des Temps modernes.** La conquête de l'Amérique, l'utilisation accrue des énergies non renouvelables, **les débuts de l'industrialisation** accentuent l'emprise de l'homme sur son milieu mais **ne modifient pas fondamentalement les équilibres planétaires**. La

SPÉCIALITÉ HGGSP

pollution des pays noirs anglais n'affecte qu'eux. La déforestation du territoire chinois sous la dynastie Qing ne bouleverse pas le climat européen.

• **La cassure de la Seconde Guerre mondiale.** Après 1945, la croissance démographique et urbaine, conjuguée aux révolutions technologiques qui se succèdent sans discontinuer, **modifie irréversiblement les équilibres**. Depuis une trentaine d'années, l'humanité violente en permanence les dynamiques globales de l'environnement. Elle épuise les ressources naturelles. Elle pollue les eaux, les sols et les airs. Elle perturbe la composition de l'atmosphère, favorisant ainsi le **réchauffement climatique** (voir la fiche 35). Elle est à l'origine de la **disparition de milliers d'espèces animales et végétales, réduisant dramatiquement la biodiversité** avec laquelle elle avait coévolué depuis toujours.

B Quelle gouvernance environnementale mondiale ?

• **Les différentes interdépendances des États.** Depuis une trentaine d'années, de nombreux spécialistes ont mis en évidence l'interdépendance des États face à la dégradation de l'environnement. **La notion de *global commons* s'est peu à peu imposée** dans le discours public. Mais leur préservation ne peut passer que par une action mondiale concertée au sein d'organismes internationaux aux pouvoirs renforcés.

• **Les institutions mondiales pour l'environnement.** Depuis le sommet de la Terre de Stockholm en 1972, la communauté internationale a progressivement pris conscience de la **nécessité de s'accorder sur une politique de développement durable**. Les Nations unies ont mis en place le PNUE, et plusieurs des sommets de la Terre décennaux, particulièrement celui de Rio en 1992, ont débouché sur des décisions concrètes (voir la fiche 35). Mais les actions entreprises ne sont pas à la hauteur des défis et **certains pays se délient des efforts qu'ils s'étaient engagés à fournir** pour lutter contre le réchauffement de la planète (retrait temporaire des États-Unis des accords de Paris sur le climat de 2015).

Mots-clés

• **Développement durable :** concept forgé au milieu des années 1980, il doit permettre de satisfaire les besoins actuels sans compromettre les possibilités des générations futures. Il prend en compte d'abord des aspects environnementaux, sociaux et économiques.

• ***Global commons* :** expression très en vogue dans les pays anglo-saxons, utilisée comme synonyme d'environnement. Elle désigne les biens communs de l'humanité que sont l'atmosphère, l'eau, les sols et la biodiversité.

L'inauguration de la conférence sur le climat de Paris, le 30 novembre 2015.

• **Une ONUE ?** En 2003, le principe d'une gouvernance mondiale pour le climat a été proposé par la France lors de la 58e Assemblée générale des Nations unies. Il s'agirait de **transformer le PNUE en ONUE (Organisation des Nations unies pour l'environnement)** dotée de **pouvoirs permanents** afin d'incarner « une conscience écologique mondiale ». Malgré quelques avancées, **ce projet ne semble pas près d'aboutir** tant les réticences de certaines grandes puissances (États-Unis mais aussi Chine) sont tenaces.

Mots-clés

PNUE (Programme des Nations unies pour l'environnement) : sa mission est de montrer la voie et d'encourager la coopération pour protéger l'environnement. Il prétend informer les populations et inspirer la politique des États. Pour ce faire, le PNUE publie des rapports annuels et participe à l'élaboration de textes fondamentaux (Agenda 21, Déclaration de Stockholm, etc.).

Texte-clé

Il a suffi de deux cents ans pour rompre le cercle vertueux de l'échange homme-nature, au sein duquel, grâce à la consommation des ressources renouvelables, la compatibilité écologique de l'espèce humaine et de son environnement était assurée. Le puissant missile de la croissance, sommairement résumé par le rapport production/population, a désormais quitté son orbite terrestre et accélère sa course incontrôlée. Il faut donc refermer le cercle, boucler à nouveau les cycles biogéochimiques. Mais comment ? Comment réaliser un développement durable – c'est-à-dire soutenable –, suivant l'expression consacrée ?

Jean-Paul Deléage, « Environnement : un enjeu planétaire », *Encyclopædia Universalis*, 2020.

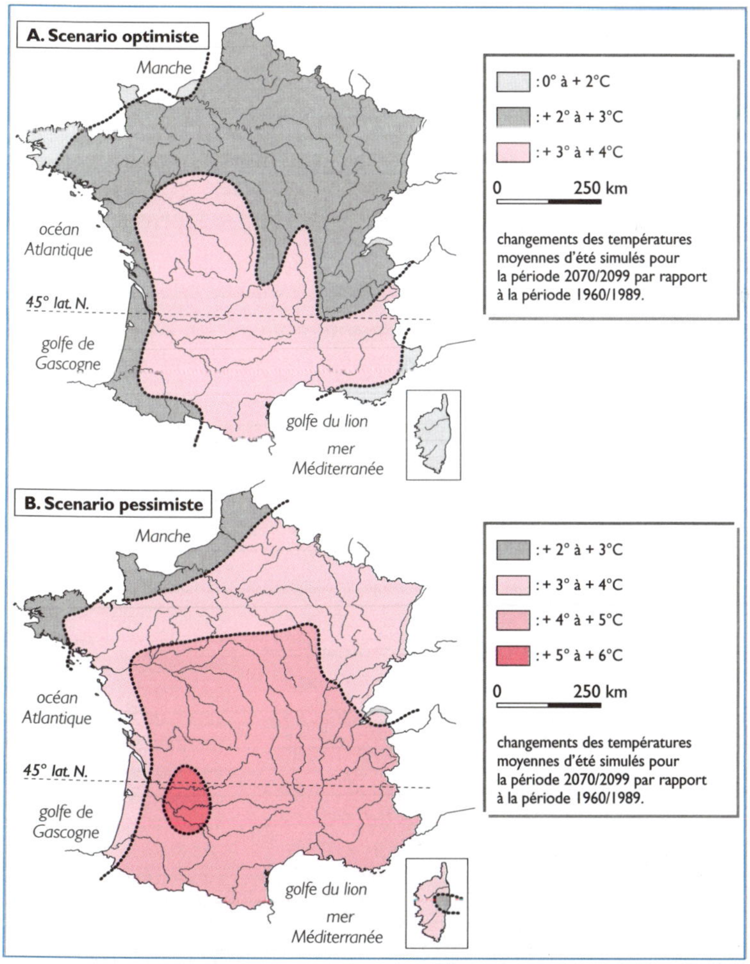

▲ **Le réchauffement climatique prévisible de la France.**
Dans le scénario pessimiste, la France connaîtrait un climat semi-désertique sur les deux tiers de son territoire.

32 La forêt française depuis Colbert

Pour les Romains, une grande partie du territoire de la France actuelle est qualifiée de Gaule « chevelue », soulignant ainsi l'**omniprésence de la forêt**. Du début de notre ère au XIXe siècle, **sa superficie se réduit continuellement**. Les grands défrichements entrepris autour de l'an mil et achevés au XIVe siècle puis la surexploitation dont elle est l'objet conduisent à sa dégradation continue, à tel point que le pouvoir royal s'en inquiète. **La grande ordonnance de 1669 inaugure une nouvelle politique d'État** visant à sa protection. Cette politique s'est poursuivie jusqu'à nos jours. Depuis 1850, la superficie de la forêt française a doublé.

1 Le paysage français longtemps dominant

A La *silva*, élément fondamental de la société rurale

• **Un lieu de l'imaginaire populaire.** Abritant une faune et une flore abondantes, **la forêt est depuis toujours un lieu de périls** où se croisent marginaux (voleurs, contrebandiers) et animaux sauvages dangereux (ours, loups ou créatures monstrueuses : la bête du Gévaudan sous le règne de Louis XV).

• **Un lieu très fréquenté.** En raison des droits d'usage, **la forêt est intensément exploitée** : on y ramasse le bois nécessaire au chauffage, on y fait paître les animaux domestiques et l'on y pratique la cueillette. Ces compléments de ressources sont indispensables aux sociétés rurales de l'Ancien Régime.

• **Une source de conflits permanents.** Les différends entre les seigneurs et les paysans sont quotidiens en ce qui concerne les ressources forestières, les premiers tentants, par tous les moyens, d'en **limiter la surexploitation** par les seconds. Ces conflits s'exacerbent lorsque l'usage qui en est fait devient illégal (braconnage, pêche dans les étangs privés, etc.). La majorité des jugements de basse justice concerne des infractions forestières sous l'Ancien Régime.

B Une dégradation continue jusqu'au XIXe siècle

• **Des usages démultipliés.** Avec l'augmentation continue de la population depuis le Moyen Âge, l'homme a besoin d'un espace sédentaire sans cesse croissant (défrichements) ainsi que de **bois de chauffage** et de construction (coupes claires de plus en plus fréquentes). De plus, les droits d'usage contribuent à la dégradation souvent irréversible des sous-bois. Et les **innombrables guerres** exigent toujours plus de gros bois (construction de bateaux, structures des fortifications construites par Vauban sous le règne de Louis XIV, etc.). **Jusqu'au XIXe siècle, la forêt ne cesse de reculer**, pour atteindre sa superficie minimale vers 1850 (environ 8,5 millions d'hectares).

Mots-clés

• **Droit d'usage :** mise à la disposition de la communauté rurale de certains biens seigneuriaux à plusieurs moments de l'année. Ce droit concerne largement les ressources forestières : ramassage et coupe de bois mort, pacage (action de faire paître des troupeaux dans les bois seigneuriaux) et glandée (pacage des porcs dans les bois pour qu'ils mangent des glands).
• **Stère :** unité de mesure de volume du bois de chauffage et de charpente. Un stère équivaut à un mètre cube.
• **Sylviculture :** ensemble des techniques permettant une gestion rationnelle des forêts afin d'en préserver le potentiel et l'intérêt économique.

• **La grande ordonnance de Colbert (1669).** S'inscrivant dans la continuité des lois antérieures (la première ordonnance date de 1346), elle constitue une étape majeure dans la conservation du patrimoine sylvestre en **réglementant strictement l'exploitation et la coupe des bois.** Elle est toujours à la base du droit forestier contemporain.

Texte-clé

La grande ordonnance de 1669

Elle spécifie les conditions des coupes ordinaires pour garantir le renouvellement du peuplement. Elle définit la proportion à croître en haute futaie qu'elle ramène au quart alors qu'il était du tiers depuis le XVe siècle. Les propriétaires des bois proches de la mer et des rivières navigables désireux de procéder à des abattages doivent désormais obtenir une autorisation royale. Il s'agit de ménager les ressources en grands bois nécessaires aux constructions navales projetées au même moment. Le corollaire de cette volonté de protection des forêts est la restriction très forte des droits d'usage des communautés villageoises. Le dispositif répressif est renforcé et les tarifs des amendes augmentés.

Jean-Yves Grenier (dir.), *Dictionnaire de la France moderne*, Hachette, 2003.

2 Une ressource aujourd'hui en renaissance, encadrée et réglementée

A Le tournant du XIXe siècle

• **Le code forestier de 1827.** Dès 1824, la création de l'école forestière de Nancy (aujourd'hui École nationale des eaux et forêts) permet de former des **personnels** aux techniques de la protection et de l'amélioration sylvicoles. Le code forestier de 1827 reprend et étend la réglementation de l'ordonnance de 1669. Désormais, **les anciens droits d'usage sont strictement interdits**, ce qui entraîne la grande révolte paysanne ariégeoise dite « guerre des Demoiselles » (1829-1832).

• **La politique de reboisement.** S'étendant sur près de 3 millions d'hectares, elle concerne aussi bien les forêts dégradées que la conquête de nouveaux espaces gagnés sur les marais et les landes. La **volonté personnelle de Napoléon III** donne une impulsion décisive à cette politique, particulièrement dans le **département des Landes** (loi de 1857) qui devient, au début du XXe siècle, **la plus vaste forêt d'Europe occidentale**.

B La période contemporaine

• **Une politique forestière de plus en plus cohérente.** Après la Seconde Guerre mondiale, la sylviculture bénéficie de la **mécanisation** de l'agriculture et de l'**amélioration génétique.** Elle voit ses rendements augmenter et, grâce au **Fonds forestier national** (créé en 1946 et disparu en 1999), ses productions sont de mieux en mieux adaptées à la demande (bois pour pâte à papier, pour ameublement, pour charpentes, etc.). La forêt publique (domaniale et communale) est gérée par l'**Office national des forêts.**

• **Un milieu toujours fragile.** Même si la surface forestière a plus que doublé depuis 150 ans, la forêt a été profondément **mutilée par les deux guerres mondiales** et en partie ravagée par de **graves catastrophes naturelles** (gigantesques incendies dans les Landes en 1944 et 1949, sécheresse exceptionnelle dans les Vosges en 1947, tempêtes de décembre 1999, etc.). Elle subit aussi aujourd'hui les conséquences de l'augmentation de la **pollution de l'air** et du **réchauffement climatique**.

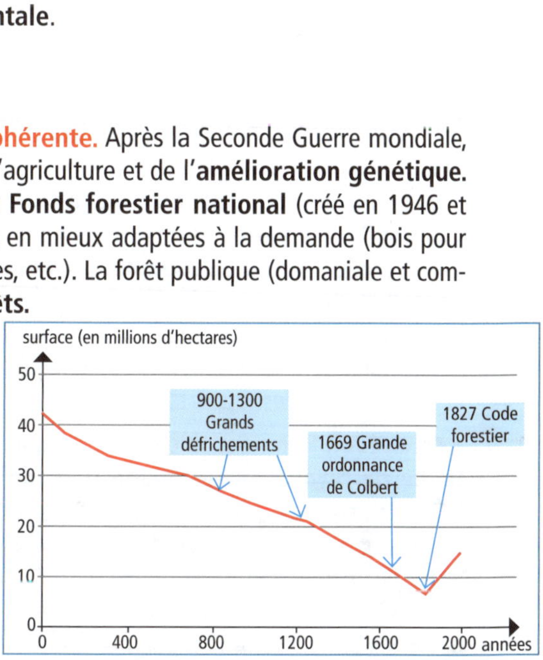

▲ Évolution de la superficie de la forêt française depuis l'Antiquité.

33 Les « révolutions » néolithique et industrielle

Dans le langage courant, une révolution désigne un **mouvement de rupture brutale et violente** qui renverse un ordre établi pour installer durablement un nouvel état des choses. Dans le cas du néolithique et de l'industrialisation des pays occidentaux, ce terme souligne que ce sont **deux tournants majeurs de l'histoire de l'humanité**, deux sortes de « déclencheurs d'un développement économique et industriel spectaculaire ». Remises en partie en cause aujourd'hui, les deux expressions de « révolution néolithique » et de « révolution industrielle » n'en reflètent pas moins l'importance du **rôle des individus dans l'évolution des sociétés et de leurs milieux**.

1 Qu'est-ce qu'une révolution ?

A Le succès d'un terme technique

• **Un mot issu du vocabulaire astronomique.** Il apparaît vers 1190, hérité du bas latin *revolutio*, et désigne un cycle complet, un processus par lequel un astre revenait à son point de départ après un trajet circulaire. Ce sens s'est largement diffusé en géométrie et en mécanique pour qualifier **un mouvement effectué autour d'un axe de rotation**. Il est repris en 1543 par le savant polonais Copernic dans son ouvrage *Des révolutions des orbes célestes.*

• **Un sens nouveau à la Renaissance.** Employé dès 1559 par l'humaniste Jacques Amyot dans le sens de **« bouleversement, changement brutal »**, le terme revient en force d'Angleterre pour qualifier deux événements politiques majeurs du XVIIe siècle limitant le pouvoir de la monarchie : la *Great Rebellion* de 1642-1649 et la *Glorious Révolution* de 1688, l'une violente et l'autre pacifique. La révolution devient alors synonyme de mouvement de grande ampleur **modifiant durablement** les sociétés.

B Une notion devenue pluridisciplinaire

• **La « révolution industrielle ».** À partir du XIXe siècle, la notion de révolution s'élargit avec l'apparition de l'expression « révolution industrielle », inventée par l'économiste français Adolphe Blanqui en 1837 et reprise par Engels et Marx, puis par l'historien britannique Arnold Toynbee. Elle qualifie une **conjonction d'innovations importantes** (machine à vapeur, textile mécanique, acier industriel) ayant **des conséquences profondes sur différents aspects de la société** (massification de la production, exode rural, essor du monde ouvrier et du capitalisme, bouleversement des rapports sociaux, etc.).

• **La « révolution néolithique ».** Par analogie, **le terme de révolution se répand dans de nombreux domaines pour désigner une rupture brutale**. C'est le cas lors de la découverte de nouvelles techniques. On a ainsi parlé d'une « révolution agricole » au XVIIIe siècle, avec l'introduction de nouvelles semences et la modernisation des structures agraires. Remontant plus loin dans le temps,

Biographie

Vere Gordon Childe (1892-1957)

Né à Sydney (Australie), il publie à Londres en 1925 *The Dawn of European Civilization (L'Aube de la civilisation européenne)* où il qualifie la sédentarisation de l'homme à l'époque néolithique de « révolution ». L'expression, reprise rapidement dans le monde entier, le propulse au premier rang des spécialistes de la préhistoire. Il devient professeur d'archéologie préhistorique à l'université d'Édimbourg (1927) puis de Londres (1946). Il étend peu à peu sa réflexion à l'évolution globale des sociétés humaines.

l'archéologue australien Vere Gordon Childe invente autour de 1920 l'expression « révolution néolithique », pour parler des débuts de la culture des céréales et de la **sédentarisation des humains** il y a 10 000 ou 12 000 ans.

2 « Révolutions » industrielle et néolithique, deux réalités différentes

A La « révolution industrielle », une rupture rapide et spectaculaire

• **Un sentiment ressenti par les contemporains.** Pour l'historien Paul Mantoux, au XIXe siècle, l'essor de l'industrie « fut si prompt et eut de telles conséquences qu'on a pu le comparer à une révolution ». Cette expression traduit parfaitement **la sensation éprouvée** par les hommes **devant l'ampleur et la soudaineté des transformations techniques « révolutionnant » leur environnement quotidien.** Vers 1840, il faut encore près de 8 jours en diligence pour faire le trajet Paris-Marseille. En 1880, avec le chemin de fer, le voyage est effectué en 15 heures, soit une diminution du temps de parcours de plus de 90 %.

• **Une influence majeure sur les milieux et les sociétés.** La révolution industrielle **accroît brutalement les besoins en ressources non renouvelables** (énergie, matières premières) ainsi que les pollutions de toutes sortes (eaux, sol, air). Elle **modifie durablement les paysages** (développement urbain, naissance des pays « noirs », révolution des transports, etc.) tout en **bouleversant les sociétés** qui y vivent (transformation radicale de l'organisation du travail, demande croissante de biens de consommation, augmentation généralisée du niveau de vie, etc.).

▲ La transformation des milieux par les hommes : la révolution industrielle dans le pays de Galles (Royaume-Uni) à la fin du XIXe siècle.

B La « révolution néolithique », une révolution lente et fondamentale

• **Du prédateur au producteur.** Depuis ses origines, l'homme s'était comporté en prédateur de son milieu, c'est-à-dire qu'il y prélevait ce qui était nécessaire à sa subsistance. En domestiquant les animaux sauvages, en semant et en récoltant au lieu de pratiquer la cueillette, **il se détache du comportement de l'animal.**

> **Mot-clé**
>
> **Néolithique :** terme forgé en 1865 à partir du grec *neos*, nouveau, et *lithos*, pierre, et désignant au départ l'âge de « la pierre polie » entre 10 000 et 2 000 av. J.-C. Cette appellation s'est maintenue jusqu'à nos jours, même si l'on considère aujourd'hui que le critère retenu initialement pour désigner cette période (la pierre) ne caractérise pas assez le tournant majeur qu'elle représente pour les sociétés humaines.

• **Sédentarisation et expansion.** Capables d'accumuler des réserves alimentaires, les hommes du néolithique peuvent se sédentariser, **se grouper en villages** où ils connaissent une expansion démographique sans précédent. La recherche de nourriture n'étant plus une préoccupation constante, **une première division du travail peut s'instaurer** et donner naissance à l'artisanat (particulièrement la céramique et la vannerie). D'abord destinés aux besoins locaux, ces produits sont, à l'origine, de **la pratique du troc** avec d'autres groupes sédentarisés, qui constitue **la première forme de commerce mondial.**

SPÉCIALITÉ HGGSP

34 L'évolution du climat en Europe du Moyen Âge au XIXe siècle

Jusqu'au XIXe siècle, **les évolutions du climat peuvent être considérées comme « naturelles »**, c'est-à-dire qu'elles ne sont pas influencées par les activités humaines. Les variations climatiques que l'on peut entrevoir grâce à la **paléoclimatologie** sont globalement d'ordre **cosmique** (distance de la Terre au Soleil, météorites, etc) et **géomorphologiques** (volcanisme, etc.). Elles sont relativement faibles et leur amplitude ne dépasse guère, en moyenne séculaire, le degré. Ces constatations permettent de mieux mettre en perspective les évolutions de la période contemporaine où les **influences anthropiques** sont devenues majeures.

1 Reconstruire le climat du passé

A Les limites des sources classiques

• **Les données instrumentales.** Celles qui sont recueillies par les pluviomètres et les thermomètres sont fondamentales. Elles fournissent des données fiables et comparables d'un point à un autre. Mais **elles ne sont disponibles**, pour la plupart des régions du globe, **que depuis moins d'un siècle.** En Europe, certains relevés existent cependant depuis le XVIIe siècle. Ainsi, à partir de 1658, l'astronome Ismaël Boulliau entreprend-il de noter quotidiennement les températures parisiennes, point de départ de la plus longue série mensuelle connue au monde. Mais, même en France, **ce type de relevé est trop rare** pour évaluer globalement les variations de température sur tout le territoire à l'époque moderne.

• **Les sources écrites.** À partir du Moyen Âge, **les chroniques et les journaux privés** donnent des informations souvent intéressantes sur le temps qu'il fait, particulièrement lors d'**événements climatiques remarquables entraînant des catastrophes** : pluies diluviennes, grands froids, sécheresses anormales. Des observations indirectes sont aussi très utiles à l'historien. **Ainsi les travaux d'Emmanuel Le Roy Ladurie sur les dates de vendanges en Bourgogne depuis 1370** permettent-ils de distinguer des périodes chaudes et des périodes froides.

B Le recours aux « archives naturelles »

• **Les proxies climatiques.** Ce sont des **indicateurs indirects** des variations climatiques comme les carottes de glace ou les **carottes sédimentaires extraites du sol**, les sédiments marins, les stalagmites et les arbres. Ils fournissent des quantités relativement importantes de données exploitables, particulièrement pour la période postérieure à l'an mil.

• **L'importance de l'étude des arbres.** Ils sont une source majeure de données sur le climat du passé à cause de leur **sensibilité aux variations de température et de pluviométrie** que l'on peut **« lire » sur la section de leur tronc**. Mais ces données ne sont exploitables **que pour le dernier millénaire** : bien que le plus vieil arbre européen identifié date de la fin du VIIIe siècle, rares sont ceux antérieurs au XIe siècle.

Mots-clés

• **Anthropique :** ce qui est marqué par l'action de l'homme.
• **Climacique :** formation végétale qui se développe en dehors de toute intervention humaine.
• **Géomorphologie :** analyse scientifique des formes du relief.
• **Paléoclimatologie :** étude des variations climatiques terrestres du passé, principalement par l'analyse géologique des sols qui permet d'identifier les végétations climaciques d'une époque donnée.

2 Une évolution globale du chaud vers le froid

A L'optimum climatique médiéval

• **Des températures plus élevées.** On constate globalement une hausse des températures, notamment dans la période allant du IXe au XIVe siècle, hausse qu'Emmanuel Le Roy Ladurie estime à **environ 1,4 °C** aux alentours de l'an mil en Europe occidentale et jusqu'à 4 °C le long des côtes du Groenland. Elle correspond peut-être à **un regain temporaire de l'activité solaire**, particulièrement entre 1100 et 1250.

• **L'extension de la vigne.** Elle apparaît dès le Xe siècle **dans des pays où elle était absente jusque-là** (Angleterre, Allemagne, Belgique). **Elle disparaît progressivement de ces régions à partir du XIVe siècle.** Ces évolutions confirment la hausse des températures moyennes en Europe à cette époque, même si dans le détail, il y a eu des **périodes plus froides** lors de cet optimum climatique (par exemple en 1040 et 1080).

Texte-clé

L'optimum climatique du Moyen Âge controversé

Bien des facteurs ont contribué au progrès de l'agriculture médiévale. On voit parfois dans les changements climatiques l'origine de la grande entreprise de défrichement qui a transformé l'aspect de l'Occident. Mais les avis des spécialistes divergent : réchauffement pour les uns (Le Roy Ladurie), persistance de périodes froides pour d'autres (Brooks), en tout cas phases sèches s'étendant de la fin du Xe à la fin du XIIIe siècle qui auraient facilité la mise en culture de nouveaux espaces.

Michel Balard (dir.), *Le Moyen Âge en Occident*, coll. « HU histoire », Hachette Supérieur, 2011.

B Le petit âge glaciaire

• **Un refroidissement général.** Entre le XIVe et le XIXe siècle, une baisse relativement importante mais discontinue des températures est sensible en Europe. Elle correspond globalement à des **périodes de très faible activité solaire** (particulièrement lors du **minimum allant de 1645 à 1715** étudié par l'astronome Maunder).

• **L'âge des glaces ?** Les peintures enneigées de Bruegel, les descriptions contemporaines de froids intenses gelant jusqu'aux barriques de vin et surtout **l'avancée spectaculaire de nombreux glaciers montagnards** sont à l'origine de cette appellation de « petit âge glaciaire ». Dans la réalité, il correspond surtout au ressenti du début du XVIIIe siècle, particulièrement en France où **les désastres climatiques semblent amplifier les catastrophes** diplomatiques, politiques et économiques de la fin du règne de Louis XIV.

Texte-clé

L'hiver 1709 pendant le petit âge glaciaire

La rivière se gèle et se glace entièrement […], ce qui cause mille désordres aux bâtiments et a fait échouer quantité de vaisseaux qui ont été très endommagés. […] C'est une chose étonnante, l'encre se gèle dans l'écritoire à chaque moment. Le vin, dans les bouteilles, se consolide et se glace entièrement, et les doigts des laquais se prennent aux assiettes un peu mouillées. […] Les oiseaux à la campagne et le gibier meurent tous et se mangent l'un à l'autre. On m'a dit qu'à Paris, il était mort, pendant les dernières gelées, 12 000 personnes. Le froid continue et le thermomètre est au-dessous du 25e degré. Toutes les horloges de la ville sont détraquées, le froid ayant été si violent qu'il a fait impression sur les ressorts desdites horloges dont la plupart se sont cassés.

Joseph François Ignace de Labat de Savignac, *Mémorial général*, 1708-1720.

Foire sur la Tamise gelée à Londres durant l'hiver 1684-1685.
◄ Tableau d'Abraham Hondus, 1684.

35 Réchauffement climatique et relations internationales

Expression définie en 1971 et couramment utilisée depuis 1988, le « réchauffement climatique » est une **augmentation notable de la température moyenne observée à la surface de la Terre**, tendance dont on prévoit le renforcement dans les années à venir. Il occasionne de nombreuses **modifications des écosystèmes** et d'importantes conséquences sur les sociétés humaines : élévation du niveau de la mer, acidification des océans, submersion des littoraux, perturbation du régime des précipitations. Largement identifié comme d'origine anthropique, c'est-à-dire **lié aux activités humaines**, la lutte contre le réchauffement climatique est devenue un enjeu planétaire.

1 La réalité du réchauffement climatique

A Une mise en évidence scientifique

• **Des indices concordants.** Depuis la fin du XXe siècle, de nombreux travaux scientifiques ont mis en évidence des **changements inquiétants** survenus à l'échelle du globe : recul des glaciers, étés plus secs, hivers moins rudes, extrêmes plus fréquents. Le réchauffement climatique global est **indéniable** : la température « moyenne » du globe augmente (0,7 °C de 1956 à 2016). Dans les derniers cent ans, **sur les 10 années les plus chaudes, 9 l'ont été depuis 2000**.

• **La résistance des climatosceptiques.** Certains groupes de pression, en particulier aux États-Unis, contestent pourtant cette réalité. Ils s'appuient sur les travaux de scientifiques dits climatosceptiques qui soutiennent que **la planète a déjà connu plusieurs variations fortes de températures** : aux temps géologiques avec les glaciations du quaternaire, aux temps historiques avec, par exemple, « l'optimum médiéval » ou le petit âge glaciaire à la fin du XVIIe siècle et au début du XVIIIe siècle (voir la leçon 34).

B Une accélération aux conséquences désastreuses

• **L'action anthropique.** La grande majorité des savants met en cause les **méfaits de l'activité humaine**. La production massive de CO_2 dans les transports ou l'industrie contribue à l'effet de serre, qui fait monter la température de l'atmosphère. Ainsi depuis 1945, **les gaz à effet de serre liés aux activités humaines** « jouent un rôle important dans le réchauffement global » selon le GIEC. Les prévisions pour le milieu du XXIe siècle tablent sur une ampleur du réchauffement climatique comprise **entre 1,8 et 3,5 °C.**

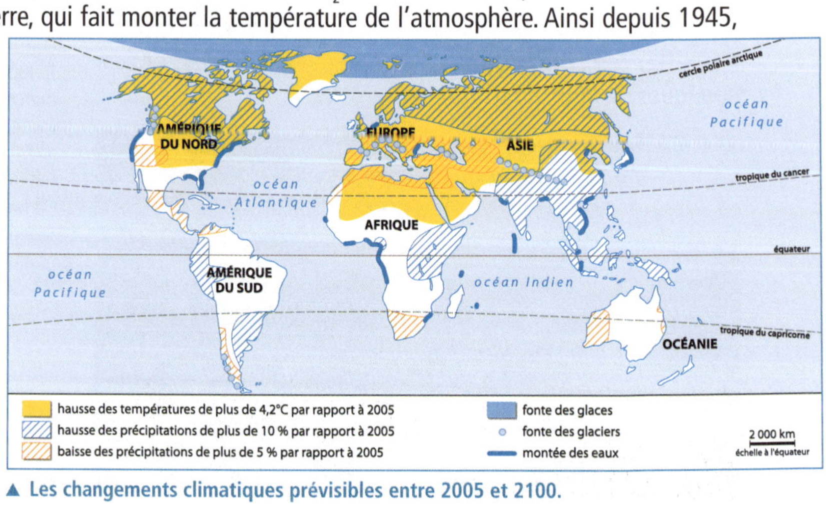

▲ Les changements climatiques prévisibles entre 2005 et 2100.

• **La montée des eaux.** Les océans ont, selon les scientifiques, absorbé plus de 80 % de la chaleur additionnelle, avec comme conséquence une dilatation thermique due à cette élévation des températures de surface, à laquelle il faut ajouter l'élévation liée à la fonte des glaces. Il en résulte **une montée du niveau des mers** de 1,8 mm par an depuis 1961, soit **20 cm depuis 1900**. Pour 2100, cette élévation est estimée entre 18 et 59 cm. **Elle menace des centaines de millions d'individus** vivant dans les espaces côtiers et les îles, en particulier sur les côtes de l'océan Indien et du Pacifique.

Mots-clés

• **Gaz à effet de serre :** gaz comme le méthane ou l'ozone contribuant à l'effet de serre et soupçonnés d'être à l'origine du réchauffement climatique. Depuis le protocole de Kyoto (1997), la plupart des États s'engagent à réduire leur émission.
• **GIEC :** Groupe d'experts intergouvernemental sur l'évolution du climat. Ouvert à tous les pays membres de l'ONU, il a été créé en 1988. Il a pour objectif d'évaluer les risques liés au réchauffement climatique et d'envisager des stratégies d'atténuation de ces changements.

2 Des constats aux actes, la difficile équation des accords internationaux

A Sommets de la Terre et Conférences des parties (COP)

• **Une prise de conscience lente.** Le diagnostic du réchauffement climatique n'a pas immédiatement été suivi de faits. La publication de nombreux rapports alarmistes a peu à peu éveillé les consciences à l'échelle mondiale. Mais **il faut attendre 1972 pour qu'ait lieu, à Stockholm, la première conférence internationale sur le climat** qui aboutit à la création du Programme des Nations unies pour l'environnement (PNUE). Désormais, l'habitude est prise d'organiser ce type de conférence tous les dix ans.

• **Le sommet de la Terre à Rio.** Si le sommet de Nairobi (1982) n'aboutit à aucune avancée réelle, celui de Rio (1992) débouche sur des **décisions concrètes** : un plan d'action écologique pour le XXIe siècle (Agenda 21) et une convention sur le climat à l'origine du **protocole de Kyoto** (1997) prévoyant une réduction de l'émission des gaz à effet de serre pour les pays signataires.

• **Les COP.** Adoptée à Rio en 1992, la Convention-cadre des Nations unies sur les changements climatiques, entérinée au départ par 166 pays, met en place la **COP (Conférence des parties)**, c'est-à-dire la **réunion annuelle de tous les États signataires** afin d'**évaluer** l'efficacité des accords de Rio et de les **prolonger** ou de les modifier.

B La faiblesse des « institutions climatiques »

• **Les enjeux contradictoires du sauvetage climatique.** Les objectifs discutés lors des réunions internationales suscitent des résistances, notamment de la part des États-Unis. En effet, ces objectifs entrent souvent en **contradiction avec des intérêts économiques majeurs** ou la sauvegarde de secteurs stratégiques pour les pays concernés.

• **Un fonctionnement malaisé.** Avec 197 adhérents aujourd'hui, les prises de décision deviennent malaisées lors des COP, même si un secrétariat basé à Bonn planifie les sommets et collecte les informations utiles à leur préparation. **Les objectifs fixés sont ambitieux** (pour l'Union européenne, une baisse en 2030 de 40 % des émissions de gaz à effet de serre par rapport à 1990) mais il n'existe aucun pouvoir de police pour contraindre efficacement au respect des engagements pris. **Dans les faits, les résultats sont maigres** et les institutions « climatiques » restent les moins abouties de toutes les organisations internationales.

36 Les États-Unis et la question environnementale

Les rapports des États-Unis à l'environnement sont **complexes**. Pionniers dans la préservation des ressources forestières, creuset intellectuel majeur de la réflexion sur les *global commons*, ils endossent, depuis plusieurs années, l'habit du **pays *leader* du camp des climatosceptiques**. Ils semblent entraver, par leur refus de ratifier les accords de Paris de 2015, la mise en place d'une gouvernance mondiale sur le climat. Ces contradictions apparentes s'expliquent par la nature même du pays. Tiraillés entre des pouvoirs locaux très divers, des **groupes de pression industriels** hétéroclites mais puissants et un gouvernement fédéral aujourd'hui sans véritable cohérence, les États-Unis n'ont pas une mais **des politiques environnementales pas toujours cohérentes**.

1 Protéger l'environnement du pays

A Une prise de conscience précoce

• **La préservation de la forêt.** Les États-Unis sont pionniers dans la protection des espaces naturels. Le **premier parc national** au monde est créé à **Yellowstone** en 1872. Plus de 60 ont été instaurés depuis. Dès la fin du XIXe siècle, la protection des forêts est une préoccupation majeure. En 1905, le président **Theodore Roosevelt** est à l'origine du *Department of Agriculture's Forest Service*, à qui il attribue la mission de **préserver et développer les ressources forestières pour « les transmettre aux générations futures »**.

• **La protection des sols.** Les catastrophes écologiques liées à la déforestation et à la sécheresse (le *Dust Bowl*, tempêtes de poussière qui ravagent le centre du pays dans les années 1930) obligent les autorités à réagir. Lors du *New Deal*, le président **Franklin Delano Roosevelt crée le CCC** (*Civilian Conservation Corps*) dans le but de **lutter contre l'érosion et la dégradation des sols**. Entre 1933 et 1942, cette administration civile de protection de l'environnement embauche plus de 250 000 chômeurs et **parvient à enrayer le *Dust Bowl*** et à **reboiser des dizaines de milliers d'hectares**.

B La diversité des politiques environnementales

• **Les différents intervenants.** Les associations et les groupes de pression jouent un rôle majeur dans la définition des politiques environnementales. La ***National Geographic Society***, fondée en 1888 et forte de ses 9 millions d'adhérents, milite depuis ses débuts pour la protection des ressources naturelles, tout comme le ***Natural Resources Defense Council*** qui, depuis 1970, effectue un lobbying intense à Washington en faveur d'une politique de protection de l'environnement. Les organisations scientifiques jouent aussi un rôle majeur : dès 1979, **le comité Charney de l'Académie nationale des sciences** alerte le président Jimmy Carter sur la possibilité d'un réchauffement climatique à brève échéance.

• **Le rôle majeur du local.** Si le gouvernement fédéral est à l'origine de plusieurs initiatives (loi sur les pesticides en 1972, loi sur les politiques énergétiques alternatives de 1992, loi de réforme du secteur énergétique de 2005, etc.), **les principales actions sont décidées au niveau des États et des villes**, entraînant de grandes disparités territoriales entre les régions « vertes » et les autres. **La Californie est depuis toujours en pointe en matière de protection de l'environnement** : elle est l'État américain possédant le plus de centrales solaires, d'éoliennes et de véhicules hybrides ou entièrement électriques. Depuis 2007, New York pratique une ambitieuse politique de rénovation énergétique des gratte-ciel.

2 Une indifférence internationale ?

A Une politique environnementale incertaine au niveau mondial

• **L'héritage isolationniste.** Même après 1945, à l'heure du multilatéralisme, le Parlement américain a toujours veillé à n'accepter qu'un minimum de grands traités internationaux. Ainsi **le protocole de Kyoto**, signé par les États-Unis en 1997, **n'a jamais été ratifié** par les instances législatives du pays.

• **Les incertitudes de l'ère Obama. La lutte contre le réchauffement climatique** a été présentée par l'administration Obama comme **une priorité**. De nombreuses initiatives sont prises (journée du recyclage, etc.) mais, en 2010, le refus du Sénat d'examiner la loi sur la limitation de l'émission de gaz à effet de serre fragilise sa position internationale. Le président **signe cependant les accords de Paris sur le climat de 2015** malgré les réticences d'une partie de son opinion publique.

Mots-clés

• **Isolationnisme** : doctrine de politique extérieure américaine dominante jusqu'en 1941 qui prône la non-intervention des États-Unis dans les affaires des pays étrangers.
• **Multilatéralisme** : organisation de la politique extérieure d'un État conformément aux principes démocratiques en tenant compte des positions de tous les acteurs concernés.

B De Trump à Biden, des ruptures et beaucoup de continuités

• **Les climatosceptiques au pouvoir ?** Dès son arrivée à la Maison-Blanche, Donald Trump nomme successivement plusieurs personnalités climatosceptiques bien connues pour leurs liens avec les **lobbies de l'énergie** (Myron Ebell, Scott Pruitt, Andrew R. Wheeler) à la tête de l'*Environmental Protection Agency* (EPA), équivalent américain du ministère de l'Environnement. Dès 2017, le président américain annonce qu'**il sortira des accords de Paris sur le climat** dès qu'il le pourra (soit en novembre 2020).

• ***America First.*** L'administration Trump a mené, de 2017 à 2020, une politique de **retour à la valorisation des énergies fossiles**. L'exploitation du charbon est encouragée ainsi que la reprise des forages pétroliers en mer. **L'EPA réduit les espaces naturels protégés contre l'exploitation des gaz de schiste** afin de favoriser leur extraction. En janvier 2020, Donald Trump proclame que l'indépendance énergétique américaine est retrouvée et que **les États-Unis, premier pays producteur de gaz au monde**, en exportent de plus en plus.

• **Les élections présidentielles de 2020.** La victoire du candidat démocrate **Joe Biden** face à Donald Trump aux élections présidentielles de 2020 semble rebattre les cartes climatiques. Dès le 27 janvier 2021, le président nouvellement élu a précisé que les États-Unis avaient « désespérément besoin d'une réponse nationale unie à la crise climatique, car il existe bien une crise climatique ». Joe Biden a ainsi annoncé la **suspension provisoire des forages d'hydrocarbures** « sur les terres et dans les eaux fédérales » ainsi que l'organisation par les États-Unis **« d'un sommet de dirigeants sur le climat, le 22 avril 2021, le jour de la Terre »**. Mais il se heurte à de multiples réticences à la fois de l'opinion publique et de nombreux élus pour concrétiser son ambitieux plan pour le climat (plus de 500 milliards de dollars d'investissements) qui n'a pas encore été adopté par le Congrès au printemps 2022.

SPÉCIALITÉ HGGSP

37 La société de la connaissance

Employée pour la première fois en 1969 dans l'essai de Peter Drucker *La grande mutation* (*The Age of Discontinuity*), l'expression **« société de la connaissance »** ou « société du savoir » (*knowledge society*) désigne, au départ, les sociétés de l'ère du numérique naissant où **le savoir, porté et décuplé par les technologies de l'information,** devient progressivement le **moteur premier de l'économie**. Même contestée par une partie des spécialistes, car trop symptomatique d'une idéologie économique néolibérale, **l'expression recouvre cependant** en partie **une réalité incontestable**. Le monde actuel a vu émerger la primauté de « l'expertise » et la communauté scientifique, aujourd'hui totalement mondialisée, jouit d'une réputation considérable, car **elle signifie « innovation » et « recherche »**, les deux mots cardinaux du développement économique contemporain.

1 La définition de la « société de la connaissance »

A Une vision américaine du monde

• **La connaissance, le nouveau capital.** Pour Peter Drucker, la connaissance devient, dans le contexte de la mondialisation, **le « capital » central des entreprises occidentales**. Ce qui faisait leur puissance autrefois, **l'ouvrier**, le producteur « physique », **n'est plus nécessaire à leur développement** puisqu'elles peuvent utiliser indirectement, par sous-traitance, les forces de travail physique des pays du Sud. En revanche, le « *knowledge worker* » (**travailleur de la connaissance**) leur est **indispensable** pour dominer **les nouveaux domaines fondant la puissance économique** (logique mathématique, réseaux informatiques, *big data*, etc.).

• **L'éducation, un avantage concurrentiel déterminant.** **Les pays occidentaux**, fondateurs de l'éducation moderne, ont, d'après Peter Drucker, **un demi-siècle d'avance sur le reste du monde dans le domaine scolaire** et plus particulièrement dans la formation scientifique de haut niveau. Ils ont les moyens de conserver cet atout **en faisant évoluer leur système de formation**, pour qu'il soit à l'écoute des nouveaux besoins des entreprises, en devenant **plus flexible et plus interdisciplinaire**.

• **Une nouvelle phase du capitalisme ?** Présentée, particulièrement par les économistes théoriciens de la croissance qui contestent parfois cette notion, comme **une rupture majeure avec la société industrielle** classique, la « société de la connaissance » est plutôt vue, par ceux de l'école néolibérale, comme **une nouvelle phase du capitalisme**. Elle permettrait le maintien de la domination économique de l'Occident et plus particulièrement des États-Unis.

B Un concept parfois contesté

• **Un concept longtemps ignoré en France.** L'expression « société de la connaissance » est peu employée au départ en France, où on lui reproche une **vision par trop simpliste** de la construction et de la valorisation **du savoir, rétréci au seul domaine des techniques et du savoir-faire**. L'ouvrage de Peter Drucker *The Age of Discontinuity*, traduit en français en 1970 (*La grande mutation*), ne rencontre guère d'écho dans les milieux universitaires où il passe quasiment inaperçu.

• Un concept très marqué par le néolibéralisme. Sans le citer nommément, Peter Drucker fait fréquemment référence aux théories de **Milton Friedman**, figure de proue de l'école économique néolibérale des années 1970. **L'État-providence** (*Welfare State*), utile lors de la crise des années 1930, **n'a plus de justification contemporaine** et doit évoluer vers un **État social actif** (*Workfare State*) dont le but est de former un « nouveau capital humain » nécessaire aux mutations des entreprises vers la société de la connaissance. Ce qui importe pour le bien des sociétés contemporaines, n'est pas, selon Peter Drucker, que l'État rende directement « **les pauvres** plus riches » mais qu'il les rende « **plus productifs** ».

> **Mot-clé**
>
> **Néolibéralisme** : renouvellement des thèses économiques libérales à partir des années 1970, prônant un désengagement de l'État dans l'économie. Le néolibéralisme a largement inspiré les politiques économiques appliquées par la plupart des pays occidentaux à partir des années 1980.

C Un concept devenu universel ?

• Crise mondiale et réhabilitation de l'entreprise. L'importance de la maîtrise du « savoir technique » devient une idée à la mode en Europe au moment où la crise économique balaie sans ménagement la société industrielle classique née au XIXe siècle. Apparaît alors **la nécessité très médiatisée de « réhabiliter l'entreprise »** en montrant qu'elle n'est plus celle, vieillotte, de la révolution industrielle, mais qu'elle est **entrée dans un nouvel âge valorisant**, celui de « l'économie de la connaissance ».

• Le salut par l'innovation. À partir des années 1980, les mutations industrielles nécessaires pour sauver la puissance économique occidentale s'orientent rapidement **vers les entreprises de haute technologie ou les métiers dits « de l'intelligence »** (conception, ingénierie, design, etc.). **Les analyses de Peter Drucker** commencent à **se diffuser largement**. L'expression « société de la connaissance » est alors fréquemment employée, plus **dans les milieux entrepreneuriaux** et dans l'élite politique, que dans le monde universitaire.

▲ Peter Drucker (à droite) en 1965.

> **Biographie**
>
> **Peter Drucker (1909-2005)**
> Autrichien d'origine, il émigre aux États-Unis en 1937 où sa double formation universitaire (études de droit et de philosophie) et « sur le tas » (employé dans une société de négoce de coton à Hambourg) l'amène à analyser de manière originale l'organisation des grandes entreprises capitalistes. Il enseigne le management à l'université de New York, puis de Claremont en Californie. En 1954, il publie *The Practice of Management*, où il définit un concept entrepreneurial destiné à une grande notoriété, le « management par objectifs ». Consultant pour les plus grandes entreprises (General Motors) et conseiller écouté du pouvoir politique (Eisenhower), il est considéré comme l'inventeur du marketing moderne qu'il définit comme le fait « de connaître et de comprendre le client de sorte que le produit ou le service s'adapte et se vende par lui-même ».

> **Texte-clé**
>
> Notre passé récent n'a été que le développement, sans innovations majeures, de la révolution technologique du XIXe siècle. Un bon économiste qui aurait cherché à prévoir, en 1900, l'évolution de l'industrie et des structures économiques, serait probablement fort étonné, s'il revenait aujourd'hui, de constater combien la réalité est proche de son pronostic. Mais « l'avenir n'est plus ce qu'il était » et P. Drucker entend le démontrer en explorant quatre zones de discontinuité qui déjà ébranlent notre vie et notre société : la technologie [...] ; les marchés [...] ; et surtout l'émergence d'une société nouvelle, *« the knowledge society »*, où la connaissance, devenue ressource essentielle, modifiera la nature du travail, de l'emploi, de l'enseignement et devra définir ses rapports avec le politique.
>
> Peter Drucker, *« The age of discontinuity »*, compte rendu dans la revue *Population*, publiée par l'INED, 1970.

SPÉCIALITÉ HGGSP

• **La société de l'information.** Au début du XXIe siècle, le terme « société de la connaissance », **trop connoté années 1980**, s'efface progressivement au profit de celui de **« société de l'information »**, mais **le concept n'a guère changé**.

2 L'organisation de la société de la connaissance

A La communauté scientifique

• **Du savant au scientifique.** Le terme « savant » apparaît au XVIIe siècle pour distinguer les hommes de science des érudits ou des humanistes. Il désigne ceux qui sont **porteurs d'un savoir, non plus hérité de la tradition mais acquis par des recherches et des expérimentations**. Mais il reste encore ambigu car, dans le langage courant, « être savant » signifie toujours être érudit, les sociétés savantes étant, à cette époque, des associations d'érudits locaux. **Au XIXe siècle**, la technicité croissante de la recherche, le travail en laboratoire et la croyance de plus en plus répandue dans le progrès humain, valorisent **la figure du « savant » qui devient un « scientifique »**.

• **Du scientifique à la communauté scientifique.** La complexité croissante de la recherche oblige les scientifiques à **se spécialiser**. À partir de la fin du XIXe siècle, nul ne peut travailler seul dans son laboratoire. Il faut constituer des équipes, s'informer du progrès des autres, partager les connaissances acquises, valoriser ses propres travaux (voir la leçon 39). Ainsi se développent **les revues spécialisées, les colloques, les conférences, qui unissent ce que l'on appelle désormais la communauté scientifique.**

• **Les institutions de la recherche.** Elles contribuent à **structurer la communauté scientifique**. Dans le secteur public, la plupart des pays ont suivi l'exemple français (fondation du **CNRS** en 1939 par le Front populaire) en créant des **centres nationaux de recherche fondamentale** qui ont remplacé (ou muséifié) les vieilles académies savantes et autres instituts nés à l'époque moderne. La majeure partie de la **recherche appliquée** (à finalité économique) est **effectuée directement par les grandes entreprises**, particulièrement dans des labora-

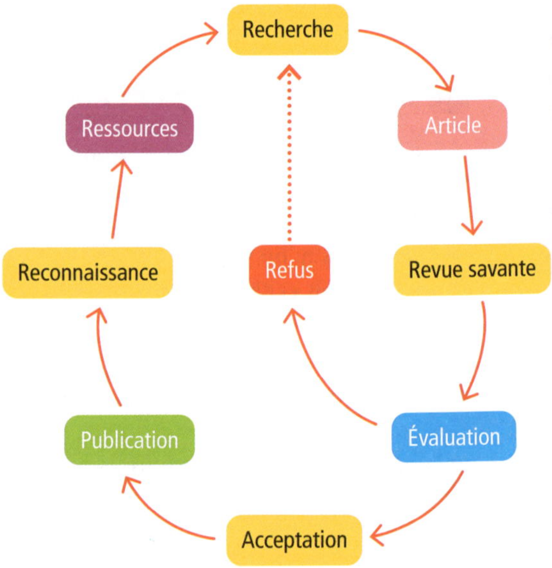

▲ Circulation et valorisation de la connaissance par les publications dans les grandes revues spécialisées.

Texte-clé

La recherche contre le COVID-19 aux États-Unis

Les États-Unis ont consenti à un effort financier massif pour la recherche sur le COVID-19. Ils ont lancé un plan [qui] comprend également 5 milliards de dollars, alloués pour continuer ou réorienter des recherches sur le coronavirus. De nombreuses agences ou départements d'État, comme les *National Institutes of Health* (NIH) ou le *Department of Defense*, financent la recherche sur les vaccins, les traitements ou les diagnostics. […] Fondations et entreprises privées participent à cet effort. La fondation Bill et Melinda Gates a lancé, en partenariat avec Wellcome3 et Mastercard, le *COVID-19 Therapeutics Accelerator* doté de 125 millions de dollars, avant d'ajouter 150 millions en son nom propre. La Fondation Zuckerberg finance l'extension d'un laboratoire de l'université de Californie, et Amazon a annoncé un investissement de 20 millions de dollars. Google débloque 30 millions de dollars pour l'utilisation de l'intelligence artificielle au service des technologies de télédiagnostic.

CNRS-Info, 27 avril 2020.

toires de recherche et développement qui sont l'objet d'investissements massifs. Plusieurs pays (États-Unis, Allemagne, Royaume-Uni) ont développé des **fondations privées** qui financent à la fois la recherche fondamentale et appliquée. Ils ont ainsi pris **une avance considérable** en 2020 lors de **la « course au vaccin » pour tenter d'enrayer la pandémie mondiale liée au Covid-19**. Dès décembre 2020, les vaccins développés par Pfizer-BioNTech (américano-allemand) et par Moderna (américain) ont pu être commercialisés, rejoints début 2021 par celui mis au point par AstraZeneca (suédo-britannique).

B La circulation des connaissances

• **« Publier ou périr ».** Il y a plus de **100 000 revues scientifiques** dans le monde aujourd'hui, dont une centaine de majeures **qui « font » la réputation internationale d'un chercheur**. Les revues les plus prestigieuses (presque toutes anglo-saxonnes), comme *Science* ou *Nature*, refusent jusqu'à 95 % des articles qui leur sont proposés. Être publié par l'une d'elles, c'est **être assuré**, pour le scientifique, **d'une visibilité mondiale et d'une reconnaissance par ses pairs**. Certains dénoncent l'**appauvrissement des champs de la recherche** qui en découle. Ceux qui travaillent sur un sujet qui n'est pas « publiable » dans les grandes revues ou dans un domaine sans débouché marchand immédiat (les sciences humaines) se retrouvent, de fait, sans grands moyens et souvent marginalisés.

• **Les distinctions attribuées aux chercheurs.** Elles accentuent la compétition à l'intérieur de la communauté scientifique. **Recevoir le prix Nobel**, au-delà de la gloire passagère, c'est la **certitude d'obtenir des moyens supplémentaires** et une liberté de recherche accrue.

• **La prédominance du collectif.** La recherche scientifique est aujourd'hui essentiellement collective. La quasi-totalité des publications scientifiques contemporaines sont signées par, au moins, deux auteurs. La majorité est désormais le fruit d'une **coopération internationale**. En 2019, les laboratoires publics français ont travaillé avec des **chercheurs de plus de 150 nationalités différentes**. Le coût de plus en plus élevé de la science moderne accentue cette collaboration internationale et la **mutualisation des ressources**. Ainsi le centre d'études nucléaires français de Cadarache, le plus performant d'Europe, accueille-t-il en permanence des centaines de scientifiques étrangers.

▲ Le site de Cadarache, près d'Aix-en-Provence, plus grand centre de recherche nucléaire européen.

SPÉCIALITÉ HGGSP

38 L'alphabétisation des femmes depuis le XVIe siècle

Il faut attendre le XIXe siècle pour que **l'alphabétisation des femmes devienne une réalité dans les pays occidentaux**. Dans le reste du monde, la situation ne commence réellement à s'améliorer qu'après la Seconde Guerre mondiale. En 2015, le Forum mondial sur l'éducation d'Incheon (Corée du Sud) n'a pu que constater que la plupart des engagements pris lors du précédent sommet (Dakar en 2000) n'avaient pas été tenus, en particulier en ce qui concerne la réalisation de l'enseignement primaire universel et l'égalité entre les sexes. Les **filles** représentent **55 % des enfants non scolarisés** dans le monde et **les deux tiers des personnes analphabètes sont des femmes**.

1 L'alphabétisation des femmes jusqu'à la Seconde Guerre mondiale

A Les femmes et le savoir

• **L'« infériorité féminine ».** Dans la plupart des **sociétés humaines anciennes**, les femmes sont vues comme « inférieures », particulièrement dans celles **imprégnées des religions monothéistes héritières de la Bible**. *« À partir du mythe fondateur d'Adam et Ève »*, écrit l'historienne Yannick Ripa, *« s'est dessinée la figure de la femme, être inférieur voire incomplet, né de et après l'homme »*.

• **La réflexion humaniste.** Elle ne s'inscrit pas dans cette représentation traditionnelle. Mais, en voulant se dégager de la morale religieuse des siècles passés qu'ils jugent obscurantiste, les humanistes ne font que déplacer les causes de l'**infériorité féminine**. Elle est d'abord **physique** (le « sexe faible ») et **mentale** (la difficulté « à percevoir l'abstraction, à inventer »).

• ***« Il n'est pas bien honnête, et pour beaucoup de causes / Qu'une femme étudie et sache tant de choses. »*** Dans *Les Femmes savantes*, Molière perpétue indirectement cette vision. La femme peut donc être alphabétisée mais son éducation, par la suite, **doit être exclue du champ des sciences, de la philosophie et des arts**. Excepté Condorcet, le siècle des Lumières accentue cette image de la femme. L'*Encyclopédie* considère nécessaire l'alphabétisation féminine, mais ne réclame en rien une éducation postérieure similaire pour les deux sexes.

B Les réalités de l'alphabétisation

• **L'alphabétisation de masse dans les pays occidentaux.** Elle apparaît nécessaire, dès le milieu du XIXe siècle, et un gigantesque effort est entrepris. **Presque partout, la législation impose l'école primaire obligatoire et gratuite pour les deux sexes** : loi impériale autrichienne (1869), loi Coppino en Italie (1877), lois Mundella (1880) et Salisbury (1891) en Grande-Bretagne, lois Ferry en France (1881-82), lois dans 36 des États américains sur 46 en 1911. Mais la persistance des idées des Lumières sur les « limitations » des capacités cognitives des femmes est tenace. **Peu d'entre elles accèdent à l'enseignement secondaire**. En France, en 1939, il n'y a qu'un peu moins de 8 000 jeunes filles bachelières, soit environ **2 % d'une classe d'âge**.

• **Les inégalités coloniales.** En 1939, dans les empires coloniaux européens qui représentent plus du tiers de la population mondiale, la situation est beaucoup plus défavorable. Malgré les discours officiels, il y a **moins de 10 % des populations locales** qui sont **scolarisées de**

manière équivalente aux métropoles. Et, parmi elles, très peu de filles, faute d'institutrices formées localement, particulièrement dans l'Empire français. Ainsi en 1938, l'école normale féminine de Kabylie ne compte aucune jeune femme algérienne.

• **Le cas chinois.** Dans un pays représentant plus du quart de la population mondiale en 1910, le taux d'alphabétisation est globalement de 30 % et il est surtout masculin. Selon les estimations d'Evelyn Rawski, **celui des femmes se situe entre 2 et 10 %.** En 1945, il ne dépasse pas les 15 %.

2 Les évolutions contemporaines

A Une généralisation rapide de l'alphabétisation

• **L'optimum occidental.** Depuis la Seconde Guerre mondiale, **la quasi-totalité des populations occidentales sont alphabétisées**, même si apparaît le **phénomène récent de l'illettrisme** touchant plutôt les hommes (les deux tiers des illettrés en France aujourd'hui).

Mots-clés

• **Analphabète :** personne qui n'a jamais appris à lire et à écrire.
• **Illettré :** personne qui a été scolarisée mais qui a perdu l'usage de la lecture et de l'écriture.

• **Le rattrapage rapide des pays en voie de développement.** En 1959, par la **Déclaration des droits de l'enfant**, l'ONU proclame que « l'enfant a droit à une éducation qui doit être gratuite et obligatoire au moins aux niveaux élémentaires ». Cette déclaration est globalement suivie d'effet. Entre 1960 et 2019, le **taux d'alphabétisation mondial** des 15-24 ans passe de 40 à **90 %** et celui des femmes de 20 à 80 %.

• **Le cas des pays les moins avancés (PMA).** Des **discriminations importantes liées à la pauvreté** perdurent néanmoins. Aujourd'hui, plus de 150 millions d'enfants âgés de 5 à 14 ans travaillent dans le monde, surtout en Afrique subsaharienne et en Asie. La plupart d'entre eux sont condamnés à l'analphabétisme à vie car ils ne vont pas à l'école. Parmi eux, **les filles sont majoritaires**, particulièrement en Afrique subsaharienne (le taux d'alphabétisation féminin n'est que de 40 % en Éthiopie).

B Alphabétisation et condition féminine

• **La persistance de l'analphabétisme féminin.** Selon les estimations de l'Unesco, le nombre d'analphabètes à travers le monde s'élève à **près de 800 millions d'adultes**. L'Afrique subsaharienne est la région du monde où la situation est la plus difficile : à peine **une femme adulte sur deux sait lire et écrire.**

• **Le maintien dans une condition sociale inférieure.** Les femmes qui souffrent de l'analphabétisme sont cantonnées aux **tâches domestiques et traditionnelles**. Elles sont condamnées à l'ignorance et leur participation au développement de leur pays est très limitée. Elles manquent d'informations **pour préserver leur santé, protéger leurs enfants contre les maladies, jouir pleinement de leurs droits.**

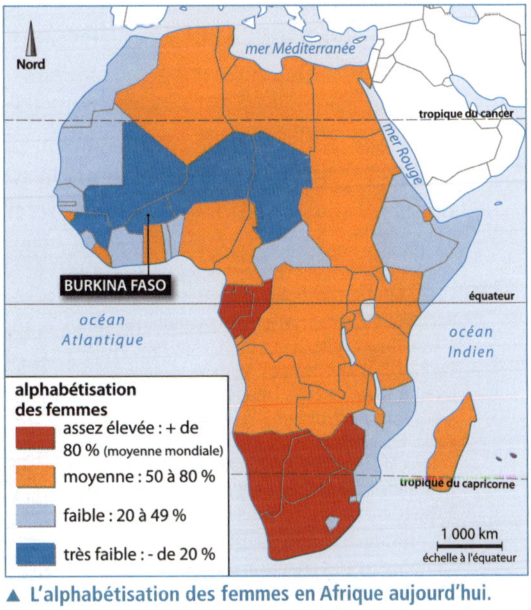

▲ L'alphabétisation des femmes en Afrique aujourd'hui.

SPÉCIALITÉ HGGSP

39 Les recherches et les échanges sur la science au début du XXe siècle

À partir de la fin du XIXe siècle et jusqu'au milieu du XXe siècle, **le rythme des découvertes scientifiques fondamentales va croissant** à tel point que l'on a pu parler d'une véritable **« révolution »**. Elle touche **tous les domaines**, particulièrement les sciences naturelles, la médecine, les mathématiques et la chimie. Mais c'est **en physique** que les recherches les plus importantes sont menées à cette époque, **particulièrement dans le domaine des radiations**.

1 Les progrès des sciences au début du XXe siècle

A Les mutations de l'enseignement scientifique

• **Le perfectionnement des moyens.** La fin du XIXe siècle correspond au développement de l'enseignement scientifique, jusque-là parent pauvre en comparaison de la place démesurée accordée aux humanités. La **multiplication des instituts techniques** (création de l'École supérieure de physique et de chimie industrielles de Paris en 1882) et l'amélioration des laboratoires se conjuguent avec **l'augmentation du nombre de scientifiques**.

• **La spécialisation.** Les savants ne peuvent plus, comme à l'époque moderne, être universels. **Ils doivent choisir le secteur**, toujours plus étroit, **où ils vont chercher** de plus en plus profondément. Le **fonctionnement en laboratoire** devient progressivement la norme même si certains savants demeurent solitaires. **Les chaires universitaires se multiplient**, comme celle de « physique générale et radioactivité » créée en 1905 à la Sorbonne pour Pierre Curie et reprise par son épouse Marie.

B L'internationalisation des échanges intellectuels

• **Les revues scientifiques.** Elles se multiplient de manière extrêmement rapide. Il y en avait moins d'une centaine dans le monde en 1800. Au début du XXe siècle, on en dénombre près de 10 000. **Elles permettent des échanges et une collaboration accrue entre les savants du monde entier**.

• **La multiplication des congrès.** Ils sont de plus en plus nombreux à partir des années 1880 et certains obtiennent un retentissement planétaire. À partir de 1911, se tient périodiquement à Bruxelles le **congrès Solvay** (du nom d'un chimiste et industriel belge) **qui rassemble les noms les plus prestigieux de la recherche en physique et chimie**.

Au premier rang : Irving Langmuir, Max Planck, Marie Curie, Hendrik Lorentz, Albert Einstein, Paul Langevin, Charles-Eugène Guye, Charles Thomson Rees Wilson, Owen Willans Richardson. **Au deuxième rang** : Peter Debye, Martin Knudsen, William Lawrence Bragg, Hendrik Anthony Kramers, Paul Dirac, Arthur Compton, Louis de Broglie, Max Born, Niels Bohr. **Au troisième rang** : Auguste Piccard, Émile Henriot, Paul Ehrenfest, Édouard Herzen, Théophile De Donder, Erwin Schrödinger, Jules-Émile Verschaffelt, Wolfgang Pauli, Werner Heisenberg, Ralph H. Fowler, Léon Brillouin.

Le congrès Solvay de 1927 rassemblant la plupart des plus grands physiciens de l'époque, spécialistes de la radioactivité. ▶

• **Organismes et prix internationaux.** De nouveaux organismes sont créés, tels le « Bureau international des poids et mesures » à Sèvres ou le « comité pour l'exécution de la Carte du Ciel ». À sa mort, le savant suédois **Alfred Nobel** (inventeur de la dynamite) fonde par testament un prix destiné aux personnes « ayant rendu de grands services à l'humanité, **permettant une amélioration ou un progrès considérable dans le domaine des savoirs et de la culture** ». Parmi les cinq catégories retenues, **les sciences s'en voient attribuer trois** (physique, chimie, médecine ou physiologie). Dès sa création en 1901, ce prix devient **un moyen de reconnaissance prestigieux du travail des plus grands scientifiques mondiaux**.

2 De la radioactivité à la physique nucléaire

A L'œuvre des Curie

• **L'apport de la communauté scientifique.** Les travaux de l'Allemand Röntgen confirment la théorie de Lorentz, suivant laquelle l'électricité est composée du déplacement de particules infiniment petites : les électrons. En même temps, **Röntgen** découvre les rayons X et permet ainsi l'**invention de la radiographie. L'émission *sui generis* des rayons « uraniques »** de certains corps est révélée en 1896 par le Français **Becquerel**.

• **La compréhension de la radioactivité.** Intrigués par la découverte de Becquerel, un couple de physiciens, **Pierre et Marie Curie**, avec du matériel rudimentaire et dans des conditions de travail éprouvantes, met en évidence que **l'origine de ce rayonnement est due à certains éléments comme l'uranium**. Ils parviennent ensuite à isoler deux nouveaux éléments radioactifs, le radium et le polonium.

Biographie

La dynastie Curie
La famille Curie domine les premières soixante années de l'histoire de la radioactivité de 1896 à 1958. Pierre Curie (1859-1906) et sa femme Marie née Skłodowska (1867-1934) partagent le prix Nobel de physique en 1903 avec Henri Becquerel pour la découverte de la radioactivité. En 1911, Marie Curie obtient le prix Nobel de chimie pour la découverte du radium et du polonium. Leur fille Irène (1897-1956), devenue en 1926 la femme de Frédéric Joliot (1900-1958), obtient avec son mari le prix Nobel de chimie en 1935 pour la découverte de la radioactivité artificielle.

B Vers la physique nucléaire

• **La remise en cause de la physique classique.** L'étude des lois du rayonnement, des électrons, des atomes, amène mathématiciens, philosophes et physiciens à construire des théories nouvelles pour tenter de comprendre et d'expliquer le monde. En 1900, **Max Planck formule la théorie des « quanta »**, par laquelle il nie que l'énergie s'écoule de façon continue. **Albert Einstein**, cinq ans plus tard, précise la **théorie de la relativité**. Ainsi s'engagent des études qui vont conduire à la physique nucléaire.

• **La radioactivité artificielle.** Alors que, dans l'entre-deux-guerres, la plupart des travaux portent sur des substances radioactives présentes sur la Terre, Frédéric Joliot et Irène Curie démontrent, en 1934, que **des éléments créés par l'homme peuvent aussi être radioactifs**. En 1938, ils découvrent le principe de la **réaction en chaîne, fission nucléaire,** confirmée en 1939 par d'autres chercheurs. En 1942, Enrico Fermi parvient à réaliser cette réaction en chaîne dans un laboratoire américain. La voie conduisant à la **bombe atomique** était tracée.

• **L'institutionnalisation.** Dans les années 1950, au moment de leur mort prématurée, le couple Joliot-Curie incarne l'institutionnalisation de la physique nucléaire. Irène dirige l'**Institut du radium** (aujourd'hui Institut Curie) destiné à la lutte contre le cancer et Frédéric le **Commissariat à l'énergie atomique**.

40 Les services secrets soviétiques et américains durant la guerre froide

Si l'espionnage existe depuis la haute Antiquité, **son développement réel** institutionnalisé et budgétisé par les États – les services secrets – **ne date que du XXe siècle**, plus particulièrement des deux guerres mondiales. La possibilité de recueillir des informations inédites sur l'ennemi devint une priorité car elles pouvaient donner un avantage décisif et décider de l'issue du conflit. **La guerre froide (1947-1991) accéléra le phénomène**. Tout affrontement direct étant impossible entre Américains et Soviétiques, **le combat se déplaça vers la maîtrise de l'information**, la déstabilisation de l'autre et une **politique « d'intoxication »** qui annula en partie, d'un côté comme de l'autre, l'efficacité des services de renseignement.

1 La course à la connaissance de l'après Seconde Guerre mondiale

A La récupération du potentiel scientifique nazi

• **La perspective de la guerre froide.** À la fin de la Seconde Guerre mondiale, les services secrets des grandes puissances se livrent à une course-poursuite furieuse dans l'**exfiltration des scientifiques nazis**. La perspective de la **compétition technologique** effrénée qui se dessinait (nucléaire, conquête de l'espace, etc.) y fut pour beaucoup.

• **Des « recrutements » de grande ampleur.** Près de 5 000 savants allemands sont envoyés en URSS entre 1945 et 1949. Les États-Unis en récupèrent environ 3 000 (opération dite ***Paperclip***) et la France plus de 1 000 (dont certains, comme **Rudi Schall**, travailleront à l'élaboration de la bombe atomique française).

B Le « partage » de la base secrète de Peenemünde

• **Le principal centre nazi de recherches balistiques.** C'est dans cette base située en mer Baltique que sont mis au point les **missiles V2 à partir de 1943**. Leur intérêt balistique est tel que les Alliés décident, après la capitulation nazie, de poursuivre les recherches en utilisant les matériels, les plans ainsi que le personnel qui y travaillait.

• **Une phase spéciale de l'opération *Paperclip*.** Peenemünde se situant en zone d'occupation soviétique, **les services secrets américains doivent lancer une opération clandestine d'ampleur inédite** pour éviter que tout le potentiel scientifique ne tombe aux mains de l'URSS. Cette dernière parvient à conserver plus de 200 scientifiques, les Américains ne réussissant à en exfiltrer qu'une centaine, mais parmi eux il y a **Wernher von Braun**, considéré comme le plus brillant ingénieur balisticien de sa génération.

• **À l'origine du premier homme sur la Lune.** Naturalisé américain en 1955, Wernher von Braun entre à la NASA en 1960. Ses recherches s'avèrent cruciales à un moment où les États-Unis semblent se laisser distancer par les Soviétiques dans la **course à la conquête de l'espace** (voir la leçon 2). On lui confie la direction du centre spatial de vol Marshall situé à Huntsville dans l'État d'Alabama, où il dirige les programmes de vols habités (Mercury, Gemini et Apollo). **Il est le père de la fusée Saturn V, qui a permis à Neil Armstrong d'aller sur la Lune en 1969.**

2 Une logique de conflit idéologique

A La CIA, omniprésente sur la scène internationale

• **Le *National Security Act*.** Voté en 1947, il entérine la création de la **CIA** (*Central Intelligence Agency*) dont les principaux objectifs sont l'espionnage et le contre-espionnage. Sa mission est à la fois d'**expérimenter de nouvelles techniques de manipulation des esprits** (projet MK-Ultra sur le contrôle mental et les modifications de comportement, mené des années 1950 à 1970) et de **s'opposer, par tous les moyens, à la progression communiste dans le monde**.

• **La multiplication des opérations clandestines.** Chargée de soutenir la politique américaine globale d'**endiguement**, la CIA multiplie les interventions plus ou moins secrètes face à l'idéologie communiste. Elle aide ainsi à **faire renverser Salvador Allende au Chili en 1973**.

B Le KGB, fer de lance du système soviétique

• **La police d'État du bloc soviétique.** Dépendant directement du pouvoir (le *Politburo*), le KGB (Comité pour la sécurité de l'État) est, avant tout, une police politique chargée de **surveiller** et de **traquer les opposants à l'intérieur de l'URSS et dans les pays « amis »**.

• **De nouvelles missions.** La guerre froide amplifie et modifie les objectifs fixés au KGB qui s'élargissent aux opérations de propagande, d'ingérence dans la politique des Occidentaux et à la **recherche systématique de renseignements militaires, économiques et scientifiques**.

• **Un espionnage international de masse.** Au plus fort de la guerre froide, on estime que le KGB a « employé » près de **6 millions de personnes**. Il peut compter sur environ 1 million d'espions légaux (avec des couvertures officielles dans les ambassades) et illégaux (membres des services secrets appelés **« taupes »**, introduits dans les pays étrangers sans être reconnus), auxquels il faut ajouter plus de 5 millions d'**informateurs occasionnels**.

C Une compétition sans vainqueurs

• **Une confrontation parfois spectaculaire.** Les échanges de prisonniers américains et soviétiques sur le **« pont des espions »** entre Berlin-Ouest et la RDA ainsi que quelques affaires de taupes célèbres, toutes au profit du KGB (Philby, Blunt, Guillaume), ont largement contribué à **médiatiser l'action des services secrets durant la guerre froide**. Cette compétition inspire la littérature (John Le Carré, Tom Clancy) et le cinéma (*L'Espion qui venait du froid*).

• **Un match nul.** Dans la réalité, cette confrontation ne donna réellement l'avantage à aucun des deux camps. **La CIA ne réussit ni à prévoir le tir de la première bombe atomique soviétique en 1949** ni le succès du Spoutnik en 1957. De même, **le KGB ne parvint pas à rattraper son retard informatique** malgré ses « taupes » parmi les services de recherche occidentaux ni à prévenir le printemps de Prague en 1968. **L'espionnage industriel** développé par le **Japon** dans les années 1960, puis poursuivi par la **Chine** dans les années 1980 a été, paradoxalement, beaucoup plus payant.

▲ Échange d'un espion soviétique contre un pilote américain, à Berlin, en 1962.

41 L'Inde et les enjeux de la connaissance

Les **progrès techniques** sont un des moteurs de la mondialisation. Leur développement continu, accéléré depuis une trentaine d'années, s'est fait dans son cadre. Des pays comme l'Inde ont su en tirer profit **en envoyant leurs étudiants dans des universités étrangères** et **en formant des chercheurs de haut niveau**. En retour, de nombreuses firmes transnationales (FTN) occidentales y ont **externalisé** une partie de leur production, faisant bénéficier le pays de **nombreux transferts de technologie**.

1 L'Inde des « cerveaux »

A Une tradition universitaire

• **Une formation universitaire ancienne et de qualité.** Il existe une ancestrale **tradition brahmanique** d'étude des textes sacrés. Cette tradition s'est ouverte à l'Occident au cours de l'époque moderne et contemporaine grâce aux missions chrétiennes et aux établissements créés par l'administration anglaise comme l'**université de Calcutta, en 1857**. Fondée dans cette même ville en 1876, l'Association indienne pour la culture de la science (IACS) encourage la formation de scientifiques de haut niveau dès le début du XXe siècle. En **1930**, l'un de ses membres, Chandrashekhara Venkata **Raman, reçoit le prix Nobel de physique**.

• **La politique des années postindépendance.** Après l'indépendance de 1947, **le Premier ministre Nehru engage une politique de promotion de la culture scientifique**. L'enseignement supérieur est réorganisé par l'État qui crée des instituts de technologie (IIT) sur le modèle du *Massachusetts Institute of Technology* (MIT) de Boston.

B L'enseignement supérieur aujourd'hui

• **Plus de 33 millions d'étudiants.** Leur nombre a augmenté de façon spectaculaire en passant de 300 000 en 1949 à plus de 33 millions aujourd'hui, soit près de 20 % des 20-24 ans. L'Inde possède aujourd'hui, en nombre d'institutions, **le plus grand système d'enseignement secondaire et supérieur au monde**, avec plus de 730 universités et 45 000 collèges.

• **Formation de masse et excellence.** Plus de **2 millions de diplômés annuels** sortent chaque année des établissements universitaires indiens. Parmi eux, une minorité, très hautement qualifiée, est issue des **très sélectifs « instituts indiens de technologie » (IIT)**. Ainsi, plus de 1,3 million de candidats se présentent chaque année au concours d'entrée de celui de Delhi qui n'en sélectionne, au final, qu'un petit millier.

2 Une « diaspora de la connaissance »

A Les Indiens en Amérique

• **Les étudiants indiens aux États-Unis.** Avec des effectifs frôlant les 200 000, les étudiants indiens sont **la deuxième communauté étudiante** après les Chinois aux États-Unis. Beaucoup viennent pour y préparer un doctorat en sciences ou un *Master of Business Administration* (MBA). La plupart ont ensuite une expérience professionnelle sur place.

• **La communauté indo-américaine.** Le passage à une « économie de la connaissance » requiert de nombreux **ingénieurs et informaticiens**. L'Inde en produit beaucoup et ils sont anglophones. Ils sont **des milliers dans la Silicon Valley** où ils forment une bonne partie des cadres de Microsoft, Intel, Apple et désormais Google. Ils contribuent à la bonne image de la communauté indienne et à son **intégration parmi l'*upper middle class*** : en 1999, elle affichait déjà un revenu par tête de plus de 60 000 dollars par an alors que la moyenne nationale américaine n'était que de 41 000.

B Diasporas et transferts technologiques

• **Du « *brain drain* » au « *brain gain* ».** La vision qu'a l'Inde de ses expatriés a changé depuis les années 2000. Autrefois mal considérés, **ils sont désormais valorisés**. Les transferts financiers des émigrés sont importants (30 milliards de dollars par an) et vitaux pour les familles restées sur place. Les gouvernements nationalistes et ultranationalistes ont intégré **les « *desi* » (ceux du pays)** dans leur conception ethnique de la nation, tandis que les associations de la diaspora financent en grande partie leurs mouvements.

• **La « circulation des cerveaux ». La diaspora est un agent majeur de l'internationalisation de l'Inde.** Elle entretient des liens étroits avec la mère patrie. De nombreuses sociétés américaines high-tech ont des cadres d'origine indienne. Ces derniers soutiennent volontiers l'essor des hautes technologies en Inde, **en subventionnant par exemple les instituts** qui les ont formés ou en y revenant pour fonder des entreprises innovantes.

• **L'externalisation de la sous-traitance.** Des milliers de FTN occidentales font appel à des sous-traitants indiens hautement qualifiés, induisant **un transfert de connaissances, de technologies et de capitaux**, particulièrement dans les domaines des services aux entreprises, de la recherche et développement et de l'ingénierie. Dans ces secteurs, l'Inde dispose d'**un atout comparatif décisif** : ses diplômés sont **rémunérés quatre fois moins** que leurs homologues occidentaux.

Mot-clé

Externalisation : transfert d'une partie des activités d'une entreprise (et des risques qui y sont associés) vers un sous-traitant.

L'Inde, gagnante mondiale de l'externalisation de la sous-traitance

Fonctions de sous-traitance	**Principales villes** (par ordre d'emplois créés) **où se localisent des activités de sous-traitance** (* = ville indienne)
Applications informatiques	Bangalore*, Mumbai*, Hyderabad*, Chennai*, Dublin
Animation et jeux vidéo	Shanghai, Beijing, Moscou, São Paulo
Analyse de marchés	Delhi*, Mumbai*, Bangalore*, Chennai*, Cracovie, Toronto
Centre d'appels (anglais)	Delhi*, Manille, Dublin, Mumbai*, Bangalore*, Toronto
Centre d'appels (multilingue)	Mexico, Le Caire, Cracovie, Buenos Aires, Dalian, Bucarest
Services d'ingénierie	Bangalore*, Chennai*, Pune*, Saint-Pétersbourg, Guangzhou
Finance et comptabilité	Mumbai*, Bangalore*, Manille, Cracovie, Shanghai, Dublin
Services de santé	Hyderabad*, Bangalore*, Varsovie, Prague, Saint-Pétersbourg, Mumbai*
Ressources humaines	Prague, Bucarest, Bangalore*, Manille, Budapest
Gestion d'infrastructures	Bangalore*, Dublin, Kuala Lumpur, Delhi*, Toronto
Services juridiques	Manille, Mumbai*, Chennai*
Développement de produits	Bangalore*, Moscou, Chennai*, Shanghai, Hô Chi Minh-Ville
Recherche et développement (R&D)	Saint-Pétersbourg, Bangalore*, Moscou, Shanghai, Dublin
Tests	Bangalore*, Chennai*, Hyderabad*, Hô Chi Minh-Ville, Toronto, Shanghai

SPÉCIALITÉ HGGSP

42 Cyberespace et cyberdéfense

En 1982, dans sa nouvelle *Burning Chrome*, l'auteur de science-fiction William Gibson définit le cyberespace comme **« une représentation abstraite des relations entre les systèmes de données »**. Cette définition s'élargit progressivement à l'ensemble des données numérisées mises en réseau par l'interconnexion des ordinateurs mondiaux formant, selon le dictionnaire *Petit Robert*, **« un univers d'information et un milieu de communication »**. L'importance de ce nouvel univers est tel que certains vont jusqu'à parler de la naissance d'un **nouvel individu, l'*homo numericus***, en train de se substituer à l'*homo sapiens*.

1 Le cyberespace, un lieu de communication complexe

A La société de la connaissance numérique

Mot-clé

GAFAM : cet acronyme désigne Google, Apple, Facebook, Amazon et Microsoft, les cinq entreprises américaines *(big Five)* dominant le monde numérique américain et européen, voire mondial. Leur capitalisation boursière est supérieure au PIB de la France.

- **Le cyberespace.** C'est « l'ensemble de réseaux mondiaux interconnectés qui permet à des ordinateurs et à des serveurs de communiquer » et dont « les principaux services sont **le Web, le FTP** [c'est-à-dire un système de transfert de fichiers], **la messagerie et les groupes de discussion** » – selon la définition proposée par l'INSEE.
- **Des connaissances sans limites.** Le cyberespace favorise **la diffusion planétaire et instantanée d'une quantité exponentielle d'informations**. Un nombre croissant de personnes, y compris dans des régions reculées, accède à un volume de connaissances et de données en perpétuelle expansion.
- **Au service de la vérité ?** Des géants du cyberespace comme Google prétendent promouvoir un **accès universel**, en temps réel, à l'ensemble des connaissances disponibles. En proposant d'offrir une information quasi parfaite et instantanée aux agents économiques, **le cyberespace favorise la transparence**. Les milliards de pages Web du Net et de contributeurs peuvent constituer **un outil redoutable de lutte contre la censure**, favorisant des mobilisations spontanées et larges **en faveur de la vérité et de la liberté d'expression** (comme pendant les printemps arabes par exemple).
- **WikiLeaks.** Sur Internet, relayées par la presse d'investigation et alimentées par une demande sociale croissante, se multiplient des **divulgations retentissantes** (symbolisées par exemple par WikiLeaks), **couvrant de nombreux crimes et délits** (blanchiment d'argent sale, lutte contre les paradis fiscaux et la finance offshore, corruption, surveillance généralisée et indue des citoyens par les États, répression et torture, etc.).

B La transparence ambiguë du cyberespace

Mots-clés

- **Cyberespace :** conception de l'organisation d'un nouvel espace selon la dynamique informatique.
- **Cyberguerre :** nouvelle conception de la guerre selon des modalités informatiques.

- **Un espace dual.** Laurent Cohen-Tanugi résume parfaitement ces ambiguïtés en affirmant que le cyberespace devient « **un espace dual** où cohabitent **serveurs standards et serveurs sécurisés**, alcôves de confidentialité au milieu de la vaste halle d'exposition, **extrême transparence et extrême secret** ».

• **La fin de la vie privée.** Le psychanalyste Roland Gori décrit l'entreprise habile des géants du Net poussant les internautes à accepter des politiques de confidentialité toujours plus souples : « Sans violence, à force de séduction et de services nouveaux, la Toile achève de **vider progressivement la notion de "vie privée" de toute signification**. »

• **Le danger des *hackers*.** Le cyberespace, loin d'être un espace sécurisé où chacun peut espérer voir sa correspondance privée et ses données confidentielles protégées, est l'arène où *hackers* (de l'anglais *to hack*, tailler, mettre en pièces), pirates et États s'attachent à **démanteler les systèmes de sécurité** des grands sites pour se livrer à un espionnage massif.

2 Le cyberespace, un lieu de conflictualité

A La vulnérabilité du cyberespace

• **Les « hacktivistes ».** En recourant à la diffusion massive d'informations classées secret-défense sur Internet, les hacktivistes (contraction de *hackers* et d'activistes) prétendent **dénoncer les exactions commises en temps de guerre par les États**, mais aussi révéler **les mécanismes de surveillance généralisée sur le Net**, mis en place par les États-Unis notamment.

• **Les cyberattaques.** Réseaux criminels et terroristes, pirates et services secrets d'États autoritaires se lancent régulièrement dans des cyberattaques **mettant en péril la protection du secret-défense**, des données sensibles des entreprises et des informations personnelles des internautes.

B Protection et cyberdéfense

• **Le droit au secours du cyberespace.** Depuis 1978, la France s'est dotée d'une **loi informatique et libertés** anticipant les dangers que le cyberespace fait courir aux libertés individuelles. Cette loi est à l'origine de la **CNIL** (Commission nationale de l'informatique et des libertés). **L'Union européenne** a adopté un arsenal juridique destiné à la protection des données et de la vie privée en ligne. Grâce à l'entrée en application du **RGPD (Règlement général sur la protection des données)** le 25 mai 2018, les données personnelles des Européens sont mieux protégées.

• **Cryptologie et cyberdéfense.** Les États recourent à des systèmes de cryptologie de plus en plus perfectionnés pour éviter de voir leurs données piratées. **Les armées**, plus particulièrement, **s'équipent de puissants outils pour anticiper les menaces informatiques** et éventuellement se dotent de moyens pour attaquer elles-mêmes dans ce domaine.

• **La sécurisation des données. Les entreprises** ont aussi renforcé la **sécurité de leurs systèmes de communication** sur Internet (grâce à l'usage de messageries chiffrées notamment, de systèmes de sécurisation des paiements en ligne ou encore grâce au principe de signature numérique). Suite aux révélations d'espionnage massif, **l'usage d'outils de communication chiffrés** (comme l'application Signal vantée par le lanceur d'alerte Edward Snowden), auparavant réservés à de petits groupes d'initiés**, s'est démocratisé.**

> **Texte-clé**
>
> **La cyberdéfense française**
>
> En 2018, le commandement de la cyberdéfense (Comcyber), créé il y a deux ans, a recensé 831 événements significatifs, en hausse d'environ 20 % par rapport à 2017. […] « Sur le champ de bataille, explique le général François Lecointre, et nous prenons bien garde à préserver une supériorité opérationnelle » […]. Ce qui semble être le cas ainsi que le montre la victoire de la France en 2019 lors de l'exercice international Locked Shields, un exercice majeur de cyberdéfense organisé par l'OTAN et réunissant plus de 30 nations. […] Les systèmes d'armes français peuvent-ils être neutralisés par des adversaires ? Possible mais là aussi seuls des États semblent être capables de pouvoir réaliser cette opération sur des matériels de plus en plus numérisés comme, dans le futur, le Système de combat aérien du futur (Scaf).
>
> Michel Cabirol, *La Tribune*, 27 janvier 2020.

SPÉCIALITÉ HGGSP

Annales du Bac

Dissertation

SUJET **Dissertation** *Corrigé p. 321*

Faire la paix, des traités de Westphalie (1648) aux mandats de Kofi Annan (1997-2006)

Comment traiter le sujet

Le jour de l'épreuve, vous aurez 4 h pour traiter la dissertation et l'étude critique de documents : ne consacrez pas plus de 2 h au traitement de la dissertation.

Analyser le sujet

Définir les mots du sujet

- Il convient d'abord de définir « faire la paix ». Il s'agit, dans l'esprit du programme, à la fois **des outils de construction de la paix** et des **enjeux diplomatiques** qui accompagnent cette construction.
- Les bornes chronologiques sont clairement indiquées et sont signifiantes :

– 1648 est la période de la **mise en place de l'Europe dite westphalienne** où la guerre se résout par des traités de paix entre États ;

– les mandats de Kofi Annan (1997-2006) correspondent au moment de **l'apogée de la sécurité collective** incarnée principalement par les actions de l'ONU.

Les attentes du correcteur

Le correcteur **n'attend pas une accumulation de connaissances** hors de propos et inaccessible pour un élève de Terminale sur toutes les tentatives de résolution de conflits entre 1648 et 2006. Il veut un devoir qui montre que vous savez **étudier les modalités de la construction de la paix** en partant **des deux jalons vus dans le cours** :

– celui de **l'échec de la paix de Westphalie** organisant les relations entre États européens à partir du milieu du XVIIe siècle et ses conséquences géopolitiques (**« l'état de guerre permanent »**) ;

– celui **des actions de l'ONU** entre 1997 et 2006 où l'organisation internationale est en partie en mesure d'appliquer les principes inscrits dans sa charte fondatrice (**« organiser collectivement la paix »**).

En s'appuyant sur ces deux jalons, vous devez **prouver vos capacités d'analyse et de réflexion**, c'est-à-dire, dans ce cas, souligner combien **il est difficile de construire la paix** même si le modèle de la sécurité collective paraît préférable.

Mobiliser ses connaissances

- Le sujet est à replacer dans la 2e partie du programme qui peut systématiquement « tomber » le jour du baccalauréat puisqu'il s'agit **d'un thème permanent** à étudier obligatoirement tous les ans. Il concerne **le second axe « Le défi de la construction de la paix »** basé sur deux jalons (« Faire la paix par les traités » et « Faire la paix par la sécurité collective »). Vous pouvez étoffer vos exemples en utilisant ceux que vous avez vus dans la leçon 7 (Guerre et paix dans le monde actuel).

- Vous pouvez aussi puiser des connaissances **dans l'enseignement obligatoire en histoire-géographie que vous suivez en parallèle,** par exemple dans le chapitre 1 du thème 2 du programme d'histoire (« La fin de la Seconde Guerre mondiale et les débuts d'un nouvel ordre mondial ») et dans le chapitre 1 du thème 4 (« Nouveaux rapports de puissance et enjeux mondiaux »).

Problématiser le sujet

Le libellé a une forme affirmative. **Il faut donc de le problématiser**, c'est-à-dire de **le rendre dynamique** par une ou plusieurs questions qui permettent de bâtir un plan cohérent permettant d'y répondre.

Quels sont les outils de la construction de la paix entre le XVIIe siècle et le début du XXe siècle ? Ces outils permettent-ils réellement de faire la paix ?

Cette double interrogation conduit logiquement **à un plan en 3 parties**. La première tire un **bilan de la résolution des conflits par les traités**. La deuxième fait de même **pour la sécurité collective**. La troisième **montre les limites** de la sécurité collective même si ce mode de résolution semble le moins mauvais.

Corrigé : plan détaillé

Les textes en couleur apparaissant dans ce corrigé ne doivent pas figurer dans votre devoir. Nous les avons insérés pour vous guider et vous aider à repérer les parties de la dissertation.

Introduction

Après les traités de paix de Westphalie (1648) censés établir la paix en Europe, Saint-Simon écrit que la guerre est devenue « l'état habituel du genre humain ». Il apparaît donc que l'établissement de la paix n'est pas une chose facile puisque les conflits s'enchaînent jusqu'à la Seconde Guerre mondiale. Depuis ce moment, aucun conflit général n'est plus venu embraser la planète.
Quels sont les outils de la construction de la paix entre le XVIIe siècle et le début du XXe siècle ? Ces outils permettent-ils réellement de faire la paix ?
Faire la paix par les traités **semble illusoire** (partie I). Ce n'est qu'après 1945 et surtout au début du XXIe siècle que naît une véritable tentative d'empêcher le recours à la guerre particulièrement par le biais d'**organismes internationaux de régulation de la paix** (partie II). Mais si, depuis 1945, cette régulation a évité un autre embrasement mondial, elle n'a pas empêché l'apparition de **nouvelles conflictualités** (partie III).

I L'échec de la résolution des conflits par les traités

[argument 1]
Les **deux traités de paix de Münster et Osnabrück, dits de Westphalie** (1648), mettent fin à la guerre de Trente Ans qui a opposé la plupart des puissances européennes de l'époque.

[argument 2]
Malgré les espoirs des promoteurs des traités de Westphalie, la stabilisation des frontières étatiques en Europe **n'a pas du tout pacifié les relations internationales** européennes.

[argument 3]
Les États westphaliens transformés progressivement **en États nations** par l'identification d'un peuple à un territoire et un souverain, **sont guidés par un appétit de puissance territoriale. Dès 1661, Louis XIV** entreprend de faire du territoire français le plus grand d'Europe par **une succession ininterrompue de guerres et de traités.**

II Les succès relatifs de la résolution des conflits par la sécurité collective

[argument 1]
La Charte de l'ONU (1945) précise les objectifs fixés : **le maintien de la paix** et de **la sécurité internationale**, le **développement entre les nations des relations amicales** fondées sur le respect de **l'égalité des peuples et de leur droit à disposer d'eux-mêmes**.

[argument 2]
Depuis la fin de la guerre froide, l'ONU joue un rôle capital dans la résolution des conflits, à travers trois types d'actions : le **rétablissement de la paix** par des moyens diplomatiques ; le **maintien de la paix** avec une force d'interposition (Sud Liban, ex-Yougoslavie) ; l'**imposition de la paix** en cas d'échec du maintien de la paix.

[argument 3]
Les **Casques bleus** ont le droit de faire usage de leurs armes pour leur propre défense et celle des populations civiles (République démocratique du Congo). L'**ONU** complète cette volonté de règlement multilatéral, en affirmant **la lutte en faveur des droits de l'homme**. Lors des conflits en ex-Yougoslavie et au Rwanda, les crimes commis contre des populations civiles ont conduit le Conseil de sécurité de l'ONU à créer **deux tribunaux pénaux internationaux**.

III Les limites de la résolution des conflits par la sécurité collective

[argument 1]
Les conflits armés directs entre États sont en recul mais ils révèlent les faillites de la sécurité collective : **affirmation de puissance** dans une région (première guerre du Golfe), **lutte contre le terrorisme** (Afghanistan en 2001), **guerre « préventive »** (seconde guerre du Golfe de 2003).

[argument 2]
Les conflits intra-étatiques (conflits ethniques, guerres civiles, violences criminelles) sont les plus nombreux notamment dans les **pays du Sud** où sont localisés **le plus grand nombre d'États défaillants**.

[argument 3]
On assiste également à une **mondialisation et à une radicalisation du terrorisme** depuis les années 2000. Les attentats (à l'image de ceux du 11 septembre 2001 à New York, du 13 novembre 2015 à Paris ou du 14 juillet 2016 à Nice) visent à tuer le plus grand nombre de personnes et à créer **un climat d'insécurité à travers la médiatisation** dont ils sont l'objet. Face à eux, la sécurité collective est impuissante.

Conclusion

Faire la paix aujourd'hui passe bien évidemment par la sécurité collective, incarnée principalement par l'ONU. Mais cette dernière peine à résoudre les nouvelles conflictualités apparues au début des années 2000.

Étude critique de documents

SUJET Étude critique de documents *Corrigé p. 325*

Les actions majeures de valorisation et de protection du patrimoine français.

Après avoir présenté les documents, vous rappellerez quelle est la politique publique de gestion du patrimoine. Puis vous expliquerez en quoi la patrimonialisation de territoires en reconversion et les actions diplomatiques sont des facteurs de rayonnement culturel français dans le monde.

Document 1

Deux politiques publiques pour la gestion du patrimoine

A. Loi du 31 décembre 1913 relative aux monuments historiques

Tirant les conséquences des défauts de la loi de 1887, un nouveau projet est présenté à la Chambre des députés. Les principales innovations sont les suivantes :
– substitution de l'intérêt public à l'intérêt national d'art ou d'histoire pour justifier le classement d'un bien ;
– institution de la possibilité de classer des biens immeubles ou meubles même en l'absence de consentement du propriétaire ;
– création de l'inscription à l'inventaire supplémentaire pour les édifices qui, sans justifier un classement immédiat, présentent cependant un intérêt archéologique suffisant pour en rendre désirable la préservation ;
– imprescriptibilité des objets classés et contrôle des aliénations des objets classés.
La loi entérine tous les classements intervenus avant sa promulgation.
Au cours du xxe siècle, la loi de 1913, insérée depuis 2004 dans le Code du patrimoine, a été amendée et complétée à plusieurs reprises mais demeure aujourd'hui le fondement du système d'intervention de l'État pour la protection et la sauvegarde des monuments historiques. D'autres dispositifs ont ensuite permis une prise en compte plus large du patrimoine.

Site Internet du ministère de la Culture, janvier 2020.

B. Le repas gastronomique français

L'UNESCO agit depuis longtemps pour la sauvegarde du patrimoine architectural et paysager. La convention, adoptée en 2003, étend cette préoccupation au patrimoine culturel immatériel, c'est-à-dire aux traditions orales (spectacles, rituels, langues) et aux savoir-faire liés à l'artisanat. La gastronomie, tradition vivante, répond à cette nouvelle classification.

Entretien avec Jean-Robert Pitte, *Le Monde*, 12 mars 2008.

Document 2

L'ancienne mine Delloye à Lewarde (Nord) transformée, en 1984, en musée de la mine et centre historique minier.

Comment traiter le sujet

Le jour de l'épreuve, vous aurez 4 h pour traiter la dissertation et l'étude critique de documents : ne consacrez pas plus de 2 h à l'étude critique des documents.

Analyser le sujet

Analyser les documents

- La consigne comporte trois termes clés guidant le candidat pour définir ce que sont la « **valorisation et la protection du patrimoine français** » :

– « **gestion publique** » : ce sont les initiatives de l'État en ce domaine ;

– « **patrimonialisation** » et « **reconversion** » : il s'agit de la conversion en patrimoine de bâtiments ou de lieux témoins d'un passé de régions aujourd'hui en crise ;

– « **action diplomatique** » : l'expression correspond à ce qui est entrepris par la France au niveau international pour valoriser son patrimoine, particulièrement au sein d'organisations internationales comme l'Unesco.

- **Le premier document** proposé concerne les **politiques publiques** (A) et le patrimoine comme **rayonnement international** (B). **Le second document** évoque la **patrimonialisation** d'un ancien bâtiment industriel dans le département du Nord.

Les attentes du correcteur

Le correcteur **n'attend pas une accumulation de connaissances** trop loin des documents à propos de la valorisation et de la protection du patrimoine français. Il veut une étude qui montre que l'on a **compris le sens général des documents :**

– **la France mène une politique patrimoniale publique depuis plus d'un siècle ;**

– il existe **de nombreux moyens de protéger et de valoriser le patrimoine**.

Mobiliser ses connaissances

- Le sujet est à replacer dans la 4e partie du programme qui ne peut « tomber » le jour du baccalauréat que **les années impaires**. Il s'agit donc **d'un thème** à étudier obligatoirement **en 2021**. Il concerne **l'objet de travail conclusif « La France et le patrimoine, des actions majeures de valorisation et de protection »** basé sur trois jalons (« La gestion du patrimoine français : évolutions d'une politique publique », « La patrimonialisation, entre héritage culturel et reconversion. Le bassin minier du Nord-Pas-de-Calais » et « Le patrimoine, facteur de rayonnement culturel de la France dans le monde et objet d'action diplomatique : un exemple du patrimoine immatériel : le repas gastronomique des Français »).

- Vous pouvez étoffer vos connaissances en utilisant celles que vous avez vues dans la leçon 22 (**L'évolution de la notion de patrimoine**). Vous pouvez aussi puiser des connaissances **dans l'enseignement obligatoire en histoire-géographie que vous suivez en parallèle,** par exemple dans le chapitre 2 du thème 3 d'histoire (« Un tournant social, politique et culturel, la France de 1974 à 1988 ») et dans le thème conclusif du programme de géographie (« La France et ses régions dans l'Union européenne et dans la mondialisation : lignes de force et recompositions »).

Problématiser le sujet

De par la manière dont est conçue l'épreuve, l'étude critique de documents du baccalauréat **ne pose pas de difficultés particulières.**
Le **titre général** donne **le sens global de l'étude** et donc **la problématique** : quelles sont les actions majeures de valorisation et de protection du patrimoine français ?
La consigne, confrontée aux documents, fournit les **grands axes du plan** :
– la politique publique de gestion du patrimoine (action législative, **document 1A**) ;
– le phénomène de patrimonialisation en prenant l'exemple du Nord-Pas-de-Calais (**document 2**) ;
– les actions diplomatiques en s'appuyant sur l'inscription du repas gastronomique des Français au patrimoine mondial de l'Unesco (**document 1B**).

Corrigé : plan détaillé

Les textes en couleur apparaissant dans ce corrigé ne doivent pas figurer dans votre devoir. Nous les avons insérés pour vous guider et vous aider à repérer les parties de l'étude critique de documents.

Introduction

À partir de la Révolution française s'impose peu à peu en France la notion de patrimoine. Depuis les années 1960, cette dernière s'élargit considérablement et le patrimoine devient un élément déterminant du rayonnement français.
Quelles sont les actions majeures de valorisation et de protection du patrimoine français ?
Nous étudierons d'abord la politique publique de gestion du patrimoine en nous appuyant sur le **document 1A** (partie I). Puis nous verrons le phénomène de patrimonialisation en prenant l'exemple du Nord-Pas-de-Calais (**document 2**) (partie II). Enfin nous nous intéresserons aux actions diplomatiques en faveur du patrimoine grâce au **document 1B** (l'inscription du repas gastronomique des Français au patrimoine mondial de l'UNESCO) (partie III).

I La politique publique de gestion du patrimoine

[argument 1]

Dès 1887, une loi concerne le patrimoine. **La loi de 1913 clarifie le rôle de l'État dans la préservation du patrimoine. Désormais tout bâtiment ou objet « d'intérêt public » peut être protégé,** même s'il appartient à un particulier.

[argument 2]

En 1927, la création de « **l'inventaire supplémentaire des monuments historiques** » permet d'étendre la protection au niveau local et de **sauver un patrimoine moins prestigieux**.

[argument 3 : connaissances personnelles]

De 1959 à 1969, au ministère des Affaires culturelles, **André Malraux amplifie la politique patrimoniale de l'État** (loi de 1962 sur les secteurs sauvegardés et Inventaire général des monuments et des richesses artistiques).

II La patrimonialisation d'un héritage industriel : l'exemple du Nord-Pas-de-Calais

[argument 1]

À partir des années 1970, le Nord-Pas-de-Calais connaît une grave crise économique laissant derrière elle des **friches industrielles** et un **habitat ouvrier à l'abandon**.

[argument 2]

La conversion en musées de bâtiments emblématiques a été la première piste explorée pour la sauvegarde du patrimoine industriel. Ainsi, l'ancienne mine Delloye à Lewarde est-elle transformée, dès 1984, en **centre historique minier**.

[argument 3 : connaissances personnelles]

La transformation **des friches industrielles en logements, en bureaux ou en bâtiments publics** est une autre forme de patrimonialisation. Elle permet de sauver les édifices tout en concevant une nouvelle œuvre architecturale enracinée dans le présent.

III Les actions diplomatiques en faveur du patrimoine

[argument 1]

Le patrimoine immatériel assure à la France un rayonnement qui va au-delà de son poids strictement arithmétique (superficie, démographie, etc.). Son importance est telle qu'il est aujourd'hui **l'objet d'actions diplomatiques d'ampleur**.

[argument 2]

En 2007 est créée **la Mission française du patrimoine et des cultures alimentaires** (MFPCA) dans le but de valoriser la gastronomie française comme patrimoine. En 2010, les experts du comité intergouvernemental de l'UNESCO inscrivent « le repas gastronomique des Français » au patrimoine immatériel mondial.

[argument 3 : connaissances personnelles]

La décision de l'organisation internationale doit beaucoup à **l'argumentation française soulignant les menaces qui pèsent sur cette pratique culturelle** coutumière à cause de l'évolution des habitudes alimentaires (disparition des repas à heure fixe, *fast-food*, plats préparés, etc.).

Conclusion

Le patrimoine prend tout son sens avec l'émergence de la nécessité **de sauvegarder, d'entretenir, puis de transmettre un héritage**. Il recouvre **un champ de plus en plus large** (matériel, immatériel), **dans le temps** (du plus ancien au plus récent) et **dans l'espace** (le monde).

Annales du Bac

Le Grand Oral

Vous trouverez, pages 5 à 8 de cet ouvrage, le descriptif précis de l'épreuve du Grand Oral et des conseils pour vous y préparer au mieux. Nous vous proposons ici 2 questions modèles et des exemples de traitements correspondant aux deux premières parties de l'épreuve : votre exposé de 5 minutes et l'échange avec le jury de 10 minutes. La troisième partie de l'épreuve, qui consiste en un échange de 5 minutes avec le jury autour de votre projet d'orientation relève d'une préparation personnelle propre à chaque candidat(e).

SPÉCIALITÉ HGGSP

QUESTION 1 La France a-t-elle une vraie politique de l'environnement aujourd'hui ?

PREMIÈRE PARTIE Votre exposé 5 min

Les raisons de mon choix 1 min

- Écologie, environnement, développement durable sont des thèmes très souvent abordés en histoire géographie tout au long de la scolarité depuis la classe de 6e. C'est aussi un thème majeur du programme de géopolitique de Terminale qui revient chaque année.
- On étudie beaucoup d'aspects de ce thème mais quasiment jamais ce qui intéresse le plus les gens, c'est-à-dire la concrétisation de la protection de notre environnement. J'ai le sentiment qu'il n'y a pas de politique globale de l'environnement en France.

Mon développement 3 min

- **[Argument 1]**

Il y a, au premier abord, une politique cohérente de protection de l'environnement en France. Elle est incarnée depuis une vingtaine d'années par la création d'un grand ministère de l'Environnement qui a eu des titulaires renommés (Ségolène Royal, Nicolas Hulot, etc.). On a d'ailleurs élargi le champ de compétences de ce ministère à la « transition énergétique ».

- **[Argument 2]**

La démission spectaculaire de Nicolas Hulot en 2018, les soupçons d'instrumentalisation de l'écologie à des fins politiques qui pèsent sur la conversion écologique de Ségolène Royal, l'échec acté du « Premier Grenelle de l'environnement » laissent douter de la réalité de la politique écologique des gouvernements.

> **Qualité de l'interaction**
> Conduisez et exprimez une argumentation personnelle, bien construite et raisonnée.

- **[Argument 3]**

La défiance de l'opinion publique s'exprime par le retour à un vote écologiste. Mais les suffrages ne vont plus aux écologistes « historiques », vus comme des « politiques », qui ont accepté des compromis lorsqu'ils étaient dans des coalitions gouvernementales de droite comme de gauche.

Ma réponse à la question 1 min

Il y a une politique de l'environnement en France depuis au moins une dizaine d'année. Mais, pour une partie de l'opinion, confortée par la démission spectaculaire de Nicolas Hulot en 2018, la politique environnementale de la France ne paraît pas encore suffisante face aux défis climatiques à venir.

DEUXIÈME PARTIE Échange avec le jury 10 min

Questions possibles du jury

- Quelles sont les sources documentaires ayant servi à réaliser votre travail ?
- Avez-vous des exemples concrets de réussite dans la protection de l'environnement ?
- Connaissez-vous des actions dans ce domaine dans votre vécu (au lycée par exemple) ?
- Que pensez-vous de la situation de la protection de l'environnement aujourd'hui aux États-Unis ?

Qualité de l'interaction

Vos réponses aux questions du jury doivent témoigner de votre capacité à mobiliser des connaissances appropriées et à les exposer clairement.

QUESTION 2 Comment évolue la scolarisation féminine en France depuis le XIXe siècle ?

PREMIÈRE PARTIE Votre exposé 5 min

Les raisons de mon choix 1 min

- La question de l'alphabétisation et de la scolarisation, est abordée dans les programmes scolaires. Mais elle n'est presque jamais étudiée sous l'angle des genres.
- Le programme de géopolitique-histoire-géographie de Terminale l'évoque dans le thème 6, mais seule « l'alphabétisation » est traitée, ce qui est très limité, surtout pour la France où l'on peut considérer que toute la population féminine est alphabétisée.
- Étant en classe de Terminale, où se décident les orientations vers le supérieur, je me suis intéressé(e) aux grandes tendances de l'évolution de la scolarité des jeunes filles depuis 200 ans.

Mon développement 3 min

- **[Argument 1]**

À partir des années 1830 (loi Guizot, loi Duruy, lois Ferry) l'alphabétisation féminine se poursuit au même rythme que l'alphabétisation masculine. Pour les Républicains, héritiers de l'esprit des Lumières, tous les citoyens doivent savoir lire, écrire et compter. Globalement, l'alphabétisation féminine est achevée en France en 1914.

- **[Argument 2]**

La situation est très différente en ce qui concerne la poursuite de la scolarisation féminine après l'obligation scolaire qui s'achève à 13 ans. L'idée que les filles n'ont pas le « même cerveau » que les garçons (moins enclines aux sciences, à l'abstraction, etc.) et un statut social différent (d'abord femme au foyer et mère) est très tenace. La création des lycées féminins en 1881 le souligne : l'enseignement scolaire féminin est un « sous » enseignement sans classe de terminale et sans possibilité de passer le baccalauréat.

Qualité de la prise de parole en continu

Votre voix doit soutenir efficacement votre discours : débit pas trop rapide, fluidité, variations et nuances pertinentes.

- **[Argument 3]**

Ce statut inférieur de la femme dans l'enseignement secondaire se retrouve dans la vie politique où les femmes, pourtant citoyennes, sont privées du droit de vote jusqu'en 1944. Après la Seconde Guerre mondiale, les femmes acquièrent rapidement l'égalité scolaire (plan Langevin-Wallon) et aujourd'hui il y a autant de filles que de garçons au lycée.

• [Argument 4]
Cependant il reste des traces des inégalités scolaires passées, très bien pointées par de nombreuses enquêtes et rapports sur le sujet. Les jeunes filles sont souvent moins ambitieuses dans leurs projets d'orientation après le secondaire et se détournent (involontairement, par conformisme social inconscient ?) de certains enseignements, particulièrement scientifiques. Il y a deux fois moins d'ingénieurs femmes que d'ingénieurs hommes encore aujourd'hui.

Ma réponse à la question 1 min

Il est intéressant de constater combien pèse encore le poids du passé dans l'orientation scolaire féminine actuelle. Il faut poursuivre les actions de sensibilisation entreprises depuis plusieurs années (journées de la science), ce qui contribuerait à ouvrir davantage les enseignements scientifiques aux filles.

DEUXIÈME PARTIE Échange avec le jury 10 min

Questions possibles du jury

- Quelles sont les sources documentaires ayant servi à réaliser votre travail ?
- Avez-vous quelques noms ou exemples à nous citer de femmes « pionnières » dans l'émancipation scolaire en France ?
- Savez-vous si la situation de cette sous-représentation des femmes dans les spécialités scientifiques existe dans les pays voisins ?
- Avez-vous remarqué cette tendance dans votre lycée ?

Qualité de l'interaction

Réagissez de manière pertinente aux questions, et n'hésitez pas à prendre l'initiative dans l'échange.

Philosophie

(Enseignement commun)

COMPRENDRE EN VIDÉO
Retrouvez les vidéos sur parascolaire.hachette-education.com

Découvrez 10 TUTOS VIDÉOS sur les techniques à maîtriser pour réussir l'épreuve du Bac

L'ÉPREUVE

Définition de l'épreuve et conseils

Lors de l'épreuve écrite, trois sujets sont proposés **au choix** des candidats : **deux sujets de dissertation** et **un sujet-texte**. Les élèves admis au rattrapage peuvent décider de passer une épreuve orale de contrôle.

	Épreuve écrite	Épreuve orale de contrôle
Durée	4 heures	• Préparation : 20 minutes • Passage devant l'examinateur : 20 minutes
Coefficient	8	7

La méthode de la dissertation

Principe de l'exercice

Disserter, c'est réfléchir de façon ordonnée à partir d'une question faisant problème, c'est-à-dire confrontant plusieurs réponses possibles à la question. Le plan a pour but d'établir une progression faisant apparaître ces différentes réponses.

Principes de rédaction

L'introduction doit faire apparaître, dans l'ordre :
– une **définition** de la (ou des) notion(s) en jeu dans le sujet proposé ;
– un **paradoxe** opposant les différentes réponses possibles et les justifiant (« On peut croire que… car… mais on peut aussi penser que… car… ») ;
– le **problème** résumant ce paradoxe (par une question en « … ou bien… », par exemple) ;
– l'annonce du **plan** sous forme de questions (« En quoi, tout d'abord… ? » ; « En quoi, toutefois… ? » ; etc.).

Le plan doit proposer les **différentes réponses** possibles à la question posée, ainsi que la réponse permettant de **résoudre leur opposition**.

> **Exemple** : pour le sujet « Le bonheur est-il inaccessible à l'homme ? », une première partie peut montrer sur quoi repose l'idée que le bonheur *semble* facilement accessible à l'homme (par quels moyens ?). Puis une deuxième partie peut montrer sur quoi repose l'idée selon laquelle le bonheur peut *paraître également* inaccessible à l'homme (quels sont les obstacles au bonheur ?). Enfin, une troisième partie peut chercher les manières de surmonter cette inaccessibilité au bonheur (comment dépasser les obstacles ?).

Les transitions doivent, d'une part, faire le **bilan** de la partie achevée et, d'autre part, **annoncer**, sous forme de question, la partie à venir.

La conclusion a un rôle de **synthèse** : il s'agit de **reprendre, dans l'ordre,** les différentes parties développées et de **répondre** ainsi, de façon claire, à la question de départ et au problème posé.

S'entraîner tout au long de l'année

Il est nécessaire de s'exercer toute l'année à la dissertation, en tenant compte, à chaque nouveau devoir ou exercice, des **remarques faites par le professeur**. Le tableau ci-dessous résume les différents défauts reprochés et les moyens d'y remédier.

Remarque sur la copie	Conseil pour progresser
Absence du problème	Opposez deux idées ou réponses possibles à la question en les justifiant.
Manque de lien avec le sujet	Vos idées ne sont pas rattachées au sujet. Il faut montrer quelle réponse elles appuient.
Logique de l'argumentation à revoir	Votre raisonnement manque de rigueur. Il faut vérifier les liens logiques et ne pas vous contredire.
Analyse trop superficielle	Vous n'analysez pas assez les concepts en jeu ou il y a trop d'exemples. Il faut des arguments et des références.
Analyse trop rapide	Vous ne prenez pas le temps de développer vos idées. Il faut davantage définir les concepts utilisés et justifier vos arguments.

La méthode de l'explication de texte

Principe de l'exercice

Il s'agit de faire une **explication ordonnée (linéaire) et détaillée** d'un texte dont l'auteur figure au programme. Le but est de **clarifier le texte** par une **analyse des concepts** et d'en montrer la **progression logique**. Il convient donc de **citer** régulièrement le texte en évitant tout excès (citer peu et expliquer beaucoup ou inversement) et de répondre à la question de savoir **ce que « fait » l'auteur** (d'un point de vue logique : il définit, il illustre, il tire une conséquence, il oppose…). Cette explication peut se doubler d'une réflexion critique sur ce qui est exposé par l'auteur, pour montrer qu'il y a d'autres réponses possibles et souligner ainsi le problème.

Principes de rédaction

L'introduction doit faire apparaître, dans l'ordre :
– la **définition de la notion** sur laquelle porte principalement le texte ;
– le **problème** posé (question à laquelle l'auteur répond) ;
– la **thèse** (réponse de l'auteur au problème) ;
– le **plan** du texte (en indiquant les différentes parties ainsi que les lignes).

Le plan de l'explication doit contenir **autant de parties que le texte** ou bien **prolonger la thèse** de l'auteur en la complétant. On peut faire référence à d'autres auteurs.

La conclusion a une fonction de **synthèse**. Elle doit reprendre la thèse en montrant son intérêt philosophique (en quoi elle résout un problème), ainsi que le dépassement opéré par la démarche critique.

S'entraîner tout au long de l'année

Il est nécessaire de s'exercer toute l'année à l'épreuve de l'explication de texte, en tenant compte, à chaque nouveau devoir ou exercice, des **remarques faites par le professeur**. Le tableau ci-dessous résume les différents défauts reprochés et les moyens d'y remédier.

Remarque sur la copie	Conseil pour progresser
Absence de la thèse	Vous n'avez pas, dans l'introduction, exposé l'idée principale du texte, ce que veut montrer l'auteur.
Paraphrase	Vous répétez le texte au lieu de l'expliquer. Posez-vous les questions suivantes : pourquoi l'auteur affirme-t-il cela ? que veut-il dire ?
Logique du texte à revoir	Vous ne faites pas apparaître la progression logique du texte. Montrez davantage comment l'auteur progresse dans son raisonnement, ce qu'il fait logiquement.
Analyse trop superficielle	Vous n'analysez pas assez les concepts en jeu. Arrêtez-vous sur les mots importants et définissez-les.
Analyse trop rapide	Vous ne prenez pas le temps de suivre précisément le texte ; vous résumez. Il faut faire une analyse linéaire.

1 Les perspectives

• Les notions au programme sont présentées en lien avec **trois perspectives** : *l'existence humaine et la culture ; la morale et la politique ; la connaissance.* Il s'agit donc de réfléchir sur les notions en elles-mêmes, tout en étant capable de les relier à certains aspects fondamentaux de l'être humain. Le terme de *perspective* signifie en effet l'action de regarder « à travers » ou « par le biais de ».

• Les perspectives sont ainsi des **manières d'orienter** (sans diriger) **les problématiques** relatives à chaque notion, en les rattachant à tel ou tel aspect de l'être humain (l'existence, la culture, la morale, la politique, la connaissance).

• Chaque notion, de près ou de loin, renvoie à ces perspectives, car celles-ci représentent les **différents problèmes posés par la réflexion philosophique**, qui se veut réflexion sur l'homme. Ainsi, notions et perspectives peuvent toujours être mises en lien d'une manière ou d'une autre, comme dans une croisée de regards sur l'homme. Malgré tout, certains liens (entre notions et perspectives) sont plus naturels que d'autres.

• Plus précisément, les notions renvoient davantage à des « objets » d'étude, les perspectives à des « regards » portés sur elles. Par exemple, l'art (« objet » humain) peut s'envisager sous le regard de l'existence, de la culture, de la morale, de la politique et aussi de la connaissance. De ce fait, l'analyse de la notion en elle-même nous amène à l'envisager sous un certain angle. Par exemple, réfléchir précisément sur l'art comme création esthétique nous conduit à réfléchir sur ce qu'apporte l'art à l'existence ou à la culture.

À l'inverse, réfléchir de manière large à une perspective nous porte aussi à nous interroger plus précisément sur telle ou telle notion. Par exemple, se demander jusqu'où peut aller la connaissance humaine en général nous fait nous interroger sur le rôle possible de l'art dans sa capacité à saisir certains aspects de la réalité.

• Il y a donc un **mouvement naturel de va-et-vient** allant des notions aux perspectives d'une part, et des perspectives aux notions d'autre part.

> **Outils**
>
> On trouvera dans chaque chapitre, pour chaque notion étudiée, ce lien avec les perspectives ainsi que des exemples de questions ou sujets de dissertation illustrant précisément ces liens.

1 L'existence humaine et la culture

• Cette perspective combine et distingue **deux** grandes **dimensions** de l'être humain, à savoir d'une part sa dimension **personnelle et existentielle**, d'autre part sa dimension **sociale** et en partie déterminée par des **règles** de vie en commun. Les différentes notions du programme peuvent ainsi s'articuler de près ou de loin avec cette double perspective, selon qu'on les envisage sous cet angle. Par exemple, il est clair que la notion de liberté peut être interrogée sous ce biais car se demander jusqu'où notre liberté est effective suppose que l'on ait en vue les contraintes culturelles qui peut-être limitent nos possibilités existentielles.

• **L'existence humaine** renvoie au fait que l'homme existe d'une manière distincte de celle de l'animal ou des choses. Il existe au sens où il « est », mais de manière dynamique, dans un mouvement de sortie hors de soi (sens de *ex* en latin signifiant « hors de » et de *sistere* signifiant « se tenir »). Si les animaux ou les choses « existent » aussi, c'est dans un sens plus limité, au sens où ils « sont » là. L'homme, lui, dans son existence, se projette en avant de lui-même en se représentant son existence. Il se voit exister et oriente lui-même son existence par sa **conscience** et sa liberté. Il **choisit** donc en partie son existence. Dans cette perspective, ce que pense et fait l'homme a une certaine orientation **personnelle**, une visée « existentielle », un sens particulier censé permettre à l'homme une réalisation de soi, épanouissante et heureuse. L'existence humaine se distingue ainsi et en ce sens du concept de « vie » : autant la vie renvoie à la dimension biologique de l'homme comme être vivant, autant l'existence renvoie à une dimension personnelle et ouverte. Le problème que pose cette dimension existentielle est de savoir jusqu'où l'homme est ainsi capable d'orienter lui-même son existence et ce, de façon harmonieuse et librement choisie. Cette dimension existentielle de l'homme doit subir en effet certaines influences et se confronter à différents obstacles qui limitent ses possibilités. D'autre part, l'idée d'une existence librement choisie et orientée suppose une responsabilité et un engagement de soi parfois lourds à porter, et dont on peut vouloir se décharger en invoquant une existence subie ou conditionnée. On se demande alors quels sont les facteurs qui interviennent pour ouvrir les possibilités existentielles de l'homme, ou au contraire les limiter.

• **La culture** renvoie quant à elle, en plus de la dimension existentielle de l'homme, au fait que l'homme vit en **société**, avec des **règles** de vie en commun qui le **transforment** et le façonnent. Cette dimension culturelle le distingue ainsi des choses « naturelles » qui elles ne se modifient pas par des règles inventées, artificielles. L'homme, lui, modifie la nature (le monde extérieur) et sa propre nature (ce qu'il est au départ). Là aussi, ce que pense et fait l'homme prend une dimension spécifique et soulève divers problèmes, liés justement à ce caractère « non naturel », modifié et réglé socialement. Que vaut exactement la culture humaine, améliore-t-elle l'existence humaine et peut-elle se concilier avec l'exigence d'une existence personnelle, libre et authentique ? Par ailleurs, les règles de transformation que la culture fait subir à la nature et à l'homme sont-elles bénéfiques ? Ne faut-il pas leur imposer certaines limites et lesquelles ?

> **Attention !**
> Le sens philosophique donné au terme de *culture* ne se réduit pas au sens habituel qui désigne simplement une accumulation de connaissances.

• Ici, les notions liées de près à cette double perspective sont par exemple la liberté, le bonheur, la conscience, l'inconscient, le temps, la nature, l'art, le travail, la technique, la religion. Mais rien n'empêche d'envisager la vérité dans sa dimension existentielle par exemple.

2 La morale et la politique

• Cette perspective combine deux aspects de l'être humain qui renvoient plutôt à la **pratique** humaine, aux formes que prennent les actions de l'homme dans une dimension notamment collective, impliquant la prise en compte d'autrui ou d'un groupe.

• L'action humaine peut prendre une forme **morale** en lien avec des valeurs censées définir le bien et le mal, et une forme **politique** en lien avec la vie en société, au sein d'un État (gouvernement). Les notions au programme peuvent donc là aussi être envisagées sous ce biais, avec les problèmes que posent ces deux dimensions.

• **La morale** soulève en effet le problème de savoir ce que sont exactement ces valeurs censées rendre compte du bien et du mal (par exemple, sont-elles particulières, acquises, ou bien au contraire universelles et innées ?). On peut aussi se demander jusqu'où l'homme est capable de moralité, quelles sont les facultés à l'œuvre dans l'action morale (la conscience, la raison…) et quels sont les obstacles à la moralité (le désir par exemple, ou l'inconscient). L'action morale suppose également un effort de volonté qui peut sembler s'opposer à la liberté (la morale semble limiter nos désirs) mais qui en même temps la présuppose (l'action morale semble en effet relever d'un choix, d'un engagement volontaire). Ici, on comprend que la notion de liberté prend une place centrale dans cette perspective qui interroge notre capacité à agir « bien » par nous-mêmes.

• **La politique** soulève quant à elle le problème de savoir quel serait le modèle de vie en société et quel type de gouvernement privilégier. On peut se demander ce que l'homme gagne à vivre en société, sous un gouvernement, et quels seraient les obstacles à une vie sociale harmonieuse. En un mot, comment faire en sorte que la vie en société soit la plus avantageuse et la plus harmonieuse ? Sous cet aspect, l'homme semble à la fois perdre certains avantages et en regagner d'autres, et l'on doit se poser la question de l'efficacité et des buts de l'action politique : vise-t-elle à imposer un certain pouvoir en exerçant une contrainte plus ou moins juste, ou bien vise-t-elle à rendre les citoyens libres et heureux grâce à des lois justes ?

• Les notions en lien direct avec ces perspectives sont par exemple la liberté, le bonheur, l'État, la justice, la vérité. Mais rien n'empêche de réfléchir à la dimension morale et politique de l'art par exemple, ou encore d'envisager la conscience dans sa dimension morale.

3 La connaissance

• **La connaissance** enfin témoigne de l'aspiration de l'homme à se **représenter objectivement** la réalité et de son aspiration à la **vérité**. Là encore, de nombreux problèmes se posent quant à la possibilité même d'accéder à cette connaissance. Il s'agit en effet d'acquérir un véritable savoir, garanti par un certain niveau de certitude et portant sur des aspects fondamentaux de la réalité. La connaissance semble ainsi obéir à des exigences spécifiques et sévères. Quels seraient alors les moyens de répondre à une telle exigence et n'y aurait-il pas de nombreux obstacles ? Les **sciences** sont-elles en ce sens un modèle de connaissance ou bien en existe-t-il d'autres ?

• Ici, on comprend que dans cette perspective, **certaines notions sont centrales**, notamment la vérité et la science, qui renvoient explicitement à cette dimension de connaissance qui marque l'être humain. En s'interrogeant sur la connaissance de l'homme, on ne peut que se questionner sur ses capacités à parvenir à la vérité et sur l'importance que représente la science dans cette quête. Pour autant, d'autres notions peuvent être convoquées, comme l'art, la culture, ou encore l'inconscient. À l'inverse, la vérité et la science peuvent être interrogées à travers d'autres perspectives, comme la morale ou la politique.

4 Conclusion

On constate ainsi, à travers ces différentes perspectives, que certaines notions semblent directement impliquées dans leur étude, et qu'en ce sens certaines notions « renvoient » explicitement à **telle ou telle perspective** plus qu'à telle autre. Pour autant, ces mêmes notions peuvent aussi s'envisager à partir des **autres perspectives**. De la même façon, certaines perspectives « appellent » directement telle ou telle notion, mais aussi indirectement telle autre.

2 L'art

Voir aussi : la nature (p. 374), la technique (p. 391), la vérité (p. 400)

L'art est le domaine de la création d'œuvres destinées à la **contemplation.** Cette création n'implique-t-elle pas une faculté spécifique ? Peut-on juger de sa valeur, si elle repose sur la beauté ? Enfin, si l'art ajoute des œuvres à la réalité, est-ce pour nous en détourner ou pour nous la faire mieux appréhender ?

Art et « beaux-arts » — **Peut-on juger de la beauté ?** — **Art et réalité**

Alain (1868-1951) Artiste et artisan

Kant (1724-1804) La beauté comme satisfaction universelle

Platon (427-347 av. J.-C.) L'art nous éloigne de la réalité.

Hegel (1770-1831) L'art comme manifestation de l'esprit

Bergson (1859-1941) L'artiste, révélateur de réalité

1 Art et « beaux-arts »

A L'art comme « savoir-faire »

Le mot *art* désigne, au sens premier, « toute activité impliquant un **savoir-faire**, des règles, de l'**habileté** ». De ce point de vue, il n'y a pas lieu de distinguer un « artiste » d'un artisan, une œuvre d'art pouvant être considérée comme un **objet bien réalisé** d'un point de vue « **technique** ». C'est ce qui semble offrir, en outre, un critère assez objectif pour juger de la qualité d'une œuvre.

B L'art comme « génie »

- Toutefois, si l'on parle de **« beaux-arts »**, c'est que l'on reconnaît bien la spécificité d'un domaine « artistique » par rapport à l'artisanat. Les œuvres de l'**artiste** sont faites pour la contemplation ; la **beauté** est donc leur finalité essentielle. L'**artisan** vise plutôt à fabriquer des objets destinés à être **utilisés** ou **consommés**.
- Cette distinction doit être encore affinée, car il arrive bien à des artisans d'avoir comme visée essentielle la beauté, sous la forme d'objets décoratifs. Alain propose donc une définition plus subtile : l'artisan produit une œuvre dont il a entièrement le projet par avance, alors que **l'artiste découvre son œuvre** au cours de sa réalisation. Dans le premier cas, il y a simple **« fabrication »**, dans le second, véritable **« création »**. Cette dimension créative et imprévisible, qui définit l'art au sens strict, met en valeur le rôle du « génie », comme ce qui vient inspirer l'artiste.

À voir

***Amadeus*, film de Milos Forman (1984).** L'histoire d'Amadeus (c'est-à-dire Mozart), racontée par son rival Salieri, jaloux et fasciné par ce génie qu'il n'a pas.

Mot-clé

Génie : **don** réservé à de rares hommes de recevoir des idées **originales**. C'est une chose qui **ne peut pas s'acquérir**, ni même **se contrôler** ou **s'expliquer**. D'où l'ambiguïté de cette notion : est-elle un hommage à la singularité de l'artiste ou une façon d'amoindrir son mérite ?

2 Peut-on juger de la beauté ?

A Subjectivité du goût

Si les œuvres d'art visent la beauté, c'est sur cette qualité qu'elles doivent être jugées. Cependant, la beauté n'est pas une qualité présente dans les œuvres elles-mêmes. Nous disons bien que « *c'est* beau », mais pour traduire le **plaisir** que nous éprouvons *en nous-même*. Le **« goût »** par lequel nous jugeons de la beauté est donc **subjectif**.

À voir

***Le Goût des autres*, film d'Agnès Jaoui (2000).** L'histoire d'un chef d'entreprise, apparemment sans goût ni culture, mais qui, en tombant amoureux, s'ouvre également au monde de l'art et à la peinture.

B Une satisfaction universalisable

- Kant remarque que nous attendons pourtant que ce plaisir soit **partagé avec autrui**. L'existence de **« chefs-d'œuvre »** nous incite aussi à penser qu'une entente est possible, même en matière de beauté. Cette entente donne ainsi une dimension morale à l'art, en nous invitant au respect (de l'œuvre et d'autrui).
- Pour cela, nous devons nous assurer que nous sommes bien dans une relation purement **« esthétique* »** avec l'objet que nous jugeons. Notre jugement doit être **« désintéressé »** (comme dans le domaine moral), c'est-à-dire qu'il doit répondre à la question « S'agit-il d'une belle représentation ? », et non « S'agit-il de la représentation d'une chose qui nous fait plaisir ? ». Cela permet à la satisfaction esthétique d'être **universalisable**, tout en étant subjective.

3 Art et réalité

A L'art comme éloignement de la réalité

- L'existence de l'art peut se voir comme le besoin d'**échapper à la réalité**, en créant comme un « autre monde ». L'art est une forme de **« divertissement »** au sens où l'entend Pascal.
- Platon montre que, même quand l'art s'attache à **imiter la réalité** de la façon la plus fidèle, il ne fait pourtant que nous en éloigner. Selon son analyse, les choses qui nous entourent ne sont déjà elles-mêmes que des « copies » dégradées d'« Idées » parfaites. L'objet représenté par l'artiste n'est donc jamais mieux que **« la copie d'une copie »**. Ainsi, l'artiste n'est pour Platon qu'un faiseur d'illusions et n'a pas sa place au sein de la Cité. Il ne peut avoir de fonction politique (éduquer les citoyens, les rendre meilleurs).

B L'art comme révélateur de réalité

- Il semble pourtant bien que l'on puisse dire qu'il y a **une « vérité »** dans les œuvres d'art, qui nous les rend plus « touchantes » que les objets qu'elles représentent. Hegel explique que le véritable artiste ne se pose jamais en simple imitateur de la réalité. Il fait apparaître un **contenu spirituel**, en dégageant quelque chose d'essentiel et d'universel à travers les objets particuliers qu'il représente. C'est ce contenu que l'on associe communément à l'idée de « message ».

Citation-clé

« Les manifestations de l'art renferment une réalité plus haute et une existence plus vraie que l'existence courante. »
Georg W. F. Hegel, *Esthétique*, 1835 (posthume).

• Nous avons besoin des artistes pour cela, car leur don tient aussi à la **sensibilité particulière** de leur perception. Pour Bergson, cette sensibilité vient paradoxalement de leur rapport **« distrait »** à la réalité, qui leur permet de la percevoir autrement que sous l'angle habituel de l'utilité. L'art ne nous tire donc à l'écart de la réalité que pour mieux nous y faire retourner.

C L'art « engagé »

Il existe aussi une fonction directement politique de l'œuvre d'art, qu'on trouve dans des œuvres dites **« engagées »**. Ici, la dimension esthétique (plaire par sa beauté) vise autre chose et aspire notamment à dénoncer des injustices ou à critiquer directement l'État.

L'art selon les trois perspectives

L'ART – L'existence humaine et la culture

• S'interroger sur le rapport entre l'art et l'existence (personnelle) ou sur le rapport entre l'art et la culture, c'est se demander notamment ce que nous apporte l'art ou encore d'où viennent les capacités créatrices de l'artiste.

• On doit ainsi comprendre la dimension créatrice de l'art, la différence entre savoir-faire et génie **[1. A et B]**. Cela interroge aussi la **valeur esthétique et universelle** de l'œuvre d'art **[2. A et B]** ainsi que son action révélatrice **[3. B]**.

Exemples de questions

• *A-t-on besoin de l'art ?* → Le « on » a ici un sens à la fois personnel et social. On se demande si l'art répond à quelque chose de vital ou d'essentiel, ou bien s'il faut associer la création artistique à une démarche libre, n'obéissant à aucune nécessité, relevant notamment de la contemplation esthétique.

• *La sensibilité aux œuvres d'art demande-t-elle à être éduquée ?* → On interroge les conditions qui rendent possible et accessible à tous le goût esthétique, notamment le rôle de l'éducation et de la culture.

L'ART – La morale et la politique

Dans la perspective de l'action morale et politique, on peut s'interroger plus particulièrement sur la **finalité des œuvres d'art**, les idées qu'elles expriment et les actions ou engagements qu'elles appellent. On se demande ainsi si l'artiste a pour but de nous inciter à agir plus moralement (ou au contraire à nous détourner de la morale), si ses œuvres sont porteuses d'un « message » politique, ou bien si l'art n'a qu'une vocation esthétique, contemplative **[1. B, 2. B, 3. C]**.

Exemples de questions

• *Une société peut-elle se passer d'artistes ?* → On interroge la place/le rôle politique de l'artiste, sa fonction sociale ; mais aussi la fonction utilitaire et esthétique de l'art en posant la question du goût : en quoi peut-il rassembler les individus d'une société autour d'une satisfaction esthétique partagée ?

• *Peut-on interdire une œuvre d'art ?* → On se demande si on a le droit de limiter la liberté créatrice au nom de certaines valeurs morales ou politiques notamment, ou bien si au contraire l'art ne doit pas permettre justement la remise en question des valeurs en ayant un rôle transgressif.

L'ART – La connaissance

Dans cette perspective, on interroge le **rapport entre l'art (les œuvres) et la réalité**, pour se demander si la représentation du réel par l'art vise une certaine vérité ou si au contraire elle ne fait qu'exprimer la perception de l'artiste **[3. A et B]**.

Exemples de questions

• *L'art nous permet-il de mieux connaître la réalité ?* → On se demande quel est le rapport entre l'œuvre d'art et les objets ou le monde qu'elle représente : s'agit-il pour l'art de déformer la réalité ou bien de la représenter le plus objectivement possible ?

• *L'art nous éloigne-t-il des choses ?* → On se demande également si l'art nous rend la réalité plus accessible, ou au contraire, moins accessible, tant au niveau de la perception que de la connaissance.

3 Le bonheur

Voir aussi : le devoir (p. 347), l'État (p. 354), la liberté (p. 370), la raison (p. 378)

Le bonheur (du latin *bonum*, « bon », et *augurium*, « chance ») désigne un **état de satisfaction complète et durable**. On peut croire que le bonheur serait une manière, pour l'homme, de voir ses désirs accomplis et qu'il se confondrait ainsi avec le plaisir. Pourtant, l'homme semble à la recherche d'un bien plus exigeant et plus profond que le simple plaisir. Comment alors concevoir le bonheur pour que l'homme puisse espérer l'atteindre ? Et est-il à ce point **le but de l'existence** ?

Le bonheur comme plaisir

Platon
(427-347 av. J.-C.)
Calliclès : le bonheur comme somme de plaisirs

Épicure
(341-270 av. J.-C.)
Le bonheur comme ataraxie

Bonheur et satisfaction morale

Descartes
(1596-1650)
La grande âme

La dignité d'être heureux

Kant
(1724-1804)
Le bonheur comme « idéal de l'imagination »

1 Bonheur et plaisir

A Le bonheur comme somme de plaisirs

- Une première conception du bonheur revient à le confondre avec le plaisir, sous sa forme la plus extrême, à savoir la **jouissance**. Telle est la conception du personnage de **Platon**, Calliclès, pour qui le bonheur consiste à satisfaire tous ses désirs sans aucune restriction. Ici, le bonheur se mesure à la **quantité de plaisir** obtenue par la satisfaction de désirs.
- Un des moyens de parvenir à un tel bonheur est, selon Calliclès, l'**intempérance**, c'est-à-dire l'absence de mesure et de raison. Le modèle de l'homme heureux est le tyran, parce qu'il est le plus à même de faire ce que lui commande sa nature, en étant placé au-dessus des lois et en soumettant tous les autres hommes à ses désirs.

B Le bonheur comme absence de troubles

Toutefois, comme le montre **Épicure**, certains désirs et certains plaisirs ne mènent pas au bonheur, parce qu'ils sont sources de trouble. Il faut donc savoir mieux « écouter » ce que nous demande la nature. Seul le plaisir d'être sans trouble **(ataraxie)** et exempt de douleur **(aponie)** doit donc être recherché, et tel est le vrai bonheur, lequel passe par la connaissance et la raison. Seule la pratique philosophique nous apprend à nous délivrer de tout ce qui nous trouble et à classifier nos désirs pour ne satisfaire que les désirs naturels et nécessaires.

> **Citation-clé**
>
> *« Ce qui trouble les hommes, ce ne sont pas les choses mais les opinions qu'ils en ont. »*
>
> Épictète, *Manuel*.

C Ennui et satisfaction

Par ailleurs, comme le montre **Schopenhauer**, la satisfaction en elle-même est moins ressentie que la douleur ou que le manque, et les hommes ont du mal à apprécier le fait même d'être heureux. L'ennui est ce qui menace le plaisir d'être comblé et d'autant plus si l'on prend l'habitude d'être comblé. Pour Schopenhauer, le bonheur ne peut donc être ressenti que rétrospectivement, quand nous l'avons perdu.

2 Bonheur et satisfaction morale

A Bonheur et connaissance

On peut aussi suggérer avec **Descartes** que le « *souverain bien* » (bien suprême recherché par les hommes) peut passer par une certaine forme de déplaisir, lorsqu'il prend l'apparence de la vérité. En ce sens, l'homme a l'esprit plus satisfait lorsqu'il connaît la vérité, même si celle-ci le rend triste. Le bonheur, ici, consiste en « l'exercice de la vertu », **c'est-à-dire faire l'effort de connaître la juste valeur des choses et de soi-même**, même si cette connaissance s'accompagne de désillusion.

À lire

***La parure*, nouvelle de Guy de Maupassant (1884).** L'histoire de Mathilde qui emprunte une parure de diamants à son amie Jeanne, pour paraître aussi riche qu'elle…

B La grande âme

Descartes montre, en ce sens, que les « *grandes âmes* » se mesurent à leur capacité de supporter les chagrins et les épreuves ainsi qu'à leur **altruisme**. C'est dans l'effort ainsi fait sur soi-même et envers les autres que se trouvent à la fois la vertu et le bonheur. L'âme basse, au contraire, se laisse conduire par ses passions, et son bonheur n'est que fragile et incertain. Ici, le bonheur prend une signification et une valeur morale, il consiste dans la satisfaction d'exercer sa volonté face à l'adversité et en faveur d'autrui.

Mot-clé

Générosité : chez **Descartes**, ce terme désigne, le contraire de la *vanité* : l'homme généreux est celui qui s'estime et estime les choses à leur juste valeur, à la différence du vaniteux qui se surestime et accorde de l'importance à des biens illusoires.

3 La dignité d'être heureux

A Incertitude du bonheur

- Pour autant, la vertu semble réduire le bonheur à un bien « négatif » (se montrer indifférent au malheur, éprouver sa force face aux coups du sort). Le bonheur en lui-même, en tant que plénitude, semble inaccessible et sans cesse menacé. De même, les nombreux malheurs qui peuvent frapper les hommes (maladies, accidents, mort, violence, échecs…) suggèrent que la volonté ne peut pas toujours suffire pour garantir une absence de troubles, ni même rendre possible la force que suppose la grandeur d'âme.
- Par ailleurs, il est difficile de savoir exactement ce qui nous rend, nous, personnellement heureux. Pour **Kant**, le bonheur est un « *idéal de l'imagination* », c'est-à-dire **quelque chose dont le contenu ne peut être établi** précisément ni objectivement.
- De plus, le sens même du mot *bonheur*, selon son étymologie, suggère qu'il est, par nature, aléatoire et hasardeux.

PHILOSOPHIE

B L'obéissance à la loi morale nous rend digne du bonheur

• À l'inverse, selon Kant, il existe en nous une loi morale qui nous prescrit, en toute certitude, ce que nous devons faire. Si nous ne savons pas exactement ce qui nous rend heureux, nous savons ce qui est bien et juste. En agissant selon la loi morale, nous ne nous rendons pas heureux mais nous avons au moins l'assurance de **mériter de l'être** (de par nos bonnes actions).

• Ce sentiment d'être « dignes du bonheur » est d'ailleurs, selon Kant, ce qui nous permet de nourrir l'espoir légitime qu'il peut y avoir **une « vie après la mort »**, où nous serons **récompensés dans une juste proportion de notre moralité**. C'est ce qui suppose aussi **l'existence d'un Dieu**, *« auteur intelligent du monde »*. La présence de la conscience morale en nous, qui nous invite à sacrifier notre bonheur immédiat au nom de notre devoir, aurait sinon quelque chose de tragique, voire d'absurde.

C Renoncer au bonheur par devoir

Enfin, si l'action morale nous impose de sacrifier directement notre bonheur, en donnant notre vie par exemple, nous pouvons revendiquer le droit de ne pas vouloir être heureux et de préférer d'autres valeurs, plus nobles, plus dignes. Les actions héroïques sont ainsi faites au nom du devoir, et non au nom du bonheur. Même si le héros peut se dire heureux de faire son devoir (en sauvant des vies notamment), le fait même qu'il risque sa vie fait qu'il ne vise pas le bonheur en lui-même, mais autre chose, qu'il place au-dessus.

À lire

***Antigone* de Sophocle (441 av. J.-C.).** Tragédie grecque qui met en valeur l'héroïsme d'Antigone, prête à mourir pour enterrer son frère.

4 Dimension politique du bonheur

Le bonheur repose aussi sur des conditions politiques, incarnées notamment par des lois justes et démocratiques. Celles-ci doivent permettre à chacun au moins de rechercher son bonheur sans en être empêché par autrui, en posant et en respectant le droit fondamental de tout homme à rechercher le bonheur. Ici, les lois jouent un rôle paradoxal, en limitant certes la recherche illimitée du plaisir (prônée par **Calliclès**), mais en permettant à chacun des conditions égales d'accès au bonheur. En revanche, il est clair que des lois injustes sont directement des obstacles à ces conditions, puisqu'elles ne favorisent que le bonheur de certains individus. Le bonheur, dans ce cas, ne devient accessible qu'en s'opposant aux lois et à leur injustice.

Le bonheur selon les trois perspectives

LE BONHEUR – L'existence et la culture

Il s'agit de réfléchir sur la valeur que représente le bonheur comme finalité de l'existence humaine, dans une dimension personnelle et collective, en envisageant la manière dont on peut l'atteindre par sa propre volonté ainsi que par des règles de vie en commun (culturelles). Il s'agit d'étudier conjointement les capacités des hommes à être heureux et les obstacles qui rendent ce but difficile à atteindre, voire inaccessible **[3. A]**. Sur le plan personnel, la dimension à la fois consciente et inconsciente de l'homme peut poser problème et, sur le plan culturel, le respect de certaines règles ou coutumes peut poser question en ce qui concerne la possibilité d'être pleinement heureux. Selon la manière dont on définit le bonheur (somme de plaisirs ou bien contentement minimum) **[1. A et B]**, il devient clair que l'accès au bonheur se voit modifié. Il convient donc de rechercher des remèdes à tout ce qui peut menacer le bonheur ou bien poser le droit de chercher autre chose **[1. C, 2. B, 3. B et C]**.

Exemples de questions

- ***Dépend-il de nous d'être heureux ?*** → Cette question porte sur le caractère incertain du bonheur qui échapperait peut-être à notre volonté et qui nous imposerait de le concevoir de manière plus modeste et accessible en toutes circonstances.
- ***Le bonheur est-il inaccessible à l'homme ?*** → On se demande si les moyens dont l'homme dispose pour atteindre le bonheur ne peuvent pas en même temps être des obstacles, et comment concevoir le bonheur pour le rendre accessible à l'homme.

LE BONHEUR – La morale et la politique

On interroge le rapport entre l'aspiration de chacun au bonheur et certaines exigences de vie en commun (règles morales et lois politiques). La question est de savoir comment concilier le désir d'être heureux avec le devoir de respecter autrui et d'être juste. L'exigence individuelle et personnelle n'est-elle pas empêchée par l'exigence altruiste ou plus largement politique (celle d'un bien commun) ? **[2. B, 3. B, 4]**, **[Fiche 6, L'État 1. A et 3. B]**

Exemples de questions

- ***Peut-on ne pas vouloir être heureux ?*** → On s'interroge sur la volonté d'atteindre le bonheur, qui peut être mise en échec par le malheur notamment ou parce qu'il y aurait des fins plus nobles à rechercher (fins morales ou politiques).
- ***Le bonheur dépend-il des lois ?*** → On interroge le rôle des lois dans la quête du bonheur et l'on doit se demander si elles constituent des moyens d'accéder au bonheur ou au contraire des obstacles.

LE BONHEUR – La connaissance

On peut enfin réfléchir sur le bonheur dans la perspective de la connaissance, en se demandant ce qu'il faut notamment savoir pour être heureux, et si l'accès au bonheur ne suppose pas une certaine connaissance de soi, des autres et du monde. Le questionnement philosophique ici prend tout son sens puisqu'il s'agit précisément de l'amour du savoir et de la sagesse. En ce sens, la philosophie antique désigne l'art d'être heureux et suppose une certaine connaissance de l'homme **[1. A et B, 2. A]**.

Exemple de question

- ***Peut-on ne pas vouloir se connaître ?*** → On interroge les raisons de préférer l'ignorance ou l'inconscience à la connaissance de soi, et le bonheur semble en jeu dans cette alternative : est-on plus heureux en se cachant certaines choses déplaisantes ou bien au contraire en les affrontant ?

4 La conscience

Voir aussi : le devoir (p. 347), l'inconscient (p. 358), la vérité (p. 400)

La conscience (du latin *cum*, « avec, ensemble », et *scientia*, « connaissance, savoir ») désigne la capacité du sujet à se représenter le monde ainsi que lui-même (il peut « se » penser) ; elle a également un sens moral, en tant que capacité à penser le bien et le mal, le juste et l'injuste. La question est de savoir si une telle connaissance peut être **objective** et si ses valeurs morales sont **fiables**. La conscience n'est-elle pas plutôt l'expression de la **subjectivité** humaine ?

Une conscience objective et fiable… | **… ou subjective et faillible** | **Les remèdes à la subjectivité**

Descartes (1596-1650)	Kant (1724-1804)	Spinoza (1632-1677)	Freud (1856-1939)	Hegel (1770-1831)	Sartre (1905-1980)
Une substance pensante	« La loi morale en moi »	L'illusion de la liberté	Des pensées inconscientes	L'acquisition pratique de la conscience	Autrui entre moi et moi-même

1 L'objectivité et la fiabilité de la conscience

A La conscience de soi comme modèle de vérité

- La conscience permettrait à l'homme de se questionner sur lui-même et de se connaître intérieurement. Il pourrait savoir ce qu'il est (un homme) et qui il est (telle personne unique). Il aurait ainsi **conscience « de lui-même »** (conscience réfléchie), à la différence des animaux (conscience spontanée).
- Dans son *Discours de la méthode*, **Descartes**, doutant de tout pour chercher **une vérité absolument certaine**, montre qu'il est impossible de douter de la conscience que l'on a de soi-même. Le fait même de penser prouve que l'on existe.

B Une conscience morale innée

On peut croire aussi que l'homme a **un sens inné* du bien et du mal**, qu'il « sait » ce qu'il doit faire, et que sa conscience morale est le meilleur guide pour bien agir. S'inspirant de Rousseau, qui montre, dans *Émile ou De l'éducation*, la présence en tout homme d'une conscience morale innée et universelle, **Kant** soutient que tout homme a en lui *« la loi morale »*, permettant d'agir *« par devoir »* (ce qu'il nomme ***« l'impératif catégorique* »***).

Citation-clé

« Pendant que je voulais ainsi penser que tout était faux, il fallait nécessairement que moi qui le pensais fusse quelque chose. »
René Descartes, *Discours de la méthode* (IV), 1637.

2 Les limites subjectives de la conscience

A Une conscience sous influence

- On peut toutefois souligner les faiblesses de la conscience, qui, selon **Spinoza**, serait influencée notamment **par le corps et le désir**. Nous avons conscience de nos actions, mais nous n'avons pas conscience de ce qui nous pousse à agir, et nous nous croyons libres.
- De même, **Marx** suggère que notre conscience serait influencée **par notre milieu social**. Nous avons une conscience « de classe ».
- Selon ces philosophes, on ne se représente donc pas les choses ou soi-même de façon objective mais de façon **subjective**.

B L'hypothèse de l'inconscient

Plus encore, on peut concevoir l'existence de **pensées inconscientes, refoulées** par la conscience, laquelle *« ne voudrait pas penser »* certaines choses. C'est ce que suggère **Freud** : certaines maladies produites par ces refoulements (les névroses) montrent la nécessité de supposer l'existence d'un inconscient de nature « psychique », à explorer par la psychanalyse.

À voir

***Freud, passions secrètes*, film de John Huston (1962).** Récit de la manière dont Freud a été amené à établir sa théorie de l'inconscient à partir de son travail avec ses patients.

C Une conscience morale acquise et relative

Par ailleurs, on peut douter de l'existence d'une conscience morale innée* et égale en tout homme. Celle-ci serait plutôt **acquise et produite par l'éducation**, comme le montre Freud, qui donne le nom de **Surmoi** à l'instance morale qui serait à l'origine de nos refoulements. L'enfant « apprend » de ses parents et de la société des valeurs qui seraient, en fait, relatives et particulières : chacun aurait donc sa propre conscience.

Mot-clé

Le déterminisme psychique désigne le fait qu'il y ait un rapport, un lien, entre ce que la conscience exprime et ce qu'elle cache : on peut déchiffrer l'inconscient à partir du conscient, l'interpréter selon un code.

PHILOSOPHIE

3 Remèdes possibles à la subjectivité

A Avoir conscience et prendre conscience

- Il est toutefois possible d'acquérir une conscience de soi (et du monde) plus objective. Le sujet humain peut, en effet, avoir conscience (de lui-même, du monde) en croyant savoir, mais il peut aussi, par **la réflexion**, réinterroger ce qu'il pense et ainsi **« prendre »** conscience (de ce que lui ou le monde est réellement).
- **Hegel** montre aussi que l'homme peut acquérir une conscience de soi par la **« pratique »** : il peut se connaître et se reconnaître **à travers ce qu'il fait**. La philosophie et la psychanalyse visent cet effort réflexif, pouvant s'exercer aussi dans le domaine moral.

B Le rôle d'autrui

Jean-Paul Sartre souligne le rôle fondamental d'autrui dans la conscience que l'on a de soi, parce qu'il nous voit de façon **extérieure**. Son simple regard peut rectifier la conscience que nous avons de nous-même.

La conscience selon les trois perspectives

LA CONSCIENCE – L'existence humaine et la culture

La conscience (comprise comme conscience « de soi ») peut être interrogée dans sa dimension existentielle, en soulignant le rôle fondamental qu'elle joue dans l'orientation de l'existence humaine. C'est parce que l'homme est conscient de sa propre existence qu'il peut, semble-t-il, l'orienter librement par ses propres choix en se représentant ce qu'il pense et ce qu'il fait, en étant responsable de lui-même. En même temps, il apparaît aussi que cette conscience n'est pas parfaitement claire, et que l'homme n'est pas conscient de tout ce qui se passe en lui-même **[Fiche 7, L'inconscient]** et que beaucoup de facteurs (notamment issus de l'éducation) influencent, voire conditionnent, le regard qu'il porte sur sa propre existence **[2. A et B]**. On doit ainsi se demander jusqu'où la conscience de soi peut être objective (ne manque-t-on pas nécessairement de distance envers soi-même ?) et si cela ne limite pas nos possibilités existentielles de réalisation de nos capacités ou de nos choix.

Exemple de question

Pourquoi chercher à se connaître ? → On cherche les raisons qu'il y aurait à vouloir savoir qui l'on est et ce que l'on est (personnellement et humainement) ; rechercher cette vérité sur soi peut paraître à la fois essentiel et difficile, voire douloureux ; il convient ici de valoriser cette recherche en montrant que sa valeur surpasse les difficultés et les maux engendrés.

LA CONSCIENCE – La morale et la politique

La notion de conscience peut être envisagée sous un angle moral et politique lorsqu'on veut s'attacher à certains domaines sur lesquels porte cette connaissance (de soi-même). Ainsi interroger la conscience dans une perspective morale, c'est se demander ce qu'elle contient comme valeurs (le bien, le mal, le juste, l'injuste…) et ce que « valent » justement ces valeurs qui nous sont propres, intérieures. Ne sont-elles pas aléatoires et acquises **[2. C]** ? L'État (à travers les lois qu'il nous impose de respecter) est-il capable d'influencer positivement notre conscience morale afin de faire de nous de « bons » citoyens, justes, respectueux d'autrui ?

Exemples de questions

- *La conscience morale est-elle infaillible ?* → On questionne ici les limites éventuelles de nos valeurs morales propres, en se demandant ce qui peut les rendre faibles, incapables de nous faire agir « bien ».
- *Peut-on ne pas savoir ce que l'on fait ?* → On se demande jusqu'où il est possible d'avoir pleinement conscience de la valeur de nos actes et jusqu'où il est possible et légitime d'agir inconsciemment, de manière irresponsable.

LA CONSCIENCE – La connaissance

La notion de conscience renvoie directement à la notion de connaissance et cette perspective est donc la plus naturellement appelée lorsque l'on s'interroge sur ses fondements : la conscience est-elle à proprement parler la connaissance qu'elle est censée être (une connaissance de nous-mêmes notamment) ou bien ne s'agit-il que d'une connaissance limitée voire illusoire, ne nous renseignant qu'imparfaitement sur ce que nous sommes **[1. A, 2. A et B]** ? Dans ce cas, comment remédier à ce qui la rend imparfaite **[3. A et B]** ?

Exemples de questions

- *Peut-on se connaître ?* → On questionne les pouvoirs et les limites de la conscience de soi : que peut-on et que ne peut-on pas connaître ? Pourquoi ? Comment remédier à ces limites ?
- *Suis-je ce que j'ai conscience d'être ?* → On cherche à savoir si la connaissance que l'on a de soi-même correspond à ce que l'on est réellement, si l'on se connaît objectivement.

5 Le devoir

Voir aussi : la conscience (p. 344), la liberté (p. 370), la raison (p. 378)

Le devoir renvoie à l'ensemble des **règles morales** que l'on « doit » respecter. Faire son devoir, c'est donc s'efforcer d'agir bien. Le devoir est-il alors **une obligation** faite à soi-même et issue de notre propre raison ou bien **une contrainte** venue du dehors ? Peut-on s'accorder sur des valeurs universelles qui seraient au fondement de nos devoirs ?

Devoir et bonheur		Devoir et volonté		L'origine du devoir	

Platon (427-347 av. J.-C.)	**Épicure (341-270 av. J.-C.)**	**Descartes (1596-1650)**	**Kant (1724-1804)**	**Rousseau (1712-1778)**	**Kant (1724-1804)**
Calliclès : devoir et force	Devoir et prudence	Le devoir d'exercer sa volonté	Le devoir de respecter la personne humaine	Le sentiment de pitié	La loi morale en moi

1 Devoir et bonheur

A Le devoir de suivre la force de sa nature

- Une première conception du devoir consiste à poser que l'homme a le **devoir de rechercher le bonheur**.
- Telle est la conception du sophiste inventé par Platon, Calliclès : l'homme se doit d'exprimer toute la force dont il est capable pour atteindre le maximum de plaisir. Ici, le devoir consiste **à suivre sa nature**, comprise comme **force capable de désirer le plus possible**.

> **Citation-clé**
>
> *« La vie tempérante vaut mieux que la vie déréglée. »*
>
> Platon, *Gorgias*.

B Devoir et raison

Toutefois, le devoir de se rendre heureux suppose plutôt, comme le montre **Épicure**, une certaine prudence, c'est-à-dire un **usage de la raison** : l'homme doit **philosopher**, c'est-à-dire réfléchir sur ce qui rend heureux et ce qui est source de trouble, et il doit **réguler ses désirs**. Ici, la nature qui sert de guide au devoir n'est plus la force, mais le **monde ordonné par la raison** : l'homme « doit » se conformer à l'ordre naturel (en ne désirant, par exemple, que des choses naturelles et nécessaires).

C Devoir et intérêt

- On peut aussi concevoir un devoir fondé sur la notion d'intérêt, qui dans ce cas consiste à **agir en vue d'un bonheur collectif**. C'est le principe de la **morale utilitariste**, incarnée par J. S. Mill pour qui l'action bonne est l'action qui contribue au bonheur du plus grand nombre. Ici, le devoir peut prendre la forme d'une action qui peut sembler injuste, mais qui, vue d'une autre façon, est juste. On peut par exemple « devoir » abandonner son enfant et le faire adopter pour qu'il soit heureux (principe de l'accouchement sous X en France par exemple). On peut aussi devoir sacrifier des militaires pour sauver des otages.

À lire

***Aux Champs*, nouvelle de Guy de Maupassant (1882).** À travers l'histoire de deux familles de paysans, on est amené à se demander si l'on doit préférer garder son enfant en le condamnant à une vie de misère ou bien le faire adopter en échange d'une rente, pour qu'il soit heureux.

• L'**action politique** s'inspire souvent de cette morale pour voter et défendre des lois (par exemple sur la réforme des retraites ou sur les impôts) : ici, on a en vue ce que l'État doit faire pour le bonheur ou **l'intérêt collectif**.

2 Devoir et volonté

A Le devoir de faire preuve de volonté

On peut, toutefois, poser que le bien n'est pas tant le bonheur que *« l'exercice de la vertu »*, comme le montre **Descartes** : l'homme peut, par sa volonté, résister à ses désirs et supporter le malheur ; il a le **devoir d'exercer cette force de caractère** pour lui-même et en faveur d'autrui. L'homme aurait, ainsi, le devoir de faire preuve de **grandeur d'âme** ou de **générosité***, selon Descartes.

B Le devoir de respecter la personne humaine en tout homme

• Mais ce qui fonde le devoir ne doit-il pas être aussi et surtout une volonté d'**empêcher le mal** plutôt que de faire le bien ? En ce cas, je me dois, avant tout, de **respecter la personne humaine en tout homme**, c'est-à-dire de ne pas simplement l'utiliser comme une chose ou un animal. Tel est le fondement du devoir, selon Kant.

• Ce devoir, toujours selon **Kant**, doit, pour être un « vrai » devoir, reposer sur la **« bonne volonté »**, à savoir la volonté de faire son devoir **par devoir**, parce qu'on doit le faire. Ici, le devoir exprime la **liberté d'agir par sa seule volonté**. Si le devoir repose sur d'autres motifs (désirs ou intérêts), alors ce n'est qu'une action conforme au devoir ; il n'a pas la même valeur morale puisqu'il est soumis à des motifs sensibles.

Citation-clé

« Agis toujours de telle sorte que tu traites l'humanité aussi bien dans ta personne que dans la personne de tout autre, jamais simplement comme un moyen, mais toujours en même temps comme une fin. »

Emmanuel Kant, *Fondements de la métaphysique des mœurs*, 1785.

C Devoir et connaissance

• Le devoir peut aussi porter sur soi-même et prendre la forme d'un devoir de se connaître. Il s'agit dans ce cas pour l'homme de **faire valoir ce qui fait de lui un être humain et le distingue de l'animal** ou de l'homme indigne. **Platon** reprend ainsi l'injonction socratique ***« connais-toi toi-même »*** pour affirmer que l'homme doit exercer sa raison pour tendre vers la vérité et la justice. En sachant ce qu'est l'homme, l'homme ne peut que tendre vers ce devoir d'être pleinement homme (un homme juste et épris de vérité). Ici, la volonté prend la forme de la raison qui doit lutter contre le désir de rester dans l'illusion ou l'ignorance.

• Pour **Descartes**, le **devoir comme vertu** s'appuie sur l'idée que l'homme doit connaître la vraie valeur des choses. Dans ce cas, il y a un devoir de connaissance qui dépasse le devoir de se connaître.

3 L'origine du devoir

A Un sentiment naturel

Il faut encore se demander d'où viennent nos devoirs et si chaque homme a en lui naturellement le sentiment du devoir à accomplir. Pour **Rousseau**, l'homme a en lui un sentiment moral naturel : **la pitié**. C'est elle qui lui permet, à l'« état de nature », de rechercher son bien avec le **moindre mal possible pour autrui**.

B La loi morale en moi

Toutefois, on peut supposer que le devoir impose plutôt un **effort de volonté** et que le sentiment, au contraire, n'amène qu'à une action imposée par la sensibilité. Pour **Kant**, tout homme a *« la loi morale en lui »*, et cette loi est issue de la raison, principe de volonté capable de déterminer le sujet à agir **contre ses tendances égoïstes** et faisant de lui un être libre (non soumis à ses déterminations sensibles : désirs, etc.).

> **Mot-clé**
>
> **L'impératif catégorique** désigne, chez **Kant**, la formulation même du devoir, tel qu'il s'impose en nous sous la forme d'une loi. Cette obligation est catégorique au sens où elle s'impose en toutes circonstances.

C Le rôle de l'éducation

Pour autant, ce serait oublier que **cette loi morale a besoin de l'éducation pour se développer** : on apprend à l'enfant ce qu'il doit faire, à respecter les autres. Une telle origine (familiale et sociale) du devoir est visible dans ce que Freud appelle ***« le Surmoi »*** : chaque sujet a en lui une censure morale qu'il a intériorisée au cours de son existence et qui est donc relative, voire absente. De ce fait, il faut que les hommes s'accordent sur des **valeurs universelles** – accord qui n'est pas immédiat.

Le devoir selon les trois perspectives

LE DEVOIR – L'existence humaine et la culture

La notion de devoir peut être interrogée dans sa dimension existentielle (personnelle) et culturelle (collective) si l'on se demande notamment d'où viennent nos valeurs et règles morales, si elles sont inscrites en tout homme de manière innée **[3. A et B]** ou bien si elles proviennent plutôt de ce que notre éducation et notre culture nous apprennent et nous font acquérir. Dans le premier cas, elles seraient absolues et universelles, dans le second cas, elles seraient relatives et particulières **[3. C]**.

Exemples de questions

- ***Savons-nous toujours ce que nous devons faire ?*** → On doit se demander si tout homme a conscience du bien et du mal, si la notion de devoir est présente en tout être humain, ou bien si cette représentation des valeurs morales peut être absente ou affaiblie ; dans ce cas on doit interroger ce qui pourrait causer cette faiblesse ou absence.
- ***Une culture peut-elle être porteuse de valeurs universelles ?*** → Cette question interroge la capacité d'une culture particulière, avec ses règles et ses traditions propres, à promouvoir des règles morales qui vaudraient pour n'importe quel individu ; c'est en même temps se demander si le devoir de respecter la personne humaine, par exemple, peut venir de la culture ou s'il provient d'un autre principe (dépassant les frontières) présent en tout homme.

LE DEVOIR – La morale et la politique

Le devoir se présente nécessairement comme une notion renvoyant à la morale, à la connaissance ou à la représentation de valeurs altruistes telles que le bien et le mal, le juste et l'injuste que l'homme s'imposerait **[2. A et B]**. Mais il peut aussi s'entendre de manière plus spontanée comme étant une aspiration légitime au bonheur et au plaisir (devoir de rechercher le bonheur) et dans ce cas, la dimension morale du devoir prend un autre sens et renvoie à l'hédonisme, à la morale du plaisir **[1. A et B]**. Dans sa dimension politique, le devoir renvoie plutôt soit à la question de savoir comment orienter les actions en vue de l'intérêt commun, collectif. Ici, les valeurs qui président aux devoirs sont souvent inspirées par la morale utilitariste **[1. C]**, mais aussi par la morale kantienne, soucieuse du respect de la personne humaine **[2. B]**.

Exemple de question

- ***Qui est autorisé à me dire « tu dois » ?*** → Cette question porte sur l'autorité de celui/ceux qui auraient le droit de nous obliger à faire telle ou telle chose : y a-t-il quelqu'un qui soit plus légitime, plus autorisé à nous obliger ? Faut-il que ce ne soit « personne » en particulier (l'État par exemple) ou bien faut-il que ce soit nous-mêmes ?

LE DEVOIR – La connaissance

Enfin, le devoir peut être interrogé dans son rapport avec la connaissance. Dans ce cas, on se demande notamment si l'homme, pour être moral et pour être capable de faire son devoir, doit acquérir une certaine connaissance (du bien et du mal, du juste et de l'injuste) **[3. C]**, ou bien s'il « sait » naturellement ce qu'il doit faire, sans avoir besoin de l'apprendre **[2. A et B]**. On peut supposer aussi que cette connaissance est la philosophie et qu'elle consiste à se connaître soi-même en tant qu'homme, afin de savoir ce que l'on doit faire précisément en tant qu'homme **[2. C]**.

Exemples de questions

- ***N'a-t-on de devoirs qu'envers autrui ?*** → On se demande si le devoir ne porte pas aussi sur soi-même et sur l'ensemble de la nature ; dans ce cas ne doit-on pas connaître plus largement l'homme ainsi que le reste de la nature, pour donner à nos devoirs une portée humaine universelle ?
- ***Doit-on chercher à se connaître ?*** → Cette question interroge le devoir que l'on doit avoir envers soi-même, à la fois psychologique – chercher à savoir qui l'on est –, et philosophique – chercher à savoir ce qu'est l'homme ; l'enjeu de ce devoir est la maîtrise de soi, la responsabilité, et aussi le fait de se comporter de manière humaine, digne.

Dissertation

SUJET Dissertation

Corrigé p. 352

La laideur peut-elle intéresser l'artiste ?

Comment traiter le sujet

Notions

L'art, la nature, la vérité.

Remarques générales

Le sujet est assez classique, même si la notion de « laideur » peut sembler difficile à analyser (le terme *beauté* nous est plus familier). Ce qui est interrogé ici, c'est le rapport entre l'art et la beauté et en quel sens celui-ci peut viser autre chose que le beau.

Analyser les termes du sujet

- **La laideur :** la laideur désigne ce qui n'est pas beau. Pour autant, ce qui n'est vraiment pas beau n'est pas forcément laid. Il y aurait donc un intermédiaire entre le beau et le laid, quelque chose pouvant n'être ni beau ni laid, nous laissant indifférent sur le plan esthétique*. La laideur désigne un manque cruel de beauté qui, du coup, nous interpelle et nous étonne : face à elle, nous sommes comme surpris par cette absence radicale, exceptionnelle, de beauté. Par ailleurs, la laideur semble pouvoir s'appliquer soit à l'apparence (visage, décor, vêtements…), soit à des formes d'intériorité (pensées, sentiments, parties du corps). Dans tous les cas, la laideur semble à la fois attirer le regard et nous repousser.
- **Peut-elle** : on interroge à la fois la possibilité, pour l'artiste, de s'intéresser à la laideur et la légitimité (valeur) d'un tel intérêt : jusqu'où est-il « bon » que l'artiste s'intéresse à la laideur ?
- **Intéresser :** la notion d'« intérêt » peut désigner le caractère « utile » d'une chose (d'un point de vue matériel, économique ou politique), et, en cela, l'intérêt nous rend « intéressé » (nous cherchons un « gain » possible) ; l'intérêt peut aussi renvoyer aux domaines de la culture et de la connaissance, et l'on s'intéresse alors à une chose non pas pour « y gagner » quelque chose, mais parce que la chose en elle-même a de la valeur et demande qu'on s'intéresse « à » elle.

Dégager une problématique

- Il semblerait que l'artiste s'intéresse à la beauté et que, par conséquent, il ne puisse s'intéresser à la laideur.
- Pour autant, certaines œuvres ne nous apparaissent-elles pas laides, et ce non pas parce que nous les trouverions personnellement laides, mais parce qu'elles se voudraient laides ? N'est-ce pas alors le signe que l'artiste, de fait, s'intéresse à la laideur ?
- Pourquoi un tel intérêt et est-il légitime ?

Corrigé : plan détaillé

Les titres en couleur apparaissant dans ce corrigé ne doivent pas figurer dans votre devoir. Nous les avons insérés pour vous guider et vous aider à repérer la progression de la dissertation.

I Difficultés que pose l'intérêt que l'artiste porte à la laideur

1 L'artiste devrait rejeter la laideur

On pourrait tout d'abord penser que l'artiste ne devrait ni ne peut s'intéresser à la laideur et que son rôle est, au contraire, de représenter la beauté. La laideur viendrait, en effet, remettre en question l'idée d'un ordre et d'une harmonie des choses. C'est ce que suggère Platon, dans le livre X de *La République*, lorsqu'il condamne les poètes qui *« créent des fantômes, non des réalités »*. En montrant, par exemple, la laideur des dieux (qui se jalousent, se querellent et s'enivrent), les poètes, selon Platon, incitent les hommes à devenir eux-mêmes laids et les poussent aux vices. Il faut donc chasser les artistes qui montrent des choses laides.

2 Rôle de l'artiste : s'intéresser à la beauté

Le rôle de l'artiste consisterait, au contraire, à inciter les hommes à la vertu, en leur montrant plutôt la beauté. Pour Platon, il faut *« obliger les poètes à composer des fables qui tendent au même but : la vertu »* et il faut *« faire tout son possible pour que les fables soient les plus belles et les plus propres à enseigner la vertu »*. Plus largement, on peut penser qu'effectivement l'art est une manière de représenter tout ce que le monde, la nature et l'homme ont de « beau », c'est-à-dire de bon et d'ordonné, d'harmonieux.

3 Seule possibilité de s'intéresser à la laideur : vouloir la dénoncer

La seule manière alors pour l'artiste de s'intéresser à la laideur serait de la montrer pour la dénoncer, et pour que l'homme s'en détourne et rejoigne la beauté et la vertu. Ainsi, par exemple, chez Victor Hugo, les personnages « laids » (physiquement comme Quasimodo ou moralement comme les Thénardier) ne sont montrés que pour leur opposer des personnages « beaux » (Esméralda ou Jean Valjean). La laideur qui intéresse l'artiste doit donc être comprise comme un vice de forme, une faute humaine : ne sont laids que ceux qui méritent de l'être par leurs vices, par leur refus de suivre la vertu.

II Possibilité pour l'artiste de s'intéresser à la laideur pour elle-même

1 L'artiste peut vouloir montrer qu'il existe du laid et pas seulement de la beauté

Mais, si l'on pose que la laideur existe de fait et tout autant que la beauté, alors l'artiste ne peut pas se désintéresser de la laideur. L'artiste n'est-il pas celui qui cherche à représenter, à rendre visible ce que l'homme commun ne voit pas de lui-même, et donc à montrer aussi la laideur ? Ainsi, pour Aristote, *« il y a des dieux même dans la cuisine »* et la nature montre aussi bien des animaux bien constitués que des monstres difformes dont l'enfant s'émerveille. S'intéresser à la laideur en cherchant à la représenter serait une manière de revenir à la réalité telle qu'elle nous apparaît sous toutes ses formes.

2 Plus encore, il n'y aurait peut-être pas de beauté

Autre raison possible de s'intéresser à la laideur : elle serait peut-être l'essence même du réel, le fond des choses, tandis que la beauté ne serait qu'illusion. Peut-être n'y a-t-il dans le monde ni ordre, ni harmonie, ni stabilité, et peut-être tout n'est-il que pur chaos, comme le suggère Nietzsche pour qui *« nous avons l'art pour ne pas mourir de la vérité »* ? L'art nous délivrerait de l'illusion selon laquelle il existerait un *« arrière-monde »* soutenant notre monde visible. Un tel « autre » monde n'existerait pas.

3 L'artiste s'intéresse à la laideur pour en faire de la beauté

Alors, l'artiste, conscient de cette laideur fondamentale des choses et du monde, ne pourrait que s'intéresser à elle, pour montrer en quoi toutes nos illusions en découlent. En s'intéressant à la laideur, il nous dirait que c'est elle qui est derrière tout ce que nous masquons par une beauté artificielle et vaine. Tel est le projet des *Fleurs du mal*, par exemple, où Baudelaire, en créant des poèmes tels que « Une charogne », « Les Aveugles », cherche à créer de la beauté à partir de la laideur. Il est possible de faire un beau poème sur les laideurs du monde et des choses. Si « Une charogne » est un beau poème, c'est parce qu'il nous dit de belle façon ce qui fait toute la laideur de notre condition (l'inévitable putréfaction des corps).

III Limites à l'intérêt de l'artiste pour la laideur

1 Le devoir de condamner l'intérêt pour une certaine laideur

Toutefois, Nietzsche, en affublant Zola de l'expression *« la joie de puer »*, semble condamner une certaine forme de laideur : celle incarnée par une misère populaire et qui ne serait que pure complaisance pour une forme de décadence. La laideur d'un Lantier ou d'un Coupeau serait la laideur d'un laisser-aller, d'une oisiveté qui dégénère sans chercher à lutter contre elle-même. Dans l'art contemporain, on peut également critiquer certaines formes de complaisances pour la laideur : faut-il, en effet, se laisser aller à décrire le domaine de nos besoins animaux (comme le fait, par exemple, Wim Delvoye avec son œuvre *Cloaca*, qui est une machine à déféquer) ?

2 Comment distinguer alors différents types de laideurs ?

Si l'œuvre d'art doit, comme le suggère Heidegger, manifester, installer un monde, mettre en œuvre une vérité, n'autorise-t-elle pas alors certaines formes de laideurs qui seraient de tels événements ? De même, si l'artiste fait l'œuvre autant qu'il est fait par elle, ne peut-il s'intéresser à certaines laideurs qui, ici ou là, à telle ou telle époque, sont celles de notre monde et de nos attitudes ? Proust, à ce titre, ne dit-il pas la laideur des salons mondains, la laideur des sentiments engendrés par la guerre et l'affaire Dreyfus, la laideur de l'amour ? Et si, comme le dit Heidegger, *« la beauté est un mode d'éclosion de la vérité »*, alors la laideur faite œuvre, capable de faire éclore la vérité, est belle.

3 La laideur comme marque du génie

Plus encore, ne peut-on voir dans la beauté transfigurée en laideur la marque du génie de l'artiste, le témoignage de son « style », de son « coup d'œil », capable de défaire et de refaire, selon son propre goût, le modèle qui l'inspire ? Ainsi, le narrateur de *À la recherche du temps perdu* admire dans le peintre Elstir cette transfiguration même du modèle rendu presque laid : Odette devient laide lorsqu'elle apparaît en Miss Sacripant. C'est que le peintre l'a enlaidie, débarrassée de ses fards et de ses masques.

Plus largement, comme le suggère Bergson, l'artiste est celui qui est capable de *« percevoir pour percevoir »*, percevoir *« pour rien, pour le plaisir »* : c'est dire qu'en débarrassant le monde de son caractère utilitaire, l'artiste saisit ce qui du monde est ordinairement laid, mais qui pour son œil est beau.

PHILOSOPHIE

6 L'État

Voir aussi : la justice (p. 361), la liberté (p. 370)

L'État (du latin *stare*, « tenir debout ») désigne l'ensemble des moyens mis en place dans une société pour la **gouverner**, la diriger. En ce sens, l'État renvoie aux instruments de **pouvoir** (et donc à la notion de **« souveraineté »**) et se distingue du corps social lui-même. Mais la société a-t-elle nécessairement **besoin de l'État** pour se maintenir ? Quelle est la **meilleure forme de gouvernement** possible ?

Le modèle du pouvoir absolu | **Le modèle démocratique** | **Limites de la démocratie**

Hobbes (1588-1679) La nécessité de l'État

Rousseau (1712-1778) La *« volonté générale »*

Montesquieu (1689-1755) La séparation des pouvoirs

Tocqueville (1805-1859) Le *« despotisme doux »*

Marx (1818-1883) La lutte des classes

1 Le modèle du pouvoir absolu

A L'homme à l'« état de nature »

- On peut croire que l'homme n'a pas besoin d'être gouverné et que l'**« état de nature »** est un modèle possible de **vie heureuse et pacifique**, comme le suggère **Rousseau**. À l'origine, les hommes sont en effet peu nombreux, relativement dispersés et animés par leurs seuls besoins. Ils n'ont donc que peu d'occasions de rencontre et de conflit.
- Pour autant, une telle affirmation est discutable. L'état non civil est peut-être l'état dont les hommes doivent sortir pour se maintenir en vie, en créant notamment un État, c'est-à-dire un pouvoir capable d'empêcher les individus de se nuire mutuellement. C'est ce que suggère **Hobbes** en affirmant qu'à l'« état de nature », ***« l'homme est un loup pour l'homme »*** (*Léviathan*, 1651).

B Une société sans État ?

- De même, on pourrait concevoir la possibilité de sociétés sans État. Le sociologue **P. Clastres** analyse notamment certaines **sociétés dites « primitives » amérindiennes**, dans lesquelles le chef suffit à lui seul à maintenir la stabilité du groupe, sans pour cela exercer aucune autorité, aucun pouvoir. Par sa parole seule, il parvient à régler les conflits et à instaurer l'unité.
- Pour autant, cette possibilité pour les hommes de vivre en société sans pour autant être gouvernés apparaît comme réduite. Comme le montre Clastres, les sociétés sans État sont rares et reposent sur des conditions très strictes, comme la **petitesse du groupe social** (réduit à un village par exemple) et un **petit nombre de besoins à satisfaire**.

- De façon plus générale, l'idée même d'État peut être critiquée, au nom de la liberté individuelle. C'est ce que fait la **théorie anarchiste**, illustrée notamment par la formule de **Bakounine *« Ni Dieu, ni maître »***. Pour les anarchistes, l'État est synonyme d'oppression. L'individu pourrait se passer d'État, en formant des associations capables de fonctionner sur la base de l'autogestion.
- Là encore, cette théorie peut être remise en question. Il faudrait des **individus responsables et raisonnables**, capables de prendre de bonnes décisions et capables de s'entendre pour une action collective sans dirigeant.

C Le besoin d'un État fort

Dans une telle perspective, à savoir l'idée que l'État serait nécessaire à la vie en société, l'État incarne avant tout la capacité d'assurer d'abord la **sécurité** de ses citoyens. Seul un **pouvoir absolu**, c'est-à-dire qui impose aux individus d'**abandonner leur liberté** pour obéir au souverain (homme ou assemblée), est, selon **Hobbes**, légitime. Son autorité ne peut être menacée par les individus, et l'ordre qui garantit la sécurité est maintenu. Cette conception de l'État est théorisée par Hobbes dans le *Léviathan*, dont le nom fait référence au monstre marin de la Bible.

> **Rappel**
>
> L'**« état de nature »** ne désigne pas une réalité (un état préhistorique, par exemple), mais une hypothèse de travail. En supposant un tel état hypothétique, précédant la société, on peut ainsi penser de façon critique* ladite société, en voyant ses avantages et ses défauts.

2 Le modèle démocratique

A Critique* du pouvoir absolu

Pourtant, on peut trouver ***« nul »*** (c'est-à-dire sans valeur, sans réalité) le contrat qui consiste ainsi à échanger sa liberté contre sa sécurité, comme le montre **Rousseau** dans le *Contrat social* (1762). Celui qui perd sa liberté ne peut, en effet, jamais être certain que l'État le protégera, et sa soumission n'a pas de contrepartie équivalente (le souverain* peut faire ce qu'il veut).

B La volonté générale

L'État doit donc reposer, selon **Rousseau**, sur la ***« volonté générale »***, c'est-à-dire sur une volonté commune issue de la raison et visant un bien commun (et non pas une somme d'intérêts particuliers). La **démocratie** semble alors s'imposer comme modèle puisqu'elle fait du peuple un **peuple souverain**, détenteur de l'autorité politique. Celui-ci s'associe donc avec lui-même et obéit à lui-même, à ce que veut sa raison.

> **Citation-clé**
>
> *« Trouver une forme d'association [...] par laquelle chacun, s'unissant à tous, n'obéisse pourtant qu'à lui-même et reste aussi libre qu'auparavant. »*
>
> Jean-Jacques Rousseau, *Du contrat social*, 1762.

C La séparation des pouvoirs et le rôle de l'éducation

Pour autant, afin que le pouvoir ne soit pas concentré dans les mains des mêmes individus, il convient, comme le montre **Montesquieu**, que les pouvoirs soient séparés. Il y a ainsi le pouvoir qui fait les lois (pouvoir **législatif**), celui qui applique les lois (pouvoir **exécutif**) et celui qui juge les infractions aux lois (pouvoir **judiciaire**). De même pour Montesquieu, chaque type de gouvernement repose sur un principe, sans lequel il ne peut pas être efficace. Ainsi la démocratie repose sur la « vertu », à savoir le fait pour le peuple d'être éclairé par la raison, éduqué, c'est-à-dire capable de savoir quel est au fond l'intérêt général. Ce principe ne peut s'acquérir que par l'éducation des citoyens.

3 Limites de la démocratie

A La revendication d'égalité

On peut, toutefois, s'interroger sur les défauts du modèle démocratique, non pas pour lui en préférer un autre, mais pour garder les moyens de le critiquer là où il reste critiquable. Ainsi, **Tocqueville**, analysant les débuts de la démocratie en Amérique, montre les excès auxquels conduit la revendication systématique d'égalité : tous les individus désirent avoir la même chose, en plus des mêmes droits – d'où une certaine **uniformisation des conditions et des valeurs**.

B L'individualisme

De même, **Tocqueville** montre que la démocratie américaine est, en réalité, une forme de **« despotisme doux »**, au sens où le pouvoir amène les individus à ne plus réfléchir de façon critique, à ne plus penser par eux-mêmes et à s'isoler les uns des autres. En leur offrant le plus de bien-être possible (sécurité, satisfaction des besoins et réjouissances), l'État s'immisce dans la vie privée et, en prenant en charge des domaines de plus en plus nombreux, il devient une forme de **totalitarisme** qui passe inaperçu.

C La lutte des classes

Enfin, on peut suggérer que la démocratie ne résout pas le problème soulevé par **Marx**, à savoir que tout État, quel qu'il soit, ne représente jamais que la **classe dominante** et ne sert que les intérêts de celle-ci. En effet, pour Marx, le pouvoir politique reste soumis aux exigences de l'**économie**. La Révolution française n'a fait que remplacer l'opposition entre seigneurs et serfs, de l'Ancien Régime, par l'opposition entre bourgeois et prolétaires. Selon Marx, c'est le système capitaliste qui est en cause dans cette lutte des classes, car il fonctionne avec une classe détentrice des moyens de production, et une classe ne disposant que de sa force de travail. Selon Marx, pour que l'État disparaisse, il faut qu'il n'y ait plus de classes sociales. Cela suppose un autre système économique, le **communisme**, dans lequel tous les biens seraient mis en commun et redistribués de manière égalitaire entre tous les membres de la société.

D La démocratie représentative et la notion de « populisme »

Enfin, les États démocratiques sont fragiles à un autre titre, en tant que **démocraties représentatives**, c'est-à-dire indirectes et non directes. Le peuple en effet n'est pas directement souverain, il n'est pas directement au pouvoir : il élit des représentants. Or il est toujours possible que ces derniers soient en décalage avec les besoins réels ou les intérêts du peuple, et que celui ci se sente lésé, oublié. Pour autant, il est difficile d'identifier ce qui se cache derrière le mot « peuple ». La **montée des populismes**, qui s'observe récemment dans les États démocratiques, ne suggère pas forcément que le peuple soit toujours éclairé ni animé d'intentions justes, égalitaires, unitaires. Le populisme est en effet souvent associé à des **revendications sectaires, souvent nationalistes, voire racistes.**

> **À voir**
>
> ***Le Dictateur*, film de Charlie Chaplin (1940).**
> L'histoire d'un barbier juif, amené par le hasard des circonstances et parce qu'il est le sosie d'un dictateur, à lutter contre le pouvoir autoritaire et à défendre la démocratie.

L'État selon les trois perspectives

L'ÉTAT – L'existence humaine et la culture

Le lien entre la notion d'État et cette perspective peut paraître artificiel, et ce n'est pas celui le plus fréquemment mis en œuvre. Les questions que pose la notion d'État sont plus en lien avec les autres perspectives. Toutefois, on peut s'interroger sur le rapport entre État et individu, sur les effets de l'État sur la liberté individuelle [**3. B**]. Dans ce cas, la notion d'existence peut être convoquée, pour souligner à quel point la liberté est fondamentale pour un sujet humain doué de conscience, ayant à construire sa propre existence par ses propres choix. Par ailleurs, le rôle de l'éducation, et donc de la culture, semble primordial dans la formation des citoyens, pour qu'ils intègrent les règles et les lois sociales, qu'ils les comprennent et leur obéissent de façon libre et non de manière aveugle et ignorante [**2. C**].

Exemples de questions

- ***L'État est-il l'ennemi de la liberté ?*** → On interroge la manière dont l'État semble réduire la liberté individuelle, par le biais des lois. On est obligé de s'interroger sur le bienfait de ces lois en matière de liberté : en limitant certaines actions, ne rendent-elles pas possible le respect des libertés de chacun ?
- ***Les hommes ont-ils besoin d'être gouvernés ?*** → On se demande si l'État est nécessaire pour vivre en société, si les hommes ne sont pas capables de se donner à eux-mêmes des règles, sans passer par une autorité extérieure et par des lois imposées ; on interroge ainsi des modèles politiques tels que l'anarchisme ou bien la possibilité de sociétés sans État.

L'ÉTAT – La morale et la politique

- Le lien ici entre l'État et les notions de morale et de politique est plus naturel car la réflexion sur l'État est de nature morale et politique : c'est le but même de l'État que d'instaurer la justice au sein d'une société, en permettant aux hommes de sortir de l'état de nature [**1. A**].
- Sur le plan moral, on peut ainsi penser que les lois de l'État visent à rendre les citoyens meilleurs, justes, capables de se respecter mutuellement, mais on peut aussi estimer qu'elles ne parviennent pas à rendre les hommes bons, car elles peuvent être injustes, au service des intérêts de certains [**3. C**] ou bien même trop égalitaires et favoriser l'individualisme [**3. A et B**].
- Sur le plan politique, on peut se demander si l'État est nécessaire pour vivre harmonieusement en société, et s'il n'est pas possible, pour les individus, de se passer d'un gouvernement, d'une autorité leur imposant d'obéir à des lois [**1. B**]. Par ailleurs, la question de savoir quel type d'État est le meilleur suppose que l'on ait en vue une réflexion sur l'action politique et sur le modèle démocratique [**1. C, 2. B et C, 3**].

Exemples de questions

- ***Peut-on critiquer la démocratie ?*** → On se demande si la démocratie, comme modèle d'État, n'a pas également des failles qui autoriseraient une certaine forme de critique. Il ne s'agit pas tant de défendre d'autres types de gouvernements (monarchie, autocratie, despotisme) que de se montrer vigilant à l'égard de ce qui, dans la démocratie, reste problématique.
- ***Ce que la morale autorise, l'État peut-il légitimement l'interdire ?*** → La question porte ici sur le rapport entre les lois de l'État et les lois morales. Il s'agit de savoir si c'est la même justice qui inspire les lois de l'État et les lois que l'on se donne à soi-même. Ainsi certains débats de société mettent en évidence des différences entre ce qui est juste selon l'État, et ce qui est juste sur le plan individuel. On peut penser à la procréation médicale assistée, qui peut sembler juste au niveau moral, mais que certains partis politiques veulent interdire.

L'ÉTAT – La connaissance

Dans cette perspective, qui met en lien la réflexion sur l'État avec la notion de connaissance, on peut se demander notamment si l'action politique a besoin d'une certaine connaissance pour être efficace ou si elle repose sur une certaine intuition, sur la capacité à prendre des décisions au bon moment.

Exemple de question

- ***L'action politique doit-elle être guidée par l'histoire ?*** → On interroge le rôle et l'efficacité de la connaissance du passé humain pour permettre à un État de ne pas reproduire certaines erreurs du passé, et sur la manière dont la politique doit aussi tenir compte du présent pour être innovante et adaptée aux réalités.

PHILOSOPHIE

7 L'inconscient

Voir aussi : la conscience (p. 344), la liberté (p. 370)

Le terme *inconscient* (du latin *in*, « non, contre », et *conscire*, « savoir ») désigne l'ensemble des éléments qui échappent à la conscience, tout ce que l'on ne sait pas sur soi-même. Le problème est de savoir si cette forme de méconnaissance de soi remet en question les idées de « maîtrise de soi » et de **« responsabilité »**, qui caractérisent notre dimension de **sujet**.

De l'inconscience… | **… à l'inconscient** | **Critiques de l'inconscient**

Leibniz (1646-1716)	Bergson (1859-1941)	Freud (1856-1939)	Alain (1868-1951)	Sartre (1905-1980)
Les petites perceptions	Des souvenirs inconscients	Un inconscient refoulé	Un unique sujet	La mauvaise foi

1 L'inconscience

A L'inconscience du corps

- L'inconscient serait d'abord constitué d'éléments ignorés par la conscience et relatifs au **corps** : certains phénomènes physiologiques comme la respiration et la digestion sont inconscients. Il y a également les tics et les réflexes, ainsi que les automatismes acquis par l'apprentissage et l'habitude (marcher, écrire…).
- Ici, la conscience ignore des **éléments du corps**. Le corps fonctionnerait **sans la conscience**.

B L'inconscience de l'esprit

- **Leibniz** met également en évidence ce qu'il nomme *« les petites perceptions »* et qui sont des **perceptions inconscientes**, comme le bruit d'une vague ou celui d'un moulin (nous percevons le bruit de la mer et non de chaque vague, le bruit du moulin mais sans nous en apercevoir).
- Ici, la conscience ignore des **éléments de l'esprit** : l'esprit se représente bien certaines choses, mais le sujet n'en a pas conscience. Ce sont d'ailleurs ces *« petites perceptions »* qui seraient à l'origine des décisions que nous croyons prendre de façon arbitraire, la cause en étant trop subtile.

> **Citation-clé**
>
> *« C'est une grande source d'erreurs de croire qu'il n'y a aucune perception dans l'âme que celles qu'on aperçoit. »*
>
> Gottfried W. Leibniz, *Nouveaux Essais sur l'entendement humain* (II), 1703.

2 L'inconscient

A Des pensées et souvenirs écartés par la conscience

- Il est possible aussi de concevoir une autre forme d'éléments inconscients, qui ne seraient plus dus à une conscience affaiblie mais à une forme de **mise à l'écart** de la conscience.

• C'est ce que montre **Bergson**, dans *L'Énergie spirituelle*, en interrogeant le phénomène du rêve. Selon cet auteur, lorsque nous ne dormons pas, un mécanisme cérébral empêche certains souvenirs et certaines **pensées inutiles** à l'action de se manifester. Ces éléments se manifestent seulement à travers les rêves.

B Un inconscient psychique refoulé

• On peut aller plus loin et constater, avec **Freud**, que le sujet humain n'arrive pas à expliquer, par la conscience, certains phénomènes (actes, paroles, rêves…) : le **lapsus**, par exemple, montre que nous disons quelque chose que notre conscience ne voulait pas dire et qu'elle n'explique pas. De telles manifestations sont, pour Freud, la preuve qu'il existe en nous des pensées que nous refusons de connaître, que **nous refoulons**.

• Un tel inconscient montre que le sujet est **obscur à lui-même**, qu'il refuse certaines de ses pensées, certains de ses désirs. C'est en ce sens que Freud affirme que *« le Moi n'est pas maître dans sa propre maison » (Essais de psychanalyse appliquée*, 1917). Pour Freud, ce que nous refoulons s'enracine dans nos pulsions sexuelles et dans notre histoire familiale. La **censure morale** qui rejette dans l'inconscient certains désirs jugés honteux est formée par notre éducation, elle est le résultat des interdits parentaux que nous avons intériorisés.

> **Mots-clés**
>
> **Le Moi, le Ça et le Surmoi :** les trois instances psychiques, les trois composantes de notre psychisme, de notre âme. Le **Moi** est la partie la plus consciente de notre personnalité, le **Ça** est l'ensemble des éléments que nous refoulons et le **Surmoi** est la censure morale héritée de l'éducation.

C La névrose

Pour Freud, certaines maladies sont ainsi de nature psychique et s'expliquent par un refoulement trop sévère à l'égard de ces désirs ou pulsions. Les phobies, névroses obsessionnelles et hystéries témoignent ainsi selon Freud de **traumatismes** ou de **conflits infantiles** non résolus qui rendent le sujet malade tout en jouant un rôle de défense : le sujet préfère tomber malade plutôt que de se souvenir de choses douloureuses ou de s'avouer certains désirs.

> **À voir**
>
> ***Will Hunting*, le film de Gus Van Sant (1997),** raconte la quête d'identité d'un génie des mathématiques, empêchée par le refoulement d'un douloureux passé.

3 Critiques de l'inconscient et objections

A L'inconscient ne serait pas un autre Moi

• On peut toutefois s'inquiéter d'une telle dépossession du sujet : comment être encore responsable de nous-même et de nos actes si une partie de nous agit en nous et nous fait agir sans que nous puissions la maîtriser ? Ainsi, pour **Alain**, il faut réaffirmer **l'unité du sujet** déjà posée par Descartes : *« Il n'y a point en nous de pensées sinon par l'unique sujet Je »* (*Éléments de philosophie*, 1941).

• C'est dire que le sujet reste entièrement responsable de lui-même et que l'inconscient ne doit pas **servir d'excuse** pour dire : « Je ne savais pas ce que je faisais » ou « Je n'étais plus moi-même ».

B La mauvaise foi*

Jean-Paul Sartre souligne la contradiction qu'il y a à affirmer, d'une part, le caractère inconscient de la censure morale (nous ne savons pas que nous refoulons) et, d'autre part, le tri qu'effectue la censure pour refouler certains éléments et qui suppose donc qu'elle sache ce qu'elle refoule. Pour Sartre, l'inconscient n'est qu'une manière d'**être de mauvaise foi**. C'est se mentir à soi-même, faire semblant de ne pas savoir ce qu'au fond de soi l'on sait.

C Le rôle de la psychanalyse malgré ces critiques

Malgré ces critiques, il faut reconnaître le mérite de la psychanalyse et de Freud, qui ont rendu possible **l'exploration de cette partie inconnue de nous-même**, qui se manifeste tout en se cachant et que nous ne pouvons feindre d'ignorer.

L'inconscient selon les trois perspectives

L'INCONSCIENT – L'existence humaine et la culture

• On peut questionner l'inconscient dans sa dimension **existentielle** en s'interrogeant notamment sur la capacité du sujet à se rendre **maître de lui-même**. Si en effet sa conscience lui cache certains aspects de lui-même, qui agissent en lui à son insu **[1. A et B, 2]**, alors bien évidemment on se demande si l'homme est encore **libre**. Ainsi toutes les manifestations de l'inconscient suggèrent que l'existence humaine n'est que partiellement maîtrisable **[2]**. En même temps, il convient de chercher à limiter et à relativiser cette forme de déterminisme qui peut encourager l'homme à se déresponsabiliser **[3]**.

• En ce qui concerne le lien avec la **culture**, on peut se demander en quel sens c'est **l'éducation**, avec ses règles et ses valeurs familiales, qui détermine également ce qui en nous est inconscient, refoulé **[2. B]** et qui peut nous rendre malade **[2. C]**. Là encore, la question se pose de savoir jusqu'où l'on peut échapper à ce processus **[3]**.

Exemple de question

• *L'homme peut-il échapper à son inconscient ?* → On questionne le degré de liberté que l'inconscient ferait perdre à l'homme, en cherchant en même temps des moyens de se rendre maître de lui. Il s'agit donc de déterminer ce qui soit nous fait subir notre inconscient (en tombant malade par exemple), soit nous permet de nous en libérer (par l'introspection* ou la psychanalyse notamment).

L'INCONSCIENT – La morale et la politique

Interroger l'inconscient d'un point de vue moral, c'est se demander si nos **valeurs morales** ne sont pas justement **inculquées** sans que l'on s'en rende compte et si elles ne sont pas relatives à notre éducation (c'est pour Freud ce dont témoigne la notion de **Surmoi**) **[2. C]**. C'est se demander aussi, dans un sens plus **juridique**, et donc plus politique, si ce qui nous fait agir inconsciemment peut nous excuser, nous **déresponsabiliser** sur le plan moral, puisque cela semble réduire notre liberté d'action et de décision. Là encore, la critique de l'inconscient pousse l'homme à être plus responsable et à ne pas se décharger avec des excuses, dans des conduites de **mauvaise foi [3]**.

Exemple de question

• *Peut-on ne pas savoir ce que l'on fait ?* → Cette question porte sur la possibilité et le droit d'être inconscient de nos actions. La possibilité même d'agir sans être accompagné ou guidé par la conscience paraît en effet paradoxale car nos actions semblent supposer la conscience pour être réalisées. Pour autant, certaines actions pourraient également se faire sans que l'on sache comment ni pourquoi ; il s'agit ici d'expliquer cette possibilité et de lui poser des limites morales et juridiques.

L'INCONSCIENT – La connaissance

Dans son lien avec la connaissance, la réflexion sur l'inconscient interroge notre capacité à **nous connaître** de manière parfaitement **objective**, par nous-mêmes, au moyen de notre propre conscience. Tous les phénomènes inconscients **[1, 2. A et B]** témoignent des limites de la conscience de soi, et il convient alors de chercher des solutions à ce qui nous empêche de nous connaître. La psychanalyse est en ce sens un moyen d'accéder à ce qui est le plus refoulé en nous **[3]**.

Exemple de question

• *Peut-on se connaître ?* → Cette question interroge notre capacité à nous connaître par notre propre conscience ainsi que ses limites ; l'inconscient fait partie de ce que nous refusons de connaître et pose donc un vrai problème : comment connaître ce que précisément nous ne voulons pas connaître ? Comment aider la conscience de soi à être plus efficace en tant que connaissance ?

8 La justice

Voir aussi : le devoir (p. 347), l'État (p. 354), la liberté (p. 370)

La **justice** (du latin *jus*, « le droit ») désigne une **valeur morale** renvoyant à la notion d'« égalité » et à l'idée de « respect des droits de chacun ». Cette valeur morale est censée provenir de nous-mêmes, de notre moralité intérieure. Mais elle est en même temps inséparable de la notion de droit (du latin *directus*, « sans courbure ») qui comprend l'**ensemble des lois** qui régissent une société. La question est donc de savoir comment rendre les hommes justes, tant par une obligation morale intérieure que par une contrainte extérieure relevant des lois, sachant que ces deux fondements peuvent s'avérer fragiles et incertains.

Droit naturel et droit positif — **La justice des lois** — **Le rôle de la morale**

Rousseau (1712-1778)	Thomas d'Aquin (1225-1274)	Hobbes (1588-1679)	Platon (427-347 av. J.-C.)	Aristote (384-322 av. J.-C.)	Spinoza (1632-1677)
Le modèle du droit naturel	Les quatre fondements du droit	Nécessité des lois	Valeur des lois	Égalité et équité	Comprendre les lois pour obéir

1 Droit naturel et droit positif

A Critique du droit positif

On peut reprocher aux lois d'être injustes, parce qu'inventées par des hommes eux-mêmes incapables de justice. Les **lois humaines** peuvent en effet paraître **arbitraires, inégalitaires.** Il faudrait alors chercher un autre fondement que le droit positif.

> **Mot-clé**
>
> **Droit positif :** ensemble des règles applicables dans un espace juridique déterminé.

C'est la position incarnée par le personnage d'**Antigone de Sophocle** : face à la loi de son oncle Créon qui interdit d'offrir à son frère une sépulture (pour le punir d'avoir trahi sa cité), Antigone oppose la justice divine qui exige que tout mort soit enterré.

B Le modèle du droit naturel

- On peut croire aussi que la **justice** peut s'établir de façon **naturelle**. Pour **Rousseau**, les hommes à l'état de nature auraient un principe inné* de justice : la **pitié**. Ce sentiment leur permettrait de se nuire le moins possible.

> **Citation-clé**
>
> *« Les fruits sont à tous et la terre n'est à personne. »*
> Jean-Jacques Rousseau, *Discours sur l'origine et les fondements de l'inégalité parmi les hommes*, 1755.

- De même, pour **Rousseau**, la nature fait que la propriété privée est injuste : la terre est naturellement la propriété de tous.

C Les différents fondements du droit et de la justice

Ainsi on peut plus largement distinguer **plusieurs catégories de droits**, comme le fait **saint Thomas d'Aquin** : un droit naturel (issu de la nature), un droit positif (issu des lois humaines), un droit divin (issu de Dieu) et un droit positif révélé (issu des textes sacrés). Une telle distinction permet d'examiner une même situation de façon différente, et le vol dit « de nécessité » (voler de la nourriture pour se nourrir, par exemple) peut ainsi être accepté comme juste selon le droit naturel et le droit divin, même si, au regard du droit positif, il est injuste.

2 La justice des lois

A Critique* du droit naturel

- Pourtant, le droit naturel montre aussi certaines limites. Ainsi, il peut facilement être confondu avec le droit du plus fort, comme le suggère **Hobbes**, pour qui le droit naturel est celui qu'ont les hommes ***« sur toutes choses et même*** [...] ***sur le corps des autres »*** et pour qui l'homme naturel est ***« un loup pour l'homme ».***
- Ainsi, poser que les hommes seraient en eux-mêmes capables de justice (selon une moralité naturelle ou « divine »), c'est oublier que beaucoup d'hommes sont également incapables d'appliquer cette moralité. La force des désirs l'emporte souvent sur l'exigence de justice, *« nous voyons le meilleur et faisons le pire »* (Spinoza).

B La nécessité et la valeur des lois

On peut donc poser la nécessité des lois, du droit positif, pour **contraindre les hommes à être justes** et limiter leur agressivité naturelle. Pour **Platon**, le mal et l'injustice s'expliquent ainsi par l'ignorance et non pas par la volonté d'être injuste. Le rôle des hommes politiques est de faire connaître ce qu'est la justice.

> **Rappel**
>
> **La prosopopée des lois :** dans le *Criton* de Platon, discours que tiendraient les lois, personnifiées, si elles apprenaient le désir de Socrate de fuir sa cité, pour échapper à sa condamnation à mort. Socrate leur fait dire combien il leur doit d'être l'homme qu'il est : seules les lois permettent aux hommes de dominer leur nature sensible et irrationnelle.

C Égalité et équité*

Certes, les lois ont le défaut d'être **trop générales**. La notion d'« égalité », qui sert de fondement à la justice, ne peut pas toujours rendre compte de la différence des individus. C'est pourquoi, selon **Aristote**, il faut que les lois puissent être assouplies par le juge et les faire reposer sur la notion d'« équité », à savoir sur la justesse, la proportion, pour qu'elles puissent **s'adapter aux cas particuliers**.

3 Le rôle de la morale

A Limites de l'obéissance aux lois

On peut, toutefois, se demander s'il ne faut pas, pour être juste intérieurement, autre chose qu'être en conformité avec les lois. En effet, celles-ci peuvent être injustes et dans ce cas, seule la **morale de chacun** ou d'individus exceptionnels peut dénoncer l'injustice des lois et tenter de les redresser. Mais encore, il ne suffit pas d'obéir à une loi juste pour être juste. Notre justice ne serait que contrainte et artificielle.

> **À voir**
>
> ***La Haine*, film de Mathieu Kassovitz (1995)** retrace le désir de vengeance d'un jeune de la cité, Vinz, qui, suite à une bavure policière, veut tuer un policier.

B Comprendre les lois

Pour **Spinoza**, il faut savoir pourquoi on obéit à une loi. Certains n'obéissent que par crainte de la sanction. Or, pour être intérieurement juste, vertueux, il faut que l'homme obéisse aux lois ***« parce qu'il connaît la vraie raison des lois et leur nécessité »*** *(Traité théologico-politique)*. Il doit donc **obéir volontairement** à la loi. C'est suggérer qu'en plus des lois, du droit, l'homme a en lui un sens moral, capable d'orienter ses actions en vue du bien, du juste.

C Le rôle de l'éducation et la notion de « droits de l'homme »

- Si la justice passe ainsi autant par l'obéissance à des lois extérieures que par un sens intérieur de la justice, il faut peut-être également acquérir ce **sens moral** (ou bien le développer s'il est en partie inné) et tel est le rôle de l'éducation et de la culture.
- Par ailleurs, pour que chaque société (quelle que soit sa culture) puisse progresser en matière d'égalité et d'équité, peut-être faut-il alors s'entendre sur des **droits fondamentaux**, ceux de tout homme et de toute femme, en vertu de leur dignité de personne humaine. Cette entente sur des droits universels applicables dans toute société est la vocation des « droits de l'homme ».

La justice selon les trois perspectives

LA JUSTICE – L'existence humaine et la culture

La notion de justice peut être reliée à la question de savoir comment orienter son existence en tant qu'homme, notamment selon quel sens ou quelle valeur. Tel est le rôle des lois que d'empêcher la violence et l'inégalité en conciliant toutes les aspirations possibles de l'homme **[2]**. La question de la justice peut aussi prendre un sens social plus large, en interrogeant la capacité de chaque culture à atteindre cette forme de perfectionnement moral : toutes les pratiques culturelles se valent-elles sur le plan de la justice ? **[3. C]**

Exemple de question

- *Peut-on être à la fois juste et heureux ?* → La question porte sur la capacité de l'homme à concilier des exigences en apparence contradictoires, celle qui consiste à satisfaire ses désirs égoïstes et individuels, et celle visant à respecter les désirs des autres individus.

LA JUSTICE – La morale et la politique

La notion de justice convoque directement la morale et la politique. Il s'agit précisément d'une valeur morale relevant de la conscience ou de la raison de chacun **[1]** et en même temps d'une exigence politique dépendant des lois, du droit **[2]**. La question est alors de savoir comment chacun de ces deux fondements de la justice opère séparément et comment ils peuvent se compléter **[3]**.

Exemple de question

- *Suffit-il d'obéir aux lois pour être juste ?* → Cette question porte précisément sur le rôle nécessaire des lois pour établir une société juste, mais aussi sur le rôle complémentaire de la morale pour faire en sorte que l'on soit juste intérieurement par notre propre volonté, et non pas seulement de manière contrainte et superficielle en obéissant simplement aux lois.

LA JUSTICE – La connaissance

La notion de justice peut être interrogée dans son lien avec la connaissance, le savoir. On peut ainsi se demander si le sens de la justice est inné et naturel **[1]** ou bien s'il faut l'acquérir **[2]**. Dans ce sens, cela voudrait dire qu'il faudrait savoir ce qu'est être juste pour devenir juste.

Exemple de question

- *Peut-on vouloir être injuste ?* → On se demande si le fait de savoir ce qui est juste est compatible avec la volonté d'aller contre ce que l'on sait. On se demande si un homme injuste est volontairement injuste, s'il sait vraiment ce qu'il fait, ou bien s'il est injuste involontairement, par ignorance.

9 Le langage

Voir aussi : l'art (p. 337), la nature (p. 374), la vérité (p. 400)

Le langage est la faculté de **pouvoir « parler »**, c'est-à-dire d'utiliser une langue afin de **communiquer**. Son usage nous est si familier qu'il nous semble banal. Or, n'y a-t-il pas lieu de s'en émerveiller, en soulignant son caractère proprement humain ? Ou bien ne faudrait-il pas s'en méfier, comme d'un outil imparfait ?

Spécificité du langage humain — **Critiques du langage** — **Réhabilitation du langage**

Descartes (1596-1650) La *« parole »*

Bergson (1859-1941) Des *« signes intelligents »*

Bergson (1859-1941) Des *« étiquettes »* qui nous masquent la réalité

Hobbes (1588-1679) Une équivocité trompeuse

Hegel (1770-1831) L'élément indispensable de la pensée

1 Spécificité du langage humain

A Spécificité de la parole

Tous les êtres vivants communiquent par des moyens divers (chants, cris, parades…). Il y a pourtant une **différence de nature** entre cette communication et celle dont l'homme est capable. Descartes montre que *« la parole »* est la manifestation d'une **véritable pensée**, alors que l'animal n'extériorise que des **« passions »** (besoins, sensations…).

B Langues humaines et « langages » animaux

- Bergson montre que, dans un « langage animal », les signes sont fixes et désignent toujours la même chose. Au contraire, **les mots** sont des **« signes mobiles » :** leur signification peut s'enrichir à mesure que l'homme accroît ses connaissances et ses activités. Ce sont des **« signes intelligents »** et non *« instinctifs »*.
- Le linguiste André Martinet souligne la grande efficacité du système de **« double articulation »** propre aux langues humaines. À partir d'un certain nombre de **« phonèmes »** (unités sonores élémentaires), elles peuvent créer, par combinaison, une grande variété de **« morphèmes »** (unités de sens élémentaires). Ces morphèmes peuvent eux-mêmes faire l'objet d'un nombre infini de combinaisons. Le langage permet ainsi **une infinité de discours**.

> **Rappel**
> Ce qui définit **la parole**, c'est bien moins l'organe par lequel elle passe, que la pensée qui la constitue. Les sourds-muets sont eux-mêmes doués de « parole », puisque les signes qu'ils emploient sont bien la manifestation d'une réflexion.

2 Critiques du langage

A Un facteur d'appauvrissement

Nous faisons parfois l'expérience de **« l'ineffable »** : les mots semblent incapables de traduire nos sentiments. **Bergson** montre que cela tient à la nature des mots, car ils désignent quelque chose de **général**. Notre désir d'« expression », comme souci de dire quelque chose de singulier, ne peut être que déçu. Le langage ne paraît propre qu'à la **« communication »**, la transmission d'idées *communes*. Il faudrait établir un rapport plus immédiat à la réalité, en échappant au langage, sous la forme de l'**intuition***.

B Un facteur d'incompréhension

- Même du point de vue de la communication, le langage est **un outil bien imparfait, voire trompeur**. Il est marqué par l'**équivocité. Hobbes** montre que, sous un même mot, nous glissons des **significations différentes**, en raison de nos sensibilités différentes. Cela fausse la base même des dialogues.
- La **diversité des langues** est aussi un obstacle à l'entente entre les hommes. La linguistique montre que chaque langue a des particularités empêchant de la traduire exactement dans une autre. On peut constater aussi que certaines langues possèdent plus de mots pour désigner telle ou telle chose. Le psychologue **Klineberg** indique par exemple que la langue arabe contient plusieurs milliers de mots relatifs à la vie des chameaux. Cette richesse de vocabulaire s'explique par la place du chameau dans la culture arabe. Pour lui, cela signifie que selon que nous parlons telle ou telle langue, notre perception des choses sera plus ou moins facilitée par les mots dont nous disposons.

3 Réhabilitation du langage

A Fécondité du langage

- Pour **Hegel**, la richesse de **« l'ineffable »** n'est qu'**une illusion** : celle d'une pensée qui précéderait le langage. En dehors des mots, il n'y a qu'**une pensée « en fermentation »**. Le langage est donc non seulement indispensable à l'expression de la pensée, mais même à **sa constitution**. Cela signifie que si l'on n'arrive pas à exprimer une pensée, ce n'est pas parce que les mots sont imparfaits, c'est parce que notre pensée est imparfaite.

> **Citation-clé**
>
> *« Le mot donne à la pensée son existence la plus haute et la plus vraie. »*
>
> Georg W. F. Hegel, *Encyclopédie des Sciences philosophiques*, 1817.

- Les poètes et les écrivains montrent que les mots peuvent dire mieux que des banalités qui trahissent notre singularité. Il faut, pour cela, faire du langage un **usage créatif et original**.

B Enjeux du dialogue et de la diversité des langues

- La philosophie permet de remédier à l'équivocité du langage, par l'**effort de distinction et de définition** dont les **dialogues socratiques** nous donnent le modèle.
- Enfin, il convient de voir la **singularité des langues** moins comme un défaut que comme une chance. Elles représentent **d'autres regards sur la réalité**, qui peuvent nous enrichir.

C Des limites à donner au langage ?

Malgré tout, sur le **plan moral et politique**, il convient de donner aux mots des limites pour empêcher et interdire des propos portant atteinte au respect d'autrui. S'il est possible de tout dire en faisant un bon usage des mots, il reste que l'**on n'a pas le droit de tout dire** et que certaines paroles sont condamnables. La conscience morale de chacun ainsi que les lois doivent veiller à maintenir de telles limites. L'apprentissage de la langue et d'un certain niveau de langage permet également de bien s'exprimer, tant au niveau formel que dans un sens moral.

À voir

***L'Esquive*, un film d'Abdellatif Kechiche (2004),** décrit les limites du langage « de la cité » et l'effort fait par quelques jeunes pour accéder au discours soutenu en jouant une pièce de Marivaux, symbole d'émancipation sociale.

Le langage selon les trois perspectives

LE LANGAGE – L'existence humaine et la culture

• En reliant le langage à l'**existence humaine**, on comprend qu'il est une expression de la **dimension consciente** de l'homme, lui permettant d'accéder au rang de sujet. L'homme « se pense » et le langage exprime cette pensée d'abord relative à soi, qu'il peut élargir à tout ce qu'il pense de lui-même et qui le distingue des animaux **[1. A et B]**. À ce titre, le langage humain peut exprimer également des pensées inconscientes **[Fiche 7, L'inconscient]**.

• Les différentes **cultures** sont des variations de cette capacité de l'homme à penser son existence. Les différences de langues témoignent simplement de la **dimension sociale** que prend l'existence humaine et des diverses manières de vivre **[2. B, 3. B]**.

Exemples de questions

• ***Peut-on dire que nos paroles nous trahissent ?*** → La question porte sur le décalage possible entre ce que l'on veut dire et ce que l'on dit, sur la manière dont les mots peuvent échapper à notre maîtrise, soit en étant incapables de rendre compte de nos pensées, soit au contraire en les révélant involontairement et en dévoilant plus largement qui nous sommes, comme c'est le cas avec les langues étrangères, les accents, le langage familier ou populaire.

• ***Le langage ne sert-il qu'à communiquer ?*** → On se demande si le langage ne doit pas et ne peut pas aussi se mettre au service de l'expression ; s'il ne vise que la mise en commun – des pensées, sentiment, besoins –, le langage a tendance à rester général et banal, il faut lui donner la possibilité de traduire ce que chacun ressent intérieurement de manière unique, singulière, originale.

LE LANGAGE – La morale et la politique

Le langage peut être vu sous un angle **moral et politique** lorsqu'on interroge les **limites** qu'il convient de donner à la parole humaine. Sur le plan **moral**, certaines paroles peuvent sembler condamnables, lorsqu'elles portent atteinte à autrui, ou qu'elles dégradent celui qui parle, et les lois juridiques mises en place par l'État sont en ce sens des manières d'interdire certains discours **[3. C]**.

Exemple de question

• ***Peut-on tout dire ?*** → On interroge les limites matérielles du langage, l'imperfection des mots d'une part, mais aussi ses limites morales ; on se demande si l'on a le droit de tout dire (mentir, insulter, dire n'importe quoi n'importe comment, etc.).

LE LANGAGE – La connaissance

Dans son lien avec la **connaissance**, le langage interroge la capacité des mots à nous faire connaître le réel de manière vraie et **objective**. Ici, les mots peuvent sembler limités **[2. A et B]** et en même temps indispensables **[3]**.

Exemple de question

• ***Les mots nous éloignent-ils des choses ?*** → On se demande si les mots ne sont pas incapables de nous faire connaître la réalité en elle-même, s'ils ne nous font pas au contraire percevoir une autre réalité (en étant trop généraux et au service de l'action). Mais, on doit se demander si cette incapacité vient des mots eux-mêmes ou de l'usage que nous en faisons. Il faut alors chercher des usages plus originaux du langage.

Explication de texte

SUJET Explication de texte

Corrigé p. 368

Expliquez le texte suivant :

« La fin de l'État n'est pas de faire passer les hommes de la condition d'êtres raisonnables à celle de bêtes brutes ou d'automates, mais au contraire il est institué pour que leur âme et leur corps s'acquittent en sûreté de toutes leurs fonctions, pour qu'eux-mêmes usent d'une raison libre, pour qu'ils ne luttent point de haine, de colère ou de ruse, pour qu'ils se supportent sans malveillance les uns les autres. La fin de l'État est donc en réalité la liberté. [Et], pour former l'État, une seule chose est nécessaire : que tout le pouvoir de décréter appartienne soit à tous collectivement, soit à quelques-uns, soit à un seul. Puisque, en effet, le libre jugement des hommes est extrêmement divers, que chacun pense être seul à tout savoir et qu'il est impossible que tous opinent pareillement et parlent d'une seule bouche, ils ne pourraient vivre en paix si l'individu n'avait renoncé à son droit d'agir suivant le seul décret de sa pensée. C'est donc seulement au droit d'agir par son propre décret qu'il a renoncé, non au droit de raisonner et de juger ; par suite nul à la vérité ne peut, sans danger pour le droit du souverain, agir contre son décret, mais il peut avec une entière liberté opiner* et juger et en conséquence aussi parler, pourvu qu'il n'aille pas au-delà de la simple parole ou de l'enseignement, et qu'il défende son opinion par la raison seule, non par la ruse, la colère ou la haine. »

Spinoza, *Traité théologico-politique.*

* opiner : formuler une opinion.

Comment traiter le sujet

Notions

L'État, la justice, la liberté, la raison.

Remarques générales

Il s'agit d'un texte classique de philosophie politique, mais qui exige que l'on réfléchisse sur le couple de notions « État/liberté » (notions que le professeur a pu peut-être séparer). Le texte suppose aussi que l'on distingue la liberté d'action et la liberté d'expression (ou d'opinion).

Thème, thèse et problème du texte

Le problème posé ici est celui de la finalité de l'État et des moyens mis en œuvre pour réaliser celle-ci : l'État ne prive-t-il pas l'individu de sa liberté en remettant celle-ci entre les mains d'un pouvoir ? À cette question, Spinoza répond que, si l'État exige de l'individu qu'il renonce à son pouvoir d'agir par lui-même, il n'exige pas pour autant que ce dernier renonce à sa liberté d'opinion et d'expression, lesquelles peuvent même être exercées pour critiquer l'État. L'enjeu du texte est de nous faire réfléchir sur les différents sens et usages possibles de la liberté et sur la manière dont l'État nous fait renoncer à un usage de la liberté apparemment fondamental (liberté d'action), pour en permettre et en maintenir un autre, plus essentiel (liberté de pensée et de parole).

Corrigé : plan détaillé

Les titres en couleur apparaissant dans ce corrigé ne doivent pas figurer dans votre devoir. Nous les avons insérés pour vous guider et vous aider à repérer la progression de l'explication de texte.

Introduction

On associe souvent la notion d'État à l'idée de contrainte, parce que l'État gouverne au moyen de lois qui semblent priver l'homme de sa liberté. Pour autant, on est d'accord pour admettre que sans État, les hommes n'arriveraient pas à s'entendre et ne seraient pas libres non plus, tant ils se nuiraient les uns les autres. Comment alors comprendre la finalité de l'État dans son rapport avec la liberté ? Ici Spinoza montre en ce sens que le but de l'État est précisément d'empêcher une liberté déraisonnable pour permettre une liberté raisonnable, et que cela passe par une distinction entre différentes formes de liberté. Spinoza commence par exposer le but de l'État (ligne 1 à 6), puis il analyse la condition qui rend possible cette finalité (ligne 6 à 12). Enfin, Spinoza explique en quoi consiste la liberté obtenue (ligne 12 à 18).

I La liberté raisonnable comme finalité de l'État (l. 1 à 6)

Spinoza explique en quoi consiste le but de l'État en insistant sur sa dimension morale et positive – ce qui, du même coup, permet d'en saisir l'exigence. Le but de l'État est, en effet, de rendre les hommes meilleurs et non pires, afin qu'ils puissent s'entendre et vivre harmonieusement ensemble. Concevoir un État qui rabaisserait les hommes serait absurde : ainsi, il ne s'agit pas pour l'État d'amener les hommes à une « *condition* » (un type d'existence) dans laquelle ils ne penseraient qu'à eux-mêmes (comme des êtres « *brutes* ») ou n'agiraient qu'instinctivement (comme des « *automates* »). L'État vise, au contraire, à soustraire les hommes à cette condition quasi animale.

Il a ainsi plusieurs buts (« *pour... pour... pour... pour...* »). Il doit d'abord assurer la sécurité (« *sûreté* ») des personnes en permettant aux individus de développer toutes les qualités de « leur âme » et de « leur corps » : protéger les âmes et les corps, c'est permettre à l'âme de devenir raisonnable et bonne et au corps d'être maintenu en vie et en bonne santé, par exemple. Par ailleurs, l'État doit permettre aux individus de la société d'user « *eux-mêmes d'une raison libre* », c'est-à-dire de savoir utiliser leur faculté de réflexion et d'action de façon autonome et volontaire. Autre but : éviter que les individus « *ne luttent* » les uns contre les autres de façon égoïste et passionnelle. Enfin, l'État doit permettre le respect de chacun (permettre aux hommes de « *se supporte*[r] »). Spinoza résume (« *donc en réalité* ») ces différentes fins par le terme de « *liberté* ». En effet, faire que les hommes soient raisonnables, c'est leur permettre de ne plus être esclaves de leurs désirs (haine, colère, ruse), lesquels les rendent non seulement nuisibles aux autres, mais aussi à eux-mêmes, en les maintenant au stade du « déterminisme » (animal ou mécanique). Seule la raison permet, selon Spinoza, d'atteindre une vraie liberté, à comprendre non pas au sens de « libre arbitre » (comme chez Descartes), mais comme « *le fait d'obéir à la nécessité de sa nature* ». L'homme étant par nature raisonnable, c'est en obéissant à la nécessité de cette nature raisonnable et en comprenant cette nécessité qu'il est libre.

II Explication de la condition à réaliser pour former l'État (l. 6 à 12)

Spinoza interroge ensuite la condition nécessaire à la formation de l'État (« *pour former l'État, une seule chose est nécessaire* »). Il s'agit de remettre le pouvoir de décision et d'action (« *pou-*

voir de décréter ») dans d'autres mains que celles de l'individu. Spinoza évoque pour cela différents types de régimes politiques. En effet, il est possible de confier l'autorité au peuple lui-même dans son ensemble (dans ce cas, le peuple est dit « souverain » et il s'agit d'un État démocratique), ou bien à quelques individus (régime aristocratique ou « oligarchique »), ou encore à un seul individu (régime monarchique, qui n'est pas nécessairement « tyrannique »).
Pour justifier cette condition, Spinoza explique que, sans cela, les individus risquent de ne pas pouvoir se mettre d'accord : si, en effet, chacun conserve son pouvoir de décision, chacun risque de vouloir être le seul à décider, en croyant « *être seul à tout savoir* », c'est-à-dire en pensant avoir le meilleur jugement sur toutes les questions. Spinoza avance l'argument selon lequel les individus ont des jugements divers et ne sauraient être unanimes. D'où une « *paix* » impossible et la nécessité de priver l'individu de son « *droit d'agir suivant le seul décret de sa pensée* ». Il faut comprendre par là que l'État ne peut assurer la liberté raisonnable des individus que si chacun renonce à faire ce qu'il lui plaît, car, en faisant ce qu'il lui plaît, l'individu ne pourrait qu'entraver la liberté des autres ainsi que la sienne (il serait esclave de ses passions). L'expression « *le seul décret de sa pensée* » suggère que ce qui rend l'État possible, ce n'est pas le fait de priver l'homme de toute liberté d'action, mais celui de le priver de ce qui serait une action *égoïste*, issue de sa « seule » pensée. Il faut donc confier le pouvoir de décision et d'action à une autorité distincte des individus, pour que les décisions ne soient pas prises égoïstement mais en vue du bien commun (décisions à prendre donc par la collectivité souveraine ou par un ou plusieurs individus ayant en vue le bien commun).

III Mise en évidence de la liberté rendue possible par l'État (l. 12 à 18)

Spinoza relativise enfin ce renoncement nécessaire à la formation de l'État, en précisant qu'il ne porte que sur la liberté d'action : chacun doit renoncer au pouvoir d'agir uniquement par lui-même (et pour lui-même). Mais il ne s'agit pas de renoncer à la liberté d'opinion et d'expression, laquelle reste intacte. En effet, l'action seule est nuisible et doit donc être entravée lorsqu'elle menace le bien commun et la liberté des autres. La pensée et la parole n'ont pas le même effet sur la collectivité et n'ont pas besoin d'être limitées. D'où une conséquence (« *par suite… et en conséquence aussi* ») sur le droit qu'auraient les individus de contester le pouvoir : ils ne peuvent pas le contester par leurs actions « *mais il peut avec une entière liberté opiner et juger et en conséquence aussi parler* [contre son décret] ». C'est dire que l'individu ne peut agir contre l'État mais qu'il peut penser et parler contre lui, en le critiquant notamment.
Seule restriction exposée par Spinoza à la fin du texte : il faut que cette contestation « *n'aille pas au-delà de la simple parole ou de l'enseignement* », c'est-à-dire qu'elle ne dépasse pas le stade de la contestation légitime (parler pour en tirer des enseignements, des leçons). Spinoza précise l'autre condition, mais qui est la même : défendre « *son opinion par la raison seule* ». On a ainsi le droit de critiquer l'État lorsque celui-ci ne remplit pas sa finalité, lorsque, par exemple, il est injuste ou inégalitaire au regard de la communauté ; mais il ne s'agit pas de critiquer l'État lorsque celui-ci nous empêche de satisfaire nos désirs égoïstes.

Conclusion

Nous comprenons ainsi avec Spinoza en quoi consiste ce que l'on nomme la liberté politique, laquelle est rendue possible par l'État lui-même, en renonçant à ce que l'on entend ordinairement par liberté. L'État est en effet ce qui impose aux individus de renoncer à une certaine liberté d'action déraisonnable et égoïste, pour gagner une liberté fondée sur la raison et permettant la vie en commun. Cela n'enlève pas la possibilité pour les individus de critiquer le pouvoir, s'ils le font également de manière raisonnable.

10 La liberté

Voir aussi : le bonheur (p. 340), l'État (p. 354), la raison (p. 378)

La liberté (du latin *liber*, « qui n'est pas esclave », par opposition à *servus*) semble désigner le fait de n'être soumis à **aucune contrainte** qui viendrait **entraver nos désirs**. Être libre, ce serait pouvoir faire tout ce que l'on souhaite. Pour autant, cette conception n'est-elle pas **illusoire** ? N'est-ce pas être esclave de ses désirs ? La *liberté* n'est-elle pas alors synonyme de **volonté**, de *choix* ?

Liberté et désir — **Liberté et libre arbitre** — **Liberté et morale**

Platon (427-347 av. J.-C.)	Descartes (1596-1650)	Spinoza (1632-1677)	Kant (1724-1804)	Sartre (1905-1980)
Socrate contre Calliclès	La volonté éclairée par la connaissance	La « *nécessité comprise* »	La liberté comme postulat	Le fardeau de la liberté

1 Liberté et désir

A La liberté comme licence

- Une première conception de la liberté consiste à la faire reposer sur la capacité à satisfaire ses désirs sans entrave. Telle est la conception du personnage de **Platon**, Calliclès, pour qui l'**homme libre** est celui qui, comme le **tyran**, a tout pouvoir sur les autres hommes et obtient d'eux tout ce qu'il désire sans obstacle.
- Cette liberté s'obtient par le laisser-aller des désirs et **repose sur la force**. En ce sens, toute contrainte est comprise comme un obstacle à sa réalisation. Ces contraintes, sous forme de règles, seraient inventées par des hommes faibles, eux-mêmes incapables de satisfaire leurs désirs. Selon Calliclès, il serait **contraire à la nature** que les tyrans et les fils de rois se soumettent à ces règles, eux qui ont eu la chance de naître forts et libres.

B Liberté et mesure

Toutefois, comme le montre **Socrate** critiquant Calliclès, le désir ainsi abandonné à la démesure rend l'homme **esclave** au lieu de le rendre libre. Le tyran est dépendant de son désir de pouvoir, et sa liberté est menacée sans cesse par plus fort que lui. Pour Socrate, seul l'homme **tempérant**, aux désirs modérés, maîtrise ses désirs au point de ne pas en être esclave.

Mot-clé

Licence (du latin *licet*, « il est permis ») : la liberté conçue comme capacité, pouvoir de satisfaire tous ses désirs sans aucune limite.

2 Liberté et libre arbitre

A Le modèle du libre arbitre

• On peut, toutefois, suggérer avec **Descartes** que la liberté se mesure surtout à l'exercice de la **volonté**, dans sa capacité à **choisir** entre deux choses indépendamment de toute contrainte extérieure, à *« pouvoir faire une chose ou ne la faire pas » (Méditations métaphysiques)*. On appelle **« libre arbitre »** un tel pouvoir de se décider par sa seule volonté, sans être influencé par autrui ou par ses désirs.

• Cette liberté aurait différents degrés. Pour Descartes, le plus bas degré serait la **liberté d'indifférence** (choisir au hasard) et le plus haut degré serait la **volonté éclairée** par la connaissance (choisir en sachant pourquoi).

B Critique* du libre arbitre

Pour autant, selon **Spinoza**, le libre arbitre est une **illusion** ; une telle volonté n'existe pas. L'homme se croit libre de décider par lui-même quelque chose, alors qu'**il obéit toujours, en réalité, à un désir** ou à un état de son corps qui le pousse à faire telle ou telle chose. L'homme ivre, par exemple, croit parler parce qu'il l'a choisi, alors que c'est son corps ivre qui le pousse à parler. Il n'est donc pas libre de parler. La seule liberté possible, pour Spinoza, consiste alors à comprendre ce à quoi nous obéissons, ce qui nous détermine, pour ainsi être en accord avec notre nature : c'est l'idée de ***« nécessité comprise »***.

Citation-clé

« Les hommes se croient libres parce qu'ils sont conscients de leurs actions mais ignorants des causes par lesquelles ils sont déterminés. »

Baruch de Spinoza, *Éthique*, 1677 (posthume).

3 Liberté et morale

A La liberté comme postulat

Sur le plan moral, on est obligé de poser que la liberté existe. Sinon, on ne peut plus exiger de l'homme qu'il agisse bien, qu'il soit capable de **choisir entre le bien et le mal. Kant** fait ainsi de la liberté un postulat, c'est-à-dire un objet de croyance. L'homme doit être supposé libre pour que l'action morale, à savoir le choix du bien, ait un sens. Pour Kant, l'homme **fait l'expérience de cette liberté dans le remords** : celui qui a mal agi a le sentiment qu'il pouvait bien agir ; il n'arrive pas à excuser sa faute parce qu'il sent qu'il était libre de choisir le bien au lieu du mal.

À voir

Orange mécanique, film de Stanley Kubrick (1971). Alex, passionné par Beethoven et en même temps par l'ultra-violence qu'il associe à un idéal de liberté, est arrêté et mis en prison. Alex est contraint de suivre un programme mis au point par des médecins pour guérir de son mal et devenir « bon ». Mais la question se pose de savoir ce que vaut cette morale imposée par un « traitement », ne provenant pas de la volonté du sujet.

B La liberté comme fardeau

La liberté serait à ce point réelle que **Sartre** en fait un poids pour l'homme, lequel se trouve toujours confronté à faire des choix qui ne reposent que sur sa liberté et qui le rendent donc **responsable de tout et de tous**. Refuser cette liberté, c'est être de **mauvaise foi***, c'est chercher des excuses à ses actes pour ne pas s'en sentir responsable. C'est dire par exemple « ce n'est pas de ma faute », « je n'ai pas voulu cela », « je suis comme ça », pour attribuer ses actions à autre chose qu'à sa propre volonté. Pour Sartre, même si l'on subit certaines situations que l'on n'a pas choisies (par exemple tomber malade), à l'intérieur de ces situations, notre liberté reste entière car nous pouvons choisir notre « manière d'être » (manière d'être malade par exemple).

4 Liberté et politique

A Les lois comme contraintes à la liberté

Sur le plan politique, les **lois**, en limitant nos désirs, peuvent sembler **contraires à l'exercice de la liberté individuelle**. Elles nous empêchent de faire ce que bon nous semble. Pour le sophiste **Calliclès**, les lois qui visent à limiter les désirs pour permettre une vie juste, pour empêcher que certains aient plus que d'autres, sont un **obstacle à la liberté**. Seul le tyran dans ce cas est libre car il peut imposer ses désirs à tous et soumettre tout le monde à ses désirs.

B Les lois comme conditions de liberté

Mais l'on peut poser à l'inverse que, **sans lois, la liberté devient impossible**, chaque liberté s'exerçant contre une autre liberté. Pour **Hobbes**, dans Le *Léviathan*, la **liberté naturelle** que chacun peut avoir dans un état de nature sans lois est **infinie mais incertaine**, sans cesse menacée par les autres. Au contraire, dans un État où existent des lois, la liberté devient certes réduite mais elle est garantie par le fait que personne n'a le droit d'en user contre autrui.

C La volonté générale

Plus encore, on peut supposer que dans un État où le peuple est lui-même l'auteur des lois auxquelles il obéit, alors la liberté reste entière, chacun voulant la même chose, à savoir le **bien commun**. Dans ce cas, la liberté n'est plus le fait de laisser aller ses désirs sans nuire à autrui, elle devient l'expression de ce que **Rousseau** nomme la *« volonté générale »*, où il s'agit de viser non plus son intérêt personnel, mais ce que l'ensemble des citoyens peut vouloir de mieux pour la vie en commun. Ce type d'État où *« chacun, s'unissant à tous, n'obéisse pourtant qu'à lui-même et reste aussi libre qu'auparavant »* (Rousseau, *Du contrat social*) est incarné par la **démocratie**.

La liberté selon les trois perspectives

LA LIBERTÉ – L'existence humaine et la culture

La liberté peut être considérée comme propre à l'homme et comme expression de sa dimension consciente : parce qu'il a conscience de lui-même, l'être humain est capable de faire des **choix**, d'orienter son existence selon ses **désirs**. En même temps, il apparaît que ses choix sont limités voire empêchés par toutes sortes de contraintes et de règles (sociales, culturelles, morales) auxquelles il doit obéir [**1. A, 3. A**]. Par ailleurs, les désirs peuvent apparaître comme une source de dépendance [**1. B, 3. B**]. On se demande alors quel rôle jouent ces contraintes et si elles ne peuvent pas aussi aider l'homme à maîtriser ses désirs, à faire de meilleurs choix, plus fondés sur la raison et sur la volonté [**2. A, 3. B et 4. C**]. On se demande aussi si l'homme ne reste pas libre au sein même de ces contraintes [**2. B**].

Exemples de questions

- *Suis-je plus ou moins libre ?* → On se demande si la liberté, censée être absolue, n'est pas plutôt relative, s'il n'y a pas à distinguer des degrés ou niveaux et ce qui pourrait les conditionner.
- *Peut-on se libérer de sa culture ?* → La question interroge le rôle des règles imposées par la culture : sont-elles des obstacles que l'on pourrait dépasser ou bien sont-elles insurmontables, ancrées en nous ? Est-ce légitime de vouloir s'en affranchir ou au contraire contribuent-elles à nous rendre plus aptes à nous servir de notre volonté et à faire de vrais choix en nous rendant plus civilisés, moins soumis à nos instincts ?

LA LIBERTÉ – La morale et la politique

Sur le plan moral, on peut penser également, dans un premier temps, que les règles morales sont des obstacles à la liberté, car elles contrarient les désirs en imposant des valeurs, des devoirs [**1. A**]. Pour autant, en se montrant capable de ne pas céder à ses désirs pour vouloir agir moralement, l'homme gagne peut-être une forme plus élevée de liberté, qui le rend **responsable** et méritant [**3. A**], même si cette responsabilité peut lui peser [**2. B**]. Sur le plan **politique**, la liberté ne désigne pas tant le pouvoir de faire ce que bon nous semble que le **droit** de faire tout ce qui ne nuit pas à autrui [**4**].

Exemples de questions

- *L'obligation morale est-elle un obstacle à la liberté ?* → On interroge le rôle à la fois limitatif et porteur des valeurs morales qui, tout en limitant nos désirs, nous permettent de nous en libérer pour agir selon notre volonté, dans l'effort d'accomplir de bonnes actions.
- *L'État est-il l'ennemi de la liberté ?* → On doit ici se demander si l'État nous empêche d'être libres, en nous imposant des lois, ou bien si, au contraire, il ne nous permet pas d'harmoniser nos libertés et de nous affranchir de nos désirs égoïstes. Mais à quelles conditions, dans quel type d'État ?

LA LIBERTÉ – La connaissance

Sur le plan de la connaissance, on se demande si celle-ci entrave ou, au contraire, conditionne la liberté [**2. A**].

Exemple de question

- *Suis-je d'autant plus libre que je suis plus conscient ?* → La liberté est interrogée dans son rapport avec la connaissance de soi et du monde extérieur. On se demande si le fait de savoir nous limite dans nos choix ou au contraire nous en rend plus maîtres.

11 La nature

Voir aussi : la liberté (p. 370), la technique (p. 391)

La « nature » (du latin *natus* signifiant « né ») désigne à la fois le **monde physique** (du grec *phusein* : pousser, croître) et **biologique** (vivant), mais aussi ce qui est **originel**, non modifié, non artificiel, et enfin ce qui est **propre à quelque chose** (son essence). En quoi le monde physique se distingue-t-il du monde « humain » (monde de la culture, monde artificiel, fabriqué par l'homme) et quelle place donner à la nature dans notre monde « humain » ? Quel rôle joue la nature chez l'homme si l'homme a véritablement une nature, s'il est un être « naturel » ?

1 Nature et culture

A L'homme et l'animal

• L'homme est souvent comparé à l'animal pour suggérer qu'il est un animal différent des autres. Cela souligne à la fois son **appartenance à la nature** (au fait d'obéir à des lois physiques et biologiques déterminées) et sa **spécificité** (sa différence par rapport à la nature). En disant que l'homme est un *« animal politique »* ou un *« animal raisonnable »* (Aristote) ou encore un *« animal qui a besoin d'un maître »* (Kant), on suggère que l'homme a des points communs avec l'animal et des différences. Il appartient donc à la nature tout en occupant une place à part.

• L'être qui apparaît alors, d'après l'analyse de Rousseau dans le *Second Discours*, est un animal comparable aux autres, qui se distingue pourtant d'eux par deux facultés spécifiques : le **« libre arbitre* »** et la **« perfectibilité »**. En effet, l'homme ne semble pas défini par des instincts fixes, comme l'animal : *« un animal est, au bout de quelques mois, ce qu'il sera toute sa vie, et son espèce, au bout de mille ans, ce qu'elle était la première année de ces mille ans »*. L'homme au contraire est un être qui peut échapper aux contraintes naturelles fixes et déterminées imposées par les lois physiques.

> **Mot-clé**
>
> **Perfectibilité :** ce terme signifie que l'homme n'est pas un être « achevé » (*perfectus*, en latin) mais, au contraire, un être capable de changer. Cette faculté est équivoque, selon Rousseau, car, en s'écartant de la nature, l'homme prend le risque de « se pervertir ».

B L'idée de « nature humaine »

> **À voir**
> ***L'Enfant sauvage*, film de François Truffaut (1970).** L'histoire d'un enfant abandonné très tôt dans la nature, qui a grandi sans contact humain, qu'un médecin recueille et tente d'éduquer.

Pourtant, ces différences entre l'homme et la nature ne permettent pas d'affirmer que l'homme « a » une nature, puisque précisément ce qui le caractérise, c'est sa capacité à se libérer des contraintes fixes imposées aux autres êtres naturels. Par ailleurs, ces caractéristiques ne sont pas « innées » mais « acquises ». Les cas d'« enfants sauvages » montrent que l'homme ne développe ses facultés les plus caractéristiques (bipédie, langage, conscience de soi, raison…) que sous la condition de rencontrer un environnement culturel et humain. Seul, isolé très tôt dans la nature, l'homme ne s'humanise pas, il reste un *« moindre animal »* (L. Malson, *Les Enfants sauvages*). Dans cette mesure, l'idée de **« nature humaine »**, entendue comme ensemble de qualités présentes naturellement en l'homme, se trouve remise en cause. La **culture** apparaît donc comme l'**élément indispensable** de l'acquisition de ce qui fait notre humanité et comme expression de notre différence par rapport à la nature.

C Critique de la culture et des cultures

• Toutefois, cette prédominance de la culture signifie que l'homme est un être qui cherche à se modifier et à modifier la nature. Cette transformation prend des formes variées selon les différentes cultures, et certaines règles ou pratiques peuvent sembler condamnables : on peut les trouver **inhumaines**, « barbares », soit parce qu'elles semblent laisser l'homme à un état sauvage, soit parce qu'elles le transforment trop et mal (exemples de l'anthropophagie, de l'excision…).

> **Citation-clé**
> *« Le barbare, c'est d'abord l'homme qui croit à la barbarie. »*
> Claude Lévi-Strauss, *Race et Histoire*, 1952.

• Pourtant, pour l'ethnologue **Claude Lévi-Strauss**, toute culture fait apparaître la même règle, à savoir la *« prohibition de l'inceste »*. Cette règle à la fois universelle (présente dans chaque culture) et particulière (variant en fonction des différentes cultures) montre la manière dont l'homme intervient sur la nature (alliance sexuelle) pour la modifier et créer un **état social**. Pour **Lévi-Strauss**, l'existence de cette règle dans toutes les cultures sans exception, montre que toute culture est autant culture qu'une autre. Le constat de l'existence de pratiques « inhumaines » relève selon lui de ***« l'ethnocentrisme »***, du fait de juger et condamner une autre culture en se prenant comme modèle. Pour lui, il faut faire preuve de ***« relativisme culturel »*** en acceptant que toutes les pratiques se valent et que toute culture est imparfaite.

2 La nature et la technique

A La maîtrise de la nature

• Les modifications que l'homme fait subir aux lois naturelles peuvent s'appliquer au monde extérieur (monde physique) et à lui-même, en vue de réaliser un certain **progrès**. Il peut vouloir **améliorer la nature** en y introduisant des règles et des changements afin de la parfaire ou de s'en protéger. La **technique** (outils et machines) vise un tel perfectionnement.

• Pour **Descartes**, c'est la science qui doit permettre ainsi de rendre les hommes *« comme maîtres et possesseurs de la nature »*, en lui faisant connaître ses lois. On doit en effet à la connaissance et à la technique les nombreux progrès réalisés par l'homme pour lutter contre les maladies, les catastrophes naturelles, le vieillissement, etc.

• Rousseau reconnaît aussi que l'homme a inventé l'outil afin de **s'adapter à une nature changeante et hostile** : *« la différence de terrains, de climats, de saisons* [...] *put les [les hommes] forcer à en mettre dans leurs manières de vivre* [...] *Ils s'inventèrent la ligne et l'hameçon ».*

• Pour autant, cette maîtrise peut dégénérer en **domination**, comme le suggère aussi **Rousseau** pour qui le progrès technique vire en **décadence morale** : l'homme devenu supérieur aux animaux grâce aux outils, s'en réjouit et, par orgueil, cherche à dominer à la fois les animaux et les hommes.

B Le respect de la nature

• Pourtant, la nature semble inspirer d'elle-même un certain **respect**, dont les poètes romantiques notamment témoignent en louant sa beauté et en la comparant à l'art, dans sa dimension créatrice. Kant aussi place les beautés naturelles au-dessus des beautés artistiques.

• Par ailleurs, avec les retombées écologiques de cette volonté de maîtrise, de nombreux cris d'alarme sont lancés. **Heidegger**, dans ses réflexions sur la technique, dénonce *« l'Arraisonnement »* que l'homme fait subir à la nature en cherchant à la soumettre aux règles rationnelles de productivité et de rentabilité. En traitant la nature comme une chose à « utiliser », l'homme épuise les ressources.

• **Hans Jonas**, dans son ouvrage *Le Principe responsabilité*, défend l'idée que l'homme doit se montrer **soucieux de la nature** non seulement pour lui-même mais pour les générations futures. C'est semble-t-il à la **morale** (valeurs posant ce qui est juste et bien) et à la **politique** (lois, droit) de poser un devoir de respect envers la nature.

• La notion moderne d'**environnement** traduit ce souci de voir l'homme comme une partie de la nature et non plus comme un être à part. Les débats de société sur la **bioéthique**, sur la menace climatique et sur les droits des animaux s'inscrivent dans cette démarche invitant à la prise de conscience et à l'action concrète en faveur de la nature.

La nature selon les trois perspectives

LA NATURE – L'existence humaine et la culture

Le lien entre la notion de nature et les notions d'existence humaine et de culture est le plus évident. On ne peut que se demander quelle place l'homme doit accorder à la nature dans son existence individuelle et sociale, marquée par la liberté et par les règles de la culture **[1. B, 2]**. Par ailleurs, la question de la nature humaine est directement posée par la notion même d'existence, qui suggère que l'homme doit son existence à lui-même, à sa liberté, et non pas à une nature toute faite **[1. A]**.

Exemples de questions

• *La culture doit-elle éloigner l'homme de la nature ?* → La question interroge le rapport que l'homme doit établir avec le monde physique et vivant. La culture semble avoir pour but d'éloigner l'homme du monde naturel mais on peut aussi poser des limites à cela car l'homme reste tout de même un être issu de la nature et vivant au sein de la nature.

• *L'homme est-il un être naturel ?* → On se demande si l'homme a en lui une nature, des caractéristiques innées, et s'il contient aussi des éléments naturels, propres au monde physique et vivant, comme par exemple des instincts. On cherche à savoir ce que son existence doit à la culture, à la transformation, si quelque chose résiste à cette transformation et si l'homme ne doit pas son existence aussi à la nature qu'il utilise pour vivre.

LA NATURE – La morale et la politique

On peut s'interroger aussi sur la manière dont la morale et la politique peuvent encadrer le rapport entre l'homme et la nature afin de permettre à la fois un progrès technique et économique (utiliser la nature et s'en protéger) et un respect de celle-ci. Il s'agit de poser des droits de la nature et des devoirs de l'homme envers elle afin d'une part de garantir la survie de l'homme à long terme, et, d'autre part, de veiller à respecter la nature pour elle-même, pour sa variété et sa beauté **[2]**.

Exemple de question

• *Doit-on respecter tout être vivant ?* → Cette question interroge la place du respect à accorder aux êtres vivants issus de la nature, sachant que l'homme a besoin de les utiliser et de s'en protéger, mais que, par ailleurs, le vivant inspire un certain respect, par son existence même et sa beauté.

LA NATURE – La connaissance

On peut aussi interroger le rapport entre la nature et la connaissance (notamment la science), en se demandant ce que la connaissance de la nature (physique, biologie, médecine) doit permettre à l'homme de faire. Ses connaissances lui donnent-elles le droit de disposer librement de la nature, ou bien au contraire doivent-elles l'inviter à plus de mesure, de prudence et de respect ? Est-ce la connaissance qui peut poser ces limites ou bien faut-il en appeler à la morale et au droit **[2]** ?

Exemple de question

• *Faut-il connaître la nature pour la respecter ?* → On se demande si la connaissance scientifique de la nature est nécessaire à son respect, au fait de s'interdire certains usages destructeurs. D'autres moyens ne suffisent-ils pas pour inspirer ce sentiment, venant de la conscience ou raison de chacun, ou imposés par des lois ?

PHILOSOPHIE

12 La raison

Voir aussi : le devoir (p. 347), la science (p. 387), la vérité (p. 400)

La **raison** (du latin *ratio* : calcul, mesure) est une **faculté humaine** pouvant s'exercer soit dans le domaine théorique de la **connaissance**, soit dans le domaine pratique de l'action où elle prend un sens **moral**. On a tendance à valoriser cette faculté qui se met au service de la **vérité** et du **bien**. Toutefois, la question se pose aussi de savoir quelles sont ses **limites** et ses faiblesses.

L'idéalisme et le rationalisme — **Critiques de la raison** — **D'autres facultés que la raison**

Platon (427-347 av. J.-C.) L'idéalisme L'Idée de Bien

Descartes (1596-1650) Le modèle rationaliste

Nietzsche (1844-1900) La raison cherche à rassurer

Bacon (1561-1626) Raison et expérience

Bergson (1859-1941) L'intuition

1 Le primat de la raison

A Le réel est ordre

• On peut tout d'abord concevoir la raison comme moyen d'accéder à la connaissance et à la vérité, car elle est la faculté capable d'atteindre le fond des choses, au-delà des apparences.

• **L'idéalisme platonicien** met la raison au centre de la connaissance et de la morale, en posant que le réel est structuré par des formes stables, les ***« Essences »*** ou ***« Idées »***, reflétées et déformées par les apparences sensibles. Dans le domaine moral, l'action bonne ou juste s'obtient par la connaissance de ce qui est bien et juste. Là encore, la raison est condition de l'action bonne car elle permet d'atteindre l'Idée du Bien et donc de savoir ce qui est bien. L'homme injuste est injuste parce qu'il ne sait pas ce qu'est la justice.

B Le modèle du rationalisme

• De même, est « **réel** » ce qui n'est pas fictif ou seulement apparent. Or, comme le montre **Descartes** à propos d'un morceau de cire, nos sens ne nous font saisir que les *« qualités secondes »* des choses, les plus *« accidentelles »*. Là aussi, c'est par la raison que nous pouvons atteindre ce qu'il y a de plus essentiel dans le réel, c'est-à-dire ce qui demeure derrière les changements.

> **Citation-clé**
> *« L'Univers […] est écrit en langage mathématique, et les caractères sont des triangles, des cercles et d'autres figures géométriques […]. »*
> Galilée, *L'Essayeur*, 1623.

• Le **rationalisme** désigne ce courant qui pose que c'est seulement par la raison que l'on connaît le réel, grâce notamment à des idées innées (telle que l'idée de cause). Il s'oppose à l'**empirisme** (Hume, Locke) qui affirme au contraire que c'est d'abord par nos sens que l'on connaît le réel, l'esprit n'étant, au départ, qu'une « table rase ».

C Action bonne et action raisonnable

Dans le domaine **moral**, l'action bonne est également associée à une action guidée par la raison, où l'on s'interdit l'excès et où l'on s'efforce de contrôler ses désirs. Pour **Descartes**, la vertu s'atteint ainsi par les *« grandes âmes »*, en qui *« les raisonnements si forts et si puissants font que leur raison demeure néanmoins toujours la maîtresse »*, et où le malheur vaut comme épreuve. Pour **Kant**, le fondement de la loi morale est le respect, et il est inspiré en nous par la raison.

À voir

***Douze hommes en colère*, film de Sidney Lumet (1957),** raconte l'histoire de douze jurés délibérant à huis clos sur la culpabilité apparente d'un jeune homme accusé de meurtre, et qui, confrontés à leurs préjugés et à leurs opinions, se voient obligés de réfléchir et de se remettre en question.

2 Critiques de la raison

A Une affinité étonnante, voire douteuse, entre le réel et la raison

Cette affinité entre la réalité et la raison peut être discutée. Comment se fait-il que l'esprit humain soit **si précisément adapté** à la compréhension du réel ? Ou encore, comment se fait-il que le réel soit **si exactement en accord** avec nos attentes logiques ? Ne serait-ce pas seulement **parce que nous souhaitons qu'il en soit ainsi** ?

B Le réel : rationalité ou chaos ?

Pour **Nietzsche**, la véritable réalité consiste dans ce que la raison nomme apparences. Le monde est un **« devenir* »** et même **un « chaos »**. Le monde « réel » mis au jour par la science n'est qu'**une fiction**, qui tend à nous donner une vision simplifiée de la réalité, parce que la logique fait partie de nos conditions de vie. Il faut donc voir les lois et les concepts de la science comme **des inventions commodes** et non des découvertes.

Citation-clé

« Le monde nous paraît logique parce que nous avons commencé par le rendre logique. »

Friedrich Nietzsche, *La Volonté de puissance*, 1884-1888.

C Limites de la raison dans le domaine moral

- Dans le domaine **moral** également, on peut douter de l'efficacité de notre raison, parfois dépassée par la force de nos désirs. **Rousseau** place le sentiment de **pitié**, plus naturel et plus spontané, au-dessus des *« maximes raisonnées de justice »* (commandements moraux réfléchis), en le jugeant plus utile et plus efficace.
- À l'inverse, on peut aussi douter de l'efficacité morale de la raison en posant la nécessité des lois (politiques) pour inciter, voire contraindre, l'homme au bien.

3 D'autres facultés que la raison ?

A L'expérience : allier les faits à la raison

On peut supposer que c'est plutôt par un dialogue entre la raison et l'expérience que la connaissance du réel devient possible et fiable. S'inspirant de l'**empirisme** pour poser que la raison doit se soumettre aux faits, **Francis Bacon** est à l'origine des **sciences expérimentales** qui naissent au XVIIe siècle. Prenant l'exemple de l'abeille qui collecte la matière lui servant de nourriture pour la transformer ensuite, Bacon montre qu'il faut que l'homme rassemble le plus de faits possible, mais s'en fasse aussi l'interprète par sa raison.

B L'intuition

On peut aussi croire à la force de l'**intuition**, sorte de vision directe capable d'atteindre l'intériorité des choses sans passer par le raisonnement ni la réflexion. C'est l'idée de Bergson selon laquelle le réel se saisit bien plus et bien mieux par l'intuition que par l'intelligence. Celle-ci en effet aurait tendance à simplifier le réel et à le vider de sa force vitale et de sa **singularité**. L'intuition nous permet au contraire de saisir cette singularité, comme en témoigne la perception de l'**artiste**.

C La pensée sauvage

On constate aussi que l'usage de la raison, dans le domaine de la connaissance et dans le domaine moral, n'est pas partagé par toutes les **cultures**. Dans certaines cultures dites « primitives », analysées par l'ethnologue **Claude Lévi-Srauss**, le mode de pensée est une *« pensée sauvage »*, en apparence irrationnelle. Cette pensée, animée par des croyances diverses (notamment animistes), constitue pourtant un véritable système de représentations et de valeurs, efficace sur le plan personnel et collectif.

La raison selon les trois perspectives

LA RAISON – L'existence humaine et la culture

Il est possible de questionner la place de la raison dans l'existence personnelle et collective, pour étudier si sa valeur est partagée de façon universelle par toutes les cultures, ou bien si ce primat n'est que le fait des cultures modernes et occidentales **[2. A]**.

Exemple de question

• *Notre existence doit-elle toujours être conduite par la raison ?* → On se demande quelle place accorder à la raison dans nos choix et comportements : la raison doit-elle toujours prévaloir, notamment sur nos désirs, ou bien peut-on parfois la mettre de côté ? Mais dans quelles limites ?

LA RAISON – La morale et la politique

La notion de raison peut être rattachée directement à des questions d'ordre moral, et indirectement à des questions politiques en se demandant notamment si les valeurs posées par la raison sont les seules valables, si elles constituent un modèle sans exception, et si les lois ne peuvent pas aussi compléter la raison **[1. A et C, 2. C, 3. A]**.

Exemple de question

• *Notre raison nous dit-elle toujours ce que nous devons faire ?* → La question est centrée sur la capacité de la raison à guider nos choix moraux, à nous faire agir bien : on se demande si elle est toujours présente et efficace, s'il n'y a pas d'autres facteurs pouvant aussi jouer un rôle moral, comme les lois par exemple.

LA RAISON – La connaissance

Le lien entre la raison et la connaissance est le plus évident, tant la raison semble l'outil par excellence pour connaître le réel dans son ordre et sa rationalité **[1]**. Ici, il convient également de questionner les limites de la raison dans cette prétention à atteindre la vérité, et d'envisager d'autres outils de connaissance **[2 et 3]**.

Exemple de question

• *La raison est-elle le meilleur moyen d'atteindre la vérité ?* → On questionne encore les pouvoirs et les limites de la raison, en nous invitant à envisager d'autres moyens complémentaires, comme l'expérience ou l'intuition, pour également comparer leur efficacité.

13 La religion

Voir aussi : le devoir (p. 347), la raison (p. 378), la vérité (p. 400)

La religion est un ensemble de croyances et de pratiques autour de choses « sacrées », qui réunissent des hommes en une même communauté. Le sens étymologique (*religare* en latin signifiant « relier ») suggère que la religion permet à l'homme d'être relié d'une part à une autre réalité (transcendante) et d'autre part à d'autres hommes (au sein d'une communauté). S'agit-il d'un **phénomène contraire à notre dignité et à nos intérêts** d'êtres doués de raison ou bien d'une **dimension légitime de notre humanité** ? À quelles conditions la religion est-elle bénéfique sur un plan à la fois existentiel, moral et social ?

Critique de la religion — **Légitimité de la religion**

Freud (1856-1939)	Marx (1818-1883)	Pascal (1623-1662)	Durkheim (1858-1917)	Locke (1632-1704)
La religion est une « *illusion* »	Nécessité d'« *abolir la religion* »	Le « *cœur* » et la « *raison* »	« *Une chose éminemment sociale* »	Les bornes de la foi légitime

PHILOSOPHIE

1 Critique de la religion

A Paradoxe de la foi

La croyance religieuse ou « foi » est faite de **« dogmes »**, c'est-à-dire d'idées qui ne s'offrent pas à la critique* et auxquelles il faut **adhérer sans exiger de preuve**. La valeur de la foi se mesure ainsi à la capacité à croire avec la plus grande fermeté là où ni l'expérience ni la logique ne peuvent fournir de garantie, et même parfois en allant contre elles. D'où le **paradoxe de la foi** : comment expliquer qu'il y ait une telle certitude là où précisément les raisons de croire manquent ? Cette certitude n'explique-t-elle pas la tendance de la religion à dériver en fanatisme (du latin *fanaticus*, « inspiré, enthousiaste ») ?

B La religion comme *« illusion »*

Selon Freud, la force des idées religieuses vient de ce qu'elles ne s'adressent pas à la raison de l'homme, mais plutôt à ses **passions**, ses **craintes et** ses **désirs**. L'existence d'un Dieu paternel et juste, par exemple, satisfait un des souhaits les plus chers de l'humanité, en lui offrant une **représentation rassurante de l'existence**. Si les hommes tiennent tant à leurs religions, c'est qu'elles constituent un **« trésor » d'illusions**.

C Nécessité d'*« abolir la religion »*

• Pour se montrer à la hauteur de leur nature d'êtres raisonnables, les hommes doivent renoncer à la religion. **Marx** montre qu'il s'agit même d'une véritable **nécessité politique**. En effet, en posant l'existence d'un *« autre monde »*, la religion justifie les souffrances « terrestres » et dissuade d'y remédier. Tout progrès social nécessaire à **garantir un *« bonheur réel »*** doit donc passer d'abord par *« l'abolition de la religion »*.

> **Citation-clé**
>
> *« La religion est l'opium du peuple. »*
>
> Karl Marx, *Introduction à la Critique de la philosophie du droit de Hegel*, 1843.

• Par ailleurs, on ne peut que constater la difficulté qu'ont les différentes religions de cohabiter au sein d'une même société. Si une religion rassemble des hommes en son sein, elle les sépare de ceux d'une autre religion et peut les mettre en conflit (intolérance religieuse, guerres de religion).

2 Légitimité de la religion

A Le *« cœur »* et la *« raison »*

N'est-il pas prétentieux de faire de la raison l'autorité ultime en matière de vérité ? Ne doit-elle pas reconnaître ses **propres limites** ? Par exemple, nous ne pouvons pas prouver, en cet instant, que nous ne rêvons pas et nous en sommes pourtant intimement sûrs. De même, il existe en mathématiques des principes indémontrables – les axiomes – que l'on pose au fondement de toute démonstration. **Pascal** en conclut qu'il y a des vérités qui ne peuvent qu'être **senties intuitivement**, par ce qu'il appelle ***« le cœur »***. C'est sur lui que repose donc la foi, sous la forme d'une **« révélation »**. La religion permettrait ainsi une forme d'élévation spirituelle par laquelle l'homme donnerait un certain sens à son existence. Pour Pascal, la croyance en Dieu est une réponse et une solution à l'angoisse de la mort et à la prise de conscience de notre dimension *« finie »*, *« misérable »*, de notre petitesse dans l'univers.

> **Mot-clé**
>
> **Révélation :** façon dont une divinité ferait elle-même connaître certaines vérités impossibles à découvrir par la « lumière naturelle », c'est-à-dire par la seule raison.

B La religion comme besoin social

Comme on ne connaît aucune société sans religion, on peut penser qu'il doit y avoir un rapport nécessaire entre les deux. **Durkheim** voit d'ailleurs le phénomène religieux comme une émanation naturelle de la société. Réunis, les individus sentent la présence d'**une *« force »* qui les dépasse**. C'est de là que naissent les idées religieuses, si bien que, par leurs cultes, les hommes vénèrent, en réalité, la communauté qu'ils forment. C'est pourquoi **toute société implique une dimension religieuse**, par exemple par des **cérémonies** qui entretiennent régulièrement le lien social ou par la définition du caractère « sacré » de certains objets (drapeau, hymne…).

> **À voir**
>
> ***Les Innocentes*, film d'Anne Fontaine (2016).** À la fin de la Seconde Guerre mondiale, l'histoire de jeunes filles polonaises dans un couvent de bénédictines, dont certaines, enceintes après avoir été violées par des soldats soviétiques, doivent accoucher dans le secret.

C Conditions de légitimité

• On peut donc reconnaître à la religion sa légitimité. Il faut toutefois poser certaines conditions. En effet, en admettant la légitimité de croyances extérieures au domaine de la raison, on risque de justifier aussi bien la religion que ses formes dévoyées – la **superstition** et le **fanatisme**. Pour éviter cela, **Locke** propose de bien distinguer les idées qui vont **« contre la raison »** de celles qui sont **« au-dessus de la raison »**. Par suite, une croyance n'est digne de l'homme que si la raison ne peut pas en établir l'absurdité. Cette croyance peut alors, à bon droit, relever de la « liberté de conscience ».

• À l'égard de la société, toute pratique religieuse doit être permise dans la mesure où elle **ne porte pas atteinte au bon ordre de la vie collective**, c'est-à-dire aux intérêts et à la liberté de chacun. À ce titre, le rôle de l'État doit être de garantir le respect de la **laïcité**, en s'abstenant lui-même de toute prise de position et en veillant à ce que la liberté de conscience de chaque homme, croyant ou non, ne soit pas menacée.

• Enfin, on peut **évaluer la légitimité d'une croyance à sa valeur humaine**. Dans la mesure où elle a pour effet d'amener l'homme à exprimer et développer ses facultés intellectuelles, morales et esthétiques*, on peut dire qu'elle trouve toute sa place au sein du processus de culture. À l'inverse, il faudrait combattre toute forme de croyance qui « n'élèverait » pas l'homme et entraverait son accomplissement.

La religion selon les trois perspectives

LA RELIGION – L'existence humaine et la culture

La religion peut être pensée dans sa dimension existentielle et culturelle si l'on envisage ses effets à la fois au niveau personnel et au niveau collectif. La fonction de « lien » qu'établit la croyance religieuse a en effet deux orientations, l'une qui permet une certaine élévation spirituelle avec une réalité transcendante dépassant ce que l'on peut atteindre par la raison **[2. A]**, l'autre qui permet un lien horizontal avec d'autres hommes au sein d'une communauté (fonction sociale) **[2. B]**. En même temps, cette fonction peut être contestée **[1. B, C]**. Il faut donc poser des conditions pour que ces aspects positifs soit effectifs **[2. C]**.

Exemple de question

• *Les religions empêchent-elles les hommes de s'entendre ?* → On se demande si l'existence de différentes religions au sein des différentes cultures ne remet pas en question le lien social, l'unité de la vie en société. Il s'agit donc de chercher à quelles conditions la pluralité des religions peut éviter de séparer les hommes et comment elle pourrait avoir un effet unificateur.

LA RELIGION – La morale et la politique

La religion a aussi une dimension morale et des enjeux politiques. Elle permet à l'homme d'avoir certaines valeurs morales (le Bien, le Mal) qui peuvent guider ses actions **[2. fin C]**. Elle permet aussi de structurer la vie sociale **[2. B]**. Pour autant, cette fonction morale et politique peut être remise en question. La croyance en des valeurs peut dériver en fanatisme **[1. A, 2. C]** ou en soumission politique **[1. C]** et suppose certaines conditions pour éviter ces effets pervers **[2. C]**.

Exemple de question

• *Une société peut-elle se passer de religion ?* → La question porte sur la nécessité de la religion au sein d'une société, sur sa fonction sociale – relier les individus – et politique – garantir un certain ordre ou le respect entre les individus. C'est donc se demander ce qui pourrait remplacer la religion dans sa fonction unificatrice et structurante.

LA RELIGION – La connaissance

Enfin, la religion peut être pensée en lien avec la connaissance, la raison et la vérité. On se demande en effet si la religion apporte à l'homme certaines vérités (sur le sens de son existence, sur la mort) **[2. A]** ou bien si au contraire elle ne l'en éloigne pas **[1. A]**. Là encore, la croyance religieuse doit être soumise à certaines conditions pour que sa fonction spirituelle soit effective **[2. C]**.

Exemple de question

• *La religion s'oppose-t-elle à la raison ?* → Cette question classique permet d'interroger la dimension à la fois rationnelle et irrationnelle de la religion sur le plan de la connaissance, ainsi que sa dimension à la fois raisonnable et déraisonnable sur le plan moral.

Annales du Bac

Dissertation

SUJET Dissertation

Corrigé p. 385

Peut-il exister des désirs naturels ?

Comment traiter le sujet

Notions

La nature, le bonheur, la liberté, la morale.

Remarques générales

Ce sujet peut être compris comme une allusion directe aux désirs naturels que l'on trouve dans la morale d'Épicure et qui servent de critères pour accéder plus ou moins au bonheur. Il s'agirait, ici, de remettre en question la possibilité même de tels désirs. La difficulté du sujet tient à sa problématique car on ne voit pas forcément quel est l'enjeu de ces désirs naturels : qu'ils existent ou pas, qu'est-ce que cela change ?

Analyser les termes du sujet

- **Peut-il** : l'expression est à prendre au sens de « est-il possible ». Savoir si des désirs naturels « ont le droit » d'exister semble, en effet, peu pertinente : en quoi des désirs naturels seraient-ils contraires à la morale ou à l'homme ?
- **Exister** : c'est la possibilité même de désirs naturels qui est interrogée. De tels désirs peuvent-ils avoir une réalité ? Ne sont-ils pas une illusion ?
- **Des désirs naturels** : le pluriel suggère qu'on doive chercher l'existence de plusieurs désirs naturels, soit de plusieurs objets possibles. Le sujet ne porte pas sur le désir en général, mais sur ses différentes formes. *Naturel* est à opposer ici à *artificiel*, c'est-à-dire fabriqué (par l'homme). Il peut signifier aussi « essentiel », c'est-à-dire ici « propre à l'homme, en accord avec sa nature ou issu de sa nature ». Le *désir* renvoie à un état de manque dont le but est la satisfaction (plaisir) et qui est comblé par différents objets (moyens). On se demande donc s'il existe des manques qui ne seraient pas le produit artificiel (et inessentiel) de l'homme. Le sujet invite à distinguer les différents sens possibles du mot *naturel*.

Dégager une problématique

- On peut croire que le désir en lui-même est naturel, au sens où il semble s'enraciner dans le besoin (de rester en vie). L'homme serait ainsi naturellement porté à désirer de quoi « bien » vivre, le désir étant le moyen par lequel il comblerait ses manques pour atteindre la satisfaction (bonheur).
- Pour autant, la variété des désirs, leur singularité, ainsi que leur caractère parfois culturel peuvent faire penser que tous les désirs seraient l'œuvre artificielle de l'homme : l'homme inventerait ses désirs, et seuls les besoins seraient naturels.
- Le problème est donc de savoir si la possibilité même de désirs naturels n'est pas qu'une illusion, ou bien s'il serait possible de trouver des désirs échappant à la culture et à l'artifice humains.

Corrigé : plan détaillé

Les titres en couleur apparaissant dans ce corrigé ne doivent pas figurer dans votre devoir. Nous les avons insérés pour vous guider et vous aider à repérer la progression de la dissertation.

I Apparemment tous les désirs ont une origine naturelle

1 Les désirs seraient des dérivés du besoin (naturel)

On peut croire que tous les désirs sont naturels, au sens où le désir ne serait qu'un dérivé du besoin. En effet, désir et besoin auraient en commun d'être des manques visant la satisfaction (être comblés). Le besoin aurait pour but le maintien en vie (vivre) et le désir aurait pour but le bonheur (bien vivre). C'est donc la vie même qui déterminerait l'homme à désirer.

2 Il n'y aurait qu'une différence de degré entre les désirs et les besoins

La différence entre désirs et besoins ne serait qu'une différence de degré et non de nature. Ainsi, par exemple, l'homme a besoin de boire et manger pour vivre, mais il désire boire et manger des choses agréables au goût. C'est en ce sens qu'Épicure distingue les désirs naturels nécessaires des désirs naturels non nécessaires. Si les premiers correspondent aux besoins et ne sont pas à proprement parler des désirs, les seconds, en revanche, sont bien des « désirs » naturels : ils sont toujours issus de la nature.

3 Il ne pourrait donc pas exister de désir non naturel

Par conséquent, la question ne serait pas tant de savoir s'il peut exister des désirs naturels que celle de savoir s'il peut exister des désirs non naturels. Même le désir apparemment artificiel et superflu serait, en réalité, naturel au sens lié au besoin de se maintenir en vie. Son inutilité apparente ne serait due qu'au fait pour l'homme de passer du besoin d'inventer des « nécessités » au loisir d'inventer des *« commodités »* (Rousseau). Ainsi, le désir de posséder tel ou tel objet ne serait qu'une variation du désir de se protéger ou se défendre (besoin d'acquérir des outils). Le désir amoureux (ou désir d'amitié) ne serait qu'un mode plus complexe du besoin naturel de se reproduire (et de communiquer). Enfin, le désir de choses « impossibles » (conquérir l'espace, être immortel) ne serait également que le désir naturel de lutter contre la finitude et la mort.

II En réalité, tous les désirs ont un caractère artificiel

1 Tous les désirs humains sont une manière de rompre avec l'animalité

Même si le désir semble un dérivé du besoin naturel, il n'empêche qu'il y a en lui une part d'artifice qui le « dénature ». Il se distingue aussi de celui-ci par certains aspects inventés, cherchant justement à se démarquer radicalement de l'animal. Ainsi, le désir de satisfaire plus commodément ses besoins est aussi une manière pour l'homme de montrer qu'il n'est pas soumis à la nature : en désirant manger ou boire telle ou telle chose, ou bien acquérir tel objet, l'homme montre sa rupture par rapport à lui. Il montre, en effet, qu'il est libre de satisfaire ses besoins et que c'est lui qui choisit donc sa manière d'être (en vie). C'est pourquoi l'homme « invente » des désirs qui n'ont apparemment plus rien en commun avec le besoin naturel, qui se veulent au maximum éloignés de lui et en rupture avec la nature.

PHILOSOPHIE

2 Tous les désirs sont le produit de la culture

C'est pourquoi les désirs ont un caractère culturel : ils sont fabriqués par l'homme, mais plus particulièrement par la société ou le groupe dans lesquels l'homme existe et se reconnaît en tant qu'individu. Les désirs humains obéissent ainsi à des règles, à des codes, par lesquels là aussi ils se distinguent du besoin naturel. L'individu se plie ainsi volontiers à telle ou telle mode ou coutume, pour désirer conformément à ce que sa société ou son groupe exige. Certes, si les animaux ont aussi des besoins souvent identiques en fonction de leur espèce, il ne s'agit pas pour autant pour eux d'une règle, mais de ce que leur impose leur nature spécifique.

3 Tous les désirs sont le produit de notre histoire personnelle

Enfin, nos désirs sont également produits par notre histoire personnelle ; ils racontent ce que nous sommes et ce que nous avons vécu, y compris dans notre inconscient (Freud). C'est nous qui les inventons au fur et à mesure de notre existence. Ils ont ainsi une dimension subjective qui les distingue radicalement du besoin qui, lui, est produit par la nature et non pas par la conscience singulière d'un sujet. Par exemple, le désir du cleptomane ou celui du meurtrier ne seraient plus l'expression d'un besoin naturel (s'approprier quelque chose ou agresser pour survivre) mais le produit élaboré et fantasmé d'une histoire unique.

III Sous quelles formes alors les désirs naturels peuvent-ils exister ?

1 Il peut exister des désirs en accord avec la nature

Malgré ce caractère artificiel, fabriqué du désir humain, il demeure possible de concevoir l'existence de désirs qui « resteraient » naturels, c'est-à-dire de la nature. Ainsi, certains désirs, tout en étant le produit de l'homme (produit culturel ou singulier), visent le caractère « naturel » de l'homme, son appartenance au règne vivant. L'essor des produits « bio » ou des techniques respectueuses de l'environnement témoigne de ce désir que peut avoir l'homme de rester proche de son milieu d'origine et en harmonie avec lui. Cela ne signifie pas pour autant qu'il renonce à se distinguer de l'animal, mais qu'il désire revendiquer le fait d'être un homme en harmonie avec la nature qui l'entoure et qu'il se doit de respecter.

2 Il peut exister des désirs en accord avec l'essence de l'homme

Il peut aussi exister des désirs naturels au sens de « désirs propres à l'homme », en accord avec son essence. Si tout désir témoigne de la nature non animale de l'homme (du fait que l'homme ne soit pas qu'un animal), cela ne signifie pas pour autant que tout désir témoigne de l'essence de l'homme. Par *essence* de l'homme, il faut, en effet, entendre « essence rationnelle ou raisonnable » ; il s'agirait donc de chercher s'il existe des désirs « spirituels », désirs issus de l'esprit. On peut alors admettre qu'il existe de tels désirs : l'art, la religion, la science témoignent de l'existence de désirs naturellement tournés vers les choses dites « de l'esprit ».

3 Le modèle de la philosophie

Derrière ces désirs spirituels (le désir de connaître et de représenter le réel), n'y a-t-il pas un autre désir, naturel lui aussi, mais encore plus essentiel : le désir de connaître l'homme ? À ce titre, la philosophie n'est-elle pas un peu le « modèle » du désir naturel que l'on recherche ? L'amoureux du savoir et de la sagesse est, en effet, à la recherche de tout ce qui pourrait répondre à la question *« Qu'est-ce que l'homme ? »* (Kant).

14 La science

Voir aussi : l'art (p. 337), la raison (p. 378), la religion (p. 381), la vérité (p. 400)

La **science** (du latin *scire*, « savoir ») désigne un ensemble de **connaissances rationnelles**, fondées sur la **démonstration** (logique et mathématiques) ainsi que sur l'**expérience** (sciences expérimentales : physique, chimie, biologie...). La science se présente, par son exigence d'objectivité et de preuves, comme un **modèle de vérité** en ce qui concerne la connaissance du réel sous toutes ses formes. Pourtant, ce modèle n'a-t-il pas ses **limites** et n'y a-t-il pas d'autres manières de saisir le réel ?

La science comme modèle de vérité — **Limites de la science** — **Autres approches possibles du réel**

Aristote (384-322 av. J.-C.) La logique

Descartes (1596-1650) Le modèle mathématique

Popper (1902-1994) Pour un scepticisme dynamique

Nietzsche (1844-1900) L'art

Bergson (1859-1941) L'intuition

1 La science comme modèle de vérité

A Logique et démonstration

La science doit sa force au raisonnement qui la fonde, la **démonstration**. C'est un type de raisonnement qui, à lui seul, garantit comme **certain** et donc **vrai** ce qu'il conclut. C'est par la logique (science du raisonnement) que l'on peut établir les règles de la démonstration, et l'on doit à **Aristote** l'exposition de ces règles dans son ouvrage *Organon* (« outil » en grec). Dans le raisonnement démonstratif, la conclusion s'impose comme nécessaire, en étant **déduite** des précédentes : la conclusion est, en fait, un cas particulier tiré d'une proposition générale.

> **Citation-clé**
>
> *« Savoir, c'est connaître par le moyen de la démonstration. »*
>
> Aristote, *Organon*.

B Le modèle des mathématiques

Les mathématiques, science démonstrative par excellence portant sur les nombres et les figures, constituent ainsi un modèle de connaissance et de vérité. Il serait dommage que cela reste réservé à ce domaine abstrait. C'est pourquoi **Descartes** souhaite appliquer ce modèle à l'ensemble du réel, à travers son projet de ***« mathématique universelle »***. En ramenant l'ensemble des phénomènes physiques à des nombres et des figures, on peut ainsi élargir la certitude admirable des mathématiques à toutes les autres sciences. Dans ce projet, se dessine aussi une autre finalité rendue possible par la science : devenir *« comme maîtres et possesseurs de la nature »*. En effet, en connaissant les lois qui ordonnent le réel, il devient possible de prévoir les phénomènes et donc d'avoir un certain pouvoir sur eux.

C La méthode expérimentale

Pour autant, même si les mathématiques sont un modèle, leur application à la réalité requiert **« l'expérience »**, par où la raison se soumet à l'épreuve des faits, tels qu'ils se donnent à l'observation sensible, à la perception. Le raisonnement à lui seul ne peut suffire. Il faut un dialogue entre la raison et le réel lui-même, garanti par une certaine méthode : la **méthode expérimentale**, afin de **vérifier** ce que la raison élabore d'elle-même.

> **Rappel**
> La **méthode expérimentale** désigne la démarche mise en place par **Claude Bernard** en médecine, procédant en trois étapes : l'observation des faits, l'élaboration d'une hypothèse, la vérification de cette hypothèse par une expérimentation.

D Le critère de falsifiabilité

Plus encore, on peut poser que le rôle de l'expérimentation n'est pas tant de chercher à vérifier (confirmer) une hypothèse que de chercher à la **falsifier** (en montrer la fausseté). Pour **Karl Popper**, en effet, une hypothèse n'a de validité scientifique que lorsqu'elle **résiste à l'épreuve des faits**, lorsqu'elle se prête à la critique* et qu'on ne parvient pas à la réfuter. Sa validité est alors établie, bien que de façon relative et provisoire.

2 Limites de la science

A Le problème des hypothèses

En ce qui concerne la valeur du raisonnement démonstratif, il apparaît que si la conclusion d'une démonstration est certes nécessairement vraie, elle repose sur des **hypothèses** (propositions précédentes) qui, elles, ne sont pas démontrées et peuvent être **indémontrables**. Le système sur lequel reposent les démonstrations est donc un **système relatif**, qui dépend de la fiabilité des hypothèses et qui peut être remis en question si les hypothèses de départ se révèlent fausses.

B La résistance du réel à sa rationalisation

Au niveau expérimental, la raison rencontre aussi des déceptions quand elle s'intéresse aux constituants ultimes de la réalité. L'**« atome »** s'avère être une réalité composée et non élémentaire comme le voudrait son nom. La **« physique quantique »**, qui étudie les « particules élémentaires », révèle l'existence **d'une part « d'indétermination »** à ce niveau de la réalité, qui fait obstacle à notre désir de prévision.

C Une part d'interprétation dans les sciences

Il semble aussi que l'on doive **« interpréter »** dans le domaine des sciences, où pourtant les faits semblent s'imposer comme évidents, comme parlant d'eux-mêmes. En effet, ces derniers peuvent cacher autre chose que ce qu'ils montrent. **Francis Bacon**, à l'origine du développement des sciences expérimentales, envisage ainsi qu'il faut **interpréter les faits** à la lumière de la raison. Une hypothèse est donc une interprétation possible d'un fait observé.

> **À voir**
> ***Galilée ou l'amour de Dieu*, de J.D. Verhaeghe (2006).**
> L'histoire de l'abjuration de Galilée au tribunal de l'Inquisition.

D Les problèmes éthiques liés à l'expérimentation

Enfin, on peut s'interroger sur des limites à imposer en matière d'**expérimentation**, sur le vivant notamment (les animaux) ou sur les humains (tests, dissection). En effet, le principe moral de respect vient poser des barrières éthiques, l'éthique étant une manière d'appliquer les grands principes moraux à des domaines particuliers où l'on serait tenté de les enfreindre. La **bioéthique** est ainsi un domaine de réflexion sur le devoir de respecter des valeurs morales dans le domaine de la biologie (interdire certaines expériences par exemple).

3 Dépassement des critiques et autres approches possibles du réel

A Le risque d'un scepticisme* stérile

- Est-il pour autant raisonnable de renoncer à une approche rationnelle du réel ? Pour **Karl Popper**, il faut rompre avec l'attitude « dogmatique », selon laquelle la raison humaine pourrait prétendre détenir la vérité absolue sur le réel. Mais il ne faut pas, malgré cela, verser dans un **« scepticisme pessimiste »** considérant comme nuls tous les efforts de la science, qui ne serait que stérile.
- Par un **« scepticisme dynamique »**, nous pouvons légitimement croire que nos constructions rationnelles **se rapprochent** quand même progressivement **de la vérité sur le réel**, sans jamais pouvoir l'atteindre entièrement.

B L'intuition

On peut donc s'interroger sur d'autres moyens que la science pour accéder à la vérité. Ce que visent les sciences, c'est l'ensemble des lois générales qui ordonnent le réel (par exemple, montrer que tous les corps tombent ou que toutes les planètes s'attirent). Pour **Bergson**, la science rate le caractère singulier (unique et mouvant) du réel (tel corps, tel phénomène). Seule l'**intuition** permet la saisie directe de l'essence singulière des choses.

C L'art

De même, on peut penser au rôle de l'art en matière de vérité. Pour **Nietzsche**, les sciences démonstratives construisent un monde figé et ordonné qui n'existe pas. Seul l'**artiste**, capable de **multiplier les points de vue** sur le réel, peut saisir aussi ce qui ne se démontre pas, ce qui ne se range pas dans une loi, et qui appartient aux domaines du changeant et du particulier.

D La philosophie

La **philosophie**, comme « amour de la sagesse », désir de connaître l'homme dans ce qui fait son humanité, peut aussi venir compléter la science. En effet, celle-ci ne répond pas à certaines **questions**, dites **existentielles**, ou **métaphysiques**, sur la liberté, le bonheur, la mort, la conscience..., c'est-à-dire sur les notions portant sur l'homme et qui ne peuvent faire l'objet d'un savoir démonstratif ou expérimental. On ne peut pas démontrer ni expérimenter la liberté par exemple ; on ne peut qu'en faire un objet de pensée et de réflexion en se demandant de manière conceptuelle : qu'est-ce que la liberté ? Qu'est-ce qu'être libre ?

La science selon les trois perspectives

LA SCIENCE – L'existence humaine et la culture

La science peut être questionnée dans son rapport avec l'existence individuelle et collective, lorsque par exemple on questionne son sens et sa valeur : que nous apporte-t-elle au juste ? Pourquoi lui attribuer un tel rang et n'y a-t-il pas d'autres formes de connaissance tout aussi importants sur le plan humain ? **[1. B, 3. B, C et D]**

Exemple de question

• *Les sciences satisfont-elles notre désir de vérité ?* → On interroge l'aspiration fondamentale de l'homme à la vérité, à la connaissance objective du réel, pour savoir si les sciences comblent à elles seules ce désir, et s'il n'y a pas d'autres moyens de le combler.

LA SCIENCE – La morale et la politique

On peut également interroger les limites morales et les contraintes politiques à imposer à la science lorsqu'elle semble **néfaste ou dangereuse**. Mais alors il s'agit plus d'une réflexion sur les applications techniques de la science **[Fiche 15, La technique]**. En elle-même, la science est d'abord une connaissance visant la vérité. Ce qu'on peut lui reprocher sur le plan moral, c'est son caractère **expérimental** lorsqu'il **menace le respect** (vivisection, dissection par exemple) et ici la réflexion devient **éthique [2. D]**. Par ailleurs, on peut lui reprocher de **réduire notre rapport aux choses**, en visant son ordre, ses lois, et en négligeant d'autres aspects, notamment esthétiques ou philosophiques **[3. B, C et D]**.

Exemple de question

• *Doit-on donner des limites à la science ?* → On envisage la science dans ses méthodes (expérimentation) et retombées concrètes et pratiques (inventions techniques) ; les limites à envisager sont à la fois morales, relevant de la raison ou de la conscience, pour imposer des principes de respect, et politiques, pour mettre en place des lois, afin d'interdire certaines expérimentations par exemple.

LA SCIENCE – La connaissance

Le lien le plus évident est celui qui unit la science à la connaissance, car la science apparaît comme étant le modèle de la connaissance vraie, objective, démontrée par la raison et prouvée par l'expérience **[1]**. Or ce modèle connaît des limites et des faiblesses, qu'il faut interroger **[2, 3. A]**. Par ailleurs, il existe d'autres types de connaissances et d'approches du réel, comme l'art ou la philosophie **[3. B, C et D]**.

Exemple de question

• *N'y a-t-il de vérité que dans les sciences ?* → On interroge ici non pas tant les limites des sciences dans leur prétention à la vérité que l'existence d'autres vérités, non scientifiques, dans l'art ou la philosophie par exemple.

15 La technique

Voir aussi : le bonheur (p. 340), la liberté (p. 370), la science (p. 387), le travail (p. 397)

La **technique** (du grec *technè*, « production, fabrication, métier, procédé, habileté ») désigne l'ensemble des **moyens** créés et employés pour accomplir une fin utilitaire, souvent en lien avec le travail. Plus largement, la technique renvoie à l'ensemble des **outils** (manuels, intellectuels) ou machines inventées par les hommes, **créés artificiellement**. Elle est directement un effet de la **culture**, comprise comme activité de transformation de la nature. La technique représente pour l'homme et la nature un moyen d'**épanouissement** ou bien faut-il la voir comme une **menace** ?

Des moyens d'épanouissement… **…ou une menace pour notre humanité ?**

Platon (427-347 av. J.-C.)
Dimension « prométhéenne » de la technique

Aristote (384-322 av. J.-C.)
La main, outil des outils

Rousseau (1712-1778)
Progrès technique et décadence morale

Heidegger (1889-1976)
Un rapport appauvrissant au réel

1 Des moyens d'épanouissement

A Dimension « prométhéenne » de la technique

Selon le mythe exposé dans le *Protagoras* de **Platon**, l'homme est, à l'origine, **l'être le plus démuni et le plus faible**. En offrant aux hommes le don d'invention technique volé aux dieux, **Prométhée** renverse la situation. Les outils et les savoir-faire dont l'homme se dote à volonté lui permettent non seulement de survivre, mais aussi d'exploiter la nature à son profit, pour **accroître ses satisfactions et sa liberté**.

B La main et l'outil

Aristote, critiquant Platon, va plus loin dans cette analyse de l'homme inventeur de la technique. Pour lui, l'homme sans outil n'est pas démuni, bien au contraire, il est doté du **meilleur des outils, la main**. Selon Aristote, la nature a donné justement à l'homme *« l'outil qui tient lieu des autres »*, pour servir son intelligence. Ainsi, l'homme, grâce à la main, peut inventer et tenir un très grand nombre d'outils, alors que l'animal est limité à un seul. Ici, on comprend que la technique humaine, symbolisée par la main, ne se sépare pas de la nature, mais en est le produit et le prolongement. Par ailleurs, elle augmente la liberté humaine par l'éventail des possibilités d'actions qu'elle crée.

2 Une menace pour notre humanité

A Progrès technique et décadence morale

Certes le progrès technique semble découler naturellement des efforts faits par l'homme pour survivre dans une nature hostile. Mais il peut apparaître aussi comme une manière pour l'homme d'accroître sa **supériorité** et sa **domination** sur la nature ainsi que sur les autres hommes. C'est l'analyse que fait **Rousseau** du progrès technique pour mettre en cause l'orgueil humain et les effets pervers de sa *« perfectibilité »*. Il souligne également la dépendance entraînée par l'utilisation des outils, et ainsi la perte de **liberté** occasionnée par l'habitude d'une existence facilitée.

B Les dangers de la technique

- L'évolution des techniques représente un progrès dans les moyens offerts aux hommes, encore plus évident avec la **« technologie »**, l'articulation étroite des sciences et de la technique. Ce **« progrès »** est cependant très **équivoque**, dans la mesure où il s'offre **indifféremment à toutes les fins**, y compris les pires passions des hommes. Il mène ainsi à des **menaces** sur l'environnement comme sur l'existence de notre espèce.

> **À voir**
>
> ***Demain*, le film documentaire de Cyril Dion (2016)** présente les enjeux environnementaux et sociaux liés au réchauffement climatique et plus largement à la technologie.

- **Heidegger** pointe un danger plus grave encore, car plus subtil. Nos succès dans l'appropriation de la nature nous amènent à **ne plus voir le monde que comme un « fonds »** fait pour être exploité. De façon insidieuse, la technique devient ainsi autre chose qu'un ensemble de moyens : une forme de rapport « agressif » et réducteur à la réalité, qui entraîne un **appauvrissement de notre essence** d'êtres pensants.

3 Remèdes

- Il semble nécessaire d'encadrer l'évolution technique par des lois, qui appellent d'abord à une **réflexion éthique inédite**. Dans la mesure où la technique remet en cause les limites fixées par la nature, l'homme se retrouve devant la responsabilité de devoir lui-même les définir. **Hans Jonas** ajoute que cette **responsabilité** doit même, à présent, s'étendre à des êtres qui n'existent pourtant pas encore : les « générations futures ».

> **Citation-clé**
>
> *« Agis de façon que les effets de ton action soient compatibles avec la permanence d'une vie authentiquement humaine sur Terre. »*
>
> Hans Jonas, *Le Principe Responsabilité*, 1979.

- Pour ne pas tomber dans ce qu'**Heidegger** appelle *« l'oubli de l'Être »*, il faut cultiver des formes de rapport au monde plus « sereines » que celle de la technique. L'**art**, la **philosophie** ou encore la **religion** en donnent l'exemple, dans la mesure où ce sont autant de moyens de **se rapporter à la réalité sans chercher à l'exploiter**.
- Ainsi, les remèdes au danger potentiel de la technique passent à la fois par la **connaissance**, par une **exigence morale de respect**, et par la mise en œuvre de **moyens politiques**.

La technique selon les trois perspectives

LA TECHNIQUE – L'existence humaine et la culture

La technique est directement en lien avec des questions **existentielles** ou relatives à la **culture**. Elle est en effet l'expression directe de la culture comme transformation de la nature et on se demande jusqu'où elle améliore l'existence des hommes. Elle peut également être questionnée dans ses effets sur la conscience et sur la liberté **[1 et 2]**.

Exemple de question

• *Le progrès technique transforme-t-il les hommes ?* → On se demande si le développement technique censé agir sur la nature pour la transformer positivement n'a pas aussi un effet sur les hommes et lequel.

LA TECHNIQUE – La morale et la politique

De même, on ne peut que questionner les effets moraux de la technique ainsi que la responsabilité politique impliquée dans ces effets. L'usage d'outils rend-il les hommes meilleurs, plus « humains », plus respectueux, ou les rend-il au contraire moins « humains », moins respectueux, plus égoïstes, plus indifférents… ? Que peuvent faire les lois pour empêcher les effets néfastes du progrès technique ? **[2 et 3]**

Exemple de question

• *Faut-il limiter le progrès technique ?* → La question porte sur le paradoxe de la technique, censée se développer et progresser pour améliorer l'existence des hommes, mais dont les effets se révèlent inverses ; il convient de se demander sur quels critères limiter ou empêcher l'utilisation de certaines techniques, et quel rôle accorder à la fois à la morale et à la politique pour fixer ces critères.

LA TECHNIQUE – La connaissance

Enfin, on peut questionner le rapport entre connaissance et technique, ou entre science et technique. On se demande jusqu'où la fabrication et l'utilisation d'outils rendent les hommes plus intelligents, plus performants sur le plan de la connaissance et de la réflexion. Là encore, les effets semblent paradoxaux, voire contradictoires, et la question se pose de savoir si c'est la technique en elle-même qui doit être condamnée ou bien les hommes eux-mêmes dans l'usage qu'ils en font et dans les buts (finalité) qu'ils lui donnent **[1 et 2]**.

Exemple de question

• *Les techniques ne sont-elles qu'une application des sciences ?* → On interroge le décalage possible entre la science, comme connaissance rationnelle théorique au service de la vérité, et la technique, comme application pratique au service d'un intérêt humain : certaines dérives ne sont-elles pas possibles dans l'utilisation des objets techniques ? Ne peuvent-ils pas servir des intérêts économiques, commerciaux, politiques ?

16 Le temps

Voir aussi : le bonheur (p. 340),
la conscience (p. 344),
la liberté (p. 370)

Le temps désigne, avec l'espace, une des dimensions dans lesquelles s'établit l'existence humaine, comme manière pour l'homme de se projeter en avant de lui-même. Il s'agit d'interroger le rapport que l'homme entretient, par sa conscience, avec le temps. Ce rapport est-il d'emblée tragique, du fait d'une **existence limitée dans le temps** ? Ne peut-on **voir le temps autrement** que comme une marque de notre finitude ?

Le caractère tragique de l'existence humaine — **Crainte de la mort et fuite du temps** — **Valeurs positives du temps et de l'existence**

Héraclite (v. 550-v. 480 av. J.-C.) *« Rien n'est, tout devient »*

Épicure (341-270 av. J.-C.) La crainte de la mort

Pascal (1623-1662) Le divertissement

Nietzsche (1844-1900) L'éternel retour

Bergson (1859-1941) Le temps comme durée

1 Le temps comme marque de la finitude

A L'irréversibilité du temps

• Le temps apparaît comme essentiellement irréversible : il ne passe que dans un seul sens, allant du passé vers l'avenir. En posant que le temps « passe », on pose que tout, dans le temps, se trouve **soumis au changement**. Ainsi, pour Héraclite, *« rien n'est, tout devient »*.

> **Citation-clé**
>
> *« Tu ne te baigneras jamais deux fois dans le même fleuve. »*
>
> Héraclite, *Fragments*.

• Plus encore, en passant, le temps semble condamner l'ensemble des choses et des êtres à disparaître ou à **mourir**. Rien ne semble pouvoir résister à l'**usure du temps**.

B La conscience de la finitude

De ce fait, l'existence humaine semble marquée par la **conscience de la « finitude »**. L'homme a conscience que son existence a nécessairement une limite (*finis*, en latin) dans le temps, comme s'il ne venait au monde que « pour » retourner ensuite au néant. Ce but absurde lui révèle la contingence de l'existence : il existe « pour rien » et aurait pu ne pas exister. **Sartre**, dans *La Nausée*, montre que la nausée est précisément le dégoût et le vertige causés par la prise de conscience de ce trait de l'existence.

> **Mot-clé**
>
> **Vanité :** caractère vain, vide, de l'existence humaine marquée par la finitude dans le temps. « Tout est vain » est, en cela, synonyme de « À quoi bon ? ». Vivre n'a aucun sens si notre seul horizon est la mort.

2 Les attitudes de l'homme face au temps

A La crainte de la mort

- L'homme ne peut donc vivre, semble-t-il, que dans l'**angoisse** de la mort. Il sait qu'il va mourir, mais ne sait rien de la mort elle-même, de ce qu'il y a « après ».
- D'où l'idée, selon **Épicure**, que la crainte de la mort est en même temps **une crainte de la vie**, laquelle a pour horizon la mort.
- Pour se libérer de cette crainte, il faut donc, selon Épicure, penser que ***« la mort n'est rien »*** : elle n'est rien tant que nous existons et elle n'est rien après, car il n'y a rien après la mort.

B La fuite du temps

- Mais l'homme ne peut pas toujours affronter l'idée même de la « mort ». La fuite du temps représente, en ce sens, l'idée à la fois que **le temps nous échappe** (nous ne le maîtrisons pas) et que **nous essayons de lui échapper**, de nous soustraire au devenir* et à la pensée de la mort.
- Pour **Pascal**, l'homme est ainsi incapable de *« se tenir »* au temps présent, car cela le ramènerait à l'idée de sa finitude. Il *« erre »* donc dans des temps qui *« ne sont pas les siens »*, en se projetant vers un avenir plus agréable ou en ressassant les bons souvenirs. C'est par le **divertissement** qu'il se « détourne » ainsi l'esprit.

3 Valeurs positives du temps et de l'existence

A L'éternel retour des choses

Selon Nietzsche, il faut exister de telle sorte que chaque moment soit tel que nous souhaiterions le revivre éternellement. Le temps serait ainsi **réversible à l'infini** et inviterait l'homme à une autre forme d'épreuve, source de perfectionnement.

> **À voir**
>
> ***Un jour sans fin*, film de Harold Ramis (1993).** Un journaliste de télévision spécialisé dans la météo, parti faire un reportage dans une petite ville perdue, se retrouve condamné à revivre sans cesse la même journée…

B Le temps comme durée

Bergson souligne également que nous nous trompons en concevant le temps à la manière de l'espace, de façon quantitative. Le temps ne nous est pas extérieur et objectif, mais **intérieur et subjectif**, propre à chaque conscience, passant plus ou moins vite. En ce sens, le temps exprime notre *« durée »* intérieure. Il se confond avec la **conscience** elle-même, véritable *« pont jeté entre le passé et l'avenir »*. Celle-ci conserve le passé et anticipe l'avenir en les reliant dans le présent, assurant ainsi notre continuité au sein du changement.

C Création et liberté

Le temps ainsi conçu comme durée permet également d'intégrer une **dimension créatrice et imprévisible de l'existence**. Pour **Bergson**, le temps est ce qui nous permet de nous créer continuellement en ajoutant et en intégrant de la nouveauté à ce que nous sommes déjà. Nos actions peuvent ainsi, au contact des nouvelles possibilités données par le temps (l'avenir), rejaillir sur nous et nous modifier. Ainsi nous ne sommes pas condamnés à être ce que nous sommes et à agir en fonction de ce que nous sommes, nous changeons sans cesse, sans nous perdre pour autant puisque nous nous conservons également.

Le temps selon les trois perspectives

LE TEMPS – L'existence humaine et la culture

La notion de temps est directement en lien avec la notion d'existence car exister signifie pour l'homme se projeter en avant de lui-même, s'ouvrir au devenir en conservant le passé et en anticipant l'avenir au moyen de la conscience. On se demande toutefois quelle forme on peut donner à son existence sachant que le temps est d'abord perçu comme ce qui entraîne fatalement vers la mort **[1]**. Est-il possible de concevoir une existence ouverte malgré tout ? **[2 et 3]**

Remarque : Le lien entre la notion de temps et la notion de culture est rare, sauf si l'on se demande comment varient les représentations du temps en fonction des cultures, ou si l'on interroge le temps social.

Exemple de question

• *Cela a-t-il un sens de vouloir échapper au temps ?* → On questionne l'attitude naturelle consistant à tout mettre en œuvre pour fuir les effets destructeurs du temps ; on se demande si cette attitude est logique, efficace, bénéfique, et s'il n'y a pas d'autres attitudes plus sensées à avoir.

LE TEMPS – La morale et la politique

Le rapport de l'homme au temps peut aussi prendre un sens moral (moins politique) si l'on a en vue l'effort que l'on doit faire pour assumer la perspective de la mort : ce travail d'acceptation ne nous élève-t-il pas et ne nous rend-il pas « meilleur » ? **[2, 3. A]**

Exemple de question

• *Faut-il vivre comme si l'on ne devait jamais mourir ?* → On se demande quelle est l'attitude la plus morale à adopter face à la perspective de la mort : doit-on oublier que l'on va mourir et privilégier une existence au jour le jour, insouciante ? Ou bien au contraire, doit-on avoir conscience de la mort pour mener une vie plus sérieuse, plus vertueuse ? Mais comment alors ne pas « trop » penser à la mort ?

LE TEMPS – La connaissance

• Le lien entre le temps et la connaissance ne se fait pas spontanément. Néanmoins, on ne peut manquer de faire le rapprochement entre le temps et la conscience, car, chez l'être humain, ils se confondent. La conscience que l'homme a de sa propre existence n'est en effet rien d'autre que sa représentation dans le temps, avec conservation du passé et anticipation de l'avenir **[3. B]**.

• On peut se demander par conséquent si notre rapport à nous-mêmes et au temps ne dépend pas de la conception que l'on peut se faire du temps. Selon que l'on se représente le temps de telle ou telle manière, notre relation au temps change, ainsi que notre manière d'orienter notre existence **[2 et 3]**.

Exemple de question

• *Le temps est-il notre ennemi ou notre allié ?* → La question invite à comprendre que le temps n'est rien en lui-même mais dépend de la manière dont nous le comprenons ou le définissons.

17 Le travail

Voir aussi : l'État (p. 354), la justice (p. 361), la technique (p. 391)

Le **travail** (du latin *tripaliare*, « torturer avec un tripalium », instrument à trois pieux destiné à ferrer les animaux ou à punir les esclaves) désigne l'activité par laquelle l'homme **transforme la nature** pour l'adapter à ses besoins. La question se pose de savoir si cette activité est **libératrice** ou bien au contraire **asservissante** ?

Une spécificité et une libération — **...ou une aliénation**

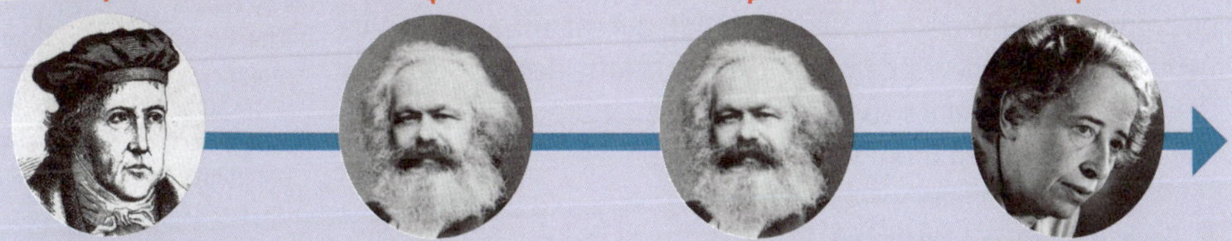

Hegel (1750-1831) La dialectique du maître et de l'esclave

Marx (1818-1883) Le travail proprement humain

Marx (1818-1883) Le travail comme « aliénation »

Arendt (1906-1975) Le travail comme soumission au cycle de la vie

1 Spécificité humaine du travail

A Travail et reconnaissance

- Le travail humain peut certes être associé à l'asservissement. Dans l'Antiquité, l'homme libre est précisément celui qui ne travaille pas. On l'oppose à l'esclave qui est contraint de travailler pour un maître et qui est privé de liberté.
- Toutefois, on peut opposer à cette vision des choses l'idée que l'esclave se libère justement de la nécessité (besoins à satisfaire) par le travail, libération à laquelle ne peut prétendre le maître qui dépend de son esclave pour satisfaire ses besoins. C'est l'analyse que fait **Hegel**, communément appelée la *« dialectique du maître et de l'esclave »*.

B Travail humain, activité animale

Marx à son tour souligne que l'emploi d'outils est déjà un aspect par lequel le travail se sépare de la pure activité animale. Ces « moyens de travail » rendent les tâches moins pénibles et plus efficaces. Ce qui caractérise encore le travail humain, c'est que l'homme se représente ce qu'il fait grâce à sa conscience. Le travail est autre chose qu'une contrainte naturelle : un moyen de s'accomplir en réalisant ses propres projets. Plus largement, il y a une dimension morale dans le travail humain, car son produit profite à l'ensemble de l'espèce humaine alors que l'activité productrice de l'animal ne vise que sa propre subsistance (ou celle de sa progéniture). On comprend qu'ici le travail permette à l'homme une certaine reconnaissance ou prise de conscience de lui-même.

2 Travail et aliénation

A Le travail comme lieu d'« aliénation »

Le travail peut pourtant être vécu comme un lieu d'« aliénation ». **Marx** montre notamment que l'introduction des machines (machinisme) conduit à un **travail simplifié et répétitif**, qui le **vide de son intérêt humain**. Il n'est plus vu que comme une contrainte nécessaire à supporter pour « gagner sa vie » : ce qui ravale finalement le travail à une activité animale, dans laquelle l'homme ne peut plus se reconnaître. Pour **Marx**, c'est le capitalisme, modèle économique reposant sur le désir de faire du profit, qui est en cause, et plus largement l'État, fondé sur ce système et sur la lutte des classes. Dans le travail, certains hommes sont « forcés de se vendre » à ceux qui les font travailler et qui en tirent profit (patrons).

Mot-clé

Aliénation : littéralement, le fait de « devenir étranger à soi-même ». Le travail n'est pas **« aliénant »** en soi, selon Marx. Il n'a cet effet négatif que lorsqu'il perd sa dimension humaine, dans des conditions particulières.

À voir

***Les Temps Modernes*, film de Charlie Chaplin (1936)** nous montre un personnage qui peine à se soumettre aux conditions modernes du travail, marquées par le machinisme et l'exigence de rentabilité.

B Travail et nécessité

L'analyse d'**Hannah Arendt** va encore plus loin puisqu'elle pose que le travail est en lui-même une manière pour l'homme de rester soumis à la nécessité vitale. Celle-ci impose à l'homme de devoir satisfaire vainement des besoins qui se renouvellent sans cesse (notamment celui de se nourrir). Travailler en ce sens reste une manière de reproduire le cycle de la vie (vie/mort) puisque le produit du travail est consommé sitôt réalisé, et doit être reproduit constamment. La perspective d'une société délivrée du travail, où les machines notamment permettraient à l'homme de ne plus travailler, fait partie de son analyse critique du travail humain.

3 Remèdes à l'aliénation

A Rôle de l'État

Dans le domaine du travail, l'intervention de l'**État** semble nécessaire, sous la forme des **lois**, pour faire en sorte que l'homme ne soit pas considéré seulement comme une « force de travail ». Il s'agit, ainsi, de garantir le **respect de la personne**, en définissant des **conditions de travail dignes** et non soumises au seul calcul de la rentabilité et du profit. Le rôle de l'État est en effet de produire les conditions d'une société juste et harmonieuse.

B Le modèle du loisir

Enfin, il faut équilibrer notre rapport au travail en repensant le rôle du **« loisir »**. Il ne doit pas être conçu comme un remède à l'ennui mais comme un authentique moyen de **s'accomplir** en employant nos meilleures facultés. Pour **Hannah Arendt**, il est urgent de revaloriser ce modèle antique. Comme le progrès technique nous libère de plus en plus de la nécessité de travailler, il faut voir que d'autres activités « sérieuses » peuvent exister **en dehors du travail**, comme l'art ou la politique, lesquels laissent derrière nous des « œuvres » ou « actions » qui perdurent là où le produit du travail est consommé et perdu.

Le travail selon les trois perspectives

LE TRAVAIL – L'existence humaine et la culture

Le travail semble directement en lien avec des questions d'ordre existentiel ou relevant de la culture. On se demande ce que le fait de travailler apporte à l'être humain, marqué par la conscience et la liberté : y gagne-t-il un moyen de s'humaniser davantage **[1]** ou au contraire y perd-il une part de son humanité **[2]** ? Quelles solutions envisager dans ce cas **[3]** ? Plus précisément, dans la manière dont l'homme transforme la nature au moyen du travail, on se demande s'il n'y a pas des limites à poser à cette transformation, compte tenu du danger que représente la technique **[Fiche 15, La technique]**.

Exemple de question

- *Que gagne-t-on à travailler ?* → On se demande si l'homme gagne tout, à savoir son humanité, ou bien rien, en perdant celle-ci ; le but de la question est de savoir si c'est le travail en lui-même qui est en cause, ou bien ses conditions.

LE TRAVAIL – La morale et la politique

De même, on ne peut que se demander si le travail sert toujours des fins moralement bonnes, et quels sont dans ce cas les rôles de l'État et de la société, fondés sur la division du travail et sur l'exigence d'une certaine productivité (richesse) **[1. A, 2. A, 3. A]**, **[Fiche 6, L'État et Fiche 8, La justice]**.

Exemple de question

- *Le travail contribue-t-il à unir les hommes ou bien à les diviser ?* → On se demande quels sont les effets, positifs et pervers, de la division du travail et du travail en général : permettre à chacun de produire dans un domaine spécifique et permettre à certains de faire travailler d'autres profite-t-il à l'ensemble de la société ou cela oppose-t-il les individus les uns aux autres ? Quelle est la responsabilité de l'État ?

LE TRAVAIL – La connaissance

Enfin, on peut se demander ce que le travail **apporte** à l'homme en termes de connaissance, à un niveau **intellectuel** ou **spirituel, et en termes de conscience**. Ici encore, le travail peut avoir un effet enrichissant ou au contraire dégradant, selon que l'homme y déploie ou non ses facultés spécifiques, à la fois physiques, intellectuelles et morales. L'utilisation d'outils pose le même problème : ils semblent supposer une certaine intelligence mais peuvent aussi, via le machinisme, faire perdre à l'homme tout l'usage de sa pensée et de sa réflexion. Là encore, il convient de rechercher des solutions à cet aspect aliénant **[1. A et B, 2. B, 3]**, **[Fiche 15, La technique]**.

Exemple de question

- *Le travail permet-il de prendre conscience de soi ?* → La question est de savoir quel impact le travail a sur la représentation ou connaissance que l'on a de soi-même : le produit de notre travail nous ressemble-t-il ou au contraire nous renvoie-t-il une image dégradée ou fausse de ce que l'on est réellement ? Pour quelles raisons et comment y remédier si tel est le cas ?

18 La vérité

Voir aussi : la religion (p. 381)

La vérité désigne, de façon classique, l'**adéquation de l'esprit à la chose**. C'est se représenter le réel tel qu'il est, de manière objective. On se demande, d'une part, si une telle conformité est accessible à l'homme et par quels moyens l'atteindre. On s'interroge, d'autre part, sur la valeur de la vérité : qu'apporte sa recherche ?

Difficultés que pose la vérité — **Les différentes formes de vérités** — **Valeur de la vérité**

Platon **(427-347 av. J.-C.)** Le monde des Idées

Descartes **(1596-1650)** Le modèle de l'évidence

Leibniz **(1646-1716)** Vérités de fait et vérités de raison

Kant **(1724-1804)** Le devoir de sincérité

1 Difficultés que pose la vérité

A Vérité et réalité

- La vérité est à distinguer de la simple réalité : c'est un discours ou une pensée sur la réalité. C'est avoir une représentation exacte, objective de la réalité, chercher un **accord** entre notre esprit et le réel.
- Plus encore, la vérité porterait sur l'**essence** des choses, sur ce qu'elles sont en elles-mêmes, au-delà de leur apparence. Elle a alors un caractère stable et universel.

B Caractère idéal de la vérité

C'est pourquoi, pour **Platon**, la vérité porte non pas sur la réalité sensible (ce que l'on voit, touche, etc.) mais sur une réalité « **intelligible** », accessible à la raison, et qui serait le **monde des Idées**, essences qui composent et ordonnent notre réalité. Ainsi, la vraie beauté, ce n'est pas une belle jeune fille ou une belle lyre, c'est l'Idée de beauté, c'est-à-dire ce par quoi toutes les choses belles le sont.

C Les obstacles à la recherche de la vérité

Une telle recherche suppose donc de vaincre les obstacles qui empêchent d'atteindre cette réalité intelligible. L'homme est, en effet, sujet à l'**erreur** (se tromper) ou à l'**illusion** (être victime de ses sens ou de ses désirs). Face à cette difficulté, il peut aussi préférer l'**ignorance** ou la simple **opinion** (pensée superficielle). Enfin, il peut vouloir se réfugier dans le **mensonge**, lorsque la vérité contrarie ses désirs ou ses intérêts.

> **À voir**
>
> ***Music Box*, film de Costa-Gavras (1990).** L'histoire d'une avocate qui veut défendre son père accusé d'être un ancien nazi et poursuivi pour crime de guerre.

2 Les différentes formes de vérités

A Le modèle de l'évidence

Pour vaincre ces obstacles qui entravent la recherche de la vérité, on peut alors chercher, comme **Descartes**, à tout remettre en question, pour trouver une vérité indubitable. La proposition ***« Je pense, donc je suis »*** est, en ce sens, pour lui, le **modèle de la vérité**, en s'imposant comme **évidence** : penser, c'est être certain d'exister. La vérité relèverait ainsi d'une intuition* intellectuelle.

Citation-clé

« Les choses que nous concevons fort distinctement et fort clairement sont toutes vraies. »

René Descartes, *Discours de la méthode*, 1637.

B Vérités de fait ou de raison ?

Pourtant, comme le suggère **Leibniz**, il y a différentes vérités, selon les différents domaines de réalité : il y a ainsi des vérités de fait (« Il pleut »), dont le contraire est possible, et des vérités de raison ($2 + 2 = 4$), dont le contraire est impossible. Les vérités de fait supposent une certaine **expérience sensible**, et les vérités de raison sont données par la **raison seule**.

C Le modèle des sciences

On comprend que les sciences, qui reposent sur la rigueur du raisonnement et sur l'expérimentation, constituent un **modèle de vérité**. Elles proposent en effet des lois et des théories permettant de saisir des **rapports nécessaires et universels entre les choses** (par exemple la loi de la chute des corps pose que tous les corps tombent nécessairement).

3 Valeur de la vérité

A Vérité et devoir

- On peut donc s'interroger sur la valeur de la vérité. Les difficultés que pose sa recherche peuvent-elles, par exemple, autoriser le mensonge ? Pour **Kant**, le **devoir de sincérité** est un devoir sans condition : je ne suis jamais sûr, en mentant, de rendre mon action (même bonne) efficace. Plus largement, la recherche de la vérité rend l'homme meilleur, plus courageux, plus en accord avec sa dimension spirituelle. Elle a ainsi une vocation **morale**.

Rappel

Il est plus juste de parler d'un **devoir de « sincérité »** que de « vérité ». Il est en effet difficile d'être sûr de connaître la vérité. Ce que nous pouvons au moins garantir à autrui, c'est de dire ce que nous pensons être vrai. Nous n'avons qu'à interroger notre propre conscience.

- Pour **Descartes**, on peut hésiter entre l'illusion porteuse de joie ou la vérité accompagnée de tristesse. Selon lui, l'esprit humain place son « bien » dans la connaissance de la vérité et, par conséquent, même si celle-ci n'est pas toujours plaisante, l'homme en retire une plus grande satisfaction. L'illusion ou l'ignorance ne le contentent que superficiellement.

B Vérité et croyance

- De même, on peut poser que l'homme ne peut affirmer certaines vérités, lorsqu'elles portent sur des aspects du réel inaccessibles à l'expérience, comme Dieu. Mais, selon **Kant**, la morale exige de poser des objets de croyance, là où connaître est impossible. Croire en l'existence de Dieu est ainsi nécessaire pour croire en nos devoirs (on les pose comme issus de Dieu). Dieu fait l'objet d'une foi, qui pour le croyant acquiert le statut de **vérité subjective**.
- À ce niveau, c'est à l'État de garantir une liberté de croyance ou d'opinion, pour permettre à chacun d'avoir sa propre vérité. Pour autant, l'État peut aussi chercher à limiter et empêcher des croyances ou opinions néfastes à la vie en commun et contraires au respect de la personne humaine (on peut ainsi condamner quelqu'un pour des propos qui incitent à la haine et condamner par là même l'opinion qui les sous-tend).

PHILOSOPHIE

• La diversité des cultures et des croyances rend également la vérité « relative », conditionnée par certains facteurs. C'est cette diversité qui fait dire à **Pascal** : *« Vérité en deçà des Pyrénées, erreur au-delà »*. Là encore, la croyance peut avoir valeur de vérité, elle peut avoir un **rôle social** (partager les mêmes croyances).

C Vérité et illusion

Plus radicalement pour **Nietzsche**, les vérités établies par les hommes, notamment dans le domaine des sciences ou même de la philosophie, ne sont qu'**illusions** : elles expriment le désir qu'ils ont de croire en un monde stable et ordonné par des lois, mais elles cachent un monde dont l'apparence, changeante et particulière, est l'unique réalité. Seul l'art permet de saisir cette réalité variable et éphémère, ainsi qu'un certain type de philosophie (notamment celle de **Nietzsche**, censée rompre avec le modèle platonicien.

La vérité selon les trois perspectives

LA VÉRITÉ – L'existence humaine et la culture

La notion de vérité est à articuler avec les questions existentielles car on se demande ce que sa recherche apporte à l'homme, tant elle peut s'avérer difficile, voire impossible, et parfois douloureuse **[1. C, 3. A]**. Par ailleurs, la pluralité des cultures pose aussi la question du rapport entre la vérité et les valeurs sociales, en interrogeant la dimension relative et subjective de certaines croyances admises comme vraies **[3. B]**.

Exemples de questions

• *Peut-on ne pas vouloir rechercher la vérité ?* → On se demande ce qu'apporte la recherche de la vérité à l'homme, et si elle est toujours bénéfique ; on se demande aussi ce qui peut contrarier la volonté de l'homme dans sa quête de connaissance.

• *Toutes les opinions sont-elles tolérables ?* → On interroge la légitimité des opinions, c'est-à-dire de certaines pensées non réinterrogées, admises souvent comme vraies et pouvant l'être. Au nom de la liberté d'opinion, il semble qu'un devoir de tolérance s'impose en cas de désaccord. Pourtant, certaines limites apparaissent nécessaires au niveau moral.

LA VÉRITÉ – La morale et la politique

La vérité a un rapport avec la **morale** puisque l'on a en vue l'idée qu'il y a peut-être un devoir de vérité, contrebalancé par la tentation de défendre aussi un droit de mentir. De même, en se demandant ce que la recherche de la vérité apporte à l'homme, on s'interroge sur sa valeur morale **[2. A]**. On se demande également si l'**État** peut jouer un rôle dans la quête ou l'énoncé de la vérité **[3. B]**.

Exemple de question

• *Toute vérité est-elle bonne à dire ?* → Cette question interroge l'énoncé de la vérité, et pose la question du droit de mentir. Il convient de rechercher des situations où le devoir de dire la vérité à autrui serait remis en question, et on se doit aussi de rechercher des conditions pour énoncer des vérités pénibles, douloureuses, terribles, que l'on ne peut taire.

LA VÉRITÉ – La connaissance

Enfin, la vérité est en lien direct avec les questions touchant à la connaissance puisqu'elle se définit comme connaissance objective. On se demande comment accéder à la vérité et si cet accès est possible. On se doit aussi d'interroger le modèle que représentent les sciences, pour savoir s'il n'y a pas des vérités d'un autre ordre (dans la religion, dans l'art, la philosophie…) **[2. C, 3. B et C]**.

Exemple de question

• *N'y a-t-il de vérité que dans les sciences ?* → On attend une réflexion critique sur les sciences, en tant que modèles de vérité, pour interroger la possibilité d'établir des vérités dans d'autres domaines, tels que l'art ou la religion, ou encore la philosophie.

Annales du Bac

Explication de texte

SUJET Explication de texte

Corrigé p. 404

Expliquez le texte suivant :

Chaque degré de bonne fortune qui nous élève dans le monde nous éloigne davantage de la vérité, parce qu'on appréhende plus de blesser ceux dont l'affection est plus utile et l'aversion plus dangereuse. Un prince sera la fable de toute l'Europe, et lui seul n'en saura rien. Je ne m'en étonne pas : dire la vérité est utile à celui à qui on la dit, mais désavantageux à ceux qui la disent, parce qu'ils se font haïr. Or, ceux qui vivent avec les princes aiment mieux leurs intérêts que celui du prince qu'ils servent ; et, ainsi, ils n'ont garde de lui procurer un avantage en se nuisant à eux-mêmes.

Ce malheur est sans doute plus grand et plus ordinaire dans les grandes fortunes ; mais les moindres n'en sont pas exemptes, parce qu'il y a toujours quelque intérêt à se faire aimer des hommes. Ainsi, la vie humaine n'est qu'une illusion perpétuelle ; on ne fait que s'entre-tromper et s'entre-flatter. Personne ne parle de nous en notre présence comme il en parle en notre absence. L'union qui est entre les hommes n'est fondée que sur cette mutuelle tromperie ; et peu d'amitiés subsisteraient, si chacun savait ce que son ami dit de lui lorsqu'il n'y est pas, quoiqu'il en parle alors sincèrement et sans passion.

L'homme n'est donc que déguisement, que mensonge et hypocrisie, et en soi-même et à l'égard des autres. Il ne veut donc pas qu'on lui dise la vérité. Il évite de la dire aux autres ; et toutes ces dispositions, si éloignées de la justice et de la raison, ont une racine naturelle dans son cœur.

Blaise Pascal, *Pensées*.

Comment traiter le sujet

Notions

La vérité, le bonheur, le devoir, la justice.

Remarques générales

Ce texte, facile à comprendre, pourrait prêter à la paraphrase. De plus, les thèmes de « la vie sociale » et du « mensonge » conduisent vite à dire des banalités. Il faut donc être attentif, dans l'explication, au détail des idées et à leur progression.

Thème, thèse et problème du texte

Pascal réfléchit, ici, sur la place que peut avoir la vérité dans les rapports entre les hommes. Une véritable vie commune semble ne pouvoir exister qu'à la condition d'un rapport de confiance réciproque entre eux. La société devrait donc être fondée sur la vérité ou, du moins, sur la sincérité. Au contraire, Pascal montre que la nature humaine condamne les relations humaines à reposer sur l'illusion et le mensonge. Cela ne devrait-il pas engendrer une méfiance généralisée, détruisant tout lien social ? Comment la société peut-elle se maintenir sur une telle base ? Enfin, est-ce un mal vraiment irrémédiable que décrit, ici, Pascal ?

Corrigé : plan détaillé

Les titres en couleur apparaissant dans ce corrigé ne doivent pas figurer dans votre devoir. Nous les avons insérés pour vous guider et vous aider à repérer la progression de l'explication de texte.

Introduction

Ce qui semble fonder les rapports entre les hommes dans une société, c'est que chacun espère parvenir à assurer ses propres intérêts grâce aux autres. Une société devrait donc pouvoir reposer sur la confiance. Au contraire, Pascal affirme, dans cet extrait, que la vie en société prend nécessairement la forme d'une dissimulation généralisée, par laquelle chacun ment à chacun pour préserver ses intérêts. Pour établir cette thèse, l'auteur commence par analyser et mettre en évidence ce phénomène à son niveau le plus visible, à savoir les instances de pouvoir. Il montre, ensuite, que cette analyse doit être étendue à la société dans son ensemble et à tous les rapports humains. Enfin, Pascal fait apparaître la cause première et profonde de ce mal qui touche la société : l'amour-propre, qui entache la nature humaine. S'agit-il, cependant, d'un mal irrémédiable ? N'est-il pas possible de faire comprendre aux hommes qu'ils vont, en réalité, contre leur véritable intérêt en faisant aussi peu de cas de la vérité ?

I Partie explicative

1 Mise en évidence d'une sorte de « loi » (l. 1 à 8)

L'extrait commence par l'énoncé d'une sorte de « loi » : plus on accède à des places avantageuses dans la société et plus il faut renoncer à vivre dans la vérité. Le phénomène tient au fait que le devoir de dire la vérité se heurte bien souvent aux intérêts des individus. Pascal relève, à ce sujet, un décalage entre les deux parties concernées : *« Dire la vérité est utile à celui à qui on la dit, mais désavantageux à ceux qui la disent. »* Il y a, ici, un présupposé implicite : dire la vérité à autrui est préjudiciable dans la mesure où celle-ci est désagréable à entendre. Si Pascal évoque la vérité uniquement sous son aspect « blessant », c'est parce que c'est le seul à poser problème (il est facile de dire une vérité agréable). C'est aussi parce que *« la vérité »* dont il est question ici correspond directement ou indirectement aux qualités et aux défauts des personnes. Or, pour Pascal, l'homme est surtout défini par des défauts et des imperfections. Entendre la vérité est donc souvent désagréable mais pas inutile, comme le précise le texte. Cela permet de mieux se connaître, de s'améliorer éventuellement, de savoir, en tout cas, quelles sont les véritables idées des autres à son égard. Or, plus on s'élève socialement et plus on est en relation avec des gens qui ont du pouvoir et qui peuvent nous procurer de grands avantages. On a donc beaucoup à perdre en tenant des propos pouvant passer pour des critiques. D'où cette conséquence paradoxale : plus on a de pouvoir et de responsabilités et plus on vit dans un entourage faux, trompeur. Ce que décrit Pascal ici correspond directement aux pratiques des « courtisans » de l'Ancien Régime (*cf.* l'allusion à *« un prince »* qui serait *« la fable de toute l'Europe »*, c'est-à-dire un sujet de moquerie générale tant il est victime des flatteurs qui l'entourent), mais cette analyse est généralisable à toute société hiérarchisée.

2 Exposition de la thèse, à travers la généralisation de cette « loi » : l'absence de sincérité envers autrui (l. 9 à 16)

Pascal poursuit son analyse en l'étendant à la société dans son ensemble et à toutes les formes de relations humaines. S'il a commencé par étudier le phénomène au niveau le plus haut de la société *(« les* [plus] *grandes fortunes »)*, c'est seulement parce qu'il s'y manifeste de façon plus évidente. Mais cette « loi » vaut à tous les échelons de la société. En effet, toutes les relations humaines sont soumises à la même logique. Même lorsque les enjeux sont moindres, ils ne sont jamais totalement négligeables : personne ne prend donc le risque de déplaire à autrui en lui parlant de façon sincère et véridique. Pascal en tire la conséquence logique que *« l'union* [...] *entre les hommes n'est fondée que sur cette mutuelle tromperie »*. Autrement dit : les hommes ne peuvent vivre les uns avec les autres que dans des rapports faussés, où chacun ment à chacun. Pascal l'affirme même de l'amitié, qui est pourtant, par définition, la forme la plus sincère et authentique du rapport à autrui. Elle suppose, en principe, une estime réciproque, fondée sur la juste connaissance de chacun, et doit être séparée de toute question d'intérêt. Pour Pascal, rien de tel ne peut exister dans les faits : personne ne pourrait aimer quelqu'un qui le connaisse pour ce qu'il est vraiment et qui ait le courage de lui dire ce qu'il pense sincèrement de lui.

3 Mise au jour de la cause radicale de ce mal : l'amour-propre de chacun (l. 17 à 20)

Pascal termine son analyse en dégageant la cause première et profonde de ce mal social, sa *« racine naturelle »* : l'amour-propre individuel. L'amour-propre désigne l'estime que chacun se porte, qui pourrait être légitime. Cependant, pour Pascal, cet amour-propre prend nécessairement des proportions exagérées. Il nous pousse à ignorer nos défauts ou à nous inventer des qualités, et, plus généralement, à refuser de connaître et d'entendre la vérité sur nous-même. La comédie sociale que les hommes se jouent entre eux trouve donc son origine dans la comédie que chacun se joue à lui-même, en son for intérieur *(« L'homme n'est donc que déguisement, que mensonge et hypocrisie, et en soi-même et à l'égard des autres »)*. En parlant de *« racine naturelle »*, ancrée dans le *« cœur »* de l'homme, Pascal suggère, de façon pessimiste, qu'il s'agit là d'un mal irrémédiable, lié à la nature même de l'homme et à ses sentiments. Cela suggère qu'il serait difficile de trouver par exemple de véritables amitiés (ou amours) où les personnes seraient sincères l'une envers l'autre. Or ne peut-on s'interroger tout de même sur la possibilité de telles relations ? Si elles restent certes exceptionnelles, ne permettent-elles pas au moins d'être moins pessimiste ?

Conclusion

Nous avons donc vu que, selon Pascal, les hommes ne pouvaient pas vivre autrement que dans des rapports de dissimulation et de mensonge. En effet, chaque homme cherche naturellement à assurer et protéger ses intérêts – ce qui le conduit à toujours ménager la susceptibilité d'autrui en lui cachant la vérité. Une telle attitude aboutit à un résultat opposé à celui recherché. Elle n'engendre que des rapports faux, superficiels, ou une méfiance réciproque, contraires à ce qui fonde une vraie société mais aussi au véritable bonheur. C'est ce dont chacun devrait prendre conscience, pour remédier à ce mal social.

19 Les repères philosophiques

Comme le soulignent les programmes officiels : « *L'examen des notions et l'étude des œuvres sont précisés et enrichis par des repères que le professeur sollicite dans la conduite de son enseignement.* »

Afin de vous aider à les comprendre, voici quatre tableaux qui montrent que certains repères : s'opposent ; sont différents mais pas nécessairement opposés ; sont proches mais doivent être différenciés ; fonctionnent ensemble dans une progression.

1 Les repères qui s'opposent

Absolu : Qui ne varie pas en fonction de conditions.	**Relatif :** Qui varie en fonction de conditions.
Abstrait : Ce qui renvoie à des idées générales.	**Concret :** Ce qui renvoie à des choses particulières.
Analyse : Action de décomposer en éléments simples.	**Synthèse :** Action de rassembler en un tout.
Théorie : Ce qui renvoie au domaine de la pensée.	**Pratique :** Ce qui renvoie au domaine de l'action.
Essentiel : Propriété qui permet de définir un objet.	**Accidentel :** Propriété qui ne définit pas un objet.
Immédiat : Ce que l'on atteint directement.	**Médiat :** Ce que l'on atteint indirectement.
Impossible : Qui ne peut pas exister.	**Possible :** Ce qui n'existe pas mais peut exister.
Objectif : Ce qui ne tient compte que de l'objet, ce qui vaut de façon universelle.	**Subjectif :** Ce qui dépend d'un sujet, d'un point de vue particulier.
	Intersubjectif : Ce qui caractérise la relation entre deux sujets, deux consciences.
Public : Qui renvoie à la sphère collective, à l'espace partagé par le groupe social (lieux et espaces publics, biens de l'État).	**Privé :** Qui renvoie à la sphère personnelle, à l'espace de vie intime (vie privée, maison, famille, biens personnels).
Transcendant : Ce qui dépasse l'ordre naturel des choses accessibles par l'expérience.	**Immanent :** Ce qui est du même ordre que la réalité donnée dans l'expérience.

2 Les repères qui sont différents sans être nécessairement opposés

Croire : Tenir pour vrai de façon subjective.	**Savoir :** Tenir pour vrai de façon objective.
En acte : Ce qui est réalisé effectivement.	**En puissance :** Ce qui peut se réaliser mais qui ne l'est pas encore.
En fait : Ce qui existe dans les faits, sans être pour autant juste.	**En droit :** Ce qui devrait exister parce que juste, légitime d'un point de vue moral.
Exemple : Ce qui permet d'illustrer un énoncé général à l'aide d'un cas concret et particulier.	**Preuve :** Ce qui permet de vérifier l'accord d'un énoncé avec la réalité.
Formel : Ce qui concerne la valeur logique d'un raisonnement, la forme.	**Matériel :** Ce qui concerne le contenu d'un raisonnement, sa conformité avec la réalité.
Idéal : Ce qui existe en pensée et représente un modèle.	**Réel :** Ce qui existe dans les faits et peut être imparfait.
Intuitif : Ce qui peut être saisi de façon immédiate.	**Discursif :** Ce qui suppose les articulations d'un raisonnement, d'un discours.

Principe : Ce qui est premier, ce qui fonde.	**Cause :** Tout principe d'explication.	**Fin :** Explication par un but ou une intention.

3 Les repères qui sont proches mais qu'il faut distinguer

Expliquer : Chercher les causes, ce qui a rendu possible quelque chose.	**Comprendre :** Chercher les raisons, les buts, les motivations.
Légal : Ce qui est conforme à la loi, au droit positif.	**Légitime :** Ce qui est conforme à la morale, ce qui est juste en soi.
Obligation : Ce que l'on s'impose à soi-même librement.	**Contrainte :** Ce qui est imposé de façon extérieure.
Origine : Ce qui désigne le commencement ou les conditions d'apparition de quelque chose.	**Fondement :** Ce qui justifie l'existence de quelque chose d'un point de vue moral ou logique.
Persuader : Obtenir l'adhésion de quelqu'un à partir d'éléments subjectifs.	**Convaincre :** Obtenir l'adhésion de quelqu'un à partir d'éléments objectifs.
Ressemblance : Comparaison directe d'éléments.	**Analogie :** Comparaison indirecte portant sur des rapports.

4 Les repères qui fonctionnent ensemble dans une progression

Concept : Se dit d'une idée générale et abstraite (« la » liberté, « le » temps).	**Image :** Représentation concrète permettant de représenter un concept explicitement (l'image du fleuve pour représenter le temps).		**Métaphore :** Image implicite et indirecte (les « ravages » du temps, « l'écoulement » du temps).
Contingent : Ce qui existe et aurait pu ne pas exister.		**Nécessaire :** Ce qui existe et qui ne pouvait pas ne pas exister.	
Genre : Le groupe général.	**Espèce :** Le sous-groupe du genre.		**Individu :** L'élément de l'espèce.
Hypothèse : Proposition incertaine qu'on demande d'admettre (« si… »).	**Conséquence :** Proposition découlant logiquement d'une autre proposition (« alors… »).		**Conclusion :** Proposition finale découlant logiquement d'une série de propositions (« donc… »).
Identité : Le fait d'être strictement le même.	**Égalité :** Le fait d'être le même sous un certain rapport.		**Différence :** Le fait de ne pas être le même.
Universel : Ce qui vaut sans exception.	**Général :** Ce qui vaut dans la plupart des cas.	**Particulier :** Ce qui vaut dans certains cas.	**Singulier :** Ce qui vaut dans un seul cas.
Vrai : Se dit d'un énoncé (discours ou pensée) en accord avec le réel.	**Probable :** Se dit d'un énoncé qui admet une forte possibilité d'être vrai.		**Certain :** Se dit d'un énoncé dont l'accord avec le réel a été démontré ou prouvé.

Lexique

Aliénation : Voir fiches 14 et 16.

Critique : Attitude consistant à ne rien admettre comme vrai sans examen ou demande de preuve.

Déterminisme : Conception selon laquelle la réalité obéit à une relation nécessaire de cause à effet.

Devenir : Désigne la réalité en tant qu'elle est instable et soumise au passage du temps. Voir fiche 15.

Dogmatisme : Attitude consistant à soutenir l'existence de vérités absolues et indiscutables (des « dogmes »).

Empirique : Issu de « l'expérience » (*empeiria*, en grec), c'est-à-dire perçu par les sens. Voir fiche 11.

Empirisme : Voir fiche 11.

Équité : Forme de justice qui consiste à tenir compte de « l'esprit » d'une loi selon les circonstances plutôt que de l'appliquer strictement (« à la lettre »). Voir Fiche 7.

Esthétique : Relatif à la beauté ; partie de la philosophie qui concerne l'art et le beau. Voir fiche 1.

Existentiel : Qui concerne l'homme comme être qui a conscience d'être en vie et s'interroge sur ce fait.

Générosité : Voir fiches 2 et 4.

Impératif catégorique : Principe moral se présentant comme un commandement absolu. Chez Kant, il se formule notamment sous la forme *« Agis de telle sorte que la règle de ton action puisse toujours valoir en même temps comme une loi universelle »*. Voir fiches 3 et 4.

Inné : Désigne ce qui est donné de façon naturelle et immédiate, par opposition avec ce qui est « acquis ». Voir fiche 3.

Introspection : Littéralement, désigne le fait de « regarder » (spectare) à « l'intérieur » (intra) de soi-même. Opération par laquelle la conscience nous permet de saisir notre « vie intérieure ».

Intuition : Rapport immédiat à une réalité. Elle peut être sensible sous la forme de la perception ou intellectuelle par la rencontre d'une « évidence » ne passant pas par le raisonnement. Voir fiches 11 et 13

Libre arbitre : Capacité à pouvoir choisir par soi-même, indépendamment de toute détermination ou influence extérieure. Voir fiches 9 et 10.

Mauvaise foi : Chez Sartre, désigne l'attitude consistant à se cacher à soi-même sa liberté et sa responsabilité. Voir fiches 6 et 9.

Métaphysique : Partie de la philosophie qui porte sur des objets de réflexion inaccessibles à l'expérience.

Rationalisme : Voir fiche 11.

Relativisme : Conception selon laquelle il n'y a rien d'absolu, mais seulement des points de vue équivalents. Voir fiche 10.

Scepticisme, sceptiques : Courant philosophique issu de l'Antiquité remettant en cause la capacité de l'homme à pouvoir saisir la vérité de façon absolue. La sagesse consiste, dans cette mesure, à reconnaître qu'il ne peut y avoir ni de vrai ni de faux, tout point de vue pouvant être soumis au doute. Voir fiche 13.

Souverain : Désigne ce qui est au-dessus de tout le reste et qui ne dépend que de lui-même. Voir fiche 5.

Utilitarisme : Doctrine faisant de l'utilité le fondement de la morale. Voir fiche 7.

Histoire-Géographie

(Enseignement commun)

Histoire

Géographie

CONTRÔLE CONTINU

Définition du contrôle continu et conseils

L'enseignement commun d'histoire-géographie fait l'objet de **contrôles en classe** tout au long de l'année. L'ensemble de vos notes servira à établir votre moyenne générale prise en compte dans le cadre du **contrôle continu**. Cette moyenne comptera pour 3 % de votre note finale au Bac.

	Coefficient
Moyenne de Première	3
Moyenne de Terminale	3

Attention !

Sur les deux années de votre cycle terminal, le contrôle continu en histoire-géographie comptera donc pour 6 % de votre note finale au Bac.

Exercices possibles de contrôle continu

La réponse à une question problématisée

L'exercice porte sur l'ensemble ou sur une partie du chapitre ; exceptionnellement, il peut concerner tout le thème ou être à cheval sur deux chapitres.

L'énoncé est donné sous la forme d'une question. La problématique est fournie par le sujet et n'est donc pas à construire.

Vous devez élaborer une réponse rédigée et construite : ce n'est donc ni une composition ni une dissertation. On n'attend donc pas nécessairement une réponse de plus de deux pages.

L'introduction a donc pour but de présenter le plan qui sera choisi pour la réponse. En Terminale, l'élève devra construire son plan.

Le développement peut être en deux ou trois parties. Il faut s'appuyer sur des exemples précis et articuler les idées générales avec des acteurs, des lieux, des événements.

La réponse à la question problématisée doit être développée avec rigueur et rédigée avec clarté dans l'expression. Le propos doit mobiliser des notions et le vocabulaire spécifique de la discipline concernée.

La conclusion doit fournir des éléments de réponse à la question posée.

L'analyse de document(s)

L'analyse de document(s) est accompagnée d'une consigne suggérant une problématique. Le ou les document(s), en histoire comme en géographie, comporte(nt) un titre et, si nécessaire, un nombre limité de notes explicatives.

Les documents portent de façon minoritaire sur les points de passage et d'ouverture.

Il faut éviter de faire de la paraphrase ou de se contenter de réciter un cours sans lien direct avec le(s) document(s) à analyser.

Réalisation d'une production graphique

La production graphique est, presque toujours, un croquis ; ce croquis est réalisé à partir d'un texte élaboré pour l'exercice qui présente une situation géographique. Un fond de carte est fourni.

L'exercice peut porter sur n'importe quelle échelle spatiale (locale, française, régionale, mondiale).

Vous devez faire preuve d'une plus grande autonomie qu'en 1re pour identifier, organiser et hiérarchiser les éléments à représenter, et construire la légende.

Peu d'exercices portent sur d'autres types de production graphique (schéma par exemple) ; si c'est le cas, les consignes et les données servant à l'élaboration de cette production sont fournies avec l'exercice.

Les attentes de votre professeur

Plusieurs critères entrent dans la notation. On attend de vous que vous démontriez votre aptitude à :

– mobiliser, au service d'une réflexion historique et géographique, des connaissances fondamentales pour la compréhension du monde et la formation civique et culturelle du citoyen ;

– rédiger des réponses construites et argumentées, montrant une maîtrise correcte de la langue ;

– exploiter, organiser et confronter des informations ;

– analyser un document de source et de nature diverses ;

– comprendre, interpréter et pratiquer différents langages graphiques.

1 L'impact de la crise de 1929

La crise de 1929 est un épisode célèbre dans l'histoire de l'économie mondiale. Elle **heurta profondément ses contemporains** et reste, aujourd'hui encore, une crise à laquelle on se réfère volontiers. À tous égards, la crise de 1929 fut d'une **ampleur sans précédent**.

1 Une crise mondiale et ses origines

A Les causes de la crise

• **Une crise spéculative.** Comme toutes les crises de l'ère industrielle, celle de 1929 éclate dans la **sphère boursière**. À partir de 1927, le **marché américain** est **saturé** (reconstruction de l'Europe achevée, concurrence des pays neufs) et la production industrielle augmente plus vite que la demande. Pourtant, la valeur des actions s'accroît rapidement car la **spéculation** joue à plein ; une bonne partie de l'argent disponible, parfois même du crédit, s'oriente vers des **placements boursiers dont la valeur gonfle artificiellement**.

• **Le krach de Wall Street.** La bulle spéculative éclate à Wall Street le **24 octobre 1929**, le fameux **« jeudi noir »**. Les titres s'effondrent, perdent leur valeur ; les actionnaires s'en débarrassent. **Démoralisation, peur et manipulation** sont les ressorts de cette crise qui se poursuit les **28 et 29 octobre**. En quelques jours, **la confiance s'effondre** et 70 millions d'actions sont jetées sur le marché. En novembre, la valeur globale des actions a baissé de moitié par rapport à septembre.

• **Une crise de surproduction.** L'effondrement du cours des actions entraîne la **chute de nombreuses banques** : celles-ci avaient prêté des sommes exorbitantes à des entreprises ne pouvant plus rembourser, frappées par l'effondrement de leurs actions. Dès lors, bien des établissements bancaires font faillite, **privant des centaines de milliers d'épargnants de leurs économies** et les empêchant de rembourser leurs crédits en cours. Il en résulte une crise de surproduction avec **baisse des prix et baisse des salaires.**

> **Mot-clé**
>
> **Crise :** point de retournement de la conjoncture, un événement ponctuel qui se traduit par la chute des prix, le ralentissement de l'activité et la montée du chômage.

B Le passage d'une crise américaine à une crise mondiale

• **Une crise qui se mondialise.** La contraction du commerce international est immédiate : les pays ont tendance à **se replier sur eux-mêmes**, les États-Unis rapatrient leurs capitaux jusque-là dispersés dans toute l'Europe. L'**Allemagne** est l'un des premiers pays d'Europe touché par la crise ; dès 1930, la production s'effondre car **le retrait des capitaux américains entraîne de multiples faillites** et des disparitions d'entreprises. Les Américains ayant bien moins investi en **France**, celle-ci est **touchée plus tardivement** et beaucoup moins violemment.

• **Les conséquences de la crise en Amérique latine.** En Amérique latine, mais aussi en Asie et en Afrique, la **chute brutale des cours des produits agricoles** sur le marché mondial a provoqué une crise de surproduction : on parle de **« crise des produits de dessert »**. Des millions de sacs de café sont ainsi brûlés au Brésil.

2 Conséquences sociales et mesures politiques

A L'émergence d'un chômage de masse

• **Une montée de la misère qui n'épargne aucune catégorie sociale.** On assiste à une **montée spectaculaire du chômage**, avec, pour tous les pays, un **pic en 1932**. Les faillites et la rétraction de l'activité économique poussent des millions de personnes au chômage. Peu de professions sont épargnées. Aux États-Unis, tous les secteurs de l'économie, y compris les activités tertiaires, sont atteints par la crise. Les **fermiers** sont **très durement touchés** : incapables de rembourser leurs lourds emprunts, ils sont expulsés de leurs terres. La misère touche **toutes les catégories sociales**.

▲ En pleine crise, aux États-Unis en décembre 1929, les voitures sont vendues contre de l'argent liquide.

B Des choix politiques nouveaux

• **1933 aux États-Unis : Roosevelt et le *New Deal*.** En novembre 1932, le *New Deal*, ou « Nouvelle Donne », porte **le démocrate Franklin D. Roosevelt** à la présidence des États-Unis. Ce programme économique ambitieux entend sortir le pays de la **dépression**. Plusieurs solutions sont envisagées pour s'extraire de la crise : l'État va surveiller les transactions financières, mettre en place des **barrières douanières fortes**, devenir employeur et **assurer la relance de l'économie par la consommation et l'investissement**.

• **1936 en France : les accords Matignon.** La crise débouche, en France, sur des **occupations d'usines** par les ouvriers et sur la **victoire électorale du Front populaire**. Le **7 juin 1936**, les **syndicats ouvriers** (CGT : Confédération générale du travail) et **patronaux** (CGPF : Confédération générale de la production française) signent les **accords Matignon**, qui prévoient des contrats collectifs de travail, la reconnaissance du droit syndical, une hausse des salaires et l'institution de délégués ouvriers dans les entreprises de plus de 10 salariés.

• **Une remise en cause générale du libéralisme.** En définitive, l'idée selon laquelle l'État ne doit pas intervenir en économie n'a pas résisté à l'épreuve des faits. L'économie libérale traditionnelle a tendu partout à disparaître au profit d'un **dirigisme** souvent inspiré des **idées de l'économiste anglais John Maynard Keynes** (1883-1946). La crise de 1929 a accéléré la **mise en place de l'État-providence**, qui s'épanouit après la Seconde Guerre mondiale.

Mot-clé

Théorie de Keynes : elle a pour postulat que l'État doit intervenir dans l'économie de deux façons : en relançant l'offre d'emploi par la réalisation de grands travaux (routes, barrages…) ; en stimulant la demande par la distribution de pouvoir d'achat via des allocations diverses.

HISTOIRE

2 Les régimes totalitaires

Un régime totalitaire est fondé sur le culte d'un **chef charismatique**, l'existence d'un **parti unique** et d'une **idéologie d'État**, l'**encadrement** des masses et la **terreur** comme mode de gouvernement. La violence de ces régimes se cristallise en **1938**, dans une sorte de marche à la guerre.

1 Les caractéristiques du totalitarisme

A Des idéologies fondées sur la toute-puissance de l'État

• **Le refus de la liberté de penser et de s'exprimer.** L'individu n'existe que dans la mesure où il se met au service de la **collectivité**, dont le destin est pris en charge par l'État. Celui-ci intervient dans tous les domaines – d'où le terme de « **totalitaire** » – au nom d'une **idéologie** : restaurer la **grandeur de la nation** dans l'Italie fasciste, assurer la **domination de la « race aryenne »** en Allemagne nazie, construire une **société sans classes** en URSS.

• **Des mouvements nationalistes ?** Fascisme et nazisme sont des mouvements nationalistes qui veulent restaurer la grandeur passée de la nation en glorifiant la **conquête**. Le projet soviétique est **internationaliste :** il souhaite étendre le système communiste à d'autres territoires par la **révolution prolétarienne**.

Mots-clés

Dictature, régime autoritaire, régime totalitaire. Dans une dictature, tous les pouvoirs sont concentrés dans les mains d'une personne ou d'un groupe. Certaines dictatures sont des régimes autoritaires car elles gouvernent par la contrainte. D'autres sont totalitaires parce qu'elles essaient de contrôler et d'encadrer la totalité des aspects de la vie de leur population pour obtenir d'elle une adhésion aveugle, une soumission et une obéissance absolues.

B Des formes et des degrés d'adhésion variables

• **Un encadrement des masses populaires.** Dans ces pays, un **parti unique** (PNF en Italie, NSDAP en Allemagne ou PCUS en Union soviétique) anime la vie politique et organise l'encadrement des populations. Une attention particulière est accordée à la **jeunesse**. Le but est de **créer un homme nouveau**. Pour contribuer à le modeler, la **propagande** utilise tous les moyens modernes et développe, autour des dirigeants, un véritable **culte de la personnalité**.

• **Le fascisme, totalitarisme « inachevé ».** Le fascisme laisse subsister certains éléments qui permettent de dire qu'il s'agit d'un totalitarisme « inachevé ». Ainsi, les rouages de l'**État libéral** ne disparaissent pas totalement ; des forces de résistance demeurent : le **roi** peut révoquer Mussolini, et l'**Église catholique** maintient ses mouvements de jeunesse. La **législation antisémite de 1938** est mollement appliquée.

2 Régimes totalitaires et violence en 1938

A La Grande Terreur en URSS

• **Une montée de la répression.** Dans les années 1930, la dictature se renforce en Union soviétique. **Staline combat l'influence religieuse** en fermant les églises ou les mosquées et en arrêtant les religieux. Les opposants sont exécutés, emprisonnés ou envoyés dans les camps de travail du **goulag**, souvent situés dans le Nord, l'Oural et la Sibérie, où l'on a besoin de main-d'œuvre. La mortalité y est très forte à cause de la faim, du froid et des épidémies. Après les déportations de paysans lors de la **dékoulakisation** (1929-1933), ce sont des **peuples entiers** qui sont envoyés en Sibérie ou au Kazakhstan, dont Staline veut renforcer le peuplement (Coréens du Pacifique dès 1937).

• **Des purges massives dans le parti.** En 1936, Staline décide de **terroriser le parti** pour en devenir le maître absolu. Entre 1936 et 1938, lors des **procès de Moscou**, les vieux bolcheviks, les compagnons de Lénine et les généraux de l'Armée Rouge sont jugés publiquement pour des **crimes fantaisistes** et condamnés à mort. Des centaines de milliers de cadres communistes sont aussi exécutés ou envoyés dans les camps. C'est la **« Grande Terreur »**.

B La Nuit de cristal (9-10 novembre 1938)

• **Un exemple de violence antisémite.** On désigne sous le nom de « Nuit de cristal » un **pogrom à l'échelle de l'Allemagne**, déclenché dans la nuit du 9 novembre 1938. Son nom se réfère à l'aspect des rues après la destruction des vitrines des magasins exploités par des Juifs. Il s'agit d'**actes de destruction** – de magasins, logements, synagogues – mais aussi d'**actes de violence**.

• **Causes et conséquences de ce déchaînement de haine.** La propagande nazie met en avant l'aspect spontané de cette **explosion de violence**, censée être une réponse « populaire » à l'assassinat par un Juif d'un conseiller de l'ambassade d'Allemagne à Paris. Mais, au-delà de l'**intervention des SA et des SS**, des années de **propagande antisémite haineuse** avaient préparé des actes de ce type. Cette nuit débouche sur l'envoi d'hommes dans les camps de concentration et sur une amende d'un milliard de marks imposée à l'ensemble des Juifs.

▲ « Mort aux Youpins », graffiti antisémite avec la croix gammée sur une synagogue de Berlin le 10 novembre 1938.

C Les totalitarismes et la guerre civile espagnole

• **L'opposition de Franco aux républicains espagnols.** En Espagne, un gouvernement de **Front populaire**, fondé sur l'**alliance des communistes et des socialistes**, a été mis en place en 1936. Dès son arrivée au pouvoir, il doit faire face à la **rébellion des troupes nationalistes du général Franco** et au début d'une **guerre civile en juillet 1936**.

• **Allemagne et Italie dans la guerre civile.** À la demande de Franco, Hitler envoie alors la **légion Condor**, constituée de volontaires de l'aviation allemande (la Luftwaffe), ainsi qu'un **armement ultramoderne** dont les bombardiers Junkers et les premiers chasseurs Messerschmitt. C'est la **première intervention de l'Allemagne nazie** hors de ses frontières. Il s'agit aussi, pour Hitler, de **concurrencer Mussolini** qui a envoyé également un corps de volontaires italiens.

3 La Seconde Guerre mondiale

En 1939, débute une guerre dont **l'étendue et la violence** sont sans précédent. Parmi les crimes les plus atroces, figure le **génocide des Juifs d'Europe**, qui résulte d'un long processus initié par l'Allemagne nazie. En **France**, la **défaite de 1940** a de lourdes conséquences.

1 Un conflit mondial

A Protagonistes et principaux théâtres d'opérations

• **Une guerre d'abord européenne.** Le **Pacte germano-soviétique de non-agression** permet à Hitler d'envahir, en **septembre 1939, la Pologne** et de déclencher son **offensive à l'Ouest en mai 1940**. En un mois, le seul pays à ne pas avoir capitulé est le **Royaume-Uni**.

• **Les changements de l'année 1941.** Hitler a toujours considéré l'URSS comme son grand ennemi. Il l'attaque par surprise en **juin 1941**. De son côté, le **Japon** décide de chasser les États-Unis du Pacifique pour pouvoir y étendre ses conquêtes. Le 7 décembre, l'aviation japonaise détruit la flotte américaine à **Pearl Harbor** dans l'archipel d'Hawaii ; les États-Unis déclarent la **guerre au Japon**, et l'Allemagne et l'Italie déclarent, en retour, la **guerre aux États-Unis**.

B Les phases de la guerre

• **1942 : le tournant de la guerre.** Dans le **Pacifique**, l'élan victorieux du Japon est stoppé par les forces américaines. En **Russie**, les troupes allemandes ne parviennent pas à s'emparer de Leningrad et de Moscou ; le front de l'Est est marqué par une véritable **guerre d'anéantissement**. En **Afrique du Nord**, à la suite du **débarquement anglo-américain** au Maroc et en Algérie le **8 novembre**, les armées de l'Axe sont prises en tenaille et se rendent.

> **Mot-clé**
> **Guerre d'anéantissement :** guerre qui a pour objectif de détruire complètement l'adversaire sans distinction entre civils et militaires.

• **Juin 1944 : les Allemands en déroute.** Avec le débarquement anglo-américain en Normandie le **6 juin** commence la **libération de la France**. Au même moment, après sa victoire à **Stalingrad**, l'Armée Rouge repousse la **Wehrmacht hors de l'URSS** en libérant la Biélorussie (opération Bagration).

• **Hiroshima et Nagasaki.** Dans le Pacifique, les Américains bombardent intensivement le Japon. Mais les Japonais ne se rendent pas. Le **6 août 1945** à **Hiroshima** puis le **9 août** à **Nagasaki**, le nouveau président américain, Truman, décide de lancer les **deux premières bombes atomiques de l'Histoire**. Le Japon capitule le 2 septembre.

2 La Shoah, génocide des Juifs d'Europe

A La violence antisémite nazie dans l'Europe occupée

• **L'Europe subit l'idéologie nazie.** Hitler établit une **hiérarchie entre les races** jugées supérieures et d'autres qualifiées d'« inférieures ». La conquête de l'Europe lui permet d'envisager de la débarrasser des populations jugées impures (**Juifs, Tsiganes, slaves**).

• **Les camps de concentration s'étendent.** Existant dans l'Allemagne nazie dès 1933, les camps de concentration font **travailler jusqu'à l'épuisement physique** les opposants politiques, des résistants au nazisme, et tous les individus jugés dangereux et nuisibles.

B Les étapes du génocide

• **Des persécutions à la ghettoïsation.** Avec les succès militaires en Pologne, multipliant par quatre le nombre de Juifs sous contrôle allemand, **les persécutions s'intensifient** et les Juifs sont humiliés en public, arrêtés ou exécutés. Les nazis les enferment dans des **ghettos** aux conditions épouvantables (**Varsovie**, 400 000 personnes).

• **Le tournant décisif de 1941.** Dès le début de la guerre contre l'URSS, des **groupes d'intervention *(Einsatzgruppen)*** exécutent méthodiquement les Juifs des territoires conquis. Cette **« Shoah par balles »** fait plus d'un million de victimes. Fin 1941, la **décision d'exterminer tous les Juifs d'Europe (« Solution finale »)** est prise, puis est étendue aux **Tsiganes**.

• **La mort à l'échelle industrielle.** Six camps d'extermination sont construits **hors d'Allemagne**, près des grandes lignes ferroviaires et des grands ghettos urbains mais assez isolés. Ces **« usines de la mort »** associent des structures de **triage**, de mise à mort (**chambres à gaz**) et d'incinération (**fours crématoires**). **Cinq à six millions de Juifs** sont exterminés (60 % de la population juive européenne) et **240 000 Tsiganes** (34 % de la population).

3 La France dans la guerre

A La défaite de 1940 et l'Occupation

• **Pétain au pouvoir.** Le maréchal Pétain devient **président du Conseil** le 16 juin 1940, alors que **la Wehrmacht occupe près de la moitié de la France**.

• **L'appel de De Gaulle.** Le **18 juin**, le général de Gaulle, qui a quitté la France pour l'Angleterre, lance un **appel à la radio de Londres**, la BBC, pour que le combat continue. Il recrute une petite armée composée de Français : les **Forces françaises libres (FFL)**.

B Régime de Vichy et Collaboration

• **L'État français.** Pétain s'installe à Vichy, dans la **zone libre**. Il se fait accorder par le Parlement les **pleins pouvoirs** pour modifier la Constitution. Il prend, ensuite, le titre de **« chef de l'État français »** et nomme **Pierre Laval** chef du gouvernement.

• **Des Français collaborateurs.** Pétain engage une **collaboration d'État avec l'Allemagne** à la suite de sa **rencontre avec Hitler à Montoire** le 24 octobre 1940. Dès lors, **l'État français livre à l'Allemagne les Juifs étrangers** de la zone libre, alors que la **police française** apporte son concours aux Allemands pour les arrêter dans la zone occupée. Le régime incite aussi les Français à partir travailler en Allemagne avec le **STO**, en 1943.

C La Résistance

• **Un long processus d'unification.** Entre 1941 et 1943, **Jean Moulin** s'attache à unifier tous les **mouvements de résistance** et à les placer sous l'**autorité de De Gaulle**.

• **La participation à la Libération.** La **Résistance intérieure** contribue à la Libération par des renseignements, des sabotages et des actions de guérilla à partir des **maquis. Paris est libéré** avec l'aide de la 2e division blindée du **général Leclerc** le **25 août 1944**. Le jour suivant, le général de Gaulle descend triomphalement les Champs-Élysées.

4 Après 1945, une nouvelle donne géopolitique

La **fin de la Seconde Guerre mondiale** est marquée par la volonté de création d'un **nouvel ordre international**. Mais des **tensions** surviennent très tôt entre les **deux nouvelles superpuissances**. Si le monde se bipolarise, émergent aussi de **nouveaux acteurs**.

1 Bilan de la guerre et nouvel ordre international

A Le bilan humain, matériel et moral du conflit

• **Morts et déplacés.** La guerre a fait environ **60 millions de victimes**, dont 45 millions à cause des bombardements et des combats. L'Europe connaît aussi un **gigantesque déplacement humain**, surtout lié aux changements territoriaux, tandis qu'en Asie, les nombreux Japonais installés dans les régions envahies par le Japon rentrent dans leur pays.

• **Des destructions massives.** Les villes européennes ont beaucoup été touchées par les **bombardements**, notamment les **villes allemandes**. Les dommages sont également financiers : les **États** sont très **endettés** à cause des dépenses liées aux combats et à la reconstruction.

• **Des traumatismes durables.** **L'opinion internationale est bouleversée** par la découverte des camps nazis. Les terribles effets de la **bombe atomique** provoquent en outre de **nouvelles angoisses**.

> **Mot-clé**
>
> **Crime contre l'humanité :** notion juridique définie lors du procès de Nuremberg pour juger « des actes inhumains et des persécutions commis de façon systématique ».

B Les bases d'un nouvel ordre international

• **Accords de Bretton Woods.** Au lendemain du débarquement allié en Normandie, **la circulation monétaire internationale est réglée** par les accords établis lors de la conférence internationale de Bretton Woods **(juillet 1944)**. Les États-Unis, qui possèdent alors les trois quarts de l'or mondial, s'engagent à **échanger le dollar contre de l'or** sur une base fixe. Un système de taux de change est établi entre les principales monnaies mondiales et le dollar.

• **Création de l'ONU.** L'ONU est fondée le **26 juin 1945**, à la **conférence de San Francisco**, par 51 États qui adoptent la **charte des Nations Unies**, pour préserver la paix et la sécurité internationales. Les puissances victorieuses de la Seconde Guerre mondiale sont représentées au **Conseil de sécurité**.

• **Procès de Nuremberg et de Tokyo.** **22 dignitaires du Reich, des organisations nazies** (parti NSDAP, SS, SA, Gestapo) sont jugés à Nuremberg (novembre 1945-octobre 1946) par 8 magistrats professionnels des 4 pays vainqueurs. 12 sont condamnés à la peine capitale et exécutés. Le **procès des responsables japonais à Tokyo** débute en janvier 1946 ; tous les accusés sont déclarés coupables et 7 sont pendus en décembre 1948.

C De nouvelles tensions

• **Début de l'affrontement des deux superpuissances.** La « guerre froide » a d'abord une **dimension européenne** alors que l'absence d'accord sur le **devenir de l'Allemagne** entraîne une première crise majeure (le **blocus de Berlin** entre juin 1948 et mai 1949) qui aboutit à la **création de deux États allemands** (RFA et RDA).

• **Les conflits au Proche-Orient.** En novembre 1947, la résolution 181 de l'ONU prévoit le **partage de la Palestine**, sous mandat britannique depuis 1922, en **deux États : arabe et juif**. Le **14 mai 1948, Israël déclare** donc **son indépendance**. Les États arabes, qui ont refusé le partage, décident d'entrer en guerre ; c'est un échec pour eux.

2 Bipolarisation et émergence du Tiers-Monde

A Modèles américain et soviétique et monde bipolaire

• **Un affrontement multiforme.** La rivalité entre les États-Unis et l'URSS s'exprime de manière multiforme, mais la **dimension idéologique** est essentielle : deux modèles s'affrontent **(socialisme et démocratie libérale)** pour s'imposer sur la planète. Les deux superpuissances organisent, autour d'elles, **des blocs rivaux** (exemple du **« coup de Prague » en février 1948** qui fait basculer la Tchécoslovaquie dans le bloc communiste).

• **Une guerre sans affrontement direct ?** Le **14 octobre 1962**, un avion espion américain photographie, à **Cuba**, des **bases d'engins balistiques**. Le président **Kennedy** instaure le **blocus total de l'île** pour empêcher le débarquement de missiles soviétiques et le **risque d'une guerre nucléaire**. Finalement, Khrouchtchev renonce à son projet.

Mot-clé

Guerre froide : la guerre froide désigne la période de 1947 à 1991, caractérisée par la division du monde en deux blocs dominés par les États-Unis et l'URSS. Cette confrontation provoque de nombreuses crises et fait planer la menace d'une guerre atomique, mais les deux superpuissances évitent un conflit direct.

B De nouveaux États

• **L'affirmation du Tiers-Monde.** La **décolonisation** s'accompagne de la naissance d'un grand nombre de **nouveaux États** qui, **en marge des deux blocs** de la guerre froide, constituent un troisième ensemble, le Tiers-Monde. À **Bandoeng**, en avril **1955**, les anciennes colonies d'Asie proclament le droit de tout peuple à la liberté et affirment leur **volonté de « non-alignement »**, refusant de se ranger derrière l'un ou l'autre des deux blocs.

• **La Chine de Mao.** Lors de la conférence de Bandoeng, c'est la Chine communiste, représentée par Chou En-lai, qui est la grande vedette. **Pékin** cherche à se poser en **chef de file des pays du Tiers-Monde**. Mao condamne aussi la **coexistence pacifique** que Moscou souhaite établir avec les États-Unis. La **rupture avec l'URSS** devient officielle en 1963.

C Contestations et conflits

• **De la guerre d'Indochine à celle du Vietnam.** La guerre que la France mène en Indochine, à partir de 1946, débouche sur l'**indépendance du Vietnam en 1954**. Le **Viêt-Minh (communistes du Nord)** soutient des opérations de guérilla dans le Sud du pays, allié aux États-Unis. À partir de 1964, les **États-Unis** lancent des raids aériens vers le Nord, puis, en 1965, ils **interviennent dans la guerre terrestre** aux côtés du Sud.

• **L'année 1968 dans le monde.** En écho avec le **mouvement contestataire américain** contre la guerre au Vietnam, des **manifestations géantes** secouent, au **printemps 1968**, aussi bien Paris que Rome, Bruxelles et Berlin-Ouest. En Europe de l'Est, on assiste à l'**intervention de l'Armée Rouge** et des troupes du pacte de Varsovie à **Prague**.

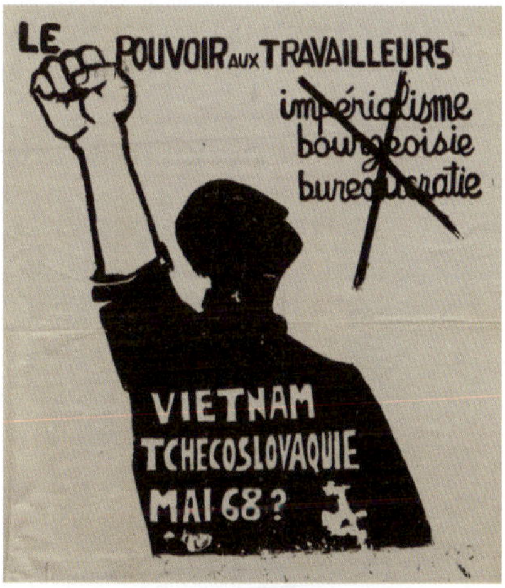

▲ Un poster de Mai 1968 dénonçant les interventions américaines et soviétiques.

5 La France : une nouvelle place dans le monde

Après 1945, la France doit faire face à de **nombreux défis internationaux** (mouvements d'indépendance, monde bipolaire, reconstruction de l'Europe), qui **influencent fortement la vie politique nationale** (nouvelles constitutions et redéfinition du rôle de l'État).

1 La France entre décolonisation, guerre froide et construction européenne

A De la guerre d'Indochine à la guerre d'Algérie

• **Un rejet de la mise en cause de l'empire colonial.** Comme le montre la **départementalisation** de la Guadeloupe, de la Guyane, de la Martinique et de la Réunion en **1946**, la France d'après-guerre ne souhaite en rien abandonner son empire colonial. C'est avec **Pierre Mendès-France** que la **négociation** commence à s'imposer (**accords de Genève en juillet 1954** mettant fin à la guerre d'Indochine ; **autonomie interne de la Tunisie**, première étape vers une indépendance acquise en 1956).

• **L'Algérie en 1954 : une situation explosive.** L'Algérie est une **colonie de peuplement** où cohabitent un million de colons européens et neuf millions d'Algériens musulmans. Après la répression des manifestations de **Sétif** en mai 1945, le **nationalisme algérien** bascule dans la clandestinité et la violence. Le **1er novembre 1954**, le **Front de libération nationale (FLN)** déclenche une série d'attentats.

• **Huit ans de guerre.** 400 000 soldats français sont déployés sur le terrain dès l'été 1956. De part et d'autre, **massacres et représailles** se multiplient. L'armée française n'hésite pas à utiliser la **torture** et **déplace les populations** pour contrer la guérilla. Cette **escalade de violence divise l'opinion publique** et les partis politiques. Les pressions internationales se multiplient. En **mars 1962**, les **accords d'Évian** reconnaissent l'**indépendance de l'Algérie.** La guerre a fait environ 300 000 victimes algériennes, 4 500 « pieds-noirs » et 30 000 soldats français et harkis (chiffres incertains et débattus encore aujourd'hui).

B Indépendance nationale et destin européen

• **La France et les blocs.** La France opte, d'abord, pour une politique de **rapprochement avec les États-Unis**, avec une adhésion très ferme à l'**OTAN** en 1949. Refusant l'hégémonie américaine, **de Gaulle** défend, ensuite, une **politique des « mains libres » :** il retire la France du commandement militaire intégré de l'OTAN en mars 1966 et dote le pays d'une **force de dissuasion nucléaire** (bombe A en 1960, bombe H en 1968).

• **La France et la construction européenne.** Sous la IVe République, les bases de la construction européenne sont posées par les Français **Robert Schuman** et **Jean Monnet**. Celle-ci passe par un **rapprochement avec l'Allemagne**

> **Mot-clé**
>
> **Atlantisme :** durant la guerre froide, attitude de soutien et de fidélité à l'égard des États-Unis de la part des pays d'Europe occidentale engagés dans l'OTAN. En France, les adversaires de la IVe République utilisent ce terme de manière plus polémique pour mettre en doute l'indépendance des gouvernements.

(RFA), autour d'un marché commun du charbon et de l'acier. Les **traités de Rome** instituant la **CEE** et **EURATOM** sont signés en mars **1957**. De Gaulle ne remet pas en cause ces accords mais subordonne toujours la construction européenne au **maintien d'une France forte et indépendante** ; il s'oppose, par exemple, à l'adhésion du Royaume-Uni, considéré comme le « cheval de Troie » des États-Unis.

▲ Le sous-marin *Le Redoutable*, avant son lancement en 1967.

2 Nouvelles institutions et modernisation du pays

A Deux Républiques

• **La fin de la IVe République.** C'est lorsque le gouvernement envisage une **négociation** durant la **guerre d'Algérie** que se produit la chute de la IVe République. En **mai 1958**, l'Assemblée accorde à **de Gaulle les pleins pouvoirs** pour préparer une **nouvelle Constitution** et donner à la France une stabilité dont elle a besoin.

• **Les débuts de la Ve République.** Avec la victoire de De Gaulle au référendum constitutionnel de 1958 puis à celui de 1962 sur l'**élection présidentielle au suffrage universel**, la présidence de la République devient une institution majeure du nouveau régime.

B État-providence et mise en place d'une économie ouverte

• **Les débuts : le programme du CNR.** Dès juin 1942, de Gaulle définit un programme qui sera celui de la **charte du Conseil national de la Résistance de mars 1944**. L'objectif de la Résistance n'est pas seulement de libérer le pays mais aussi de le **réformer**. À la Libération, le **Gouvernement provisoire de la République française**, créé par de Gaulle, met en œuvre une série de réformes pour assurer la reconstruction économique et **protéger la famille et les citoyens** contre les risques liés à l'emploi, la vieillesse et la santé.

> **Mot-clé**
> **État-providence :** expression qui désigne l'extension de l'intervention de l'État dans le domaine économique et social. Celui-ci est responsable de la croissance économique qu'il doit réguler (politique conjoncturelle) et du bien-être social qu'il doit assurer (redistribution de revenus, prestations sociales).

• **Nationalisations et planification.** Une **vague de nationalisations** a lieu entre 1944 et 1947 dans les secteurs prioritaires de la **modernisation de l'économie nationale** : charbon, gaz, électricité, chemins de fer, banques de dépôts. Pour orienter et coordonner les activités du secteur public, le **commissariat général du Plan** est créé en janvier 1946 et dirigé par Jean Monnet.

• **Grands programmes et concentration des entreprises.** L'État favorise la modernisation et les **grands programmes industriels** comme Caravelle et Concorde dans l'aéronautique. Il soutient **la concentration des entreprises**, comme Danone qui fusionne avec Gervais puis BSN.

HISTOIRE

6 Les remises en cause des années 1970 et 1980

Les **chocs pétroliers** de 1973 et 1979 provoquent une **déstabilisation** aussi bien économique que sociale et géopolitique. Parallèlement, les années 1970 et 1980 sont marquées par un **processus de démocratisation** en Europe. En France, la période 1974-1988 correspond également à un **tournant**.

1 La modification des grands équilibres économiques et politiques

A Chocs pétroliers et récession

- **Chocs pétroliers et géopolitiques du Proche et du Moyen-Orient.** Le **premier choc pétrolier** éclate suite au **conflit israélo-arabe d'octobre 1973** (guerre du Kippour) : le but recherché par les pays arabes de l'**OPEP** est d'utiliser l'**arme du pétrole** comme moyen de pression politique. Le second choc pétrolier survient en **1979** suite à la **Révolution iranienne**, qui voit l'**islamisme chiite** arriver au pouvoir et émerger sur la scène internationale.

- **La fin des Trente Glorieuses.** La croissance du PIB mondial passe de 6 % en 1973 à 0,6 % en 1974. **La production** ne baisse donc pas : elle **ralentit**. On parle de **« récession »** (diminution prolongée du taux de croissance de la production) plutôt que de crise.

- **Deng Xiaoping et Ronald Reagan.** Deng Xiaoping, qui arrive au pouvoir en Chine fin 1978, est partisan du **« socialisme de marché »** : développer l'industrie chinoise grâce aux investissements et au savoir-faire des entreprises étrangères attirées par les larges avantages fiscaux et la main-d'œuvre bon marché, travailleuse et soumise. **Ronald Reagan**, arrivé à la Maison Blanche en 1981, met en place une **politique néolibérale** (on parle de *« Reaganomics »*) fondée sur une hausse du budget de la Défense, une baisse des impôts, et des dépenses sociales et une **déréglementation des marchés intérieurs**.

B Recul ou disparition des régimes non démocratiques ?

- **Démocratisation de l'Europe méridionale et élargissements de la CEE.** En Europe du Sud, **les régimes autoritaires disparaissent** en 1974 (Portugal, Grèce) et 1975 (Espagne). Ces trois pays rejoignent la CEE entre 1981 et 1986.

Novembre 1989 : la destruction du Mur de Berlin. ▶

Mot-clé

Islamisme : des années 1970 au début des années 1990, le projet de l'islamisme politique est de construire, à partir d'un État, un système politique totalisant, gérant la société et l'économie en s'appuyant sur les fondements de l'islam et en refusant le pluralisme politique.

• **L'année 1989 dans le monde.** En Chine, la **répression sanglante, le 4 juin**, de la manifestation sur la **place Tian'anmen à Pékin** montre l'autoritarisme du régime. Le **9 novembre**, la chute du Mur de Berlin marque la **fin symbolique de la guerre froide**, le début de l'effondrement du bloc soviétique et de l'URSS.

2 En France, un tournant social, politique et culturel

A Une société en mutation

• **Droits des femmes et légalisation de l'IVG.** Ministre de la Santé du gouvernement Chirac de 1974 à 1979, **Simone Veil** a donné son nom à la **loi autorisant l'avortement en milieu médical** (IVG ou interruption volontaire de grossesse), adoptée après de vifs débats au sein de son propre camp, en novembre 1974.

• **Un sujet qui fait polémique : l'épidémie du SIDA.** C'est en **1983** que les chercheurs de l'Institut Pasteur parviennent à **isoler le virus du SIDA**. À cette époque, la **stigmatisation des malades**, notamment homosexuels et toxicomanes, reste très pesante. Une partie de l'opinion est choquée par les premières mesures (publicité pour les préservatifs, vente libre de seringues) et par le film *Les Nuits fauves*.

B 1981, un tournant politique

• **L'alternance politique.** L'alternance correspond à l'**arrivée au pouvoir de la gauche en 1981**, avec l'élection du **socialiste François Mitterrand**. Alors que l'alternance effraye une partie de la droite, Mitterrand inscrit son premier septennat dans la tradition républicaine de la France.

• **L'abolition de la peine de mort.** François Mitterrand et les socialistes ont une ambition élevée, symbolisée par un slogan mobilisateur, **« Changer la vie »**, qui veut se traduire par le changement effectif des conditions d'existence de millions de gens. Faisant suite à sa promesse électorale, Mitterrand nomme comme **garde des Sceaux Robert Badinter**, avec pour mission de faire voter par l'Assemblée nationale l'**abolition de la peine de mort**. Son projet de loi est adopté en septembre **1981**.

C Un nouvel accès à la culture

• **Une ouverture de la culture.** **Jack Lang, ministre attitré de Mitterrand pour la Culture** pendant une décennie (1981-1986, 1988-1993), est partisan d'une **ouverture tous azimuts de la culture**, en multipliant les initiatives (radios libres, fête de la Musique, Journées du patrimoine) et en encourageant la création moderne et les arts mineurs.

• **Libéralisation de la radio et de la TV.** En France, **le monopole d'État sur la radio et la télévision prend fin**. En 1974, l'ORTF est remplacé par **trois chaînes publiques**. En 1982, le président Mitterrand **libère les ondes** et ouvre la bande FM à une multitude de radios libres et locales. **TF1**, la première chaîne de télévision, est **privatisée** en 1987.

Mot-clé

Culture de masse : culture produite et diffusée par les moyens de communication de masse (presse, radio, télévision, cinéma, Internet…), que ces moyens soient publics ou privés, et destinée au plus large public. On l'oppose souvent à une culture « savante » qui serait réservée à une élite.

7 Le monde depuis les années 1990

Aux espoirs de paix liés à la fin de la guerre froide, succèdent des nouvelles formes de conflits et la réapparition de génocides. Une nouvelle gouvernance mondiale tente de se mettre en place.

1 Entre espoirs de paix et nouvelles conflictualités

A La fin de l'apartheid

• **Le rôle de Mandela et de De Klerk.** En Afrique du Sud, la **séparation officielle (apartheid)** entre les trois principaux groupes ethniques (Blancs, Noirs, Métis) prend fin avec l'accession au pouvoir de Frederik de Klerk : **l'opposant Nelson Mandela est libéré** et l'apartheid **officiellement aboli en juin 1991**.

• **La victoire de l'ANC.** Les **premières élections multiraciales en 1994** portent au pouvoir Mandela et son parti **(l'African National Congress)**. Mais la route vers l'égalité est encore longue dans la nouvelle ***Rainbow nation*** (nation arc-en-ciel).

▲ Mandela et de Klerk recevant le Prix Nobel de la paix en 1993.

B La montée du terrorisme

• **Les attentats du 11 septembre.** Le 11 septembre 2001, des **terroristes d'Al-Qaïda** détournent quatre avions de ligne sur les **tours du World Trade Center** et le **Pentagone**, faisant **2 977 morts**. C'est le début des **guerres préventives** menées par Washington en Afghanistan puis en Irak.

• **Une poursuite du terrorisme.** L'Europe est, elle aussi, frappée par des **attentats meurtriers** revendiqués par Al-Qaïda puis par **Daesh** : c'est le cas, en France, en **janvier et novembre 2015** en région parisienne et en **juillet 2016** à Nice.

C Conflits asymétriques et renouvellement de l'affrontement des puissances

• **Armée régulière vs guérilla.** Après 1990, beaucoup de nouveaux conflits dits « de basse intensité » se déroulent **à l'intérieur des États** et opposent une armée régulière et une guérilla. L'asymétrie vient de la **disproportion des moyens** militaires, politiques et logistiques **entre les deux belligérants**.

• **USA vs Chine et Russie.** La domination des États-Unis sur le monde à la fin de la guerre froide n'a été que de courte durée. À l'illusion d'un monde unipolaire a fait place **la complexité d'un monde multipolaire** avec des **superpuissances** (États-Unis, Chine, Russie) tantôt concurrentes, tantôt partenaires du fait de leurs **économies fortement liées.** La maladie à **coronavirus 2019** risque de modifier les rapports de force, au bénéfice peut-être de la Chine.

Mot-clé

Guerre préventive : type de guerre initié par les États-Unis en Irak (2003) ; à partir du moment où un faisceau de présomptions existe contre un État, l'intervention militaire est jugée possible et même souhaitable.

2 Crimes de masse et génocides

A Les guerres en ex-Yougoslavie (1991-2001)

Mot-clé

Purification ethnique : pratique qui consiste, dans un État multiethnique, à ce qu'une des ethnies « vide » le territoire qu'elle convoite de toute présence d'autres ethnies. Cela s'accompagne de massacres, de viols…

• **Une purification ethnique voulue par les autorités serbes.** À partir de la **dislocation de la Fédération yougoslave** en 1991, la **Serbie** dirigée par **Slobodan Milosevic** entreprend de « protéger » les diverses populations serbes de Croatie, de Bosnie et du Kosovo. Belgrade arme et soutient les **milices nationalistes serbes**, comme celles de Radovan Karadžić et Ratko Mladic en Bosnie (**massacre de 8 000 Bosniaques musulmans à Srebrenica** en juillet 1995).

• **Des représailles terribles.** Cette **purification** peut aussi se faire dans l'autre sens : avec la **guerre du Kosovo (1999)**, les Serbes sont, à leur tour, massacrés par les Albanais.

B Le génocide des Tutsis (1994)

• **Hutus et Tutsis, deux communautés antagonistes.** Après s'être longtemps appuyés sur les **Tutsis** pour gouverner leurs colonies, les Belges ont, ensuite, soutenu la communauté hutue. La **décolonisation** (1962) a permis aux **Hutus** du Rwanda de **prendre le pouvoir** et enclenché un cycle de violences qui a culminé avec le **génocide de 1994**.

• **Le génocide et ses suites.** D'avril à juillet 1994, plus de **800 000** hommes, femmes et enfants de la communauté **Tutsie** sont **massacrés**, souvent à la machette. Ces tueries sont un **crime collectif planifié** et commis par les détenteurs du pouvoir de l'État. Le génocide est suivi d'une **reconquête du pouvoir par les Tutsis** qui provoque la **fuite de 1,2 million de Hutus** vers des camps de réfugiés au Zaïre (actuelle République démocratique du Congo).

3 Vers une gouvernance mondiale

A Justice internationale et sort des réfugiés

• **Le TPIY.** Le **Tribunal pénal international pour l'ex-Yougoslavie**, créé en 1993 par l'ONU pour juger les personnes présumées responsables des crimes de guerre, **a mis en accusation plus de 160 individus**, parmi lesquels de nombreux dirigeants politiques ou militaires.

• **Le TPIR.** Un tribunal identique est mis en place en 1994 pour le Rwanda. Il a jugé un nombre important de **hauts responsables politiques impli qués dans le génocide** mais n'a pu entreprendre aucune action contre les crimes imputés au Front patriotique rwandais (FPR).

• **Le HCR.** Le **Haut-Commissariat des Nations Unies pour les réfugiés** se montre impuissant face aux massacres de dizaines de milliers de réfugiés hutus au Zaïre en 1996-1997.

B Les accords sur l'environnement

• **Les débuts dans les années 1990.** Malgré la tenue de **conférences internationales** (Rio en 1992, Kyoto en 1997), les avancées sont longtemps restées limitées.

• **Des progrès mais aussi des obstacles.** L'**accord de Paris** en **2015** permet certaines avancées dans la lutte contre le changement climatique, malgré le retrait de Donald Trump en 2017. Le revirement entamé par Joe Biden permettra-t-il de mettre en place une réelle transition environnementale ?

HISTOIRE

8 L'Europe depuis les années 1990

Depuis la **fin de la guerre froide** et le **traité de Maastricht**, la construction européenne est marquée par des évolutions, des avancées et des crises.

1 La création d'une Union européenne élargie et approfondie

A Traité de Maastricht et naissance de l'UE et de l'euro

• **Maastricht : un tournant.** En 1992, le traité de Maastricht définit la **citoyenneté européenne** et renforce la **coopération des pays membres** en matière de justice, de police, de diplomatie et de défense. Il engage aussi la marche vers l'**union monétaire.**

• **De la CEE à l'UE.** Élargie et approfondie, la CEE devient, en **1993**, une union : **l'Union européenne (UE)**. Par ses réalisations économiques, culturelles ou institutionnelles, elle s'affirme graduellement comme l'organisation politique la plus importante en Europe.

• **Une monnaie unique en débat. L'euro** devient la monnaie unique européenne en deux temps : d'abord comme **valeur d'échange interbancaire** à partir du **1er janvier 1999**, puis comme **monnaie** sous forme de pièces et de billets à partir du **1er janvier 2002**. Sa mise en circulation suscite de nombreux débats.

B Une vague d'élargissements

• **Une Europe élargie aux anciennes démocraties populaires.** En 2004, huit pays de l'ancien bloc communiste adhèrent à l'UE en même temps que Chypre et Malte. Deux autres pays, la Roumanie et la Bulgarie, y adhèrent en 2007. La Croatie les rejoint le 1er juillet 2013. Mais certains États (Norvège, Suisse, Islande) préfèrent se tenir à l'écart, même s'ils signent des accords ponctuels avec l'UE.

• **Des candidats à l'intégration dans l'UE.** Peut être candidat tout pays européen démocratique, qui respecte les **droits de l'homme** et a une **économie stable**. Cinq pays balkaniques ont reçu le statut de candidat (Turquie, Monténégro, Macédoine du Nord, Serbie, Albanie) et deux autres sont des candidats potentiels (Bosnie-Herzégovine et Kosovo).

Mot-clé

Approfondissement : processus d'intégration européenne passant par une harmonisation des politiques et par des transferts de compétences des États en faveur des institutions communautaires.

Caricature de Jacques Faizant (1918-2006) parue dans *Le Figaro*, le 31 décembre 1998. ▶

2 Doutes et hésitations depuis 2005

A Les débats institutionnels

• **Le contexte du traité de Lisbonne.** Le **projet de Constitution**, présenté en 2004 par V. Giscard d'Estaing, alors président de la Convention européenne, est malmené (refus français et néerlandais en 2005). Après renégociation, les 27 pays adoptent le traité de Lisbonne (2007). Malgré des hésitations (le « oui » irlandais ne survenant qu'après un second référendum), le traité entre finalement en vigueur pour tous les membres.

• **Des débats récurrents.** Les traités d'Amsterdam (1999), de Nice (2003) et de Lisbonne tentent d'apporter une solution aux problèmes de gouvernance de l'UE afin d'**éviter la paralysie découlant de la règle initiale de l'unanimité**, incompatible avec le nombre croissant de pays participants. Le poids respectif des États dans les décisions communautaires fait l'objet de nombreux débats. Le choix des domaines pour lesquels il est nécessaire d'abandonner la souveraineté nationale, en faveur d'une instance européenne supranationale, est aussi vivement discuté.

> **Mot-clé**
> **Eurosceptiques :** ceux qui contestent l'approfondissement de l'Union européenne au nom de la défense de la souveraineté.

B Une union d'États à géométrie variable

• **Une libre circulation très encadrée.** L'**espace Schengen** de libre circulation des personnes comprend 22 États de l'UE. La Bulgarie, la Roumanie, la Croatie et Chypre n'en font pas encore pleinement partie. Le Royaume-Uni et l'Irlande n'ont pas souhaité y être associés. En revanche, quatre États non-membres de l'UE y participent (Suisse, Norvège, Islande, Liechtenstein).

• **Les conséquences de la crise migratoire.** La difficile gestion de l'**afflux de migrants**, en lien notamment avec les conflits du Proche-Orient (pic de 2015), révèle les difficultés qu'ont les pays européens à trouver des solutions de compromis tout en respectant les textes fondateurs de la communauté européenne. Le **règlement de Dublin**, qui prévoit que le premier pays d'accueil d'un migrant est responsable du traitement de sa demande d'asile, pose toujours problème, tout comme le système de répartition qui s'ensuit. Plusieurs pays ont rétabli temporairement (par périodes de six mois) des contrôles aux frontières.

• **Une zone eurocomplexe.** 19 États de l'UE, membres de la zone euro, sont liés par un **pacte de stabilité et de croissance** qui les oblige à coordonner leurs politiques budgétaires. Le Royaume-Uni, le Danemark et la Suède ont refusé d'y participer. En Europe orientale, la plupart des États ont dû reporter leur entrée dans l'espace monétaire à cause, notamment, d'une forte inflation.

C Le problème du « déficit démocratique » et du Brexit

• **Le poids des mécontentements.** L'élection des parlementaires européens au suffrage universel (depuis 1979) renforce leur poids dans le fonctionnement de la Communauté. Mais le **développement de l'euroscepticisme** est, entre autres, lié aux critiques croissantes sur le « déficit démocratique », voire social, d'une construction dont les peuples se sentent écartés.

• **Le Brexit.** En 2016, suite aux débats du Brexit, les Britanniques décident, par référendum, de quitter l'UE. Après trois reports de la date de sortie, le Royaume-Uni cesse, le **1er février 2020**, de faire partie de l'UE. Un difficile accord de commerce et de coopération a été signé avec l'UE le 24 décembre 2020.

HISTOIRE

9 La France depuis les années 1990

Depuis les années 1990, le **cadre constitutionnel et juridique** a **beaucoup évolué** en France, pour tenir compte des **profondes évolutions de la société**, notamment sur les sujets de l'égalité homme-femme, du mariage et de la parentalité.

1 De nouveaux principes constitutionnels

A La réaffirmation des principes fondamentaux

• **Stabilité et longévité de la Cinquième République.** Les **lois constitutionnelles** de **1875** ont instauré la **Troisième République** et ont été en vigueur jusqu'en **1940**. Née en **1958**, la **Cinquième République** deviendra donc bientôt le plus long régime constitutionnel de l'histoire de France.

• **Des révisions qui s'accélèrent depuis les années 1990.** Sur les 108 articles actuels de la Constitution, seuls 30 articles n'ont jamais été modifiés depuis les débuts de la Cinquième République. Sur les 24 révisions constitutionnelles, 19 concernent la période 1992-2008.

• **Les grands principes constitutionnels.** Aux principes **de liberté, d'égalité et de fraternité** s'ajoutent d'autres principes fondamentaux : **unité et indivisibilité, laïcité**, caractères **démocratique et social** de la République.

B Le principe de l'organisation décentralisée de la République

• **Actes I et II de la décentralisation. En 1982,** les **lois Defferre** avaient profondément réorganisé les **collectivités territoriales** en redéfinissant les rôles des **préfets**, des **départements** et des **régions**. Cet Acte I est poursuivi et amplifié avec la **loi constitutionnelle de mars 2003**.

• **La révision constitutionnelle de 2003.** Les termes **« région »** et **« décentralisation »** sont, à présent, inclus dans la Constitution. Y figure aussi le principe de l'**autonomie financière des collectivités territoriales**. Enfin, pour répondre aux attentes des citoyens concernant une démocratie de proximité, le texte instaure le référendum décisionnel local et un droit de pétition.

> **Mot-clé**
>
> **Décentralisation :** transfert d'une partie du pouvoir et des compétences de l'État central vers les autorités régionales ou locales. Lorsque la décision finale reste entre les mains du pouvoir central, on parle d'une simple « déconcentration ».

C Le principe de parité : un combat pour l'égalité femme-homme

• **Les réformes sur la parité de 1999 et 2000.** La France est un des premiers pays au monde à prendre des dispositions en faveur de **l'égal accès des femmes et des hommes aux responsabilités politiques**. La révision constitutionnelle de juillet 1999 modifie l'article 3 en précisant que *« la loi favorise l'égal accès des femmes et des hommes aux mandats électoraux et fonctions électives »*. La loi de juin 2000 précise les modalités pour les élections à scrutin majoritaire et les élections proportionnelles.

• **La loi constitutionnelle de juillet 2008.** Cette loi constitutionnelle complète les textes précédents en étendant les dispositions en faveur de l'égal accès des femmes et des hommes aux *« responsabilités professionnelles et sociales »* (article 1 de la Constitution). C'est la dernière révision constitutionnelle votée en France.

2 Des évolutions juridiques en faveur de nouveaux droits

A Une réaffirmation juridique du principe de laïcité

• **Un principe centenaire.** La **laïcité** est le principe selon lequel **l'État est neutre en matière religieuse** ; il garantit le **libre exercice des cultes** sans les reconnaître ni les subventionner. Ce principe, présent dans le corpus législatif français depuis 1905, est réaffirmé dans la Constitution de 1958.

• **La question de la religion à l'école.** Si la question de la neutralité des agents de l'État en milieu scolaire ne fait pas trop débat, il en va autrement des sujets concernant les élèves et les parents : nombre de journées d'absence autorisé en raison de fêtes religieuses ne figurant pas au calendrier scolaire, repas de cantine compatibles avec les divers interdits alimentaires, etc.

• **Loi de mars 2004 et Charte de la laïcité.** Depuis le milieu des années 1980, un débat concerne le port du voile islamique par les filles dans les écoles. La question est tranchée par le législateur en 2004 : sont interdits les signes « *manifestant ostensiblement une appartenance religieuse* ». Depuis septembre 2013, une Charte de la laïcité de quinze articles est affichée en France dans toutes les écoles. Ces deux obligations s'appliquent uniquement aux écoles publiques mais pas aux établissements privés.

> **Mot-clé**
> **Signe religieux ostensible :** la circulaire du 18 mai 2004 précise que sont concernés « *le voile islamique, quel que soit le nom qu'on lui donne, la kippa ou une croix de dimension manifestement excessive* ».

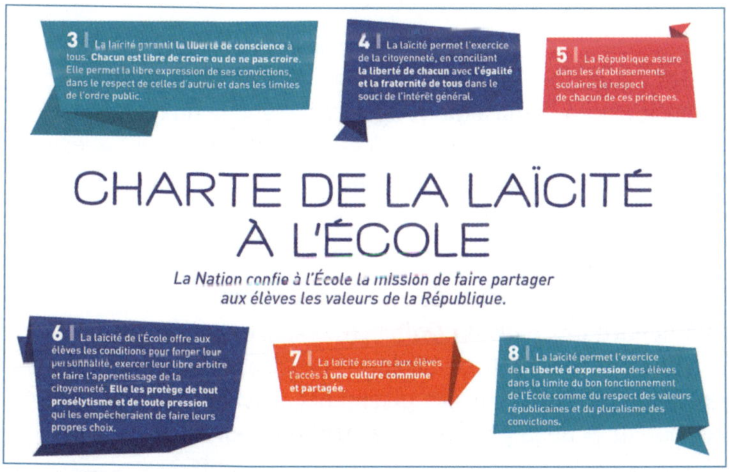

◂ La charte de la laïcité à l'école.

B De nouveaux droits pour les couples et les femmes

• **PACS et « mariage pour tous ».** Instauré en **1999** par un nouvel article du Code civil, le **Pacte civil de solidarité** est un contrat conclu entre deux personnes majeures, de sexe différent ou de même sexe, pour organiser leur vie commune. La **loi du 17 mai 2013** institue le **droit au mariage pour les couples homosexuels**, malgré des tensions fortes entre opposants et partisans du « mariage pour tous ».

• **PMA et homoparentalité.** L'extension aux femmes célibataires et aux femmes homosexuelles vivant en couple du droit à la procréation médicalement assistée, qui permet d'avoir un enfant au moyen de différentes techniques médicales, est votée par l'Assemblée nationale en octobre 2019 et par le Sénat en février 2020.

HISTOIRE

10 Mers et océans, vecteurs essentiels de la mondialisation

La **maritimisation de l'économie** a consacré **les mers et les océans** comme les principales zones de ressources ou de passage et les **lieux privilégiés de la mondialisation**.

1 Des zones de ressources halieutiques et énergétiques

A Les enjeux de la pêche hauturière

• **Localisation des ressources halieutiques.** Essentiellement côtières, les principales zones de ressources halieutiques (pêche) sont **inégalement réparties** à la surface du globe, celles offrant le meilleur rendement annuel se situant **le long des côtes américaines, européennes** et sur la **côte atlantique de l'Afrique**.

• **Une pêche industrielle.** Les chalutiers chinois, indonésiens, états-uniens ou russes sont devenus de véritables **usines flottantes**, assurant à la fois la pêche, la transformation, la congélation et le transport : alors qu'il fallait près de 336 jours de pêche pour rapporter 1,5 million de tonnes d'anchois en 1987, il n'en faut plus désormais que 12.

• **Des enjeux économiques et politiques.** La pêche industrielle est, aujourd'hui, entrée dans un cercle vicieux où le **coût des équipements des navires** impose aux pêcheurs de rapporter toujours plus de prises et conduit ainsi à l'**épuisement des stocks** et à la fin de leur activité. Cette situation contradictoire est logiquement source de tensions, notamment entre les pays pour lesquels cette **industrie** est **vitale** et pour qui l'**agrandissement des zones de pêche** devient un enjeu économique mais aussi politique.

B Les enjeux du pétrole offshore

• **Réduire la dépendance à l'égard des pays du Golfe.** Les grandes puissances ont décidé, depuis les **chocs pétroliers des années 1970**, de diminuer leur dépendance énergétique à l'égard des pays du Moyen-Orient en exploitant des **gisements offshore**. Ainsi, le pétrole offshore représente actuellement **30 % de la production pétrolière mondiale**.

• **Une répartition inégale des gisements.** Ce pétrole provient essentiellement de **gisements peu profonds** (moins de 500 m de fond) des zones côtières. Ces gisements d'hydrocarbures sont inégalement répartis sur la planète : golfe du Mexique, mer du Nord et, plus récemment, au large du Brésil et du Venezuela et dans les eaux du golfe de Guinée.

• **Des enjeux économiques et politiques.** Là aussi, la **perspective de l'épuisement des gisements onshore** conduit peu à peu les États, par le biais de leurs compagnies pétrolières, à convoiter telle ou telle zone, notamment le **golfe de Guinée** et l'**océan Glacial Arctique**, au risque de faire surgir de nouvelles tensions à propos de la délimitation des frontières maritimes.

Mot-clé

Maritimisation : processus d'augmentation et de concentration des échanges internationaux par voie maritime, en pleine expansion depuis les années 1970 et 1980.

2 Des zones de passage et d'échanges

A Routes et interfaces maritimes

• **Une grande artère circumterrestre.** Sur les 20 premiers ports mondiaux de conteneurs, **14 sont asiatiques** et appartiennent à la Chine, à Singapour, à la Corée du Sud, à Hong Kong, à la Malaisie et à Taïwan. Tous se situent sur l'**axe Nord-Sud de l'Asie orientale** qui constitue le principal axe maritime du transport mondial de conteneurs. À partir de cet axe se déploient, à l'ouest, la **route vers l'Europe** et, à l'est, la **route transpacifique** vers l'Amérique du Nord.

• **Le rôle des interfaces maritimes et océaniques.** Ces grandes routes maritimes contribuent à renforcer la **polarisation** et la **hiérarchisation des territoires**, en n'en reliant que quelques-uns et en contournant ou ignorant les autres. Elles aboutissent à des lieux spécifiques : les **interfaces maritimes**, chargées de traiter les cargaisons qu'elles acheminent d'un bout à l'autre de la planète.

• **Un nombre limité de grandes façades.** Seule une poignée de façades concentrent le trafic maritime : les **façades américaines** (ouvertes sur l'Atlantique et le Pacifique), la ***Northern Range*** (ouverte sur la mer du Nord, la Manche et l'Atlantique), la **façade de la mégalopole japonaise**, et enfin la **façade asiatique**, moins dense mais abritant parmi les plus grands ports du monde.

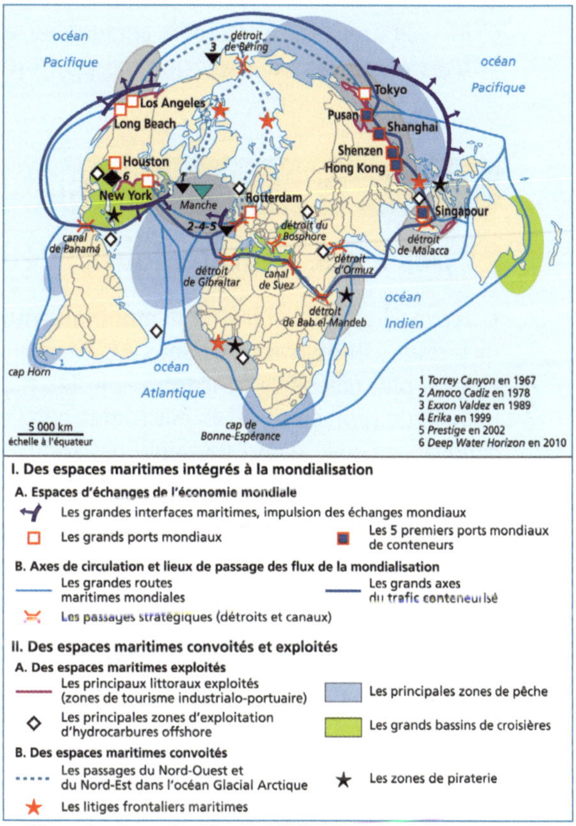

▲ Mers et océans dans la mondialisation.

> **Mot-clé**
>
> **Façade maritime :** espace littoral (comportant de grands organismes urbains et portuaires), interface entre un arrière-pays continental *(hinterland)* et un avant-pays maritime *(foreland)*, auxquels il est relié par des réseaux de communication denses et variés.

B Différents types de ports

• **Le port de transbordement.** Il n'est pas relié à un *hinterland* et joue donc le rôle d'un **hub** ou carrefour qui **concentre les flux maritimes** (essentiellement des conteneurs) en un point et les **redistribue** à des échelles inférieures : c'est le cas du **port d'Algésiras**, situé sur le détroit de Gibraltar, qui redistribue ainsi les flux dans tout le Bassin méditerranéen, évitant aux grands navires transocéaniques de multiplier les escales pour décharger des volumes de moins en moins importants.

• **Le port à *hinterland* classique.** Il accueille des **navires reliant directement deux façades maritimes**. Ces deux types de ports peuvent être combinés, notamment dans les plus grands ports comme celui de **Rotterdam**. Le but de ces interfaces est de **mettre en relation deux zones différenciées** de production et de consommation ou une zone de production et une zone de consommation situées de part et d'autre du globe.

GÉOGRAPHIE

11 Mers et océans, entre rivalités et coopérations

Mers et océans se retrouvent, aujourd'hui, au cœur des **préoccupations**, des **convoitises** et des **tensions économico-politiques**.

1 Points de passage et limites maritimes

A Des espaces stratégiques : détroits et canaux

• **Des maillons sensibles de la mondialisation.** Les détroits et canaux constituent des **lieux de passage et de transit obligés** des flux maritimes. Leur étroitesse et leur localisation créent ainsi un phénomène de **concentration des flux** et font d'eux, eu égard aux ressources qu'ils traitent, de véritables **portes maritimes** que l'on peut contrôler, fermer, ouvrir ou pirater. Ces détroits sont donc, dans l'ensemble, des **zones très militarisées**, comme le **détroit d'Ormuz** qui abrite la cinquième flotte des États-Unis, ancrée à Bahreïn, et pas moins de 8 bases militaires.

• **Localisation et enjeux des détroits et canaux.** Le détroit d'Ormuz et le **canal de Suez** donnent accès aux **ressources pétrolières du golfe Arabo-Persique** et assurent la communication avec les marchés américains européen et asiatique. Les **détroits de Malacca et de Singapour** ouvrent sur l'« atelier du monde » que constitue l'Asie de l'Est. Le **canal de Panamá** fait communiquer deux océans et permet d'éviter le passage du cap Horn. Le **détroit de Gibraltar** contrôle, quant à lui, l'accès à la Méditerranée.

> **Mot-clé**
> **Détroit :** bras de mer étroit cerné par des terres et mettant en communication deux étendues maritimes.

B La délimitation des zones maritimes

• **Les accords internationaux.** La **convention de Montego Bay** (Jamaïque), ratifiée en 1982 par la plupart des pays industrialisés (sauf les États-Unis), définit les **différentes zones maritimes** bordant les États côtiers et le **droit** qui les régit.

• **6 zones à partir du trait de côte.** Les **eaux intérieures** sont entre la côte et la ligne de base (limite de la marée la plus basse). Les **eaux territoriales** vont jusqu'à 12 milles des côtes (1 mille marin équivaut à 1 852 m) et les **eaux contiguës** 12 milles plus loin. La **ZEE** (zone économique exclusive) s'étend jusqu'à 200 milles des côtes. Le **plateau continental** désigne le prolongement sous-marin du territoire terrestre. Enfin, au-delà, se trouvent les **eaux internationales** ou « haute mer ».

• **Droit national et droit international.** L'État côtier exerce sa **totale souveraineté sur les eaux intérieures, territoriales et contiguës**. Au-delà, la **ZEE** et le **plateau continental** sont régis par le **droit international**, et la circulation y est totalement libre, y compris pour les bâtiments militaires et le passage d'oléoducs ou de câbles sous-marins. Dans sa **ZEE**, l'État n'y est pas souverain mais peut y **explorer, exploiter et protéger librement les ressources.** Les eaux internationales sont, quant à elles, gérées comme un patrimoine de l'humanité par l'**Autorité internationale des fonds marins**, basée à Kingston, en Jamaïque.

• **Les litiges maritimes : contrôler la circulation et les ressources.** Malgré ce droit international maritime, une frontière sous la mer reste beaucoup plus floue qu'une frontière terrestre et suscite, par conséquent, davantage de **revendications**. C'est le cas de quelques zones dans le monde : en **mer de Chine** (les îles Spratly), dans le **golfe du Niger** ou en **Océanie**. Les enjeux restent toujours les mêmes : les ressources et la sécurisation de la navigation.

2 Des politiques de coopération internationale ?

A Le cas de l'Arctique : de nouveaux enjeux maritimes

• **De nouvelles routes maritimes.** Le **retrait** conjoncturel (permanent ?) **des glaces** de l'océan Arctique, depuis une quinzaine d'années, laisse entrevoir l'**ouverture prolongée de deux passages** qui permettraient de relier beaucoup plus rapidement l'Asie à l'Atlantique : celui du **Nord-Ouest**, le long de l'Alaska, du Canada et du Groenland ; et celui du **Nord-Est**, le long de la Russie, ouvert officiellement depuis 1991.

• **Des revendications avant tout nationales.** La question se pose alors de savoir **si ces nouvelles routes font partie des eaux internationales**, libres de circulation, **ou des eaux territoriales** des États riverains. D'un côté, le Canada et la Russie clament leur souveraineté sur ces eaux glacées au large de leurs côtes ; de l'autre, les États-Unis, l'Union européenne et le Danemark (qui possède le Groenland) considèrent que ces eaux et les détroits n'appartiennent à personne.

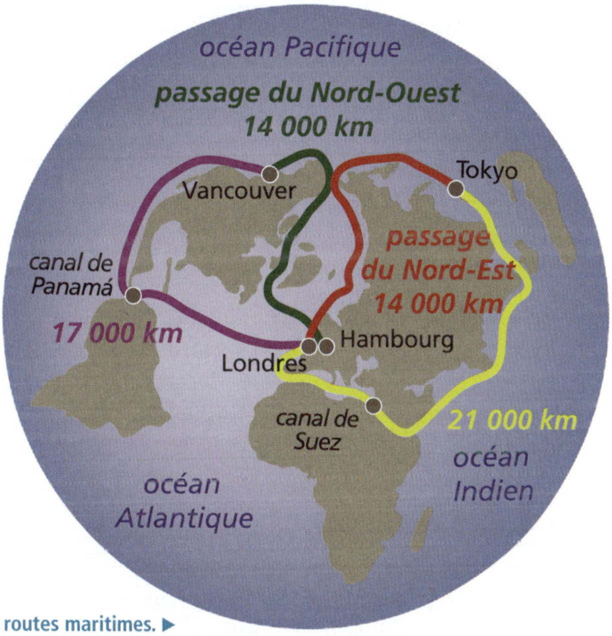

Comparaison entre les différentes routes maritimes. ▶

B Les mesures contre la piraterie

• **Géographie de la piraterie.** On retrouve la piraterie en **Afrique**, au large des **côtes somaliennes** et dans le **golfe d'Aden**, ainsi que dans le **golfe de Guinée** (delta du Niger, en particulier), mais aussi en **Asie du Sud-Est** et en **Amérique du Sud**, au large du Brésil et du Pérou. L'Asie du Sud-Est reste l'une des zones maritimes les plus dangereuses du globe. La configuration archipélagique, le fait que **80 % du commerce mondial y transite** et l'instabilité de l'Indonésie (mouvements autonomistes du Timor) facilitent les **attaques** et le repli des pirates.

• **Des mesures internationales.** Face à cette **recrudescence de la piraterie**, les États ont dû se mobiliser et coopérer. L'**opération Atalante**, mise en œuvre par l'Union européenne, a pour tâche de lutter contre l'insécurité dans le golfe d'Aden et l'océan Indien. De son côté, le **Japon** se montre aussi très actif dans la lutte contre la piraterie internationale, notamment dans les **espaces stratégiques de la Malaisie** et du **détroit de Malacca**.

GÉOGRAPHIE

12 La France, puissance maritime ?

La France possède la **deuxième ZEE du monde** avec 11 millions de km², derrière les États-Unis mais devant l'Australie. Mers et océans restent donc un **enjeu primordial** pour le pays et ses territoires ultramarins.

1 Le rôle du secteur maritime dans l'économie

A Des aménagements pour la pêche et l'agriculture

• **Pêche artisanale et pêche industrielle.** Plus de **80 % des navires de pêche** pratiquent la pêche artisanale, qui comprend la pêche côtière au chalut et la petite pêche au filet maillant ou « trémail ». La **pêche industrielle** capture, cependant, **plus de la moitié des tonnages**. Cette pêche hauturière comprend la pêche fraîche traditionnelle et la pêche par **chalutiers congélateurs**.

• **Les principales zones de pêche.** Les zones portuaires de pêche sont surtout celles de la **mer du Nord** et de la **Manche** (**Boulogne-sur-Mer**, est le premier port de pêche français avec une flottille diversifiée de près de 150 bateaux), et celles de l'**Atlantique** (notamment Lorient et Le Guilvinec).

• **L'essor de l'aquaculture.** L'aquaculture est récente en France mais en pleine expansion. Les **cultures marines** portent sur l'élevage de **coquillages** (conchyliculture) comme les moules (mytiliculture) et les huîtres (ostréiculture), l'élevage de **poissons** (pisciculture) et de **crevettes**. On y ajoute la culture d'**algues** et l'exploitation des **marais salants**.

> **Mot-clé**
> **Aquaculture :** élevage d'animaux et de végétaux aquatiques.

B Des aménagements pour l'industrie et le commerce

• **Les zones industrialo-portuaires (ZIP).** À partir des années 1960, l'État crée des ZIP pour **promouvoir l'industrie sur l'eau française** et assurer les **approvisionnements en hydrocarbures**. Quatre ports se spécialisent : sidérurgie à **Dunkerque**, produits pétroliers à **Fos-sur-Mer**, chantiers navals à **Saint-Nazaire**, terminaux porte-conteneurs au **Havre**.

• **Des ports entre décentralisation et privatisation.** Les principaux ports de marchandises sont **Haropa** (Le Havre-Rouen-Paris avec 95 millions de tonnes [Mt]), **Marseille-Fos** (80 Mt) et **Dunkerque** (50 Mt). Depuis une dizaine d'années, beaucoup de ports sont devenus **propriétés des régions**, tandis que sept ports autonomes ont été transformés en **« grands ports maritimes »** et ont dû ouvrir leurs équipements de manutention à la concurrence.

2 Le poids des territoires ultramarins

A Les « confettis de l'Empire »

• **La création des Départements (DOM) et Territoires (TOM) d'outre-mer.** En **1946**, la France accorde à certaines colonies un **statut comparable à celui des départements** de métropole. Les quatre **DOM** sont la Guadeloupe, la Martinique, la Guyane et la Réunion. D'autres colonies sont dotées d'une certaine autonomie. Ces **TOM** se localisent en Amérique (Saint-Pierre-et-Miquelon) et en Océanie (Nouvelle-Calédonie, Wallis-et-Futuna, Polynésie française). Enfin, la France conserve des **territoires en Antarctique** et des **îlots peu ou pas habités** comme Clipperton.

Mot-clé

TAAF : Terres australes et antarctiques françaises, comprenant l'archipel Crozet, les îles Kerguelen, les îles Éparses de l'océan Indien, les îles Saint-Paul et Amsterdam et la terre Adélie.

• **Des statuts administratifs complexes.** Guadeloupe, Martinique, Guyane et Réunion ont à la fois le **statut de département et de région administrative** : on les qualifie, parfois, de **DROM**. Mayotte est aujourd'hui un département. Les TOM ont été remplacés par les **COM (Collectivités d'outre-mer)**. Les statuts varient selon les territoires, mais leur degré d'autonomie est souvent assez important. La **Nouvelle-Calédonie** bénéficie même d'un **statut propre** (pays d'outre-mer) avec option de passage à l'indépendance.

▲ La France ultramarine.

B L'importance des territoires ultramarins pour la France

• **Une indéniable valeur stratégique et scientifique.** Certains de ces territoires sont utilisés dans des **buts scientifiques** (Kerguelen, base Dumont-d'Urville en terre Adélie). D'autres ont une **justification stratégique et militaire** (base de lancement des **fusées Ariane** à Kourou, en Guyane).

• **Un potentiel maritime important.** Ces territoires comptent seulement 2,7 millions d'habitants et représentent une **faible superficie terrestre** (120 000 km^2). Mais la zone sur laquelle **la France peut exploiter seule les ressources marines** s'étend sur **près de 11 millions de km^2**.

C Des problèmes récurrents de développement

• **Un fort taux de chômage.** Les régions ultramarines sont globalement **très peu industrialisées** (hormis les mines de nickel néo-calédoniennes), et l'activité économique n'est pas suffisamment dynamique pour répondre à l'**augmentation rapide de la population. Le taux de chômage dépasse partout 20 %** et les jeunes sont les premiers touchés. Les **aides importantes de l'État** (dérogations fiscales, allocations, emplois publics…) ont abouti à une nette amélioration du niveau de vie mais n'arrivent pas à freiner l'**exode vers la Métropole**.

• **Une économie en gestation.** L'activité économique a longtemps été essentiellement **agricole**, tournée vers l'**exportation** à destination de la Métropole des cultures de plantations (bananes antillaises, canne à sucre). Cette agriculture est en crise, concurrencée par les pays à coût de main-d'œuvre moins élevé. En dehors de quelques stations balnéaires modernes (Le Marin en Martinique, Le Gosier en Guadeloupe), le **potentiel touristique** reste **sous-exploité**.

GÉOGRAPHIE

13 Une inégale intégration dans la mondialisation

La **domination de la Triade** sur le monde est le fait des États qui la composent mais aussi des FTN qui en sont originaires. Cependant, **les pays émergents** contestent de plus en plus cette position dominante.

1 La Triade dans la mondialisation

A Un acteur majeur de la mondialisation économique

• **Trois pôles de l'hémisphère Nord.** La Triade est formée des trois pôles qui constituent des **centres d'impulsion économique dans le monde**. Ce sont des États ou des groupes d'États : **États-Unis et Canada**, **Union européenne**, **Asie orientale** (du Japon à Singapour, via la Corée du Sud et la Chine littorale). Ces pays qui regroupent 15 % de la population mondiale concentrent environ **50 % du PIB de la planète**.

• **Le Groupe des sept.** Le Japon, le Canada, les États-Unis et quatre pays de l'UE (Allemagne, France, Italie, Royaume-Uni) forment le **G7** qui regroupe les **pays les plus riches et les plus industrialisés du globe**. Ce sommet des chefs d'État traite des **questions économiques et environnementales** qui affectent l'ensemble du monde.

> **Notion-clé**
>
> **Nord / Sud :** le terme de Nord, opposé au Sud, cherche à rendre compte de la différenciation entre pays riches et pays pauvres. La référence aux points cardinaux est évidemment à relativiser. Beaucoup de pays pauvres sont au nord de l'équateur ; certains pays de l'hémisphère Sud, comme l'Australie et la Nouvelle-Zélande, font partie des pays riches.

B Des moyens de domination multiples

• **Une suprématie dans les décisions internationales.** Les pays de la Triade **contrôlent** toujours **les grands organismes internationaux** comme le Fonds monétaire international ou la Banque mondiale, soit parce qu'ils disposent d'un **droit de veto** sur les décisions importantes, soit parce qu'ils usent de leur **influence** pour constituer des regroupements de pays qui défendent leurs intérêts.

• **Une puissance modélisante.** La Triade **contrôle les flux d'informations** indispensables à la prise de décision économique et politique. Elle dispose de grands groupes de télévision (CNN) et de **réseaux de télécommunications** à l'échelle mondiale. Les principaux centres de recherche et les universités les plus réputées sont situés dans ces pays qui peuvent ainsi **imposer une culture dominante planétaire**.

2 Les puissances émergentes

A Des pays en développement à la croissance importante

• **Une définition complexe.** Les **puissances émergentes** sont des pays dont **le revenu par habitant** est **intermédiaire**, situé entre celui des pays les moins avancés et celui des pays riches, et dont la **croissance économique** est **rapide**. L'émergence repose, en général, sur la **règle des 5 E** (État, éducation, entreprise, épargne, exportation) avec une priorité donnée à l'**industrie**.

• **Un poids croissant dans l'économie mondiale.** Cette soixantaine de pays représente plus de **40 % du PIB mondial** et les deux tiers de la population. Grâce à des coûts de main-d'œuvre souvent très compétitifs, ces pays sont devenus des **rivaux redoutables** pour la Triade, même si une partie de leur succès économique bénéficie à des FTN originaires de celle-ci.

• **Une localisation spécifique.** Ces pays sont surtout situés en **Amérique latine** (Mexique, Argentine) et en **Asie** (Indonésie, Thaïlande, Turquie, Arabie Saoudite), avec l'exception du **Nigeria** en Afrique. Les **BRICS** (Brésil, Russie, Inde, Chine, Afrique du Sud) dominent cet ensemble.

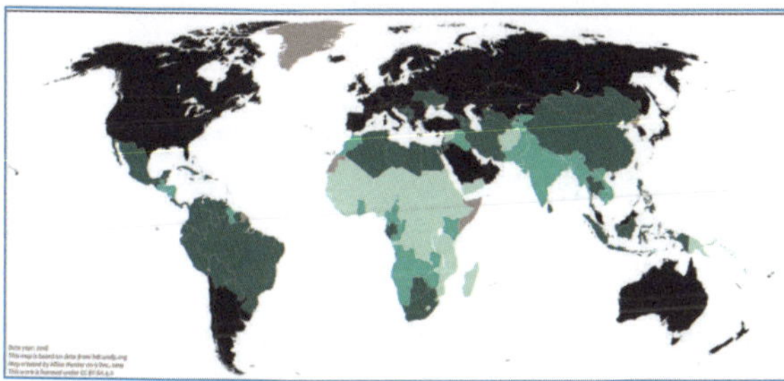

Carte des pays du monde par IDH, selon l'ONU en 2018 (publiée le 9 décembre 2019)

- 0.800–1.000
- 0.700–0.799
- 0.555–0.699
- 0.350–0.554
- Pas de données

Source : Rapport sur le développement humain (2019)

▲ Un indice de l'inégale intégration dans la mondialisation : l'IDH (2019).

B Des partenaires et des concurrents de la Triade

• **Une voix à l'OMC.** Certains pays émergents, comme le Brésil, la Chine ou l'Inde, appartiennent à l'**Organisation mondiale du commerce (OMC)**. Ils s'entendent pour **contester l'hégémonie de la Triade** et **dénoncent les politiques agricoles** des États-Unis et de l'Union européenne au sein de l'OMC.

• **Les travaux du G20.** Créé en 1999, le G20 réunit les représentants politiques, économiques ou sociaux de **19 pays** considérés comme les plus développés (G7 et principaux pays émergents), auxquels s'ajoutent les **représentants de l'UE** (sommet de novembre 2020 à Riyad, en Arabie Saoudite). Le poids du G20 dans la gouvernance mondiale est devenu considérable, mais c'est une **instance critiquée**.

Mot-clé

Disparités socio-spatiales : différences quantitatives (démographiques, économiques, sociales, culturelles) repérables et mesurables dans des territoires de même dimension. Elles peuvent s'observer à différents niveaux d'échelle : mondes urbains et ruraux ; littoraux et espaces ouverts sur l'espace mondial d'une part, espaces périphériques de l'intérieur et des confins continentaux d'autre part.

C Un groupe hétérogène au niveau de développement très inégal

• **Un groupe sans réelle unité.** Les puissances émergentes forment une association qui reste trop hétérogène pour constituer une alliance. Les **antagonismes** sont **forts** entre la Chine et l'Inde ou entre Moscou et Pékin, qui convoite les richesses en matières premières et en énergie de la Sibérie.

• **Le problème des inégalités sociales.** Dans les pays émergents, la croissance économique et l'insertion dans la mondialisation ont permis une **amélioration du niveau de développement humain**, mais celui-ci est encore éloigné (surtout en Inde) des niveaux atteints par les pays développés. De plus, la croissance économique avive les **tensions sociales** des pays très inégalitaires comme le Brésil.

• **Le renforcement des inégalités spatiales.** Dans les pays émergents, l'insertion dans l'économie mondiale profite d'abord aux **métropoles qui concentrent les activités et attirent les investissements**. Les **façades littorales** sont au cœur du développement économique. Au contraire, certains espaces restent à l'écart de la mondialisation ; c'est le cas des **zones rurales enclavées**.

14 Coopérer pour réduire les inégalités territoriales

De **grandes organisations régionales** se sont développées à partir des années 1990 pour proposer un **échelon intermédiaire** entre les États et l'espace mondialisé. Si l'UE reste la construction la plus aboutie, d'autres associations existent et, parfois, coopèrent entre elles en signant des **partenariats**.

1 La politique de cohésion de l'UE

A Cinq objectifs-clés pour 2027

- **Une véritable politique régionale.** Si le premier poste de dépense de l'UE est la **Politique agricole commune (PAC)** avec les subventions versées aux agriculteurs, la **politique de cohésion** est le second secteur d'investissement (près du tiers du budget européen). L'UE a une **politique régionale** et donc d'aménagement du territoire qui s'appuie sur l'**octroi de subventions** à divers types de projets de développement.
- **La mesure des inégalités.** La méthode de répartition des fonds reste essentiellement **fondée sur le PIB par habitant** et prend aussi en compte le chômage des jeunes, le faible niveau scolaire, le changement climatique, l'accueil et l'intégration de migrants. L'UE fournit une aide particulière à ses **régions ultrapériphériques (RUP)**.
- **Deux objectifs prioritaires.** Les financements de développement régional ont un cadre pluriannuel. Pour la **phase 2021-2027**, la majeure partie des investissements sera concentrée d'abord sur la recherche, l'innovation, la numérisation et la transformation économique, et ensuite sur la transition énergétique, les énergies renouvelables et la lutte contre le changement climatique.
- **Trois autres grands objectifs.** S'ajoutent d'**autres priorités** : soutenir les réseaux stratégiques de transport et de communication numérique, promouvoir les emplois de qualité, l'éducation, les compétences, l'inclusion sociale et l'égalité d'accès aux soins de santé, financer les projets pilotés au niveau local et le développement urbain durable.

> **Mot-clé**
> **Régions ultrapériphériques européennes :** territoires éloignés géographiquement du continent mais qui font partie intégrante des États membres auxquels ils appartiennent. Sur les neuf RUP que compte l'UE, six sont françaises.

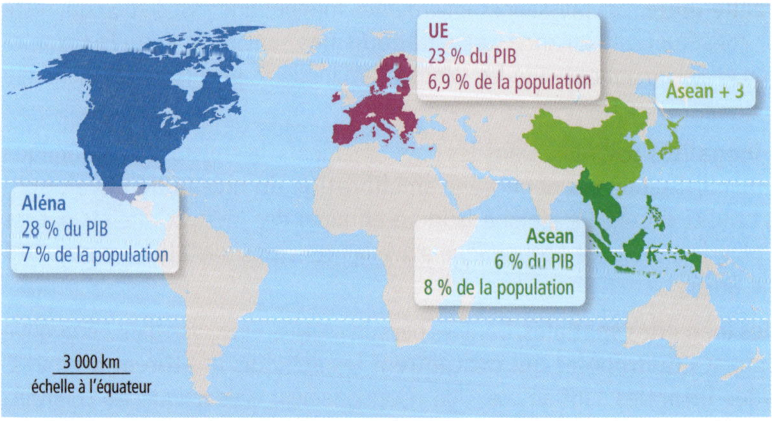

▲ Les 3 principales zones de libre-échange actuelles.

B Fonds structurels et aide aux régions en difficulté

• **Le Fonds européen de développement régional (FEDER).** Il cible particulièrement les **problèmes économiques, environnementaux et sociaux** dans les villes, les zones présentant des handicaps géographiques naturels (régions insulaires, montagneuses ou peu peuplées) et les zones ultrapériphériques.

• **Le Fonds social européen (FSE).** Il vise à **améliorer les possibilités d'emploi et de mobilité professionnelle** dans l'UE (notamment pour les personnes défavorisées), en finançant la formation et l'insertion professionnelles.

• **Le Fonds de cohésion (FC).** Il aide les États membres dont le revenu national brut (RNB) par habitant est inférieur à 90 % de la moyenne communautaire (tous les pays entrés dans l'UE depuis 2004, plus le Portugal et la Grèce) à **réduire leur retard économique et social** ainsi qu'à stabiliser leur économie.

2 La politique territoriale des organisations régionales

A Diversité des régionalisations

• **Des degrés variés d'association économique.** On distingue **quatre degrés d'intégration** économique à l'échelle continentale : la **zone de libre-échange**, créée suite à l'abaissement des droits de douane, l'**union douanière**, le **Marché commun** et l'**union économique et monétaire** dont l'Union européenne est le modèle le plus abouti. Les marchés élargis de ces associations sont à la fois un **rempart** de protection face aux dangers de la concurrence mondiale et un **tremplin** pour s'imposer dans la compétition internationale.

• **De nouveaux territoires.** L'affirmation de ce nouveau niveau de pouvoir et d'échelle de territoire, à un moment où les États se multiplient, introduit une complexité supplémentaire. Le citoyen se découvre des **appartenances multiples** entre la région au sein de l'État, l'État-nation, la communauté ou l'union supra-étatique.

• **Des organisations continentales.** Fondée en **1967** par l'Indonésie, la Malaisie, les Philippines, Singapour et la Thaïlande, l'**Association des nations de l'Asie du Sud-Est (ASEAN)** s'est étendue à cinq autres pays et, depuis 1997, organise des rencontres avec la Chine, le Japon et la Corée du Sud **(ASEAN + 3)**. Le **Mercosur** a été créé en **1991** par le rapprochement de l'Argentine, du Brésil, du Paraguay et de l'Uruguay. Les pays associés au Mercosur sont la Bolivie, le Chili, la Colombie, l'Équateur, le Pérou, le Guyana et le Suriname. Depuis **1994**, l'**ALENA (Accord de libre-échange nord-américain)** unit les États-Unis, le Canada et le Mexique ; un nouvel **Accord Canada/États-Unis/Mexique (ACEUM)** est entré en vigueur en **2020**.

Mot-clé

Zone de libre-échange : elle permet la libre circulation des produits et services au sein d'un espace géographique par la suppression des barrières douanières.

B Des relations entre les grands pôles régionaux

• **Des dialogues et accords entre organisations régionales.** L'Union européenne a un accord de **partenariat** avec l'ASEAN et a signé, en 2019, un accord de **libre-échange** avec le Mercosur.

• **L'APEC, un exemple de coopération économique étendue.** La **Coopération économique pour l'Asie-Pacifique** n'est qu'un forum de discussion sans force contraignante, mais il permet de mettre en place des relations économiques entre les organisations régionales (ALENA, ASEAN) et les pays qui bordent le Pacifique.

15 La France dans la mondialisation

Sixième puissance économique mondiale, la France est un des centres d'impulsion de la mondialisation, bien qu'elle représente moins de 1 % de la population mondiale (67 millions d'habitants). **Puissance politique, économique et culturelle,** elle tente de conserver et de faire évoluer son attractivité et son rayonnement.

1 Un rôle encore important dans le monde

A Une présence diplomatique et militaire

• **Une présence militaire planétaire.** La France a une politique ambitieuse fondée sur l'**indépendance nationale**, la **dissuasion nucléaire** et l'**autosuffisance militaire**. L'armée française a des **points d'appui** dans les Caraïbes, l'océan Indien et l'océan Pacifique. **Membre de l'OTAN,** la France a rejoint son organisation militaire intégrée en 2009.

• **Une politique étrangère active.** Les Français prônent un **monde multipolaire géré par une gouvernance mondiale**. Ils s'opposent donc à la politique souvent unilatérale menée par les États-Unis. **Pilier essentiel de l'UE,** la France joue aussi un rôle moteur dans la poursuite de la construction européenne. La France est également le **cinquième contributeur mondial à l'aide au développement** ; les pays africains en sont les premiers destinataires.

• **Une place importante dans les relations internationales.** **Membre permanent du Conseil de sécurité** avec un droit de veto, la France fournit des casques bleus à l'ONU. Paris est, en outre, le **siège de l'Unesco et de l'OCDE**. La France est **membre du G7**, qui réunit les chefs d'État des pays les plus puissants de la planète, et du **G20**, forum de discussion plus large.

> **Mot-clé**
> **AEFE :** Agence pour l'enseignement français à l'étranger. Présente dans 139 pays, elle scolarise 370 000 élèves dans 522 établissements.

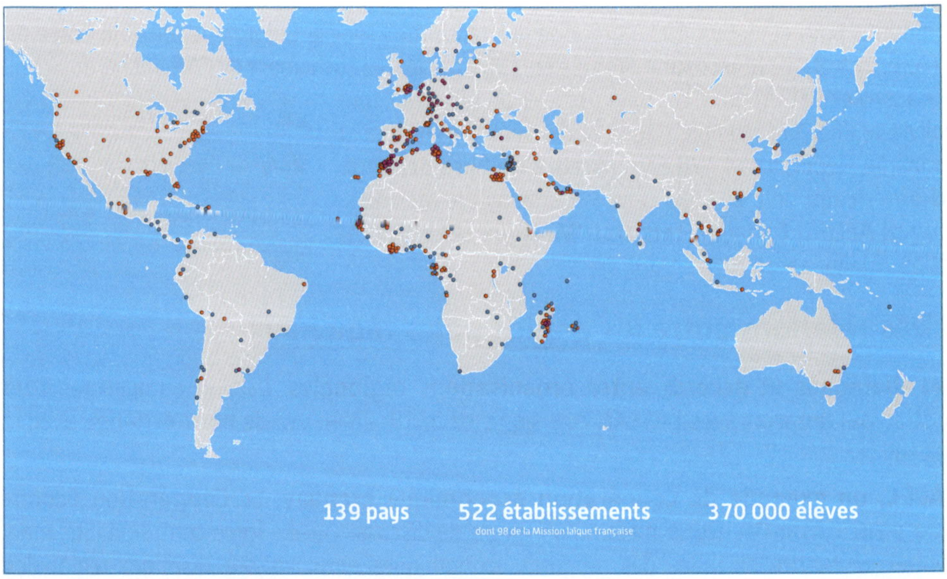

▲ Les lycées français à l'étranger.

B Une présence économique, culturelle et linguistique

• **Une économie de plus en plus extravertie.** Sixième puissance économique, la France est un **grand pays exportateur**, l'un des principaux pays pour les **investissements (IDE)** et la **première destination touristique** du monde, grâce à un **patrimoine** particulièrement riche. La France excelle dans les filières de la mode, de l'industrie aéronautique, de l'industrie automobile, de l'énergie, ainsi que du bâtiment et de l'eau.

• **Un important rayonnement culturel.** Les territoires ultramarins facilitent le rayonnement de la langue française. Le français est une langue parlée par **300 millions de personnes dans plus de 70 pays**. La **francophonie** s'appuie sur le réseau des établissements de l'**AEFE** et de l'**Alliance française**, sur les programmes de Radio-France internationale et de TV5 Monde. La France défend le **principe de l'exception culturelle** et **de la diversité culturelle**, dans le cadre de l'UNESCO.

2 Acteurs et réseaux du secteur international

A La France à l'étranger

• **Un grand réseau diplomatique.** Plus de **deux millions de Français vivent à l'étranger**. Qualifiés pour la plupart, ils contribuent à donner une image positive du pays. Se présentant souvent comme le **berceau des droits de l'homme**, la France diffuse aussi ses valeurs grâce à son **réseau d'ambassades et de consulats**, le troisième au niveau mondial.

• **Des vecteurs de diffusion de la pensée française.** La chaîne de télévision **France 24**, qui émet dans le monde entier en français, en arabe, en anglais et en espagnol, et l'**Agence France-Presse (AFP)** diffusent l'actualité internationale selon une perspective française. L'image culturelle de la France passe aussi par ses **musées** : le Louvre a négocié, avec les autorités des Émirats arabes unis, l'utilisation de son nom à **Abu Dhabi** pendant 30 ans contre 400 millions d'euros.

> **Mot-clé**
> **IDE :** investissements directs à l'étranger.

• **Des entreprises françaises très internationalisées.** La présence économique de la France dans le monde est largement portée par l'**internationalisation de ses entreprises**. Le pays compte ainsi **plus de 30 firmes transnationales** (hors finance) parmi les 500 premières firmes mondiales, soit plus que l'Allemagne.

B La France : un territoire mondialisé

• **Paris, métropole mondiale.** Ce thème a été vu en classe de Première. Paris, bien que concurrencée par Londres, reste une **capitale économique attractive** et une **capitale culturelle dynamique**. Après Londres (1908, 1948 et 2012), Paris devient la deuxième ville au monde à célébrer les **jeux Olympiques d'été à trois reprises** (1900, 1924 et 2024).

• **La première destination touristique du monde.** La France accueille, chaque année, plus de **85 millions de touristes**. Elle dispose de 45 sites inscrits au **Patrimoine culturel et naturel mondial de l'UNESCO** (dont les terres et mers australes en 2019), ainsi que 18 éléments de **Patrimoine culturel immatériel de l'humanité** (par exemple, l'alpinisme, classé en 2019).

• **Un pays attractif pour les investisseurs et les étudiants.** La France accueille, sur son sol, le **9e stock mondial d'IDE entrants**. Les États-Unis conservent leur place de premier investisseur en France, devant l'Allemagne et le Royaume-Uni. Au total, la France compte près de **30 000 entreprises étrangères**, qui emploient 2 millions de personnes et représentent 30 % des exportations et 20 % des dépenses en R&D (Recherche et Développement). Enfin, plus de **300 000 étudiants étrangers** ont choisi d'étudier dans l'Hexagone.

16 L'UE : une puissance d'abord économique

L'UE dispose de **solides atouts économiques**, qui en font un pôle de la Triade. Mais cette puissance est incomplète, du fait notamment des **divergences entre ses 27 membres**.

1 Aspects et fondements de la puissance économique de l'UE

A Un pôle de la Triade

• **La première puissance commerciale.** Cette primauté s'explique par l'intensité exceptionnelle des **échanges intracommunautaires** (50 % du commerce de l'UE se fait entre ses membres), qui se sont accrus beaucoup plus rapidement que le commerce extra-européen. Les partenaires de l'UE sont les **deux autres pôles de la Triade**, les **puissances d'Asie** et les **pays ACP** (Afrique, Caraïbes, Pacifique), notamment les **ex-colonies**.

• **Un système productif performant.** Le PIB de l'UE est largement dépassé par celui des États-Unis mais devance encore légèrement celui de la Chine. L'**industrie** européenne compte de nombreux points forts (automobile, sidérurgie, chimie, pétrole, aérospatiale et aéronautique). L'**agriculture** européenne concurrence directement la puissante agriculture américaine : ce qui suscite des conflits.

• **Des services très performants.** L'UE est le **premier pôle touristique mondial**. Les banques, les assurances, les cabinets de conseil connaissent une forte croissance. S'y ajoutent les chaînes de grande distribution et les TIC (cinéma d'animation, jeux vidéo…).

• **Des sociétés présentes dans le monde entier.** Les **FTN européennes** sont bien classées même si leur poids reste inférieur à celui des grandes entreprises américaines, voire chinoises.

> **Mot-clé**
>
> **FTN :** firme transnationale, entreprise qui contrôle des unités de production et de conception dans plusieurs États. On peut préférer le terme de « transnationale » à celui de « multinationale » dans la mesure où les fonctions de commandement sont souvent localisées dans un même État, même si l'organisation et les stratégies de la firme sont conçues à l'échelle mondiale, par-delà les frontières.

B Bases et instruments de la puissance

• **Le premier marché de consommateurs.** L'UE est le **pôle le plus peuplé de la Triade**. La population dispose d'un pouvoir d'achat élevé : le **PIB par habitant** est environ **trois fois supérieur à la moyenne mondiale**.

• **Un réseau de transport très développé.** Le réseau de transport européen est **particulièrement dense**. Des grands travaux permettent de relier plus efficacement les pays membres. Les **lignes ferroviaires à grande vitesse** se sont multipliées entre les grandes métropoles européennes voisines.

• **Des politiques communautaires volontaristes.** Depuis sa création, la **Communauté européenne** a toujours agi pour **favoriser le développement économique** (Marché commun ; libre circulation des hommes, des marchandises et des capitaux ; Politique agricole commune). L'œuvre la plus spectaculaire dans le domaine économique est la **création de l'euro**, qui oblige les États à accepter une **discipline commune** (inflation, déficit, dette).

2 Quelles limites au poids mondial de l'UE ?

A Des faiblesses technologiques, démographiques et énergétiques

• **Les faiblesses de la recherche.** Si les États-Unis et le Japon consacrent environ 3 % de leur PIB à la **Recherche et Développement (R&D)** pour maintenir leur compétitivité économique et être présents sur les marchés de l'avenir, cette proportion ne dépasse pas 2 % pour l'UE. L'entreprise finlandaise de téléphonie mobile Nokia n'arrive qu'en dixième position du marché des smartphones. Ce sont des dissensions entre l'Italie, la France et l'Allemagne qui ont entraîné les **retards successifs du programme Galileo** (satellites de positionnement et de navigation).

• **Le déclin démographique.** Avec l'augmentation de l'espérance de vie et la baisse du taux de fécondité (1,6 au lieu de 2,1 nécessaires au renouvellement des générations), le **vieillissement de la population européenne** semble inéluctable. Les **politiques familiales** (congé maternité, aménagement du temps de travail, allocations familiales) **coûtent**, par ailleurs, **très cher**. Les **politiques restrictives en matière d'immigration** limitent aussi les solutions.

• **L'absence de politique énergétique commune.** Les pays de l'UE sont très **dépendants dans le domaine des hydrocarbures**, d'autant que les gisements de la mer du Nord, qui assurent encore l'essentiel de la production, déclinent. Certains membres font le choix des **énergies renouvelables** (énergie éolienne au Danemark, en Allemagne ou en Espagne, énergie solaire en France et en Espagne...), mais il s'agit de **décisions non concertées**.

Mot-clé

Intégration régionale : un espace A s'intègre à un espace B lorsque des liens de toute nature le rendent de plus en plus solidaire (ou dépendant) de l'espace B. La notion d'intégration renvoie au vocabulaire économique, une entreprise étant « intégrée » lorsqu'elle contrôle l'ensemble de la filière de production de l'amont à l'aval, de la matière première à la commercialisation du produit.

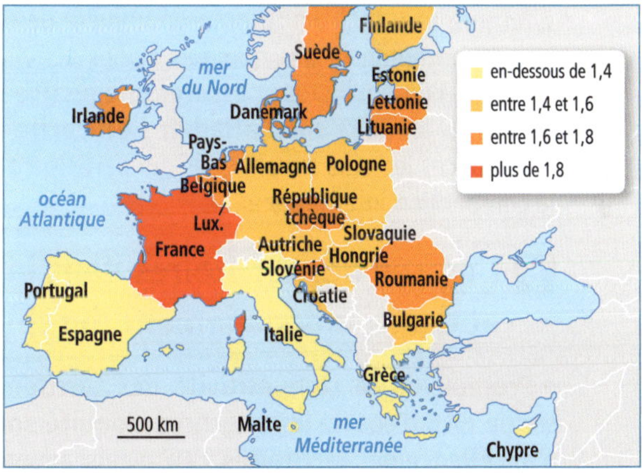

Le taux de fécondité dans l'UE. ▶

B Des logiques surtout nationales ou bilatérales

• **L'incohérence de la politique économique.** Même en matière économique, **les intérêts nationaux l'emportent sur la logique communautaire**. De nombreux États membres ne sont pas convaincus de la nécessité des politiques économiques communes. Beaucoup des grandes réussites de l'UE, comme **Airbus**, sont, avant tout, des **projets multilatéraux et non** des projets **communautaires**. L'euro peine à s'imposer dans les échanges internationaux face au dollar. Le **marché européen** est encore **cloisonné** par des réglementations nationales spécifiques et des réseaux de transport conçus selon des logiques d'abord nationales.

• **L'UE, « nain politique ».** Le **retrait du Royaume-Uni de l'UE**, décidé par référendum en **2016**, renforce la **crise de confiance** des Européens dans le processus de construction communautaire. De plus, si le rôle diplomatique de l'UE et de son haut représentant tend à se renforcer, l'UE n'a **pas de véritable politique commune de défense et de sécurité** : ce qui la prive d'une réelle puissance militaire et diplomatique.

GÉOGRAPHIE

17 L'UE et ses territoires

L'UE, dans la mise en œuvre de sa politique de cohésion, est partagée entre les **exigences d'équité et de compétitivité**. Cela se traduit encore par de **profondes inégalités** à plusieurs échelles.

1 Cohésion ou compétitivité ?

A Priorité à l'équité et à la mixité sociale

• **Une politique de cohésion en cours de révision.** L'objectif général est de renforcer la cohésion en **redistribuant les moyens vers les lieux et les personnes en difficulté**. Les territoires périurbains sont particulièrement marqués par les formes de **ségrégations socio-spatiales** et de **spécialisations fonctionnelles** : certaines communes ne sont que des **cités-dortoirs** alors que d'autres parviennent à valoriser leur patrimoine et exploiter leurs avantages comparatifs, en développant un parc technologique par exemple.

• **Un objectif ambigu.** Ce dernier cas met en évidence le **dilemme** récurrent qui se pose en matière de cohésion et de répartition optimale des hommes et des activités : comment réduire les déséquilibres et **assurer une justice sociale** à l'intérieur du territoire **sans affaiblir l'efficacité économique** des espaces les plus dynamiques qui participent pleinement à la compétition internationale ?

> **Mot-clé**
>
> **Politique de la ville :** mesures tentant de réduire les déséquilibres à l'échelle intra-urbaine en favorisant, notamment, la mixité sociale de l'habitat.

B L'entrée des territoires dans la concurrence et dans l'aménagement durable

• **Promouvoir la compétitivité des territoires.** L'UE a, aujourd'hui, la volonté de mettre sur un pied d'égalité les exigences d'**équité sociale** et celles d'**attractivité économique** et d'**excellence des territoires**. L'UE a ainsi adopté la pratique des **appels à projets** : ce sont les territoires qui doivent, aujourd'hui, mettre en valeur leurs atouts et qui, une fois leur stratégie bien définie, peuvent solliciter l'appui de l'UE.

• **Promouvoir des villes durables.** Les **écoquartiers** fleurissent dans les grandes villes ou à proximité ; les îlots urbains sont subventionnés quand ils se dotent de bâtiments à énergie positive (qui produisent plus d'électricité et de chaleur qu'ils n'en consomment). Les villes favorisent les **transports individuels non polluants** (pistes cyclables, véloroutes, voies vertes, rues piétonnes et réseaux de location de vélos) et les **transports en commun** peu polluants et silencieux.

2 Des territoires inégalement développés

A La mesure des inégalités régionales

• **La Nomenclature des unités territoriales statistiques (NUTS).** La Commission européenne a créé une **unité administrative spécifique** qui ne recouvre pas systématiquement les découpages territoriaux des États membres. Certains États de faible superficie ne forment qu'une seule unité (Luxembourg, Malte, Pays baltes), tandis qu'un pays comme l'Allemagne ne compte pas moins de 39 régions d'échelon **NUTS 2**. Cette échelle statistique permet à l'UE de mesurer les inégalités socio-spatiales et de **comparer les niveaux de développement des régions**.

• **Le PIB par habitant en SPA (standard de pouvoir d'achat).** Pour permettre une comparaison plus pertinente, le PIB par habitant est converti, au moyen de facteurs appelés **« parités de pouvoir d'achat »**, en une **unité de mesure commune artificielle** : le SPA.

B Dorsale, cœur et centre européen

• **Une mégalopole autour du Rhin.** Les régions les plus riches se trouvent le long de la **dorsale européenne** qui s'étend du Benelux au Nord de l'Italie. Cette **mégalopole**, structurée le long de l'axe rhénan, dispose de plusieurs **points d'appui à l'est et à l'ouest**, essentiellement les **grandes métropoles** des pays les plus riches (Paris, Hambourg, Munich, Vienne) : cet ensemble forme le cœur de l'UE.

• **Des centres secondaires.** Ils s'inscrivent à l'intérieur d'une **double ligne** Helsinki-Stockholm-Hambourg-Vienne-Florence à l'est et Rouen-Bordeaux-Madrid-Barcelone à l'ouest. Ils comprennent des espaces territoriaux comme le Sud de la Scandinavie, la Catalogne, la Bavière, l'Ouest de l'Autriche.

C Les périphéries de l'UE

> **Notion-clé**
>
> **Centre / Périphérie :** indissociables, les deux notions de centre et de périphérie ont une signification spatiale (le centre est au milieu et la périphérie autour) mais surtout hiérarchique (le centre domine la périphérie).

• **Les périphéries intégrées.** Une première périphérie, bien intégrée au centre, peut être qualifiée d'**annexe du centre**. Elle comprend à la fois les **territoires des États ou des régions possédant des points d'appui dans le centre** (pays nordiques, Allemagne, Autriche, France, Benelux, Italie du Nord et du Centre, triangle Madrid-Barcelone-Bilbao) et les **centres principaux des pays moins développés** (Lisbonne, Dublin, Athènes et, dans une moindre mesure, Prague, Budapest, Varsovie, Ljubljana).

• **Les périphéries marginalisées.** Les périphéries plus marginalisées, bien que non délaissées, sont d'abord celles d'**Europe centrale et orientale**, particulièrement les régions bulgares, roumaines et slovaques (Carpates), les **périphéries polono-lituaniennes** ainsi que les **régions ultrapériphériques de l'outre-mer** (surtout français). Un autre ensemble est formé par les **régions du Sud de l'Europe**, du Portugal (Alentejo) à la Grèce continentale (Thessalie), en passant par le Centre et le Sud de l'Espagne (Estrémadure, Andalousie) et le Sud de l'Italie (Pouilles, Calabre, Sicile).

• **Les disparités nationales.** De profondes inégalités existent aussi à l'échelle nationale : **opposition Nord-Sud en Italie, Est-Ouest en Allemagne**. Dans la plupart des cas, la **région capitale** apparaît comme **plus favorisée** et plus dynamique que le reste du pays. C'est le cas entre Bruxelles et le Hainaut, entre Hambourg et Dessau, et entre Prague et la Moravie.

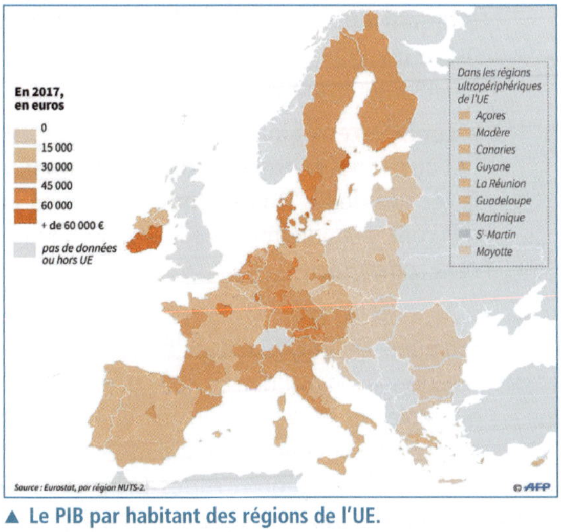

▲ Le PIB par habitant des régions de l'UE.

GÉOGRAPHIE

18 Les territoires transfrontaliers de la France

Dès les années 1960, une coopération se met en place, en France, avec les **régions frontalières** du Nord-Est. Ce processus est largement lié à l'**élargissement de la communauté européenne** et aux **inégalités** qui peuvent exister entre régions voisines.

1 Une dynamique avant tout européenne

A De la coopération transfrontalière aux eurorégions

• **Une coopération ancienne.** Si la coopération transfrontalière a commencé, au niveau européen, dès 1958, elle est d'abord restée limitée à l'**Europe du Nord** et particulièrement à l'**axe rhénan**, qui relie les **principaux fondateurs du projet européen** et qui a longtemps symbolisé l'affrontement franco-allemand.

• **D'abord limitée au Nord-Est de la France.** En 1986, la Lorraine développe un partenariat avec le land de Sarre et le Luxembourg (**Saar-Lor-Lux**) auxquels s'ajoutent le Land de Rhénanie-Palatinat et la Wallonie ; l'Alsace s'unit, en 1988, avec le Mittlerer Oberrhein et le Palatinat du Sud (**PAMINA**) ; le Nord-Pas-de-Calais a formé, en 1991, l'**eurorégion Nord-Transmanche** (dissoute en 2004) avec le Kent britannique, la Flandre, Bruxelles-Capitale et la Wallonie.

• **Le tournant des années 1990.** Il faut attendre les grands approfondissements de la construction européenne du début des années 1990, notamment les **projets de libre circulation**, pour que des **eurorégions** se développent sur une plus grande partie du territoire.

> **Mot-clé**
>
> **Eurorégion :** organisme de coopération entre régions voisines appartenant à différents États de l'Union européenne. Ses buts sont le développement des échanges et l'aménagement du territoire transfrontalier.

B Les groupements européens de coopération territoriale

• **Promouvoir la compétitivité des territoires.** Depuis 1990, l'UE finance les eurorégions (**objectif de coopération territoriale transfrontalière 2021-2027**), en stimulant, notamment, les **synergies** dans les régions périphériques qui ne bénéficient pas d'un pôle urbain jouant un rôle moteur.

• **Lobby interrégional.** Les régions françaises peuvent aussi se regrouper entre elles. Certaines ont ouvert des **représentations communes à Bruxelles** pour peser davantage. Créé en 1988, le **réseau des « Quatre moteurs pour l'Europe »** réunit quatre des régions les plus riches d'Europe, non limitrophes : Auvergne-Rhône-Alpes, le land de Bade-Wurtemberg, la Catalogne et la Lombardie.

• **Arcs maritimes et massifs montagneux.** En 1989, voit le jour l'**Arc atlantique**, qui regroupe 17 régions depuis l'Andalousie jusqu'à l'Écosse ; des projets concernent aussi l'arc méditerranéen ou latin. En 2004 puis 2009, le Languedoc-Roussillon et Midi-Pyrénées s'unissent aux Baléares et à la Catalogne dans l'**eurorégion Pyrénées-Méditerranée (EPM),** notamment pour surmonter le retard des connexions routières et ferroviaires transfrontalières. Créée en 2006, l'**eurorégion Alpes-Méditerranée** regroupe cinq régions françaises et italiennes (Provence-Alpes-Côte d'Azur, Rhône-Alpes, Ligurie, Piémont et Vallée d'Aoste).

• **Essor des GECT (groupements européens de coopération territoriale).** En **2006**, l'UE met en place un nouvel instrument de coopération territoriale. Plusieurs GECT voient ainsi le jour : des **eurométropoles** (Lille-Kortrijk-Tournai), des **eurodistricts** (Strasbourg-Ortenau, SaarMoselle), des **eurorégions** (Nouvelle-Aquitaine-Euskadi-Navarre), des **europarcs** (Alpi Marittime-Mercantour), des **eurocampus** (Eucor).

2 Un « effet frontière » complexe

A Une augmentation exceptionnelle des échanges de part et d'autre des frontières

• **L'essor des flux transfrontaliers.** Un des objectifs majeurs des eurorégions a été de faire des frontières non plus des lignes de clivage et des objets de tensions et de conflits, mais des **traits d'union**, des **zones de contacts et d'échanges**. L'« **effet frontière** » tend donc à s'étendre et à porter sur des distances pouvant aller **jusqu'à une centaine de kilomètres** vers l'intérieur des pays concernés.

• **Des formes de coopérations variables.** Toutefois, ces programmes sont nés d'initiatives diverses, souvent **sans passer par les gouvernements nationaux**. L'**espace** concerné par une eurorégion peut donc être **à géométrie variable** et la nature des coopérations varier fortement d'une eurorégion à l'autre. Il convient donc d'étudier la nature des échanges au sein des espaces frontaliers et aussi leurs limites.

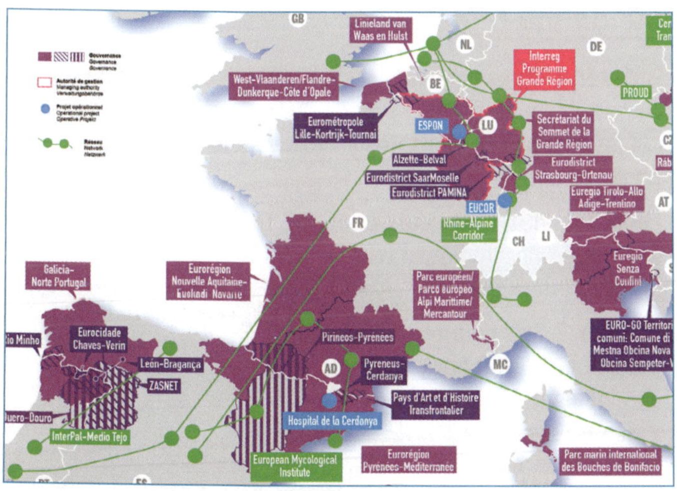

◀ Les GECT concernant la France.

Mot-clé

Interreg : nom du programme européen visant à promouvoir la coopération entre les régions européennes. Il est financé par le FEDER. Interreg VI couvre la période 2021-2027.

B Des échanges dissymétriques

• **Des flux générés par d'importants différentiels.** La coopération frontalière ne consiste pas en des échanges égalitaires. Elle s'appuie, au contraire, sur les **différentiels de salaires, de prix de l'immobilier et de niveaux de vie**. Beaucoup d'Allemands, par exemple, s'installent en France, notamment en Alsace, du fait des prix moins élevés de l'immobilier.

• **Le cas des travailleurs transfrontaliers.** De part et d'autre des frontières entre la France, la Suisse et l'Allemagne, les flux des travailleurs s'expliquent ainsi par l'**attractivité des salaires** et la **diversité des emplois** en Allemagne et encore plus en Suisse : les Suisses sont très peu attirés par le marché de l'emploi français ou allemand, et les travailleurs allemands vont peu travailler en France.

19 Ma région dans l'UE et dans le monde

A Me documenter sur ma région

• **Cadre naturel, historique et institutionnel.** Le cadre d'étude est l'une des **13 régions administratives de métropole** ou l'un des **5 Départements et Régions d'outre-mer (DROM)**. Il convient de localiser la région, de s'intéresser à ses atouts (richesses, ressources) et contraintes (risques). L'étude de l'identité historique de la région doit permettre, ensuite, de **questionner l'ancienneté de ses limites** et leur évolution au cours du temps, notamment à la suite du **redécoupage survenu en 2015**.

• **Les chiffres de l'INSEE.** Les directions régionales de l'Institut national de la statistique et des études économiques publient régulièrement des données chiffrées et des **analyses comparatives**. L'INSEE propose aussi, sur son site, des **statistiques** à partir de neuf grands thèmes sociodémographiques et économiques et une **cartographie** à l'aide de Géoclip.

• **Ma région en ligne.** Chaque conseil régional dispose d'un **site web officiel**. On y trouve des informations diverses : rappel historique, groupes politiques, budget, contrat de plan État-Région, lettres d'information et plaquettes publicitaires. Le site peut proposer aussi un portail cartographique dynamique.

> **Mot-clé**
>
> **CPER :** contrat de plan État-Région établi pour la période 2021-2027 entre le gouvernement (par l'intermédiaire du préfet de région) et les collectivités régionales pour programmer et financer les projets importants.

B Étudier la géographie de ma région

• **Quelle organisation et quels déséquilibres internes ?** Il faut, d'abord, observer le **réseau urbain** (polycentrique ou, au contraire, dominé par une grande métropole) puis l'impact géographique de certaines activités et les **disparités spatiales** en essayant de définir les espaces dynamiques et ceux en stagnation ou en crise.

• **Quelle insertion dans les espaces national, européen et mondial ?** Cela renvoie aux questions d'**accessibilité** vers la région étudiée, d'enclavement, d'**« effet frontière »**, d'échanges et de flux, de regroupement interrégional.

• **Quels acteurs et enjeux régionaux ?** Ceci permet d'interroger les actions et les projets de développement social, économique et environnemental des différents acteurs, en rapport avec l'identité régionale, les déséquilibres internes et l'intégration aux **échelons national et européen**.

• **Vers un croquis régional.** L'étude doit déboucher sur la réalisation d'un croquis régional dont **les informations et les figurés cartographiques** ainsi que l'organisation de la légende **dépendent de la problématique choisie**. À titre d'exemples, on peut s'interroger sur le poids de Paris en Île-de-France, le caractère européen de l'Alsace, le rôle de l'interface méditerranéenne en région Sud (autre appellation de PACA), etc.

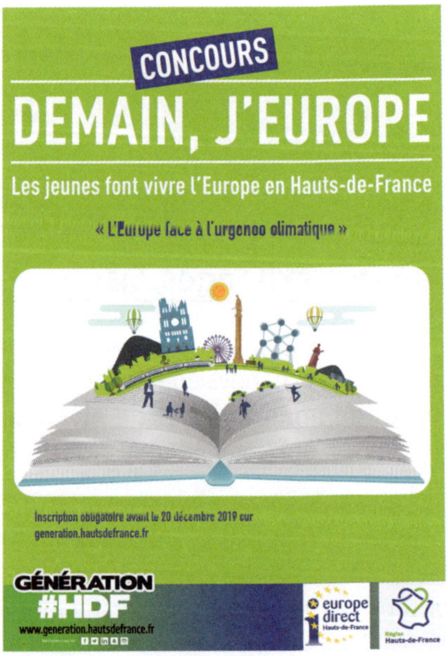

Langues vivantes

(Enseignement commun)

LE CONTRÔLE CONTINU

Définition du contrôle continu et conseils

L'enseignement commun de langues vivantes fait l'objet de **contrôles en classe** tout au long de l'année. L'ensemble de vos notes servira à établir votre moyenne générale prise en compte dans le cadre du **contrôle continu**. Ces évaluations portent sur les axes étudiés pendant l'année du programme de cycle terminal.

	Coefficient
Moyenne de Première	3
Moyenne de Terminale	3

Attention !

Vous êtes évalué dans votre langue vivante A et votre langue vivante B.
Sur les deux années de votre cycle terminal, votre moyenne dans chaque langue vivante comptera ainsi pour 6 % de votre note finale au Bac.

Objectifs des évaluations

Le contrôle continu pour l'enseignement des langues a pour objectif d'évaluer les différentes activités langagières :
– compréhension orale : comprendre un document audio ou vidéo ;
– compréhension écrite : comprendre un document écrit ;
– expression orale en continu : s'exprimer oralement ;
– expression orale en interaction : prendre part à une conversation orale.

Réussir tout au long de l'année

Travailler régulièrement pendant l'année

- **Travaillez régulièrement** chacun des thèmes et chacune des compétences langagières étudiées dans chaque langue.
- **Faites des fiches synthétiques** centrées sur les points importants du programme (le lexique à connaître pour chaque axe par exemple) et les principaux points grammaticaux afin d'éviter les erreurs basiques aussi bien à l'écrit qu'à l'oral.
- **Refaites les différents devoirs et évaluations de l'année**, en appliquant les **conseils donnés sur votre copie par votre professeur** et vérifiez votre travail avec le corrigé que votre professeur aura fait en classe ou vous aura remis.
- **Lisez et regardez des programmes en langue étrangère.** Différentes applications sont téléchargeables sur votre portable et sont faciles d'accès.

Vous préparer la veille d'un contrôle

• **Relisez attentivement les fiches** que vous avez faites sur chaque axe (vocabulaire et points grammaticaux).

À faire le jour du contrôle

Premier réflexe

Lisez le sujet dans son ensemble avant de commencer à le travailler.

• **Compréhension orale :** restez bien concentré(e) durant l'écoute ou le visionnage. Pas de panique si vous ne comprenez pas tout !

• **Compréhension écrite :** lisez attentivement la ou les questions avant de commencer la lecture du ou des documents. Repérez bien ce que l'on vous demande. Lisez le ou les documents, plusieurs fois. Mettez des annotations sur le(s) document(s) afin de faciliter les repérages. Relisez-vous une fois cet exercice terminé afin de corriger les éventuelles erreurs.

• **Expression écrite :** lisez attentivement le sujet, analysez-le, repérez bien les attentes afin de trouver facilement un plan. Relisez-vous une fois cet exercice terminé afin de corriger les éventuelles erreurs.

• **Expression orale :** parlez fort et regardez votre interlocuteur. Veillez à être clair(e) et concis(e). N'oubliez pas d'argumenter vos propos.

1 Grammaire : quelques points importants

1 Les degrés de comparaison de l'adjectif

	Adjectif Court (1 syllabe ou 2 en *-y*, *-er* ou *-ow*)	Adjectif Long (2 syllabes et plus)
COMPARATIF		
Égalité	*as… as* *He drives* ***as fast as*** *she does.* (Il conduit aussi vite qu'elle.)	*as… as* *John was* ***as superstitious as*** *his dad.* (John était aussi superstitieux que son père.)
Infériorité	*not as… as* *It's* ***not as easy as*** *I thought.* (Ce n'est pas aussi facile que je le pensais.) *less… than* *Marcia is* ***less funny than*** *her sister.* (Marcia est moins drôle que sa sœur.)	*not as… as* *She is* ***not as fascinating as*** *she looks.* (Elle n'est pas aussi fascinante qu'elle en a l'air.) *less… than* *This exercise* ***was less difficult than*** *the other one.* (Cet exercice était moins difficile que l'autre.)
Supériorité	*…-er than* *The road is* ***narrower than*** *I had imagined.* (La route est plus étroite que je ne l'imaginais.)	*more… than* *Pigs are* ***more intelligent than*** *dogs.* (Les cochons sont plus intelligents que les chiens.)
Exceptions	*good* → *better* *bad* → *worse* *far* → *further* (UK) ou *farther* (US)	
DOUBLE COMPARATIF		
de plus en plus	*…-er and …-er* *You are* ***prettier and prettier!*** (Tu es de plus en plus belle !)	*more and more…* *Food has become* ***more and more expensive.*** (La nourriture est devenue de plus en plus chère.)
de moins en moins	*less and less…* *It is* ***less and less easy.*** (C'est de moins en moins facile.)	*less and less…* *Paul is* ***less and less attentive*** *in class!* (Paul est de moins en moins attentif en classe !)
ACCROISSEMENT PARALLÈLE		
plus…, moins…	*The…-er, the less…* ***The older*** *you get,* ***the less sad*** *you get.* (Plus on vieillit, moins on est triste.)	*The more…, the less…* ***The more patient*** *you are,* ***the less disappointed*** *you will be.* (Plus on est patient, moins on est déçu.)
SUPERLATIFS		
Maximum	*the… -est* *She is* ***the oldest*** *woman in the world.* (C'est la femme la plus âgée du monde.)	*the most…* *What is* ***the most*** *beautiful gift you were given?* (Quel est le plus beau cadeau que tu aies reçu ?)
Exceptions	*good* → *the best* *bad* → *the worst* *far* → *the farthest* ou *the furthest*	
Minimum	*the least…* *Chinese is* ***the least*** *easy language to learn in my opinion.* (Le chinois est la langue la moins facile à apprendre selon moi.)	*the least…* *India sells* ***the least*** *expensive cars in the world.* (L'Inde vend les voitures les moins chères au monde.)

2 La subordonnée relative

- La proposition subordonnée relative apporte une **information sur un groupe nominal** que l'on appelle **antécédent**.
- Elle est introduite par **un pronom relatif** qui dépend de la nature de l'antécédent (humain ou non humain) et de son rôle dans la relative (sujet ou complément).

A Le choix du pronom relatif

- Si le pronom relatif est **sujet** de la relative, il est placé avant le verbe de la proposition subordonnée. On emploie alors :

– *who* pour un **humain**

Ex. : *The actress **who** won an Oscar is Spanish*.
(L'actrice qui a gagné un Oscar est espagnole.)

– *that* ou *which* pour un **non-humain**

Ex. : *The house **that / which** was built last year is for sale.*
(La maison qui a été construite l'année dernière est à vendre.)

- Si le pronom relatif est **complément** de la subordonnée, on utilise :

– *that* (peu formel), *whom* (formel) ou Ø pour un **humain**

Ex. : *The man **that / whom** / Ø I met yesterday was very unpleasant.*
(L'homme que j'ai rencontré hier était très désagréable.)

– *that* (peu formel), *which* ou Ø pour un **non-humain**.

Ex. : *What did you do with the money **that / which / Ø** I gave you?*
(Qu'as-tu fait avec l'argent que je t'ai donné ?)

B Les deux types de subordonnées relatives

- **La relative déterminative** est une subordonnée **essentielle** au sens de la phrase. On ne peut pas la supprimer.

Ex. : *I have just found the keys **that** John lost last week.*
(Je viens de trouver les clés que John a perdues la semaine dernière.)

- **La relative appositive** apporte un simple complément d'information sur l'antécédent. Elle est placée entre virgules et peut facilement **être supprimée** sans compromettre le sens de la phrase.

Ex. : *My grandmother, **who** is 85, still plays tennis every Sunday.*
(Ma grand-mère, qui a 85 ans, joue toujours au tennis chaque dimanche.)

3 Modaux et substituts

La plupart des **modaux traditionnels** ne sont utilisables qu'au **présent**. Il faut donc utiliser des **substituts pour les autres temps**.

Modaux au présent	Substituts au passé	Substituts aux autres temps
***CAN*:** **– possibilité,** **– autorisation,** **– capacité physique ou intellectuelle.**	***could*** *He said I could borrow him some money.* (Il a dit que je pouvais lui emprunter de l'argent.) ***was able to*** *I was able to play hockey when I was younger.* (Je pouvais jouer au hockey quand j'étais plus jeune.)	***be able to*** *John will be able to drive a car if you teach him.* (John pourra conduire si tu lui apprends.)
***CAN'T*:** **– impossibilité,** **– refus de permission,** **– incapacité physique ou intellectuelle.**	***couldn't (could + not :* forme négative*)*** *Susan couldn't come with us, her leg was broken.* (Susan n'a pas pu venir, elle avait la jambe cassée.) ***wasn't able to*** *I wasn't able to run fast so I lost the race.* (Je n'ai pas pu courir vite et j'ai donc perdu la course.)	***not be able to*** *I haven't been able to travel a lot so far.* (Je n'ai pas pu beaucoup voyager jusqu'à présent.)
***MAY*:** **– possibilité,** **– autorisation,** **– incertitude,** **– probabilité.**	***may have* + participe passé** *The floor is wet, it may have rained last night.* (Le sol est mouillé, il a dû pleuvoir cette nuit.)	***might*** *They might be happy if you do that.* (Ils seront peut-être contents si tu fais ça.) *He told them they might leave.* (Il leur a dit qu'ils pouvaient partir.)
MAY NOT **– possibilité,** **– refus de permission,** **– probabilité,** **– interdiction.**	***may not have* + participe passé** *The burglar may not have been very careful with his fingerprints.* (Le cambrioleur n'a pas dû être très prudent avec ses empreintes.)	***might not*** *Mum might not like it if you eat the whole cake.* (Il se peut que maman ne soit pas contente si tu manges tout le gâteau.)
MUST **– devoir,** **– obligation,** **– quasi-certitude.**	***had to*** *My brother had to put chains on his tyres because it snowed a lot last week.* (Mon frère a dû mettre des chaînes à ses pneus car il a beaucoup neigé la semaine dernière.)	***have to*** *My sister will have to hurry if she wants to be here at 9.* (Ma sœur devra se dépêcher si elle veut être là à 9 heures.)
MUSTN'T **– interdiction**	***was not allowed to*** *I was not allowed to watch TV in the evening before the age of 15.* (Je n'avais pas le droit de regarder la télé jusqu'à l'âge de 15 ans.)	***not be allowed to*** *If we don't obey mum, we won't be allowed to watch the movie tonight.* (Si nous n'obéissons pas à maman, nous n'aurons pas le droit de regarder le film ce soir.)

4 La voix passive

Comme en français, le choix de l'emploi du passif sert à attirer **l'attention sur autre chose que l'agent de l'action**, ce dernier peut d'ailleurs être omis.

A Les verbes à double complément

- Comme en français, les verbes du type *donner* (*give*), *offrir* (*offer*), *prêter* (*lend*) peuvent gérer trois noms : le donneur, la personne à qui l'on donne et la chose donnée.
- Quand en français la voix passive ne peut accepter que la chose donnée en tant que sujet, l'anglais accepte la chose donnée mais aussi la personne à qui l'on donne en tant que sujet.

	Français	Anglais
Voix active	Paul a donné un livre à Jenny.	*Paul gave Jenny a book.*
Voix passive	Un livre a été donné à Jenny par Paul.	*A book was given by Paul to Jenny.* (→ Le focus est mis sur l'objet.) *Jenny was given a book by Paul.* (→ Le focus est mis sur la personne qui reçoit.)

B Les tournures impersonnelles

Le français utilise beaucoup le pronom *on*. Cette tournure impersonnelle n'existe pas telle quelle en anglais. On a alors souvent recours au **passif**.

Ex. : *He is said to be rich.* (On dit qu'il est riche.)
On sait que cette actrice est malade. (*This actress is known to be sick.)*

C Les *phrasal verbs* ou verbes à particule

Tous les *phrasal verbs* peuvent être utilisés à la voix passive. Il faut seulement faire attention à ne pas oublier la particule.

Ex. : *Someone ran* ***over*** *my dog.* (Quelqu'un a écrasé mon chien.)
My dog was run ***over*** *[by someone].* (Mon chien a été écrasé [par quelqu'un.])
They will laugh ***at*** *me.* (Ils se moqueront de moi.)
I will be laughed ***at***. (Je serai moqué.)

5 *Present perfect* et *past perfect*

A Le *present perfect*

- **Conditions de l'emploi.** Contrairement à l'idée reçue, le *present perfect* n'est pas un temps du passé. Il s'agit d'une forme verbale qui tient compte du passé mais qui permet surtout à l'énonciateur d'exprimer un constat au moment où il parle, ou de faire le bilan présent d'une situation due à des événements passés.

> **Attention !**
> Le **participe passé d'un verbe** est formé de la base verbale + *-ed* et figure dans la 3e colonne de la liste des verbes irréguliers.

- **Formation.** On utilise l'auxiliaire *have* conjugué au présent et le participe passé du verbe.

Ex. : *I have been to Australia twice.* (Je suis allé en Australie deux fois.)
Jessica has never seen a koala. (Jessica n'a jamais vu de koala.)

ANGLAIS

• **Emplois.** Le *present perfect* sert à parler d'actions passées qui ont **des conséquences dans le présent**.

Ex. : *I have met with the manager to discuss the situation.*
(J'ai rencontré le manager pour discuter de la situation.)

• On l'utilise également pour décrire des actions qui ont **commencé dans le passé** et qui sont **toujours en cours** au moment où nous parlons.

Ex. : *I have lived in Montreal for 3 years.* (Je vis à Montréal depuis 3 ans.)

• Le *present perfect* est le temps idéal pour parler de ses **expériences**.

Ex. : *I've never visited London.* (Je n'ai jamais visité Londres.)
Have you ever watched Titanic*?* (As-tu déjà vu *Titanic* ?)

• Enfin, on utilise le *present perfect* pour parler d'une action qui **vient de se terminer** à l'instant.

Ex. : *She has just finished doing her homework.* (Elle vient de finir ses devoirs.)

B Le *past perfect* ou *pluperfect*

• **Conditions de l'emploi.** D'après le contexte selon lequel il est employé, le ***past perfect*** peut faire référence à notre **imparfait** ou à notre **plus-que-parfait**. Ce temps permet donc, dans un récit au passé, d'évoquer une action ou un fait survenus encore plus loin dans le passé.

• **Formation.** On utilise l'auxiliaire *have* au prétérit *(had)* et le participe passé du verbe.

• Ex. : *I hadn't thought about it.* (Je n'y avais pas pensé.)
She had already eaten when they called. (Elle avait déjà mangé quand ils ont appelé.)

• **Emplois.** Le *past perfect* est utilisé pour dresser un **bilan à un moment du passé.**

Ex. : *I had never been to London when I decided to move to Great Britain.*
(Je n'avais jamais été à Londres quand j'ai décidé de déménager en Grande-Bretagne.)

• On l'utilise également pour insister sur la **durée d'une action passée** dans une phrase au passé.

Ex. : *They felt bad about selling their house because they had lived in it for more than forty years.*
(Ils n'étaient pas contents de vendre leur maison car ils y avaient vécu pendant plus de quarante ans.)

Attention !

Pour traduire « depuis » en anglais, vous avez le choix entre *since* et *for* :
– *since* + *date*
He had lived there since 1999.
Il y vivait depuis 1999.
– *for* + durée
He had lived there for 20 years.
Il y vivait depuis 20 ans.

2 Le vocabulaire utile par thème du programme

1 Identités et échanges / *Identity and Exchanges*

Abréviations
qch : quelque chose
qqn : quelqu'un
sth : something
sb : somebody

A Noms et expressions avec des noms

un émigré an emigrant
un taux a rate
racines roots
un citoyen a citizen
la recherche du bonheur the pursuit of happiness
le seuil de pauvreté the poverty line
les riches et les pauvres the rich and the poor
réfugié politique political refugee
assimilation assimilation
le rejet rejection
l'acceptation acceptance
immigration massive mass immigration
quotas quotas
le délit de solidarité offence of solidarity
la curiosité curiosity
le partenariat partnership
l'incompréhension misunderstanding
l'acculturation acculturation
la société des castes caste society
une vague d'immigration a migratory wave
à la recherche d'une vie meilleure looking for a better life

B Adjectifs

hospitalier hospitable
invasif invasive
multiculturel multicultural
pessimiste pessimistic

C Verbes et expressions avec des verbes

braver un interdit to defy authority
dialoguer to converse/to discuss
diminuer ≠ augmenter to decrease ≠ to raise/increase
encourager ≠ décourager to encourage ≠ to discourage
envahir to invade
être dans le pétrin to be in a mess
être déclassé to be downgraded
être dépaysé to have a change of scenery
faire partie d'un groupe to be part of a groupe
intervenir to intervene
persécuter to persecute
refouler to repel
s'exiler to go into exile
s'identifier à to identify with
s'insérer to integrate oneself into
s'intégrer to integrate
s'opposer à to oppose sb/sth
se débrouiller to cope
se tendre to stiffen
subvenir aux besoins de to provide for
tenter sa chance to try one's luck
vivre d'expédients to live in hardships

2 Espace privé et espace public / *Private Space vs. Public Space*

A Noms et expressions avec des noms

la laïcité secularism
discrimination positive affirmative action
la foi faith
un écart a gap
l'égalitarisme egalitarianism
une évolution an evolution

sensibilisation awareness
les droits et devoirs rights and duties
au sein de la société within society
mon semblable my fellow-man
l'opinion publique public opinion

un poste à responsabilité a position of responsibility
la coopération cooperation
le trajet maison-travail the commute
la hiérarchie hierarchy
une mise en lumière a highlight
adaptation adaptation

B Adjectifs

casanier home-loving
égalitaire egalitarian
laïque secular
qui inspire confiance who inspires confidence
structuré structured

Attention !

Ne mélangez pas les adjectifs finissant en ***-ing*** et ceux finissant en ***-ed*** !
Tiring → *Fatigant* **Tired** → *Fatigué*
Frightening → *Effrayant* **Frightened** → *Effrayé*

C Verbes et expressions avec des verbes

dénoncer to denounce
différencier to differentiate
éduquer to educate
effacer les différences to erase differences
entrer dans la vie active to enter the labour (UK) market
faire carrière to have a career
jouer un rôle prépondérant to play a major role
mener à bien un projet to complete a task successfully
mettre au centre de to place sth at the heart

muter to transfer
s'affranchir de to liberate oneself from
s'arracher à to pull oneself out of
s'extraire de to emerge from
se dépasser to surpass oneself
se libérer de to free oneself from
se mettre à la place de to put oneself into someone else's shoes
se sentir en sécurité to feel safe
structurer to structure
vivre dans sa bulle to live in a bubble

3 Art et pouvoir / *Art and Power*

A Noms et expressions avec des noms

dénonciation denunciation
incarnation embodiment
un soulèvement an uprising
un avertissement a warning
l'art arts
un courant artistique an artistic movement
vandalisme vandalism
vandale a vandal
nationalisme nationalism

divertissement entertainment
une portée politique a political scope
la contre-culture counter-culture
les convictions beliefs
l'approbation approval
l'offre culturelle cultural offer
l'art dégénéré degenerate art
un engagement a commitment
des valeurs values

B Adjectifs

avant-gardiste avant-garde
disproportionné disproportionate
doué gifted
porteur de valeurs a vector of values

puissant powerful
talentueux talented
vandalisé vandalised

C Verbes et expressions avec des verbes

choquer to shock
contester to challenge
distraire to entertain
être l'essence de to be the epitome of
être surveillé to be monitored
faire allusion à to hint to
incarner to embody
interroger to question
manifester to protest
mettre qqn en garde to alert
passer sous silence to ignore
prendre une décision to take a decision
proclamer to declare
provoquer to provoke
se produire sur scène to appear on stage
sonner l'alarme to sound the alarm
symboliser to symbolise
taire qch to conceal something
tourner un film to shoot a film
vandaliser to vandalise
véhiculer to convey

4 Citoyenneté et mondes virtuels / *Citizenship and Virtual Worlds*

A Noms et expressions avec des noms

un arnaqueur a scammer
un espion a spy
un geek a geek
harcèlement harassment
manipulation manipulation
un préjugé a prejudice
prudence caution
fiabilité reliability
des données data
la vie privée privacy
perplexité puzzlement
mauvaises intentions bad intentions
la punition a punishment
la règle the rule
le flot d'informations the flow of information
une émission de TV a TV show
un reportage a report

B Adjectifs

bien intentionné benevolent / well-intentioned
dépendant addicted
inutile useless
isolé isolated
mal intentionné ill-intentioned
prudent cautious
tendance trendy
utile useful

C Verbes et expressions avec des verbes

accéder à la connaissance to have access to knowledge
contrôler to control
diffuser to broadcast
diriger to lead
encourir un risque to run a risk
endosser l'identité de qqn to take on somebody's identity
être critique to be critical
être perplexe to be bewildered
faire preuve de civisme to demonstrate good citizenship
falsifier to fake
mentir to lie
répandre to spread
s'indigner to be outraged
s'isoler to isolate oneself
se passer de qch to do without something
se replier to turn inward
se révolter to revolt
veiller to ensure

5 Fictions et réalités / *Fictions and Realities*

A Noms et expressions avec des noms

une croyance a belief
un fantasme a fantasy
une évasion an evasion
une identification an identification
l'inspiration inspiration
une lutte a struggle
les représentations representations
l'esthétisme aesthetics
entre la fiction et la réalité between fiction and reality
en deçà de la réalité underestimation
la soif d'aventure a thirst for adventure
un côté aventureux adventurous spirit
le train-train everyday routine
une source d'inspiration inspirational

B Adjectifs

archétypique archetypical
banal mundane
civilisationnel civilisational
concret concrete
dystopique dystopian
imaginatif creative
inspirant inspiring
moral moral
ressemblant similar
routinier routine
visionnaire visionary

C Verbes et expressions avec des verbes

affabuler to give one's imagination free rein
avoir soif d'aventure to be thirsty for adventure
concevoir qch to conceive sth
correspondre à la réalité to match reality
dépasser l'entendement to be beyond understanding
être profondément ému to be deeply moved
reprendre son train-train quotidien to be back to one's routine
s'inspirer de faits réels to be based on a true story

6 Innovations scientifiques et responsabilité / *Scientific Innovations and Responsibility*

A Noms et expressions avec des noms

les agissements actions
l'amélioration improvement
la démonstration demonstration
la destruction destruction
la divulgation disclosure
une éclipse an eclipse
des dommages damages
des recherches research
le gaspillage waste
l'innovation innovation
la manœuvre manœuvre
le 7e continent the 7th continent
le danger hazard
la réduction reduction
la résolution resolution
la biologie biology
l'écologie ecology
la génétique genetics
le nucléaire nuclear
la responsabilité responsibility
la robotique robotics
les produits jetables disposable items
dégâts irréversibles permanent damage

B Adjectifs

corresponsable co-responsible
démesuré excessive
divers diverse
divulgué disclosed
endommagé damaged
expérimental experimental
recyclé recycled
surpeuplé overpopulated

C Verbes et expressions avec des verbes

alléger la tâche de l'homme to lighten man's load
consommer to consume
courir un risque to run a risk
croître to grow
déboiser to deforest
forer to drill
manquer to lack
menacer to threaten
plaider pour qch to argue for sth
prendre conscience to become aware
recycler to recycle
rendre la vie plus agréable to make life more enjoyable
s'inquiéter to worry
se dégrader to worsen
se poser des questions to wonder
sortir du nucléaire to phase out nuclear energy

7 Diversité et inclusion / *Diversity and Inclusion*

A Noms et expressions avec des noms

un accès an access
la confiance trust
l'estime esteem
la maltraitance abuse
l'élévation sociale social advancement
la défiance distrust
la mobilisation mobilisation (UK)
les jeunes et les vieux the young and the old
une controverse a controversy
le cosmopolitisme cosmopolitanism
l'acceptation acceptance
le soutien support
une ethnie an ethnic group
la marginalisation exclusion
la similitude similarity
la particularité particularity
la reconnaissance acknowledgment

B Adjectifs

controversé controversial
défiant distrustful
maltraitant abusive
méfiant suspicious
métissé hybrid / mixed
sectaire sectarian

C Verbes et expressions avec des verbes

avoir beaucoup de choses en commun to have a lot in common
avoir une représentation fausse to have a misconception
contribuer à to participate in
être solidaire to be supportive
faire des efforts to make efforts
faire preuve de cohésion to demonstrate cohesion
insulter to insult
intégrer to integrate
maltraiter to abuse
marginaliser to marginalise
mépriser to scorn
métisser to mix
s'entendre bien avec to get along with
s'entraider to help each other
s'ouvrir à to open to
vieillir to grow old

8 Territoire et mémoire / *Territory and Memory*

A Noms et expressions avec des noms

la décolonisation decolonisation
un emblème an emblem
les frontières the borders
l'individualité individuality
un mythe a myth
un destin national a national destiny
la solennité solemnity
un deuil a grief
une plaque commémorative a memorial plaque
un opposant politique a political opponent
un intellectuel an intellectual
la grâce a pardon
un témoin a witness
le droit de connaître la vérité the right to know the truth
l'amnésie amnesia
le séparatisme separatism
une lutte sans merci a ruthless struggle
un crime contre l'humanité a crime against humanity
un criminel de guerre a war criminal
un résistant a resistance fighter

B Adjectifs

amnistié pardoned
controversé contentious
mythique mythical
traumatisé traumatised

C Verbes et expressions avec des verbes

amnistier to pardon
battre to beat
déclarer la guerre à un pays to declare war on a country
décliner to decline
enraciner to put down roots
entretenir la mémoire de qqn to keep somebody's memory alive
être sous le joug de to be under somebody's yoke
exploiter to exploit
faire un discours to deliver a speech
lutter à mort to fight to death
occuper un pays to occupy a country
oublier to forget
réduire en esclavage to enslave
régner de manière autoritaire to rule as a dictator
résister to resist
s'effondrer to collapse
séparer to separate
traumatiser to traumatise

1 Grammaire : quelques points importants

1 L'orthographe

• Les consonnes

– Seules les consonnes du prénom « **Carolina** » peuvent être doublées : *acción / correr / llegar / innovación.*

– Les combinaisons de consonnes ***ph***, ***rh*** ou ***th*** qui existent en français ne sont pas admises en espagnol. Elles sont tout simplement remplacées par ***f***, ***r*** ou ***t*** : or**th**ogra**ph**e → *ortografía* / **rh**inocéros → *rinoceronte*.

• Les conjonctions *Y* et *O*

– ***Y*** qui signifie « **et** » se transforme en ***e*** devant un mot commençant par ***i*** ou ***hi*** :

Ex. : *Es interesante **e** increíble*. (C'est intéressant et incroyable.)

– ***O*** qui signifie « **ou** » se transforme en ***u*** devant un mot commençant par ***o*** ou ***ho*** :

Ex. : *Ya no sé si había mujeres **u** hombres en el cine.*
(Je ne sais plus s'il y avait des femmes ou des hommes au cinéma.)

• Les accents

En espagnol, le seul accent que l'on doit utiliser est **l'accent aigu**. Il faut également mettre un accent sur les majuscules.

Ex. : ***É**l decidi**ó** irse.* (Il a décidé de s'en aller.)

> **Rappel**
> Tous les mots se terminant en *-ión* ont un accent écrit sur le *ó* (sauf *guion* et *ion* depuis la nouvelle réforme orthographique).

2 L'omission de l'article indéfini

On ne met jamais d'article indéfini devant les adjectifs suivants :

– ***otro/a***	Ex. : ***otro** método de trabajo* (une autre méthode de travail)
– ***cierto/a***	Ex. : ***cierta** agilidad* (une certaine agilité)
– ***medio/a***	Ex. : *durante **media** hora* (pendant une demi-heure)
– ***tal***	Ex. : *Ella nunca se encontró en **tal** situación.* (Elle ne s'est jamais trouvée dans une telle situation.)
– ***semejante***	Ex. : *Nunca he visto **semejante** cosa.* (Je n'ai jamais vu une chose pareille.)

3 Traduire le sujet indéterminé *on*

• ***Nosotros/as :*** le locuteur s'inclut, l'agent est une collectivité dont il fait partie → On = Nous = moi et les autres.

Ex. : ***Debemos** cambiar de comportamiento.* (On doit changer de comportement.)

• **3e personne du pluriel :** le locuteur s'exclut et l'agent reste anonyme.

Ex. : ***Llaman** a la puerta.* (On frappe à la porte.)

ESPAGNOL

- ***Se* + verbe à la 3e personne :** le locuteur exprime une généralité.

Ex. : *En España,* ***se come*** *paella.*
(En Espagne, on mange de la paëlla.)
En España, ***se comen*** *tapas.*
(En Espagne, on mange des tapas.)

> **Attention !**
> Le verbe s'accorde avec le **sujet réel** qui est placé après lui.

- ***Uno/a* + 3^e^ personne du singulier :** le locuteur s'inclut et exprime une expérience personnelle.

Ex. : ***Uno*** *puede hablar de manera libre.*
(On peut parler librement.)

> **Rappel**
> Avec un **verbe pronominal**, on emploie également ***uno/a***. *Uno* renvoie à un locuteur et *una* à une locutrice.
> **Uno se niega a hablar.** *On refuse de parler.*

4 Exprimer l'obligation

- **L'obligation personnelle :** le sujet est désigné.

– *tener que* + infinitif Ex. : ***Tengo que*** *disculparme.*
(Je dois m'excuser.)

– *deber* + infinitif Ex. : ***Debemos*** *respetar a los demás.*
(Nous devons respecter les autres.)

– *ser necesario / preciso / menester que* + subjonctif

Ex. : ***Es necesario / preciso / menester que*** *te calles.*
(Tu dois te taire. / Il faut que tu te taises.)

– *hacer falta que* + subjonctif

Ex. : ***Hace falta que*** *vengas.* (Il faut que tu viennes.)

> **Attention !**
> Si on emploie une forme suivie du subjonctif, on veillera à respecter la **concordance des temps**.

- **L'obligation impersonnelle :** le sujet n'est pas désigné.

– *hay que* + infinitif Ex. : ***Hay que*** *escuchar al profesor.*
(Il faut écouter le professeur.)

– *ser necesario* / preciso / menester + infinitif

Ex. : ***Es necesario / preciso / menester*** *leer.* (Il faut lire.)

– *hacer falta* + infinitif Ex. : ***Hace falta*** *comer.*
(Il faut manger.)

> **Rappel**
> ***Hay*** est la forme impersonnelle de l'auxiliaire ***haber***. Elle peut donc être conjuguée à tous les temps.
> **Había que escuchar al profesor.**
> *Il fallait écouter le professeur.*

5 Les quantitatifs

- Contrairement au français, il n'y a **pas de préposition *de*** après les quantitatifs en espagnol.

mucho/a/os/as → beaucoup (de)
poco/a/os/as → peu (de)
demasiado/a/os/as → trop (de)
bastante/es → assez (de)
tanto/a/os/as → tant / autant (de)

- Lorsque les quantitatifs sont suivis d'un nom, ils s'accordent en genre et en nombre avec ce nom. Ils ont alors une fonction d'adjectifs.

Ex. : *Hay* ***muchas*** *personas.* (Il y a beaucoup de personnes.)

> **Attention !**
> - ***Bastante*** ne s'accorde qu'en nombre.
>
> Lorsque ***tanto*** est employé devant un adjectif ou un adverbe, il s'apocope en ***tan***.
> - **Eres tan simpático.** *Tu es si gentil.*
>
> La forme ***muy*** remplace *mucho* devant un adjectif ou adverbe.
> **Eres muy simpático.** *Tu es très gentil.*

- Lorsque les quantitatifs sont suivis d'un adjectif, d'un adverbe ou précédés d'un verbe, ils restent invariables. Ils ont alors une fonction d'adverbes.

Ex. : *Eres* ***demasiado*** *pequeña.* (Tu es trop petite.) *Trabajas* ***poco.*** (Tu travailles peu.)

6 Les démonstratifs

Rappel : depuis la nouvelle réforme de l'orthographe, il n'y a plus de distinction entre les adjectifs et les pronoms démonstratifs.

- **Les adjectifs démonstratifs**

Singulier	Pluriel
este / esta (ce / cet / cette)	***estos / estas*** (ces)
ese / esa (ce / cet / cette)	***esos / esas*** (ces)
aquel / aquella (ce / cet / cette)	***aquellos / aquellas*** (ces)

- **Les pronoms démonstratifs**

Singulier	Pluriel	Neutre
este / esta (celui-ci / celle-ci)	***estos / estas*** (ceux-ci / celles-ci)	***esto*** (ceci)
ese / esa (celui-là / celle-là)	***esos / esas*** (ceux-là / celles-là)	***eso*** (cela)
aquel / aquella (celui-là / celle-là)	***aquellos / aquellas*** (ceux-là / celles-là)	***aquello*** (cela)

- **Les démonstratifs servent à situer dans le temps et dans l'espace celui/celle qui parle, par rapport aux personnes ou aux objets** qu'il/elle désigne :

– quelqu'un ou quelque chose de **près** : ***este / esta / estos / estas***. Ils renvoient aux personnes ***yo*** et ***nosotros/as***.

Ex. : ***Este** coche es mío.* (Cette voiture est à moi.) *Mi coche es **este**.* (Ma voiture, c'est celle-ci.)

– quelqu'un ou quelque chose de **plus ou moins éloigné** (intermédiaire) : ***ese / esa / esos / esas***. Ils renvoient aux personnes ***tú*** et ***vosotros/as***.

Ex. : ***Ese** libro es tuyo.* (Ce livre est à toi.)
*Tu libro es **ese**.* (Ton livre, c'est celui-là.)

– quelqu'un ou quelque chose de **très éloigné** : ***aquel / aquella / aquellos / aquellas***. Ils renvoient aux personnes ***él / ella*** et ***ellos / ellas***.

Ex. : Él se compró ***aquella** casa.* (Il s'est acheté cette maison.)
*Su casa es **aquella**.* (Sa maison, c'est celle-là / celle qui est là-bas).

> **Remarque**
> L'**éloignement** peut se mesurer dans l'**espace** avec ***aquí / ahí / allí*** et dans le **temps** avec ***ahora / en aquel entonces / en aquella época*** (à cette époque-là).

7 La tournure emphatique *c'est… qui / c'est… que*

- **Traduire *c'est… qui***

– *Ser* + nom (personne) + *quien / quienes / el que / la que / los que / las que*

Ex. : *Fue <u>Cristóbal Colón</u> **quien** (el que) descubrió América.*
(C'est Christophe Colomb qui a découvert l'Amérique.)
*Es <u>mi vecina</u> **quien** (la que) trabaja en una gran empresa.*
(C'est ma voisine qui travaille dans une grande entreprise.)

– *Ser* + nom (objet) + *el que / la que / los que / las que*

Ex. : *Fue <u>la pelota</u> **la que** rompió el cristal.* (C'est le ballon qui a cassé la vitre.)

> **Rappels**
> - **Pour traduire *c'est***, on emploie toujours le **verbe *ser***.
> - On accorde toujours le verbe *ser* au même temps que le verbe principal.

• Traduire *c'est… que*

• Si l'élément mis en valeur est une personne ou un objet :

– *Ser* + nom (personne) + *quien / quienes / el que / la que / los que / las que*

Ex. : *Es en mi mejor amigo en* ***quien*** *(en el que) pienso.*
(C'est à mon meilleur ami que je pense.)

Dans l'exemple ci-dessus, le verbe *pensar* est employé avec la préposition *en*, car on dit *pensar en (penser à)*.

– *Ser* + nom (objet) + *el que / la que / los que / las que*

Ex. : *Era este coche* ***el que*** *yo quería comprar.* (C'est cette voiture que je voulais acheter.)

> **Attention !**
> **Quien / Quienes** ne peuvent pas être employés pour un objet.

> **Attention !**
> La **préposition régie par le verbe** doit être placée devant le mot mis en valeur et répétée devant le relatif.

• Si l'élément mis en valeur est un complément circonstanciel :

– *Ser* + lieu + *donde*

Ex. : *Es en París* ***donde*** *vivo.* (C'est à Paris que je vis.)
Es por el parque por ***donde*** *hay que pasar.* (C'est par le parc qu'il faut passer.)

Dans l'exemple ci-dessus, le verbe *pasar* est employé avec la préposition *por*, car on dit *pasar por* (passer par).

– *Ser* + temps + *cuando*

Ex. : *Fue en 2017* ***cuando*** *empezamos las reformas.*
(C'est en 2017 que nous avons commencé les travaux.)

– *Ser* + cause + *por lo que / porque*

Ex. : *Fue por eso* ***por lo que / porque*** *lo despidieron.*
(C'est pour cette raison qu'ils l'ont renvoyé.)

– *Ser* + manière + *como*

Ex. : *Es así* ***como*** *tienes que comportarte.*
(C'est de cette façon que tu dois te comporter.)

> **Rappel**
> Il est fréquent d'**inverser le verbe *ser* et le mot mis en valeur** dans la phrase. Les deux constructions sont correctes.
> **Es en este castillo donde vivimos = En este castillo es donde vivimos.**
> *C'est dans ce château que nous vivons.*

8 La concordance des temps

La concordance des temps est obligatoire en espagnol. Le temps de la proposition principale conditionne le choix du subjonctif présent ou du subjonctif imparfait dans la subordonnée.

Prop. principale	Prop. sub.	Exemples
Présent de l'indicatif	Subjonctif présent	***Quiero que vengas*** *con nosotros.* (Je veux que tu viennes avec nous.)
Passé composé		***He querido que vengas*** *con nosotros.* (J'ai voulu que tu viennes avec nous.)
Futur simple		*Le* ***diré que venga*** *con nosotros.* (Je lui dirai de venir avec nous.)
Impératif		***Dile que venga*** *con nosotros.* (Dis-lui de venir avec nous.)
Imparfait de l'indicatif	Subjonctif imparfait	***Yo quería que vinieras*** *con nosotros.* (Je voulais que tu viennes avec nous.)
Passé simple		*Le* ***dije que viniera*** *con nosotros.* (Je lui ai dit de venir avec nous.)
Conditionnel		*Le* ***diríamos que viniera*** *con nosotros.* (Nous lui dirions de venir avec nous.)
Plus-que-parfait		*Le* ***habíamos dicho que viniera*** *con nosotros.* (Nous lui avions dit de venir avec nous.)

2 Le vocabulaire utile par thème du programme

1 Identités et échanges / *Identidades e intercambios*

A Noms et expressions avec des noms

Abréviations
qch : quelque chose
qqn : quelqu'un

l'émigration la emigración
l'exode el éxodo
l'immigration la inmigración
la fuite la huida
le départ la salida
l'exil el exilio
la frontière la frontera
le flux el flujo
le parcours el recorrido
l'accueil la acogida
le partage el compartir
le voyage el viaje
la découverte el descubrimiento
l'éloignement ≠ le rapprochement el alejamiento ≠ el acercamiento
le changement el cambio
le mélange la mezcla
l'embarcation de fortune la patera
le ghetto el gueto
le tourisme el turismo
les bagages el equipaje
le dialogue el diálogo
la compréhension ≠ l'incompréhension la comprensión ≠ la incomprensión
l'hospitalité la hospitalidad
la mondialisation la globalización
la menace la amenaza
la terre natale la tierra natal / el terruño
le rêve el sueño
les risques los riesgos
le pays d'accueil el país de acogida
l'acculturation la aculturación
le groupe social el grupo social
la demande d'asile la solicitud de asilo
le droit d'asile el derecho de asilo

B Adjectifs

accueillant/e acogedor/a
agréable ≠ désagréable agradable ≠ desagradable
apeuré/e atemorizado/a / temeroso/a
attractif/ive atractivo/a
compréhensif/ive / tolérant/e comprensivo/a
culturel/le cultural
dangereux/euse peligroso/a
enrichissant/e enriquecedor/a
facile ≠ difficile fácil ≠ difícil
linguistique lingüístico/a
lointain/e lejano/a
plein/e d'espoir esperanzado/a
problématique problemático/a
risqué/e arriesgado/a
tendu/e tenso/a
touristique turístico/a

C Verbes et expressions avec des verbes

accueillir acoger
affronter / faire face à enfrentarse a
atteindre son objectif conseguir [i] / lograr su objetivo
avoir envie de tener [ie] ganas de
avoir peur de qch tener [ie] miedo a algo
avoir peur de faire qch tener [ie] miedo de hacer algo
braver un interdit desafiar una prohibición
changer cambiar
découvrir descubrir
échanger intercambiar
échapper escapar
émigrer emigrar
fuir huir de
hésiter à vacilar en
immigrer inmigrar
lutter luchar
marcher caminar

Attention !
Les verbes à **diphtongue**, à **affaiblissement** et à **alternance** sont signalés par **[ie]**, **[ue]**, **[i]** et **[ie/i]**.

offrir beaucoup de possibilités brindar muchas posibilidades
parcourir recorrer
profiter de qch aprovechar algo / aprovecharse de algo
réussir lograr / conseguir [i]
rêver de soñar [ue] con
risquer sa vie arriesgarse la vida
s'adapter adaptarse
s'exiler exiliarse
se mélanger mezclarse
survivre sobrevivir
transgresser la loi transgredir [i] la ley
traverser cruzar
visiter visitar
voyager viajar

2 Espace privé et espace public / *Espacio privado y espacio público*

A Noms et expressions avec des noms

la société la sociedad
les inégalités las desigualdades
l'égalité la igualdad
la maison la casa
le foyer el hogar
le logement el alojamiento / la vivienda
l'appartement el piso
la cohabitation la convivencia
le lieu / l'endroit el lugar
le bureau la oficina
le quartier el barrio
le magasin / la boutique la tienda
le marché el mercado
la rue la calle
la voie publique la vía pública
le/la sans-abri / le/la sans domicile fixe el/la sin techo
les droits los derechos
la sociabilité la sociabilidad
la protestation la protesta
la grève la huelga
le couple la pareja
la violence conjugale la violencia de género
les clichés los estereotipos / los clichés
les valeurs los valores
les mentalités las mentalidades
la délinquance la delincuencia
la sécurité ≠ l'insécurité la seguridad ≠ la inseguridad
la mixité la mixidad
les traditions las tradiciones
l'émancipation la emancipación
la femme au foyer / la maîtresse de maison / la ménagère el ama de casa
la manifestation la manifestación
le ménage la limpieza
les changements los cambios
l'affaire privée el asunto privado
le dépassement la superación
la volonté de se dépasser el afán de superación
les tâches ménagères las tareas domésticas
le monde du travail el mundo laboral
le télétravail el teletrabajo / el trabajo a distancia

B Adjectifs

casanier/ière hogareño/a
déterminé/e determinado/a
égal/e ≠ inégal/e igual ≠ desigual
machiste / misogyne machista / misógino
moderne ≠ traditionnel/le moderno/a ≠ tradicional
partagé/e compartido/a
passé/e sous silence silenciado/a
populaire popular
quotidien/ne diario/a / cotidiano/a
rebelle ≠ soumis/e rebelde ≠ sometido/a / sumiso/a

C Verbes et expressions avec des verbes

construire construir
interdire ≠ autoriser prohibir / vetar ≠ autorizar
laver / nettoyer limpiar
lutter pour ses droits luchar por sus derechos
manifester manifestar [ie]
mettre sur un pied d'égalité poner en pie de igualdad / al mismo nivel
reléguer au second plan relegar a un segundo plano / dejar en un segundo plano
révéler ≠ cacher revelar ≠ esconder
revendiquer reivindicar
sans broncher sin rechistar
s'émanciper emanciparse
s'occuper des enfants cuidar de los niños
se dépasser / se surpasser superarse
se libérer liberarse
se plaindre quejarse
surmonter superar
être logé à la même enseigne estar en el mismo caso / estar en el mismo barco

3 Art et pouvoir / *Arte y poder*

A Noms et expressions avec des noms

la peinture la pintura
le tableau el cuadro
l'œuvre d'art la obra de arte
la toile el lienzo
l'architecture la arquitectura
la sculpture la escultura
le graffiti / le tag el grafiti / la pintada
la photographie la fotografía
la musique la música
le cinéma el cine
le film la película
le court-métrage el cortometraje
le documentaire el documental
le théâtre el teatro
la littérature la literatura
le roman la novela
la touche artistique el toque artístico
la source d'inspiration la fuente de inspiración
la vérité la verdad
la satire la sátira
la propagande la propaganda
le contre-pouvoir el contrapoder
le témoignage el testimonio
le/la témoin el/la testigo
la critique la crítica
la caricature la caricatura
la censure la censura
l'oppression / la domination la opresión
la liberté la libertad
la résistance la resistencia
l'héroïsme el heroísmo
la gloire la gloria
l'idéologie la ideología
la subjectivité ≠ l'objectivité la subjetividad ≠ la objetividad
les convictions las convicciones
l'opposition la oposición
le succès el éxito
la renommée / la réputation la fama

B Adjectifs

avant-gardiste vanguardista
caricatural/e caricaturesco/a
contemporain/e contemporáneo/a
controversé/e controvertido/a
émouvant/e conmovedor/a
engagé/e comprometido/a
héroïque heroico/a
légal/e ≠ illégal/e legal ≠ ilegal
moderne moderno/a
polémique polémico/a
provocateur/trice provocador/a
satirique satírico/a
talentueux/euse talentoso/a
trompeur/euse engañoso/a
vrai/e / véridique ≠ faux/fausse verdadero/a ≠ falso/a

C Verbes et expressions avec des verbes

appuyer / soutenir apoyar
attirer l'attention llamar la atención
caricaturer caricaturizar
censurer censurar
condamner condenar
construire construir
convaincre convencer
critiquer criticar
défendre defender [ie]
dénoncer denunciar
émouvoir conmover [ue]
faire prendre conscience concienciar
glorifier glorificar
montrer enseñar
prendre conscience concienciarse
remettre en question poner en tela de juicio
rendre hommage à rendir [i] homenaje a
réveiller les consciences despertar [ie] las conciencias
opprimer / dominer oprimir
passer sous silence callar / pasar por alto
peindre pintar
pousser un cri d'alarme dar la voz de alarma
protester contre qch protestar contra algo
sauvegarder salvaguardar
(s')engager comprometer(se)
(s')exprimer expresar(se)
se rallier à une cause unirse a una causa
(s')opposer à oponer(se) a
témoigner testimoniar
tomber dans le piège caer en la trampa
tourner un film rodar [ue]
(se) tromper engañar(se)

4 Citoyenneté et mondes virtuels / *Ciudadanía y mundos virtuales*

A Noms et expressions avec des noms

l'outil la herramienta
le mot de passe la contraseña
les données personnelles los datos personales
les nouvelles technologies las nuevas tecnologías
l'utilisateur/trice el/la usuario/a
l'ordinateur el ordenador
la tablette la tableta / la tablet
le (téléphone) portable el móvil
la publication la publicación
le danger el peligro
les risques los riesgos
la gravité la gravedad
l'humiliation la humillación
le/la hackeur/euse el hacker
le piratage el pirateo / el hackeo
l'amélioration la mejora
la honte la vergüenza
les insultes los insultos
le mépris el menosprecio / el desprecio
la haine el odio
la prévention la prevención
la prise de conscience la toma de conciencia
les mensonges las mentiras
le harcèlement el acoso
l'addiction la adicción
le détournement el desvío
l'aide la ayuda
l'utilité la utilidad
le respect el respeto
la manipulation la manipulación
l'escroquerie la estafa / el fraude
le savoir-vivre los buenos modales / la buena educación
la rapidité la rapidez
l'anonymat ≠ la renommée / la réputation el anonimato ≠ la fama
une atteinte à la vie privée una violación a / de la privacidad

B Adjectifs

accro adicto/a / enganchado/a
anonyme ≠ célèbre anónimo/a ≠ famoso/a
connecté/e conectado/a
dangereux/euse peligroso/a
gêné/e molesto/a
innovant/e novedoso/a
inquiet/ète preocupado/a
mal à l'aise incómodo/a
partagé/e compartido/a
provocateur/trice provocador/a
prudent/e prudente
rapide rápido/a
suspicieux/euse desconfiado/a / receloso/a
technologique tecnológico/a

C Verbes et expressions avec des verbes

améliorer mejorar
cacher ocultar
chercher des informations buscar información
compromettre comprometer
démêler le vrai du faux distinguir entre lo verdadero y lo falso
éduquer educar
être accro à Internet ser adicto/a a Internet
être dépendant/e de ser dependiente de
être victime de ser víctima de
faciliter facilitar / simplificar
faire attention à / se méfier de tener [ie] cuidado con / desconfiar de
harceler acosar
humilier humillar
informer informar
interagir interactuar
jouer un rôle desempeñar un papel
menacer amenazar
mentir / raconter des mensonges contar [ue] mentiras
mépriser qqn menospreciar / despreciar a alguien
nuire / porter préjudice dañar / perjudicar
publier publicar
regretter ≠ assumer arrepentirse [ie] ≠ asumir
s'entraider / compter les uns sur les autres ayudarse mutuamente / contar [ue] unos con otros
s'inscrire registrarse
se faire passer pour qqn hacerse pasar por alguien / fingir ser alguien diferente
se passer de qch prescindir de algo / vivir sin algo
se préoccuper / s'inquiéter pour qch preocuparse por algo
simplifier simplificar
suivre à la trace rastrear
surfer sur le net navegar por Internet
traquer / guetter acechar
tromper qqn engañar a alguien
twitter tuitear

5 Fictions et réalités / *Ficciones y realidades*

A Noms et expressions avec des noms

la légende la leyenda
le mythe el mito
les croyances las creencias
l'histoire la historia
les civilisations las civilizaciones
le patrimoine el patrimonio
le conte el cuento
la fable la fábula
la vérité la verdad
la ressemblance la semejanza / el parecido / la similitud
la magie la magia
l'inspiration la inspiración
l'imagination la imaginación
le héros el héroe
le super-héros el superhéroe
l'exemple el ejemplo
la figure la figura / el personaje

la réalité la realidad
la science-fiction la ciencia ficción
la fantaisie la fantasía
la morale la moraleja
la représentation la representación
la vision la visión
le réalisme el realismo
l'hyperréalisme el hiperrealismo
la mythologie la mitología
l'exagération la exageración
la superstition la superstición
l'utopie la utopía
le récit el relato
quand la réalité dépasse la fiction cuando la realidad supera la ficción
le champ du possible / des possibles la esfera de lo posible / el mundo de posibilidades

B Adjectifs

croyant/e creyente
culturel/le cultural
fantastique fantástico/a
héroïque heroico/a
imaginaire imaginario/a
légendaire legendario/a
magique mágico/a
méfiant/e desconfiado/a / receloso/a
merveilleux/euse maravilloso/a
mystérieux/euse misterioso/a
mythique mítico/a
rationnel/le / logique ≠ irrationnel/le / illogique racional ≠ irracional
réaliste ≠ irréaliste realista ≠ irrealista
réel/le ≠ irréel/le real ≠ irreal
ressemblant/e semejante / parecido/a
superstitieux/ieuse supersticioso/a
utopique utópico/a

C Verbes et expressions avec des verbes

créer crear
croire (à) creer (en)
devenir / se transformer en convertirse [ie/i] (en)
deviner adivinar
envoûter hechizar / embrujar
être déconnecté/e de la réalité estar desconectado/a de la realidad
idéaliser idealizar
imaginer imaginar
impressionner impresionar
incarner encarnar
interpréter interpretar
inventer inventar
penser (à) pensar [ie] (en)
protéger proteger
raconter contar [ue]
ramener à la réalité traer de vuelta a la realidad
réfléchir reflexionar
réussir conseguir [i] / lograr
sauver salvar
s'évader evadirse
s'inspirer de inspirarse en
transformer transformar

6 Innovations scientifiques et responsabilité / *Innovaciones científicas y responsabilidad*

A Noms et expressions avec des noms

le/la chercheur/euse el/la investigador/a
le/la scientifique el/la científico/a
le/la médecin el/la médico/a
le/la biologiste el/la biólogo/a
l'avenir el futuro / el porvenir
l'amélioration ≠ l'aggravation la mejora ≠ el empeoramiento / el deterioro
l'avancée el avance
le progrès el progreso
l'énergie la energía
la découverte el descubrimiento
des produits jetables productos de usar y tirar / productos desechables
l'environnement el medio ambiente

les sciences las ciencias
la planète el planeta
le réchauffement climatique el cambio climático
la pollution la contaminación
la recherche la investigación
le clonage la clonación
les transports los transportes
le recyclage el reciclaje
les gaz d'échappement los gases de escape
l'effet de serre el efecto invernadero
l'espérance de vie la esperanza / expectativa de vida
l'allongement el alargamiento
les bienfaits los beneficios
l'avantage ≠ l'inconvévient
la ventaja ≠ la desventaja
la guérison la cura
la modification la modificación
la révolution la revolución
le centre de recherche el centro de investigación
le développement el desarrollo
la performance énergétique la eficiencia energética
la surpopulation la superpoblación
l'automate el autómata
le robot el robot
la consommation el consumo
l'expérience el experimento / la prueba
les ressources (naturelles)
los recursos (naturales)
le forage la perforación
les forêts los bosques
les espèces en voie d'extinction
las especies en vía(s) de extinción
la faune la fauna
la flore la flora
les essais los ensayos / las pruebas
l'usage el uso
l'utilisation la utilización
la destruction la destrucción
la machine la máquina
la médecine la medicina
l'augmentation el aumento
les éoliennes los aerogeneradores
les dégâts irréversibles los daños irreversibles

B Adjectifs

dangereux/euse peligroso/a
durable sostenible
de pointe puntero/a
écologique ecológico/a
éthique ético/a
génétique genético/a
géothermique geotérmico/a
hydraulique hidráulico/a
innovant/e / novateur/trice innovador/a
néfaste / nuisible ≠ bénéfique
nefasto/a ≠ beneficioso/a
nucléaire nuclear
pionnier/ère pionero/a
préjudiciable dañino/a / perjudicial
renouvelable renovable
responsable ≠ irresponsable
responsable ≠ irresponsable
solaire solar
technologique tecnológico/a

C Verbes et expressions avec des verbes

allonger alargar
améliorer ≠ aggraver mejorar ≠ empeorar
augmenter aumentar
changer cambiar
découvrir descubrir
développer desarrollar
dégrader degradar
détruire destruir
économiser ahorrar
endommager dañar / deteriorar
évoluer evolucionar
faire des expériences experimentar
faire des recherches sur investigar
guérir curar
mettre en danger poner en peligro
mettre en pratique poner en práctica
modifier modificar
porter préjudice perjudicar
rendre la vie plus agréable amenizar la vida
révolutionner revolucionar
transformer transformar

7 Diversité et inclusion / *Diversidad e inclusión*

A Noms et expressions avec des noms

la discrimination la discriminación
l'intégration la integración
l'égalité ≠ l'inégalité la igualdad ≠ la desigualdad
l'émancipation la emancipación
la mixité la mixidad
l'insertion la inserción
l'origine / les origines el origen / los orígenes
la différence la diferencia
le handicap la discapacidad
un handicapé un discapacitado / un minusválido
les langues étrangères los idiomas
les langues régionales / officielles las lenguas regionales / oficiales
les valeurs los valores
le racisme el racismo
la xénophobie la xenofobia
l'homophobie la homofobia
le sexisme el sexismo
l'affirmation la afirmación
la revendication la reivindicación
le multiculturalisme el multiculturalismo
le niveau social el nivel social
le respect el respeto
la liberté la libertad
l'apport / la contribution el aporte
le mélange la mezcla
les préjugés los prejuicios
les minorités las minorías
l'acceptation la aceptación
l'intégration la integración
le rejet el rechazo
la tolérance la tolerancia
la solidarité la solidaridad
l'entraide la ayuda mutua
la religion la religión
les coutumes las costumbres
la sexualité la sexualidad
la nationalité la nacionalidad
les stéréotypes los estereotipos
les menaces las amenazas
le mépris el desprecio / el menosprecio
l'ascension el ascenso / la ascención

B Adjectifs

ethnique étnico/a
handicapé/e discapacitado/a
homophobe homófobo/a
intergénérationnel/le intergeneracional
(in)tolérant/e (in)tolerante
(ir)respectueux/euse (ir)respetuoso/a
marginal/e marginado/a
minoritaire minoritario/a
multiculturel/le multicultural
ouvert/e abierto/a
sexiste sexista
sociable sociable
solidaire solidario/a
xénophobe xenófobo/a

C Verbes et expressions avec des verbes

accepter aceptar
changer cambiar
compter les uns sur les autres contar [ue] (los) unos con (los) otros
discriminer discriminar
être à l'écart estar al margen
évoluer evolucionar
inclure incluir
insulter insultar
intégrer integrar
lutter pour ses droits luchar por sus derechos
menacer amenazar
mettre sur un pied d'égalité poner en pie de igualdad
respecter respetar
revendiquer reivindicar
s'émanciper emanciparse
s'entendre bien (mal) avec qqn llevarse bien (mal) con alguien
se mélanger mezclarse
se mobiliser movilizarse
vivre ensemble convivir

8 Territoire et mémoire / *Territorio y memoria*

A Noms et expressions avec des noms

le passé el pasado
le souvenir el recuerdo
l'oubli el olvido
l'histoire la historia
les espaces los espacios
les frontières las fronteras
les colonies las colonias
l'avenir el porvenir
le patrimoine el patrimonio
l'héritage la herencia
la commémoration la conmemoración
la conquête la conquista
la colonisation la colonización
les événements los acontecimientos / los sucesos
la reconquête la reconquista
l'indépendance la independencia
les racines las raíces
la nation la nación
le lien el vínculo
le pays el país
les conquistadors los conquistadores
l'expédition la expedición
l'organisation la organización
la résistance la resistencia
la défaite la derrota
l'abdication la abdicación
l'harmonie la harmonía
l'exploitation la explotación
l'esclavage la esclavitud
le nationalisme el nacionalismo
le séparatisme el separatismo
les faits los hechos
la reconnaissance el reconocimiento
le devoir de mémoire el deber de memoria
à la mémoire de qqn en memoria de alguien
le mémorial el memorial

B Adjectifs

collectif/ive colectivo/a
controversé/e controvertido/a
frontalier fronterizo/a
harmonieux/euse armonioso/a
historique histórico/a
individuel/le individual
légitime legítimo/a
métis/se mestizo/a
national/e nacional
nostalgique nostálgico/a
territorial territorial/e
régional/e regional

C Verbes et expressions avec des verbes

abdiquer pour / en faveur de abdicar en
coloniser colonizar
commémorer conmemorar
conquérir conquistar
exploiter explotar
gracier amnistiar / indultar
hériter heredar
imposer imponer
maintenir mantener [ie]
oublier olvidar
perpétuer perpetuar
prendre son indépendance independizarse
raconter relatar / contar [ue]
reconnaître reconocer
remuer le passé remover [ue] el pasado
rendre hommage rendir [i] homenaje
rester gravé/e dans sa mémoire permanecer en su memoria
s'opposer oponerse
se produire suceder / acontecer / ocurrir
se rappeler qch recordar [ue] algo
se souvenir de qch acordarse [ue] de algo
témoigner testimoniar
tourner la page pasar página
vaincre vencer

1 Grammaire : quelques points importants

1 La place du groupe verbal

La place du groupe verbal (GV, verbe conjugué + partie non conjuguée et invariable du groupe verbal) varie en fonction du type de phrases.

Types de phrases		Place du verbe conjugué	Place de la partie non conjuguée du groupe verbal
GV à l'infinitif	construction	dernière place	avant-dernière place
	exemple	*sich (A)* ***beeinflussen*** ***lassen*** (se laisser influencer)	
Déclarative	construction	deuxième place	dernière place
	exemple	*Er* ***lässt*** *sich* ***beeinflussen.*** (Il se laisse influencer.)	
Interrogative globale	construction	première place	dernière place
	exemple	***Lässt*** *er sich* ***beeinflussen?*** (Se laisse-t-il / Est-ce qu'il se laisse influencer ?)	
Interrogative partielle	construction	deuxième place	dernière place
	exemple	*Warum* ***lässt*** *er sich* ***beeinflussen?*** (Pourquoi se laisse-t-il influencer ?)	
Impérative	construction	première place	dernière place
	exemple	***Lassen*** *Sie sich nicht* ***beeinflussen!*** (Ne vous laissez pas influencer !)	
Subordonnée	construction	dernière place	avant-dernière place
	exemple	*Ich bin der Meinung, dass er sich* ***beeinflussen*** ***lässt.*** (Je pense qu'il se laisse influencer.)	

2 Les différents types de dépendantes

- Une proposition dépendante est une proposition dans laquelle le verbe conjugué est en dernière position et est précédé par la partie non conjuguée du GV.
- Il faut chercher à diversifier au maximum son expression, ce qui ne passe pas seulement par la richesse lexicale. Dans cette optique, il est indispensable de maîtriser les différentes types de dépendantes : conjonctives, relatives et infinitives.

3 Les propositions subordonnées conjonctives

Les propositions subordonnées conjonctives sont introduites par une conjonction de subordination.

- **Les propositions énonciatives**

Déclaratives = verbe déclaratif + *dass*.

Ex. : *Sie* ***sagt, dass*** *sie Architektur studieren will.*
(Elle dit qu'elle veut faire des études d'architecture.)

> **Rappel**
> ***Ob*** correspond au *si* de l'interrogative indirecte et ne doit pas être confondu avec le *si* conditionnel (*wenn*).

• **Les propositions interrogatives**

– **Globales ou totales** = *fragen* ou un synonyme + *ob*.

Ex. : *Ich **weiß nicht**, **ob** dieser Beruf für sie richtig ist.*
(Je ne sais pas si ce métier est fait pour elle.)

– **Partielles** = *fragen* ou un synonyme + le mot interrogatif qui sert également de subordonnant

Ex. : *Die Lehrerin **fragt**, **seit wann** sich die Schülerin für Architektur interessiert.*
(La professeure demande depuis quand son élève s'intéresse à l'architecture.)

• **Les propositions injonctives**

Ordre indirect = verbe déclaratif + *dass* + construites à l'aide du verbe de modalité *sollen* (ordre) dans la subordonnée

Ex. : *Der Vater **sagt** seinem Sohn, **dass** er sich auf die Prüfungen konzentrieren **soll**.*
(Le père dit à son fils de bien vouloir se concentrer sur ses examens.)

• **Les propositions causales**

– ***weil*** (parce que)

Ex. : *Ich finde es toll, Klassensprecher zu sein, **weil** man Verantwortung bekommt.*
(Je trouve génial d'être délégué de classe parce qu'on a des responsabilités.)

– ***da*** (comme, étant donné que)

Ex. : *Die Familie meiner Mutter ist relativ klein, **da** sie keine Geschwister hat.*
(La famille de ma mère est relativement réduite étant donné qu'elle n'a pas de frères et sœurs.)

– ***insofern (als)*** (dans la mesure où)

Ex. : *Er verdient eine gute Note, **insofern (als)** er regelmäßig arbeitet.*
(Il mérite une bonne note dans la mesure où il travaille régulièrement.)

– ***zumal*** (d'autant plus que)

Ex. : *Er hilft ihr gern, **zumal** sie es schwer hat.* (Il l'aide d'autant plus volontiers qu'elle a du mal.)

• **Les propositions temporelles**

– ***als*** (quand, à l'époque où / au moment précis où)

Ex. : ***Als** ich klein war, hat mir meine Mutter ein paar Filme von Fritz Lang gezeigt.*
(Quand j'étais petit(e), ma mère m'a montré quelques films de Fritz Lang.)

– ***wenn*** (quand, à chaque fois que)

Ex. : *Ich fühle mich wohl, **wenn** ich mit meiner Familie zusammen bin.*
(Je me sens bien quand je suis en famille.)

– ***bevor*** = *ehe* (avant que) ≠ ***nachdem*** (après que)

Ex. : *Er war schon ein Held, **bevor** er erwachsen wurde.*
(C'était un héros avant même d'être un adulte.)
***Nachdem** ich das Praktikum gemacht hatte, kannte ich den Beruf besser.*
(Après avoir fait ce stage, je connaissais mieux ce métier.)

– **seit(dem)** (depuis que)

Ex. : *Ich spiele Klavier, **seit(dem)** ich acht Jahre alt bin.* (Je joue du piano depuis que j'ai huit ans.)

– ***bis*** (jusqu'à ce que)

Ex. : *Wir arbeiten so lange, **bis** wir eine gemeinsame Lösung gefunden haben.*
(Nous travaillerons jusqu'à ce que nous trouvions une solution en commun.)

– ***sobald*** (dès que)

Ex. : ***Sobald** die Schülerin eine mittelmäßige Note hat, macht sich ihre Mutter um ihre Zukunft Sorgen.* (Dès que l'élève a une note moyenne, sa mère se fait du souci pour son avenir.)

– ***solange*** (aussi longtemps que, tant que)

Ex. : *Ich kaufe keine neuen Geräte, **solange** ich meine alten weiter benutzen kann.*
(Je n'achèterai pas de nouveaux appareils tant que je pourrai utiliser les anciens.)

– ***sooft*** (aussi souvent que)

Ex. : *Du kannst kommen, **sooft** du willst.* (Tu peux venir aussi souvent que tu veux.)

– ***während*** (pendant que)

Ex. : ***Während** die Lehrerin ihren uninteressanten Unterricht hält, schlafen die Schüler glatt ein.*
(Pendant que la professeure fait son cours ennuyeux, ses élèves s'endorment.)

• Les propositions concessives

– ***obwohl***, *obgleich, obschon* (bien que)

Ex. : *Das Goethe-Schiller-Denkmal in Weimar stellt beide Schriftsteller in gleicher Körpergröße dar, **obwohl** Schiller viel größer war als Goethe.*
(La statue de Goethe et Schiller à Weimar représente les deux écrivains de la même taille alors que Schiller était beaucoup plus grand que Goethe.)

> **Remarque**
> Les formes *obgleich* et *obschon* sont moins courantes que *obwohl*.

– ***wobei*** (quand bien même)

Ex. : *Ich sehe mir eine Fernsehserie an, **wobei** mir einfällt, dass ich nicht mit meinen Hausaufgaben fertig bin.*
(Je regarde une série télé alors même que je me rappelle que je n'ai pas fini mes devoirs.)

> **Attention !**
> Pas de subjonctif en allemand, contrairement au français.

• Les propositions compléments de but

– ***damit*** (afin que)

Ex. : *Die Berufsberaterin hat mir Tipps gegeben, **damit** ich mich besser orientiere.*
(La conseillère d'orientation m'a donné des conseils afin que je m'oriente mieux.)

• Les propositions conditionnelles

– ***falls*** (au cas où)

Ex. : ***Falls** du nicht kommen kannst, ruf mich an!*
(Au cas où tu ne peux / pourrais pas venir, appelle-moi !)

– ***(auch) wenn*** ([même] si)

Ex. : ***Auch wenn** sie krank ist, geht sie (trotzdem) in die Schule.*
(Même si elle est malade, elle va [quand même] à l'école.)

> **Rappel**
> *Wenn* correspond au *si* du conditionnel et ne doit pas être confondu avec le *si* de l'interrogative indirecte (*ob*).

– ***als (ob)*** (comme si)

Ex. : *Es ist so viel geschehen, **als ob** sich plötzlich die Welt umgedreht hätte.*
(Il s'est passé tellement de choses qu'on dirait que le monde est sens dessus dessous.)

> **Rappel**
> Il est possible de supprimer le *ob* de la conjonction de subordination *als ob*. Dans ce cas, le verbe conjugué vient prendre la place de l'élément sous-entendu.
> **Es ist so viel geschehen, als hätte sich plötzlich die Welt umgedreht. (Das Tagebuch der Anne Frank)**

• Les propositions de conséquence

sodass (si bien que)

Ex. : *Er arbeitete Tag und Nacht, sodass er krank wurde.*
(Il travaillait jour et nuit, si bien qu'il tomba malade.)

• Les propositions de manière

– ***wie*** (comment)

Ex. : *Ich kann gar nicht verstehen, **wie** man sich nicht für Geschichte interessieren kann.*
(Je n'arrive pas à comprendre comment on peut ne pas s'intéresser à l'Histoire.)

– ***indem*** (en + participe présent)

Ex. : *Diese Ausstellung erzählt die Geschichte des Mordes an sechs Millionen Juden während des Zweiten Weltkriegs, **indem** es die Schicksale von einigen der Opfer in den Mittelpunkt rückt.*
(Cette exposition raconte l'histoire du génocide de 6 millions de personnes juives pendant la Seconde Guerre mondiale en mettant l'accent sur le destin de quelques victimes.)

– ***wobei*** (tout en + participe présent)
Ex. : *Er las ein Buch, **wobei** er Musik hörte.* (Il lisait un livre [tout] en écoutant de la musique.)

- **Les propositions d'opposition**

während (tandis que, alors que)
Ex. : *Um die Mitte des 14. Jahrhunderts wurde Hamburg das Tor zur Nordsee, **während** Lübeck das Tor zur Ostsee war.* (Vers le milieu du XIVe siècle, Hambourg est devenu la porte d'accès à la mer du Nord tandis que Lübeck était celle de la Baltique.)

4 Les propositions subordonnées relatives

- Les propositions subordonnées relatives sont introduites par un pronom relatif.
- Le genre du pronom relatif est le même que celui de son antécédent (masculin, féminin, neutre ou pluriel).
- Le **cas** du pronom relatif dépend de la **fonction grammaticale** qu'il remplit au sein de la proposition subordonnée relative.

Rappel
Nominatif = Sujet / Attribut du sujet
Accusatif = COD
Datif = COI / COS
Génitif = Complément du nom

– au **nominatif**
Ex. : *Karl Lagerfeld, der in Paris lebte, war ein sehr bekannter deutscher Modeschöpfer* (Masculin-Nominatif).
(Karl Lagerfeld, qui vivait à Paris, était un grand couturier allemand très connu.)

– à l'**accusatif**
Ex. : *Die junge Frau, die ich zur Faschingsparty eingeladen habe, heißt Veronika.* (Féminin-Accusatif)
(La jeune femme que j'ai invitée au carnaval s'appelle Veronika.)

– au **datif**
Ex. : *Die Heimat ist das Land, in dem man geboren und aufgewachsen ist.* (Neutre-Datif)
(La patrie est le pays dans lequel on est né et on a grandi.)

– au **génitif**
Ex. : *Das Ausland ist ein anderes Land, dessen Nationalität man nicht besitzt.* (Neutre-Génitif)
(L'étranger, c'est le pays dont on ne possède pas la nationalité.)

5 Les propositions infinitives

- Dans les propositions infinitives, le **verbe** n'est plus conjugué mais à l'**infinitif** et toujours en fin de proposition.

Ex. : *Eine meiner Rollen als Klassensprecherin ist, Konflikte zwischen Schülern in der Klasse **zu lösen**.*
(L'un de mes rôles en tant que déléguée est de résoudre les conflits entre élèves au sein de la classe.)

- Ces propositions peuvent être introduites par :

– ***um… zu*** (pour)
Ex. : *Tom will bessere Noten bekommen, **um** gute Berufschancen **zu** haben.*
(Tom veut avoir de meilleures notes pour avoir de bonnes chances en matière professionnelle.)

– ***ohne… zu*** (sans)
Ex. : *Man muss für die Tests alles auswendig lernen, **ohne** nach**zu**denken.*
(Pour ces tests, il faut tout apprendre par cœur sans réfléchir.)

– ***(an)statt… zu*** (au lieu de)
Ex. : *Er geht zu seinem Freund, **(an)statt** seine Hausaufgaben **zu** machen.*
(Il va chez son ami au lieu de faire ses devoirs.)

2 Le vocabulaire utile par thème du programme

1 Identités et échanges / *Identität und Austausch*

A Noms et expressions avec des noms

Abréviations

qch : quelque chose qqn : quelqu'un
jdn : jemanden (A)
jdm : jemandem (D) jds : jemandes (G)
A : accusatif D : datif G : génitif

Rappel

- Les **voyelles** derrière les verbes à l'infinitif correspondent aux temps forts des verbes irréguliers.
- Le « * » signale les auxiliaires ***haben*** ou ***sein***, les modaux.
- (en, en) derrière le nom signale les **masculins faibles.**
- Le « / » indique un verbe à **particule séparable.**
- Le **pluriel des noms** est entre parenthèses.

l'identité die Identität(en)
l'aspiration à qch die Sehnsucht nach etwas (D)
le sentiment das Gefühl(e)
le sentiment d'appartenance die Zugehörigkeit / das Zugehörigkeitsgefühl
le sentiment de sécurité die Geborgenheit
l'origine die Herkunft (die Herkünfte)
la patrie das Vaterland
le pays d'origine die Heimat / das Herkunftsland
la racine die Wurzel(n)
la spécificité de qch das Besondere an etwas (D)
l'échange der Austausch(e)
l'aide die Hilfe
la serviabilité die Hilfsbereitschaft
l'étranger (en tant que pays) das Ausland
le séjour à l'étranger der Auslandsaufenthalt(e)
l'expérience à l'étranger die Auslandserfahrung(en)
le pays d'adoption die Wahlheimat
l'intégration die Integration
la solidarité die Solidarität
l'expérience négative / positive die negative(n) / positive(n) Erfahrung(en)
le séjour der Aufenthalt(e)

B Adjectifs

(dés)agréable (un)angenehm
(in)accessible (un)erreichbar
(in)amical (un)freundlich
(in)approprié (un)angemessen
étranger (à qch) fremd
étranger (au pays) ausländisch
familier vertraut
(in)humain (un)menschlich
identique identisch / gleich
(pas) important (un)wichtig
indépendant selbstständig / unabhängig
linguistique sprachlich
ouvert aufgeschlossen / offen
perdu verloren
procurant un sentiment étrange unheimlich
semblable ähnlich
serviable hilfsbereit
(pas) solidaire (un)solidarisch
surprenant erstaunlich
(pas) sympathique (un)sympathisch

C Verbes et expressions avec des verbes

adresser la parole à qqn jdn an/sprechen (i ; a, o)
aider qqn jdm helfen (i ; a ; o)
aller dans un autre pays in ein anderes Land fahren (ä ; u, a)
améliorer ses connaissances linguistiques seine Sprachkenntnisse verbessern
apprendre à connaître qch / faire la connaissance de qqn etwas (A) / jdn kennen/lernen
aspirer à qch sich (A) nach etwas (D) sehnen
(ne pas) avoir le mal du pays (kein) Heimweh haben*
(ne pas) avoir peur (keine) Angst haben*
avoir qch en commun etwas (A) gemeinsam haben*

échanger avec qqn sich (A) mit jdm aus/tauschen
être / aller à l'étranger im Ausland sein* / ins Ausland gehen (i, a)
être exclu ausgegrenzt sein*
être important aux yeux de qqn jdm wichtig sein*
être intégré integriert sein*
être originaire d'un pays aus einem Land kommen (a, o) / stammen
exclure qqn jdn aus/grenzen
faire partie d'un groupe einer Gruppe an/gehören / zu einer Gruppe gehören
forger une identité Identität stiften
intégrer qqn jdn integrieren
manquer à qqn jdm fehlen / etwas (A) vermissen
ne compter que sur soi-même auf sich (A) selbst angewiesen sein / auf sich (A) allein gestellt sein*
passer quelque temps dans un pays einige Zeit in einem Land verbringen*
ressentir qch etwas (A) fühlen
s'identifier à qqn / qch sich (A) mit jdm / etwas (D) identifizieren
s'installer dans un pays sich (A) in einem Land nieder/lassen (ä ; ie, a)
s'intégrer sich (A) integrieren / sich (A) ein/leben
s'ouvrir à une autre culture sich (D) einer anderen Kultur öffnen
se sentir (mal) à l'aise sich (A) (un)wohl fühlen
se sentir chez soi sich (A) zu Hause / heimisch fühlen
se sentir en sécurité sich geborgen fühlen
se sentir étranger sich (A) fremd fühlen
transmettre qch etwas (A) vermitteln
visiter un pays / une ville ein Land / eine Stadt besuchen
visiter une ville / un musée eine Stadt / ein Museum besichtigen
vivre en paix in Frieden leben

2 Espace privé et espace public / *Privatsphäre und Öffentlichkeit*

A Noms et expressions avec des noms

l'espace privé die Privatsphäre
la vie privée das Privatleben
le secret das Geheimnis(se)
le droit das Recht(e)
la liberté die Freiheit(en)
les libertés fondamentales die Grundfreiheiten
la liberté d'expression die Meinungsfreiheit
la liberté de la presse die Pressefreiheit
la surveillance die Überwachung
l'espace / la vie publique die Öffentlichkeit
la curiosité die Neugier
la protestation der Protest(e)
la rébellion die Rebellion(en)
la manifestation die Demonstration(en)
la révolte die Revolte(n)
l'émeute der Aufruhr(e) / der Aufstand (die Aufstände)
la violence die Gewalt
la répression die Unterdrückung

B Adjectifs

curieux neugierig
interdit verboten
libre frei
pacifique friedlich
privé privat
public öffentlich
secret geheim
violent gewaltsam

C Verbes et expressions avec des verbes

(ne pas) accorder d(e l)'importance à qch (keinen) Wert auf etwas (A) legen
avoir de graves conséquences pour qqn / qch schlimme Konsequenzen für jdn / etwas (A) haben*
(ne pas) avoir peur pour qqn / qch (keine) Angst um jdn / etwas (A) haben*
cacher / dissimuler qch etwas (A) verbergen (i ; a, o)
espionner qqn jdn bespitzeln

ALLEMAND

(ne pas) faire attention à qch (nicht) auf etwas (A) achten / auf/passen

(ne pas) garder qch pour soi etwas (A) (nicht) für sich (A) behalten (ä ; ie, a)

livrer des informations sur soi / qqn Informationen über sich (A) / jdn preis/geben (i ; a, e)

menacer la vie privée das Privatleben bedrohen

mener une vie discrète / tapageuse (k)ein diskretes Leben führen

mettre qqn sur écoute / écouter une conversation téléphonique jdn / ein Telefonat ab/hören

nuire à qqn jdm schaden

(ne pas) parler de soi (nicht) von sich (D) erzählen

(ne pas) partager qch etwas (A) (nicht) teilen

pirater / voler des données Daten hacken / klauen

(ne pas) protéger sa vie privée seine Privatsphäre (nicht) schützen

(ne pas) publier qch etwas (A) (nicht) veröffentlichen

rassembler des informations sur qqn Informationen über jdn (ein/) sammeln

(ne pas) respecter le droit à la vie privée das Recht aufs Privatleben (nicht) respektieren

s'exprimer publiquement sich (A) öffentlich aus/drücken

se taire schweigen (ie, ie)

surveiller qqn jdn überwachen

utiliser des informations sur qqn Informationen über jdn (be)nutzen

3 Art et pouvoir / *Kunst und Macht*

A Noms et expressions avec des noms

l'art die Kunst (die Künste)

les arts plastiques die bildende Kunst (die bildenden Künste)

l'artiste der Künstler(-)

l'enrichissement culturel die kulturelle Bereicherung

la diversité culturelle die kulturelle Vielfalt

l'offre culturelle das Kulturangebot(e)

l'engagement das Engagement / der Einsatz

la liberté die Freiheit

la liberté d'expression die Meinungsfreiheit

l'œuvre / le chef-d'œuvre das Werk(e) / das Kunstwerk(e)

le participant der Teilnehmer(-)

le passage sur scène der Auftritt(e)

la paix der Frieden

le réfugié der Flüchtling(e)

la responsabilité die Verantwortung

la valeur der Wert(e)

le pouvoir (politique) die (politische) Macht

la culture die Kultur

la société die Gesellschaft

la censure die Zensur

l'autorisation die Erlaubnis(se)

l'interdiction das Verbot(e)

l'interdiction d'exercer sa profession das Berufsverbot(e)

l'interdiction de peindre das Malverbot(e)

l'interdiction d'écrire das Schreibverbot(e)

l'injustice / la justice die (Un)Gerechtigkeit

la critique die Kritik(en)

la caricature die Karrikatur(en)

la mise en garde die Warnung(en) / Mahnung(en)

l'art dégénéré die entartete Kunst

la manipulation die Manipulation

la prise de position die Stellungnahme(n)

B Adjectifs

artistique künstlerisch

censuré zensiert

dégénéré entartet

enrichissant bereichernd

libre frei

puissant mächtig

qui relit / unit verbindend

qui sépare trennend

C Verbes et expressions avec des verbes

apprendre qch à qqn jdm etwas (A) bei/bringen (a, a)
autoriser qch etwas (A) erlauben
avoir de l'influence sur qqn / qch Einfluss auf jdn / etwas (A) haben*
censurer qch etwas (A) zensieren
consolider qch etwas (A) stärken
convaincre qqn de qch jdn von etwas (D) überzeugen
critiquer le régime das Regime kritisieren
critiquer qqn / qch jdn / etwas (A) kritisieren / Kritik an jdm / etwas (D) üben
découvrir de nouvelles cultures neue Kulturen entdecken / kennen/lernen
enrichir qch etwas (A) bereichern
être d'accord avec le système angepasst sein*
être surveillé (par qqn) (von jdm) überwacht werden (i ; u, o) .
exprimer qch etwas (A) aus/drücken / etwas (A) zum Ausdruck bringen (a, a)
faciliter qch etwas (A) erleichtern
faire allusion à qch auf etwas (A) an/spielen
interdire qch (à qqn) (jdm) etwas (A) verbieten (o, o)
mettre qqn en garde jdn warnen / mahnen
organiser qch etwas (A) organisieren / veranstalten
participer à qch an etwas (D) teil/nehmen / bei etwas (D) mit/machen
permettre qch etwas (A) erlauben
prendre position sur qch zu etwas (D) Stellung nehmen (i ; a, o)
prendre une décision eine Entscheidung treffen (i ; a, o)
remettre qch en question etwas (A) infrage stellen
résister à qch etwas (D) widerstehen (a, a)
s'engager pour / contre qch sich (A) für / gegen etwas (A) engagieren / ein/setzen
s'opposer au système sich (A) gegen das System stellen
se battre pour / contre qch für / gegen etwas (A) kämpfen
se rebeller (contre qch) (gegen etwas [A]) rebellieren / sich (A) (gegen etwas [A]) auf/lehnen
soutenir qqn jdn unterstützen
soutenir qch etwas (A) fördern
transmettre des valeurs Werte vermitteln

4 Citoyenneté et mondes virtuels / *Bürgerschaft und virtuelle Welten*

A Noms et expressions avec des noms

la citoyenneté die Bürgerschaft(en)
le droit das Recht(e)
les droits des citoyens die Bürgerrechte
les droits fondamentaux die Grundrechte
le danger die Gefahr(en)
le conseil der Rat(schläge)
le tuyau / l'astuce der Tipp(s)
l'habitude die Gewohnheit(en)
la protection des données der Datenschutz
le réseau (social) das (soziale[n]) Netzwerk(e)
le virus informatique der Virus (die Viren)
les libertés fondamentales die Grundfreiheiten
la liberté de la presse die Pressefreiheit
la liberté d'opinion die Meinungsfreiheit
l'info(rmation) die Information(en) / die Info(s)
la collecte d'informations die Informationsbeschaffung
le flot d'informations die Informationsflut
la nouvelle die Nachricht(en)
le monde virtuel die virtuelle(n) Welt(en)
l'appareil das Gerät(e)
Internet das Internet
le logiciel die Software
le nom d'utilisateur der Benutzer(-) / Nickname(ns, n)
l'ordinateur der Computer(-)
l'ordinateur portable der Laptop(s)
le téléphone portable das Handy(s)
le smartphone das Smartphone(s)
l'addiction / la dépendance die Sucht(en)
le harcèlement moral das Mobbing
les *fake news* (die) Fake News
le risque das Risiko (die Risiken)

B Adjectifs

(dé)connecté offline ≠ online / vernetzt
dangereux gefährlich
important wichtig
(pas) pratique (un)praktisch
(im)prudent (un)vorsichtig
(non) sécurisé (un)sicher
utile nützlich

C Verbes et expressions avec des verbes

aller voir sur Internet ins Internet gehen (i, a)
avertir qqn de qch jdn vor etwas (D) warnen
avoir un profil ouvert ≠ privé ein offnenes ≠ privates Profil haben*
choisir un mot de passe sécurisé sich (D) ein sicheres Passwort aus/suchen
conseiller qch à qqn jdm etwas (A) raten (ä ; ie, a)
(en)courir un risque ein Risiko ein/gehen (i, a)
effacer ses données seine Daten löschen
éteindre son portable sein Handy aus/schalten
faire des recherches sur qqn / qch sur Internet im Internet über jdn / etwas (A) recherchieren
faire des selfies Selfies machen
falsifier qch etwas (A) verfälschen
protéger les données die Daten schützen
respecter la vie privée das Privatleben respektieren
révéler des informations Informationen preis/geben (i ; a, e)
se déconnecter offline gehen (i, a)
sécuriser les données die Daten sichern
surfer sur Internet im Internet surfen
susciter l'attention de qqn jds Aufmerksamkeit erregen
taper le nom de qqn /qch dans un moteur de recherche jds Namen / etwas (A) (ein/) googeln
veiller à qch auf etwas (A) achten / auf/passen
vivre dans un monde virtuel in einer virtuellen Welt leben

5 Fictions et réalités / *Fiktion und Wirklichkeit*

A Noms et expressions avec des noms

la fiction die Fiktion(en)
l'imagination die Fantasie / Einbildungskraft / Vorstellungskraft
la figure héroïque die Heldenfigur(en)
le genre, le type de héros der Heldentyp(en, en)
l'héroïne die Heldin(nen)
le héros der Held(en, en)
l'héroïsme das Heldentum
le modèle littéraire die literarische(n) Vorlage(n)
le mythe (au cinéma) der (Kino-) Mythos (die [Kino-]Mythen)
le pouvoir surhumain die übermenschliche Kraft (die übermenschlichen Kräfte)
la réalité die Wirklichkeit
le fait die Tatsache(n)
l'acte remarquable / la performance die Leistung(en)
la bonne action die gute(n) Tat(en)
le courage der Mut
le civisme die Zivilcourage
le héros du quotidien der Alltagsheld(en, en)
le modèle, l'exemple à suivre das Vorbild(er)
la qualité (humaine) die Eigenschaft(en)
la représentation cinématographique die filmische(n) Darstellung(en)

B Adjectifs

admirable bewundernswert
bénévole / volontaire freiwillig
courageux / valeureux mutig / tapfer
fictif fiktiv
intrépide furchtlos
lâche feig(e)
mythique mythisch
peureux ängstlich
réaliste realistisch
réel real / wirklich
utopique utopisch
vrai / véritable wahr / echt

C Verbes et expressions avec des verbes

accomplir qch etwas (A) leisten
admirer qqn pour qch jdn für etwas (A) bewundern
agir héroïquement heldenhaft handeln
aider qqn jdm helfen (i ; a, o)
considérer qqn comme qch jdn als etwas (A) betrachten
correspondre à la réalité der Wirklichkeit entsprechen (i ; a, o)
illustrer qch etwas (A) illustrieren / dokumentieren
inspirer qqn jdn inspirieren
posséder un super-pouvoir eine Superkraft besitzen (a, e)
réaliser qch etwas (A) realisieren / voll/bringen* (a, a)
s'engager pour qqn /qch sich (A) für jdn / etwas (A) ein/setzen / engagieren
s'imaginer sich (D) etwas (A) ein/bilden / vor/stellen
sauver qqn / qch jdn / etwas (A) retten
se battre pour une bonne cause für eine gute Sache kämpfen
se distinguer (par qch) sich (A) [durch etwas (A)] aus/zeichnen
se représenter qch etwas (A) vor seinem geistigen Augen sehen (ie ; a, e)
se terminer bien / mal gut / schlecht aus/gehen (i, a)
tourner un film einen Film drehen
utiliser des super-pouvoirs Superkräfte ein/setzen
vivre une aventure ein Abenteuer erleben

6 Innovations scientifiques et responsabilité / *Wissenschaftliche Innovationen und Verantwortung*

A Noms et expressions avec des noms

l'innovation (scientifique) die wissenschaftliche(n) Innovation(en)
la science die Wissenschaft(en)
le / la scientifique der Wissenschaftler(-) / die Wissenschaftlerin(nen)
la recherche die Forschung
le chercheur / la chercheuse der Forscher(-) / die Forscherin(nen)
la découverte die Entdeckung(en) / die Erfindung(en)
l'inventeur / l'inventrice der Erfinder(-) / die Erfinderin(nen)
l'avantage / le point positif der Vorteil(e)
le but das Ziel(e)
la / (l'in)dépendance die (Un)Abhängigkeit
l'expérience scientifique das Experiment(e)
l'intelligence artificielle die künstliche Intelligenz / KI
le préjugé das Vorurteil(e)
la réalité (augmentée) die (erweiterte) Realität / AR
la responsabilité die Verantwortung(en)
l'abus (de qch) der Missbrauch [etwas (G)]
le devoir moral die Pflicht(en)
le danger die Gefahr(en)
le risque das Risiko (die Risiken)
l'erreur de raisonnement der Denkfehler(-)
la conclusion erronée der Fehlschluss (die Fehlschlüsse)
l'inconvénient / le point négatif der Nachteil(e)
le caractère (in)humain das (Un)Menschliche
l'objectif der Zweck(e)
l'illusion die Täuschung(en)
le libre arbitre die Willensfreiheit
la réalité die Realität / die Wirklichkeit
la santé die Gesundheit

B Adjectifs

avancé / progressif fortschrittlich
(pas) avantageux (un)vorteilhaft / (nicht) von Vorteil
conditionné konditioniert
(in)conscient (un)bewusst
dangereux / sans danger (un)gefährlich
dégradant erniedrigend
(in)dépendant (un)abhängig
facile leicht

ALLEMAND

(in)humain (un)menschlich
innovant innovativ
(im)possible (un)möglich
(dé)raisonnable (un)vernünftig
régressif rückschrittlich
(co)responsable (mit)verantwortlich
(mal)sain (un)gesund
simple einfach
soumis unterworfen
véritable / faux (un)echt

C Verbes et expressions avec des verbes

abuser de / faire un mauvais usage de qch etwas (A) missbrauchen
aider qqn jdm helfen (i ; a, o)
avoir besoin de qch etwas (A) brauchen
(en)courir un risque ein Risiko ein/gehen (i, a)
découvrir qch etwas (A) entdecken
détruire qch etwas (A) zerstören
développer qch (avec qqn) etwas (A) (mit) entwickeln
enseigner qch à qqn jdm etwas (A) bei/bringen*
être à la merci de qqn / être exposé à qch jdm / etwas (D) ausgesetzt sein*
expérimenter / vivre qch etwas (A) aus/leben
faire de la recherche [nach etwas (D)] forschen
faire des expériences scientifiques experimentieren
inventer qch etwas (A) erfinden (a, u)
mettre en danger qqn / qch jdn / etwas (A) gefährden
nuire à qqn / qch jm / etwas (D) schaden
porter la responsabilité de qch Verantwortung für etwas (A) tragen (ä ; u, a)
produire qch etwas (A) produzieren / her/stellen
progresser / faire des progrès fort/schreiten (i, i) / Fortschritte machen
protéger / préserver qch etwas (A) schützen / etwas (A) schonen
régresser Rückschritte machen
remettre qch en question etwas (A) infrage stellen
remplacer qch etwas (A) ersetzen
rendre possible qch etwas (A) ermöglichen
résoudre qch etwas (A) lösen
s'améliorer sich (A) verbessern
se dégrader sich (A) verschlechtern
simplifier qch etwas (A) vereinfachen
supprimer qch etwas (A) ab/schaffen

7 Diversité et inclusion / *Vielfalt und Einbeziehung*

A Noms et expressions avec des noms

la diversité die Vielfalt
l'abîme / le fossé die Kluft / die Schere
l'aide sociale die soziale Hilfe
le caractère inoffensif die Harmlosigkeit
le chômage die Arbeitslosigkeit
le devoir d'inclusion die Einbeziehungspflicht
le don (d'argent) die Spende(n)
le fait de fuir la compagnie des hommes die Menschenscheu
l'impuissance die Wehrlosigkeit
le / la malade der / die Kranke *(adj. subst.)*
la misère die Armseligkeit / das Elend
le / la pauvre der / die Arme *(adj. subst.)*
la personne âgée der Senior(en)
le / la sans-abri der / die Obdachlose *(adj. subst.)*
le semblable der Mitmensch(en, en)
l'inclusion die Einbeziehung
l'absence de protection die Schutzlosigkeit
l'assistant(e) social(e) der Sozialarbeiter(-) / die Sozialarbeiterin(nen)
les charges sociales / prélèvements sociaux die Sozialabgaben
le chômeur / la chômeuse der / die Arbeitslose *(adj. subst.)*
la différence der Unterschied(e)
le donateur / la donatrice der Spender(-) / die Spenderin(nen)
le / la handicapé(e) der / die Behinderte *(adj. subst.)*
l'indigné(e) der / die Empörte *(adj. subst.)*
le migrant der Migrant(en, en)
le / la nécessiteux(-se) der / die Bedürftigte *(adj. subst.)*
la pauvreté die Armut
le réfugié der Flüchtling(e)
le / la persécuté(e) der / die Verfolgte *(adj. subst.)*
la solitude die Einsamkeit

B Adjectifs

discriminé diskriminiert
handicapé behindert
impuissant / sans défense wehrlos
indigné empört
inoffensif harmlos
malade krank
misérable armselig
nécessiteux bedürftig
pauvre arm
qui fuit la compagnie des hommes menschenscheu
sans abri obdachlos
sans défense schutzlos
serviable hilfsbereit
seul / solitaire einsam
sociable kontaktfreudig
solidaire solidarisch
varié / divers vielfältig / facettenreich
volontaire freiwillig

C Verbes et expressions avec des verbes

accompagner qqn jdn begleiten
accueillir qqn jdn auf/nehmen (i ; a, o)
aider qqn jdm helfen (i ; a, o)
apporter son aide à qqn jdm Hilfe leisten
avoir besoin d'aide Hilfe brauchen
avoir une dette de reconnaissance envers qqn jdm für etwas (A) Dank schulden
distribuer qch (à qqn) etwas (A) (an jdn) verteilen / (jdm) etwas (A) aus/teilen
donner qch à qqn jdm etwas (A) geben (i ; a, e)
être discriminé(e) (par qqn) (von jdm) diskriminiert werden (i ; u, o)
être en fuite auf der Flucht sein*
être harcelé(e) (par qqn) (von jdm) gemobbt werden (i ; u, o)
être persécuté(e) (par qqn) (von jdm) verfolgt werden (i ; u, o)
être redevable à qqn d'un service jdm für seine Hilfe zu Dank verpflichtet sein*
être volontaire Freiwilliger / Freiwillige sein*
expliquer qch à qqn jdm etwas (A) erklären
faire un don Geld spenden
fuir son pays aus seiner Heimat fliehen (o, o) / flüchten
inclure / impliquer qqn (dans qch) / associer qqn (à qch) jdn (in etwas [A]) ein/beziehen (o, o)
montrer qch à qqn jdm etwas (A) zeigen
offrir qch à qqn jdm etwas (A) schenken
participer aux tâches ménagères zu Hause mit/helfen (i ; a, o)
quitter qch / qqn jdn / etwas (A) verlassen (ä ; ie, a)
remercier qqn jdm danken
s'engager (bénévolement) (pour qqn) (auprès d'une organisation) sich (A) (ehrenamtlich) (für jdn) (in einer Organisation) engagieren
s'enrichir au contact de qqn / grâce à qch sich (A) von etwas (D) / dank jdm bereichert fühlen
s'occuper de qqn / qch sich (A) um jdn / etwas (A) kümmern
se sentir concerné par qqn / qch sich (A) von jdm / etwas (D) angesprochen / betroffen fühlen
travailler bénévolement à l'étranger freiwillig im Ausland arbeiten
vivre dans le besoin in Not leben

8 Territoire et mémoire / *Territorium und Gedächtnis*

A Noms et expressions avec des noms

le territoire das Territorium (die Territorien) / das Gebiet(e)
l'Est / l'Ouest / le Nord / le Sud der Osten / der Westen / der Norden / der Süden
la création / la fondation de qch die Gründung etwas (G)
la frontière die Grenze(n)
le pays das Land (die Länder)
l'État der Staat(en)
l'Empire allemand das Deutsche Kaiserreich
la Première / Seconde Guerre mondiale der Erste / Zweite Weltkrieg
la démocratie die Demokratie(n)
la dictature die Diktatur(en)
le Troisième Reich das Dritte Reich

la division de l'Allemagne die Teilung Deutschlands
la République fédérale d'Allemagne (RFA) die Bundesrepublik Deutschland (BRD)
le Land das Bundesland (die Bundesländer)
la République démocratique allemande (RDA) die Deutsche Demokratische Republik (DDR)
la construction du mur de Berlin der Bau der Berliner Mauer / der Mauerbau
la chute du mur de Berlin der Fall der Berliner Mauer / der Mauerfall
la réunification die Wiedervereinigung
le « tournant » (processus qui à conduit à la réunification) die Wende
l'unification / l'unité allemande die Einigung / die deutsche Einheit
la mémoire das Gedächtnis
l'Allemand / l'Allemande der / die Deutsche *(adj. subst.)*
l'aspect économique / social der wirtschaftliche(n) / gesellschaftliche(n) Aspekt(e)
l'économie die Wirtschaft
l'histoire (la plus récente de l'Allemagne) die (jüngste) Geschichte Deutschlands
la société die Gesellschaft
le devoir de mémoire die Erinnerungspflicht
le fait d'assumer son passé die Vergangenheitsbewältigung
le mémorial die Gedenkstätte(n)
le lieu du souvenir der Erinnerungsort(e)
la marque / l'empreinte die Prägung
le monument commémoratif das Mahnmal(e) / das Denkmal (die Denkmäler)
le souvenir (de qqn / qch) die Erinnerung (an jdn / etwas [A])
le témoin der Zeitzeuge(n, n)
le témoignage das Zeitzeugnis(se)
la tentative der Versuch(e)
le travail de mémoire die Erinnerungskultur
les traces de l'Histoire die Spuren der Geschichte
la victime das Opfer(-)

B Adjectifs

économique wirtschaftlich
faible schwach
fédéral föderal
fort stark
historique geschichtlich / historisch
social gesellschaftlich / sozial

C Verbes et expressions avec des verbes

assumer son passé die Vergangenheit bewältigen
avoir du mal à assumer son passé sich (A) mit der Vergangenheitsbewältigung schwer/tun (a, a)
caractériser qqn / qch jdn / etwas (A) charakterisieren / kennzeichnen
commémorer qch etwas (G) gedenken (a, a)
conquérir un territoire ein Gebiet erobern
construire un mur eine Mauer bauen
entretenir la mémoire de qqn / qch die Erinnerung an jdn / etwas (A) wach/halten (ä ; ie ; a) / aufrecht erhalten (ä ; ie ; a)
essayer de faire qch versuchen, etwas (A) zu tun
être attaqué(e) angegriffen werden (i ; u, o)
être détruit(e) zerstört werden (i ; u, o)
être divisé(e) geteilt werden (i ; u, o)
être exterminé(e) (en parlant d'une personne) / anéanti(e) (en parlant d'une chose) vernichtet werden (i ; u, o)
être fondé(e) gegründet werden (i ; u, o)
être influencé(e) par qqn / qch von jdm / etwas (D) beeinflusst werden (i ; u, o)
être libéré(e) befreit werden (i ; u, o)
être occupé(e) besetzt werden (i ; u, o)
être réuni(e) vereinigt werden (i ; u, o)
être séparé(e) getrennt werden (i ; u, o)
être unifié(e) geeinigt werden (i ; u, o)
influencer / marquer qqn /qch jdn / etwas (A) prägen
laisser des traces Spuren hinterlassen (ä ; ie, a)
se confronter à son passé sich (A) mit der Vergangenheit auseinander/setzen
se distinguer par qch sich (A) durch etwas (A) unterscheiden (ie, ie)
se souvenir de qqn / qch sich (A) an jdn / etwas (A) erinnern

Enseignement scientifique

(Enseignement commun)

CONTRÔLE CONTINU

Définition du contrôle continu et conseils

L'enseignement commun d'enseignement scientifique fait l'objet de **contrôles en classe** tout au long de l'année. L'ensemble de vos notes servira à établir votre moyenne générale prise en compte dans le cadre du **contrôle continu**.
Cette moyenne comptera pour 3 % de votre note finale au Bac.

	Coefficient
Moyenne de Première	3
Moyenne de Terminale	3

Attention !
Sur les deux années de votre cycle terminal, le contrôle continu en enseignement scientifique comptera donc pour 6 % de votre note finale au Bac.

Exercices possibles de contrôle continu

- **Chaque exercice** porte sur **un ou deux thèmes du programme**.
- Les exercices font appel aux **compétences** suivantes : exploiter des documents ; organiser, effectuer et contrôler des calculs ; rédiger une argumentation scientifique. Chaque exercice évalue plus particulièrement une ou deux de ces compétences.
- Les exercices peuvent être de **formes diverses** : de la question ouverte jusqu'au questionnaire à choix multiples.

Organisation pendant l'année

Réussir tout au long de l'année

- **Travaillez régulièrement** chacun des thèmes et chacune des compétences développées dans les différents champs disciplinaires de l'enseignement scientifique.
- **Refaites les différents devoirs et évaluations de l'année**, en appliquant les **conseils donnés sur votre copie par votre professeur** et vérifiez votre travail avec le corrigé que votre professeur aura fait en classe ou vous aura remis.
- **N'hésitez surtout pas à demander des explications supplémentaires à vos enseignants** si des points restent encore obscurs.

À faire le jour du contrôle

• Prenez le temps de **lire attentivement le sujet** et **surlignez** toutes les **données numériques**.

• **Laissez de l'espace** si vous n'arrivez pas à répondre à une question, car vous pourrez toujours y revenir un peu plus tard.

• **Commencez une nouvelle page** pour chaque exercice, afin d'aérer la copie.

• Gardez **10 minutes** à la fin du contrôle pour **relire attentivement votre copie**.
Vérifiez que :
– vous n'avez oublié aucune unité lors des applications numériques ;
– les schémas que vous avez faits sont légendés ;
– les grandeurs portées sur les axes des graphiques que vous avez réalisés sont indiquées ;
– vous n'avez pas oublié de rendre les annexes, etc.

1 L'atmosphère terrestre et la vie

Depuis que la Terre s'est formée, à peu près en même temps que tout le système solaire, sa surface, et plus particulièrement son atmosphère, a été modifiée permettant l'émergence de la vie. **Comment atmosphère et vie sont-elles liées sur Terre ?**

1 L'atmosphère terrestre à l'origine de la vie

A L'évolution de l'atmosphère primitive

Il est possible de retrouver la composition de l'atmosphère primitive terrestre d'il y a 4,6 milliards d'années. Pour cela, on analyse les **gaz produits lors du volcanisme actuel** ou bien les gaz libérés lors de la **fusion de météorites primitives**. On obtient alors des compositions semblables qui permettent de déduire que l'atmosphère primitive était composée de N_2, CO_2 et H_2O. Depuis, elle a évolué pour atteindre sa composition actuelle : environ 78 % de N_2 et 21 % de O_2, avec des traces d'autres gaz (dont H_2O, CO_2, CH_4, N_2O).

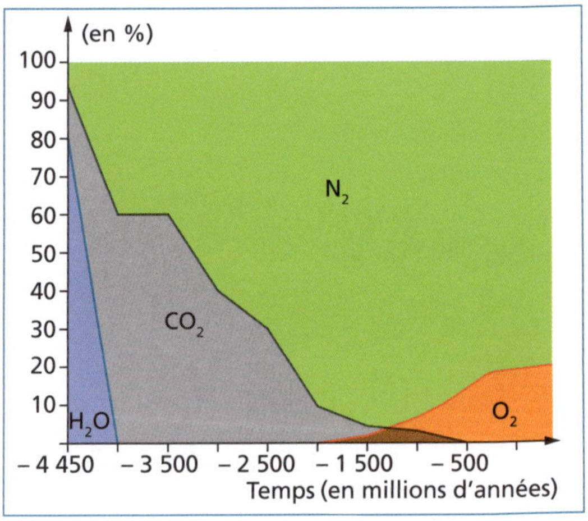

▲ L'évolution de la composition de l'atmosphère terrestre.

A L'apparition de la vie

L'étude d'un diagramme d'état de l'eau montre qu'en faisant varier la température et la pression, on peut faire varier l'état de l'eau. Lorsque la Terre s'est formée, c'était une boule de matière très chaude qui s'est refroidie par la suite. Ce refroidissement a permis la **liquéfaction** de l'eau atmosphérique gazeuse. Ce phénomène est responsable de la formation de l'**hydrosphère**, principalement constituée des océans où la vie est apparue et s'est développée.

> **Mot-clé**
> **Liquéfaction :** passage de l'état gazeux à l'état liquide.

2 La vie et l'évolution de l'atmosphère terrestre

A Les premières formes de vie et la production d'O_2

Les premières formes avérées de vie sont trouvées dans des structures datées de 3,5 milliards d'années : les **stromatolithes**. Les stromatolithes actuelles se forment dans des eaux peu profondes. Ce sont des alternances de couches de cyanobactéries pratiquant la photosynthèse et de couches minérales. On a des indices chimiques de l'apparition de la vie à 3,8 milliards d'années. Les cyanobactéries réalisaient, comme actuellement, le métabolisme de la photosynthèse et libéraient donc dans le milieu de l'O_2.

B De l'O_2 dans l'hydrosphère puis dans l'atmosphère

• Dans un premier temps, le dioxygène a été libéré dans le milieu aquatique où il a permis l'oxydation d'espèces chimiques réduites. Les **fers rubanés** attestent de cette oxydation. Ces fers rubanés sont constitués de Fe^{3+} oxydés. Ce fer provient de l'érosion de roches du milieu continental mais sous sa forme réduite Fe^{2+}. Tant qu'il est réduit , le fer est soluble mais dès qu'il est oxydé, il devient insoluble et précipite. Les fers rubanés sont les témoins de ce phénomène. Il est possible de retrouver l'équation chimique de cette oxydo-réduction :

$$\underset{Fe^{2+}}{2Fe(OH)_2} + \frac{1}{2}O_2 + H_2O \rightarrow \underset{Fe^{3+}}{2Fe(OH)_3}$$

• On trouve des fers rubanés sur Terre entre 3,5 et 2,4 milliards d'années. Après 2,4 milliards d'années, il ne s'en forme plus. Cela est dû à la **présence de dioxygène dans l'atmosphère**.

• Le dioxygène, après avoir oxydé les espèces chimiques océaniques, a été ensuite libéré et accumulé dans l'atmosphère où sa concentration atmosphérique a été atteinte, il y a 500 millions d'années.

• Actuellement, la source atmosphérique du dioxygène est la photosynthèse, assurée par les êtres vivants, alors que les **puits**, qui consomment ce dioxygène, sont la respiration assurée par les êtres vivants mais aussi les processus de combustion consommatrice de O_2.

Zoom
La notion de puits, à propos des gaz atmosphériques, désigne tous les processus conduisant à extraire un gaz de l'atmosphère.

C De l'O_2 à l'O_3

• Sous l'effet du rayonnement ultraviolet solaire, le dioxygène stratosphérique peut se dissocier, donnant naissance à deux atomes d'oxygène : $O_2 \rightarrow 2O$. Ces atomes d'oxygène vont ensuite réagir avec du dioxygène, initiant une transformation chimique qui aboutit à la formation d'ozone : $O_2 + O \rightarrow O_3$.

Mot-clé
Photochimique : qui nécessite un rayonnement électromagnétique, tel que les UV, le visible ou l'IR.

• Celui-ci constitue une couche permanente de concentration maximale située à une altitude d'environ 30 km.

• Les différentes transformations entre le dioxygène et l'ozone sont des transformations **photochimiques** qui vont absorber une grande partie du rayonnement ultraviolet solaire (entre 200 et 400 nm). L'ADN présentant un pic d'absorbance à 260 nm, l'absorption des UV protège ainsi les êtres vivants de ses effets mutagènes.

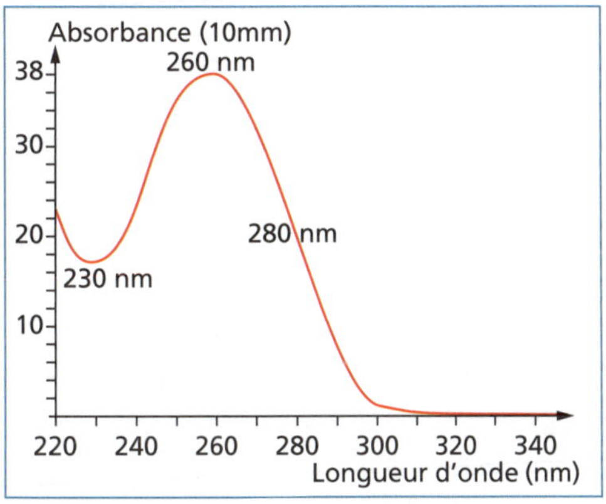

▲ Spectre d'absorption de la molécule d'ADN.

3 Le cycle géochimique du carbone et l'atmosphère

A Le cycle naturel du carbone

Le carbone est stocké dans plusieurs réservoirs superficiels : l'atmosphère, la biosphère, l'hydrosphère (océans, mers et rivières) et la lithosphère (sols et roches).

– Dans l'atmosphère, il est essentiellement stocké sous formes de dioxyde de carbone CO_2 et de méthane CH_4.

– Dans la biosphère, le carbone est fixé dans la biomasse sous forme de carbone organique. On intègre aussi dans la biosphère tout le vivant des mers et océans, à savoir la biomasse planctonique.

– Dans la lithosphère, le carbone est fixé globalement sous forme de roches fossiles, hydrocarbures (pétrole, charbon, gaz) ou calcaire $CaCO_3$.

• Les **échanges de carbone** entre ces réservoirs sont **quantifiés par des flux**. Ces flux sont plus ou moins rapides (la photosynthèse est beaucoup plus rapide que la fossilisation par exemple). Les quantités de carbone dans les différents réservoirs sont constantes lorsque les flux sont équilibrés. L'ensemble de ces échanges constitue le **cycle du carbone sur Terre**.

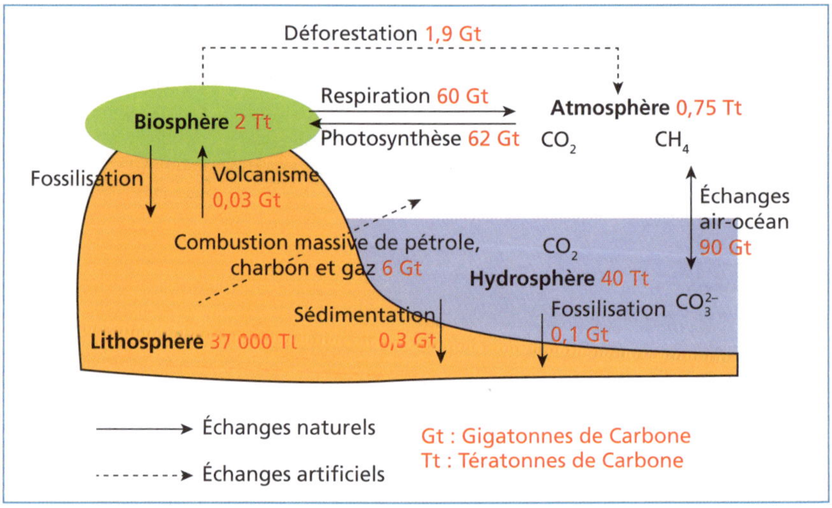

▲ Cycle biogéochimique du carbone.

B L'impact anthropique sur le cycle

• Les **interventions de l'homme** les plus importantes sont la combustion des matières organiques, très importante lors de la déforestation, et la combustion des hydrocarbures, qui rejettent énormément de dioxyde de carbone et de méthane.

• La moitié de ce carbone a été réabsorbée par la biosphère, grâce à une photosynthèse plus importante, et par les océans, par dissolution. Ainsi, la quantité de carbone dans l'atmosphère s'est accrue.

• Les **combustibles fossiles** se sont formés à partir du carbone des êtres vivant il y a plusieurs dizaines voire plusieurs centaines de millions d'années. Ils ne se renouvellent pas suffisamment vite pour que les stocks se reconstituent : ces ressources en énergie sont dites non renouvelables.

2 La complexité du système climatique

Le système climatique terrestre est soumis à des variations naturelles. Mais l'action de l'humanité conduit à perturber ce système. **Comment le système Terre réagit-il face à cette perturbation ?**

1 Les variations climatiques naturelles

A Différents climats terrestres

• Chaque climat est défini par un **ensemble de grandeurs atmosphériques moyennes :** température, pression, degré d'hygrométrie (humidité de l'air), pluviométrie (quantité et qualité des précipitations), nébulosité (couverture nuageuse), vitesse et direction des vents. Ces grandeurs moyennes sont observées dans une région et pour une période données.

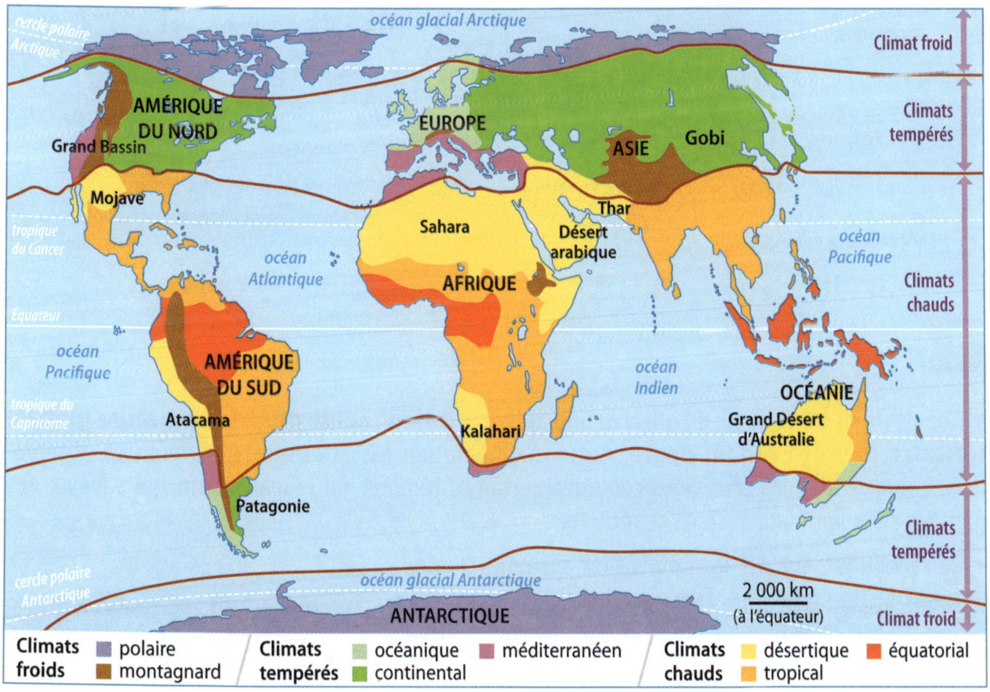

▲ Les climats terrestres.

• On distingue **météorologie** et **climatologie**.
– La météorologie cherche à prévoir les phénomènes atmosphériques sur des périodes qui vont de la journée à quelques semaines.
– La climatologie étudie les variations d'un climat local ou bien du climat global sur des périodes de temps plus longues : années, siècles ou millénaires.

B Des variations passées

• **Les variations climatiques**, étudiées principalement par le calcul de la température moyenne de la Terre, sont identifiées par différents outils :
– des mesures locales ou bien à partir de l'espace par des satellites ;
– la mesure du volume des océans ;
– l'estimation de l'étendue des glaces et glaciers ;
– l'étude des pollens dans les tourbes…

• Les données obtenues montrent que **le climat terrestre présente une variabilité naturelle sur différentes échelles de temps**.

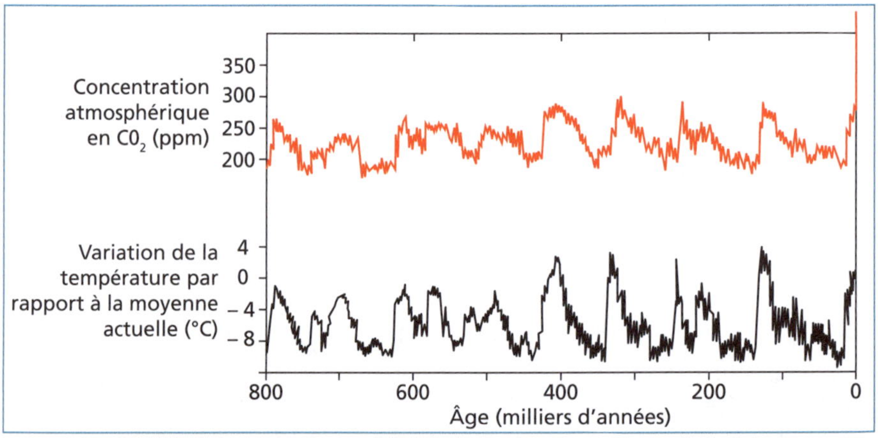

▲ **Températures et concentration atmosphérique en CO_2 lors des derniers 800 000 ans.**

Les résultats obtenus montrent qu'il y a une corrélation étroite entre variation de la température et variation de la concentration atmosphérique en CO_2. Actuellement, on observe une augmentation rapide de cette concentration.

2 Les variations climatiques actuelles

• Depuis un siècle et demi, on observe une **augmentation rapide de la température globale terrestre de l'ordre d'un degré**. Cette augmentation est attestée par différentes observations : des vendanges plus précoces dans certaines régions, un niveau marin qui s'élève, des glaciers qui voient leur surface se réduire...

• Ce réchauffement est la réponse du système climatique à l'augmentation du **forçage radiatif**.
Différents gaz sont trouvés dans l'atmosphère terrestre. Certains absorbent fortement dans l'infrarouge et sont à l'origine de ce forçage. Ce sont les gaz à effet de serre (GES) : le CO_2, le CH_4, le N_20 mais aussi l'eau gazeuse (H_20).
L'atmosphère terrestre a toujours contenu des GES. Avant l'ère préindustrielle, il existait un équilibre radiatif entre la puissance radiative reçue et celle émise. La puissance additionnelle actuelle perturbe cet équilibre.
Actuellement, on observe une augmentation de la concentration des GES du fait des différentes activités industrielles de l'humanité. L'atmosphère absorbe davantage le rayonnement thermique infrarouge émis par la surface terrestre. De ce fait la puissance radiative reçue par le sol de la part de l'atmosphère augmente.

Mot-clé
Forçage radiatif : différence entre l'énergie radiative reçue par la Terre et l'énergie radiative qu'elle émet.

- **Le surplus radiatif est stocké par différents compartiments :** les océans, l'atmosphère et les sols. La température moyenne terrestre augmente. Mais cela conduit aussi à une montée du niveau des océans.

3 Un système climatique dynamique

Le système climatique est impacté par l'augmentation des concentrations atmosphériques en GES. L'augmentation de la température qui en résulte a différents impacts qui conduisent à des rétroactions diverses.

A Rétroactions positives

- L'augmentation de la température a des conséquences qui amplifient son évolution. Il s'agit de **rétroactions positives**.

– Du fait de l'augmentation de la température, il y a une évaporation plus importante au niveau des océans. L'atmosphère s'enrichit alors en H_20 gazeux, gaz à effet de serre. La température augmente.

– L'augmentation de la température conduit à ce que la surface recouverte par les glaces diminue. Cela conduit à une diminution de l'**albédo terrestre**.

Plus une surface réfléchit la puissance incidente, plus son albédo est forte et donc, moins elle absorbe cette puissance, alors elle émet un rayonnement infrarouge plus faible. Ainsi, si l'albédo terrestre diminue, le rayonnement infrarouge émis par la surface terrestre augmente. Cela contribue à amplifier l'augmentation de la température.

– L'augmentation de la température conduit aussi à un dégel du permafrost. Sous ce terme, on désigne des sols arctiques gelés. Dans ces sols, ont été piégés des quantités énormes de GES. Leur dégel conduit donc à libérer ces gaz dans l'atmosphère. L'effet de serre se trouve donc amplifié. Là aussi l'augmentation de la température se trouve amplifié.

> **Zoom**
> Par **rétroaction**, on désigne une action en retour sur une cause. Ici, les GES conduisent à une augmentation de la température qui a des conséquences. Ces conséquences modulent l'augmentation de température en plus ou en moins.

> **Mot-clé**
> **Albédo :** rapport de la puissance radiative réfléchie par la surface terrestre sur la puissance radiative incidente.

- Les surplus énergétiques sont absorbés en grande partie par les océans. Cela permet actuellement d'amortir l'augmentation de température. Mais cela conduit à une élévation du niveau marin. En effet, des eaux plus chaudes se dilatent et occupent plus de place. **L'augmentation du niveau marin est amplifiée par la fonte des glaces continentales.**

> **Zoom**
> La fonte des glaces océaniques ne conduit pas à une élévation du niveau marin.

- L'accumulation d'énergie dans les océans conduit à ce que le réchauffement climatique soit durable et irréversible à des échelles de temps de plusieurs siècles.

B Rétroaction négative

Actuellement, l'augmentation de la température associée à l'augmentation de la concentration atmosphérique en CO_2 conduit à un accroissement de la **végétalisation**. Les organismes chlorophyllliens (marins et continentaux) se développent beaucoup plus que par le passé. Pour cela, ils réalisent le métabolisme de la photosynthèse qui nécessite du CO_2. Ainsi, ces organismes constituent-ils un puits de CO_2. L'effet de ce piégeage constitue une rétroaction négative. Dans les faits, **le piégeage du CO_2 a un effet stabilisateur de la température**.

3 Le climat du futur

Les scientifiques élaborent des modèles climatiques qu'ils extrapolent pour déterminer des évolutions possibles du système climatique. **Quelles prévisions sont élaborées à partir des modèles climatiques ?**

1 L'élaboration des modèles climatiques

• Les modèles climatiques sont élaborés par des scientifiques à partir de **différents « phénomènes » qui interagissent avec le système climatique** :
– les échanges d'énergie radiative entre différents compartiments terrestres : sol, océan, atmosphère ;
– le devenir de la puissance radiative incidente au travers de l'atmosphère terrestre, et plus particulièrement l'influence des gaz à effet de serre (GES) dans ce devenir ;
– la circulation des masses atmosphériques et hydrosphériques ;
– la formation et la fonte des glaces ;
– la couverture nuageuse ;
– les diverses rétroactions évoquées dans le chapitre précédent.

• Ces différents phénomènes sont **mis en équations puis modélisés de façon informatique**. Des lignes de codes sont alors écrites pour décrire les différentes interactions entre les phénomènes évoqués et le système climatique.

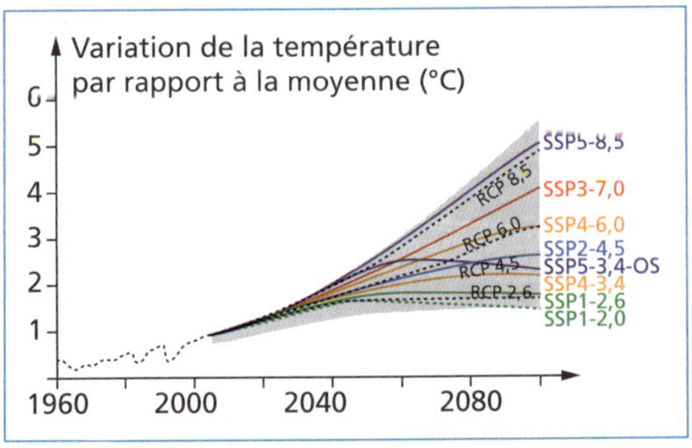

▲ Détermination des variations de températures selon différents modèle (Source : Riahi et al., 2016).

• De nombreuses équipes travaillent sur l'élaboration de modèles. Toutes s'appuient sur les évolutions climatiques des dernières décennies pour **estimer les variations climatiques globales** ou bien locales à venir sur les décennies ou les siècles.

2 La mise en œuvre des modèles

A Des certitudes sur le passé

• Tous les modèles s'appuient sur des **analyses scientifiques** qui combinent des observations, des éléments théoriques et des modélisations numériques.

• Tous s'accordent à conclure que l'augmentation de la température moyenne depuis le développement de l'ère industrielle est d'**origine anthropique**. C'est l'humanité qui a provoqué cette augmentation par différentes activités :
– la combustion de combustibles fossiles, la réduction des surfaces « puits de CO_2 » par la déforestation et les rejets de CO_2 liés à la production de ciment ont contribué à enrichir l'atmosphère en CO_2, gaz à effet de serre ;
– l'exploitation des réserves de méthane (CH_4) et les fuites de gaz associées, la fermentation dans les décharges mais aussi les activités d'élevage agricole ont conduit à enrichir l'atmosphère en CH_4, autre gaz à effet de serre.

Mot-clé
Anthropique : qui résulte de l'intervention humaine.

B Les prévisions des modèles

• Les modèles climatiques diffèrent par la prise en compte des **quantités de GES émises**. Aussi, leurs prévisions ne semblent pas cohérentes entre elles. En fait, ce sont les fourchettes des variations qui diffèrent entre les modèles.

• Tous s'accordent à prévoir **différents phénomènes pour les décennies à venir** :
– une augmentation de 1,5 à 5°C de la température moyenne d'ici la fin du XXIe siècle ;
– une élévation du niveau des océans d'ici la fin du XXIe siècle de l'ordre du mètre ;
– des changements des régimes des précipitations et la survenue d'événements climatiques extrêmes (ouragans plus fréquents, périodes de canicule renforcées…) ;
– une acidification des océans du fait du piégeage du CO_2 dans les eaux qui conduit à former l'acide carbonique (H_2CO_3) ;
– une modification majeure des paramètres physico-chimiques des écosystèmes continentaux et océaniques et ainsi une modification majeure de la biodiversité de ces écosystèmes.

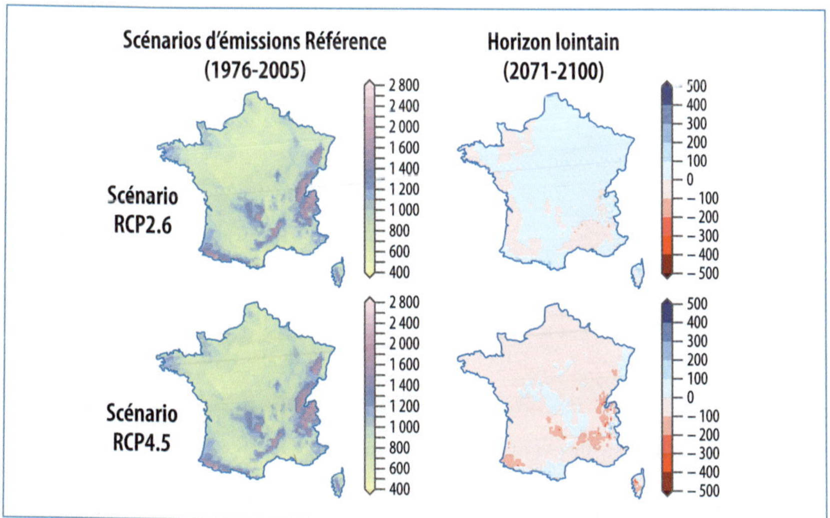

▲ Prévisions de l'évolution des précipitations en métropole selon deux modèles.

4 Énergie, choix de développement et futur climatique

Les choix énergétiques actuels ont des impacts sur le climat mais aussi sur l'environnement et la santé humaine. Les stratégies actuelles de développement vont impacter le futur. **Comment les modèles climatiques peuvent orienter les prises de décision concernant l'avenir climatique ?**

1 La consommation énergétique actuelle

• Pour satisfaire ses besoins en énergie, l'humanité utilise **différentes sources d'énergie**. La principale, les combustibles fossiles, représente actuellement près de 80 % de la production énergétique globale.

• La consommation d'énergie est très inégale dans le monde. Elle dépend de la richesse des pays et de ses individus.

> **Zoom**
> Les **unités d'énergie** et leur conversion :
> – 1 kilowatt-heure (kWh) correspond à 3,6 MJ (Mega Joules soit 10^6 J) ;
> – 1 tonne d'équivalent pétrole (tep) correspond à 42 GJ (Giga Joules soit 10^9 J).

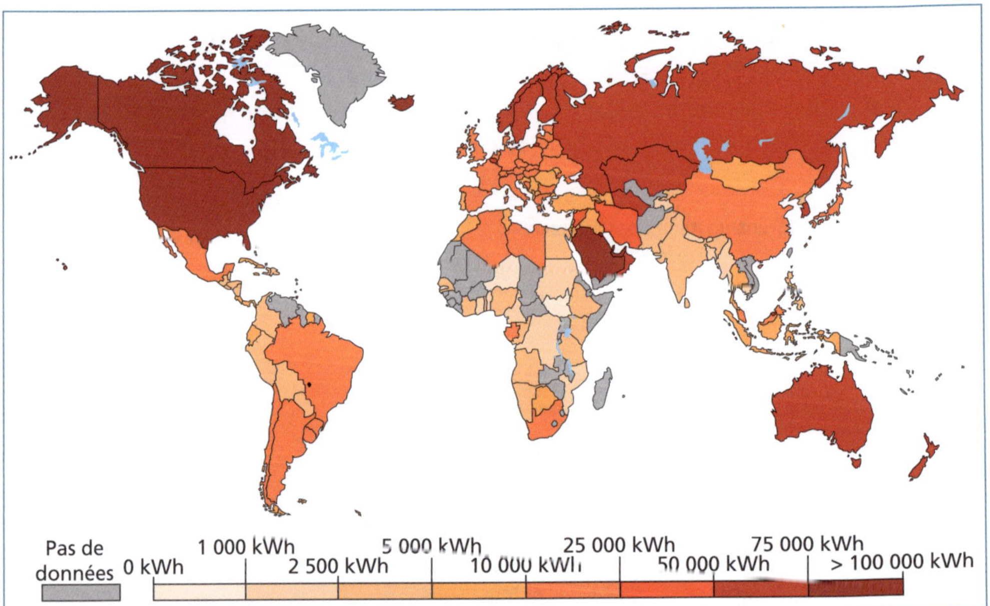

▲ Consommation énergétique annuelle par habitant – IEA - 2015.

• **La consommation énergétique ne fait que croître.** Elle était de l'ordre de 7 000 millions de tonnes d'équivalent pétrole (Mtep) en 1987. Elle a doublé en un peu plus de 30 ans pour atteindre 14 000 Mtep actuellement. Cette croissance est à mettre en relation avec le modèle industriel de production et de consommation des sociétés.

• À l'échelle mondiale, l'énergie est utilisée à parts équivalentes par l'industrie, le transport, le secteur résidentiel, de l'ordre de 2 000 à 2 800 Mtep en 2017. Le secteur agricole n'a consommé que 212 Mtep en 2017.

• Les **énergies primaires** que l'humanité utilise sont diverses. Ces énergies peuvent correspondre à des **stocks** (combustibles fossiles, uranium pour l'énergie nucléaire) ou bien à des **flux** (flux radiatif solaire, flux géothermique, puissance gravitationnelle à l'origine des marées).

Rappel
L'unité d'énergie est le joule (J). L'unité de puissance est le watt (W).
1 W = 1 J.s^{-1}

« Objet »	Puissance (W)
Corps humain au repos	80
Corps humain lors d'un sprint	500
Souris optique filaire	0,5
Ordinateur portable	80
Radiateur électrique	1 000
Réacteur nucléaire	$1{,}6.10^{9}$
Soleil	$3{,}85.10^{24}$

▲ Quelques ordres de grandeurs de puissance.

2 L'impact des choix énergétiques actuels

A Environnement et santé humaine

• Les combustibles fossiles et la biomasse sont des matières riches en carbone et hydrogène. Leur combustion se fait grâce à du dioxygène (O_2) et libère alors dans l'atmosphère du dioxyde de carbone (CO_2). Il est possible de déterminer la quantité de CO_2 produite pour différents carburants.

Exemple
L'essence contient de l'octane C_8H_{18}.
L'équation de la combustion est la suivante : $2C_8H_{18} + 25O_2 \rightarrow 16CO_2 + 18H_2O$
L'énergie massique de combustion de l'octane est de 48 kJ.g^{-1}.
Question : Calculer la masse de dioxyde de carbone produite par unité d'énergie dégagée lors de la combustion de l'octane.

Résolution

1. On commence par déterminer la masse de CO_2 produite lors de la combustion d'une mole d'octane.
– On constate à partir de l'équation que 2 moles d'octane produisent 16 moles de CO_2
– La masse molaire du CO_2 est de $M_{CO_2} = (12 \times 1) + (16 \times 2) = 44$ g.mol^{-1}
– Donc la masse de CO_2 produite est de $m_{CO_2} = \left(\frac{16}{2}\right) \times 44 = 352$ g

2. On détermine l'énergie molaire de la combustion de l'octane.
– La masse molaire de l'octane est de $M_{octane} = (8 \times 12) + (18 \times 1) = 114$ g.mol^{-1}
– L'énergie molaire de la combustion est alors $E_{mol} = 48 \times 144 = 6\,912$ kJ.mol^{-1}

3. On détermine alors la réponse à la question posée.
– On a déterminé qu'une mole d'octane produit 352 g de CO_2 et libère une énergie de 6 912 KJ.
– La masse de CO_2 produite par unité d'énergie est donc $m = \frac{352}{6\,912} = 0{,}05$ g.kJ^{-1}

▲ Masse de CO_2 produite lors de la combustion de l'octane.

• La combustion des carburants fossiles ou bien de la biomasse libère du CO_2, gaz à effet de serre qui impacte le climat global de la Terre, mais aussi d'autres polluants atmosphériques qui vont avoir des impacts négatifs sur la santé humaine : aérosols, N_2O, O_3, suies, produits soufrés. Parmi les problèmes de santé que provoquent ces polluants, on peut évoquer les troubles respiratoires liés à des phénomènes allergiques.

B La notion d'empreinte carbone

L'empreinte carbone est la mesure du volume ou de la masse de CO_2 émis lors d'une activité humaine. Cet outil est utile pour identifier l'impact de telle ou telle activité sur l'environnement et incite à adopter alors des comportements qui permettent de réduire cette empreinte.

Activité	Émissions équivalents CO_2
Avion (par personne et par km parcouru)	285 g
Voiture (par personne et par km parcouru)	104 g
Train (par personne et par km parcouru)	14 g
Télévision (fabrication et usage)	374 kg
Viande de bœuf (production d'1 kg)	27 kg
Recherche internet (par personne et par an)	9,9 kg

▲ Quelques exemples d'empreinte carbone.

3 Des choix pour le futur

• Les modèles climatiques prennent en compte le phénomène de **transition écologique** où l'humanité adopte des comportements qui visent à réduire son empreinte carbone et donc à diminuer la quantité de GES émise. Suivant les comportements adoptés, différentes hypothèses sont alors déduites.

• Ces modèles évaluent les **changements prévisibles affectant les écosystèmes** comme le développement accru des organismes chlorophylliens mais aussi la disparition de diverses espèces. Les études de ces modèles portent aussi sur les conditions de vie des êtres humains et particulièrement des plus fragiles du point de vue de la santé ou de la richesse individuelle.

• Le **risque climatique** se définit comme la combinaison de l'**aléa climatique** et de l'**enjeu**.

• Les projections fournies par les modèles permettent de définir les **aléas à venir** : élévation du niveau marin, augmentation de la fréquence des ouragans, augmentation de la fréquence et de la quantité des précipitations, augmentation de la fréquence des phénomènes de canicule…

Mots-clés

Aléa climatique : probabilité qu'un événement climatique puisse survenir

Enjeu : ensemble des biens et des produits de l'activité humaine mais aussi ensemble des êtres humains.

• La connaissance de ces aléas oriente la **prise de décision**. La transition écologique vise à diminuer la quantité de GES dans l'atmosphère et donc à réduire l'augmentation de la température globale terrestre. La prise de décision entraîne aussi des mesures d'adaptation à ces aléas des enjeux impliqués dans le risque climatique : par exemple, une plus grande végétalisation de l'espace urbain est une manière de lutter contre les fortes températures durant l'été.

• Le **GIEC** (Groupe d'experts intergouvernemental sur l'évolution du climat) regroupe actuellement des représentants de 195 pays. Il évalue les différents modèles et propose des scénarios concernant les aléas et les enjeux du risque climatique.

5 Deux siècles d'énergie électrique

L'énergie la plus utilisée de nos jours est l'énergie électrique et les efforts constants des scientifiques ont porté sur la création et le développement de générateurs de plus en plus performants et de plus en plus « verts ». **Comment fonctionnent ces générateurs électriques ?**

1 Les alternateurs

A Découverte

• En septembre 1821, un scientifique anglais, Michael Faraday (1791-1867) montre qu'un courant électrique peut, en créant un champ magnétique, conduire à la mise en mouvement d'objets, annonçant ainsi l'apparition des « moteurs » électriques. Il faut attendre 1831 pour que Faraday fasse l'observation des « courants induits » qui amènera à la construction des premières génératrices. L'idée est simple : si on peut obtenir un aimant à l'aide d'un courant électrique, alors un courant électrique peut être obtenu à l'aide d'un aimant. C'est **l'induction électromagnétique** qui sera théorisée par James Clerk Maxwell (1831-1879) en 1873. Faraday ouvre ainsi la voie à la création de nombreuses applications, telles que les bobines, les transformateurs, les alternateurs…

• Un **alternateur** est une machine rotative qui convertit une énergie mécanique en énergie électrique, c'est-à-dire en une tension variable au cours du temps. Il est constitué de deux parties :
– une partie mobile qui va tourner, le rotor. Celui-ci est généralement constitué d'un aimant ou d'un électroaimant. À un aimant (ou électroaimant) sont associés deux pôles (généralement Nord et Sud).
– une partie fixe, le stator, constituée d'un bobinage conducteur du courant électrique.

> **Zoom**
> Si l'alternateur comporte trois bobines de fils disposées à 120° les unes par rapport aux autres, alors on obtiendra un **courant triphasé**.

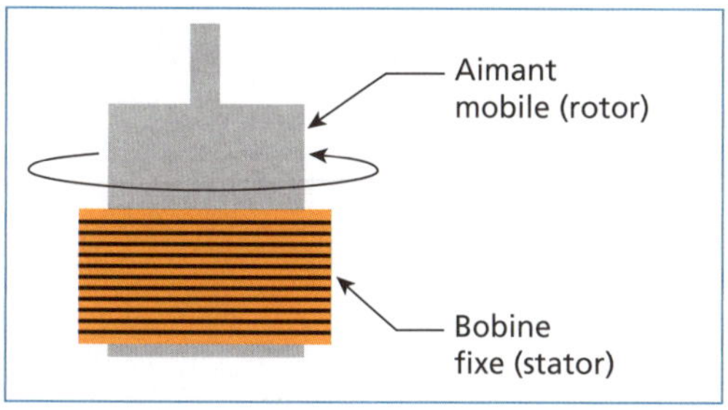

Modèle d'un alternateur.

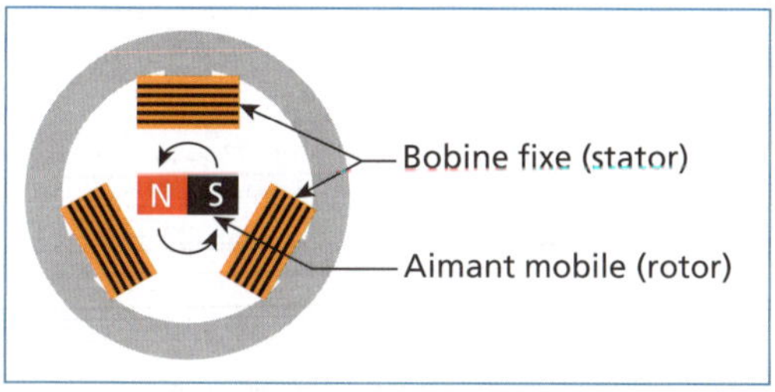

Alternateur avec trois bobines produisant un signal triphasé.

• On peut aussi trouver des alternateurs pour lesquels la partie fixe est la source de champ magnétique et la partie mobile le conducteur.

B Propriétés

• **La tension de sortie du signal est alternative** et sa fréquence dépend directement de la vitesse de rotation du rotor. Pour produire un signal de fréquence 50 Hz, le rotor doit tourner à 50 tours/seconde soit 3 000 tours/minute. Mais si on augmente le nombre de paires de pôles magnétiques tournant, on peut alors diminuer la vitesse de rotation de la machine, tout en gardant la même fréquence de sortie. Ainsi, si le rotor est constitué de trois paires de pôles, pour fournir une fréquence de 50 Hz, une rotation de 1 000 tours/minute est suffisante.

• La valeur de la tension de sortie est elle aussi proportionnelle à la vitesse de rotation du rotor.

• Le rendement d'un alternateur est égal au rapport de l'énergie électrique obtenue par l'énergie mécanique fournie :

$$r = \frac{E_{électrique}}{E_{mécanique}}.$$

• Il est potentiellement très proche de 1 (≈ 0,95) et peut-être amélioré en insérant à l'intérieur de l'alternateur un noyau de fer doux qui va canaliser les lignes de champ magnétique.

2 Les semi-conducteurs

A Spectres de raies

• Au début du XXe siècle, la physique a connu une **révolution conceptuelle** à travers la **vision quantique**. Il a ainsi été possible d'expliquer la nature des raies présentes dans les spectres d'émission atomiques.

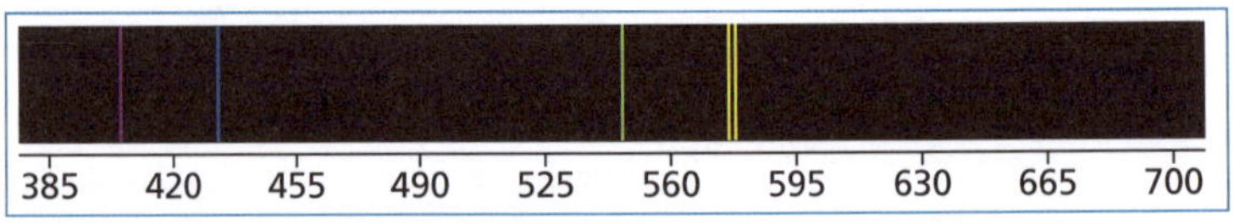

▲ Spectre d'émission du mercure.

• **Les niveaux d'énergie d'un atome sont quantifiés**, et lorsqu'un atome absorbe de l'énergie sous forme de photons (on dit alors qu'il est excité), cette énergie va permettre à un de ses électrons de changer de couche électronique, créant ainsi une **transition électronique**. Ensuite, l'atome va se désexciter, permettant à l'électron situé dans une couche d'énergie supérieure de rejoindre une couche d'énergie inférieure. On a alors émission d'un photon dont la longueur d'onde dépend de la différence d'énergie entre les deux états :

$$\lambda = h.\frac{c}{\Delta E} = h.\frac{c}{E_{sup} - E_{inf}}$$

c célérité de la lumière dans le vide, $c = 3{,}0.10^{8}$ m/s,
h constante de Planck, $h = 6{,}63.10^{-34}$ J/s,
E_{sup} et E_{inf} les niveaux d'énergie supérieur et inférieur respectivement en J.

B Théorie des bandes

• En généralisant la notion de niveaux énergétiques et en imaginant la **théorie des bandes**, les scientifiques ont pu expliquer les notions de conducteurs, d'isolant et de semi-conducteur. Dans ce modèle, les électrons ne peuvent prendre que des valeurs d'énergie comprises entre certains intervalles qu'on appelle bandes, et plus particulièrement deux bandes, la **bande de valence** et la **bande de conduction**, séparées par une bande dite **bande interdite**. La bande de valence est la dernière bande complètement remplie et la bande de conduction est la bande disponible suivante.

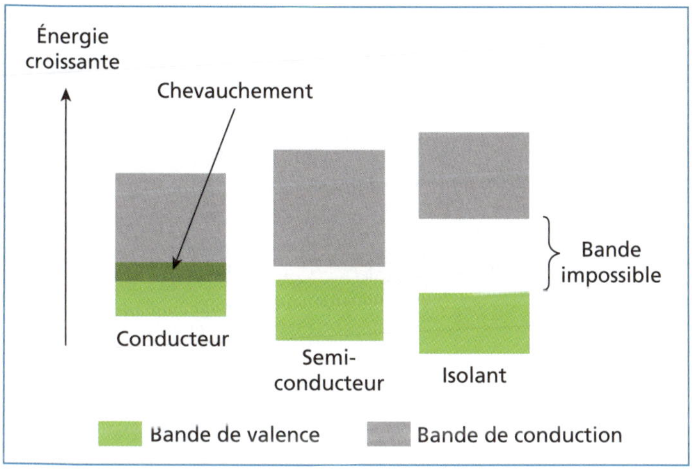

▲ Les bandes de conduction et de valence pour un conducteur, un semi-conducteur et un isolant.

• **Dans un conducteur**, la bande de conduction et la bande de valence se chevauchent. Les électrons peuvent donc passer directement de la bande de valence à la bande de conduction et circuler dans tout le solide.

• **Dans un semi-conducteur**, comme dans un **isolant**, ces deux bandes sont séparées par une bande interdite. Dans un isolant, cette valeur est si grande que les électrons ne peuvent pas passer de la bande de valence à la bande de conduction : les électrons ne circulent pas dans le solide.

• **Dans les semi-conducteurs**, cette valeur est plus petite (1,12 eV pour le silicium par exemple). Si l'on apporte cette énergie aux électrons, ils sont alors capables de passer de la bande de valence à la bande de conduction, et de circuler dans le matériau. Cette énergie est souvent apportée par un rayonnement électromagnétique : c'est **l'effet photoélectrique**, pour lequel on observe une modification de la conductivité sous l'action de la lumière. Ainsi, les semi-conducteurs absorbent l'énergie radiative et la convertissent en énergie électrique, permettant la fabrication de **capteurs photovoltaïques**.

6 Les atouts de l'électricité

Les sociétés modernes utilisent majoritairement l'énergie électrique, et les derniers engagements politiques pris vont encore accroître la prédominance de ce type d'énergie. Les prochains défis scientifiques vont donc être de savoir produire en plus grande quantité et de façon éco-responsable cette forme d'énergie. **Comment stocker cette énergie ?**

1 Production d'énergie électrique sans combustion

- Trois méthodes de conversion d'énergie permettent d'obtenir de l'énergie électrique à partir de diverses ressources primaires sans nécessiter de combustion.
- Les différentes conversions possibles :

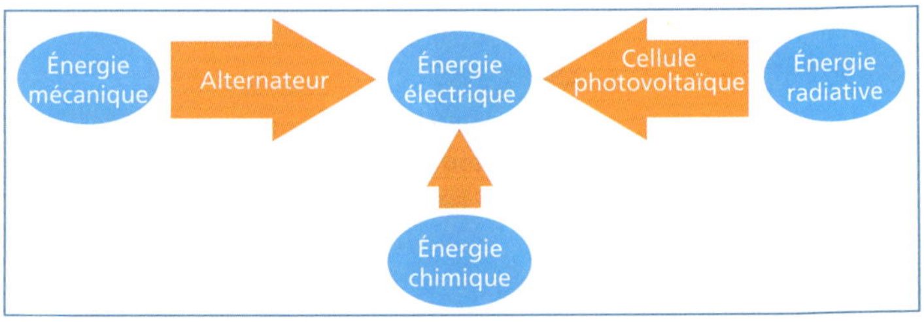

▲ Différentes conversions d'énergies primaires en énergie électrique.

- On définit le **rendement** comme le rapport entre l'énergie électrique récupérée sur l'énergie primaire fournie :

$$r = \frac{E_{électrique}}{E_{primaire}}.$$

- On peut multiplier ce rapport par 100 pour obtenir un pourcentage.

A La conversion d'énergie mécanique

- **La conversion d'énergie mécanique** peut être soit **directe** (dynamos, éoliennes, hydroliennes, barrages hydroélectriques), soit **indirecte** à partir d'énergie thermique (centrales nucléaires, centrales solaires thermiques, géothermie).
- Dans le cas d'une **conversion directe**, l'énergie mécanique est fournie directement au rotor d'un alternateur.

> **Rappel**
> L'énergie mécanique est la somme de l'énergie potentielle de pesanteur et de l'énergie cinétique $E_c = \frac{1}{2}mv^2$, avec m masse (en kg) et v vitesse de déplacement (en m/s).

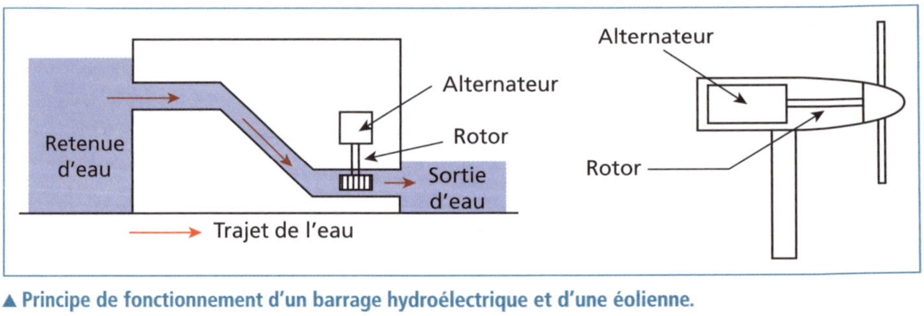

▲ Principe de fonctionnement d'un barrage hydroélectrique et d'une éolienne.

> **Mot-clé**
> **Énergie cinétique :** énergie que possède un corps du fait de son déplacement.

• Dans le cas d'une **conversion indirecte** à partir d'énergie thermique, celle-ci va permettre de chauffer un liquide (eau dans une centrale nucléaire ou pour la géothermie, fluide caloporteur pour une centrale solaire) afin de le vaporiser. Le gaz produit sous pression sera dirigé vers une turbine, qui entrainera la mise en mouvement du rotor d'un alternateur. Le gaz est ensuite refroidi pour se liquéfier, afin de pouvoir à nouveau être vaporisé…

• Pour les éoliennes, hydroliennes et barrages hydroélectriques, l'énergie est récupérée sur le fluide en déplacement (air ou eau), mais elle est toujours inférieure à son énergie cinétique en amont des pales, et on peut montrer que :

$$P_{max} = \frac{16}{27} \times \frac{1}{2} \times \rho \times a \times S \times v^3$$

avec ρ masse volumique du fluide (en kg/m³), *a* coefficient d'atténuation du fluide (sans unité), *S* la surface balayée par les pales (m²) et *v* la vitesse du fluide (en m/s).
Ainsi, plus les pales sont grandes et plus l'énergie récupérée sera importante.

• Pour les barrages hydroélectriques, cette énergie cinétique provient de la variation d'énergie potentielle de pesanteur de l'eau. En effet, si le dénivelé entre le niveau de l'eau en amont et en aval du barrage est Δh, alors la perte d'énergie potentielle de pesanteur de l'eau est de :

$$E_{pot\ pesanteur} = m \times g \times \Delta h$$

avec *m* masse de l'eau (en kg), *g* intensité du champ de pesanteur terrestre (en m/s²) et Δh dénivelé (en m).
Cette énergie potentielle de pesanteur est convertie en énergie cinétique, entrainant la mise en mouvement de l'eau.

B La conversion d'énergie radiative

• **La conversion de l'énergie radiative reçue du Soleil** utilise des panneaux photovoltaïques. Par effet photoélectrique, des semi-conducteurs vont faire circuler un courant électrique.

C La conversion électrochimique

• Dans le cas des piles ou accumulateurs conventionnels, une **transformation chimique** va libérer dans un circuit des électrons. Pour les piles à hydrogène (ou pile à combustible), c'est la réaction entre le dihydrogène et le dioxygène qui va libérer des électrons.

• L'énergie que peut fournir une pile est :

$$E = U \times I \times t$$

avec *U* tension de fonctionnement (en V), *I* intensité du courant débitée (en A) et *t* durée d'utilisation (en s).

2 Les inconvénients de la production d'énergie électrique sans combustion

• Dans le cas des barrages hydroélectriques, de larges étendues sont inondées et il a fallu, pour limiter leur impact sur les poissons migrateurs amphihalins, créer des échelles à poissons. Afin de limiter le développement des algues sur les pales des hydroliennes, on utilise une peinture antifouling contenant des produits toxiques pour la faune et la flore. Dans le cas de la géothermie ou des centrales nucléaires, le système de refroidissement utilise de l'eau dont la température est légèrement plus élevée que celle de la rivière dans laquelle elle est rejetée.

• Un autre problème de ces méthodes est la nécessité de trouver toujours plus de nouvelles ressources minières. Par exemple, la construction de cellules photovoltaïques nécessite des métaux (appelés terres rares) dont le prix, pour certains, a augmenté de plus de 80 % en peu de temps.

• Les piles et les panneaux solaires nécessitent un recyclage pour éviter des pollutions chimiques. La filière nucléaire génère d'importantes quantités de déchets radioactifs qu'on ne sait toujours pas traiter. Et les exemples de la tragédie du Vajont (Italie, 1960) ou de Fukushima (Japon, 2011) sont là pour nous rappeler l'existence d'accidents industriels toujours possibles.

3 Stockage de l'énergie électrique

• La production d'énergie électrique n'est pas toujours continue et les besoins de consommation sont variables. Il est donc nécessaire de convertir l'énergie électrique sous une forme stockable. Le choix du dispositif de stockage va dépendre de différents critères, comme la masse des dispositifs, la capacité et la durée de stockage, l'impact écologique.
Le stockage sous forme d'énergie potentielle correspond à ce que l'on fait dans les barrages : si on a un besoin plus important d'énergie électrique, il suffit d'ouvrir plus de vannes. Ce stockage n'est, en revanche, pas réversible, sauf à pomper de l'eau en aval du barrage pour la remettre en amont. Les quantités d'eau retenues étant importantes, c'est une très grosse réserve d'énergie.
Le stockage sous forme d'énergie chimique utilise des **accumulateurs**. Ce sont des dispositifs électrochimiques réversibles, c'est-à-dire capables de fournir de l'électricité (on parle alors de décharge de l'accumulateur) ou d'en stocker (on parle alors de charge de l'accumulateur). Ces dispositifs sont capables de générer des tensions de l'ordre du Volt. Si on a besoin de tensions plus élevées, il suffit de raccorder des éléments du même type en série au sein d'une batterie d'accumulateurs. C'est l'origine du terme « batterie » comme synonyme courant de regroupement d'accumulateurs.

> **Rappel**
> En sciences, on fait la différence entre deux types de **générateurs électrochimiques** : les **piles** et les **accumulateurs**. Les accumulateurs sont rechargeables, alors que les piles ne le sont pas. L'expression « pile rechargeable » est donc une confusion. Mettre une pile en charge est un phénomène dangereux, pouvant conduire à des accidents.

• **Le stockage sous forme d'énergie électromagnétique** utilise des **super-capacités**. Elles sont essentiellement constituées de collecteurs de courant (en métal conducteur), amenant le courant vers deux électrodes (l'anode et la cathode, généralement en charbon actif imbibé d'une solution conductrice organique ou aqueuse apellée électrolyte). Ces deux électrodes sont isolées l'une de l'autre par un séparateur.

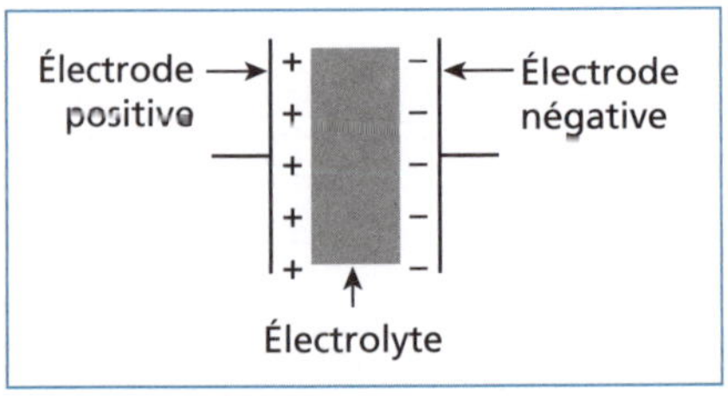

▲ Schéma d'une super capacité.

7 Optimisation du transport de l'électricité

Il existe différentes façons de produire de l'énergie électrique mais celle-ci n'est, cependant, généralement pas produite sur son lieu de consommation et il est donc nécessaire de la transporter. **Comment transporter de l'électricité sur de très grandes distances, sans perte ?**

1 Le transport de l'électricité

A Définition d'un réseau électrique

• Traditionnellement, un **réseau électrique** comprend toujours quatre grandes parties : la production, le transport, la distribution et enfin la consommation. La production est la transformation de l'ensemble des énergies convertibles en énergie électrique, les réseaux de transport et de distribution transportent l'énergie électrique sous une forme triphasée et sinusoïdale dont les caractéristiques sont la fréquence et les niveaux de tension.

B L'effet Joule

• On appelle « effet Joule » le dégagement de chaleur qui accompagne le passage d'un courant électrique dans un matériau conducteur lui opposant une résistance. L'effet Joule résulte du fait que les électrons, en circulant dans le matériau conducteur, font vibrer les atomes qui le constituent. Lorsque les atomes vibrent, la température augmente.

• Cet effet peut présenter un avantage pour le chauffage (chauffage électrique par convecteur, grille-pain, etc.) et l'éclairage (lampe à incandescence) mais est aussi responsable de pertes d'énergie dans les câbles de transport du courant électrique.

• Par définition, la **puissance perdue par effet Joule par un résistor** est :

$P = U_R \times I$ avec U_R tension aux bornes du résistor et I intensité du courant qui le traverse.

• La tension aux bornes d'un résistor de résistance R étant, d'après la Loi d'Ohm, égale à $U_R = R \times I$, on obtient, en reportant dans l'expression précédente, $P = (R \times I) \times I$, soit $P = R \times I^2$

ou $P = U_R \times \left(\frac{U_R}{R}\right)$ soit : $P = \frac{U_R^2}{R}$.

• L'**énergie dissipée par effet Joule dans un résistor** de résistance R, parcouru par un courant d'intensité I pendant une durée Δt est : $E_{Joule} = R \times I^2 \times \Delta t$.

• Plus le câble électrique est long et plus la résistance R de celui-ci sera élevée. Ainsi, si on veut minimiser les pertes dues à l'effet Joule, à puissance transportée constante, il faut donc avoir une intensité la plus faible possible ou une tension aux bornes du résistor la plus faible possible.

• Afin de diminuer l'intensité du courant, on va utiliser des **transformateurs**. Un transformateur est une machine électrique permettant de modifier les valeurs de tension et d'intensité du courant délivré par une source d'énergie électrique alternative, en un système de tension et de courant de valeurs différentes, mais de même fréquence et de même forme. Il effectue cette transformation avec un excellent rendement. Il utilise le principe d'induction magnétique.

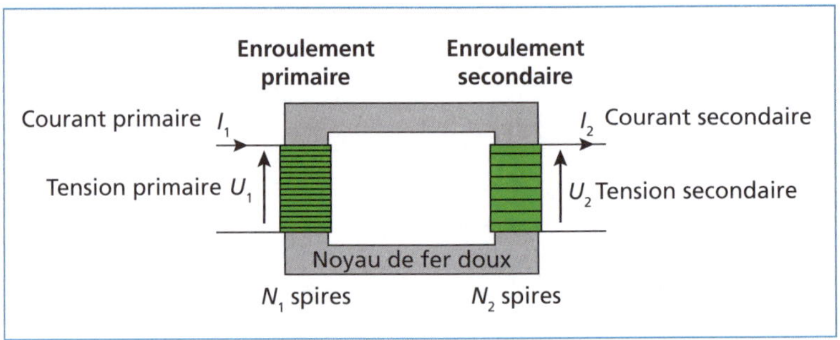

▲ Schéma d'un transformateur.

• On appelle rapport de transformation m le rapport du nombre de spires de l'enroulement secondaire N_2 sur le nombre de spires de l'enroulement primaire N_1 : $\boldsymbol{m = \frac{N_2}{N_1}}$. Ce rapport est aussi égal au rapport des tensions $\boldsymbol{m = \frac{U_2}{U_1}}$.

• De l'égalité des puissances $P_{\text{primaire}} = P_{\text{secondaire}}$, on obtient $U_1 \times I_1 = U_2 \times I_2$, soit $\frac{U_2}{U_1} = \frac{I_1}{I_2} = m$.

Par conséquent, s'il y a plus de spires au secondaire qu'au primaire ($N_1 < N_2$, soit $m > 1$), l'intensité du courant secondaire sera plus faible que celle du courant primaire. En revanche, la tension secondaire sera plus élevée que la tension primaire. Ainsi, si on souhaite limiter les pertes par effet Joule, il faut minimiser l'intensité dans le secondaire, ce qui conduit par conséquent à augmenter la tension secondaire. C'est pour cela que **l'on transporte l'électricité à très haute tension**.

C La ligne à haute tension

• On peut modéliser une ligne à haute tension par le schéma suivant, dit modélisation en Pi du fait de sa ressemblance avec cette lettre grecque (π).

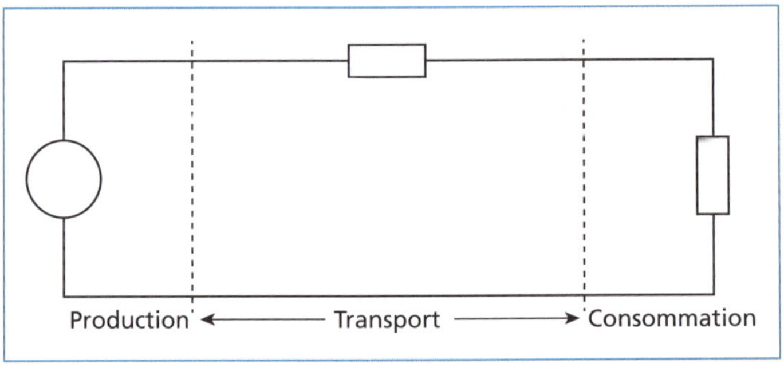

▲ Modèle en Pi d'une ligne à haute tension.

Dans ce modèle, on représente la production par un générateur, le site de consommation par un résistor. Pour simuler les propriétés de la ligne électrique, on l'assimile à un résistor.

2 La distribution de l'électricité

- Un réseau de transport électrique peut être modélisé mathématiquement par un graphe orienté.

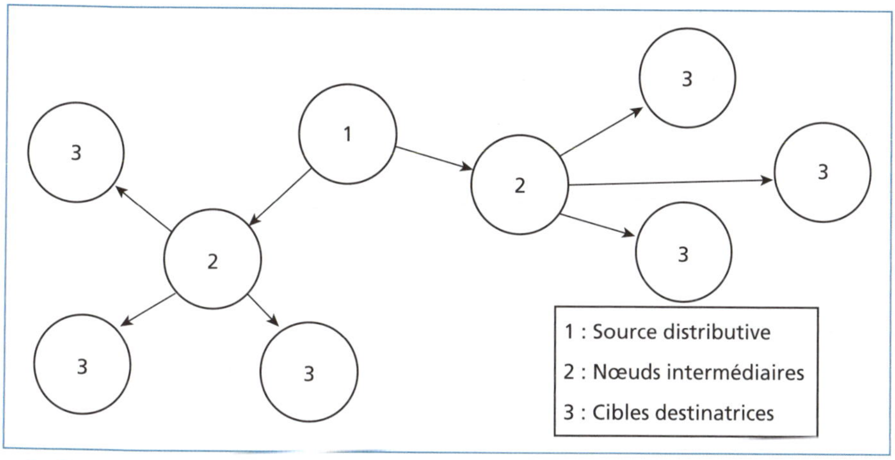

▲ Graphe orienté représentant un réseau de transport électrique.

- **Afin de limiter les pertes par effet Joule sur l'ensemble du réseau, on doit imposer certaines contraintes au système.**

– Une **source** ne peut produire qu'une certaine puissance électrique. Par exemple, une centrale nucléaire classique fournit une puissance moyenne de 800 MW, alors qu'une éolienne fournit environ 2 MW. C'est pour cela que **l'intensité totale sortant d'une source est limitée par la puissance maximale distribuée.**

– Les **nœuds intermédiaires** sont les endroits où l'électricité arrivant de la source est répartie vers chacune des cibles utilisatrices (maisons, immeubles, usines, infrastructures, etc.). Ces nœuds n'ont aucune consommation électrique. C'est pour cela que **l'intensité totale entrant dans chaque nœud intermédiaire est égale à l'intensité totale qui en sort.**

– Chacune des **cibles destinatrices** de l'électricité doit, pour pouvoir en bénéficier, signer un contrat d'abonnement auprès d'un des différents prestataires d'énergie électrique. Lors de la souscription de ce contrat, l'utilisateur choisit la puissance électrique dont il souhaite bénéficier. Ainsi, la tension nominale du courant électrique du secteur étant de 230 V, un choix de puissance impose la valeur de l'intensité totale arrivant à chaque cible.

8 Choix énergétiques et impacts sur les sociétés

Devant l'urgence du changement climatique et l'impact de notre mode de consommation sur l'environnement, les sociétés amorcent des transitions énergétiques vers des comportements plus éco-responsables. **Quels sont les paramètres sur lesquels il est possible d'agir, individuellement et collectivement ?**

1 Choix énergétiques

A Les objectifs principaux

• Actuellement, la consommation mondiale d'énergie fait majoritairement appel aux combustibles fossiles, principale cause du réchauffement climatique. Afin d'en limiter les effets négatifs, il faut avoir recours à d'autres sources d'énergie, dont l'électricité. Produire de l'électricité sans contribuer au réchauffement climatique, en concevoir le stockage sous d'autres formes, optimiser son transport deviennent ainsi des objectifs majeurs d'une transition climatique et environnementale, et différents critères et paramètres doivent être pris en compte pour y parvenir.

B Les critères à considérer

• **Disponibilité des ressources et adéquation aux besoins.** Dans le cas des pays développés, les sites de production d'énergie sont généralement proches des sites de consommation, alors que dans les pays émergents, ce n'est pas forcément le cas.

> **Exemple**
> Les puits de pétrole du Golfe persique sont éloignés des grands centres urbains.

• **Impacts climatique, écologique, sanitaire, agricole.**

– L'utilisation massive des ressources hydrocarbonées a des conséquences sur le climat, à cause, entre autres, de la production de gaz à effet de serre (dioxyde de carbone principalement).

– Avant de réaliser un ouvrage tel qu'un barrage hydroélectrique, des études sont menées afin de déterminer quelles seront les conséquences, en termes écologiques, de la création d'une retenue d'eau artificielle sur la faune et sur la flore qui seront immergées. Dans certains cas, on a aménagé des échelles à poissons, afin de perturber le moins possible la migration des poissons migrateurs amphihalins.

– La combustion de carburants fossiles et de biomasse libère du dioxyde de carbone, des aérosols et d'autres substances (N_2O, O_3, suies, produits soufrés) qui affectent la qualité de l'air respiré et la santé. Habiter près d'une centrale nucléaire peut aussi avoir des conséquences graves sur la santé, si un accident survient.

– Concernant l'impact agricole, on doit en tenir compte lorsque l'on construit des fermes solaires, où une grande surface précédemment utilisée en pâturage dans les régions montagneuses est maintenant recouverte de panneaux photovoltaïques. De même, la création d'un parc éolien a un impact immédiat sur la quantité de terres arables disponibles.

• **Vulnérabilités et gestion des risques.** Le risque zéro n'existe pas, chaque site de production peut être mis en danger, soit par des catastrophes naturelles (centrale de Fukushima en 2011 suite à un tsunami), soit par des erreurs humaines (centrales de Three Mile Island en 1979 et de Tchernobyl en 1986), soit par des manifestations hostiles au nucléaire (invasion de militants Greenpeace sur les sites des centrales de Fessenheim en 2014 et de Cattenom en 2017), soit par des conflits ou attentats terroristes (attaques à l'aide de drones en septembre 2019 en Arabie Saoudite). Pour prévenir la majorité de ces risques, des normes drastiques sont mises en place (par exemple en matière de normes antisismiques), et chaque accident arrivant dans le monde est analysé afin, par retour d'expérience, d'améliorer la sécurité des installations.

• **Faisabilité.** Les contraintes humaine, matérielle ou géographique rendent parfois certains projets difficiles à mener à terme.

• **Conséquences économiques et sociales.** Une transition vers des énergies moins dépendantes des énergies fossiles a des conséquences économiques, en particulier pour tous les pays dont la ressource économique principale est l'exportation du pétrole. De même, la sortie prévue du nucléaire en France va considérablement impacter l'économie locale autour des centrales.
A contrario, le développement des énergies renouvelables, telle que l'énergie solaire, va permettre de développer d'autres secteurs économiques, et ainsi modifier l'équilibre des forces géopolitiques mondiales.

• L'analyse de ces éléments de décision conduit le plus souvent à une recherche de diversification ou d'évolution des ressources que l'on appelle le **mix énergétique**.

2 Les contraintes et les moyens de la transition écologique

• Les **durées longues, liées à l'inertie de certains systèmes** (infrastructures énergétiques, transports, production industrielle) constituent un handicap face à l'urgence de l'action. En effet, si on prend l'exemple de la construction du réacteur EPR de Flamanville, le chantier, qui a débuté en 2007, prévoit une livraison seulement en 2022 à cause de retards pris lors des travaux et de problèmes techniques rencontrés sur le réacteur lui-même.

> **Exemple**
> **Les accords de Paris sur le climat** (2015) visent à maintenir une augmentation de température en-dessous de 1,5°C d'ici à 2100. Il faut donc se tourner de plus en plus, et le plus rapidement possible, vers des énergies vertes, mais celles-ci sont parfois longues à mettre en place.

• La **recherche fondamentale** permet d'explorer de nouvelles pistes de sources d'énergie (par exemple, envisager la fusion nucléaire comme source d'énergie), mais elle permet aussi d'améliorer le rendement des systèmes utilisés, ainsi que leur durée de vie. Les particuliers vont bénéficier d'un accès plus facile et plus large, car moins onéreux, à de meilleurs isolants thermiques. Par ailleurs, chaque particulier pourra envisager d'être son propre fournisseur d'énergie en possédant sa propre source d'énergie, adaptée à sa consommation.
La transition écologique repose aussi sur l'invention de **nouveaux comportements individuels et collectifs** (limitation des consommations, favorisation des déplacements moins énergivores comme le bateau à la place de l'avion, amélioration des relations Nord-Sud afin d'apporter un savoir-faire et une expertise pour accélérer la mise en place de solutions vertes).

9 La biodiversité et son évolution

Des modèles mathématiques permettent d'étudier la biodiversité ainsi que son évolution. **Quels outils mathématiques sont utilisés dans l'étude de la biodiversité ?**

1 Estimation de la biodiversité

A Définitions

> **Mot-clé**
> **Population :** groupe d'individus d'une espèce vivant en un lieu donné et s'y reproduisant.

- **Les spécialistes estiment le nombre d'espèces sur Terre à 8,7 millions dont seulement 1,5 millions sont décrites.** D'autres estiment que ce nombre est situé entre 3 et 100 millions. Ces estimations reposent sur une extrapolation du nombre d'espèces dans les groupes (taxons) bien connus mais aussi sur la fréquence de découverte de nouvelles espèces.

- La **biodiversité** est décrite en nombre d'espèces vivant dans un milieu mais aussi en nombre d'individus d'une population, d'une espèce ou d'un taxon plus grand.

- **L'échantillonnage est la technique qui permet d'estimer la biodiversité d'un milieu.** Pour cela, on délimite le milieu puis on dénombre les individus de l'espèce ou bien les espèces présents dans un ou plusieurs échantillons de ce milieu. Un rapport entre la surface du milieu étudié et la surface des échantillons permet de déterminer alors le nombre d'individus ou d'espèces présents dans le milieu. L'échantillonnage d'ADN, principalement dans le milieu aquatique, est aussi réalisé. On recherche l'ADN de telle ou telle espèce dans les milieux.

B Les différentes méthodes d'échantillonnage

- Il existe **différentes méthodes d'échantillonnage**. Dans la méthode, couramment utilisée, de **« capture-marquage-recapture »**, un nombre d'individus est capturé. On marque ces individus par différentes techniques : points de peinture, photographie, puis on les relâche dans leur milieu. On procède ensuite à une recapture plus tard dans l'année. On détermine alors la proportion d'individus marqués dans l'échantillon de recapture. On suppose que la proportion d'individus marqués est identique dans l'échantillon de recapture et dans la population totale. On peut alors déterminer l'effectif total de la population grâce au calcul d'une quatrième proportionnelle. L'intérêt de cette technique est qu'on se limite à un seul échantillon. Si la recapture n'est pas trop faible en nombre d'individus, les résultats sont fiables.

Exemple

	Échantillon (recapture)	Population totale
Nombre total d'individus	252	?
Nombre d'individus marqués	14	356

Coefficient de proportionnalité : $\times \frac{252}{14}$

356 : Nombre d'individus capturés et marqués

? est la quatrième proportionnelle

$? = 356 \times \frac{252}{14} = 6\,408$

▲ Calcul d'une quatrième proportionnelle avec le tableau de proportionnalité.

• L'effectif de la population déterminé à partir d'un seul échantillon suppose que la proportion d'individus marqués dans l'échantillon est toujours la même si l'on réalise à nouveau une recapture. Ce qui dans la réalité n'est jamais le cas. L'estimation se fait donc à l'aide d'un intervalle de confiance. Cet intervalle de confiance est d'autant plus réduit que la taille de l'échantillon est grande. Si l'on augmente le nombre d'individus dans l'échantillon, le niveau de confiance de la proportion d'individus marqués augmente dans la population totale mais est toujours inférieur à 100 %.

Définitions préalables
p : proportion d'individus marqués dans la population totale non connue.
IC : intervalle de confiance de p déterminé à partir de l'échantillon de recapture.
n : nombre total d'individus capturés dans l'échantillon de recapture.
f : proportion d'individus marqués dans l'échantillon de recapture.

Détermination de l'intervalle de confiance au niveau de confiance de 95 %
Conditions nécessaires à vérifier : $n \geqslant 30$; $n \times f \geqslant 5$; $n \times (1-f) \geqslant 5$,

Alors $IC = \left[f - \frac{1}{\sqrt{n}} ; f + \frac{1}{\sqrt{n}}\right]$

Signification de l'IC
$p \in IC$ avec une probabilité de 95 %.
En prenant les valeurs basses et hautes de l'*IC*, on peut alors déterminer l'effectif de la population avec une fiabilité de 95 %.

▲ Notion d'intervalle à un niveau de confiance de 95 %.

2 Évolution génétique des populations

A Le modèle de Hardy-Weinberg

• Ce modèle mathématique, dit HW, décrit la **transmission des allèles dans une population de grande taille**. Dans certaines conditions, ce modèle prévoit que la fréquence des allèles dans une population est stable au cours des générations.

• On considère deux allèles dans une population : a1 et a2. La fréquence des deux allèles dans la population à la génération n est p pour a1 et q pour a2. On a $p + q = 1$.
• Dans la population, les mâles et les femelles produisent des gamètes a1/ à une fréquence p et des gamètes a2/ à une fréquence q.
• Lors de la reproduction, les gamètes se rencontrent au hasard.
• Trois génotypes sont possibles dans les descendants à la génération n+1 :
a1//a1 avec une fréquence de p^2
a2//a2 avec une fréquence de q^2
a1//a2 avec une fréquence de $2pq$
} Il s'agit du développement de $(p + q)^2$
• On recherche la fréquence des deux allèles à la génération n+1.

$$F(a1) = p^2 + \frac{1}{2}(2pq) = p^2 + pq = p\,(p + q) = p.$$

$$F(a2) = q^2 + \frac{1}{2}(2pq) = q^2 + pq = q\,(p + q) = q.$$

On constate donc que la fréquence des allèles ne change pas d'une génération à l'autre.

▲ Le modèle de Hardy-Weinberg.

B La réalité des faits

Au cours des générations, la composition génétique des populations change. La fréquence des allèles n'est pas stable et la taille des populations peut changer d'une génération à l'autre, ce qui rend impossible l'application du modèle HW.

Des **forces évolutives** s'appliquent sur les populations :

– les mutations font apparaître de nouveaux allèles ;

– certains allèles procurent un avantage sélectif aux individus, ils seront donc transmis préférentiellement aux générations suivantes ;

– les allèles ne se transmettent pas de façon équiprobable à la génération suivante. C'est le phénomène de **dérive génétique**.

Ces phénomènes induisent un changement de la fréquence des allèles d'une génération à l'autre.

3 Les modifications de la biodiversité

• **L'être humain par ses activités impacte les écosystèmes** (pollution, destruction, combustion, surexploitation...). Il en modifie les paramètres physico-chimiques, ce qui peut conduire à l'extinction d'espèces.

• Des études ont montré que **le nombre d'espèces dépend de la surface du milieu**. Une fragmentation du territoire (comme par exemple, la construction d'une route qui sépare en deux un territoire, ou bien la déforestation...) réduit la surface totale d'un milieu et donc le nombre d'espèces présentes. Ce **phénomène de fragmentation** conduit à la fragmentation d'une population en plusieurs petites populations à l'effectif réduit.

• Les modèles mathématiques montrent alors qu'une forte dérive génétique se met en place conduisant à la disparition d'allèles dans la population et donc à son **appauvrissement génétique**.

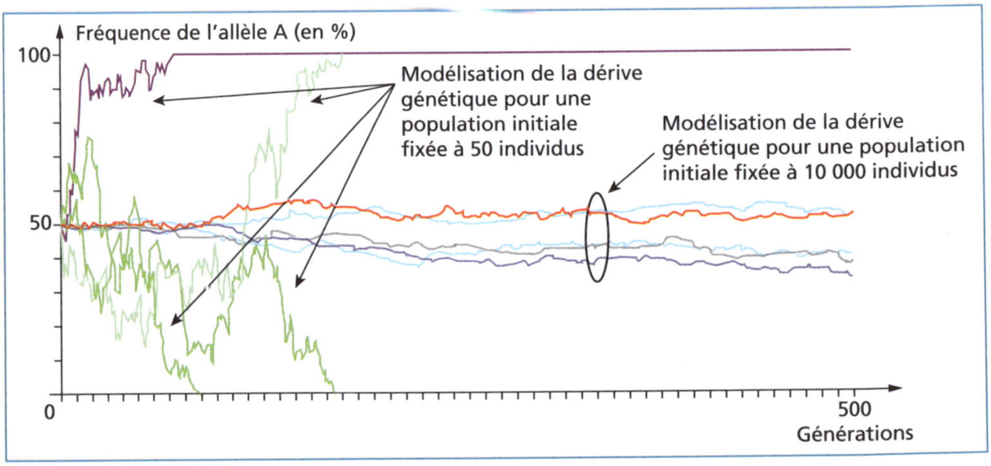

▲ Modélisation de la dérive génétique (D'après www.pedagogie.ac-nice.fr).

• La **connaissance du fonctionnement des écosystèmes et leur gestion** par l'être humain permet d'y **préserver la biodiversité**. Ainsi, des solutions peuvent être mises en place pour limiter la fragmentation du territoire.

Exemple

Des passages sont aménagés sous les routes pour permettre de conserver la taille des territoires des amphibiens.

10 L'évolution comme grille de lecture du monde

Différents concepts de la biologie évolutive permettent d'expliquer le monde dans lequel nous vivons. **Comment expliquer, par l'évolution, certaines structures anatomiques et certaines pratiques humaines ?**

1 Des structures anatomiques au crible de l'évolution

A L'œil dans tous ses états

• Presque tous les animaux sont capables de détecter la lumière dans leur milieu. Il existe une grande diversité de **détecteurs de lumière**. Cela va d'un amas de cellules jusqu'à des structures complexes que sont les yeux. Suivant les groupes d'êtres vivants, les yeux ont des organisations très différentes.

Mot-clé

Biologie évolutive : étude des scénarios et mécanismes de l'évolution des espèces.

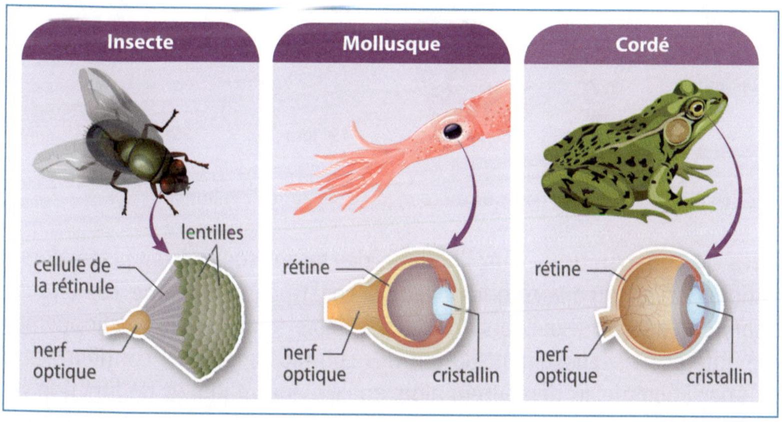

▲ Organisation des yeux dans trois groupes d'animaux.

• Sur la figure, les yeux des mollusques et des vertébrés, groupe dont fait partie l'être humain, semblent très semblables. Pourtant, l'organisation de la rétine est totalement différente : chez les mollusques, on trouve une couche de photorécepteurs tournés vers la lumière, alors que chez les cordés, on trouve trois couches de cellules dont une de photorécepteurs tournés vers l'arrière de l'œil.

• Cette diversité peut être expliquée par **différents concepts de la biologie évolutive** :
– **hasard** : tous les animaux qui ont des yeux complexes possèdent les mêmes gènes anciens qui déterminent la place des photorécepteurs dans l'œil. Les premiers animaux à symétrie bilatérale ont donc développé, par hasard, les innovations génétiques à l'origine de la diversité des yeux ;
– **variation** : on l'a vu préalablement, les yeux présentent une grande diversité de formes au sein du vivant ;

– **sélection naturelle** : l'œil de mollusque est bien mieux organisé pour détecter la lumière, ses photorécepteurs sont tournés vers l'avant de l'œil, là ou pénètre la lumière alors que l'œil des cordés présente une organisation imparfaite, avec des photorécepteurs tournés vers l'arrière. Malgré cette imperfection, la sélection naturelle a rendu possible l'émergence de cet œil ;
– **adaptation** : l'œil d'insecte est adapté à la vision du mouvement. Il détecte des mouvements six fois plus rapides que l'œil humain. Il s'agit d'une adaptation à la détection des prédateurs.

B Les structures anatomiques humaines

L'être humain présente des caractéristiques anatomiques que l'on peut expliquer par l'**histoire évolutive**.

• **Contraintes historiques** : lorsque le système circulatoire se met en place dans l'embryon, il est symétrique et constitué de différents arcs aortiques. Par la suite, des remaniements vont amener à la disparition de certains arcs pour ne laisser la place qu'à deux arcs dont le trajet de la crosse aortique est le reliquat.

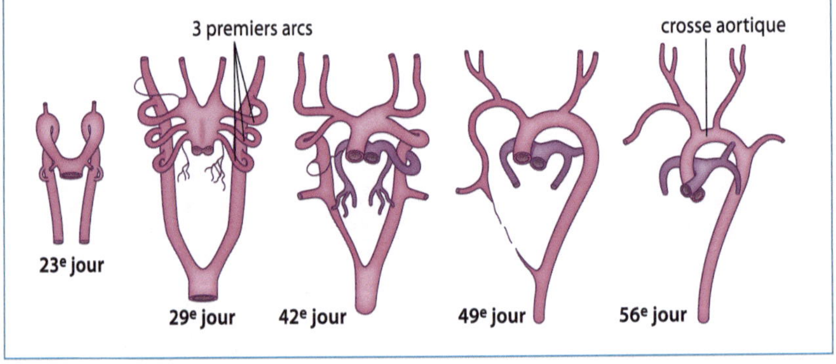

▲ Mise en place de la crosse aortique au cours du développement humain.

• **Contraintes de construction** : chez l'homme, des tétons sont mis en place alors qu'ils n'ont aucune fonction. Ceci est dû à la chronologie de la construction humaine. Les tétons se forment lorsque l'embryon n'est pas sexué, lors des six premières semaines de développement. Lorsque l'embryon se différencie sexuellement du fait des chromosomes qu'il contient, les tétons sont déjà formés. Chez l'homme, ils demeurent alors qu'ils n'auront jamais de fonction de lactation.

• **Compromis sélectif** : le bassin humain présente une forme qui permet le soutien des viscères lié à la bipédie. Par contre, sa forme rend l'accouchement plus difficile. Il y a donc un compromis entre la bipédie et l'accouchement.

• **Régressions en cours** : on constate chez l'humain la disparition de certains organes liée à la modification du mode de vie par rapport à celui des humains primitifs. Ainsi la tendance à la disparition des dents de sagesse serait due à une modification du régime alimentaire car, du fait du changement de régime alimentaire, la mastication est plus aisée actuellement que chez les premiers êtres humains.

Zoom
On observe actuellement une tendance à la réduction du petit orteil. Cela semble dû au mode de vie sédentaire des humains.

2 Des pratiques humaines au crible de l'évolution

A Lutter contre les organismes microbiens

• L'évolution permet de comprendre des phénomènes biologiques ayant une importance médicale.

• **Les microorganismes ont comme particularité d'évoluer rapidement.** Ils peuvent ainsi développer de nouvelles caractéristiques comme la résistance aux antibiotiques chez les bactéries. Les études ont montré que les bactéries subissent des **mutations régulières** et **rapides**. Ces mutations ont lieu au hasard. L'utilisation des antibiotiques depuis les années 1940 a favorisé le développement des populations de bactéries résistantes aux antibiotiques. Ces bactéries résistantes sont sélectionnées par l'usage des antibiotiques qui éliminent toutes les bactéries sensibles à ces antibiotiques mais permettent la survie de ces bactéries résistantes.

> **Mot-clé**
> **Microorganisme ou microbe :** désigne l'ensemble des êtres vivants observables au microscope. On associe les virus à cet ensemble, alors qu'ils ne sont pas des êtres vivants au sens biologique.

• **Certains virus deviennent résistants aux vaccins** du fait de mutations sur des gènes permettant l'expression de protéines cibles de ces vaccins. Après mutation, ces virus échappent aux thérapies vaccinales. C'est le cas du virus de la dengue dont la résistance a été mise en évidence en 2019. Là aussi, un processus de sélection naturelle permet la propagation de cette résistance dans les populations virales.

• Les **stratégies prophylactiques** ayant pour but de prévenir l'apparition, la propagation ou bien l'aggravation d'une maladie doivent donc être adaptées pour répondre à ces nouvelles contraintes.

B La révolution agricole

• Depuis la **révolution agricole**, la pratique intensive de la monoculture, la domestication et l'utilisation de produits phytosanitaires ont un **impact plutôt négatif sur la biodiversité** et son évolution. En effet, la domestication des plantes conduit à diminuer fortement la diversité génétique. C'est aussi le cas des monocultures où la biodiversité spécifique est réduite à une seule espèce. L'ensemble conduit à développer des plantes très sensibles aux microorganismes et donc aux maladies.

> **Mot-clé**
> **Révolution agricole :** ensemble des pratiques agricoles visant à augmenter fortement la productivité d'un agrosystème.

• Pour lutter contre cette fragilité, la révolution agricole est associée à l'**usage de produits phytosanitaires** en grandes quantités. L'usage de ces pesticides favorise le développement d'espèces dites ravageuses des cultures, résistantes à ces produits.

11 L'évolution humaine

L'histoire évolutive de l'humanité et l'étude des fossiles permettent de rattacher l'humain aux primates. La phylogénie étudie les relations de parenté entre différentes espèces. **Quelle est l'histoire évolutive de l'humanité ?**

1 L'être humain dans le groupe des primates

- La **phylogénie** permet, à partir de données morpho-anatomiques (innovations évolutives) et génétiques, de construire les relations de parenté entre êtres vivants. Il est ainsi acquis que l'espèce humaine actuelle (*Homo sapiens*) appartient au groupe des primates (comme eux, il possède des pouces opposables et des ongles) et plus particulièrement au groupe des grands singes (comme eux il possède un nez, des orbites fermées, des narines écartées et l'appendice caudal est absent).

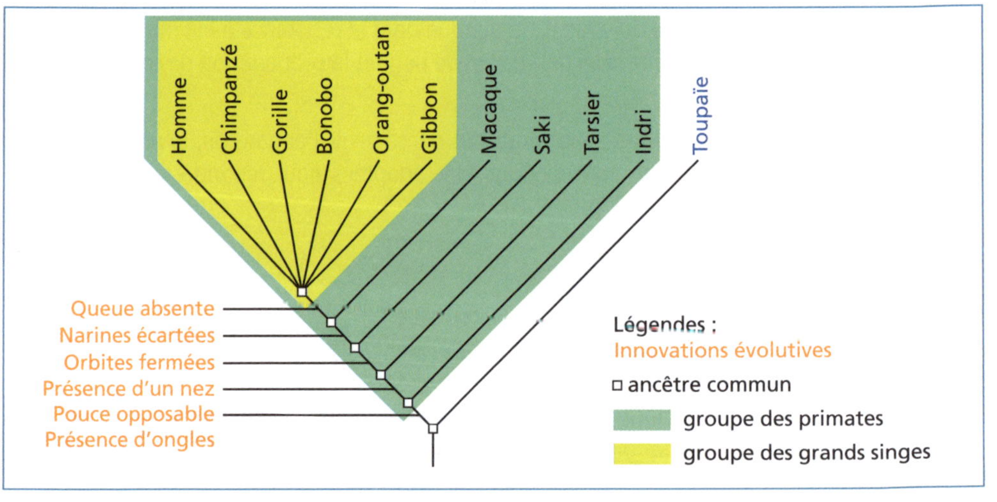

▲ Arbre phylogénétique de quelques primates et du Toupaïe (non primate).

- L'être humain présente des similitudes génétiques avec les grands singes. Son **caryotype** est très proche de celui de ces espèces. Il est possible de comparer des **données moléculaires**, gènes ou bien protéines codées par des gènes, qui montrent que le plus proche parent de l'être humain est le chimpanzé avec lequel il partage un ancêtre commun exclusif.

Mot-clé

Caryotype : ensemble des chromosomes d'un individu, d'une espèce, caractéristique de cet individu, de cette espèce.

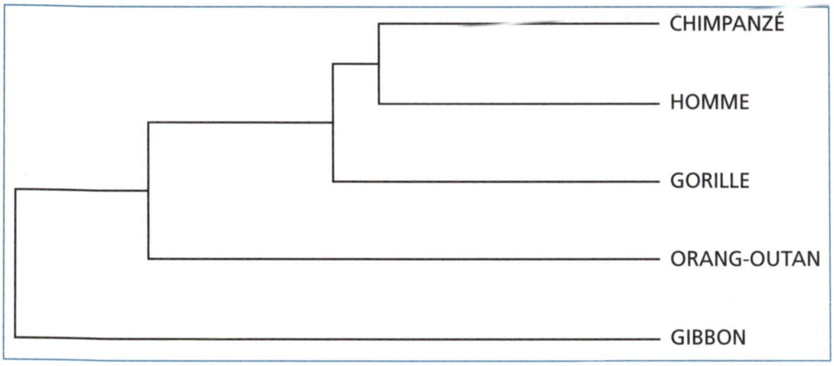

▲ Arbre phylogénétique obtenu à partir de la comparaison des protéines COX2 avec le logiciel Phylogène.

2 La lignée humaine

A Caractéristiques morpho-anatomiques et génétiques

La lignée humaine regroupe plusieurs genres. Les genres *Ardipithecus*, *Australopithecus*, *Paranthropus*, *Homo*. Chaque genre regroupe des **espèces fossiles**. Le genre *Homo* regroupe diverses espèces fossiles et l'espèce *Homo sapiens*, seule espèce actuelle.

Mot-clé
Une **espèce fossile** regroupe des individus dont les restes trouvés (fossiles) présentent de grandes similarités.

- Les espèces du genre *Homo* présentent des **caractères communs** comme le fait d'avoir une capacité crânienne développée (volume supérieur à 500 cm^3).

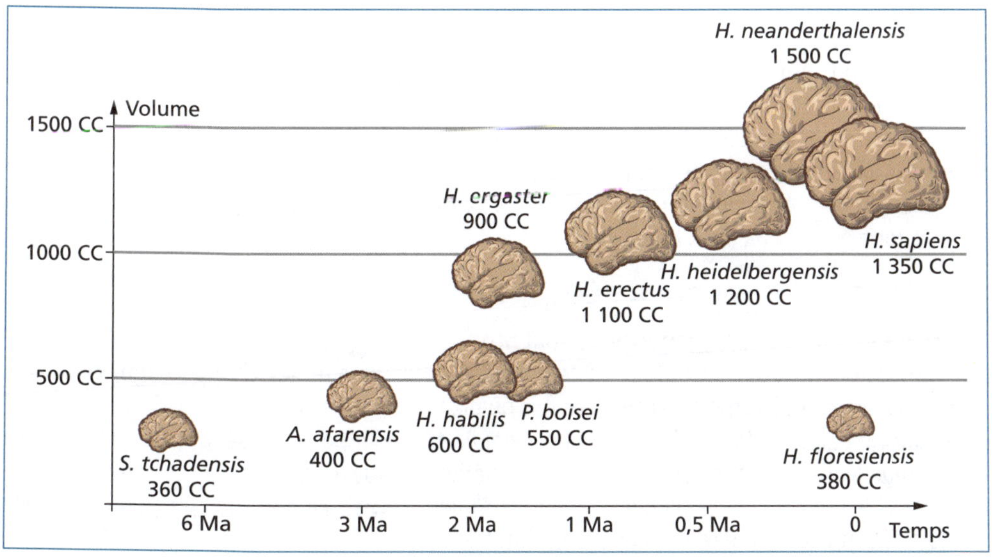

▲ Volume crânien de quelques membres de la lignée humaine.

- D'autres **caractères** sont **propres au genre humain**.

– Le **prognathisme**, c'est-à-dire l'avancée des mâchoires, est limité. De ce fait, la face est réduite.

Zoom
L'*Homo floresiensis* possède un petit volume crânien. Pour les spécialistes, il s'agit d'une régression. Comme ce « petit homme » possède les autres caractères du genre *Homo*, l'espèce appartient bien à ce genre.

– Le **trou occipital** qui marque le point d'insertion de la colonne vertébrale au niveau du crâne est avancé. La tête repose sur la colonne. Les espèces du genre *Homo* sont bipèdes permanentes.
– **Les pieds ne présentent pas de pouce opposable**. Les fémurs sont articulés sur le bassin de façon oblique par rapport à l'axe du corps. Ces deux caractéristiques permettent une course à pied plus aisée.
– La mandibule (mâchoire inférieure) des espèces est parabolique alors que dans les espèces de primates n'appartenant pas au genre *Homo*, cette mandibule est de forme rectangulaire.

• Les **données fossiles** montrent que plusieurs espèces ont cohabité ensemble sur Terre. C'est le cas de trois espèces récentes : *Homo sapiens*, *Homo neanderthalensis* et *Homo denisova*. Les deux dernières espèces sont éteintes. Leurs ossements ont permis d'extraire l'ADN que l'on trouve dans les mitochondries et de le comparer à celui d'*Homo sapiens*. Cela a permis de préciser les parentés entre les trois espèces.

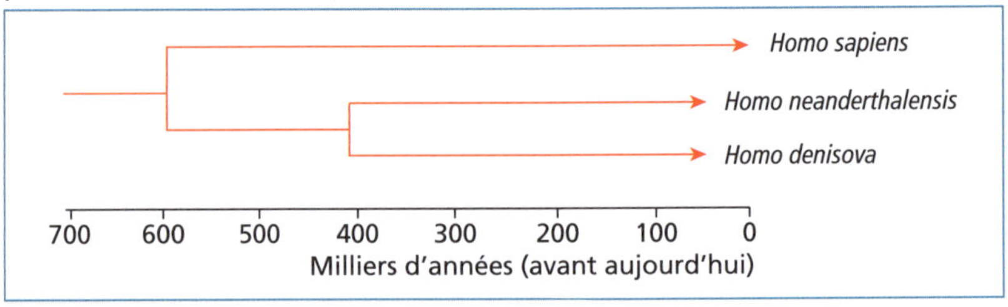

▲ Arbre phylogénétique obtenu à partir de l'ADN mitochondrial.

• **Autres genres dans la lignée humaine**

• Selon les spécialistes, **la lignée humaine et la lignée des chimpanzés se sont séparées** il y a 6 à 7 millions d'années. Certains fossiles âgés de 3 à 7 millions d'années présentent des innovations caractéristiques de la lignée humaine.
– Toumaï est une espèce fossile dont on a trouvé un crâne et des mandibules. Il est âgé de près de 7 millions d'années. Sa face est réduite et le trou occipital est avancé. La position du trou occipital indique que l'animal devait être capable de bipédie.
– Orrorin est un fossile âgé de 6 millions d'années. On a uniquement trouvé un fémur et des dents. La forme de son fémur indique que la bipédie était possible. Ses mâchoires présentent des molaires identiques à celles des humains actuels.
– La dizaine d'espèces du genre *Australopithecus* datées de – 4 à – 3 millions d'années présentent toutes des caractères de bipèdes.

B Des caractères non génétiques

• Certains **caractères non génétiques** sont **propres à la lignée humaine** :
– **L'utilisation d'outils complexes** : ce sont des outils comme les choppers (galets taillés) utilisés par *Homo habilis* pour la première fois ou bien la maîtrise du feu faite par *Homo erectus*.
– **Le langage** : il est difficile d'affirmer quel *Homo* a pu parler par le passé. On n'a aucune trace de ce langage. Des données anatomiques et génétiques peuvent laisser penser que le langage était possible pour *H. habilis* ou bien *H. neanderthalensis*. Mais ce n'est pas parce que l'espèce pouvait potentiellement parler qu'elle le faisait.
– **L'activité culturelle** : les grottes ornées sont dues à *H. sapiens* qui, par ailleurs, a développé un culte aux morts, ainsi qu' *H. neanderthalensis*.
– **Les habitudes alimentaires** : les espèces du genre *Homo* consomment de la viande (chasse ou charognage). La maîtrise du feu a rendu consommable certains tubercules.
– **Le microbiote** : les études sur la flore intestinale montrent qu'elle est spécifique de l'espèce humaine actuelle.

• Tous ces caractères ne sont pas transmis par la génétique. Certains le sont par l'apprentissage.

12 Les modèles démographiques

Afin de pouvoir estimer au mieux l'évolution du nombre de personnes sur Terre, on utilise des modèles mathématiques qui tiennent compte à la fois de l'évolution de la population mais aussi de celle des ressources nécessaires disponibles. **Quels sont ces modèles ?**

1 Le modèle linéaire

A Définition

• Soit $P(n)$ la population mondiale au 1er janvier de l'année n. En considérant que le nombre de naissances par an est constant et vaut N et que le nombre de décès par an est lui aussi constant et vaut D, alors, la population mondiale au 1er janvier de l'année $n+1$ vaut $P(n+1) = P(n) + N - D$, soit :

$$P(n+1) = P(n) + r \quad \text{avec } r = N - D.$$

• S'il y a plus de naissances que de décès ($N > D$, $r > 0$), alors la population mondiale augmente. On dit qu'elle est croissante. S'il y a autant de naissances que de décès ($N = D$, $r = 0$), la population mondiale reste constante. Et s'il y a plus de décès que de naissances ($N < D$, $r < 0$), alors la population mondiale diminue. On dit alors qu'elle est décroissante.

• Ce modèle mathématique simple est le **modèle linéaire**. Une grandeur discrète u varie de manière linéaire en fonction d'un palier entier n si sa variation absolue $u(n+1) - u(n)$ est constante, soit $u(n+1) - u(n) = r$ ou encore $\mathbf{u(n+1) = u(n) + r}$, avec r constante qu'on appelle **raison**.

B Suite arithmétique

• Soit $u(0)$ le premier terme. Ainsi, $u(1) = u(0) + r$.
De même :
$u(2) = u(1) + r = (u(0) + r) + r = u(0) + 2 \times r$, et $u(3) = u(2) + r = (u(0) + 2 \times r) + r = u(0) + 3 \times r$.
Ainsi, en généralisant, on obtient :

$$u(n) = u(0) + n \times r.$$

• Dans ce cas, les points de coordonnées $(n, u(n))$ sont situés sur une droite. La suite de terme général $u(n)$ est **arithmétique**.

Exemple
Considérons le nombre d'élèves d'un collège et notons le N. Chaque année, notée A, une cohorte d'élèves arrive des écoles primaires voisines du collège, et celle de troisième quitte le collège pour le lycée. Le nombre d'élèves du collège est indiqué dans le tableau ci-dessous :

Année scolaire	2015-2016	2016-2017	2017-2018	2018-2019	2019-2020	2020-2021
Nombre d'élèves	453	465	476	489	500	512

En traçant, à l'aide d'un tableur type Excel, un graphique d'évolution du nombre d'élèves en fonction des années scolaires, on obtient :

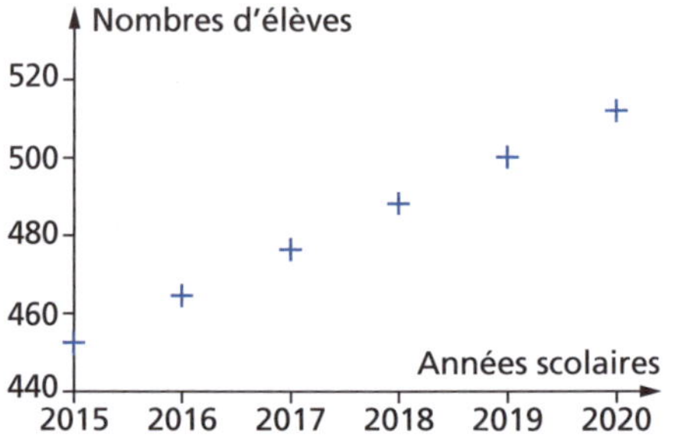

- Ce nuage de points semble représenter une droite et peut être modélisé par l'équation suivante, donnée par le tableur : $N = 11{,}8 \times A - 23\,324$ avec un coefficient de corrélation de $R = 0{,}99$. *Ex. :* en 2025, le nombre d'élève du collège devrait être égal à $N = 11{,}8 \times 2\,025 - 23\,324 = 571$.
- Remarque : le coefficient de corrélation nous permet de savoir si des points sont alignés ou pas. S'il est égal à 1, les points sont parfaitement alignés. On considérera que les points sont alignés dès qu'il sera égal à 0,99.
- Il est donc ainsi possible de prédire les effectifs du collège pour les années à venir.

- Malheureusement, le modèle linéaire est inadapté pour représenter l'évolution d'une grandeur dont la variation absolue change fortement d'un palier à l'autre.

2 Suites géométriques

A Croissance exponentielle

- Considérons à nouveau la population mondiale au 1er janvier de l'année n. Un modèle plus réaliste consiste à dire que le nombre de naissance de l'année n, $N(n)$, est proportionnel au nombre de personnes, soit $N(n) = k_1 \times P(n)$. De même, le nombre de décès de l'année n, $D(n)$, est lui aussi proportionnel à la population mondiale et $D(n) = k_2 \times P(n)$. Par conséquent, la population mondiale au 1er janvier de l'année $n+1$ est :

$P(n+1) = P(n) + N(n) - D(n) = P(n) + k_1 \times P(n) - k_2 \times P(n) = P(n) \times (1 + k_1 - k_2)$, soit :

$$P(n+1) = q \times P(n) \quad \text{avec } q \text{ constante égale à } 1 + k_1 - k_2.$$

- Considérons la suite discrète u, telle que $u(n+1) = q \times u(n)$.

On a alors $u(n+1) - u(n) = q \times u(n) - u(n)$ et donc $\mathbf{u(n+1) - u(n) = q' \times u(n)}$ avec $q' = q - 1$. On dit alors que la grandeur discrète u varie de manière exponentielle en fonction du palier entier n car sa variation absolue $u(n+1) - u(n)$ est proportionnelle à sa valeur courante $u(n)$.

- Remarque : une suite est dite discrète si elle n'a qu'un nombre limité et dénombrable de valeur.
- À l'aide de $u(n+1) - u(n) = q' \times u(n)$, on obtient $\mathbf{\dfrac{u(n+1) - u(n)}{u(n)} = q'}$. Dans ce cas, la variation relative (ou taux de variation) de la suite est constante et la suite de terme général $u(n)$ est **géométrique**.
- Considérons une suite géométrique discrète telle que $u(n+1) = q \times u(n)$ avec q constante, appelée raison de la suite. Ainsi, $u(1) = q \times u(0)$, avec $u(0)$ premier terme de la suite. De même,

$u(2) = q \times u(1) = q \times (q \times u(0)) = q^2 \times u(0)$. On a aussi $u(3) = q \times u(2) = q \times (q^2 \times u(0)) = q^3 \times u(0)$.
En poursuivant le raisonnement jusqu'au rang n, on obtient :

$$u(n) = q^n \times u(0).$$

Exemple

Considérons l'évolution d'une population de souris blanches dans un laboratoire. Celles-ci vont évoluer dans des conditions optimales (abondance de nourriture, eau, abri, aucun prédateur). On relève, à intervalle de temps régulier, le nombre d'individus dans la colonie, noté N.
Les résultats sont regroupés dans le tableau ci-dessous :

Durée (jours)	0	45	90	135	180	225	270	315
Nombre de souris	6	15	37	94	230	589	1 471	3 655

En traçant, à l'aide d'un tableur type Excel, un graphique d'évolution du nombre de souris en fonction de la durée écoulée, on obtient :

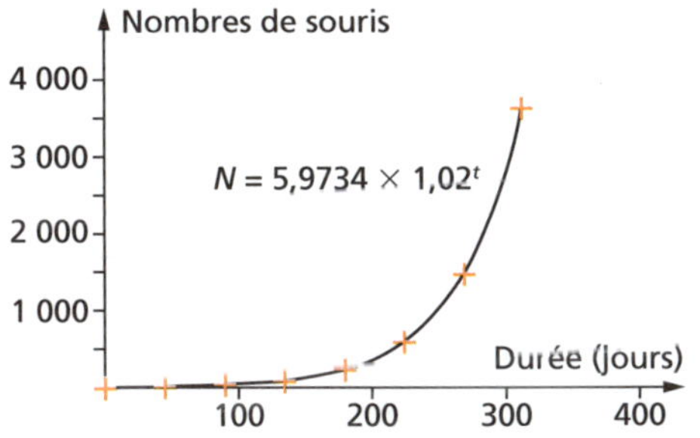

On peut modéliser, à l'aide du tableur, l'évolution des points et on obtient une équation exponentielle $N(t) = 5{,}9734 \times 1{,}02^t$. Il est donc possible de prévoir l'évolution du nombre de souris à un instant t, de savoir quand une population double ou est décuplée par exemple, etc.
Ex. : Au bout d'un an (365 jours) on a $N(365) = 5{,}9734 \times 1{,}02^{365} = 8\,228$ souris.

B Le modèle de Malthus

- C'est en 1798, dans la première édition de son *Essai sur le principe de population*, que le Révérend Thomas Robert Malthus a formulé son « principe de population » :
« *Si elle n'est pas freinée, la population s'accroît en progression géométrique. Les subsistances ne s'accroissent qu'en progression arithmétique.* »

- Il en conclut le caractère inévitable de **catastrophes démographiques**, à moins de limiter la croissance de la population. Malthus préconise ainsi une régulation volontaire des naissances, la « contrainte morale ». Ainsi, les couples prévoyants, en retardant l'âge du mariage et en pratiquant la chasteté jusqu'au mariage, seraient enclins à n'avoir que le nombre d'enfants qu'ils sont certains de pouvoir entretenir.

- Le modèle démographique de Malthus est un **modèle exponentiel d'évolution de l'effectif de la population**. Il prévoit que l'effectif de la population décroît vers 0 si le le nombre de décès est supérieur au nombre de naissances et croît vers l'infini si le nombre de naissances est supérieur au nombre de décès.

> **Zoom**
> Des modèles plus élaborés prévoient que la population mondiale atteindra environ 10 milliards d'humains en 2050.

- Si les prédictions du modèle de Malthus se révèlent correctes à court terme, elles sont fausses à long terme, en particulier parce que ce modèle ne tient pas compte du fait que les ressources finiront par manquer si la population augmente trop rapidement.

13 L'intelligence artificielle

Au cours de son évolution, l'Homme a développé des outils de plus en plus performants pour résoudre ses problèmes et améliorer ses conditions de vie. Il a même élaboré un langage permettant de communiquer avec ces outils et de les commander. **Que permet de faire aujourd'hui l'intelligence artificielle (IA) ?**

1 Les prémisses de l'informatique

- Les premières machines qui ont traité l'information étaient limitées à une ou quelques tâches prédéterminées. Il s'agissait, par exemple, de métiers à tisser, qui utilisaient des rubans ou des cartes perforées. On pouvait aussi trier ou séparer des objets selon un critère, ou bien réaliser des additions simples.
- Les ordinateurs font désormais partie intégrante de notre vie courante. On peut citer les smartphones, les thermostats d'ambiance, les ordinateurs de bord de voitures, etc. Certains sont programmables, d'autres non.

> **Mot-clé**
> **Mémoire vive d'un ordinateur :** mémoire dans laquelle sont stockées les informations utilisées par l'ordinateur.

- **Alan Turing, mathématicien anglais**, montre en 1936, que ce qui est calculable peut être décomposé en un nombre fini d'étapes pouvant chacune être réalisée par une machine. C'est la première machine de Turing, qui n'existe que sur le papier. Durant la Seconde Guerre mondiale, les progrès réalisés ont permis de déchiffrer beaucoup de messages allemands codés par la machine Enigma à l'aide d'instruments appelés **bombes électromécaniques**. Dix ans plus tard, les premiers ordinateurs apparaissent. Ceux-ci sont constitués d'au moins un processeur et une mémoire vive.

▲ Une bombe reconstruite à Bletchley Park.

2 Programmes et fichiers

- Un **programme ou fichier exécutable** est un fichier dont l'exécution entraîne, lorsqu'il est chargé, la création d'un processus d'activation du programme. Ils s'opposent aux **fichiers de données** qui eux doivent être d'abord interprétés par un programme.

- Un ordinateur est capable de traiter des données de natures diverses (textes, images, sons) seulement si elles ont été numérisées, c'est-à-dire converties dans un langage compréhensible par la machine.

- En informatique, chaque caractère est identifié par un code unique qui est un entier naturel. Mais un code n'est pas utilisable tel quel par un ordinateur qui ne comprend que le binaire. Il faut donc encoder les codes en octets. Le **code ASCII** est l'un des plus anciens codes utilisés pour représenter du texte en informatique. Il se base sur un tableau contenant les caractères les plus utilisés en langue anglaise : les lettres de l'alphabet en majuscule (de A à Z) et en minuscule (de a à z), les dix chiffres arabes (de 0 à 9), les signes de ponctuation (point, virgule, point-virgule, guillemets, parenthèses, etc.), quelques symboles et certains caractères spéciaux invisibles (espace, retour-chariot, tabulation, retour-arrière, etc.). Ce code comporte 256 caractères, soit 2^8. Chaque caractère est donc codé sur 8 bits, soit 1 octet. Un texte de 2 000 caractères occupe donc 2 ko.

Mot-clé

ASCII : *American Standard Code for Information Interchange.*

Zoom

Sans compression, l'ordre de grandeur de la taille d'un fichier image est de 3 Mo, celui d'un fichier son de 11 Mo par minute environ et celui d'un film de 700 Mo.

3 Programmation

- Pour pouvoir fonctionner, les ordinateurs utilisent des programmes. Mais des programmes complexes codés dans des langages sophistiqués doivent être adaptés pour tenir compte de la spécificité de chaque type de processeur.

- Plus un programme est complexe, et plus il contient d'instructions. Il peut ainsi comporter jusqu'à plusieurs centaines de millions de lignes de code, entraînant la présence très probable d'erreurs appelées bogues (ou *bugs*). Ces erreurs peuvent conduire un programme à dysfonctionner. La gravité du dysfonctionnement peut aller de bénigne, causant par exemple des défauts d'affichage mineurs, à majeure, causant un crash système pouvant entraîner de graves accidents, par exemple la destruction en vol de la première fusée Ariane 5, en 1996.

- Un *bug* peut résider dans une application ou dans les logiciels utilisés par cette application. Un *bug* peut-être corrigé par un morceau de logiciel appelé patch.

4 Intelligence artificielle

- Le terme « intelligence artificielle », créé par John McCarthy, est souvent abrégé par le sigle IA. Il est défini par l'un de ses créateurs, Marvin Lee Minsky, comme « la construction de programmes informatiques qui s'adonnent à des tâches qui sont, pour l'instant, accomplies de façon plus satisfaisante par des êtres humains car elles demandent des processus mentaux de haut niveau tels que : l'apprentissage perceptuel, l'organisation de la mémoire et le raisonnement critique ».

• Turing a défini un test, dit **Test de Turing**, pour savoir si une machine peut-être qualifiée d'intelligente : un sujet interagit à l'aveugle avec un autre humain, puis avec une machine programmée pour formuler des réponses sensées. Si le sujet n'est pas capable de faire la différence entre l'humain et la machine, alors la machine a réussi le test.

• Toutes les grandes entreprises dans le monde de l'informatique (les GAFAM) travaillent aujourd'hui sur les problématiques de l'intelligence artificielle en tentant de l'appliquer à quelques domaines précis :
– la **vision artificielle** va permettre à la machine de déterminer précisément le contenu d'une image pour ensuite la classer selon l'objet, la couleur, le lieu ou le visage repéré ;
– le **développement des assistants personnels** utilise la reconnaissance vocale. Ils sont capables de transcrire les propos formulés en langage naturel puis de traiter les requêtes, soit en répondant directement via une synthèse vocale soit en réalisant une requête relative à la commande.

• Avec de **grandes quantités de données collectées (big data)**, il est possible, à partir de modèles mathématiques, de repérer des tendances (proportionnalité, similarité). Un ordinateur peut utiliser des programmes capables d'exploiter ces tendances afin de faire des prédictions ou bien de prendre des décisions. On parle alors d'**apprentissage machine**. Les algorithmes sont en mesure d'optimiser leurs calculs au fur et à mesure qu'ils effectuent des traitements. C'est ainsi que les filtres antispam deviennent de plus en plus efficaces au fur et à mesure que l'utilisateur identifie un message indésirable ou au contraire traite les faux-positifs.

• Pour obtenir des résultats de qualité, il faut que les données collectées (données d'entrainement) soient les plus pertinentes possibles en termes de qualité et de représentativité. Une erreur dans les données peut se retrouver amplifiée dans les résultats.

• Malheureusement, certains usages de l'IA peuvent poser des **problèmes éthiques**. En effet, la question des armes létales autonomes est posée. Comment gérer ces drones qui seraient capables de repérer des cibles puis décider de tirer pour éliminer ? Et concernant les voitures autonomes, quelle conduite à adopter en cas d'accident inévitable ?

Maths complémentaires

L'OPTION

L'enseignement optionnel de Mathématiques complémentaires

Présentation

- L'option **Mathématiques complémentaires** est recommandée aux élèves qui ont abandonné la Spécialité mathématiques en fin de Première et qui envisagent de poursuivre des études où un niveau de base est nécessaire dans cette matière. En fonction des lycées, cette option peut être accessible aux élèves n'ayant pas suivi la Spécialité en Première mais une remise à niveau sera dans ce cas indispensable.

- Cette option convient, par exemple, à des élèves souhaitant poursuivre des études dans les **filières médicales**, **sciences sociales** ou **sciences économiques**, mais aussi dans les **filières paramédicales** ou en **licence STAPS**.

- L'option Mathématiques complémentaires représente **3 heures par semaine** ; elle est abordée en classe sous forme de 9 thèmes qui mettent en jeu des notions mathématiques. Le travail s'articule autour des **six compétences** : **chercher, modéliser, représenter, raisonner, calculer et communiquer ;** les notions du programme de la Spécialité mathématiques de Première seront donc fortement sollicitées.

- Dans ce livre, nous vous proposons pour chaque notion, un **résumé de cours**, une série d'**exercices de difficulté graduée** et une **correction détaillée** de chaque exercice.

Évaluation

- Pour le baccalauréat, il n'y a pas d'épreuve terminale comme c'est le cas pour la Spécialité mathématiques, ni d'évaluation commune (EC). L'option Mathématiques complémentaires est évaluée en **contrôle continu** et, à ce titre, fait partie des notes des bulletins de Terminale et de Première qui comptent pour 10 % de la note finale, soit avec un coefficient 10.

- Ce coefficient 10 se compose de la façon suivante : coefficient 5 pour la moyenne des moyennes de tous les enseignements de Première et coefficient 5 pour la moyenne des moyennes de tous les enseignements de Terminale.

1 Suites numériques, modèles discrets

1 Limites et définitions

• **Limite infinie :** $\lim\limits_{n \to +\infty} u_n = +\infty$ signifie que, pour tout réel $A > 0$, les termes u_n sont supérieurs à A à partir d'un certain rang.

$\lim\limits_{n \to +\infty} u_n = -\infty$ signifie que, pour tout réel $B < 0$, les termes u_n sont inférieurs à B à partir d'un certain rang.

• **Limite finie :** $\lim\limits_{n \to +\infty} u_n = l$ signifie que tout intervalle ouvert contenant l contient tous les termes de la suite (u_n) à partir d'un certain rang.

• **Définition :** La suite (u_n) **converge** lorsqu'elle a une limite finie.

La suite (u_n) **diverge** lorsqu'elle a une limite infinie ou lorsqu'elle n'a pas de limite.

• **Propriété :** La limite d'une suite est **unique** : si $\lim\limits_{n \to +\infty} u_n$ existe, alors $\lim\limits_{n \to +\infty} u_n = \lim\limits_{n \to +\infty} u_{n+1}$.

2 Limites de référence

$\lim\limits_{n \to +\infty} n = +\infty$	$\lim\limits_{n \to +\infty} n^2 = +\infty$	$\lim\limits_{n \to +\infty} n^3 = +\infty$	$\lim\limits_{n \to +\infty} \sqrt{n} = +\infty$
$\lim\limits_{n \to +\infty} \dfrac{1}{n} = 0$	$\lim\limits_{n \to +\infty} \dfrac{1}{n^2} = 0$	$\lim\limits_{n \to +\infty} \dfrac{1}{n^3} = 0$	$\lim\limits_{n \to +\infty} \dfrac{1}{\sqrt{n}} = 0$

• **Limite de (q^n), $q \geqslant 0$:**

$0 \leqslant q < 1$	$q = 1$	$q > 1$
$\lim\limits_{n \to +\infty} q^n = 0$	$\lim\limits_{n \to +\infty} q^n = 1$	$\lim\limits_{n \to +\infty} q^n = +\infty$

3 Limites et opérations

Les 4 opérations sont valables et elles se font intuitivement sauf dans certains cas qu'on appelle les **formes indeterminées** (FI). Il y en a **quatre** et par abus d'écriture, ce sont :

$\infty - \infty$, $0 \times \infty$, $\dfrac{\infty}{\infty}$ et $\dfrac{0}{0}$.

4 Limites et comparaisons

• **Théorème de comparaison :** Si $\lim\limits_{n \to +\infty} u_n = +\infty$ et si, à partir d'un certain rang, $u_n \leqslant v_n$, alors $\lim\limits_{n \to +\infty} v_n = +\infty$.

• **Propriété :** Si $\lim\limits_{n \to +\infty} u_n = l$, $\lim\limits_{n \to +\infty} v_n = l'$ et si, à partir d'un certain rang, $u_n \leqslant v_n$ alors $l \leqslant l'$.

• **Théorème des gendarmes :** Si $\lim\limits_{n \to +\infty} u_n = l$ et si $\lim\limits_{n \to +\infty} w_n = l$ et si, à partir d'un certain rang, $u_n \leqslant v_n \leqslant w_n$, alors $\lim\limits_{n \to +\infty} v_n = l$.

5 Suites arithmético-géométriques

• **Définition :** Soit a et b sont deux réels fixés. Une suite (u_n) est **arithmético-géométrique** de paramètres a et b si, et seulement si : $\boldsymbol{u_{n+1} = au_n + b}$ **(E)**

• **Méthode :** Déterminer la formule explicite de la suite arithmético-géométrique (u_n) de paramètres a et b se fait en trois étapes.

❶ On détermine la suite constante vérifiant **(E)** en résolvant l'équation d'inconnue l : $l = al + b$.

❷ On démontre que la suite (v_n) définie pour tout naturel n par l'égalité $v_n = u_n - l$ est une suite géométrique de raison a.

❸ On détermine alors la formule explicite pour (v_n) : $v_n = v_0 \times a^n$, puis on en déduit la formule explicite de (u_n) : $u_n = v_n + l = v_0 \times a^n + l$.

Exercices d'entraînement

Exercice 1 ★ 5 min QCM Corrigé p. 553

Dans chaque cas, entourer la réponse exacte.

	A	B	C	D
1. Le terme général de la suite arithmétique (u_n) de raison 3 et de 1er terme $u_0 = -2$ est :	$u_n = 3n - 2$	$u_n = 3 \times (-2)^n$	$u_n = -2n + 3$	$u_n = -2 \times 3^n$
2. Le terme général de la suite géométrique (u_n) de raison 3 et de 1er terme $u_0 = -2$ est :	$u_n = 3n - 2$	$u_n = 3 \times (-2)^n$	$u_n = -2n + 3$	$u_n = -2 \times 3^n$
3. La limite de la suite (u_n) définie sur $\mathbb{N}$ par $u_n = \dfrac{1 - 3n^2}{4n^2 + 2}$ est :	$-\infty$	$-0,75$	0	$\dfrac{1}{2}$
4. La limite de la suite (u_n) définie sur $\mathbb{N}$ par $u_n = \dfrac{1 - 0,5^n}{0,5}$ est :	0	$0,5$	2	$+\infty$

Exercice 2 ★★ 10 min Limite des suites géométriques Corrigé p. 553

Dans chaque cas, calculer la limite de la suite (u_n) définie sur $\mathbb{N}$ par :

1. $u_n = \dfrac{-1}{5} \times \left(\dfrac{5}{3}\right)^n$ **2.** $u_n = \dfrac{3^n}{7^n}$ **3.** $u_n = 1 + 0,5 + 0,5^2 + ... + 0,5^n$

Exercice 3 ★★★ 15 min Suite arithmético-géométrique Corrigé p. 553

(u_n) est la suite définie, pour tout $n \in \mathbb{N}$, par $u_0 = 2$ et $u_{n+1} = \dfrac{1}{5}u_n + \dfrac{3}{5}$ (E).

1. Déterminer la suite constante (c_n) qui vérifie la relation (E).

2. Justifier que, pour tout $n \in \mathbb{N}$, $u_n = \dfrac{3}{4} + \dfrac{5}{4} \times \left(\dfrac{1}{5}\right)^n$.

3. Déterminer la limite de la suite (u_n).

2 Limites de fonctions

Remarque : Contrairement aux suites, pour les fonctions, les limites peuvent être calculées en l'infini ou pour une valeur. Dans ce chapitre, $\mathscr{C}_f$ désigne la courbe représentative de la fonction f.

1 Limites et définitions

• Limite infinie à l'infini

– On dit que la fonction ***f* admet pour limite +∞ en +∞** si tout intervalle $]A\,;+\infty[$, A réel, contient toutes les valeurs de $f(x)$ dès que x est suffisamment grand et on note : $\lim\limits_{x\to+\infty} f(x) = +\infty$.

– De façon analogue, on définit $\lim\limits_{x\to+\infty} f(x) = -\infty$; $\lim\limits_{x\to-\infty} f(x) = +\infty$ et $\lim\limits_{x\to-\infty} (x) = -\infty$.

• Limite finie à l'infini

– On dit que la fonction ***f* admet pour limite *L* en +∞** si tout intervalle ouvert contenant L contient toutes les valeurs de $f(x)$ dès que x est suffisamment grand et on note : $\lim\limits_{x\to+\infty} f(x) = L$.

– La droite $\boldsymbol{y - L}$ est **asymptote horizontale** à $\mathscr{C}_f$ en $+\infty$ si $\lim\limits_{x\to+\infty} f(x) = L$.

– De même, $\lim\limits_{x\to-\infty} f(x) = L'$ signifie que la droite $\boldsymbol{y = L'}$ est **asymptote horizontale** à $\mathscr{C}_f$ en $-\infty$.

• Limite d'une fonction en un réel *a*

– On dit que la fonction ***f* admet pour limite +∞ en *a*** si tout intervalle $]A\,;+\infty[$, A réel, contient toutes les valeurs de $f(x)$ dès que x est suffisamment proche de a et on note : $\lim\limits_{x\to a} f(x) = +\infty$.

– De façon analogue, on définit $\lim\limits_{x\to a} f(x) = -\infty$.

– La droite $x = a$ est **asymptote verticale** à $\mathscr{C}_f$ si $\lim\limits_{x\to a} f(x) = -\infty$ ou $\lim\limits_{x\to a} f(x) = +\infty$.

– On dit que la fonction ***f* admet pour limite un réel *l* en *a*** lorsque que $f(x)$ est aussi proche que l'on veut de l lorsque x est suffisamment proche de a et on note : $\lim\limits_{x\to a} f(x) = l$.

2 Limites de fonctions de référence

Fonction carré	Fonction cube	Fonction inverse	Fonction racine carrée	Fonction exponentielle
$D_f =]-\infty\,;+\infty[$	$D_f =]-\infty\,;+\infty[$	$D_f =]-\infty\,;0[\,\cup\,]0\,;+\infty[$	$D_f = [0\,;+\infty[$	$D_f =]-\infty\,;+\infty[$
$\lim\limits_{x\to-\infty} x^2 = +\infty$ $\lim\limits_{x\to+\infty} x^2 = +\infty$	$\lim\limits_{x\to-\infty} x^3 = -\infty$ $\lim\limits_{x\to+\infty} x^3 = +\infty$	**en l'infini :** $\lim\limits_{x\to-\infty} \frac{1}{x} = 0$ et $\lim\limits_{x\to+\infty} \frac{1}{x} = 0$ (La droite $\boldsymbol{y = 0}$ est **asymptote horizontale** à $\mathscr{C}_f$.) **en 0 :** $\lim\limits_{x\to0^-} \frac{1}{x} = -\infty$ et $\lim\limits_{x\to0^+} \frac{1}{x} = +\infty$ (La droite $\boldsymbol{x = 0}$ est **asymptote verticale** à $\mathscr{C}_f$.)	$\lim\limits_{x\to0} \sqrt{x} = 0$ $\lim\limits_{x\to+\infty} \sqrt{x} = +\infty$	$\lim\limits_{x\to-\infty} e^x = 0$ (La droite $\boldsymbol{y = 0}$ est **asymptote horizontale** à $\mathscr{C}_f$ en $-\infty$.) $\lim\limits_{x\to+\infty} e^x = +\infty$

3 Limites et opérations

Comme pour les suites, les quatre opérations sont valables et elles se font assez naturellement sauf dans certains cas qu'on appelle les **formes indéterminées** (FI), il y en a **quatre** et par abus d'écriture, ce sont : $\infty - \infty$, $0 \times \infty$, $\frac{\infty}{\infty}$ et $\frac{0}{0}$.

4 Limites et compositions

a, b et c désignent $-\infty$ ou $+\infty$, ou un nombre réel.

Si $\lim\limits_{x \to a} f(x) = b$ et si $\lim\limits_{y \to b} g(y) = c$ alors $\lim\limits_{x \to a} g(f(x)) = c$.

Exercices d'entraînement

Exercice 1 ★ 10 min Conjecturer une limite

Corrigé p. 553

On considère la fonction f définie par $f(x) = \dfrac{2 - x}{x - 1}$.

1. Déterminer le domaine de définition de la fonction f.

2. a) À l'aide de la calculatrice, compléter le tableau de valeurs ci-contre.

x	10	100	1 000	10 000
$f(x)$	....			

b) Conjecturer alors la valeur de $\lim\limits_{x \to +\infty} f(x)$.

3. a) Compléter de même le tableau de valeurs ci-contre.

x	0,9	0,99	0,999	0,9999
$f(x)$				

b) Conjecturer alors la valeur de $\lim\limits_{x \to 1^-} f(x)$.

4. De manière analogue, conjecturer les valeurs de $\lim\limits_{x \to 1^+} f(x)$ et de $\lim\limits_{x \to -\infty} f(x)$.

Exercice 2 ★★ 15 min Opérations et limites

Corrigé p. 553

Dans chacun des cas ci-dessous, calculer la limite et préciser, s'il y a lieu, l'équation de l'asymptote.

a) $\lim\limits_{x \to -\infty} 2 - 3x - x^3$ b) $\lim\limits_{x \to +\infty} (x - 2)(3 - 2x)$ c) $\lim\limits_{x \to 2^-} \dfrac{x^2 + 3x + 1}{2 - x}$

Exercice 3 ★★ 20 min Opérations et limites avec FI

Corrigé p. 554

1. Dans chacun des cas, prouver en calculant la limite qu'elle présente une forme indéterminée (FI), puis conjecturer sa valeur à la calculatrice comme à l'exercice 1.

a) $\lim\limits_{x \to +\infty} x^2 - 100x$ b) $\lim\limits_{x \to -\infty} xe^x - 1$ c) $\lim\limits_{x \to -\infty} \dfrac{x^2 - x + 1}{3 - 2x^2}$

2. L'objectif est de calculer la limite du 1. c) en levant la FI.

a) Sur l'intervalle $]-\infty\,; -2[$, on pose $f(x) = \dfrac{x^2 - x + 1}{3 - 2x^2}$; démontrer que : $f(x) = \dfrac{1 - \frac{1}{x} + \frac{1}{x^2}}{\frac{3}{x^2} - 2}$.

b) En déduire la valeur $\lim\limits_{x \to -\infty} f(x)$.

3 Dérivation et convexité

1 Dérivée d'une fonction et dérivée seconde

	$f(x)$	$f'(x)$	Intervalle	$f(x)$	$f'(x)$	Intervalle
Les usuelles	$ax,\ a \in \mathbb{R}$	a	$\mathbb{R}$	$\sqrt{x}$	$\frac{1}{2\sqrt{x}}$	$]0\,;+\infty[$
	x^2	$2x$	$\mathbb{R}$	$\frac{1}{x}$	$\frac{-1}{x^2}$	$]-\infty\,;0[$ ou $]0\,;+\infty[$
	x^3	$3x^2$	$\mathbb{R}$	e^x	e^x	$\mathbb{R}$
	$x^n,\ n \in \mathbb{N}$	nx^{n-1}	$\mathbb{R}$	$\ln x$	$\frac{1}{x}$	$]0\,;+\infty[$
Les composées	$u^n,\ n \in \mathbb{N}$	$nu'u^{n-1}$		e^u	$u'e^u$	
	$\frac{1}{u}$	$\frac{-u'}{u^2}$	$u \neq 0$	$\ln u$	$\frac{u'}{u}$	$u > 0$
	$u(ax+b)$	$au'(ax+b)$		$\sqrt{u}$	$\frac{u'}{2\sqrt{u}}$	$u > 0$
Les opérations	$u+v$	$u'+v'$		ku	ku'	
	uv	$u'v+uv'$		$\frac{u}{v}$	$\frac{u'v-uv'}{v^2}$	$v \neq 0$

• **Définition :** Soit f une fonction <u>deux fois dérivable</u> sur un intervalle I.
On note f' sa fonction dérivée et **f'' sa dérivée seconde** *(c'est la dérivée de la dérivée).*

2 Dérivée et sens de variation

• **Sens de variation :** I est un intervalle. f est croissante sur I si $f' \geqslant 0$ sur I.
f est décroissante sur I si $f' \leqslant 0$ sur I et f est constante sur I si $f' = 0$ sur I.

• **Équation de la tangente à $\mathscr{C}_f$** au point d'abscisse a de I : $y = f'(a)(x-a) + f(a)$

3 Dérivée et convexité

• **Définition :** Une fonction dérivable sur un intervalle I est **convexe** si, et seulement si, sa courbe est entièrement située au-dessous de chacune de ses sécantes ; elle est **concave** si, et seulement si, sa courbe est entièrement située au-dessus de chacune de ses sécantes.

• **Propriétés :** f est définie et deux fois dérivable sur un intervalle I.
Sur l'intervalle I, les quatre propositions suivantes sont équivalentes :

1. f est **convexe** ;
2. $\mathscr{C}_f$ est <u>au-dessus</u> de ses tangentes ;
3. f' est **croissante** ;
4. f'' est **positive**.

1. f est **concave** ;
2. $\mathscr{C}_f$ est <u>au-dessous</u> de ses tangentes ;
3. f' est **décroissante** ;
4. f'' est **négative**.

4 Point d'inflexion

• **Définition :** Un **point d'inflexion** est un point de la courbe où il y a un changement de convexité : la fonction convexe devient concave ou inversement en ce point.

• **Propriété :** $\mathscr{C}_f$ admet **un point d'inflexion** au point d'abscisse a si, et seulement si, f'' **s'annule en changeant de signe en** a.

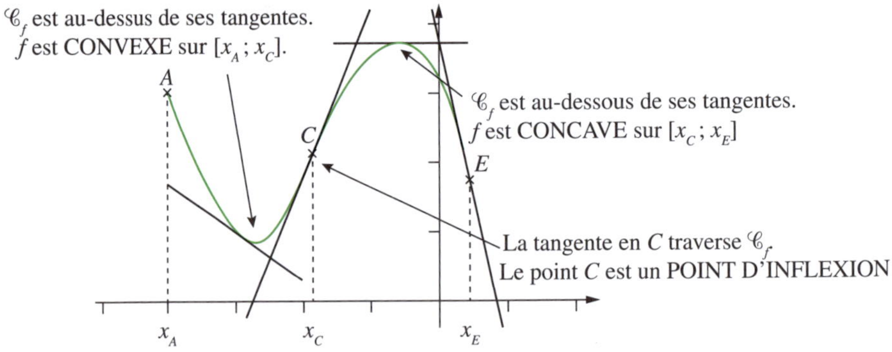

Exercices d'entraînement

Exercice 1 ★ 15 min Lecture graphique

Corrigé p. 554

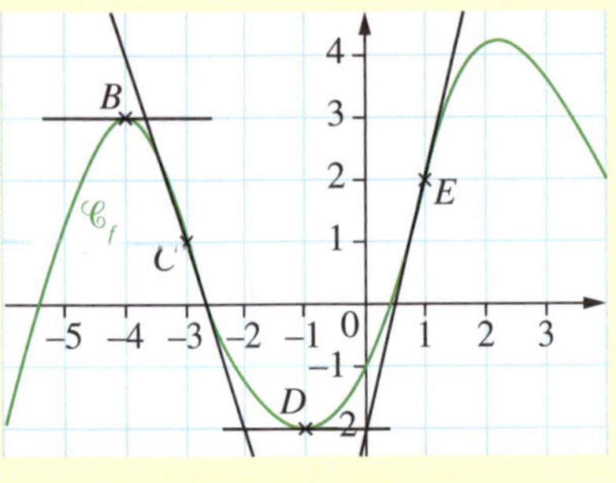

On a tracé ci-contre la représentation graphique $\mathscr{C}_f$ d'une fonction f définie sur son ensemble de définition et quelques-unes de ses tangentes.

Répondre aux questions par lecture graphique.

1. Lire $f(-4)$, $f(-3)$, $f(-1)$, $f(0)$ et $f(1)$.
2. Lire $f'(-4)$, $f'(-3)$, $f'(-1)$ et $f'(1)$
3. Sur l'intervalle $[-5 ; 3]$, donner les intervalles où f semble concave ou convexe.
4. Conjecturer les coordonnées des points d'inflexion de f.

Exercice 2 ★ 10 min QCM

Corrigé p. 554

Choisir la bonne réponse et justifier. On considère la fonction f définie sur $\mathbb{R}$ par :

$f(x) = x^4 - \frac{5}{3}x^3 - x^2 + 1$ et on note $\mathscr{C}_f$ sa courbe représentative.

	A	B	C
1. La dérivée f' de f est définie par :	$4x^3 - 5x^2 + 2x$	$4x^3 - 5x^2 - 2x$	$3x^3 - 5x^2 + 2x + 1$
2. La dérivée seconde f'' de f est définie par :	$12x^2 - 10x - 2$	$12x^2 - 10x + 2$	$9x^2 - 10x + 2$
3. La fonction f est :	convexe sur $\mathbb{R}$	concave sur $[1; +\infty[$	convexe sur $[1; +\infty[$
4. $\mathscr{C}_f$ admet un point d'inflexion au point d'abscisse :	-1	$-\frac{1}{6}$	0

Exercice 3 ★★ 30 min Calculs de dérivées

Corrigé p. 554

Pour chaque fonction f définie sur l'intervalle I, calculer sa dérivée f' et sa dérivée seconde f''.

1. Sur $I = \mathbb{R}$, $f(x) = (x^3 - 2)^4$ 2. Sur $I = \mathbb{R}$, $f(x) = \frac{3}{x^2 + 3}$ 3. Sur $I =]-\infty ; 1[$, $f(x) = \ln(1 - x)$

4 Continuité et applications

1 Fonction continue

• **Définition :** Soit f une fonction définie sur un intervalle I.

– Soit $a \in$ I. On dit que **f est continue en a** lorsque $\lim_{x \to a} f(x) = f(a)$, autrement dit la limite de f en a est égale à l'image de a par f.

– La fonction **f est continue sur I** si, pour tout réel a de I, f est continue en a.

– **Graphiquement,** la courbe représentative d'une fonction continue se trace sans lever le crayon.

• **Propriétés : continuité des fonctions usuelles**

– Les fonctions affines, polynômes, racine carrée, exponentielle et logarithme népérien <u>sont continues sur leur ensemble de définition.</u>

– Les sommes, produits, quotients et composées de fonctions continues sont <u>continues sur chacun des intervalles formant leur ensemble de définition.</u>

• **Propriété : continuité et dérivabilité**

Soit $a \in$ I. Si **f est dérivable en a** alors elle est **continue en a.**

2 Théorème des valeurs intermédiaires et résolution d'équations

• **Cas des fonctions non monotones**

Soit f une fonction **continue** sur un intervalle I, a et b sont deux réels de I avec $a < b$. Pour tout réel k compris entre $f(a)$ et $f(b)$, l'équation $f(x) = k$ admet **au moins** une solution comprise entre a et b.

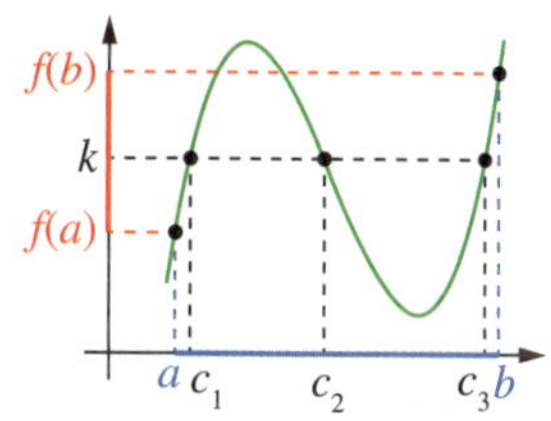

• **Le corollaire : cas des fonctions monotones**

Soit f une fonction **continue** et **strictement monotone** sur un intervalle $[a\,;b]$; pour tout réel k compris entre $f(a)$ et $f(b)$, l'équation $f(x) = k$ admet une **unique** solution sur $[a\,;b]$.

• <u>Le théorème des valeurs intermédiaires (TVI) et son corollaire</u> sont valables pour des intervalles **semi-ouverts ou ouverts, bornés ou non.**

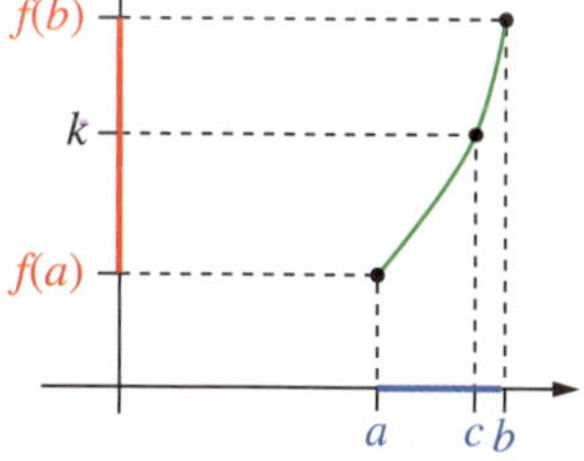

3 Fonction réciproque

• **Définition :** f est une fonction **continue** et **strictement monotone** sur l'intervalle $I = [a\,;b]$; il **existe une unique fonction** définie sur l'intervalle $J = [f(a)\,;f(b)]$ (ou $[f(b)\,;f(a)]$) et à valeurs dans I, appelée **fonction réciproque de f,**

et notée f^{-1}, telle que : $\begin{cases} y = f(x) \\ x \in I \end{cases} \Leftrightarrow \begin{cases} x = f^{-1}(y) \\ y \in J. \end{cases}$

Exemples : – Sur $[0\,;+\infty[$, x^2 et $\sqrt{x}$ sont des fonctions :

réciproques $\begin{cases} y = x^2 \\ x \in [0\,;+\infty[\end{cases} \Leftrightarrow \begin{cases} x = \sqrt{y} \\ y \in [0\,;+\infty[. \end{cases}$

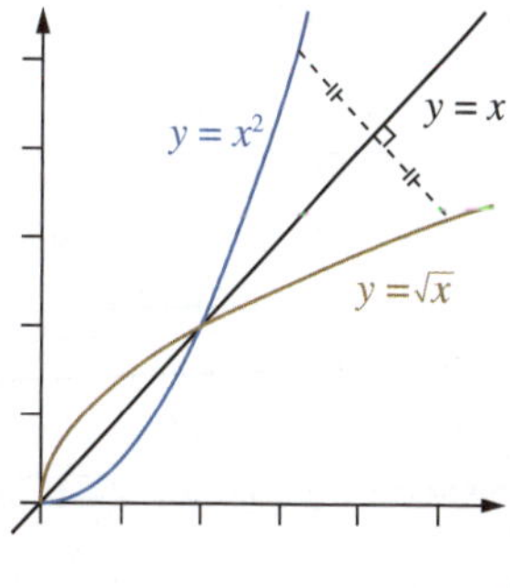

OPTION MATHS COMPLÉMENTAIRES

– Dans le chapitre 5, on verra que les **fonctions exponentielle et logarithme népérien** sont aussi des fonctions réciproques.

• **Propriété :** Dans un repère orthonormé, les représentations graphiques des fonctions f et f^{-1} sont **symétriques** par rapport à la droite d'équation $y = x$ (voir schéma page précédente).

Exercices d'entraînement

Exercice 1 ★ 5 min Lecture graphique

Corrigé p. 555

Dans chaque cas, on donne ci-dessous la représentation graphique $\mathscr{C}_f$ d'une fonction f.
Pour chacune d'elles :
– Préciser si la fonction f est continue en 2.
– Préciser sur quel(s) intervalle(s) la fonction f est continue.
– Préciser si la fonction f est dérivable en 2. Justifier.

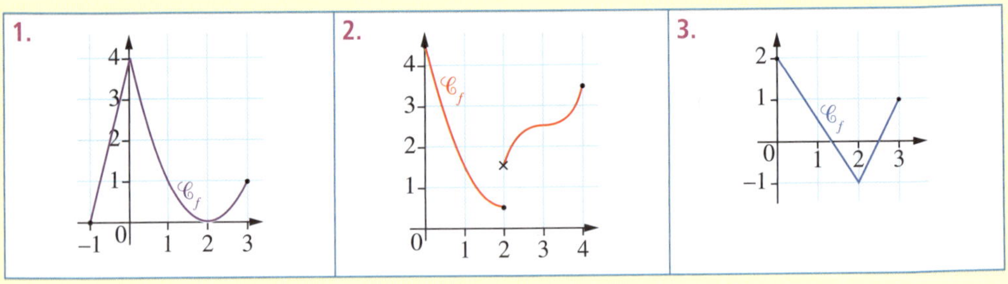

Exercice 2 ★ 10 min Exploiter un tableau de variations

Corrigé p. 555

On donne ci-dessous le tableau de variations d'une fonction f définie et dérivable sur $\mathbb{R}$.

x	$-\infty$		1		$+\infty$
$f'(x)$		+	0	−	
$f(x)$	$-\infty$	↗	3	↘	−2

1. Dénombrer, sans justifier, le nombre de solutions de l'équation $f(x) = 0$ sur $\mathbb{R}$.
2. En déduire le tableau de signes de la fonction f sur $\mathbb{R}$.

Exercice 3 ★★★ 30 min TVI et fonction dichotomie

Corrigé p. 555

Soit la fonction f définie sur $\mathbb{R}$ par $f(x) = x^3 - 3x^2 + 5$.

1. Pourquoi la fonction f est-elle continue sur $\mathbb{R}$?

2. a) Calculer la dérivée f' de f.
b) En déduire les variations de f sur $[-2 ; 3]$.

3. Démontrer que l'équation $f(x) = 0$ admet une solution unique α sur l'intervalle $[-2 ; 3]$.

4. On procède par dichotomie pour déterminer un encadrement de α à 10^{-1} près et on considère la fonction Python ci-contre.
Que renvoie dicho(−2,0) ?

```
def f(x):
    return x**3-3*x**2+5
def dicho(a,b):
    while b-a>=10**(-1):
        c=(a+b)/2
        if f(a)*f(c)<0:
            b=c
        else:
            a=c
    return a,b
```

5 Logarithme népérien

1 Définitions et propriété

• **Définitions**

– Le **logarithme népérien d'un réel strictement positif *a*** est l'unique solution de l'équation $e^x = a$; on la note $x = \ln(a)$ ou $x = \ln a$.

– La **fonction logarithme népérien** est la fonction qui a tout réel x de $]0\,;+\infty[$ associe le réel $\ln(x)$.

– La fonction logarithme népérien est notée **ln** et elle est la **fonction réciproque** de la fonction exponentielle.

• **Conséquences :** Pour tout réel a, $\ln(e^a) = a$ et pour tout réel $a > 0$, $e^{\ln(a)} = a$.

• **Propriété :** Dans un repère orthonormé, **les courbes représentatives** des fonctions $\ln(x)$ et e^x **sont symétriques par rapport à la droite d'équation $y = x$.**

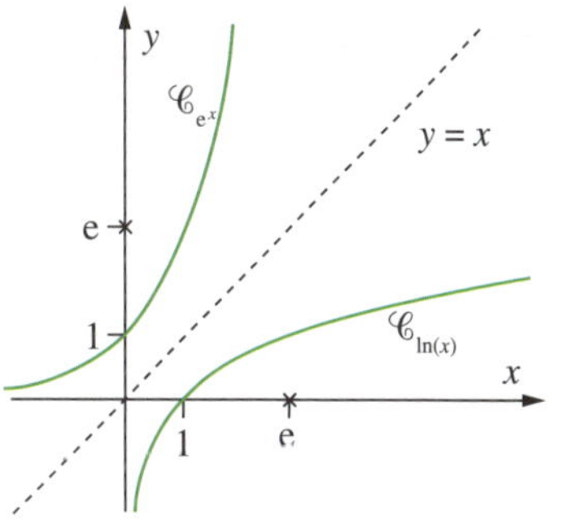

2 Propriétés algébriques

• **Valeurs particulières :** $\ln(1) = 0$; $\ln(e) = 1$; $\ln\left(\frac{1}{e}\right) = -1$.

• **Opérations :** Pour tous réels $a > 0$, $b > 0$ et $p \in \mathbb{Z}$:

$$\ln(a \times b) = \ln(a) + \ln(b) \qquad \ln\left(\frac{1}{a}\right) = -\ln(a) \qquad \ln\left(\frac{a}{b}\right) = \ln(a) - \ln(b)$$

$$\ln(a^p) = p\ln(a) \qquad \ln\left(\sqrt{a}\right) = \frac{1}{2}\ln(a)$$

3 Limites de référence

• $\lim\limits_{x \to 0^+} \ln(x) = -\infty$: la droite $x = 0$ est asymptote verticale à $\mathscr{C}_{\ln(x)}$ et $\lim\limits_{x \to +\infty} \ln(x) = +\infty$.

• **Croissances comparées, $n \in \mathbb{N}^*$:**

$$\lim_{x \to 0^+} x\ln(x) = 0 \qquad \lim_{x \to 0^+} x^n\ln(x) = 0$$

$$\lim_{x \to +\infty} \frac{\ln(x)}{x^n} = 0 \qquad \lim_{x \to +\infty} \frac{\ln(x)}{x} = 0$$

(Autrement dit, les fonctions polynômes l'emportent sur la fonction ln.)

• **Limite particulière :**

$$\lim_{x \to 0} \frac{\ln(x+1)}{x} = 1$$

OPTION MATHS COMPLÉMENTAIRES

4 Dérivées et variations

- La fonction logarithme népérien est dérivable sur $]0;+\infty[$ et sa dérivée est :

$$(\ln x)' = \frac{1}{x}$$

- La fonction $\ln x$ est strictement croissante sur $]0;+\infty[$.
- Si u est une fonction dérivable et strictement positive sur un intervalle I, alors la fonction $\ln u$ est dérivable sur I et :

$$(\ln u)' = \frac{u'}{u}$$

5 Équations et inéquations

- Pour tout réel $a > 0$, on a :

– **équations** : pour $b > 0$, $\ln(a) = \ln(b) \Leftrightarrow a = b$ et pour tout réel b, $\ln(a) = b \Leftrightarrow a = e^b$;
– **inéquations** : pour $b > 0$, $\ln(a) < \ln(b) \Leftrightarrow a < b$ et pour tout réel b, $\ln(a) < b \Leftrightarrow a < e^b$.

- **Méthode de résolution :** Pour résoudre une équation du type $\ln(u) = \ln(v)$ (resp. $\ln(u) < \ln(v)$) :

❶ on détermine les domaines de définition de u et de v (dans ce cas l'équation est bien définie) ;
❷ on résout dans cet ensemble l'équation $u(x) = v(x)$ (resp. l'inéquation $u(x) < v(x)$).

Exercices d'entraînement

Exercice 1 ★ 5 min QCM *Corrigé p. 556*

Dans chaque cas, entourer la réponse exacte.

		A	B	C
1.	$e^{3\ln(2)} - 4 =$	2	$e^{\ln(6)-4}$	4
2.	$3\ln\sqrt{8} - \ln 4 =$	$\ln\left(\frac{3\sqrt{8}}{4}\right)$	$\frac{3}{2}\ln 4$	$\frac{5}{2}\ln 2$
3.	$\ln(4 - x^2)$ est définie sur :	$\mathbb{R} - \{-2;2\}$	$]-2;2[$	$]-\infty;-2[\cup]2;+\infty[$
4.	$\lim\limits_{x \to -\infty} \ln(x^2 - 1) =$	$-\infty$	$+\infty$	-1
5.	L'équation de la tangente en 1 de $f(x) = \ln(x)$ est :	$y = 1$	$y = x - 1$	$y = e^x + 1$

Exercice 2 ★ 15 min **Propriétés algébriques** *Corrigé p. 556*

1. Dans chaque cas, exprimer en fonction de ln *P*, où *P* est un réel positif et le plus petit possible.

a) $A = \ln\left(\frac{1}{27}\right)$

b) $B = \ln 4 \times \ln e^{-5}$

c) $C = \frac{e^{3\ln 3+\ln 2}}{e^{\ln 3-\ln 2}} + \ln 25$

2. x est un réel positif ; dans chaque cas, simplifier le plus possible l'expression.

a) $A = \ln x + \ln\left(\frac{1}{x}\right)$

b) $B = 2\ln x + \frac{1}{2}\ln(x^2)$

c) $C = \ln\left(\frac{1}{e}\right) + e^{-\ln x}$

Exercice 3 ★★ 20 min **Calculer des dérivées et équations de tangentes** *Corrigé p. 556*

Dans chaque cas, calculer la dérivée de fonction *f* sur l'intervalle I indiqué.

a) Sur $I =]0\,;+\infty[$, $f(x) = 3\ln(x) + 2\ln(3x)$

b) Sur $I =]0\,;+\infty[$, $f(x) = x^2\ln(x)$

c) Sur $I =]-\infty\,;0[$, $f(x) = \ln(1 - e^x)$

Exercice 4 ★★ 20 min **Résolutions d'équation et d'inéquations** *Corrigé p. 556*

Résoudre l'équation et les inéquations suivantes ; on notera S l'ensemble des solutions.

a) $\ln(2x - 3) = 0$

b) $\ln(-2x + 1) - 1 \leqslant 0$

c) $n \in \mathbb{N}\,; 1 - \left(\frac{7}{10}\right)^n > 0{,}99$

6 Primitives et équations différentielles

1 Primitives d'une fonction

- **Définitions**

– Une **équation différentielle** est une équation liant une fonction inconnue y à ses dérivées y', y''...

– Résoudre l'**équation différentielle** $y' = f$ **d'inconnue la fonction** y sur l'intervalle I, c'est **déterminer toutes les fonctions** y qui vérifient l'équation sur I.

– Une **primitive** de f sur I est une **solution** de l'équation différentielle $y' = f$; on la note F.

2 Primitives

- **Propriétés**

Toute fonction f **continue** sur un intervalle I admet une **primitive** F sur I.
Soit F une primitive de f sur un intervalle I ; **toute primitive** de f sur I est de la forme $F + c$, où c est une constante.

- **Primitives usuelles et opérations**

	$f(x)$	$F(x)$	Intervalle	$f(x)$	$F(x)$	Intervalle
Les usuelles	$a, a \in \mathbb{R}$.	ax	$\mathbb{R}$	$\frac{1}{x^2}$	$\frac{-1}{x}$	$]-\infty ; 0[$ ou $]0 ; +\infty[$
	x	$\frac{x^2}{2}$	$\mathbb{R}$	$\frac{1}{x}$	$\ln x$	$]0 ; +\infty[$
	$\frac{1}{\sqrt{x}}$	$2\sqrt{x}$	$]0 ; +\infty[$	e^x	e^x	$\mathbb{R}$
	$x^n, n \in \mathbb{N}$	$\frac{x^{n+1}}{n+1}$	$\mathbb{R}$	$\frac{1}{x^n}, n \in \mathbb{N}$ et $n \neq 1$	$\frac{-1}{(n-1)x^{n-1}}$	$]-\infty ; 0[$ ou $]0 ; +\infty[$
Les opérations	$u' + v'$	$u + v$		ku'	ku	
Les composées	$u'e^u$	e^u		$\frac{u'}{u^2}$	$-\frac{1}{u}$	$u \neq 0$
	$u'u$	$\frac{u^2}{2}$		$\frac{u'}{u}$	$\ln u$	$u > 0$

3 Équation différentielle du type $y' = ay$

- **Théorème :** Soit a un réel fixé ; l'équation différentielle $y' = ay$ admet **pour solutions** sur $\mathbb{R}$, les fonctions f_k définies par : $\boldsymbol{f_k(x) = ke^{ax}}$ où k est un réel.

- **Conditions initiales :** Pour tous réels x_0 et y_0, il existe une unique fonction f solution telle que $f(x_0) = y_0$.

4 Équation différentielle du type $y' = ay + b$

• **Théorème :** Soient a et b deux réels tels que $a \neq 0$; l'équation différentielle $\boldsymbol{y' = ay + b}$ admet **pour solutions** sur $\mathbb{R}$, les fonctions f_k définies par : $\boldsymbol{f_k(x) = ke^{ax} - \frac{b}{a}}$ où k est un réel.

• **Conditions initiales :** Pour tous réels x_0 et y_0, il existe une unique fonction f solution telle que $f(x_0) = y_0$.

Exercices d'entraînement

Exercice 1 ★★ 10 min Lecture graphique

Corrigé p. 557

Soit f une fonction définie et dérivable sur $\mathbb{R}$ et $\mathscr{C}_f$ la courbe représentative de la fonction f dans le plan muni d'un repère. On note F une primitive de la fonction f sur $\mathbb{R}$.

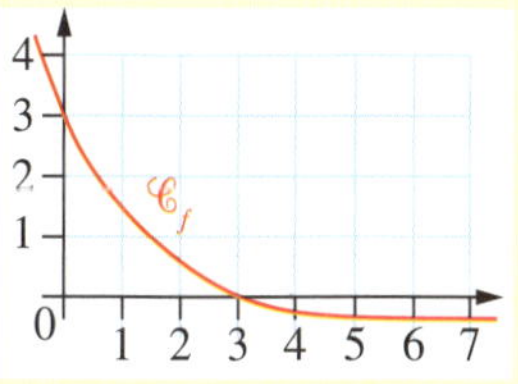

1. Donner par lecture graphique :

a) les valeurs de $F'(0)$ et $F'(3)$;

b) le tableau de variations de $F(x)$ suivant les valeurs de x.

2. On a représenté ci-dessous trois courbes $\mathscr{C}_1$, $\mathscr{C}_2$, $\mathscr{C}_3$ avec la tangente en leur point A d'abscisse 0 et celle au sommet C. L'une d'elles est la représentation graphique de F ; laquelle ? Justifier la réponse.

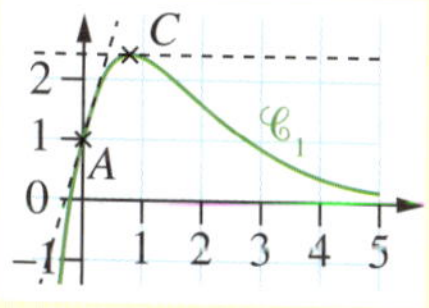

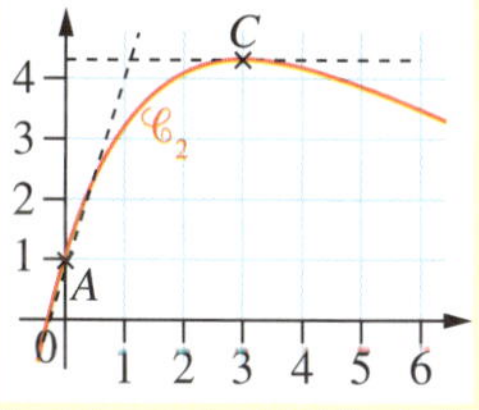

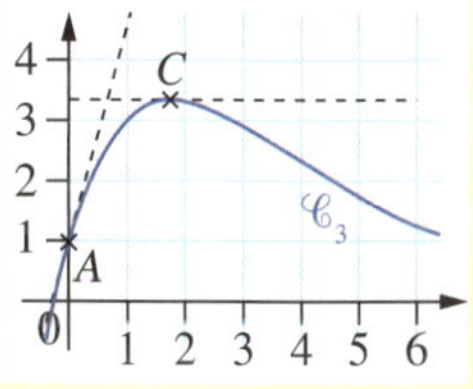

Exercice 2 ★★ 5 min Primitives des fonctions usuelles

Corrigé p. 557

Pour chaque fonction f donnée ci-dessous, déterminer une primitive F sur l'intervalle indiqué.

a) $f(x) = 3x^2 - x + 2$ sur $\mathbb{R}$ b) $f(x) = 2\,e^x - \dfrac{3}{x^2}$ sur $]0\,;+\infty[$

Exercice 3 ★★ 15 min Primitives des fonctions composées

Corrigé p. 557

Pour chaque fonction f donnée ci-dessous, déterminer une primitive F sur l'intervalle indiqué.

a) $f(x) = (3x^2 - 2x)(x^3 - x^2 + 1)$ sur $\mathbb{R}$ b) $f(x) = 2e^{1-2x} - \dfrac{3}{(2x+1)^2}$ sur $[0\,;+\infty[$

Exercice 4 ★★ 10 min Résoudre une équation différentielle

Corrigé p. 557

Résoudre, sur $\mathbb{R}$, chaque équation différentielle ci-dessous **puis** déterminer l'unique solution f telle que $f(0) = 1$: a) $5y - 3y' = 0$ b) $5y' + 2y = 5$

7 Intégration

Notations : $\mathscr{C}_f$ est la courbe représentative de la fonction f dans un repère orthogonal ; I est un intervalle de $\mathbb{R}$.

1 Intégrale d'une fonction continue et positive

• Définition : unité d'aire
Soit un repère orthogonal $(O;I,J)$; l'aire du rectangle de côtés OI, OJ est l'unité d'aire notée en abrégé u.a. On a : $\boldsymbol{OI \times OJ = 1}$ **u.a.**

• Définition : Soit f une fonction **continue et positive** sur l'intervalle $[a;b](a<b)$. **L'intégrale de a à b de f est l'aire en u.a.** de la surface délimitée par $\mathscr{C}_f$, l'axe des abscisses et les droites d'équations $x = a$ et $x = b$. **Cette aire** se note et vaut : $\int_a^b f(x)\,\mathrm{d}x$

• Propriété : Soit f une fonction **continue et positive** sur un intervalle $[a;b]$. La fonction F définie sur $[a;b]$ par $F(x) = \int_a^x f(t)\,\mathrm{d}t$ est **la primitive** de f qui s'annule en a.

La fonction F est dérivable sur $[a;b]$ et $F'(x) = \left(\int_a^x f(t)\,\mathrm{d}t\right)' = f(x)$.

2 Intégrale d'une fonction continue de signe quelconque

• Définition : Soit f une fonction **continue** sur un intervalle $[a;b]$ et de **signe quelconque,** et F une primitive de f sur $[a;b]$. **L'intégrale de f sur $[a;b]$** est :

$$\int_a^b f(x)\,\mathrm{d}x = [F(x)]_a^b = F(b) - F(a)$$

• Propriétés : Soient f et g deux fonctions **continues** sur I ; a, b et c trois réels de I.

$$\int_a^a f(x)\,\mathrm{d}x = 0 \qquad \int_a^b f(x)\,\mathrm{d}x = -\int_b^a f(x)\,\mathrm{d}x$$

Si $f \geqslant 0$ sur $[a;b]$ alors $\int_a^b f(x)\,\mathrm{d}x \geqslant 0$. Si $f \leqslant 0$ sur $[a;b]$ alors $\int_a^b f(x)\,\mathrm{d}x \leqslant 0$.

Si $f \leqslant g$ alors $\int_a^b f(x)\,\mathrm{d}x \leqslant \int_a^b g(x)\,\mathrm{d}x$.

Relation de Chasles : $\int_a^b f(x)\,\mathrm{d}x = \int_a^c f(x)\,\mathrm{d}x + \int_c^b f(x)\,\mathrm{d}x$

Linéarité : $\int_a^b (f(x) + g(x))\,\mathrm{d}x = \int_a^b f(x)\,\mathrm{d}x + \int_a^b g(x)\,\mathrm{d}x$

• Propriété : lien intégrale et aire
Soit f une fonction **continue** sur un intervalle et **négative** sur $[a;b]$, l'aire **en u.a.** de la surface délimitée par $\mathscr{C}_f$, l'axe des abscisses et les droites d'équations $x = a$ et $x = b$ est :

$$-\int_a^b f(x)\,\mathrm{d}x$$

• Propriété : aire entre deux courbes
Soient f et g deux **fonctions continues** sur I telles que, pour tout x de I, $f(x) \geqslant g(x)$. **L'aire** comprise entre $\mathscr{C}_f$, $\mathscr{C}_g$ et les droites d'équations $x = a$ et $x = b$ est : $\int_a^b [f(x) - g(x)]\,\mathrm{d}x$

3 Valeur moyenne d'une fonction continue sur $[a\,;b]$

• **Définition :** Soit f une fonction **continue** sur un intervalle $[a\,;b]$. La **valeur moyenne** m de la fonction f sur $[a\,;b]$ est le nombre réel $\boldsymbol{m = \frac{1}{b-a}\int_a^b f(x)\,dx}$.

• **Propriétés : encadrement de la valeur moyenne et interprétation**
Soit f une fonction **continue** sur un intervalle $[a\,;b]$ de **valeur moyenne** m.
Si, pour tout x de $[a\,;b]$, $\textbf{min} \leqslant f(x) \leqslant \textbf{Max}$ alors :

$$\min(b-a) \leqslant \int_a^b f(x)\,dx \leqslant \mathrm{Max}(b-a) \text{ et } \min \leqslant m \leqslant \mathrm{Max}.$$

Si f est **positive** sur $[a\,;b]$, le **rectangle** de côtés m et $b-a$ a même aire que le domaine situé sous $\mathscr{C}_f$.

4 À la calculatrice

TI-82 : math 9 :intégrFonct saisir les valeurs et Calculer **TI-83 :** même démarche **ou** 2nd $\frac{\square}{\square}$ et choisir	**Casio 35+ :** **Run EXE OPTN (CALC) F4** saisir les valeurs	**NumWorks :** paste "Calcul 4 int(f(x),x,a,b) saisir les valeurs

Exercices d'entraînement

Exercice 1 ★ **5 min** **QCM Évaluer une aire** *Corrigé p. 558*

f est une fonction continue sur $\mathbb{R}$ et $\mathscr{C}_f$ est sa courbe dans un repère orthonormé d'unité 0,5 cm.

	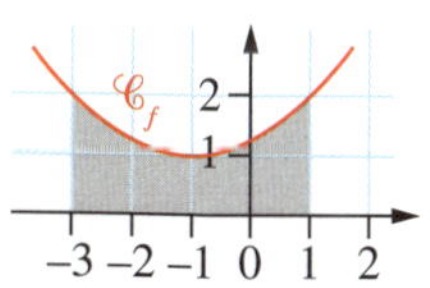	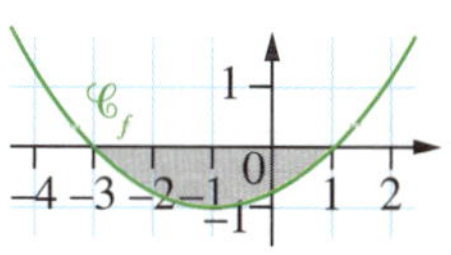	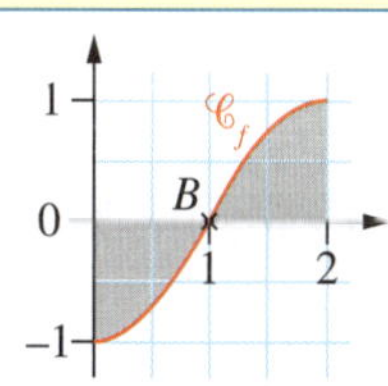 $\mathscr{C}_f$ est symétrique par rapport à B
	1. L'aire A du domaine hachuré est :	**3.** L'aire A du domaine hachuré est :	**5.** L'intégrale du domaine hachuré vaut :
A	$\int_0^2 f(x)\,dx$	$\int_{-1}^0 f(x)\,dx$	$\int_{-1}^1 f(x)\,dx$
B	$-\int_{-3}^1 f(x)\,dx$	$-\int_{-3}^1 f(x)\,dx$	0
C	$\int_{-3}^1 f(x)\,dx$	$\int_{-3}^3 f(x)\,dx$	$2\int_1^2 f(x)\,dx$
	2. Le nombre A appartient à l'intervalle :	**4.** Le nombre A appartient à l'intervalle :	**6.** L'aire du domaine hachuré vaut :
A	[4 ; 8]	[–1 ; 0]	$\int_0^2 f(x)\,dx$
B	[–3 ; 1]	[–4 ; –2]	$2\int_1^2 f(x)\,dx$
C	[0 ; 2]	[2 ; 4]	$-8\int_1^2 f(x)\,dx$

Exercice 2 ★★ 15 min Intégrale d'une fonction de signe quelconque et aire

Corrigé p. 558

Soit f la fonction définie sur $\mathbb{R}$ par $f(x) = \frac{1}{6}x^3 - \frac{7}{6}x + 1$.

On donne ci-contre sa courbe représentative $\mathscr{C}_f$ dans un repère orthonormé d'unité 2 cm.

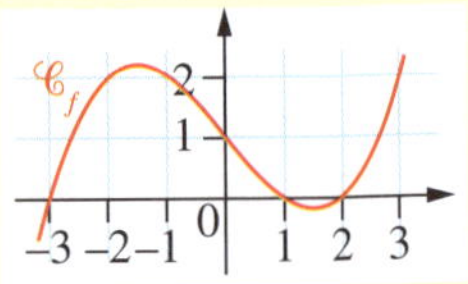

1. Vérifier que $A(-3\ ;0)$, $B(1\ ;0)$ et $C(2\ ;0)$ sont des points de $\mathscr{C}_f$.

2. a) Représenter graphiquement $\int_{-3}^{3} f(x)\,\mathrm{d}x$.

b) Calculer la valeur exacte de $\int_{-3}^{3} f(x)\,\mathrm{d}x$.

3. a) Calculer, en u.a., l'aire $\mathscr{D}$ comprise entre la courbe $\mathscr{C}_f$, l'axe des abscisses et les droites d'équations $x = -3$ et $x = 3$.

b) En déduire la valeur de cette aire en cm².

Exercice 3 ★★ 15 min Aire entre deux courbes

Corrigé p. 558

On considère les fonctions f et g définies sur $\mathbb{R}$ par $f(x) = x^2 - 2x + 1$ et $g(x) = 1 - x^2$, et on donne ci-contre leurs représentations graphiques $\mathscr{C}_f$ et $\mathscr{C}_g$.

L'objectif est de calculer l'aire du domaine $\mathscr{D}$ limité par les courbes $\mathscr{C}_f$ et $\mathscr{C}_g$ et les droites d'équations $x = 0$ et $x = 1$.

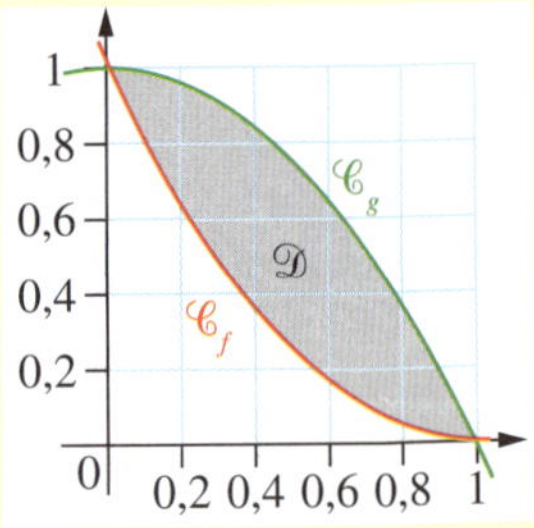

1. Déterminer les positions relatives de $\mathscr{C}_f$ et $\mathscr{C}_g$ en étudiant, sur $\mathbb{R}$, le signe de la différence $h(x) = f(x) - g(x)$.

2. a) En déduire l'écriture de l'aire du domaine $\mathscr{D}$ sous forme d'intégrale.

b) Calculer cette aire.

Exercice 4 ★★★ 20 min Valeur moyenne

Corrigé p. 558

On considère la fonction f définie sur $]0\,;+\infty[$ par $f(x) = x + 1 - x\ln x$.

1. a) Démontrer que, sur $]0\,;+\infty[$, la fonction G définie par $G(x) = \frac{x^2}{2}\left(\ln x - \frac{1}{2}\right)$ est une primitive de $g(x) = x\ln x$.

b) En déduire une primitive F de la fonction f sur $]0\,;+\infty[$.

2. a) On admet que, sur $[1\,;\mathrm{e}]$, $f(x) > 0$. Interpréter le nombre $I = \int_{1}^{\mathrm{e}} f(x)\,\mathrm{d}x$.

b) Calculer la valeur exacte de $\int_{1}^{\mathrm{e}} f(x)\,\mathrm{d}x$, puis en donner une valeur arrondie à 0,01 près.

3. a) En déduire la valeur moyenne de f sur $[1\,;\mathrm{e}]$, puis en donner une valeur arrondie à 0,01 près.

b) Interpréter le résultat.

8 Statistiques à deux variables quantitatives

Soit $n \in N^*$, $(x_i\,;y_i)_{1\leq i\leq n}$ une série statistique à deux variables quantitatives.

1 Définitions

• **Définition :** Dans le plan muni d'un repère orthogonal, l'ensemble des points $M_i(x_i\,;y_i)$ représentant la série s'appelle le **nuage de points** de la série.

• **Définition :** Si $\overline{x}$ est la moyenne des x_i et $\overline{y}$ est la moyenne des y_i alors le point $G(\overline{x}\,;\overline{y})$ s'appelle le **point moyen** de la série.

• **Définition et propriété**

On appelle **variance** de la série des x_i, le nombre noté **V(*x*)** et défini par :

$$V(x) = \frac{x_1^2 + x_2^2 + \ldots + x_n^2}{n} - \overline{x}^2$$

Interprétation de V(*x*) : La variance mesure la dispersion des données à leur moyenne. Plus elle est grande, plus la dispersion par rapport à la moyenne est grande.

L'écart-type de la série des x_i est le nombre $\sigma(x) = \sqrt{V(x)}$.

• **Définition et propriété**

On appelle **covariance** de la série des $(x_i\,;y_i)$, le nombre noté **cov(*x* ; *y*)** et défini par :

$$\text{cov}(x\,;y) = \frac{x_1y_1 + x_2y_2 + \ldots + x_ny_n}{n} - \overline{x}\,\overline{y}$$

Interprétation de cov(*x* ; *y*) : La covariance mesure la dispersion des points autour du point moyen $G(\overline{x}\,;\overline{y})$. Plus elle est grande, plus les points sont dispersés autour de $G(\overline{x}\,;\overline{y})$.

2 Ajustement d'un nuage de points

• **Définition :** Un **ajustement affine** est la détermination d'une droite approchant au mieux un nuage de points dans le plan.

• **Propriété : ajustement affine et droite de régression**

Il existe une droite unique associée au nuage de points $M_i(x_i\,;y_i)_{1\leq i\leq n}$ telle que la somme S des $A_iM_i^2$ soit minimale.

On l'obtient par **la méthode des moindres carrés**. Cette droite s'appelle **droite de régression de *y* en *x***.

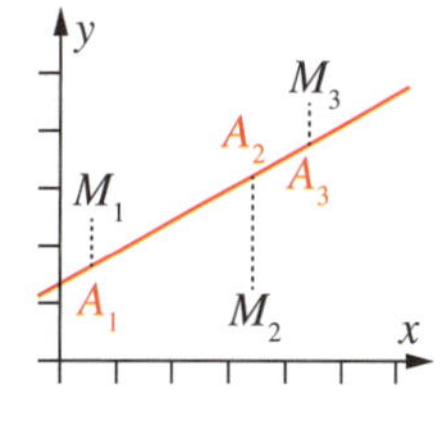

Son équation est $y = ax + b$ avec $a = \dfrac{\text{cov}(x\,;y)}{V(x)}$ et $b = \overline{y} - a\overline{x}$

Cette droite passe par le **point moyen** $G(\overline{x}\,;\overline{y})$.

• **Propriété : ajustement non affine**

Dans le cas où **un ajustement par une courbe** (parabole, hyperbole, fonction ln ou exp) est plus approprié, un **changement de variable sera proposé afin** de se ramener à un ajustement affine.

OPTION MATHS COMPLÉMENTAIRES

3 Corrélation

• **Définition et propriété :** On appelle **coefficient de corrélation linéaire** le nombre noté r et défini par : $r = \dfrac{\text{cov}(x\,;y)}{\sigma(x)\times\sigma(y)}$ et $-1 \leqslant r \leqslant 1$.

Interprétation de r : plus r est proche de 1 ou de -1, plus la corrélation est forte, et meilleur est l'ajustement affine, mais l'interprétation d'un coefficient de corrélation dépend du contexte.

Exercices d'entraînement

Exercice 1 ★ 10 min Lecture graphique Corrigé p. 559

La série statistique suivante $(x\,;y) = (x_i\,;y_i)_{0\leqslant i\leqslant 5}$ donne l'évolution du nombre d'avocats y_i (en dix milliers) en France selon l'année x_i entre 2014 (année de rang 0) et 2019.

Année	2014	2015	2016	2017	2018	2019
x_i	0	1	2	3	4	5
y_i	6,02	6,21	6,39	6,55	6,7	6,85

Source : Ministère de la justice

1. Dans un repère orthogonal, représenter le nuage de points $M_i(x_i\,;y_i)$ de la série statistique.
2. Calculer les coordonnées du point moyen $G(\overline{x}\,;\overline{y})$ et le placer dans le repère (à 0,01 près).
3. On décide d'ajuster ce nuage par la droite (*d*) passant par les points M_0 et M_4.
a) Déterminer l'équation de (*d*).
b) Si l'évolution reste la même, en quelle année la France comptera au moins 75 000 avocats ?

Exercice 2 ★★ 10 min Ajustement affine à la calculatrice Corrigé p. 559

La série statistique suivante $(x\,;p) = (x_i\,;p_i)_{1\leqslant i\leqslant 10}$ donne l'évolution démographique de la population française p_i (en milliers) selon l'année x_i entre 2008 (année de rang 1) et 2017.

Année	2008	2009	2010	2011	2012	2013	2014	2015	2016	2017
x_i	1	2	3	4	5	6	7	8	9	10
p_i	63 962	64 305	64 613	64 933	65 241	65 565	66 131	66 422	66 603	66 768

Source : Insee

1. À l'aide de la calculatrice : a) déterminer les coordonnées du point moyen $G(\overline{x}\,;\overline{p})$;
b) l'équation de la droite de régression de p en x (arrondir à 0,01 près) ;
c) le coefficient de corrélation linéaire entre p et x (arrondir à 0,001 près).
2. a) Utiliser cette droite pour estimer la population française en 2020.
b) De même, estimer en quelle année la population française dépasserait 69 000 000 d'habitants.

Exercice 3 ★★★ 15 min Ajustement non affine à la calculatrice Corrigé p. 559

On considère la série statistique suivante $(x\,;y) = (x_i\,;y_i)_{1\leqslant i\leqslant 8}$. On peut envisager pour ce nuage de points un ajustement autre qu'affine ; on effectue un changement de variable en posant $z_i = \ln(y_i)$.

x_i	1	2	3	4	5	6	7	8
y_i	7,1	7,4	7,7	7,9	8,1	8,2	8,5	8,2

1. Compléter les six valeurs de $z_i = \ln(y_i)$ (arrondir à 0,01 près).
2. Afficher sur la calculatrice les nuages de points $M_i(x_i\,;y_i)$ et $M_i(x_i\,;z_i)$.
3. À l'aide de la calculatrice, déterminer l'équation de la droite de régression de z en x.
4. En déduire la relation entre y et x.

9 Lois discrètes

Notations : X désigne une variable aléatoire, n et k sont des entiers naturels, $p \in [0\,;1]$ et $q = 1 - p$.

1 Loi UNIFORME sur {1 ; ... ; n}

• Si X suit **une loi UNIFORME** sur **{1; ...; n}**, $P(X = k) = \dfrac{1}{n}$ et $E(X) = \dfrac{n+1}{2}$; plus généralement, si X suit **une loi UNIFORME sur {a ; ... ; b}** :

$$P(X = k) = \frac{1}{b - a + 1} \text{ et } E(X) = \frac{a + b}{2}$$

2 Loi de BERNOULLI de paramètre p

• Si X suit une **loi de BERNOULLI de paramètre *p***, $X \in \{0\,;1\}$ alors :

$$P(X = 0) = q \quad P(X = 1) = p \quad E(X) = p \quad V(X) = pq \quad \sigma(X) = \sqrt{pq}$$

3 Loi BINOMIALE $\mathcal{B}(n\,;p)$

• X est associé au nombre de succès, $X \in \{0\,;1\,;...;n\}$. Si X suit la **loi BINOMIALE de paramètres *n* et *p***, $\mathcal{B}(n\,;p)$, alors, pour tout k entier naturel tel que $0 \leqslant k \leqslant n$,

$$P(X = k) = \binom{n}{k} \times p^k \times q^{n-k} \quad E(X) = np \quad V(X) = npq \quad \sigma(X) = \sqrt{npq}$$

• **Propriétés des coefficients binomiaux :** pour tous entiers naturels n et p tels que $0 \leqslant p \leqslant n$: $\binom{n}{0} = \binom{n}{n} = 1$ et $\binom{n}{p} = \binom{n}{n-p}$; $\binom{n-1}{p-1} + \binom{n-1}{p} = \binom{n}{p}$

(triangle de Pascal)

• **Intervalle de fluctuation**

– X suit la loi binomiale $\mathcal{B}(n\,;p)$; **l'intervalle de fluctuation** au seuil de $1 - \alpha$ (ou au risque de α) associé à X est l'intervalle $\left[\dfrac{a}{n}\,;\dfrac{b}{n}\right]$ où a et b sont tels que : a est le plus petit entier tel que $P(X \leqslant a) > \dfrac{\alpha}{2}$ et b est le plus petit entier tel que $P(X \leqslant b) \geqslant 1 - \dfrac{\alpha}{2}$.

– Si $I = [a\,;b]$, on a alors $P(X \in I) \geqslant 1 - \alpha$, ce qui signifie que, dans au moins $(1 - \alpha)$ % des cas, la fréquence observée f appartient à l'intervalle I.

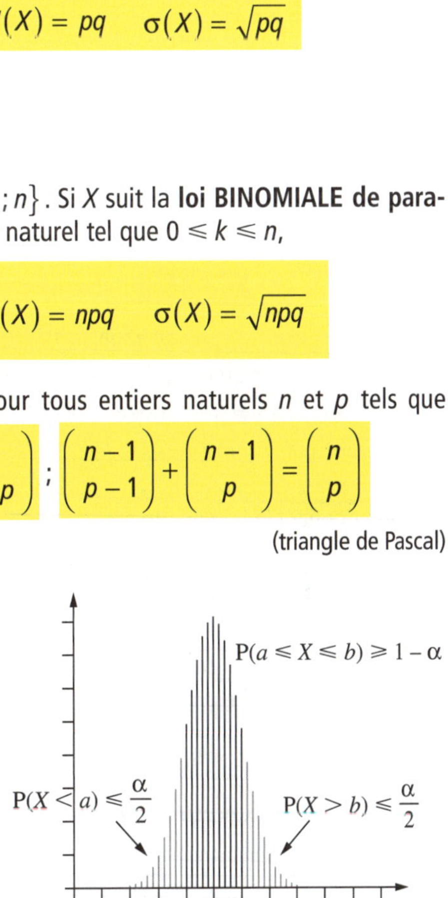

4 Loi GÉOMÉTRIQUE G(p)

• X est associé au nombre d'épreuves pour avoir un premier succès, $X \in \mathbb{N}^*$. Si X suit une **loi GÉOMÉTRIQUE de paramètre p, G(p),** alors pour tout k entier naturel non nul :

$$P(X = k) = p \times q^{k-1} \qquad P(X \leqslant k) = 1 - q^k \qquad E(X) = \frac{1}{p}$$

• **Propriété caractéristique : loi sans mémoire**

X suit la **loi géométrique de paramètre p** si, et seulement si, pour tous t, h entiers naturels non nuls $P_{X>t}(X > t + h) = P(X > h)$.

Exercices d'entraînement

Exercice 1 ★ 5 min QCM Corrigé p. 559

Dans chaque cas, donner la (ou les) bonne(s) réponse(s).

	A	B	C	D
1. X suit la loi uniforme sur $\{1 ; \ldots ; 16\}$ alors :	$P(X = 7) = \frac{1}{17}$	$P(X = 7) = \frac{1}{16}$	$E(X) = \frac{15}{2}$	$E(X) = 8{,}5$
2. X suit $\mathscr{B}(6 ; 0{,}2)$ alors $P(X = 2) =$	$\binom{6}{2} \times 0{,}8^4 \times 0{,}2^2$	$\binom{4}{2} \times 0{,}8^2 \times 0{,}2^6$	$\binom{6}{2} \times 0{,}8^2 \times 0{,}2^4$	$\binom{4}{2} \times 0{,}8^6 \times 0{,}2^2$
3. X suit la loi géométrique de paramètre 0,15 alors :	$E(X) = \frac{1}{15}$	$E(X) = \frac{20}{3}$	$P(X \leqslant 3) = 1 - 0{,}85^3$	$P(X > 2) = 0{,}85^2$

Exercice 2 ★ 10 min Reconnaître une loi de probabilité Corrigé p. 559

Dans les cas suivants, X est une variable aléatoire ; préciser la loi de probabilité de X et son espérance.

1. Une urne contient 20 boules identiques numérotées de 1 à 20. On prélève une boule au hasard de l'urne et X est la variable aléatoire donnant le numéro de la boule tirée.

2. Une urne contient vingt boules identiques. Neuf boules sont noires, six boules sont rouges et les autres sont blanches. On prélève trois boules au hasard avec remise de l'urne et X est la variable aléatoire donnant le nombre de boules noires.

Exercice 3 ★★ 15 min Loi géométrique Corrigé p. 559

À la sortie d'un théâtre, quand on appelle un taxi, on a une chance sur trois qu'un chauffeur vous prenne en charge. On considère que la prise en charge est indépendante d'un taxi à l'autre. Soit X la variable aléatoire qui représente le nombre de taxis que l'on doit appeler pour en obtenir un. Pour chaque calcul, on donnera le résultat exact, puis la valeur arrondie au centième près.

1. Justifier que X suit une loi géométrique dont on précisera le paramètre.

2. Calculer la probabilité que ce soit exactement le 3e taxi qui vous prenne en charge.

3. Calculer $P(X \leqslant 3)$.

4. Une personne a déjà appelé trois taxis. Quelle est la probabilité qu'elle doive appeler quatre taxis de plus avant d'être prise en charge ?

5. Calculer $E(X)$ et interpréter le résultat.

10 Lois à densité

X désigne une variable aléatoire continue sur un intervalle I. On s'intéresse maintenant à des variables aléatoires qui prennent toutes les valeurs d'un intervalle (temps d'attente...).

1 Lois à DENSITÉ : cas général

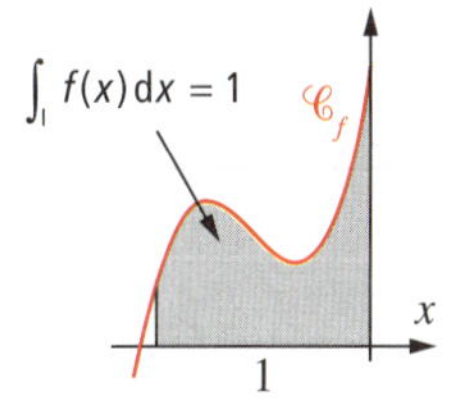

• **Définition :** Soit f une fonction définie sur un intervalle I et $\mathscr{C}_f$ sa courbe dans un repère.
f est une densité de probabilité ou fonction de **densité sur I :**

– si f est **continue et positive** sur I ;

– et si **l'aire** située sur I entre $\mathscr{C}_f$ et l'axe des abscisses vaut 1, soit $\int_I f(x)\,dx = 1$.

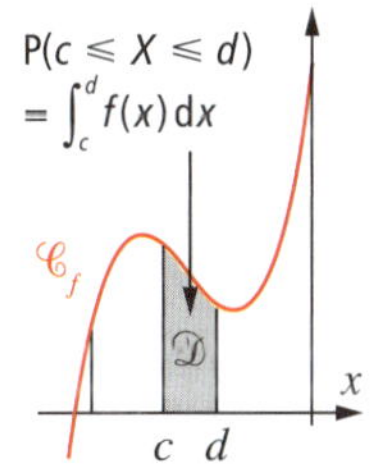

• **Définition :** Soit f une densité de probabilité sur I.
X **suit la loi de densité** f si, pour tous réels c et d de I avec $c \leqslant d$, la probabilité de l'événement « $c \leqslant X \leqslant d$ » est $P(c \leqslant X \leqslant d) = \int_c^d f(x)\,dx$.

L'espérance de X : $E(X) = \int_I x f(x)\,dx$

et sa **variance** $V(X) = \int_I (x - E(X))^2 f(x)\,dx$

• **Définition et propriété :** La **fonction de répartition de X** est la fonction F définie pour tout réel x de I par $F(x) = P(X \leqslant x)$ et, pour tous réels c et d de I, on a :
$P(c \leqslant X \leqslant d) = F(d) - F(c)$.

Remarque : $P(X = c) = 0$ et $P(c \leqslant X \leqslant d) = P(c \leqslant X < d) = P(c < X \leqslant d) = P(c < X < d)$.

2 Loi UNIFORME sur I = [a ; b]

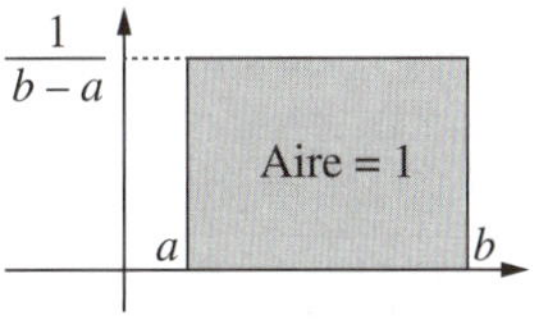

• X suit une **loi UNIFORME sur** $[a\,;b]$ avec a, b réels et $a < b$; **sa densité de probabilité** f est définie sur $[a\,;b]$ par

$$f(x) = \frac{1}{b-a}$$

Pour tous réels c et d de $[a\,;b]$, $P(c \leqslant X \leqslant d) = \dfrac{d-c}{b-a} = \dfrac{\text{largeur de}[c\,;d]}{\text{largeur de}[a\,;b]}$.

• Sa **fonction de répartition** est définie sur $[a\,;b]$ par $F(x) = \dfrac{x-a}{b-a}$ (F est une primitive de f sur $[a\,;b]$).

• Son **espérance** $E(X) = \dfrac{a+b}{2}$ et sa **variance** $V(X) = \dfrac{(b-a)^2}{12}$.

3 Loi EXPONENTIELLE

• X suit **une loi EXPONENTIELLE DE PARAMÈTRE λ, sur I = $[0\,;+\infty[$, $\lambda > 0$** ; sa **densité de probabilité** f est définie sur $[0\,;+\infty[$ par $f(x) = \lambda e^{-\lambda x}$

Pour tous réels c et d de $[0;+\infty[$,
$P(c \leqslant X \leqslant d) = e^{-\lambda c} - e^{-\lambda d}$ et
$P(X \leqslant c) = P(0 \leqslant X \leqslant c) = 1 - e^{-\lambda c}$.

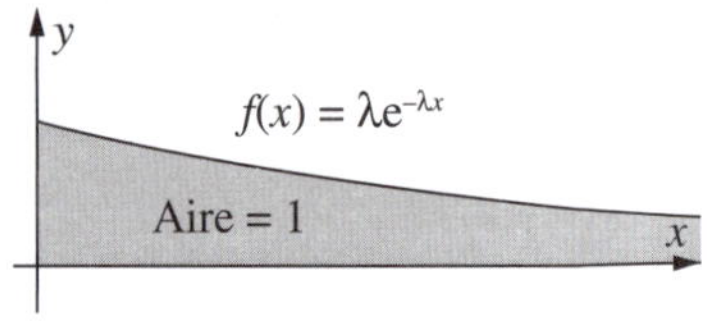

• Sa **fonction de répartition** est définie sur $[0;+\infty[$ par $F(x) = 1 - e^{-\lambda x}$ et son **espérance** $E(X) = \dfrac{1}{\lambda}$

• **Propriété caractéristique : loi sans mémoire ou antivieillissement**
X suit une **loi exponentielle de paramètre λ** si, et seulement si, pour tous t, h réels positifs : $P_{X \geqslant t}(X \geqslant t + h) = P(X \geqslant h)$.

Exercices d'entraînement

Exercice 1 ★ 5 min Fonction de densité

Corrigé p. 560

Justifier que f n'est pas une fonction de densité sur l'intervalle I : $I = [-4;3]$ et $f(x) = \dfrac{1}{4} - \dfrac{x^2}{36}$

Exercice 2 ★ 10 min Loi uniforme

Corrigé p. 560

Jean est toujours en retard le lundi matin. Au lycée, les cours débutent à 7 h 30 et il arrive aléatoirement entre 7 h 30 et 7 h 40. Soit X la variable aléatoire donnant le nombre de minutes de retard.

1. Donner la fonction densité de probabilité f de X.
2. Quelle est la probabilité que Jean ait plus de 5 minutes de retard ?
3. Quelle est la probabilité que Jean ait entre 2 et 5 minutes de retard ?
4. En moyenne, sur un grand nombre de lundis, quel est le nombre de minutes de retard de Jean ?

Exercice 3 ★★★ 15 min Loi exponentielle

Corrigé p. 560

La durée de vie sans panne, en années, d'un chargeur de batterie d'un vélo à assistance électrique (VAE) est une variable aléatoire X qui suit une loi exponentielle de paramètre λ ($\lambda > 0$).

1. Le service après-vente a pu établir que la probabilité qu'un chargeur tombe en panne pendant la première année d'utilisation est égale à 0,11. En déduire la valeur de λ (arrondir à 0,001 près).
2. Pour la suite de l'exercice, on prendra $\lambda = 0{,}117$ (les valeurs seront arrondies à 0,001 près).

a) Quelle est la probabilité qu'un chargeur dure plus de 2 ans ?
b) Quelle est la probabilité qu'un chargeur dure plus de 3 ans sachant qu'il a duré plus d'un an ?

3. Calculer la durée de vie moyenne d'un chargeur de batterie de VAE (arrondir à 0,1 près).

Exercice 4 ★★★ 15 min Loi à densité

Corrigé p. 560

1. La variable aléatoire X suit la loi de densité f sur $[1;9]$ dont la courbe $\mathscr{C}_f$ est donnée ci-contre. En utilisant le graphique, déterminer les valeurs de $P(X > 2{,}5)$ et de $P(2{,}5 \leqslant X \leqslant 6)$.

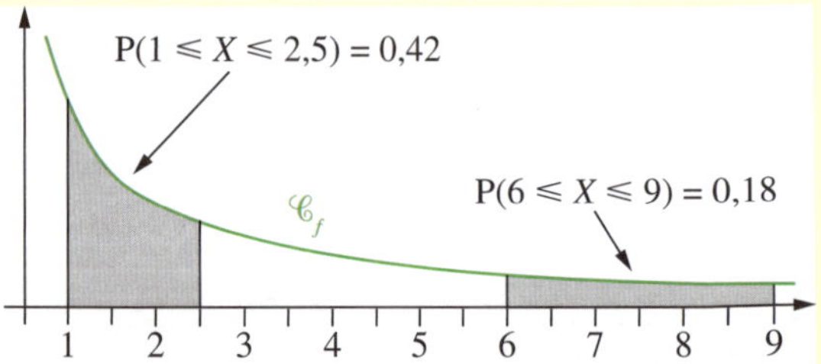

2. On sait que sur $[1;9]$ la fonction de densité f est définie par $f(x) = \dfrac{a}{x}$ avec a réel.

a) Déterminer la valeur exacte de a, puis l'expression de $f(x)$.
b) Calculer la valeur exacte de $P(2{,}5 \leqslant X \leqslant 6)$ et comparer cette valeur à celle trouvée en 1.
c) Calculer, à 0,01 près, l'espérance et la variance de X.

CORRIGÉS

CHAPITRE 1 (Énoncés p. 532)

1 1. A 2. D 3. B 4. C

2 1. $\frac{5}{3} > 1$ donc $\left(\frac{5}{3}\right)^n$ tend vers $+\infty$ et

$\lim\limits_{n \to +\infty} u_n = -\infty$ car $\frac{-1}{5} < 0$.

2. $3 > 1$ et $7 > 1$ donc 3^n et 7^n tendent vers $+\infty$ et la limite du quotient est une FI du type $\frac{\infty}{\infty}$.

Pour lever la FI, une transformation d'écriture est nécessaire : $\frac{3^n}{7^n} = \left(\frac{3}{7}\right)^n$.

$\frac{3}{7} < 1$ donc $\left(\frac{3}{7}\right)^n$ tend vers 0 et $\lim\limits_{n \to +\infty} u_n = \mathbf{0}$.

3. $u_n = 1 + 0{,}5 + 0{,}5^2 + \ldots + 0{,}5^n$

$$= \frac{1 - 0{,}5^{n+1}}{1 - 0{,}5} = \frac{1 - 0{,}5^{n+1}}{0{,}5}$$

car u_n est la somme des termes d'une suite géométrique.

$0{,}5 < 1$ donc $0{,}5^{n+1}$ tend vers 0 et $\frac{1 - 0{,}5^{n+1}}{0{,}5}$ tend vers $\frac{1}{0{,}5} = 2$ d'où $\lim\limits_{n \to +\infty} u_n = \mathbf{2}$.

3 (u_n) est la suite définie, pour tout $n \in \mathbb{N}$, par $u_0 = 2$ et $u_{n+1} = \frac{1}{5}u_n + \frac{3}{5}$ (E).

1. Pour déterminer la suite constante (c_n) vérifiant la relation (E), on résout l'équation d'inconnue l : $l = \frac{1}{5}l + \frac{3}{5}$. On obtient $l = \frac{3}{4}$.

(▶ c'est **l'étape ❶**)

Ainsi, la suite constante (c_n) est définie, pour tout $n \in \mathbb{N}$, par $c_0 = \frac{3}{4}$ et $\mathbf{c_{n+1} = \frac{1}{5}c_n + \frac{3}{5}}$ (E).

2. Considérons la suite (v_n) définie, pour tout $n \in \mathbb{N}$, par $v_n = u_n - \frac{3}{4}$.

Étape ❷ : Vérifions que la suite (v_n) est une suite géométrique :

$$v_{n+1} = u_{n+1} - \frac{3}{4} \Leftrightarrow v_{n+1} = \frac{1}{5}u_n + \frac{3}{5} - \frac{3}{4}$$

$$\Leftrightarrow v_{n+1} = \frac{1}{5}u_n - \frac{3}{20} \Leftrightarrow v_{n+1} = \frac{1}{5}\left(u_n - \frac{3}{4}\right)$$

$$\Leftrightarrow v_{n+1} = \frac{1}{5}v_n$$

Ce qui prouve que la suite (v_n) est géométrique de raison $\frac{1}{5}$ et de 1er terme $v_0 = u_0 - \frac{3}{4} = \frac{5}{4}$.

Étape ❸ : Ainsi pour tout $n \in \mathbb{N}$, $v_n = \frac{5}{4} \times \left(\frac{1}{5}\right)^n$

et comme $v_n = u_n - \frac{3}{4}$ on a $u_n = v_n + \frac{3}{4}$.

En conclusion, on a, pour tout $n \in \mathbb{N}$,

$$u_n = \frac{3}{4} + \frac{5}{4} \times \left(\frac{1}{5}\right)^n.$$

3. $\frac{1}{5} < 1$ donc $\left(\frac{1}{5}\right)^n$ tend vers 0 et

$\lim\limits_{n \to +\infty} u_n = \frac{3}{4}$.

CHAPITRE 2 (Énoncés p.534)

1 1. $f(x) = \frac{2 - x}{x - 1}$ existe si $x - 1 \neq 0$, soit $x \neq 1$, d'où $\mathbf{D}_f =]-\infty\,; 1[\cup]1\,; +\infty[$.

2. a)

x	10	100	1 000	10 000
$f(x)$	**–0,89**	**–0,99**	**–0,999**	**–0,9999**

2. b) On peut conjecturer que $\lim\limits_{x \to +\infty} f(x) = -1$.

3. a)

x	0,9	0,99	0,999	0,9999
$f(x)$	**–11**	**–101**	**–1 001**	**–10 001**

3. b) On peut conjecturer que $\lim\limits_{x \to 1^-} f(x) = -\infty$.

4. On peut conjecturer que $\lim\limits_{x \to -\infty} f(x) = -1$ et que $\lim\limits_{x \to 1^+} f(x) = +\infty$, en effet :

x	–10	–100	–1 000	–10 000
$f(x)$	–1,1	–1,01	–1,001	–1,0001

x	1,1	1,01	1,001	1,0001
$f(x)$	9	99	999	9 999

2 a) $\lim\limits_{x \to -\infty} 2 - 3x - x^3$: quand $x \to -\infty$, $2 - 3x \to +\infty$ et $-x^3 \to +\infty$ donc par somme : $\lim\limits_{x \to -\infty} \mathbf{2 - 3x - x^3 = +\infty}$.

b) $\lim\limits_{x \to +\infty} (x - 2)(3 - 2x)$: quand $x \to +\infty$, $x - 2 \to +\infty$ et $3 - 2x \to -\infty$ donc par produit : $\lim\limits_{x \to +\infty} \mathbf{(x - 2)(3 - 2x) = -\infty}$.

c) $\lim\limits_{x \to 2^-} \frac{x^2 + 3x + 1}{2 - x}$: quand $x \to 2^-$, $x^2 + 3x + 1 \to 11$ et $2 - x \to 0^+$ donc par quotient : $\lim\limits_{x \to 2^-} \mathbf{\frac{x^2 + 3x + 1}{2 - x} = +\infty}$.

3 **1. a)** $\lim\limits_{x \to +\infty} x^2 - 100x$: quand $x \to +\infty$, $x^2 \to +\infty$ et $-100x \to -\infty$ donc, par somme, on a une forme indéterminée (FI) de la forme $\infty - \infty$. À l'aide de la calculatrice, on peut conjecturer que $\lim\limits_{x \to +\infty} \mathbf{x^2 - 100x = +\infty}$.

b) $\lim\limits_{x \to -\infty} xe^x - 1$: quand $x \to -\infty$, $e^x \to 0$ et $x \to -\infty$ donc, par produit, on a une FI de la forme $0 \times \infty$. À l'aide de la calculatrice, on peut conjecturer que $\lim\limits_{x \to -\infty} \mathbf{xe^x - 1 = -1}$.

c) $\lim\limits_{x \to -\infty} \dfrac{x^2 - x + 1}{3 - 2x^2}$: quand $x \to -\infty$, $x^2 - x$ et $3 - 2x^2 \to -\infty$ donc, par quotient, on a une FI de la forme $\dfrac{\infty}{\infty}$. À l'aide de la calculatrice, on peut conjecturer que : $\lim\limits_{x \to -\infty} \mathbf{\dfrac{x^2 - x + 1}{3 - 2x^2} = \dfrac{-1}{2}}$.

2. a) Sur l'intervalle $]-\infty\,; -2[$,

$$f(x) = \frac{x^2 - x + 1}{3 - 2x^2} = \frac{x^2\left(1 - \dfrac{1}{x} + \dfrac{1}{x^2}\right)}{x^2\left(\dfrac{3}{x^2} - 2\right)} = \frac{1 - \dfrac{1}{x} + \dfrac{1}{x^2}}{\dfrac{3}{x^2} - 2}$$

car $x^2 \neq 0$.

b) Quand $x \to -\infty$, $1 - \dfrac{1}{x} + \dfrac{1}{x^2} \to 1$ car $\dfrac{1}{x}$ et $\dfrac{1}{x^2}$ tendent vers 0, de même $\dfrac{3}{x^2} - 2 \to -2$ donc, par quotient, $\lim\limits_{x \to -\infty} \mathbf{f(x) = \dfrac{-1}{2}}$.

CHAPITRE 3 (Énoncés p. 536)

1

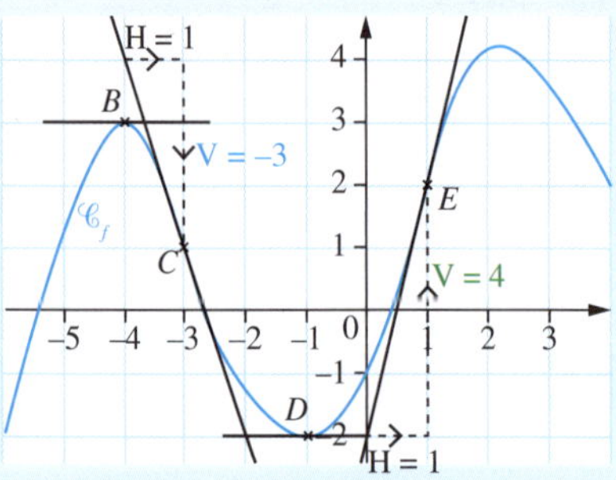

1. $f(a)$ est l'image de a par la fonction f.
$\mathbf{f(-4) = 3}$, $\mathbf{f(-3) = 1}$, $\mathbf{f(-1) = 2}$, $\mathbf{f(0) = -1}$ et $\mathbf{f(1) = 2}$.

2. $f'(a)$ est le coefficient directeur de la tangente à $\mathscr{C}_f$ au point d'abscisse a.

- En B et D, les tangentes sont horizontales, donc $\mathbf{f'(-4) = 0}$ et $\mathbf{f'(-1) = 0}$.
- En C, la tangente a un coefficient directeur négatif (« la droite descend ») : $\mathbf{f'(-3)} = \dfrac{-3}{1} = \mathbf{-3}$.
- En E, la tangente a un coefficient directeur positif (« la droite monte ») : $\mathbf{f'(1)} = \dfrac{4}{1} = \mathbf{4}$.

3. • Sur $[-5\,; -3[$, f semble être **concave** car elle est au-dessous de ses tangentes.

- Sur $[-3\,; 1[$, f semble être **convexe** car elle est au-dessus de ses tangentes.
- Sur $[1\,; 3[$, f semble être **concave** car elle est au-dessous de ses tangentes.

4. Le point $\mathbf{C(-3\,;1)}$ est un **point d'inflexion** à $\mathscr{C}_f$ car il y a un changement de convexité ; en effet, la tangente en ce point traverse la courbe. Il en est de même pour le point $\mathbf{E(1\,;2)}$.

2 **1. Réponse B** : si $f(x) = x^4 - \dfrac{5}{3}x^3 - x^2 + 1$, on a $f'(x) = 4x^3 - \dfrac{5}{3} \times 3x^2 - 2x + 0$, d'où : $\mathbf{f'(x) = 4x^3 - 5x^2 - 2x}$.

3. Réponse A : on a
$f''(x) = 4 \times 3x^2 - 5 \times 2x - 2 \times 1 = 12x^2 - 10x - 2$.

4. Réponse C : on a $f''(x) = 12x^2 - 10x - 2$.
C'est un trinôme du second degré.
On calcule ses racines : on remarque que 1 est une racine évidente, en effet $12 \times 1^2 - 10 \times 1 - 2 = 0$ donc $x_1 = 1$. On utilise le produit des racines pour déterminer x_2.
On a $x_1 x_2 = \dfrac{c}{a}$, donc $1x_2 = -\dfrac{2}{12}$, ce qui donne $x_2 = -\dfrac{1}{6}$. On en déduit son tableau de signes (voir tableau en bas de page).

5. Réponse B, d'après le tableau en bas de page.

3 **1. • Calcul de $f'(x)$** : $f(x)$ est de la forme u^n et $(u^n)' = nu'u^{n-1}$.
On pose $u = x^3 - 2$ donc $u' = 3x^2 - 0 = 3x^2$.
On en déduit $f'(x) = 4 \times 3x^2 \times (x^3 - 2)^3$ d'où $\mathbf{f'(x) = 12x^2(x^3 - 2)^3}$.

x	$-\infty$		$-\dfrac{1}{6}$		1		$+\infty$
$f''(x)$		+	0	−	0	+	
$f(x)$		convexe		concave		convexe	
			point d'inflexion		point d'inflexion		

• **Calcul de $f''(x)$** : $f'(x)$ est un produit $u \times v$ et $(u \times v)' = u'v + uv'$.

On pose $\begin{cases} u = 12x^2 \\ v = (x^3 - 2)^3 \end{cases}$ donc

$\begin{cases} u' = 12 \times 2x = 24x^2 \\ v' = 9x^2(x^3 - 2)^2 \end{cases}$ comme précédemment.

On en déduit que :

$f''(x) = 24x \times (x^3 - 2)^3 + 12x^2 \times 9x^2(x^3 - 2)^2$.

En factorisant par $12x(x^3 - 2)^2$, on obtient

$f''(x) = 12x(x^3 - 2)^2(2(x^3 - 2) + 9x^3)$ et

finalement $\boldsymbol{f(x) = 12x(11x^3 - 4)(x^3 - 2)^2}$.

2. • **Calcul de $f'(x)$** : $f(x)$ est de la forme $k \times \frac{1}{u}$ et $k \times \left(\frac{1}{u}\right)' = k \times \frac{-u'}{u^2}$.

On pose $u = x^2 + 3$ donc $u' = 2x$.

On en déduit $f'(x) = 3 \times \frac{-2x}{(x^2 + 3)^2}$ d'où

$\boldsymbol{f'(x) = \frac{-6x}{(x^2 + 3)^2}}$.

• **Calcul de $f''(x)$** : $f'(x)$ est un quotient $\frac{u}{v}$ et $\left(\frac{u}{v}\right)' = \frac{u'v - uv'}{v^2}$. On pose $\begin{cases} u = -6x \\ v = (x^2 + 3)^2 \end{cases}$ donc

$\begin{cases} u' = -6 \\ v' = 4x(x^2 + 3) \text{ (comme en 1.)} \end{cases}$. On en déduit

que $f''(x) = \frac{-6(x^2 + 3)^2 - (-6x)4x(x^2 + 3)}{\left((x^2 + 3)^2\right)^2}$.

En factorisant par $6(x^2 + 3)$, on obtient :

$f''(x) = \frac{6(x^2 + 3)\left[-(x^2 + 3) + 4x^2\right]}{(x^2 + 3)^4}$,

soit après réduction du numérateur :

$f''(x) = \frac{6(x^2 + 3)(3x^2 - 3)}{(x^2 + 3)^4}$.

En mettant 3 en facteur dans $3x^2 - 3$ et en simplifiant par $x^2 + 3$, on a finalement :

$\boldsymbol{f''(x) = \frac{18(x^2 - 1)}{(x^2 + 3)^3}}$.

3. Sur $I =]-\infty\,;1[$, $f(x) = \ln(1 - x)$.

• **Calcul de $f'(x)$** : $f(x)$ est de la forme $\ln u$ et $(\ln u)' = \frac{u'}{u}$. On pose $u = 1 - x$ donc $u' = 0 - 1 = -1$. On en déduit $f'(x) = \frac{-1}{1 - x}$ d'où $\boldsymbol{f'(x) = \frac{1}{x - 1}}$.

• **Calcul de $f''(x)$** : $f'(x)$ est de la forme $\frac{1}{u}$ et $\left(\frac{1}{u}\right)' = \frac{-u'}{u^2}$. On pose $u = x - 1$ donc $u' = 1$.

On en déduit que $\boldsymbol{f''(x) = \frac{-1}{(x - 1)^2}}$.

CHAPITRE 4 *(Énoncés p. 538)*

1 1. La fonction f est continue en 2, elle est continue sur l'intervalle [−1 ; 3] et elle est dérivable en 2, car $\mathscr{C}_f$ admet une tangente au point d'abscisse 2.

2. La fonction f n'est pas continue en 2, elle est continue sur les intervalles [0 ; 2] et]2 ; 4].

La fonction f n'est pas dérivable en 2, car $\mathscr{C}_f$ n'admet pas une tangente au point d'abscisse 2.

3. La fonction f est continue en 2, elle est continue sur l'intervalle [0 ; 3].

La fonction f n'est pas dérivable en 2, car $\mathscr{C}_f$ n'admet pas une tangente au point d'abscisse 2.

2 1. • Sur $]-\infty;1[$, 0 est compris entre $\lim\limits_{x \to -\infty} f(x) = -\infty$ et $f(1) = 3$, donc l'équation $f(x) = 0$ admet une solution unique α dans $]-\infty;1[$.

• Sur $[1;+\infty[$, 0 est compris entre $f(1) = 3$ et $\lim\limits_{x \to +\infty} f(x) = -2$, donc l'équation $f(x) = 0$ admet une solution unique β dans $[1;+\infty[$.

En conclusion, l'équation **$f(x) = 0$ admet deux solutions dans $\mathbb{R}$.**

2. D'où le tableau de signes de la fonction f sur $\mathbb{R}$:

x	$-\infty$		α		β		$+\infty$
$f(x)$		−	0	+	0	−	

3 1. La fonction f est continue sur $\mathbb{R}$, car c'est une **fonction polynôme de degré 3**.

2. a) La fonction f est dérivable sur $\mathbb{R}$ et la dérivée $f'(x) = 3x^2 - 3 \times 2x + 0 = 3x^2 - 6x$ et, en factorisant par $3x$, on obtient $\boldsymbol{f'(x) = 3x(x - 2)}$.

b) Les variations de f sur $[-2\,;3]$ se déduisent du signe de la dérivée f'. $f'(x)$ est un trinôme du second degré et admet pour racines $x_1 = 0$ et $x_2 = 2$. On en déduit le signe :

x	−2		0		2		3
$f'(x)$		+	0	−	0	+	
$f(x)$	−15	↗	5	↘	1	↗	5

3. • Sur l'intervalle $[-2\,;0[$, la fonction f est strictement croissante et continue.
0 est compris entre $f(-2) = -15$ et $f(0) = 5$, donc, d'après le corollaire du théorème des valeurs intermédiaires, l'équation $f(x) = 0$ admet une solution unique α dans $]-2\,;0[$.
• Sur $[0\,;3]$, $f(x)$ est minorée par 1, donc l'équation $f(x) = 0$ n'admet pas de solution.
• En conclusion, l'équation $\boldsymbol{f(x) = 0}$ **admet une solution unique $\boldsymbol{\alpha}$ dans $\boldsymbol{[-2\,;3]}$.**
4. dicho(-2,0) renvoie (-1.125, -1.0625), ce qui signifie que $\mathbf{-1{,}125} < \alpha < \mathbf{-1{,}0625}$.
Ci-dessous les étapes du programme.

a	–2		–1,5	–1,25	–1,125	
b	0	–1				–1,0625
$b-a$	2	1	0,5	0,25	0,125	0,0625
$b-a$>=0.1 ?	oui	oui	oui	oui	oui	non
$c=(a+b)/2$	–1	–1,5	–1,25	–1,125	–1,0625	
$f(a)$	–15	–15	–5,125	–1,640625	–0,220703	
$f(c)$	1	–5,125	–1,640625	–0,220703	0,413818	
$f(a)*f(b)<0$?	oui	non	non	non	oui	
sortie						–1,125 ; –1,0625

CHAPITRE 5 *(Énoncés p. 540)*

1 **1. Réponse C** car $e^{3\ln(2)} - 4 = e^{\ln 8} - 4 = 4$.
2. Réponse C car
$$3\ln\sqrt{8} - \ln 4 = \frac{3}{2}\ln 8 - \ln(2^2)$$
$$= \frac{3}{2}\ln(2^3) - 2\ln 2 = \frac{9}{2}\ln 2 - 2\ln 2 = \frac{5}{2}\ln 2.$$
3. Réponse B car $\ln(4 - x^2)$ existe si $4 - x^2 > 0$, donc pour $x \in]-2\,;2[$.
4. Réponse B car quand $x \to -\infty$, $x^2 - 1 \to +\infty$, donc par composition $\lim\limits_{x\to-\infty} \ln(x^2 - 1) = +\infty$.
5. Réponse B car $f'(x) = \dfrac{1}{x}$ et l'équation de la tangente en 1 est $y = f'(1)(x-1) + f(1)$, soit $y = \dfrac{1}{1}(x-1) + \ln 1 = x - 1$.

2 1. a) $A = \ln\left(\dfrac{1}{27}\right) = -\ln(27) = -\ln(3^3)$ d'où $\mathbf{A = -3\ln 3}$.
b) $B = \ln 4 \times \ln e^{-5} = \ln(2^2)\times(-5) = 2\ln(2)\times(-5)$ d'où $\mathbf{B = -10\ln 2}$.
c) $C = \dfrac{e^{3\ln 3 + \ln 2}}{e^{\ln 3 - \ln 2}} + \ln 25 = e^{3\ln 3 + \ln 2 - (\ln 3 - \ln 2)} + \ln 5^2$
d'où $C = e^{2\ln 3 + 2\ln 2} + \ln 5^2 = e^{\ln(3^2\times 2^2)} + 2\ln 5$,
donc $C = e^{\ln(36)} + 2\ln 5$ et enfin $\mathbf{C = 36 + 2\ln 5}$.

2. x est un réel positif ; dans chaque cas, on simplifie le plus possible l'expression.
a) $A = \ln x + \ln\left(\dfrac{1}{x}\right) = \ln x - \ln x$ d'où $\mathbf{A = 0}$.
b) $B = 2\ln x + \dfrac{1}{2}\ln(x^2) = 2\ln x + \dfrac{2}{2}\ln x$ d'où $\mathbf{B = 3\ln x}$.
c) $C = \ln\left(\dfrac{1}{e}\right) + e^{-\ln x} = -\ln e + e^{\ln\left(\frac{1}{x}\right)}$ d'où $\mathbf{C = -1 + \dfrac{1}{x}}$.

3 a) Sur $I =]0\,;+\infty[$, $f(x) = 3\ln(x) + 2\ln(3x)$.
On simplifie $f(x)$ comme à l'exercice 2 ; on a :
$$f(x) = 3\ln(x) + 2(\ln(3) + \ln(x))$$
$$= 5\ln(x) + 2\ln(3)$$
d'où $f'(x) = 5 \times \dfrac{1}{x} + 0$ et enfin $\mathbf{f'(x) = \dfrac{5}{x}}$.
b) Sur $I =]0{,}5\,;+\infty[$, $f(x) = x^2\ln(x)$. $f(x)$ est un produit $u \times v$ et $(u\times v)' = u'v + uv'$.
On pose $\begin{cases} u = x^2 \\ v = \ln x \end{cases}$ donc $\begin{cases} u' = 2x \\ v' = \dfrac{1}{x}. \end{cases}$
On en déduit que
$$f'(x) = 2x \times \ln x + x^2 \times \frac{1}{x} = 2x\ln x + x.$$
En factorisant par x, on a $\mathbf{f'(x) = x(2\ln x + 1)}$.
c) Sur $I =]-\infty\,;0[$, $f(x) = \ln(1 - e^x)$. $f(x)$ est de la forme $\ln(u)$ et $(\ln u)' = \dfrac{u'}{u}$.
On pose $u = 1 - e^x$ donc $u' = 0 - e^x = -e^x$.
On en déduit que $\mathbf{f'(x) = \dfrac{-e^x}{1 - e^x}}$.

4 a) $\ln(2x - 3)$ est définie si $2x - 3 > 0 \Leftrightarrow x > \dfrac{3}{2}$.
La résolution de l'équation $\ln(2x - 3) = 0$ se fera sur l'intervalle $I = \left]\dfrac{3}{2}\,;+\infty\right[$.
Pour tout x de I, $\ln(2x - 3) = 0 \Leftrightarrow 2x - 3 = 1$ $\Leftrightarrow 2x = 4 \Leftrightarrow x = 2$ d'où $\mathbf{S = \{2\}}$.
b) $\ln(-2x + 1)$ est définie si $-2x + 1 > 0 \Leftrightarrow x < \dfrac{1}{2}$.
La résolution de l'inéquation $\ln(-2x + 1) - 1 \leqslant 0$ se fera sur l'intervalle $I = \left]-\infty\,;\dfrac{1}{2}\right[$ (en **rouge** ci-après). Pour tout x de I,

$\ln(-2x+1)-1 \leqslant 0 \Leftrightarrow \ln(-2x+1) \leqslant 1$

$\Leftrightarrow \ln(-2x+1) \leqslant \ln e \Leftrightarrow -2x+1 \leqslant e$

$\Leftrightarrow -2x \leqslant e-1 \Leftrightarrow x \geqslant \dfrac{e-1}{-2} \Leftrightarrow x \geqslant \dfrac{1-e}{2}$

(en vert ci-contre).

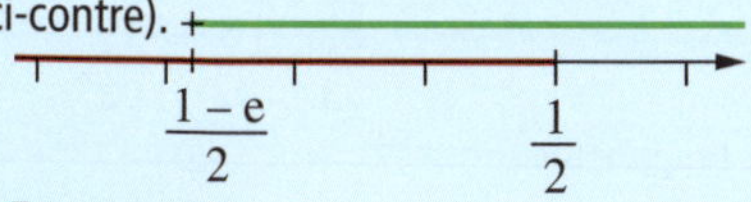

D'où $\mathbf{S} = \left[\dfrac{\mathbf{1-e}}{\mathbf{2}} ; \dfrac{\mathbf{1}}{\mathbf{2}}\right[$.

c) $n \in \mathbb{N} ; 1-\left(\dfrac{7}{10}\right)^n > 0{,}99 \Leftrightarrow 1-0{,}99 > (0{,}7)^n$

$\Leftrightarrow 0{,}01 > (0{,}7)^n \Leftrightarrow \ln 0{,}01 > \ln(0{,}7)^n$

$\Leftrightarrow \ln 0{,}01 > n \ln(0{,}7) \Leftrightarrow \dfrac{\ln 0{,}01}{\ln(0{,}7)} < n,$

car $\ln(0{,}7) < 0 \Leftrightarrow 13 \leqslant n$.

$\mathbf{S = \{0 ; 1 ; 2 ; \dots ; 13\}}$.

CHAPITRE 6 *(Énoncés p. 543)*

1 1. a) Comme F une primitive de la fonction f sur $\mathbb{R}$, on a, pour tout x de $\mathbb{R}$, $F'(x) = f(x)$.

Ainsi $\mathbf{F'(0) = f(0) = 3}$ et $\mathbf{F'(3) = f(3) = 0}$.

b) Les variations de $F(x)$ se déduisent du signe de sa dérivée $F'(x) = f(x)$.

D'après le graphique, on a le signe de $f(x)$ et on déduit le tableau de variations de F.

x	$-\infty$		3		$-\infty$
$F'(x) = f(x)$		+	0	−	
$F(x)$		↗		↘	

2. La courbe $\mathscr{C}_2$ est la représentation graphique de F, car on a bien $F'(3) = 0$; en effet, c'est la seule courbe avec une tangente horizontale au point d'abscisse 3 et la tangente au point A a bien son coefficient directeur $F'(0) = \dfrac{\text{3 carreaux verticaux}}{\text{1 carreau horizontal}} = \dfrac{3}{1} = 3$ (voir schéma, p. 554).

De plus, la fonction associée à la courbe $\mathscr{C}_2$ est strictement croissante sur $]-\infty ; 3]$ et strictement décroissante sur $]3 ; +\infty[$.

2 Le formulaire des primitives **des fonctions usuelles** donne, à une constante près, la solution.

a) Sur $\mathbb{R}$, $f(x) = 3x^2 - x + 2$.

On a $\mathbf{F(x) = x^3 - \dfrac{x^2}{2} + 2x}$;

la formule utilisée : $x^n \to \dfrac{x^{n+1}}{n+1}$.

b) Sur $]0 ; +\infty[$, $f(x) = 2\,e^x - \dfrac{3}{x^2}$. On a

$F(x) = 2e^x - 3 \times \dfrac{-1}{x}$ d'où $\mathbf{F(x) = 2e^x + \dfrac{3}{x}}$;

les formules utilisées : $e^x \to e^x$ et $\dfrac{1}{x^2} \to \dfrac{-1}{x}$.

3 Le formulaire des primitives **des fonctions composées** donne la solution à une constante près.

a) Sur $\mathbb{R}$, $f(x) = (3x^2 - 2x)(x^3 - x^2 + 1)$. La formule la plus adaptée est : $u'u \to \dfrac{u^2}{2}$.

Posons $u = x^3 - x^2 + 1$; on a $u' = 3x^2 - 2x$ (voir formulaire des dérivées, chapitre 3).

Ainsi $u'u = (3x^2 - 2x)(x^3 - x^2 + 1) = f(x)$

donc $\mathbf{F(x) = \dfrac{u^2}{2} = \dfrac{(x^3 - x^2 + 1)^2}{2}}$.

b) Sur $[0 ; +\infty[$, $f(x) = 2\,e^{1-2x} - \dfrac{3}{(2x+1)^2}$.

Les formules les plus adaptées sont : $u'e^u \to e^u$ et $\dfrac{v'}{v^2} \to \dfrac{-1}{v}$. Posons :

$u = 1 - 2x$ donc $u' = -2$ et $u'e^u = -2e^{1-2x}$.

$v = 2x + 1$ donc $v' = 2$ et $\dfrac{v'}{v^2} = \dfrac{2}{(2x+1)^2}$.

En **adaptant les coefficients** intervenant dans $f(x)$ afin de mettre en évidence $-2e^{1-2x}$ et $\dfrac{2}{(2x+1)^2}$, on obtient

$f(x) = -(-2e^{1-2x}) - \dfrac{3}{2} \times \dfrac{2}{(2x+1)^2} = -u'e^u - \dfrac{3}{2} \times \dfrac{v'}{v^2}$

donc $F(x) = -\,e^u - \dfrac{3}{2} \times \dfrac{-1}{v}$

$= -e^{1-2x} - \dfrac{3}{2} \times \dfrac{-1}{2x+1}$;

en conclusion : $\mathbf{F(x) = -e^{1-2x} + \dfrac{3}{2(2x+1)}}$.

4 a) Désignons par (E) l'équation différentielle $5y - 3y' = 0$ et $(E) \Leftrightarrow y' = \dfrac{5}{3}y$.

– (E) admet **pour solutions** sur $\mathbb{R}$ les fonctions f_k définies par : $\mathbf{f_k(x) = ke^{\frac{5}{3}x}}$, où k est un réel.

– On cherche k tel que $f_k(0) = 1$.

On a $f_k(0) = 1 \Leftrightarrow ke^0 = 1 \Leftrightarrow k = 1$.

En conclusion, l'unique solution f de (E) telle que $f(0) = 1$ est définie sur $\mathbb{R}$ par : $\mathbf{f(x) = e^{\frac{5x}{3}}}$.

b) Désignons par (E) l'équation différentielle $5y' + 2y = 5$ et $(E) \Leftrightarrow y' = \dfrac{-2}{5}y + 1$.

– (E) **admet** pour solutions sur $\mathbb{R}$ les fonctions f_k définies par : $\mathbf{f_k(x) = ke^{\frac{-2}{5}x} + \dfrac{5}{2}}$, où k est un réel.

– On cherche k tel que $f_k(0) = 1$. On a

$f_k(0) = 1 \Leftrightarrow ke^{\frac{-2}{5}\times 0} + \dfrac{5}{2} = 1 \Leftrightarrow k + \dfrac{5}{2} = 1 \Leftrightarrow k = \dfrac{-3}{2}$.

L'unique solution f de (E) telle que $f(0) = 1$ est définie sur $\mathbb{R}$ par : $\boldsymbol{f(x) = \frac{-3}{2}e^{\frac{-2}{5}x} + \frac{5}{2}}$.

CHAPITRE 7 *(Énoncés p. 545)*

1 1. C 2. A 3. B 4. C 5. B 6. B

2 1. $f(-3) = \frac{1}{6}(-3)^3 - \frac{7}{6}(-3) + 1$

$= \frac{-27}{6} + \frac{21}{6} + 1 = 0,$

donc $A(-3;0) \in \mathscr{C}_f$.

$f(1) = \frac{1}{6}(1)^3 - \frac{7}{6}(1) + 1 = \frac{1}{6} + \frac{-7}{6} + 1 = 0,$

donc $B(1;0) \in \mathscr{C}_f$.

$f(2) = \frac{1}{6}(2)^3 - \frac{7}{6}(2) + 1 = \frac{8}{6} + \frac{-14}{6} + 1 = 0,$

donc $C(2;0) \in \mathscr{C}_f$.

2. a)

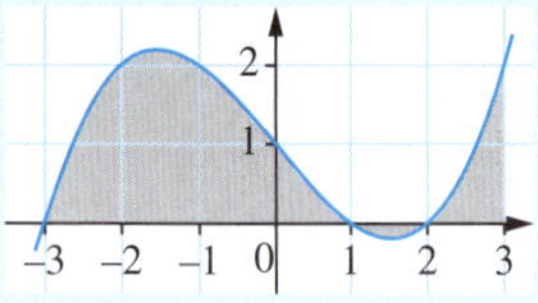

b) $\int_{-3}^{3} f(x)\,dx = \int_{-3}^{3}\left(\frac{1}{6}x^3 - \frac{7}{6}x + 1\right)dx$

$= \left[\frac{1}{6} \times \frac{x^4}{4} - \frac{7}{6} \times \frac{x^2}{2} + x\right]_{-3}^{3} = \left[\frac{x^4}{24} - \frac{7x^2}{12} + x\right]_{-3}^{3}$

d'où $\int_{-3}^{3} \boldsymbol{f(x)\,dx} = \left(\frac{3^4}{24} - \frac{7 \times 3^2}{12} + 3\right) - \left(\frac{(-3)^4}{24} - \frac{7 \times (-3)^2}{12} + (-3)\right) = \boldsymbol{6}.$

3. a) L'aire du domaine $\mathscr{D}$ est

$\int_{-3}^{1} f(x)\,dx - \int_{1}^{2} f(x)\,dx + \int_{2}^{3} f(x)\,dx.$

On a $\int_{-3}^{1} f(x)\,dx = \left(\frac{1^4}{24} - \frac{7 \times 1^2}{12} + 1\right) - \left(\frac{(-3)^4}{24} - \frac{7 \times (-3)^2}{12} + (-3)\right)$

$= \frac{11}{24} - \frac{-117}{24} = \frac{128}{24} = \frac{16}{3}.$

On a

$\int_{1}^{2} f(x)\,dx = \left(\frac{2^4}{24} - \frac{7 \times 2^2}{12} + 2\right) - \left(\frac{1^4}{24} - \frac{7 \times 1^2}{12} + 1\right)$

$= \frac{8}{24} - \frac{11}{24} = \frac{-3}{24} = \frac{-1}{8}.$

On a $\int_{2}^{3} f(x)\,dx = \left(\frac{3^4}{24} - \frac{7 \times 3^2}{12} + 3\right) - \left(\frac{2^4}{24} - \frac{7 \times 2^2}{12} + 2\right)$

$= \frac{27}{24} - \frac{8}{24} = \frac{19}{24}.$

En conclusion,

$\int_{-3}^{1} \boldsymbol{f(x)\,dx} - \int_{1}^{2} \boldsymbol{f(x)\,dx} + \int_{2}^{3} \boldsymbol{f(x)\,dx}$

$= \frac{16}{3} - \frac{-1}{8} + \frac{19}{24} = \frac{150}{24} = \boldsymbol{6{,}25}$ **u.a.**

b) L'unité du repère orthonormé est 2 cm, donc 1 u.a. = $2 \times 2 = 4$ cm².

L'aire de $\mathscr{D}$ vaut $4 \times 6{,}25 = \boldsymbol{25}$ **cm²**.

3 Sur $\mathbb{R}$, $f(x) = x^2 - 2x + 1$ et $g(x) = 1 - x^2$.

1. On a $h(x) = f(x) - g(x)$

$= x^2 - 2x + 1 - (1 - x^2) = 2x^2 - 2x = 2x(x-1).$

Pour $x \in]-\infty;0[\cup]1;+\infty[$, $h(x) > 0 \Leftrightarrow f(x) > g(x)$; on en déduit que $\mathscr{C}_f$ **est au-dessus de** $\mathscr{C}_g$.

Pour $x \in [0;1]$, $h(x) \leqslant 0 \Leftrightarrow f(x) \leqslant g(x)$; on en déduit que $\mathscr{C}_f$ **est au-dessous de** $\mathscr{C}_g$.

2. a) Sur $[0;1]$, $f(x) \leqslant g(x)$, donc l'aire du domaine $\mathscr{D}$ est : $\int_0^1 [g(x) - f(x)]\,dx = \int_0^1 -h(x)\,dx$.

b) On a : $\int_0^1 \boldsymbol{-h(x)\,dx} = \int_0^1 (2x - 2x^2)\,dx$

$= \left[x^2 - 2 \times \frac{x^3}{3}\right]_0^1 = \left(1 - \frac{2 \times 1^3}{3}\right) - \left(0^2 - \frac{2 \times 0^3}{3}\right)$

$= 1 - \frac{2}{3} = \boldsymbol{\frac{1}{3}}.$

4 1. a) Montrons que $G'(x) = x \ln x$.

$G(x) = \frac{x^2}{2}\left(\ln x - \frac{1}{2}\right)$ est de la forme d'un produit $u \times v$ et $(u \times v)' = u'v + uv'$.

On pose $\begin{cases} u = \frac{x^2}{2} \\ v = \ln x - \frac{1}{2}, \end{cases}$ $\begin{cases} u' = x \\ v' = \frac{1}{x} - 0 = \frac{1}{x}. \end{cases}$

On en déduit $G'(x) = x\left(\ln x - \frac{1}{2}\right) + \frac{1}{x} \times \frac{x^2}{2}$

$= x \ln x - \frac{1}{2}x + \frac{x}{2} = x \ln x$

et $\boldsymbol{G(x)}$ **est bien une primitive de** $\boldsymbol{x \ln x}$.

b) Sur $]0;+\infty[$, une primitive F de la fonction f est $F(x) = \frac{x^2}{2} + x - \frac{x^2}{2}\left(\ln x - \frac{1}{2}\right)$

d'où $F(x) = \frac{x^2}{2} + x - \frac{x^2}{2}\ln x + \frac{x^2}{4}$

$= \boldsymbol{x - \frac{x^2}{2}\ln x + \frac{3x^2}{4}}.$

2. a) Comme f est positive sur $[1;e]$, $\int_1^e f(x)\,dx$ est l'aire du domaine $\mathscr{D}$ compris entre $\mathscr{C}_f$, l'axe des abscisses et les droites d'équations $x = 1$ et $x = e$.

b) $\int_1^e f(x)\,dx = [F(x)]_1^e$

$= \left(e - \frac{e^2}{2}\ln e + \frac{3e^2}{4}\right) - \left(1 - \frac{1^2}{2}\ln 1 + \frac{3 \times 1^2}{4}\right)$

d'où $\int_1^e \boldsymbol{f(x)\,dx} = \left(e - \frac{e^2}{2} + \frac{3e^2}{4}\right) - \left(1 + \frac{3}{4}\right)$

$= \mathbf{e + \frac{e^2}{4} - \frac{7}{4} \approx 2{,}82.}$

3. a) La valeur moyenne de f sur est

$m = \frac{1}{e-1} \times \int_1^e f(x)\,dx = \frac{1}{e-1}\left(e + \frac{e^2}{4} - \frac{7}{4}\right)$.

Soit $m \approx$ **1,64.**

b) L'aire du domaine $\mathscr{D}$ défini à la question **2. a)** est la même que l'aire du **rectangle** de côtés $m(\approx 1{,}64)$ et $e - 1(\approx 1{,}72)$.

CHAPITRE 8 *(Énoncés p. 548)*

1 **1.**

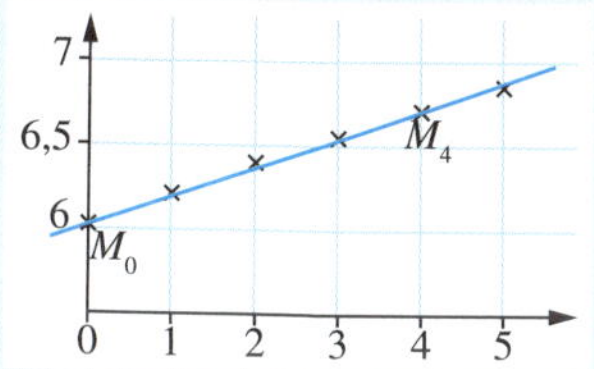

2. $\overline{x} = \frac{0+1+2+3+4+5}{6} = 2{,}5$ et

$\overline{y} = \frac{6{,}02 + 6{,}21 + 6{,}39 + 6{,}55 + 6{,}7 + 6{,}85}{6} \approx 6{,}45$

d'où $\boldsymbol{G(2{,}5\,;6{,}45)}$.

3. a) La droite (d) a une équation de la forme $y = ax + b$ et passe par le point $M_0(0\,;6{,}02)$, donc $\boldsymbol{b = 6{,}02}$. (d) passe par $M_4(4\,;6{,}7)$, donc

$6{,}7 = a \times 4 + 6{,}02 \Leftrightarrow \boldsymbol{a} = \frac{6{,}7 - 6{,}02}{4} = \mathbf{0{,}17}$.

L'équation de (d) est $\boldsymbol{y = 0{,}17x + 6{,}02}$.

b) Si l'évolution reste la même, on doit résoudre l'équation $0{,}17x + 6{,}02 \geqslant 7{,}5$.

$0{,}17x + 6{,}02 \geqslant 7{,}5 \Leftrightarrow x \geqslant \frac{7{,}5 - 6{,}02}{0{,}17}$

$\Leftrightarrow x \geqslant 8{,}70.$

La France comptera au moins 75 000 avocats à partir de 2023.

2 **1.** La calculatrice donne :

a) les coordonnées du point moyen $G(\overline{x}\,;\overline{p})$: $\boldsymbol{G(5{,}5\,;65\,454{,}3)}$.

b) l'équation de la droite de régression de p en x : $\boldsymbol{p = 329{,}11x + 63\,644{,}2}$.

c) le coefficient de corrélation linéaire entre p et x : $\boldsymbol{r \approx 0{,}995}$.

2. a) L'année 2020 correspond à $x_{13} = 13$, d'où $p = 329{,}11 \times 13 + 63\,644{,}2 = 67\,922{,}63$ soit une population estimée à **67 922 630.**

b) Comme 69 000 000 = 69 000 milliers, on doit résoudre $329{,}11x + 63\,644{,}2 \geqslant 69\,000$;

$329{,}11x + 63\,644{,}2 \geqslant 69\,000$

$\Leftrightarrow x \geqslant \frac{69\,000 - 63\,644{,}2}{329{,}11}$, soit $x \geqslant 16{,}27$.

La population française dépasserait 69 000 000 d'habitants **dans le courant de l'année 2024.**

3

x_i	1	2	3	4	5	6	7	8
y_i	7,1	7,4	7,7	7,9	8,1	8,2	8,5	8,2
$z_i = \ln(y_i)$	1,96	2,00	2,04	2,07	2,09	2,10	2,14	2,10

1. Voir tableau ci-dessus.

2. Voir exercice 2 ; pour l'affichage des nuages, un ajustement affine se justifie plus pour les points $M_i(x_i\,;z_i)$ que pour les points $M_i(x_i\,;y_i)$.

3. La calculatrice donne comme équation $\boldsymbol{z = 0{,}02x + 1{,}96}$.

4. $z = 0{,}02x + 1{,}96 \Leftrightarrow \ln(y) = 0{,}02x + 1{,}96$

$\Leftrightarrow y = e^{0{,}02x + 1{,}96} \Leftrightarrow y = e^{1{,}96}e^{0{,}02x}$.

La relation attendue est $\boldsymbol{y = e^{1{,}96}e^{0{,}02x}}$.

CHAPITRE 9 *(Énoncés p. 550)*

1 **1.** B et D **2.** A **3.** B, C et D

2 **1.** X prend ses valeurs dans $\{1\,;\ldots;20\}$; les boules étant identiques, chaque boule a la même probabilité d'être tirée : on a donc $P(X = k) = \frac{1}{20}$, avec $1 \leqslant k \leqslant 20$. En conclusion, ***X* suit la loi uniforme sur** $\boldsymbol{\{1\,;\ldots;20\}}$ et $\boldsymbol{E(X) = \frac{21}{2} = 10{,}5}$.

2. Épreuve de Bernoulli : succès : S = « la boule est noire » ; échec : $\overline{S}$ = « la boule n'est pas noire » ; $P(S) = p = \frac{9}{20}$ et $q = 1 - p = \frac{11}{20}$.

Cette épreuve est répétée 3 fois et de façon indépendante, car il y a remise. X est la variable aléatoire donnant le nombre de boules noires, donc X suit la loi binomiale de paramètre 3 et $\frac{9}{20}$:

***X* suit** $\boldsymbol{\mathscr{B}\left(3\,;\frac{9}{20}\right)}$ et $\boldsymbol{E(X) = 3 \times \frac{9}{20} = \frac{27}{20}}$.

3 **1.** Épreuve de Bernoulli : succès : S = « prise en charge » ; échec : $\overline{S}$ = « non prise en charge » ; $P(S) = p = \frac{1}{3}$ et $q = 1 - p = \frac{2}{3}$. On répète cette épreuve jusqu'au premier succès et de façon indépendante d'après le texte. X est la variable aléatoire qui représente le nombre de taxis que l'on doit appeler pour en obtenir un, donc X suit la loi géométrique de paramètre $\frac{1}{3}$: ***X* suit** $\boldsymbol{G\left(\frac{1}{3}\right)}$.

2. $P(X=3)=\frac{1}{3}\times\left(\frac{2}{3}\right)^{3-1}=\frac{4}{27}\approx$ **0,15.**

3. $P(X\leqslant 3)=1-\left(\frac{2}{3}\right)^{3}=\frac{19}{27}\approx$ **0,70.**

4. $P_{X>3}(X>3+4)=P(X>4)=1-P(X\leqslant 4)$
$=1-\left(1-\left(\frac{2}{3}\right)^{4}\right)=\frac{16}{81}\approx$ **0,20.**

5. $E(X)=\frac{1}{1/3}=3$ **; en moyenne, la prise en charge est assurée au bout de 3 taxis.**

CHAPITRE 10 *(Énoncés p. 552)*

1 Sur $I=[-4;3]$,
$f(x)=\frac{1}{4}-\frac{x^2}{36}=\left(\frac{1}{2}-\frac{x}{6}\right)\left(\frac{1}{2}+\frac{x}{6}\right)$;
les racines sont $x_1=-3$ et $x_2=3$.
D'où le signe de f sur $[-4;3]$: si $x\in[-4;-3[$, $f(x)<0$ et si $x\in[-3;3]$, $f(x)\geqslant 0$.
Sur $I=[-4;3]$, f n'est pas positive, **donc f n'est pas une fonction de densité sur I.**

2 1. X est la variable aléatoire donnant le nombre de minutes de retard de Jean à partir de 7 h 30, donc X suit la loi uniforme sur [0 ; 10] et sa fonction densité de probabilité est $f(x)=\frac{1}{10}$.

2. $P(X>5)=P(5<X\leqslant 10)$
$=\frac{10-5}{10-0}=\frac{5}{10}=$ **0,5**
donc la probabilité que Jean ait plus de 5 minutes de retard est 0,5 soit 50 %.

3. $P(2\leqslant X\leqslant 5)=\frac{5-2}{10-0}=\frac{3}{10}=$ **0,3** donc la probabilité que Jean ait entre 2 et 5 minutes de retard est 0,3 soit 30 %.

4. $E(X)=\frac{10+0}{2}=5$. **Sur un grand nombre de lundis, Jean est en retard de 5 min en moyenne.**

3 1. La probabilité qu'un chargeur tombe en panne pendant la première année d'utilisation est égale à 0,11 et se traduit par $P(X\leqslant 1)=0,11$ et, de plus, $P(X\leqslant 1)=1-e^{-\lambda}$, d'où l'équation à résoudre : $1-e^{-\lambda}=0,11\Leftrightarrow e^{-\lambda}=0,89$
$\Leftrightarrow -\lambda=\ln(0,89)\Leftrightarrow \lambda=-\ln(0,89)$
soit $\lambda=$ **0,117.**

2. a) $P(X>2)=1-P(X\leqslant 2)=e^{-2\lambda}$, donc la **probabilité qu'un chargeur dure plus de 2 ans est** $e^{-2\lambda}=e^{-2\times 0,117}\approx$ **0,791.**

b) $P_{(X>1)}(X>3)=P_{(X>1)}(X>1+2)$
$=P(X>2)\approx 0,791$
donc **la probabilité qu'un chargeur dure plus de 3 ans sachant qu'il a duré plus d'un an est 0,791.**

3. $E(X)=\frac{1}{\lambda}=\frac{1}{0,117}\approx 8,5$ donc **la durée moyenne de fonctionnement d'un chargeur de batterie est de 8,5 années.**

4 1. Comme f est une fonction de densité sur $[1;9]$, l'aire entre $\mathscr{C}_f$, l'axe des abscisses et les droites d'équations $x=1$ et $x=9$ vaut 1.
On a donc $\mathbf{P(X>2,5)}=1-P(1\leqslant X\leqslant 2,5)$
$=1-0,42=$ **0,58**
et $\mathbf{P(2,5\leqslant X\leqslant 6)}$
$=1-P(1\leqslant X\leqslant 2,5)-P(6\leqslant X\leqslant 9)$
$=1-0,42-0,18=$ **0,4.**

2. On sait que sur $[1;9]$ la fonction de densité f est définie par $f(x)=\frac{a}{x}$, avec a réel.

a) Par définition, $\int_1^9 f(x)\,dx=1$. On a :
$\int_1^9\frac{a}{x}dx=1\Leftrightarrow a\times\int_1^9\frac{1}{x}dx=1\Leftrightarrow a[\ln x]_1^9=1$
$\Leftrightarrow a(\ln(9)-\ln(1))=1\Leftrightarrow a\ln(9)=1$,
d'où $a=\frac{1}{\ln(9)}$ et $f(x)=\frac{1/\ln(9)}{x}=\frac{1}{x\ln(9)}$.

b) $P(2,5\leqslant X\leqslant 6)=\int_{2,5}^{6}\frac{1}{x\ln(9)}dx$
$=\frac{1}{\ln(9)}\int_{2,5}^{6}\frac{1}{x}dx=\frac{1}{\ln(9)}[\ln x]_{2,5}^{6}$
$=\frac{1}{\ln(9)}(\ln(6)-\ln(2,5))$
soit $\mathbf{P(2,5\leqslant X\leqslant 6)}=\frac{1}{\ln(9)}\ln\left(\frac{6}{2,5}\right)=\frac{\ln(2,4)}{\ln(9)}$.
On a bien $P(2,5\leqslant X\leqslant 6)\approx 0,4$.

c) • **Espérance de X :** $E(X)=\int_1^9 xf(x)\,dx$
$=\int_1^9 x\times\frac{1}{x\ln(9)}dx=\int_1^9\frac{1}{\ln(9)}dx$.
La calculatrice donne :
$\mathbf{E(X)}\approx$ **3,64** (voir page 545).
• **Variance de X :**
$V(X)=\int_1^9\left(x-\frac{8}{\ln(9)}\right)^2\left(\frac{1}{x\ln 9}\right)dx$.
La calculatrice donne $\mathbf{V(X)}\approx$ **4,95**.